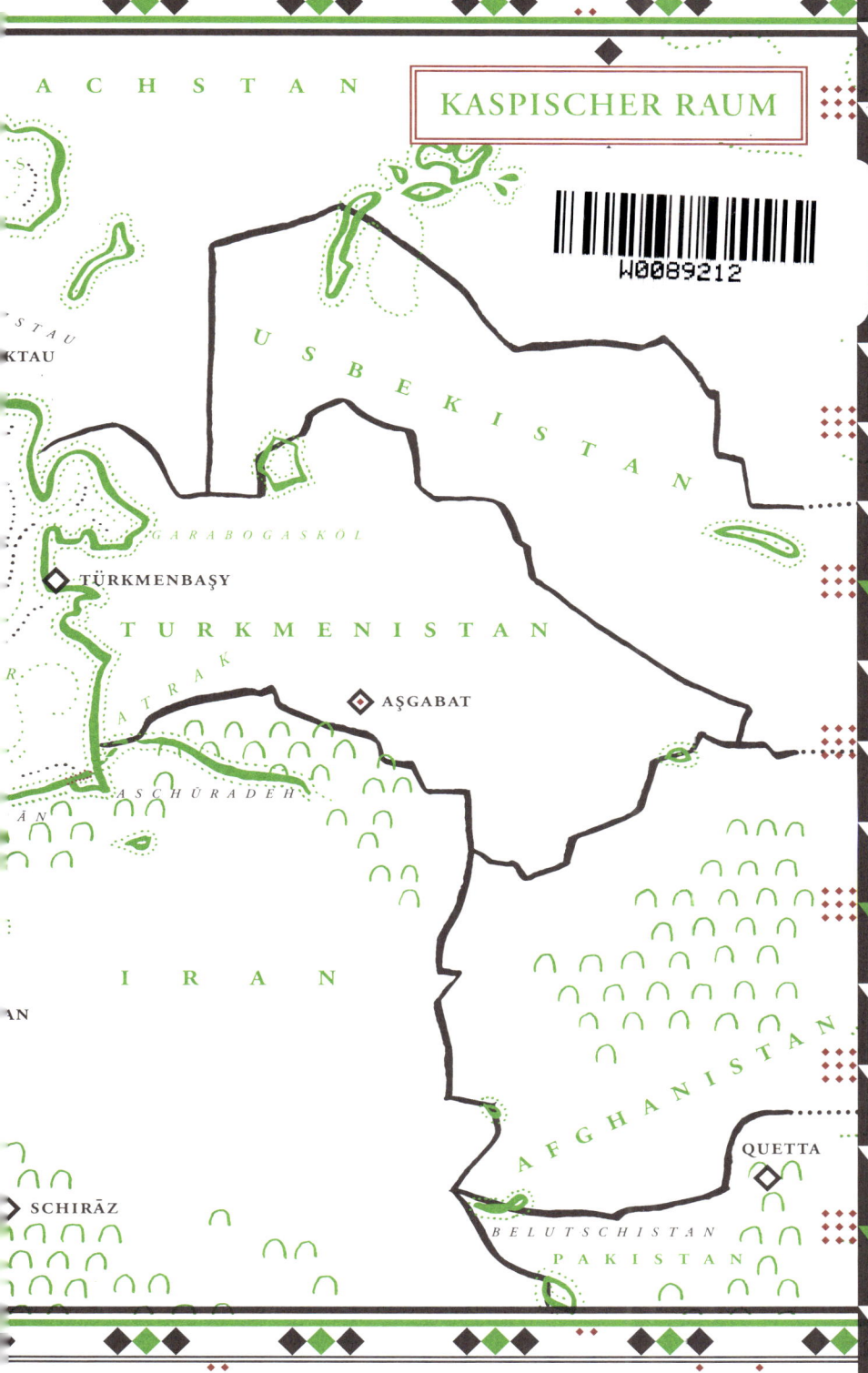

KASPISCHER RAUM

W0089212

A C H S T A N

S

STAU

KTAU

U S B E K I S T A N

GARABOGASKÖL

TÜRKMENBAŞY

T U R K M E N I S T A N

ATRAK

AŞGABAT

ASCHÜRADEH

ÄN

R

I R A N

AN

A F G H A N I S T A N

QUETTA

SCHIRĀZ

BELUTSCHISTAN

P A K I S T A N

SV

Alexander Ilitschewski
Der Perser
Roman

Aus dem Russischen von
Andreas Tretner

Suhrkamp Verlag

Originalausgabe: *Pers*, AST, Moskau 2010. Auf Grundlage einer überarbeiteten Version (*Soldaty Apšeronskogo polka. Matis. Pers. Matematik. Anarchisty*, AST, 2013) haben Autor, Übersetzer und Verlag für diese Ausgabe eine eigene Fassung erstellt.

Der Übersetzer dankt dem Deutschen Übersetzerfonds für die großzügige Unterstützung seiner Arbeit.

2. Auflage 2016

Erste Auflage 2016
© by Alexander Ilichevski, 2016
© der deutschen Ausgabe Suhrkamp Verlag Berlin 2016
Agreement by www.nibbe-wiedling.com
Alle Rechte vorbehalten, insbesondere das
des öffentlichen Vortrags sowie der Übertragung
durch Rundfunk und Fernsehen, auch einzelner Teile.
Kein Teil des Werkes darf in irgendeiner Form
(durch Fotografie, Mikrofilm oder andere Verfahren)
ohne schriftliche Genehmigung des Verlages reproduziert
oder unter Verwendung elektronischer Systeme
verarbeitet, vervielfältigt oder verbreitet werden.
Satz: Satz-Offizin Hümmer GmbH, Waldbüttelbrunn
Karten Vorsatz: Henriette von Bodecker, Berlin
Druck: CPI – Ebner & Spiegel, Ulm
Printed in Germany
ISBN 978-3-518-42499-5

Alexej Parschtschikow gewidmet

ERSTES KAPITEL

Polina

1

Amelia Earhart und Polarflieger Lewanewski standen auf der Liste ihrer Heiligen obenan. Solange sie zurückdenken konnte, hatte sie vom Fliegen geträumt, sich für die Orte interessiert, an denen berühmte Piloten zu Tode kamen; als Schulkind hatte sie den Flugzeugmodellbauzirkel besucht und später den Segelfliegerklub, in Klasse sieben ihren ersten Fallschirmsprung absolviert. Das Photo der Amelia, worauf sie lächelnd, mit baumelnden Füßen auf dem Rand des Cockpits saß, hing schön gerahmt über der Karte mit den großen Transatlantikflügen. An die Decke ihres Zimmers war ein dreiflügeliger Propeller geschraubt: das Original der legendären *Airacobra* von Pokryschkin, dem Fliegerass; auf den Propellerblättern vier schartige Einschüsse und ein Riss. Ihr Vater, als er 1943 den Flugplatz neben die Bahnstation Nasosnaja baute, hatte das Teil bei Pokryschkins Techniker gegen ein sieben Zentner schweres Belugastörweibchen eingetauscht. Die amerikanische Antwort auf die *Messerschmitts* war seinerzeit per Lend-Lease über den Persischen Golf gekommen; unsere Flieger hatten die knuffigen Bomber aus dem Iran überführt und von da an ihre Kriegseinsätze damit geflogen. Eine Konstruktionszeichnung der *Cobra* war das Erste, was sie sah, wenn sie morgens die Augen aufschlug – eigenhändig ausgeführt im Maßstab 1:5 auf mehreren aneinandergeklebten Bögen Whatmanpapier, nach einer Zeitschriftenvorlage. Mit sechzehn hatte sie vierundsiebzig Sprünge auf ihrem Konto, fünfzehn davon Freifall. Zartgliedrig, blond und schmal, wie sie damals war, hatte sie Mühe, den Fallschirmrucksack zu tragen; dafür konnte sie das *Poem von der Luft* der Zwetajewa und Majakowskis *Wolke in Hosen* mühelos und ohne zu stocken herdeklamieren, zum Beispiel auf Wanderung in den Bergen oder bei der Gymnastik am Meeresstrand: auf einer Bank stehend, Gesicht, Brust und Arme dem ersten Morgensonnenstrahl entgegengereckt – Frühsport mit Gedichten, das bekam den Lungen gut.

Es war in den Sommerferien nach der neunten Klasse, als die Kurzsichtigkeit über sie hereinbrach; ihr war immerzu, als hätte sie Staub in den Augen; die drei Dioptrien mochte sie lange nicht wahrhaben, weigerte sich bis zum Ende der Schulzeit, in die leere vorderste Bank zu wechseln; lieber blinzelte sie ständig und studierte die Gesichter der Kinohelden zu Beginn des Films einmal gründlich durch den Spalt zwischen den Polstern ihres gekrümmten Zeigefingers, der ein gutes Fernrohr war.

Vom Traum zu fliegen jedoch hatte sie sich damals verabschieden müssen.

2

So war sie die Einzige, die nicht das Weite suchte, stehenblieb wie angewurzelt, als Iwantschenko, der verwegene »Maisbomber«-Pilot, im Hinblick auf das abendliche Tanzvergnügen ein bisschen renommieren wollte und vor den zur Baumwollernte abgestellten Studentinnen sein verrücktes Manöver abzog. Nur einmal flog er zur Warnung über die Mädchen hinweg, dann kam er, ohne mit der Wimper zu zucken, im Sinkflug auf sie zugeschossen. Das Grüppchen stob auseinander – sie aber wandte nur den Kopf nach der Libelle, die sich ihrer Nasenwurzel näherte, eine Wolke über den hellgrauen Pflanzreihen versprühend, die blitzende Schraube immer größer, das Fahrwerk starr, der bebrillte Kopf des Piloten ebenso … Sie sah die im Fluch sich kräuselnden Lippen, das abgewetzte Leder der Kappe, die unförmige Wulst an der Bereifung. Sie sah die Bewegung des Arms, mit der er den Hebel der Sprühanlage im letzten Moment zur Seite schlug. Und dann, als es ihr die Ohren verschloss, als sie das Dröhnen des Triebwerks und der Propellerflügel wonniglich bis ins Mark spürte, als der Flugwind sie sengte, schaute sie verzückt auf den Regenbogen, der mit dem Tropfenteppich vor ihr niederging, und spürte das feine Gesprüh auf der Haut, herb wie der Saft der Sumpf-kirsche …

Den Piloten Iwantschenko hatte der Hafer gestochen: sich auf-zuplustern vor der arbeitenden Bevölkerung des Pionierferienlagers *Enthusiast*, in dem sie kampierten, und über ihrem Feldabschnitt das Entlaubungsmittel zu sprühen, das für die maschinelle Ernteein-bringung die Voraussetzung schuf. Bereiche, die schon vor Tagen behandelt worden waren, sahen phantastisch aus: eine Endloskette von Haufenwölkchen knapp über dem Erdboden, von unsichtbaren Stängeln gehalten … Unabsehbar zogen sich die Felder die Hänge hinauf bis zur iranischen Grenze.

Sie überredete Iwantschenko, ihn einmal mit auf »Behandlung« zu nehmen. Zuvor wurde das Entlaubungsmittel in alten Milchkan-nen angerührt.

»Dasselbe Zeug haben die Amerikaner zur Entlaubung der Wäl-der in Vietnam eingesetzt, wusstest du das? Das Laub fällt ab, und die Partisanen sitzen auf dem Präsentierteller!«

Mühsam, unter Zuhilfenahme eines blechernen Trichters, riesig wie ein Elefantenohr, füllten sie das Präparat in den Tank. Der Start auf der lange nicht gemähten Bahn geriet holprig. Zuletzt, als sie ihre Ladung los waren, ließ Iwantschenko das Flugzeug steil aufsteigen und vollführte eine Rolle. Wieder in gerader Position, wandte er sich halb um.

»Polina! Wie wärs mit einer Spritztour in den Iran?«, brüllte er, seine Augen blitzten übermütig.

Und aus der Kehre heraus zog er die Maschine hinauf in Richtung Talış-Gebirge, bis an den äußersten Rand des erlaubten Planquadrats – ehe er zurückglitt und nurmehr mit dem Flügel hinüberwinkte zu den in zweiter Reihe sich erstreckenden, lila bewaldeten Höhen.

»Da liegen sie, die persischen Gefilde, die große Freiheit … Stenka Rasin, der Ataman, hat es sich dort wohl sein lassen!«

»Nicht nur dort, auch auf der hiesigen Seite. In Lənkəran und auf der Insel Sarı«, brüllte sie zurück. Die nüchternen, wohlinformierten Einlassungen sollten den Überschwang ihrer Gefühle dämpfen oder immerhin verbergen.

»Kann sein. Ein Rumtreiber war er jedenfalls!«, entgegnete Iwantschenko, biss sich auf die Unterlippe und drückte den Knüppel nach vorn.

Etwas ging in diesem Iwantschenko vor, unter seinem struppigen Schopf. Wobei sie nicht verstand, wie man hier oben überhaupt an anderes denken konnte. Wenn doch jede Faser des Körpers, jedes Fünkchen Seele nur von dem einen ausgefüllt war: zu fliegen!

3

Jene Baumwollfelder kamen ihr das erste Mal seit fünfundvierzig Jahren wieder in den Sinn, von denen sie nun schon ein Drittel in Kalifornien lebte. Der Sohn war mit ihr ein Stück aus der Stadt hinausgefahren, es gab ein neues Terrain zu entdecken, wo man gut spazieren gehen konnte. Erst gestern war er bei ihr aufgetaucht; zwei Tage Zwischenaufenthalt auf dem Weg von Austin/Texas nach Moskau, wo er neuerdings als »ausländische Fachkraft« arbeitete; sie war noch nicht einmal dazu gekommen, ihm ordentlich aufzutischen. In Höhe der Südvorstädte bogen sie ab zum Meer, ließen das Auto auf einem Parkplatz stehen und betraten das Museumsgelände eines Forts aus dem Zweiten Weltkrieg. Eine Reihe Hügelchen mit betonierten Hängen; Bunker und Geschütze einer Küstenbatterie zogen sich an der Oberkante der Befestigungen hin. Am Rand des Forts, über einem hohen, schroffen Abhang, befand sich eine Start-und-Lande-Plattform für Deltasegler. Einer nach dem anderen tippelten sie die kurze Anlaufbahn entlang und schwangen sich in den Raum über der Meeresbrandung, wo die weißen Brecher donnernd über den Strand rollten, vor deren leckenden Zungen Hunde und Kinder Reißaus nahmen, die dabei hin und wieder zum Himmel hinaufäugten. Zur Kette formiert, pendelten die Flugdrachen in scharfen, eckigen Schwüngen auf und ab, indem sie das Lenktrapez abwechselnd zur Brust zogen und von sich stießen, so schwebten sie als Girlande über den Hang, manche ließen sich miteinander ein, paarten sich und trennten sich wieder, erzeugten kleine »Staus« im Luftkorridor, das Ganze erweckte den Eindruck intelligenter Schwarmsozien; tollkühne Äquilibristik beim Wenden; gewagte Landemanöver mit einknickenden Tragflächen.

Und da, während sie zum Parkplatz zurückliefen, sah sie auf einmal vor sich den ölig glänzenden Propeller des »Maisbombers« und dahinter auftauchend den bebrillten Helm des Piloten Iwantschenko, sein Grienen, die gezückte Faust mit dem ausgefahrenen Daumen … Seltsam, dass die Erinnerung einem mitunter plastischer erscheint als die Wirklichkeit.

Der Sohn nahm einen Anruf entgegen, der sich hinzog; um in Ruhe reden zu können, kehrte er zum Drachenstartplatz zurück. Derweil schaute sie hinab auf das bunte Geflügel, mal flatternd, mal ruhig dahinschwebend oder jäh in die Kurve sich schwingend – und musste an die Kolchose »Dreißig Jahre Roter Oktober« denken, ihr primitives Wirtschaften, wie es damals in der Grenzzone zum Iran gang und gäbe war. An Timur Askerow, den hageren, sonnengebräunten Brigadier, der ihr später das Leben rettete. »Baumwolle ernten ist wie das Leben«, pflegte er zu sagen. »Nimmst du den Sammelsack und hängst ihn dir leer um den Hals, erscheint er dir federleicht. Die Baumwolle ist ein schwereloser Flauschball, wenn du sie mit den Fingern abknipst. Doch bist du am andern Ende des Feldes angekommen, kannst du dich unter der Last kaum auf den Beinen halten, und der Sack schnürt dir den Atem ab wie ein Mühlstein am Hals.«

4

Askerow, dem Helden der Arbeit, ordenbehängt, war sie später in Biləsuvar ein paarmal wiederbegegnet. Die zentrale Lenkungsstelle hatte sie nach dem Studium just in diese Gegend abkommandiert. Şahla Kuça, Xirmandali, Priwolnoje, Violetowka, Azdolu, Boradigah, Şovu – alles vertraute Orte, bekannte Felder. Sie ging in die Verwaltung, um etwas über Iwantschenko in Erfahrung zu bringen. Abgezwitschert, der Kosakensohn, in Richtung Saratow – zur Weiterbildung an einer Hubschrauberschule.

Im Ort wohnte sie zur Untermiete bei unangenehmen Leuten. Immer seufzte sie erleichtert auf, wenn sie das Haus durch die quietschende Pforte verließ, und kam abends mit einem mulmigen Gefühl heim, so dass die Pforte ein gedehnteres Lied sang und nur zögerlich ins Schloss fiel. Samstags flog sie zur Bushaltestelle: nur nach Hause! Einmal war sie zu spät dran, konnte erst am nächsten Morgen fahren und tat es, obwohl sie umgehend wieder retour musste, zu Hause blieb ihr eine Stunde. Das Staatsgut war beim Bezirkskomitee bestens angesehen, die Baumwollernte üppig. Üppiger war nur noch die Gutsvorsitzende, eine grobe, giftige Person, ihr Haus so protzig wie ein Kulturpalast – Schwimmbecken auf dem Hof, von Rosen umpflanzt, ein überdachter Billardtisch und ein gigantisches Schachfeld mit Keramikplatten, die Figuren mehr als kniehoch, aus Ebenholz geschnitzt, das Ganze ließ an ein Sanatorium denken. Die übrige Bevölkerung war bettelarm.

Sie unterrichtete Russisch und Literatur. Hatte Puschkins *Hauptmannstochter* eigenhändig ins Aserbaidschanische übersetzt, um es den Kindern vorlesen zu können, Interesse zu wecken. In eine ihrer vier Klassen ging ein blinder Junge, der sich so steif hielt wie ein Stock. Er lauschte immer nur, was die Lehrer sagten, wurde nie aufgerufen. Die Bewohner seines Dorfes kamen extra zu ihm in die Schule, damit er die Baumwolle abtastete und ihre Qualität bestimmte, insbesondere den Feuchtegrad, der anzeigte, ob sie zur Ernte reif war. Ausgiebig schob der Junge die Finger in die Wolle, blies darauf und legte die Wange an, flüsterte wohl auch etwas hinein und prüfte mit der Oberlippe, wie sie sich rührte, wie sie sich anfühlte und so weiter, bis er zum Schluss sein Urteil fällte: Güte B, Güte A, bei der hier noch abwarten, und die da taugt gar nichts. Er wurde mit Süßigkeiten belohnt, Brot und gebratenem Huhn. Nie gab er wem davon ab, separierte eilig einen Teil zum sofortigen Verzehr und verstaute den Rest unter der Schulbank. Wie hieß der doch gleich?, dachte sie. Elxan? Nein – Eldar! Nicht zu fassen, ich hab den Namen behalten!

Jeden Morgen war sie über den Basar gelaufen, nicht mehr als eine Reihe Bänke längs der Bewässerungsrinne; Kühe kamen über die Holzbrücke gepoltert, Schafe hinterhergetrippelt.

Wenn der Blinde kleine Baumwollpfropfen in den Ohren stecken hatte, hieß das: Ich mag nichts hören. Mitunter klaubte er sich mit dem Zeigefinger ein Samenkörnchen aus der Muschel.

Einmal äußerte der Junge sich lobend über ihre Stimme.

»Frau Lehrerin, Ihre Stimme ist so kräftig wie ein Bergbach«, sagte er und schob sich die Stöpsel in die Ohren.

Sie fürchtete ihn wie ein Orakel.

In dem Haus, wo sie wohnte, hatte Kübra-xala das Sagen, eine untersetzte Frau um die fünfzig mit breitem, spitz in die Lippen zulaufendem Gesicht und nachlässigem Äußerem, ihr Kittel war immer speckig. Ständig klapperte sie in der Küche mit den Bestecken, trug ewig etwas hinein oder hinaus, räumte um, unklar, zu welchem Zweck. Speisereste flogen auf den Kompost, so dass Ratten am hellichten Tag über den Hof liefen. Erschrocken flatterten die Hühner beiseite und führten einen langen Tanz auf, ehe sie sich wieder einkriegten.

Kübra-xala machte lange Finger. Stand die Pfanne mit den Buletten zum Abkühlen eine Weile unbeaufsichtigt auf dem Herd, verschwanden daraus unweigerlich eine oder zwei.

»Pişik qaldı.* Vielleicht wars die Katze, was weiß ich.«

Dann stand das Mädchen wütend vor dem Herd und wäre am liebsten mit dem Fleischklopfer auf die Alte losgegangen. Da war sie einundzwanzig, semmelblondes Haar, schmal und grazil, mit einer Operationsnarbe unterm Schulterblatt – wo sie ihr den halben Lungenflügel entfernt hatten, Tuberkulose.

In jenem Winter war sie die einzige Russin im ganzen Ort. Der allerdings auch nicht groß war: in der Schule eine Klasse von jedem Jahrgang, bis hinauf zur achten. Sie war kein Hasenfuß, sonst hätte sie es keinen Tag hier ausgehalten. Selbst der Dekan hatte sich gefragt, ob es gut war, sie allein in diese Einöde zu schicken und nicht wenigstens noch eine Kollegin. Eigentlich durfte man das niemandem zumuten! Aber Lenkungsentscheidungen waren nur auf Bezirksebene anfechtbar. »Irgendwer muss da schließlich arbeiten!«, brüllte der

---

* Die Katze war da (aserb.).

zuständige Sekretär aus dem Hörer. Und Männer fanden sich in dieser Fachrichtung – Russisch als Fremdsprache – sowieso keine.

Der Vater hatte sie hergebracht, das Zimmer aufgetrieben und war mit ihr bei der Gutsvorsitzenden und beim Schuldirektor gewesen. der erste September fiel auf einen Mittwoch; am Montag erst hatte der Direktor sie den übrigen Lehrern vorgestellt. Mit erhobener Faust war der Vater im Bus davongefahren, »Rot Front!« hieß das, ein Familiengruß. Lächelnd hatte sie ihn mit zarter Faust erwidert. In ihr zweiflügeliges Haus hatten die Vermieter sie gar nicht erst gelassen. Der Bereich zu ebener Erde war hohen Gästen vorbehalten. Weniger um sie zu bewirten, als ihnen die erworbenen Reichtümer – Teppiche, Möbel, Geschirr – vorzuzeigen. Im Obergeschoss lag das Schlafzimmer, das über eine Außentreppe zu erreichen war. Auf dem Hof war eine Sommerküche eingerichtet: Lehmhaus mit Vordach, Tandurofen darunter, in die Umfriedungsmauer hineingesetzt. In der Küche gab es ein winziges Seitenkämmerchen, darin wohnte sie. Den mit trockenen Kuhfladen zu beheizenden Herd, der in einer schiefen Nische klemmte, war ihr nur bei ärgstem Wetter zu benutzen erlaubt. Der offene Abzug gähnte schwarz, gut möglich, dass die Ratten von dort kamen; jedenfalls war neben dem beständig pfeifenden Wind gelegentlich ein Rascheln zu hören.

Das Grässlichste aber war die alte Warzenkröte, die im Abtritt lebte und ungemein fett war – hätte einer seinen Ekel überwunden und sie auf die Hand genommen, die wulstigen, gummiartigen Seiten hätten darüber hinausgehangen. Die Vermieter hatten keine Angst vor ihr. Sie aber, obwohl sie wusste, dass Kröten nicht beißen, fürchtete, das Tier könnte von unten nach ihr schnappen. Was wollte man von ihr, dem jungen Ding, das sich erst seit kurzem in die Erwachsenenwelt hineinzudenken anfing, anderes verlangen? Und wenn sie hundert Mal Fallschirmspringerin war! Auf dem Abtritt stand ein Stock bereit, ein tönerner Krug mit Schnepfe zum Nachgießen, ein Rutenbesen, alles war sauber, der Betonboden gechlort, der Eingang diskret zur Mauer hin gelegen, aber das half nichts: Sie konnte den Raum nicht betreten, bevor das Scheusal nicht hinausgejagt war – und das konnte dauern, und die Tränen flossen, und das Heimweh war groß.

Dass sie nur mit Kopftuch auf die Straße gehen durfte, in langem Rock und langen Ärmeln, war klar. Stand sie an der Bushaltestelle, sah sie tunlichst nicht zur Teestube hinüber und am besten überhaupt nicht zur Straße, denn ginge ihr Blick dorthin, wo Männer waren, träfe sie der Fluch – wenn nicht gleich, dann bei nächster Gelegenheit. So geschah es, während sie blicklos dort herumstand, dass von der Seite eine Kuh kam und sie umstieß, in den tiefen Graben hinein. Männer zogen sie heraus – jene, deren argwöhnischem Blick, ob sie, diese junge Russin, nicht etwa zu ihnen herübersah, sie peinlich ausgewichen war. Gelacht hat wenigstens keiner, auch nicht sie selber; erst als sie am Samstag zu Hause davon erzählte, überkam es sie, aber der Vater lachte nicht mit.

Im November war eine Freundin bei ihr zu Besuch, gemeinsam gingen sie zur Post, um die Dritte in ihrem Bunde anzurufen, die das Glück hatte, in Leningrad zu studieren, dieser Stadt aus Wasser und traumhafter Architektur. Bis die Verbindung hergestellt war, dauerte es ewig, dazu die zwei Stunden Zeitunterschied; längst war es dunkel geworden. Wie sie nach Hause zu kommen gedächten, fragte die Telefonistin.

»Das schaffen wir schon«, erwiderten sie, »ist ja nicht weit.«

»Das schafft ihr im Leben nicht, ohne dass man euch in Stücke reißt. Übernachtet besser hier. Ich schließe euch ein, wenn ich gehe.«

So schliefen sie auf dem Tisch mit dicker Glasplatte, Tintenfass und einem Bündel rostiger Federn am Kopfende. Ein bisschen unterhielten sie sich noch, flüsternd, über ein schreckliches Vorkommnis … Es war passiert, als sie noch zur Schule gingen, hier in dieser Gegend, etwas näher zum Meer: Drei Moskauerinnen aus einem Filmteam waren vergewaltigt und verstümmelt worden; richtig vorstellen konnten sie es sich nicht, aber es war zum Gruseln. Darüber verebbte das Gespräch. Die Leningrader Freundin hatte erzählt, sie würde während der weißen Nächte auf der Fensterbank schlafen – solche Häuser hatten sie dort, aus großen Steinen gesetzt … Zum Glück lässt der Schlaf in jungen Jahren nicht auf sich warten, deckt einen zu mit dem weißen Schleier unbeschwerten Vergessens.

5

Der Sohn war zum Auto zurückgekehrt, sie stiegen ein und fuhren noch ein Stück südwärts, um in ihrem Lieblingsfischrestaurant zu Abend zu essen. Das liegt am Anfang der Uferpromenade, direkt am Wasser; bequeme Korbsessel mit Leinenbezügen, eine leichte Brise vom Meer bauscht die Vorhänge und öffnet den Blick auf die Felsen, wo Seelöwen lagern, und hinaus aufs weite Meer, zum bleischwarzen Horizont. Es gibt keine Speisekarte, auf den Tisch kommt, was am Tag gefangen worden ist, und beim Wein lässt man sich beraten … Der Sohn fuhr zu schnell, und sie schloss die Augen, um sich zur Ruhe zu zwingen. Die Bilder kehrten zurück.

6

Sie kommt mit dem Nachtbus aus den Ferien zurück, das Dorf Şahla Kuça liegt hinter ihnen. Eine Kette nackter Hügel im Morgengrauen, Nebel dazwischen wie Fetzen von Mull. Dann der Friedhof – voller Kerzengeflacker, ein Lichtermeer, wie eine ganze Stadt aus der Ferne. Da fällt es ihr ein: Aşura! Heute ist Aşura. Der Tag, an dem noch der kleinste Säugling auf dem Friedhof zu sein hat, um den Vorfahren zu huldigen und mit ihnen dem Imam Hüseyn. Um den Friedhof wogt eine Traube von Menschen. Da sind auch zwei Schüler von ihr … Die Jungen sehen sie durch die Scheibe, erkennen sie. Der eine sagt etwas zu den anderen. Ihr wird bange. Alle haben sie so starre Gesichter, als wären sie schon tot.

Die Schule ist leer, ihre Schritte hallen. Der Direktor kommt ihr entgegengelaufen. »Ach!«, wispert er, »heute ist kein Unterricht, hat Ihnen das keiner gesagt? Heute wird doch um den Imam Hüseyn getrauert. Bleiben Sie in der Klasse und verhalten Sie sich ruhig, gehen Sie nirgends hin.« Der Direktor ist ein schwergewichtiger Mann mit schwarzen Ringen um die Augen und der Medaille »Veteran der Arbeit« am Revers. Er scheint erregt. Die Absetzung des Unterrichts ist eine spontane Aktion der Leute im Ort. Käme heute aus Prischib eine Inspektion der Schulbehörde – der Direktor kriegte eins aufs Dach. Aber was soll er machen, wenn die Eltern den Kindern verbieten, zur Schule zu gehen?

Sie blieb also da, setzte sich hin und richtete das Klassenbuch ein. Iwantschenko kam ihr in den Sinn, sie musste lächeln. Er war kurz vor den Ferien auf dem Flugplatz gewesen, seine Beurteilung abholen, und hatte im Sekretariat vorbeigeschaut. Die Sekretärin hatte ihm gesteckt, dass die neue Lehrerin sich nach ihm erkundigt habe. »Welche Lehrerin?«

Er hatte sich nicht sehr verändert. Ein wenig erwachsener geworden vielleicht, nicht mehr so laut redend. Sie hatte ihn zur Bushaltestelle begleitet – im Wissen, dass sie das nicht tun durfte, denn er fuhr ja weg, und sie musste allein zurück. Aber nein, diese Finsterlinge sollten sich zum Teufel scheren! Abends nicht auf die Straße gehen, den Kopf ja nicht ohne Kopftuch aus dem Fenster stecken – was denn noch?! Sie riss sich das Tuch vom Kopf und schüttelte ihr Haar. Iwantschenkos Seitenblick bemerkte sie mit Wohlgefallen.

Als sie um eine Ecke bogen, patschte ihnen ein Stein vor die Füße. Iwantschenko drohte mit der Faust zum Ende der Gasse hinauf. Seine blauen Augen unter der lockigen Mähne blitzten. Er kam ihr wie ein Riese vor. Wie passt so einer in eine Hubschrauberkanzel?, dachte sie. Vom Trittbrett des Busses rief er ihr seine Adresse zu, die sie auf dem Rückweg beharrlich vor sich hinsprach: »Engels, Tschernyschewski-Straße Nummer 12, Fliegerinternat«.

Später lag sie die ganze Nacht wach mit dem Gefühl, dass die Welt sich jäh verändert hatte. Vergleichbar allenfalls einem Erlebnis, dass sie und ihre Schwester als Kinder gehabt hatten, noch in Kriegszeiten. Die Mutter arbeitete in der Großbäckerei, zwölf Stunden Schicht, nicht selten auch nachts. Haus und Hinterhof eigenmächtig zu verlassen war ihnen untersagt, mit Ausnahme des morgendlichen Gangs zum Kindergarten. Die Mädchen waren selbständig genug, allein dorthin zu gehen, Hand in Hand gingen sie los, sobald die Uhr acht zeigte; mit der Straßenbahn durften sie nicht fahren, da die Mutter fürchtete, sie könnten sich Läuse einfangen in dem Gedränge, also liefen sie zu Fuß. Einmal hatte die Mutter vergessen, die Uhr aufzuziehen, und war zur Nachtschicht gegangen. Irgendwann wurden die Mädchen wach und meinten, verschlafen zu haben, denn die Uhr zeigte zwanzig vor neun. Rasch wuschen sie sich und zogen sich an, dann gingen sie los. Sie beeilten sich sehr und konnten doch nicht begreifen, wieso der Tag so plötzlich zur Nacht geworden war. In sich das berückende Gefühl, dass ein Zauberstab die Welt verwandelt haben musste. Den Nachthimmel hatten sie so noch nie gesehen. Er war riesig und voller Sterne. So liefen sie durch die Stadt, die wegen des Verdunkelungsgebots absolut finster war: zwei kleine Mädchen, allein auf leeren Straßen, scheu um sich blickend, wie im Märchen – bis vor einem der großen Wohnblöcke ein Soldat von einem Flaktrupp sie anhielt. Den Rest der Nacht brachten sie in einer Einfahrt am kleinen Lagerfeuer zu, aus Munitionskisten hatte man ihnen ein Bett gerichtet. Dort am Feuer erfuhren sie auch, dass die Faschisten darauf Acht gaben, die Erdölförderanlagen nicht kaputt zu schießen; die Einnahme von Baku und Stalingrad wäre eine Vorentscheidung, wie der Krieg ausgeht. Keine Bombe solle auf Baku fallen, so habe Hitler befohlen, darum hatten die Mädchen angeblich nichts zu fürchten. Nie hatten die Flakschützen bis jetzt etwas anderes als deutsche Aufklärungs-»Uhus« am Himmel gesichtet. Außerdem sei die Ostvorstadt mit den Förderanlagen für den Fall, dass die Deutschen doch noch kämen, komplett vermint, jedes Bohrloch stillgelegt, alles Öl aus den Tanks in die Erde zurückgeflossen, der Transportweg über die Wolga ohnehin abgeschnitten. Das Öl, was die Armee brauche, komme jetzt aus Baschkirien, dem »zweiten Baku«, wie es hieß. Dass es noch ein Baku geben sollte, machte den Boden der Realität für das Mädchen endgültig schwanken, erschöpft schlief es ein. Am anderen Morgen war die Welt wieder geradegerückt, sie hatten unter den Soldatenmänteln gut geschlafen und langten rechtzeitig zum Frühstück im Kindergarten an.

Als Erstes erschienen die Köpfe der Jungen ihrer Klasse nacheinander im Türspalt: Maleq, Salih, Nizami, Vüqar. Immer nur für einen Moment, dann waren sie weg. Salih war ein Waisenjunge, der bei seiner Großmutter lebte, Ahanım-xala, einer halbblinden Greisin, die das beste Brot in ganz Biləsuvar buk, davon lebten die beiden.

Dann hob draußen vor dem Fenster ein Lärmen und Tosen an, eine Menschenmenge wallte hinter dem Schulzaun vorbei, kam wieder, ein rhythmischer Sprechgesang war herauszuhören:»Achsej … asej.« Darauf ein scharfes Klatschen.»Achsej … asej.« Klatsch. Und auf einmal kommen die Mädchen herein. Ihre Gesichter sind verstört. Saymaz ist darunter, der Name bedeutet: die keinen anerkennt.»Kimi saymirsan?«, wird sie im Scherz gefragt – wen alles erkennst du nicht an? Jahre später würden sie sich an der Universität in Baku wiedersehen, eine freudige Begegnung. Da hatte sie den Namen inzwischen gewechselt, von Saymaz zu Solmaz; was zuvor dreist geklungen, klang nun gediegen. Eine Schönheit, blauäugig, mit beinahe rötlich zu nennender Haarpracht; nur machten die Zögerlichkeit, Eckigkeit ihres Auftretens die Schönheit zunichte.

Zu Anfang war Saymaz für die neue Lehrerin in der Achten eine Stütze gewesen. Sie genoss eine besondere Autorität, weil ihre große Schwester Irada an der Schule Aserbaidschanischlehrerin war: die Auffälligste im ganzen Kollegium, groß und plump, spitzzüngig außerdem, eine *hayasızca*, wie man hier sagte, eine Giftnudel. Auch sie ist nun im Türspalt erschienen, das Gesicht wie zum Schrei verzerrt. Schiefe Zähne, bebende Mandeln.

Und da ist auch Mələk,»Engel«, ein kleines Mädchen mit Riesenaugen. Mələk ruft etwas, durchdringend schrill, wedelt mit den Händen, zeigt zum Fenster. Sie aber ist begriffsstutzig: Warum sollte sie aus dem Fenster klettern?

Plötzlich stürmt eine Meute junger Männer herein, die sie nicht kennt, Oberkörper frei (einen halbnackten Mann zu Gesicht zu bekommen war in diesen Breiten etwas schier Undenkbares), mit kreuzweisen Schrammen auf der wolligen Brust, schmutzig verkrustet und mit Blutströpfchen besetzt. Einer der Burschen tränenüberströmt, das Gesicht in unsäglichem Leid. Von dem scharfen Schweißgeruch meint sie im nächsten Moment in Ohnmacht fallen zu müssen. Die Männer haben Ketten in den Händen, wie man sie benutzt, um Hunde anzuketten oder den schaukelnden Wassereimer nach einer halben Ewigkeit aus den bodenlosen Brunnenschächten zu hieven. Immer noch glaubt sie an etwas wie eine Theatervorführung – dass man sie abholt zu irgendeinem festlichen Ritual, wo sie dabei sein muss, wenn sie die Menschen nicht ernsthaft kränken will. »Worum geht es?«, fragt sie. Die erste Ohrfeige bringt sie zur Besinnung. Sie wehrt sich tapfer; dem einen oder anderen vermag sie den Zeigestock vor den Adamsapfel zu knallen.

Minuten später hat die Menge sie in der Gewalt, sie wird auf die Straße geschleift. Es ist, als hätte die Kuh sie von neuem in den Graben gestoßen, und Männerhände hätten zugepackt, um sie herauszuziehen. Aber an den Haaren – tut man das? Und warum diese Schläge?

Auf der Straße angekommen, weicht die Meute zurück, wie um sie besser betrachten zu können. Und sie betrachtet die Meute, blinzelnd, hofft, ein bekanntes Gesicht darin zu sehen, ihre Vermieterin vielleicht, die sie um Hilfe bitten könnte.

»Was kann so eine unsere Kinder lehren?«, kreischt eine unbekannte Frau.

7

Sie legte ihrem Sohn die Hand auf den Arm, er möge das Tempo ein wenig drosseln. Und wurde als Nächstes überflutet von einer Woge der Erinnerung an ihre Kriegskindheit. Es war Sommer, sie waren bei der Großmutter in der von den Nobelbrüdern gegründeten Siedlung zu Besuch, die *Reserum* genannten Holzhäuschen standen auf Pfählen direkt am Meer … Gleich meinte sie den Geschmack des Ölpresskuchens auf der Zunge zu haben. Wenn Flugzeuge sich näherten, egal ob eigene oder deutsche, krochen die Kinder, die sich über jede Gelegenheit zum Versteckspielen freuten, unter den Tisch. Und dann war da noch der widerliche Geschmack von in ausgelassenem Robbenspeck gebratenen Kartoffeln, wenn wieder einmal Robben bei Sturm gestrandet waren … Das wichtigste Spielzeug war die deutsche Puppe, Kriegsbeute, die betete sie an. Sie stand noch höher im Kurs als ihre Besitzerin. Der größte Spaß war es, auf Borka zu reiten, dem Eber des Nachbarn, für den sie nach dem Sturm Kleinfisch vom Strand auflasen (und die Erinnerung, wie er sich an faulem Stör vergiftete und unter herzzerreißenden Qualen starb); alle Kinder liefen kahlgeschoren umher wegen der Läuse und immer nur barfuß, in Slip oder Turnhose; an Süßigkeiten waren die bunten Liebesperlen in Erinnerung geblieben, für die man auf dem Basar sonst was hergab. Die streunenden Rasselbanden befanden sich unter gestrenger Obacht ihrer Anführer, Zehnjährige, deren Weisungen widerspruchslos Folge geleistet wurde: nur im Flachen baden, keine Zündhütchen sprengen und so weiter … Täglich wurde sich um Kranke gekümmert; hierbei gab es eine Anzahl Häuser, zwischen denen sie hin und her flitzten, anklopften und fragten, ob Hilfe vonnöten sei: Putzen und Aufräumen, Wasser schleppen, Brot holen … Der Fußboden in den Baracken war aus Kir, einem natürlich vorkommenden sandigen Bitumen. In der Schule wurde auf gevierteilte Zeitungsblätter geschrieben, weil es keine Hefte gab. Und dabei warteten die Schwester und sie die ganze Zeit sehnlichst darauf, dass der Vater auftauchte. Der baute an der Frontlinie zwischen Mosdok und Baku Befestigungsanlagen (Flakstellungen, Luftschutzbunker) und kam nur einmal im Monat auf Urlaub.

Reserum … Woher hatten die Häuser eigentlich diesen komischen Namen? Ach … Nutzte ihr das Englische auf ihre alten Tage doch einmal! Das musste von *reserved room* kommen – es waren ja vormals Gästehäuser für die Branobel-Dienstreisenden gewesen …

Derweil ging ihr Blick die Meeresbrandung entlang, die weit unten am Fuß des Hangs sich dahinzog, und sie überlegte, was genau es war, das ihre Seele damals zu zerreißen drohte: War es die Angst? Der Hass? Der Schmerz? Warum löste sich ihr Körper nicht einfach auf, verflüchtigte sich? Sie hatte anscheinend Glück gehabt, es war spurlos an ihr vorübergegangen: Sie hatte gesunde Kinder geboren, die Familie war ihr Ein und Alles, das Leben nicht einfach, aber erfüllend. Auch die Emigration hatte sie irgendwie durchgestanden.

Als sie damals in dieser Meute kniete, war die Rettung gewesen, dass sie sich plötzlich selbst wie aus großer Höhe sah, gewissermaßen auf sich zustürzte mit dem Fallschirm auf dem Rücken; die Landung in der Zukunft, in dieser greulichen Menge fremder Menschen stand erst noch bevor – und sie riss am Ring und blieb in der Luft hängen …

8

Sie hält sich die Ohren zu, versucht wütend ihrer Wege zu gehen, wird jedoch immer wieder in den Kreis zurückgestoßen. Ihr fällt ein, wie sie als Kind in Nasosny von Jungen mit Steinen beworfen wurde, wie sie diese Steine fürchtete, den Moment abpasste, da die Jungen nicht herübersahen, um den Zaun entlangzuflitzen, vorher immer erst aus der Pforte spähte. Nun kommen die Steine wieder geflogen. Soll sie um Gnade flehen? Sie schaut in Gesichter. Hie und da die entrückten Blicke ihrer Schüler – Kinder, die sie noch vor zehn Tagen mit ihren Fragen gelöchert haben und keine Minute Pause gegönnt …

Spitze Frauenschreie gellen aus der Menge. Kettengerassel. Die Meute hat sich zu einem Ganzen verschweißt, wie ein einziger tierischer Organismus. Doch plötzlich ist da wer, der sprengt den dichten Ring. Askerow, der Brigadier, drängt heran, packt sie grob am Ellbogen, mit eisernem Griff. Es tut nicht weh, obwohl er ihr anscheinend gerade den Arm bricht.

Askerow führt sie zur Moschee, zwei Karrees, drei Gassen weiter. Die Menge nimmt die Bewegungsenergie auf und setzt sie in Zielstrebigkeit um, kühlt davon etwas ab. Vor der Moschee dann wieder Gebrüll: Sie dürfe keinesfalls hinein! Man zwingt sie in die Knie, sie bekommt einen Stoß, will sich erheben, wieder ein Stoß. Ein junger Mann schält sich aus der Menge, blut- und tränenüberströmt, schier von Sinnen, fuchtelt von Zeit zu Zeit mit den blutigen Armen, schreit etwas, die Augen treten aus den Höhlen. Plötzlich schlingt er die Arme um sie, drückt zu, dass sie eine Weile keine Luft mehr bekommt, stößt sie jäh wieder von sich. Jetzt ist sie voll mit seinem Blut, ein warmer, klebriger Geruch, ihr wird übel.

Sie ist vollkommen willenlos nun. Längst hat sie aufgehört zu schluchzen, die Beine knicken ihr ein, sie setzt sich zu Boden, schlägt die Beine unter, bedeckt das Gesicht mit den Händen. Die Menge kommt neu in Fahrt, es scheint, gleich wird der Strudel sie wieder erfassen, über ihrem Kopf zusammenschlagen …

Askerow geht neben ihr in die Hocke. Saymaz umfasst sie von der anderen Seite. Beide raunen ihr etwas zu. Nach einer Weile glaubt sie zu verstehen, was Askerow sagt: »Mach, was sie von dir wollen, hörst du! Mach hin, hör auf mich. Los, sprich mir nach!« Mit einem Mal versteht sie und nickt hastig. Sie weiß nun, was man von ihr will. Bereitwillig geht sie auf die Knie. Die Menge wird augenblicklich still. Ihr wird vorgesprochen, sie spricht es nach – holprig erst, dann flüssiger und lauter, ohne Schluchzen, ohne Zähneklappern. Man versucht Askerow zur Seite zu zerren und zu stoßen, er widersetzt sich.

»La Ilaha«, ruft er.

»La Ilaha«, spricht sie nach.

»Ilaha ill Allah.«

»Ilaha ill …«

»Ilaha ill Allah.«

»Ilaha ill Allah.«

»A Muhammadun rasulu ilahi.«

»A Muhammadun …«

»A Muhammadun rasulu ilahi.«

»A Muhammadun rasulu ilahi.«

Sie sieht sich unsicher um. Soll es das etwa gewesen sein? Sie könnte noch mehr sagen. Man müsste es ihr nur vorsagen. Das Nachsprechen fällt ihr nicht schwer. Sie ist gescheit genug, es zu können.

Die Menge summt und johlt. Und scheint sich plötzlich anders zu besinnen, wendet sich ab von ihr und dem zu, der an ihr vorübereilt, ohne sie eines Blickes zu würdigen, ein Mann in langer schwarzer Soutane und Turban auf dem Kopf. Der Mullah hebt die Arme über den Kopf, und die Menge zieht hinter ihm her. Das Kettengerassel hebt wieder an, erst wild durcheinander, dann zunehmend rhythmischer. Kleine Jungen folgen den halbnackten Männern auf den Fersen, einer strauchelt und gerät unter eine peitschende Kette, prallt zurück. »Achsej … asej.«

Saymaz hat es irgendwie geschafft, ihr auf die Füße zu helfen, doch scheint sie mit einem Mal von Schüttelfrost ergriffen, die Zähne schlagen aufeinander, sie schnappt nach Luft, »Mama, Mama«, schluchzt sie, die Straße vor ihr schaukelt wie der Horizont von einem Boot aus. Sie schleppt sich voran, jeder Schritt ein Schluchzen. … Dann hat Saymaz sie ins Bett gelegt und ist gegangen. Nun will sie nur noch, dass ihre Angst aufhört, alsbald. Sie hebt den Blick, lässt ihn über Wand und Decke gehen, steht auf, tastet sich die Wand entlang zur Küche, schneidet ein Stück Wäscheleine ab.

Die Holzdecke ist nur mit einer Schicht Lehm verputzt, das Kabel reißt sofort in ganzer Länge aus dem Putz, hält nicht das geringste Gewicht. Sie plumpst zu Boden und liegt da, schaut auf die Putzbrocken, schaut unters Bett, auf den Koffer darunter – ein Riegel ist hochgeklappt …

Am dritten Tag kam sie zu sich. Inzwischen hatte Askerow den Vater geholt, begleitete sie zur Bushaltestelle. Da stand sie, versunken in Vaters Jackett mit hochgeschlagenem Kragen, und starrte vor sich hin.

9

Fünfundvierzig Jahre später sitzt sie mir gegenüber in einem Korbsessel, hinter dessen Lehne ich das Meer sehen kann und einen Kutter, der die Bucht behäbig quert. An Deck mit Feldstechern bewaffnete Ausflügler, die auf Walfontänen spitz sind.

Meine Mutter ist übergewichtig, geplagt von Krampfadern an den Beinen, die hervortretenden Augäpfel verraten den Morbus Basedow. Beim geringsten Anlass – einer unguten Erinnerung, sonstiger Verstörung oder wenn sie irgendwen bedauert, und das tut sie ständig, einen nach dem anderen und alle miteinander – füllen sich ihre Augen mit Tränen, und ich schimpfe mit ihr.

Jetzt aber, da sie sich überwunden hat, mir zum ersten Mal davon zu erzählen, wie sie in ihrer Jugend unfreiwillig zum Islam bekehrt wurde, in einem gottverlassenen Nest an der Grenze zum Iran, sind ihre Augen trocken geblieben.

Keine vier Wochen vergehen, und ich finde mich in der Siedlung Biləsuvar am Fuße des Talış-Gebirges wieder, dreißig Kilometer vor der iranischen Grenze. Stehe neben dem eingeschossigen Ziegelbau der Schule, wo meine Mutter den Kindern die russische Sprache und Literatur beizubringen versucht hat. Um die Mittagsstunde bin ich mit meinem alten Freund aus Kindertagen Haşem Sagidi hier eingetroffen. Wir sind gemeinsam auf der Insel Artjom im Kaspischen Meer aufgewachsen, ich habe Haşem seit siebzehn Jahren nicht gesehen. Chauffiert hat uns auf seinem Ural-Motorrad mit Seitenwagen Haşems Freund Abbas Abbasow, Mitstreiter im Abşeroner Regiment »Welimir Chlebnikow«, einer sonderbaren ökologischen Kernzelle im Nationalpark Şirvan, die Haşem vor sieben Jahren ins Leben gerufen hat. Wir gehen über den Schulhof, drängen uns durch die Schüler, die gerade große Pause haben, und laufen einmal um das Gebäude herum; ein länglicher Klotz, hinter dem die Steinwüste anfängt; dann lassen wir uns den Weg zur Moschee erklären.

Nicht länger als eine Stunde bleiben wir in Biləsuvar. Bevor wir wieder abdüsen, zwischen den sonnenverbrannten Hügeln entschwinden, schauen wir noch in der Teestube vorbei, die sich in einer Grünanlage nahe dem Busbahnhof befindet; der Tee kommt in einer Kanne, deren Deckel mit abgeschlagener Emaille am Henkel angebunden ist, dazu ein Schälchen mit bläulichem klarem Zucker.

Was ist geschehen?

Erst ein vages Sehnen. Dann eine vertrackte Karambolage, die zum Katapultstart führte.

Der Weg von Kalifornien nach Biləsuvar hat über Moskau und über Holland geführt.

ZWEITES KAPITEL

Moskau, Amsterdam

1

Holland bot sich von selbst an. Ich hatte schon ganz andere Reiseziele gehabt. Doch die Gefahr ist nicht immer, wo man sie vermutet. In dieses Land zu gehen hieß, an meine Kindheit zu rühren – auch wenn ich nie zuvor da gewesen war. Dabei wäre mir jeder Versuch, in die eigene Vergangenheit einzubrechen, dumm oder lästerlich erschienen; kein Gedanke daran.

»Na, Faust? Noch nichts zu sehen?«, so fragte ein hockender junger Mann, braungebrannt und muskulös, in staubigen Shorts und verblichenem T-Shirt, mit kupfernem Ohrring und der Tätowierung $E=mc^2$ am linken Unterarm, in der Empfangshalle des Flughafens Köln/Bonn.

Die Frage ging an den Hund neben ihm, einen gescheckten Russian Setter mit rosa Narbenhäkchen auf der kostbaren Nase.

Der Hund antwortete mit einer seitlichen Neigung des Kopfes, den Blick unverwandt auf das Tor des Zollausgangs gerichtet, von wo die Gepäckwagen der Passagiere in die Saunahitze dieses Augusttages herausgerollt kamen.

»Immer noch nicht?«, fragte der junge Mann und biss seinem Hund zärtlich ins Ohr.

Erneutes Kopfschütteln bei Faust.

Da aber gab das Herrchen dem Hund einen Klaps in den Nacken und kommandierte: »Hopp jetzt, sag dem Ilja guten Tag!«

Faust wedelte schlapp mit dem Schwanz, riss erst einmal täppisch das Maul auf, schlug die Zähne aufeinander und rutschte mit den Hinterpfoten weg, bevor er schließlich doch in die Gänge kam, dem Unbekannten entgegen: Mitte dreißig, kurzgelocktes Haar, wulstige Lippen, spitze, nach unten hin leicht geplättete Nase, festes Kinn;

einigermaßen gut gebaut, eher sehnig, jetzt allerdings in Schenkeln und Gesäß etwas überanstrengt – mit einem Fünfzigliterrucksack auf den Schultern, Trinkflasche in der Seitentasche; gekleidet in eine Wanderhose, vielfach verriegelt und verzippt, grünes Shirt mit der Aufschrift *Espinosa learns [air], Descartes is flying*. Er hatte etwas von der linkischen Grazie einer Giraffe: versonnene halbmondförmige Brauen, vorgeschobener Unterkiefer, betulich sich drehender langer Hals, der Bewegungsapparat gegenüber Kopf und Armen harmonisch zurückgesetzt. Eben noch hatte er sich konzentriert mit den Zeigefingern die Schläfen gerieben, jetzt schauten die aufgerissenen Augen hinter der randlosen Brille verwundert auf den ordnungshalber winselnden Hund, der auf halber Strecke stehengeblieben war und sich nach seinem Herrchen umschaute.

Ljonja erhob sich und kam in wiegendem Gang auf mich zugeschritten. Wir umarmten uns.

In jenem Sommer hatte ich mich zu meiner ersten Europareise aufgerafft. Noch ohne genauen Plan; die ersten der vierzehn Urlaubstage wollte ich in Deutschland bei Ljonja Kolot, meinem früheren Mitstudenten, verbringen und dann weitersehen. Wir waren die Zeit in Berkeley lose befreundet gewesen und liefen uns dann in L. A. gelegentlich über den Weg, weil dort seine Eltern wohnten und auch meine; sie kannten sich, hielten aber noch weniger Kontakt miteinander als Ljonja und ich. Beide sind wir aus der Sowjetunion gebürtig, beide aus dem südlichen Raum, aber auf Zwanzigjährige übt die Emigranten-Community keine große Anziehungskraft aus (junge Hunde fremdeln nicht mit jungen Katzen), heute schon gar nicht mehr. Die Seltenheit unserer Zusammentreffen und noch mehr ihre Kürze erleichterten es Kolot und mir, einander gewogen zu sein.

Gleich nach dem Magister in mathematischer Statistik hatte Ljonja in Deutschland promoviert und war dort hängengeblieben, betrieb Datenverarbeitung in einem Medizinzentrum, es ging um die Wirksamkeit neuer Präparate und Methoden. Während ich nach dem Studium – Hauptfach Geologie, Nebenfach Computertechnik – den Ratschlägen meines Vaters gefolgt und in die angewandte Forschung eingestiegen war: komplexe erkundungsgeologische Analy-

27

sen auf der Basis sogenannter Observierungssysteme, in denen raffinierte seismische und chemische Analysatoren, ozeanographische und telemetrische Sensoren zusammenwirken und Erkenntnisse liefern, was zum Beispiel auf dem Meeresgrund oder in großen Bohrtiefen vor sich geht. Erdöl oder Erdgas zu finden genügt ja nicht, es muss korrekt gefördert werden, man muss die Lagerstätte umfassend betrachten, die Geometrie der Schichten in ihrer Dynamik kennen; ohne ausgeklügelte Technik, wie unsere Firma sie entwickelt und in aller Welt zur Anwendung gebracht hat, kommt man da nicht weit.

Kolot führte ein sesshaftes Leben, während ich als Nomade unterwegs war: Südkalifornien, Kanada, Norwegen, Alaska (plötzlicher Druckabfall in einem Bohrloch bei minus vierzig Grad Außentemperatur, ein Bleikern wird angebunden und ins Loch geworfen; zieht man ihn wieder raus, wird an den Narben erkennbar, wo genau es klemmt; Angeln nennt man die Methode), drei Jahre in Texas; achtzehn Bohrplattformen im Golf von Mexiko habe ich eigenhändig an die Pipeline geklemmt, ganz zu schweigen von der Menge an Koordinierungsaufgaben. Ein System aus zweihundert Meilen Kabel, zahllosen Datengebern und sonstiger Kontrolltechnik hängt an so einer Rohrleitung dran, die sich in drei Meilen Tiefe zur Küste hinzieht.

2

Später dann hatte ich mich kurzfristig nach Moskau versetzen lassen. In erster Linie, um meinen Sohn wiederzufinden – eine Geschichte für sich, der ich hier nicht vorgreifen will –, doch gab es für den Umzug auch noch andere Beweggründe.

In Moskau scheint mir das Herz meiner eigentlichen Heimat zu schlagen. Das alte Imperium existiert noch als Phantom; sein Rumpf leidet an Phantomschmerzen. Der Schmerz ist beiderseitig, auch die von der Geschichte rüde gekappten Kolonien sehnen sich nach der früheren Ganzheit zurück.

Eine Explosion ist nur in Phase eins von Stoßwelle und Splitterstreuung begleitet. Phase zwei ist der Kollaps rings um eine Unterdruckzone, so dass die davongeflogenen Teile sogar ein Stück weit zum erkalteten Epizentrum zurückstreben.

Mich hat es immer nach Moskau gezogen, dieser Drang war in meiner Sippe verwurzelt, alle waren sie Wandervögel oder Exilanten. In Moskau sesshaft geworden ist keiner von ihnen, über Jahrhunderte nicht. Entweder die Obrigkeit hatte etwas dagegen, oder man gelangte einfach nicht bis hin. Heute fällt einem amerikanischen Staatsbürger Moskau gewissermaßen in den Schoß.

Günstige Umstände hatten sich seit längerem abgezeichnet; kaum hörte ich, dass Therese umgezogen war, ergriff ich die Gelegenheit beim Schopf. Die Versetzung nach Moskau erfolgte im Team, das noch dazu aus guten Leuten besteht – mir allesamt bekannt aus früheren Projekten, mit Johnson arbeite ich seit drei Jahren zusammen, mal ist er mein Chef, mal ich seiner. So wohne ich nun im Maly Tolmatschewski Pereulok und brauche in der Wohnung keine Uhr, ich muss nur aus dem Fenster sehen und kann die Zeit am Kreml-Erlöserturm ablesen. Außerdem spiele ich mit dem Gedanken, eine eigene Firma aufzuziehen: Die Russen zahlen üppig, es gibt einen Kundenstamm, manche von denen reden mir zu, ich solle mich selbständig machen. Die Ausrüstung könnten sie auf üblichem Wege kaufen, aber die Inbetriebnahme per Werkvertrag. Meine Einkünfte stiegen auf das Vierfache, und die Crew hätte auch was davon. Aber ich zögere noch; mir genügt, was ich habe. Soll Johnson als erster anbeißen; bei Bahnrennen ist die zweite Position die aussichtsreichste.

Das Leben in Moskau ist ungerecht, spekulativ, wobei der Wohlstand allemal sichtbarer ist als der Ruin. Der Kreml mit seinen Zinnen und Türmchen kommt mir vor wie protziges Sonntagsgeschirr, aus den Pokalen trinkt man, wenn überhaupt, gepanschtes Zeug, in das die Macht ihr Gift gestreut hat – gleich ob Despoten oder Liberale, *the same shit*. Darum ist alles Gute in dieser Stadt so eingerichtet, dass man nicht herankommt, durch Fallen gesichert. Überall, in jedweder Sphäre – Kultur, Gesellschaft, Wissenschaft, im Denken an sich – stößt du unversehens auf Barrieren, die dir ob ihrer Undurchdringlichkeit zuerst bösartig erscheinen, dann komisch und am Ende fatal. Sowieso lässt sich auf Russisch kein besonnener Gedanke fassen. Will ich innerlich zur Ruhe kommen, wechsle ich im Stillen instinktiv ins Englische; diese Sprache ist wie Wasserstoffperoxid auf die Wunde, sie desinfiziert Sein und Bewusstsein.

In Moskau kenne ich mich inzwischen halbwegs aus; von den Tradern, für die ich mich aus gutem Grund besonders interessiere, habe ich schon einige kennengelernt, mit ihnen auch schon ein Tänzchen gehabt. Zwischenhändler gehören zu einem Fight Club ganz eigener Art, und das weltweit; ihr Vorgehen ist von Berufs wegen skrupellos und wenig zimperlich. Aber in Kalifornien sind es Leute, mit denen man reden und trinken kann, man erfährt dabei so manch lustige Geschichte darüber, wie das Öl, das wir fördern, seine Abnehmer findet.

Rohstoffhandelsunternehmen sind im Grunde strukturiert wie militärische Organisationen, Spezialeinheiten zur Ausschaltung der Konkurrenz. Und das nicht nur, weil Wirtschaft genauso wie Krieg, um mit Clausewitz zu sprechen, die Fortsetzung der Politik mit anderen Mitteln bedeutet. Trader lenken die Hauptgeldströme der Zivilisation, sie verfügen über die virtuellen Essenzen – mit einem immensen Vorrat an Kontakten.

Ein halbes Jahr brauchte ich, um zum wahren Leben dieser Stadt vorzudringen, danach ging es mir besser. Sonst wäre ich vermutlich in die Staaten zurückgekehrt. Jetzt kann ich den Atem des Molochs spüren. Im Buchladen auf der Twerskaja stieß ich auf eine interessante Reihe von Stadtführern; seither versüße ich mir meine Einsamkeit mit ausgedehnten Spaziergängen. All die ehrwürdigen Moskauer Straßen bin ich abgelaufen, beinahe jeden Abend war ich unterwegs: mal auf der Soljanka, mal auf der Pokrowka oder im Podkolpatschny Pereulok. Mitunter wagte ich mich in Souterrains vor oder versuchte mit Leuten ins Gespräch zu kommen, die die dahindämmernden jahrhundertealten Häuser bewohnen, welche nun mit nagelneuem IKEA-Interieur vollgestellt sind ... Aber jede mongolische Jurte starrt ja inzwischen mit Satellitenschüsseln zum Himmel.

Angefangen hat es für mich mit einer Faksimileausgabe des *Wegweisers für Fußgänger*, worin man auf das Ausführlichste instruiert wird, wie man von diesem oder jenem Bahnhof zum Lenin-Mausoleum gelangt oder wie man auf der Wosdwischenka das Büro des »Allunionsobmanns« findet – beigegeben das für ein Gesuch zu verwendende Formularmuster. Der *Wegweiser durch Moskauer Fabriken* führte mich sodann zum ehemaligen Rüstungsbetrieb Michelson, an dessen Tor Fanny Kaplan danebenschoss. Als Nächstes ließ ich mich vom *Wegweiser durch Moskaus Alpträume: Zereteli* inspirieren, um anschließend in den Bann des *Wegweisers durch das verhinderte Moskau* zu geraten – jenes mirakulösen, nichtsdestoweniger lebendigen Teils nämlich, der aus verworfenen oder umgearbeiteten Bauvorhaben der 1920er/30er Jahre besteht. Der *Wegweiser durch Moskaus Lasterhöhlen* packte mich ebenfalls, wenngleich die Faszination nicht lange vorhielt, Überdruss und Ernüchterung sich sehr bald einstellten. Der *Wegweiser über die Sperlingsberge* (zum Beispiel: die Geschichte des Roten Stadions, jenes berühmten Propagandaprojekts zu Anfang der 30er und seines Scheiterns; eine Beschreibung diverser Picknicks der Zarenfamilie inklusive Feuerwerk; die Auflistung der an den Uferböschungen heimischen Kleintierwelt; die Geschichte des desaströsen Metrobrückenbaus über die Moskwa 1957) leistete mir beim Joggen vorzügliche Dienste; der *Wegweiser durch Moskaus Mythen* vermittelte allerlei unglaubliche Geschichten, von denen eine die Phantasie besonders in Anspruch nahm: Das Hauptgebäude der Moskauer Universität sei auf Stalins Geheiß auf einer gigantischen Treibsandfläche errichtet worden, die zuvor durch flüssigen Stickstoff gefrostet worden sei; ein ganzes Sonderregiment sei in den Kellern des Gebäudes damit beschäftigt, die Kühlanlage in Gang zu halten, mit der alles steht und fällt … Mit dem *Wegweiser durch Moskaus Kultfilme* gelangte ich in jenen Keller, wo der bucklige Anführer der *Schwarzen Katze* sich vor Kommissar Scheglow versteckt, und fand mich in der ersten Szene der Filmkomödie *Pokrowskie Worota* wieder, wo der namenlose Motorradfahrer über den Iwanhügel düst, vorbei am Nonnenkloster, das von Jelena Glinskaja aus Anlass der Geburt ihres Sohnes, späterhin bekannt als Iwan der Schreckliche, gegründet ward und in dem einst die falsche Zarentochter Tarakanowa wie auch die Serienmörderin Saltytschicha gefangen saßen.

31

Bis ich eines Tages begriffen hatte, dass diese Stadt ein lebendiger Organismus ist, der atmet und denkt. Da durchzuckte es mich, wie es nur einen durchzucken kann, der gewahr wird, dass er nicht einfach auf einem Stuhl sitzt oder die Straße langgeht, sondern im Bauch des Leviathans schwimmt. Und da gibt es zumindest zwei Möglichkeiten: Entweder man kneift die Augen zu, und das ein für allemal, oder man versucht hinauf- und hinauszugelangen, um dem Monstrum wenigstens ins Gesicht zu sehen. Wen die Neugier plagt, der wählt Letzteres, so auch ich – zumal dies nun *meine Stadt* war und erst die zweite in meinem Leben, die ich so nennen durfte.

Denn meine Kindheit hat sich an den weiten, menschenleeren Küsten des Kaspischen Meeres zugetragen, und meine Jugend verbrachte ich in den öden Steppen und Hügelländern Kaliforniens.

Völlig klar, dass Städte, sofern sie keinem singulären Hirn entsprungen sind, nicht nach Plan errichtet werden, sondern sich am Geländerelief orientieren: so wie die Bienen sich des Skeletts eines zu Tode gestürzten Tiers bemächtigen, eines möglichst großen, am besten eines Löwen. Becken- und Schädelknochen haben geräumige Gewölbe zum Schutz vor Regen zu bieten, bequeme Ein- und Ausfluglöcher außerdem. (Moskaus Löwen, einschließlich die an Paschkows Haus, haben auffällig kluge Gesichter – ob die Zivilisation wirklich so viel gewonnen hat, den Weg der Primaten zu gehen, anstatt vierzig Millionen Jahre zuvor auf idealkommunistischer Stufe zu verweilen?)

Zum Aufhängen der Waben vom Rückgrat her ist das Gerippe etwas weniger gut geeignet. Der Hohlraum wird mit Hilfe von Hängebögen bezwungen, wie sie Hautflügler zu spannen imstande sind, wobei sie mit dem Wachs noch virtuoser umgehen als wir, die »Könige der Natur«, mit Asphalt und Beton. Auf gleiche Weise bezwingbar muss sich einmal die Wildnis zwischen Presnenski Wal und Grusiny erwiesen haben, indem man zuerst anonyme Schneisen in den Wald schlug, die dann irgendwann zu Querstraßen mit wohltönenden Namen wurden: Rastorgujewski, Kurbatowski und Tischinski Pereulok … so dass sich Simsons altes Rätsel: *Speise ging von dem Fresser und Süßigkeit von dem Starken* bewahrheitete, zumal wenn man bedenkt, dass auch wieder jedes Relief sich von Natur aus sukzessive zoophag verhält – dazu geneigt, alles auf ihm Lebende in Schwarzerde oder Sedimentgestein zurückzuverwandeln.

Moskau ist ein simpler, alter Bienenstock, dessen Ringe immer größer werden und sich von dem im Wachs der Zeit erstarrten historischen Kremlplan entfernen. Die Bebauung ist konzentrisch, schmiegt sich jedoch der natürlichen Landschaft – Flüssen, Gräben – an. Meine Streifzüge durch Moskau wurden von einer Episode angestachelt. Unsere Firma hatte die ersten paar Monate nach Filialgründung ein Büro im Souterrain eines Institutsgebäudes am Bolschoi Trjochswjatitelski Pereulok angemietet. Darin machte sich von Anfang an ein unklarer klaustrophobischer Tremor bemerkbar, an dem viele Mitarbeiter zuweilen litten, verstärkt noch durch das gewölbte, meterdicke alte Gemäuer, so dass das Büroleben nicht selten in die umliegenden Straßen und Parks hinausschwappte; bisweilen schien ein normales Arbeiten dort unten nicht mehr möglich. Das Rätsel dieser Komplikation lüftete sich andeutungsweise eines Sonntags, als ich kam, um irgendeine wichtige Sache zu Ende zu bringen, und in der Raucherecke einen Arbeiter traf, der mit der Sanierung des Nachbarraums beschäftigt war. Ich brachte die Rede auf die unerklärlichen klaustrophobischen Anwandlungen; statt einer Antwort griff er in einen Eimer mit Bauschutt und schaufelte eine Handvoll Putzgebrösel heraus. Darin fanden sich gleich mehrere plattgedrückte Bleikugeln.

Details waren nirgendwoher zu erfahren, außer dass in dem Gebäude in den späten 1940ern eine Behörde des Staatssicherheitsministeriums untergebracht war; bei Gelegenheit dieser Recherche brachte ich immerhin einiges über die nähere Umgebung in Erfahrung. Der zweigeschossige blaugrüne Bau des Kindergartens zum Beispiel, der in günstiger Lage auf dem Scheitel des begrünten Hügels steht, den hinauf sich unsere Straße bis zum Pokrowski Bulwar zieht und vor dem man so gut sitzen und aus weiter Brust atmen kann, mit dem Blick hinab auf die Soljanka, die Chitrowka und den von Dächern durchzackten Freiraum dahinter, unter dem der Fluss längs der Kotelnitscheskaja Nabereschnaja dahinströmt – die-

ser Bau war einmal das Anwesen der Morosows gewesen; im Seitenflügel hatte Sergej Morosow, Kunstmäzen und selbst Künstler aus
Leidenschaft, ab 1889 den Maler Isaak Lewitan beherbergt. Wenn
ich mir in der Mittagspause die Beine vertreten ging, kam ich auf
dem Rückweg öfter dort vorbei und versuchte in dem schiefwink-
ligen Anbau mit dem blühenden Putz und der bedrohlich überhän-
genden Gedenkplakette die Retorte des Demiurgen zu erspähen, in
der die russische Landschaft gezüchtet worden war.

Moskau schwimmt im Öl. In seinen Strömen, an den sündigen
Orten nächtlicher Vergnügung mit ihrem strapaziösen Luxus, baden
die Schönen. Die Leiber der Tänzerinnen auf den turmhohen Podesten im Nijinski-Klub glänzen vom Schmer, den der Schoß der Erde
gebiert. Moskau schillert, fließt, seine Tektonik ist gewaltig, seine
Leidenschaft groß – man muss nur ein Feuerzeug daranhalten, schon
brennt sie lichterloh, die Hure, die Herrscherin ist, Skandal, Skandal! – und landet auf der Straße, wo sie hingehört, der Türwächter
zerrt sie an den roten Zotteln, gibt ihr einen Tritt, und dann stöckelt
sie davon, nicht ohne dem Typen noch eine zu langen, knickt um,
fällt aber nicht, flucht lästerlich, wie nur Soldaten fluchen können in
höchster Angst, ehe sie losschlagen, schleppt sich über die Boule-
vards, kriegt es irgendwann satt, sinkt auf eine Bank nieder, lässt sich
von einem späten Besoffenen Feuer geben …

Das Berückende am Leben in Moskau ist, wie stumpf es daherkommt und wie versessen auf Neues zugleich; diese bizarre Ver-
wirrung der Gefühle, in die du gerätst, wenn, sagen wir es so, der
Psychoanalytiker dich während der ersten Sitzungen in dem Stapel
Denunziationen blättern lässt, die ihm dein Unbewusstes geliefert
hat. Ich, der diesem Land doch eigentlich fremd sein müsste, ihm
allenfalls einmal unglücklich versprochen gewesen durch Muttersprache und Grundschulunterricht, kann mich seinem unverwand-
ten, forschenden Blick ins Herz hinein nicht entziehen.

Überdies bringt Moskau es immer wieder fertig, dich durch para-
normale Erscheinungen zu verunsichern. Wie überhaupt in dieser Stadt
Karneval und Pogrom, Kleptomanie und Caritas ununterscheidbar
sind. Nie ist es mir gelungen herauszufinden, warum ich manchmal

frühmorgens auf dem Weg ins Büro zwischen Twerskaja und Gartenring an einer endlosen Reihe von Soldaten vorbeikomme, dazu eine Kette Militärlaster mit ihren einschüchternden Kühlergrillfratzen und Reifenprofilzacken, auch die angehängte Gulaschkanone fehlt nicht, selbstverständlich dampfend. Dieser absurde Anblick zu früher Stunde, noch ehe die Sonne über die Giebelkante gestiegen ist, das Sonnenlicht nur auf einer Straßenseite über die Steildächer gestreut und in den Fenstern der oberen Etagen flammend, die geschlossene Fassadenreihe zum Kreml hinunter beziehungsweise hinauf zur Neglinnaja wie der gezähnte Abdruck einer über den Meeresboden kriechenden Molluske. (Beton ist auch bloß Kalkstein, vergeht aber langsamer.) Die Soldaten, in grobe, schlecht sitzende Feldmäntel gesteckt, Pubertätsspeck in den verstörten Gesichtern, mit weichem, zutraulichem oder gehetztem Blick – im Grunde noch Kinder – und dem Funken Neugierde von Provinzbuben, die an kurzgehaltener Leine auf Klassenfahrt in die sagenumwobene Hauptstadt gekommen sind. Den Kopf lässig zwischen die Schultern gezogen, ohne militärische Haltung – die Rücken straffen sich eilig, wenn der Kommandeur in die Nähe kommt, ein blonder Bulle, der jedem Einzelnen mit wortloser Strenge ins Gesicht stiert. Solche Blicke ernten ungezogene Kinder von ihren despotischen Eltern, wenn sie bei fremden Leuten zu Besuch sind.

Ich bin schon genug im Lande herumgekommen, um erfahren zu haben, dass das Leben in Russland wie ein Stehen am Abgrund ist, wo man, den Hals vorgereckt, sich den freien Fall ausmalt und zugleich den festen Boden unter den Füßen aus einer Höhe von sechs Fuß und drei Zoll peinlich im Auge behält. Ob nun ein unerklärliches Heimatgefühl mich durch die Fenster meiner Wohnung anhauchte oder sich das große Nichts Tausende Meilen tief unter den Flugzeugflügeln dehnte – ich lebte auf dem Grat, Auge in Auge mit diesem so anmutigen und so grobschlächtigen, so rabiaten und so rührseligen, schranken- und hoffnungslosen Land, lebte in ihm und doch nur so, dass ich mit Stirn und Händen entlangwischte an einer dünnen Scheibe aus geistiger und emotionaler Sterilität, Nicht-Verstehen-Wollen. Manchmal kam ich mir vor wie ein Einfaltspinsel, den

Freunde mit auf die Jagd genommen haben, wo er sich schnell langweilt und lieber spazieren geht, natürlich dahin, wo man nicht darf, prompt angefallen wird vom wilden Tier und hat keine Waffe dabei. Der Geruch von Erdöl ist das Aroma meiner Kindheit. Mein Vater gehörte zu denen, die es aus der Erde holten. Der Schulweg führte vorbei an einem Wald aus Bohrtürmen, Tiefpumpen, Rohrleitungen und schwarzen Tankzylindern inmitten einer wüsten Insel, und dahinter lag das Meer. Und als mir klar wurde, dass Moskaus neue »Entfesselung« mit der Idee des Erdöls zusammengeht, interessierte es mich nicht länger. Ich hörte auf, mit Freunden durch die Clubs zu ziehen, verkaufte meinen Stammplatz in der Fünf-Personen-Loge des *Nijinski* weiter – worauf die Stadt sich in ihrer ganzen Weite auftat, ausbreitete unter den Sperlingsbergen – für mich.

Was hätten meine Eltern dafür gegeben, nach Moskau zu ziehen oder immerhin in seine Nähe, überhaupt nach Russland zu gehen! Mutter erzählte gern davon, wie sie in ihrer Jugend einmal in Leningrad gewesen war – und ich lauschte ihr verzaubert, suchte mir die weißen Nächte vorzustellen, Peterhof, die Kasaner Kathedrale, die Eremitage. (Einen Bildband über diese Stadt gab es bei uns zu Hause nicht, dafür die vierbändige *Kleine Kunstgeschichte*, deren Schwarz-Weiß-Reproduktionen meine Netzhaut sorgfältig abgescannt hatte.) Abşeron erschien meinen Eltern als ein Grab – sonnig zwar und ans Herz gewachsen; beide waren sie dort geboren und groß geworden. Ohne ihren Traum hätten sie es noch schwerer gehabt. Der Vater träumte davon wegzugehen, fuhr immer einmal wieder zu Freunden nach Stawropol oder ins Moskauer Umland, eruierte die Möglichkeit eines Umzugs dorthin, erfolglos. Mit der Emigration lösten sich all diese Ideen in Luft auf. Und also musste ich kommen und das Versäumte nachholen. Ob darin ein tieferer Sinn steckt? Ich weiß es bis heute nicht. Habe kein Zuhause, schlage nirgends Wurzeln, nur im Unterwegssein kann ich mich spüren.

Die goldenen Zeiger der Uhr am Erlöserturm sind es, zu denen ich von Dienstreisen heimkehre. Reisen an weit auseinanderliegende Orte, in Gegenden, wo die Bevölkerungsdichte niedriger scheint als in der Sahara. Die Lagerstätte Wankor zum Beispiel: zuletzt drei

Stunden mit dem Hubschrauber in die Turuchansker Taiga hinein, diesiges Morgengrauen, verrottendes Baugerät inmitten der Ödnis, wie Reste einer ins schwarze Loch gestürzten außerplanetarischen Fregatte; blau-gelbe Spezialkleidung, die Visage dick mit Vaseline eingeschmiert, Eisnadeln am Kolben des Spiritusthermometers, Reifperlen im Bart und am Kapuzensaum, ringsum bis zum Horizont Bohrtürme und nichts sonst, Taiga in kärgster Form, ein geschundener, ja, geschändeter Ort: die wenigen übriggebliebenen Fichten oft mit abgeknicktem Wipfel, dazu vereinzeltes Gesträuch und Bultenlandschaft, deprimierende Weite, die nur dadurch bemerkenswert ist, dass man den höchsten Punkt im Gelände, sagen wir, die Spitze eines Bohrturms erklettern könnte, ohne dass das Auge etwas anderes zu sehen bekäme als das, was man vor der Nase hat, und auch ein mehrstündiger Flug in beliebige Richtung änderte nichts. Oder nehmen wir die Siedlung Gubkinski: Fliegt man im Sommer dorthin, fragt man sich, wo das Flugzeug landen will, da im Labyrinth der vom antauenden Dauerfrostboden gefluteten Reliktenseen keine Landebahn zu entdecken ist; im Winter stundenlange Fahrten im Raupentransporter über den vereisten Sumpf. Oder Sachalin: Ohne das berühmte Pawlowski-Netz (sieht aus wie ein Stück Fischernetz, die Maschen einen halben Zoll groß, getränkt mit DEET und Nelkenöl) wird man im Juli von den Gnitzen binnen zwanzig Minuten aufgefressen; einen Hund, vor die Tür des Stalls gejagt, in dem das Vieh in den Rauchschwaden von glimmendem Kuhdung Schutz sucht, kann man verrückt werden sehen. (Haben Sie schon einmal einen schizophrenen Hund gesehen und darüber nachgedacht, wie ich es in meinem Grauen tat, welcher Art Stimmen das arme Tier heimsuchen mögen? Was für ein Herrchen ihm in einem fort fass! und Fuß! und pfui! ins Hirn brüllt?) Demnächst soll ein neues Projekt in der Laptewsee eröffnet werden ... Die Aussicht, nachts aus der Kajüte zu treten und durch den irrlichternden Wald aus vereisten Seilzügen und Verankerungen zu schlittern, bis du dich am äußersten Rand der nachlässig vertäuten Pontons wiederfindest, und die Plattform mit ihren beständig knarzenden Planken, in ihrem gespenstischen Ausmaß, der Unwirklichkeit einer schwimmenden

Stadt, fasst dich von hinten an, lässt dich erstarren – am Rande stehend, ist die Irritation am spürbarsten, du siehst den Turmriesen in seiner ganzen Größe, er scheint sich aufzuschaukeln, kippen zu wollen in deine Seele, kippt, Herr im Himmel! – pendelt zurück wie ein Kreisel, kreiselt wie blöde … Sich dann umdrehen, über die eisige Brüstung lehnen, den Kopf hineinstrecken ins stürmische, Nebelfontänen sprühende Nichts – das hat etwas.

Also alles halb so wild – wäre nicht die Erzählung meiner Mutter gewesen und Holland im Anschluss, die den gewohnten Lauf meines Lebens durcheinanderbrachten. Bis dahin schien alles im Rahmen gewesen zu sein. Falls das nicht nur eine Täuschung war – wie gut weiß der Mensch über sich Bescheid? Selbst der Tod kann zur Gewohnheit werden.

Aber in Mitteleuropa war ich wirklich noch nie gewesen, außer einmal in Wien zwischengelandet.

3

Den dritten Tag schon radelten Kolot und ich Köln und die weitere Umgebung ab. Die Anspannung vom Job ließ nach; ganz in die Ferienseligkeit zu versinken war mir noch nicht gelungen. Oh, hätte ich damals geahnt, was diese Reise nach sich ziehen würde!

Ljonja war ein großgewachsener, drahtiger junger Mann, ironiefähig, wenn auch etwas gehemmt, im Grunde ein lieber Kerl. Der es fertigbrachte, dich anzublinzeln mit seinem halb herablassenden, halb entgegenkommenden Lächeln und zu fragen: »Wie wärs mit einem Abstecher nach Amsterdam?«

Wir waren lange um eine Talsperre gekurvt, hatten die Räder am eisernen Rand der alten Staumauerkrone gegeneinandergestellt, das verschnörkelte Geländer überklettert (sehen Sie vor sich den Zaun um die Villa Rjabuschinski in Moskau, in der Gorki vergiftet wurde? genau!) und ließen nun die Beine baumeln. Vor uns das von bewaldeten Hügeln umsäumte Staubecken, unter den Füßen, stumm und gewaltig, der aus den Gittern stürzende Wasservorhang, der ganz unten in einer dumpf tosenden Wolke zerplatzte. Darüber wölbte sich ein kleiner Regenbogen, mal blasser, mal kürzer, zwischendurch ganz verschwindend, je nachdem, welcher Wolke Schatten gerade über uns hinwegstrich. Halb aus dem milchigen Gestöber schaute der Kiel eines Bootes hervor: darin kniend ein Angler, vornübergebeugt, peitschte mit seinem Blinker die Grenze zum ruhigen Wasser.

»Was soll ich da?«

»Wie bitte? Du bist zum ersten Mal in Europa. Was ist Europa ohne Holland? Zwei Stunden Zugfahrt, und du stehst auf dem Waterlooplein! Da können wir gleich Sophie besuchen, die führt uns aus.« Kolot hatte den Kinnriemen seines Fahrradhelms gelöst, zog die Trinkflasche vom Rahmen und nahm einen tiefen Schluck.

»Ich weiß nicht. Auf Holland war ich nie scharf«, gab ich zur Antwort und wischte mir mit dem Ärmel das Gesicht, das der Wasserfall von unten feucht behauchte.

Sophie war Ljonjas Ex-Freundin, die ihn um ein Haar geheiratet hätte, vor einem Jahr nach Amsterdam zurückgegangen war und nun wieder als Krankenschwester arbeitete: ein sanftes Wesen mit eckigem, seltsam asymmetrisch wirkendem Gesicht, Pony tief in die Stirn und Augen in der Farbe von trockenem Heu. Ich war ihr einmal in Moskau begegnet, da war sie meinem Blick ausgewichen und rot geworden beim Versuch, englisch zu reden, doch als die Zunge gelöst war, machte die schüchterne Zögerlichkeit einer verhaltenen Impulsivität Platz. Auf den Photos von damals trug sie durchweg Kleider, nie Rock, Bluse oder Jeans.

»Das ist ein Fehler, den du bereuen wirst«, sagte Ljonja achselzuckend, riss sich plötzlich die Klamotten vom Leib, tat zwei kurze Schritte und hechtete mit kräftigem Sprung über die Wand aus fallendem Wasser hinweg. Die Füße zeichneten eine Parabel in die Luft, und er schlug hart auf dem Rücken im Wasser auf, in ziemlicher Nähe des Bootes; ich sah, wie es schwankte, der Angler erschrak und zurückprallte, die Spinnangel zur Seite riss.

Kolot war immer ein Verrückter gewesen. Einmal, 1977, hatte er sich beim Streetracing rund um den Campus, was ein beliebter Studentenspaß war, hundert Dollar Einsatz, in seinem Chevy Nova viermal überschlagen. Frauen hielten es nie lange mit ihm aus oder er mit ihnen, das zu unterscheiden war ich gottlob nicht gefragt. Katzen mochte er nicht leiden und hielt sich nun diesen Setter, der aus irgendeinem Grund streng nach Käse roch und mir allnächtlich die Decke wegzog (eben noch im Nachen des Traums wie in Watte gepackt, plötzlich nackt auf freiem Feld im Mondwind liegend). Ich fragte mich, ob *ich* es lange mit ihm ausgehalten hätte, als Frau oder als Hund?

Ljonja schraubte sich kühn um das Boot mit dem Angler herum, der sich beeilte, seine Gerätschaften aus dem Wasser zu heben, wie ein Fräulein den Rocksaum rafft, wenn es unerwartet in eine Pfütze getreten ist. Das letzte Mal hatte ich Ljonjas nassen Rücken am Strand bei San Francisco gesehen; damals waren wir beide dem Surfen verfallen und stundenlang, bis zum Stumpfsinn, flach auf dem Brett liegend, am Ufer hin- und hergepaddelt, immer schräg über den Wellenkamm …

An Kolot war ich ganz zufällig geraten. Für die gelegentlichen Wochenendbesuche bei den Eltern in L. A. suchte ich Mitfahrer, wofür ich anfangs immer einen Zettel neben den Eingang zur Mensa pinnte. Der Vorteil lag auf der Hand: Man teilte die Benzinkosten durch zwei oder drei und hatte zusammen eine lustige Reise. Von der Bay nach L. A. kommt man am besten über die I-5. Auf ihr, obwohl man einen Haken ins Innere des Kontinents schlägt, ist man im Schnitt zwanzig Stundenmeilen schneller und so mindestens zwei Stunden früher am Ziel. Eine ödere Fahrt kann man sich allerdings nicht denken. Ganz anders, als wenn man die Küstenstraße fährt, die sich malerisch die Steilufer entlangschlängelt. Hier düst man mitunter eine geschlagene Stunde stur geradeaus, zu beiden Seiten nichts als flimmernder Dunst, die Straße wie ein Band aus flüssigem Glas, vor dir und hinter dir kein einziges Auto, du könntest einen Ziegelstein aufs Gaspedal legen und die Füße ins Lenkrad. Man läuft Gefahr, vor Langeweile zu sterben – oder einzupennen, auch wenn Nirvana aus den Boxen kracht. Die wenigen Schilder machen depressiv: *Nächste Tankstelle in 68 Meilen*. Die staubigen Käffer, durch die man kommt, ähneln einander fatal. Immer das gleiche *Taco Bell*, die gleiche *El Ca-*

mino Road, *Chevron* oder *Texaco*. Wo man dem Kassierer lieber nicht ins Gesicht sieht, damit einen nicht das Grauen packt, und man ruft: He, Mann, dir hab ich doch heute schon mal bezahlt, 200 Meilen zuvor!

Das einzig Sehenswerte auf der gesamten Strecke ist eine gigantische Bullenfarm, groß wie eine Stadt, einhundertzwanzigtausend Stück Vieh. Fünf Meilen fährt man an einem Drahtzaun vorbei. Mitten in der strohgelben Ebene plötzlich ein schwarzer Austrieb – und eine lebende kastanienbraune Masse, die in die Brache hineinkeilt, unüberschaubar. Das Farmgelände ist etwas abschüssig, man hat den Eindruck, als machte diese gigantische Herde vor keiner Grenze Halt. Näher zum Zaun schinden die Stiere besonderen Eindruck, man sieht die Mäuler, die Rippenbögen in den Flanken. Im Hintergrund die endlose Front der Boxen, zehn Baseballfelder mitsamt Tribünen aneinandergereiht, vollgestopft mit tausendkiloschweren Leibern. Was, wenn sie die Umzäunung durchbrechen? Rumpsteak für die Läden der *Pacific Coast*, sieben Dollar das Pfund. Drei Meilen gegen den Wind stinkt es nach Dung. Kurz einmal eine Kolonne Viehtransporte, aus den Ritzen der Bordwand baumeln dreckstarrende Schwänze, dann wird die Straße wieder leer. Steppe zieht vorbei in geschlossener Fläche, nur hie und da ein leichter Wellenschlag im Gelände, wie ein Vogelflügel, der die Flugrichtung nach dem Wind korrigiert … Irgendwann zieht die Straße bergan, Trucks fahren auf der rechten Spur und paffen angestrengt. Als der Pass überschritten ist, eröffnet sich ein schillerndes Meer aus Lichtern, Leuchtblasen, Feuerpusteln auf dem schwarzen Knochen des Küstenstreifens. Und jeder Lichtpunkt bedeutet Leben, ein Schaufenster meinetwegen, weinroter Samt, darauf eine Perle, und unter jeder Laterne ein Profil, ein Arm, ein Knöchel mit Schmetterlingtattoo – oder auch nur ein Stück Asphalt …

Das Leben in Berkeley war immer am Sieden, ein Jahr galt wie fünf. In seiner Jugend ist jeder ein Dichter, aber nicht jeder stirbt dafür. Studiert wurde emsig und zwischendurch reichlich Unfug getrieben, das Leben wechselte zwischen Bibliothek und Kneipe. Die kleine Mansarde, die ich bewohnte, wurde öfter von Cops heimgesucht; regelmäßig um zehn riefen die Wirtsleute – Japaner, eine Samurai-Familie – nach der Streife, dann wechselten wir in die Kneipe Dwight Way/Ecke Fulton Street, um uns mit Gras einzudecken, und landeten schließlich im *Durant*, einem Restaurant mit mexikanischer Küche, das von guatemaltekischen Kommunisten unterhalten wurde. Die Preise entsprachen den politischen Überzeugungen der Betreiber. Bis sie sich am Ende zerstritten hatten, war ich im siebten Semester und hatte die Riesenburritos, dick wie Birkenstämme, sechs Dollar das Stück, zur Genüge genossen. Kolot demonstrierte ein Höchstmaß an Anpassungsfähigkeit, indem er sich einen Posten als Hausmeister bei der örtlichen Filiale des YMCA an Land zog, den er über zwei Jahre bekleidete. Somit stand uns eine Turnhalle zur Verfügung, Basketballfeld und Konzertflügel inklusive. Unter diesem richtete Pascha Rhei sich ein, Rockmusiker und Politaktivist, *UseNet*-User der ersten Stunde, der tagsüber im Schatten des lackschwarzen Korpus pennte, um nachts die Hände über die Tasten springen zu lassen und uns mit Liedern aus unserer sowjetischen Kindheit zu beglücken.

Mit Ljonja Kolot konnte man nicht lange zusammen sein. Früher oder später veranstaltete er unweigerlich irgendeine sinnlose Mutprobe, Verrücktheit. Freunde benötigte er eigentlich nur als Zuschauer für seine Shows.

»Anhalten, sofort anhalten!«, verlangte er einmal, als wir an der Bullenfarm vorbeifuhren.

Ein Seitenblick auf Ljonjas raubkatzenhaftes Profil genügte: In seinen Augen flackerte der Wahnwitz. Schon griff er mir ins Lenkrad, dass das Auto in Richtung Böschung driftete. Brüllen, Gegenlenken und Auf-die-Bremse-Steigen waren eins.

»Sag mal, spinnst du?!«

»Anhalten, hab ich gesagt«, stieß Ljonja durch die Zähne, und das war ein Befehl.

Es dämmerte bereits. Die Nähe der abgeschotteten, blindlings unters Messer führenden Bullenzivilisation reizte die Nasenschleimhäute seit geraumer Zeit. Wir traten zu verschiedenen Seiten des Wagens in die Böschung, um zu pinkeln. Als ich zurückkam, war Ljonja nirgends zu sehen. Unter der erhitzten Motorhaube knisterte es. Knapp überm Horizont kündete ein fahler Lichthof das Aufgehen des Mondes an, wie Scheinwerfer hinter einer Biegung. Vielstimmiges Vibrato der Heuschrecken über den Hügeln, anschwellend und wieder verebbend. Ein Auto nahte mit Fauchen und Gleißen, schoss vorüber, entfernte sich, rotglühende Kohlestückchen, die langsam erloschen. Und da vernahm ich einen Pfiff.

Ich überquerte die Straße, näherte mich dem Zaun. Ljonja war schon dahinter, unmittelbar vor dem Hochspannung führenden Drahtverhau, und versuchte einen einzelnen Bullen zu reizen, der schlaflos vor den Boxen im Freien stand, ihn heranzulocken. Ein vager Schatten, massig und schwarz aufragend, stumpf bekrönt. Der Mond war noch nicht aufgegangen, da erglänzte im schwarzen Schädelbein des Viechs – das zwischen Phasen der Starre satte Lebenszeichen von sich gab, Geräusche, halb Seufzen, halb Schnaufen, von einem Huf auf das andere trat – urplötzlich ein Paar Augen. Erst das eine, dann, jenseits des ausladenden Nasenbeins, das andere. Die Einbildung malte in der Finsternis den Kopf eines Riesen darum, eines eingesperrten debilen Zyklopen, der aus dem Schlaftrakt auf allen vieren ins Freie gekrochen ist, um zu den Sternen aufzuschauen. Und dabei gewahrt er den Menschen.

Geschöpfe dieser Art bekam der Bulle genau zweimal täglich zu Gesicht: bei der Fütterung. In ihren grünen Kombis liefen sie die Boxen entlang und prüften, ob Fütter- und Tränkautomatik ordentlich funktionierten. Heute war es das dritte Mal, dass er auf Menschen traf, und das beunruhigte ihn. (Womit er instinktiv recht hatte: Ein drittes Mal bekamen nur diejenigen Bullen Menschen zu sehen, die weggeführt und nicht wiedergebracht wurden.) Der eine stand gleich hinterm Zaun, den zu berühren zwar nicht sofort Schmerz erzeugt, aber du bleibst kleben, kannst dich nicht mehr rühren, Kopf und Beine bilden eine starre Brücke, dein mächtiger Körper wird hilflos wie ein Stein. Er hatte es ausprobiert.

Lange stand der Bulle so, sog nur geräuschvoll Luft in die Nüstern, dann wurde Ljonja auf einmal von einem Luftzug gestreift, wie große Körper ihn erzeugen, wenn sie sich in Bewegung setzen. Aber

Ljonja pfiff weiter, ohne mit der Wimper zu zucken. Anfangs hatte ihn die Möglichkeit zu einem gefahrlosen Jux gereizt, jetzt zog ihn die Aussicht in ihren Bann, einem so mächtigen und wilden Tier in die Augen zu sehen. Von so viel Nähe konnte er sich nicht losreißen. Als stünde er auf einer Plattform aus Sicherheitsglas, deren Rand man allerdings nicht sah und die seinen Forscherdrang animierte: zu sehen, wie weit man gehen konnte …

Das Maul des Bullen, der ragende Rist und eine Schulter traten im Mondlicht hervor. Über den ledernen Lippen silberne Borsten, der Rücken ein Berg mit Buckeln von Speck, zerfressen von Bremsen und mit Holzspänen übersät, die frisch kupierten Hörner noch scharfkantig …

Ljonja stand da, Hände auf dem Rücken, vornübergebeugt. Torerohaltung.

Als der Bulle den Menschen erblickte, prallte er zurück, senkte den Kopf, schlug hart mit dem Huf gegen den Boden, schüttelte das Maul und lief einen größeren Kreis, der ihn vor den Zaun zurückführte, in respektvollem Abstand zu ihm.

Ljonjas Pfiffe kamen jetzt in kürzeren Abständen, höher im Ton.

Der Bulle hielt inne, schnaufte und sprang ein Stück weg, kam brüllend wieder angesprungen, drehte ab zur Seite. Und wieder Vorstoß in Boxermanier. Eine lebende Tonne Fett, Muskeln, Knochen und blinde Wut, schäumend auf Armeslänge vor ihm. Tierischer Stumpfsinn. Leidensdruck, vage, doch unübersehbar.

Als das Tier neuerlich aufmarschierte, sah ich an seinem Bauch irgendein Textil mit Metallklemme baumeln. Das Vorhandensein dieses Dings ließ auf die Abwesenheit eines anderen schließen: Der Bulle war kastriert.

Weiter hinten flammten Lichter auf, offenbar war ein Sicherheitssystem angesprungen.

Ich schaute mich um. Die Chaussee war leer, tiefe Nacht, toter Mond, das Auto als blinkendes Viereck am Straßenrand.

Leises Pfeifen. Hufgetrappel, Schnaufen.

Ich kletterte über den Zaun, zog Ljonja am Ellbogen. Er riss sich los, trat noch näher ran. Pfiff jetzt gellend, vier Finger zwischen den Lippen.

Im nächsten Moment warf sich der Bulle gegen das Verhau. Funken stoben zu beiden Seiten, kleine blaue Feuerschlangen züngelten über den Boden, schnappten nach seinen Füßen. Gestank von verbranntem Fleisch. Das Maul des Tiers wurde mit einem Mal spitz wie bei einer Kuh – nichts Bulliges mehr, der Kopf schlug hin und her, pendelte aus; die Hinterbeine zitterten. Zuletzt kniff es die Augen zusammen und drehte den Kopf, sah aus wie ein schlafendes Kind, das sich ins Kissen kuschelt. Am Boden immer noch die zuckende, schillernde fahlblaue Flamme.

4

Fünfzehn Jahre später funkte es zwischen uns immer noch auf die gleiche Weise, und ich ahnte nun schon, dass unsere Begegnung nicht folgenlos für mich abgehen würde. Mit einem Sprung von der Staumauer käme ich nicht davon. Und so war es auch. Das Wort Holland, einmal ausgesprochen, bohrte in mir: die längste Zeit weggesperrt gewesen, im Unbewussten abgelegt, Kopf, Händen und Seele entrissen – es wurde fuchtig, scharrte mit den Hufen, stieß mit den Hörnern, der Konjunktivgabel (»was wäre wenn?«) –, drauf und dran, durch die Hochspannungsgegenwart zu brechen, sich auf die wehrlose Zukunft zu stürzen …

Ja, Kolot habe ich um seinen Leichtsinn immer beneidet – und hing schon am Mittag des nächsten Tages mit den Augen an der Landschaft, die in stummer Raserei im Waggonfenster vorbeischoss – Letzteres so unbewegt wie die Welle, die dich mit deinem Brett auf den Kamm hinaufschraubt. Nichts Abgeklärteres als so ein Eisenbahnfenster: Es verführt zur Kontemplation, passt dein Bewusstsein dem Horizont an, weitet es zu geräumiger Ruhe, worin man seine Gedanken ausbreiten kann, aber ebenso gut ihr Fehlen.

Ljonja blätterte in einem dicken Pharmaziekatalog; ab und zu legte er ihn beiseite, um die Schnürsenkel seiner Wanderschuhe neu zu binden.

Ich zog William Simonyis *Fliegenden See* aus dem Rucksack, kam aber nicht über Seite 22 hinaus. Die Landschaft da draußen, bisher nur von Gemälden bekannt, peitschte die Netzhaut, verwandelte mein Hirn in einen Sichtschacht der Besinnungslosigkeit. Wie unerforschlich ist doch das Gedächtnis! Selbst aus einem im Streckbrett der Arbeit gefangenen Bewusstsein können in jedem Moment Reflexe aus einem fernen, vergangenen Leben abgerufen werden – Bilder, so gründlich vergessen, dass, wären sie nicht dir selbst entstiegen, sondern von jemandem aufgedrängt, das Hirn dagegen revoltiert hätte: Nein! Nie dagewesen!

Ich hätte nicht nach Holland fahren dürfen, niemals. Nach ungefähr anderthalb Stunden sah ich im Guckfenster die alten Stiche und Gemälde auftauchen, irrwitzig dahinwischen und wieder verschwinden – mir verschlug es den Atem: Es waren die Bilder aus dem Buch ohne Umschlag, in das ich einmal als Kind eingesunken war wie Alice in die Kaninchenhöhle. Die Flickendecken der Polder, die Dammkrönchen, die Pfahlbrückchen, die trunkenen Riesenwindmühlen, Häuschen mit geschuppten Dächern und flossenartigen Firsten und in der Ferne zwei Bäumchen, höchstens drei, ein fliehender Pfad … Jeder noch so kleine Stein, den das Auge berührt, wird lebendig, an jeder Pfütze haftet ein Stück Himmel; die geometrische Perspektive ergießt und verzweigt sich in die Kanäle dieses flachen Landes am Meer, bauchige Schuten drängen sich zum Be- und Entladen, um anschließend schwer unter der Stake hindurch- und davonzugleiten; hier hört man im Winter die Kufen übers Eis schlittern; Kees, der furchtlose Knabe, der dem Räuber Eisenzahn die Seele abgekauft hat, und sein Talisman, die heilige Tulpe, einzige Blüte, in die tief hineinzuschauen lohnt; Ele, die geheimnisvolle Schöne, der Gaukler Karakol mit seinem falschen Buckel (später meinte ich immer, alle Buckligen müssten dort hinten Schätze verstecken oder irgendeine Heimlichkeit) – sie alle wohnen in mir auf ewige Zeit; kein wirkliches Leben kann es an Glaubwürdigkeit aufnehmen mit dieser Geschichte. Das Buch war mir zufällig in die Hände gefallen, eine alte Frau, die abends auf der Insel Artjom, an der Pier der Förderbrücke Nord, Sonnenblumenkerne verkaufte, rollte aus den Buchseiten ihre Tütchen. Ich weiß bis heute nicht, wer es geschrieben hat, alle guten Bücher der Kindheit hatten keinen Verfasser.

Ich hätte nicht nach Holland fahren dürfen. Die Kindheit tropfte auf mich herab, ein Hagel aus heißem Paraffin oder Petroleum (Solaröl!) – erst ein Klecks, dann zwei; kurzer Trommelwirbel, Stille – und plötzlich peitschte, prasselte, stachelte es auf mich nieder, ein Sonnenwind. Die weiße Sonne der Kaspisee stieg auf ins Kleinhirn, vor dem gleißenden Meereshorizont zeigten sich Scharen von Bugwellen, der Wind schlug mir ins Gesicht, ich verschluckte mich am Geruch von See und Öl, hustete, bis Tränen kamen. Ich wehrte mich mit jeder Zelle, jedem Neuron. Die Vorahnung traf und versengte mich, ein Schlag mit der flachen Hand zwischen die Schulterblätter, ich machte mich krumm, kämpfte gegen den Wunsch, umzudrehen und wegzulaufen.

Ich fuhr nach Holland wie zur eigenen Beerdigung.

»Ist Ihnen kalt?«, fragte ein Reisender, der mir gegenübersaß.

»Aber ja. Bis auf die Knochen!«, zog Ljonja mich auf.

»Wie kommen Sie darauf?«, schrak ich hoch und sah mir mein Gegenüber erst jetzt etwas genauer an: streng blickender Glatzkopf mit Bärtchen und dünnen Brillengläsern auf der Nase, die Augen huschten unentwegt über den Bildschirm seines Notebooks. In Abständen, mit einem kurzen Seitenblick aus dem Fenster, fingerte er ein Scheibchen Vollkorncracker aus der Innentasche seines Jacketts.

»Sie klappern erbärmlich mit den Zähnen. Setzen Sie sich lieber woanders hin, weg von der Klimaanlage.« Der bedeutungsvolle Blick des Mannes wanderte zur Wagendecke, dann lächelte er, reckte das Kinn und erging sich in überstürzter Rede. Seine Mimik war sonderbar ausladend, wohl ein Tick, der ganze Körper schien die Sprechwerkzeuge unterstützen zu wollen. Und hier durchzuckte es mich: Das musste Eisenzahn sein! Jener gewissenlose Räuber, vor dem ganz Holland zitterte und Flandern nicht minder. Unhold zwischen Mensch und Tier, trägt einen geschmiedeten Helm mit spitzem Horn, das grässliche Wunden stößt, vor denen keine Rüstung bewahrt … Ein Crackerkrümel hüpfte in Eisenzahns Bart. Er sprach

Englisch mit einem holländischen Akzent, den ich noch nicht kannte, fürs ungeübte Ohr kaum zu verstehen, die Phonetik eng schraffiert von lispelnden Zischlauten.

Während ich irgendeine Antwort brummte, atmete ich ein paarmal verstohlen tief durch, um das innere Zittern zu bezwingen.

»Leben Sie gern in Amsterdam?«, fragte ich, nur um etwas zu sagen.

Es gibt im Leben nichts Besseres als ein gutes Gespräch, hat meine Großmutter Serafima immer behauptet. »Mit Reden kannst du dir eine Situation oder einen Menschen gewogener machen. Dazu musst du dich allerdings auf seine Sicht der Dinge einlassen. Zum Beispiel, wenn ein Verbrecher dich überfällt und ausrauben möchte, solltest du ihn nicht etwa fragen: Werden Sie mich töten? – sondern: Was werden Sie sich von meinem Geld kaufen?« So sprach meine Großmutter, die über das Leben etwas zu sagen hatte, nicht nur, weil ihres so tragisch gewesen (der Mann an der Front gefallen, die Tochter als Kind gestorben, nach dem Krieg mit zwei Buben auf dem Arm und sonst nichts, Opfer von Schuftigkeit und Verrat …), sondern weil sie Ärztin war und viel las. Sie las eigentlich immerzu, mit einer aristokratischen Herablassung der Wirklichkeit gegenüber. Die Veranda ihres Hauses lag voller trockener Zwiebelschalen. Wenn sie von ihrem 24-Stunden-Dienst kam, kroch sie erschöpft ins Bett. Las den letzten Band der Gesammelten Werke zu Ende und fing wieder mit dem ersten an. Eine Menge Tschechow kannte sie auswendig. Ich bin als Kind die ganze Halbinsel Abşeron mit dem Notarztwagen abgefahren; sie nahm mich öfter mit, wenn sie unterwegs war, die Impfpflicht in der Bevölkerung durchzusetzen, in den Elendsvierteln am Stadtrand und den Auls der Gebirgspässe …

Aber das Land meiner Kindheit ist Holland. Hinzufahren wäre mir damals absurd vorgekommen, ich lebte ja dort. Meine und Haşems Stadt war Leiden, der *Tulpenadmiral* unser Buch, wir spielten Kees und Karakol. Ich war von den Tulpen hingerissen, Haşem vom Spiel an sich, der Aufführung.

Meine Kindheit war eher arm an Abwechslungen, Lesen darin die große Freiheit. Zehn Quadratkilometer Erdölfelder auf einer Felseninsel, verbunden mit Abşeron über einen zwei Kilometer langen Damm. Was kann solch eine Landschaft dem Kinde geben außer Fußballspielen und Badengehen? In Klasse zehn bekam ich das exzessive Lesen mit einem Mal satt und beschloss, kein Buch mehr anzufassen: basta! Den Rest des Lebens verbringe ich auf Reisen. Und nur *die* Erfahrung nehme ich mir zu Herzen, die *meinem* Geist und *meinem* Körper widerfährt.

Zuletzt ermattete der Zug wie ein Geschoss am Ende seiner Flugbahn; mein Gegenüber klemmte sich sein Notebook unter den Arm und wühlte sich in die Schlange, die den Gang zum Ausstieg hin bereits versperrte, wie ein Ferkel in den Sand.

Amsterdam gab sich zugig und verhangen; ich fror.

Es dauerte seine Zeit, die Frequenz zu finden, auf der das Interesse ansprang. Häuser wie Vertikos, Kirchen, nadelspitze Türme, kopfsteingepflasterte Straßen, mit Radfahrern verstopft … Wir liefen die Grachten entlang, verliefen uns und wurden rasch müde. Schließlich landeten wir in einem Randbezirk, falls etwas in diesem Land sich überhaupt so nennen lässt. Hier war es netter: dörfliche Verhältnisse, im Hintergrund Felder, in einem Kanal schwamm gemähtes Gras und mittendrin eine Entenflottille in schräger Sperrfront, wenn nicht gerade zusammengeballt in Zank und Streit. Zuweilen hörte man Kühe muhen, Milchkannen scheppern, hie und da roch es nach Lab, es gab Schöpfwerke mit Windmühlantrieb zu sehen, deren Flügelblätter im Himmelsgrau wühlten; eine Schar Gänse schnatterte ohrenbetäubend, der Anführer legte sich mit mir an, schnappte ein ums andere Mal, wischte mit den Flügeln, die knüppelhart waren, gegen meine Knie, ich hätte ihm gern einen Tritt gegeben, genierte mich in fremden Landen.

Bald waren wir schon wieder anderswohin gedriftet, aber Ljonja drängte: Er wollte endlich bei Sophie aufschlagen. Einen Fluss entlang, der gräuliches Hochwasser führte, und dann wieder Grachten, kehrten wir in die Innenstadt zurück. Am unabgezäunten Ufer ein Hausboot neben dem anderen, das gefiel mir: schwimmender Komfort, mit Blumenpott, Gardinen, Veranda und Hängematte, schmuck und behaglich anmutend. Ljonka rauchte geduldig eine Zigarette in den Himmel, während ich mich über Stege an Deck schlich, in Fenster und Bullaugen spähte, durch Ritzen in den Jalousien schielte … Hier im gestreiften Dämmerlicht eine nackte Frau beim Kaffeekochen, schenkt sich ein nun, macht es sich auf dem Sofa bequem, mal sind die Augen verdeckt, mal die Lippen im Licht, jetzt schneidet ein greller Streifen den Brustansatz. Da ein Halbwüchsiger, der konzentriert, mit gefurchter Stirn an einer gusseisernen Pfanne herumfeilt, anschließend sorgfältig die Späne vom Tisch in eine Papiertüte fegt, der frisch bearbeitete Pfannenrand glänzt … Dort das schmächtige Mädchen im Bademantel, ein Handtuch als Turban um den Kopf, einen Obstteller in der Hand, steht direkt am Fenster, versonnenes Profil mit halb geschlossenen Augen, steht eine kleine Ewigkeit so, über die Birne auf dem Teller tänzelt eine Sonnenwespe … Und da drüben zwei junge Männer und eine Frau, reichlich angetrunken schon, an einer langen, weißgedeckten Tafel nebeneinandersitzend, die Whiskeyflasche halbleer, der Rand des gestärkten Tischtuchs, beinahe faltenlos über die Kante hängend, von einem kräftigen Lichtkegel erhellt. Die drei glucken dicht beisammen, haben die Arme umeinander gelegt, sie scheinen zu singen, ich sehe die goldenen Härchen um ihre Ellbogen, einer der Jungen stemmt sich an der Tischkante hoch, torkelt an Deck, stellt sich breitbeinig auf und pinkelt über Bord, ich höre es plätschern; derweil saugt sich das Mädchen an den Lippen seines Freundes fest.

So schlenderten wir die Grachten entlang, verguckten uns in die schwimmenden Häuser, ihre Einrichtung und wie sie sich flimmernd im Wasser spiegelten; zum Zentrum hin wurde das Netz der Straßen und Gassen dichter, die Grachten, zwischen schiefe Mauern gezwängt, wurden enger. Schließlich landeten wir in irgendeiner Stampe. Nach Kaffee und Sandwiches hieß Ljonja, der Unbezähmbare, mich drei Nummern aus dem Drogensortiment ordern, auf das ich in der Speisekarte gestoßen war. Was ich nun wirklich nicht hätte tun sollen. Das letzte Mal, dass ich etwas geraucht hatte, war ich beinahe noch Kind gewesen; Kolot befand, es sei einfach schlechter Stoff gewesen, da war ich anderer Meinung. Damals hatten wir im Dachgeschoss der Unibibliothek gequarzt, beim Ausstoßen des Rauches die Scheibe des Kopierers geküsst; die Xerox-Lampe war brennend heiß über die Wange gekrochen; für den langen Moment völligen Geblendetseins hatten wir einen Namen: Jamaica. »Dscha-maahaaai-caa!«, grölten wir, abwechselnd in die Quarzsonne blinzelnd. »Mann, Tarzan, was bist du verschmurgelt!«, rief Kolot, jemandes Rußgesicht schwenkend, das eben aus dem Kopierer gerutscht war. Bis dahin schien alles noch im Griff zu sein, aber dann gings hinaus, und irgendwo kläffte der Hund los. Lange, lange irrte ich umher, bis irgendwann ein Bauzaun überklettert war und ich in einer Baugrube gelandet, Kolot überraschend an meiner Seite. Da kauerten wir auf abschüssigem Grund und spähten über eine Brustwehr, ein Scheinwerfer blendete uns, der Köter schob sich millimeterweise in Richtung Grubenrand. Von den gefletschten Hauern troff der Speichel, daraus wuchsen weiße Blumen, ich spürte den süßlichen Duft. Es dauerte drei Stunden, bis der Hund den Rand der Grube erreicht hatte, seither hatte ich nie wieder geraucht. Jetzt wollte ich das Fasten brechen.

Mit unseren Rucksäcken die Trottoire entlangschwebend, bekifft bis dorthinaus, eine Stunde über den zitternden Spiegelbildern in den Grachten hängend, irrten wir durch die Stadt bis in die Nacht. Schließlich betteten wir uns in einer Bushaltestelle auf zwei an den Lehnen miteinander verschweißte Sitzbänke; im nächsten Augenblick fiel ich in einen Traum von solcher Tiefe und Schwärze, dass nur ein Stück Kohle ihn träumen kann.

5

Troubled Heinz – Heinz-durch-den-Wind – ist ein spilliger Typ mit federndem Schritt, jeder Muskel wie geprägt, der Rumpf von Schrammen, Narben, Tattoos bedeckt; eine Kette kleiner rosa Narben zieht sich, immer dichter werdend, wie eine Raupenspur von der rechten Schulter zur Brust, quer über die Warze – Andenken an den Hieb mit der Fahrradkette auf dem Rave in einem Hangar in Bolton/UK; Heinz trägt seinen Parka auf der nackten Haut, vom zügigen Lauf bläht sich die pelzbesetzte Kapuze über seinem Kopf, und die Parkaschöße flattern, die Raupe zieht sich zusammen, an Lenden und Knien seiner ausgebeulten Jeans klaffen Risse, Drähte schlenkern von den Ohren, über dem Hosenschlitz baumelt eine Klemme, den Player mit leeren Batterien hat er bei Slimbrok eingetauscht gegen einen emaillierten Button mit rechtsdrehender indischer Swastika, den er sich gleich durch den Nabel gestochen hat. Seine Sneakers sind ohne Senkel und schlappen, die Zungen aufgestellt; ein Tremor hat seinen Körper erfasst, den das umnebelte Bewusstsein nicht wahrnimmt, so wie der Fisch den Sturm nicht spürt, Zuckungen, die seinen Gang tänzelnd aussehen lassen; überm Arm hängt ihm ein Packen Zeitungen, Obdachlosenmagazin *Straatkant*, die kann er den Leuten andrehen, statt zu schnorren, einen Euro pro Stück, in dieser Stadt ist Arbeiten leichter als Betteln. Da ist wer, mit dem Heinz die ganze Zeit hadert, er läuft und läuft, schreitet aus, schlenkert mit dem Kopf, als wollte er Nacken und Schultern aus dem Kragen schrauben, fuchtelt, knurrt und grollt beständig vor sich hin in halsstarrigem Hass, der gesenkte Kopf bereit, zuzustoßen wie ein Stier, immer im Zoff mit den Myriaden von Geistern, die ihn piesacken. Immerzu walkt, hüpft und stöckelt da etwas vor ihm her, ein Heer buntblinkender, schillernder Scheusale stampft auf seiner Netzhaut eine Buschparade. Sein Weg gibt die Partitur vor: Dort knistert eine Leuchtreklame über seinem Kopf, Mosaik aus kleinen Säulen, hier gähnen ihn Plakatfenster an: aus Gebüsch von wildem Kakao kommt ein maskierter aztekischer Unterweltgott mit blutigen Hauern gesprungen, und da: der Rahmen einer Bushaltestelle, gefüllt mit rotierenden Bannern aus Seifennymphen und Anti-Aging-Cremes – alles zusammen der Soundtrack seiner Qualgeister, die so abstoßend sind und zudringlich wie Verwandte, die ihn anspringen von Reklamesäulen, -tafeln, -mühlen, Hochglanzblättern in den Cafés, Regenbogenstaub der Flyer, zuckende Molche in den Tümpeln der Werbedisplays, und er weiß schon nicht mehr, ist er einer von ihnen?

Vor der Bushaltestelle stoppt er. Auf der Bank liegen, eingerollt gegen die Kälte, zwei schlafende Penner. Einer zuckt und zappelt mit den Beinen – Rucksack unterm Kopf, kindlicher Ausdruck im schlafenden Gesicht, die Brille wie Kopfhörer schief überm Schädel. Heinz schlurft und tänzelt sich heran, singt im Brummton: *I cheated myself, like I knew I would* … Blitzschnell kneift er einem der armen Teufel zu Testzwecken mit zwei Fingern die Nase zu, das Schnarchen hört auf, die Nase glitscht aus der Fingerklemme hervor, der Mann zuckt mit dem Kopf, wacht aber nicht auf, nach kurzer Zeit setzt das raue Schnarchen wieder ein. *Yes, I've been black but when I came back*, singt Heinz, und indem er mit der einen Hand irgendetwas von sich wedelt, ein Bein zum Kick ausholt gegen das nach seinem Knie schnappende Krokodil, hat er mit der anderen auch schon dem Schlafenden das Hosenbein aufgekrempelt, das Springmesser klickt, und die Tasche mit Pass, Kreditkarte und Bargeld ist vom Knöchel geschnitten, dann löst er die Klappe vom Rucksack, versenkt die Hand hinein, fischt etwas hervor, kramt in den Jackentaschen, Brieftasche, Handy und Taschenlampe wandern in die seine. Heinz hat es nicht eilig zu verschwinden, er vollführt einen neuen Tanz, prallt jedoch zurück vor dem mit kalter Flamme flirrenden Mädchen auf der Coco-Mademoiselle-Reklame, die gerade herausgefahren kommt: Elegant schmiegt sich die falsche Schlange dem zweiten Schlafenden an, ihre Lippen nähern sich den seinen, ihre Arme bewegen die Luft über seinem Schoß, ehe sie zurück in den Samt des Banners fluppen, das hinterm Glas der Seitenwand rotiert. Heinz nickt und meint damit sonst wen, zieht die Hand zurück und wendet sich ab, es ist die Meidbewegung eines Boxers gegenüber einem unsichtbaren Sparringpartner, schnellt in die Hocke, um dem nächsten Schlag zu entgehen, der Rumpf im klaffenden Parka glänzt vom strömenden kalten Schweiß, er federt in den Clinch, kontert mit einem linken Haken, schiebt eine rechte Gerade nach, dabei sind seine Augen halb geschlossen, die Lippen gespitzt, immer wieder muss er einem Schlag ausweichen, weicht zurück und löst sich auf im aus den Grachten steigenden Dunst des grauenden Morgens, gerade als sein Opfer die Augen aufschlägt.

Am nächsten Tag kam der abgezockte Ljonja Kolot bei Sophie unter und hatte mit der Wiederbeschaffung der Dokumente und

Kreditkarten und mit der Wiederbelebung seiner Affäre genug zu tun. So war ich die folgenden zehn Tage mir selbst, ausgedehntem Stadtcruising, schlaflosen Hotelnächten und einigen kurzen, redseligen Grachtengängen mit Ljonja überlassen.

Warum musste ich auch nach Holland fahren, warum!, so haderte ich mit mir.

DRITTES KAPITEL

Kees und Karakol

1

Ich war in einem altertümlichen Hotel mit Steinfußböden und bröckelndem Stuck abgestiegen. Hier verbrachte ich zwischen den Stadtgängen viel Zeit, um mich zu regenerieren. Aus dem Geäder von Rissen und strohgelben Wasserflecken an der hohen Decke traten Graphiken hervor: Mal war es eine hinkende Alte mit einbeinigem Leierkasten, Mütze in der Hand, schiefer Grinsemund, mal ein Bär auf den Hinterpfoten, mal ein Tisch mit einem Teller voll gebratenem Rebhuhn und einer Horde Gnome drumher, die alle Hände voll zu tun hatten, eine Weinbeere in ihre Höhle zu rollen, einen Pfirsich vom Tellerrand zu stibitzen und sich mit ihren Hackebeilchen einen verbrutzelten Sterz abzusäbeln … Gingen die Augen daran über, wanderten sie zum Stadtplan an der Wand, aus dem, mit jedem Tag klarer und eindringlicher, die Geschichte hervortrat, in die ich mich mit Haşem, dem geliebten Freund, das sechste und siebte Schuljahr hindurch hineinphantasiert hatte: vom Tulpenadmiral Kees und seinem exzentrischen Gefährten Karakol mit dem falschen Buckel, geheimer Verbindungsmann zum Regiment der Geusen, die sich zum Aufstand gegen die inquisitorischen spanischen Besatzer erhoben hatten.

Der toponymischen Route folgend, die die Abenteuer der lustigen Schar nehmen, den Wegen ihrer Kutsche, deren Zügel in den Klauen des gerupften Bären Pompilius, aus den Wäldern des Münsterlands gebürtig, und eines zottigen Riesenhunds namens Pierre aus dem fernen Kloster Saint Bernard liegen, erstellten wir mit Hilfe des großen Weltatlas eine Karte. Mitreisende waren ferner das fidele Mädchen Boelkin und ihr Bruder Michielken, ein lieber kleiner Faulpelz. Vor allem aber das geheimnisvolle Mädchen Ele, dem kaum ein Wort von den Lippen kommt. Karakol hatte es in der Umgebung von Edam aufgelesen, wo die alte Legende, der zufolge Dörfler nach einer Flut eine Seejungfrau im Felde finden, welcher sie das Nähen, Weben und allerlei andere Tätigkeiten beibringen, noch lebendig war. Ich weiß nicht genau, welches Elebild in Haşems Kopf herumgeisterte, vermute jedoch stark, dass unser beider Vorstellung, durch Schweigen genährt und besiegelt, sich deckte, symmetrisch gabelte wie ein Nixenschwanz. Jedenfalls dürfte dieses sanfte, blonde Geschöpf, Überlebende eines Schiffbruchs, für meinen Freund ebenso viel zur Erziehung der Gefühle beigetragen haben wie für mich – ein ungeschriebener Kodex, Stichel der Manneszucht, der außerordentliche Empfindungen und Erkenntnisse zu prägen half.

Wir spielten ohne viel Finesse, doch hingebungsvoll. Es gibt keinen besseren Nährboden für die Phantasie als eine karge Realität. Die Lesekörner fielen auf trockenes, braches Land und gaben reiche Ernte.

Haşem und ich suchten unser Postamt auf und schnappten uns jeder einen Packen Telegrammformulare. Das Kinn in die Hand gestützt, tunkte ich die rostige Feder ins Tintenfass, die beim Schreiben knarrte und das Papier zerriss. Der Dunst von heißem Siegellack lag in der Luft, im Hintergrund tanzte der Stempelhammer, Telegrammpostkarten mit Blumenmotiven an den Scheiben. Wir spielten Kees und Karakol, unser Eiland ächzte unter fremder Besatzung wie weiland die Leidener. Wir hatten ein Netz toter Briefkästen an allen Ecken und Enden der Insel, in den Bewehrungen der Kaipfosten, den Stromkästen der Ölpumpen; darin hinterließen wir füreinander Telegramme mit Instruktionen. Dann hieß es: Lauf! lauf! Kopf in den Wind, Augen auf! Und – sich recken, herausfischen, glätten, lesen:

ALTE WASSERMÜHLE STOPP EISENZAHN SCHULDET KARAKOL FÜNFHUNDERT FLORINEN FÜR WARE STOPP KAUFBRIEF VON SLIMBROK BEGLAUBIGT AN ROTFUCHS ÜBERGEBEN STOPP PLANEN AUSBRUCH STOPP DON RUTILIO IM VORMARSCH STOPP ERWARTE UNTERSTÜTZUNG STOPP KEES

Die Insel Artjom ist ein schmaler, flacher Streifen Land, ein kleines Komma in genauer Nord-Süd-Richtung, acht Kilometer lang und nirgends breiter als zwei. Die winzige Siedlung liegt, der Halbinsel Abşeron zugewandt, direkt am Ufer. Mit bloßem, sonnengefluteten Auge sieht man nichts als die gleißende Linie des Horizonts und die azurblaue Ödnis der See, aus der rötlich und schwarz die Bohrplattformen und die nickenden Schakalsilhouetten der Pumpen an den neuen Bohrstellen aufragen. Als vielbeiniges stählernes schwarzes Ungetüm, gekrümmt, am Ende sich aufbäumend, jedes Mal donnernd, wenn Räder über die Stöße rollten, hie und da mit losen Blechen klappernd, zog sich – für uns tabu – die Förderbrücke Nord samt über Pontons angedockten Bohrplattformen und Behausungen neun Kilometer weit ins Meer.

Anstelle von Kutsche und »Arche von Delft«, womit die Geusen unter Hauptmann Boisot den Spaniern zusetzten, besaßen wir einen Karren (der berühmte Vogelkäfig sozusagen, aus dem der Theatermagier Beliebiges hervorzaubert): ein Sperrholzkasten auf einem Kinderwagengestell, für die Planken hatten wir mit dem Nageleisen Kisten auseinandergenommen. Als Flüsse und Kanäle, der Geusenflotte Wegenetz, genügten uns die schmalen Rinnen, in denen die Ölleitungen verliefen – dünne Rohre und dickere, wie sie überall die Inselsäume und den Schelfgrund durchzogen, von und zu den Förderbrücken hinführten.

Ganz wie unsere Freunde aus dem mittelalterlichen Holland suchten wir unser Brot mit Straßentheater zu verdienen. Karakol-Haşem tanzte mit Pompilius und Pierre, dargestellt von Dschulbars und Altai, zwei streunenden Kötern, denen man Ohren und Schwanz kupiert hatte, beides empfindliche Stellen und für einen Kampfhund darum entbehrlich. Die Seitows hatten die sechs Monate alten Welpen vor die Tür gesetzt, als sie merkten, dass es nicht die reinrassigen Wolfshunde waren, für die sie viel Geld ausgegeben hatten, sondern irgendeine Promenadenmischung. Karakol trieb Scherze und Possen mit dem eingebildeten werten Publikum. Ich war mal Kees und mal Ele, lief auf Händen und schlug die Trommel. Haşem suchte die Hunde zu bewegen, auf den Hinterbeinen zu gehen, Satarka und

Aygül alias Michielken und Boelkin assistierten ihm dabei mit Tarfiedel und Schellentambourin ...

Das mit dem Brotverdienen ging allerdings schief; Zuschauer gab es so gut wie keine. Die Einwohner von Artjom waren – nicht anders als auf Abşeron – zu einem großen Teil Vertriebene, Deportierte, Angeworbene, nicht von hier. Das Hospital und eine Anzahl aus grob zugeschnittenen Sandsteinblöcken, sogenannten Würfeln, errichtete Zweigeschosser mit durchgehendem Balkon, der die einzelnen Wohnungen zu einer Nachbarschaftskommune verschweißen sollte, machten das Zentrum der Siedlung aus. Die Mehrheit aber wohnte in kleinen Typenbauten aus geweißten Holztafeln, die bis zum blechreitergekrönten Schieferdach im Grün der Gärten versanken. Zu Beginn der Erschließung kam das Trinkwasser noch mit dem Tanker *Kirow*, doch bald darauf wurde eine Wasserleitung vom Festland verlegt, die das berühmte Quellwasser aus Şollar führte (ein köstlicheres habe ich nie wieder getrunken – Tau meiner Kindheit), sie war ein gutes Werk des Millionärs Tağıyev in Gemeinschaft mit Nobel, der in das Pumphaus investierte.

Hunde, die einen Teil unserer Truppe ausmachten, galten als unreine Tiere. Die Türen der Muslime blieben verschlossen. Die von Russen bewohnten Häuser zeigten sich nur wenig freundlicher. Zumeist lebten dort Angeworbene, aus den Gebieten stammend, in denen 1933 der Große Hunger gewütet hatte; nach Stalins Tod war es für die Werber ein Leichtes gewesen, die Kolchosbauern in den Dörfern für die Erdölindustrie anzuheuern, sie wollten dort weg, und sei es, um endlich einen Ausweis zu bekommen, ein bisschen freier zu sein. Betrat man das kühle Dunkel dieser Steinbauten, stand man vor den Utensilien eines traditionellen bäuerlichen Lebens, wie man sie nie gesehen: Truhen, große und kleine, Mehlkisten, Hausgerät ... Gerüche! Der Vater hatte noch erlebt, wie die Angeworbenen in Massen ankamen: Eine lange Kolonne von Menschen, die ein Güterzug ausgespuckt hatte, wurde auf den Hof des Kinos *Wagif* geleitet, das Gestühl aus dem Saal herausgetragen, die Menschen lösten ihre Bündel, breiteten auf dem Rand und am trockenen Grund des Feuerlöschbeckens ihre Decken und Matratzen aus. Tagsüber gingen die Erwachsenen die Häuser bauen, in denen sie wohnen sollten. Die Kinder blieben da und spielten mit den Einheimischen. So kampierten sie ein, zwei Wochen, bis die Ersten in die fertiggestellten Baracken einziehen konnten. Wir gehörten zu den Deportierten. Tante Mascha, die Nachbarin, zu den Angeworbenen. Ich sehe sie auf dem Hof mit dem Bolonkahündchen Charlie spielen, einem flauschigen Geschöpf, das – außer auf Jungenfersen – seltsamerweise auf Tomaten spitz war. Ich sehe ihren Mann, Onkel Kolja, wie er mit der gespreizten Hand sein angegrautes blondes Haar zurückstreicht, Schläfen säuberlich rasiert, ein schöner Mann. Seine Porträtphotos im Familienalbum mit ornamental gezacktem Rand und Atelierstempel konnte man für Künstlerpostkarten halten. Oder rauchend, im gestreiften Pyjama mit Zeitung und Fliegenklatsche in der Hand am Geländer zur Veranda lehnend, nach dem dicken Brummer am Türpfosten schielend. Diese Fliegen waren außerordentlich schnell. Kein einziges Mal in all den Jahren meiner Kindheit gelang es mir, ein Exemplar totzuklatschen, geschweige mit der Hand zu fangen. Eine ganz ungewöhnliche Spezies: länglich, wie ein versilbertes Projektil, der kräftige Rumpf geht über in einen wohlgeformten Kopf mit riesigen blassroten Augen. Behutsam rücke ich die Lupe näher, die Großvater zum Zeitunglesen benutzt. Die konvexe Augenoberfläche mit ihrer erkennbaren Facettenstruktur fasziniert mich durch die Nähe zur unsichtbaren Welt, in die hinein das Tor längst aufgestoßen ist: Das Mysterium der Mikrowelt ist nicht entweiht, nur lesbar geworden.

Ach, mit dieser Lupe ist noch eine Erinnerung verbunden! An Flieder und an Falter. Dass es sich um einen besonderen, nämlich Persischen Flieder handelte, weiß ich heute. Die Blüten sind spärlicher, blasser als beim Gemeinen, und nach den fünfzähligen Glücksblüten, die man aufisst und sich dabei etwas wünscht, kann man bei dieser Art lange suchen. So ein Zweig sieht nach nicht viel aus. Berührt man ihn, schaukelt er nicht nur ein bisschen, sondern schwingt: gewichtig, nicht eben überstürzt, federnd – deine Hand spürt einen kühlen Luftzug. Und dann der Geruch! Der Gemeine Flieder duftet. Der Persische schlägt zu Kopf, dass es einen schwindelt. Er steht wie rosa Schaum vor dem aufgeheizten Himmelsblau, wie eine aus dem Schlot qualmende Wolke stechendes Stickstoffdioxid. Und dazu noch die Schmetterlinge. Die Fliederbäume hinter dem Haus ließen kaum noch Licht in die Fenster, sie waren so groß, dass man Indianernester darin bauen konnte. Haben Sie schon einmal einen Flieder gesehen, in dessen Krone sich Krieg spielen lässt? Die Kindheit flog dahin, die Stämme der geliebten Bäume wurden mit der Zeit blank wie Schulhausgeländer.

Aber nicht der Flieder war die Hauptsache, sondern die Schmetterlinge. Von einem Sommertag auf den anderen waren sie da. Für gewöhnlich gegen Ende Juni, immer pünktlich zu Vollmond: Plötzlich flammte und flirrte, glomm, stob und stockte jeder Zweig unter vielfach flatterndem Flügelschlag. Das war der Moment, wo ich die Lupe aus dem Haus holte, die groß und eckig wie ein Schulheft war, ich hielt sie an einen Fliederzweig, die Linse bündelte das Licht und breitete eine Welt vor meinen Augen aus, die sich aus Schuppenbögen von Schmetterlingsflügeln zusammensetzte. Der Form nach erinnerten die geschlossenen Flügel an ein Stagsegel. Und wenn sie aufklappten … Nicht das Ornament machte sie so einzigartig, sondern der harmonische Farbverlauf in den durch die Brechkraft der Lupe wie aufgebürsteten Feldern, der mich für endlos lange Momente in Bann ziehen konnte – so als handelte es sich um die Farben der göttlichen Gnade, die das Dunkel des Mutterschoßes jäh erhellten. In dieser Art Anschauung versank ich vollends. Und während die übrigen Kinder auf Anweisung der Erwachsenen die Falter in Dreilitergläser einsammelten, die man oben zuhielt und das harte Flattern an der Handfläche spürte, und im Hals des Glases dampfte es von abgestreiften Schuppen, fand ich ein kaum weniger grausames Verfahren zur Verhinderung der nächsten, den Flieder bedrohenden Raupengeneration: In dem Moment nämlich, da ich genug gesehen zu haben meinte, zog ich die Hand mit der präzisen Bewegung eines Billardspielers so weit zurück, dass die Sonnenstrahlen durch meine Linse genau auf dem Flügel zusammenfanden – und nie werde ich vergessen, wie die Seite im Buch des Lebens eindunkelte, erst braun, dann schwarz wurde, bis schließlich ein graues Rauchfähnchen hervorzuckte und im nächsten Moment ein durchscheinender orangener Flammenfetzen, wie die Worte auf dieser Seite Buchstabe für Buchstabe bläulich anliefen und unwiederbringlich erloschen – wie ein Reflex zurück auf die Tage, an denen die Welt erschaffen wurde.

Sinaida Papjan war eine schlanke, wenn nicht hagere Frau ohne Brauen, die ihren Haarausfall unter einem bunten Kopftuch versteckte; selbst Russin, mit einem Armenier verheiratet, einem massigen, wortkargen Schneider, der ewig auf der Türschwelle hockte und an irgendwelchen Nähmaschinenteilen werkelte – Pedalen, Treibriemen, Zahnrädern, umsorgt von einer schmierigen Ölkanne, die aussah wie der Holzkasper Burattino. Tante Sina trank, war häufig in angeheiterter Verfassung; Olja, meine Großmutter mütterlicherseits, die bei uns wohnte, tadelte sie dafür, mochte sie aber. Einmal zerrte Sina mich am Arm mit sich vom Hof – zum Bierkiosk, wohin zu gehen sich für Frauen ohne Begleitung, zumal zu vorgerückter Stunde, nicht schickte. Ehe ich auch nur hätte protestieren können (und sowieso interessierte mich dieses Spiel viel zu sehr), hielt sie mir schon den Deckel ihrer emaillierten Blechkanne unter die Nase mit dem trüben, bitteren Gesöff darin. Ich sehe sie vor mir, wie sie feierlich an der Pforte auf und ab spaziert, in Erwartung ihrer über alles geliebten Tochter Alla, die eine schöne junge Frau ist, Studentin am Bakuer Konservatorium, zartbesaitetes Wesen, wie nicht von dieser Welt, von einem Schwall Chopin-Akkorde aus der kleinen elenden Hütte ins All gefegt, aus der Geschichte; sie trug einen bebänderten Sonnenhut mit einem Sträußchen Seidenblumen und am liebsten ein wehendes weißes Kleid mit kleinen schwarzen Punkten.

Alla, wie sie ein angebissenes Pausenbrot in der Hand dreht, die Krone des Feigenbaums schließt sich um ihren Kopf, grün leuchtende Aura, mit Sonnennadeln gespickt, ein heller, von Lichtkegeln gesprengter Schatten, sachte aufgerührt durch die träge Vermischung von beschatteter Luft und Hitze. Alla zupft mit der Pinzette einen Schmetterling aus dem aufgeschlagenen Album und reicht ihn mir als Geschenk. Es ist eine Marke mit der Queen Victoria im Profil. Jede noch so zart gravierte Wellenlinie, die kleinste unter der Lupe hervortretende Scharte im Stempel war mir vertraut und ist es bis heute; etwas Außerordentliches ging vor mit dem Bildnis dieser Frau, die Königin in Kiplings und Conan Doyles Imperium war und als Monument bis heute vor dem Buckingham Palace thront, dass sie plötzlich Ähnlichkeit mit meiner Großmutter Serafima hatte.

Nachmittagshitze. Nur Kinder mit ihren neuen, unerbittlichen Herzen sind dazu fähig, unter dieser sengenden Sonne einen Waffengang anzusetzen. Um vierzehn Uhr kam im Radio immer ein Muğamkonzert. Die stille Wüstenglut, das Reich der tödlichen Sonne, die Stimme des Sängers, den man sein Gesicht mit geschlossenen Augen gegen den gleißenden Zenit recken sieht – ein früher Eindruck von der Erhabenheit des Universums.

Wir springen vom Fuhrwerk und schleppen uns, den in der Hitze vergehenden Kötern nach, durch die Gorkistraße, dann die Achundow entlang, biegen in die Korolenko ein, die zum Wasser führt: Das Blau der windstillen See blendet die Augen und lässt sie doch festkleben.

Die Siedlung ist zur Gänze von deutschen und rumänischen Häftlingen in den ersten Nachkriegsjahren erbaut; die Kinder damals (mein Vater, meine Mutter), selber Hungerleider, brachten den Gefangenen harte schwarze Brotkanten aus der Kantine und den Inhalt der Abfalleimer, boten es zum Tausch gegen jene federleichten Klappmedaillons aus Messing, deren besondere Attraktion der winzige, raffinierte Verschluss war; ferner Postkartenalben aus Prägekarton, Filmschauspielerinnen waren besonders gefragt; leere Blechschächtelchen, in denen noch der Pfefferminzduft des Zahnpulvers hing; einmal füllten der Vater und sein Freund gelösten Kalk in eine Flasche, verpropften sie mit Zeitungspapier und priesen es als Milch an, stellten die Flasche vor einen Häftling hin, der unrasiert und abgerissen war, ein Brillenglas zerschlagen, an dessen Stelle klemmte ein Stück liniertes Papier; gebannt schauten sie, ob die Täuschung gelänge, ehe der Kalk sich setzen und die Milch blau werden würde. Über die Uniformbluse des Häftlings kroch eine Laus; unverwandt verfolgten die scharfen Kinderaugen ihren Weg. Der Häftling zog ein Federmesser aus der Tasche, plazierte es neben der Flasche, legte seine Hand darauf. Sie schnappten sich das Messer, er zog den Propfen aus der Flasche, setzte sie betulich an die Lippen. Im Abwenden sah das Mädchen den Jungen auf den verdutzten Deutschen zuspringen, ihm die Flasche aus der Hand schlagen, das Messer vor die Füße werfen.

Zierliche »Finnhäuschen« stehen dicht bei dicht hinter hohen, mit Efeu umrankten, von Malven überwachsenen Zäunen; dort in den Ranken sitzen unsichtbar die Gottesanbeterinnen, Libellen patrouillieren davor im Sperrflug auf der Jagd nach Schnaken, wie das feuchte Dunkel des Efeulabyrinths sie anzieht. Linkerhand zieht sich die Friedhofsmauer hin, hinter der deutsche Kriegsgefangene begraben liegen: reihenweise Eisenkreuze, nicht hoch, kaum bis zu den Knien.

Die Hundezungen hängen wie Standarten, wenn kein Lüftchen sich regt. Vor Hitze gelähmt, ragt das Grün der Gärten über die Zäune. Keine Menschenseele. Vor ihnen weitet sich das Meer und gleißt in die Augen, die spitzohrigen Nickesel dienern endlos vor dem Horizont. Wer vorübergeht, kann den Elektroantrieb surren hören, sieht den zerfransten Riemen mit anfallartigen Zuckungen über die Scheibe flitzen. Hat er die Pumpe hinter sich gelassen, schaut er gewiss noch einmal über die Schulter zurück. Hoch schwingt das Gestänge durch den glühenden Himmel, hebt und senkt den öligen Kolben im Bohrloch. Rohre, dicke und dünne, verlaufen in alle Richtungen über Land, manche auch unter Wasser, andere ziehen sich hin zur als hüpfende Schlängellinie in der See liegenden Förderbrücke oder zur Hauptleitung, einem rostigen Tubus, der nicht wie die anderen auf der nackten Erde liegt, sondern von einem bröselnden Backsteinsockel zum anderen verläuft, auch einmal durchhängend oder seitlich abgerutscht, schnörkellos dem Bodenrelief folgt. Tag und Nacht, Sommer wie Winter füllt der kauernde Ölgötze seine Pfütze: schwarz-gelber Spiegel, in dem sich das Öl mit scharfem rabenschwarzem Rand abscheidet wie eine gefiederte Wolkeninsel im Himmel. Ich werfe einen Stein in die Pfütze, um sie ölige, regenbogenschillernde Wellen schlagen zu sehen, die sich in Streifen verlaufen, bis die alte, messerscharf getrennte Schichtung wiederhergestellt ist.

Am Horizont, eingeklammert vom Petinet der Türme und Plattformen, die schwarzen Scheiben der Öltanks. Plötzlich von der Brücke her Gedröhn; da rattert ein Lastwagen über die Bodenbleche, ganz weit vorn. Uns im Rücken führt ein Abzweig von der Straße zur kleinen Pier, deren hinteres Ende von einer Betonhalbkugel gekrönt ist, in sie eingelassen ein Tor; manchmal kann man einen Trecker oder Laster dort hineinfahren sehen. Es ist der Eingang zum unterirdischen Versuchsgelände, wo an der subterranen Sondierung ölführender Schichten gearbeitet wird. Aufwendig zu schweißende Plattformen könnten sich erübrigen, ein Plus für die Volkswirtschaft. Das Gelände ist von Geheimnissen und Legenden umwölkt, jeder Zugang strengstens bewacht, was auf viele andere Bereiche der Insel ebenso zutrifft. Wir Jungen, von Natur aus zügellos, stehen mit den Wachen auf Kriegsfuß. In unseren Kees-und-Karakol-Spielen setzen wir sie mit den spanischen Besatzern und Agenten der Inquisition gleich. *Kaiser Karl V. hatte die Inquisition über die Niederländer gebracht. Sein Sohn Philipp war noch ärger: Er schickte Regimenter.* Der unter Waffen stehende Wachschutz besteht nur aus Fremden, die bei Schichtwechsel mit Autos auf die Insel gebracht werden und inmitten der Siedlung bei den Kasernen aussteigen. Das Gerücht, am Grunde des Kaspisees bewege sich eine riesige Tiefseeglocke, unter der nach Öl gesucht und Probebohrungen vorgenommen würden, sorgt für Anbindung unserer an Kapitän Nemo geschulten Phantasie an die Realität. Immer einmal wieder will dieser oder jener Junge erfahren haben und raunt es mit Grabesstimme, dass sein Vater unter dieser Stahlbetonglocke arbeite. Ein System aus gigantischen Schürfzügen und Hochleistungspumpen ebnet das Relief am Meeresgrund so weit ein, dass das Gerät sich bei Bedarf annähernd hermetisch ansaugen und darüber hinaus Dutzende Kilometer zum vermuteten Fundort fortbewegen könne, wo die Erkundungsarbeiten dann unter den nötigen Sicherheitsvorkehrungen und auf engstem Raum erfolgen; Schlafkojen und Mannschaftsraum seien im oberen Glockenraum montiert, die Innenverkleidung schwitze beträchtlich, und auch Meerwasser dringe tröpfchenweise durch die Ritzen, immerhin mit einem Druck von nahezu tausend Metern Wassersäule ...

2

Nachts ist Nacht. Sie zieht durch die Stadt in Strömen, die Stille übermannt mich, ich höre das Schnarchen der Einwohner durch die geklappten Fenster, das Winseln der Hunde im Schlaf, das Knistern der vertrocknenden Blätter. Ich höre das Seidenrauschen der Gracht. Die Nacht beherrscht mich, jeden Fußkilometer füllt sie aus. Auto steht an Auto längs der Betonkante, ich beschreite den Radweg. Die Stadt schläft, die längste Zeit ist es so still, dass das Fließgeräusch des Wassers hörbar wird. Ich stelle mir vor, wie ich gleich zum Pinkeln hinuntergehen werde und einmal fehltreten, schon reißt mich dieses untergründige Rauschen mit sich, die glitschigen Steinwände entlang bis ins Meer, unter die warme, dunstige Asche des Morgengrauens; eine Möwe wird aufkreischen, sich als weißer Zacken spiegeln in der verbleichenden toten Pupille ...

So lief ich und lief, schritt munter aus, neuerlich wie betäubt von Klängen, die sonst keiner hörte; eine andere Zeit trug mich gen Süden, lenkte in Richtung Kindheit, suchte ein Schlupfloch, um gleich noch fünf Jahrhunderte zurückzuspulen.

Amsterdam konnte mir gestohlen bleiben, unser Marsch – Haşems und Karakols, Kees' und meiner – nahm in Leiden seinen Anfang (Erdspalten, gerändert von Feld- und Pflastersteinen, markierten das Straßennetz, Kopf- und Fußende eines Bettgestells den Knick in der nördlichen Festungsmauer); bei der Alten Mühle (halb zerfallene Bretterbude, der Lehmboden im Inneren samt dem steinernen Sockel von Trafoöl getränkt) setzten wir über den Rhein, der Weg nach Delft führte vorbei an Valkenburg, hier beinahe direkt am Meer gelegen, und Landsheyden, nächst dem radlosen Chassis eines »Alabaş«. Wir erfanden diese Städte immer wieder neu und anders, indem wir beständig irgendwelchen Plunder aus der Siedlung hinausschleppten. Größere Trophäen – wie zum Beispiel eine Babykutsche ohne Räder oder ein alter Kühlschrank mit ausgebautem Aggregat – waren eine Seltenheit und von drei verschiedenen Müllplätzen zusammengesucht, wo zumeist somnambule Kuhgerippe standen und sich etwas aus den Tonnen wühlten. Ihr samtig geripptes Fell zerfloss in der Sonne, die im Gegenlicht transparenten rosa Ohren spitzten zu uns herüber. Nicht weil wir ihre Hörner fürchteten, nein, aus reinem Mutwillen gegen die uns deutlich überragenden Geschöpfe verscheuchten wir sie mit unseren Ruten, um hernach gelassen an unser Erkundungswerk zu gehen.

Heute sagt man Installation dazu und lässt dem wenn schon nicht besonderen Schutz, so die nötige Aufmerksamkeit angedeihen, damals aber waren die Städte und anderweitig markanten Objekte unseres Reiches, sorgfältig von den Buchseiten in die platte Landschaft übertragen, massiven Angriffen von Seiten diverser Kinderbanden sowie des Wachschutzes ausgesetzt: Solch frivole, überdies zu unersichtlichen Zwecken errichtete Bauten mussten in Sowjetzeiten als außersystemische Entitäten gelten wie weiland die Schwarze Magie oder aber die Wissenschaft. Schwerste Verwüstungen suchten uns regelmäßig vor dem Ersten Mai und dem Siebten November heim, weil dann die Siedlung entlang ungefähr derselben Routen ihre Paraden abhielt: ein Lastwagen vorneweg, einer hinterher, dazwischen der trottende Pulk der Angestellten der Vereinigten Öl-und Gasförderbetriebe Artjom mit zwei, drei Spruchbändern und den Bildnissen von Kossygin, Alijew und Breschnew, Trara und Marschmusik. Eine Tribüne harrte ihrer – ein paar zusammengenagelte Bohlen und Bretter auf den rohen Sand gestellt, der Nässe und Schaum aus jeder anlandenden Welle sog. Diesen Kreuzzügen konnten unsere holländischen Ansiedlungen nicht verborgen bleiben, die Verluste waren jedes Mal unersetzlich: Bastionen und Türme wurden geschleift und weggezerrt, Vorräte an Pflöcken in der Gegend verstreut, auch auf die Steinhaufen hatte man ein Auge, um im Anschluss an die Maiparade mit dem Lastenmotorrad vorzufahren und sie für eigene Bauvorhaben zu vereinnahmen. Am Ende sahen wir ein, dass es keinen Sinn hatte, unser Holland in repräsentativen Maßstäben aufzuziehen, die Wirklichkeit herauszufordern lohnte nicht, pure Einbildung war das zuverlässigere Baumaterial. Es genügte, einen Generalplan in Umrissen im Kopf zu haben, punktierte Linien sozusagen, oder gleich ganz unsichtbar, das war das beste Fundament.

Dieses unser Holland, entworfen auf einer Umrisskarte im Maßstab 1:100, durfte erstürmt werden und kultiviert nach Herzenslust, die Segel der Geusen wie der Spanier flatterten in seinen Kanälen, strebten zum offenen Meer, die Boote waren einfach nicht zu entern, lösten sich auf in Raum und Licht, schnitten den Horizont. Die Bodenzeichnungen von Nasca, über die ich in der Zeitschrift *Wissenschaft und Leben* gelesen hatte, vermied ich Haşem gegenüber zu erwähnen. Ich brachte eine Rolle Millimeterpapier von zu Hause mit, ein Knäuel Bindfaden, Hacke und Schaufel. Letztere bekam Haşem in die Hand gedrückt, und über mehrere Tage waren wir nun damit befasst, Trassen abzustecken und in den Boden zu hauen und zu ritzen. Sämtliche Städte Hollands übertrugen wir auf unser Terrain, jede mit ihrem Anfangsbuchstaben versehen. Die Krönung des Ganzen waren die acht Eimer Heizöl, die wir in die Buchstabenfurchen gossen, welche zuvor mit Kieseln und Erde gerändert worden waren sowie an den Enden und den Kreuzungen zweier Linien mit kleinen Steinmännchen markiert, die gleichfalls mit Öl übergossen wurden. Dann riefen wir unsere Bande zusammen. Zwei Hunde und eine Horde Jungs kamen gerannt, jeder mit einem Brotkanten, Tomate oder Pfirsich auf der Faust, man ließ einander großzügig abbeißen, bevor der Aufmarsch zustande kam. Wagifka lief auf Stelzen und jonglierte mit Tennisbällen oder klapperte mit den Murmeln, die wir zum Pokern benutzten (Murmelreihen hinterm Rücken in der geschlossenen Hand legen und – tschick! – herzeigen). Mit einer Fackel in der Hand trat Haşem nach vorn. Ich hatte dem kleinen Aram eine Tomate entwendet und leckte mir dazu das Salz von der flachen Hand. Haşem nahm einen Schluck Kerosin und sprühte es in die Fackel. Als Erstes stob der Flammengriffel in den L-Haken von Leiden. Die Flügel der Alten Mühle kamen schwerfällig in Gang. Kaum hatte sich der Buchstabe einer Stadt mit blakender steingrauer Flamme entfaltet, stürzten sich die ersten Motten knisternd hinein, kamen Fledermausklößchen angeflattert, tauchten ins Licht. Lohende Lettern auf einem Fleckchen Brachland am Rande der nächtlichen See: V wie Valkenburg, D wie Delft, P wie Poldebaart, R wie Rotterdam, Z wie Zoetermeer, B wie Benthuizen – und dazu Haşem, der sich die Fackel einem Nimbus gleich um den Kopf wirbelte … Unser Holland flackert mir bis heute durch das Hirn. Dann war das Öl abgebrannt; zuletzt nur noch ein aus dem Dunkel der Insel glimmender Funkspruch aus Punkten und Strichen, der allmählich erlosch. Am anderen Morgen weckte mich meine Mutter.

»Die Polizei war da. Ich sag dem Vater erst mal nichts. Aber lass dich lieber nicht blicken.«

Im Kinderzimmer auf dem Revier drohte man uns einmal mehr mit einer saftigen Geldstrafe. Heydər, der Abschnittsbevollmächtigte, nahm uns nicht länger in Schutz. Groß und dünn, mit schweißiger Glatze stand er am Fenster und starrte ins Futter seiner Schirmmütze, wo ein Wachstuchrhombus klebte, darauf in verschwommenen blasslila Kopierstiftbuchstaben: OLt Alekperow, H. A.

Nina Iwanowna, die Vorsitzende der Kommission für Strafangelegenheiten Minderjähriger (dünn auch sie, aber kräftig, verprügelte zu Hause schon einmal ihren Mann, den Suffkopf, mit der Teigrolle, die sie zuvor in ein Handtuch wickelte; sachlich und korrekt wirkend, mit dem überlegenen Blick der Parteigenossin), eine geknickte Papirossa im Mundwinkel, aus der ein Rauchfaden aufstieg, legte die Feder beiseite und überlas das Geschriebene, stippte die Asche in den Becher.

»Was denkt ihr euch eigentlich, he? Könnt ihr mir sagen, was euch durch den Kopf gegangen ist? Von Gewissen will ich gar nicht reden, das ist euch sowieso fremd. Wolltet ihr die ganze Förderanlage abfackeln? Wenn das Öl im Feld nun Feuer gefangen hätte? Und wie sollen jetzt eure Eltern dafür aufkommen, was der Feuerwehralarm gekostet hat? Zwohundertsiebenundsechzig Rubel! Das sind zwanzig Rubel pro Monat, ein ganzes Jahr lang! Und in erster Linie gehts nicht mal darum. Denkt ihr Schweinebande manchmal noch an Solnyschkin und Rachmatullin? Wollt ihrs genauso weit bringen wie die, frag ich euch?«

Erbost hatte ich die Backen aufgeblasen und ließ die Luft kleinlaut wieder ab.

Solnyschkin und Rachmatullin (zwei Jahre älter als wir, für unsere Begriffe Äonen) hatten den Sommer zuvor auf der Brache ein Fass mit Farbresten angezündet. Es gab eine Stichflamme, das Fass explodierte, die Farbe spritzte glühheiß umher. Wir hatten die Schreie von der Förderbrücke gehört. Solnyschkin hatte Verbrennungen an vierzig Prozent der Hautoberfläche, Rachmatullin an zwanzig. Er überlebte.

»Nina Iwanowna«, brummte Haşem, »mit denen dürfen sie uns nicht vergleichen. Wenn wir mal Feuer machen, dann immer in der Nähe vom Meer, damit es leicht zu löschen geht. Und von den Bohrstellen waren wir meilenweit weg!«

»Ach hör mir auf. Von wegen meilenweit.«

Nina Iwanowna drückte die Kippe in den Aschenbecher.

An der Stelle musste Heydər niesen. Und wenn er nieste, war das ein Ereignis.

Panisch vor lauter Schreck flog eine Schmeißfliege gegen die Fensterscheibe.

»Raus jetzt«, brüllte Nina Iwanowna. »Und lasst euch hier nie wieder blicken!«

3

Haşem war es, der bei dem Tulpenspiel die Fäden in der Hand hielt. Ein schmächtiger Junge, leicht aufbrausend und zäh, der mit viel geistiger Energie sein körperliches Gebrechen wettmachte: Skcliose in früher Kindheit hatte ihm einen Buckel beschert. Haşem trug ein Korsett, nahm überallhin einen Stock mit, den er für orthopädische Übungen benutzte: mit beiden Händen gefasst, schräg über den Kopf halten, hinter dem Rücken absenken (grimassierend – der Buckel ist im Weg und zwickt) und wieder zurück. Sodann zog er ein Springseil aus der Tasche, schlug einmal die Griffe zusammen – und fing zu hüpfen an, dass einem Hören und Sehen verging. Keiner, auch kein Mädchen, konnte so atemberaubend seilspringen wie er: ein- oder beidbeinig hüpfend ebenso wie laufend, die Arme gekreuzt oder mit Umgreifen seitwärts. Schon damals begeisterte er sich fürs Theater, fuhr nach Baku in den Schauspielzirkel am Haus der Offiziere; später spielte er dort beim Amateurtheater *Tropfen*, angeleitet von Lew Stein, der, äußerlich klein und unscheinbar wirkend, eine herrisch und leidenschaftlich agierende Persönlichkeit war. Haşem hatte ihn in dem Jahr kennengelernt, als Tahirə-xanım, seine Mutter, starb. Er war nach Bayıl aufs Internat gekommen und hatte Schwierigkeiten, sich dort einzuleben, dafür wurde er in dem Theater heimisch.

Anfangs begegnete ich Stein mit Misstrauen – bis ich erfuhr, dass mein Vater mit ihm bekannt war. Sie hatten draußen auf der Bohrinsel Freundschaft geschlossen. Einmal im Quartal kam Stein als Angestellter beim Amt für Öl- und Gasförderung zur Prüfung der Bücher auf die Bohrinsel und teilte sich mit meinem Vater das Zimmer. Sonntags, wenn die Arbeiter, weil sie nichts Besseres zu tun hatten, aus den Fenstern der dreistöckigen Unterkunft hingen und Grundeln angelten, spielten die beiden wie besessen Schach, tauschten ihre Lektüre aus. Zwei junge Männer, struppig der eine, schmal und eins fünfundsechzig klein, Brille mit dicken runden Gläsern, stotternd, brütete an einer Sizilianer-Variante, drei Finger schwebten über einem schwarzen Bauern; der andere, mein Vater, hochgewachsen, kahlrasiert, auf der linken Wange die Narbe von einem Schlagring (Prügelei als Soldat auf unerlaubtem Ausgang in Kutaissi, Westgeorgien), saß mit nacktem Oberkörper beim Kartoffelnschälen (japanisches Taschenmesser mit Horngriff, sechzehn ausklappbare Klingen und sonstige Werkzeuge, Kultobjekt meiner Kindheit). Die Sonne spiegelte sich in den Fensterscheiben und blendete meinen Vater, ließ Steins staubige Brille milchweiß aufglänzen, und der Boden schwankte wie im Schiff auf hoher See, weil die Pfähle, auf denen die Plattform ruhte, locker saßen.

Stein war ein furchtloser Kultursoldat im provinziellen Sumpf von Baku. Die Vorstellungen seines Theaters waren jahrelang ausverkauft. Mit geringsten Mitteln brachten sie anständige Aufführungen

70

zustande: Wolodin, Dürrenmatt, Stoppard und Walcott wurden gespielt. In südlichen Regionen zeigte sich das Regime, bezähmt durch die viele Sonne und den Überfluss der Natur, von seiner milden Seite. Bis Stein eines Tages etwas Eigenes auf die Bühne bringen wollte, ein experimentelles Stück über Chlebnikow, damit fing alles an.

Anders als Haşem konnte mich das Theater wenig locken, überhaupt war ich kein Schöngeist, mehr den Vorträgen und Expeditionen des Heimatkunde-Vereins *Purpursegel* zugetan, dessen Leiter Alexander Wassiljewitsch Stoljarow war, eine Legende auf ganz Abşeron. Mich interessierten eher die Bücher des alten Obrutschew (*Geologie – spannend erzählt!*), des schwieriger zu lesenden Wernadski, des aberwitzigen Ziolkowski. Doch Haşems Traum, aus ihm hervorsprudelnd wie die silberne Atemfontäne aus einem Pottwal vor niedrig stehender Abendsonne, konnte mich natürlich nicht kaltlassen. Wir waren Freunde, seit er in der zweiten Klasse zu uns stieß. Es war eine Sportstunde im späten Herbst, ich stand immer ganz rechts außen, er stellte sich ganz links. Seine Sportbefreiung ignorierte er, spielte hervorragend Handball und Volleyball, ein besserer Zentralspieler beim Basketball ließ sich nicht denken, ungewöhnlich flink und mit Überblick – was immer sich auf dem Feld abspielte, er sah und begriff es blitzschnell. Sein Russisch war damals noch nicht perfekt, was ihn aber nicht bekümmerte; er hatte etwas Erhabenes an sich, beinahe keck, aber nicht streitsüchtig. Meine Mutter gab der seinen Russischstunden, warb um ihre Freundschaft.

Freunde hatte ich in der Klasse einige, einen richtigen bis dahin kaum gehabt. Mit Haşem kam ich bestens klar. Nach kurzer Zeit schleppte ich das Buch von Kees und Karakol an, zeigte es ihm. Tahirə-xanım, als sie die Bilder sah, sagte, und Haşem übersetzte es: Die Tulpe sei eine Paradiesblume, sie wachse in Schiraz, wo das Paradies sei.

Unsere Landkarte auf die ganze Insel auszudehnen ging nicht an, doch die Brache füllten wir sorgsam nach unseren Aufrissen. Leiden war auf einem Steinhaufen gelegen, Amsterdam in einem verfallenen Trafohäuschen. Warum uns die Abenteuer des Tulpenadmirals so faszinierten, ist mir bis heute nicht ganz klar. Es gibt solche Bücher, die, wenn sie das Denken, die Phantasie einmal befruchtet haben, unsterblich werden können und ihre Wirkung immer noch potenzieren, realer werden als jede Realität.

In der siebten Klasse ließ die Passion nach, wir begannen uns vor den Mitschülern für solche »Kindereien« zu genieren, doch im Kern blieb die Sache wesentlich. Ein Planwagen zog durch Holland mit lustigem Personal – allen voran der bucklige Karakol, seines Zeichens Zirkusartist und geheimer Verbindungsoffizier der Geusen.

VIERTES KAPITEL

LUCA

1

Nordseebrise schabt die Wangen, dörrt die Lippen aus. Nasse Fußwege, hölzerner Steg, dampfendes Schiff in der Ferne. Jacht mit vollem Segel zieht vorbei; tropfendes Riedgebüsch.

Ich nähere mich meinem Ziel auf Umwegen, als schliche ich um den heißen Brei. Habe mir noch den Abstecher nach Delft geleistet, wo die ländliche Ödnis zu später Stunde nach fauligem Laub und Bierhefe riecht; drei Stunden den Kanal entlang; plötzliche Entenrufe, die mir ins Mark fahren. In Scheveningen übernachtet; von da geradenwegs in den feuchten Sand und den klammen, salzigen Wind.

Zwei Surfer an einem Katamaran. Ein Radfahrer im Suit fegt vorüber, mit Brotbox auf dem Gepäckträger. »Slecht weer!«

Stimmt, das Wetter ist mies. Aber ich kann mir kein anderes denken. Wie zu Hause auf der Insel Artjom im November … Am Morgen hat mir der Hotelier, ein dicker alter Mann mit buschigen Brauen, an seinem Warmbier nippend, erzählt, wie im Mai 1940 die See durch die geöffneten Schleusen strömte und die Panzer zum Stehen brachte, nur gegen die Flieger war nichts auszurichten.

Ein Hund jagt einen Möwenschwarm umher, kreuzt die eigenen glitzernden Fährten.

Mit einer Tüte Fritten, an der ich mir die Hände wärme, stapfe ich durch das Dünenreich in Richtung Leiden.

Radler tauchen kurzzeitig auf den Dammkronen auf und versinken wieder. Wolken jagen in verbissenem Tempo dahin.

Leiden erreiche ich gegen Abend. Zuerst den naturwissenschaftlichen Campus, dann das weiße Gitterwerk des Bahnhofs; eine Kirche grüßt aus der Ferne, ein Kanal fließt, glitzernd im späten Sonnenlicht, darauf zu.

Leiden ist ein Studentenstädtchen, in dem es eng, laut und heimelig zugeht.

Aus dem öligen Rembrandtschen Halbdunkel einer Kneipe kommend, starrte ich auf die beleuchtete Hauswand gegenüber, die mir beim Eintreten nicht aufgefallen war. Eine Inschrift zierte sie, die aus kyrillischen und lateinischen Zeilen bestand. Das Kyrillische war Russisch – in einer nie gesehenen, seltsam unbeholfenen Schrifttype, mit lateinischem *r* anstelle des *я*. Jeweils darunter die Übersetzung ins Niederländische. Gelehrte Stadt; der Rat hatte offenbar das Ansinnen, die Studenten Poesie zu lehren; heilige Funken im alltäglichen Ambiente, damit das Herz nicht erlischt, damit es in ihm glimmt bis zum Tag des Entfachens …

Als mensen sterven – zingen ze liederen …

An die fünf Minuten stand ich vor der Wand, die Inschrift löste sich nicht auf vor meinen Augen. Als ich dann weiterlief durch die kopfsteingepflasterten Gassen, begegnete ich noch etlichen dieser weißen Vierecke: Garcia Lorca, Rimbaud, Pound, Różewicz und Achmatowa. »Sterben«, flüsterte ich vor mich hin, »Schaum und Schnaufen … dürre Haufen … Wenn Menschen sterben, singen sie …« Und schließlich, angelangt vor der tiefschwarzen See, seufzend: »Sei gegrüßt, Chlebnikow!«

…

»Sei gegrüßt, Chlebnikow!«, seufzte Dobrokowski und schloss den Freund in die Arme.

2

In Holland begriff ich, dass es an der Zeit war, aus meiner Kindheit klug zu werden. Die Kindheit ist der Inexistenz noch sehr nahe, der entflohen zu sein wohl auch das Glück des Kindseins ausmacht. Mittlerweile aber lag sie selbst schon so fern, als hätte es sie nie gegeben. Den Tod wiederum sehe ich vor mir als einen dementen Greis. Der scheint mal tot, mal zeigt er sich lebendig. Was er als Nächstes anstellt, weiß man nie – ob er tot umfällt oder davontanzt über den dampfenden Acker, in den die Winterfrucht eingebracht ist.

Einmal war ich in Moskaus Straßen Zeuge, wie ein alter Mann auf den Stufen einer Unterführung ausglitt und stürzte. Es war März, überall Matsch, der Straßen und Gänge, Böschungen, Treppen, Schwellen und auch die Gemüter verklebte. Ratten, aufgeschreckt aus den Papierkörben, traten einen Moment auf der Stelle, ehe sie das Weite suchten, schneespritzend, man konnte die kleinen Krallen über den Asphalt scharren hören. (Die Ratten am Pawelezker Bahnhof zur Winterzeit entern nachts und am frühen Morgen die Abfallbehälter, wühlen darin geschäftig mit den Vorderpfoten nach Fressbarem und sehen so Meerkatzen zum Verwechseln ähnlich.) Der Alte kam nicht wieder hoch und rutschte rücklings, Stufe für Stufe, nach unten; als ich auf schlitternden Füßen zu ihm gelangte, war er an der untersten Stufe angekommen. Er hatte sich den Kopf am Granit aufgeschlagen, im spärlichen weißen Haar klaffte ein dunkler Riss, aus dem Blut quoll. Er versuchte die Hand zum Kopf zu führen, schaffte es nicht, die Hand blieb in der Luft hängen, es sah aus, als wollte er jemanden grüßen. Seine Lippen zitterten. Ich sah das Blut den Kopf hinabrinnen, tiefrot und dickflüssig, ein greller Fleck im dunstigen Morgengrauen, ich konnte den Blick nicht lösen, stand wie erstarrt vor des armen Alten blankgelegtem sprudelnden Leben, das farbenprächtig erschien und wie neu. Ich rief den Krankenwagen und begleitete den Alten zu einer Notversorgung leistenden Apotheke, die zum Glück nicht weit, am Ende der Straße gelegen war. Dann ging ich zur Arbeit, doch das Blut stand mir hartnäckig vor den Augen, seine ewige Frische und Kraft, Strom- und Wärmeleiter für das Leben.

Mein Schutzschild zwischen Auge und Welt ist das Objektiv.

Der Bildsensor ist meine bessere Netzhaut, der Verschluss ist mein Lid. Klick, und ich bin nicht da, muss das nicht mehr sehen, bedenken, bedauern, ich habe es photographiert.

Ich bin ein manischer Photograph. Photographiere immerzu, es ist wie ein Tick, eine Art Psychose, Autismus in spezieller Ausprägung.

75

Komme ich aus irgendeinem Grund nicht dazu, ein Photo zu machen, kehre ich unbedingt zurück und nehme den Ort des Geschehens nachträglich auf. Ich banne die Realität, indem ich sie rahme. Kaum hatte Ljonja den Bullen angemacht, war ich schon am Photographieren. Ich brauche das Geräusch des Auslösers, um ein Geschehenes abzuhaken, ich muss den Rhythmus halten, und mag die Speicherkarte voll sein, ich muss knipsen. Habe ich einmal zufällig keinen Apparat dabei, nehme ich die gekreuzten Finger zu Hilfe, um mir ein Bild zu machen.

Auf den Photos suche ich das Unsichtbare auszumachen. Es gibt das schnelle Unsichtbare – ein flüchtiges Etwas, das die Schwellzeit unserer Wahrnehmung unterschreitet. Es abzubilden heißt, sich als Entdecker verdient zu machen. Und es gibt das langsame Unsichtbare, eine nur scheinbare Konstante, die ebenso schwierig wahrzunehmen und zu beobachten ist. Zeit meines Lebens lerne ich meine innere Uhr darauf einzustellen. Träume davon, Minuten auf Jahre auszudehnen. Und Jahre in einem Lidschlag unterzubringen.

Die Photographie verstehe ich als komprimierte Geometrie. Jegliche Verdichtung von Sinn muss den Raum wohl oder übel beugen, wenn es nach den Erhaltungssätzen geht, denn Sinn ist Energie, und Energie ist Materie. Als ich noch in San Francisco lebte, zog es mich immer in den Tunnel vor der Golden Gate Bridge, um die Girlanden von Scheinwerfern aufzunehmen, die das Gewölbe zum Meer hinaus, hin zur schönsten Brücke der Welt säumen. Besonders liebe ich die Bögen der Tunnelausgänge, die wie Lochkameras für Höhlenzyklopen erscheinen …

Jeder freie Tag ist bei mir vom schnappenden Kameraauslöser begleitet. *Drei Bilder. Heute drei gute Bilder gemacht*, so trage ich ins Journal meines Blackberry ein. Oder: *Immerhin zwei.*

Ich photographiere schon sehr lange, seit meinem vierzehnten Lebensjahr, mit einer Smena-Kleinbildkamera für fünfzehn Rubel fing es an. Trotzdem fühle ich mich immer noch als Anfänger. Drei bis fünf leidlich gute Bilder unter zweitausend – das ist meine Ausbeute. Manches immerhin habe ich in der Zeit gelernt. Zum Beispiel weiß ich mein Gegenüber so zu beeinflussen, dass es nicht merkt, wie ich es durch den Sucher meiner Kamera betrachte. Ich unterhalte, lenke ab. Wenn ich Glück habe, verlasse ich den Ort mit einem Korpuskel seiner wahren Gestalt. Oder gar mit einem Bild, das eine heilige Lüge aufdeckt, die dieser Mensch um sich errichtet hat. Und die kann interessanter sein als sein wahres Leben. Hauptsache, man weiß es einzurichten, dass er einem nicht ins Objektiv schaut, das ist die Voraussetzung. Dafür ist es zum Beispiel hilfreich, ein T-Shirt mit irgendeinem blöden Spruch auf der Brust zu tragen. Manchmal bringe ich eine Ewigkeit damit zu, den passenden Spruch zu finden. Verse helfen öfters aus der Bredouille. *Die Welt ist mehrheitlich von Lebewesen besiedelt* brachte eine Ernte von acht Porträts ein. *Angst ist eines Mannes unwürdig. Ergreife Partei für den Tod.* Vier Männer, zwei Frauen. *Alte Menschen und alte Bäume sehen in der Vergangenheit die Zukunft.* Ohne Erfolg, nicht dicht genug. *Ich sage mich los von den Affen und gebe mich in Deine Hände* – gutes Doppelporträt, Mann und Frau, auf der Rolltreppe zur BART-Station am Civic Center, San Francisco.

Aus Schaumstoff, Pappmaché und Papier habe ich ein Tarngehäuse für meine Kamera gefertigt. Die Aufnahmetechnik mit verdeckter Kamera beherrsche ich wie das Atmen. Ob aus der Hüfte, der Achsel oder der freien Hand, ich kadriere jedes Objekt mit der Präzision eines Clint Eastwood: Die Finger ruhen am Halfter und denken mit …

»Du photographierst immer nur«, sagte Therese bei unserer letzten Begegnung.

Meine Augen wurden feucht und verschwammen, doch indem ich die Hände vor das Gesicht schlug, machte ich noch ein letztes Bild von ihr, ehe ich mich eilig abwandte.

3

Ich sitze in Sophies winziger Küche und lasse mich von Ljonja ausquetschen, mache von den beiden hin und wieder ein Photo. Er nervt mich mit Fragen, die den Sinn des Lebens betreffen. Zweimal hat er schon gesagt, dass ich die Kamera wegpacken soll. Aber ich will nicht mit leeren Händen ins Hotel zurückkommen. Natürlich stellt Kolot Fragen, die keinen außer ihn interessieren. Ich pariere mit dem, was *mir* am Herzen liegt.

»Am allermeisten bewegt mich die Geologie. Das Erdinnere und die Frage, ob und unter welchen Umständen Leben darin existieren kann. Das treibt mich regelrecht um. Die Eingeweide unseres Planeten sind unzugänglicher als das Weltall, extrem schwierig zu erforschen. Die Vorstellung, dass da sozusagen etwas kreucht und fleucht …«

»Er spricht von den Teufeln«, erläutert Ljonka seiner Freundin.

»Pff … Vergiss Dante. Da sind andere Dinge mehr von Belang. Ich bitte, sich mit Fragen bis zum Ende meines Vortrags zu gedulden. Also, ich erkläre jetzt mal auf einem Bein, wie unsere Welt entstanden ist. Bitte anschnallen! Die Evolutionisten behaupten, alles Leben auf der Erde sei aus einer kleinen Zellkolonie hervorgegangen. Die war aber beileibe nicht der erste Organismus und nicht der denkbar primitivste, hat sich nur durchgesetzt, daraus ging alles hervor: Eukaryoten, Archaeen und Bakterien. Die Chlamydie zum Beispiel, Stammgast in jeder urologischen Praxis, ist eines der ältesten Bakterien auf der Erde.«

»Vulkane sind die Dellen, die Luzifer mit dem Kopf von innen in die Erdhülle gehauen hat, als er in der Hölle umging«, redete Sophie dazwischen. »Bevor er im Kokytos zu Eis erstarrt ist. Stimmt doch, oder?«

»Ich hatte gebeten … Vergessen Sie das, in der Erde herrscht Hitze, da gibt es kein Eis.«

»Aber in Grönland, da wird doch Eis ausgegraben, nicht? In Nowaja Semlja? Und was ist mit dem Dauerfrostboden? Stimmt es eigentlich, dass die Geologen in Sibirien heimlich das tiefgefrorene Mammutfleisch aus der Urzeit essen?«

»Bitte … Wo war ich … Die Paläobiologie ist nicht in der Lage, alle Glieder der Evolutionskette zweifelsfrei anzugeben. Aber weil sämtliche Formen von Leben über einen vergleichbaren genetischen Code verfügen, gleiche Merkmale in der molekularen Struktur, geht die Wissenschaft davon aus, dass alle auf unserem Planeten vorkommenden Lebewesen von einem bestimmten Verbund Mikroorganismen abstammen müssen, die irgendwann einmal einen aktiven Gen-Austausch pflegten, wie wir es von den Bakterien kennen. Dieser angenommene *Last Universal Common Ancestor*, kurz: LUCA, lebte vor mehr als vier Milliarden Jahren. Die Evolution vollzieht sich bekanntlich nach kombinatorischen Prinzipien, durch Umstellung von Codeelementen, so wie ein Kind aus seinem Spielbaukasten bestimmte Grundelemente montiert, was heute eine Rakete ergibt und morgen ein Auto.«

»Nicht eher umgekehrt?«, fragte Ljonja.

»Man darf der Evolution nicht unterstellen, dass sie gezielt vorgeht im Sinne eines hypothetischen Fortschritts, so wie unser Verstand ihn uns eingibt. Evolution ist nicht antropomorph, sie ist auf ein einziges Prinzip ausgerichtet, und das heißt: Überleben.«

»Wie erklärst du es dir dann, dass Tiere sich altruistisch verhalten? Da hat Darwin sich doch eindeutig verrechnet!«

»Altruismus und andere Verhaltensabweichungen vom Überlebensprinzip sind erzwungene Anpassungsmechanismen, wie sie in symbiotischen Gruppen und bei sozial lebenden Tieren verbreitet sind.«

»Sie sind wohl sehr egoistisch?«, fragte Sophie.

Den Fehdehandschuh ließ ich liegen.

»Wie gesagt: Gen-Austausch ist der Kernvorgang jeder evolutionären Mechanik … Manchmal kann es tatsächlich nicht schaden, über sich selbst in wissenschaftlichen Begriffen nachzudenken. Man erleidet einen Verlust oder fühlt sich verlassen, begibt sich auf die Molekularebene und hat es leichter, wenn man sein Leid als den Drang nach Gen-Austausch klassifizieren kann, der sich nun einmal nur unter günstigsten Umständen vollzieht, als wenn man wieder und wieder mit der Brutalität des Schicksals hadert. Verstehen Sie, was ich meine?«

»Ja, das hab ich auch gelesen, dass der Trieb von chemischen Reaktionen gesteuert wird«, versetzte Sophie, die ihre Schüchternheit mit Dreistigkeiten zu bekämpfen suchte.

»Willst du damit sagen«, warf Ljonja ein, »die Evolution hätte kein Ziel, nur der liebe Gott hätte eins?«

»Gott lässt sich nicht auf die Evolution beschränken, sie ist sein Werkzeug wie jedes Gesetz der Natur. Die Annahme eines Evolutionsziels, und sei es noch so perspektivisch, erlegt dem Gang des Lebens auf Erden eine transzendente Bestimmung auf. Als Wissenschaftler kann ich das nicht akzeptieren. Als Mensch … hätte ich auf diese Frage gern eine Antwort. Aber erst mal weiter im Text. Die Frage, wie dieser früheste Organismus beschaffen war, seine Lebensgewohnheiten, welcherart Stoffwechsel er hatte, woher seine Energie kam und so weiter, lässt sich bislang nur hypothetisch diskutieren. Man kann Genomvergleiche an Mikroben anstellen, Stammbäume entwerfen und zu der Auffassung kommen, dass methanogene Archaeen die Ersten waren. Eine recht weit verbreitete Mikrobenart, die überall dort haust, wo kein Sauerstoff ist, aber Wasserstoff, den sie als Reduktor benötigen; im Ergebnis entsteht Methan. Diese Methanogene leben in unserem Darm ebenso wie im Sumpf oder zuunterst in der Mülldeponie. Zum Leben brauchen sie ganz simple chemische Verbindungen: Kohlendioxid und Wasserstoff sichern diesen Mikroben das Überleben fern jeder Biosphäre, auch in Kilometern Tiefe, unter extremem Druck und hoher Temperatur, mit einem Wort: in der Hölle. Den Wasserstoff beziehen sie aus Kohlenwasserstoffen – Erdöl und Erdgas; in jedem Bohrloch lassen sich irgendwelche Methanogene finden. Sollte es einmal zur totalen Katastrophe kommen, bei der alles Leben auf der Erde vernichtet wird, könnten sie in den Tiefen auf unabsehbare Zeit fortleben, und die Chance, dass LUCAs neue Nachfahren eines Tages mitsamt dem Öl zutage treten, wäre gegeben. Eine Bienenkönigin, die von den Drohnen einen Samenvorrat erhalten hat, kann diesen mehrere Jahre in ihren Eileitern aufbewahren. So liegt der Same des Demiurgen tief in der Erde verwahrt.«

»Und was will uns das alles sagen? Mir ist schon der Gedanke zuwider, vom Affen abzustammen. Und Sie kommen mir mit Mikroben«, sagte Sophie in angewidertem Ton. »Was soll das?«

»Lass ihn ausreden«, bat Ljonja, und das war der Moment für ein ausgezeichnetes Porträt. »Es geht um Gottes Samen, hast du nicht gehört? Den Samen des lebendigen Gottes, der die Welt gezeugt hat. So muss man das sehen!«

4

Fraglich, ob ich den beiden auch nur ansatzweise vermitteln konnte, was meine Begeisterung im Kern ausmacht. Meinen stillen Wahn! Was bringt es, diese *idée fixe* verlauten zu lassen, welchen Eindruck hinterlasse ich damit?

LUCA. Allein schon dieser Name! Lukas, der Evangelist zu Lebzeiten, *unser geliebter Arzt*, schwingt darin ebenso mit wie Luke, der kühne Sternenkrieger ... Vielleicht bin ich ja der Einzige, der sich so intensiv damit befasst, aber irgendwann, denke ich, wird die Idee die Massen ergreifen. Und wir werden LUCA finden und feststellen, was diesen Organismus so lebensfähig macht, warum der Allmächtige gerade ihn aus der endlosen Vielzahl von Varianten erwählte ... Manchmal, wenn es mich packt, komme ich mir vor wie ein Gralsforscher. Ich war ihm überall auf der Spur, an vielen Standorten, von Alaska bis Guadeloupe; das Nomadenleben, das ich führe, ist keine zufällige Wahl.

Seit meine Ex-Frau nach Moskau gezogen ist, bin ich Russlands Weiten erlegen, diskret unterwegs zu den Lagerstätten in Sibirien und am Polarkreis, wo kaum einer hinkommt. Fehlte nur noch, den Kontakt zu den Bohrmeistern auf der Antarktis-Station *Wostok* anzubahnen, die drauf und dran waren, zu einem Reliktensüßwassersee durchzustoßen, der dort seit Millionen Jahren hermetisch unter dreitausend Metern Eis schlummert ...

Andererseits: Hätte ich meinem Sehnen, dem Wunsch nach Nähe zu Therese und dem Jungen nicht nachgegeben, wäre ich wohl diesen Winter mit einer Mannschaft draufgängerischer Nowosibirsker Geologen an einer hochgeheimen Bohrstelle auf der Halbinsel Kola gelandet. Seit Jahrzehnten wird dort unter schwierigsten Bedingungen an dem alten kristallinen Schild gebohrt, mittlerweile zwölf Kilometer tief. Anfang der 1990er waren schwer zu deutende Gerüchte um die Welt gegangen, denen zufolge aus dem Bohrloch die Hölle töne. Presseberichten zufolge entstiegen ihm von Zeit zu Zeit phantomhafte Kakophonien, ein Brüllen, Jaulen und Stöhnen in chorischen Dimensionen. Inzwischen längst wieder zugeeist, doch nach wie vor geheim gehalten, dürfte diese Polarbohrung in ihrer gigantischen Tiefe voller geophysikalischer Geheimnisse und Überraschungen sein. Ein Grab vergeudeter titanischer Kräfte und Mittel, das meine Phantasie beschäftigte. Die Kernproben von da unten – mit Nummernschildchen versehene kleine Zylinder, ganze Regale davon in einem großen Hangar lagernd – mochten Informationen enthalten, deren Wert für mich nicht zu bemessen war. Keiner dort wäre auf die Idee gekommen, die Kerne auf Kohlenwasserstoffe, geschweige Methanogene, zu analysieren; man interessierte sich für die Gesteinsbildung in großen Tiefen.

Meine Laborausrüstung hatte ich im Rucksack stecken, sie bestand aus einem Dutzend gepolsterter Umschläge des *United Parcel Service*, einem Stapel Tampax und einer Packung Plastik-Frühstückstüten mit Zippverschluss. Zwei Wochen, und ich hatte die Angaben über enthaltene Methanogentypen – *Methanosarcina, Methanocaldococcus, Methanococcus* – in der Hand. Labors, die in kürzester Zeit eine anständige quantitative und qualitative DNA-Analyse hinbekommen, gibt es überall in der Welt. Wo eine halbwegs verlässliche Postverbindung existiert, ist der Rest kein Problem.

Seit nunmehr sechs Jahren bekam meine Obsession ihr Futter in Form unzähliger Dienstaufträge, mit denen meine Firma mich als Gerätetechniker an die Orte entsandte, wo Öl gesucht und gefunden wurde. Für die Leute vor Ort war ich der Typ, »der dem Schrott hier wieder ein bisschen Leben einhaucht«. Und während ich die diversen Routinen verrichtete, war es ein Leichtes, unauffällig meine Tampax durch die Proben zu ziehen und einzutüten. Selbst von Nowaja Semlja ging mein winziges Päckchen an ein auf Methanogen-Analysen spezialisiertes Labor in der Schweiz. Es war wie ein Gebet, ein Einsendeschreiben an den lieben Gott. Und ich war gewiss, eines Tages würde ich die Sphinx sterben sehen.

<h1 style="text-align:center">5</h1>

»… und als Antwort kriegst du per E-Mail eine Datei«, ließ ich meiner Begeisterung freien Lauf, »die enthält einen Block aus wenigen Ziffern und einer riesigen Folge aus vier verschiedenen Buchstaben, völlig nichtssagend auf den ersten Blick. Das ist die DNA von allem Leben, was in der Ölprobe gesteckt hat. Die Datei ist verschlüsselt, das Passwort kostet neunundachtzig Dollar, *American Express not accepted*. Die DNA von Bakterien ist ziemlich kurz, sie lässt sich leicht erfassen und zuordnen. Die Codes aller bekannten methanogenen Archaeen habe ich in einer bequemen Datenbank auf der Festplatte. Ich habe ein Programm geschrieben, mit dem ich die Datenblöcke lesen und mit dem Katalog vergleichen kann. Leider nicht alle … In so einem Genom gibt es dunkle Flecken, die man nicht entziffern, geschweige verstehen kann. Das ist sogar der größere Teil … Wie das funktioniert? Kann ich euch sagen. Das Genom ist eine Art Befehlsliste, die wird abgearbeitet und ein Lebewesen kreiert. In jeder Zelle eines Organismus gibt es spezielle Organoide, die Ribosomen, die die Informationen aus dem Genom auslesen und auf dieser Basis in der erforderlichen Zeit die nötigen Proteine synthetisieren – zum Beispiel das Baumaterial für den menschlichen Organismus. Das beginnt mit einer einzigen befruchteten Eizelle im Mutterleib und setzt sich das ganze Leben fort. Das Skelett eines erwachsenen Menschen erneuert sich alle zehn Jahre komplett! Aber das Verblüffende daran ist – und wissenschaftlich belegt –, dass die für diesen Vorgang nötigen Daten nur zwei Prozent des Gesamtumfangs einer DNA ausmachen. Das ist der Teil der Message, der unsere Physis verantwortet, der Rest erscheint sinnlos. Das Ribosom, das den Text scannt, ignoriert alles, was es nicht versteht, setzt da wieder an, wo sich neuer Sinn ergibt – und das kann dauern. Das Genom im Ganzen erinnert an ein Gedicht mit vielen dunklen Stellen …«

Sophie horchte auf. »So was wie moderne Lyrik?«

»Ich denke, dass kein anständiges Gedicht einen endgültigen Sinn hat. Ein guter Vers lässt sich niemals eindeutig verstehen. Er muss das Denken animieren, herausfordern durch eine Aura des Geheimnisvollen. Nur darf man es auch nicht als reines Abrakadabra sehen. Untersuchungen besagen, dass die Introns – so heißen die ›sinnlosen‹ Abschnitte der DNA, im Unterschied zu den Exons –, auch wenn sie keine Funktion haben, doch nicht willkürlich angeordnet sind, ihr Bestand ist – von Mutationen abgesehen – über Hunderte Millionen Jahre konstant geblieben. Das legt die Vermutung nahe, dass dieser Text eine wesentliche Information enthält, für die es noch keine Verwendung gibt. Eine Botschaft der Natur, die sich nicht auf die Existenz eines bestimmten Organismus auf Erden bezieht, aber trotzdem irgendeine gravierende Relevanz hat, irgendein Riesenprojekt, eine Bibliothek, was weiß ich, warm gehalten durch alle Epochen der Evolution …«

»Und wenn in dem dunklen Feld nun unsre Seele beschrieben steht? Unser Schicksal?«, fragte Sophie.

»Am liebsten gleich die ganze Bibel, wie?« Ljonja verzog das Gesicht.

»Meine Hypothese ist, dass LUCA helfen könnte, den Schlüssel zu finden, mit dem man diese Intronblöcke lesen kann.«

»Sag mal, hast du im Leben schon mal richtig Angst gehabt?«, fragte Ljonja unvermittelt.

»Nein … eigentlich nicht.« Aus Verlegenheit drückte ich auf den Auslöser. »Aber das kommt noch. Wenn ich LUCA gefunden habe.«

FÜNFTES KAPITEL

Therese

1

So hat es mich nun in das vor Zeiten von meinem Freund Haşem erfundene Holland verschlagen ... Wo steckt er, was ist mit ihm? Ist er in Russland untergetaucht, nach Europa ausgewandert, nach Amerika? Oder in den Iran zurückgekehrt? Warum ist es mir nie eingefallen, nach ihm zu suchen? Fürchtete ich die Enttäuschung? Dass aus ihm nichts geworden sein könnte, ein Niemand? Womöglich ist er einfach dort hängengeblieben, am toten Punkt? Es kann viele Gründe geben, die einen am Weggehen hindern.

Und ich? Bin ein Kind des Glücks. Sein Ziehkind, besser gesagt.

Im Winter 1990 kam ich von der Armee in ein anderes Land zurück. All jene Turbulenzen, die das Imperium die letzten beiden Jahre über seine Untertanen hatte hereinbrechen lassen – bis es von der eigenen Last zerquetscht worden war –, sie waren an mir vorübergegangen. Was die Matrosen des Zerstörers *Werny* von ihrer Heimat mitbekamen, war die Nachrichtensendung *Wremja* und die sturmgepeitschte See. Als ich heimkehrte, fand ich meine Eltern und die Großmutter Olga in einer leeren Wohnung vor, neben zwei Koffern und einer roten Katze, die sich Mutter (bis dahin immer die Reinlichkeit in Person, ein Regime zelebrierend, in dem die Hygiene allzeit die Oberhand gegenüber dem gesunden Menschenverstand behielt) in meiner Abwesenheit ins Haus geholt hatte. Großmutter wusste nicht, wie ihr geschah, wohin man sie entführen wollte, sie litt am grauen Star, saß reglos auf der Bettkante, bereit zu dulden; der Tod wäre für sie eine Erlösung gewesen. Die Katze Kasja saß in dem Streifchen Sonnenlicht, das das Fenster ihr aus dem Aprilmittag schnitt, und sah mich mit glasigen Augen an. Mein Blick ging von ihr (mit der Mutter die Lücke füllte, die von mir geblieben war) zur Großmutter, deren Oberkörper sich kaum merklich vor und zurück wiegte; ich begriff, dass meine Welt ruiniert war. Haşems Haus stand leer, ich wollte bei den Nachbarn nachfragen, nur die ?limovs reagierten auf mein Klopfen. Onkel Heydər, halbblind, erkannte mich nicht sogleich. Er habe Haşem ein halbes Jahr nicht gesehen; im Herbst sei er zu einer Expedition aufgebrochen, irgendwo in den Ural, Vögel fangen; Fəridə behauptete hingegen, er sei entweder in Moskau oder bei der Armee. Mir fiel ein, dass Mutter diese Expedition in einem Brief erwähnt hatte: Kurz vor dem Aufbruch hatte er sich bei ihnen sehen lassen. Demnach war er den Schwarzen Januar nicht in Baku gewesen. Während meiner Armeezeit hatte ich vier Briefe von ihm bekommen, jeder eine Seite lang; drei davon begannen mit: *Lieber Nelson!*, und es folgte eine Liste von Büchern, die er die Monate zuvor gelesen hatte. Außerdem traf ein Päckchen von ihm ein – mit einem gewichtigen Band *Werke* von Welimir Chlebnikow, der gerade erschienen war. Dessen Gedichte wühlten mich auf, auch wenn der Sinn zumeist im Dunkeln blieb. Haşems letzter Brief schien wie im Fieber geschrieben: *Die Zeit hat sich in einer Möbiusschleife verfangen. Es gibt kein Zurück, aber die Kluft wächst nicht zu. Uns bleibt nur, Nachkünftige zu sein. Ich wandle auf W. Ch.s Spuren. Bin auf das Archiv des kleinen Falken gestoßen, der im deutschen Habicht steckt: Abich, Rudolf, Cousin von Anastasia Golowinskaja, Torgowaja Nr. 8, von ihr hab ich einen Zettel mit Folgendem:* »Es gibt Buchstaben, Töne – sie sind das Fußvolk. Und es gibt die Könige. Zahlen sind eine Macht für sich.« *Seine Lösung für die Struktur der Zeit geht auf. Vale, Nelson.*

PS. Merk dir den Namen Abich, ich verspreche nicht zu viel.

Ach ja! Der geflügelte Abich … So hieß einer der Helden in dem historischen Chlebnikow-Stück von Haşems Lehrer Stein, das er am Jugendtheater *Tropfen* inszenierte. Wie sagte Stein doch während der Proben so schön: »Chlebnikows Handschrift ist wie der bunte Staub von seinen Schmetterlingsflügeln – er hat ihn hingestreut auf seine Blätter und uns hinterlassen, einfach so!«

Dieser Chlebnikow hat mich lange nicht losgelassen, bis eines Tages der dienstältere Beljajew sich das Buch schnappte und damit aufs Klo ging, wo es für unaufschiebbare Zwecke herhalten musste. Da hatte ich die Sturmbeschwörung des Dichters aber schon auswendig gelernt und gefestigt, während ich mich an Deck herumtrieb und nicht genug Wind um die Nase kriegen konnte, vom Heck aus zusah, wie der Schiffskoloss, lang und schmal, sich in den nächsten Wellenberg grub, die gelockte Meerjungfrau unterm Bugspriet ein Stück in den Himmel auffuhr, um im nächsten Moment Ihm – Gott auf dem Kommandoturm – zu Füßen zu stürzen, zu singen, und vor Schreck stimmte ich ein, zähneklappernd, rettete mich in die Emphase: *Hinterm Meere fliegt das Meer … In den Wolken Schwaden schwarz… Wie das Meer es wäbert, stockt / zuckt und zackt, um Gräber zockt…* In den Eimer kotzend oder an den Schlot gekrallt, nahm ich die schaukelnden Gräber zur Brust … Haşem schrieb ich zweimal, ohne mein Marinemartyrium ausdrücklich zu erwähnen (das Risiko, dass etwas davon zu meinen Eltern durchsickerte, war zu groß), höchstens erläuterte ich ganz allgemein, was eine »kiebige Karausche« war und wie man sie dazu brachte, »auf Zehenspitzen« zu schlafen.

Auf dem Weg zum Flughafen versagten der Großmutter die Beine, Vater und ich trugen sie abwechselnd huckepack. Vor Angst herunterzufallen gewiss der Ohnmacht nahe, krallte die alte Frau sich doch erstaunlich fest; einmal krampfte sich ihre Hand um meinen Adamsapfel und drohte mich zu erdrosseln, Vater konnte sie nur mit Mühe losreißen. In Scheremetjewo gab man uns dann einen Rollstuhl, darin schob ich sie, die zwei Revolutionen, eine Kollektivierung, zwei furchtbare Kriege und die Perestroika durchgestanden hatte, einer Zukunft entgegen, die ein großes schwarzes Loch war.

2

Höchste Zeit nachzudenken, zurückzuschauen. Die Vergangenheit ist kein schwarzer Spiegel. Eine Rechnung ist aufzumachen: Was haben mir die letzten zehn Jahre gebracht, was haben sie mich gekostet, in denen ich zwei Geliebte verlor, eine Familie und nun auch noch meinen Sohn? Seine Mutter verbietet mir den Kontakt zu ihm. Vermutlich würde Mark mich gar nicht mehr erkennen, anderthalb Jahre sind für so einen kleinen Kerl eine Ewigkeit, er hat schon nach einer Woche die meisten vergessen. Seine Mutter wohl demnächst auch, er lebt ja bei der Nanny, und kann eine Nanny die Mutter ersetzen? Wahrscheinlich hat sich mein Sohn schon an die Leere um sich herum gewöhnt. Ich weiß nicht einmal, wo er gerade ist. Wüsste ich es, hätte ich ihn mir längst wieder gekrallt. Einmal habe ich Mark schon entführt – bloß gut, dass er sich niemals daran erinnern wird. Wir hatten großen Spaß miteinander, zwei volle Tage. Da war er gerade anderthalb, es war noch in San Francisco, Therese noch nicht in die Schweiz zu ihrem Robert abgedampft. An sich interessierte mich ihr Leben nicht im Geringsten. Es ging mir ausschließlich um Mark. Denn ohne ihn … Wir bauten damals zusammen eine Eisenbahn auf. Ich habe als Kind nie eine Eisenbahn gehabt. Haşem hatte immerhin zwei Gleisstücke und eine Dampflok, gediegen schwer, sorgfältig lackiert, mit naturgetreuer Federung im Inneren! Die TEM-2 war das einzige Spielzeug, das Haşem damals mit auf die Flucht genommen hatte.

»Wenn du wüsstest, mein Sohn, was wir für begeisterte Flugmodellbauer waren«, sagte ich zu Mark, »wir lasen darüber, was wir in die Hände bekamen, zu fliegen ist doch einfach großartig, es kann einem im Leben weiterhelfen, wenn man sich darin auskennt, ich zum Beispiel konnte als Kind stundenlang einer schwebenden Möwe zusehen, wie sie da oben hing, nur ein bisschen mit den Flügelspitzen wackelnd, sich dann urplötzlich hinaufschwang auf einen Berg aus Luft und wieder herabgleiten ließ, und mir schien, als flösse die Zeit, dieser Ewigkeitsstoff, direkt unter ihr hindurch. Wir fingen mit Flugdrachen an und einfachen Gleitfliegern, gingen über zu Fesselflugmodellen, für ein funkferngesteuertes Modell, eine Pe-2 zum Beispiel, hat die Geduld dann doch nicht gereicht. Aber Fliegen ist sehr, sehr wichtig, merk dir das, es kann einem das Leben retten, wenns drauf ankommt, wir zwei haben hier ja lauter fertige Sachen, alles picobello, diese Hügel aus Pappe, mit Wiesen, Kühen drauf, ein Dörfchen aus hübschen Häusern und dahinter wieder ein Berg und ein Tunnel, und dann laufen die Gleise im Bogen zur Stadt hinunter und über mehrere Weichen in den Bahnhof hinein, alles wie in echt, wohingegen wir uns damals mit unserer Phantasie behelfen mussten, es war nur das Nötigste skizziert, die Einbildung sorgte für den Rest …«, so sprach ich auf das Kind ein und war schon nicht mehr bei Sinnen, konnte einfach nicht aufhören zu reden, redete, was mir gerade einfiel, vor lauter Angst und Entsetzen darüber, was ich getan hatte.

Kindesentführung! Meine Frau hatte mich verlassen, und ich klaute ihr unser Kind.

Zwei fahle Triebe meiner Einbildung: das eine ein weiblicher Fuß, über den Rand eines unbezogenen Bettes ragend, wie er sich des Stöckelschuhs entledigt; dazu im Auto ein stämmiger Mann, unrasiert, mit Augenringen, gramgebeugt, starrt in den Rücken einer kleinen älteren Frau, die einen Kinderwagen vor sich herschiebt, das Kind darin schläft, die Frau hat Krampfadern, ein Bein ist bandagiert, sie hinkt.

Ich entwendete das Kind seiner Nanny Stefania Suarez, Mexikanerin, die etwas langsam im Kopf und auf den Beinen war. Ich holte sie ein, sie wandte das braune Gesicht mit den geschlitzten Augen zu mir, trat gar einen Schritt zur Seite, während ich Mark aus dem Wagen nahm und an mich zog (er wachte nicht einmal auf); als ich wenig später an ihr vorbeifuhr, den angeschnallten Notebook-Karton mit Mark darin auf der Rückbank, stand sie immer noch am selben Fleck, die Hände am Kinderwagen, mit ausdrucksloser Miene, so als würde sie gleich ihren Spaziergang fortsetzen wollen, ungerührt, mit leerer Kutsche. Solange sie bei uns war, hatte ich kaum zwei Worte mit ihr gewechselt und bedaure das heute. Es war die Zeit, als bei uns alles den Bach runterging. Nein, gestritten haben wir nicht, man kann es unmöglich als Streit bezeichnen, ich habe Therese auch nie unsanft angefasst, geschweige geschlagen – hätte ich es bloß, denke ich heute manchmal, vielleicht hätte sich dabei ein Ausweg ergeben, vielleicht wäre ich erwacht, endlich erwachsen geworden, und vielleicht, wer weiß, hätte es auch sie zur Besinnung gebracht – dass sie den Fehler ihres Lebens beging: »Mir ist plötzlich klar geworden … das hat keine Zukunft mit uns … du bist der beste Mensch in meinem Leben … wenn ich uns von der Seite zusehe, wird mir angst«.

Was wollte sie wirklich damit sagen? »Ich will dich nicht mehr, ich will einen anderen.« Ich hätte weniger auf Dienstreise fahren sollen. Fragt sich nur, wie. Mein ganzes Leben ist eine Dienstreise. Ich war im Gegenteil der Annahme gewesen, wir würden so einander nicht auf den Wecker fallen. Weit gefehlt. »Matrose, he! Du warst zu lang auf See.« Es gibt Dinge, die sind so unerklärlich wie der Tod. Und mitunter sind sie schlimmer als er, weil du überlebst, genau wie sie. Weil du sie auf zwei Beinen erleiden musst. Den eigenen Tod überlebst, umherläufst, und an der Seele haftet dir ein dunkler Schatten …

Es wurde immer schlimmer, eine Entscheidung stand an. Es war Mitte März, ein immer nebeliger Monat in dieser Stadt, ich stellte das Auto an der Buchanan Mall ab und ging zu Fuß nach Downtown, hinein in den träge kriechenden Nebel, ließ mich durch die O'Farrell von Bar zu Bar treiben und betrank mich still, worauf ich wieder in den Nebel hinaustrat, durch die entvölkerten Bürohausviertel lief, auf der Market Street landete und von da schließlich auf der trubeligen Embarcadero, wo ich die Wange an die milchweiße Bucht legen konnte mit den vielen Glühpünktchen darin von den Signallichtern der Jachten, mit der perlmuttgelben Lichterkette der Golden Gate und den sich am Nebel verschluckenden Leuchtfeuern von Alcatraz, Treasure Island, Sausalito.

Einmal kam ich spät nachts nach Hause, und Stefania machte auf. Das hieß, Therese war nicht da. Ich fand kaum die Kraft, mich von der Wand zu lösen. Stefania half mir ins Bett: bot mir die Schulter, legte den Arm leicht um mich, ihr Haar roch nach Sauerteigbrot, ein vergessener Geruch. Das war der Moment, wo ich in Tränen ausbrach. Die Umarmung eines fremden Menschen, das genügte. Die Stütze. Der Körper erinnert sich besser als die Seele. Erst recht als der Verstand. Wohl darum ist der Körper sterblich.

Es gab eine Zeit, da war unser Leben miteinander gut zu ertragen gewesen, jedenfalls nicht öde, nicht einmal im Vergleich zu den Jahren vor der Heirat und bevor Mark auf die Welt kam. Therese

Schmitz – gebürtige Deutsche, Spezialistin für russische Literatur mit Magisterabschluss an der University of California in Los Angeles, Lektorin bei den *Jewish Family and Children Services*, fünfundzwanzig Stunden die Woche, Vorträge zum Thema »Wie absolviere ich ein Einstellungsgespräch«, Russisch fließend und nicht ohne Raffinesse, sonntags Ausflüge längs der Küste oder im Sommer zum Big Sur (felsige Steilküste, hundert Meter Vertikale, ein Pfad schlängelt sich um zahllose Buchten), im Winter zum Snow Bowl nach Sierra an der Grenze zu Nevada (Coffee Bar mit rückseitiger Terrasse, weiter Blick auf gleißende Hänge, die Raupe des Liftes: Skifahrer schwärmen wedelnd aus, zuletzt werden es weniger; zügig abbrennender Sonnenuntergang, der von Osten her mit einer tiefblauen Mütze Finsternis gelöscht wird …).

Wir hatten uns auf einem Dead-Can-Dance-Konzert in Santa Monica kennengelernt. Damals inmitten der Menge, die dem meditativen Brausen dieser Musik erlegen war, hatte ich ihr Gesicht entdeckt und konnte den Blick nicht von ihm wenden, lief ihr, als es zu Ende war, nach ins Freie, zögerte lange, sie anzusprechen – vollkommen taub immer noch, idiotische Situation: sich selber nicht zu hören und sein Gegenüber auch nicht. Wir lachten, rissen die Münder auf. Ich weiß also bis heute nicht, was sie mich damals fragte, sehe vor mir ihren Gesichtsausdruck, wie ich ihn damals sah, die Lebendigkeit in der Zurückhaltung, den tiefen Glanz in den Mandelaugen, die waren wie mit Tränen gefüllt. So stand ich da und wartete, dass die geschundenen Trommelfelle sich regenerierten. Warte bis heute.

Zwei Monate später, es war Mitte August, weckte mich das Gebrüll eines Seelöwen; schwabbelnd und glänzend kam er gekrochen (sieht aus wie einer, der sich aus der Zwangsjacke befreit!), patschte durch den leise schmatzenden Sand des Baker Beach (einstmals Nudistenparadies, heute verwaist) zu den Klippen; beim Versuch, einen Stein zu erklimmen, rutschte er ab, das schwarze Schnurrbartgesicht schaukelte auf dem Wasser. Ich zippte den Schlafsack auf. Therese spürte die Kälte und schmiegte sich an mich. Flach zog der Himmel über unseren Köpfen dahin, die Asche in der Mitte unseres Lagerfeuers war noch warm. Ich schob die Hand in den knisternden, aufwölkenden Grus und schaute, wie Therese an meiner Schulter im Schlaf die Lippen bewegte, als wollte sie die Luft abschmecken. Ich stellte Therese meinen Eltern vor. Nach dem Essen verwickelte Vater sie in ein angeregtes Gespräch über Turgenjew; ihr Russisch entzückte ihn. Als langjähriger Abonnent des *Scientific American* hinreichend gewappnet, äußerte Vater den Gedanken, die heutige Zeit müsste für Jewgeni (Jew-Genie!) Basarow das Paradies auf Erden sein, Gott sei in der Wissenschaft präsenter als irgendwo anders, ein Messias müsste sich heute besser in der Mikrobiologie auskennen als in der Theologie, und überhaupt stelle uns der gegenwärtige Entwicklungsstand der Zivilisation vor die Notwendigkeit, das Primat der Naturwissenschaften anzuerkennen; ohne eine blasse Ahnung von Biologie könne man sich auch die Philologie schenken.

Ich half Mutter das Geschirr in die Küche tragen, Therese telefonierte mit den Verwandten.

»Aber die redet ja Deutsch!«, stieß Mutter wispernd hervor, ohne mich anzusehen, schnaufend vor Entrüstung.

»Ach, Mamotschka. Nimm einfach an, es wäre Jiddisch!«

»Puh!«, machte sie und schlug die nassen Hände zusammen, dass es spritzte und ich in Deckung gehen musste.

Ansonsten benahmen sich meine Eltern ihr gegenüber so ungekünstelt liebenswürdig, als fürchteten sie, mein zartes Glück zu verscheuchen; Therese wiederum interessierte sich für mein Vorleben herzlich wenig. Nach jeder Dienstreise wurde die Rückkehr zum Fest: Wir fuhren in unser Lieblingscafé auf der Vallejo Street im sogenannten Italienischen Viertel, jenseits der Columbus Avenue gelegen, ein Bezirk, den wir mochten; hier leben die Müllmänner, eine Bevölkerung, die nicht auf den Mund gefallen ist, ihr gewerkschaftlicher Clan forscher und unverbrüchlicher als jede Cosa Nostra; jeder Zweite in Lederjacke auf einem Motorrad. Von der Anhöhe, über die die Vallejo hinauf- und wieder hinabzieht, eröffnet sich einer der schönsten Blicke auf die Halbinselstadt, wie sie zugleich in den Himmel und ins Meer hineinschwingt, ihr stürmisches Relief die Augen nicht zur Ruhe kommen lässt, sie von Kamm zu Kamm hetzt, eine Ansicht tolldreist vor die andere schiebt, tauscht und täuscht, mit

Schatten und Sonnenfetzen jongliert, Fenster entzündet und eilig wieder löscht, bis tief in die Klüfte der Straßenzüge hinein. Und zieht gegen Abend Nebel auf, werden die Glitzerperlen der Laternen von Milchflüssen geflutet. Wir saßen auf der Veranda, Hand in Hand, die Beine unter dem kleinen Tisch verschlungen, und reckten hin und wieder die Köpfe, um zu sehen, wie die Sonne versank. Und es war unglaublich schön, weil wir uns trunken fühlten, ohne getrunken zu haben, wie plattgedrückt von gegenseitiger Anziehung, von so viel Nähe wurde das Blut dick wie Wein, schwirrte der Kopf, wir konnten es kaum erwarten, ins Bett zu kommen.

Eines Tages kam ich zurück aus New Orleans (ich hatte Carls Drängen nachgegeben und war mit ihm noch zwei Tage durch die Canal Street gezogen und im French Quarter versackt, nachdem ich mich drei Wochen im Golf von Mexico, beim Wacheschieben am aufgeheizten Deck, hatte rösten lassen müssen: Bohrplattformen, so weit das Auge reichte, festungsartig, dazu Kutter und Hubschrauber wie am Schnürchen, gleißende Windstille, Wehmut) – ich kam in Sunset an, beim Bezahlen des Taxis machte ich ein bisschen Theater, offenbar waren die Tarife angehoben worden, aber der Fahrer, ein Pakistani, konnte sich schwer verständlich machen, verstand noch weniger, was ich wollte, und ich dachte: Der verarscht mich doch, der hat doch das Taxometer manipuliert. Therese empfing mich ungewöhnlich ernst und gesammelt, wollte nicht in die Stadt fahren wie sonst; eine dunkle Ahnung kam auf, wurde sogleich wieder fallengelassen: Ich beschloss anzunehmen, dass sie mir wegen des Abstechers nach New Orleans grollte.

Ich trug Mark ins Kinderzimmer, ließ ihn kriechen, zeigte ihm den mitgebrachten Flummiball und wie man damit spielt. Dann rief Therese zum Mittagessen: Gedünsteter Heilbutt mit Kräutern, ein Festmahl; ich entkorkte den Wein. »Ilja, ich habe dich betrogen, ich kann nicht mehr bei dir sein«, sagte sie plötzlich auf Englisch und rannte hinaus, holte Mark aus dem Ställchen, kam wieder, setzte sich mir gegenüber. Was sie dann noch sagte, habe ich vergessen, jedenfalls das meiste, ich war ganz auf Mark konzentriert, starrte ihn unablässig an, sog alle Grimassen, die er zog, in mich ein, das Feixen, mit dem er daranging, seine Mama zu zwicken, am Arm zu packen, ins Handgelenk zu beißen, bei ihm brachen die Zähne durch. Er war es, der mich damals gerettet hat. Mark war mein Ein und Alles, er ist es heute noch, aber damals hätte ich ohne ihn schlappgemacht. Ich musste ihn nur zwischen die Hände nehmen, schon waren die beschäftigt mit Zärtlichkeit, all meine Aufmerksamkeit konzentrierte sich auf ihn, bewahrte mich so vor dem Ärgsten. Wenig später zog ich zu den Eltern und wohnte eine Woche bei ihnen, bevor ich wieder arbeiten fuhr.

Auf das Kidnapping meines Sohnes hatte ich mich vorbereitet: Windeln und Kindernahrung besorgt, ein Bettchen und einen Haufen Spielzeug: nicht nur die Eisenbahn, auch zum Beispiel eine ferngesteuerte Libelle mit riesigen Folieflügeln, die sehr flink und wendig war und uns im ersten Wind abhandenkam. Ich hatte damals ein Studio in Sunset gemietet, klammes Parterre mit Schimmel an Tapeten und Buchrücken vom ewigen Nebel, der winzige Hinterhof bis über den Zaun zugewuchert mit Brombeerdickicht, vollkommen unbegehbar – da hinein stürzte die flatternde Libelle mit ihrem Plastikleib und den Drahtfüßen ab. Den lieben langen Tag brachten Mark und ich in der zweidimensionalen Fußbodenwelt zu zwischen verstreutem Spielzeug, ich ging ganz darin auf. Zuletzt – ich hatte ihn schlecht und recht gefüttert, gebadet und ins Bett gelegt, aber noch nicht in den Schlaf gewiegt – ging ich auf den Hof rauchen, in dem schon der Abendnebel hing, stand dort eine Weile, kehrte zurück, Mark lag in seinem Bettchen und lächelte selig. Ich streckte mich wieder auf dem Boden aus, versank in der Eisenbahnwelt, nicht imstande, an morgen zu denken. Irgendwann rief ich ein Taxi, wickelte Mark in eine Decke. In dem Moment klingelte es kurz an der Tür. Auf der Schwelle stand Therese, das Gesicht abgewandt.

Hernach fuhr ich, um nicht den Verstand zu verlieren, nach Alaska; aus alter Gewohnheit wohnte ich bei Kerry Nortrap auf der Halbinsel Kenai. Aufs Festland fuhr ich gar nicht erst, begnügte mich damit, Lachs und Äschen zu angeln und mich von den Mücken auffressen zu lassen; im Winter lernte ich das Hundeschlittenfahren, fuhr kreuz und quer durch die Gegend. Dann zog ich nach Norwegen weiter, kampierte dort zwischen den Dienstreisen in einem Zelt im Naturpark gleich oberhalb einer Fjordmündung; unten hatte ich ein motorisiertes Schlauchboot zwischen den Steinen liegen, mit dem ich fischen fuhr; einmal wäre ich ums Haar draufgegangen, als Sturm aufzog und ich mit dem ärmlichen Motor nicht schnell genug in die Gleitfahrt fand, es trug mich aufs offene Meer hinaus, der Seegang nahm zu, bald stand das Wasser im Boot; zu meinem Glück hatte ich eine Leuchtpistole dabei; Fischer griffen mich auf.

Zwei Monate nachdem ich die Scheidung eingereicht hatte, sandte Therese mir an die Adresse meiner Eltern einen Brief (ihre Mail-Adresse hatte sie geändert, der Abgang sollte spurlos sein): *Wenn Du Mark sehen willst, kannst du uns in den ersten beiden Oktoberwochen in New York finden.*

Wir trafen uns im Central Park, auf einem Spielplatz. Sie kam in einem beigen Regenmantel, wie man sie in den Sixties trug, das gescheitelte dichte Haar zog sich glatt um Stirn und Schläfen und war im Nacken verknotet. Ich erkannte sie kaum wieder.

Mark war gewachsen. Von der Seite mein getreues Abbild, von vorne der Mutter wie aus dem Gesicht geschnitten – wie aus unser beider Kinderbildern kompiliert. Der Junge stand ergeben neben meiner Bank, ohne den fremden Onkel zu beachten. Ein Knie war aufgeschürft, mit runzligem Grind. Am Ellbogen eine Schramme, aufgekratzte Mückenstiche an der Schulter. Ich schaute auf sein zappelndes Knie und hätte es küssen mögen, meinte den Grind an der Zungenspitze spüren zu können. Ihn anzusprechen konnte ich mich nicht entschließen, und hätte ich es versucht, kein Wort wäre mir über die Lippen gekommen. Bald darauf wandte sich Mark wieder den Kindern zu, die in der Nähe Cricket und Frisbee zugleich spielten, wartete darauf, dass sie ihn bemerkten.

Das Licht über den Baumkronen war diffus und idyllisch; Blätter flogen. Ein unrasierter junger Mann im Rollstuhl hantierte mit einem Photoapparat auf dem Dreibein; das Okular am Auge, fixierte er mit bösem, herausforderndem Blick seine Umgebung: den Rasen, die Bänke mit den geschwungenen gusseisernen Seiten und Füßen, die Blumenpötte daneben und die Podeste mit den kleinkopierten

Statuen und die in hinausgezögerten Ballettfechtposen umherfliegenden Kinder, deren Frisbyteller lautlos durch die Luft schnellten. Geschickt lenkte der junge Mann seinen Rollstuhl und drehte den Photoapparat, um den nächsten Sektor des Panoramas abzulichten, wartete ab, bis sich das Bild von überflüssigem Beiwerk – Passanten, Hunde, Eiswagen – leerte. Eine alte Frau trippelte, ihr Stützgestell vor sich her setzend, vorüber, sie setze es so zügig um, dass man den Eindruck bekam, es hätte auch ohne gehen können; den Jogger, der an ihr vorbeizog und so viel Wind machte wie ein Bus, bedachte sie mit einem fröhlich-anerkennenden Blick.

Therese schwieg, während ich innerlich bereute, kein Geschenk für den Kleinen mitgebracht zu haben; ich war mit leeren Händen gekommen; wie dämlich sieht das aus, wenn ich da mit einer Tüte Spielzeug antanze, hatte ich gedacht; unser Treffen war viel zu bedeutsam, um es mit Geschenken zu trivialisieren.

»Lass uns wieder zusammen sein«, sagte ich.

Therese sah frostig vor sich hin, es war für mich nicht zu erkennen, was sie im Inneren bewegte, ich spielte da jedenfalls keine Rolle mehr.

»*The train has left*«, erwiderte sie. »So sagt man doch, oder?«

Ich betrachtete sie von der Seite: die gerade Nase, die grauen Augen, amethystblau in der Dämmerung; die Beine, kräftig vom Balletttanzen, nur etwas zu kurz, einen halben Absatz vielleicht; die matte, schnell fröstelnde Haut. Beim Gedanken an die Rauheit ihrer Pobacken, die Erinnerung daran, kribbelte es mir plötzlich in den Fingern. Düfte hatte sie früher nie benutzt, jetzt war sie umweht von einem profanen Hauch Chanel No 5, das einzige Parfüm, das ich kannte, weil meine Mutter es besessen hatte; das Fläschchen stand auf dem oberen Bord des Büfetts, der Inhalt nahm ab und dunkelte ein, je älter ich wurde. Zu Hause in Artjom waren im Sommer die Vorhänge gegen die Hitze vor die Fenster gezogen, in den Räumen war es den ganzen Tag so dunkel wie in Ali Babas Höhle, nur die Billigpretiosen im Büfett (das DDR-Porzellan mit aufgemaltem Herbstlaub, der schwere Aschenbecher aus böhmischem Glas, eine persische Bronzevase mit Keilschriftprägung, die mit Zahnpulver zu putzen mein Lieblingsamt war) schimmerten hinter den Scheiben des Vertikos, das in seinen unteren Fächern Kunstbände barg – meine Parallelwelt, die ich auf Knien entdeckte; dort, vor den lackierten Flügeltüren, wuchs ich auf, brachte Wochen zu in den Bildern von Dürer, Cranach, Velázquez, Augenhaschen spielend mit den *Fräulein*, den Hunden und Kaninchen, Hieronymus' Löwen die Ohren kraulend oder in Cranachs Paradiesgarten spazieren gehend. Manchmal, wenn ich allein zu Hause war, holte ich das Parfümfläschchen hervor: den Festtagsduft zu atmen. Mama wurde reifer (nicht älter!), der Chanelduft erhielt sie allzeit jung.

»Ilja, ich liebe dich nicht mehr. Und das ist gut so, damit du es weißt.«

Sie sagte es mit starkem Akzent, was mir den Sinn ihrer Worte fragwürdig erscheinen ließ. Die Welle des Begehrens ebbte etwas ab. Über uns die große, kirchturmartig aufragende Haufenwolke war hinter die Baumkronen gerutscht, ihr in Sonne getauchter Leib stellenweise durchscheinend. Rechts von uns hatte sich eine Fahrradriksha postiert; der Fahrer hatte die Füße auf der Armlehne seiner verschlissenen Kutsche liegen und döste. Plötzlich schnarchte er kurz auf, schrak im selben Moment hoch und sah sich erschrocken um.

Endlich hob Therese die Augen. Ein mir unbekannter Mensch. Bis dahin hatte diese abweisende Härte in ihrem Gesicht gestanden, die aber in ihrer Gezwungenheit immer noch einen plötzlichen Wandel, einen Bruch hatte gewärtigen lassen. Nach meinem Flehen war diese Anspannung von ihr abgefallen; sie wusste nun, was ich wollte, was von mir zu erwarten war. Ihre Haltung löste sich, Gleichmut kehrte ein. Die Kluft zwischen mir und Mark wuchs sich aus, war nicht mehr zu überspringen.

Kurz darauf erschien die Nanny auf dem Parkweg, nunmehr eine junge Schwarze, höflich einsilbig, mit anmutiger Gestik und blütenweißen Spitzenmanschetten, die unter dem roten Jäckchen hervorsahen; ein Streifen blendendes Weiß über der schmalen schwarzen Hand, die meinen Sohn davonführte (er sah sich nicht einmal nach seiner Mutter um), das ist es, was mir in ausdrücklicher Erinnerung ist von jenem langen Tag, der bis heute nicht enden will.

»Auf Wiedersehen«, sagte sie.

»Leb wohl, pflegt man in solchen Fällen zu sagen«, sagte ich.

»Wie? Ach so, ja.«

3

Wir wurden ferngeschieden. Ich bekam das Recht eingeräumt, Mark zu sehen. Was Therese auch nicht anfocht, sie verschwand einfach, und fertig. Nachforschungen zufolge, die ich die eigens dafür eingerichtete Abteilung der Polizei anstellen ließ, muss sie kurz in der Schweiz und in England gewesen sein, dann tauchte sie in Russland unter. Erst als sie wieder geheiratet hatte, förderte der nächste Nachforschungsantrag das Ende eines Fadens zutage, an dem ich ziehen und feststellen konnte, dass mein Sohn jetzt in der Familie von Robert Huggins lebte.

So kam Licht in die Sache. Sehr wahrscheinlich waren die beiden sich just in »unserem« Café auf der Vallejo nähergekommen, als Therese einmal in meiner Abwesenheit dort eingekehrt war. Was sie dazu bewogen hatte, weiß ich nicht – vielleicht hatte sie sich gelangweilt und Abwechslung gesucht, unsere Wiederbegegnung ein Stück heranrücken wollen, indem sie hierherkam, wo man dem Himmel nahe war und der Bucht ebenso; der Verdacht, dass man als Mensch nur dazu geschaffen ist, sich seiner Einsamkeit bewusst zu werden, lässt sich an diesem Ort gut bekämpfen. Das Stammpublikum des Lokals, dieses muntere Völkchen, steigt bei Einbruch der Dunkelheit direkt von hier auf seine Müllmammuts, um durch die sich leerenden Straßen der Stadt zu kreuzen – Athleten in grünen Kombis, die auf dem Trittbrett und am Heck, unter den Hebeln der hydraulischen Presse hängen, in voller Fahrt abspringen, die Hundertlitertonnen mit der Artistik von Jongleuren leeren und erst wieder aufspringen, wenn die graublaue Rauchfahne aus dem Auspuff und das trompetenartige Aufheulen des Motors das Signal dazu geben … Tagsüber hingen diese bulligen jungen Italiener in Jeans und Lederjacke espressotrinkend am Tresen ab, rauchten viel und schwätzten

mit dem Wirt, während wir, die nicht dazugehören, Fremde, obschon regelmäßig auftauchend, sie begeistert anstarrten wie Mara-
dona.

Seither machte ich um das *Trieste* einen Bogen. Und das nicht nur,
weil ich die Nostalgie, dieses schmeichelnde Monster, nicht unnötig
füttern mochte. Dummerweise war nämlich ich es gewesen, der ihr
diesen Typen, Robert Huggins, hier vorgestellt hatte (ein blauäugi-
ger Blonder mit zuckenden Brauen, ansonsten sparsamer Gestik, seine wasserhellen Augen beinahe reglos und saugend, während das
Mundwerk pausenlos ratterte) – ich war ihm in Richmond/Virginia
im Kontor eines Entladeterminals begegnet, für das ich ein paar Bau-
gruppen unseres Systems in Betrieb nahm, während es Huggins' Job
war, da zu sein und seinen Kopf dafür hinzuhalten, dass alles glatt-
ging, wenn ein Tanker seine Fracht löschte, dessen Kurs um die Welt
er zuvor acht Wochen lang aus seinem Office irgendwo in den oberen
Etagen der Transamerica Pyramid verfolgt hatte. Einmal war ich sogar mit ihm lunchen gefahren, wovon aber nichts weiter hängen-
blieb als die Gewissheit, dass der Typ mir nicht geheuer war. Un-
durchschaubarkeit ist für Leute seiner Zunft – Rohstofftrader – ein
Charakteristikum. Sie sind Zauberer auf ihrem Gebiet, Hypnotiseu-
re, nicht schlechter als Derren Brown, nur dass die Nummern, mit
denen sie auftreten, nicht »Russisches Roulett«, »Gib deine Woh-
nungsschlüssel einem Fremden« oder »Verkaufe deinen Brillantring
für einen Pappenstiel« heißen; vielmehr machen sie ihr dickes Geld,
indem sie irgendeinem arabischen Prinzen die Notwendigkeit suggerieren, nur mit ihrer, keiner anderen Firma zu kooperieren.

Schon früher war ich ein paar Mal auf Scharlatane dieser Art gestoßen, manche von ihnen werden zu wahren Meistern ihres Fachs.
Einer war Gebrauchtwagenhändler, beteiligt an einer fahrenden Mes-
se; weiß der Teufel, was ich dort wollte, wo ich doch einen neuen
Honda Civic zu kaufen vorhatte. Dieser Bursche jedenfalls fing die
Besucher gleich an der Einfahrt zu dem mit allerlei Fähnchen und
Faschingsbeleuchtung geschmückten Parkplatz ab. Auch mich nahm
er in die Mangel. Spindeldürr, beinhartes Gesicht, aber irgendwie
übermäßig schwitzend, vielleicht vom Entzug. Seine Offerten press-

te er mit Inbrunst und Hass durch die zusammengebissenen Zähne, sie schienen nur das eine zu sagen: Kauf endlich, oder sei verflucht! Und ich war nahe daran, ihm etwas abzukaufen, irgendeine Schrottmühle, nur damit das finstere Treiben aufhörte – doch urplötzlich ließ er mich stehen, ohne Auf Wiedersehen zu sagen.

Bei Huggins, trotz aller Verschlossenheit (ein leeres Gefäß zu verschließen ist nicht sonderlich heikel, da kann nichts auslaufen), wähnte ich etwas Ähnliches: irgendeine Überspanntheit, einen Knacks, der ihn wohl auch daran hinderte, seine Karriere auf ein ordentliches Niveau voranzutreiben, nicht mehr diese Laufbotenjobs erledigen, Terminalbetreiber zum Sündigen überreden zu müssen …

War das etwa keine Katastrophe: dass mein Sohn mit so einem Typen zusammenleben musste?

4

Was den weltweiten Rohstoffhandel und insbesondere das Oiltrading im Kern ausmacht, ist der Kampf geschlossener Staatskorporationen in den Förderländern mit dem transnationalen Netz konfidentiell agierender Händler. Ein wichtiger Player auf diesem Markt, wo Handelskriege mit Fug und Recht Weltkriege genannt werden dürfen, ist das von einem gewissen Max Prosperus gegründete Network, ein kapitales Monster im Rohstoffgeschäft unserer Zeit, mit wahrlich finsteren Geschäftsmodellen. Eins der Bubenstücke dieser Spekulantenbagage im letzten Jahrzehnt war der vertrackt organisierte Schwarzhandel mit jenem irakischen Öl, das im Rahmen des UN-Programms »Öl gegen Lebensmittel« auf den Markt kam. Die Jungs von Prosperus gruben den UN-Beamten kühn das Wasser ab, indem sie sich, während die Tanker von einem Terminal zum anderen schipperten, deren Ladungen dutzendfach gegenseitig, an Dritte und zurück verkauften und so die Quotenbegrenzung aufweichten. Die Methode nannte sich C&S – *Crumble and Scatter*.

Prosperus war auch der Pionier im sogenannten Aasgeierhandel in Krisenländern. Allein für den Tatbestand des »Handels mit dem

Feind« (nämlich mit dem Iran: Prosperus war seit langem gut Freund mit den Gebrüdern Bachtiar, Ölscheichs in Abadan) zu einer Zeit – 1979 –, da das Leben von vierhundert Amerikanern am seidenen Faden hing, hätte ihn jedes hohe Gericht liebend gern mit einer Jahrhundertstrafe bedacht. Dazu kamen Geschäfte mit Südafrika während der Apartheid, mit Kuba und Libyen – unverfroren, als gäbe es keine Embargos … Alles nicht dazu angetan, den Anklagen auf Erpressung und Steuerhinterziehung den Stachel zu nehmen.

Prosperus tauchte 1982 in die Schweiz ab, wo er eine Weile stillhielt und zum größten Steuerzahler im Kanton Zug konvertierte – und wo ich dann auch prompt einen der Zufluchtsorte von Huggins und Therese ausfindig machte.

Die meisten Wölfe aus Prosperus' Traderrotte sind ihm in die Schweiz gefolgt – eine Landschaft, wie geschaffen, dass ein James Bond sich solch mächtigen Magnaten an die Fersen heftet. Ich habe wenig von einem James Bond, aber dafür wiegt mein Ziel schwerer: Es geht um mein Kind.

Den Hinweis auf Huggins' nächsten Aufenthaltsort bekam ich von einem seiner Freunde; es kostete mich ein Glas anständigen Chianti im *Strip Club* auf der O'Farrell Street. »Hey man, how's going? … Remember Robert? He scooped the kitty, while left for Moscow.«

Russland figuriert in Prosperus' Ambitionen gleich einer Reihe anderer Dritte-Welt-Länder als groß angelegtes Erschließungsprojekt. Der Vorstoß erfolgt nach Schema F: In einer schwächelnden Wirtschaft mangelt es den Gesellschaften chronisch an Investitionen, die Trader gewähren sie großzügig und sichern sich im Gegenzug die Exportrechte. Nickel und Zink aus Peru, Aluminium und Wolfram aus Russland. In Steueroasen mit verlässlicher Wahrung des Bankgeheimnisses wie Liechtenstein, Gibraltar und den Panama-Inseln finden Holdings, die auf sibirischem Territorium operieren, ihren warmen Herd.

Die Versetzung ins Moskauer Büro meines Arbeitgebers gelang ohne Schwierigkeiten, denn die Company hatte gerade einen Fünfjahresvertrag zur Betreuung einer Reihe russischer Ölproduzenten geschlossen und war dabei, Service-Ingenieure zum Einsatz in Sibirien und auf Sachalin zu rekrutieren. Und einen Monat später hatten meine ausgiebigen Streifzüge durch die Gassen und Grünanlagen rings um die Patriarchenteiche und durch die Bronnye Ulizy tatsächlich gefruchtet. Robert und Therese wohnten in einem Haus, dessen Gärtchen eine Skulpturengruppe zierte: Zwei Störche mit aufgesperrten Schnäbeln äugten in den Moskauer Himmel. Stundenlang saß ich an, blätterte in Zeitungen, die Kamera auf den Knien, und wartete, dass Mark ausgeführt wurde. Er war mir noch ähnlicher geworden. Also liebte sie in ihm wohl oder übel auch mich.

SECHSTES KAPITEL

Hören und Sehen

1

Holland funktionierte als Erinnerungstrichter. Da herauszukommen wäre mit Bahn oder Flugzeug ein Leichtes gewesen, aber ich zögerte noch …

Eines Nachts im Hotelbett fuhr ich auf, als wäre in mir ein Scheinwerfer angegangen. Ich hatte geträumt, Therese säße auf mir, meinem Unterleib – in all ihrer brennenden Leichte, schaut mich an mit hellen Augen, presst sich in meinen Schoß. Während Mark als weißer Schatten am Fußende des Bettes steht, Gesicht zur Wand, wie zur Strafe. Was tust du da?, raunze ich sie an, aus ihrer Kehle kommt ein Röcheln, wortlos geht sie ins Hohlkreuz, ihre Mundwinkel ziehen sich in die Breite. Ich drehte mich auf die andere Seite – und hatte prompt Tschernikin vor der Nase, meinen Laborchef auf der *Wawilow*, blickte in sein offenes Gesicht mit dem Skipperbärtchen, rau, aber herzlich. Und ein Bild ergab das andere, wurde vom nächsten beiseitegestoßen, immer neue Details fluteten ins Bewusstsein …

Viel habe ich diesem grimmigen Gemütsmenschen zu verdanken, der mir in einer schwierigen Situation Schutz gab. Kein einfacher Mensch, rabiat mitunter, aber grundgütig und geradeheraus. Jenes sonderbare Bürschchen, das da vor sich selbst davonlief, aus Scham, vor Ungewissheit – mich – nahm er unter seine Fittiche, auf sein Schiff. Dass ich nach dem Rauswurf aus der Schule, nach der verdammten Marinezeit, einem Schädel-Hirn-Trauma immer noch unbedingt auf See wollte, war sowieso unbegreiflich, und es konnte nicht schnell genug gehen. Vater und Mutter ließ ich sitzen – er in Aufruhr, sie der Ohnmacht nahe – und suchte Stoljarow auf, einen der wichtigsten Lehrer meiner Jugend, der uns in die Steppe, in die Berge und durch die Urwälder geführt, dabei auch – rein spaßeshalber – Geheimwege in den Iran gezeigt hatte, von dem wir lernten, wie man eine »Tarzanschaukel« bastelt, Forellen harpuniert und Boote baut, der uns das Segeln lehrte, selbst wochenlang im Winter allein auf stürmischer See zubrachte und überhaupt mit seiner Existenz bewies, wie großartig der Bund von Mensch und Natur sein kann, wenn man sich ihr unterordnet.

Ich sehe mich noch mit ihm in der Teestube auf dem Boulevard sitzen, unter dem berühmten Fallschirmsprungturm, im Schoß der von der Hitze ausgeglühten, wie ausgestorbenen Stadt; der Zucker in der Schale funkelt, die Rückseiten der Olivenblättchen glänzen silbern. Stoljarow hat sich meine Erlebnisse angehört und ist außer sich.

»Siehst du denn nicht, was sich in diesem Land tut?«

»Klar. Glasnost und Perestroika, das kann noch lustig werden. Die Geschichte ändert ihren Kurs.«

»Lustig, sagst du. Bald wird die Geschichte Menschen fressen, sie aus der Kurve schmeißen, verstehst du? Die Zeit nimmt den Leuten ihren Platz! Und du willst deine Eltern sitzenlassen.«

»Sie sind schließlich keine Kinder.«

»In solchen Zeiten muss man zusammenhalten.«

»Ich geh ihnen ja nicht verloren. Wir haben Juli, für einen Studienplatz zu spät, nicht mal ein Fernstudium ist noch zu kriegen. Soll ich ein ganzes Jahr hier rumhängen? Dann lieber auf See. Bloß nicht auf so einen hiesigen Küstenpott.«

»Und wenn plötzlich ein Krieg kommt? Panzer auf den Straßen sind?«

»Das ist doch lachhaft. Für mich kommen Panzer und Panzerkreuzer sowieso nicht in Frage. Ich bin ab jetzt Pazifist.«

»Die Geschichte ist es leider nicht.«

Stoljarow sollte recht behalten; bei meiner Rückkehr würde ich mitten ins blutige Getümmel geraten. Doch erst einmal griff Stoljarow zum Hörer und rief Tschernikin an, seinen Freund aus dem Moskauer Institut für Meeresforschung. Er war an den laufenden hydrophysikalischen Untersuchungen des Kaspischen Schelfs beteiligt, zu denen wiederum Stoljarow als Experte hinzugezogen wurde: Besser als jeder bestallte Lotse kannte er die auflandigen Strömungen, die Fronten, längs derer Luftmassen kollidierten, den Atem der großen Flachwasserzonen rings um den Abşeron, die beständig ihr Relief ändern, wie die Falten einer Decke, unter der ein Riese seinen unruhigen Schlaf schläft. Die Erdölspezialisten, wenn sie neue Bohrinseln auf offener See errichteten, schworen auf ihn, und die Bauleiter sprachen ihn nie anders an als *Müəllim*, Lehrer. Nur er war in der Lage, ihnen unter Schwerwetterbedingungen die genauen Betriebsfelder zu erstellen. Man weiß ja, wie wichtig es bei der Montage waagerechter Pfahlbauten ist, die Höhen der Scheitelwellen über den jeweiligen Sohlenabschnitten zu kennen, da können Zentimeter teuer zu stehen kommen …

2

Tschernikin signalisierte Stoljarow grünes Licht, und die übernächste Nacht verbrachte ich schon in Domodedowo, den Kopf auf meiner Jermak-Kraxe; dann noch eine Woche, solange ich auf mein Visum wartete, beim Witwer Tschernikin im Moskauer Südosten, wo ich tagelang mit drei kleinen Orgelpfeifen, seinen Enkeln, auf der Couch saß und ihnen *Eine fröhliche Familie* und *Die wundersamen Abenteuer von Karik und Valja* vorlas. Tschernikins Tochter, eine ausgezehrte, nah am Wasser gebaute Frau (und es gab immer einen Grund, in Tränen auszubrechen: wenn die Kinder an der Aloe herumgepult hatten; wenn Papagei Kiki eine Ecke des Einbands von *Der Meister und Margarita* beknabbert hatte …), die ewig auf die Wiederkunft ihres dienstreisenden Mannes wartete, brachte uns an die Metro. Kaliningrad sah aus wie aquarelliert, der Himmel voll höhnender Möwen – und am Abend stand ich schon am Grund des hydrologischen Schachts im Forschungsschiff *Akademik Sergej Wawilow*, sieben Meter unter der Wasserlinie. Das Schiff war ein schwimmendes Institut wie aus dem Bilderbuch: ausgestattet mit bester nautischer und hydroakustischer Technik, einer Batterie Tiefenmesswinden, zwei Tauchrobotern und einem Spezialmotor zur Driftkompensation, um das Schiff an einem Punkt zu halten. Die *Wawilow* kooperierte mit einem weiteren Forschungsschiff, der *Aka-*

demik Keldysch, die gleichfalls über einen Messschacht zur Schallortung verfügte; ihre Instrumente zeichneten den von uns ausgesandten und vom Meeresboden reflektierten Schall auf sowie umgekehrt, wobei die Sende- und Empfangswinkel abgestimmt zueinander verändert wurden; so ließ sich der Meeresgrund über die Hunderte von Meilen, die zwischen den beiden Schiffen lagen, scannen. Das diente zur Korrektur und Verfeinerung der in den Weltatlas der Ozeane einfließenden Daten; ein Titanenwerk, an dem die Mitarbeiter des Instituts seit Jahrzehnten arbeiteten. Jedoch bestand die hauptsächliche Aufgabe der beiden Schiffe in etwas ganz anderem: dem diskreten Abhören des Meeresbodens. Globale U-Boot-Ortungssysteme waren in der Entwicklung. Damals träumten die Militärstrategen noch davon, sämtliche Weltmeere mit Antennen zu spicken, Schallbojen, die den Kurs feindlicher U-Boote lückenlos verfolgen konnten; Spionagesatelliten hingen reglos über ihnen im All, erfassten und analysierten die Daten und gaben sie an die Kommandozentrale weiter. Das Projekt war sagenhaft aufwendig, dreimal teurer als die Entwicklung der Wasserstoffbombe. (Jede Einzelne der vielen Tausend Antennen benötigte eine autonome Stromversorgung, die Energie der Meereswellen war damals technisch noch nicht nutzbar.) Zu seiner Realisierung hätte es weiterer Ölfunde mindestens in der Größe des Samotlor-Vorkommens bedurft. Vorläufig jedoch arbeiteten Tschernikin und sein Labor an der Entwicklung und Erprobung solcher Antennen weiter.

Die *Wawilow* befand sich auf vorgegebenem Kurs und erwartete die Rückkehr einiger unserer U-Boote aus dem Bereitschaftsdienst. Nach ihrem Eintreten in unsere akustische Reichweite würde man eine vereinbarte Serie von Experimenten mit ihnen abarbeiten, es ging um die Appropriation der Antennensysteme, neuer Wasserschalltechnik sowie von Rechensystemen zur Verarbeitung der akustischen Daten; zu hören allein genügt nicht, auch nicht, zu wissen, wo die Signale herkommen, die Quelle ist zu bestimmen: ob Thunfisch-, Wal- oder Haischwarm, fremdes U-Boot oder gar »Alien«, Unterwasser-UFO … Alle in Bereitschaft befindlichen U-Boote fuhren im »Schweigemodus«, verwendeten nur passive Ortung, so dass bei nicht vorhandenem Funkkontakt unsere »Tänze« mit dem U-Boot im vorgegebenen Planquadrat, zumal wenn es Kurs, Tiefe und Betriebsart wechselte, sehr gut harmonisiert sein wollten, nicht aussehen durften wie »Sex von Pantoffeltierchen« (so der Ausdruck meines Chefs).

Valeri Tschernikin, ein ausgeglichener Mensch und erstklassiger Ingenieur, hatte bei näherem Hinsehen einige Skurrilitäten an sich, die uns einander näher brachten … Die Angst, wenn in mir wieder einmal ein Sturm losbrach, pflegte doch auch einen Kitzel zu erzeugen, den ich genoss: wenn das Meer ausfranst, vom Horizont her anrückt, sich aufstellt und hereinbricht, die Wellenwand auf Armeslänge vor dir niedergeht, den Luftraum vollständig ausfüllt, gegen den Adamsapfel schlägt, das Kinn prellt, und dann wird es finster, du hörst nur das Blut in dir dröhnen … Damals auf der *Wawilow* passierte es mir zum ersten Mal. Plötzlich weißt du nicht mehr, wie dir geschieht, du zitterst, trittst neben dich mit einem spitzen Ton wie von Glas, die Panik versteift sich in den Fingerspitzen, das Herz will dir durch die Lippen fliegen, jedem Ausatmen lauschst du hinterher, denn du spürst – nein, wirklich, keine Täuschung –, dass der Atem dir abhandenkommt, die Helligkeit, die Augen sinken auf Grund – Entsetzen packt dich, das blanke Grauen der in die Enge getriebenen Kreatur, Kohle knirscht zwischen den zusammengebissenen Zähnen, gleich wird der Schlag dich treffen, du stirbst, drehst ab, verlierst den Verstand …

Und selbst wenn es einem gelänge, im Zustand böser Vorahnung wegzudösen: Es braucht nur ein Muskel im ersten Halbschlaf zucken, und du fährst hoch in hellem Entsetzen, als wäre Schlaf gleichbedeutend mit Tod, hernach fürchtest du, wieder einzuschlafen, weil du nicht sterben willst, fürchtest die geringste Bewusstseinstrübung, du kannst deinen Organismus hören, jedes Organ erwacht plötzlich zu eigenem Leben, jedes ein Wesen für sich. Die Leber scheint dir unversehens ein Löwe. Das Herz ein zitternder Däumling, der im nächsten Moment wie ein Delphin in den Hals hinaufspringt. Die Nieren wie Mauersegler, wenn sie gegen die Scheibe knallen. Die Milz eine Ente. Und du atmest: einen Zug um den anderen, jedes

Mal im Zweifel, ob du es noch kannst, ob die Muskeln dir noch gehorchen, die Lungenflügel sich bereitwillig blähen, da! – wieder ein Atemzug … Es war klar: ein Kopftrauma, Blutleere im Gehirn, egal: Glück gehabt. So viele Sterbliche sind es nicht, die den Tod in hellwachem Zustand gesehen haben. Mit leerem, finsterem Antlitz hat er vor mir gestanden, ein blinder Fleck – an Deck, in der Kombüse, über meiner Koje schwebend. Ich fasste mir ein Herz und rannte los, zu Tschernikin hinüber, irgendeine Arbeit tun, mit jemandem reden, durchatmen … Zu reden ging aber noch nicht gleich wieder.

Welche Peinlichkeit erst, als so ein Anfall mich auf dem Klo festnagelte, da hockte ich nun: schweißgebadet, zitternd noch und in Verlegenheit. Ich wusste nicht, wie damit umgehen. Tagsüber hielt ich die Dienstzeiten genau ein, folgte Tschernikins Unterweisungen, lötete Platinen, reinigte und schliff eine bunte Ansammlung von Duraluminstäben, Stutzen und Kreuzstücke verschiedenen Kalibers, die dann in eine der Antenneneinheiten verbaut wurden; befleißigte mich. Mein Übereifer rührte von der Furcht her, allein zu bleiben, womöglich in Nähe der Reling. Denn manchmal ging mir so die Muffe, dass ich am liebsten ins Meer gesprungen wäre, nur um dieses Gefühl loszuwerden.

Bald darauf aber lugte die Sonne durch die Wolken, wir ließen Lissabon backbord liegen; schon den zweiten Tag schnitten wir, parallel zu ein paar Frachtern, die in Kette am Horizont dahinzogen, die glasglatte See. Ich sah die Jachten, die, scheinbar reglos, mit vollen Segeln auf uns zu brausten, die Decks besiedelt von braungebrannten Seebären; ihr Wagemut, die Tausenden von Sturmmeilen, die hinter ihnen liegen mussten, munterten mich auf. Ich schlief zunehmend besser, der Appetit kehrte zurück. Und dann geschah es, aus heiterem Himmel: Ich konnte wieder die Tiefen hören … Es passierte unmittelbar im Einschlafen, ein heikler Moment angesichts drohender Schlaflosigkeit: nur nicht zurückscheuen vor dem Kontrollverlust, ich hielt also den Schreck im Zaum, aber mit einem Mal drang in meinen Hirnkasten so ein Dröhnen. Darauf Stille. Dann dröhnte es wieder – dazu ein Klicken und entfernte melodische Phrasen, Quietschtöne. Ich wusste nicht sofort, was das war, erkannte es nicht gleich wieder: dass ich schon als Kind – beginnend mit einem großen Brand in der Schwarzen Stadt, erschüttert davon – unversehens das Grollen und Knurren des Öls hatte hören können, sein gurgelndes Strömen, das Knacken der Salzkuppel, den blubbernden Dreck. Den Anfang meiner Genesung markierte ein neues Gehör, die Tiefe war in mich eingedrungen.

Ich lief ins Labor zu Tschernikin; bebend beichtete ich ihm alles. Aber der, gewohnt an monatelanges Untertauchen auf See und im Labor, war durch so etwas nicht zu erschüttern. »Die Psyche reagiert selten sinnvoll«, kommentierte er einmal meine Auslassungen darüber, ob die notorische Einsamkeit des Matrosen nicht Auswirkungen auf den Charakter haben müsse. Tschernikin war ein tiefsinniger Mensch; genauso tiefsinnig konnte er schweigen. Auf dem Bord über seiner Koje standen neben dem Photo einer jungen Frau mit keckem Lächeln und einer Schüssel Beeren, die sie in die Kamera hielt, fünfzehn Bände Dostojewski; noch zwei aufgeklappte Koffer mit Literatur, mehrere gezackte Buchrückenreihen, schauten unter der Koje hervor. In den Zeiten, in denen er nicht im Labor war und experimentierte, hockte Tschernikin meistens vor seiner Reiseschreibmaschine und hämmerte mit steifem Finger in die gehorsame Tastatur. Zeit dafür war im Überfluss vorhanden, die akustische Erfassung des Meeresgrundes erfolgte per Automatik. Dafür schlief Tschernikin während der vierzehn Tage, die er mit einem U-Boot arbeitete, überhaupt nicht, stoisch arbeitete er die Versuchsserien ab, und auch ich wich ihm in der Zeit nicht von der Seite. Valeri Tschernikin hatte zwei obsessive Hobbys, denen er die viele Freizeit in den Rachen warf: Er schrieb – als Autodidakt – Aufsätze über Dostojewskis Werk und sandte sie an diverse Redakteure literarischer Zeitschriften zur kritischen Begutachtung; außerdem war er mit lautgebenden Unterwasser-UFOs befasst. Über seine literarischen Ambitionen schwieg der Laborleiter eisern; hin und wieder gelang es mir, ein paar Absätze von einem in seiner »Olympia« steckenden Blatt zu erhaschen und zum Beispiel dieses PS: *Eine Antwort bitte ich nach Rio de Janeiro zu senden, so die Wahrscheinlichkeit besteht, dass sie vor dem zehnten November dort eintrifft.*

Tschernikin war der Einzige, der meiner Begabung des Tiefseehörens Glauben schenkte. Ich hatte anfangs gezögert, damit herauszurücken, gestammelt, ich hätte so ein seltsames Rauschen und Klicken im Kopf, manchmal höre es sich eher wie ein Brüllen, Winseln oder Flehen an.

»Ohrenschmerzen?«

»Eigentlich nicht.«

»Warst du schon beim Arzt deswegen?«

»Der würde mich doch bloß krankschreiben.«

»Stimmt … Dieses Klicken, wie klingt das genau? So etwa?«

Und die geschürzten Lippen komisch in die Luft gereckt, stieß er seltsame Laute aus: »Wp-prrrru, wwwwuch-ch, wuch-wuch, trrrrruuu-ua-ah. Klezeck-zock-zuok-zuok-zuok. U-u-u-u-u-u. Wp-prrrru, wwwwuch-ch, wuch-wuch … zuokzuokzuok.«

»Ich weiß nicht. Kann sein, so ungefähr.«

»Mir scheint, du bist ein Horcher. Du hast das Gehör!«

Tschernikins Gesicht wurde streng. Er wollte genau wissen, was ich hörte. Räusperte sich unschlüssig, nahm die Kopfhörer vom Haken, legte ein paar Schalter um und lauschte in den Detektor.

»Da ist grad tote Hose.«

Er knipste wieder an seinen Schaltern, stellte ein Tonbandgerät an. Lauschte. Reichte mir die Hörer.

Ich schloss die Augen. Trockene Stille legte sich auf meine Trommelfelle, kurzes Schurren. Dann ein scharfes Kratzen, das mir quer durch den Schädel von der Schläfe zum gegenüberliegenden Wangenknochen fuhr. Und plötzlich blitzte aus dem Dunkeln, wie unter dem Schlüsselbein hervor, ein Rasseln auf, das umkippte in ein melodisches Knarzen und Kreischen, es klang von ganz nah. Dann wieder Schweigen.

»Und hör dir noch das an.«

Tschernikin war nicht mehr zu bremsen. Zwei Tage hindurch lauschten wir dem Ozean. In meinen Ohren tönten avantgardistische Tiefseerückensinfonien, mal kakophon, mal ausgesprochen melodiös, richtige Lieder, nie dagewesene. Gräben flogen auf und zerbröselten zu Fontänensuiten; kleinste Unebenheiten im Relief erhoben sich zu glatten, wiewohl rätselhaften musikalischen Phrasen, deren pulsierender Rhythmus einen betörte.

»Das eben waren die Eruptionswolken über den Schwarzen Rauchern«, verkündete Tschernikin feierlich und erging sich in Erläuterungen dieses erstaunlichen geologischen und biologischen Phänomens.

Wie sich herausstellte, hatte Tschernikin schon ein wenig mit solchen Klängen experimentiert, sie bearbeitet, zu synthetisieren versucht, um sie bekömmlicher für das Ohr zu machen, das Musikalische an ihnen hervorzukehren.

Ich rückte damit heraus, dass ich als Kind das Erdöl rund um Abşeron gehört hatte. Er glaubte mir auf Anhieb. Das sei gar nicht verwunderlich, die Erde singe nun mal, denn das Magma sei immer noch in Schwingung. Diese Magmawellen hätten die tektonischen Platten zum Oktaeder formiert. Hach!, schwärmte er, wenn man diese titanisch gedehnten Erdschwingungen eines Tages aufzeichnen und hörbar machen könnte: Das wärs!

»Ein jeder Gegenstand klingt, verstehst du? Und er ist seinerseits Filter und Resonator für Schallwellen, so eine Art akustische Linse, mit deren Hilfe das Ungreifbare zu hören ist. Vorausgesetzt, dass man die Wahrnehmungsschwelle entsprechend senken kann …«

Tschernikin vergalt mir meine Offenherzigkeit mit dem Bekenntnis, er sei beständig auf der Suche nach Unterwasser-UFOs, jage ihnen seit vielen Jahren hinterher. U-Boot-Besatzungen seien ihm bei der Identifizierung behilflich. Von sogenannten »Quakern« war die Rede: Klangquellen minimalster Größe, von denen U-Boote in den Nordmeeren und der Barentsee angeblich in den letzten Jahren verfolgt wurden und die tatsächlich ein Quaken von sich gaben. Hören ließ Tschernikin mich diese Quaker nicht, behauptete die betreffende Spule verlegt zu haben.

Auch Tschernikin war der geborene »Horcher« und sprach mit Genuss darüber.

»Wenn ein Kriegsschiff – von U-Booten ganz zu schweigen – keinen passablen Horcher an Bord hat, ist es ein schwimmender Sarg. Oft sind es Blinde, die so verschärft hören. Es soll vorkommen, dass von allen Erstsemestern eines Konservatoriums nur zwei das absolute Gehör haben, und beide sind blind. Im Zweiten Weltkrieg, als es noch an Ortungstechnik mangelte, wurde der Nachthimmel vorzugsweise von Blinden mit Hilfe spezieller Richtungshörer, sogenannter »Ohren«, überwacht, mit denen sie den Anflug von Bombern schon aus großer Entfernung wahrnehmen konnten. Vielleicht hast du es auf alten Photos gesehen, dass an einer Flak oben so eine Traube von Trichtern hängt. Ein Blinder und ein Sehender wachten gemeinsam: Der Sehende drehte das ›Ohr‹ in alle möglichen Richtungen, der ›Horcher‹ gab Anweisungen. Sein Aufnahmevermögen steigerte sich mit der Zeit, ohne dass ihm das selbst bewusst war. Auf zehn Kilometer wussten blinde Akustiker eine Heinkel von einer Junkers zu unterscheiden. Du kannst dir ausmalen, wie vielen Leningradern diese Blinden während der Blockade das Leben gerettet haben!«

Ich merkte nicht gleich, dass Tschernikin vor allem deshalb so viel von diesem Phänomen erzählte, weil er nicht wollte, dass mir vor mir selber graute. Er war eben ein sehr kluger und gütiger Mann. Nahm sich dieses seltsamen Knaben an, damit der an seinen Halluzinationen nicht verglühte.

»Stell dir vor, ein Wal hat anderthalb Tonnen Walrat, Spermazeti, am Kopf – und diese Fettlinse ist nur dazu da, Schallwellen zu senden und zu empfangen. Das wusstest du nicht? Dann lass es dir sagen. In letzter Zeit ist die Hypothese aufgekommen, Delphine und Wale würden genaugenommen gar nicht über Töne miteinander kommunizieren, sondern über Bilder. Sie nehmen den Ton nicht linear wahr – als Änderung von Amplitude in der Zeit, Phasenverschiebung und so weiter –, sondern als Ganzes, so wie die Leinwand das Lichtstrahlenbündel aus dem Projektor zeigt. Machte man durch das Tonbündel, wie ein Wal oder Delphin es aussendet, einen räumlichen Schnitt, ergäbe sich eine komplexe Interferenz, eine Art Hieroglyphe bildet sich ab, ein Bild, ließe sich sagen. Delphine sind ja nahezu blind! Die, die im Ganges schwimmen und verkohlte Leichen fressen, sind es ganz bestimmt. Delphine können aus Tönen Hieroglyphen malen. Die Sehfähigkeit würde ihnen auch gar nicht viel nützen, ihr Ortungssinn erledigt das alles. Sie sehen eben mit Tönen. Mit anderen Worten, Delphine und Wale sind Horcher seit Millionen von Jahren – Blinde, die mit dem Gehör sehend wurden. Fragt sich nur, was sie damit anfangen. Was bringt es den Delphinen mit ihrer immensen Hirnmasse, in die Öde des Meeres zu glotzen? Könnte es sein, dass der Klang noch irgendeinen grandiosen Lautsinn birgt, den wir übersehen?«

»Aber wenn der Delphin selbst Bildschirm ist, sein eigener Lokator, und diese Tonbildhieroglyphe aufzeichnet«, nahm ich den Gedanken auf, »dann hieße das ja, er könnte seine eigene Sicht in die Reproduktion einfließen lassen, seinen eigenen Sinn beifügen, kreativ beteiligt sein an dem, was er hört, die technischen Möglichkeiten dazu hat er ja.«

»Und dazu musst du wissen«, ereiferte sich Tschernikin, »dass ein Delphin ein sehr umfangreiches Alphabet hat, sein Wortschatz ist fünf Mal so groß wie der unsere! Und was glaubst du, wohin das führt? Delphine müssen ganz zwangsläufig Dichter sein! Mit solchen Vorräten lässt sich sonst nichts anfangen, man muss damit spielen! Alle Delphine sind Poeten, so siehts aus. Man muss sich das vorstellen, so eine Zivilisation von Delphinen, die da durch die Tiefen schnellen, schöpfen und gebären: lauter Puschkins, Baratynskis, Firdausis und Chlebnikows! Hochentwickelte Wesen, die weder Fernsehen noch Radio, noch Internet haben, nur diese ihre Klangwelt, die für sie Sinn erzeugt, eine Wortwelt und als solche heilig, vermute ich mal, es würde mich jedenfalls nicht wundern. Delphine verständigen sich in räumlichen Bildern, für uns Hieroglyphen, für sie Bilder der Wirklichkeit. In einer Zivilisation von Dichtern sind die Probleme der Gesellschaft gelöst, auch die Angst vor dem Tod ist kein Problem mehr. Den Logos für sich zu gewinnen, das ist doch das Höchste, wonach der Mensch strebt! Hat er das, braucht es kein Paradies mehr!«

»Und nun stell dir den Fall vor«, fuhr er fort, »alle Probleme wären durch das Jüngste Gericht gelöst. Alle sind wiedergeboren, alle haben das ewige Leben, jeder hat bekommen, was er verdient oder was die Gnade gebietet, alles ist gut – was kommt dann? Soll noch etwas entstehen? Erzeugt werden? Wozu? Dass mit den neugeschaffenen Werten gleich wieder neuer Groll aufkommt? Nein, es bleibt einem nichts, als zu dichten und zu komponieren. So wie die Delphine es tun. Wale, man beachte, kommen niemals ins Schwätzen, keinerlei Trivialinformation, sie singen und sonst nichts. Vielleicht weil sie ganz auf eine literarische Realität fokussiert sind, die Realität des Logos, das ist die Errungenschaft ihrer Zivilisation, die deswegen genauso ihre Probleme hat, denn die Sprache ist maßlos, der pure Geist … Bleibt die Frage, wie diese höheren Welten versorgt werden.«

Diese Frage stellte er sich selbst, und sein Blick wanderte auf das von Phantasie vernebelte Blatt, das er so eifrig mit Krähenfüßchen bestempelte. Klack-klack-krrrrreeeech (der Schreibmaschinenwagen fährt zurück). Klack-klack, klack, klack-klack-klack.

»Da müssen wir noch dahintersteigen. An sich ist es eine schöne Idee. Mir gefällt sie. Und wenn eine Formel schön ist, kann sie nicht falsch sein, wie der große Paul Dirac gesagt hat …«

Klack-klack …

3

Tschernikin kurierte mich von den Panikattacken, indem er mich lehrte, das Meer zu hören. Ich griff zu den Kopfhörern wie zu einem Schmerzmittel. Klänge, die viele Hundert Meilen entfernt vom Schiff erzeugt wurden, lernte ich zu fokussieren, mir in die Hörschnecke und aufs Trommelfell zu lenken; manche von ihnen wurden zu vertrauten Wesen – ich spürte sie auf, umgarnte sie, schlich ihnen nach mit Hilfe der Geräte, der Feinabstimmung per Knopf und Hebel; sie waren wie eigene Geschöpfe, bestehend aus Hall und Schall, doch sinnerfüllt: sie klagten und frohlockten, schwadronierten, stritten, schlichteten … bis sie starben.

Haşem kam mir in den Sinn, wie genau er damals die Vogelstimmen im Naturpark von Qızılağac in sein Büchlein zu transkribieren wusste und mit welcher Virtuosität er sie abends am Lagerfeuer wiedergab – die Stimmen der Kormorane, Sichler, Schwalben und Schwäne in diversen Unterarten; er intonierte sie so leidenschaftlich und herzergreifend »vom Blatt«, dass einem nicht ganz geheuer schien, zu welch abwegigen Tönen eine Menschenkehle fähig war – und alle ganz lebensecht; Stoljarow war sehr zufrieden.

Bald hatte ich mich in das Leben auf der *Wawilow* hineingefunden. Langeweile war die größte Pein. Da genügend Schiffe vorbeikamen, legte ich das Fernglas (ein kostbares Geschenk von Stoljarow, achtfache Vergrößerung; mehr bringe nichts im heißen Klima, das Bild zerflimmere ja doch nur, sagte er: »Will man das Auge übertreffen, muss der Geist hinterherkommen!«) kaum aus der Hand. Mein Blick, versessen auf fremdes schwimmendes Leben, schweifte über das Meer. (Highlights: ein durchgedrehtes Eichhörnchen auf einem Holzfrachter; eine über das Deck tobende Riesendogge auf einem Tanker, Beine und Schweif flogen um die Wette, statt eines Knüppels apportierte sie einen gefrorenen Thunfisch, der ihr hin und wieder aus den Fängen rutschte.)

Beide Schiffe, die *Wawilow* und die *Keldysch*, waren für die Amerikaner von außerordentlichem Interesse – als nachrichtendienstliche Subjekte sowieso, als bahnbrechende Laboratorien zur Entwicklung von U-Boot-Ortungstechnik erst recht. Patrouillierende Lockheed-Orions streiften uns fast mit ihren langgliedrigen Magnetometern. Interessierten sich für alles, was bei uns an Deck war: ein jegliches Gerät, jedes neue Gesicht an Bord. Die Amis kannten sämtliche unserer Mitarbeiter aus dem Effeff, behauptete Tschernikin, und dass von jedem eine Akte existierte, die länger sei als die in der Heimat. Die Piloten in den über uns hinwegdüsenden Maschinen trugen Sonnenbrille. Kann sein, dass Tschernikin übertrieb, doch als wir einmal mit Erlaubnis des Kapitäns die Tischtennisplatte an Deck trugen und noch dazu mit einer Zeltplane umgaben, damit der Ball nicht über Bord flog, gingen uns die geschwänzten Orions drei Tage nicht von der Pelle, frästen mit ihren Propellern beinahe die Antennen ab, so sehr mühten sie sich herauszukriegen, was die Russen da für ein neues Gerät zu Wasser ließen …

Die Wachen waren nicht sonderlich aufregend, die mitgebrachten

Lehrbücher in einem Monat durchgeschmökert. Erst als die Arbeit mit den U-Booten anfing, hatte die Langeweile ein Ende. Für die Dauer eines Experiments kam Tschernikin nicht zum Schlafen und ich nicht zum Essen. Und das, obwohl ich einer der besten Esser an Bord war, da ich nicht seekrank wurde; bei Sturm bereiteten die Smutjes eine spezielle Aufbaukost für die von den Elementen Geplagten, wenn sie nicht selbst in der Horizontale lagen und mich durchwinkten, damit ich mir eigenhändig Bratkartoffeln machte. Einmal tappten wir in eine Falle. Ein amerikanisches U-Boot hatte eine Boje mit Pseudosignalen ausgesetzt, sie kreuzte unseren Kurs, und anstatt mit unserem U-Boot arbeiteten wir mit der driftenden Attrappe. Das Experiment war für die Katz. Auf das nächste Boot mussten wir sechs Wochen warten.

Tischtennis war für die Mannschaft die einzige Zerstreuung. Denn was das Fischen anging, so ließ sich das nicht mehr als Zerstreuung sehen, es war eine Manie. Die halbe Besatzung konkurrierte miteinander beim Makrelenfang. Die Meute johlte, längs der Reling wurde Zauber getrieben, die Balkenwaage mit den Hängegewichten aus der Kombüse geeicht und dann die springenden blauen Torpedos mit bloßen Händen (ins Auge stechend die groben Schwarzpulvertattoos) und blanker Sehne geangelt, Haken unter den Kiemen. Dazu war beträchtliches Geschick vonnöten; als Köder diente Tintenfisch, der zu diesem Zweck auch erst einmal gefangen werden musste, wiederum mit Lebendköder. Geangelt wurden ferner die seltenen Heringshaie, deren Fleisch auf den asiatischen Märkten doppelt so teuer gehandelt wurde wie Rindfleisch. Der ungenießbare Hammerhai war besonders zählebig; nur der Leber halber wurde er ausgeweidet, dann mit aufgeschlitztem Bauch zurück ins Wasser befördert, wo er sich gierig über die eigenen Eingeweide hermachte, die hinten sogleich wieder herausrutschten, und der Hai verschlang sie noch einmal. Auf der Stelle kreisend, entfaltete das arme Tier eine graublau-purpurne Blüte, die achterwärts davontrieb.

4

»Verfluchtes Hotel. Verfluchtes Holland. Nichts wie weg …«
In tiefer Nacht in einem fremden Land, im Schoße fremder Zeiten, im Obergeschoss eines mittelalterlichen Gasthofs, dessen Wände die Werke von Künstlern zieren, die einst ihr Obdach hier fanden – just hier und jetzt fielen mir meine Gespräche mit Tschernikin ein. Vier, fünf Bilder oder noch mehr, alle siebzehntes, achtzehntes Jahrhundert. Das Besondere daran war, dass die namenlosen Maler, jeder mit dem ihm eigenen Maß an Talent und Kunstlosigkeit, Sorgfalt und Schlichtheit, vornehmlich das Interieur dieses Raumes verewigt hatten, dessen Details in der Realität immer noch genauso vorhanden waren. Der Moment, in dem man erkannte, dass sich im blätternden Pinselstrich, in dem gedunkelten Universum einer fremden, ausgezehrten, längst verblichenen Netzhaut nichts anderes wiederfand als genau diese Ecke da in Wirklichkeit, dasselbe Fenster, das Fensterbrett etwas weniger tief, aber genau sechs Backsteine breit, man konnte es zählen, hingehen, mit der Hand darüberfahren, auch die Fenster ließen sich nachzählen, und die Türöffnung war die alte, die Zwischenwände, nur der Rauchfang war beseitigt – der Moment, in dem einem das alles aufging, war gruselig. Vermutlich geisterte auch noch das Mädchen im cremefarbenen Häubchen irgendwo durch die Gemächer, das da auf der niedrigen Bank sitzt und einen Strumpf stopft, den Faden hoch über den Kopf ziehend, ein Bein zur Seite bewegt, wohl um ein Kätzchen abzuwehren, dass den Rock erklimmen will; und irgendwo schleppt sich mit unhörbarem Ächzen dieser beinlose Krüppel mit baumelndem Nachtmützenzipfel durchs Haus, der sich gerade von seinem Lager wälzt, hochstemmt …
Ich setzte mich auf und schwenkte die Beine aus dem Bett, betastete sie. Auf dem Weg zur Toilette verharrte ich, öffnete ein Fenster und reckte den Kopf nach draußen, schielte hinab auf die nebelverhangene Straße, hörte das Kondensat des Nebels vom Gesims tropfen, fing ein paar Tropfen mit der Hand und verrieb sie auf meinen Augen … Allmählich beruhigte sich der Atem, und prompt

fuhr der Faden der Erinnerung in meinem Hirn wieder ins passende Öhr.

Unterm Strich war es gut, dass ich nach Amerika ausgereist war. Es lag bei uns in der Familie, der Urgroßvater war als Schiffsheizer hinübergelangt, nun also auch ich – ohne zu zögern. Wäre ich in Russland geblieben, hätte ich mich um meine Ausmusterung von der Armee kümmern müssen. Während mich in Amerika keiner zum Psychiater treibt. Da muss ich bloß regelmäßig zum *drug test*, der Vertrag schreibt es vor. Aber das ist nicht weiter schlimm; selbst wenn du es mit dem Gras übertreibst, kannst du immer noch den Urin deines besten Freundes in einem Präservativ in den Ärmel schieben und über dem Becher anstechen. Mein Freund Kerry Nortrap hat einen tadellosen Urin, eins a. Dieser Kerry ist ein lieber Kerl, flucht nicht, trinkt nur hin und wieder heftig, aber sein Urin ist wie Morgentau … Beruflich habe ich einen guten Stand. Ich bin ein gewissenhafter Arbeiter. Ganz wie mein Vater, der ein hervorragender Ingenieur war. Und dass ich nicht alle Tassen im Schrank habe, schadet nicht, solange ich es für mich behalte.

Schon wieder musste ich an Therese denken. Was hätte ich dafür gegeben, nicht an sie denken zu müssen. Lass mal, lass mal, denke ich, das Leben geht weiter. Mit dem Kleinen oder ohne ihn … Ich werde drüber weg kommen, dazu braucht es keine Psychiatrie.

Meine Gedanken wurden sprunghaft, sie nahmen sich vor Therese in Acht, so wie ein Wanderer sich vor dem Fallen in Acht nimmt, wenn er von Stein zu Stein springend einen reißenden Bergbach quert. Lieber dachte ich an LUCA, auch wenn ich das schon tausend Mal getan hatte. Vielleicht ließ sich das, worüber ich die letzten Wochen gebrütet hatte, noch etwas klarer formulieren, vielleicht ließen sich Schlüsse ziehen. Also … LUCA in seiner Kompaktheit legt nahe, dass es *einen* Ort geben muss, einen auf Erden, an dem das Leben seinen Ursprung hat. Sollte man unter dem Garten Eden danach suchen, im Zweistromland? Ich bezweifelte, dass Gott seinen Samen ins immergleiche Pflanzloch warf. Also wo? Mein Bauch sagte mir, dass LUCA just dort seine Heimat hat, wo die Menschheit zum ersten Mal auf Erdöl stieß. Nämlich da, wo ich zu Hause bin. Nicht zufällig

sind dem Öl dort seit Jahrhunderten Altäre geweiht. Erst Zarathustra, als er zur Herrschaft gelangte, ersetzte das Öl durch Holz, welches in reinerer Flamme brannte. Seit Ewigkeiten kamen Priester aus Indien nach Atəşgah gezogen, um den Altar zu pflegen. Ich habe die längste Zeit inmitten des Öls gelebt, ich kann es hören, ich weiß, es ist ein wildes Tier. Die brennende Schwarze Stadt, das Trauma meiner Kindheit, steht mir auf ewig vor Augen. Das Öl, wie es aus den Tiefen quillt, lässt Kriege erahnen …
Ich sollte LUCA vor der eigenen Tür suchen.

5

Einmal in meiner Jugend schaute ich vom Steg des Segelklubs zurück auf die Stadt: das riesige Becken, die stufenartig übereinanderliegenden Dächer, die Häuser, die im Halbrund am Hang klebten wie Emporen, hinter mir die gleißende Bucht, und ich fragte mich: Wieso macht es so viel Spaß, sich eine Landschaft anzuschauen, die doch tote Materie ist, so wie der Schöpfer sie hingestellt hat? Was ist das für eine Anwandlung in uns aus uralter Tiefe? Und plötzlich der Gedanke: Alles Schöne hat einen menschlichen Kern. Dabei ließ ich die Anatomie außer Acht, sie war zu banal, sollten Auguren über sie befinden. Der Kern des Lebendigen, damit hatte ich eine Tektonik des Bewusstseins im Sinn. Ich überlegte: Wenn man das Auge einmal als das betrachtet, was es ist, ein vorgeschobenes, an die frische Luft verbrachtes Stück Hirn, dann ist das Sehen ein Denkvorgang, mit allen Folgen. Einen Nietzsche konnte das Denken mit den vom Hirn erzeugten Alkaloiden versorgen und linderte so seine Migräne. Pilatus war zum selbständigen Denken nicht fähig und benötigte daher Anästhesie von außen, nämlich das Gespräch mit einem klugen Menschen. Die bloße Vorstellung davon, wie wir sehen, bringt uns vielleicht eine Philosophie des Sehens; kann der Gedanke vom Sehen hingegen selber sehen – nämlich wenn das Auge die Landschaft denkt –, entstehen Empathie, Schönheit und geistiger Genuss …
Ich fing an zu experimentieren. Nahm mein Zeichenheft mit zum

Steg. Hielt den Bleistift mit ausgestrecktem Arm vor mich hin, kniff die Augen zusammen, rückte den Finger von der Bleistiftspitze weg, erfasste so die Winkelmaße zwischen den Richtpunkten in der Landschaft: Fernsehturm, Riesenrad, die Häuser am Boulevard, die Festung, die Böschung des Kaps Bayıl – und versuchte auf diese Weise das komplette Netzhautpanorama auf ein Blatt meines Hefts zu übertragen. Nach zehn Minuten wollte mir bereits der Kopf zerspringen, die tektonische Spannung in den visuellen Schichtungen und Faltungen einer nicht zu zähmenden, nicht zu zwingenden Perspektive schienen Gehirn und Linse zum Bersten bringen zu wollen … Seitdem hat sich die Idee in meinem Kopf festgesetzt, dass die Lehre vom Aufbau der Landschaft, von der Evolution ihrer Tiefenstruktur, all die Schulweisheiten von der tektonischen Entwicklung der Erdrinde, den Sedimentoberflächen, der Bildung von Erzen und Mineralen sich in einer Analogiebeziehung befinden zum hypothetischen Aufbau des Gehirns, seiner Bewusstseinstätigkeit, in der die Neuronen sozusagen tektonisch belastet sind einerseits durch das angeborene prähistorische Gedächtnis, andererseits durch die kulturelle Erfahrung, das ganze Zivilisationsmassiv.

Die Geophysik ergriff von mir Besitz und wuchs sich aus zur Berufung. Noch in meiner Zeit auf Abşeron kraxelte ich zwischen den Schlammvulkanen herum und sinnierte über die Geheimnisse des Erdöls. Und schon als Kind bekam ich von Großmutter ein sonderbares Märchen erzählt, ich bin ihm später nie wieder begegnet. Großmutter stammte aus der Gegend um Stawropol, mit neun war sie als Kindermädchen ins Kubangebiet verdingt worden. Immerhin geriet sie an eine korrekte Herrin, wurde zu Ostern und zum Namenstag beschenkt, und wenn sie mit ihr das Wünschelknochenspiel spielte und gewann, gab es einen Preis. War sie einmal krank, pflegte die Herrin sie wie die eigene Tochter, saß an ihrem Bett und erzählte Märchen. Wohl auf diesem Weg war die Großmutter an dieses Kosakenmärchen gekommen: Es war einmal ein Kosake, der war zuerst klein, dann wurde er größer, und er zog zum Kämpfen ins Feld und wurde ein tapferer Recke. Doch zeit seines Lebens hatte er Sehnsucht nach Mama. Er zog um die ganze Welt, die Sehnsucht verging nicht. Bis er eines Tages auf dem Felde erschlagen wurde und zurückkehrte in Mamas Schoß. Der Schoß blähte sich gewaltig und stand als Hügel mitten im Feld. Die Särge ringsum wurden zu Häusern, und unser Kosake sitzt in seinem auf der Bank unter der Ikone. Vor sich eine Schüssel mit Borschtsch, ein Glas Wodka, im Höllenofen bäckt das Brot. Nimmt der Kosak ein Schlückchen aus dem Glas, isst ein Bröckchen Brot, nimmt noch ein Schlückchen. Da kommt der Tod herein und spricht: Ach, Kosak, was hockst du hier unter der Erde, hier hast du ja gar keinen Spaß. Willst du mich nicht besuchen am Grunde der See. Dort gibt es was zu sehen: sagenhafte Fische und andere Wunder der Natur. Fahr du mal dorthin, ich bleib solang bei deinen Gästen sitzen. Und seit dem Tag zieht der Kosak von einem zum andern, vom Grunde des Ozeans in die Hölle und wieder zurück, und hat seinen Spaß.

Wie soll einer nach so einem Märchen nicht Geologe werden?

Allerdings brachte ich wissenschaftlich nicht viel zustande, dafür war ich viel zu sehr auf die Erweiterung meines Horizontes versessen. Im Universitätslabor erarbeiteten wir Struktur und Bestandteile eines »intelligenten Auges« und brachten die Produktion eines Apparates auf den Weg, der in der Lage sein sollte, Vorgänge unter der Erde und unter Wasser möglichst vollständig zu erfassen. Die Welt da unten interessierte uns als lebendiger, komplex evolutionierender Organismus, der über ein eigenes Zeitmaß verfügt, mit eigenen Perioden und Persistenzen – dort einzudringen, darin aufzugehen war unser strategisches Ziel …

6

Immer hat es mich »ins Feld« gezogen; nach acht Wochen Eingeschlossensein im Labor ging es endlich hinaus, wo ich nachts auf einem Hügel stehen durfte, bis zum Hals in den Sternen, und die mondübergossene Landschaft Schluck für Schluck durch die Kehle rinnen ließ …

Zunächst war dieses Tiefensehorgan zu ertüfteln: Hornhaut, Kristallkörper, Muskeln, Netzhaut, Stäbchen und Zapfen. Licht, Ton, Geruch – also Optik, Akustik, chemische Analyse – waren die Themen, die mich zur angewandten Forschung motivierten. Schon um mich des Verdachts zu erwehren, verrückt zu sein, musste ich die nötige technische Sensorik erfinden und entwickeln. Um zu beweisen, dass ich keinem Wahn aufsaß, keine Phantome hörte. Dass die Tiefensinfonie keine hartnäckige Obsession war, sondern der reale Klang der Landschaft: ihr Schweigen, ihr Gesang, ihr Pulsieren, ihre Bewegung.

… Fünf Jahre nachdem ich den Pazifischen Feuerring auf der *Wawilow* das erste Mal befahren hatte, sollte ich während eines Universitätspraktikums auf der *Twin Tower* dorthin zurückkehren – einem bescheidenen Forschungsschiff, das unterwegs war, um Randschelfe, Inselbögen und Tiefseegräben rund um die Bruchzone an den südlichen Vorsprüngen der Juan-de-Fuca-Platte, jenem zwischen Pazifischer und Nordamerikanischer Platte klemmenden Erdmantelsplitter, zu untersuchen. Da war ich der Wissenschaft von den Tiefen schon rettungslos ergeben.

Haben Sie je den San-Andreas-Graben im Mondnebel liegen sehen? Dazu muss man im Oktober bei Einbruch der Dämmerung den Landcruiser am Rand der Schlucht abstellen, Rucksack und Wanderstock aus dem Kofferraum nehmen, Stirnlampe aufschnallen, vorsichtig absteigen und an der anderen Seite wieder hinauf, irgendwann die Lampe ausschalten, wenn der Mond hoch genug steht, dass man den Füßen das Sehen überlassen kann und sie einen selbstsicher längs einer flachen Wasserfurche zum Kamm hinauftragen. Und schon steht man oben, auf dominanter Höhe, andächtig stumm angesichts der urplötzlich so weit dahinfließenden Ebene zu seinen Füßen.

Der San-Andreas-Graben ist durch den Zusammenstoß der beiden großen Kontinentalplatten entstanden – schnurgerade, jedoch extrem geklüftet, stellenweise voll mit aufgetürmten Felsblock-Kathedralen. Das Stück zwischen San Bernardino und San José in einer Länge von zweihundert Meilen – Klüfte, Hänge, Gräben inklusive – war Gegenstand der Feldarbeit unseres Labors. In den Sommer- und

Winterferien schafften wir es bis in die ausgeglühte Steppe, im März reichte es nur für die näher gelegenen Vorgebirge. Dafür mussten wir im Frühjahr mit der Gefahr leben, dass Muren abgingen und wir Fahrzeug und Bohrwerk hätten im Stich lassen müssen. Im Zickzackstich zu beiden Seiten der Falte bohrten wir uns ins Muttergestein vor und noch hundert Fuß tiefer, eine Bohrkrone nach der anderen verbrauchend und Tonnen von Spülmittel (Montmorillonit, eine graublaue Paste, sündhaft teuer, zwanzig Dollar die Tube, gehört eher auf den Kosmetikmarkt). In wechselnder Tiefe installierten wir unsere seismischen Drucksensoren, die über das Bohrgestänge fest mit denen an der Oberfläche verbunden waren, so ließen sich die vertikalen Druckverläufe registrieren. Die genaue Position unserer Bohrbrunnen wurde von einem Schwarm militärischer Satelliten bestimmt. Nach zwei Jahren konnte ich, irgendwo auf dem linken Jochbein des pazifischen Mondgesichts hockend, mich auf dem Server unserer Fakultät einloggen, der ein paar Hundert Meter weg von *Hunta's Pub* stand, wo derweil der örtlichen Jugend unter den Klängen der Grunge-Hymne *Smells Like Teen Spirit* das Blech wegflog, und die Ergebnisse unsere Plackereien einsehen: eine akkurat verlaufende gelbe Naht längs eines geschichteten Grabens und, Stich um Stich, dynamische Konturen von Eng- und Weitführung. Der tektonische Atem unseres Planeten.

7

Mit den Jahren wurde es schauerlicher. Mal hatte ich Spaß an diesen Gesängen, mal litt ich darunter wie unter Migräne. Genauso wie ich litt, wenn es still war: Fieberhaft wartete ich darauf, dass wieder etwas zu hören sein würde, aus dem eigenen Herzschlag hervortreten, ihn überlagern als vages Grummeln; es kündigte sich an mit einem Druck auf den Schläfen, und dann ging es los, beschleunigte sich allmählich wie ein japanischer Trommelwirbel, bis ein Rattern daraus geworden war, das wieder verebbte, überging in einen sägenden Ton, mal in den höchsten Oktaven singend, mal herabbrechend auf Sprechstimmhöhe. Wie hört sich an, was nicht zu hören ist? Wie tönt die Erde, für die mein Kopf ein besserer Hallraum zu sein scheint als jeder überblasene Flaschenhals? Mir graute in der Erwartung, es könnten Stimmen zu hören sein (oder nur die eine, grob und alltäglich oder majestätisch und ohne Sinn), alles könnte sich unumkehrbar auflösen in gnadenloser Schizophrenie … Aber dazu kam es nicht, statt dessen gelang es mir, mehrere Versionen von Gesang zu unterscheiden. Stellen Sie sich eine Wasserkugel im schwerelosen Raum vor, oder nein, simpler noch: eine Seifenblase, fettig glänzend, kräftig, aber instabil von zu viel Glyzerin, aus einem kreuzweise geschlitzten Strohhalm in die warme Sommerluft geblasen in Kindertagen, sehen Sie, wie schwer sie sich losreißt vom glänzenden Halm? Wie sie schwankt und schwingt, ihre dickeren Stellen hin und her gleiten lässt, wie sie durchhängt, in die Länge gezogen wird und zusammengedrückt, wie sie wabert, wedelt, stille steht …

So ungefähr singt die Erde. Ihre Stimme besteht aus Wellen, die unter normalen Umständen, aus normalsterblicher Warte weder hörbar noch sichtbar sind. Nähme man einen Film auf mit einer Frequenz von einem Bild pro Jahrtausend, die Geschichte der Erde erstünde als Steinsturm: Gebirge höben sich, schöben sich voran, Platten verrückten, brächen, drehten sich, rutschten, ruckelten, rieben – all dies erstarrt in der Pupille der Ewigkeit. Die Tektonik der Platten wird von Wellen und Strömungen erzeugt und gelenkt. Eine Hypothese des Physikers Kislizyn aus den 1920er Jahren besagt, dass der Erdmantel in Kristallformen aushärte: mit expliziten Kantenverläufen, Eckpunkten, in denen die Platten zusammenlaufen.

Kein Krakatau und kein Vesuv, kein noch so gewaltiges Erdbeben kann auch nur annähernd als Maßstab herhalten für die im Schoß der Erde eingeschlossene Lebensenergie.

Wie kommt es, dass der Wasserspiegel des Kaspischen Meeres mal steigt und mal fällt? Das Singen in meinem Kopf spricht dafür, dass da zwei Gefäße tönen: ein kleineres im Norden und ein tiefes Becken an den Gestaden des Iran. Die Geodynamik zwischen der Turanisch-Skythischen und der Arabischen Platte spiegelt sich wider im Pegel der See. Der Planet als Ganzes pulsiert, er lebt und atmet, hechelt wie ein Langstreckenläufer nach der Zielgeraden. Gezeitenkräfte, die im Erdinnern tosen, hallen wider in den Tiefen des Ozeans, aus dessen Bewusstlosigkeit Bilder von ungeheuren Spannungszuständen aufsteigen …

Wie kann Tonerde … tönen? Als Kinder fanden wir in Artjom auf den Bohrhalden Schädel und Gebeine aus der Steinzeit, Kieferknochen von Höhlenlöwen und -bären. Zwei verbliebene Eckzähne werden herausgebrochen, durchbohrt und aufgefädelt – einer für dich, einer für mich, der Faden franst mit der Zeit aus und wird mürbe, mein Amulett geht verloren; noch kurz zuvor beim Fußballspielen, im Feuereifer mit dem knochigen Vorstopper Wagifka zusammenprallend, bohrt sich der Zahn mir ins Schlüsselbein, hier ist die Narbe, das Paläolithikum hat zugebissen, die Zeit an sich; da waren auch noch die Zungenbeingabel eines Nashorns und ein gehörnter Schädel in Koffergröße, sehr fragil, sonnengebleicht bis zur hohlen Brüchigkeit von Kreide. Versteinerte Wirbel, untertassengroß, die mit dem Stemmeisen ausgehöhlt und als Aschenbecher verkauft wurden. In den Halden stieß man auf Lehmschichten, die fett wie Butter waren, daraus ließen sich die besten Okarinas machen. Ich mochte sie in Vogelform; gebrannt wurden sie im blauen Flammenkegel des Gasbrenners, der auf der Veranda stand, und wenn ich dann das bauchige, löchrige Stück Terrakotta aus großen Tiefen geologischer Zeit in Händen hielt, sprang mich der Gedanke an vom Zeitalter der Blindheit – als keiner die Erde sehen konnte; er erregte mich auf eine sonderbare Weise. Hilflos drehte ich die tönerne Nachtigall in Händen, setzte das Bürzel an meine Lippen, berührte das Mundstück mit der Zungenspitze, sog und blies abwechselnd, riss die Finger nacheinander von den Löchern, suchte etwas zu greifen, was an eine Tonleiter erinnerte … Der dumpfe, bleierne Okarinaton ließ unversehens an den Gesang der Tiefen denken. Vielleicht war, wenn ich die Tonerzeugung auf diesem Instrument beherrschen lernte, dem geologischen Mysterium mimetisch auf die Schliche zu kommen? … Einmal gelang mir so etwas wie eine musikalische Form, ich hatte keinen Vogel, sondern eine Biene modelliert, setzte sie an – und es erhob sich das Summen eines gigantischen Schwarms. Als wollte die Schallwellenfront den Umriss der Biene in den Raum hineinkopieren. Ich blies stärker, die Luft schien sich durch den Klang zu verdichten, mir standen die Haare zu Berge, ein Schauder rieselte mir um die Schulterblätter. Myriaden transparenter Bienen schwärmten, aufgestört aus den Tiefen, ließen Körper und Gemüt erschauern, mitschwingen … Es dauerte seine Zeit, bis der summende Bienenschwarm verstummt war. Ich zögerte es hinaus. Dann musste ich an die frische Luft. Als ich zurückkam, schleuderte ich die Okarina gegen die Wand.

Eine russländische Ölgesellschaft hatte unser Equipment zur Kartierung der Schelfgrenzen gekauft, und ich hing einen Monat auf dem Eisbrecher *Wladislaw Lastotschkin* herum, der die Plattform Priraslomnaja in der Petschorasee bediente. Wir gierten ausdauernd auf und ab, soweit die Beschaffenheit des Eises es zuließ, und schufen Platz dafür, dass die gepanzerte weiße Kapsel von der Plattform zu Wasser gelassen werden konnte; sie sah aus wie ein Panzer aus dem Ersten Weltkrieg. Das Bersten der Eisfelder dröhnte in den Ohren: zunächst entfernt, gedämpft vom Wasser und dem Gang des Eisbreis zuoberst, durchaus unheimlich, wie ein aus der Ferne anrollender Donner – sich auswachsend zum ohrenbetäubenden Krachen, ein Riss als schauriges schwarzes Zickzack, aufeinanderkriechende Eisbänke, blendend weiß. Ich klemmte am Bug und fing durch das Fernglas ein, was da kroch und fleuchte: Eisfüchse und Eisbären, weiß auf Weiß, Phantasmagorien von Blindheit und schneidendem Schmerz …
So führte sich Russland bei mir ein, diese unermessliche Scholle, Riesenland mit einer Bevölkerungsdichte, geringer als in der Sahara.

SIEBTES KAPITEL

Kerry

1

Kurz vor Abreise aus Holland führte mich der Zufall in eine Buchhandlung. Nach dem Abschied von Ljonja und Sophie, auf dem Weg zum Flughafen war mir eingefallen, etwas Lektüre für unterwegs zu kaufen.

Hier, im Obergeschoss des Ladens, wurde mir bewusst, warum es an der Zeit war, nach Abşeron zurückzukehren.

Zwischen den Regalen gab es ein kleines Podest mit einem Tisch, dort saß eine Autorin und gab Autogramme.

Sylvia Kristel. Die kannte ich doch. Schmal und großäugig war sie gewesen, zerbrechlich, mit Bubikopffrisur – Eros nicht unähnlich. Das Gesicht unvergänglicher Jugend, Nymphe des Leichtsinns und der Lust; helltönend und impulsiv, ein sprudelnder Bach – so war sie einem in Erinnerung, die ewige »Emanuelle«. 35 Jahre war das her. Ein Abgrund zwischen ihr und dieser älteren Dame mit gütiger Miene, die nur manchmal etwas zerfloss, wenn sie eine Frage nicht verstanden hatte, die das sich drängende Publikum aus Lesern und Journalisten ihr stellte. Eben war ihre Autobiographie erschienen, sie hieß *Nue*.

Ich hielt mich abseits und behielt das Geschehen im Auge, griff nach einem Buch, um nicht aufzufallen, es war eine bebilderte Biographie Oskar Schindlers.

Eine Journalistin trat neben die Kristel, ging in die Hocke, so dass sie aus Tischkantenhöhe zu ihr aufschaute, das war der Autorin unangenehm, sie bat sie aufzustehen und neben ihr Platz zu nehmen.

Sie reden; die Journalistin hält ein Diktaphon vor sich hin, reißt die Augen weit auf, nickt in regelmäßigen Abständen, stellt von Zeit zu Zeit umfängliche Zwischenfragen.

Anschließend trinken sie gleich hier im Laden noch einen Kaffee.

Ich setze mich still in ihre Nähe, den Blick ins Buch auf meinen Knien gerichtet. Schindler, erfahre ich, habe am Ende seines Lebens viel getrunken, in Schulden gelebt, jede Israelreise herbeigesehnt wie das Manna vom Himmel: normal essen gehen zu können, normal leben.

Ich belauschte ihre Unterhaltung. Meine Aufmerksamkeit schien sie nicht zu irritieren. Die Journalistin – forsch und beredt, mit dem Ausdruck taktischer Anteilnahme im Gesicht – schaute kein einziges Mal zu mir herüber. Solidarität unter Frauen, Sanftmut, schwesterliche Gewogenheit, die auf Schwäche und Probleme reagiert – das ist immer angenehm zu erleben. Wie mir überhaupt scheinen will, dass die Frau mehr *Mensch* ist als der Mann. Nicht dass ich für das Matriarchat wäre, aber für das Paradox der Humanität bin ich zu haben, und das scheint mir bei den Frauen besser aufgehoben, sie sind die geheime Rettungskolonne – einstweilen in Bereitschaft, um eines Tages, wenn es so weit ist, der Menschheit die entscheidende erste Hilfe in Barmherzigkeit zu geben.

Und da durchfuhr es mich. Ich wusste plötzlich, warum ich hier war. Wohin mich dieses anhaltende leise, wehe Vorgefühl von Chaos und Unbeständigkeit geführt hatte ... Am 19. August 1978, als sich die gegen den Schah gerichtete iranische Revolution schon anbahnte, bricht während einer Vorstellung im *Cinema Rex* von Abadan ein Brand aus. Die Türen sind blockiert; Rippen, Schultern stoßen, schlagen, brechen gegen die Türflügel, Gesichter werden plattgedrückt. Der Filmvorführer hat Glück, ihm gelingt die Flucht auf das Dach, von dem er hinunterspringt, sich nur die Beine bricht und ein Schlüsselbein, er hat bei der Armee den Stellungskrieg gelernt, Schulterrollen trainiert.

Ein ätzender weißer Rauch ist für viele der Tod. Das Kino brennt nicht gleich lichterloh, eine lange Viertelstunde liegen die Körper vor den Seitenausgängen leblos übereinander.

Ich sehe vor mir, wie der Strahl des summenden Filmprojektors sich in die zähe weiße Finsternis bohrt, an deren Rändern im Halbkreis Flammensäulen tanzen. Die Spulen klappern, die untere dreht schneller als die obere, der Filmstreifen schlägt spiralige Wellen, federt, die Spule dreht sich ruckweise; über Flanken, Rücken, Torsi des wölkenden Rauchs gleitet und windet sich ein sorgloser weiblicher Körper, empfänglich für die Lust, eine zerbrechliche Muschel; fremde Rede plappert, die Protagonisten stehen auf, setzen sich wieder, nehmen woanders Platz, fahren Boot, berühren einander, weben sich etwas aus diesen Berührungen, und dieses Etwas gehört ins Paradies.

(Der Film *Emmanuelle* wurde in einer um die Hälfte gekürzten Fassung gezeigt, alle expliziten Nacktszenen waren entfernt, es blieb, wenn es hochkam, eine Dreiviertelstunde absurder Dialoge und steifhüftiger Bewegungen, die zielstrebig auf die amputierte Nacktheit hinausliefen.)

Bei dem Brand starben vierhundertundzweiundzwanzig Menschen.

Haşem hatte erzählt, wie er mit dem älteren Bruder eines Freundes aus der Nachbarschaft zwischen den verkohlten Leichen auf dem Platz umhergegangen war, der junge Mann suchte unter den Toten seinen Vater, die Mutter hatte ihn geschickt, er starrte auf die Leichen und verbiss sich in seine Fingernägel. Der greuliche Geruch, der von ihnen ausging, erinnerte an verkokelte Fischblase.

Die Regierung behauptete, der Brandanschlag sei von fanatischen religiösen Gruppen verübt worden. Die religiösen Führer ihrerseits beschuldigten Agenten des Geheimdienstes SAVAK (*Saseman Amniat va Etelaot Keschwar* – Organisation zur Information und zum Schutz des Landes) der Tat.

Die Mullahs waren der Ansicht, dass die Kinos den Moscheen Konkurrenz machten.

Das *Rex* war völlig ausgebrannt. Gleißende Sonne, ein lichtüberfluteter Platz, weißglühender Himmel, Sonne, wohin man sah. Kein Horizont, keine Häuser, nur verkohlte Leichen, gekrümmt wie abgebrannte Streichhölzer, in Reihen gelegt. Einige Männer mit aufgekrempelten Ärmeln, die Gesichter im grellen Licht. Einer in der Nähe, ein anderer ein Stück entfernt in einer anderen Reihe, und noch drei ganz hinten, breitbeinig nach vorn gebeugt, den Kopf halb abgewandt, über den aufgereihten Leibern ihrer Brüder, Söhne und Väter stehend.

Das Weiße Haus. Jimmy Carter und Schah Mohammad Reza Pahlavi am offenen Fenster des Oval Office stehend. Beide mit Tränen in den Augen, der Schah führt ein Taschentuch zum Gesicht. Eine Protestdemonstration gegen die Politik des persischen Schahs war zuvor unter Einsatz von Tränengas auseinandergetrieben worden, Schwaden davon waren bis an die Augen der Regierenden gedrungen.

Ich legte Schindlers Biographie beiseite und nahm Kristels *Nue* aus dem Regal, blätterte, stieß auf Photos. Das seltsame Gefühl, über etwas aufgeklärt zu werden, was mich selbst betraf, nahm zu. Kristel hatte in einer Vielzahl von Filmen namhafter Regisseure gespielt, sich mit Design und Trickfilm beschäftigt, all das fand keinen Widerhall, die Welt hing hartnäckig jenem einen erotischen Abziehbild von ihr an.

Inzwischen war Silvia Kristel vierundfünfzig. Bescheidenes Täubchenleben in einer Mansarde, der Geliebte erst kürzlich verstorben, sie selber an Krebs operiert, symptomfrei. Nein, sie sei nicht mehr Emmanuelle, bestätigte sie ihrer Gesprächspartnerin. »Um das eine Leben zu vergessen, muss man noch eins leben; ich habe nach dem Tod Emmanuelles noch mindestens zwei gelebt. Emmanuelle könnte längst meine Tochter sein und demnächst meine Enkelin, und wissen Sie was, ich nähme ihr gar nichts übel. Solange Sie jung sind, können Sie tun und lassen, was Sie wollen, Sie werden nicht fehlgehen, ihre Jugend wird Sie immer freikaufen. Als ich damals in die Rolle einwilligte, dachte ich nur daran, mir meine Thailandreise zu finanzieren. Und dann ist dieser Film auf den Champs-Élysées fünfzehn Jahre am Stück gelaufen. Japanische Touristen wurden zuerst auf die Place de l'Étoile gefahren, und dann durften sie sich an der Kinokasse anstellen, Emmanuelle gucken.« Das Buch habe sie nur für ihren Sohn geschrieben, damit er die Wahrheit über seine Mutter erfuhr. Nein, selbst geschrieben habe sie es nicht, einem befreundeten Autor ins Gerät diktiert. Dass das alles so trostlos werden würde, hätte sie nicht gedacht. Was die Leute auf den Lesungen für Fragen stellten. Und erst die Journalisten! Es sei ganz furchtbar. »Ich glühe vor Scham. Ich bin ein prüder Mensch, und Sie wollen immer alles ganz genau wissen. Dass ich den Vater meines Sohnes verließ, war der Fehler meines Lebens.«Nein, das Buch sei keine Abrechnung, sondern eine Erzählung über das Leben, sagte sie und strich mit der Hand über den Umschlag, der einen leeren Korbstuhl zeigte, darin hatte sie im Film immer nackt geschlafen.»Als ich nach L.A. kam, war das Kokain ein genau so normaler Bestandteil des Highlifes wie der Champagner. Aber jetzt lasse ich nur noch die Malfarben an meine Schleimhäute«, lachte sie. Ja, sie male, kleine Formate.»Freddy hat mich darauf gebracht, er ließ nicht eher locker, bis ich fünf Skizzen am Tag gemacht hatte. Mit Freddy war ich zwanzig Jahre zusammen, plötzlich wurde er krank. Bei mir wurde Krebs festgestellt, ich habe überlebt, er ist gestorben. Jetzt male ich nicht mehr, sondern schreibe Erinnerungen; der Tod hat den Arm um mich gelegt … Das Wichtigste an meinem Buch ist die Vergebung. Was kann es Besseres geben. Man muss das Gute am Menschen sehen. Momentan liegt mir nur noch an einem: Ich will keine Bücher mehr lesen, nicht mehr schreiben oder malen, ich will zurück in die Kindheit. Wieder Kind sein. Das Alter hilft einem dabei. Deswegen mache ich auch keine Schönheitsoperationen. Und aus Amsterdam will ich nicht weg, hier ist es warm und gemütlich, mein Sohn ist hier, meine Freunde.«

Nachdem Emmanuelle im *Cinema Rex* verbrannt war, flammten Unruhen in Abadan auf, bei denen auch der SAVAK-Offizier Hasan Sagidi, Haşems Vater, zu Tode kam. Die Menge lynchte ihn. Vier Monate später floh seine Witwe Tahirə-xanım mit den greisen Eltern und dem siebenjährigen Haşem im Talış-Gebirge über die iranisch-sowjetische Grenze; den Führer zu bezahlen, gingen alle geretteten Ersparnisse drauf.

Ich hatte nicht nur siebzehn Jahre nichts von Haşem gehört, ich hatte die ganze Zeit nicht an ihn gedacht. Oder gedacht schon einmal, aber immer, wenn man so sagen kann, gedankenlos. Wie kapriziös das Gedächtnis oft funktioniert, ist sowieso unerklärlich. In irgendeinem Moment, mitten bei der Arbeit im Golf von Mexiko, beim Blick auf einen Teamkollegen, wie er irgendeinen Bericht in die Tasten haut, konnten mir plötzlich Haşems Hände mit den schönen langen Fingern vor Augen erscheinen, der Glanz der flachen, sauberen Nägel, die er wie einen Schmuck trug; nie sah ich ihn die ruhenden Handflächen wölben … Jetzt sehe ich ihn, wie er ein Bröckchen Erde über einen Riss in seinem Knie zerbröselt. Oder wie er, auf dem Bauch liegend, einen Mistkäfer mit dem Stöckchen dirigiert, mal die Mistkugel mit dem seitlich herausragenden glänzenden Strohhalm von ihm wegrollt und mal zurück, ihm in den Weg. Ohne seine Last wird der Käfer sogleich zum Invaliden, dem man die Krücken entrissen hat. Er krabbelt orientierungslos hin und her, kann sich nicht beruhigen, dreht sich im Kreis, die Beinchen scharren über den Boden, kreiseln wie wild; schließlich schlägt er doch eine Richtung ein, verharrt, erstirbt in seinen Bewegungen für lange Zeit.

2

Vom Flughafen nahm ich ein Taxi und blieb damit geraume Zeit auf der Leningrader Chaussee im Stau stecken; derweil räumte ich in aller Ruhe das überfüllte Postfach meines Smartphones leer. Unter mehreren Hundert Nachrichten waren nur zwei, die nicht im Papierkorb landeten. Die eine war von Commander Kerry Nortrup, meinem alten Freund. Er hatte Folgendes mitzuteilen:

Hi. Seit Ende des Jahres bin ich als Lagerleiter auf einem Flugplatz im Norden der Halbinsel Abşeron geparkt. Der Kaspisee entspricht genau deinen Beschreibungen: Smaragd und Blei. Hier ist nicht viel los, und das ist gut. Ich denke, ich bleibe hier noch bis kommenden September. Jedenfalls steht das so im Vertrag. Ein bisschen was hab ich mir schon angesehen. Die Wochenenden verbringe ich in Baku. Wo liegt dein Inselchen Artjom? Auf der Karte gibt es haufenweise Inseln in dieser Zone, aber keine heißt so. Sag mir wenigstens, wie groß sie ist. Welche Form hat sie? Bin bereit, dir bei der LUCA-Suche zu helfen. Den Samstag zum Beispiel könnte ich gut abzweigen, um auf die Ölfelder rauszufahren. Muss ich dazusagen, dass du die Pflicht hast, mich in deiner Heimat zu besuchen?

Der andere Brief war von meinem Moskauer Zechkumpanen Lancaster, einer von den Tradern, ein netter, gescheiter Kerl.

Uns geht das Aluminium aus, zu viele Engpässe, diese Russen sind irre brutal, da wird gekillt, was das Zeug hält, bloody freaks, wo man hinschaut. Alles Übrige im Sinkflug, selbst Wolfram liegt schon unter dem Selbstkostenpreis. Ganz Glencore jagt im Kaspischen Schelf nach Öl. Ergo fallen die Wochenenden erst mal flach.

Was Lancaster mir mitteilen wollte, war, dass der russische Rohstoffmarkt verrücktspielte, worüber ich schon beiläufig gelesen hatte. Daraus ließ sich schlussfolgern, dass auch Robert sich mit Therese nach Abşeron aufgemacht hatte

Alles ganz logisch, dachte ich. Huggins ist nach Baku abkommandiert, neue Spekulationsvolumen ausheben. So dass ich selber wohl auch nicht umhin komme, nach annähernd zwanzig Jahren, den Quell meiner Kindheit aufzusuchen, die Wüstenei, die einmal mein Paradies war. Dem Tod in den Rachen sehen, Zähne nachzählen. Warum nicht? Wenn selbst Therese schon dort ist.

Ich hatte keine Wahl. Binnen weniger Wochen lancierte ich meine Versetzung ins *GeoFields*-Büro von Baku, was bei aktuellem Stand der korporativen Integration und meinem Dienstalter nicht weiter schwierig war, ich hätte im Grunde an jedem beliebigen Punkt der Welt arbeiten können, wo Öl gefördert oder gesucht wurde.

So wusste ich nach kurzer Zeit auch, dass die Insel meiner Kindheit inzwischen umbenannt war, sie hieß jetzt Pirallahı, »Altar Gottes«.

Kennengelernt hatten Kerry und ich uns zufällig, unsere Freundschaft war dann kein Zufall mehr. Es geschah im dritten Jahr meines Magisterstudiums, als Kolot mich mit auf die Fleet Week schleppte.

Kerry war damals auf Kurzurlaub zu Hause in Walnut Creek und hatte beschlossen, in alten Zeiten zu schwelgen. Zur Fleet Week findet eine Parade aller gerade nicht im Einsatz befindlichen Kriegsschiffe der US-Pazifikflotte auf der Reede in San Francisco statt. Anschließend lässt die Stadt die ausgehungerten Seeleute ein Wochenende lang über sich ergehen, und selbst die Polizei sieht davon ab, den mit unzweideutigen Offerten entgegenkommenden Liebespriesterinnen zu nahe zu treten.

Ein Bilderbuchschauspiel! Die besten Plätze zum Genießen bietet die O'Farrell Street rund um das landesweit berüchtigte Strip-Lokal *Milk Rabbit*, wo die *Girls of the Month* vom Playboy ihre Engagements haben. (Kerry:»Muss man einmal im Leben gesehen haben. Wie die ägyptischen Pyramiden.«) Hier schleppten die hochhackigen Priesterinnen zur Fleet Week die andockwilligen Matrosen ab. Kerry saß zu der Zeit in den Bars, genoss die Parade der tollen Hechte und gedachte seiner Jugend. Mir als Ex-Matrosen war das Fest, zumal der potentielle Feind von einst es ausrichtete, eher suspekt und allenfalls theoretisch von Interesse. Kolot sah das anders, er nahm mich straff bei den Zügeln, und wir fielen von der Bay Bridge her in Downtown ein; er öffnete eine Luke und salutierte in meiner Matrosenmütze mit den Bändern des sowjetischen Minenlegers *Werny*, eine Weinflasche in der anderen Hand, vor den Matrosen vom Flugzeugträger *Eisenhower*, die ihrerseits schon ordentlich geladen hatten und die Schwärme kreischender Girls, die sich an den Türen der Eckbars drängten, mit rohen Lachsalven überrollten.

Ich hatte die Wahl: Entweder betrank ich mich ebenfalls, oder ich musste Kolot abschütteln, denn nüchtern ist mit einem Betrunkenen nichts anzufangen. Nach kurzem Zögern entschied ich mich für die barmherzige Variante. In einer Bar, die ich nicht kannte, kam ich mit Kerry ins Gespräch – der Einzige, dem die Feindesmütze aufgefallen war. Mit respektvollem Nicken tat er kund, er habe viel Zeit auf See mit der Verfolgung russischer U-Boote zugebracht. Bald fing Kolot an, die Matrosen zu reizen, ich schlichtete nach Kräften, war aber selbst schon zu betrunken dazu. Das Handgemenge ließ nicht auf sich warten, infolge dessen wir vor die Tür der Transvestitenbar flogen. Kerry deckte den Rückzug, nahm uns in Schutz vor den rasenden Furien, die den Meeresbrüdern und ihren schon etwas wattigen Fäusten zur Seite gesprungen waren.

Einen Monat später rief Kerry an und lud mich nach Japan Town zu gedünstetem Seehecht ein. Wir fanden schnell Gefallen aneinander: Kerry, gesetzt, gerechtigkeitsliebend, gutaussehend noch dazu, höchstens etwas zu versessen auf allen möglichen technischen Schnickschnack, schien jederzeit in der Lage zu einem brauchbaren

Ratschlag oder zu einer vergleichenden Kurzanalyse von Toshiba- und IBM-Notebooks, mit viel Neugier auf das Leben und vitalem Interesse für existentielle Fragen.

Ich erzählte von meiner Arbeit und auch ein bisschen von mir. Kerry wusste meine Offenherzigkeit zu schätzen und vergalt sie mit gleicher Münze. Für den Anfang gab er ein paar knackige Episoden aus seiner seemännischen Praxis zum Besten.

Er hatte die ganze Zeit – vierzehn Jahre – auf kleineren Schiffen gedient, darunter auch U-Boot-Jäger. Einmal liegen sie im Hafen, Wochenende, er ist Diensthabender, mit den Gedanken schon im Urlaub. Abgesehen von den Wachmatrosen und einer Menge Sonne keiner an Bord, selbst der Kapitän ist auf Landgang. Plötzlich kommt ein Befehl rein: Binnen sechs Stunden auslaufen auf hohe See. In der Karibik ist ein russisches U-Boot gesichtet worden, das zu stellen und hinauszukomplimentieren ist. Er setzt einen Rundruf ab, der Kapitän kommt betrunken an Bord mit irgendeinem weißblonden Biest im Schlepp, sie hängt noch an ihm, als er mit offener Jacke auf der Kommandobrücke erscheint. »Cap, gehen Sie nach unten in die Kajüte«, sagt Kerry zum Kapitän.

Das Meer stemmt sich ihnen in die Brust, Fontänen schlagen über den Bug, im Steuerhaus explodiert eine Sonne … Bald haben die Funker das Boot im Sonar ausfindig gemacht, er nimmt die Verfolgung auf. Kurz darauf findet sich das Pärchen im Zentrum eines Taifuns wieder.

Wenn Sie ein U-Boot verfolgen, dem jeder Sturm am A … vorbeigeht, können Sie Ihren Kurs ja nicht selbst bestimmen, also auch nicht gegen die Wellen steuern. Das Schiff krängte entsetzlich, Wasser schwappte über Bord, die Mannschaft schlief und aß drei Tage lang nicht. Die Freundin des Kapitäns, mit Riemen ans Bett gebunden, schien dem Tode nah.

Als es ruhiger wurde, sie das Ärgste hinter sich zu haben glaubten, kamen die Russen auf die glorreiche Idee, das Boot zu wenden, es schoss unter ihnen hindurch und nahm volle Fahrt wieder Kurs auf den Taifun. Das Essen verschob sich um weitere zwei Tage.

Schließlich die Rettung: Vom Stampfen und Schlingern war der

Sonar abgerissen. Es blieb ihnen nichts übrig, als zurückzukehren. Ein Sonar hat die Größe eines Pkw und kostet zwei Millionen. Nun war Funkstille. Im Wasser hingen die abgefetzten Trosse.

Das Kapitänsfräulein sah man, die Wände entlangtastend, mit blauen Lippen Dankgebete stammelnd, zum Klo taumeln.

Zweite Geschichte. Wegen einer kleinen Reparatur mussten sie die Bahamas anlaufen. Legten um die Mittagszeit an der Pier an. Die Mannschaft im Hochgefühl eines bevorstehenden Landgangs. Plötzlich macht neben ihnen ein sowjetischer Kreuzer fest, doppelt so hoch wie sie.

Der Kapitän erlässt einen Befehl, der der Mannschaft Umsicht und Zurückhaltung einschärft. Derweil hangeln sich die russischen Matrosen von Bord.

Der Abend bricht herein. Feuerplankton säumt den Horizont. Die Amerikaner gehen an Land. Geraten nächtens heftig in Streit mit einer Clique Eingeborener, es endet damit, dass sie einen der jungen Männer einfangen, splitternackt ausziehen und auf einem ruderlosen Boot aussetzen. Dann vergnügen sie sich weiter. Gegen Morgen kehren sie an Bord zurück und fallen in die Kojen. Gegen Mittag Alarm. Der düpierte Bahamaer hat das Schiff geentert und dürstet nach Rache. Ihm gegenüber die alarmierte Mannschaft, Gewehre auf ihn gerichtet.

Der nackte Tarzan schlägt sich vor die Brust, brüllt, weint. Von oben sieht die russische Kreuzerbesatzung zu, lässt sich das Schauspiel auf der Zunge zergehen.

Kerrys dritte Geschichte handelte davon, wie ihr Schiff zwei Wochen lang um den frisch vom Stapel gelassenen ersten sowjetischen Flugdeckkreuzer *Kiew* kreuzte.

Die Russen hatten Flieger und sämtliches Gerät mit Planen verhüllt. Das Deck lag wie ausgestorben, solange das amerikanische Schiff im Periskop zu sehen war.

Dann hatte die bis dahin untätige Mannschaft es umso eiliger, die Planen abzuziehen und alles herzurichten, bis auch der letzte Nietenkopf blankgeschrubbt war. In dem Moment tauchte ein Hubschrauber auf, der vom entschwundenen Schiff aufgestiegen und zurückgekommen war, den Kreuzer zweimal überflog, einmal hin und einmal her, und Aufnahmen machte. Die Matrosen mit den nassen Feudeln, die Lotsen mit ihren Winkern, einer mit dem Schloss der Seilfanganlage in Händen, die Flieger behelmt – wütende, begeisterte, verdatterte Gesichter, offene Münder, von allem etwas.

Und die letzte Story. Kerry hat sie von einem sowjetischen Marinesoldaten gehört, als er einen Militärattaché nach Sewastopol begleitete (Geste guten Willens im Morgenrot der Perestroika).

Die Story ging so: Ein sowjetischer Kreuzer mit Heimathafen Petropawlowsk. Anhaltend trübes Wetter. An Bord eine Rattenplage. Für hundert erschlagene Wanderratten werden zehn Tage Urlaub als Belohnung ausgesetzt.

Das Leben auf dem Kreuzer ist die Hölle: nichts als Eisen um einen her, ein Meer aus Stahl. Den toten Ratten werden die Schwänze abgehauen. Zehn Schwänze sind ein Tag gewonnenes Leben.

Die große Sowjetunion schwimmt vorbei, bleibt zurück, entschwindet hinterm Heck. Über dem Eismeer stürmt und schneit es. Ratten tötet man am einfachsten mit Zwille und Stahlkugeln.

Sie sind Legion, aber dumm sind sie nicht. Ein Matrose hat es in einem Jahr auf neunzig Schwänze gebracht. Er wickelt sie in ein Tuch und versteckt sie erst unter der Matratze, dann näht er sie darin ein. Immer wieder wechselt er das Versteck, zählt nach, vergewissert sich. Am Ende werden sie ihm trotzdem geklaut.

Die Geschichte versetzte mich in Trübsal, rief meine eigene Depression in mir wach. Damit nahm unsere Freundschaft recht eigentlich ihren Anfang. Von da an trank ich, wenn er irgend greifbar war, nur noch in Kerrys Gesellschaft, sah jede andere feuchtfröhliche Runde als vergeudete Zeit an.

Hauptmann Kerry Gerald Nortrup wohnte in San Diego und war Programmierer. »Die halbe Menschheit programmiert inzwischen irgendwas – sie programmiert die andere Hälfte, vermute ich mal. Falls es jemals so etwas wie künstliche Intelligenz geben sollte, dann muss dafür die natürliche dran glauben.« Kerrys Frau war vor sieben Jahren gestorben, der Sohn hatte geheiratet und war aus dem Haus. »Alt werden scheint wirklich keine Freude. Was bist du wieder gallig,

Papa!« – »Ja, das muss das Alter sein, dass ich immer noch den Menschen traue und nicht den Maschinen, mein Sohn!«

Aufmerksame graue Augen, ein häufiges Lächeln, korrekte Manieren, nicht frei von Ironie. Das Haar nicht mehr braun, noch nicht ganz grau, sonnengebleichte Brauen, zu denen der Brillenrand einen idealen Ausgleich schafft … Der Müßiggang eines Pensionärs, dazu das Gefühl, frühzeitig gealtert und mutterseelenallein auf der Welt zu sein, das alles ließ schon mal an Selbstmord denken.

Also hatte Kerry nach der Berentung und dem Tod seiner Frau erst richtig zu rackern angefangen, ließ sich auf der Welt herumreichen in der Hoffnung, eines Tages auf alle Arbeit verzichten und gemütlich irgendwo in Nordafrika abtauchen zu können. Er sehnte sich nach dem Meer und sah zu, dass er in dessen Nähe blieb. Nebenher schrieb er gescheite Testberichte für *Wise Widgets* zu irgendwelchem neuen technischen Klimbim, mit dem er immer behängt war wie ein als Weihnachtsbaum getarnter James Bond. Regelmäßig verdingte er sich zu Tätigkeiten an obskuren Orten: Mal ließ er sich für den Lotsendienst auf einem Flugzeugträger anwerben und rief mich zweimal jährlich aus dem Persischen Golf oder vom Kap Horn an, aus dem Schlund eines schwimmenden Atommonsters von der Größe einer mittleren Stadt, informierte über seinen bevorstehenden Kurzurlaub und mahnte zu gesunder Lebensweise, um fit für die anstehende gemeinsame Sauftour zu sein; mal heuerte er für eine Saison als Steuermann auf einem Krabbenkutter an, oder er ging als Piratenschreck auf ein Raketenboot im Golf von Aden, oder er diente auf einer der Militärbasen im Ausland, von denen sein imperiales Vaterland genug im Angebot hatte. Militärs waren für ihn psychologisch am besten zu ertragen. Ich persönlich hege eher meinen Abscheu gegenüber der Soldateska, aber Kerry lieferte nie einen Anlass, sich zu beklagen. Die selbstsichere Rationalität seines Denkens und Handelns verließ ihn auch nicht, wenn wir tranken, und verhinderte jeden Filmriss. Abgesehen davon, dass er ungleich mehr vertrug als ich. Er konnte saufen wie ein Fass, während mich ein Viertelliter Whiskey schon ans Ende der Fahnenstange beförderte. In den fünfzehn Jahren unserer Bekanntschaft bin ich zweimal zu ihm nach

Alaska gefahren, wo er als Wirtschaftsleiter einer Weltraumradarstation angestellt war und es reichlich Gelegenheit gab zu fischen, mit der Fliege auf Lachs zu gehen. Von ihm lernte ich sogar die Manier, die Fliege zu trocknen, ehe man sie ein nächstes Mal in den stillen Weiher wirft, nämlich indem man die fünfzig Fuß Sehne ein paarmal über dem Kopf durch die Luft kreiseln lässt; das hat den Effekt, dass die Fliege weniger schnell sinkt und auf den Fisch einen natürlicheren Eindruck macht … Die Mitteilung jedenfalls, er sei jetzt auf Abşeron und gewillt, meine Heimaterzählungen vor Ort zu prüfen, womöglich LUCA-Proben zu schicken, stärkte meinen Mut, an die Orte der Kindheit zurückzukehren.

ACHTES KAPITEL

Voblin

1

Vor Ewigkeiten, als sogenannte thematische Netgroups noch in Mode waren, machte ich die Fernbekanntschaft mit Vladimir Voblin. Das war noch lange vor Aufkommen der sozialen Netzwerke, aber schon nach dem Niedergang der Fido-Konferenzen. Voblin wurde damals für mich und etliche andere zum virtuellen Leitwolf. Alles fing an mit einem russischsprachigen Newsboard zu Fragen der Ozeanographie und Limnologie, das mehrfach den Server wechselte, bis es zuletzt bei *yahoo-groups* landete und blieb. Vladimir Voblin gab vor, im Limnologischen Labor des Instituts für Ozeanographie in Haifa zu arbeiten, das seine Daten aus dem Toten Meer bezog. Mit der geologischen Beschaffenheit des Ortes – vorgesehen fürs Jüngste Gericht – kannte er sich aus wie kaum ein Zweiter; insbesondere die Entschlüsselung geologischer Rätsel in der Bibel, zum Beispiel Sodoms Verschwinden, hatte es ihm angetan. Aber wie das so zugeht – in der Gruppe machten einander mehrere Hähne die Führung streitig. Voblin verkündete die Spaltung, und der aufgeklärte Teil des Auditoriums folgte ihm in eine Zukunft, die diffizil, aber wenigstens transparent schien.

Voblin verfügte über einen weiten Horizont und stellte in seinen kleinen, sorgfältig verfassten Abhandlungen sehr schlüssige und scharfsinnige Überlegungen an; dabei pflegte er sich nie zu wiederholen. Die Teilnehmer der Liste kommentierten nicht minder tiefschürfend.

Zum Beispiel mutet die Frage doch wirklich spannend an, was das für Fisch war, der dem Apostel Petrus ins Netz ging und mit dem der Heiland sein Volk speiste. Worum handelte es sich bei diesem Tilapia (alias Muscht, alias Amnun) tatsächlich? Von den steinigen Ufern des Sees Genezareth lassen sich heute allenfalls Karpfen angeln, warum ist das so? Tilapia, der Petrusfisch, nährt sich ausschließlich von

Plankton, das ihm mitsamt den Algen an der schleimigen, klebrigen Zunge haften bleibt, während wiederum die Fischbrut, die im Maul der Eltern ihren sicheren Ort hat, sich mühelos von diesem Schleim löst. Und fangen lässt sich diese Fischart nur mit dem Netz, was aber heute verboten ist … Genauso interessant die Hypothese, die uns erklären will, wieso Jesus über das Wasser zu gehen vermochte. Man hat nämlich herausgefunden, dass am Grund des Sees Genezareth nahe der Siedlung Chorazin salzige Quellen sprudeln; die Sole habe für Abkühlung gesorgt und dafür, dass das Wasser trotz einer Lufttemperatur über null habe gefrieren können. Oder möchte man etwa nicht wissen, was bei der Tauchexpedition hinab zum Grund des Toten Meeres, des tiefstgelegenen Sees der Erde, herauskam? Wie ist dieser Grund beschaffen, sein Relief, wie setzt sich der Schlamm zusammen, warum ist der nördliche, schilfbewachsene Teil des Sees so kardinal verschieden vom südlichen, seiner kupfervitriolblauen Ödnis? Welche prähistorischen Epochen passieren wir auf der Fahrt hinunter nach Qumran? Oder vom Süden her aus Richtung Be'er Scheva? Möchte man nicht tiefer eindringen in die Frage, wie der Furor des Antichrist sein Grab fand in dem Spalt, der gebildet ward aus der platzenden Jordanisch-Arabischen Synklinale und dem neuerlichen Ruck im Syrisch-Afrikanischen Grabenbruch, der Afrika von Arabien scheidet?

Mit den Jahren wurden mir Voblins Einblicke in wissenschaftliche und gesellschaftliche Themen immer vertrauter, seine Art, schwerwiegende Gedanken in leichtem Tonfall vorzutragen, wobei er sich nur höchst selten zu einer subjektiven Note in der Erörterung hinreißen ließ. Dass irgendwer unter den etwa hundert Adressaten der Liste ihm nahegestanden hätte, wage ich zu bezweifeln. Selbst habe ich drei oder vier Mal direkt mit ihm korrespondiert, aus mehr oder minder formalem Anlass. Ich hatte mich an dieses Board gewöhnt wie an meinen Morgenkaffee. Die *Voblin News* waren extrem komprimiert, er bot nur das Beste, in strenger Auswahl – keinen Nonsens, keine Überforderung, eine Allianz aus Takt und maßvoll sprühendem Verstand, bar jeder Oberflächlichkeit, bar jeden übermäßigen Tiefsinns.

Und dieser Mensch wagte es nach neun Jahren nahezu täglicher Präsenz, plötzlich zu verschwinden! Nach eine Reihe von Einträgen in seinem Weblog (denn so etwas gab es inzwischen auch, ein denkbar guter historischer Ersatz für alle früheren experimentellen Sozialisierungswege, einschließlich der Expertengremien), die nur merkwürdig zu nennen waren. Mir war seit Jahren aufgefallen, dass in Voblins (*user VVoblin*) *News Abstracts* Mitteilungen über Fälle häuslicher Gewalt in arabischen Dörfern rund um Jerusalem eingestreut waren. Nicht zufällig, wie (mir jedenfalls) rückblickend klar wurde; sie mussten mit Voblins Verschwinden ursächlich zu tun haben. Geographisch stammten sie alle aus demselben Raum, der Umgebung Jerusalems. Das vorletzte Posting in *VVoblin*s Journal berichtete von getöteten Palästinenserinnen: Zwei Schwestern in der arabischen Siedlung Jabel Mukaber seien erwürgt aufgefunden worden, eine dritte knapp mit dem Leben davongekommen.

Dann war Voblin plötzlich verschwunden. Was ja auch früher schon vorgekommen war: Irgendeine längere Dienstreise, Feldforschung oder auch nur eine Erkältung führten zu vorübergehendem Schweigen, allerdings nie ohne vorherige Ankündigung oder aber mit kurzen Lebenszeichen zwischendurch, im Stil von Funksprüchen: *Fliege in einem Flugzeug der Grenzwache in 50-70 m Höhe den ganzen Jordan ab, vom Iyon-Tal bis ausgangs der Aravasenke. Kann den Beduinen winken.* Der letzte Eintrag im Bordtagebuch war trivial, er betraf wieder mal die Lieder von Ofra Haza und insbesondere den Soundtrack zu Chéreaus *Bartholomäusnacht.* (Dass Dumas' Königin Margot und Sängerin Ofra in meinem Bewusstsein miteinander verlinkt sind, geht auf Voblin zurück, der beide sehr verehrte.)

Zwei Wochen später machte sich die Gemeinde auf die Suche nach ihm. Als Erstes stellte sich heraus, dass es einen Gerichtsbeschluss gebraucht hätte, damit der Provider die beiden IP-Adressen herausrückte, über die Voblin ins Netz gegangen war; und ein Gericht erachtet das Verschwinden einer virtuellen Person nach heutigem Stand der Dinge nicht als hinreichenden Anlass, um nach einer realen fahnden zu lassen. Über Voblin als solchen wusste man lediglich, dass er in einem Küstenvorort von Tel Aviv leben sollte, Mitte der 70er emigriert war und in seiner Jugend in der Gegend um Jaffa gewohnt hatte, in Nachbarschaft zum Viertel der jemenitischen Heimkehrer (und also Ofra Haza). Voblin hatte ein Faible für angewandte Mathematik, genauer gesagt, interessierte ihn die mathematische Modellierung geologischer Prozesse (in diesem Punkt trafen wir uns); er war polyglott, firm in sämtlichen europäischen Sprachen einschließlich der skandinavischen, konnte gar Japanisch, was von besonderem Wert für uns war, da es die dunkle Seite des Mondes – den nichtanglophilen Teil der Zivilisation – zu erkunden gestattete. Er musste um die fünfundfünfzig sein oder etwas darüber. Dass die Suche unter den Mitarbeitern des Instituts für Ozeanographie ergebnislos blieb, muss vielleicht nicht gesagt werden. Keiner von ihnen gehörte zu unserer Community, und diejenigen, die unserer etwas überraschenden Bitte nachkamen, das Voblin-Material, eine Art Dossier, das wir über ihn angelegt hatten, durchzusehen, waren sich sicher, dass das »Phantombild« auf keinen der vierundachtzig Institutsmitarbeiter passte. Die Suche hielt uns einen weiteren Monat in Atem, dann wurden die Abstände größer, in denen Besorgnis aufflackerte, das Lamento der Alleingelassenen. Unterdessen auch bei den Limnologen in Bat Jam – Fehlanzeige. Keiner hatte je von einer Zusammenarbeit mit dem Grenzschutz betreffs Zielmarkenvermessung gehört, erst recht nicht von ungehinderten Flügen über dem Jordan. Und polyglott war unter den Ozeanologen sowieso niemand.

War Voblin eine Frau? – Ist Suizid bei Web-VIPs straffrei? – Wie konnte er nur! – Ob nicht doch was passiert ist? – Infarkt? Insult? – Verwandte auftreiben! – Wenigstens sollte er kein Schwein sein und Bescheid geben, dass alles o. k. ist.

Gezeter dieser Art geisterte eine ganze Weile durch die Sphären des Netzes. Sein Echo erreichte mich noch unterwegs, auf dem Höhepunkt der Fahndungen. Denn von der ersten Woche an hatte ich meine eigenen, diskreten Nachforschungen betrieben. Dabei hatte ich beinahe sofort eine Hypothese im Kopf und rief Kerry an, um ihm meine Erörterungen darzulegen, die absolut in der Luft hingen. Es war ein pures Bauchgefühl, das sich meldete.

Als Erstes fand ich heraus, dass die angesprochene Tragödie in

Jabel Mukaber nur an einer Stelle in der Weltpresse Widerhall gefunden hatte, nämlich in einem Artikel der irischen Journalistin Catherine Patrick, BBC-Korrespondentin in Ramallah. Ich exzerpierte sämtliche Fälle, von denen Voblin in den letzten sieben Jahren berichtet hatte: gemordete Ehefrauen, Schwestern, Töchter, Schändungen von Frauen, all jene finsteren Geschichten, die mit der von der Scharia sanktionierten Nichtswürdigkeit der Frau zu tun hatten – und siehe da, die Irin hatte über alle diese Fälle berichtet.

Ich schrieb also Kerry, erklärte ihm die Sachlage, und wir brachen auf nach Israel (ich von Austin her, er von Dubai via Zypern), wo wir im Innenministerium eine Vermisstenliste für die Zeit seit Voblins Verschwinden ergatterten. Mit Hilfe des Nahost-Büros der BBC machten wir Catherine ausfindig: eine toughe, ziemlich männlich wirkende rothaarige Frau, offen und geradlinig im Umgang. Sie wusste nichts über einen Voblin, alle betreffenden Fälle waren ihr per Fax zugegangen, die Nummernanzeige war deaktiviert. Schon wussten wir nicht mehr weiter und wollten uns wieder trollen, als ich in einer russischen Reklamezeitung auf ein Inserat stieß, das zur Exkursion in einen unlängst von Archäologen entdeckten Steinbruch einlud, aus dem die Steine zum Bau des Zweiten Jerusalemer Tempels stammen sollten. Stunden später standen wir staunend vor den riesigen Kalksteinblöcken, die, wiewohl schon perforiert, in ihrem Bett verblieben waren. Derweil rekapitulierte ich im Stillen, was ich am Vormittag von Catherine gehört hatte: Details zu den Martyrien jener unglücklichen jungen Frauen, die Schande über ihre Familien gebracht haben sollten; die gesteinigt worden waren oder begraben bei lebendigem Leibe.

Gegen Ende der Exkursion verwies unser Führer, ein charismatischer dürrer, bärtiger Mann mit Knotenstock in den beredten Händen, in hippiefarbenem Samtwams und Tjubetejka, auf einen für den nächsten Tag geplanten Fußmarsch entlang einigen frühchristlichen Sehenswürdigkeiten in Jerusalems Umgebung. Wir schrieben uns sogleich ein und stellten anderntags verdeckte Ermittlungen an, indem wir unseren Führer nach der Lage der von Voblin in seinen Berichten genannten Dörfer befragten. Es zeigte sich, dass sie ausnahmslos im selben bergigen Umkreis zweier benachbarter Siedlungen, Qana und Halsa, gelegen waren.

2

Am Flughafen, während wir an der Gepäckkontrolle anstanden, machte ich Kerry mit meiner Version von einem virtuellen Messias vertraut. Die Idee war, dass kein einzelner Mensch den Messias verkörpert, sondern eine Epoche. – Etwas sehr hochtrabend, nicht wahr? Und damit nicht genug. – In jedem beliebigen Land – weltweit – ließe sich, eine gewisse Entwicklungsstufe der Zivilisation vorausgesetzt, eine Netzgesellschaft gründen, deren Moral und Ökonomie allem überlegen sind, was die Realität zu bieten hat. Und in einer solchen Keimzelle, irgendeinem sozialen Netzwerk, taucht früher oder später ein heroischer User auf, der, allein kraft seiner virtuellen Gestalt, sich anschickt, die Menschen zum Licht zu führen. Was insofern ein heikler Moment ist, als es dafür doch eines gewissen Grades an Glaubwürdigkeit und Authentizität, auch Fleischlichkeit bedürfte; nichtsdestoweniger gelingt es ihm auf wundersame Weise, dieses Problem zu lösen. Der Kern der Sache ist, dass der Messias die Leute gar nicht erst von seiner Wahrhaftigkeit überzeugen muss. Weder von der Wahrhaftigkeit seines Todes noch von der seiner Auferstehung. Ansonsten kann ein virtuelles soziales Subjekt sich wie ein Individuum verhalten …

Das war der Moment, da Kerry mich fragte, ob ich nicht Lust hätte, unter Voblins Namen aufzuerstehen.

»Du kennst doch am besten seine Marotten, seinen Geist und seinen Stil. Könnte dich das nicht reizen? Auf den Bohrinseln rumzuhocken ist doch eh viel zu öde für dich. So hättest du wenigstens was zu tun.«

Vvoblin – Vladимир Voblin – hatte die Eigenart, ob nur aus Spaß oder um einen Rest fremdsprachlicher Spuren durchscheinen zu lassen, einen Teil der Buchstaben in seinen russischen Messages in lateinischer Kodierung zu schreiben.

145

Zugegeben, meine Suche nach Voblin war nicht ohne Improvisation, doch die Realität zeigte, dass mich die Intuition in die richtige Richtung wies. Ich ging davon aus, dass der leidenschaftliche Wunsch nach Gerechtigkeit, dem Voblin über die Jahre immer wieder Ausdruck gegeben hatte (sein Hauptantrieb; auf ihm gründete die allgemeine Sympathie, die er genoss), ihn auch jetzt motiviert haben konnte. Daraus ergab sich die Mutmaßung, dass Voblin auf eigene Faust einen Coup für die gerechte Sache angegangen war: Auf investigativen Wegen hatte er die statthabende Gewalt gegen Frauen in den arabischen Siedlungen nahe Jerusalem dokumentiert und diese Informationen, um unnötigen Polizeikontakt zu vermeiden, über eine Korrespondentin der BBC öffentlich gemacht. Dabei konnte ihm ein Fehler unterlaufen sein, der möglicherweise zur Tragödie geführt hatte und dessen nähere Umstände noch aufzuklären blieben.

In der arabischen Siedlung Jabel Mukaber bei Jerusalem wurden die Schwestern Amani Schakirat (20) und Rudina Schakirat (27) getötet (durch Erwürgen). Die dritte Schwester wurde in lebensbedrohlichem Zustand (nach Schlucken von Säure und versuchter Autostrangulation) mit einem Fahrzeug des »Roten Davidsterns« (so heißt in Israel die Erste Hilfe) ins Krankenhaus gebracht; die israelischen Ärzte vermochten sie ins Leben zurückzuholen, doch ist ihr Zustand nach wie vor bedenklich.

Aus den Radionachrichten war darüber jedoch nichts zu erfahren, als ich von der Arbeit nach Hause fuhr. Ihr erfahrt es von mir.

Kann es sein, dass sich keiner außer mir für dieses grausame Verbrechen interessiert? Warum nicht? Wo sind die Hunderte von Menschenrechtsorganisationen, wo die Aktivisten, die Fernsehteams, Zeitungsleute, Magazinreporter?

Herrscht etwa deshalb Totenstille, weil der Mörder (untergetaucht – nach ihm wird gefahndet) kein »zionistischer Aggressor« ist, sondern der leibhaftige Bruder der Opfer? Die Eltern der Mädchen und die Frau des Bruders werden der Beihilfe verdächtigt und befinden sich in Haft. Grund für die Tötung sei die »Familienehre« (Annäherungsversuch an nicht moslemische junge Männer).

Wie ist es Voblin gelungen, den Gewaltakten in einer vollkommen geschlossenen Gesellschaft auf die Spur zu kommen? Als Kind habe ich in einer Siedlung gelebt, wo die Scharia in den Familien als Hausordnung galt. Mit zehn stand ich lange auf dem Hof eines Hauses, in dessen oberster Etage ein Mann seine Frau verprügelte. Keiner ist ihr, die ohrenbetäubend schrie, zu Hilfe geeilt. Der Revierpolizist war gerufen worden, er blieb untätig im Hauseingang stehen.

Voblin, der über gutes optisches Gerät verfügte, mochte die Hügel der Umgebung als Beobachtungsbasis genutzt, die arabischen Dörfer ausspioniert haben und dem Verbrechen auf die Spur gekommen sein.

Wurde er dabei ertappt?

Die Vermisstenliste der Polizei enthielt nur eine Person, die auf Voblin hätte passen können: Vladimir Jewgenjewitsch Sorin, 62 Jahre alt. Die Übereinstimmungen waren allerdings auffällig: Mathematiker, beschäftigt bei einer Softwarefirma mit japanischer Beteiligung; indirekte Berührungspunkte zur Geologie. Zur Fahndung ausgeschrieben nach Anzeige aus der Nachbarschaft und vom Arbeitgeber. Verwitwet, wohnhaft in Nes Ziona bei Tel Aviv. Hobby: Biketouren durchs Gelände. Sein Honda Civic mit Fahrrad-Gepäckträger wurde auf einem Supermarkt-Parkplatz am Rande von Jerusalem sichergestellt.

Im Übrigen führten diese Auskünfte zu nichts.

3

Die wütende Catherine ist eine professionelle Ermittlerin von Untaten, die im Namen der Scharia begangen wurden. Sie zeigt uns eine verschwommene Photographie von weißen Säcken, in denen Menschen knien, eine Menge steht ihnen im Halbkreis gegenüber. Um sie her nackte braune Erde sowie Steine, faustgroß und kleiner. Das Photo erinnert – in Farbe, Qualität und des steinigen Reliefs wegen – an eine Aufnahme von der Mondoberfläche. Diese Steine gingen mir lange nicht aus dem Sinn. Wie viele man wohl werfen musste und wie lange, bis sie so dicht lagen. Das Photo war so mangelhaft, dass es als Dokument nicht in Frage kam. Ich lief dahin, den Blick zu

Boden gerichtet, dachte nach über ein Photo, dem die menschliche Einbildungskraft sich verweigert. Nicht die Barbarei beschäftigte mich in diesem Augenblick, nicht um Gerechtigkeit und Barmherzigkeit ging es mir. Ich versuchte dahinterzukommen, was an diesem Photo störte. Irgendetwas war falsch. Am Ende wusste ich, was es war: Die um die weißen Säcke verstreuten Steine sahen liederlich aus. Wer hat hier Unordnung gemacht, ging es mir durch den Kopf, das muss aufgeräumt werden, weggeschafft …

Derweil liefen wir schon geraume Zeit durch eine steinerne Rinne, glatt und wie ausgeleckt. Ein Flussbett, noch nicht wieder völlig ausgetrocknet seit den letzten Regenfällen, die sich vorzustellen in dieser Glut ganz unmöglich schien; hie und da in den Mulden stand noch das Wasser: wie abgekocht, Pfützen, grün oder blau, je nach dem darunterliegenden Gestein, Licht und Schatten, manche knöchel-, manche knietief, einmal brach ich bis zur Hüfte ein und gelangte nur mit Mühe an die Uferböschung zurück; erst nach zwei, drei Kilometern, als der Anstieg schon sehr steil geworden war, man sich hineinstemmen, in Vorlage gehen musste, dass die Knie gegen das Kinn stießen, erst da bog Catherine scharf zur Seite ab, und wir tauchten in den Schatten eines Olivenhains. Verdeckt im Hang gurgelte eine Quelle, ich leerte meine Literflasche und füllte sie neu, trank in einem Zug, füllte nach und trank wieder. Ging zurück und ließ mich lang zu Boden fallen. Catherine nahm die hingehaltene Flasche und trank, ohne das Gespräch mit Kerry zu unterbrechen; ich hatte Mühe, die beiden zu verstehen. Schließlich reichte Kerry ein Photo an mich weiter. Darauf ein Mädchen in weißem Gewand, wie ein Kokon. Sie ist halb in die Erde eingegraben, gekrümmt, offenbar im Versuch, sich herauszukämpfen – jung und hübsch, mit verheultem Gesicht, flehenden Augen. Zwei hagere Männer mit weißen Stirnbinden hantieren mit Schaufeln um sie herum. Und rechts im Vordergrund eine Frau, verschleiert mit Sonnenbrille, einen Waffengurt tragend, vornübergebeugt, verrichtet etwas mit den Händen am Boden … Mein erster Gedanke: Das wird schwierig, den Hügel über ihr zu schließen, es fehlt noch ein ganzer Meter.

Im Wipfel des Ölbaums genau über mir gurrte eine Turteltaube.

Kerry hatte sich die Schuhe ausgezogen und tänzelte auf den heißen Steinen wie ein Flamingo von einem Fuß auf den anderen. Catherine reichte ihm die Hand, er übersah sie und hüpfte in den Schatten.

Kurz darauf stolperte Catherine über eine aus der Erde ragende Drahtschlinge und stürzte, knallte hart mit der Schulter gegen den Stein. Saß da, heulte vor Schmerz. Wir mussten umkehren, zurück zum Auto, Kerry fuhr, wir suchten ein Krankenhaus, setzten Catherine in der Notaufnahme ab, wo es eine Menge Wartender gab. Brachen wieder auf – nunmehr mit dem Bus, der einige Zeit durch die engen hügeligen Straßen Ostjerusalems kurvte, ehe wir an den Stadtrand gelangten und von da in ein abschüssiges Seitental. Einen Kilometer weiter, an der nächsten Kreuzung ließen wir den Fahrer halten, stiegen aus und liefen zu Fuß weiter. Die über die Höhe verstreuten, halbzerfallenen Siedlungen blieben zurück, die zum Toten Meer hinabführende Straße wurde steiler, die Füße spürten es. An die acht Kilometer liefen wir im Straßengraben, dreimal mussten wir uns vorbeifahrender Palästinenser erwehren, die neben uns bremsten, brüllten und gestikulierten. Wir ließen uns nicht beirren, liefen durch die uns um die Knie wölkenden blauen Dieselabgase ihrer vorsintflutlichen Mercedes mit den grünen Nummernschildern. Kerry äußerte die Vermutung, ob die Männer nicht vielleicht dazu einluden, uns an den Ort des nächsten anstehenden Lynchmords zu fahren, ich widersprach nicht. Die zerklüftete Hügellandschaft war schwer zu überschauen, hinter jeder Biegung eröffneten sich neue Reliefschwünge, neue Rötelabstufungen. Eine rote Sonne rollte über die gezackte Wüstenei, zog lange Schatten aus den Hügeln, dämpfte den Grat der Steilwände, Felsblöcke und -trümmer. Wir kamen über eine Kreuzung, auf der ein Trupp Soldaten in einer von der tiefstehenden Sonne erleuchteten Staubwolke an der Bushaltestelle stand, Beduinen dazwischen, ein mit einer Hucke Stroh beladener Esel war an den Leitpflock gebunden. Sein zugespitztes Maul, die harte ebenmäßige Bürste seines Nackenfells und sein abwärts äugender, leicht irrer Blick verlängerten die Diagonale des ersten Bildes. Im zweiten die dürre, blaugeäderte, sonnengebräunte Hand eines Beduinen, die die

Zügel aufnimmt, mit Fingern, knorrig wie Äste, und einem grün schimmernd schwarzen, schon fast gänzlich abgelösten Daumennagel; stechende Augen, Borsten im ausgemergelten Gesicht, die Bräune hier fahl, ein Ausdruck von Hinfälligkeit um die schlaffen Mundwinkel; der gekräuselte Rand der Kufiya gibt dem Gesicht etwas Weibliches. Auf dem dritten ein geschundener, abgeschliffener Huf; Kiesel und Staub.

Schließlich bogen wir, der Karte folgend, in einen Hohlweg ein, der über zwei, drei Hügelketten hinwegsetzte, pflügten uns über die steinigen Plateaus, naiv genug, den Markierungen zu trauen, die die Richtung und den Schwierigkeitsgrad des jeweiligen Pfades angaben: blaue Pfeile oder einfach nur Striche mit Ölfarbe auf einem großen Stein; hie und da auf einmal schwarze, die auf einen seitlichen Abstieg hindeuteten, den man auf den ersten Blick nicht für möglich hielt; erst ignorierten wir sie strikt, aber dann gerieten die schwarzen Markierungen mit den blauen durcheinander, dass es einem vor den Augen schillerte, in denen der Schweiß brannte, und auf einmal waren die Markierungen ganz weg. Zügig brach die Dunkelheit herein, und als der erstbeste Platz zur Übernachtung gefunden war, mussten wir das Zelt schon beinahe blind aufstellen; dann brachen wir den Käse und tranken Weißwein beim flackernden Schein der Kerze im Plastikbecher, den die Hitze zum Schrumpfen brachte, je weiter die Kerze darin abbrannte. Wir lauschten in die von Grillen und Zikaden knisternden Tiefen der Judäischen Wüste hinein, die auf uns zuzurücken schien, bevor sie sich unter der prallen Woge der Milchstraße zur nächtlichen Unendlichkeit weitete. Drei Tropfen am Firmament hatten Kerry in ihren Bann gezogen, drei strahlende Himmelskörper; er suchte nach einem zugehörigen vierten. Derweil begnügte ich mich als astronomischer Laie damit, den aufgehenden Mond mit seinem verschatteten Rand, den schartigen Höhen und Kratertüpfeln zu photographieren. Ich schraubte das Stativ an und wählte eine volle Minute Belichtungszeit, um den ganzen langen Wüstenlauf aufzunehmen, die finsteren Gräben darin und die schwach erhellten Höhenkegel. Sog die aufkommende frische Brise ein, die die eine Hälfte des Gesichts kühlte, während die andere noch von der heißen Erde bestrahlt wurde. Das Ausatmen des Gesteins, das sachte, in feinen Strömen rutschende Geröll, Schreie von Vögeln, die man in dieser nackten Landschaft nicht vermutet hätte – all dies kratzte nur oberflächlich an dem Massiv der Stille. Der Zeltboden war sanft abschüssig, und mir träumte die ganze Nacht, in einen Abgrund zu rutschen. Im Morgengrauen wagten sich zwei, drei Vögel näher heran, riefen einander schrill etwas zu. Ich nahm die Kappe vom Objektiv, suchte und fand sie: blauschwarz glänzend, mit einer hellblauen Feder in den Schwingen, über einer Lache sitzend, die aus dem Stein hervorquoll.

Bis Mittag hatten wir uns auf den zuvor im Fernglas entdeckten Pfad hinaufgearbeitet und folgten ihm in Richtung des tief eingebetteten Straßenbandes, auf ein paar Wäldchen zu, die sich in mehreren dunklen Streifen oberhalb einer kamelfarbenen Hügelkette dahinzogen. Kein Mensch kam uns hier oben entgegen, obwohl in der Tiefe immer wieder Reste von Beduinenlagerplätzen auszumachen waren – schwarze Feuerstellen sowie aus Steinen gelegte Quadrate und Kreise, die die Säume der Filzzelte straff gehalten hatten. Zwei Zigarettenkippen sah ich am Wegrand liegen, eine Bierdose und eine Schnapsflasche. Nur einmal gewahrten wir in der Ferne am Hang, auf einem mit bloßem Auge nicht erkennbaren Weg, eine menschliche Silhouette – eine Frau, die ein schwankendes, knochiges Kamel an den Zügeln führte. Über einen Traversweg gewannen wir noch etwas an Höhe, um uns dann kurz hinterm Pass ins Dickicht zu schlagen, wo wir überraschend auf ein verlassenes Dorf mit vielen verwilderten Gärten stießen. Zwei- und dreistöckige Häuser, teils verfallen, teils gänzlich intakt, klebten stellenweise dicht gedrängt, dann wieder mit größeren Lücken am Hang. Das Dorf schien vollkommen verwaist, die Hoftore sperrweit offen, angewehter Boden hielt die Torflügel in dieser Stellung fest. Drinnen sah man grün überwuchertes Gerümpel, die eingeschlagenen schmalen Fenster schimmerten schwarz, dazwischen Sonnenlicht in schrägen Bündeln, das in die vom Putz entblößten Rhomben der Wandverschalung stieß. Auf der Karte war das Dorf unter dem Namen Lifta verzeichnet. Wir versuchten uns mit dem Kompass zu orientieren, nach welcher Seite wir dieses Lifta verlassen sollten, um auf die Straße nach Halsa zu gelangen, unserem Ziel, mehr als drei, vier Kilometer konnten es nicht sein. Da traten plötzlich vor uns am Ende der Straße zwei struppige junge Typen, nur mit Shorts bekleidet, aus einem Tor, bogen zielstrebig um eine Ecke, ohne uns eines Blickes zu würdigen, wir hörten ihre Riemensandalen gegen die Fersen klacken. Liefen eilends hinterher und konnten sehr bald Gelächter hören, Gitarrengeklimper, dazu ein dumpfes Klatschen, wie wenn schwere Leiber ins Wasser sprangen. Dann sahen wir das Bassin, genauer, ein natürliches Becken im Fels, großzügig mit einer flachen Brüstung eingefasst, teils im Schatten überhängender Äste, Kühle ging davon aus. Etwas abseits lagen schäbige Staffeleien, Rahmen mit grob aufgespannter Leinwand, Rückseite nach oben. Vier bärtige nackte Männer hockten auf der Brüstung, ein fünfter unterhielt sich aus dem Wasser mit ihnen, während er fauchend und prustend unter ihren baumelnden Fersen und gespreizten Affenzehen hindurchschwamm. Einer der vier, dünn wie ein Gerippe, mit runder Brille, wandte sich uns zu.

»Darf ich mich vorstellen«, sagte er in ausgesuchter Höflichkeit, »ich heiße Simha Sgor. Sie befinden sich in Lifta, einer Kolonie freier Künstler.«

»Hi, angenehm. Kerry Nortrup, Soldat im Ruhestand. Und das ist mein Freund Ilja Dubnow, Geologe. Wir sind auf Wanderschaft nach Halsa«, flunkerte Kerry gleich los.

»Bis Halsa ist es nicht weit«, Simha zeigte sich mit dem Daumen über die Schulter, die Rippen traten hervor. »Da wohnen Freunde von uns, arabische Kids, die sind Klasse. Denen gefällts bei uns, sie kommen zum Zeichenunterricht. In diesem Land weiß ja kaum einer mit den Arabern umzugehen. Und unsere jungen Freunde erzählen zu Hause auch nicht, dass sie zu den nackten Juden gehen und sich von ihnen zeigen lassen, wie man Farben auf Leinwände schmiert.«

»Sie haben einen interessanten Familiennamen. Kerry traut sich gar nicht, ihn auszusprechen: Sgor. Richtig?«

»Genau, Sgor, Simha Sgor. Sie sprechen Russisch?«

»Yep.«

Ein Blick in die Augen dieses bekifften dunkelblonden Jungen hatte genügt, und ich wusste, dass ich zum Russischen übergehen konnte.

Kerry ging zu den Bärtigen hinüber und fragte, ob er ein Bad nehmen dürfe. Die schienen kein Englisch zu verstehen, ich übersetzte die Frage, und Kerry assistierte mit Gebärden: machte Schwimmbewegungen, was die Männer belustigte.

»Na klar, Alter, spring rein in Gottes Namen. Kühl dir die Schwarte, is ja tierisch heiß. Edik, dreh mal bei, lass Amerika baden gehen!«

Ediks Antwort war ein animalisches Fauchen, dabei versprühte er einen Tropfenvorhang. Kerry lächelte, aber mehr nach innen, während er sich gewissenhaft entkleidete.

»Und was heißt das – Sgor? Hat das Wort eine Bedeutung?«, fragte ich den Jungen.

»Im Hebräischen bedeutet es: mach zu! Ein sehr energisches Wort. Und Simha heißt Freude. Mein Name gefällt mir gut«, sagte Simha; dabei schien sich sein Blick an meiner Brust festzusaugen.

Ich schaute hin, aber da war nichts, nur die Knöpfe an meinem karierten Lieblingshemd.

Weiter hinten, auf Höhe der angrenzenden Ruine, waren zwei Mädchen aufgetaucht. Zögerlich und auf unsicheren Füßen, das lange Haar ordnend und hinter das Ohr streichend, gingen sie an dem Bassin vorbei und wandten sich an Sgor.

»Braucht ihr noch lange? Wir würden gern baden«, versetzte schüchtern die eine – lange Beine, schwarzes Haar, Brille aus Schildpatt, im Top, mit einem Tattoo an der Hüfte: grimmig dreinblickender Minotaurus. Die andere, blasser Teint mit heftigem Sonnenbrand, trug eine Bombasinbluse, Handtuch über der Schulter, normalerweise bestimmt eine energische, selbstsichere, reaktionsschnelle Person, jetzt hatte sie etwas sagen wollen und es sich im letzten Moment anders überlegt, seufzte nur und wurde rot.

»Wir sind gleich weg, Maschetschka«, rief einer der Maler, der bis jetzt noch nichts gesagt hatte und ein leinenes Stoffband um den Kopf trug, mit dünner Stimme. »Lass nur noch die Internationale sich abkühlen.«

Die Mädchen standen eine Weile unschlüssig, die Köpfe abgewandt; schließlich ergriffen sie jedes eine Staffelei – ich erhaschte einen Blick auf die Bilder, sie schienen abstrakt – und liefen langsam, wie schlafwandelnd, zwischen den Rollsteinen den Hang hinauf.

Derweil besah sich Kerry kopfschüttelnd und achselzuckend das Loch in seinem Strumpf; dann glitt er, Füße voran, mit seiner silberblitzenden Brustwollmatte über den Beckenrand, was eine mächtige Welle erzeugte und gegen die Staumauer klatschen ließ.

Auf dem Stoffband, das die Künstlerstirn zierte, stand etwas in enger, geschwungener Schrift geschrieben; beim Versuch, es zu lesen, stockte ich, eine Erinnerung an Moskau tat sich auf. Einmal zur Winterzeit war ich auf der Petrowka und in den angrenzenden Straßen spazieren gegangen. Es hatte frisch geschneit; alles ringsum sah plötzlich aus wie mit Silberstift auf Löschpapier gezeichnet. Bei solchem Wetter mochte ich es, hinter irgendeinem Mieter in den nächstbesten Hauseingang zu schlüpfen, ganz nach oben zu fahren und von dort auf die verschneiten Dächer hinabzusehen … Als mir schließlich kalt wurde, betrat ich eine Kirche, um mich am Kerzenfeuer aufzuwärmen. Eine Totenmesse lief, zwei Leichen warteten, eine dritte war an der Reihe, im Beisein weniger Verwandter, unter einer Lage Nelken; der Pope, klein und schwächlich von Gestalt, lief mit dem Weihrauchfass in hallendem Singsang einher. Am Kopf der Bahre ein Junge im Messgewand, einen Stableuchter in den Händen, er schielte nach der Stirn des Toten, die mit einem Papierstreifen bedeckt war, darauf stand ein Gebet. Ich konnte lange nicht wegsehen: die harten, kantigen Züge in dem wächsernen Gesicht, die unproportional hohe Stirn, die festen Lippen, die etwas sehr prallen Wangen. Man hatte das Gefühl, irgendwo unter der Kuppel atmete seine Seele – falls das, was hier vor sich ging, ihr nicht völlig schnuppe war und sie längst irgendwo anders schwebte, dem Gleichmut am Leben auf kleiner Flamme frönte, sich ihrer Losgelöstheit freute … Genauso freute ich mich, könnte ich plötzlich schweben.

Die flirrende Mittagsglut hatte die Figuren der beiden Mädchen beinahe ganz geschluckt; ich fühlte meine Seele ihnen nachstellen. Von hier, aus dem dichten Schatten der Bäume, angefüllt mit dem

kühlen Atem des Teiches, in die weißglühend-rauchige Bergland-
schaft hineinzublicken war grauenerregend.

Ich wartete, bis Kerry aus dem Wasser kam, und hüpfte selbst hinein, schwamm ein bisschen auf und ab, schielte nach Edik, der gerade Rücken schwamm und sich offenbar wie ein Walfisch vorkam.
Dann ging Simha Sgor mit uns ins übernächste Haus, um seine Kunst-
werke zu zeigen. Auf allen Etagen, überall da, wo der Putz noch vorhanden war, konnte man seine berückenden Fresken zum Thema
Himmel und Hölle sehen, ausgeführt am modernen Material: Jerusalemer Straßen, Schaufenster, Menschen samt ihren Spiegelbildern,
Blumen und Gemüse. Lust und Qual hatte er in einer Art Negativ-
technik wiedergegeben, die mit normalen Lichtverhältnissen kom-
biniert war.

»Es ist nicht das genaue Negativ der Farbskala, womit ich arbeite«,
erläuterte er. »Kehrte man es um, entwickelte es sozusagen, ergäbe sich
kein realistisches Bild, ich hab es ausprobiert. Was da herauskommt,
ist das Unsichtbare. Bewohner surrealer Welten, Siedler in einer Un-
terwelt. Nur so lässt sich das Unsichtbare abbilden, scheint mir …
Und wisst ihr«, ergänzte er nach kurzem Nachdenken, »wenn überall
immer nur die zwei extremen Pole ins Licht gerückt sind – das Sichtbare und das Unsichtbare – dann lässt sich die metaphysische Dimension unseres Seins schwerlich wiedergeben. Immer wenn ich
durch Jerusalem gehe, denke ich mir, man müsste die Stadt, ihren
Sinn, zur Weißglut bringen, zur absoluten Transparenz. Diese Vorstellung hat mir den Weg aufgezeigt, wie man darstellt, was nicht
darzustellen geht.«

Die anderen Künstler der Kommune malten keine Fresken, bei
ihnen stapelten sich Leinwände, viele davon mehrfach übermalt. Einiges sahen wir uns an: Porträts, Stillleben, zwei, drei Landschaften
aus der unmittelbaren Umgebung: Ruinen aus gebleichtem Stein
vor bewaldeten Hängen.

Wir brachen auf. Simha erbot sich, uns den Fußweg nach Halsa
zu zeigen. Ein Wort gab das andere, und er erzählte unterwegs noch
etwas darüber, an welch seltsamen Ort wir hier geraten waren. Es hatte
in Jerusalem einen Dichter gegeben, Oss mit Namen, Spitzname Os-

ja, ein wahrer Che Guevara der psychedelischen Revolution. Inzwischen war er blind und gelähmt, man konnte ihn mit etwas Glück auf dem Balkon seines Hauses in einer der Vorstädte Jerusalems sitzen sehen: steifer Rücken, das Gesicht der Großstadt zugewandt, die eben in der Nacht versinkt. Vor Zeiten war Oss jung und schön und ziemlich aggressiv, verkündete jedem, der es wissen wollte oder auch nicht, er sei ein großer russischer Dichter. Sgors Altersgefährten hatten in ihm damals einen Propheten gesehen. Aber seine Gedichte waren bescheiden. Dafür war er unter den Jerusalemer Entdeckungsreisenden in die neuen psychedelischen Gefilde einer der Unerschrockensten und Unvoreingenommensten. Für ihn gab es keinen Point-of-noreturn, er entwarf chemische Bouquets, Chimären in unglaublichsten Kombinationen. Löwe mit Stierkopf, ein Schwarm Zwergfledermäuse an einem Wildschwein klebend, Tarzan beim Stabhochsprung und in den Lianen schaukelnd – all dies schoss er sich in beliebigen Mengen in die Venen. Kehrte er für dieses Mal zurück, hieß das, er musste beim nächsten zu etwas Härterem, Höherem, Schrecklicherem greifen. Oss experimentierte eigenhändig, um neue Präparate zu synthetisieren, kehrte dabei den Wissenschaftler heraus, und dies nicht zu niederen Gelüsten, sondern zum Vorstoß in noch entlegenere orphische Räume, dahin, wo noch keiner vor ihm war – darin bestand seine wahre poetische Berufung.

Oss hatte einen Ganoven zum Freund, Editschka Saulow, Tate aus Dagestan, jetzt in Netanja ansässig, wo er die längste Zeit mit seinen Kumpanen und einem Dolch im Jackettärmel durch die Straßen stolziert war, Zuhälter kurzgehalten und Spielhöllenbetreiber abgezockt hatte. Irgendwann wurden die Zeiten schwieriger, und er stieg ins Drogengeschäft ein. Beim Lutschen einer Lucy with Diamonds kam er auf den Geschmack, ließ das Banditentum sausen und zog nach Jerusalem, um in die Reihen der psychedelischen Krieger einzutreten. Hier in Lifta, das von den Bewohnern 1948 verlassen worden war, zuwucherte und verwilderte, gründete Editschka eine Kolonie. Nur die Chassidim kamen in jener Zeit noch regelmäßig her, um an der Quelle, in der wir gebadet hatten, ihr Reinigungsritual zu vollziehen. Der Bürgermeister von Jerusalem schickte Arbeiter ins Dorf, die die Häuser planvoll ruinierten, das eine oder andere wegsprengten, viel Stacheldraht ausrollten, damit keinem einfiel, das Dorf wiederzubesiedeln. Die von Edik gegründete Kolonie sei rein psychedelischer respektive künstlerischer Natur; hier werde gemalt und geschrieben. Letzten Winter sei der bekannte Rock-Anarchist Jegor Simin aus Omsk zu einem Konzert angereist. Die nicht minder bekannte Dichterin Marina Dozenko finde hier öfters eine Bleibe. Simha war vor zwei Jahren nach Lifta gekommen; seinen Arbeiten nach zu urteilen und den konzisen, die Situation objektiv schildernden Berichten, mochte er zum intellektuellen Kern der Kommune gehören.

»Ein Mann mit Namen Vladimir Voblin ist hier nicht zufällig mal aufgetaucht?«, fragte ich zuletzt, als Kerry Sgor die Hand zum Abschied drückte. Dabei war ich schon mit den Gedanken voraus: wie Kerry und ich gleich von der Hitze verschlungen würden, unsere Umrisse auf Sgors belichteter Netzhaut weiß verschmierten, wie der Mittag glühend und sirrend über unseren Köpfen stünde, wie die Zikade schnalzte und schrie, wie ich den Weg verließe, um sie zu suchen, dieses große silberne Fliegentier, das da stumpfsinnig in einem Anfall unsinnlicher Leidenschaft vor sich hin bratzelt und brunzt, in irgendeinem stachligen Busch, in den einmal hineinzustolpern dich zum Landstreicher kostümiert.

Ich brauche eine Sonnenbrille, so eine, wie Kerry hat, dachte ich.

4

»Voblin? Den kenn ich. Hierher kommen ja die unterschiedlichsten Leute. Sonnabends haben wir so was wie ein Festival. Voblin ist mir in Erinnerung. Eine Zeitlang kam er öfter. Auch in der Umgebung hab ich ihn mehrfach aufkreuzen sehn. Er war in den arabischen Dörfern unterwegs, weiß der Teufel, was er dort zu suchen hatte. Meine Vermutung war, dass er Ethnograph ist. So ein großer, sportlicher Typ, obwohl schon ziemlich alt. Hatte so eine Art, die Haare aus der Stirn zu werfen und drauflos zu plappern, munter und gescheit. Interessiert sich für Gegenstände aus dem arabischen Alltag, hat er gesagt. Nudelhölzer, Mörser, Kaffeekannen und solche Sachen, die schleppt er mit sich rum und zeigt sie vor. Aber kann sein, das war auch nur ein Vorwand, damit keiner misstrauisch wurde. Vielleicht hat er den Kram auf einem Flohmarkt gekauft und als Ablass dabei. Hat sich immer ein bisschen abseits gehalten, still zugehört, wenn am Feuer vorgetragen und gesungen wurde, hat sich nie auf Gespräche eingelassen, obwohl er nicht unfreundlich war. Kam immer mit dem Fahrrad. Einmal hab ich ihn gefragt, ob das nicht anstrengend sei, hier zu uns rauf mit dem Bike. Ist ja schon zu Fuß eine Tortur … In der Regel hat keiner groß auf ihn geachtet. Es kommen öfter Fremde her, wir haben da unsere Leute, die die aufsammeln und nach hier abschleppen auf Exkursion, zum Gucken. Mir ist es egal, wem ich meine Kunst zeige … Das ist hier Museum und Zirkus in einem, darin wohnen wir. Es gibt ein Stammpublikum, aber das sind nicht sehr viele. Mehr Gelegenheitsgäste, solche wie Voblin. Aber wie gesagt, eine Zeitlang kam er öfter. Hat gebadet und im Schatten gelegen, manchmal bis zum Abend, wenn dann alle aus ihren Löchern kommen zum Feuer. Gemerkt hab ich ihn mir wohl vor allem des komischen Namens wegen.«

»Wann sahen Sie ihn zum letzten Mal?«, fragte Kerry streng.

»Das ist zwei, drei Monate her. Im Frühsommer, glaub ich.«

Simha Sgor rückte seine Brille zurecht, die ihm von der Nase gerutscht war, entfernte gewissenhaft eine Ameise von seinem Fußgelenk. Schließlich sagte er, nach einigem Schweigen: »Ich hatte die Vermutung, dass er den Einsiedler aufsucht.«

»Welchen Einsiedler?«

»In der Umgebung von Jerusalem gibt es viele Mönchsklausen noch aus frühchristlicher Zeit, das ist allgemein bekannt. Kleine Höhlen mit aus der Wand gehauenen Kreuzen. Manche sind heute noch von Mönchen bewohnt, aber auch einfache Obdachlose nisten sich da ein. Auch wir. Ich zum Beispiel. Oberhalb von Halsa lebt so ein Einsiedler. Meine Leute haben ihn schon öfter besucht, ich auch einmal. Er hat Maschka und mich mit gedörrten wilden Feigen beköstigt. Netter Typ, noch gar nicht alt, mit nicht viel Bart. Sah irgendwie krank aus. Schien so, als müsste er sich zusammenreißen. Hat er Schmerzen, ist er krank?, hab ich mich gefragt. Oder nur müde? Dass ihm nicht heiß ist in der Kutte, hab ich noch gedacht. Das Ding war ganz staubig und ausgeblichen, tausendmal gestopft. Also zu dem, hab ich gedacht, kommt dieser Voblin wohl immer gefahren. Einfach so, zum Reden. Aber dass es mit dem Bike sein musste, hab ich nie verstanden. Das hat er doch bestimmt die meiste Zeit getragen?«

Wir verabschiedeten uns von Simha Sgor.

»Voblin war auf der Suche nach irgendwas, hier in der Gegend«, überlegte ich laut, »und dabei ist er einmal Zeuge geworden, wie Frauen gedemütigt wurden, hat heimlich zugesehen bei einem Lynchversuch. Da ist er Hals über Kopf nach unten gerast und hat die Polizei angerufen. Dieses eine Mal waren die Frauen zu retten gewesen. Aber keiner konnte garantieren, dass das beim nächsten Mal wieder so sein würde. Die Polizei lehnte es ab, sich weiter damit zu befassen – nicht unsere Aufgabe, hieß es. Sollen sie sich doch gegenseitig abschlachten da. Also beschloss Voblin, auf eigene Faust zu handeln …«

Kerry hörte gleichmütig zu.

Das Dorf: arabisch, ohne Hunde, still und wie verlassen. Dafür kann man im Vorbeigehen die Ziegen auf dem Hof miteinander kämpfen hören, stampfen und blöken, die Hörner gegeneinanderschlagen, selbst das Rascheln des Strohs. Nur vor einem einzigen Haus in Halsa stand ein Auto, ein alter Isuzu-Pick-up; ich schrieb mir die Nummer auf.

Auch in den Straßen ist tagsüber niemand anzutreffen. Die Zäune dicht, die Fenster schmal, alles Leben nach hinten ausgerichtet. Ich hämmerte mit der Faust an ein Tor. Wartete lange. Hob einen Stein auf und klopfte mit ihm. Schließlich ging die Pforte einen Spalt auf. Darin erschien eine alte Frau, die mit grauem Star im Auge an uns vorbeisah. Sie verstand kein Englisch.

Wir fanden einen Pfad, der oberhalb des Dorfs entlangführte. Wenn Voblin jemanden oder etwas beschattete, musste er das aus dem Verborgenen tun. Mit einem Fernglas ausgerüstet, brauchte er die passende Höhenposition, um Einblick in den betreffenden Hof zu nehmen. Kerrys Blick schweifte umher.

Vor uns plötzlich ein Feigenbaum, dessen reife Früchte in den Spiegel eines kleinen Quellbrunnens fielen; augenblicklich knieten wir davor. Kurz darauf erhob sich Kerry und ging ein Stück beiseite, verschwand dann ganz. Ich blieb im Schatten liegen, trank mich satt.

»Was meinst du, wie weit können zwei kräftige Männer einen dritten durch diese zerklüftete Landschaft schleppen?«, fragte mich Kerry, als er zurückkam.

Ich sah ihn an, stand wortlos auf und folgte ihm.

Der Boden war nur flüchtig festgestampft; alle Anzeichen eines frischen Grabes. Kerry grub mit dem Fahrtenmesser, ich mit bloßen Händen. Eine verstaubte Stirn trat zutage, eine Nase … Dann der Moment, wo ich mein T-Shirt ausziehe, um das Gesicht eines Menschen damit freizuwedeln. Die trockene Erde liegt wie Puder darauf. Strenges Profil. Kantiges Kinn.

»Mak benak«, sagte Kerry.

Ich hörte zu wedeln auf, mir war übel.

Kerry blieb bei dem Leichnam, ich brauchte eine Ewigkeit, um zur Straße hinabzugelangen, warf mich vor den nächstbesten Pkw, und bald darauf fuhr ich im Polizeiwagen wieder hinauf zu Kerry, der unter dem Baum saß, die offene Taschenflasche in der Hand, und mit übermüdeten Augen vor sich hinstarrte. Die Polizisten – beide jung, der eine ein dunkler, fast schwarzer Typ, das Uniformhemd trapezförmig über das Schultergestell gespannt, der andere gedrungen, fast ohne Hals – traten vor die Grube, pressten sich die Hände vor die Nase, griffen zurückweichend nach ihren Funkgeräten. Kriminalbeamte trafen ein, und ich sah zu, wie eine maskierte Frau mit dem Feldspaten ein weiteres Gesicht aus dem Boden stach und mit dem Pinsel freilegte, fast kindlich noch und von Qualen gezeichnet. Es war die Totenmaske des Dichters Jessenin, woran das Gesicht der ausgegrabenen Frau erinnerte. Die Körper lagen Kopf an Fuß beieinander in der Grube. Der des Mannes in eine Art Kutte gekleidet, die einmal lila gewesen sein musste.

Die Zeugenaussagen Simha Sgors am nächsten Tag erbrachten nichts. Die Identität des Mannes in der Kutte ist bis heute nicht geklärt. Wladimir Sorin fand sich im Hadassa-Klinikum, wo er nach einem beim Anstehen an der Kasse im Supermarkt erlittenen Herzinfarkt eine Woche im Koma gelegen hatte. Über Voblin wusste er den Behörden nichts zu sagen.

NEUNTES KAPITEL

Nach Hause!

1

Schon in die Einflugschneise einschwenkend, verkündete der Airbus-Kapitän einen Stau über Domodedowo. Der Landeklappenantrieb heulte erschrocken auf, die Tragfläche schwenkte nach oben, das Bullauge schluckte alles Blau und wurde wieder blind, Wolkenfetzen trieben vorüber. Das Flugzeug erbebte jedes Mal, wenn der Flügel sich ins Wolkenfleisch schnitt, und beruhigte sich, sobald er wieder herauskam; in den Rissen und Löchern sah man ein von Furchen gerilltes Felderquadrat schwimmen, das wir mit unserer Warteschleife aus der Erde zu fräsen schienen, darin klecksweise Wälder und Haine, Straßenpfeile und -bänder, betongraue Gebäudekrümel und -flitter, eine Hochspannungsleitung als quer über die Wange des Ackers, den Dreitagebart einer Schonung hinweggehende Narbe. Kurzes Flügelschwenken: Krähen hinterm Traktor, man meint den lilaglänzenden Frack zu sehen, das Wurmgeringel im Schnabel. Dann wuchs die Erde auf uns zu, das Relief trat zur Flughöhe in Beziehung – dies der Moment, da das Bewusstsein einsetzt, dass man fällt – und schon nahm die Landebahn, reich befeuert mit Navigationslichtern wie Augenfühler, die schwer heranslippende Boeing mit den flatternden Klappen auf, wobei das Flugzeug mit Seitenböen zu kämpfen hatte und seine Achse immer wieder neu ausrichten musste.

Ich absolvierte die Passkontrolle und verharrte, obwohl ich nur Handgepäck hatte, am Karussell der Gepäckausgabe. Die leeren Felder des Förderbandes spreizten sich zum Fächer auf, richteten sich wieder parallel, wurden in der Kurve wieder aufgefächert. Erste Koffer und Taschen plumpsten auf das Band, sie waren nass; trockene kamen nach, ein einziger schwarzer Lederkoffer, tropfnass und glänzend, blieb liegen. Nach einer Weile die Ladung des zweiten Anhängers: Bündel, Rucksäcke, alles pitschnass und dunkel, auch sie wurden eilig heruntergezerrt, das Band war wieder leer, und ich stand immer noch da und sah, wie das geschuppte Gummiband vor sich hinlief … Ein einziger Gedanke hatte sich in meinem Kopf verhakt. Anderthalb Stunden später – das Auge hatte sich durch die Bänder der Bremsleuchten, entgegenkommenden Scheinwerfer, Neonkleckse gefädelt, den Froschlaich der Fensterlichter, Straßenlampen, Girlanden, Schaufenster, Klingelleuchtknöpfe an der Gegensprechanlage, deren Code mir nicht einfallen wollte – stand ich vor der Tür mit dem Schlüssel in der Hand, traute mich nicht gleich hinein.

Als Erstes las ich noch einmal Kerrys Mail.

»Es wird der Flugplatz Nasosny sein, wo sonst«, murmelte ich und schrak auf von meiner eigenen Stimme.

Zum Packen genügte eine Stunde. Ich hatte beschlossen, mit dem Zug zu reisen. Auf die Art ließ sich am besten auskundschaften, was ich wissen wollte: ob die Menschen sich verändert hatten. In welcher Zeit sie lebten.

2

Der Zug war früher immer vom Kursker Bahnhof abgefahren. Jetzt auf einmal vom Pawelezker. Erst spät wurden die Wagen bereitgestellt und die unter der Gepäcklast gebeugten Passagiere auf den Bahnsteig vorgelassen, beäugt von breitbeinig postierten Milizionären, die sich besonders angegriffene Gesichter herauspickten und zur Rechenschaft zogen mit spitzfindigen Fragen zu dieser oder jener Bescheinigung; besonders die kräftigen Jungen mit ihren Karren, auf denen sich Bündel und Säcke malerisch türmten, kamen mit Sicherheit nicht so ohne weiteres an ihnen vorbei.

Voller Zug, pralles Leben: Heimkehr in froher Erwartung, Furcht oder Depression; Hoffnung, Erschöpfung, stoisches Warten; Apathie, Schlafen, Essen, Pinkeln, Rauchen gehen; überall Münder, Arme, Schultern, Bäuche, Beine, die gehen, hängen, baumeln, den Gang versperren; Sperrklinken und Kofferschlösser schnappen, Türen, Sitze klappen, Pantoffeln schlurfen, Sandalen klappern, Tüten rascheln,

Haltestangen rütteln, Scheiben klirren in den Fenstern und Löffel im Glas, heißes Wasser, balanciert durchs Gedränge und über stürmische Wagenbrücken, schwappt, Zwischenwände knarren, Bremsen quietschen, Räder rattern; und erst die Gerüche: beißend, atemverschlagend, appetitlich oder ekelerregend – und alles zusammen verpresst zum Kreosotgeruch der unter dem letzten Waggon hervorschießenden Schwellen. Beaufsichtigt wird dieses rollende Reich lethargisch und aus den Augenwinkeln von Angehörigen einer höheren Rasse: Wagenschaffnern, erfüllt von Todesverachtung; liebedienernd nur vor den Grenzschutzbeamten, manierlich nur gegenüber den Kollegen und den Händlern, die sie auf dieser oder jener Station erwarten, um ein beiderseits vorteilhaftes kleines Geschäft zu tätigen.

Kurz vor Saratow dann werden die Schaffner lebendig und strecken paarweise die prallen Bäuche aus den weit geöffneten Türen: Das Treffen des Gegenzuges wird lautstark begangen. Begrüßung, Lachen und Scherzen, Früchte und Zigaretten fliegen hin und her sowie Aufträge und Bitten, artikuliert über die zum Trichter geformten Hände. Hier wird ersichtlich, dass die beiden Züge von einer zusammengehörigen Clique, Bande, Brigade beherrscht sind, deren konkrete Besatzungen sich immer einmal mischen – und jeder kennt jeden in diesen zwei Zügen, die als Einzige auf der Strecke verkehren und ihre Nummerierung am Endbahnhof tauschen.

3

Am Morgen bei Sonnenaufgang und klarem Himmel war der ganze fahle, aus dürren Feldern, Sträuchern, Bäumen und Gräsern gestrichelte und geklöppelte Raum von dickem, glitzerndem Reif überzogen. Das makellose Weiß nahm dem Verfall, dem Sterben die Tristesse. Ein Toter im Sarg sieht immer schmuck aus.

Aber bald war das Ganze abgetaut, der Himmel bezog sich mit tiefhängenden Wolken, die ein Gefleck aus Licht und Schatten über die Erde jagten, und gegen Mittag fegte der Zug schon wieder über gänzlich geschwärzte Fluren, in denen allenfalls ein paar Pfützen blinkten.

In Grjasi treffen wir auf den Gegenzug aus Duschanbe. Wachsame Wagenschaffner auf den Trittbrettern, Schulter und Kinn herausreckend, die Augen im Bahnhofsgetriebe. Hinter der Gleichmut lauert die Gier. Verstaubte, altersschwache Waggons, Fenster, durch die man kaum etwas sieht, teils beschädigt, mit Folie und Klebeband notdürftig instand gesetzt. Passagiere hüben und drüben, die Qual einer über Tage gehenden Reise miteinander teilend, schauen einander nur kurz in die Augen und gleich wieder weg. Manche kommen herausgesprungen oder lehnen aus den Fenstern, paffen und stieren vor sich hin. Rauchschwaden wie über dem Felde während der Schlacht. Die Verzagtheit ist mit Händen zu greifen: Angst vorm Ungewissen, vor den Sanktionen der Hauptstadt, Moskaus mythischer Größe, vor Getrenntsein und sklavischem Schuften … Gegen die asiatische Depression reiten fliegende Händler ihre Attacke, bieten Bier und die ewigen Dillkartoffeln feil, ein Salzgürkchen gratis dazu. Aber die Kartoffeln dampfen nicht mehr wie früher einmal unter dem Deckel eines in Tücher gehüllten Kochtopfs hervor – sie werden in glitschigen Plastiktüten gereicht, ein Stärkepamps mit gräulichem Belag.

Und in all der Schwere, dem Jammer, den ermüdenden Kataklysmen buntgemischter Charaktere plötzlich ein dünnes Stimmchen: »Blumen, frische Blumen!« Die Menge tritt zurück, eine hutzlige Alte eilt die Wagenreihe entlang, sieht nicht nach rechts und links, hält ihren in Zeitung gewickelten Strauß Herbstastern niemandem hin, trägt ihn vorbei wie ein Fanal, ein mächtiges, vielblättriges Sonnenbukett: »Blumen, frische Blumen!«

In Saratow hatte ich mir auf dem Bahnhof zu ausgiebig die Beine vertreten und musste auf den bereits anfahrenden Zug aufspringen, geriet so in den letzten Waggon, der aus unerklärlichen Gründen eine Horde halbnackter junger Männer mit grässlichen Operationsnarben barg. Wo kamen die her? War das ein Sanitätstransport, unterwegs in irgendein nordkaukasisches Sanatorium? Die Halbwüchsigen präsentierten ihre Narben wie einen Schmuck, ein Tattoo, das Einzige, womit sie sich brüsten konnten. Ein Nabel prägte sich ein, zerschnitten und schief wieder zusammengewachsen, so als wäre dieser blonde, langhaarige Junge, der konzentriert das Magnetschachspiel auf seiner Handfläche studierte, gerade noch einmal entbunden worden.

Vorbei an Astrachan. Unermesslicher Steppenraum, warme Winde. Einen geräucherten Karpfen im Arm (aufgeklappt: geschichtete Adern von durchscheinendem Fleisch- und Fettgewebe, das regelmäßige Rippengeäst hin zur Wirbelnaht), fülle ich die Zollerklärung aus. Vor dem Fenster wälzen sich lautlos und düster die Wolgafluten. Während der Schlacht um Stalingrad wurden die Verwundeten auf Flöße gelegt und der Strömung überlassen in der Hoffnung, dass jemand weiter unten, jenseits des Bombenhagels, sie barg; nachts kehrte Ruhe ein, der Soldat wusste nicht, woran es lag: ob er schon tot war oder nur der Schlacht weit genug entkommen; als der Morgen graute, trieb das Floß sachte ins Deltalabyrinth hinein, die Vögel erwachten, und über den erstarrten Pupillen des Soldaten ging eine liebliche Sonne auf. Seinem gebrochenen Blick stand eingeschrieben, was sich dem Himmelskörper auf seinem Weg flussaufwärts erst noch eröffnen würde: der Brei aus Eisen, Erde und menschlichem Fleisch.

In Kisiljurt hetzen ein paar närrisch wirkende dagestanische Polizisten den Bahnsteig entlang. Mit hochkonzentrierter Miene, den Finger am Abzug der Kalaschnikow, halten sie immer wieder jäh inne, spähen in die Fahrgestelle der Waggons, springen auf das eine oder andere Trittbrett, stoßen jeden an, der ihnen entgegenkommt, benehmen sich fläzig wie Entlassungskandidaten gegenüber Neurekrutierten bei der Armee; die reinsten Deppen.

Während ich rauche, bildet sich ein wunderlicher Vers in meinem Kopf: »Urus, du Nuss, leg ab den Burnus!«

Als ich Kind war, kam man auf zweierlei Wegen nach Baku: über Gudermes oder über Grosny.

In Grosny untersagte uns Vater immer, den Bahnsteig zu betreten, und ließ nicht mit sich reden. Grosny war der einzige Halt auf den zweieinhalbtausend Kilometern, für den ein solches Verbot galt. So ist mir diese Stadt denn auch in Erinnerung geblieben: unerklärlich und düster.

In Derbent durften wir wieder, und ich schritt, im Hochgefühl des nahen Meeres, das wir eben erst durch das Fenster hatten liegen sehen, munter umher. Oben auf den im gleißenden Sonnenlicht liegenden Ausläufern des Kleinen Kaukasus sah man die Ruinen der Festung, auch einen Teil der mit Türmen gekrönten Mauer, die sich einst bis zum Meer heruntergezogen haben soll. In diesen natürlichen Thermopylen, wo Gebirge und Meer sich am nächsten sind, hatten die Sassaniden sich der Chasaren über Jahrhunderte erwehren können.

Streunende Hunde mit breiter Brust und kupierten Ohren blickten den Reisenden dreist ins Gesicht.

Ein Vierteljahrhundert später, an einem diesigen Oktobermorgen, stand ich wieder hier, unter denselben Ruinen, und sah die Milizionäre, halb wahnsinnig vor Angst, mit gezückten Maschinenpistolen den Zug entlanghasten, zehnmal unter dieselben Räder gucken und in die Zwischenabteile.

Der Wind fauchte in den Drähten, wirbelte Müll durch die Luft und Wolken von Staub; Plastiktüten segelten als Luftblasen mit den Vögeln um die Wette.

4

Diese Enge in den Abteilen: die ganze Hässlichkeit und Würde des Menschlichen, Scham und Toleranz in zugespitzter Form. Aufeinander angewiesen sein; in dem schmalen Raum zwischen den Kojen berühren Schultern und Beine sich immerzu, unvermeidlich; man beugt sich, bückt sich, macht sich klein bis zur Erschöpfung. (Die Bahnhofshalte – für Muskeln, Knochen, Nüstern und Lungen ein Fest.) In jeder dieser Buchten geballtes Leben: konzentrierte Körperlichkeit, menschliche Substanz, wie im Kampf Mann gegen Mann oder beim Schlangestehen. Läuft man durch den Wagen, sticht aus jeder Tür eine andere Welt in Augen und Nase, und immer voller Menschenfleisch.

Unser Abteil ist ein Wehrbezirk. Zwei altgediente Soldaten. Der eine, ein stämmiger, behender Mann um die fünfundvierzig, in Trainingshosen und Pullover, heißt Kəmal. Vermutlich ist er in Moskau Schwarztaxi gefahren, er sagt es nicht direkt, aber fast alle Aserbaidschaner treiben im Ausland entweder einen Handel, oder sie kutschen, und Handel getrieben hat Kəmal jedenfalls nicht. Er ist der Ansicht, Gott habe die Völker dafür geschaffen, dass am Ende alle Moslems werden. Gerade sieht er auf die Uhr und springt auf, jagt mich von der Pritsche, klettert mit den Füßen hinauf, murmelt etwas vor sich hin, küsst sich die Hand, verneigt sich, verrichtet sein Namaz. Die Sonne steht tief im Fenster, zittert und schwankt überm Horizont. Der ganze Wagen hockt auf den unteren Pritschen und betet, der Sonne zugewandt, ich fühle mich als Voyeur.

Kəmal ist im Innersten kein glücklicher Mensch: Zwei Jahre war er nicht zu Hause, jetzt fährt er auf Urlaub und will erst einmal den Rest des Jahres nichts anderes tun als schlafen, immer nur schlafen. Wie ich meine chinesischen Nudeln hervorhole, fasst er sich an den Kopf: O weh, die habe er den Kindern zu kaufen vergessen, an Bonbons habe er gedacht, nicht an die Nudeln. Dabei mögen seine Kinder sie über alles, »sie stecken sich das Ende der Nudel zwischen die Lippen und zutschen sie sich rein, kennst du das?«

Kəmal ist nicht auf den Kopf gefallen. Fünf Jahre Militärakademie, vor dem Zusammenbruch. Wenn er sagt, er will erst einmal zwei Jahre nichts machen, heißt das, er wird an der Madrasa studieren. Allen dort Lernenden wird ein Stipendium gezahlt, viel Geld für einen aus Şamaxı. Aus irgendeinem Grund hegt er Groll gegen die Asiaten. »In Vietnam gibt es keinen Islam«, so sein Argument. »In China schon, aber in Vietnam nicht. Wozu kann so ein Land gut sein, frag ich mich. Schade, dass die Amis es nicht ganz abgefackelt haben.« Fortwährend gibt er sich mit seinem Handy ab, liest Nachrichten. »Hört, hört!«, ruft er auf einmal, »das Neueste aus Moskau. TASS meldet: Im Iran ist ein Attentat auf den russischen Präsidenten vereitelt worden. Zwei Gruppen von Selbstmordattentätern wurden aufgedeckt. Der Besuch des Präsidenten in Teheran wird verschoben. Und was nun? Sie werden uns nicht über die Grenze lassen! Oho, ich seh sie schon vor mir, die Dagestaner, die benehmen sich eh wie die Tiere, und jetzt denken die, sie müssen den Präsidenten beschützen! Hehe, Kǝmal, was hast du vor?, werden sie sagen. Du willst doch gar nicht nach Hause, du bist ein Spion, gib es zu. Mach Geld locker! Du wirst sehen. Das sind Viecher, sag ich dir!«

Der Zweite ist Mirzǝağa, auch er ein alter Soldat, sehnig und klein; Freund von »weißem Tee«, den er sich verschämt unterm Tisch aus der Flasche ins Teeglas kippt; immer einen Schluck Bier hinterher. Für seine zweiundsiebzig Jahre noch gut beisammen. Er hat sein Portemonnaie aufgeklappt und das Photo seines Sohnes gezeigt, noch ein ganz junges Bürschchen: »Den hab ich mit meiner neuen Frau. Der Jüngste von meiner früheren ist 93 bei Ağdam gefallen.« Wie der alte Mann das sagt, werden seine Augen feucht und groß. Er nennt mich Junge und meint, die Sowjetunion sei das Paradies gewesen. »In meinem Dorf, bei Gǝncǝ ist das, sind im Großen Vaterländischen 162 Leute verschollen; ich war ein Junge und kann mich entsinnen, wie viel Leid da zusammenkam. In Stalingrad sind anderthalb Millionen Soldaten gefallen. Ein gemeiner Soldat hatte im Schnitt drei, vier Minuten zu leben, ein Leutnant fünfzehn. Mehr als die Hälfte aller bei Stalingrad gefallenen Sowjetsoldaten stammten aus dem Militärbezirk Transkaukasien, aus meiner Gegend. Und was ist heute? Soll das alles vergessen sein? Wenn ein Totenschein ins Dorf kommt, fangen die Weiber an zu klagen, und ich mit. Ich bin das Heulen gewöhnt …«

Passend dazu ist über das Zugradio gerade ein Klagegesang zu hören, Saitengezupf und meditatives Stöhnen. Händler schieben sich durch die Gänge, wechselnd von Station zu Station: Teeservices zum Verschenken, straff eingeschweißt in Zellophan, Hemden, Pullover, Handschuhe, Schals, Zeitschriften, Kinderspielzeug; alles wird ausgiebig betastet, durchgeblättert, und mir fallen die taubstummen Filous in den Eisenbahnen meiner Kindheit ein, mit ihren beständig entgleisenden Gesichtern, dem hörbaren Ein- und Ausrasten der Kinnlade, dem Schnalzen der Zunge im feuchten Mund und ihrem Rascheln im ausgetrockneten. Das war eine Zunft fliegender Händler, die stark retuschierte, mit Anilinfarben grob kolorierte Sammelbildchen allerlei riskanten Inhalts anboten; die glänzenden Kostbarkeiten wurden – päckchenweise, angerissen oder unberührt – auf den freien Sitzbänken ausgelegt, in jedem Coupé das gleiche Spiel: Porträts beliebter Schauspieler (Wyssozki, Lanowoi, Tichonow, Sewerny …), Kalender mit asiatischen Strandnixen, hexisch-astrologische Kurzpamphlete, in makelloser technischer Normschrift gemalt, und noch allerlei anderer Plunder, geadelt durch die Magie des gedruckten Zeichens – von den falschen Taubstummen nach kurzem Abwarten wieder eingesammelt.

Gegenüber auf den Längspritschen reist eine Familie. Den Vater hat man die letzten zwölf Stunden kein Wort sprechen hören. Die Mutter – eine dralle, blühende Schönheit mit leiser, fester, etwas angerauter Stimme. Sie spricht vor allem mit ihrem Sohn, der dreizehn sein mag und die Fahrt, den Mangel an Bewegung und Zerstreuung, bereits leid ist. Von Zeit zu Zeit legt er seiner Mutter den Kopf auf die Knie. Den weißbejackten Kellner, der den ganzen Tag mit seinem Tablett im Zug unterwegs ist:»Piroggen mit Kartoffeln und Kohl, heiß und frisch!«, zieht der Junge auf in altklugem Übermut: Ewig dieselben Piroggen seit dem frühen Morgen, wie können die noch frisch sein. Unversehens explodiert der sonst so lammfromme alte Mann, weist den Jungen in langer, wütender Rede zurecht. Der sagt nichts, schaut nur wie ein junger Wolf. Auch seine Mama schweigt. Die gezügelte Leidenschaft in ihrer Miene lässt Würde erkennen, Respekt vor dem Alter. Unterdessen kommt der Vater von irgendwoher zurück, weiß nicht, worum es geht, schweigt ebenfalls.

In Wolgograd gibt es einen längeren Aufenthalt. Erneuter Loktausch. Der Hilfsmaschinist springt aus der Kanzel, unterschreibt dem Diensthabenden in der orangefarbenen Weste den Übergabeschein. Probehalber wird das Bremsventil geöffnet, der Druckluftschlauch springt ab, peitscht hin und her, der Hilfsmaschinist kuppelt ihn wieder an den Flansch, lässt das Gelenk einrasten, prüft; dreimal muss er den Druck herabsetzen, dann wieder erhöhen, den Kopf im Nacken, um Sichtkontakt zum Maschinisten zu halten, schließlich klettert er zurück in die Kabine. Nun legen die beiden noch ein paar Kippschalter um, trennen den Hauptkontakt, ergreifen ihre Siebensachen und ziehen um ins vordere Führerhaus; Kopf und Ende des Zuges sind einmal mehr ausgetauscht, und ich auf meiner Pritsche muss wieder die Richtung ändern, in die ich ein plötzliches Anrucken des Zuges ausbalanciere.

Das Durchschnittstempo eines solchen Reisezuges beträgt fünfundvierzig Kilometer pro Stunde, also in siebenunddreißig Tagen einmal um den Äquator, wenn kein Sturm dazwischenkommt: Das macht den Planeten, von der oberen Pritsche aus gesehen, klein und überschaubar.

Ich kann es kaum noch erwarten, anzukommen an diesem Ende der Welt. Wie zäh es doch immer noch ist, den Raum zu durchdringen, wie schwer zu ertragen die Enge über den Gleisen … Die Bahnsteige sind leer, hinter ihnen, etwas zur Seite verrückt, erhebt sich das Bahnhofsgebäude, eine klassizistische Kathedrale, deren Prunk durch die Dämmerung, das vorausgegangene Abendglühen etwas temperiert scheint. Im Grunde ist die ganze Stadt – nach dem Krieg komplett neu errichtet – ein Monument des Sieges.

Eine Frau hüpft vom benachbarten Bahnsteig ins Gleisbett hinab, greift nach der Tasche und ihren drei Kindern, ein viertes, sehe ich, hat sie im Tragegurt vor der Brust. Fächerförmig Hand in Hand schreiten sie über die Gleise zu uns herüber, steuern auf unseren Waggon zu, wo sie von Schaffnern und Reisenden wie liebe Verwandte in Empfang genommen und bereitwillig auf die Plattform bugsiert werden. Die restliche Fahrt kann ich nicht genug über diese Familie staunen; die Kinder – zwei Mädchen und ein Junge, die frappierend einander und der Mutter ähneln, alle genauso spitznasig und großohrig – verhalten sich still und wohlerzogen, eine eingespielte kleine Mannschaft: Während das Kleinste gestillt wird, halten sie geduldig ein gespanntes Laken vor die Koje und kümmern sich auch sonst rührend um ihre Mama.

Derweil taucht ein sportlich aussehender junger Mann im Gang auf und bietet Kreuzworträtsel an; sein Gesichtsausdruck wirkt angespannt, zu einer vertrackt zusammengesetzten Grimasse aus antrainierter Dienstfertigkeit und Verachtung erstarrt.

Beim Anblick der Rätselzeitungen, die dem Mann wie ein Handtuch überm Unterarm hängen, erwacht Kamal aus seiner Lethargie und bekommt die Preisliste in die Hand gedrückt.

»Was soll ich damit?«, faucht Kəmal. »Ich bin doch kein Russe, dass ich das lesen könnte. Lass sehen, ob du was Interessantes hast.«

»Dass Sie kein Russe sind, sehe ich. Aber vor Gott sind alle gleich.«

»Ob ich ein Russe bin oder nicht, entscheide ganz allein ich«, fährt Kəmal nun wieder auf. Und fügt nach einer Pause an: »Wer Gott fürchtet, hat nichts zu fürchten.«

»Gott ist die Heilige Dreifaltigkeit«, will der junge Mann das letzte Wort behalten und hält ihm die Blätter mit den Rätseln hin. »Zehn Rubel das Stück. Oder vielleicht wollen Sie ein Leibchen kaufen?«

»Zeig her«, macht Kəmal einen Vorschlag zur Güte.

Der junge Mann zieht ein zerknülltes schwarzes Shirt aus seiner Tüte, glättet es behutsam. Auf der Brust, etwas nach rechts gerückt, gerade über dem Herzen, die Aufschrift: *Christus ist für uns gestorben. Römer 5:8.*

»Römer fünf zu acht, was soll das heißen? Ist das ein Fußballergebnis?«, fragt Kəmal mit gerunzelter Stirn.

Die Kiefer des Russen mahlen, die Lippen beben, in den Augen kämpfen Devotheit und blanker Hass.

»Was ist das für ein Stoff, he?«, erkundigt sich jemand von der anderen Seite des Ganges.

»Gewöhnliche Baumwolle, plus zehn Prozent Polystyrol, damit es nicht knittert«, erwidert der junge Mann schnell und erleichtert, dabei schiebt er sich weiter durch den Gang.

Ich gehe zur Toilette, zerre das Fenster herunter und schiebe den Kopf hinaus, um zu rauchen und Luft zu schöpfen. Der Mond hängt reglos im Schlepp unseres Zuges, Felder ziehen dahin, Waldstreifen, in einer Schlucht hat sich Finsternis angesammelt und läuft über. Wie der Zug über eine Brücke rollt, unter dem ein Flüsschen aufblitzt, trommeln die Räder einen kurzen, dumpfen, bedrohlichen Wirbel. Und wieder öffnen sich Felder, werden eins nach dem anderen aufgeblättert, einzelne Bäume darinnen, die sich am Rand einer Mulde festhalten, auf einer Anhöhe – wachsam und stolz – oder freischwebend im Raum, im Quecksilberguss des Mondes; sie stehen da wie Gedichte. Tausende Kilometer blättern wir uns durch das Dunkelbuch des Universums. Seite um Seite wird der Süden aufgeschlagen, Feld um Feld – auf jedem Häuser, einzeln stehend oder in kleinen Ansiedlungen wie Buchstaben und Wörter, Punkte dazwischen; kümmerliche Bahnstationen als Bindestriche, Interjektionen, erleuchtete Fenster wie ein kurzes Aufseufzen, und hin und wieder die stählerne Lineatur abzweigender und kreuzender Gleise. Der Mond liest die Landschaft, froh, das Dickicht der Sümpfe und Wälder hinter sich zu haben, lässt sich hineingleiten in den glatten, unbeschwerten Steppenlauf. Die Schwarzerde hat angefangen, rabenschwarz ist sie und Zeile um Zeile gepflügt, also fange auch ich an zu lesen, doch Sehnsucht und Furcht bringen mich immer wieder ins Stocken.

5

Kurz vor dem Ziel benahm es mir den Atem, als die ersten elenden Hütten der Vorstadt auftauchten, Drahtzäune, Buden aus kleinen Silikatsteinen mit Flachdach, die Wellplatten durch noch eine Schicht Blöcke festgehalten. Auf den Brachen hat jede Kameldistel ihre Wetterfahne in Form einer flatternden Plastiktüte: Agglomerationen aus jüngster Zeit, ein bestimmender Teil ihrer Sedimentierung und nachgerade ein Symbol für die hohlen Errungenschaften der in die Dritte Welt vorgestoßenen Zivilisation.

Dann die großen, kompliziert verflochtenen Gleisanlagen vor Biləcəri, ein wahres Eisenbahnreich. Kaspisches Tor zum Kaukasus. An den Zufahrtsgleisen tunken Frauen in orangenen Westen ihre Reisigbesen in Eimer mit Erdöl, schmieren die Weichenkörper und ihre Hebelmechanik, gießen es in die Flügelschienen. Wie lange ist es her, dass ich zum letzten Mal lebendiges Erdöl sah! Ein Jahr oder mehr? Sein Steingeruch fährt mir wie ein Blitz in den Schädel …

Ich steige aus und werfe mich der Stadt an den Hals. Das Kap Bayıl öffnet sich dem Blick wie ein Amphitheater: die sturmverwitterten Dächer der kleinen Häuser, Fenster wie tiefliegende Augäpfel voll staubigem Licht, die aufs weite Meer hinausschauen und auf die Straße, die sich in Serpentinen hinabschlängelt, dahin, wo die Ölfelder anfangen, das Gitterwerk ihrer Türme wie Spitzengewebe. Die Häuser mit den engen Höfen, wo viele Menschen wohnen, das Summen der Ölpumpen, die überall sind, auf den Höfen, den Brachen: Zwar ist die Fördermenge hier verschwindend gering, aber der dünne Strahl Öl und Wasser zu gleichen Teilen füllt im Laufe eines Monats den aus seinem Gestell gehobenen, auf einen Ziegelsockel gestellten rostigen Milchtank. Das abgezweigte Öl wird eimerweise verkauft. Ringsum nichts als Sand und poröses Muschelkalkgeschiebe; Mauern und Häuser wie aus Mondgestein.

Die Straßen auf dem Kap sind bekannt dafür, dass sie beidseitig in Sackgassen enden, die Hausflure wiederum durchgehend, finstere Trichter mit schmaler viereckiger Tülle, worin Himmel und Meer sich abzeichnen. Auf einer Schwelle am Türpfosten lehnend eine Frau mit versoffenem Gesicht, sie ist eben aus dem Hausflur getreten, schluchzend tupft sie sich die Tränen aus den Augen.

»Ja doch, ist ja gut, ?hmed, wird gemacht, wird alles so gemacht, wie du es sagst, abgemacht«, sagt sie zu dem dicken Hauswart.

ZEHNTES KAPITEL

Solifuga

1

Und dann:

All das, was einmal Ich gewesen … Der Geist des Sehens schwingt sich auf über des Deltas zerschlagenen Spiegel, folgt weit schweifend dem Küstenrelief, streckt sich nach strudelnder Tiefe, wo die Welle schon salzig ist und nicht hechelt, tief atmet sie, blitzt nur hie und da einmal auf im weiten Rund, um ganz zuletzt erst in Schaum aufzugehen. Namenlose Felsen mit Robben übersät, ein Inselstreif flimmert, es ist die Insel Çeçen, und nun kommt ein Federwolkengeschwader von Westen gezogen. Der Kleine Kaukasus leitet das Brausen des Großen weiter: tektonische Wellen, die einander überschlagen, zuwiderlaufen, abschwellen, auslaufen gegen das Meer, verebben in Lehmkratern, Salzseen, Felsen, festfahren in den Dünen … Bis plötzlich ein Wall sich erhebt, antiklinal vom Großen Kaukasus her verlaufend, Schnabel aus tertiären Falten, ich sinke hinab zur Nasenwurzel des Falken, die Augen gehen mir über vom Weiß seiner Nestlinge – und dann sehe ich sie, die nördliche Flanke des Abşeron, darin die Siedlung Nasosny, erbaut von den Gebrüdern Nobel, und einen verwilderten Flugplatz der Sowjetarmee.

Vor Nasosny ist das Meer gewaltig am Toben: eine Herde wilder Schimmel, die Beißer gefletscht, Knie angezogen, stürzen herab von Bergen aus trübem Flaschengrün, stolpern landein, überschlagen sich ein paarmal mit fliegenden Hufen, suchen auf die Beine zu kommen, stoßen sich Kruppe und Rücken, federn zurück mit wehender Mähne: wenn sie sich bloß nicht die Knochen brechen bei alledem!

Das Kaspische Meer ist das einzige, in dem ich versunken bin.

Kerry und Həsən sitzen auf Kisten am Schlund des Hangars, vor sich den Teekessel, zwei Gläser, ein Tricktrackbrett. Der Mittag bohrt sich ins Gehirn, die Sonnensäule klemmt sich in die Wirbel. Sie atmen kurz und flach: die Hitze verbrüht die Bronchien. Das heiße Wasser im Kessel dampft nicht einmal. Der Schweiß fließt über die Brust in Strömen, verursacht ein Kitzeln über der Gürtelschnalle.

Die Würfel fliegen mit Effet, hüpfen übers Brett, die Spielsteine rutschen unter den versonnenen Fingern, um urplötzlich im Bogen hinüberzuschnicken.

»Chachar-lyar«, kommentiert Həsən Hacıyev – Major der Luftstreitkräfte, achtunddreißig Jahre, einem aus den Nähten platzenden Omar Scharif ähnelnd – seinen Wurf und trinkt einen Schluck Tee. Kerry langt schon nach den Würfeln, als er sieht, dass er aussetzen muss, und die Hand zurückzieht. Er lächelt.

Həsəns Gesicht strahlt Güte aus – obschon zermartert von ewiger Pein, hervorgerufen durch seine Flugangst und dass er sie sich nicht verzeihen kann. Kerry mag ihn. Er hat die Fliegerschule in Tambow absolviert, aber die letzten zehn Jahre Handelsgeschäfte gemacht, ist gependelt zwischen dem Iran, Indien, Rostow und Odessa. Vor acht Monaten hat ein Deal ihn in Schulden gestürzt, die Einberufung zur Reserve kam zur rechten Zeit.

Zum Glück gibt es in Nasosny momentan kein einziges intaktes Flugzeug. Einmal im Monat kommen zwei Oberste aus Kürdəmir angeflogen, um die Sommerbesatzung, Həsən und vier weitere Leidensgenossen, zu triezen. Zur Eingewöhnung am ersten Tag wird jeder eine halbe Stunde am Himmel über Abşeron weichgeknetet, am nächsten Tag müssen sie selbst ans Steuer. Den Tag nach der Tortur verbringt Həsən im Hangar auf dem Klappbett, anschließend nimmt er sich illegal eine Woche Auszeit. Seine Gläubiger lassen ihn neuerdings in Frieden, sie halten ihn für einen Märtyrer. Wenn Həsən aus Baku zurückkommt, hat er einen Kasten Baklava aus Şamaxı dabei und ist einigermaßen wiederhergestellt. Kerry liebt Baklava über alles, gönnt sich aber nur ein kleines Stück.

Həsən hebt die Hand zum nächsten Wurf, lässt die Würfel verwegen in der hohlen Hand klappern, doch plötzlich hält er inne, und sein Gesicht verdüstert sich.

»Nicht zu beneiden, der Kerl«, sagt er kopfschüttelnd. »That flight sucks, right? I'm in so much sorry about pilot … His name is Vagif.

He's my friend. He gratuated two years before me in Tambow«, fügt der Major stolz hinzu.

Der Vorfall beschäftigt Həsən schon den ganzen Tag. Seit Anfang Dezember verletzen iranische Kampfjäger regelmäßig den aserbaidschanischen Luftraum und überfliegen Abşeron. Ihr Interesse gilt der politischen Geographie der Ölfelder: Das Meer ist ja in Planquadrate aufgeteilt, Förderzonen dieser oder jener Ölgesellschaft. Durch die Flüge wollen die Iraner Stärke demonstrieren und zugleich ihre Geheimkarte mit den Bohrinseln auf den neuesten Stand bringen. Nun kam aus Baku Order, den Provokateuren eine Lektion zu erteilen, zwei Abfangjäger starteten von Kürdəmir. Bei dem einen wurde gleich irgendein Defekt festgestellt, der die Mission zunichte machte, der Zweite kam zwar bis zur Küste, vermochte aber nichts auszurichten, denn die drei iranischen Flieger trieben ihr Spiel mit ihm, setzten sich hinter ihn und drängten nach unten. Auf fünfzig Metern Höhe angelangt, zündete der Pilot den Nachbrenner. Fand sich über den Bergen wieder, Tank so gut wie leer, Schleudersitz, durch den Schub wurde ihm noch mal schwarz vor Augen. Der Fallschirm ging in der Gegend um Şamaxı nieder, er hat ein paar Tage bei Hirten zugebracht.

Mit fahriger, etwas tuntiger Gebärde richtet Həsən den aus Shirt und Handtuch gedrehten Turban auf seinem Kopf, strafft den pelzigen Bauch. Er ist der Einzige im Umkreis von zwanzig Meilen, mit dem Kerry ein Wort in seiner Muttersprache wechseln kann.

Kerry führt also nun den als Lager genutzten Hangar eines aserbaidschanischen Flugplatzes. Der Vertrag darüber, dass hier eine Basis der US-Streitkräfte einzieht, ist noch gar nicht im Kasten, aber anscheinend hat keiner etwas dagegen, dass die Ausrüstung schon im April mit einer *Galaxy* – geflügelter Walfisch – nach Nasosny gebracht wurde und seitdem hier lagert. Treibstoff zum Nachtanken hatte Kerry damals allerdings nicht rechtzeitig beschaffen können, obwohl er dreimal deswegen in Baku gewesen war; das Flugzeug konnte erst nach einer Woche wieder gen Oman abheben, was die Piloten natürlich sehr erboste. Nur Həsən kommt im Gedenken an die mit endlosem Volleyball und Schaschlykbraten verbrachten Tage noch heute ins Schwelgen.

Schon den dritten Monat ist Kerry hier ganz allein und auf sich gestellt. Ein einziges Mal ließ eine Versorgungskommission des Militärattachés aus Baku sich blicken: zwei von der Hitze demoralisierte Ladies und ein hinkender schwarzer Sergeant, Frohnatur. Sie brachten einen Lastwagen Bretter, zählten die plombierten Säcke und Kisten im Hangar nach, inventarisierten drei Biotoiletten und diverses Baugerät und trauten sich nicht, ein Bad im Meer zu nehmen: Das Gerücht, dass auf Abşeron der Bauchtyphus ausgebrochen sei, hält sich unter den Ausländern hartnäckig.

2

Das Alter hatte in Kerry getrennt von seiner Natur Eingang gefunden, es war einstweilen noch Gast. Nortrup gab sich keine Mühe, jünger zu wirken; sein Verhalten änderte sich kaum, höchstens dachte er etwas mehr über sich nach und besah sich den Eindringling näher, der aber keinen unfreundlichen Eindruck machte.

Abends ging Kerry für gewöhnlich ein bisschen auf Jagd, um den nächsten Tag etwas zu tun zu haben. Taschenlampe und den nach Kerosin stinkenden Kescher gezückt haltend, schlich er um den Hangar und schaltete die gesamte Außenbeleuchtung ab. Dann legte er auch den Schalter der Innenbeleuchtung um, das funzlige Lichtgeviert erlosch, der Raum unter der hohen Decke füllte sich mit Finsternis. Während Kerry darauf wartete, dass die grünliche Spur der Scheinwerfer in seinem Augenhintergrund verdämmerte und sich im Dunkeln etwas erkennen ließ, hob er die Hände mit dem Instrumentarium und nahm breitbeinig im Tor des Hangars Aufstellung, wo er die satte Flut vibrierender Sternbilder geradewegs auf sich zukommen sah.

Das Wichtigste war, sich nicht zu rühren, nicht zu atmen, nicht mit den Füßen zu scharren, jedes losgetretene Steinchen würde sich als Findling über dein Trommelfell wälzen. Und was nicht zu hören ist, lässt sich nicht fangen. *Wenn* er es aber hörte, standen ihm anfangs die Haare zu Berge. Er hatte immer gedacht, das von der Walzenspinne verursachte feine, scharfe Geräusch käme von den Füßen, wenn sie über den Beton krabbelte. Doch hörte er das gleiche fiepende Zischen, als er ihr einmal eine Zikade zum Fraß vorwarf: Bevor es sich in den glotzäugigen Schreckenkopf verbiss, rieb das haarige Scheusal seine Mundwerkzeuge, diese Chelizeren genannten Krummsäbel, gegeneinander und zog Kerry damit in einen Trichter bodenlosen Grauens.

Jessicas Tod hatte in ihm die Flamme nicht ausgeblasen, sondern geschürt, den von der Todesangst entfachten Kitzel. Er schaute immer wieder in den alten Brehm, las Clarke, Bradbury und Lem, durchforstete die Bücherberge aus jüngster Zeit. Zahlte für Biologiekurse an der Universität, die er zwar nur als Gasthörer belegte, doch alle Abschlusstestate schrieb er mit. Das verschärfte Augenmerk für die Mikrowelt war ein natürlicher Quell für seine Visionen. Die Welt der sonnendurchwirkten Bienen ebenso wie das finstere Termitenreich ergriffen ihn, und er schätzte sich glücklich, so billig von der Alltagswelt davonzukommen. Stundenlang konnte er meditieren beim Anblick der geschuppten Flügeldecken des Borkenkäfers, sie bargen eine Milchstraße, in die er hineinfiel, die Grenzen zur Unsichtbarkeit erfassend. Konnte meditieren angesichts eines Ameisenhaufens, ließ sich schlucken vom Labyrinth der Gänge, gab Partikel für Partikel seine Körperlichkeit preis, verteilte sie dahinein. Einen realen Ausweg aus seiner Situation fand er indes ganz zufällig, als er bei der überraschenden Begegnung mit einer zur Begutachtung ihres Gespinsts aus der Höhle hervortauchenden Wolfsspinne vor Beklemmung zu sterben glaubte. Dass er an einer Spinnenphobie litt, wusste er von Kindesbeinen an, ihr Anblick bescherte Atemnot und rote Flecken im Gesicht; neu war ihm nur, dass diese Phobie ihn offenbar lähmen und an den Rand des Todes führen konnte …

Die Walzenspinne brauchte er, damit der Taschenlampenstrahl sich an ihr verschluckte, sich vergiftete an diesem Hindernis und so beladen ihm, Kerry, in die Adern drang. Damit der Krampf der Arachnophobie in jeden seiner Muskeln fuhr. Da diese Spinne so schnell war, musste man sie auf Länge des ausgestreckten, kescherbewehrten Armes stellen. Das Licht der Kryptonlampe ließ sie für

Sekundenbruchteile erstarren. Ihr Zirpen wurde inbrünstiger; Kerry spürte, wie das ausgeschüttete Adrenalin die Konvulsion seines Magens bezwang, das Herz wollte den Brustkorb sprengen, sein glühender Blick spann die Spinne ein, er zählte jede Wimper, folgte jedem Knick, jeder Zahnung, jeder Schuppe, drang vor bis in die in den Gelenken brodelnde Steuerhydraulik. Das hochauflösende Grauen erfasste die Spinnenkonstruktion bis ins Detail, der Augenblick abstrahierte sie, fokussierte Kerrys Gesichtshorizont auf einen nadelspitzen Punkt. Dieser Anblick erzeugte einen stärkeren Flow im Hirn als jede Droge. *Rostrum, sternum, pars labialis, lamina maxillares, coxa, trochanter, femur, patella, tibia, metatarsus, tarsus* – die feingegliederte Taxinomie des Schreckens befiel seine Neuronen, setzte eine Kettenreaktion des Entsetzens in Gang.

Dieses brauchte er – als Gegengift. Ein kräftiger Schauder schob die Todesangst weg, bezwang sie. Um solcherart Befreiung, Erleichterung willen wagte es dieser große, kluge, starke Mann, der sich zweiundzwanzig Jahre lang auf der Kommandobrücke eines U-Jagdbootes mit der Reißschiene durch die Weltmeere navigiert hatte, der keine Angst vor Schlangen, aber umso größere vor Spinnen hatte – wider seine Natur zu handeln, biss keuchend vor Panik die Zähne zusammen und schreckte den Tod, indem er Spinnen sammelte und Spinnenartige aus jeder Region, in der er sich gerade befand.

Die Walzenspinne tänzelte einen Moment lang – vor, zurück, zur Seite, ran, wie Triller auf den Stufen einer Tonleiter –, ehe sie zum Schuss in den Unterleib ansetzte. Der prall mit Luft gefüllte Netzkegel holte sie aus ihrer meterweiten Sprungparabel. Der Versuch zu entkommen schlug fehl, die Spinne verfing sich im Netz, krabbelte panisch zum Rand, wurde zurückbefördert, der Kescher abgedeckt. Den Fuß auf den Keschergriff stellend, schraubte Kerry mit zitternden Fingern die Kappe vom Fläschchen und träufelte Kerosin auf den Kescher. Dann zog er, das Würgen im Hals niederkämpfend, vom eignen Herzklopfen taub, einen Halbliterthermos aus der Gesäßtasche und warf die benommene Spinne mit Hilfe einer Pinzette, deren Haltebacken mit Plastik überstülpt waren, dort hinein. Bevor er den Korken aufsetzte – und er konnte hören, wie die Spinne in dem

Gefäß umging, von den glatten Wänden abglitt, sah ihr zappelndes Spiegelbild im Panoptikum der Thermosinnenwand sich blähen und wieder schrumpfen –, spritzte er noch eine Ladung Kerosin darüber.

Auf dem Rückweg fiel ihm auf, wie der Sternenhimmel sich mit seiner Brust hob und senkte. Irgendwann hatte er seine Atmung wieder im Griff. Ein um das andere Mal prüfte er, ob der Korken fest auf dem Thermos saß. Er saß fest. Zu fest durfte er nicht sitzen, damit das Gewinde nicht überdreht wurde. Jetzt konnte Kerry ruhig schlafen. Morgen wartete Arbeit auf ihn.

3

An den Aserbaidschanern gefiel Kerry, dass sie immer so schmuck aussahen. Frühmorgens saßen die Arbeiter in neuen Anzügen, für die sie das letzte Geld zusammengekratzt hatten, und sauberen Hemden, Sporttaschen mit Arbeitskleidung und Verpflegung auf dem Schoß, in den Linientaxis, die sie zu den Baustellen der Hauptstadt brachten, rauchten mit dem Fahrer um die Wette und hatten viel zu besprechen.

Bausünden haben die Stadt verwüstet, Luxus und Armut das je Ihre dazugetan. Schaut man um die Mittagszeit von der Seeseite auf die Stadt, schwebt ein trüber Staubschleier über ihr. Morgens, wenn die Luft noch klar ist, sieht man den Strom von Betonbauern, Stuckateuren, Steinmetzen, Zimmerleuten, Monteuren und Hilfsarbeitern zu den Baustellen ziehen. Sonnenverbrannte Nacken, die aus makellos weißen Kragen ragen; sehnige Hände, schwielige Finger unter gestärkten, brüchigen Manschetten wollen etwas tun.

Weil Kerry darauf bedacht war, seine Ruhe zu haben, ließ er seine militärischen Vorgesetzten, aber auch die Untergebenen lieber nicht merken, dass er in der Beherrschung der Landessprache erhebliche Fortschritte machte. Ständig drängte es ihn, nach diesem oder jenem Wort zu fragen, doch er verkniff es sich, holte stumm sein Büchlein aus der Tasche, um die Wendung zu notieren und später im Wörterbuch nachzuschlagen oder bei Gelegenheit einen Händler auf dem

Basar damit zu behelligen. Der Basar war seine Universität des hiesigen Lebens, er vertiefte sich hinein wie in ein Museum, sog auf, was ihm vor Augen und zu Ohren kam: die Lederschürze des Schusters, das Knarren, mit dem der Zwirn der Ahle folgt, der in der Kniekehle klemmende Leisten, der Hammer, wie er das Nägelchen in den Hacken zwingt; der Uhrmacher in seinem Büdchen, dessen Auge sich hin und wieder in die Lupe vorzustülpen scheint; ein schwarzglänzender Blick hinter einem Berg von Früchten, die Schalen der Balkenwaage aus mattglänzendem Aluminium und die mennigeroten Ganterschnäbel der Balanceanzeige; eine Theke voller Teekessel; eine kegelförmige kleine Halde klaren Zuckers auf einem Fetzen Zeitung; zerkrümelter Käse in der hohlen kleinen Hand des Jungen, der sie zum Mund führt; der Melonenverkäufer, der ein purpurnes Pyramidchen Fruchtfleisch auf sein Messer spießt und deklamiert: »Hier schweigt Moskau, hier spricht Aserbaidschan!«

Der Zweite auf dem Flugplatz, der ein bisschen Englisch kann, ist Marat, aus Gəncə gebürtig, ein schöner, kräftiger Mann, Reservist auch er, mit einer Leidenschaft für Wurfmesser und sonstige alte Waffen. Seine Stimme klingt etwas piepsig aus der hünenhaften Gestalt hervor; mit seinen fünfundzwanzig Jahren ist er ein freundliches großes Kind. Allzeit hungrig, allzeit schläfrig, von Heimweh geplagt, kurz: wie es sich für einen Soldaten gehört. Immer wenn das Gespräch in einer Sackgasse ist, nutzt er die Gelegenheit, mit einem verträumten Blick in die Luft seiner Mama zu gedenken (Grundschullehrerin, Russisch noch dazu, das zu unterrichten in diesen Zeiten einigen Stoizismus erfordert, denn keiner braucht es): »Boah, ich könnt schon wieder essen! Sie nicht? Wenn ich daran denke, was meine Mama für Buletten brät! Mit Basilikum! Die müssten Sie mal probieren!« Marats zartgeschwungene Lippen schmatzen, sein Blick wechselt vom Himmel zum Notizbuch auf Kerrys Knien.

Dieser bekennt, bei solcher Hitze überhaupt keinen Hunger zu haben.

»Mir macht die Hitze nichts aus«, erwidert Marat. »Ich brauch bloß an Essen denken, schon läuft es mir kalt übern Rücken. Ich hab ständig Hunger. Immerzu.«

Marat ist ein gescheiter Bursche, steckt aber tief und hoffnungslos im Sumpf der Mythen und Legenden. Türkische Fernsehserien wie »Tal der Wölfe« sind die Quelle, aus der er sein Weltwissen schöpft. Gelegentlich stellt Marat solche Fragen: Ist es wahr, dass die Amerikaner den Iran und Aserbaidschan aufeinanderhetzen wollen? Er ist der festen Meinung, dass der Iran die Armenier unterstützt. Den Iranern habe Jerewan den Durchbruch an der Karabachfront zu verdanken. Der Plan der Amerikaner sehe folgendermaßen aus: Iran und Aserbaidschan geraten aneinander, Amerika kommt, sie zu trennen, und verleibt sich beide ein.

Kerry ließ sich auf keinen Streit mit Marat ein, er lachte nur.

4

Vor kurzem hatte Kerry entdeckt, dass auf den Wetter- und Telegraphenmasten seines Flugplatzes Falken nisteten. Vielleicht aus alter Gewohnheit, denn einstmals wurden Raubvögel von den Militärs extra geködert, um andere Vögel, die den Triebwerken gefährlich werden konnten, abzuschrecken.

In der größten Glut wurde der flirrende Dunst über dem Beton des Rollfeldes von Luftströmen aus der Steppe aufgewirbelt, beiseitegeschoben; sie verzwirbelten sich darüber zu einer Art optischem Tunnel, der die Perspektive brach und einem Trugbilder vor die Füße werfen konnte, die aus dem entlegenen Vorgebirgsland herrührten (einen Traktor, einen Esel, Gleisstücke, einen Schuppen, einen Telegraphenmast oder einen streunenden Hund, der bis zur Brust in dürrem goldenem Gras lief), oder er goss die Platten mit Himmelblau aus.

Abwechslung gab es wenig, der Tagesablauf setzte sich aus einer Reihe nutzloser Routinen zusammen. Die Unterweisungen beschränkten sich auf Theorie, Flugsimulator, Körperertüchtigung. Die wenigen Übungsflüge, zweimal die Woche, gerieten zum Ereignis, zu dem sich die ganze Flugplatzbesatzung versammelte – einschließlich einer Meute Hunde, die neben dem Flieger her hetzten und den Start mit sich überschlagendem Gekläff begleiteten, das aber im Dröhnen der Düsen unterging. Ein Flug bestand aus dem Start, einer einfachen Kehre über dem Meer und der Landung. Dem voraus ging eine einstündige Einführung seitens des Instrukteurs, der dabei mit einem Flugzeugmodell herumfuchtelte.

Anderthalb Dutzend Leute hielten den Flugplatz am Laufen; vollständig beieinander waren sie nur zur Mittagszeit in der Kantine. Einen, mit dem man etwas zu bereden hatte, im Freien aufzustöbern misslang der Hitze wegen fast immer; an Funkgeräten mangelte es. Allenfalls zwei, drei Mann befanden sich jeweils in Sichtweite, ihre Umrisse konnte man über der Betonpiste flirren und fließen sehen. Jeder hatte ein Spritzgerät mit Kolben und Pistole aufgehuckt, wie man es aus Gärtnereien kennt, der Ballon gefüllt mit Kerosin, das der Soldat in die Ritzen zwischen den Betonplatten zu spritzen hatte. Begegnete der Soldat dabei einer Schlange (Sandrasselottern, selten einmal einer Levanteotter), genügte in der heißen Sonne ein bisschen Kerosinnebel, um das Reptil in eine zappelnde Fackel zu verwandeln.

Kerry nahm eine leere Bierbüchse, schnitt sie in der Mitte durch; in der einen Hälfte mischte er Epoxidharz und Härter, goss einen Teil davon in die andere, schüttelte die Spinne aus dem Thermos, ließ sie ein bisschen trocknen und setzte sie, ihre Beine vorsichtig anwinkelnd, in das Harz, dann goss er den Rest darüber.

Nach vier, fünf Tagen wurde die Aluminiumhülle weggeschnitten und der bernsteinfarbene Zylinder freigelegt, in dem die Walzenspinne in ihrem Todesaugenblick verweilte … Jeder eindringliche Anblick birgt ein lautloses Singen; das Pathos, das aus der Netzhaut bricht, wenn etwas sie ritzt, was nicht sein kann. Auch diese Spinne sang.

Solifuga war eine Augenweide nun, trat noch prächtiger hervor unter drei in einen Samtlappen gewickelten Fingern und dank einiger Bröckchen grüner Schleifpaste, die Oberflächenkratzer beseitigen half. An den Härchenenden der Prosoma schimmerten winzige Luftbläschen. Acht in Epoxidharz eingeschlossene Walzenspinnen und drei Skorpione standen auf einem eigens angeschraubten Bord unter dem Vordach. Der lange Amerikaner mit Brille und Basecap, den hier alle – Soldaten, Reservisten, Instrukteure – nur Professor nannten, mied es, zu den Scheusalen hinzusehen.

An diesem Tag stattete die Kürdəmirer Jagdflotte ihren Jungkameraden in Nasosny einen Überraschungsbesuch ab. Das Nahen der zwölf F-14-Maschinen von den Bergen her Richtung Meer kündigte sich Kerry durch ein Dröhnen an, das allmählich in die Sohlen drang. Er war gerade damit beschäftigt, die nächste Harzkapsel zu polieren, aus dem Inneren ihrer Linse schaute ihn sein privates Mysterium an, wodurch das übliche Herzklopfen einsetzte und noch etwas mehr, er hob instinktiv die Füße von der Erde. Senkte sie wieder. Hob sie erneut und begriff, dass es die Erde war, die vibrierte. Die Jagdflieger überquerten den Flugplatz in Höhe eines fünfstöckigen Hauses. Ehe die Sporne über den flammenden Düsen vor Kerrys Augen aufspitzten, war er schon taub. Dreimal wurde der Flugplatz von dieser Paradekolonne geplättet, dann teilte sich das Geschwader. Sechs Jäger zogen ab zum Meer, die anderen machten ihr eigenes Ding: Drei flogen Achten auf einer Fläche, die kaum über das Areal des Flugplatzes hinausging, und weitere drei stiegen hochauf, um anschließend im Sturzflug auf den Hangar zuzurasen.

Da stand Kerry schon im Freien. Auf dem First des Hangars saßen die Techniker. Kurz darauf konnte Kerry die Kappen der Piloten sehen. Die Techniker rutschten vom Dach und plumpsten zu Boden, suchten hinkend, Kopf im Nacken, den vom Himmel fallenden Vesuv im Blick, das Weite. Die Hunde hetzten kopflos auf der Piste umher. Der Übergang aus dem Sturzflug in die Horizontale gelang in vierzig Metern Höhe. Die Druckwelle riss das Vordach ab. Kerry lief seinem Basecap hinterher. Auf dem Weg zurück zum Hangar musste er daran denken, was einer der Techniker von der *USS Enterprise* ihm in der Bar vorgeflunkert hatte: dass eine bordgestützte F-15, deren Kanone vier Tonnen Rückstoßkraft entwickelt, im Sturzflug praktisch verharren und sämtliche 316 Schuss abgeben könne. Ein neues Vordach anzubringen hatte Kerry bis zum Abend zu tun. Zwei Spinnen blieben unauffindbar.

5

Ich kam in Nasosny an, ließ mich von den Wachleuten nicht einschüchtern, verlangte nach Kerry, dessen Familiennamen sie falsch im Kopf haben mussten, denn sie behaupteten, es gebe zwar einen Amerikaner hier, aber Nortrup heiße der nicht ...

Einen halben Tag streunte ich mit Kerry durch die Gegend, führte ihm die Sehenswürdigkeiten meiner Kindheit vor: zum Beispiel den Elektromast neben der Trafostation, der jetzt noch lauter und unheildrohender summte als damals. Gemeinsam schauten wir kurz ins Krankenhaus, das vormalige Militärhospital, wo meine Großmutter tätig gewesen war und ich viel Zeit auf den Fluren zugebracht hatte, hin und wieder auch in den Krankenzimmern. Einmal, so erzählte ich es Kerry, kam ich dazu, wie ein Mensch starb. Er starb vor meinen Augen, ohne dass ich gleich begriff, was da geschah. Der ausgezehrte alte Mann hat lange, lange mit feuchten Augen zur Decke gestarrt, gerade wollte ich mich überwinden zu fragen, ob ihm irgendetwas fehle, da ächzte er plötzlich und ächzte und krächzte, es war wie ein Krampf, als wollte er etwas aushusten und war nicht imstande dazu; so hauchte er sein Leben aus, die Augen blieben offen. Als ich endlich kapierte, was los war, fegte ich wie ein Blitz hinaus auf den Flur und brüllte um Hilfe, womit ich Serafima, meine Großmutter, zu Tode erschreckt haben muss; ich weiß nur noch, dass sie hinterher furchtbar wütend war und mir verbot, eigenmächtig durch die Flure zu spazieren. Was ich natürlich trotzdem tat.

Ich ging mit Kerry dahin und redete, redete in einem fort; wie viel mag er von meinem fieberhaften Geschwätz verstanden haben? Durch die Siedlung zu gehen, ohne einen einzigen startenden Düsenjäger zu sehen, kam mir unendlich seltsam vor; in meiner Kindheit waren die Schwärme pausenlos geflogen, Tag und Nacht. Wie schaurig das doch war, so eine 25er MiG von hinten über sich weg schweben zu sehen ...

Wir kehrten zum Flugplatz zurück. Kerry zeigte mir seine Höhle, den Arbeitsplatz, die erst zum Teil gefüllten Regale. Erzählte mir auch von seiner neuen Passion, führte die Solifuga-Kollektion vor, die nach entsprechender Politur geradezu als Zierrat durchgehen konnte. Endlich bekam ich einmal eine dieser berühmten Walzenspinnen zu Gesicht. Die Ähnlichkeit mit einer Radarstation frappierte mich.

ELFTES KAPITEL

Abşeron

1

Alles, was mit diesem Ort zu tun hat – und das ist ein Leben –, liegt wie unter dickem Glas. Du siehst die Details überdeutlich, ein Handumdrehen, und der Fokus deines Objektivs kehrt dir, als wäre es ein Schluck aus einem gläsern sprudelnden Trinkbrunnen, die eine oder andere Szene hervor: den Ausdruck eines Gesichts; die Rauheit eines die Schläfe streifenden Feigenblatts, den unklaren Bogen, den Großmutter Oljas Hand beschreibt, während sie einen Bausch gepflückter Rosenblätter in den sonnenglühenden Kupferkessel streut; der milchig-herbe Tropfen Saft an der noch grünen Feige; der Pfirsich, eben aus dem warmen, lichten Laub gezogen, den du dir, die Augen halb geschlossen, an die Lippen legst und dir vorstellst, mit Herzklopfen bis zum Hals, es wäre die Wange eines Mädchens; die zerrissene Spinnwebe im gleißenden Licht eines aus dem Taschenspiegel wippenden Sonnenstrahls; die aus dem Asphalt bleckende Oberfläche eines Rohrknies, blankgewetzt von vielen Sohlen; der Mistkäfer, der es nicht schafft, auf die Kugel zu kommen, die am Panzer haftenden Sandkörnchen glänzen. Du siehst alle Details, anfassen lässt sich keines. Jene Zeit auf Abşeron ist eine Kostbarkeit, die sich nicht veräußern lässt. Und wenn da außer Liebe auch noch Fremdheit aufkommt, Mitleid, Zärtlichkeit, Erbitterung, so ist auch dies unverbrüchlich und schmerzhaft unveränderlich, man kann es weder streicheln noch beißen, auch nicht die Lippen anlegen – da ist die Unantastbarkeit davor, wie dickes Glas, die der Heiligkeit vorausgeht. Sie bewahrt und beraubt zugleich, nimmt die Seele grausam aus dem Spiel.

Geographie der Kindheit. Verlorene Stadt, isoliert durch die Schutzscheibe Zeit und warmgehalten – auf einmal treibe ich wieder mittendrin, betrachte die in der Dämmernis des Vergessens abgesoffenen Gassen, die Brachen dazwischen –, wo ist das alles hin? »Wo ist das alles hin?«, die Frage steckt mir in der ausgedörrten Kehle. Ich schaue nach links und nach rechts, so schaut die Seele auf Orte, die der Körper verlassen hat; ich staune über die Wärme, die die Finger spüren, und wie kalt sie mich lässt. Eine Seele kann ohne Körper gar nichts ausrichten ...

Die ersten Tage sog ich Baku und den Abşeron, all seine auf kurzem Wege erreichbaren Orte, gierig in mich ein. Ich lief die Stadt ab, fuhr mit dem Taxi auf der Halbinsel herum. Artjom zu betreten brauchte es eine Weile – mich durchzuringen ... Schließlich näherte ich mich, nach siebzehn Jahren, unserem Haus. Rechnete damit, dass es nicht mehr da war – aber da stand es. Verwittert, Moos auf dem Dach, trübe Folie in den Fenstern, der Garten vollständig verdorrt, all die Bäume, die mit mir großgeworden waren: Sauerkirsche, Aprikosen, Feige, Kirschpflaume, Kaki – knorrig und kahl.

Ich musste die Augen nur einen Spalt schließen und hörte wieder den scharfen, spitzen Ton, den das Knäuel Zeitungspapier auf dem Fensterglas erzeugt, wenn man es vorher ordentlich in der Faust zusammengeknüllt und plattgedrückt hat und kräftig gegen die Scheibe presst, damit die Druckerschwärze aus dem Papier gerieben wird; sie enthält einen Anteil Blei, genau wie Kristallglas – reibt man also das Blei in die Scheibe, erwirbt sie die besondere Klarheit, mit der sich der Frühling in ihr bricht. Ein Meer von Licht flutet herein: April, Windstille (nur wenn kein Wind war, wagte Mutter die Fenster zu öffnen, sonst wehten Sand und Staub ins Zimmer) ... In voller Sonne sehe ich sie auf dem Fensterbrett stehen, ihre Hand kreist in gemessenen Schwüngen, so als winkte sie der Zukunft hinterm Horizont.

Ein Hafenspaziergang, das war das pure Glück. Ich war acht und durfte zum ersten Mal die Schiffe aus der Nähe sehen. Der Passagierdampfer *Kirgistan*, ein gesporuter weißer Koloss mit mehreren Decks, mehreren Reihen Bullaugen übereinander, zog an der Mole vorüber. Dieses festliche Weiß vor der leeren Bucht, seine lichte Geometrie, alles lag offen, und ich konnte die Augen nicht abwenden. Die Eltern setzten mich an einen Cafétisch im »Meeresbahnhof« mit der hohen Decke, unter der die Schreie der Möwen hinter dem großen Panoramafenster widerhallten. Auch Mamas Absätze auf dem Steinfußboden hallten schön, und Papa saß entspannt, mit seliger Miene neben mir. Ich sah einen Berg aus Licht, von frischem Wind durchblasen. Vom geflügelten Anblick des Dampfers blieb mir die Luft weg. Vor mir auf einem Tellerchen lag ein Eclair, daneben stand eine Flasche *Baikal*, der dunkle Schaum hinterließ im Mund den Geschmack von Ewigkeit. Persien und Holland waren die zwei Heimaten der Tulpen. Holland erfanden wir, von Persien träumten wir, es lag hinterm Horizont. Und unerfüllbare Träume zu akzeptieren kam nicht in Frage, wir verbissen uns in jedes Geht-nicht. Zu Anfang meines sechsten Schuljahres fuhr Vater auf Dienstreise nach Surgut und nutzte den Zwischenhalt in Moskau, die Allunionsausstellung aufzusuchen, den Gartenbaupavillon ausfindig zu machen und zu kaufen, worum sein Sohn ihn gebeten hatte. Nun musste nur noch der Boden auf Spatentiefe gelockert werden (man schaffte ein Drittel tief und musste zweimal nachgraben, so war dieser Boden nun mal). Herauszukriegen war, wo die drei einzigen Kühe der Insel gerade weideten. (Die Kühe meiner Kindheit ähnelten wandelnden Vogelscheuchen, die wiederum als Kühe getarnt waren.) Einen ganzen Tag bei diesen klapprigen Gerippen Wache halten, den Mist unauffällig in den Eimer schaufeln. Die Wartezeit bis dahin ließ sich nutzen: trockenes Gras rupfen, ein paar Steppenroller sammeln und übers Knie brechen, kleines Feuer draus machen und die frische Asche in den Eimer mengen. Selbigen zum Beet tragen und ausschütten, nochmals gut umgraben und die Zwiebeln, zweiundzwanzig an der Zahl (dem samtausgeschlagenen Holzkästchen entnehmen, darin früher ein Barometer gewesen war, mit einer raschelnden Auflage aus Zigarettenpapier, unter dieser schwerelosen Decke das Geheimnis entdecken: jede einzeln auf die flache Hand nehmen und betrachten, die mattweiß-marmorn durchscheinende weiße Haut; sich, Finger und Atem, beherrschen vor dem Verlangen, sie zu drücken, die Schale zu verschieben, sich vorzutasten zum nackten, tropfenförmigen Fleisch des Keimlings), im Rhombenmuster mit jeweils fünf Zentimetern Abstand setzen. Zwischendurch vom Glauben abfallen; das Zeug

nachlässig in die Erde stopfen (ein Grab für Tulpenzwiebeln, ach!) –
nein, lieber nicht dran glauben; drauf spucken. Dreimal. Und gießen. Wieder inbrünstig die Daumen drücken. Jetzt kommt erst einmal der Winter, Wind und Sturm, Schneenebel, Veitstanz des Meeres, der Horizont mal fliegend, mal drehend, mal fest. Im Frühling
zeigen sich in der Armada wild dahinjagender Wolken erste lichte
Stellen, dir wird leichter, dem Himmel selber auch. Mandelbäume
blühen, hängende Gärten aus Schnee. Und plötzlich hebt sich aus
dem Beet ein scharfer Spross. Am nächsten Morgen wird das Auge
von einem grünen Pfeil geritzt – ha!, gleich drei, vier Triebe schieben sich hervor mit geruhsamer Kraft, werfen mit mikroskopischem
Knistern und Klopfen die Erdbröckchen von sich. Höchste Zeit, Haşem zu rufen und ihn ums Haus herum bis vor das Beet zu ziehen,
gemeinsam geht ihr auf die Knie, schmiegt die Wangen an den Boden, das tägliche Wachstum zu bemessen – erst blinzelnden Auges,
mit viel Oh und Ah, dann zunehmend nüchterner, pragmatischer:
Um wie viel haben diese kräftigen Blätter mit dem graublauen Ton
den Himmel gehoben? Meine erste Tulpe (*Darwin*! – so hatte es auf
einem Schnipsel Millimeterpapier gestanden, der in die Tüte aus
Zeitungspapier eingelegt war) erwies sich als wahres Wunder. Ein
Tempel von Blume, ein Holland aus der Knolle, das sich in die Höhe
reckte, um hinter den Horizont nach Persien zu spähen.

In der zehnten Klasse schleppte ich zum Tag des Sieges vier Eimer
Tulpen zum Fahnenappell. Und als ich dann unserem Hof für immer den Rücken kehrte, ging ich von der Pforte noch einmal zurück,
krallte mir eine Handvoll Erde mit drei Tulpenzwiebeln darin und
nahm sie mit auf Reisen. Die erste aß ich ein Jahr später auf – zum
billigen kalifornischen Wein, den ich um Mitternacht auf der Golden Gate Bridge trank, und das aus einem ungewöhnlich weiten Flaschenhals, weshalb ich mir die Hälfte davon in den Kragen kippte –
und ich sog Luft ein, biss ab, verschluckte mich an dem vom Meer
aufsteigenden Nebel, schaute in die Lichter des immer noch unbekannten Kontinents, die hinter einem Tränenschleier zitterten …

In der »Muschel« auf dem Boulevard aß ich zu Abend. Hier wurde
gerade ein Bankett für eine russische Delegation gegeben. »Nimms-

tu das?«, fragte der Kellner jedes Mal, wenn er mit einem neuen Teller zu mir kam.

Später lief ich durch die Allee der Märtyrer, vorbei an jungen Gesichtern, die mich aus den polierten Marmorgrüften von 1990 anschauten.

Dann hinauf zur Festung, wo alles unverändert war, dem Körper fielen sofort alle Wege, Gassen und Sackgassen, wieder ein, der Kopf erinnerte sich an meinen letzten Aufenthalt hier im Januar 1990. Unsere Familie war bei Bekannten in Moskau untergekommen, saß dort auf gepackten Koffern. Offen war nur noch, was mit dem Haus in Artjom passieren sollte. Mutter war dafür, es zu vergessen, Vater wollte hinfahren und verkaufen. Mutter ließ es nicht zu, sie stritten lange. Schließlich wurde ein Kompromiss gefunden: Ich sollte fahren. Sie schrieben mir eine Vollmacht, mit der ich den Verkauf tätigte: ein stattliches Holzhaus in gutem Zustand, mit Anbau und gepflegtem Garten (wir wohnten da seit 1946) – für dreihundert Dollar. Es ging an einen Mineralwasserhändler, der seine Bude neben dem Postamt hatte und die Häuser der Flüchtenden zum Spottpreis aufkaufte. Mutter bewahrt die sechs speckigen Fünfzigdollarscheine in einer Mappe mit ihren sonstigen Dokumenten auf, Ausweisen und Geburtsurkunden – samt der morschen, vergilbten Papierschleife mit geflügeltem Wappen und den Anhängeschildchen aus Wachstuch, worauf Gewicht und Größe der Neugeborenen verzeichnet waren.

Die Stadt war damals ein wildgewordener Bienenstock. Das beinahe Erste, was ich mitansehen musste, als ich die Uferpromenade entlangging, war, wie ein Mensch aus dem vierten Stock des Krassilnikow-Hauses (mit den Chimären auf dem Schlussgesims, wo früher der Schallplattenladen gewesen war) auf die Straße fiel. Ich stürzte hin; ein Mann um die vierzig mit Stoppelbart, weißem Hemd mit Stehkragen, in einem Kranz aus schwarzem Blut. Weit und breit kein Mensch zu sehen.

Am kopfsteingepflasterten Berg zur Festung kamen mir Kinder auf einem ratternden weißen Konzertflügel wie auf einem Schlitten fahrend entgegen. Im Güterhafen drängten die Menschen auf die einmal täglich verkehrende Fähre; viele Menschen hatten Angst, in der Stadt zu übernachten, also lieber im Hafen; Fähren und Schiffe wurden jedoch gleichfalls von gekaperten Schiffen aus mit Jagdgewehren beschossen. Nach zwei Tagen musste ich wieder los. Auf der Straße traf ich einen von Vaters Bekannten, Polizist. Er habe einer armenischen Familie die Wohnung abgekauft, sagte er. Die sei nach Russland geflohen, nur den Hund habe sie dagelassen. »Den haben sie ausgesetzt. Ein kräftiges Tier, kann für sich einstehen, und auf den Müllplätzen gibt es ja einstweilen noch was zu finden. Aber als ich dort eingezogen war, kam der Hund jede Nacht auf den Hof und heulte. Das hörte nicht auf, man konnte wahnsinnig werden. Nach einer Woche bin ich in Unterhosen runter und wollte ihn abknallen, hab bloß nicht getroffen. Die nächste Nacht war er wieder da. Ich musste ihn zu mir nehmen. Jetzt wohnt er bei uns …«

Das Letzte aus jenen Januartagen, woran ich mich erinnern kann, war ein Meeting mit Elçibəy vor den Salyaner Kasernen; ich an der Bushaltestelle gegenüber.

Den Tag nachdem ich Artjom wiedergesehen hatte, suchte ich den »Meeresbahnhof« auf. Die gläserne Wand mit einem Tropfenteppich, dahinter trübes Meer. Weder an der Pier noch auf dem Wasser ein Schiff zu sehen. Hinter der Theke des Administrators ein ergrauter Kapitän, der mir erklärte, der Personenschiffsverkehr sei eingestellt, die einzige Chance, über See davonzukommen, im Güterhafen eine Fähre nach Astrachan, Aktau oder Enseli abzupassen. Sie fuhren unregelmäßig, je nachdem, wann sie voll waren … Ich wandte mich ab von dem Mann, er sollte die Tränen nicht sehen, die mir in die Augen traten. Presste das Gesicht wieder an die nasse Scheibe, der Wind trieb das Wasser in Strömen über das Glas. Auf einmal riss da etwas ab in mir; das Interesse, die alten Orte wiederzusehen, war verflogen. Es hörte diesen Tag zu regnen nicht mehr auf, die Bäume, die ich durch das Hotelfenster sah, verneigten sich stumm, das Meer wurde tintenschwarz.

Zwei Tage lang streifte ich durch die Hügel von Bayıl. Es sei das Erste gewesen, was er von Baku gesehen habe, pflegte mein Urgroßvater, Kommissar der 11. Roten Armee, zu sagen. Er hat alle überlebt: den Sohn, die Frau und sich selbst. Ich war vier, als er starb. Daher ist es sein stachelndes Jochbein, gegen das Nase und Wange stießen, wenn ich Mamas Aufforderung nachkam, ihm einen Kuss zu geben, woran ich mich am besten erinnere, und wie Großmutter ihn rasierte, wozu sie mit einem Pinsel in einem Aluminumschälchen den Schaum schlug. Und wie ich einmal mit ihr zum Strand lief, ihn zu suchen; der Urgroßvater war dement, und es kam vor, dass er sich vergaß. Später erzählte Vater seine Geschichten nach: vom Bürgerkrieg, General Jefremows verwegenem Vorstoß mit den Panzerzügen, und wie mein Urgroßvater anno achtunddreißig die Familie nach Kislowodsk verschickte; selbst saß er die heikle Zeit im Nationalpark von Qızılağac ab. Nach einer unbedeutenden Havarie im Steinbruch von Gilgilçay, dessen Direktor er war, rechnete er mit seiner Verhaftung, mochte den Tschekisten aber nicht lebend in die Hände fallen – also verordnete er sich einen Jagdurlaub an der iranischen Grenze. Von dort schickte er seine Heger ab und zu die Lage sondieren, und als die Gefahr vorüber schien, kehrte er zurück; die Familie ließ er noch ein volles Jahr in Kislowodsk.

Frühmorgens lief ich durch Bayıl und sah mit den Augen des Urgroßvaters die vom Wind, der seit Tagen blies, sauber gefegten Hangstraßen, sah die auf den Gehsteigen schlafenden Rotarmisten – auf der Schattenseite zugedeckt mit ihren Feldmänteln, auf der hellen gegen die grelle Sonne blinzelnd. In einer Nebenstraße die Feldküche; Soldaten beim Breikochen. Ich sehe Urgroßvaters Freund, den Matrosen Boris Samorodow, eine Legende. Die Matrosen des aufständischen Kreuzers *Australia* hatten ihn zu ihrem Anführer erkoren, er brachte es fertig, die Schiffsoffiziere ohne Blutvergießen festzunehmen, unter Deck einzusperren und das Schiff sicher nach Krasnowodsk zu bringen, um sich der Kommandantur zu ergeben. Ich sah vor mir die Stadt voller Truppen, sah das mit Rotarmisten gefüllte Zirkuszelt, Der Zirkusdirektor war auf und davon, die Artisten ließen sich mit Brot bezahlen, die Tiere fielen vor Hunger vom Fleisch. Ich sah die Clowns in der Manege vor der neuen Macht liebedienern, schnell hatten sie ihre Witzchen von Weiß auf Rot umgepolt. Mein Urgroßvater war in den Annahmeprüfungsausschuss zur Verwendung in Baku einsitzender weißer Marineoffiziere berufen worden. Und so sehe ich vor mir den schummrigen Ballsaal irgendeiner Villa zu spätabendlicher Stunde. Die Lampen in den kristallenen Kronleuchtern glimmen dürftig. Rauchgeschwängerte Luft, polternde Stiefel, polternde Stimmen, Ex-Offiziere jeder Sorte und jeden Kalibers, der Stoff unter den abgerissenen Schulterstücken noch ungeglättet, wandeln mit Formularen in den Händen durch die rings um den Saal angrenzenden Räume. Ihre Mienen teils liebenswürdig, teils finster: Sie sind weder Gefangene noch Flüchtlinge, nur Geiseln der Zeit. Gedränge vor den Pulten, wo die Registrierung erfolgt; die dahinter thronenden Schreiber haben ihre langen Beine über die Querleiste gefädelt oder die Knie unter das Pult gezwängt, sie wirken fremd und komisch in diesem Amt. Dann und wann tritt einer von den Kommissaren aus irgendeinem Zimmer und ruft jemanden auf, nur den Namen, ohne Rang. Ihre Aufgabe ist es, anzuwerben, wer ihnen passt, auszusondern, wer gefährlich erscheint. Zwei Dutzend weiße Offiziere drängen den Kommissar in eine Ecke, bestürmen ihn mit Fragen:

»Und woher sollen wir wissen, dass die Tscheka uns nicht doch am Ende erschießt?«

»Was zahlt ihr bei eurer Flotte?«

»Und wenn ich in die Partei eintrete, gibt es wie viel?«

Die Klügeren und Gesetzteren unter ihnen halten sich abseits und warten ergeben, bis sie an der Reihe sind. Mancher von den Kommissaren trifft hier alte Bekannte wieder. Herzerwärmende Gespräche werden geführt. Freiwillig ausgeschiedene Offiziere (so ihr Status) vom Kreuzer *Orjol*, dessen Kapitän sich über Tiflis und Batumi nach der Krim durchgeschlagen hat, um Wrangel Bericht zu erstatten; die Schiffskasse mit dem Sold zweier Monate hat er mitgehen lassen. Dementsprechend Hass und Verachtung in den Gesichtern seiner vormaligen Untergebenen; man erinnert sich des Zirkusdirektors, der gleichfalls mit der Kasse durchbrannte. In der Stadt herrschen Erleichterung, Erschöpfung, Besorgnis zu gleichen Teilen. Das Brot ist knapp, die Predigten in den Moscheen sind feindselig, Sabotageakte in der Wasser- und Stromversorgung runden das Bild ab. Das Revolutionskomitee hat der Ölpipeline nach Batumi den Hahn abgedreht; nun sind es nicht mehr die Rothschilds und Nobels, die die Kerosinpreise diktieren.

3

Zwei Nächte verbrachte ich in einem leer stehenden Haus in Bayıl: alter Kaufmannssitz voll knirschender Scherben, die Treppen baufällig, ich traute mich nicht, sie zu benutzen. Früher war hier einmal eine Verwaltungsabteilung der Kaspischen Flotte untergebracht. Kurz vor Sonnenuntergang erklomm ich den Hang zur unteren Terrasse und zwängte mich durch einen klaffenden Mauerspalt ins Innere des Hauses. Ich schlief in dem geräumigen, von Stuck umrandeten Kamin. Im zugemauerten Rauchfang heulte der Wind oder raunte nur, Mörtel rieselte, am Morgen hatte ich Mühe, Schlafsack und Kleidung davon zu befreien. Ein Fenster über die halbe Wandbreite hinweg bot einen glasklaren Blick auf die Bucht. Nachts hatte ich das Gefühl, jemand gehe um im Haus, ich sah seinen Schatten von Ecke zu Ecke streifen ...

Am Morgen sog ich gierig den Duft der trockenen Erde ein, zerrieb Blätter in den Händen, deren Duft ich schon halb vergessen hatte: Wermut, Süßwurzel, Akazie und Johannisbrot. Dann kraxelte ich wieder hinauf in die Gassen von Bayıl und sah dem Leben zu. Gemüsehändler, Schusterbüdchen, Brotläden hatten ihre Standorte ungefähr bewahrt. Ist eine Stadt alt genug, scheint es der Zeit schwerer zu fallen, sie zu ändern. Früher aber war dieser Bezirk hier oben vorwiegend von Marineangehörigen und ihren Familien besiedelt, Militärpatrouillen sorgten für Disziplin auf den Straßen, es herrschte Photoverbot. Jetzt konnte ich überhaupt nur noch zwei Russen in den Straßen entdecken, Mann und Frau, geschwollene, runkelrote Suffgesichter, aber zahm. Sie gingen einem Hausmeister beim Fegen und Besprengen des Gehwegs zur Hand, schwänzelten devot um ihn her … Ich bekam hier oben den Finger nicht vom Auslöser, wechselte die Objektive so fieberhaft wie die Patronenstreifen im Gefecht, weidete mich an Perspektiven, die mich früher nicht vom Hocker gerissen hätten, jetzt aber einen neuen, elaborierten Sinn annahmen. Einmal traf ich auf zwei vollverschleierte Frauen und erschrak – sie kamen mir wie verkohlt vor. In zwei oder drei der Läden, die ich betreten hatte, standen Frauen im Hidschab hinter der Theke. Und Bärte sah ich: junge bärtige Männer sonder Zahl. Zu meiner Zeit hatte es in der Stadt nur Graubärte gegeben, bei den Aqsaqal, den Altehrwürdigen.

Meine Residenz in Bayıl endete damit, dass ich von einer Streife aufgegriffen wurde: Zwei Häftlinge waren aus dem Gefängnis entlaufen, nun war die Polizei dabei, die Stadt zu durchkämmen. Ich wurde von Taschenlampen geblendet und am Kragen aus dem Kamin des ruinösen Hauses gezerrt, als ich mich anschickte, die dritte Nacht dort zu verbringen.

Am Abend des darauffolgenden Tages saßen Kerry und ich vor dem Tor seines Hangarlagers. Saßen da und sahen zu, wie die untergehende Sonne die Rollbahn zum Schmelzen brachte. Ich blieb ein paar Tage bei ihm. Er brachte mir das Gabelstaplerfahren bei, Paletten bewegen, darauf gestapelt Waffenkisten unklaren Inhalts; zeigte mir auf dem Notebook, wie sein Lagerhaltungsprogramm funktionierte. Konspirationshalber waren die Inventarnummern fälschlich auf drei Lager in Denver bezogen. An einem der Abende begaben wir uns in die Stadt und gingen auf dem Boulevard spazieren. Es kam mir zupass, beim Wiedergewöhnen an die eigene Stadt jemanden dabeizuhaben, der hier neu war, dem ich erzählen und erklären konnte. Manchmal lässt ein Schmerz sich besprechen.

Nach Hause – Nasosny – fuhren wir mit einer Kiste Whiskey.

4

»Ich würde gern in einem kleinen Land leben«, sage ich beim vierten Schluck. »So klein, dass ich es, wenn ich die Augen schließe, als Ganzes vor mir sehe, den ganzen Norden, den ganzen Süden. Osten und Westen zum Küssen nah. Der See dieses Landes wäre randvoll mit meinen Erinnerungen. Der Regen wöbe sich in meine Seele. Streckte ich mich darin aus, würde ich zu meiner eigenen Heimat, zu Flachland, Hügel, Meer. Und alles, was mir bis dahin widerfuhr, würde zu Staub, so wie die eigene Zeit im Augenblick des Todes.«

»Das maßgebliche Gen im Menschen scheint sein widerwärtigstes zu sein«, sagt Kerry. »Ein paar komplexe Moleküle, ein paar Abschnitte im Code, eine Handvoll Buchstaben – fertig ist das Gen nationaler Zwietracht. Der Schlüssel zur Absonderung, zur Diskrepanz. Das Gen zum Einander-nicht-Verstehen. Völkerfreundschaft, das ist überall nur ein Pulverfass. Für eine Regierung von Tyrannen ist es immer von Vorteil, Zwietracht bei den Untertanen zu säen. Denn die Energie des entfesselten Hasses lässt sich lenken. Wie dieses Gen physiologisch arbeitet, wie es seine Aversionen aktiviert, weiß ich nicht. Bei den Ratten ist alles einfach: Gerät eine Ratte in eine fremde Population, wird sie das keine Minute überleben – sie entlarvt sich durch ihren Geruch, jede Population hat ihren eigenen. Seit Dutzenden Jahren sind die klügsten Köpfe, die lautersten Gemüter damit beschäftigt, einen Tunnel von den Moslems zur Christenheit zu graben und von den Christen zu den Juden – und immer wieder stoßen sie nur auf das taube Erz des Hasses. Keiner ist sich mehr im Klaren darüber, dass es im Mittelalter nur eine Philosophie für alle gab, die Juden lasen und übersetzten die moslemischen Schriften, die Moslems die jüdischen, und die christlichen Philosophen wussten nur Gutes zu sagen über ein Buch mit dem Titel Fons vitae, von dem sie annahmen, ein unbekannter Mönch namens Avicebron habe es verfasst, bis sie auf das arabische Original stießen, das wiederum von dem großen jüdischen Dichter Solomon ibn Gabirol unterzeichnet war, da waren sie baff. Ich würde gern ins zwölfte Jahrhundert vorstoßen. Oder Schiffsjunge auf der Niña sein!

Wie? Was meinst du? Saryn na kitschku, was soll das heißen? Piratenspruch?«

Wir versinken in Schweigen und öffnen die nächste Flasche. »Was fängt man an mit denen?«, fragt Kerry. »Sag mir, was wir mit ihnen machen sollen! Es sind doch auch Menschen, nicht wahr? Das ist ja das Schauerliche an dieser Tollerei. Sie sind fremd, komplett anders, aber sie sind Menschen. Gott hat sie geschaffen, etwas von sich hineingelegt. Verstehst du das? Ich verstehe das nicht. Es will mir nicht in den Kopf.« Er tippte sich an die Schläfe. »Ich, Bürger der Vereinigten Staaten, achtundfünfzig Jahre alt, begabt mit einem gesunden Menschenverstand und einem guten Gedächtnis, halbwegs gebildet, erfahren im Leben, erfahren im Krieg, kann nicht verstehen, was die Moslems dazu treibt, sich mit Bomben zu gürten. Ich-ver-ste-he-es-nicht. Mir vorzustellen, wie ich höchstpersönlich mit zehn Pfund Dynamit und Nägeln am Körper in eine Menge Menschen hineinlaufe, die ich nicht kenne, aber von Herzen hasse, wie ich den Knopf drücke und zur Hölle fahre – mir das vorzustellen ist kein Problem. Nur verstehen – dazu bin ich nicht imstande. Wahrscheinlich fiele es mir leichter, den Knopf zu drücken, als zu verstehen, wozu das gut sein soll. Man müsste mir Gehirn und Gemüt austauschen, damit ich es verstehen könnte. Ich gäbe einiges dafür, mich in diese Leute hineinzuversetzen.

Hast du eine Ahnung, wie es zugeht, wenn ein Mensch explodiert? Einmal lagen wir einen Monat in Dammam auf Dock. Ich schmorte vier Tage im Hafen: Die Marineverwaltung hatte beschlossen, eine Inventur mit Bestandsauffrischung durchzuführen, weshalb ich die ganze Zeit im Depot festsaß, und da fiel mir dieser Staplerfahrer auf. Junger Mann um die dreißig, stämmig, schwarzäugig; ich bekam ihn im Gelände häufig zu sehen. Er beherrschte den Stapler perfekt, hatte zu ihm ein geradezu akrobatisches Verhältnis, wie es ein Zirkusturner zu seinem Körper hat. Bei der Arbeit trug er eine Kombi, die viel zu weit war, so dass sein athletischer Körper sich ständig daraus hervorschälte. In seiner Tasche wohnte eine weiße Ratte, die zu ihm aufschaute wie eine verliebte Frau, nie kam sie ohne Aufforderung auf den Arm gekrochen, streckte höchstens das Schnäuzchen in die

Luft und schnupperte. Wie der Bursche den Stapler handhabe, war hohe Kunst: durchaus nicht ohne Show und Hasardstückchen, aber wenn einer ihn zurechtwies, konnte er im nächsten Augenblick tadellos, millimetergenau zwischen den Regalen rangieren, Pirouetten drehen, Kästen in den obersten Lagen nach Belieben umsetzen, Fuhren zusammenstellen. In der Raucherecke pflegte er wie nebenher seine Kunststückchen zu vollführen, jonglierte mit dem Feuerzeug: legte es sich auf den Handrücken, schlug mit der anderen gegen den Ellbogen, dass es in flachem Bogen auf dem gegenüberliegenden Handgelenk zu liegen kam, dasselbe nochmal und in rascher Folge, so als stiege es eine Leiter aus Ellbogen hinauf … Seine Bewegungen waren voller Anmut und Leidenschaft, Freude am Vorzeigen, daran, dass nicht nur die Ratte auf seiner Schulter der Zauberei andächtig folgte. Einmal schnalzte ich respektvoll mit der Zunge, da wurde der Junge gleich rot. So lernten wir uns kennen. Nicht besonders eng, miteinander geredet haben wir kaum. Ich kannte seinen Namen und er meinen, das war es auch schon. Seine Art der Körperbeherrschung war es, die mich und andere faszinierte. Während er so tat, als übte er nur so für sich, inszenierte er für die auf dem Trockenen sitzenden, nach Attraktionen dürstenden Marineinfanteristen wahre Zirkusnummern: ging barfuß auf dem zwischen Zaunpfählen gespannten Seil, während die Ratte auf seinen zur Balance ausgebreiteten Armen hin und her flitzte, oder er suchte betulich ein Brett auf drei über Kreuz gelegten Rohrstücken zu plazieren, um dann blitzschnell daraufzuspringen, oder er machte Liegestütze und löste dabei plötzlich die Füße vom Boden, den Rumpf beliebig lange in der annähernden Horizontale haltend, streng und schön. So sehe ich ihn vor mir: kahlrasiert, mit abstehenden Ohren und geraden, leicht abgeknickten Brauen, wie gemeißelten Schultern, angespanntem Bizeps, schwellenden Adern, Wespentaille, Beine untergeschlagen und die Lippen kräftig geschürzt, ob nun aus Anspannung oder zum Spott.

Wir hatten uns sehr an ihn gewöhnt, als dieser Junge eines Tages jäh aus seiner Bahn brach, den Stapler von der Rampe auf den Platz lenkte und auf die nächstgelegene Torwache zurollen ließ; dann stieg er ab und ging zu Fuß auf die Posten zu, wie um etwas zu fragen. Ich sah ihn von hinten, aus etwa zwanzig Metern Entfernung, und fragte mich, wieso er mit dem Stapler dort hinfuhr, der für gewöhnlich nur im Hangar und auf den Rampen davor zum Einsatz kam. Einer der Marines löste sich unwillig von der Schwelle des Büdchens und kam ihm entgegen, während ich den Jungen, flimmernd in der heißen Luft, vom Stapler steigen sah ... Ich beschloss hinzugehen. Der junge Mann gestikulierte, der Posten grinste nur und zuckte die Schultern, klopfte ihm auf die Schulter, der Junge wandte sich ab, ich war nur noch zehn, zwölf Schritte entfernt, vor mir der kleine Koloss aus Duralumin und in der Ferne, hinter den Stacheldrahtdocken und -spiralen, die Pier, im getönten Fenster des Wachhäuschens spiegelten sich Kugeln und Pyramiden, ein Wald aus Rohren und Lafetten, Abschuss- und Navigationsgerät, Konglomerat aus Ellipsen, Parabeln und Sphären, wie aus dem Lehrbuch der Stereometrie, verteilt auf die ganze Länge des Zerstörers ... Es war ein trockener Knall. Furztrocken, verstehst du? Als knickte man einen Ast.

Sadad hat er geheißen. Sadad al-Muqri. Er schoss auf als durchscheinende schwarze Fontäne. So unerwartet, wie er zuvor aus kürzestem Anlauf zwei, drei Schritte eine Wand hinauflaufen konnte, um sich abzustoßen und einen Salto rückwärts zu machen. Die Marines wurden in die Luft geschleudert und zusammengefaltet, die Bude geknüllt wie Papier, die Scheibe fiel in akkurate Dreiecke, Segeln gleich, in denen die Sonnenglut, das grüne Meer, der weiße Himmel sich tranchierten, im Fensterloch sah ich die Ventilatorflügel langsam über die Monitore streichen, daneben die verzerrte Visage des Sergeanten. Ich ging wie durch eine Wand.

Was weiß man über die Physik einer Explosion? Als Kadett bekam ich erklärt, die Geschwindigkeit, mit der ein explodierender Stoff abbrenne, sei größer als die erste kosmische, über acht Kilometer pro Sekunde. Man kann sich also von der Erde in den Kosmos sprengen. Mit Hilfe von Sprengstoff beziehungsweise indem man sich in solchen verwandelt, könnte man zum Mond gelangen. Das Fleisch dieser Kerle ist gesättigt mit Trinitrotoluol! So frage ich mich, ob die Sprengstoffattentäter sich wirklich in ihr finsteres Paradies katapultieren – nicht bloß auf den Mond?

Etwas Heißes ist mir ins Gesicht geklatscht. Von dem Jungen war hinterher nichts übrig, aber ich war pitschnass von Blut. Ein Gefühl, wie wenn ein Auto nach einem Sturzregen durch eine Pfütze rauscht, die noch heiß vom Asphalt ist, das Wasser steht senkrecht wie eine Wand und ist schneidend wie eine Klinge, von der Schläfe zum Bauch. Ich stand auf, völlig taub, und begriff nichts, dachte, es wäre mein eigen Blut, das an mir klebte, mein durch den Wolf gedrehtes Fleisch. Ich klopfte an mir herum, schlug zu, wollte Schmerz spüren, Leben. Erst als ich mir in diesem Furor die Hand auf dem Beton brach, merkte ich, dass ich lebte. Der zu blutigem Staub gewordene Jüngling lag vollständig auf mir wie ein Film, war in mich eingedrungen, hatte sich eingefressen. Ich schaute umher, wollte finden, was von ihm geblieben war, wo das herrührte, was über mich gekommen war, aber da war nichts … Die Soldaten lagen beide am Boden, mit zerfetzter Montur, aber heil, die Gesichter jäh gealtert. Mir schien, an ihnen war nicht die Spur von Blut, alles war an und in mir. Ich kotzte. Fleischpartikel auf der Haut, auf den Lippen, überall; er hatte mich in sich baden lassen. Ich schlotterte, bekam meine Atmung nicht unter Kontrolle, sog keuchend Galle ein und hustete, japste, bekam keine Luft mehr, mich selbst nicht zu fassen. Irgendein Partikel war in die Luftröhre geraten. Ich röchelte, spuckte, hustete, derweil kamen Leute gerannt, auf einmal waren überall Leute, die Münder offen, stumm. Ein fremdes Stück Fleisch in meiner Kehle hinderte mich daran zu atmen; ich fühlte mich dem Tode nah. Fiel auf die Knie, bog die Arme nach hinten, ruckte den Kopf nach vorn und zu Boden, so heftig ich konnte – und plötzlich tat sich etwas in meiner Kehle, brach durch, ich bekam wieder Luft … Der Geschmack des Blutes im Mund verging lange nicht. Mir war, als würde meine abtrocknende Haut auf einen Leisten gespannt, ich fühlte mich festgenagelt, lebendig begraben. Und zu alledem regte sich etwas vor mir im Dreck, zuckte und zappelte: die Ratte! Blutig und nass, das Fell in Zapfen – lief einen Meter, kippte um, rappelte sich. Ich ging in die Hocke. Mehr weiß ich nicht, als dass ich diese lädierte Ratte fixiere, ihr auf den Pelz rücke, sehe, wie sie plötzlich verharrt, anfängt sich zu putzen … Ganz werde ich davon nie loskommen. Ich müsste den

Verstand verlieren, um diesen Tag zu vergessen, den zerstäubten Jungen an mir. Anfangs wurde mir jedes Mal übel, wenn ich an ihn dachte, und ich rannte wieder duschen, schrubbte mich von Kopf bis Fuß, wie besessen, setzte mich unter den Strahl und wartete, dass ich zu mir kam. War auch beim Doc deswegen, hab eine Hypnose machen lassen. Das hat gewirkt, die Anfälle sind weg. Aber die Erinnerung ist noch da. Ich habe Sadads Photo mit dem einarmigen Liegestütz auf dem Desktop von meinem Notebook: um neunzig Grad gedreht, so als schmiegte er die Wange gegen die Wand. Und die vor Anstrengung geschürzten Lippen – ein Luftkuss.«

Allmählich versanken wir im Suff, was für mich eine neue Erfahrung war. Ich hatte es nicht eilig damit. Das Letzte, woran ich mich erinnere, ist, wie Kerry mir den Lebenslauf des deutschen Kundschafters Wilhelm Waßmuß erzählt, der das Leben südpersischer Stämme studierte und dermaßen darin aufging, dass er im Grunde zu einem Anführer des Widerstands gegen die Engländer wurde. Er könne sich vorstellen, am Ende seines Lebens genauso im Osten aufzugehen, sagte Kerry.

5

Am übernächsten Tag, schon wieder etwas nüchterner, fuhren Kerry und ich nach Xırdalan, spazierten durch den Ort und liefen hinunter zum Ceyranbatan, einem geschützten See, wo die Ranger uns schnell wieder vertrieben; so stolperten wir noch eine Weile am Stadtrand von Baku durch den Nieselregen, bis wir mit dem Taxi ins Zentrum zurückfuhren.

Kerry zeigte und beschrieb mir sämtliche Bars, in denen Ausländer verkehrten. In der einen die Ölingenieure, in der anderen die Trader, noch woanders das niedere Personal. Am fortgeschrittenen Abend schlossen wir Bekanntschaft mit zwei Weißhemden von *Exxon*, Bill und Dan – Ersterer rothaarig und dicklich, Letzterer klein und quecksilbern wie ein Foxterrier. Beide über die Maßen geschwätzig, so dass ich nach wenigen Pinten wusste, wo Robert und Therese wohnten (nämlich in einer Wohnanlage am Nordrand von Baku, direkt an der Küste) und was für erstklassige Verträge Robert im letzten Monat auf die Reihe gekriegt hatte. So dass der Chef ihrer Abteilung schon Anstalten machte, Robert abzuwerben oder teilweise seine Kontakte anzapfte, weil er die Araber endlich so weit bringen wollte zu investieren.

»Robert ist ein kluger Kerl, und er kennt den Orient wie seine Westentasche. Seine Arbeit mit den Saudis zahlt sich aus«, so wusste Bill zu berichten. »Nicht nur einmal hat er hier Delegationen reicher Beduinen vorfahren lassen. Sie interessierten sich für die Beizjagd in einem der Reservate.«

Ich sah den Tradern abwechselnd in die Augen.

»Hier in der vorkaspischen Prärie haust ein seltener Vogel, für den die Araber ihre Seele zu verkaufen bereit sind und auch, sie andern aus dem Leib zu ziehen.« Dan nippte an seinem Bier und machte eine Geste, dass wir näher zu ihm hinrücken sollten. Kerry senkte verächtlich den Kopf.

»Die Araber sind verrückt nach dem Vieh, ich hab schon überlegt, ob ichs nicht auch mal probieren soll. Und jagen darf man ihn nur mit dem Falken. Nur er, heißt es, kann diesen starken und gewitzten Vogel töten, keine Kugel kann etwas ausrichten und keine Schlinge. Die Araber sind seit Jahrhunderten hinter ihm her. Bei sich zu Hause haben sie ihn schon ausgerottet, die Barbaren!«

»Und was ist so Besonderes dran an dem Vogel?«, fragte Bill ungläubig. Ein Tropfen Schweiß glänzte ihm an der Braue wie eine Anstecknadel. So ein Piercing stünde ihm, befand ich in Gedanken, dann könnte er nur nicht mehr mit den Arabern verhandeln.

»Du wirst es nicht glauben. Die Scheichs sind der festen Überzeugung, dass das Fleisch von dem Tier zur Verjüngung führt. Es bewahrt ihre Manneskraft und verlängert das Leben. Je härter er dir steht, desto länger lebst du, so glauben sie nun mal.«

»Da sind sie ja nicht weit von der Wahrheit entfernt«, kommentierte Kerry.

Worauf eine Weile keiner etwas sagte. Nur das Reibeisen der Billie

Holliday sickerte irgendwo hervor. Zu leise, um die Worte zu verstehen, aber das Timbre dieser Stimme war unverkennbar.

»Was den Falken angeht«, stieg Kerry in die Unterhaltung ein, »der verkörpert wie kein anderer im Wüstenraum Macht und Ansehen. Die Araber glauben, dass Auge und Kralle des Falken, Schönheit und Gewandtheit, seinem Herrn zukommen. Der Falke und sein Herr werden als eins gesehen. In arabischen Märchen verwandeln sich die Magier, die Hexenmeister, nicht zufällig in Falken. In Tausendundeiner Nacht wimmelt es von Dschinns, magischen Dienern, die aus der Lampe kommen. Das sind keine Geister, sondern Falken. Die Lampe ist ihr Käfig. Das Motiv ist in arabischen Märchen einzigartig. Die Idee, irgendwohin zu gehen, sich anzusiedeln und das Land urbar zu machen, wie man es von den Christen kennt, ist ihnen fremd. In der Mythologie dieser Märchen geht es immer um Versklavung, Unterwerfung mit Hilfe magischer Diener, über die seit den Zeiten der alten Ägypter ein Falkengott gebietet. Die Araber in den Märchen und im Leben verlassen sich nicht auf die eigenen Hände, sondern auf die ihrer übermächtigen Diener. Die vergöttern sie. Das heißt, die Jagd mit dem Falken ist für sie ein Ritual, ein Gottesdienst.«

Bill starrte Kerry argwöhnisch an und tat einen großen Schluck aus seinem Glas.

Dan wies dem Barkeeper das Victory-Zeichen. Die zwei Pinten kamen schnell.

»Aber wo kommt dieser Vogel auf einmal her?«, wollte ich wissen. »Vor zwanzig Jahren war davon hier noch keine Rede. Ich kenne die Natur dieser Region gut, ich stamme von hier. Falken ja – Wüstenfalken hab ich schon in Händen gehalten, das ist eine hübsche, kleine Falkenart, um die sich auch allerlei Aberglauben rankt, aber damit einen anderen Vogel zu jagen hat nie einer versucht. Was ist das?«

»Mehr weiß ich auch nicht«, sagte Dan und tauchte die Lippen in den Schaum.

Am Abend des darauffolgenden Tages ließ ich mich von einem Taxi zur Wohnanlage *Royal Shell* fahren, bestach die beiden Wächter mit zehn Manat und stieg in den achten Stock eines noch im Bau befindlichen Wohnhauses. Dort zog ich Objektiv und Stativ aus den Hüllen, und es brauchte eine halbe Stunde, bis ich sehen konnte, wie Therese am Fenster stehend das Haar zurückwarf und den BH anlegte, während Robert auf den Balkon trat und auf die Liege plumpste, um ein Glas Wasser mit Eis zu süffeln, eine Zigarre anzurauchen, den Rauch mit dünnem Strahl in die Luft zu blasen. Er hatte ein tadelloses Waschbrett und lange Beine.

Das nächste Bild schoss ich aufs Geratewohl, indem ich das Objektiv zum Meer hin drehte, wo ein Eselskarren die unbefestigte Straße entlangfuhr. Auf einem Haufen Lumpen thronte verwegen ein schmutziges, lockenköpfiges Mädchen und traktierte den Muli mit dem Ende eines dicken Astes, wobei sie kaum bis zur Kruppe gelangte; sie hatte es wohl eilig, nach Hause zu kommen. Bei jedem Schlagloch flogen ihre schmutzigen Fersen in die Luft.

Die Räder des Karrens, die von einem Fahrrad stammten, wirbelten Staub auf; daraus wurde eine Lichtsäule, hinter der das Meer silbern schimmerte.

6

Zu den dramatischsten erotischen Schauspielen gehört der Anblick eines Rüden, der eine Stelle im Garten aufstöbert, an der vor kurzem eine läufige Hündin gelegen hat. Die Nachbarin war mit ihr hier, der Rüde ist Gassi gewesen, hat sie verfehlt, nun beißt er vor Pein in die Erde, jault und leidet.

So ging auch ich in der Stadt um, erhitzt bis aufs Blut von der frischen Fährte.

Gerüche nehme ich mit den äußersten Nervenenden wahr.

Insbesondere Blütendüfte sind ein ABC des Gedächtnisses, elegische Quintessenz. Einen erinnere ich so intensiv, dass mir die Sinne schwinden: den Duft der Rose von Chorasan. Serafima hatte die Sorte in ihrem Garten: Man konnte sich verschlucken vor Glück und kam nicht von ihr los. Außerdem war da noch der Duft von Jasmin gewesen, der eher tragisch war. Es ist ein Unterschied, ob die Betörung durch die Luft zu einem kommt oder eine taktile Unterstützung hat …

Und nun, da all mein Schmachten, meine Qualen bezüglich Therese überfallartig zurückkehrten, ohne dass ich im Geringsten darauf gefasst war, halluzinierte ich auf einmal jenen Jasminduft – Fleisch geworden sozusagen, nacktes Fleisch. Er drang tief in mich ein, und ich ergab mich, verlegte mich ganz aufs Atmen und Riechen. Wollte mit jeder Faser meines Körpers darauf eingehen – und hinterher heulen im Schlaf, das Zimmer am Morgen durch das Fenster verlassen, wie anders will man dem Grauen entkommen.

Ich schrieb ihr einen Brief, warf ihn eigenhändig ein.

Royal Shell – For Therese Schmitz. Sei gegrüßt! Wie geht's dir? Alles gut? Ich habe die ganze Nacht von Dir geträumt, darum beschloss ich, Dir zu schreiben. Du wohntest in irgendeiner südeuropäischen Stadt, hattest eine Freundin, die beständig an der Küste unterwegs war, in Ufernähe Netze aufstellte, die sie vom Boot ausbrachte und zwischen den Stangen befestigte, es war hohe See, und Du warst sehr in Sorge, dass die junge Frau aus dem Boot fallen könnte. Was auch geschah, aber Du winktest ab: »Egal. Sie ist ja eine Meerjungfrau.«

Dann gingen wir lange spazieren, sammelten Muscheln, ließen uns treiben; weiter Strand, wenige Menschen mit Hunden und auf einmal ein Fischrestaurant, fish of the day, ich versuchte herauszuschmecken, was das für ein Fisch war, dazu Weißwein und Sonne, aber plötzlich sind alle Köche und Kellner im Umkreis verschwunden, wir fühlen uns angehalten, selbst in die Küche zu gehen und Fisch zu grillen. Da steht ein Korb voller Austern, Kammmuscheln, Fische, alles noch lebend, ich denke: Was sollen wir mit so viel Fisch? Ich lege nur einen Thunfisch zur Seite, armlang, dann steigen wir mit dem Korb ins Motorboot, fahren raus aufs Meer, um das Getier wieder auszusetzen – und plötzlich kommt Sturm auf, wüste Böen, Gischt, ich wende mich um, den Fisch aus dem Korb zu schütteln, denke: ich hätte diesen Thunfisch auch mitnehmen sollen, vielleicht wäre der Sturm dann ausgeblieben – und auf einmal sehe ich, im Korb liegt Deine Freundin, die Deine Schwester sein könnte, so ähnlich sieht sie Dir, aber sie ist nicht sehr nett zu mir. Du hilfst ihr aus dem Korb. Dann steigt der Motor aus, wir können das Boot mit den Rudern gerade so vor dem Kentern bewahren, Deine Freundin sagt: »Ich hole Hilfe« und springt über Bord. Wir beide bleiben in dem Boot hocken, mitten im Sturm. Ansonsten scheint die Sonne, die Wellen machen uns keine Angst, auch wenn das Ufer schon lange nicht mehr zu sehen ist … Ich wollte gar nicht aufwachen, so ein schöner Traum war das, wenn auch ziemlich dämlich – zum Niederknien dieses Restaurant auf Pfählen über dem Meer, und alles Mobiliar in weißen Bezügen, Korbgestühl, gestärkte weiße Tischdecken, und weiße Vorhänge, die der Wind blähte, so dass man die weite Bucht liegen sah und die Sonne. Wie gefällt Dir meine Heimatstadt? Ich wohne zufällig auch gerade hier …

7

Vergessen, so ließ sich sehen, ist kein schwarzes Loch. Es ist hellsichtig.

Was ich sah? Vom Morgenlicht gerauftes Federgras. Schierlingsdolden, aufgespannt im Zenit: Eine Lerche zappelt in der Glocke des Firmaments.

Was ich sah? Die Steppe lässt sich herab zur Wüste, Salzseen verkrusten und erblinden. Ein Zug kriegt sich nicht wieder ein, die Lok schlägt einen Pfiff aus dem Flint, nimmt das abendrote Paradies im Sturm. Das Auge atmet aus in die Berge, in die Alhagi-Inselchen. Der Kleine Kaukasus rückt mit einer Schneefront heran, lilarot, der Blick strebt zu den emporgeilenden Felsidolen des Beşbarmaq, die auf den Schienenstößen widerflimmern.

Was ich sah – ist für keinen sichtbar.

Vergessen ist ein denkbar segensreicher Boden. Meine Augen haben darin schon ausgeschlagen, zwei Granatapfelkerne der Wahrheit; in Kürze werden zwei Triebe das Licht erblicken im verwilderten Garten hinterm alten Holzhaus, auf einem Flecken des Abşeron.

Es schluchzt die Turteltaube, und die Zikade schreit. Zwischen Aprikose und Knorpelkirsche ist eine Hängematte gespannt – ein Stück Fischernetz, vom Sturm an Land geworfen; die Armlehnen eines ausrangierten Sessels dienten als Spannknebel, die Seile sind an den Stämmen mit aufgeschnittenen Fahrradreifen unterlegt.

Siebzehn Jahre hat die Matte leer gehangen, hat nur das stammelnde Laub der Schatten gesiebt, fallende Raupen, den Winterregen, die Graupel des Nordwinds, der sie vielfach verstrickt hat und verzwirbelt, doch heute zur hohen Mittagszeit ward sie plötzlich gestrafft, die Maschen füllten sich, die Hängung knarzte, die hohle Hand eines ätherischen Giganten krängte und kippte ein paar Gespenster in den Garten, darin zu wandeln.

Ich berühre die rauen Blätter der Feige. Ich hätschele den Augenboden mit weinlaubgefiltertem Sonnenlicht. Diese Adern in den Blättern! Jede Einzelne zu sehen, wie die Ästuarreiser auf einer Landkarte. Da meditiert eine Gottesanbeterin auf einem Efeublatt. Und die Lotuspflaume drüben, die der im Untergang explodierenden Sonne Konkurrenz macht; unter der Last seiner Früchte ist der Baum plötzlich zerbrochen.

Ich verlasse den Garten durch die Pforte. In den Kronen der Olivenbäume raunt der Wind, ihre Unterseiten schimmern silbern. Ich gehe am Friedhof der deutschen Kriegsgefangenen vorbei, die diese Siedlung erbaut haben. Rostige Kreuze in strenger Formation, die Toten wurden von ihren Kameraden begraben. Unter mir streckt sich die Siedlung: Straßenzüge zweistöckiger Häuser mit geschnitzten Balkons; zur Reinigung eingeweichte Teppiche, Wolken von Schafwolle aus dem Innern der Matratzen gezupft; man riecht den mit dem Schlauch gewässerten Straßenstaub. Auf der Vortreppe des Hutmachers eine Ansammlung Pelzmützen und Käppis, über Holzformen gestülpt; deren Scharten fügen sich zu Gesichtern, die ich zu kennen meine, teils düster, teils dumpf; Märtyrergesichter. Und dazu die gleißende Morgensonnenbahn, die ich entlanggaukele mit Barsik, meinem Schäferhund, der keine Ohren hat.

Photographien sind Löcher im Vergessen. Auf dem Hof meiner Kindheit, in der Schattenruhe des Morgens mit den gurrenden Taubenseufzern, dem bisschen Kühle und Frische, das der Garten vor Sonnenaufgang gesammelt hat, sehe ich die Wespe, die am Auslauf des Wasserhahns nach vorn krabbelt bis zu dem anhängenden Tropfen, den Kopf hineintaucht und davon größer wird: gebrochen durch die Krümmung der Tropfenoberfläche; der Kopf im scharfen schwarz-gelben Glanz, die Mundwerkzeuge wie ein Wunderwerk der Juwelierkunst, die Bartborsten, der matte Granatschimmer der gewölbten Augen mit den bei dieser Vergrößerung gut zu erkennen-den Facetten – das Bild funkelt mir bis heute im Hirn, und in jeder Facette des Wespennetzauges stehe ich, der ich eben aus dem Hahn getrunken habe, eben die Lippen von dem angenehm nach Rost schmeckenden Metall gelöst und den Blick von der bemoosten feuch-ten Steinplatte, die in der Sonne nach Schulkreide riecht …

Das Hirn eine verdunkelte Sonne; lohende Protuberanzen. Spähst du in diesen Schacht, dann spürst du auf den Lippen Süße, wie in dem vom Akazienzapfen heruntergeküssten Tautropfen.

Sich verlieren im Vergessen?

Sich anpressen, festsaugen daran wie an Sulamiths Brust.

Überall in der Stadt hängt derselbe herbe Geruch des Meeres, ver-setzt mit unterschiedlichen flüchtigen Odeurs – Oleander oder Ro-binie, Schaschlyk, Asphalt oder Benzin. Das Meer haftet an allem, ein jedes atmet es ein und aus. Sich nach dem Baden von der Sonne trocknen lassen, in eine Tomate beißen, die Salzkruste vom Hand-gelenk lecken. Würziger, purpurfarbener, Kopf und Herz mit neuer Klarheit flutender Tee. Der einäugige Teestubenwirt, ein Wichtig-tuer, notiert die Zeche in seine mit blauem Kugelschreiber vollgekrit-zelte Hand. Die verwachsene Augenspalte wirkt wie ein ins Gesicht implantierter Ausschnitt aus einem toten Mann. Dadurch meint man zwei Gesichter zu sehen. Während der Wirt hantiert, sich um den vernickelten Heißwasserboiler im Hintergrund dreht und wen-det, wechselt er sich mit sich selber ab – wie Janus.

Die Schwüle hat nachgelassen, dieses Kännchen Tee ist das letzte.

In Höfen, an Ecken, auf Balkonen hocken die *Badschischki*, Grei-sinnen im Schneidersitz, Hennaspuren an den Fingern, und peit-schen die Schafwolle, mit der die Betten gefüllt sind, damit sie nach dem Waschen und Trocknen wieder flauschig wird. Nebenher wird mit Sonnenblumenkernen gehandelt, lose aus dem Sack, sie sind frisch geröstet und noch warm, statt Wechselgeld bekommt man noch etwas in die hohle Hand geschüttet, worauf die Mädchen sich wieder den wolkigen Wollbüscheln zuwenden, die ewig an den Ruten hängenbleiben, geschickt werden sie über den Handrücken abgestreift, und die Ruten gehen klatschend nieder, während die Wolken, die sich über der Bucht angehäuft haben, als rosa Schaum in die Stratosphäre abwandern, zerstäuben vor dem gefiederten Abendrot.

Im Nachbarhof hängt ein weißes Bettlaken und wird von einer hartnäckig im Geviert herumkugelnden Fledermaus attackiert. Am Ende fällt sie piepsend zu Boden: Eruptionen von Mondstaub. Wie der Blitz kommt der Hofhund von der Haustür her gesprungen und schlägt die Zähne in das Knäuel; es knirscht. Im nächsten Augenblick muss der Hund niesen und hustet die zerstörte Konstruktion aus Knöchelchen, Flughäuten und Krallen wieder aus.

8

Im Winter unseres sechsten Schuljahrs wurden die Ölarbeiter auf Artjom von einem tragischen Unglück heimgesucht, das für unsere Familie zum Glück glimpflich abging. Eines Nachts, Vater war auf einer der weiter draußen gelegenen Bohrinseln zur Schicht, kam ein ungeheurer Sturm auf. Die Brücken drohten von den Fluten hinweggerissen zu werden, die Plattformen wurden überspült. Es erging der Befehl zur vollständigen Evakuierung. Mehrere Schiffe liefen aus, vermochten aber nirgends anzulegen. Also versuchte man die Besatzungen über die Brücken herunterzuholen. Tosende ägyptische Finsternis auf offener See. Eisige Wellen rollten über die schwankenden Stege, Bleche ratterten und flatterten, der Belag wurde weggefetzt, über den die Arbeiter, vor Angst halb von Sinnen, sich krauchend hinwegbewegten. Manche Brückenzweige waren bereits gebrochen, wurden zur tödlichen Falle. Vater gehörte einer Gruppe an, deren Brigadier zum Helden wurde, da er sich mit seinen Männern, der Anordnung zuwiderhandelnd, auf jenen Abschnitt zurückzog, wo das Meer am tiefsten und der Wellengang darum einen halben Meter niedriger war. Die Beobachtung, dass die See in diesem Bereich am friedfertigsten war, hatte er in den zurückliegenden Jahren gemacht. Vierundzwanzig Stunden später wurden sechzehn Männer, unter ihnen mein Vater, von den noch über Wasser befindlichen vierzig Quadratmetern, gegen die die Wellen wüteten, durch Rettungsboote geborgen.

Dies ein Grund, weshalb die Brücken mich anzogen; nicht nur, dass ich, die Elemente herausfordernd, nachempfinden wollte, was meinem Vater widerfahren war – in meiner Phantasie wollte ich es sein, der meinem Vater beistand, ihn rettete.

Er war als ein anderer Mensch von dort zurückgekommen.

Rostrot und himmelblau waren die Farben meiner Kindheit, ihre Bikolore. Die Rohre hatten einen blauen Anstrich, durch den der Rost jedoch umgehend wieder hervortrat; er wurde alle drei Jahre erneuert, tonnenweise Farbe aufgewandt allein schon für die Hauptstränge, über die das geförderte Öl von den Bohrinseln und den Brücken her zu den Tanks floss. Himmel und Meer mit drei rostig blauen Streifen darunter – ein Minimalismus von höchster Expressivität.

Mein Vater hatte an einer legendären Bildungseinrichtung studiert: Aufgrund der strategischen Bedeutung der Erdölindustrie war das Bakuer Polytechnische Institut ursprünglich dem Kaiserlichen Technischen Institut zu Moskau unterstellt gewesen, der Lehrkörper entsprechend erstklassig. Relikte davon – oder doch wenigstens die unmittelbar nachfolgende Generation – hatten sich bis in die Studienzeit meines Vaters erhalten.

Das da ist er, zweite Reihe, ganz links: kariertes Hemd, gelocktes Haar, wulstige Lippen, ein hüpfender Adamsapfel am langen dünnen Hals. Auf dem Photo ist festgehalten, wie Michail Davidowitsch Elbirt, Leiter des Forschungslabors zur Theorie elektrischer Maschinen, den Erstsemestlern die Einführungsvorlesung hält:

»Meine lieben Freunde, ich bitte zu berücksichtigen, dass dieses Laboratorium beinahe ein Museum ist! Wahren Sie höchste Sorgfalt im Umgang mit Gerätschaft und Inventar, unterstehen Sie sich, die Arbeitsflächen an den Prüfständen zu beschädigen, und überdrehen Sie insbesondere die Stellschrauben nicht, bedenken Sie, dass selbige sich noch der Finger des großen Kurtschatow besinnen, jener einzigartigen Koryphäe der Atomwissenschaften, die als junger Mann drei Semester an unserem Lehrstuhl zu studieren beliebte …«

Vor dem Strand von Nasosny, an der Verlängerung der zweiten Felsbank ins Meer, befindet sich ein Steinhaufen. Vater hat erzählt, in seiner Studentenzeit habe er diese Steine als eine Art magisches Katheder benutzt: Er habe sich hier so gut konzentrieren können, dass er die Examensvorbereitungen in den höheren Semestern an diesen Ort verlegte. Um hinzugelangen, musste er durchs Wasser, seine Vorlesungsmitschriften über den Kopf haltend. Wenn ich bei der Großmutter in Nasosny in den Ferien war, schwamm ich öfter zu diesem Riff, um ein Sonnenbad zu nehmen, zu träumen und nachzudenken, und heute kommt es mir so vor, als hätte ich da zum ersten Mal die Tiefen tönen hören.

Ja, einmal hörte ich sie dort auf den Steinen in erschreckender Deutlichkeit brummen – nahm es mit dem ganzen Körper wahr … Das Grauen ist nicht zu unterschätzen, wenn man bedenkt, dass man mitten im Meer liegt unter der sengenden Sonne, nur einen Schwarm Grundeln im Blick, ein paar Äschen, einzeln dahinschießende Zander vielleicht am gut zu sehenden Grund und schaukelnde Wasserpflanzen am Fuße der Felsen, die sich kapuzenartig aufblähen und wieder erschlaffen, im beständigen Wechsel, kurzum: ein Idyll – und plötzlich füllt sich der Raum mit diesem Schnurren, so muss man es nennen: wie es der Katze aus tiefstem Inneren entfährt, wenn eine freundliche Hand sie liebkost …

Man spricht hier von Erdölplätzen, nicht von -feldern, *oil fields;* dieser etwas poetisierende Ausdruck wurde auf Abşeron schon zu Beginn des zwanzigsten Jahrhunderts – wohl auf Betreiben der Rothschilds und Nobels – verdrängt, mitsamt dem amerikanischen Zugriff im Ganzen.

Einen halben Kilometer vor Artjom wurde 1935 die weltweit erste Meeresbohrsonde in Betrieb genommen; die Bohrung erfolgte von einem geschweißten Stahlgerüst. Als ich Kind war, umgaben solche Plattformen die Insel zu Hunderten. Zumeist waren sie über viele Kilometer lange Förderbrücken mit dem Festland verbunden, doch gab es auch Bohrinseln, die nur auf dem Wasserweg zur Küste Kontakt hatten.

Die Arbeit auf diesen Plattformen war unter Sturmbedingungen etwa so riskant wie der Aufenthalt auf einem havarierten Schiff, das von den Wellen auseinandergenommen wird. Man war froh, nach Schichtende an Land zurückzukehren. Der Heimweg führte an älteren, ausgebeuteten Plätzen vorbei, Gruppen nickender Schwengelpumpen, die im Profil aussahen wie überdimensionale Langohrschakale; hochragende Schütten aus bläulicher Tonerde, die für die Schmierung der Bohrköpfe an den Sonden benötigt wurde; unter den Rädern satt mit Öl getränkter Boden. Zwischen den Pumpen konnte man hie und da an den Bohrlochmündern Eruptions- oder Kompressionsarmaturen sehen. Die Straße schlängelte sich zwischen Klärbecken mit Lehmtrübe und Lachen aus Öl und Wasser hindurch. Außer den Wachdiensten und den Betriebsarbeitern (sogenannten Sondenläufern, immer unterwegs in ihren Kirsa-Stiefeln, winters in Wattejacken und Zeltbahn; sie prüften die Geräte, beseitigten kleinere Unregelmäßigkeiten; bei größeren Havarien wurden Reparaturbrigaden gerufen) waren nur noch wir Lausejungen auf dem Gelände anzutreffen, die wir den Wachen als Hauptfeind galten und von ihnen gnadenlos vertrieben wurden, so sie unser habhaft wurden.

Vater war bei *Artjomneft* an der Entwicklung der Elektrik für die Ölförderung im Schelf beteiligt. Wenn er nicht gerade im Labor an seinen Magnetverstärkern herumzauberte, war er irgendwo bei den Bohrstellen an Land und auf See, wo er sich um die Trafostationen zu kümmern hatte. Denke ich zurück an meine frühe Kindheit, sehe ich mich auf der Suche nach meinem Vater die Insel abwandern. Fand ich ihn nicht in seiner Abteilung, klapperte ich die Trafostationen ab, bis ich zuletzt an der Auffahrt zu einer der Förderbrücken landete, der im Norden oder der im Süden, je nachdem, wohin die Mitarbeiter meines Vaters mich – oftmals aufs Geratewohl – gewiesen hatten. Weiter ließen mich die verhassten Wachschützer nicht, ich lungerte vor den Stegen herum und sah zu, wie die Lastwagen kontrolliert wurden, bevor sie in Richtung offene See entschwanden.

Die Welt eines Kindes ist nicht groß, aber geräumig – das Ende der Welt war für uns zunächst mit der aufs Meer und hinter den Horizont hinausführenden, sich von Bohrturm zu Bohrturm ziehenden Gerüstbrücke markiert. Was dahinterlag, lockte uns; dort, an den Förderanlagen, waren echte Männer zugange und schlaue, allmächtige Maschinen, dort herrschte eine Weite, die einem den Atem nahm. Im Sommer stahlen wir uns mit Schnorchel und Taucherbrille unter die Brücken, schwammen darunter von Pfahl zu Pfahl, sahen über uns die Profile der Lastwagenreifen durch die Ritzen und unter uns am Grund das in schmalen Streifen hindurchfallende Sonnenlicht flimmern. Oder kletterten gleich, ohne zu fragen, in die »Alabaşi« hinein, deren Verdeck mit Sitzbänken bestückt und hier nur zur Hälfte geschlossen war. Ewig waren die Wachen hinter uns her, schnappten uns dann und wann, schritten zur Selbstjustiz oder übergaben uns an das »Kinderzimmer« der Miliz, wo jene schlaksige Frau im braunen Kleid mit der Papirossa im Mund, aus der blaugraue Rauchrosen stiegen, meiner verschreckten, stammelnden Mutter Vorhaltungen machte.

Einmal trafen Haşem und ich meinen Vater im Labor dabei an, wie er ein Experiment anstellte, irgendetwas unter der Haube eines Elektromotors zusammenschraubte; wir sahen den gewickelten blanken Draht in der Spule, die Steuerungstafel. Vater hieß uns warten; wir vertrieben uns ergeben die Zeit mit der Betrachtung irgendwelcher Skalen, Schaltpläne, drehten vorsichtig an Klemmen, dann stießen wir auf das Voltmeter und hatten Spaß daran, unseren Körperwiderstand zu messen: Aus irgendeinem Grund waren wir überzeugt, dass von ihm der Grad der Empfindlichkeit des Organismus gegenüber Stromschlägen abhing – je höher, desto unempfindlicher. Ich weiß nicht, ob so ein Zusammenhang in irgendeiner Form tatsächlich besteht, jedenfalls hatte unser Vater einen hundertmal höheren Körperwiderstand als wir, was uns gigantisch vorkam, Ergebnis eiserner Ertüchtigung: Da Vater doch tagtäglich mit Starkstrom umging, musste sein Körper, bestens trainiert, einen hohen Widerstand haben. So viel weiß ich heute, dass der Widerstand sich in gewissem Grad proportional zur Körpermasse verhält, die bei Vater nun einmal viel größer war. Doch unsere Legende ging anders, und wir waren besessen von ihr. Jedenfalls hantierten wir gerade mit den Prüfspitzen des Voltmeters und waren dabei, eine Maßstabsleiste zu entwerfen, als ein heftiger Knall ertönte. Etwas war schiefgegangen bei Vaters Experiment, ein starker Lichtbogen hatte ihn geblendet. Es verging eine halbe Stunde, bis er wieder etwas sah. Wir führten ihn zur Sanitätsstation, er gehorchte uns wie ein kleines Kind. Und mir war bange, so bange wie im Leben nicht mehr.

ZWÖLFTES KAPITEL

Suf!

1

Die Stadt, so schien es, war auf Grund gelaufen. Den Grund der Epoche.

Das Kaspische Meer ist das einzige, dass man atmen sehen kann, seine Atemfrequenz lässt sich an einem Menschenleben bemessen. Im 9. Jahrhundert, zur Blütezeit des Chasarenreiches, lag der Meeresspiegel einundzwanzig Meter niedriger als heute. Aber als mein Vater Kind war, muss das Meer höher gewesen sein als zu der Zeit, da ich schwimmen lernte. Ich weiß noch, wie wir einmal von der Bushaltestelle zum Strand liefen, das Meer lag noch als schmaler Streifen in einiger Ferne, wir kamen an ein paar Felsblöcken vorbei, da sagte mein Vater: »Von den Steinen da haben wir damals geangelt.«

Am dritten Tag war ich so weit, ein paar Ausfahrten in die Umgebung zu wagen. Ein günstiges Taxi brachte mich erst südwärts, dann nordwärts vor die Tore der Stadt, wo die flache Küste dem steigenden Pegel besonders sichtbar ausgesetzt ist. Fürwahr: Das Meer stieg wieder. Stellenweise waren die Straßen weggespült und hatten ins Innere verlegt werden müssen. Alle Strände meiner Kindheit waren überflutet. In Pirşağı und Corat ragten die Liegepritschen und Strandkörbe kaum noch aus dem Wasser. Die Kindheit vom Meer geschluckt.

Ich vermied es, daran zu denken, dass Therese in der Stadt war; ich hatte jetzt anderes im Sinn; der Gedanke an sie, schien mir, war Gift für meine Seele, die just von der Vergänglichkeit des Seins, der Gefräßigkeit des Vergessens absorbiert war. Dass ohne Menschen nicht zu leben lohnte, war klar, aber jetzt lag mir vor allem daran – und meine Zuversicht war groß –, dass die Abşeronschen Fluide von einst, jene Trugbilder, die meine Jugend genährt und die sich immer dann ergeben hatten, wenn wir hinter das Meer, hinter das Ende der Welt schauten – dass sie zu finden und wiederauszugraben sein würden.

Ich spazierte durch Baku und war wie vor den Kopf gestoßen: Der Bau- und Sanierungsboom hob die Stadt buchstäblich aus den Angeln. Viele Häuser der Uferstraße waren eingerüstet, wurden gesandstrahlt, der geschwärzte Kalkstein war auf einmal nackt und weiß. Ich hätte mich langsam um ein Hotel kümmern müssen, zögerte es hinaus; der Rucksack befand sich noch in der Gepäckaufbewahrung am Bahnhof.

Schließlich raffte ich mich auf. Ich musste Haşem ausfindig machen, was sonst. Nach Artjom fuhren keine Züge mehr, nur noch ein Linientaxi gab es. Von Gürgən an stach das Meer in die Augen, der Damm, die Molen, Boote. Das Hauptrohr, das sich von den Schelflagerstätten quer über die Insel zog, klebte an der Böschung. Die rostigen Eisenbahngleise liefen daneben her über den anderthalb Kilometer langen Damm.

Vor der Auffahrt bremste das Taxi, der Blick aller ging nach rechts: Über einer der Plattformen schwebte ein Hubschrauber, zog in geringer Höhe Richtung Nordbrücke davon. Dann passierten wir die Piers, an denen Ölarbeiter sich drängten, Taschen und Helme dabei. Die Männer saßen oder standen herum, rauchten und redeten, kramten in ihren Taschen; Tomaten, Gurken und Ajran kamen zum Vorschein.

»Heute früh ist ein Hubschrauber auf dem Weg zu einer Bohrstelle ins Meer gestürzt. Alle Barkassen sind raus, die Leute suchen. Die Schichtablösung verzögert sich.«

Ich schaute auf dem russischen Friedhof vorbei, er war verwahrlost, zugemüllt. Meine Gräber waren heil, nur der Grabstein des Urgroßvaters (ein Stück Sandstein mit trapezförmigem Anschnitt, wie eine Standarte) hatte sich leicht gesenkt; dafür sah das Keramikmedaillon mit dem Photo aus wie neu. Ich räumte auf den Gräbern ein bisschen auf, ging in den Haushaltwarenladen, kaufte schwarze Farbe, kaute mir das Ende eines Zweiges zum Pinsel zurecht und malte die Inschriften nach. Um das Grab des Urgroßvaters schien sich jemand zu kümmern, eine Literflasche war im Sand vergraben, darin ein vertrockneter Rosenstrauß. Ich suchte mir ein paar passende Scherben und scharrte damit im Sand, fand Eierschalen – und eine Rubelmünze. Es war der Reformrubel aus dem Jahr 1991, den ich vor meiner Ausreise hier verbuddelt hatte. Ich rieb ihn mit etwas Sand zwischen den Fingern, er wurde davon nicht blank. Nach kurzem Überlegen nahm ich die Uhr vom Handgelenk, schaufelte eine Handvoll Erde und legte die Uhr mit dem Rubel hinein. Dann lief ich auf dem Friedhof eine Weile kreuz und quer, bis ich das Grab von Haşems Mutter fand. Lange schaute ich auf ihr Bild. Ein markantes Gesicht, entrückt, in sich gekehrt, jedoch nicht abweisend. Sie scheute sich, russisch zu sprechen, vernachlässigte ihr Aserbaidschanisch, wir hörten sie immer nur englisch reden. Heute denke ich, sie wollte damit Distanz zu sich selbst gewinnen. Ich weiß noch, wie sie uns Byron vorlas. Wir verstanden nichts, schauten nur auf ihren Mund, ein faszinierender Vorgang: der reine Klang, wie aus dem Augenblick geboren … Theaterhypnose in Reinform. In Tahirə-xanıms Stunden gellte das Schlussklingeln brutal in den Ohren.

Im Frühling unseres siebten Schuljahrs trugen wir sie zu Grabe. Haşem lehnte es ab, auf den Friedhof zu gehen, er blieb am Meer sitzen. Die nachfolgenden zwei Tage verbrachte er dann am Grab. Arbeiter aus der Steinmetzwerkstatt am Friedhofstor, wo Grabsteine geschnitten und poliert wurden, entdeckten ihn dort. Meine Eltern holten ihn zu uns; Vater besorgte Ferienschecks für das Sanatorium in Mərdəkan. Haşem liefen in einem fort die Tränen, ich wusste ihm nicht zu helfen, spürte aber, dass es genügte, bei ihm zu sein und Geduld zu haben. Von jenem Aufenthalt ist mir (von der Charcot-Dusche abgesehen) lediglich in Erinnerung, dass wir im Sanatoriumsgelände (das Anwesen eines Ölmagnaten vom Anfang des Jahrhunderts) auf den Einstieg zu einem Geheimgang stießen. Da war Haşem auf einmal hellwach. Der Zugang zum Schacht befand sich in einem kleinen Pavillon, unmittelbar neben einem dreißig Meter langen Bassin von auffälliger Tiefe, ein verfallenes Marmortreppchen führte bis zum Grund. Offenbar hatte der Magnat in Ermangelung einer Wasserleitung größere Vorräte an Wasser angelegt. Aus dem

Pavillon musste ein Lift tief hinab zu einer Plattform geführt haben, wo man bei heißem Wetter Gäste zu empfangen pflegte, vermutlich war es da unten angenehm kühl, und des Nachts konnte man durch den Schacht nach oben die Sterne sehen, auch das eine Attraktion. Jetzt aber stank es aus dem Brunnen nach Erdöl, und er war in einem Zustand, dass wer hinabstieg, Gefahr lief, lebendig begraben zu werden. Was wir allerdings erst von der Oberschwester erfuhren, vor der wir landeten, nachdem ein Wächter uns aus einem der oberen Zwischengeschosse gezogen hatte; beim Versuch, gegen das Brombeergestrüpp vorzugehen, das das Hebewerk des Liftes und die vor dem Schacht gelegene Terrasse überwucherte, waren wir bis dahin abgerutscht.

Heute ist mir klar, dass ich in Haşems Mutter verknallt war. Verknallt ist wohl das rechte Wort für die Zuneigung eines Halbwüchsigen zu einer zweiunddreißigjährigen Frau: den Verlust der Fähigkeit zu fließender, eingängiger Rede in ihrem Beisein; die augenfällige Erregung; das Unvermögen, den Blick von ihrer wogenden Brust zu lösen und der glatten Haut; das Gefühl, sterben zu müssen bei einem ihrer kurzsichtigen, beiläufig-abwesenden Blicke, deren schwarzer Glanz sich in Wärme verwandelte; das unbändige Begehren, aufzuspringen, hinzulaufen, ihr in den Handballen zu beißen und zu flüchten … Ich sehe sie vor mir, unfassbar elegant in einem spitzenbesetzten schwarzen Umhang, bei irgendeiner Gelegenheit auf der Pier auf und ab gehend; ich höre noch das Wispern hinter ihrem Rücken, wofür ich die klatschenden Weiber, einschließlich der Schülerinnen aus den höheren Klassen, am liebsten in der Luft zerrissen hätte; schwarzes Blut im Herzen.

Erst heute ist mir außerdem klar, dass Tahirə-xanım ernstlich krank war. Haşem wurde von seiner Mutter nicht mit Fürsorge verwöhnt, dafür war ihr Leidensweg zu verheerend gewesen: der Verlust der Angehörigen, die Flucht, das behinderte Kind … Mit elf fing er an, sich gegen sie aufzulehnen, sie zu bevormunden. Meine Mutter bot ihm Nachhilfestunden in Russisch an, so kamen wir uns näher; öfter blieb er über Nacht bei uns.

Die Pein wich nie aus Tahirəs Gesicht. Später verschrieb ein Psychiater ihr irgendwelche Tabletten, von denen ihr Gesicht einen gleichmütigen, törichten Ausdruck annahm. Kam sie Haşem abholen, dann immer entweder zu früh oder so spät, dass meine Eltern schon dabei waren, ihn zu Bett zu bringen. Immer wieder verschwand sie für eine Weile ganz. Mutter hörte nie ein gutes Wort von ihr, Tahirə mochte keine Vertrautheiten. Nur einmal erschien sie ganz aufgelöst: Haşem sei nicht da. Die Sorge war völlig unbegründet, mit dreizehn waren wir in der Lage, uns um uns selbst und andere zu kümmern. Damals saß sie lange in unserer Veranda und weinte. Sie sprach mit Mutter bis tief in die Nacht, ich weiß nicht, worüber. Bis Haşem seinerseits in Panik auf der Schwelle stand: Tahirə sei wieder einmal verschwunden …

Ich war in der zweiten Klasse, als wie ein Lauffeuer die Nachricht umging, auf Bakus Straßen seien Iraner aufgetaucht. Das klang ungefähr so mysteriös wie die Kunde von der Landung Außerirdischer. Ich wollte sie unbedingt sehen, so dass ich Wochenende für Wochenende darum bettelte, zur Großmutter Serafima fahren zu dürfen – in der Hoffnung, unterwegs irgendeinen dieser Asylanten zu erblicken. Ein Pulk von ihnen hatte sich vor dem Postamt gebildet, wo sie mit den Angehörigen zu Hause telefonieren konnten. Ihre Blicke besorgt, argwöhnisch oder deprimiert, in Grüppchen zusammenstehend, drei oder fünf Fladenbrote gegen die Brust gepresst. Intensiver Brotgeruch ging von ihnen aus. Aufnahmestellen waren für sie damals noch nicht vorhanden. Sie kampierten provisorisch in Schulturnhallen und Arbeiterwohnheimen. Die Iraner fielen auf, man erkannte sie an ihrer stolzen Beherrschtheit, Einsilbigkeit, höflichen Distanz. Sie hatten Angst, zurückgeschickt oder in Lager deportiert zu werden.

In Gruppen kamen sie über die Grenze, nach und nach im Laufe mehrerer Monate, an den unzugänglichsten Stellen. Dazu mussten sie sich einen Führer suchen. Sie hatten nur das Allernötigste dabei: Papiere, Erinnerungsstücke, Gold und Schmuck; ihr sonstiges Hab und Gut hatten sie zu Spottpreisen losschlagen müssen. Haşems Vater war Offizier des Geheimdienstes unter dem Schah gewesen. Die Meute in Abadan hatte ihn gelyncht. an seiner Familie wurde ein

Pogrom verübt, bei dem Haşems älterer Bruder zu Tode kam. Tahirə-xanım war Aserbaidschanerin, ihre Schwester wohnte in Lənkəran. In dem Staat, der ihr Mann und Sohn geraubt hatte, war für sie kein Bleiben mehr. Gemeinsam mit ihren Eltern floh sie zunächst zu entfernten Verwandten in ein Dorf kurz vor der Grenze zur UdSSR. Dort taten sie sich mit einem weiteren Grüppchen zusammen, das auf der Flucht war. Der Weg über den Pass ist im Winter nicht ohne: Selbst bei Temperaturen über null kommt es vor, dass Menschen an Unterkühlung sterben. Haşem erinnerte sich, wie der Führer sie auf halbem Weg im Stich ließ, einfach abwinkte und nur vage die Richtung wies, in eine bewaldete Kluft hinein. Sie mussten fürchten, verfolgt zu werden, schneller gehen konnten sie deswegen trotzdem nicht. Sie stolperten durch den Dschangal ohne Weg und Steg, kein Kompass dabei und auch keine kräftigen Männer, nur Alte, Frauen und Kinder; einzig ein ausgemergelter, psychisch kranker Mann um die dreißig war unter ihnen, gebeugt, in schlotterndem Jackett und speckigen Handschuhen mit ausgeleierten Stulpen, die im Gehen grotesk herumbaumelten. Ein Glöckchen hing ihm an einer Schnur am Revers, das bimmelte in einem fort. Die Frauen stellten ihn scharf zur Rede, verlangten, dass er das Glöckchen entfernte, da sie fürchteten, jemand könnte auf sie aufmerksam werden. Der Verrückte weigerte sich, ohne das Glöckchen ginge er verloren, behauptete er. Als es dunkel wurde, setzten sie sich dicht aneinandergedrängt unter einen Baum und warteten auf die Nacht. Die Mutter presste ihren Sohn an sich, Haşem erinnerte sich daran, wie die Sterne kalt am Himmel hervortraten. Nicht weit jaulten die Schakale. Tagsüber waren sie ihrer Spur gefolgt, warteten augenscheinlich darauf, dass der Schwächste zurückblieb. Am Morgen blieben Tahirəs Vater und eine fremde alte Frau unter dem Baum sitzen. Der Großvater müsse noch ein bisschen ausruhen und würde sie später wieder einholen, so sagte sie dem Sohn. Die Großmutter wollte bei ihrem Mann bleiben, doch Tahirə zerrte sie mit sich. Das Glöckchen hörten sie an dem Tag nur noch selten und immer leiser, irgendwann hörte es ganz auf.

Makijewski, ein Offizier der Grenzwache, den wir kannten, hat uns später erzählt, es sei unter den Grenzern immer wieder zu Fällen von Leichenfledderei gekommen, wenn die Soldaten erfrorene oder von wilden Tieren zerfleischte Flüchtlinge fanden; sie nahmen ihnen das Gold ab, rissen sich die Säcke und Bündel mit den Wertsachen unter den Nagel. Haşem erzählte von einer abgenagten Frauenhand, die sie unterwegs fanden: lange Finger, polierte Nägel, Henna an den Kuppen, am Zeigefinger ein riesiger Ring …

Die strenggläubigen Verwandten lehnten Haşems Familie ab – vielleicht aus Sympathie zum Ayatollah oder weil die Stimme Tahirəs, ihrer Cousine, einfach nichts zählte. Haşems Großmutter überlebte ihren Mann um einen Monat, starb noch im Wohnheim. Tahirə fand Anstellung als Englischlehrerin in unserer Artjomer Schule, sie bekam ein Holzhäuschen mit gekalkten Wänden und Welldach aus Asbestzement zugewiesen, ganz in der Nähe der Ölplätze. Wenn man aus dem Fenster schaute, sah man durch den kärglichen, nur aus Feigenbäumen bestehenden Garten direkt auf die Pumpen und die zur Nordbrücke führende Schotterstraße.

Nun stand ich wieder da am Aufgang zur Nordbrücke. Rostige Rohre liefen an mir vorbei; überall nickende Pumpen, die verschlissenen Antriebsriemen an den Pleuelstangen surrten. Obligatorisch neben jeder Pumpe eine Pfütze, die zu einem Viertel aus Schweröl bestand. Dessen schwarze Klippen und Wolken in einer durchscheinenden Spanne Wasser waren Gegenstand meiner Meditationen schon in jungen Jahren. Jeder Stein, jede Betonruine auf der weitläufigen Fläche war für uns von Belang, sinnträchtiger Baustein in unserem Spiel. Ich lief dahin und hatte keine Mühe, sie alle mit den Augen aufzusuchen und zuzuordnen: Hier verläuft der Leidener Stadtgraben, da drüben ist die Alte Mühle, wo ich einmal den Teufel spielte und den Räuber Eisenzahn hinters Licht führte.

Der Wachschutz auf Artjom ersetzte uns die spanische Inquisition, gegen die Kees und Karakol zu kämpfen nicht müde wurden. »Aufenthalt verboten! Photographieren verboten! Papiere!« Das Gesicht des Wachmanns, der aus dem Büdchen des Kontrollpunkts gerannt kam, war verzerrt von Eifer und Beflissenheit.

Ein zerbeulter Aluminiumkessel und zwei Teegläser in Untersätzen auf dem Geländer hatten etwas Anheimelndes. Der zweite Wächter verfolgte stumm, wie sein Kumpan dem Touristen einheizte.

»Mach halblang, mein Lieber«, entgegnete ich, »reg dich nicht auf. Mein Großvater hat an dieser Brücke gebaut. Mein Vater hat hier Öl gefördert. Was fährst du mich so an?«

»Da kann jeder kommen. Hier ist kein Aufenthalt.«

»Warum glaubst du mir nicht? Wusstest du zum Beispiel, dass hier 1953 ein dermaßen kalter Winter war, dass das Meer oben in Dagestan zufror? Der Sturm hat das Packeis in Machatschkala abgerissen und bis nach Abşeron runtergetrieben. Die Ölbetriebe hatten hohe Verluste – die Plattformen rissen ab, von den Brücken ganz zu schweigen.«

»Zugefroren? Was redest du da. Das Meer gefriert nicht. Ich sag ja, du lügst. Nimm den Film aus dem Apparat!«

»Von wegen lügen, hör mal zu. Das Meer hat im Norden, um die Wolgamündung, ausreichend Süßwasser und ist nicht sehr tief, da kann es Eis im Überfluss geben. Bekäme dir gut, bisschen Heimatkunde zu treiben.«

»Ich kenne meine Heimat, keine Sorge«, schnitt der füllige Wächter in seiner neuen blauen Kluft mir das Wort ab und streckte fordernd die Hand aus. »Film her!«

»Es gibt keinen Film, nur eine Speicherkarte.«

»Puh. Speicherkarte? Spionkram! Ich ruf den KGB, mal sehen, was du denen vorspinnst.«

Geschäftig verschwand der Wächter in seiner Bude. Er war in meinem Alter, nur ein, zwei Jahre älter vielleicht. Dick und gemütvoll aussehend. Der andere, spindeldürr, mied es, mir in die Augen zu schauen. Zur Schule gegangen war ich mit beiden nicht, so viel stand fest. Ich wollte auch gar nicht den Anschein erwecken, als suchte ich auf Artjom nach alten Bekannten. Jemandem aus meinem früheren Leben zu begegnen wäre über meine Kräfte gegangen.

Nach ungefähr zehn Minuten kam ein weißer Wolga hinter dem Hügel hervorgeschossen. Ein kerniger, schnauzbärtiger Offizier mit hoher Stirn, der ein tadelloses Russisch sprach, beschäftigte sich mit meinem US-amerikanischen Pass, schrieb ein paar Daten in sein Notizbüchlein ab und gab ihn mir zurück.

»An sich haben wir hier nicht viel zu verbergen. Höchstens, dass die Investoren unsere traurigen Förderanlagen nicht sehen sollen. Also mit Verlaub ... Haben Sie viel photographiert? Ich könnte Sie ins Dorf mitnehmen, soll ich?«

Das war mir recht.

Als Erstes sah ich mich ein bisschen auf dem Basarplatz um und lief dann durch die Siedlung zu Haşems Haus, wo ich feststellen musste, dass es verkauft war. Der neue Besitzer war ein alter Mann, der nach jedem Zug an seiner Selbstgedrehten schrecklich zu husten anfing, mit einer großen Warze auf der Nase, die er immer wieder verstohlen in die Beuge seines Zeigefingers legte, während er erzählte, dass Haşem jetzt im Naturpark Şirvan arbeite – so habe er es ihm gesagt, als er noch einmal erschien, um irgendwelchen Plunder aus dem Schuppen zu holen, das sei aber gut und gerne zehn Jahre her. »Sonst hat er alles dagelassen. Solltest du ihn finden, kannst du ihm seine Post geben.« Der Alte verschwand im Haus und kam lange nicht wieder. Ich sah mich auf dem Hof um: Der Schuppen war abgerissen, im Garten waren Pfirsichbäume gesetzt. Schließlich trat eine junge Frau aus dem Haus und reichte mir wortlos ein paar Briefe. Auf zweien erkannte ich meine Handschrift. Alle waren geöffnet.

Zum Zeitpunkt unserer Ausreise war Haşem zweimal an der Schauspielschule durchgefallen und wollte an der Biologischen Fakultät anfangen; wir hatten noch gemeinsam Stoljarow besucht, damit er ihm ein paar Ratschläge gab. Damals spürte ich, nach all meinen eigenen Abenteuern, dass eine Entfremdung zwischen uns eingetreten war, um nicht zu sagen, eine Kluft hatte sich aufgetan – ein seltsames Gefühl, zumal mir klar war, dass es nicht anders hatte kommen können. Bisher hatten wir in einer gemeinsamen Welt gelebt. Die war nun gespalten in zwei sehr verschiedene, es herrschte Krieg. »Das wird nun so bleiben«, war Haşems Kommentar gewesen. Er kannte sich in menschlichen Tragödien besser aus als ich.

Die beiden Briefe von mir zerriss ich, vergrub die Schnipsel flüchtig in der Böschung bei den Betonresten der Trafostation, die einmal als Haarlem gedient hatten. Damit endete der zweite Besuch meiner Heimatinsel.

2

Ich sah und hörte dies und das; erst als der Sommer Einzug hielt, konnte ich mir aus alledem etwas zusammenreimen. Mehr oder weniger wurde klar, dass Haşem die Lehre der Hurufi predigte, jener Sekte, der einst Tamerlans Dynastie eine Menge Unannehmlichkeiten bereitet hatte. Ihre Glaubensvorstellungen waren in der Kultur des Volkes wohlverwahrt, in der Tradition der Muğamen ebenso wie in der Dichtkunst der Aşıqlar, es lag nahe, sie dort hervorzuziehen und in die Wirklichkeit von heute zu stellen, ihre Werte vor Augen zu führen, die es der Scharia entgegenzusetzen lohnt.

»Suf!« – dieses rätselhafte, vor Heiligkeit sprühende Wort ist mir von Kindesbeinen an geläufig, doch erst vor kurzem fiel mir ein, seinen buchstäblichen Sinn zu ergründen – erfolglos. Es kommt vor, dass Phänomene der Kindheit, die, ohne sich dem Verstand zu erschließen, dem Weltempfinden ohne Weiteres entsprechen, seinem integralen Kern angehören, für immer unaussprechlich bleiben. Und das nicht nur aus Angst, man könnte das kleine Paradies im Nachhinein zerstören. Wem käme es in den Sinn, ein Phänomen wie »Mama« deuten und auslegen zu wollen?

Auf den von Stoljarow geführten Expeditionen sind wir zweimal Derwischen begegnet. Die Geographie unserer Kreuzzüge war streng umrissen: vom Hirkan im Süden bis etwas über Anzolu im Norden hinaus – nämlich überall da, wo die Grenzwachen von Leuten befehligt wurden, die Stoljarow kannte. Im Flachland waren die Abstände zwischen den Wachposten geringer als in den Bergen, wo es Gegenden gab, in denen garantiert kein Durchkommen war. So dass wir unsere Wege hier unten etwas ungezwungener wählen konnten. Nur einmal, als Alarmbereitschaft ausgegeben war, weil ein Spion sich eingeschlichen hatte (Gespenst mit Transistorempfänger und Kraxe, im Umkreis mehrerer Dörfer geortet), durften wir die

Grenzzone nicht betreten, so dass wir uns mit der Nordküste um Nabran begnügen mussten.

Oberleutnant Felix Makijewski, Vorsteher der 25. Grenzwache (eine stattliche Erscheinung – Gesicht und Haltung war der geborene Soldat anzusehen), beherrschte seinen Grenzabschnitt auf jedem einzelnen der sechshundert Millionen Quadratmeter. Er kannte das Gelände, wie ein unersättlicher Liebhaber den Körper seiner Geliebten kennt. In allen drei Auls konnte er sämtliche Männer mit Namen ansprechen und tat dies auch, er wusste, wer wie viel Stück Vieh hatte, kannte alle Hirtenhunde, alle Weideplätze, die genehmigten ebenso wie die eigenmächtig annektierten, alle Quellen, Bäche, aufgelassenen Reisfelder – *bicar* geheißen, in denen Pferde im brusthohen Gras standen, und manchmal scheuchte man einen Schwarm Zwergtrappen auf und sah sie zu Hunderten als plustrig weiße, den Himmel für einen Moment verdunkelnde Wolke entfleuchen, zuletzt mit dem typisch pfeifenden Flügelschwirren. Er kannte sechs Staudämme, (von denen immer mal einer leckte, dann mussten Sandsäcke herbei), drei Bambushaine, zwei Pīre (sufistische Betsteine), die zwei größten Kastanienblättrigen Eichen der Region, die von der Bevölkerung kultisch behandelt wurden. (So ein Baum ist wie ein Reich für sich: Nimmt man den Stamm zwischen die Arme und tastet sich, über die Wurzelrücken stolpernd, bedächtig rundherum, gerät man mit der Nase in Täler und Klüfte, mit Holzsaft vollgesaugte Mooskissen – Tränken für Hornissen –, und es schwindelt einen vom Sog empor, in die Krone hinein, auf die zahllosen Traversen, Balkons und in die Sonnenweiler.) Kannte die zwei berüchtigten Kühe aus dem Aul Digah: Pulja und Dura, so hießen sie bei den Grenzschützern, eine rotbraun und eine gescheckt, die immun waren gegen elektrischen Strom, ihretwegen waren schon Hunderte Meter Stacheldraht verschwendet worden. Kannte die drei Jäger aus Prischib und Priwolnoje, die in einem Rudel Wildschweine lebten und nebenher seit Jahren den gemeinsam mit den Schweinen aus dem Iran herüberwechselnden Turantiger erforschten, vielleicht das letzte übriggebliebene Exemplar im ganzen Talış-Gebirge …

Als Makijewski unser Lager zum ersten Mal beehrte, trug er auf der ausgestreckten Hand eine durchweichte Schuhschachtel voll Honigwaben, die wir dann zum Tee schleckten. Mit knarrendem Riemzeug saß er bis spät in die Nacht am Feuer, diskutierte mit Stoljarow ein Buch des Astrophysikers Schklowski über die Suche nach außerirdischer Intelligenz und sortierte Sternbilder im Feldstecher, woran er uns teilhaben ließ, indem er ihn weiterreichte und zuvor die Hand senkrecht ins Visier stellte, damit wir (die Schläfe an die Elle seines ausgestreckten Arms gelegt) an ihr die Blickachse synchronisieren und in der Himmelsschatzkammer den wolkigen Wirbel irgendeines Sternennebels betrachten konnten.

»Felix, kann es sein, dass ihr neulich Besuch hattet?«, stellte Stoljarow unversehens die halblaute Frage.

»Woher weißt du?«, fragte Makijewski zurück, mit einem schnellen Seitenblick auf uns, in die sechs, sieben von Schatten und Flammenschein gefleckten, wissbegierigen Jungsgesichter. »Wir sollten die Kinder nicht unnötig verrückt machen damit … Na gut, vorige Woche haben sie uns an Posten zwölf mit einem Überschallluftschiff gefoppt. Komarow rief an und war nur am Fluchen, ich verstand nicht, was Sache war, musste ihn anscheißen, damit er anständig Meldung macht. Oben auf der Pyramide sind sie genauso stutzig geworden, und wie sie die Flugbahndaten sahen, fuhr ihnen der Schreck so in die Glieder, dass sie gleich die komplette 32. Flotte losgeschickt haben. War aber nur Kerosinvergeudung. Und im Muğan herrscht eh seit längerem Aufregung, ich sage nur: Silberpfeile, da weißt du Bescheid … Aber wie kommst du drauf? Ist dir selber was aufgefallen?«

Wir hielten den Atem an. Aber Stoljarow besann sich eines anderen.

»Ich bring dich ein Stück, da können wir noch reden«, sagte er.

Das Thema Außerirdische interessierte uns brennend. Die ganze Klasse hatte Gogol geschmökert, der von allen Dichtern den stärksten Einfluss auf die kindliche Phantasie hat. Nehmen wir nur den *Wij:* Der Grusel um die verfallene Kirche, Symbol für ein zerstörtes, geschändetes Heiligtum, setzte sich in der Vorstellung von Generationen fest. Oder Tschitschikow, wie er in inniger Umarmung mit seinen Toten in der Troika dahinjagt; Akaki Akakijewitsch, von bösen Geistern gerupft; Chlestakow als Werwolf und der Revisor selbst, wie er auf dem Teufel huckepack über die Bühne reitet – dieses wirre Gogol-Potpourri geisterte durch unsere nächtlichen Träume. Meinen Freund Haşem hatten es besonders die Jenseitsvorstellungen angetan. Wir gingen in die zweite Klasse, da hatte er schon ein silbernes Salzfässchen unterm Bett stehen, und das bläuliche Licht darüber habe ich mit eigenen Augen gesehen, als ich im dunklen Zimmer unter der Bettdecke hervorsah. Nachts kommen die Gnomen an dieses Feuer, um sich zu wärmen, behauptete Haşem. In Klasse sieben, als wir bei Einbruch der Nacht am Strand vier randvoll mit Kerosin gefüllte kleine Gruben entzündeten und den gruseligen Widerschein der Flammen über das Meer tänzeln sahen, nahm unser beider Phantasie für mich deutliche Gestalt an: Ich sah einen dahinsprengenden Reiter auf langmähnigem Pferd, der sich urplötzlich von der Meeresoberfläche löste und in die Luft auffuhr. Das kam wohl, weil die Nebelschleier über der See in den Abendstunden besonders dicht waren, bei klarer Sicht wirkten sie wie lebendig …

Solche »Paläokosmonautik« also machte uns hellhörig. Übernachtungen in den Bergen, unter der auf uns hereinprasselnden Milchstraße, erweckten uns zu Visionären: Raumstationen, Stadtkonstruktionen in den Tiefen des Universums, in unfassbarer, nachgerade absurder Entfernung, bestehend aus Laborhäusern, Schwimmbecken, Konferenzsälen, Bibliotheken und Orangerien, rotierten gemächlich in der Pupille einer fremden Galaxis – da wo die Vorstellung von Gott anfing. Der Blick in den Himmel bemächtigte sich der Sternenkraft.

Bei früheren Gelegenheiten hatte Stoljarow uns von Thor Heyerdahl erzählt: Der habe sich nicht nur für die Asen interessiert, sondern auch für mögliche Unterseebasen von Außerirdischen. Seeleute wollen im Südteil des Kaspisees nicht nur einmal irgendwelche Objekte aus den Tiefen in die Atmosphäre aufsteigen gesehen haben. Der Norweger war überzeugt davon, dass Zonen seismischer Aktivität für Engelwesen oder außerplanetarische Kräfte besonders attraktiv sein mussten. Die Daten sprächen eine deutliche Sprache, so meinte auch Stoljarow: Es verging kaum ein Tag, an dem die »Pyramide« (eine Radarstation großer Reichweite im Qobustan-Gebirge, die ihren Namen der Geometrie des Gebäudes verdankte; gigantische Richtantennen und Rechnerkapazitäten) nicht irgendwelche unbekannten Flugobjekte registrierte. Die Station durchleuchtete den Himmel in einem Bereich über den Persischen Golf hinweg und bis an den Rand des Indischen Ozeans. Aber auch mit bloßem Auge war es uns schon ein paar Mal gelungen, der »Silberpfeile« in der Steppe gewahr zu werden: wenn plötzlich am Horizont eine lange, sich immer noch ausdehnende silberschimmernde Wolke erschien, die man für eine optische Täuschung zu halten geneigt war. War ein solcher Pfeil »geflogen«, ließ sich im Fernglas noch minutenlang seine Fährte erkennen, eine Prozession schrumpfender weißer Figuren, die an Menschen erinnern, still in einer Reihe dahinziehend, immer tiefer sinkend, am Ende sind sie weg. Alle Versuche, sich der Wolke anzunähern, gar in sie vorzudringen, waren zum Scheitern verurteilt, so als handelte es sich tatsächlich um ein Trugbild. Abgesehen davon, dass die Muğansteppe in ihrem besiedelten Teil von einer Vielzahl alter, vernachlässigter Bewässerungskanäle durchzogen ist; ein Großteil dieser durch den Kür bewässerten Niederungen, die früher einmal Reisfelder waren, hat sich in undurchdringliche Malariasümpfe verwandelt, wodurch ein schnelles, geradliniges Durchqueren der Steppe nicht mehr möglich ist. Während der zum Meer hin gelegene Teil des Şirvan-Naturparks, wo die »Pfeile« am häufigsten flogen, der Raum über Dutzende von Kilometern »durchschossen« schien, für unangemeldete Besucher verschlossen war.

»Stoljarow hat Heyerdahl alte Überlieferungen nacherzählt, wie sie unter den Duchoborzen im Vorland des Talış noch lebendig sind«, raunte ich Haşem ins Ohr, der ohnehin nur auf Exkursion mitkam, weil er etwas Übernatürliches zu sehen oder zu hören hoffte, doch ließ sein Eifer diesbezüglich schon nach. »Sie sehen die Außerirdischen als Engel an und glauben, dass sie in den großen Vogelformationen im Qızılağac untertauchen. Gleich und gleich gesellt sich gern, da ist die Tarnung einfach. Es heißt, Fjodor, der legendäre Jäger aus Priwolnoje, der den Leoparden erwürgte, habe eines Herbstes im Qızılağac in einem Riesenschwarm Blesshühner am anderen Flussufer eine große schwarze Gestalt ausmachen können, die bäuchlings im Wasser lag; Hörner habe sie angeblich auch gehabt. Dieser Engel, oder wie man ihn nennen möchte, habe sich aus den Vögeln, die an dieser Stelle in großer Menge rasteten, zusammengesetzt! Während die Artgenossen im Umkreis aber gemächlich herumschwammen und gründelten, flatterten sie hier in einem fort und kreisten über dem Wasser, saßen nieder und flogen wieder auf, lärmten ohne erkennbaren Grund, schwärmten wie irrsinnig, und das über gut zwei Stunden. Der Riese versuchte sich zu erheben, aufzustehen, rutschte aber nur ein Stück vom Fleck, das ging eine Ewigkeit so. Bis er sich plötzlich auflöste, von einem Moment auf den anderen. Fjodor selbst ist auf die Sache nicht anzusprechen, verweigert Stoljarow jede Auskunft. Meine Großmutter kennt ihn, sie sind aus demselben Dorf.«

»Das ist doch geschwindelt«, platzte Haşem hervor, wollte die Geschichte in der Folgezeit aber immer wieder von mir hören.

3

Der Kaspisee war für uns von Wundern und unidentifizierten Phänomenen voll. Er war lebendig: Man konnte ihn atmen sehen, in seinem Schoß sang das Öl, gingen gewaltige seismische Prozesse vor, sein Grund war so anschaulich am Brodeln und Köcheln, man konnte sich ohne Weiteres vorstellen, wie der Riese im nächsten Moment die Augen aufschlagen und sich erheben würde: zuerst in die Hocke, den Rachen aufreißen und … Außerdem testeten die Militärs hier ihre neueste, sagenhafte Landungstechnik, und wir wunderten uns über gar nichts mehr. Einmal segelten wir als Bootsjungen mit Stoljarow nach Krasnowodsk. Auf dem Rückweg verschlug es uns bis vor Xaçmaz. Es wehte ein steifer Süd-Süd-West, man konnte die Steppe riechen. Das Ufer war schon in Sichtweite, und Stoljarow zog das Ruder etwas herum, um nicht auf die Bank einer auf uns zufliegenden kleinen Insel zu geraten. Plötzlich hob von der Seeseite her ein

231

mächtiges Getöse an, und einen Wimpernschlag später raste ein geflügeltes Schiff in kühnem Bogen auf uns zu, ich sah einen flugzeugartigen Rumpf mit Heckleitwerk und sechs Turbinen. Ein gigantisches Luftkissenfahrzeug, an die zehn Meter über dem Wasser daherfegend, genau über dem Bugspriet. Unsere ganze Besatzung erstarrte. Erst als die Entfernung auf Fußballfeldlänge geschrumpft war, zog der fliegende Lindwurm seitwärts in Richtung Insel. Die Flügelspitze schien die Wellen zu pflügen. Wir sahen, wie das Luftkissenfahrzeug sich noch etwas erhob, über das Inselchen hinwegsetzte, absank und hinter dem schmalen Streifen Land verschwand.

4

Zügig war Makijewski in der kristallenen Schwärze der Gebirgsnacht untergetaucht – um am nächsten Tag in Begleitung einer zierlichen, höflichen jungen Frau wiederzukehren. »Das ist Tatjana, meine Braut«, stellte er sie Stoljarow vor, »Kybernetikerin, promoviert an der Leningrader Universität«. Während die drei miteinander redeten, zog ich die Zeltleinen nach, schlug die Heringe fester und äugte verstohlen nach dem Profil der jungen Frau, das im Sonnenflirren ertrank, sah den Nimbus ihrer Haare lohen, die sich aus dem mit einer Haarspange gehaltenen Pferdeschwanz befreit hatten, und wie bei einer Drehung des Kopfes der obere Rand ihres Ohres zart aufleuchtete. Kurz darauf machten wir alle miteinander einen Spaziergang, und es fiel auf, dass Tatjana nur auf ihre Füße sah, als wäre der Pfad ein Steg über dem Abgrund. sie biss sich auf die Unterlippe und kam bei einem Anstieg schnell ins Keuchen, Schweiß perlte ihr auf der Stirn, das Gesicht wurde rosig und verzerrte sich; im Schatten der Baumwipfel, unter ihrem smaragdenen Sonnengeflecht, stach ihre blasse Haut ins Auge. Nur schwach zeichnete sich der Wadenmuskel unter der Haut ab. Mitleid, Begehren, Scham und Verachtung stritten in mir. Da hatte sie ihren Bräutigam schon zum dritten Mal gefragt, ob es noch weit sei.

Makijewski wollte uns die Grube zeigen, in der, hingeknickt über einen gefallenen Baum, mit angezogenen Beinen, ein abgestürzter toter Büffel lag.

»Den hab ich gestern gefunden. Gebrochene Rippen, innere Blutungen. An die drei Stunden wird er sich gequält haben.«

Wir umringten die Grube. Tatjana warf nur einen kurzen Blick hinein, in ihrem Gesicht zuckte es, sie taumelte zur Seite und wich schnell vom Grubenrand zurück, ohne sich jedoch weiter weg zu wagen als ein paar Schritte.

Ein Horn des Bullen hatte sich in den aufgewühlten Hang gebohrt. Der massige Körper war teilweise von Erdreich verschüttet.

»Er hat sich selbst begraben«, sagte Haşem.

»Wie, sich selbst?«, fragte Wagifka verwundert.

»Na, er wollte sich rauskämpfen und ist immer tiefer gesackt.«

»Er wird geschrien haben«, sagte Stoljarow. »Und die Bäume haben sich gebogen vor Gram.«

Die erloschene Kraft des gefällten Giganten ergriff mich zutiefst. Ich besah mir das gesplitterte Horn, erst das eine, in Tobsucht erstarrte, glasig trübe Auge, dann das andere, das halb geschlossen war, die langen Wimpern und den vom Rist zum Hals und hinter die lila Lippe führenden Ameisenzug. Die Insekten mit den scharfkörnig glänzenden Leibern trugen ihre Eier in den Stier hinein.

»Der Mensch hat es in dieser Lage einfacher. Er ist leichter und hat Hände zum Klettern. Hörner haben hier keinen Nutzen«, sagte Felix.

»Ein Bullenskelett ist die ideale Armierung für einen neuen Ameisenstaat«, stellte Stoljarow fest.

Anschließend führte Makijewski uns zum Baden an einen kleinen Wasserfall, von dessen Existenz nur die Grenzer wussten; die einheimische Bevölkerung gelangte höchst selten hierher. Überhaupt galt bei ihnen als wagemutig, wer in den Wald ging. Einzig die russischen Sektierer gingen auf Jagd, und sowieso bekam man hier höchstens einmal ein Wildschwein vor die Flinte. Für einen Hirsch, den schon die Sassaniden an den Rand des Aussterbens gebracht haben, bedurfte es gründlicher Erfahrung im Spurenlesen. Und darum galt der Dschangal als wüst, wild und gefährlich.

(So viel wusste ich schon: Dschangal bedeutet Wald; Partisanen wurden in diesen Gegenden zu allen Zeiten als Dschangali bezeichnet, »Waldmenschen«; das Wort hatte eine romantische Aura wie weiland der Name Robin Hood. Die Dschangali hatten sich 1920 zum Ziel gesetzt, Persien unter das Dach der Kommunistischen Internationale zu führen. Die revolutionäre Volksbewegung, unterstützt von persischen Intellektuellen, die ihren Marxismus von den Russen entlehnt hatten, zeigte sich jedoch geschwächt durch den persönlichen Zwist ihrer Führer Ehsanollah Chan und Kutschak Chan. Ersterer wurde von den Sowjets unterstützt. Insonderheit von Jakow Bljumkin, den sein Protegé Lew Trotzki wie im Märchen hinter die sieben Berge entsandt hatte, um den Mirbach-Mord zu sühnen – nämlich durch Ausrufung der Weltrevolution. Kutschak Chan, ein Mann wie ein Bär, struppiger Derwisch, war für Bljumkins Geschmack viel zu mystisch veranlagt, seine Selbstlosigkeit verdächtig – im Unterschied zum rationalen Ehsanollah: nervöses Gesicht, rasierte Wangen; Kutschaks Entourage hinwiederum schien von purem Eigennutz getrieben, schnell bereit, die Revolution zu verraten. Nichtsdestoweniger ließ man sich auch mit Kutschak ein, Abich und Bljumkin kooperierten mit ihm. Sergo Ordschonikidse vom Revolutionären Militärrat der Kaukasusfront und Flottenkommandeur Fjodor Raskolnikow, der mit seinem Vorstoß auf Enseli die von Denikins Truppen entführten Schiffe der Kaspischen Flotte wiedereingeheimst hatte, hefteten Kutschak Chan den Rotbannerorden an die Brust und durften dafür die Gründung einer Sowjetrepublik Iran verkünden. Ehsanollah stand lange Zeit im Schatten seines Mitstreiters, der mit seinen mystischen Prophezeiungen im Volke populär war. Dabei hatte er es fertiggebracht, über Monate hin mit einer kleinen Abteilung, ohne ortskundige Führer, sich durch die Berge zu schlagen, in denen es von feindlichen Truppen wimmelte, zu hungern und zu kämpfen; eine Mauserpistole für zwei Goldrubel zu verkaufen; wochenlang rohen Reis zu kauen, Lehm aus dem Fluss zu graben und einen Topf daraus zu brennen, einen Vogel zu jagen, Plow zu kochen; endlich Obdach im Hause eines Freundes zu finden, erfahren zu müssen, dass dem Gouverneur der Provinz Zandschan befohlen war, ihn tot oder lebendig nach Teheran zu bringen;

ernstlich krank zu werden und vierzig Tage versteckt in einem En-
durun, dem zuinnerst gelegenen Frauengemach eines Hauses, aus-
zuharren; als Tagelöhner verkleidet in die Berge zu entkommen, von
den Dschangali aufgegriffen und als Spion verkannt und für all das
am Ende von Kutschak Chan geküsst zu werden. Im Dschangal wurde auf Betreiben von Mirza Kutschak Chan das Revolutionäre Komitee »Islamische Union« gegründet, dem namhafte Mudschahidin
angehörten und das die Aktionen der Waldbewegung zu koordinie-
ren hatte; es vermochte seinen Einfluss bald schon auf den ganzen
Hirkan auszudehnen. Unter dem Banner des Islam kämpfte das Komitee gegen die Engländer und die Kosakenbrigade des Schah. Kutschak Chan war gut Freund mit den Mullahs, die für die Verbreit-
tung seiner Ansichten sorgten; er gab die Zeitung *Dschangal* heraus,
die im Wald redigiert und in Rascht gedruckt wurde. In Kampf und
Widerstand war man bei den Mitteln nicht wählerisch. Ein gewisser
Noel, Hauptmann der britischen Spionageabwehr, wurde auf der
Landstraße nach Baku gekidnappt und in den Wald verschleppt. Daraufhin ergriffen britische Agenten den Sozialistenführer Süleyman
Mirza und expedierten ihn via Bombay nach London. Die Antwort
ließ nicht auf sich warten: Ehsanollah Chan griff sich Sir McLaren,
den britischen Konsul in Rascht, sowie William Oakeshott, Abtei-
lungsleiter bei einer Londoner Bank. Kutschak Chan fand, dass Ehsanollah mit solchen Aktionen den Dschangal in Brand setzte. Dabei
betrieben er und sein Komitee selbst einen schwunghaften Handel
mit Geiseln: Hatte er einen veritablen Grundbesitzer, Feudalen oder
Unternehmer am Haken, benannte er – unter Androhung von Kerker – ein Lösegeld zwischen fünf- und einhunderttausend Tomanen;
zeigte sich die Geisel widerspenstig, musste sie im Wald »nachsitzen«,
bis das Geld gezahlt war. Lebensmittel hatten die Bauern den Truppen zum Teil unentgeltlich zu stellen, zum Teil kaufte man sie ihnen
ab oder entnahm sie den Scheuern der Grundbesitzer als eine Art
Zehnt. Waffen kaufte man von den Kosaken oder Soldaten, fünf
bis fünfzehn Tomanen das Gewehr. Ehsanollah litt unter heftigen
Schwermutsanfällen, wovon er sich durch das Rauchen von Teryak,
Rohopium, kurierte. Im entscheidenden Marsch auf Teheran, schon

unmittelbar vor der Stadt, wurde Ehsanollah von einer mystischen Vision heimgesucht. Bis dahin hatte er von solch einer Begabung, über die sein Freund und Genosse anscheinend frei verfügte, nur träumen können. Nach Zwiesprache mit einem Engel wurde er von solcher Panik erfasst, dass er sein Heer im Stich ließ; der Angriff scheiterte. Ehsanollah wurde aus dem Militärrat suspendiert und gab sich ganz dem Opiumdämmer hin. Kurz darauf entspann sich eine Fehde zwischen den Mitgliedern der Islamischen Union, infolge derer ein Teil der Dschangali zum Schah überlief. Als der Winter nahte, wurden die Reste der Hirkanischen Front von den Truppen des Schahs in die Berge vertrieben. Kutschak Chans kleines Regiment, ausgezehrt von Hunger und langen Märschen, geriet in einen Sturm. Am 10. Dezember 1921 wurde Kutschak Chan stark unterkühlt aufgefunden und von seinem einstigen Kampfgefährten Hala Kurban – Kurde, dunkelhäutig, mit hoher Pelzmütze und über Kreuz gegürteten Patronenbändern – enthauptet. Mohammed-Hassan-Schah, Kronprinz aus der Dynastie der Kadscharen, bekam den Kopf des revolutionären Derwischs zu Füßen gelegt von Kriegsminister Reza Chan Pahlavi, jenem russisch sprechenden Kosakenoffizier, der sich 1925 selbst zum Schah ausrufen sollte. Welimir Chlebnikow, der damals unter der schirmenden Hand von Bljumkins Zögling Rudolf Abich in Persien weilte und Kutschak Chan als Propheten der Revolution und Bruder im Geiste verehrte, im Rüsten für die Ankunft des Mehdi – und nur der wird sich, seinen Leib und seine Identität, für die Inkarnation des wahren Messias, des Verborgenen Imam, des Herrschers über die Zeit, hergeben können, der sich die Epoche Seiner Herrschaft in Wort und Tat zu eigen macht –, suchte im Schnee nach Kutschaks restlichem Leichnam, um ihn der Wiederauferstehung zuzuführen. Sein Sold für die vier Monate währende militärische Mission in Persien betrug zwanzig Tomanen, die ihm Abich jedoch vorenthielt. Ehsanulla wiederum floh, im Mantel der Umnachtung durch das Opium, nach Baku. 1937 starb er bei einem Schusswechsel mit Tschekisten, die ihn verhaften kamen. So jedenfalls erzählte es Stein, noch so ein Mentor unserer Jugend, der Abichs Schwester in Baku gekannt hatte.)

Makijewski wiederum schien sich brennend für Stenka Rasin zu interessieren, fragte Stoljarow nach ihm aus. Hier in den Wäldern des Hirkan könne er sich bildhaft vorstellen, wie entlaufene Leibeigene im Unterholz abtauchen.

»Alexander, ich begreife nicht, wie die Leute sich 1937 einfach so abholen ließen. Wenn mir Unheil droht, pfeife ich doch auf alles und haue ab! Seinen Arsch zu retten ist wahrlich nicht das allerletzte Gebot. Es genügte, bis Baku zu kommen, dann warst du schon mit einem Bein in Indien. Gut, dann musstest du dich vielleicht ein paar Wochen durchhungern, dafür warst du am Leben. Man musste doch eine absolute Niete in Geographie sein, wenn einem nichts Bessres einfiel als dazusitzen und zu warten, dass der Schwarze Rabe vorfährt. Es gibt genug Bezirke auf der Landkarte, wo du vollkommen untertauchen kannst, ohne zu hungern oder zu frieren. Uns haben sie hier hingestellt, damit keine Maus durchschlüpft. Aber wenn ich ehrlich sein soll: Die Dschangali kennen dir Wege, da schnallst du ab.«

Aus Felix' Mund war Dschangali ein scherzhafter Ausdruck für allerlei Grenzverletzer, Schmuggler vor allem, die den Schwarzmarkt der Altstadt versorgten: Camel filterlos für die Soldaten und Marlboro für die Snobs, dazu das beste Henna der Welt, Haschisch und Kaugummi sowie die quadratischen silbernen Tütchen mit grünen arabischen Schriftzeichen – alles Ware, die für gewöhnlich Schuster und Mineralwasserverkäufer an den Mann brachten, seltener Hutmacher und Gemüsehändler.

Nach dem Baden führte Makijewski uns vor, wie er Forellen fing: Heuschreck am Haken, die Sehne geschickt aus der Hand ins stille seichte Wasser hinter der Sandbank geworfen. Nackt und athletisch wie ein antiker Diskuswerfer stand er und zog behutsam an der Schnur, bis er abrupt niederkauerte, die Hand zur Schulter riss, als wollte er einen Stein werfen, und die Sehne geschwinde um Faust und Ellbogen wickelte, worauf sehr bald ein hübsches Fischlein dazwischen zappelte und die Kiemen blähte.

Derweil saß Tatjana, die Arme um die Knie geschlungen, auf einem Stein am Wasser. Stoljarow stand daneben und sah dem Freund mit Behagen zu.

»Ich seh schon, Felix, in dir steckt der geborene Jäger. Ob Dschangali, Fisch oder Seelen, für alles ein Händchen. Respekt!«

Dort, an dem Wasserfall geschah es: Die Mannschaft war längst wieder ins Lager gezogen, ich als Einziger zurückgeblieben, um auszuprobieren, wie so ein annähernd schwereloser Heuschreck sich am besten auswerfen ließ, binnen kurzem war die Sehne hoffnungslos verfitzt, ich wollte gerade aufgeben und gehen, da blitzte auf einmal oberhalb zwischen den Bäumen etwas auf. Ein nackter Oberkörper, so schien es mir, und ein Hut aus Laub auf dem Kopf eines Menschen. Kalte Angst durchfuhr mich, so jäh und heftig wie eigentlich unerklärlich – und ich peste Hals über Kopf bergab, ohne Halt, ohne Atem zu schöpfen, die Knie schienen den Körper weiterzupeitschen, mein ganzes Ich gehorchte den Beinen so willfährig, als wären sie allein ein wildes, übermächtiges Tier.

»Das war der Waldgott«, erklärte Haşem.

Das erste Mal, dass wir eines Derwischs ansichtig wurden, war hinter Prischib, einem größeren Dorf, noch im neunzehnten Jahrhundert aus einer Siedlung religiöser Sektierer hervorgegangen, die zu verschiedenen Zeiten hierher verbannt worden waren. Nur ein Stück weiter bergan, hinter ein paar heißen Schwefelquellen, schlugen wir unser Nachtlager auf. Am anderen Morgen gingen Haşem und ich auf die Suche nach Trinkwasser und gerieten in eine Senke, aus der ein sichtbarer Pfad heraus in einen Buchenhain führte. In Grenzregionen gibt es keine von Menschen ausgetretenen Pfade, höchstens Wildwechsel, so hatten wir es von Stoljarow gelernt.

Plötzlich stand vor uns ein Junge mit scharfem Hütehund, der uns nicht vorbeiließ. Bellte nicht, stand nur, die Läufe leicht gespreizt, sprungbereit, mit gesträubtem Fell und einem tiefen Knurren, in stummer, wachsender Wut jede unserer Bewegungen verfolgend. Das Herrchen war kaum größer als er. Wie ertappte Sünderlein standen wir vor dem Hund, die Fäuste notdürftig vor den Bauch haltend. Der Junge wies uns den Weg zu einer Quelle. Nach kurzer Zeit erreichten wir ein offenes Plateau, über dem ein Rohr aus dem Hang ragte; aus seinem blitzenden, rostlosen Ende rann ein dünner Wasserstrahl. Als die Kanister gefüllt waren, sahen wir uns um: Nur ein

Stück abseits befand sich ein Pīr, eine Gebetsstätte – mit einem großen Block als Altar aus edlem, beinahe schwarzem Gestein, augenscheinlich nicht von hier, darunter ein Vorsprung, auf dem die Besucher, die um Gesundheit und Wohlergehen beten kamen, ihre »Gottesgaben« ablegten; Geldscheine zumeist, offen daliegend, mit einem Stein beschwert. Kleingeld, Silber und Kupfer, halbe und ganze Rubel, lose darum her verstreut. Der Triumph des Schatzsuchers ergriff mich. Neun Rubel sechsundfünfzig war die Summe, um die ich meine Eltern schon den ganzen Sommer anbettelte, denn so viel kostete ein Lederfußball. Von Seiten Haşems war diesbezüglich nichts zu erwarten, sie waren arm.

Wir kauerten uns vor das Geld, ich fing an, die Münzen zu zählen; nach den einfach gefalteten Ein- und Dreirubelscheinen unter dem Stein wagte ich noch nicht zu greifen. Der Kanister, außen beschlagen, kühlte mein Knie, die linke Hand mit den Münzen schwitzte und wurde bleischwer. Plötzlich ertönte über uns eine Stimme, tief und sonor.

»Aschhadu anna Muhammadan rasulu'llah …«

Wir wagten es, um den Stein herumzuschleichen, und erblickten einen Mann: lange schwarze Kutte auf dem bloßen Leib, gegürtet mit einem Strick, spitze Fellmütze auf dem Kopf. »Illa'llah … rasulu'llah …«, repetierte der Mann in gemächlichem Bass. Dabei hoben sich seine Arme, sie hielten einen Stock. Seine Augen waren halb geschlossen. Der von den Händen polierte Knotenstock glänzte. Das schmale, vom Bart überwucherte Gesicht, der stockende, wie stotternde Singsang, ein Eindruck fürs Leben.

Hastig legte ich die Münzen zurück, und wir zogen ab, schleppten unsere Kanister zum Lager. Das sei geheiligtes Geld, erklärte uns Stoljarow, es gehöre Gott allein beziehungsweise »seinen Leuten«, den Derwischen, von denen wir offensichtlich einem begegnet waren. Die Leute kommen zu dem Stein, um Gott um Gnade zu bitten, wofür sie dem Derwisch Nahrung und Geld bringen, damit er in ihrem Beisein ein Schutzgebet für sie spricht, das genügt schon, um den Allmächtigen zur Gnade zu bewegen. Die Derwische ziehen von Pīr zu Pīr, sie allein wissen, wo die Altäre alle liegen. Mitunter ist so ein Stein auch in der Steppe anzutreffen oder auf einem der Höfe in der Schwarzen Stadt, man erkennt sie gleich an ihrer besonderen, abstrakt-erhabenen Form und Gestalt, jeder hat sein Gesicht. Die Grenzer haben mit den Derwischen einen Deal geschlossen, demzufolge die Gottessöhne sich in der Region frei bewegen dürfen und dafür über verdächtige Personen, deren sie im Umkreis gewahr werden, Bericht erstatten. Allerdings halten die Derwische sich wenig an diese Absprachen, so heißt es.

Ein andermal machten wir mit Stoljarow einen seltsamen Besuch. Das war im tiefen Hirkan, schon in einiger Höhe, aber noch unterhalb der Alpwiesen. Wir übernachteten am Rande eines kleinen Auls. Bevor wir am nächsten Morgen die Zelte abbrachen, hefteten wir drei – Haşem, Wagifka und ich – uns an Stoljarows Fersen. Denn der ließ keine Gelegenheit aus, sich sehen zu lassen, wo Menschen wohnten. Man kannte ihn darum überall, die Grenzer ebenso wie die Zivilen. Auf ähnlich vertrautem Fuß stand man in dieser Gegend sonst nur mit den Jägern. Jenem berühmten Fjodor zum Beispiel, dem wir einmal im Wald begegnet waren: ein greiser kahlköpfiger Hüne in Uniformbluse, die an Ellbogen und Rücken geflickt war, streng riechend nach Pulver und Schweiß, mit unbewegt mürrischem Gesicht, an dem besonders das hässlich im ersten Quadranten eingerissene Ohr hervorstach; Gerüchten zufolge hatte seine Mutter irgendwann einen hochrangigen Sayyid geheiratet, der sie dazu bewog, Mann und Kinder sitzenzulassen … Fjodors Hund war eine freundliche fuchsrote, etwas länglich geratene Promenadenmischung; stumm stieß er die feuchte Schnauze gegen Haşems Knöchel.

Stoljarows Jagdgründe waren anderer Art, und seine Beute war rechtschaffen: Er verkaufte in den schwerzugänglichen Bergsiedlungen heimlich den Koran. Nach Errichtung der Sowjetmacht waren die Grenzgebiete nahezu komplett evakuiert worden. Schon mehrfach waren wir durch verlassene Aule gekommen. Die verbliebene Bevölkerung war strengstens erfasst. Der Handel mit religiöser Literatur war in dieser abgeschiedenen Gegend relativ gefahrlos, ganz im Gegensatz zur Stadt, wo einen noch so viel Umsicht, peinlich auserlesene Mittelsmänner nicht vor den Myriaden Spitzeln bewahren konnten. Zumal Stoljarow hier, obschon mehrfach ins Visier eines besonders eifrigen Politkommissars der 12. Grenzwache geraten, die Funktion eines teilnehmenden Beobachters innehatte, der mit seinem offensichtlich illegalen Tun das besondere Zutrauen der Leute vor Ort erringen konnte, das man brauchte, um Spionageabwehr zu betreiben. Stoljarows Tochter Lelja, deren Anblick Haşem einmal zu der Bemerkung hinriss, sie müsse eine leibhaftige Aphrodite sein, arbeitete in der Universitätsbibliothek und wusste, wie man den Zähler am Rotaprint-Kopierer abstellte; die Papierrollen waren Verschnitt aus den Zeichenbüros irgendeines Projektierungsinstituts. (Haşems und meine pubertäre Versessenheit auf antike Mythen war unterschwellig angeheizt von der erotischen Komponente des Götterlebens, wie sie in dem buchstäblich in Fetzen gelesenen väterlichen Graves durchaus leidenschaftslos beschrieben stand; das Faible der Olympier für endloses Zeugen und Gebären, dazu ihre spärliche Bekleidung genügten, um unsere zugeknöpfte Kindheit zu erhitzen, Leljas wallendes Haar entflammte uns; wie es auf ihre Brüste fiel, kam Heiligtum auf Heiligtum zu liegen.) Sie war furchtlos genug, den Koran zu drucken, tat es mit der Unbeirrbarkeit der Untergrundkämpferin. Den schweren Rucksack aus der Bibliothek zum Buchbinder zu tragen war Ehrensache. Ein Koranexemplar kostete bei Stoljarow hundert Rubel, und unsere heimatkundlichen Exkursionen, unter der Ägide des Segelklubs veranstaltet, hatten für die Handelstätigkeit unseres Führers durchaus ihren praktischen Nutzen. Stoljarow war so beliebt, dass ihm selbst ein Abstecher in den Iran verziehen wurde. Vor uns tat er sich keinen Zwang an, jeder wusste, dass in seinem Rucksack illegale Literatur schlummerte.

In diesem Dorf nun war Stoljarow zum ersten Mal, doch es gab eine Empfehlung. Den Ersten, der uns entgegenkam, fragte er, wo ein gewisser Fuad wohne.»Çavad?« Der Gefragte, ein kerniger Alter mit Hakennase, führte uns hin. Ein junger Mann trat heraus, vernahm unseren Wunsch, zog sich wortlos zurück.

Ich sah mich um. Es war Oktober, die Bäume hier in den Bergen oberhalb des Xanbulan-Sees – Zelkoven, Eisenholz, Kastanienblättrige Eichen – flammten schon in warmem Gelb. Wir befanden uns am oberen Ende einer Schlucht, die in ein paar Teeplantagen und Zitrusgärten auslief; hier staute sich die Wärme, im Wald (der so einladend wirkte: mühelos zu durchschreiten, Ruhe ausstrahlend) stand leichter Dunst. Man geriet unweigerlich in den Zustand, der für die Welt dort oben charakteristisch ist: vollkommene Ausgeglichenheit, sich selbst genügend, Vergangenheit und Zukunft gleichermaßen von sich abstoßend. Ich habe später oft daran denken müssen. Und es mag sich seltsam anhören, aber diese Gemütslage hat sich mir für alle Zeit als Inbegriff von Keuschheit eingeprägt.

In solch besonderen Momenten war es mir wichtig zu wissen, ob Haşem dasselbe empfand. Aber ihm stand die Anspannung ins Gesicht geschrieben, Sorge. Irgendetwas schien ihn zu beunruhigen.

Mein Blick ging zu Stoljarow hinüber, der ungerührt schien. In der Manier alter Männer kauerte er in der Hocke, sonnte sich mit geschlossenen Augen, bekümmerte sich um nichts.

Nach einiger Zeit erschien der junge Mann wieder und bat uns ins Haus. Drinnen ein kleiner Hof, von Wein überrankt, ein flacher Tisch. Der Hausherr erschien: glattrasiert, in Hemd und Jeans, so um die dreißig (rekapituliere ich jetzt – damals hatte ich keinen Begriff davon, in welcher Weise ein Äußeres auf das Alter schließen lässt). Das Gesicht des Mannes, seine schlanke Gestalt sind mir gut in Erinnerung. Und seine Hosen: echte, verwaschene Jeans in den Farben des Himmels! Çavads Russisch war vorzüglich. Er wirkte streng und beherrscht, schien aber gesprächig und war sichtbar angetan, mit Stoljarow die Bekanntschaft zu machen, der eine Persönlichkeit war und in dieser Berggegend sowieso einer vom anderen Stern. »Das sind meine Knappen«, so stellte Stoljarow uns vor. Wir wurden umsorgt von mehreren Jungen, noch im Schulalter; Çavad erteilte ihnen leise Anweisungen, denen sie ehrerbietig nachkamen. Hier herrschte ein sonderbarer Geist. Nicht nur, dass in den Häusern, in denen wir sonst verkehrten, Frauen bedienten – diese Jungen hier benahmen sich unterwürfig wie Sklaven, und die Stimme des Hausherrn hatte so einen merkwürdig verschwörerischen Ton, als hätten diese simplen Befehle: bring! gib! lass! räum ab! noch etwas ganz anderes zu besagen. Haşem war deprimiert davon. Ich schielte erneut zu Stoljarow, der auch nicht mehr so sonnig schien wie zu Beginn, sein Bart lachte nicht mehr. Dem Pool in der Ecke des Hofes, dessen glasierte Kacheln glänzten (die Toilette in unserer Schule war exakt genauso gefliest), wurde eine kühle Melone entnommen. Ein Diener schnitt das Deckelchen ab und schaffte es beiseite, nachdem der Hausherr erklärt hatte, dieser Teil der Frucht gehöre Gott. Wir bekamen jeder unser Scheibchen. Derweil wusch Çavad sich die Hände und blätterte in dem Buch, das Stoljarow ihm überreicht hatte. Schließlich sagte er etwas, und ein Diener brachte ein Handtuch, aus dem Çavad ein Bündel Geldscheine hervorzog, manganfarbene 25-Rubel-Noten, von denen er Stoljarow tausend Rubel hinzählte. Unsere Augen klebten an Çavads Fingern, den großen Nägeln mit wohlgeformten Ovalen, die die Scheine zum Knistern brachten. Der Anblick des Geldes schien Haşem zu beschwichtigen, seine Lippen zählten lautlos mit. Stoljarow war sichtlich erregt. Er bat um ein Stück Zeitung, um seinen Ertrag hineinzuwickeln.

»Zeitungen gibt es in diesem Haus seit drei Jahrhunderten nicht«, sagte Çavad lächelnd. »Und ich hoffe, dabei bleibt es.«

Zuletzt kamen Çavads Diener mit hinunter ins Lager, um die heilige Last abzuholen.

»Dieser Çavad – was ist das für einer?«, fragte ich Stoljarow, als wir abends am Feuer saßen.

»Çavad ist ein Sufi von Geburt, ein Scheich. Die Jungen sind seine Schüler, Murīdun, künftige Derwische, die ihr selbständiges Leben aufgegeben haben, um Gott teilhaftig zu werden. Çavad unterhält eine Tekke: Im Winter sammeln sich bei ihm die Derwische aus allen Ecken und Enden des Talış und des Muğan. Leider wird er demnächst Probleme mit Makijewski bekommen.«

»Suf!«, riefen wir nach jenem Ausflug, wenn uns etwas über die Maßen entzückte.

»Suf!«, sagte ich von nun an still für mich, wenn ich Günel nachsah, ihren schlanken Beinen, der verblüffend hohen Brust.

Und noch etwas blieb haften.

Jener beseelte, durch Klarheit und Inbrunst bestechende Ausdruck im Gesicht des Derwischs hoch droben in den Bergen, die urwüchsige Wildheit darin, die schier zum Fürchten war, würde ich viele Jahre später noch einmal sehen – in Haşems Augen.

DREIZEHNTES KAPITEL

Die Heger

1

Ich sitze im Büro des Naturparks Şirvan und warte auf Haşem. Der Buchhalter heißt Elmar Kerimow, neunundzwanzig Jahre, ein sympathischer Mann. Die Figur etwas schwammig – dicke Oberschenkel, hängende Schultern –, das Gesicht eher schmal, der Blick klar. Seine Ansichten äußert er aufrichtig und bestimmt. Er ist hier gelandet, obwohl er sich nie für Zoologie interessiert, sondern Betriebswirtschaft studiert hat.

»Ich bin Türke«, sagte Elmar, »aber das hat nichts zu besagen. Viele halten uns für hochmütig, was nicht stimmt.«

Elmar spricht gern von göttlichen Dingen. In seinem Büro, das er Office nennt, hängt ein Gebetsteppich.

Er steht auf, als Haşem hereinkommt.

Rabenschwarzer Bart, gestutzt nach Art eines assyrischen Kriegers. Der Hemdkragen zwei Knöpfe weit offen, gelocktes Haar auf der kräftigen Brust. Haşem ist schön – von jener orientalischen Schönheit, die nichts Süßliches an sich hat. Wenn er, die Beine übereinandergeschlagen, dasitzt und raucht, hält er die qualmende Zigarette auf besondere Art, zwischen drei Fingern, von sich weg. Die dichten schwarzen Wimpern mildern den krassen schwarzen Glanz der Augen; das Kinn hält er leicht erhoben. Strenge, makellose Gesichtszüge, Rastalocken …

Haşem fängt sogleich zu reden an – so als hätte sich etwas in ihm aufgestaut. Während ich es noch nicht fassen kann, ihn vor mir zu haben, seine Stimme zu hören, zerrt er mich schon am Kragen. Wenn ich um Erklärungen bitte, weicht er aus, wiederholt lieber, was schon gesagt war, kommt vom Hundertsten ins Tausendste; schließlich lenken wir uns beide damit ab, dass wir abwechselnd alte Bekannte in Erinnerung rufen, Nachbarn. Haşem spricht, stockt hin und wieder vor Verlegenheit oder weil er sich fragt, ob mir das, was er da zusammenredet, nicht doch ziemlich gleichgültig ist und ohne Nutzen für das Weitere.

Die Oberheger sind patente, kräftige, trinkfeste Kerle; der eine hat kräftige Bizeps und eine gemächliche, gutmütige Art zu reden, der Zweite ist kahlrasiert und dunkelhäutig, gutmütig auch er, immer erfreut, russisch reden zu können, nostalgisch auf die gute alte Zeit »im Reich« zu sprechen. Er heißt Telman, hat seine ganze Jugend auf hoher See, bei der Handelsmarine verbracht, Schecks bekommen, alles war prima. Jetzt ist mit allem Ebbe.

»Die Sowjetunion war ein Paradies. Hingegen jetzt, wenn ich ehrlich sein soll«, er senkt die Stimme und sieht sich schelmisch um, »ich will mal so sagen: Gäbe es heute einen Krieg gegen Russland, ginge keiner kämpfen. Alle würden sich gleich ergeben. Darauf kannst du Gift nehmen.«

Heinz Evers, der Naturparkdirektor, ist ein höflicher Mann, doch von einiger Sturheit. Seine Idée fixe ist es, über den Umfang der Tierbestände, Ein- und Abgänge in den ihm anvertrauten Zonen genauestens Buch zu führen. Gezählt werden Seeadler ebenso wie Zwerg- und Kragentrappen, gezählt wird möglichst alles. Die Frage, wo die Syrische Schaufelkröte abgeblieben ist, von der es laut Bestandsliste von 1986 auf den Routen 4, 7 und 14 sieben, fünf beziehungsweise neun Exemplare gegeben hat, lässt ihm keine Ruhe.

Evers ist Ostdeutscher, aus Dresden gebürtig; den alten Opel Frontier hat er von dort überführt. Auf der Rückbank, vollgeladen mit Terrarien, Beize, Herbarienkartons und dicken, schweren Bestimmungsbüchern, kaspert ein Makakäffchen herum und schneidet unentwegt durch die Fenster Grimassen. Es ist zahm, aber hinterhältig, Evers hat seine liebe Not mit ihm. Wenn der Chef in Şirvan auftaucht, hat er immer irgendeinen Grund, um zu mosern und zu palavern; zuhören kann er nicht. Sowieso spricht er nur mit Elmar, den er seine Anweisungen an Haşem und Abbas, den Wirtschaftsleiter, ausrichten lässt; seine nachdrücklichen Tiraden trägt er auf Russisch vor, mit rührendem deutschem Akzent.

Elmar und Abbas müssen als Prellböcke zwischen Evers und

Haşem herhalten. Irgendwie gelingt es ihnen, für Parität zu sorgen.

Haşem ignoriert Evers, und dieser wahrt Distanz. Dafür verfolgen Abbas und Elmar die Ortswechsel des Deutschen peinlich genau, stehen in Telefonkontakt mit den Hegern der benachbarten Naturparks, warnen einander nach Möglichkeit vor, wenn er kommt. »Ei-ei, was für ein kluges Äffchen. Na komm schon. Hopp! Hopp! Hopp! Aus dem wird bestimmt mal ein Zirkusartist«, schwätzt Heger Ilchan und klatscht sanft in die Hände, während der Affe eine Pfote hebt, sich mit der anderen unterm Schwanz kratzt und dabei geschwind auf der Stelle dreht. Evers braucht nur die Hand an die Jackentasche zu legen, schon sitzt der Affe auf allen vieren vor ihm und blickt hündisch, aus wasserhellen Greisenaugen zu ihm auf.

2

»Was Haşem Gutes tut? Warum man ihn liebt?«, wundert sich Abbas über meine Fragen. »Wie könnte man ihn nicht lieben!«

Und er erzählt eine Story, die sich vor kurzem zugetragen hat.

Einer verwirrten Alten, deren Söhne sich nicht um sie kümmerten, haben die Heger vom Abşeroner Regiment »Welimir Chlebnikow« den Zaun repariert, die Obstbäume im Garten verschnitten, Mist angekarrt und im Garten verteilt, umgegraben, Brot vorbeigebracht. Und siehe da, die alte Frau fing sich wieder und pries darob den lieben Gott. Die Nachbarn weinten vor Rührung und stimmten mit ein. Mirzə-ağa, der direkt neben der Alten wohnte, erzählt jedem, der es hören will: »So sind Haşems Jungen. Das sieht ihnen ähnlich. Die wissen, was sie tun! Sie säen das Gute. Der Heydər wollte bei ihnen mitmachen und ist aufgenommen worden, Maqsud letztes Frühjahr auch und Ibrahim erst vorigen Monat. Da kannst du nichts falsch machen. Ich frag mich selber schon, ob ich hingehe. Die Alte lässt mich nicht. Sonst wüsst ich nicht. Sie geben dir einen Auftrag, du gehst und machst es. Dort sind alle Chefs, aber Haşem ist der oberste. Außerdem Elmar und der Abbas. Was es zu tun gibt? Auf die wilden Tiere aufpassen. Oder Grabarbeiten. Archäologie! Da kommen immer mal Kommissionen gefahren. Und beim Gehalt lassen sie sich auch nicht lumpen. Ist außerdem näher, als wenn man nach Baku auf die Baustelle muss. Und die Natur ist doch ne nützliche Sache. Außerdem fliegen sie. Satteln auf die Vögel drauf, und los gehts. Sagt man. Keine Ahnung. Angeblich fliegen sie mit denen bis übers Meer. Trappen gehen sie auch jagen. Das Fleisch geben sie dir aber nicht mit. Dort kannst du futtern, so viel du lustig bist, nur rausschaffen ist nicht erlaubt.«

So viele Worte macht der alte Mirzə-ağa zum Ruhme Haşems. Was ihm zusagt, das lobt er gern mal über den goldenen Klee und erfindet noch etwas dazu. Kann ja nicht schaden. Ob in Salyan, Bəyli, Hirkan oder Lənkəran, überall kannst du Leute von Haşems Drachenkommune reden hören. Als hätten sie die Lufthoheit übernommen … Ich drehe und wende mich in der staubigen, flimmernden Düsternis des Schuppens – Haşems Labor. Das durch die Ritzen fallende Licht genügt, sich zu orientieren. Ein Jugendbildnis von Leopold Weiss hängt an der Wand und das einer jungen Frau: *Mona Mahmudnidzhad* steht darunter. Außerdem Photos, technische Zeichnungen, Skizzen vorsintflutlicher Flugapparate, Schwingflügler. Stück für Stück rücke ich die Wand entlang und lichte fieberhaft ab, den Blitz mit der Hand abschirmend, damit die Oberflächen der Photos nicht reflektieren.

3

Abbas nimmt das Gas weg und deutet, halb zu mir umgewandt, über den Deich von Liman hinweg. Außer Schilf und einzelnen Tamariskengrüppchen gibt es dort nichts zu sehen.

»Da stand einmal ein Granatapfelwald«, sagte Abbas. »Hast du schon einmal einen richtigen alten Granatapfelbaum gesehen, der drei Jahrhunderte in den Wurzeln hat? Solche waren das. Wie die Russen weg waren, haben die Moslems den Wald zu Brennholz gemacht. Da brauchten sie keine Kohle für den Winter kaufen, wozu auch, wenn nebenan etwas steht, das keinem gehört. Komplett gerodet. Zehntausende Jahre stand da ein Granatapfelurwald, und dann kamen die und haben ihn ins Feuerloch geschoben. Das ganze Tertiär … Wovon die hier leben? Weiß der Geier. Manche werden in Baku malochen, andere beim Flughafenbau in Lənkəran. Jeder hält sich irgendwie über Wasser.«

Abbas ist stolz, dass Haşem ihm den Moskauer anvertraut hat, der noch dazu irgendwie Ausländer ist. Egal, wohin wir gerade unterwegs sind, ob zum Kormoranfischen oder auf Kuhreihersafari (die hier Ägyptische Reiher heißen: Edle, blendend weiße Vögel, die auf Pfählen sitzen und konzentriert zu ihren Füßen schauen, ob nicht ein Fischlein auftaucht, und ihre Grandezza verheißt: Bald schon, bald werden wir auf den Thron des Pharaos zurückkehren!) – immer fahren wir auf dem Weg dorthin noch mindestens zehn andere Punkte an, und das nicht so sehr, um *mir* etwas zu zeigen, sondern um *mich* den Leuten vorzuführen. Ich nehme Abbas von nahem auf, mit etwas Obersicht: hartes Dreikantgesicht, kräftiger Schädel, gemeißelte Wangenknochen, samtene Wimpern – ein Fürstenantlitz. Mir schwant, dass Abbas eine Seele von Mensch ist, sicher bin ich mir noch nicht.

Immer wieder fuchtelt Abbas mit dem Arm in Richtung irgendeines Palisadenzauns: »Da wohnen Freunde von mir. Die sind immer für dich da, wenn was ist; selbst in tiefer Nacht kommen sie und holen dich aus der Bredouille. Wenn die Grenzer dir an der Küste dumm kommen, von wegen Photos und so, sag: Abbas hat von Süleyman die Erlaubnis. Süleyman ist auch beim Grenzschutz, ein Freund von mir.«

Wir stoppen vor einem mit Silberbronze gestrichenen Tor (aufgeschweißte Winkelprofile ergeben einen fünfzackigen Stern), das einen Spalt offen steht, wir lugen hinein.

»He, Əhmed! Ein Freund aus Moskau ist zu Besuch, wir fahren zum Kormoranfischen. Wie schauts aus an der Bucht? Hast du Zwergtrappen gesehn?«

»As-salamu alaikum«, grüßt Əhmed mit einer Verbeugung: ein schmaler, schöner Mann um die dreißig mit etwas stutzerhaftem Ober-

lippenbärtchen, die Hände bis zu den Ellbogen in Dreck und Öl.
Auf zwei Wagenhebern sowie kleinen Säulen aus kreuzweise gestapelten Ziegelsteinen ruht ein bis zur Unkenntlichkeit demontiertes Fahrzeug, unter dem er auf einer Kartonpappe gelegen hat; jetzt ist er aufgestanden, uns zu begrüßen, kickt die Pappe mit der Schuhspitze beiseite und scheint sich für seinen Auftritt zu genieren, äugt vor allem nach der Kamera, die ihm verdächtiger vorkommen mag als eine Waffe – und die Verlegenheit nimmt zu, als Abbas schon wieder abwinkt: »Gut, lass dich nicht aufhalten, wir fahren weiter, vielleicht kriegen wir ja ein paar Zwergtrappen zu Gesicht« – und seine Fußspitze fängt an, den Kickstarter zu bearbeiten, der federt zurück und schlägt ihm gegen das Schienbein. Ich richte das Objektiv auf?hmed, seinen kotflügellosen 412er Moskwitsch, lache ihm freundlich zu; die eben vor das Haus tretende Frau, wohl seine Mutter, reißt sich vor Überraschung die Hand und den Saum der verschlissenen Schürze vor den Mund, der voller Goldruinen steckt, lächelt aber im nächsten Moment zurück und richtet ihr Kopftuch, während sie die Stufen herunterkommt und ich eine schnelle Serie Bilder von ihr schieße. Photoapparate, noch dazu mit Teleobjektiv, sind immer noch eine Seltenheit in dieser Gegend, sie machen Eindruck. Ich mime den Zeitungskorrespondenten, der das zufällige Gesicht aus der Anonymität reißt, damit die Welt es zur Kenntnis nimmt – zum Beispiel diese Frau da, über den Vulkankegel ihres Tandurs gebeugt; flimmernd und in die Länge gezogen von Hitze und Rauch, wie sie sich nun aus dem Schlund des Backofens hebt … Wir fahren zu ihr an den Straßenrand, um ein paar Fladen zu kaufen – von irgendetwas muss ich mich ernähren die nächsten beiden Tage, die ich auf der Insel Sarı, südlich vor der Qızılağac-Bucht, verbringen möchte – allein, wie ich mir ausbedungen habe; Abbas hat eingewilligt, mich in der Nähe der ehemaligen Kosmonautenbasis abzusetzen. (Die feuchten Subtropen hier befand man damals als idealen Standort für Extrembelastungsübungen. Abbas hatte in seinem früheren Leben Kontakt zu den Kosmonauten; mit Sewastjanow schreibt er sich noch heute.)
Die Frau am Straßenrand hat gerade einen neuen Fladen an den

Rand des heißen Tonzylinders gepappt und mit der Faust festgeklopft; blaue Flämmchen puffen aus den glühenden Holzbröckchen am Grund des Gefäßes; jetzt richtet sie sich auf und geht ächzend ins Hohlkreuz, die Hände in die Hüfte gestemmt, kneift die Augen zusammen vor dem Rauch, der plötzlich aus dem benachbarten Tandur stößt, wo das Holz eben erst ins Brennen kommt, es flackert und knackt, Flammen züngeln hervor. Als die Frau bemerkt, dass ich sie photographiere, wendet sie sich mit verlegenem Lächeln ab, aber an ihr schmerzendes Kreuz denkt sie nicht mehr, ruft ihren Freundinnen eine kecke Bemerkung zu, die bleiben die Erwiderung nicht schuldig:»Du wirst jetzt berühmt! Das wolltest du doch immer!« – und schon fahren wir wieder. Die Hand in den Wind heben wie eine Wetterfahne, so spürst du die Spannkraft der Luft, den Wind als Körper, das ist es, was mich zu allen Zeiten fasziniert hat. Was ist Wind? Man sieht hindurch, doch er bläst, kann einen umschmeißen, Tränen in die Augen treiben … Ist das nicht verrückt?

4

Bei jedem Schlagloch halte ich mich an Abbas fest. Sehe sein breitknochiges Profil, das blaue Auge. Sein Handrücken dreht sich aus dem umgeschlagenen Ärmel der Sturmjacke, Abbas gibt Gas. Kolben und Auspuff malträtieren die Trommelfelle.

Als ich das erste Mal im Leben auf den Gedanken kam, dass man sich am Wind ein Beispiel nehmen kann – nämlich wie er mit der Leere umgeht –, saß ich in der lutheranischen Kirche, jenem verwitterten Sandsteinbau, den die Nobels in Baku vor hundert Jahren unweit der Promenade errichtet hatten; Deutsche und Schweden betrieben das Gotteshaus gemeinsam. Es steht noch, ist aber nicht mehr in Betrieb; in meiner Kindheit erklang dort an Sonntagabenden Musik, sie füllte das Schiff, das davon tönte wie eine Muschel vom Rauschen der Brandung. Am Ende unserer Straße, fast schon am Strand, wohnte die alte Katja, mit vollem Namen Baumann, Jekaterina Andrejewna. Sie war katholisch. Eine strenge Frau an die sechzig, aus einer Sippe deutscher Siedler, die seit vielen Generationen in Transkaukasien lebten; im Krieg, so hatte meine Mutter erzählt, war Katjas Familie wie alle Deutschen übers Meer nach Kasachstan umgesiedelt worden, das Arbeitslager hatte sie mit knapper Not überlebt, war jedoch zurückgekommen, hatte hier geheiratet und als Buchhalterin in der Großbäckerei gearbeitet. Jeden Sonntagmorgen, bevor sie in die Stadt fuhr, schob sie, selbst bei Wind und Wetter, ihren gelähmten Mann im Rollstuhl in den Garten, wo er unter den Bäumen dösend ihrer Wiederkehr harrte; der Speichel troff und perlte ihm in langen Fäden von der Lippe, doch seine Augen schauten lebhaft aus den Tiefen des eingefallenen Gesichts, über den schlecht rasierten Wangen … Pjotr Stepanowitsch, so hieß er, war früher Vaters Kollege gewesen, und offenbar hat er ihn gemocht, denn manchmal ging Vater in den Garten und stellte sich ein Weilchen zu ihm, sprach ein paar Worte. Der Alte gab keine Antwort, sein Kopf schlotterte. Dann kam der Moment, wo Vater ihm behutsam die Schachtel Papirossy und Streichhölzer aus der Tasche des gestreiften Pyjamas zog, ungeschickt eine anrauchte (denn er selbst war Nichtraucher) und sie dem Alten zwischen die Lippen steckte, in die sogleich Leben kam, die Kippe wanderte in wütendem Tanz in den Mundwinkel hinein, und der Kopf des Alten hüllte sich in Schwaden. So ließ der Vater ihn allein.

Montags abends bei Einbruch der Dunkelheit durfte man im zitternden Laternenschein darauf warten, dass sie mit dem Programm für das nächste Kirchenkonzert, handgemalt in tadelloser Plakatfederschrift, zum Kinotheater *Wagif* kam und es an die Anschlagtafel zweckte. Trafen wir Katja in Artjom auf der Straße, nickte sie freundlich; hier aber, in der Kirche, war sie viel zu hochgestimmt, um auf uns Acht zu geben. Die Konzerte waren eine einzige Epiphanie. Händel: karamellene Süße; Vivaldi: der Kugelblitz, wie er über eine vereiste Scheibe rollt, die davon klirrt und singt; Gluck: Orpheus hallo und ade sagend. Die unzerstörbaren Luftschlösser Haydns, mal stürmisch, mal windstill. Und Bach. Ich sehe uns noch an dem Abend nebeneinanderstehen mit roten, vom Xəzri, dem legendären Bakuer Nordwind, aufgerauhten Wangen, Hand an Hand – wenn wir als

Kinder in der Schule »zwei und zwei« gehen und uns bei den Händen fassen mussten, schwitzten mir immer die Handflächen, so dass ich die meine der Mädchenhand vorbeugend gleich wieder entzog – nun aber standen wir, zwei halberwachsene Schlakse, beieinander, selbstverständlich ohne Händchen zu halten, meine Handflächen schwitzten trotzdem, und das bei der Kälte, kein knackender Frost, aber feuchtes, pfeifendes Dezemberwetter, den ganzen Nachhauseweg – äußerlich bibbernd, das Gesicht brennend vor Kälte, die Hände glühheiß – und über meinem Kopf Bach, der mein Innerstes zu sich emporgerissen hatte. Er hat in uns den Keim gelegt für einen neuen, anthropomorphen Kosmos – über das Ohr. Zwanzig Jahre später würde ich mich einmal an einem Märztag in den kalifornischen Bergen mitten in einem Regenbogen wiederfinden – und mir vorstellen, ich wäre von einem Orchester umgeben, das mit seiner Musik einen Lichtdom in den Zenit hinein errichtet, da fielen mir zum ersten Mal wieder jene Sonntagskonzerte in der Bakuer Kirche ein. An jenem windigen Dezemberabend jedenfalls ließ ich mich hinreißen und gab Haşem einen Kuss – stieß meine Lippen gegen seine Wange, so wie es Mama manchmal mit mir tat im Überschwang ihrer Mutterliebe. Bach zu küssen ging ja schlecht, und auf den Dreh, mir ins Handgelenk zu beißen, wie ich es heute mitunter tue, wenn Gefühle mich übermannen, war ich damals noch nicht gekommen. Dieser Kuss für Haşem war pure Daseins-Ekstase, wie sie die Musik in meinen Körper geschwappt hatte; dadurch, dass sie bereits mit dem Bewusstsein verschmolzen war, es für die höchsten Weihen beanspruchte, hatte sie das Fleisch komplett verdrängt. Damals stahl sich der Gedanke in meinen Kopf, es könnte sich bei der Musik um reinen Sinn handeln, uns anheimgegeben, wie er ist, ohne vermittelnde Zeichen – und jedes Gefühl wiederum sei Musik, ein musikalisches Werk …

Nun, da ich an all das zurückdachte, wäre mir schwerlich eingefallen, Haşem, wie er nun wieder vor mir stand, zu küssen; beim bloßen Gedanken, ich könnte diesem gestandenen Mannsbild in Verkennung alter Rechte mit kälberhaften Zutraulichkeiten kommen, schauderte mir: ihm, dessen wuchernder Bartschmuck gerade noch die Augen frei ließ, der, trotz seines Buckels, Schultern hatte wie ein Langstreckenschwimmer und noch dazu diesen leichten, tänzerischen Gang, geschult an Bob Marley, Jimi Hendrix, Frank Zappa – oder auch Eric Clapton, unter Marleys Aposteln vielleicht der kühnste und beste. (*I Shot the Sheriff* schien die Regimentshymne im Şirvan zu sein, bei den Hegern lief es pausenlos.)

Und doch war die Nähe zu Haşem sofort und vom ersten Blick an gegeben. Augenblicklich erkannte ich ihn wieder, den Jungen, an dessen Seite ich aufgewachsen war, mit Blick auf die Salzwüste und das Meer, den Horizont wie eine Startlinie vor der Nase. Er war es.

5

»Wir kürzen ab! Den Liman lang!«, schmettert Abbas erbarmungslos über die Schulter, und schon biegen wir ab: erst auf den Schotterweg, dann auf den Sandstreifen, der an der Sohle spiegelglatt unter Wasser steht, und von da wieder zurück auf den Asphalt, wo das nächste Dorf auf uns zugeflogen, zugeflattert kommt. Im Nu ist es da, der Beiwagen neben mir ruckt in Schräglage, ich kralle die Hand in die Speichen des Ersatzrads und lehne mich darüber, um die Balance wiederherzustellen. Neuerlich wird mir schwummrig von dem bedenklichen Tempo. Das klapprige Fahrzeug, eins der legendären alten Ural-Gespanne mit Rückwärtsgang, kurvt mit uns durch Straßen und Gassen, schießt auf die Gerade, und wieder knallt der Wind gegen die Kehle, ich habe daran zu schlucken, kann weder durchatmen noch Abbas etwas erwidern, der, den Kopf leicht in den Schatten des Fahrtwinds drehend, mit gepresster Stimme die Küstenlandschaft erläutert. Rechterhand spreizt das Meer den Blick, lässt eine Welle um die andere branden, links zieht sich eine Reihe von Häusern mit hektargroßen Zwischenräumen. »Hier haben früher die russischen Fischer gewohnt, die Häuser gehörten der Genossenschaft; die typische Art Anwesen, wie anfangs nur Russen sie bauten, man wusste sofort, wer da wohnte: allenfalls ein schütterer Staketenzaun, alles gut einsehbar, das Haus mit breiter Vortreppe, eine schäbige

Veranda auf Pfählen davorgesetzt, da saßen sie abends beim Samowar, Molokanen zumeist oder Subbotniki. Wie? Gerim? Nein, keine Gerim, die waren keine Fischer, haben in den Städten gelebt, in Priwolnoje oder Lənkəran größtenteils: Beamte, Händler, Ingenieure, vornehmes Volk … Und Moslems fühlen sich in diesen Häusern sowieso nicht wohl, wo man alles sehen kann. Wenn von denen einer so ein Haus kauft, baut er zuerst eine hohe Mauer drum rum. Zum Fischen haben sie auch kein Geschick. Um zu wissen, wie man eine gescheite Reuse hinstellt, an Stangen, die ein Labyrinth ergeben, muss man Russe sein, und auch von denen konnte es nicht jeder. Um zum Beispiel eine Langleine zu plazieren, muss man die Zugwege kennen – einen Meter links, einen Meter rechts, schon war das Spiel umsonst. Und wie soll man auf See Orientierung halten, wenn das Ufer so ebenmäßig ausschaut, jede Kennung musst du hüten wie deinen Augapfel … Das ganze Wissen haben die Fischer mit ins Grab genommen, so siehts aus. Oder ins Exil. Den Stör kannst du nicht mit dem Zwilling angeln, da braucht es eine Ringwade und das entsprechende Boot, den sogenannten Seiner. Die sind wir alle losgeworden, nach dem Iran verkloppt, weil nur die Russen damit manövrieren konnten, die Moslems bei uns sind Landtiere von alters her. Und versuch mal, mit so einem Seiner durch die Qızılağac-Bucht zu kommen, da ist Sandbank an Sandbank, außerdem stehen überall Netze, die hast du ruck, zuck um deine Schraube gewickelt, und Sense. Mit Reusen umgehen ist genau so eine hohe Kunst. Ein Fisch ist kein Vogel, der lässt sich nicht ins Netz scheuchen. Früher haben sich die Moslems für den Stör kaum interessiert, der war ihnen nicht halāl genug; nur ein paar Wilderer gaben sich damit ab. Und jetzt, wo alle auf den Geschmack gekommen sind, wissen sie nicht, wie es geht. Versuchen sich zu entsinnen, wie die Russen es angestellt haben. Deren Netze sind ja noch da, wem hätten sie die damals andrehen sollen. Alles haben sie dagelassen: Netze, Boote, Hausrat, Mobiliar, die Gärten sind verwildert. Wo die Russen hin sind? Manche nach Russland, manche nach Israel, Amerika. Schurik, was mein Freund ist, der ist nach Amerika. Inzwischen ist er zurück, hat da nicht leben wollen. Wir fahren mal schnell vorbei, guten Tag sagen.«

Wieder muss ich mich bei Abbas festhalten, um nicht vom Sattel zu fliegen, kriege einen Zipfel seiner Windjacke zu fassen, den ich auch gar nicht wieder loslasse, da ich Abbas aufs Neue die Sporen ansetzen und Gas geben sehe.

Erst einmal schauen wir noch bei seinem Freund Pjotr vorbei, dem – neben Schurik – einzigen verbliebenen Russen im Umkreis. Sehniger Typ um die sechzig mit kräftigem, regelmäßigem Stoppelbart und markanten, männlichen Zügen – in Uniformjacke, Kosakenmütze, Armeestiefeln. Es scheint einen Grund zu geben, warum Pjotr uns nicht hereinbitten kann, er drückt sich vor der Pforte herum.

»Das ist ein Freund von mir und von Haşem. Aus Amerika. Wohnt jetzt in Moskau. Macht euch bekannt.«

Pjotr nickt und gibt mir seine feste, trockene Hand.

»Warst du am Qızılağac?«, fragt Abbas ihn streng.

»Ja, bis gestern. Hab zwei Fangeisen ausgelegt. Morgen leg ich eine Sauschlinge.«

»Nimmst du mich mit?«

»Klar. Das machen wir zusammen.«

»Vorletztes Jahr haben Pjotr und ich den Wilderern auf Kürkosa zwei Flinten abgenommen«, erklärt mir Abbas. »Die haben uns verklagt. Aber wir haben gegengehalten. Haşem hat uns einen Anwalt besorgt. Kürkosa, das ist eine Schwemminsel oberhalb der Kürmündung, zwischen dem Qızılağac und der See. Anderthalb Stunden von hier mit dem Motorrad … Ein Fangeisen muss mindestens eine Woche lüften, damit der Metallgeruch vergeht. Es muss nach Schilf und Wasser riechen, nichts anderem. Ein Eber sieht nicht gut, aber sein Geruchssinn ist prächtig. Von sich aus greift er niemals an, es sei denn, er ist weidwund. Wenn ich versuche, dir die Luft abzudrücken, wirst du mich genauso beißen, nehm ich an. Einmal voriges Jahr waren wir hinter einem her. Hatten ihn aufgestöbert und angeschossen, sind ihm nach durchs Schilf, wollten den Fangschuss setzen. Und plötzlich hörte die Fährte auf, kein Tropfen Blut mehr, nirgends. Nichts raschelt mehr, Totenstille. Bleib stehen, sag ich zu Pjotr, der Kerl duckt sich ab ganz in der Nähe. Und kaum ist es über meine Lippen, kommt ein Berg auf uns zugerast. Keiner von uns schafft es, die Flinte hochzureißen, ich kann grad noch zur Seite springen, Pjotr nicht, der Eber rennt ihn einfach um und rast weiter. Ich hin zu ihm, die Wunde besehen. Tierknochen sind immer weiß, die vom Menschen sind gelb, muss man wissen. Da war also hier« – Abbas deutete auf den Oberschenkel des Jägers, der stumm neben ihm steht – »ein leuchtend gelber Knochen zu sehen, der lag blank. Kein Blut. Ich hab ihn ins Motorrad gepackt. Kaum losgefahren, ist er mir rausgekippt, der halbe Stiefel voll Blut. Wieder rein in den Beiwagen und ins Krankenhaus gedüst. Unterwegs seh ich, wie mein lieber Pjotr schlappmacht. Wach bleiben!, brüll ich ihm ins Ohr und drücke auf die Tube. Na, ich habs geschafft mit Ach und Krach, sie haben ihn geflickt. Und noch im Bettensaal standen die Bullen auf der Matte und wollten wissen, wie und was. Ein Wildschwein hat den Mann umgeschmissen, sage ich. Ach was, sagen die. Das warst du selber, mit dem Messer, gib es zu, ein Wildschwein reißt keine solche Wunde. Ihr hattet einen interreligiösen Streit! Pjotr war noch unter Narkose und konnte nichts bezeugen. Wartet, bis er aufwacht, fragt ihn, sag ich, darauf sie: Du wirst ihm ordentlich eingeheizt haben, dass er uns was vorlügt, kennen wir doch alles. Bin ich also mit denen in den Naturpark gefahren, hab die Stelle mit Mühe und Not wiedergefunden, alles gezeigt: Hier standen wir, da kam der Eber raus, da ist sein Blut, hier das von Pjotr, jetzt können Sie Ihre Arbeit machen … Hat nicht lange gedauert, da fanden sie den Eber. Und wie die Bullen den sahen, vergaßen sie mich komplett und auf der Stelle. Zu vieren haben sie das Viech in ihren Jeep gehievt. Von wegen Tatortexpertise. Ging denen genauso am A… vorbei wie meine Wenigkeit und die interreligiöse Fehde. Denen sollte mal einer ein geistiges Licht aufsetzen.«

Wildschweine seien so ziemlich die einzigen Tiere, die sich im Schilf zu bewegen wüssten, sagt Abbas. Andere nehmen deren Pfade oder laufen am Rand entlang, der Mensch macht es auch so. Wildschweine richten sich gemütliche Liegeplätze ein, zu denen müsse man erst einmal hinfinden … Abbas unterbricht sich und erzählt Pjotr nun lieber, wie er seine Fangeisen zugerichtet hat, wo eine Feder ausgetauscht und wo einen Splint. Die Zwei versinken in Fachsimpelei, derweil kann ich sie photographieren. Ich tue es aus der Hocke, im Schutz des Vorderrads, durch die Lücke zwischen Tank und Zylindern, die immer noch Hitze ausstrahlen und scharf nach Öl und Benzin dünsten, was auf den Photos eine leichte Riffelstruktur und einen verwaschenen metallischen Glanz erzeugt.

Abbas hat zwei Häuser, eins in Salyan und eins in Liman, direkt am Meer. Beide mit großem Garten, wo er jedes Jahr neue Obstbäume setzt, ein kleines Melonenfeld gibt es auch. Das Haus in Salyan hat außerdem einen Geflügelhof; ein Hektar Land inklusive Garten; als wir dort ankommen, ist es tiefe Nacht.

Zwei seiner drei Neffen sind als Heger im Şirvan beschäftigt und eifern Haşem nach, dem Dichter ebenso wie dem Hippie, den wenn nicht verrückt, so doch sozial auffällig zu nennen man gewiss nicht umhinkann. Der es fertiggebracht hat, aus einem Naturpark in der Steppe ein Derwischquartier zu machen. Wenn Abbas Dienst hat, übernachtet er ausschließlich in der Stelzenhütte am See, beteiligt sich nicht an den Seancen, scheint den von Haşem entwickelten Praktiken jedoch mit Respekt zu begegnen.

6

Allein in der Zeit meiner Anwesenheit bekam Haşem zweimal Besuch von der Polizei, die ihn der Bildung einer islamistischen Sekte verdächtigte. Die behördliche Angst vor den Islamisten ist von zweischneidiger Art: Man fürchtet die Ausweitung ihrer Tätigkeit und scheut sich zugleich, sie an die Kandare zu nehmen. Halbnackt und verschlafen, mit verstrubbelten Haaren kam Haşem vor die Tür, würdigte die zwei dreisten Laffen keines Blicks. Stellte erst einmal Musik an: Hendrix, *Machine Gun*, volle Lautstärke. Stellte sich unter die als Waschkrug aufgehängte Fünfliterplastikflasche, fing an, sich zu waschen.

Theologen seien auch schon dagewesen, sagt Abbas. Sayyids, die herauskriegen wollten, ob Haşem ein Ketzer war. Sie mit Musik zu beschallen fiel Haşem nicht ein, er empfing sie freundlich, schlachtete einen Hammel, dann setzten sie sich und redeten. Zwischendurch gingen die Sayyids über die durch die Binsen führenden Stege zum spiegelglatten See, wo sie Wolken von Vögeln aufstieben sahen und staunten. Dann kehrten sie zurück und fuhren Haşem zu examinieren fort. Das Ende des Gesprächs ging so:

»Du glaubst nicht an Allah!«

»Stimmt. Der Gott, an den ihr glaubt, ist so primitiv, dass ich nicht an ihn glauben mag. Euer Glaube ist schlimmer als Unglaube.«

»Wir dachten, du beschneidest den Baum. Aber du gehst ihm an die Wurzeln«, sprach der Aqsaqal und schlug die Hände vor das Gesicht.

Haşem schwieg.

Die Sayyids respektierten Haşem für die Unterstützung, die er Armen und Benachteiligten angedeihen ließ, und nahmen sich in Acht vor seiner Autorität als Sufi (die Haşem schützte wie ein Schild, obgleich sein Sufismus recht willkürlicher Natur war, der simpelsten dogmatischen Prüfung wohl nicht standgehalten hätte), nur deswegen hielten sie sich zurück und sahen von Sanktionen ab.

Man wusste nie im Voraus, für welchen Tag Haşem einen Ritus anberaumte. Erst wenn man Abbas in größeren Mengen Lebensmittel anschleppen sah, durfte man annehmen, dass etwas bevorstand. Zuerst wurde ein Muğam angestimmt, beispielsweise mein geliebter *Bayatı-Şiraz*, das konnte eine Stunde dauern. Dann waren die Heger, angetan mit langen weißen Kaftanen und spitzen Lammfellmützen, in ausreichend kontemplativer Stimmung, um zu den Tablas zu greifen und einen perkussiven Teppich von wahrhaft sinfonischen Ausmaßen auszubreiten, der schließlich in einen mitreißenden Trancerhythmus hinüberleitete, und das Kreiseln hob an. In irgendeinem Moment brachen die Trommeln ab, und die Derwische kreiselten stumm weiter, nur das Rauschen der Kleider war zu vernehmen, und zu spüren war, wie der Şirvan von etwas aufgeladen, beseelt wurde, was man nicht sah. Mitunter geriet ein Derwisch ins Straucheln, war fehlgetreten, musste sich fangen, dann konnte man den Sand unter dem Absatz knirschen hören; das Zirpen der Zikaden ringsum schwoll unterdessen an, und das Gefühl stellte sich ein, dass die kreiselnden Derwische im Takt waren mit dem Şirvan im Ganzen, seinem Ausatmen zur Nacht, den Rufen der Vögel und der Säuger, dem Rumpeln im Schilf, dem Knacken von Knochen unter scharfen Zähnen, dem Pfeifen der Murmeltiere, dem Rascheln der Mistkäfer. Nie sah ich etwas Erhabeneres als dieses stumme Kreiseln der Derwische inmitten der Steppe. Ich konnte den Blick nicht wenden von Haşem, wie er mit gerecktem Kinn und zurückgeworfener Mähne, Augen halb geschlossen, Arme vor der Brust gekreuzt, sich drehte, über dem Boden zu schweben schien …

Ein solcher Abend endete damit, dass Abbas mit einem Tablett voll Brot und süßer Köstlichkeiten auftauchte, einem Korb Früchten und mehreren Milchkannen, gefüllt mit Quellwasser.

Ansonsten essen die jungen Heger gerne fett – was man ihnen nicht ansieht; alle sind sie extrem dünn, geradezu ausgemergelt. Haşem ist der Kräftigste unter ihnen, sein Schwimmerkreuz eindrucksvoll, auch wenn die starke Skoliose unübersehbar ist, ein Schulterblatt wie verzogen gegen das andere. Sitzt er mit nacktem Oberkörper bei Tisch, wirkt sein Schatten im Schein zweier Lampen bizarr geflügelt, der Buckel tritt hervor. Doch sein Muskelaufbau ist beachtlich im Vergleich zu den anderen, die nichts als Sehnen zu bieten haben. Von meiner Mutter (die einen hypnotischen Einfluss auf mich hatte wie die Schlange auf das Kaninchen, mir jeden noch so absurden Gedanken suggerieren konnte) hatte ich gelernt, mich vor dünnen Menschen in Acht zu nehmen. »Leuten, die dünn sind und kleiner als du, darfst du nicht trauen«, sagte sie zu mir. »Die Dünnen sind nur deshalb so dünn, weil etwas von innen an ihnen nagt. Und kleinwüchsige Menschen wollen sich insgeheim immer an ihren Mitmenschen rächen dafür, dass sie zu ihnen aufschauen müssen.« Mit diesen Maßgaben behielt meine Mutter nicht recht. Als Kind konnte ich nur einen einzigen Nachteil an den Dünnen feststellen: Es war unangenehm, gegen sie zu boxen. Haşems knochige Fäuste bereiteten mir weit größere Pein als ihm die meinen. Dem Freund die Faust in die Rippen oder gegen die Schulter zu stoßen, um ihn zu überzeugen oder zu befrieden, war zwischen uns gang und gäbe; am besten etwas schräg über den Muskel hin, vom Knochenansatz weg, das ergab einen besonders gemeinen, schmerzhaften Hieb, der dann mitunter eine ernsthafte Rauferei auslöste. Sowieso zogen wir es als Kinder vor, den Körper sprechen zu lassen, da die Worte noch nicht hinreichten. Wir liebten es, die Kräfte zu messen: um die Wette zu schwimmen, Rad zu fahren. Und je älter wir wurden, desto beherrschter, aber auch brutaler konnten unsere Zweikämpfe sein.

7

Je später der Abend, desto klarer wird mir an der innigen Art, wie Abbas von Haşem spricht und wie häufig er sich auf ihn beruft (Haşem hat gemacht. Haşem hat gesagt, von Haşem haben wir gelernt, Haşem ist dafür), wie sehr er ihn liebt, ihm ergeben ist.

Ich gehe das Risiko ein, ihn direkt darauf anzusprechen.

»Wie kommt es, dass Sie ihn so verehren?«

»Das bin nicht ich allein, wir alle verehren ihn. Weil er sich so gut auskennt in der Natur, der Wissenschaft. Er ist ein Dichter. Er ist Gott«, sagt Abbas, ohne zu zaudern. »Höchstens, dass er manchmal zu gutgläubig ist … Aber dafür sind wir da. Wir beschützen ihn. Ich vor allem.«

»Warum ist Haşem eigentlich nicht mitgekommen? Er ist doch mein alter Freund.«

»Das weiß ich nicht«, erwidert Abbas verlegen, aber dann fällt ihm etwas ein. »Er ist viel zu beschäftigt«, erklärt er entschieden. »Er denkt und arbeitet in einem fort. Er hat einfach keine Zeit!« Abbas legt die Hand auf sein Herz und verzieht bedauernd das Gesicht. »Er wäre liebend gern mitgekommen, es ging nicht.«

Wir halten kurz vor Abbas' Haus; ein langhaariges schwarzes Hundeknäuel quetscht sich in einem hysterischen Anfall von Zuneigung unter dem Tor hindurch und kommt gesprungen, verbrennt sich am Auspuff, prallt zurück und prescht erneut vor, schmerzliches Gejaul und Freudengebell in einem, tanzt auf den Hinterpfoten, leckt die Hand, die seinen Nacken krault, zupft die in den Knien ausgebeulten Trainingshosen seines Herrchens. Abbas geht hinein und kommt sogleich wieder mit einem Sack, in dem, über der unentwegt stupsenden Schnauze des Hündchens, viel krächzende Bewegung ist, ein Vogel offenbar in schierer Gänsegröße, der da zappelt und sich spreizt, aber dann doch nur ein Kormoran ist, ein geflügelter Satan. Und schon geht die wilde Fahrt weiter, das Hündchen ist zurückgeblieben, hat ablassen müssen von meinen Hosenbeinen, auch sein schallendes Gebell ist verklungen, der lange Schatten des zweiköpfigen Kentauren auf Rädern hüpft und schießt über den Asphalt, wird geschnitten, geschluckt und kupiert von den Schatten der Bäume und Büsche; rechter Hand rollt wieder das Meer, breitet sich nasser Sand, aus dem der Himmel mählich heraussickert, ehe er sich mit neuer Welle darüberschiebt; an der Böschung ein Fass, vollgestopft mit rohen Weidenruten, welkem Heu und Laub, aus dem sich eine lange, beißende Rauchsäule hervorwindet, den Dahinfahrenden ein Stück weit um die Brust wickelt, eine Frau in sackleinener Schürze rührt mit einem Knüppel im lechzenden Feuer.

Kurz darauf wird das Krad an eine hochkant stehende rostige Landungsbrücke angeleint und ein Boot darunter hervorgezogen, das umgehend in See sticht; die Bucht ist wie eine große Schüssel. Schräg hinüber bis Kurkosa braucht es anderthalb Stunden. Nach einer Weile ist vom sonnenwarmen Heck aus kein Land mehr zu sehen. Der Motor ist zu schwach, das Boot – eine alte »Kasanka« – fängt hin und wieder an zu vibrieren, worauf der Bug klatschend und krachend auf das Wasser fällt, das geht einem in die Beine und ins Mark. Abbas legt sich auf das Lenkrad, späht konzentriert über die Windschutzscheibe.

Der Kormoran hockt, mehr tot als lebendig, auf der Bordkante, wie eine geknickte handzahme Chimäre, ein Taschenteufel; sein Kropf ist mit gelbem Gummiband abgeschnürt. Er ist noch nicht wieder recht bei Sinnen, nur der Hunger wird schon wach. Als Erstes beißt mir der Vogel in den Finger; ich unterdrücke ein Jaulen.

Abbas hat keine Geduld mehr, denn der Wellengang nimmt zu; er wirft den Kormoran in die Luft. Alles an dem Vogel ist schwarz und bucklicht – Flügel, Kropf, Schnabel, die Art, wie er, wieder an Bord, die zitternden Flügel zum Trocknen halb abspreizt, Tropfen sprühen von den schmutzig-schwarzen Federspitzen.

Unser Fischzug hat keinen Erfolg; der Vogel fängt ausschließlich Sardellen, schlank genug, dass er sie sich durch den Schlund würgt; der Kropf bleibt leer. Nach kurzer Zeit ist der Räuber satt und faul, lässt sich nicht mehr zum Kreisen und Abtauchen bewegen.

Wir kehren um; als wir anlangen, sinkt auch die Sonne gerade auf Grund. Der Wind hat sich gelegt; der Widerschein der roten Sonne wärmt mir die gegerbten Wangen. Abbas bedrängt mich, bei ihm über Nacht einzukehren, obwohl mein Plan vorsieht, schon heute draußen auf der Insel zu bleiben. Ich bestehe nicht darauf, zumal die Aussicht, Abbas Gegenwart noch etwas länger zu genießen, mich lockt; ich durchschaue den Mann noch nicht ganz. Der Heger zieht den Kormoran aus dem Sack, befreit ihn von dem Gummiband, entlässt ihn ins Meer. Der Vogel klatscht ins Wasser wie eine von den Fäden gekappte Marionette; flattert auf, zieht in schwerfälligem Tiefflug ein Stück längs des Strandes und baumt dann auf einen der Pfähle auf, die in zwei Reihen aus dem Wasser schauen, wo einmal ein Steg gewesen ist; dort spreizt er die Flügel zum Trocknen.

8

Auf dem Rückweg machten wir dem zweiten von Abbas' russischen Freunden die Aufwartung: Schurik. Übermütig setzte Abbas ihm das Vorderrad gegen das eiserne Tor, worauf ein kräftiger, gedrungener Kerl herausgesprungen kam; rundes, sommersprossiges Gesicht unter dem Basecap.

»Mach dich bekannt. Ein Freund von Haşem, Amerikaner, so wie du.«

Schurik war misstrauisch, bat uns nicht gleich ins Haus. Abbas wollte, dass ich ihm meine Geschichte erzählte, so wie ich sie ihm erzählt hatte. Mit leicht verschlagener Miene, die Augen zusammengekniffen, hörte Schurik zu; man spürte, dass er sich zurückhalten musste; er stellte eine Zwischenfrage und verbiss sich die nächste gleich wieder.

»Und was hat dein Urgroßvater in Lənkəran gemacht? Wie hat er geheißen?«

»Dubnow, Ossip Lasarewitsch. Uhrmacher- und Juweliermeister.«

»Boah … Dann hab ich in dem Haus gewohnt, wo er seine Werkstatt hatte. Ossips Werkstatt, so hat es geheißen. Die Wohnung darüber hatte ich drei Jahre zur Miete. Das Haus ist abgerissen jetzt.«

»Mein Urgroßvater ist noch vor der Revolution aus Lənkəran weg.«

»Kann sein, dass er schon weg war, aber der Name war noch da«, sagte Schurik augenzwinkernd, es war nicht ganz klar, wem das galt. »Da war zu Sowjetzeiten immer noch ein Uhren- und Schmuckgeschäft drin. Dort musste ich meiner Frau nach der Hochzeit den Ring weiten lassen, den hatten wir zu eng gekauft.«

Schurik freute sich offenkundig, über alte Zeiten reden zu können, er lächelte, sein Gesicht nahm einen träumerischen Ausdruck an.

»Und in Priwolnoje, wen hattest du in Priwolnoje wohnen?«, fragte er.

»Den Urgroßvater mütterlicherseits, einen Onkel und zwei Cousins. Der Urgroßvater hieß Mitrofan Soroka.«

»Kenn ich nicht. Waren das Umsiedler? Oder Armee?«

»Umgesiedelt. Später eingeheiratet bei den Gerim.«

»Na, hör dir das an!«, rief Schurik, an Abbas gewandt, und drohte mir scherzhaft mit dem Finger. »Aber was stehen wir hier rum, gehen wir doch rein und setzen uns, wie sichs gehört.«

Der Hof erwies sich als hell und geräumig. Wir nahmen Platz an einem Tisch vor der Veranda, im Schatten von Pfirsichbäumen.

Schuriks Sippe kam aus dem Haus: der Schwiegersohn, ein gravitätischer Schnurrbartträger, und zwei korpulente Töchter, die dem Vater so sehr glichen wie er selbst seiner Angetrauten, einer großgewachsenen Frau, die eben noch an der Kochplatte gestanden hatte. Alle Frauen trugen Kopftücher.

»Ich bin ja aus Lənkəran. Dreiundsiebzig nach Port-Iljitsch rübergekommen. Hab hier bei der Fischereiaufsicht gearbeitet. Aber meine ganze Verwandtschaft stammt aus Priwolnoje. Jetzt fahre ich Fisch aus, nach Xaçmaz und Nabran, auf die Märkte und in die Restaurants, und außerdem gehen Abbas und ich ein bisschen auf Jagd.«

»Warum liefert ihr nicht nach Baku?«

»Da hats genug eigene Händler, die konkurrieren sich tot.«

»Ich sag schon lange: Komm zu Haşem, mach dir nicht ins Hemd. Dort wirst du mit offenen Armen empfangen«, sagte Abbas. Er hatte seinen Wein bis jetzt kaum angerührt, während Schurik und ich schon beim fünften oder siebten Glas waren.

»Schurik sagt, Haşem hätte eine Sekte«, ließ Schwager Tofik sich hören.

Ich sah zu ihm hinüber. Ruhiges Gesicht, ehrerbietige Miene, man spürte, dass es in ihm arbeitete. Seine Frau saß neben ihm, schaute ihn die ganze Zeit an wie ein besonders kostbares, ernst zu nehmendes Ding.

»Sekte, was heißt das schon. Haşem weiß, was er tut«, beschied Abbas ihm streng. »Bei ihm gibt es nichts zu deuteln.« Der Heger warf einen ärgerlichen Blick auf Schurik.

»Ich werds mir anschauen. Dann überleg ichs mir. Vielleicht komm ich zu euch. Wenn Haşem sein Hirn ein bisschen gelüftet hat.«

»Lüfte du mal bei dir selber«, sagte Abbas. »Haşem ist klar im Kopf. Nur bei dir sitzen die Pelikane und picken. Und selbst die kriegens nicht geschluckt, was bei dir quersteht.«

Die Töchter prusteten, die Frau lächelte fein.

»Na schön, genug geschwätzt.« Schurik lächelte nachsichtig. »Soll der Junge seins erzählen. Du warst beim Großvater stehengeblieben. Meiner ist im Krieg verreckt, in Stalingrad.«

Ich erzählte kurz die unfrohe Geschichte meiner Familie. Schurik lauschte aufmerksam, wiegte sich leicht hin und her; Anteilnahme bewegte sein Gesicht. Er nahm das Basecap ab und setzte es wieder auf, seine hohe, runde sommersprossige Stirn glänzte vom Schweiß.

»Ach ja. Ich bin auch zurück aus Amerika. Sieben Jahre war ich da und bin abgezischt.«

»Wie kams?«

Schurik brauchte einen Moment, um nachzudenken, dann hellte sein Gesicht plötzlich auf. »Für das, was du hier auf dem Tisch siehst – die Nüsse, die Granatäpfel, die Oliven, den Wein –, für alles das muss ich keinen Schritt vom Hof gehen«, sagte er. »In Amerika musst du dafür in den Supermarkt fahren.«

»Verstehe«, sagte ich lächelnd. »Wo haben Sie denn gelebt in Amerika? Und wer hat in der Zeit hier das Haus gehütet? Damals sind die Leute doch alle abgehauen!«

»Um ihr Leben gerannt sind sie! Das Haus ist mir geblieben, Abbas hatte ein Auge drauf. Er hat es an Fremde vermietet. Damals ging hier ja alles drunter und drüber. Russen, Juden, Gerim, Armenier – alle waren sie auf und davon … Und die, die statt dessen hier aufkreuzten, hattest du im Leben nicht gesehen.«

»Dagegen sind die ärgsten Barbaren lammfromm«, stimmte Abbas zu.

»Die hatten nichts«, wandte Tofik ein. »Verschreckte Leute, bettelarm, aufgeschlagen in der Fremde. Ein in die Enge getriebenes Tier beißt nun mal, es weiß es nicht besser.«

»Klar. Essen muss jeder. Aber dann muss er sich halt kümmern. Arbeiten! Wildern, den Wald abholzen, das ist keine Art! Er hat eine Million Jahre hier gestanden. Und dann kommen die und hauen ihn weg. Und meine Untermieter, was waren das für Typen? Als sie weg sind, haben sie das Besteck mitgehen lassen. Alles leergeräumt!« Abbas kläffte es fast und hieb die Faust auf die Tischkante.

Schuriks Frau trug noch eine Flasche Wein und eine Schüssel Trauben auf, brach einen frischen Fladen. So saßen wir noch eine Weile, aber dann kam ich auf meine Bitte zurück, am Strand übernachten zu dürfen, und Abbas sah sich genötigt aufzubrechen.

»Ans Meer kann ich dich zu jeder Tag- und Nachtzeit bringen. Aber jetzt fahren wir erst mal zu mir und sitzen da noch ein Stündchen. Schurik, kommst du mit?«

»Danke für die Einladung, Abbas. Natürlich komme ich mit.«

VIERZEHNTES KAPITEL

Abbas

1

Abbas' Frau ist jung, gut zwanzig Jahre jünger als er – eine schöne, hochgewachsene, schlicht gekleidete Frau mit dichtem kastanienbraunem Haar, kräftigen, langen Waden, feingliedrigen Fingern. Die Ehe scheint kinderlos, zumindest sind nirgends welche zu sehen, auch von Spielzeug – Fahrrädern, Rollern, Plastikkippern, Buddeleimern – keine Spur.

»Sona-xanım«, sagt Schurik, »sieh es uns Schwerenötern nach, dass wir dich zu später Stunde behelligen!«

Sona lächelt und lässt zwei Goldkronen sehen, wie zwei Wespen im Mund. Sie trägt einen warmen, an den Ellbogen sorgfältig gestopften Überrock, wollene Strümpfe und Schlappen; das Haar lässt sie bei unserem Eintreten flugs unter einem Tuch verschwinden, was sie gleich viel biederer aussehen lässt. Ihr Gang ist beschwingt, die Stimme sanft, aber fest, etwas rau, mit schönem Brustton. Auf einer kleinen Kochplatte bereitet sie Tee. Eine Anzahl Meeräschen schimmern silbern aus einer dunklen Ecke herüber, mit abstehenden Flossen, Blut und Sand an den Kiemen, hängen sie über den Rand eines umgestürzten Weidenkorbs. Ausgenommen (einmal mit dem gekrümmten Finger durch den Bauch und fertig) und gewaschen, dick mit Salz und Mehl bestreut (wovon der Fisch erblindet), kommen sie in die heiße Pfanne, die Schuppen stellen sich auf und sind auf dem Teller leicht von der Haut zu lösen.

Sona-xanım trägt Gläser auf, große und kleine Teller – dem Gatten immer zuerst; er bekommt auch als Erster Tee eingeschenkt.

Abbas Profil aus nächster Nähe ist eindrucksvoll: der dreieckige Kopf, die hohe Stirn, die sonnengegerbte Haut, der asiatische Anschnitt der Augen. Er riecht kräftig nach Schweiß; nicht so, dass einem die Luft wegbliebe, ich beobachte, wie die Frau, während sie sich über ihn beugt und ihn bedient, den Atem mit bebenden Nüstern dosiert. Abbas Finger sind dick und derb, die Hand, die man ihm gibt, versinkt in der Pranke, der Druck ist übermächtig, so sehr man sie auch anspannt.

Abbas zeigt sein Photoalbum. Hier seine erste Familie, sie lebt jetzt in der Ukraine: Eine rothaarige Frau sitzt auf der Stuhlkante, zwei adrette schwarzäugige Kinderchen im Arm: kleiner Junge, etwas größeres Mädchen. Es folgen Aufnahmen aus dem Hegealltag im Naturpark; auf manchen ist Haşem zu sehen – mit und ohne Bart, mit Dreadlocks, Gewehr im Anschlag, oder kahlrasiert, auf einem hängt er am Kite, hinter dem Rollbrett eine Sandfahne, oder mit einer Gazelle auf den Armen oder brusttief im Wasser einem Gelege zustrebend, das in einem halb untergegangenen Kammgrasbüschel klemmt. Dann eine Reihe Bilder von Vögeln, Abbas nennt die Namen: Purpurhuhn, Großtrappe, Zwergtrappe, Blesshuhn, Flussseeschwalbe; ein Schwarm glupschäugiger Krauskopfpelikane, grotesk ausschauend und irgendwie traurig; ein Prachtexemplar von Rothalsgans, man könnte es für eine kunstvolle Plastikattrappe halten; ein schwarzer Schwan im idealtypischen Federschmuck, Zwerggänse, ein fahler Flamingo mit Beinprothese: Letztere eine Küchenkehrschaufel mit angebundenem Besenstiel, mit Isolierband am Stumpf befestigt. Und hier hält Haşem einen friedfertigen graubraunen Vogel mit weißem Federbusch auf dem Kopf.

»Das ist die Kragentrappe. Hubara, wie wir dazu sagen«, erklärt Abbas. »Haşems ganzer Stolz. Die kannst du sonst mit der Lupe suchen, vielleicht noch tausend Exemplare auf der ganzen Welt. Vermehrt sich eigentlich nicht in Gefangenschaft, Haşem hat sie dazu gebracht. Wir anderen sind beteiligt, aber Haşem hat den Löwenanteil an der Sache. Wie er es anstellt, ist sein Geheimnis.«

Schurik hört sich ähnlich begeistert an.

»Ein edler Vogel. Wenn du sie fütterst, musst du Hände und Augen schützen. Geflochtene Schnüre zerreißt sie wie Bandnudeln. Kann dir einen Bleistift zerknicken. Haşem ist der Einzige, der mit ihr zu Rande kommt. Sieht aus wie eine zimperliche Venus und ist ein wahres Biest. Wild wie ein Mustang. Nicht umsonst macht es dem Falken solchen Spaß, sie zu schlagen. Der gilt ja nun als hirnloses Raubtier, manche nennen ihn ein lebendiges Wurfmesser, aber auch er hat seine Vorstellung, was hohe Kunst ist. Wenn man ihm eine Hubara und einen Fasan vor die Nase setzt – er wird den Fasan gar nicht bemerken.«

»Züchtet Haşem etwa auch Falken?«

»Züchten nicht. Er fängt sie. Oder er nimmt Küken aus dem Nest und zieht sie auf.«

»Wozu das?«

»Wozu was?« Abbas wundert sich über meine Frage. »Ein Falke bringt Geld. Die Pakistani zahlen siebenhundert Dollar für einen Wanderfalken und zweitausend für einen Saker! Haşem beschafft die Jungen, zieht sie auf, zähmt sie für die Jagd, und dann fährt er los und verkauft sie. Einmal im Jahr ist Vogelmarkt in Quetta. Schurik ist öfter mitgewesen, ich auch schon sechsmal. Nein, stimmt nicht, fünfmal. Die reinste Schmugglertour!«, sagt Abbas und grinst.

Schurik schüttelt missbilligend sein Haupt.

»Einmal haben wir Todesängste ausgestanden. Fünf Kilometer hab ich Haşem auf dem Buckel geschleppt. Wir hatten einen Radwechsel, den Wagenheber hat es ausgeschert, Haşem bekam ihn gegen das Bein. Ringsum kein Busch und kein Baum, dass man ihm eine Krücke hätte bauen können. Das Bein schwoll an, er kriegte Fieber. Zudem hatte es die Radschüssel verzogen, sie ging nicht mehr auf die Nabe drauf. Das Auto stehen zu lassen, hatten wir Schiss. Haşem alleine zurücklassen, ging erst recht nicht …«

Stolz führte Abbas uns seine Menagerie vor.

Ich lief einmal um das Bassin. Ba-ba-ba!, brummten die Schwäne aus tiefster Brust, schnappen nach den Füßen der vorbeirudernden Enten; Pück-pück-pück, riefen die Blesshühner, ein scharfer, wie abgehackter metallischer Ton, während die Graugänse langgezogen klagten, dass einem das Herz schwer wurde von diesem Lamento. Schwarze Schwäne sehen vornehmer aus als weiße, gierig sind sie beide, schwammen im Geschwader auf mich zu, in der Hoffnung auf Futter. Es gab cremefarbene Gänse mit schwarzem Schnabel und weißen Wangen und andere mit rotem Schnabel, das Rot der

Füße himbeer-, nicht korallenfarben. Sie schnatterten, spreizten die Flügel wie Turner und klappten sie geschäftig wieder ein, als hielten sie Geld unter den Achseln versteckt ... Und mir fiel ein, wie wir einmal auf einer Wanderung mit Stoljarow an einen Salzsee kamen und dort unser Lager aufschlugen, ich war mit Feuermachen beschäftigt und hörte auf einmal hinter mir ein ohrenbetäubendes Getöse, so als fiele ein Schnellzug in voller Fahrt auseinander, ich ging in die Knie, zog den Kopf unter die Arme ... Wie sich zeigte, war ein vieltausendköpfiger Schwarm Blesshühner auf dem See gelandet, und die weiße Salzkruste des Sees hatte einen schwarzen Saum bekommen ...

2

Die Kragentrappe, *Chlamydotis undulata*, der Familie der Trappen (*Otididae*) zugehörig, wurde erstmals im Jahr 1784 beschrieben. Theoretisch lassen sich zwei Unterarten bestimmen: die sogenannte Asiatische (*Ch. u. macqueenii*) und die Arabische, mit Sinai als Trennscheide; dem wollen wir hier aber nicht folgen, weil die Araber das auch nicht tun. Die Kragentrappe ist der Großtrappe nicht unähnlich, nur eben deutlich kleiner von Wuchs. Das Gefieder ist sandfarben, mit einem Stich ins Rötliche, ein ideales Tarnkleid im Gebiet lehm- und kieselhaltiger Geröllwüsten. Dabei ist die Zeichnung des Gefieders ausgesprochen filigran. Die weiße Brust, der schwarze Halsstreif, ein schwarzer Fleck am Eckflügel und der Kragen aus langen weißen Schmuckfedern erzeugen im Zusammenspiel mit der ungemein kraftvollen, geradezu kanonenschussartigen Flugweise den Eindruck eines bunten Blitzes.

Das Beeindruckendste aber sind die Augen. Es gibt keinen Vogel auf Erden, dessen Augen denen des Menschen ähnlicher wären.

Im Ruhezustand liegen die Kragenfedern an, ebenso die an der Schläfe und am Kopf. Dann sieht die Hubara aus wie ein schwanenhalsiges Mädchen, artig glatt gekämmt, mit frommem Augenaufschlag. Tritt jedoch Erregung ein, sträubt sich das Gefieder, und sie sieht aus wie die gekrönte Lidija Wertinskaja als Vogel Phönix im Märchenfilm. Ihr böser mandeläugiger Blick lässt alles zu Asche werden; ein Falke, im Begriff, auf sie niederzustürzen, kann darin verglühen.

3

Knips, knips. Abbas schaltet zwei Quarzlampen ein, deren Lichtkegel sich zu einem Baldachin über dem Hof kreuzen. Ich wechsle eilig das Objektiv, reguliere den Weißabgleich. In der Tiefe des Hofes liegt die Voliere mit dem Bassin, darin liegen, den Kopf unterm Flügel, drei Schwarzschwäne. Nachtfalter zappeln sogleich in großer Zahl vor den Lampen, verschatten sie. Das Bassin und seine Umgebung beleben sich mit Kleinvögeln aller Art. Sie fühlen sich gestört, hüpfen auf und flattern wild vor uns weg, geraten in Panik aneinander, eine Feder fliegt, sinkt kreiselnd zu Boden, der Flaum am Kiel flammend im Licht. Krächzen, Quäken, Schnattern, Lärmen, Schieben. Nur ganz allmählich kehrt Ruhe ein, Lider klappen zu.

Mein Auge klebt am Sucher, die Hand zerrt am Objektiv, sucht Abbas zu folgen, der schon wieder dabei ist, Vogelarten aufzuzählen, ihre Seltenheit zu betonen, Verhaltensweisen zu erläutern. Wir schieben uns durch das Labyrinth der Käfigabteile, an jedem hängen Schilder mit Artenbezeichnung und -beschreibung, lateinische Namen inklusive. Den Königsfasan in der Tiefe der Voliere in den Fokus zu nehmen hat keinen Sinn, der Maschendraht ist zu fein. Die Zwergsultanhühner (eine Rallenart) mit ihrem lasurblau-neonfarbenen Deckgefieder spielen immer noch verrückt, drängen sich verschreckt in eine Ecke. Der Rotschwanzmonal, dem Gefieder nach gar nicht mal sehr verschieden, stolziert finsteren Blicks durch das Stroh. Ein Pfau schlägt sein Rad und kreischt ohrenbetäubend. Ein Großteil der Vögel hält sich versteckt, die von Abbas genannten Namen fallen ins Leere, das Blitzlicht trifft nur auf nackte Erde, Streu oder Korn, Vogelmist, Sitzstange, Tränke.

»Und hier haben wir den Inkubator.«

Abbas öffnet die Tür zu einem Schuppen, gefüllt mit flachen Körben voller Heu. Ein paar welke Truthennen fliehen das Licht.

»Haşem baut gerade einen größeren.«

»Sag bloß, ihr züchtet Puten? Zum Verkauf?«

»Ach wo, die brüten uns die Eier der Gelege aus, die wir draußen im Naturpark finden. So kommen wir zu seltenen Arten. Das Ausbrüten ist das Geringste. Man muss sie groß kriegen und so weit, dass sie sich vermehren. Davon leben wir. Im Frühjahr werden wir zum Beispiel die Schwäne verkaufen. Davon kann sich der Naturpark endlich ein Motorrad leisten.«

Während des Rundgangs setzt Schurik immer wieder ein rätselhaftes Lächeln auf, blinzelt ins Licht, klappt das Schild seines Caps hoch und senkt es wieder.

Dann ist die Führung zu Ende. Sona-xanım erwartet uns mit einer DVD in der Hand, scheint Abbas um etwas zu bitten. Wie sie so unter der Lampe steht, wirkt ihr Gesicht im Gegenlicht verändert, irgendwie tragisch.

»Hör mal, du bist doch sicher technisch beschlagen?«, wendet Abbas sich an mich. »Ich hab meiner Frau einen Film gekauft, das Gerät will ihn nicht abspielen. Schaust du mal?«

Wir gehen ins Haus, betreten den ersten einer Reihe hintereinanderliegender Räume.

Sona-xanım sitzt artig auf dem Rand des Sofas und harrt des Wunders, dass ich die DVD zum Laufen bringe. Das Filmbild stoppt in einem fort und ruckelt; ich wasche die DVD mit warmem Seifenwasser, reibe sie mit meinem Pullover trocken, aber davon wird der Löwe, der bis zur Brust im Gras unterm Baobab steht, auch nicht lebendiger.

Wir kehren zurück an den Tisch, Abbas klappt ein neues Photoalbum auf. Da ist ein Schild mit der Silhouette eines fliegenden Flamingos: *Vogelzoo Gilan. Aufzucht und Darbietung seltener Arten.* Abbas hat den Zoo ins Leben gerufen, als die Finanzierung des Naturparks ins Stocken geriet und alle Arbeiten – Hege ebenso wie Forschung – plötzlich mit eigenen Mitteln bestritten werden mussten.

Aus bestallten Hegern waren über Nacht freiwillige Naturschützer geworden. Außerdem seien Flüchtlinge aufgetaucht, die Schafe züchten wollten und auf die Jagd gehen. Was hätte man ihnen sagen sollen? Der Mensch muss sich um sein Brot sorgen. Nach dem Krieg um Bergkarabach kamen Soldaten mit Transportpanzern gefahren und ballerten mit Maschinengewehren auf Gazellen. Wahrscheinlich hatten sie Hunger. Im Winter wurden von zwei Seiten her, vom Süden und aus den Bergen, vieltausendköpfige Schafherden auf die Hänge des Naturparks getrieben. Die Regierung zeigte sich außerstande, ein Gesetz dagegen zu erlassen. Abbas höchstpersönlich kümmerte sich um die Vögel in seinem Zoo, kämpfte gegen Epidemien.

»Kormorane und Pelikane haben ein schwarzes, bitteres Fleisch. Da wollen nicht mal die Hunde ran.«

4

Abbas hat an der legendären Leningrader Forst-Akademie studiert, an der jagdwirtschaftlichen Fakultät. Mit etlichen Bekannten in Petersburg und Moskau – viele von ihnen Zoomitarbeiter – hält er Kontakt, fährt öfter hin, zu Hochzeiten oder Beerdigungen. Dabei liefert er ihnen auf Bestellung irgendwelche Vögel. Der überaus seltene Talış-Fasan ist besonders begehrt. Als Gegengabe bekommt er exotisches Geflügel von nicht minder großem Wert, Tauben beispielsweise (Neuseelandtaube, Lockentaube, Spitzschopftaube), Monale oder eine Pfauenart, die endemisch auf einer Insel im Indischen Ozean siedelt.

Wir sehen Photos aus Abbas' Studentenzeit: Erntebrigaden, Arbeitseinsätze auf dem Bau in Fernost, Sibirien und im Gebiet Archangelsk. Hochzeitsfeiern von Kommilitonen. Abbas figuriert mit immergleicher Miene, eine Mischung aus Würde und Geringschätzung. Dann die Arbeit im Naturpark: Abbas in der Hubschrauberkanzel, Gazellen werden aus der Luft gezählt; Abbas im Tarnanzug mit Gewehr neben einem schnauzbärtigen, gravitätisch dreinblickenden

Herren in Jagdrock, Weste und feiner Krawatte, beide hangaufwärts in die Linse des Photographen blickend, zu ihren Füßen ein Keiler mit mächtigen Hauern.

»Das ist der Kulturminister. Alter Schulfreund von mir«, erläutert Abbas knapp, und sein Gesicht versteinert zum selben Ausdruck wie auf den Photos. Damit gibt er zu verstehen, dass sein Verhältnis zu dem Minister nicht dafür herhalten soll, die Klatschbedürfnisse der Anwesenden zu stillen.

Ich bemerke vier angegilbte Photographien, die in einem Umschlag stecken, und bitte sie näher betrachten zu dürfen. Auf der Rückseite steht überall die Jahreszahl 1917. Sie zeigen die Bakuer Plätze, überflutet von revolutionären Massen; ein gigantisches quadratisches Banner mit der Aufschrift *Es lebe die demokratische Republik. Für den Achtstundentag. Boden und Freiheit*; ein Männlein im Bauernrock, schwarz vor Elend, spreizt sich vor der Menge und schleppt die schwere Fahnenstange, kippt damit beinahe vornüber. Auf einem anderen Photo hat die Menge ein Haus mit Balkonen geentert, die Verwegensten hängen an den Balustraden. Am Haus hängt ein Schild: *Abbasows Gemischtwaren*.

»Mein Großvater Mir Abbas war Chan von Lənkəran. Die Bolschewiki haben ihn um seine Habe gebracht und nach Mittelasien verbannt. Nach Stalins Tod kehrte Großvater ins Gouvernement Lənkəran zurück.«

Im Weiteren komme ich mit Schurik ins Gespräch. Die Unordnung der Welt ist es, was ihn bewegt, nicht mehr und nicht weniger. Er erzählt von seiner Unrast; seit Kindesbeinen drängt es ihn, zu Fuß durch die Berge bis nach Jerusalem zu gehen.

»Meiner Frau und den Mädchen ist es immer nur ums Geld gegangen. Und ich bin ein braver Ochse, der sich gerne einspannen lässt.«

Schurik stammt von Duchoborzen ab, wie sie seit Jahrhunderten im Kaukasus siedeln. Aber seine religiösen Ansichten sind so bunt zusammengerührt, dass man nicht schlau daraus wird.

»Alle Gläubigen sind weggegangen, da haben wir uns halt auch aufgemacht. Wir hatten keine Ahnung, wohin und wozu, sind einfach mit, wie die Schafe. Gelandet sind wir in Sacramento/Kalifornien. Dort gibt es alle möglichen Sekten – drei Sorten Pfingstler, einfache, reformierte und nochmal erneuerte, Baptisten und Adventisten, mehrerlei. Überall gibt es Zusammenkünfte, in der Kirche und davor, es wird getrommelt und geklimpert und Hallelujah gesungen, man kann sich nicht retten davor. Da bin ich lieber zu den Juden gegangen, wo es stiller zugeht und selten mit Gesang, nur an Feiertagen.«

Ich bin perplex und weiß nicht, was ich darauf sagen soll.

»Lass uns noch einen trinken auf dein Wohl«, erlöst der Gottessucher mich aus der Verlegenheit. »Du gefällst mir! Kommst mir vor wie ein Verwandter!« Dabei stößt er mich vertraulich mit der Schulter an, seine heiße, feuchte Schläfe prallt gegen meine. Manisch setzt er sein Basecap ab und wieder auf.

»Was ich noch sagen wollte«, sagt Schurik und schaut mit glasigem Blick Abbas hinterher, der von Sona-xanım nach drinnen gerufen worden ist. »Ich hätte da mal …«, Schurik senkt die Stimme, »… eine Frage zur Bibel. Die hab ich in Amerika allen möglichen Leuten gestellt, solchen und solchen. Selbst die Jungs von der Heilsarmee hab ich damit gelöchert. Keiner mochte was dazu sagen, alle kriegten sie einen Schreck und flohen mich wie einen Aussätzigen. Ich – mich rangepirscht, ins Vertrauen geschlichen, bis sie sich entspannten, ihre gewohnten Sprüche klopften – und dann kam ich mit meiner Frage: Wieso, frage ich, hat der Herr der Jungfrau Maria ganz ungefragt diesen Sohn geschenkt? Hätte er nicht fragen müssen: Darf ich? Hast du was dagegen? Von Liebe und so ganz zu schweigen. Wo bleiben da die Menschenrechte? Die persönliche Unantastbarkeit? Warum steht darüber nichts in der Heiligen Schrift? Warum kein Sterbenswörtchen bis zur Verkündigung? Der liebe Gott möge mir meine dummen Fragen verzeihen, aber ich würde gern ein Wort einlegen für die arme Jungfer. Warum hat er sie geschwängert, ohne zu fragen?«

Mir fiel keine Antwort ein, und ich beschloss, die Befragung als Scherz zu nehmen.

Abbas kam zurück mit einem neuen Photoalbum.

Ich erinnerte ihn daran, dass ich noch ans Meer wollte, die Nacht dort verbringen.

»Ich fahr dich hin, hab ich doch gesagt. Aber ein Zelt solltest du mitnehmen, nicht auf der nackten Erde schlafen.«

Schurik beugte sich zu mir, stieß sein Glas gegen meines.

»Lass uns lieber ins Paradies fahren«, sagte er mit Augenzwinkern zu Abbas hinüber.

»Wohin meinst du?«

»In den Iran. In Astara kostet ein Visum vierzig Dollar, der Einlass in die Grenzzone – vierzig Kilometer nach Māzandarān hinein – ist frei. Haşem fährt bald seine Falken verkaufen, frag ihn.«

»Und wieso Paradies?«

»In Kandovan, sechzig Werst hinter Tabrīz, gibt es ein Felsendorf. Mitten in der Steppenwüste, musst du dir vorstellen, steht eine Felsgruppe herum, in die wabenförmig Höhlen eingeschnitten sind, dazu Treppen, Wasserrinnen. Unten stehen Maulesel über einem Haufen Stroh, Motorräder, sonstiges Gerät. Über Treppen gelangt man hinauf. Seit Ewigkeiten haben dort Menschen gelebt, behaupte ich, von Adam an. Im Paradies hat es ja doch auch mal geregnet, so dass sie Schutz suchen mussten, auch vor Hitze und Kälte, was dachtest denn du. Das Paradies hatte seine Jahreszeiten. Nur dass von Behausungen nirgends die Rede ist. Woraus haben sie ihre Häuser gebaut? Sie werden wohl kaum unterm Baum geschlafen haben. Selbst die Urmenschen hatten ihre Wohnplätze, Hütten und Unterstände, wieso sollte Adam dümmer gewesen sein als die Neandertaler?«

»Und warum ausgerechnet dort? Ist das ein besonderer Ort?«

»Und ob! Besonders ist noch untertrieben. Kandovan ist die Heimat des Getreides. Von dort stammt der Weizen. Es gibt da spezielle Sorten, die für die Steppe wie geschaffen sind, wildwachsend. Bist du im Şirvan noch nie auf Weizen gestoßen?«

»Weizen im Şirvan? Auf *den* Salzböden?«

»Musst du mal drauf achten. Die Ähren, die du dort findest, sind ausgesprochen widerstandsfähig. Nicht umsonst ist der Wawilow so scharf drauf gewesen, er hat Kandovan komplett abgegrast danach, Zentimeter für Zentimeter.«

Ich horchte auf. Schurik, dem man es nicht zutraute, sprach gerade von etwas Wesentlichem.

»Moment mal. Wawilow hat doch in Afghanistan gesammelt, bei den Kafiren mit ihren hellen Slawengesichtern! Wo sonst keiner hinkam.«

Schurik zuckte mit keiner Wimper, er spann seinen Faden weiter: »Wer erzählt dir schon freiwillig, wo er den Stein des Weisen gefunden hat. Bevor Wawilow in Afghanistan anlangte, ist er geraume Zeit hier bei uns gewesen. Hinterher hat er behauptet, die Kollektion stammte von woanders.«

Schurik hörte sich an, als wäre er dabei gewesen. Er sah seine Idee so plastisch vor sich, als hielte er sie in Händen und die Ähren aus der Sammlung gleich mit. Als hätte er Adam auf die Schulter geklopft und sich von ihm erzählen lassen, was das Leben im Garten Eden so für Probleme mit sich bringt.

»Wawilow war ein heller Kopf, kann ich dir sagen. Er wusste, dass die Juden den Baum der Erkenntnis von Gut und Böse … dass sie das Getreide damit meinen. Das tägliche Brot! Den Ursprung des Ackerbaus! So siehts aus. Von wegen Kafiristan … Warum, frag ich dich, muss man den Leuten unbedingt verklickern, wo der Schatz vergraben liegt? Kommt doch eher drauf an, dass man ihnen, der Glaubwürdigkeit halber, eine Gegend vorgaukelt, wo sie sowieso nicht hinfinden. Das kann keiner überprüfen, und die Neugier lässt nach«, schloss Schurik seine Erörterung bedeutungsvoll.

Derlei ausgefallene Hypothesen, die bei näherer Betrachtung nicht abwegig, sogar irgendwie schlüssig erschienen, bekam ich von ihm die nächste Zeit noch mehrfach zu hören. Als der Sommer zu Ende ging, tauchte Schurik tatsächlich bei Haşem auf, um sich anzusehen, was die Hegerkommune trieb. Erst sagte er eine Weile nichts, dann kamen die kritischen Fragen. Haşem gab Antwort – aufrichtig, mit offenem Visier. Abbas übersetzte den Jungen, die dabeisaßen, flüchtig den Inhalt des Disputs, sie stiegen sogleich darauf ein, sprangen Haşem heißblütig zur Seite. Anfangs lächelte Schurik noch, am Ende ging er nachdenklich weg. Dabei kamen wir ausgiebiger ins Gespräch, ich brachte ihn zur Landstraße und versuchte unterwegs, ihm und mir zuliebe, seine krude Weltsicht zu entwirren. Haşem war weit davon entfernt, ihm etwas zu verübeln. »Man hört dem Mann nicht ungern zu!«, sagte er. »Nur neigt er aus irgendeinem Grund dazu, sich selbst irre zu machen: Schwan, Krebs und Hecht gemeinsam vor den Karren seines Denkens zu spannen, um es mit Krylow zu sagen. In zu viele Richtungen zugleich denken zu wollen kann nur schiefgehen!«

An diesem Abend aber hatte Schuriks Vortrag über die göttlichen Dinge eine eigentümliche Wirkung auf den Gastgeber. Nach dem Essen lehnte Abbas sich entspannt zurück, wurde locker und gesprächig, er telefonierte noch zwei Neffen herbei und Sonas jüngeren Bruder, damit auch die den Fremden zu Gesicht bekamen, der Haşems Freund war. Rasch waren sie zur Stelle, man begrüßte einander auf das Artigste. Die Neffen sollte ich kurz darauf bei Haşem wiedersehen, wo sie den Hegern zur Hand gingen; noch später erwischte es den Älteren von ihnen, den stummen Islam, auf einer Baustelle in Baku: Ein Gerüst stürzte unter ihm zusammen; drei Monate Krankenhaus, ein Glück, dass er überhaupt noch lebte. Sonas Bruder, ein halbes Kind noch, war Feuer und Flamme für Haşem – hätte er nicht zur Schule gemusst, wäre er rund ums Jahr, rund um die Uhr im Şirvan gewesen. Nach zwei Kannen Tee gingen wir in Abbas' Garten, der gleich um die Ecke lag; Islam war dort Wächter, er führte uns mit seiner Taschenlampe hin, nahm das große Vorhängeschloss vom Tor. Abbas hatte tatsächlich keine Kinder mit Sona, dafür war Islam ihm treu ergeben und anhänglich wie ein Hund. Wir spazierten durch den dunklen Garten, gingen mit Abbas von Baum zu Baum, von jedem pflückte er etwas, reichte es mir: Feijoa, Kaki, Granatapfel, Zitrone, Pampelmuse, Apfel und Mandarine. Dann traten wir hinaus aufs Melonenfeld, Islam suchte uns eine schöne Honigmelone aus; sie hatte eine Bissstelle von einer Maus oder einem ähnlichen Tier.

»Das war der Fuchs!«, sagt Abbas, mit dem Finger in der ausgebissenen Stelle pulend. »Der hat das Gespür, die reifste Melone auf dem Acker zu finden. Hier dulde ich ihn. Im Weinberg stelle ich ihm Fallen.«

5

Schließlich brachte Abbas mich doch noch auf die Insel Sarı. Im Scheinwerferlicht seines Motorrads baute ich mein Zelt auf. Darin lag ich noch länger wach und lauschte dem Heulen der Schakale, die so einander mitteilten, dass ein Fremder in ihre Gefilde eingedrungen war. Ich lag da, und mir kam der kindische Gedanke, wie glücklich Stoljarow und wir alle damals gewesen wären, hätten wir eine Ausrüstung gehabt, wie ich sie jetzt hatte: ein Sturmzelt, das anderthalb Kilo wog und annähernd blind in fünf Minuten aufzubauen war; einen Kocher, der keinen Lärm machte, Wanderschuhe, in denen die Füße nicht müde wurden, atmungsaktive Membrankleidung, eine Stirnleuchte von ewiger Lebensdauer … Mit diesem Glücksgefühl schlief ich ein.

Ein knatternder Motor riss mich aus dem Schlaf, ich kroch aus dem Zelt und sah im ersten, milden Sonnenlicht auf dem opalfarben mattglänzenden Meer ein Boot zwischen den Buhnen schaukeln. Fischer – die ärmliche Kleidung von einer Lichtaura veredelt – hantierten an einer Reuse, die so zwischen die Buhnen gefügt war, dass der Fisch sich wie in einem Labyrinth verirrte und beim Versuch hinauszugelangen hoffnungslos in den Maschen verfing.

Der warme Glanz, das schaukelnde Boot, die Handgriffe der Fischer, die sich tief vornüberbeugten, während sie das Netz (schwer durchhängend, aber leer) aus dem Wasser hoben.

»Welcome back, Ilja Dubnow«, brummte ich, wandte mich um und sah, dass ich das Zelt im Finsteren beinahe direkt unter den Wachturm gestellt hatte, der längst außer Gebrauch war und so überflüssig wie die Grenzwache im Ganzen.

6

Einmal fragte ich Abbas beiläufig nach den Falken. Als Haşems Assistent musste er darüber Bescheid wissen, er half ihm ja, die Jungvögel aufzuziehen und abzurichten. »Sakerfalke und Wanderfalke sind leicht zu unterschieden. Der Saker ist fast doppelt so groß. Beim Wanderfalken gibt es deutliche Spielarten im Gefieder. Den Wüstenfalken wiederum erkennt man am roten Kopf und am goldenen Stehkragen. Aber diese Feinheiten interessieren keinen. Die Polizei ist hinter den Falken her, weil sie Diamantensucher sind. Ihr Sehvermögen ist hervorragend. Und die Diamanten liegen ja offen zutage, nur dass man sie zu ebener Erde schwerlich sieht. Fürs Flugzeug wiederum fehlt es an Gerät mit der nötigen Empfindlichkeit. Ein Falke fliegt hoch genug und sieht genau: Da liegt ein Diamant, dort liegt ein Diamant. Und abgesehen davon, dass ihr Blitzen ihn animiert, sind die Diamanten gut für die Verdauung des Falken. Also fliegt er hin, pickt sie auf und versenkt sie im Kropf. Sein Herrchen passt den Moment ab, schneidet den Kropf mit dem Skalpell auf, entnimmt den Stein, näht wieder zu und lässt den Vogel fliegen. Aber öfter als fünf Mal hält kein Falke diese Operation aus.«

Ich bin fassungslos ob dieser Räuberpistole. Aber Haşem, dem ich sie hintertrage, zuckt nur die Achseln.

»Was willst du erwarten in einem Land, wo keiner mehr den Dunkelmännern entgegentritt, wo der große Jammer sich eigentlich nur in eine Richtung Bahn bricht: die Rettung von außen herbeizuphantasieren, nicht etwa aus eigener Kraft. Die Sache ist simpel. Jemand hat mal irgendwann einen Korund oder Quarz oder sonst ein Glitzerding im Vogelkropf gefunden – vielleicht auch tatsächlich einen Diamanten, warum nicht? Und seither hält sich der Glaube, die Falken würden gezielt Diamanten picken. Ein schönes Beispiel für das unausrottbare mythologische Bewusstsein. Abbas glaubt daran, aber er würde niemals seine Falken einer solchen Prozedur unterziehen. Lass ihm den Glauben.«

»Zeit und Ewigkeit zu konfrontieren – das wäre die lohnende Aufgabe«, sagte Haşem noch. »Und du kommst mir mit Lappalien.«

FÜNFZEHNTES KAPITEL

Şirvan

1

Der Şirvan war früher einmal ein starkes, weitläufiges Chanat. Nach der Invasion des Tamerlan fiel es an Persien und wurde erst vor zwei Jahrhunderten an Russland abgetreten. Heute bezeichnet der Name nur noch den südöstlichen Teil der historischen Landschaft, nämlich das durch den Unterlauf des Kür vom legendären Muğan abgetrennte Steppenland. Der Şirvan unterscheidet sich vom Muğan durch den ausgeprägteren Halbwüstencharakter, die geringe Bevölkerungsdichte und den mythischen Hintergrund. Noch zur Blütezeit der Seidenstraße wanderte die Kürmündung infolge der gravierenden Absenkung des Kaspischen Meeresspiegels um ca. vierzig Kilometer nach Süden; da, wo ihr kräftig schwingendes Mäander zuvor gelegen war, breitet sich nun der Nationalpark Şirvan aus.

Nach Süden wird das Trockenland des Şirvan abgelöst von der Lənkəraner Tiefebene, in der ein subtropisches Klima herrscht; Zitronen werden dort zweimal pro Jahr geerntet und manches Gemüse bis zu viermal. Hier öffnete sich das Tor zum persischen Paradies. Zu Sowjetzeiten war diese Region nicht zugänglich. Als die Restriktionen in jüngerer Zeit aufgehoben wurden, stellte sich heraus, dass die Bevölkerung längst nicht mehr so neugierig war wie früher: Keiner kam.

Armut stumpft die Neugier ab. Sie ist ein Luxus, den sich der hungernde Mensch nicht leisten kann; so wird das Neue, Unbekannte vom Alltäglichen ferngehalten. Tatsächlich schien kaum einer im Inneren des Landes für dieses landschaftliche Juwel, seine wissenschaftliche und kulturelle Bedeutung, einen Sinn zu haben. Die Naturparks waren schmählich auf den Hund gekommen. Stellenweise war die Steppe weiß von den Knochen verhungerter oder von Krankheiten verzehrter Gazellen. Geschwächt von einer Epidemie, überwinterten die Krauskopfpelikane im Qızılağac, an den Lagunen der Kürmündung. Sie gerieten massenweise auf die Straße und unter die Räder, ein Teil kam in den Şirvan herüber, vegetierte auf der Insel Kürkosa vor sich hin. Abbas war es, der sie eigenhändig vor dem Tod bewahrte; er fütterte sie mit rohen Eiern. »Mit fester Nahrung konnte man sie nicht aufpäppeln. Was sich zu lange im Magen befand, wurde von den dort befindlichen Würmern sofort vertilgt, die Vögel hatten nichts davon. Flüssignahrung marschierte schnell genug durch bis in den Darm.« Als es den Pelikanen etwas besser ging, kaufte Abbas ihnen bei der Handelsflotte fünf Tonnen Fisch. Dafür hatte er sein voriges Motorrad verkaufen müssen, eine »Dnepr« mit Beiwagen. Im darauffolgenden Frühjahr konnte er die Pelikane alle wieder in den Naturpark aussetzen.

Das Grenzland hier, eingeklemmt zwischen Meer und Gebirge, hat sich immer irgendwie im Ausnahmezustand befunden und zugleich wie unter einer Käseglocke. Einem Flüssigkeitsspiegel vergleichbar, der durch Verdunstungs- und Kondensationsströme immer in Turbulenz ist und noch dazu unmerklich unter Oberflächenspannung steht. Hier lebten ausgesiedelte Glaubensgemeinschaften (Molokanen, Subbotniki, Duchoborzen, Gerim) mit Parias zusammen und solchen, die ihrer Aussiedlung zuvorgekommen waren. Hier lebten sie gleichsam auf Abruf, träumten vom gelobten Land hinter den sieben Bergen, und manche gingen tatsächlich weg, begaben sich durch das Paradiestor des Māzandarān in den Mutterschoß. Neben den Ansiedlungen der Glaubensbrüder gab es Kosakenfesten, deren Bewohner noch stark im frühen zwanzigsten Jahrhundert verwurzelt waren. Das Grenzregime in sowjetischer Zeit – mit allerlei Zugangsbeschränkungen, drei Kontrollpunkten, einer davon am Soljanoe Osero, fünf Kilometer hinter dem Eingang zum Naturpark Şirvan, an der Chaussee nach Salyan gelegen – sorgte dafür, dass der Reservatcharakter bewahrt blieb.

Im Vergleich zur Region nächst der Grenze mit den feuchtwarmen Reliktenbiotopen des Hirkan ist der Şirvan ein ödes Land, flach wie ein Brett, worin sich das alte, mäandernde Bett des Kür wie ein Schattenriss abbildet; beim Kap Bəndovan mündet es in die See.

Im Şirvan dominiert das *ceyran-otu*, das sogenannte Gazellengras, *salsola crassa* – ein Salzkraut, saftig grün mit fleischig rosa Blüten im Frühling, das Blatt schmeckt salzig wie Blut. Es deckt den ganzen Şirvan wie einen Teppich. Im Oktober geht daraus etwas wie ein Hauch Wärme hervor: Während man die krautigen Inselchen im Sand unter den Füßen kaum wahrnimmt, ergibt sich auf die Ferne ein deutlicher Farbton.

Ich schließe die Augen, höre das Meer rauschen, auch die Hitze über dem weiten Land scheint zu klingen, die dumpfen Vibrationen der Erde tragen Geräusche über Kilometer heran, ich spüre, wie eine aufgeschreckte Gazelle in hohen Sprüngen den Horizont absteppt, höre ein plötzliches Krachen im Schilfrohr, das schnell wieder erstirbt: Da versucht ein junger Wolf zum ersten Mal die Jagd auf eigene Faust, er gerät in den Schluff und ins Tänzeln, fürchtet die tieferen Wasserlöcher; die ersten Jagdzüge sehen immer sehr spielerisch aus und sind es auch – bis es, gegen Ende des Sommers, zum ersten Mal blutig endet; das ist der Moment, wo der Wolf erwachsen wird, Bekanntschaft mit dem Tod schließt, und es gibt kein Zurück …

2

An einem Frühlingsabend des Jahres 1856 fuhr der kippelige Postdampfer *Tarki* in die Bucht von Baku ein, während die Sonne golden dahinter versank. An Bord befand sich ein von der Russischen Geographischen Gesellschaft entsandter Schriftsteller mit hoher Stirn und breiten Wangenknochen, der schon wenig später (nämlich im Anschluss an ein Mittagessen auf der Promenade, das der Kreishauptmann zur Begrüßung stiftete) in Gesellschaft weiterer Herren kurzatmig die Treppe zum Kuppelbetsaal des nahe Suraxanı gelegenen Tempels hinabstieg.

Der Abşeron, welcher ein Ausläufer des Kaukasischen Bergrückens ist, senkt sich gegen Süden zum baumlosen Muğanland, dessen östliche Hälfte voller Erdöl steckt. Es tränkt die Hügel um Suraxanı, wo das Wasser sich die Brunnenschächte mit ihm teilen muss und einen penetrant süßlichen Geschmack davon annimmt. Hier steht seit Jahrtausenden jener Tempel der Feueranbeter, unter dessen Priestern zu allen Zeiten indische Pilger waren. Im Gegensatz zu den benachbarten Ghebern, die Holz verwandten, betrieben die muğanischen Zoroastrier ihren Feueraltar mit »brennender Erde« – ein Umstand, der nicht ohne theosophische Folgen geblieben sein dürfte.

Am Abend des darauffolgenden Tages – wieder an Bord, mit Kurs Nord-Ost auf das Kap Tjub-Karagan, das Schwanken der Kajüte in den Gedärmen auffangend – mühte sich unser Schriftsteller, die safrangelbe Nacktheit eines großgewachsenen, struppigen Hindus zu beschreiben und wie ihm selbst die Luft zum Atmen in den Schwefeldünsten knapp geworden, während der Priester vor dem Opfertisch, auf dem ein Glöckchen, diverse Becken und ein Schälchen mit Wasser bereitstanden, mit kleinen kupfernen Götzen hantierte, die er mit Baba-Adam, Abel und Teufel ansprach. Dann legte er Feuer an die Löcher einer gekrümmten Pfeife, in der offenbar ein Gas war, das aus dem Boden zugeführt wurde, schwenkte ein Gefäß mit schwelenden Zypressenzapfen und schlug das Glöckchen und einige Schellen an, wobei er nicht vergaß, den Zaren zu preisen, als befände er sich in einer christlichen Kirche …

Derweil die Feder kratzte, Tinte spritzte, wogte hinter der dünnen Wand, in Zentimeterabstand zu des Schriftstellers Nacken, das wütende, bitter-salzige Kaspische Meer.

3

Haşem war schon als Kind eine eindrucksvolle Erscheinung. Nun hatten seine Züge mit den Jahren sozusagen Raum gewonnen, waren noch markanter geworden. Beim Reden hüllte er sein Gesicht in Rauch, und seine Augen unter dem Doppelbogen der Brauen schielten ein wenig. Er roch nach Steppe: nach Beifuß, Rauch und Staub, und es gab eine persönliche Note, die sich in die Nase schlich, wenn er aus nächster Nähe zu mir sprach oder wir bei Regenwetter das Zelt teilten: ein leicht säuerlicher Atem, mit Tabak versetzt. Auch die Finger, gelb vom Tabak, rochen säuerlich.

Ansonsten roch Haşem nach Holz; nach Sandelholz mitunter, wenn er in seinem Schuppen eine Duftschale aufgestellt hatte; nach Treibholz auch, einem Knorren Birne oder Wein, vormals schwergewichtig, jetzt leicht und spröde, salzstarrend, dem verdampften Odem des Meeres einen Beigeschmack von Erde zufügend.

Abbas roch herb nach Schweiß und Staub, zerschlagenen Eiern und Vogelmist, frisch ausgerissenen Schilfrohrwurzeln.

»Müəllim!« – Lehrer –, so wurde Haşem von den Hegern angesprochen, wobei die phonetischen Abstufungen, die den Grad von Ehrerbietung widerspiegeln, von ebenbürtig bis untertänig, von einem hart hingenickten bis zu einem lächelnd in die Breite der Mundwinkel gehenden, den nächsten Vokal hinter sich herziehenden weichen »l«, unmöglich wiederzugeben sind.

»Müəllim!«, sagte Abbas und meinte es wohl nicht ganz ernst.

»Müəllim!«, sagte der hochaufgeschossene, klapperdürre Elxan mit schlaksiger Verbeugung, und ein warmer Geruch von gut gelüftetem Hammelfleisch ging von ihm aus, da er noch vor kurzem ein geschlachtetes Tier mit dem Messer umtanzt, ihm das Fell abgezogen und es ausgeweidet hatte.

Elxan hatte eine bizarre Gewohnheit. Seit letztem Herbst zog er gelegentlich, mal drei, vier Tage, mal auch eine ganze Woche, in eine Erdhütte hinter der Südwache, die gleich neben einer Wolfshöhle lag. Dort lebte er in trauter Nachbarschaft mit den Räubern, markierte sein Revier wie die Wölfe das Ihre, sie respektierten ihn. Er kenne dieses Rudel seit sechs Jahren, sagte Elxan, und früher habe sein Vater mit ihnen gelebt und gejagt. Manchmal kriegten die Heger ihn so weit, dass er ihnen etwas vorheulte. Einmal war ich dabei. Ich starrte Elxan an, die Nackenhaare sträubten sich mir vor Grauen. Dass die Kehle eines Menschen solche Töne hervorzubringen imstande war, schien mir unglaublich und zutiefst beängstigend. Auf die Frage nach seinen Beweggründen, mit den Wölfen zusammenzuleben, gab Elxan zur Antwort: »Das Blut wird davon besser. Dein Leben verlängert sich.« Dies war der Grund, warum Elxan im Herbst nach Moschus und Urin roch. Mehrfach hätten die Wölfe ihn mit auf die Jagd genommen, behauptete er.

Haşem übrigens roch manchmal auch nach frischem Blut. Ich weiß noch, wie berauscht er als Kind vom Geschmack des eigenen Blutes gewesen war, als er sich einmal die Handwurzel aufgeschürft hatte und den in die Wunde geratenen Schmutz auszusaugen versuchte; die Verblüffung darüber, wie salzig der Lebenssaft schmeckte und nach Eisen, dem Meerwasser nicht unähnlich.

Die Heger rochen mal nach heißem Tee, mal nach Brot und Käse, Sauerbraten, nach Hund, Staub und Rasierwasser.

Elmar roch nach altem Mann – speckigem Frisierkamm, muffiger Barbierstube (die sich seit zwanzig Jahren im selben Raum befand).

Vielleicht ließ sich überhaupt sagen: Das Abşeroner Regiment »Welimir Chlebnikow« roch, also war es.

Und wonach roch ich? Ich roch nach dem alten Hemd meines Vaters, das lange Jahre vergessen im Schrank gehangen hatte.

4

Durch das sonnendurchflutete Laub konnte ich ihre Füße über den Boden stampfen sehen und die Gabeln zappeln, von denen die Lenkleinen nach oben führten. Sie tauschten ständig die Plätze, derweil Wagif flink mit dem Kalkeimer um den Startplatz lief und die Umrandung nachzog, das weiße Pulver bröselte ihm aus der Hand. Ich rutschte auf meinem Ast ein Stück weiter nach außen. Telman näherte sich dem Baum. Wagif lief ihm in den Rücken, breitete die Arme aus, legte den Kopf in den Nacken. Die vom Kampf der Drachen beflügelte Windmaschine lief auf vollen Touren: Spiraltänze, Schwinghämmer mit beträchtlicher Amplitude, ein großes Pfeifen, Knallen und Knattern. Umgekehrt wäre dort oben in den donnernden Höhen das Scharren und Stampfen der unten herumwieselnden Liliputs, die da ihre Menuette tanzten und andeutungsweise Rock 'n' Roll, gewiss nicht zu hören gewesen. Ich reckte mich auf meinem

Ast, um in den flammenden Wipfel hineinzustarren; das Feigenlaub um mich her raschelte.

Unten stand Rustem, die Pupillen starr nach oben verdreht, biss sich auf die Unterlippe. Telman trippelte auf und ab, stieß irgendwo an, ging in die Hocke.

»Tritt nicht über! Tritt bloß nicht über!«, mahnte Abbas.

Da war Telman schon drei Schritte zu weit, er wandte sich um, ruderte senkrecht mit den Armen – wie eine Melkerin unter einem hohen Euter aus Licht. Ich rückte näher zum Stamm, der knotig war, meine Arme hatten ihn in der Kindheit flüchtig gekannt. Kein Baum war damals vor uns sicher gewesen: Feige, Kirschpflaume, Aprikose, Persischer Flieder – alle mussten sie herhalten, uns dem Himmel näher zu bringen, auf die aus Schilf geflochtenen Kapitänsbrücken; wo die Bänder sich kreuzten, waren sie wie Stuhlsitze ineinandergeflochten, so fest, dass man aufrecht darauf stehen konnte; die Aufhängungen wurden so angebracht, dass sich Stufen ergaben – und man erklomm den Baum wie einen Turm, dessen Inneres nach außen gekehrt ist.

»Gib mir einen Schluck!« Rustem leckte sich die Lippen und legte den Kopf schief, von seiner Schläfe tropfte der Schweiß auf die Schulter.

»Ha! Schon wieder! Bin ich dein Diener?« Wagif schraubte den Deckel von der Flasche, hielt sie ihm an den Mund. Telman war tänzelnd wieder umgedreht, stieß gegen ihn. »Ach, wenn mir doch auch mal wer zu trinken gäbe! Und wer fährt mich heute in die Stadt? Ich habe Bock auf Kino!«

Rustem griff die Leinen um, die Flasche fiel zu Boden, Wagif angelte sie zwischen seinen Schuhen hervor.

»Wenn du mir zehn Manat gibst, bring ich Baklava mit. Geburtstag ohne Süßigkeiten ist wie Schaschlyk ohne Salz. Apropos, ist das Pastırma schon gewürzt?«

»Du nimmst mich auf den Arm, mein Freund, ich fang gleich an zu heulen!«

Telman vollführte Armschwünge wie ein Dirigent, es sah aus, als betastete er die Gipfel ätherischer, in die Lüfte gehobener Berge. Er hatte heute Geburtstag, das Abendbrot durfte also ausfallen. Ich griff nach einer unreifen Frucht, presste einen milchigen Tropfen hervor, er war klebrig und zäh, gut gegen den Durst. Das hatten wir als Jungen schon gewusst, es geschah ganz instinktiv: abreißen, ablecken, aufbrechen, zwischen Gaumen und Zunge pressen.

Die Lippen klebten zusammen.

Mma!, mma!, machte es, als ich sie mit Mühe auseinander bekam.

Von hier oben, durch das flirrende Laub, war es schwierig, das Objektiv scharfzustellen. Die Automatik suchte beständig nachzuregeln. Ich saß an.

Plötzlich knatterte es da oben beängstigend laut, etwas kollidierte. Telman und Rustem tanzten unten einen wilden Walzer, das Laub über mir klatschte, etwas pfiff an meinem Ohr vorbei, und: bratz! peng!, lagen die Drachen unten.

»Mann! Mann! Pass doch auf, was du tust!«, brüllte Abbas und fuchtelte Rustem vor der Nase herum.

Ich glitt vom Baum und lief auf die Absturzstelle zu, fand mich in einer Staubwolke wieder, breitete die Arme aus, ließ mich von den warmen Schwaden umfangen, tauchte hervor, hob behutsam die Kamera ans Auge, um Wagifs verdutztes Gesicht festzuhalten, Telmans finstere Miene. Abbas drohte, zürnte; jetzt kam es darauf an, die Leinen sorgsam zu entwirren.

Lenkdrachen waren für die Heger des Abşeroner Regiments »Welimir Chlebnikow« ein Hobby, dem sie mit Leidenschaft frönten. Wie viel Phantasie und Hingabe die Männer dahinein investierten! Wagif zum Beispiel verlieh seinem von Mal zu Mal mehr Ähnlichkeit mit den Aeroplanen aus frühester Zeit. Dazu erbat er sich von Haşem das eine oder andere der an die fünfzig Photos, die bei ihm im Schuppen hingen, darauf jene ersten Flugapparate zu sehen waren: kompliziert verspannte Leisten in mehreren stufenförmig gegeneinander versetzten Etagen, die eher an Gedichte denken ließen als an Flugzeuge; Wagif brachte sie denn auch – unwissentlich – in des Äthers Kehle zum Klingen, intonierte sie, wenn er seine Libelle steigen ließ, die so subtil und spitzfindig ausgeklügelt erschien, dass ich mich nicht getraut hätte, sie zu berühren, geschweige dem Wind in den Rachen zu werfen.

Haşems Verhältnis zu solchen Drachen war eher praktischer Natur: In seinem Schuppen hingen zwei sehr einfache Exemplare, dreieckig, mit einem Bastwisch am Schwanz; damit stöberte er Trappen auf oder richtete Jungfalken ab, indem er einen Köder anband, den die kleinen Räuber in der Luft zu schlagen lernen sollten. Dabei kürzte er die Leine allmählich und lockte so den Falken (der ähnlich einem Laufhund große Zähigkeit beweist, der Fährte des Beutetiers ausdauernd zu folgen) bis in Bodennähe. Hier ließ er ihn auf ein Federspiel umsteigen, das an einer Art Lasso hing – geschickt wusste er es mit der einen Hand senkrecht hinter dem Kopf kreisen zu lassen, während er mit der anderen die Drachenschnüre aufhaspelte, sie dabei zur Seite riss, was den Drachen einklappte und zum Sturzflug animierte – um zuletzt, durch noch eine Bewegung zum Stehen gebracht, in einem Meter Höhe über dem Boden urplötzlich wieder Wind unter die Schwingen zu bekommen und sanft zu Boden zu gleiten.

An den Luftparaden beteiligte Haşem sich nie – weniger aus Geringschätzung, sondern weil er genug um die Ohren hatte. Häufig blieb er eine Weile weg oder richtete sich im Schuppen ein, dann hing bei ihm ein Hotelanhänger an der Tür: *Do Not Disturb!*, oder ein Stück emailliertes Blech mit einem Blitz und der Aufschrift: *Zutritt verboten, Lebensgefahr!* Im Şirvan bewegte sich Haşem mit Hilfe des Kites fort. Vor dem Start brauchte der zerzauste, flatternde Schirm ein bisschen, um sich auf die Strömung einzustellen, bevor er sich dann jäh blähte und mit lohenden Flicken, Azur in den Löchern, anzog.

Von Zeit zu Zeit brütete Haşem über dem schwierigen System der in den Schirm eingearbeiteten Ventilklappen. Stückelte hier und schnippelte da, bügelte und nähte, manipulierte so auf eine nur ihm selbst einsichtige Weise die Flugeigenschaften seines Geräts, optimierte Manövrierfähigkeit und Effizienz, insbesondere den Eintritt in den sogenannten Sackflug, suchte die Gleitgeschwindigkeitspolare zu strecken, ohne dass Lenkbarkeit und Reaktionsgenauigkeit beeinträchtigt wurden. Die Drachenhaut, von meridialen Nähten durchzogen, sah aus wie zwei, drei zusammenhängende, auf die Planfläche einer Luftkarte geplättete Kugelschnitze – was nicht ohne Risse abging … Das Rollbrett hatte Schlaufen als Bindung für die Füße und zwei Kinderwagenräder an einem aus Autofederblättern improvisierten, in die Standfläche eingepassten Achskasten. In die Fußschlaufen und wieder heraus zu fahren oder sie zur Lenkung einzusetzen sah bei Haşem so routiniert aus, als angelte er sich beim Aufstehen morgens die Pantoffeln.

Haşem saß da, wiegte sein Brett auf den Knien und grübelte. (Das Öl in der Spritze fließt zäher als Blut. Blut fließt zäher als klares Wasser. Meerwasser fließt besser als Spucke. Auf den Menschen bezogen, ist das Blut das Meer und die Seele das Blut. Ein rubinroter Riesentropfen, der einen halben Eimer füllt – das ist die Seele. Könnte es sein, dass der Kugelblitz auch nur eine Seele ist, die sich zu Licht verdichtet hat? Von zu viel Druck zur Weißglut gebracht, zu Plasma geronnen? Es kann doch nicht sein, dass die Seele keine physische Repräsentanz in der Welt hat; das Feld ist eine Existenzform der Materie. Eine Seele ist ausgedehnt und kompakt zugleich. Warum soll sie sich nicht als Blitz entladen? Sich der Erde hingeben, der Atmosphäre – und hernach wieder zur Kugel ballen …) Die Lager wurden mit Mineralöl geschmiert – ein bernsteingelber Tropfen mit der Spritze auf den glänzenden Rand der Presspassung gegeben und mit dem Finger verteilt, der Überschuss verrieben, jede Speiche nachgezogen, der Rahmen hat einigen Druck auszuhalten, besonders beim Wenden.

Ich wusste Haşems Handwerk zu würdigen. Als Kinder haben wir nicht nur Luftgewehre gebastelt (man nehme ein schmales Kupferrohr, einen Kolben aus Leder und Filz, Schmierfett und einen medizinischen Schlauch …), wir waren beide gleichermaßen erfinderisch im Bau von Seifenkisten. Alte Holzstiegen wurden zerlegt, ein Chassis daraus gezimmert, Achsen glattgehobelt und Kugellager aufgeschlagen, ein Lenkmechanismus entwickelt und getestet; dafür waren wir einmal extra auf den Basar gefahren, um uns das Wägelchen des alten Səlim anzusehen, der ohne Beine war und ewig dort hockte, neben sich auf einem Zierkissen seine bunte chinesische Thermoskanne, und, wenn er nicht gerade Tee trank, die Passanten segnete, gleich ob sie ihm etwas berappt hatten oder nicht.

Unsere bevorzugte Rennstrecke war die Gorkistraße, weil die abschüssig genug war; wir schoben uns gegenseitig an oder jeder seinen eigenen Wagen, in den er wie beim Bobfahren erst hineinsprang, wenn er ordentlich Fahrt aufgenommen hatte. An der Innenseite meines Handgelenks, da wo die Venen aus dem Knoten treten, habe ich eine kurze Narbe, die von einem schlecht umgelegten Nagel im Lenktrapez einer dieser tollkühnen Kisten unserer Kindheit stammt, mit der wir die Hänge von Bayıl hinunterbretterten. Unter uns das Kap, die Anlegestellen, die giraffenartigen Ladekräne, das Netz der Förderbrücken, das Band der Straße, das sich das Amphitheater hinab bis in den Küstenort Şixov schlängelt, und das Meer grüßt herauf als angekippter smaragdener Streifen … Aber Kinder pflegen nicht nach links und rechts zu sehen, Kinder schauen, was sich vor ihren Füßen tut oder wo die Hand hinreicht, darum besteht die Kindheit aus Asphalt, Sand, Gips und Beton, geschichtetem Leben. Wie sich das anfühlte: an eine Wand gepresst, Arme breit, Beine breit, mit der Wange die raue Wärme aufnehmen, das Kinn heben, die Augen in den Sturz zwischen Wand und Gesichtskreis kippen – und darauf warten, dass einem schwindelt, weil der Himmel gefallen kommt.

5

»Es herrscht ein Tabu«, erklärt mir Haşem, »demzufolge der Mensch nicht eigenmächtig in den Himmel vordringen darf. Nichts darf ihn aus seinem profanen Alltag entrücken, es sei denn, er ordnet sich einer fremden Macht unter. Die Freiheit zu gehorchen bleibt ihm als einzige. Sich die Ablösung eines Kalifen zu wünschen, der sein Volk knechtet, ist müßig, der nächste würde doch nur noch grausamer sein … Genauso verhält es sich mit der Falkenjagd. Sie bleibt den Königen und den Propheten vorbehalten. Denn nichts darf den Menschen ermächtigen, in höhere Welten zu streben.«

»Das ist grausam«, sage ich.

»Das ist, damit der Mensch sich nicht zu sehr vom Vieh unterscheidet«, erwidert Haşem. »Gleicht er dem Hammel mehr als dem Vogel, stellt er sich wenigstens nicht in Frage. Bist du nur zum Äsen begabt, musst du für nichts geradestehen, außer fürs Schaschlyk.«

Wie Haşem seine Mannschaft aber nun das Drachenbauen gelehrt hatte und die ihre Drachen, Saltos zu schlagen, merkte er, dass die Falken sich von dem Radau aufstören und ablenken ließen. Und tatsächlich hatte dieses auftrumpfende Geknatter und Geflatter etwas Monströses, Menschenunwürdiges an sich. (Aber das ist immer so, durch Übertreibung kann sich jedes nützliche Tun in sein Gegenteil verkehren, das Gefäß, in das es gehört, zerschlagen, erst recht wenn dieses Gefäß sich als bodenlos erweist und unersättlich …) Die Erkenntnis bewog ihn, die Luftkämpfe zu untersagen. Sah er in noch so großer Ferne zwei Drachen pfeifend umeinander jagen, eilte er hin und kappte wortlos die Leinen. So kam es, dass der anfängliche Wetteifer längst in gemäßigtere Bahnen gefunden hatte, zu einer Art Kunst sublimiert; die Heger übten sich jetzt lieber im Synchronfliegen und allerlei Paradestückchen.

Regelmäßig kamen die Männer mit ihren neuen Flugapparaten zu Haşem, der sich in Geduld übte, Tipps gab, Korrekturen anbrachte. Abbas beispielsweise setzte sein Luftgeschwader aus verschiedenen Vogelarten zusammen, wozu er den Kunststoff unter Zuhilfenahme eines aus Vogelkrallen und -gebein zusammengebrauten Klebers mit dem jeweiligen Federkleid drapierte; die Gerüste, die er ersann, waren kompliziert, er ließ sie in Baku von einem Aluminiumschweißer montieren; schritt, den Prototyp in der ausgestreckten Hand vor sich hertragend, wie ein Schamane durch den Wind einher, die Armmuskeln anspannend und wieder locker lassend im Bestreben, die neuen Flugeigenschaften des Apparats in den Schultern zu spüren. Und alles nur, um die Flugbilder von Flamingo, Reiher, Kormoran und Habicht nachzubilden, Proportionen ebenso wie Färbung und Grazie des Schwungs abzuschauen. Einen seiner Drachen versuchte er auf den zielsicheren Sturzflug des Kormorans zu eichen. Den Aufwand mit den Federn betrieb Abbas, um seinem Lehrer zu folgen, ohne indes das Prinzip verstanden zu haben. Denn zwar tüftelte Haşem tatsächlich ausgiebig über den aerodynamischen Eigenschaften des Gefieders, studierte seinen Aufbau, sezierte kreuz und quer, verglich unterm Mikroskop und ergründete die Besonderheiten einzelner Vogelarten, doch wäre es ihm im Traum nicht eingefallen, das ganze Drachensegel mit Federn einzukleiden, wie Abbas es tat und gewiss ernst meinte. Vielmehr war Haşem der Ansicht, dass marginales, abseitiges Wissen über das Fliegen, Sinngebungen indirekter Art, die Poetik und Physik miteinander kurzschlossen, den Weg hinauf in die Lüfte, auf ihren Gipfel, in die Tiefen der Atmosphäre eher zu bahnen vermöchten als bloße Imitation. Er verfuhr mit dem praktischen Sinn und Zweck des Fliegens, wie der Dichter mit der Wirklichkeit verfährt, wenn er ihre wesentlichen Eigenschaften aus den abstraktesten, weltfremden Beschaffenheiten der Sprache ableitet. Der Gedanke, unter den Vögeln könnten die Engel verlorengegangen sein, ließ Haşem keine Ruhe …

Darüber mit ihm zu streiten fiel schwer, er mochte seinen Wahn mit niemandem teilen, seine Federformeln waren genauso ohne Sinn, wie es Chlebnikows Formeln in den *Schicksalstafeln* gewesen waren. Haşem suchte strukturelle Invarianten, Zahlen, die die Spannkraft sämtlicher Federn beschreiben konnten, ihm war an einer festen Größe gelegen, die nicht weniger als die Formel des Fliegens in numerischer Form, als Zahlensymbol, enthielt.

»Diese Federkurve könnten wir in eine Anzahl periodischer Funktionen zerlegen und so an eine endlose Reihe von Zahlen gelangen: Gewicht, Amplitude, je nach Grad der Zerlegung. Jeder Feder stünde ein Zahlensatz gegenüber. Das wäre sehr kommod, wir bräuchten nur ein Programm, das diese Zahlensätze errechnet. Genug geknipst jetzt. Kannst du mir so ein Programm schreiben? Hör bitte auf. Bist du denn zu gar nichts nütze? Hör auf zu photographieren, hab ich gesagt!«

»Ich schreibs dir«, sagte ich, während ich rasch die zuletzt gemachten Photos durchsah.

6

Die Gazellen bewegen sich durch den Şirvan nach einem unsichtbaren Muster. Darüber, wie Antilopen navigieren, weiß man noch nicht viel. Strich an Strich, Kurve auf Kurve, Spur in Spur – der ganze Şirvan ist von Spuren schraffiert, aber nicht etwa breiträumig zerstampft. Die Fährte der erwachsenen Tiere erscheint wie ziseliert, und auch der Nachwuchs mit seinen kopekengroßen Hüfelein tritt kaum einmal daneben, man traut seinen Augen nicht. Überhaupt verblüffend die Ströme von Lebendmasse, die im Schöpfungskreislauf der Steppennatur unterwegs sind; die winzigen Spuren der Springmäuse um ihre Höhlen herum, überscharf in ihrer Miniaturhaftigkeit in den mehligen Staub gestochen, Kralle neben Kralle, geschieden voneinander durch einen zart geformten, wie geprägten klitzekleinen Wall. Ihr unberührtes Filigran frappiert wohl auch deshalb so sehr, weil es an Kunst denken lässt, Vorsatz und Vollendung: Drei unübersehbare Kerben im Feldstein verwandeln ihn in eine Aussage, ein Wort, zumindest eine Letter der Kunst … Ich ging in die Hocke, las mich ein in den zarten, zwischen den Fingern wie schwerelosen Staub. Als die Dämmerung hereinbrach, der riesige, das Firmament zu schier einem Viertel einnehmende Himmelskörper den Horizont antippte, stellte ich, um sicherzugehen, dass ich im Dunkeln keine Spuren zerstörte, mein Zelt dort auf, wo ich gerade war. Hilflos stand ich vor der Sonnenscheibe; die Steppe, in tiefes Rot getaucht, hallte schon von Zikaden wider, Vögel lärmten, als plötzlich Getrappel hinzukam, ein im Stakkato dahinjagendes Rudel Gazellen, aufgestört wenn nicht von einem Fuchs oder Wolf, so von mir.

Der Şirvan bot sich dar in aller Weite, sprach von sich, drückte aus, kam entgegen, ohne sich anzubiedern. Wollte, dass man sich einschlich, Gazellen an ihrem Liegeplatz beobachtete, das Nest des quirligen Frankolins mit dem roten Halsband einsah, mit der Nase auf ein Knäuel Schakalwelpen gestoßen wurde, vor einem Skorpion zurückschreckte, einer Levanteotter den Vortritt ließ, nachts davon aufwachte, wie eine Walzenspinne kratzend die Zeltschräge hinabhangelte, fassungslos vor einem riesigen Mond stand, am liebsten in ihn hineingelaufen wäre … Starren Auges einer Gruppe Wölfe hinterhersehen: drei, vier, fünf magere Tiere mit schlaff um die dürren Schenkel baumelnden Ruten; lange verfolgt dein Blick die rötlich grauen Silhouetten auf dem vom fahlen Licht versilberten Steppenplan, bis einer nach dem anderen untertaucht, in einer Schlucht versackt …

Mehrfach geriet ich im Şirvan an Stellen, die eine unerklärliche Beklemmung hervorriefen; man hätte es verstanden, wenn von der Örtlichkeit eine reale Gefahr ausgegangen wäre wie zum Beispiel von gewissen schwanken Untiefen im Küstenbereich, aus denen man sich krauchend in Sicherheit bringen musste, oder dem Tamariskengestrüpp, in dessen übermannshohen Labyrinthen sich mit Vorliebe allerlei Raubgetier aufhielt. Hier aber befiel einen im flachen, einsehbaren Gelände jäh und grundlos die Angst, schlagend wie eine Offenbarung, und es blieb einem nichts, als Hals über Kopf, in voller Montur das Weite zu suchen, unbändig, bis einem schwarz vor Augen wurde.

In der Steppe verliert sich der Raum ins Unendliche. Auf See ist das nicht anders (obwohl: ich erinnere mich an Stoljarow, der behauptete, er könne noch vierzig Meilen weit draußen den Wind riechen, unterscheiden, von welcher Küste er kommt: den Steingeruch des Mangistau vom bitteren des Abşeron oder vom scharfen Sulfatbrodem des Garabogasköl, und der Hirkan rieche nach Pomeranzen), aber in der Steppe macht es mehr her. Das Tönen aus den Tiefen des Şirvan hörte sich friedlich an, ein stetes Dröhnen, manchmal mit vertrauten Obertönen; kein Problem, es geflissentlich zu überhören. Das hier war nicht der Abşeron, wo das Erdöl unter den Füßen manchmal jäh zu tanzen anfing, dem Kleinhirn einheizte, die Kuppel lehmiger Schichten, die den schwarzglänzenden Meniskus im Schwitzkasten hielt, mir die Ohrmuschel leckte … Gott lag wie ausgegossen über der Steppe, die göttliche Ruhe ein Gift: sich zu ergeben, zu vergessen, zu vergehen.

So lief ich durch den Şirvan.

Im Lichte seines länglichen Drachens näherte sich Haşem von

hinten im Zickzackkurs, bei jedem Bugwechsel spritzte unter dem Rollbrett ein Sandfächer auf. Vor drei, vier Kilometern hatte ich ihn überholt, er war dabei, die Matte aufzuschnüren und auszulegen, die Lenkleinen einzufädeln. Mir galt nicht mehr als ein schneller Blick, gleichmütig und frei. Ich blieb stehen, bot meine Hilfe an, Haşem lehnte ab, also lief ich weiter, ohne mich umzusehen, lief, bis die Müdigkeit zum Kilometerzähler wurde. Wenn sie von den Schultern auf die Schenkel übergreift, ist es wichtig, die Muskeln eine Weile zu lockern und pendeln zu lassen – um dann im Weitergehen zu spüren, wie die Schwere in die Füße sackt. Von da an darf man sich keine Verschnaufpause mehr erlauben, muss eisern gehen, so weit man kommt. So durchquerte ich eine Schlucht. Zweimal trug der Wind einen Pfiff heran: Das waren die Heger auf ihrem Kontrollgang, sie liefen paarweise, parallel auf Hörweite, und pfiffen einander zu. Die Signalsprache schien simpel, drei, vier Varianten, aber ich kannte mich nicht aus damit, pfiff, wenn es erforderlich war, aufs Geratewohl, zwei Finger oder viere, und musste auf den Wind hoffen, dass er es aufschnappte und weitertrug; in der Regel suchte ich mir dafür zumindest eine Anhöhe aus – und schaute dann verstohlen durch das Fernglas in die Runde, ob da nicht doch einer war, der herüberspähte … Anfangs auf meinen Märschen suchte ich mich noch an Wegzeichen zu orientieren: Bethügel zum Beispiel, kniehoch gestapelte flache Steine. Durch das Fernglas bestimmte ich die Richtung und legte, dort angekommen, die nächste Markierung fest – immer gen Osten, anfangs führten alle meine Wege zum Meer.

Aber in letzter Zeit scheute ich mich, das Glas ans Auge zu setzen. Hätte mich vor jedem Fremden am liebsten wie eine Eidechse im Sand eingegraben.

Als ich mich nach einem Rastplatz umschaute, sah ich durch die hitzeflirrenden Luftschwaden Haşems Matte kräftig hin und her wedeln, konnte schon die kurzen Aufsetzer hören, das Schurren der Räder, sah Haşem in rhythmischen Abständen grimassieren – ein Spiegel dessen, welch anstrengende Arbeit er zu leisten hat: Klimmzüge zur Matte hinauf, strecken, sich im Auftrieb hängen lassen, Arme angewinkelt, Bauchmuskeln hart – Fliegen ist kein Kinderspiel.

Als er mich überholte, war er in der Luft; schätzungsweise aus
Höhe des Moskauer Majakowski-Denkmals pfiff er mir zu: selbst
ein Monument; die Speichen seiner Räder kreisten behäbig, Hemd,
Haare und Hosenbeine flatterten wie Segel. Ich schaffte es gerade
noch, mich rücklings fallen zu lassen, um eine Serie zu schießen,
vom höchsten Punkt hinunter zum spritzenden Sand, da sein Board
den Hügel streifte und für kurze Zeit dem Drachen hinterherrollte.
Erst anderntags erreichte ich das Meer. Hielt nun südwärts auf das
Schwemmland des Kür zu; scheuchte Gazellen von der Tränke, rastete in einem Olivenhain am Steilufer. Am Ende schlug ich mich
zum Strand durch und zu den Fischern, sie nahmen mich mit dem
Motorboot in die Nordostbank geheißene Siedlung mit. Von da gelangte ich mit dem Brotauto bis zur Chaussee.

7

Die Gazellenzählung ist Direktor Evers' Steckenpferd, womit er seine Untergebenen tyrannisiert. Allen außer ihm ist klar, dass man Gazellen zu ebener Erde unmöglich zählen kann, und wollte man sich
von den Ölfirmen einen Hubschrauber dafür mieten, ginge allein
fürs Kerosin das gesamte Jahresbudget an staatlichen Fördergeldern
drauf. Am ehesten scheint die Zählung mit Hilfe eines Hängegleiters
möglich, das Gestell dafür liegt bei Haşem auf den Dachsparren. Aber
wie soll man ihn in die Luft kriegen, wenn der nächste geeignete
Hügel dreißig Kilometer entfernt ist und der Wind hierzulande launisch, besonders in der Übergangzeit kann es sehr stürmisch werden;
ehe man den Şirvan erreicht hat, weht es einen sonst wohin.
    Wie verhält sich ein Falke? Er breitet die Schwingen und dreht
geduldig nahe dem Boden seine Runden, bis sich ein Luftwirbel findet, der ihm Auftrieb verschafft. Ist er in diesem Trichter einmal
drin, muss er nur noch die Schwingen breiten und steigt in Spiralen
empor wie in einem Lift. Vorausgesetzt, es herrscht ruhiges Wetter.
    Evers quält seine Mannschaft sehr mit dieser Zählerei. Wer macht
schon gerne an Sonntagen Jagd auf Gazellen, treibt sie zu Herden

zusammen, scheucht sie durch die Furt des Kanals, um sie drüben zählen zu können, wobei noch eine Sperrkette nötig ist, damit die Gazellen nicht zurück über den Kanal setzen und ausbüxen. Und so eine Kette hat immer ihre undichten Stellen: Wie will man auch mit zehn Mann in freier Wildbahn ein Tier am Durchbrechen hindern, das in mittlerem Landstraßentempo auf einen zuzupreschen imstande ist?

Buchhalter Elmar obliegt die eigentliche Zählung, er trägt Sorge für die Eintragungen in den Sammeltabellen. Diese Tabellen sind bei den Hegern verhasst, denn sie halten sie für Nonsens. Elmar hält sich an die Gebets- und Fastenregeln, aber den Ritualen bleibt er fern. Er hat kräftige Schenkel und eine glatte Haut, ihm wächst kein richtiger Bart, nur Flaum. Wagif nennt ihn »Türke« hinter seinem Rücken, er weiß das. Elmar ist Evers' Gewährsmann, mit dessen Hilfe er seine Ideen in die Mannschaft tragen und umsetzen kann. Faktisch aber hat Haşem – dieser große, bucklige Rastafari mit dem bis unter die Augen wuchernden schwarzblauen Assyrerbart – in der Gruppe das Sagen.

Kleine Windhosen vagabundieren durch die Steppe wie finstere, taumelnde Riesen. Wer dort draußen im Zelt übernachtet, kann so einen Riesen antanzen hören. Hat er Glück, geht der Kelch vorüber, wenn nicht, drückt der Wind das Zelt über ihm platt, und die Heringe fliegen ihm um die Ohren.

Und jetzt geschah es vor meinen Augen, dass Haşem, in Schräglage befindlich, unversehens, mit einem Ruck ein ganzes Stück emporgerissen wurde – denn vor ihm hatte sich einer dieser Tanzhünen aufgebaut …

Schließlich die Idee: Aus Duralstangen schraubte ich ein prallsicheres Gestell zusammen, in das ich mit Draht meine Nikon einhängte. Das ließen wir, Haşem und ich, am Drachen steigen. Eine Serie Aufnahmen, im Auftrieb mit Weitwinkel geschossen, verschaffte uns die Möglichkeit, die im Umkreis befindlichen Gazellen auf den Bildern zu zählen; den Gesichtsradius errechnete ich aus dem eingestellten Bildwinkel und der Länge der Flugleine. Elmar brauchte eine Woche, um sich mit diesem Verfahren anzufreunden.

Schattentheater vor untergehender Sonne: Die Vorstellungen sind kurz, die Schatten lang und übermächtig, die den Şirvan in Beschlag nehmen, behände vorankriechen, ausgefahren werden; fast bis an den Horizont reichen sie, weil die Landschaft so sagenhaft platt ist. Treffen sie auf künstliche Hindernisse, spielen sie mit ihnen wie mit Hütchen, stapeln sich darauf; die wenigen Hügel und länglichen, eintönig braungelben Höcker umfangen sie zärtlich.

Beim Appell stehen die Heger im flammenden Abendrot und ragen bis in den Himmel, die niedrige Sonne erhebt sie zu Giganten.

SECHZEHNTES KAPITEL

Lenka

1

Nach dem Tod seiner Mutter zog Haşem ins Kinderheim auf dem Kap Bayıl, wo er sich aber nicht eingewöhnen konnte. Ich war ein paarmal dort, wir kletterten auf Dächern und Dachböden umher. Haşem zeigte mir das Eckhaus – eher ein ganzes kleines Quartier von Schuppen und Anbauten –, wo der Legende nach Stalin gewohnt haben sollte. Er erzählte die Geschichte mit so viel Inbrunst, als hätte er Koba selbst dort gesehen.

Die Hügel des Kaps waren von Schützengräben durchzogen, die aus dem Zweiten Weltkrieg stammten, in Erwartung deutscher Fallschirmjäger angelegt. Gräben und Brustwehr waren von Oleander überwuchert und mit rostigen Stacheldrahtknäueln abgedeckt.

Einst, wenn wir den Hügel mit unseren Seifenkisten hinabfuhren, mussten wir am Ende vor der belebten Uliza Krasnoflotskaja scharf in die Kurve gehen. Einige Zeit später liefen wir dieselbe Straße hinab zur Pier und zum Jachtklub, um den Diensthabenden nach Alexander Wassiljewitsch Stoljarow zu fragen.

Da waren wir noch Kinder, und er war sechsundvierzig. Inzwischen hat er den Tod auf See gefunden, und das in recht hohem Alter. Dank dafür, Alexander Wassiljewitsch: Von Ihnen weiß ich, wie man abzutreten hat; die Welle ist ein edles Totenbett, gestatten Sie, davon zu träumen, sich zu messen daran.

Zwei Weltumsegelungen, kein einziges *keel over*. Und dann zerrt der Sturm kurz vor Neapel die Jacht auf den Felsen, trotz vier verkatteter Anker. Neun hat Stoljarow auf seinen Fahrten insgesamt versenkt; seine »Notankerchen« hat er an den Liegeplätzen immer gehätschelt und liebkost wie Neugeborene, sie den Kollegen präsentiert, immer wieder für Ergänzung und Auffüllung dieser Garde gesorgt, denn kein Sturm kann einem Boot wirklich etwas anhaben, außer: er zieht es auf den Felsen; die freilaufende Welle, die ein Boot zerschlägt, muss noch geboren werden, aber Felsen, an denen ein Boot zerschellen kann, zerknacken wie Sonnenblumenkerne im Gebiss eines Zyklopen, solche Felsen gibt es überall.

Irgendetwas ist geschehen. Nie hat Stoljarow sich bis dahin erlaubt, ohne Sicherungsleine an Deck zu sein, auch uns war es strengstens untersagt. Vor dem Lösen der Vertäuung hatte er sich als Erstes immer – klack! – mit dem Karabiner in die Wanten eingehängt und lief so über Deck wie Schnuffi am Drahtlauf, supersicher. Zweimal um die Welt gesegelt, sieben Jahre auf See – kein Abriss von der Reede, kein einziges Mal unangeleint an Deck … Etwas muss passiert sein.

Damals aber, mit sechsundvierzig, wie er das erste Mal so über den Rand des Cockpits spähte, weil er jemanden die Pier entlangkommen sah, die Augen zu Schlitzen verengte und sich ein Schmunzeln gerade so verkniff, während aus den Augen darüber, ihren runzeligen Winkeln, blaue Funken schlugen …

Seine kleine Jacht, nicht größer als ein Pkw Wolga, lag unter der Winde auf Stapel. Stoljarow war dabei, textile Streifen von einer Rolle zu schneiden und mit Harz auf den Bootskörper zu kleben. Anstatt umständlich Bekanntschaft zu schließen, spannte er uns gleich ein, zeigte, wie man die Epoxidpflaster richtig auflegt, wie man das Takelwerk auf Festigkeit prüft und nebenher, aus welchen Teilen sich ein Segelboot obligatorisch zusammensetzt. »Das Wichtigste an einer Jacht sind Steuer und Anker«, beschied Stoljarow uns als Erstes. »Ohne Steuer kommst du nirgends an. Ohne Anker schmeißt es dich gegen die Felsen.«

Ich hatte Haşem überredet, sich mit mir beim heimatkundlichen Zirkel *Purpursegel* anzumelden. Die Rache dafür, dass er mich zur Teilnahme an einer Aufführung des Jugendtheaters *Tropfen* genötigt hatte. (»Ausgleichende Gerechtigkeit! Du hast mir eingebrockt, dass ich mit der Hellebarde rumstehen musste als Rosenkranz' Diener. Jetzt fährst du mit mir zur See.«) Also standen wir bald darauf vor dem Kapitän im Segelklub-Büro, wo man sich vorkam wie in einem Buddelschiff, durch die Panoramascheibe war die gesamte Wasserfläche einzusehen, die Klammer der Pier, das Netz der Poller. Während er unsere Namen ins Logbuch des Klubs eintrug, hing eine Möwe schwebend im Scheibentrapez, man sah die Federspitzen zittern, das gelbe Auge nach unten schielen.

Aber wir hatten noch nicht zur ersten Fahrt abgelegt, unsere Sachen eben in der Schaluppe verstaut, als Haşem vom Schaukeln der Bordwand und dem dahinter kippelnden Horizont bereits seekrank wurde. Später wurde ihm sogar auf der Fähre übel, in einer Reihe mit den Zigeunern hing er an der Reling und verunreinigte das Meer, auf dem Rückweg schob er sich Pappe unter die blaugedrückten Kniescheiben – kam einfach nicht auf die Füße, grün im Gesicht, ein Bild zum Erbarmen. Dabei hatten wir den ganzen Winter Stunden in Navigation genommen. Als es im Frühling mit den Fahrten losging, seilte er sich endgültig ab in Richtung *Tropfen*, zu Meister Stein. Nur bei den Wanderungen zu Lande – in den Hirkan, zum Kap Bəndovan und in die Berge – war er dabei.

2

Wenn die Realität einen Bund mit der Zukunft eingeht, weil sie erneuert werden möchte, wird sie davon erst einmal verschwinden. Dann tritt an die Stelle des Wissens die Allegorie. Die Allegorie nährt sich von Unwahrheit und bringt neue Unwahrheit hervor. Jede Katastrophe hat ihre tiefen Verbindungen zur Lüge als der metaphysischen Quelle des Bösen und ergibt sich darum der Allegorie so leicht. Die Allegorie ist schon deshalb Lüge, weil sie vom Ganzen zu sprechen vorgibt und dabei doch nur das Wesentliche verabsolutiert. Das ist, als wollte man ein Gedicht, für das sämtliche Buchstaben des Alphabets zur Verfügung standen, transformieren in eines, dessen Alphabet nur aus einem Buchstaben besteht, und behaupten: Das ist alles, mehr ist da nicht. Darum hat noch jede Epoche, die mit einem Krieg schwanger ging, die Luftmaschen ihrer Phantome aus ungefähr derselben Wolle gestrickt. So sind am Himmel über Polesien kurz vor Ausbruch des Ersten Weltkrieges jene Frauen erschien: Nackt und ohne Kopf, die Schürzen voller blutiger Hammelköpfe, zogen sie über der Waldkante dahin. Darum auch Anfang Juni 1941 im Kubangebiet die überlebensgroßen gläsernen Schnitter, gesichtslos, mit kugelrunden Köpfen auf schiefen Hälsen, himmelwärts ziehend, mit jedem Rundumschwung ihrer gigantischen Sensen an Höhe gewinnend; hektarweise brach damals im strömenden Regen das unreife Korn vom Halm, und in der Steppe nach mysteriöser Mahd fanden sich blutleere Menschen- und Pferdeleichen säuberlich längs entzweigeschnitten – so zerteilt der Bauer mit einem Rosshaar den letzten Knust Brot; die Tschekisten hatten diese Leichen dann in null Komma nichts einkassiert und die Verbreiter mystischer Propaganda gleich mit. Und darum schließlich fiel im Winter 1987 in den Bergen oberhalb von Şamaxı roter Schnee; die rostigen Flocken deckten die Hänge zuhauf, dass die Menschen aus Furcht zu Tale flohen. Das war zu der Zeit, als der Ayatollah Khomeini, der auf Breschnews Glückwunschtelegramme nie reagiert hatte, Gorbatschow einen Brief schrieb, in dem er ihn mahnte, dem Kommunismus abzuschwören und den Islam anzunehmen.

Und im Herbst des darauffolgenden Jahres – über die Wunde der Februarpogrome war noch kaum Gras gewachsen – erblickte ich eines Abends über dem Kaspischen Meer, unter der bereits erloschenen Kuppel des Ostens, eine hochgewachsene Frau in purpurnem Schleier und langen roten Gewändern: In Händen trug sie einen verkohlten Ölbaum wie ein Schwert vor sich her. Hinter ihr war der Himmel schon mit Sternen übersät. Ich kam nicht auf die Idee, jemanden zu rufen, stand wie benommen, schaute auf die deutlich über der stillen See stehende Luftsäule; ich weiß noch, dass ein Tanker sich als kleiner Bügel über den Horizont schob, und wie ich aufschrak, mir kalt wurde, als er unter dem Schoß ihres Gewandes verschwand … Dabei waren wir aufgrund geheimer militärischer Aktivitäten durchaus geübt in der Wahrnehmung paranormaler Erscheinungen: Sei es, dass eine vom Übungsplatz Krasnowodsk jenseits des Meeres abgeschossene ballistische Rakete uns mit dem zarten, doch hartnäckigen smaragdenen Schein ihrer Schleppe am Himmel verblüffte, einer Federwolke ähnelnd, die allmählich in die niederen Schichten der Atmosphäre sank und dort noch einige Zeit aufrecht stehen blieb; oder längs der Ölförderbrücken schoss plötzlich ein Ekranoplan mit zehn Turbinen vorbei, geeignet, ein Bataillon Marine-Infanterie nebst Panzertechnik in Fluggeschwindigkeit zum Einsatzort zu befördern …

Was ist aus jenem Omen geworden? Die Frau wandelte über den Himmel, aus ihr brachen Krieg und Chaos, und ein Sohn würde kommen, danach trachten, zum Herrscher über die Zeit zu werden, die Welt zu verkörpern für alle und jeden. Ein unsichtbarer Erlöser würde die Augen aufschlagen, um aus dem Dämmer zu erstehen. Die Zeit ließ sich scheibenweise schlingen, wie Brot … Und schon wartete die Erde mit einem ganz besonderen Lied auf, das mir Hirn und Ohren verstopfte; plötzlich erwachte ich und war taub, das Öl kochte unter meinen Füßen, stieg ins Hirn, verschmutzte den Sand, binnen einer Nacht trat es an den Schieferhängen von Xırdalan in fettig glänzenden Flözen hervor, wie sich von den Bahnstrecken aus erkennen ließ; die Leute in den Vorortzügen hingen besorgt an den Fenstern und glotzten. Die Gruben, in denen unser Archäologie-Zirkel nach Funden aus dem Neolithikum buddelte, standen halbvoll mit einem Gemisch aus Erdöl und Wasser. Stoljarow schleppte von irgendwoher eine Feuerwehrpumpe an, um die schwarze Brühe abzusaugen.

In der Metro stank es bestialisch nach Öl; manche Abschnitte waren vom Stromnetz genommen, weil man Brände in den Tunneln fürchtete. In der Stadt standen die Leute nach Brot an. Das war so üblich seit dem Krieg: Irgendein Vorkommnis genügte – ein Umspannwerk war ausgefallen oder so –, schon stürmten die Leute die Läden und trugen das Fladenbrot säckeweise davon.

In der Nacht hat es dann in der sogenannten Schwarzen Stadt (jenem historischen Ort, wo auf Abşeron zuerst Öl gefördert wurde – längst ausgebeutet und verwüstet inzwischen) tatsächlich gebrannt. Unversehens war frisches Öl in die alten, ausgetrockneten Bohrlöcher gestiegen, ausgetreten und breitgelaufen; Funkenschlag an einer Stromleitung (wo der Sturm Masten umgerissen hatte, ohne dass der Strom deswegen abgestellt worden wäre) führten zur Entzündung.

Haşem und ich liefen zum Brandort. Wogende Menschenmengen auf den Hügeln, von Bayıl bis Şixov, schwarze Rauchsäulen in der Finsternis, die sich zu einer einzigen Wolke vereinigten, die Nacht einschwärzten, nur hie und da blinkte ein Stern durch die Fetzen. Aus dem öligen Rauch zuckten orangene Mastodonten, ließen ihre Flammenmuskeln spielen, der Wind zwang sie ab und an zu einem jähen Ausfallschritt, doch sie richteten sich immer wieder auf.

Wer alt genug war, konnte bezeugen, dass es solch ein Feuer in der Schwarzen Stadt seit den Dreißigern nicht mehr gegeben hatte – und plötzlich ging uns Neuntklässlern auf, warum Maxim Gorki Baku ein »handgemaltes Höllenbild« genannt hatte: nicht nur weil hier sklavisches Schuften und sagenhafte Profite der Ölmagnaten zusammenkamen sowie der Anblick der Kessel mit dem kochenden Bitumen; gewiss hatte sich auch eine Feuersbrunst dem Autor ins Gedächtnis gebrannt. Gegen Morgen gingen die Flammen zurück; der Ölpegel war wieder gefallen. Die Menschen erwachten aus ihrer Starre, strömten von den Hügeln auf die Küstenstraße, verteilten sich auf die Linienbusse; so muss man sich wohl eine Wiedergeburt vorstellen. Inmitten von Hügeln das Meer eine fahlblaue Binge; vom Leuchtturm Morsezeichen: Punkt-Punkt-Punkt, Strich-Strich-Strich …

3

Ich sitze in der Ostwache und sehe zu, wie Haşem mit den Hegern meditiert. Als Kinder waren wir einer für den anderen zu sterben bereit gewesen. Damals wäre es keinem von uns eingefallen, eine Lebensentscheidung des anderen in Zweifel zu ziehen. So eine Freundschaft ist ein Geschenk, sie zu gewinnen gibt es kein Rezept. Und was ist jetzt?

Mädchengeschichten kamen damals zwischen uns allerdings nicht zur Sprache; eher hätte man sich die Zunge abgebissen. Nur einmal hatte Haşem auf meine Frage, ob er etwa verliebt sei, bedeutungsvoll geschwiegen; am nächsten Tag brachte er einen Zeichnungsköcher mit und zog eine Reproduktion von Raffaels *Sixtinischer Madonna* daraus hervor. »Sie sieht ihr ähnlich.« Ich sagte nichts dazu. Ob er mein Schweigen als Empathie deutete, weiß ich nicht. Fakt war, dass Lena Jachimowitsch weder einem Botticelli-Geschöpf noch der Sixtinischen Madonna ähnlich sah. Die schlaksige Vierzehnjährige war in Artjom erst diesen Sommer aufgetaucht. Wir wohnten Zaun an Zaun. Bis sie im Herbst an unsere Schule kam, begegneten wir uns auf der Straße; spielten Völker- oder Volleyball, lasen auf Geheiß der Eltern Oliven aus der Wiese rund um das mit Brettern abgedeckte Feuerlöschbecken, aus dem es streng nach Chlor roch, oder streunten im Abendlicht über den alten Friedhof mit den deutschen Kriegsgefangenengräbern, verjagten die Schafe, die sich dort hinverirrt hatten und ihre Köttel verstreuten, mit Fußtritten. Weiß leuchteten die Kreuze aus der Dunkelheit wie Möwen, die eben auf dem Wasser gelandet sind und die Flügel noch gespreizt haben.

Unser Hof war nach drei Seiten umzäunt; die Zäune der Nachbarn waren sehr verschieden. Einer aus grobem Maschendraht, wie ein Fischernetz voll fliegender Fische, die großäugig dahinschwammen, bis ihre Flossen urplötzlich zu wedeln anfingen vorm labyrinthischen Geäst voll mit trägem Sonnengefleck – fließenden Leoparden … Überhängende Zweige von Kirschpflaume (mondgelbe Kugeln mit Kern) und Aprikose (kleine honigsüße Früchte mit samtiger Haut und harzgelben Sprenkeln an den Seiten, der Kern ist essbar, man kann ihn spalten und den Mandelduft einsaugen). Durch die Drahtmaschen, durch das Dickicht des Hartriegels sah man eine unbewohnte Hundehütte und ein Stück dahinter das kleine weiße Haus, in dem die Sippe der Filoboks wohnte. Der alte Kondrat, partiell gelähmt, kam hin und wieder an Krücken in den Garten gekraxelt. Dabei geschah es mitunter, dass er stürzte und nicht wieder hochkam; in solchen Fällen rief er aber nie um Hilfe, sondern blieb ergeben sitzen, bis seine Frau sich irgendwann sorgte und nach ihm sehen kam – ein breitschultriges Weib, das ganz allein den vollen Zinkasch unter dem Wasserhahn im Hof wegschleppte. Während Kondrat friedlich auf seine Frau wartete, nahm er die vor seiner Nase gelb und rot blühenden Rosen in Augenschein, die Paprikaschoten und die prallen, schon in ganzer Länge lila angelaufenen Auberginen, oder er krallte sich, wie ein Dreijähriger im Sandkasten, eine Handvoll trockene Erde und streute sie auf sein Knie … Er hatte Zeit.

Seine Tochter Sina, eine spitznasige, pfiffige und umtriebige Person, überaus gesprächig, die als Köchin im Kindergarten arbeitete und mit meinem Vater in eine Klasse gegangen war, kam am Wochenende ihre Eltern besuchen. Abends wurde sie dann von ihrem Mann mit dem Schiguli abgeholt, dessen Tachometer wir, Haşem und ich, bestaunten wie das Fenster in eine andere Welt. Das Fleisch, das Sina den Nachbarn in einer mit blutigem Mull abgedeckten Schüssel unterm Arm feilbot, mochte meine Mutter zwar nicht kaufen, bekam aber trotzdem den neuesten Klatsch und Tratsch unterbreitet, den Sina mit graziös schwingenden Gesten ihrer freien Hand begleitete, als tanzte sie ein Menuett, dabei suchte sie nur den brummenden Fliegenschwarm von der Schüssel zu verscheuchen … Hinter dem Hühnerstall verlief quer ein Palisadenzaun, dort wohnte eine aserbaidschanische Familie, die man weder hörte noch je zu Gesicht bekam. Ihre Pforte ging auf eine benachbarte Straße, in der ich so gut wie nie war. Zur dritten Seite schließlich, hinter einem Staketenzaun mit Malven, umrankt von feuchtem, dunklem Efeu, in dem es wimmelte von Motten, Hornissen und kompliziert zusammengesetzten Gottesanbeterinnen, die starr schienen vor Glück, in solch einem Insektenparadies zu leben, wohnte die alte Jachimowitsch. Beinahe kahl auf dem Kopf, befleckt mit Jodtinktur und überhaupt nach Apotheke riechend, ewig krank und darum grantig, schlapp, vor Hitze ächzend, kam sie vor die Pforte gehumpelt und kippte uns die Schüssel mit Urin vor die Füße – worin sie ein Fußbad zu nehmen pflegte, auf Anraten der Ärzte, wie die Erwachsenen uns erklärten. Nach ihrem Tod zog die Tochter aus Xırdalan, Lenkas Mutter, hier ein, nahm Haus und Garten in Besitz, und Lenka wurde zum Subjekt meiner erwachenden Sehnsüchte.

Lenka war Haşems erste Liebe, und sie war das erste Mädchen, das ich küsste. Nachts kletterte ich hinaus auf das flache Dach des Anbaus und stand dort lange unter den Sternen, pflückte mir einen nach dem anderen und schluckte sie, Körnchen für Körnchen. Satelliten krochen durch das All, zogen ihre Bahnen, Flugzeuge blinkten, dann und wann zischten Sternschnuppen als grüne Striche die Himmelskuppel hinab. Auch ich war unterwegs im Sternennebel. Schaut man, Kopf im Nacken, lange genug hinauf, kommt der Himmel herab, fährt dir in Nase und Rachen, breitet sich aus im Kopf.

Und es kam der Tag, an dem meine Geduld belohnt wurde: Jenseits des Zaunes schob sich eine schlanke, biegsame Silhouette über die Kante des Scheunendachs, verdeckte sogleich ein paar Sterne ... Von nun an durfte ich erleben, wie die an fadendünnen Trägern schaukelnde Abendglocke ihres Nachthemds sich dem Rhythmus der beim Laufen hüpfenden Brüste anpasste; ich spähte von oben hinein, die Nippel schauten aus der Verschattung herauf; ich sah bis in das Weiche, Zuunterste des Bauches; als ihre Finger meinen Nacken berührten, stockte mir der Atem ... Bald erschloss sich das Ganze. Am langen, wilden Strand von Pirşaği, wohin wir uns mit dem Bus verzogen, stand im seichten Wasser eine hohle Zisterne, halb im Sand versunken, mit öligem Morast gefüllt, von deren schräger, sonnenheißer, dumpf unter den Füßen hallender Haut wir sprangen, Sandwolken vom Grund aufwühlend, unter Wasser glitschige Verknotungen einfädelnd, unerträgliche Umarmungen, denen wir rasch wieder entglitten. Zur Abkühlung schwammen wir weit hinaus. Nachts konnte ich vor Aufregung kaum schlafen, lief täglich bei Sonnenaufgang ans Meer ...

Als mein Freund nahm Haşem es sich heraus, uns auf die Pelle zu rücken, lief schweigend nebenher, ignorierte meine Fragen, folgte unseren Gesprächen mit ernster Miene. »Haşem ist der Beste im Hochsprung. Eins dreißig mit Schere«, teilte ich Lenka mit, und: »Er geht in den Theaterklub. Kann den ganzen Hamlet auswendig.« – »Ist das wahr?«, fragte Lenka leise, Haşem schwieg sich aus. »Haşem ist Perser«, versuchte ich es noch einmal. »Er hat im Iran gelebt und kann Farsi.« Sein Verhalten war mir peinlich. Lenka fand ihn interessant, sie wollte mehr über ihn wissen. Haşem kochte innerlich und sprach doch nicht, entfernte sich wieder, nachdem er sich von der Keuschheit unseres Zusammenseins überzeugt hatte. Einmal hängte er sich an unsere Fersen, als wir nach Pirşaği fuhren. Stieg in den Bus, grüßte, begab sich aber zur Standfläche am vorderen Eingang. Am Strand legte sich Haşem auf eine halb zerfallene Pritsche, Lenka war weit vorausgelaufen, ich streckte den Arm aus, legte die Schulter wie einen Gewehrkolben ans Auge, und schon schien es mir, als hätte ich sie auf meinen Fingerspitzen im Visier, klitzeklein in der Konvergenzperspektive von Strand, Himmel und Meer; schließlich drehte sie um, kam über Hand und Gelenk den Unterarm heraufgelaufen. Nach kurzer Zeit war Haşem verschwunden, ich sah seine gegenläufigen Fußspuren im nassen Sand; auch wir hatten keine Lust zu bleiben; kehrten bald nach Artjom zurück … Den restlichen Sommer kamen Lenka und ich uns noch näher – im stummen nächtlichen Gegenüberstehen, jeder auf seinem Dach, doch innig umschlossen von der durch den Klang der Zikaden atmenden Säule der Nacht und einem Ewigkeitsversprechen, das uneingelöst blieb. Morgens übernahm eine blinde Sonne das Zepter. Bis mich eines Tages, noch halb im Schlaf, zum ersten Mal der Kummer übermannte, die Ahnung, dass bald alles vorbei und zu Ende sein würde, unwiderruflich. Ich meinte an Tränen ersticken zu müssen.

An diesem Morgen ging ich zu Haşem. Er saß auf der Vortreppe und schnitzte, milde vor sich hinsehend, an einem Stock. Hin und wieder warf er einen Blick in das aufgeschlagene Buch zu seinen Füßen: Er lernte eine Rolle. Haşem sah mir in die Augen, ich senkte gerade noch rechtzeitig den Blick.

»Willst du, dass wir Freunde bleiben?«, fragte er.

»Was für eine Frage. Du bist mir wie ein Bruder.«

»Gott ist des Menschen Bruder, sonst keiner. Und ohne Gott ist man immer allein.«

»Das ist man auch mit Gott. Weil Gott ja auch alleine ist.«

»Du scheinst viel von ihm zu wissen«, sagte Haşem und suchte noch einmal meinem Blick zu begegnen.

Ich sah den Stock unter seinen Fingern schrumpfen, die Späne kringelten sich auf seiner Faust.

»Du liebst sie doch gar nicht, merkst du das nicht?«, stieß er hervor. »Wenn du sie wirklich liebtest – ich wäre dein Sklave.«

Drei Tage nachdem dieser Satz fiel, wurde Haşem siebzehn. Neun

Monate älter als ich, saß er neben mir am Strand, die Flasche zwischen den Knien, und stocherte mit dem Taschenmesser den Korken aus dem Hals, den der Korkenzieher zerkrümelt hatte. Es war *Kəmşirin*, das hieß: die Rebträne – ein harter Stoff. Dem Wind, der uns immerzu Sand gegen die Wangen und in die Augen peitschte, kehrten wir den Rücken, spuckten Korkenkrümel und schauten zu, wie ein Schlepper, gegen den Wind steuernd, auf einer Welle Fahrstuhl fuhr, bemüht, die leeseitige spiegelglatte See zu erreichen, wo das Windloch war, der vom Həzri verschonte Inselschatten.

… Jene zwei letzten Jahre, die ich auf Abşeron lebte, blies der Atem der Ewigkeit uns an, der alle, die ich liebte, alle, die von anderen geliebt wurden, ins Nichts verbannte. Es geschah unablässig, alles um mich her war durchdrungen von dieser Anmutung. Das einfache Leben war dahin. Die Stadt entleerte sich, die Menschen, die ihr so lange Sinn gegeben, ließen sie im Stich – wie durch die Kraft jener Neutronenbombe, von der es hieß, sie trenne das Lebende vom Nichtlebenden: alles noch da dem Anschein nach – aber Achtung! nur ja nichts anfassen – nichts, Hände voll nichts.

Lenkas Kuss schmeckte nach Borschtsch, sie hatte wohl gerade zu Mittag gegessen, nicht ahnend, dass ich die Einladung, ihr Bügeleisen zu reparieren, annehmen würde. Der silberne Dorn des Lötkolbens, das Kolophonium, aus dem jedes Mal ein Wölkchen Rauch aufstieg. Knoblauchatem hat seither für mich etwas unheimlich Prickelndes. Lenka mochte es, Träume nachzuerzählen, die eigenen und die der Mutter, sie überschlug sich dabei, kriegte sich nicht ein ob ihrer Sinnlosigkeit. Einen weiß ich noch: Sie schwebt im Herzen des Meeres und fühlt sich schwerelos, Sonnenblitze, schwärmende Fische; eine straff gespannte Saite führt in dunkle Höhen hinauf; durch sie geht jedoch ein Summen und Brummen, das Lenka hinabzieht; diese Saite, so weiß Lenka auf einmal, ist die Zeit … Am Morgen sei sie erwacht mit einem wohligen Gefühl von Erfüllung im Sonnengeflecht.

Wir zogen eine Angelsehne von Dach zu Dach, über den Antennenmast zur Bodenluke hinein, um miteinander reden zu können; Schachteln von sauren Drops dienten uns als Hör- und Sprechgerät;

Lenkas Flüstern drang klirrend in mein Ohr, als käme es aus dem Jenseits.

Im November brach unser Dattelbaum; krachend ging ein dicker Ast voll glutroter Früchte und dunklem, humidem Laub zu Boden. Wir liefen auf den Hof; ich befühlte die Früchte, ob nicht wenigstens ein paar reife darunter waren. Die Sonne schien kalt.

»Hast du sie geküsst?«, fragt Haşem, ohne mich anzusehen.

»Ja.«

»Wie oft?«

»Zweimal … Dreimal.«

Haşem dreht sich und kommt vom Zaun auf mich zugesprungen. Ich schaffe es, mich zu ducken, er fliegt über mich hinweg, streift mit der Wange die einen Bretterstapel stützende Lage bemooster Ziegelsteine. Steht auf, fällt erneut über mich her.

Wir liegen im Clinch, ich spüre etwas Heißes im Gesicht, das seine ist blutverschmiert, von Pein verzehrt, er hält nicht mehr lange stand. Geht zu Boden, bleibt sitzen. Ich sinke kraftlos daneben.

»Schwöre, dass du sie nie mehr anrührst.«

»Ich schwöre.«

… Das letzte Mal sah ich Lenka auf dem Boulevard, sie floh vor mir, strebte flatternd aus der Menge; ihr hinterdrein eilte ein weißblonder Jüngling, braungebrannt, mit einer fahlen Narbe am Kinn, sah mich an mit blicklosen Augen. In Lenkas Gesicht – das pure Leiden.

SIEBZEHNTES KAPITEL

Baku. Nobel. Koba

1

Eine Stadt, raffiniert an die Hänge gebaut, wie hingeschrieben in flüssiger Ligatur. Von Luftströmen zugeschnitten, als Windfang aufgestellt. Vorsätzliches Gassengewirr, damit es, wenn der Həzri weht, nicht gar zu sehr zieht.

Da ist noch eine Ruhe vor dem Sturm: die sogenannte Morjana, ein fröhlicher warmer Föhn aus Südwest, der, typisch für den Abşeron, dem Nordwind vorauseilend, die Wolken zerstreut. Engeln und Piloten erteilt er beim Landen eine Lektion in Heimtücke: Durch seine geringe Thermik reißt die Strömung an den Tragflächen im letzten Sinkflug plötzlich ab. Aber dann: der Nordwind, Həzri genannt, ein steter kalter Fallwind vom Typ der Bora, der einen breiten Küstenstreifen erfasst, Şirvan und Kür miteinbezieht. Für die Bevölkerung so quälend wie der Mistral. Der Həzri stresst, erschwert das Atmen, schränkt das Sehvermögen ein. Kapitäne auf hoher See stellen einen Posten mehr auf Wacht, wenn der Həzri weht. Die Spitzen erreichen siebzig Knoten. Manchmal hat dieser Wind die Halbinsel drei Tage im Griff; auf See kann er sich wochenlang hinziehen.

Winters fahren seine Böen wie scharfe stählerne Klingen durch die Stadt. Im Dezember macht der Həzri die Steppe unpassierbar. Bakus Herz ist *İçəri şəhər*, die Innere Stadt: Im 12. Jahrhundert wurden Festungsmauern um sie gezogen, die bis zum Meer hinabreichten, ein komfortables Hafenbecken umschlossen.

Altstadt hat man später dazu gesagt, oder: die Festung. In ihr ist wenig Grün, ein Haus klebt am anderen; die Straßen sind eng und vertrackt angelegt, immer wieder landet man in Sackgassen, es gibt durchgehende Höfe und solche, die nur so aussehen; man geht irgendwo rein und weiß nie, ob man wieder rauskommt. Einfacher geht man in der Festung über die Dächer, als irgendwo drunten in der Muschelkalkfalle zu schmoren.

Solch eine Anlage schützte nicht nur vor Hitze und Wind, sondern ebenso vor feindlichen Eindringlingen; in dem steinernen Labyrinth entkommt man schwer, umso leichter, sich zu wehren oder zu verstecken.

Bei der Eroberung von Baku hatten die chasarischen Stämme weniger Erfolg als die Timuriden. Nachdem General Fürst Zizianow, der zu Unterhandlungen allein, geschützt durch seinen Namen, an die Tore der Stadt klopfen zu können glaubte, durch einen heute vergessenen Chan enthauptet worden war, dauerte es nur noch kurze Zeit, bis die Festung an die Russen fiel.

Zu den ältesten Bauwerken zählen die Moschee des *?bu Bakr*, deren Minarett Angreifern ebenso wie harmlosen Schiffen und Karawanen als Orientierung diente, sowie *Qız qalası*, der Jungfrauenturm, ein leicht konisch geformter Zylinder, der Ähnlichkeit mit einem U-Boot-Turm hat und zwei Legenden hervorbrachte: die vom Apostel Bartholomäus, Jünger Jesu, und seiner Hinrichtung am Fuße des Turms und die von der Tochter eines Schahs, die sich – am Vorabend ihrer Vermählung mit dem eigenen Vater – von dort oben herabgestürzt haben soll.

Zu *İçəri şəhər*, der Inneren Stadt, kamen etliche Siedlungen im Umkreis hinzu, die eingemeindet wurden und die Äußere Stadt beziehungsweise Vorstadt, *Bayır şəhər*, bildeten. Von ihnen ist nichts als der Name erhalten.

2

Was wissen die Augen noch? Sie wissen noch, wie das Meer die Sonne entbindet, ein Lichtkeil zur Bucht hereinfährt, eine Ecke der Festungsmauer als Erstes aufleuchtet. Am Stein längs der Treppen ein polierter Streifen – von der Höhe einer hängenden Kinderhand bis zu der eines Erwachsenen.

Auf dem Trottoir streckt sich eine eben erwachte Katze bis in die

Krallen, wie die Seilzüge einer Hängebrücke. Durch ein vergittertes Fenster tönt röchelnd die Wasserspülung, Türangeln quietschen. Gemerkt haben die Augen sich auch, wie die Sonne untergeht. Wie der Schatten durch die Große Festungsstraße fließt, vom Oberen zum Unteren Basar, vom *Yuxarı*, dem Paradies der Juweliere, zum *Aşağı*, dem Handwerkermarkt. Vom Şamaxıschen und vom Salyaner Tor zu den Steinschnitzereien des *Şirvanşah*-Palastes. Wie dessen Bauten, sonnengleißend die längste Zeit des Tages, in ihren Umrissen plötzlich weich und klar werden: die dichten Arabesken am Portal, die Rotunde des Versammlungshauses, die Moschee, der tiefe Brunnen mit dem Baldachin darüber und der kleinen Anhöhe daneben. Bestimmt war das der Kerker des Schahs, so malten wir uns aus: Zuletzt wurde der Delinquent aus dem Schacht geholt und vom Henker auf der Schädelstätte geköpft. Beugte man sich über das Loch, strich es einem kühl übers Gesicht; schwacher Chlorgeruch. Aus dem Stein wallte die Hitze des Tages.

Mitte des 19. Jahrhunderts hat das Öl die Stadt bereits ernährt. Binnen zwanzig Jahren wandelte sich das Provinzstädtchen zu einer der Metropolen des Imperiums. Am Bevölkerungszuwachs gemessen, stellte es San Francisco zu Zeiten des Goldrauschs in den Schatten. Im selben Jahr 1849, als man an Sutters Sägemühle im American River den ersten Goldfund machte, wurde auf Abşeron die erste Bohrung gesetzt. Beide Städte wurden sogleich weltberühmt. Das schwarze Gold durfte als Antwort gelten.

Józef Gosławski, Eugeniusz Skibiński, Johann Edel, Qasım bəy Hacıbababəyov, Nikolai von der Nonne und andere bebauten die Stadt mit der gleichen Intensität, wie die Ölfelder der Halbinsel sich mit Bohrtürmen füllten. Ölmagnaten ließen sich Villen und Geschäftshäuser errichten. Jedes Haus ein Märchen für sich. Der maurische Stil hielt Einzug an der Strandpromenade, ganz wie in Alupka auf der Krim das Palais des Fürsten Woronzow – dafür musste man nicht kaukasischer Statthalter sein. Überbietungseifer ließ Schmuckstücke im Geiste der besten europäischen Vorbilder aus Klassizismus, Empire, Jugendstil, Neogotik und Neobarock erstehen. Die in weißem Stein ausgeführten, getreuen Spiegelungen ihrer Vorbilder in Wien, Petersburg, Berlin und Stockholm kultivierten die felsige Schwelle zu Persien. Zu Beginn des 20. Jahrhunderts war das Erscheinungsbild der Stadt so eklektisch und außergewöhnlich, dass der Ruf eines »Paris des Ostens« ihr anhaftete.

Zugleich brachte der Bevölkerungszustrom die an die Industriezonen stoßenden Ränder der Stadt in Auflösung und verunstaltete sie. Der düstere Wald aus Bohrsäulen, die großen, mit Öl und Wasser gefüllten Lachen dazwischen (was eine deutliche, faltenreiche, wolkig gefiederte Schichtung ergab, die noch dazu in Bewegung war, zeitlupenhaft vorrückte, nachsickerte – ein faszinierender Vorgang, und wer zu lange über so eine Pfütze gebeugt hockte, konnte einen Sonnenstich davontragen: die Öljungfrau schwenkte die Röcke, löste das Mieder ...), Zisternen in endloser Reihe, Destillierkolonnen und die ewig lauernde Gefahr, bei lebendigem Leibe zu verbrennen – all dies konnte einen schon beeindrucken.

Und brannte es erst einmal, breitete sich das Feuer durch den allgegenwärtigen Wind geradezu explosionsartig aus. Die Arbeit auf den Plattformen war gefährlicher als jede andere zu Wasser und zu Lande, über oder unter Tage. Ungehemmt stießen die Feuerfontänen in den Himmel, durchglühten den Raum, in ihren Schlünden schmolz jedes Metall. Der Mann der Großtante meiner Mutter fand sich 1954 in solch einer Säule aus brennendem Öl wieder. Monströs verstümmelt, ohne Gesicht, sahen wir ihn mitunter in der Altstadt auf uns zukommen: Einen Sonnenhut auf dem Schädel, das Gesicht bis unter die Augen von einem weißen Fransentuch verhüllt, mit riesiger braungetönter Brille und Glacéhandschuhen stand er vor uns, sprach mit heiserer Stimme und großen Pausen, in denen sein röchelnder Atem zu hören war und der Stoff vom Mundloch angesaugt wurde. Die wenigen unverhüllten Hautpartien wiesen grässliche Furchen und Narben auf, nur der Nacken unter der Hutschlappe war mit rosiger Babyhaut überzogen. Onkel Mischa war wie »der Unsichtbare« aus dem berühmten Horrorfilm, wir ängstigten uns zu Tode vor ihm. Doch sowie er uns sah, blieb er stehen, ich musste auch stehen bleiben und auf seine ungeduldigen Fragen antworten:

»Ist dein Vater nach Bibiheybət versetzt worden?«

»Nein. Das heißt, ja. Aber da ist er auch nicht mehr. Er hat jetzt das Meer direkt vor der Nase.«

»Wahrscheinlich ist er im Dəniz-Schelf. Da werden Tiefenbohrungen gemacht. Und wie gehts der Großmutter? Machen ihr die Beine zu schaffen?«

»Ja. Sie reibt sie ein mit Paraffin.«

»Sag ihr, sie soll es mal mit Naphthalan probieren. Das hab ich ihr schon paarmal gesagt. Sie muss es vorher kräftig heiß machen, dann wird es dicker.«

Onkel Mischas Atem rasselte.

Ich sah vor meine Füße, wagte es nicht, den Blick zu heben. Derweil drückte sich Haşem abseits gegen eine Hauswand und starrte mit großen Augen auf den Alten, der schon halb aus dem Leben getreten schien.

»Ach ja, das Alter ist kein Segen. Richte ihr meinen ergebensten Gruß aus. Macht es gut, Jungs.«

Er entfernte sich betulich, mit schlurfenden Schritten, gebeugt wie ein Tyrannosaurus. Der leere Jutebeutel baumelte ihm um die Knie.

Haşem war ohne Furcht. Ein Charakterzug, der durchaus an Idiotie grenzte. Nur so war es zum Beispiel zu erklären, dass ich einmal bei einer Schlägerei, als plötzlich Messer aufblitzten, noch einmal umkehren und ihn am Kragen von dem verdammten Hof ziehen musste. »Das sah großartig aus, wie sie die Messer schwangen! Wie im Film!«

Einmal, Onkel Mischa war gerade um die Ecke gebogen, schnupperte Haşem ihm hinterher. »Er riecht nach Mäusen und nach Medizinschrank«, befand er. »Und nach Naphtha sowieso.«

Übrigens konnte meine Oma Olja Erdölbädern als Mittel zur Rheumabekämpfung nichts abgewinnen. »Bevor man das auf Temperatur hat, fackelt man noch ab. Und dann dieser Gestank, nein!«, parierte sie alle diesbezüglichen Anregungen Onkel Mischas. Anstelle des Umstands, das Schweröl auf kleiner Flamme zu erhitzen, zerstückelte sie Kirchenkerzen und brachte sie in einem Topf zum

Schmelzen. Ein mit Bindfaden um einen Kienspan gewickelter Lappen diente als Pinsel. Das Paraffin, das einem im Topf aufgrund seiner optischen Dichte und Oberflächenspannung klarer als Wasser erschien, legte sich um die gebrechlichen, von Krampfadern umrankten Knie, die nach kurzer Zeit unter einer glatten totenbleichen Schicht verschwanden. Die Reste des erträglich heißen Wachses pinselte sie mir auf mein Bitten hin um den Ellbogen. Hinterher war es interessant, die durchscheinende Kruste abzuheben, wobei es an den Härchen gelinde ziepte, das rhombische Muster der Poren darin zu betrachten. Überhaupt, fällt mir ein: die Freude an den feinen goldenen Härchen auf der eigenen, braungebrannten Haut – zu einer Zeit, als der eigene Körper plötzlich so fremd und neu erschien, seine rapiden Veränderungen ins Bewusstsein traten, man nicht genug darüber staunen konnte!

Haşems körperliche Entwicklung verlief noch stürmischer als meine. Die beharrlichen Übungen, mit denen er gegen seinen Buckel ankämpfte, hatten seinen Körper ansehnlich gemacht: Jeder Muskel zeichnete sich ab, jede Ader. Als die Biologielehrerin Ljubow Dmitrijewna die Anatomie der Muskeln durchnahm, bat sie Haşem, das Hemd auszuziehen. Er begnügte sich damit, es aufzuknöpfen und die Schöße nach hinten zu werfen, aber das reichte schon, dass einige Mädchen sich entrüstet abwandten. Bei aller Zurückhaltung im Posieren schien Haşem dem Vorgang etwas abgewinnen zu können, seine Miene verriet ein künstlerisches Verhältnis dazu. Die Athletik des Körpers tat der Eleganz keinen Abbruch, auch nicht die Eckigkeit seines Gangs und der Gesten. Die langen Finger lebten ein eigenes, sozusagen theatralisches Leben; wie sorgsam er die Nägel mit Mutters Feile und einem ihr entwendeten Fetzchen Samt bearbeitete, machte mich fuchsig. Trotz aller Fortschritte in der Bewegungskoordination blieb freilich die »biomechanische Narbe« erhalten. Und ich ertappte mich gar dabei, seine Gebärden zu imitieren. Was wiederum Haşem irritierte, wenn er dessen gewahr wurde: Äffte ich ihn etwa nach? – doch es geschah vollkommen unwillkürlich. Körperliche Kapricen stecken an, der gleiche Effekt wie beim Stottern, Hinken, ähnlichen Beeinträchtigungen harmloser Art. (Kaum eine

Versuchung ist lockender, als die Grenzen des eigenen Körpers zu überschreiten.) Die Sechskilohanteln, die ich Faulpelz von meinem Vater bekommen hatte – ein befreundeter Dreher aus seiner Werkstatt hatte sie ihm aus Rohstahl gefräst und mit Blei ummantelt –, bei Haşem waren sie in den richtigen Händen. Mit Hilfe einiger Bretter, Ziegelsteine, Drahtseile und fester Rollen baute er sich auf seinem Hof eine Kraftmaschine. Die orthopädischen Handreichungen des abgestürzten und wiedergenesenen Trapezkünstlers Valentin Dikul, die in der Zeitschrift *Wissenschaft und Leben* veröffentlicht worden waren, schrieb Haşem säuberlich ab und beherzigte sie. Ein, zwei Jahre lang hing er beinahe ständig am Reck im sogenannten Kinderdorf am Strand; von seinen vielen Felgauf- und -umschwüngen, Klimmzügen, angewinkelt und gestreckt, Riesenfelgen – zuerst mit Sicherungsgurten, dann ohne – wurde mir schwummrig vor Augen.

3

Was bringt die Menschheit voran? Ausuferndes Denken.

Am Rande jedes Laternenkegels wird der Pulverschnee bleigrau. Von Kegel zu Kegel hält Alfred am liebsten den Atem an. Der lange Weg von Peski nach Hause; nach einem Kutscher kann man hier lange winken, lieber fahren sie leer zurück, haben Angst um ihre Einnahmen. Anständig um Hilfe zu rufen hat er noch nicht gelernt, einstweilen reicht es nur zum zarten Kikeriki. Im düsteren Petersburger Stadtteil Peski, zur Meeresseite hin, wohnt Nastasja, ein Mädchen von dreiundzwanzig, das den jungen Schweden die russische Sprache lehrt und außerdem die Sprache des Körpers. In Letzterem macht er große Fortschritte, der Löffel geht zielsicher zum Mund. Auf Russisch kann er noch nicht einmal muh machen, und wenn er Nastasja endlich ins Heu kommen hört, das zarte Platschen ihrer nackten Sohlen, ein kaum merkliches Hinken unter dem langen weißen Hemd, und sie dann erst noch mit der Wasserkelle hantiert, fröstelt ihn längst, aber allein unter die Decke zu kriechen kann er sich nicht entschließen, »Sima*! Sima!«, ruft er ihr zu, das ist das Wort, das ihm beim Frieren einfällt.

Des Menschen Wille ist sein Himmelsreich. Jetzt fühlt er sich von unsichtbaren Räubern umgeben, hat schon mehrmals nach dem Brustbeutel getastet, der leer und zur Tarnung gedacht ist; das echte Portemonnaie ist prall gefüllt und steckt in der linken Gesäßtasche. Aber wer sagt, dass sie einen nicht erst totschlagen und dann durchsuchen. Er eilt von Laterne zu Laterne; es bleibt ihm noch die halbe Nacht, die er nicht schlafen kann.

Donnerstags verbringt er seine schlaflosen Nächte im Hause des Dänen Desry, ein Treffpunkt ausländischer Ingenieure und Industrieller, die im Auftrag der russischen Regierung tätig sind. Der siebzehnjährige Alfred Nobel ist verliebt in Anna, die Tochter des Hauses. Er hat versucht, Nastasja von ihr zu erzählen, aber die hat nur gegähnt und rein gar nichts begriffen.

In dieser Gesellschaft ist es nicht leicht, sich Reputation zu verschaffen, denn der Fortschritt wird hier daran gemessen, inwieweit sich Erfindergeist materialisiert hat. Und nicht das Kapital ist hierfür entscheidend, sondern die blank zutage liegende Idee in Form eines Patentes. Eben ist die Menschheit kurz davor, von der Erde abzuheben, und das Patent für irgendeinen Messfühler am Dampfkessel kann zum Schlussstein werden für die Grundausrichtung einer kompletten, auf Dampfkraft basierenden Industrie; wobei Schiff und Eisenbahn nur den geringsten Teil davon ausmachen, im Vergleich zu dem kolossalen energiewirtschaftlichen Anteil, den fürderhin einmal Atomkraftwerke und atomkraftbetriebene Fahrzeuge – U-Boote, Flugzeugträger, Eisbrecher – auf sich vereinen werden; diese übermächtigen Bausteine im Carnot-Prozess sind vorerst Phantome, die noch nicht einmal die gängigen Zukunftsvorstellungen besiedeln, sie übersteigen jede Phantasie … Von seinem Beitrag zur Menschheitsentwicklung handelte der eine Teil von Alfreds Träumen, der andere betraf Anna Desry, die am Ende den Hobbymathematiker Franz Lemarge vorziehen würde.

* Winter (russ.)

Was braucht es, damit ein Nobel aus einem wird? Das Einfachste, was man sich vorstellen kann – und zugleich mehr als nur *ein* Ding der Unmöglichkeit. Für den Anfang genügt es, einen Bauernsohn zum Vorfahren zu haben, der die Tochter des Universitätsrektors ehelicht. Von Arbeit besessen zu sein, erblich bedingt. Dem Vater nach schlagen, der erst drei Jahre als Schiffsjunge zur See, dann Beststudent an der Stockholmer Kunstakademie gewesen ist. Einer von vier Brüdern sein, zur Auswahl: Robert, Ludvig, Emil, Alfred. Einen Wohnungsbrand verkraften müssen und allerlei Schulden, die Patente und Gewinnausschüttungen verzehren; nach Russland übersiedeln. Sprengminen erfinden, die den Engländern einen ganzen Krimkrieg lang um die Ohren fliegen werden. Sich daran eine goldene Nase verdienen, nach Stockholm zurückkehren, Experimente mit Nitroglycerin anstellen. Bei einer Explosion im Labor ums Leben kommen. Von dem Schlag gefällt werden, vorübergehend gelähmt, trotzdem weitererfinden. Zum Beispiel einen Sarg, der den Scheintod einkalkuliert, mit Luftlöchern und Notklingelknopf. Das Nitroglycerin mit Kieselgur zähmen, das Dynamit erfinden. Einen Tunnel in die Alpen damit treiben und einen Kanal durch den Isthmus von Korinth, das Donaubett säubern, die Klippen aus der Einfahrt zum New Yorker Hafen sprengen. Das Prinzip der multipolaren Welt erkennen, den Einfluss der Politik jedoch überschätzen: *Meine Fabriken können sehr gut eher ein Ende mit den Kriegen machen als ihre ganzen Kongresse. An dem Tage nämlich, an dem zwei Armeen in der Lage sein werden, sich gegenseitig in Sekundenschnelle zu vernichten, werden wohl alle zivilisierten Nationen vor einem Krieg zurückschrecken und ihre Truppen nach Hause schicken.* Den elektrischen Stuhl erfinden. Sich in Sarah Bernhardt verlieben, auf Anraten der Mutter von ihr ablassen. Sich in eine kluge junge Nymphomanin verlieben, gebürtige Gräfin, Tochter eines Feldmarschalls und Pazifistin; eine Abfuhr erhalten. Fahrradreifen und Kunstseide erfinden. Sich einen Preis ausdenken, den eigenen Nachruf in der Zeitung lesen. Sich in ein dummes junges Blumenmädchen verlieben, es achtzehn Jahre später aus dem Haus jagen. In seiner Jugend nach einem Fieberschub, hervorgerufen durch die Heirat von Anna Desry und

Franz Lemarge, ins Tagebuch schreiben: *Von diesem Tag an entsage ich allen eitlen Vergnügungen und beginne das Buch der Natur zu studieren in der Hoffnung, aus ihm das Mittel zu schöpfen, das meinen Schmerz stillen könnte.* Einmal vier und einmal zehn Kinder zur Welt bringen; zweimal kinderlos bleiben. Sein Scherflein zum Bau der lutherisch-evangelischen Erlöserkirche beitragen. Die Helenendorf-Kolonie deutscher Siedler unterstützen, die in den Straßen Prozessionen ausrichten und fromme Gesänge anstimmen. Sich an die tropische Hitze gewöhnen; an Typhus, Malaria und allerlei Lungenleiden, als handelte es sich um einen Schnupfen. Die *Nobel Brothers Petroleum Producing Company* gründen. Baku ein ganzes Stück vergrößern, mit Wasser versorgen. Den Abşeron mit den Segnungen seines technischen Verstandes beglücken, genauso den Kaukasus und die Wolgaregion. Den Bau der Villa Petrolea in Angriff nehmen: einen für die Ingenieure der Firma gedachten Komplex an Wohnbauten und Wirtschaftseinrichtungen, mit einem größeren Park drum herum. Hierfür von den Staatsbauern in Kəslə zehn Hektar Brachland pachten: eine Senke vor zwei malerischen Berghängen. Massenweise Muttererde aus dem Hirkan an die Hänge verbringen, Waldboden aus Millionen Jahre alten Urwäldern. Über 80 000 seltene Gewächse pflanzen. Das Problem der Bewässerung auf raffinierte Weise lösen: Öltanker, anstatt Sandsäcke als Ballast zu laden, schaffen auf ihrer Leerfahrt Wolgawasser aus Astrachan heran. Dieses in einen Turm füllen, von wo es auf die Küchen und Bäder verteilt wird, zu den Springbrunnen und Hydranten. Die Wohnhäuser aus Stein und Holz bauen, im maurischen Stil, ein- bis zweistöckig; in jedes der nach Süden und Osten gehenden Fenster das Meer legen; überall große Balkons anbauen. Für das Wohl der Bewohner auch an einen Gesellschaftsraum denken, an Kegelbahn, Sauna, Wäscherei, Näh- und Bügelstube; Orangerie, Marstall, mehrere Remisen, Hühnerhof, Ententeiche, Kuhstall. Einen Klub ausstatten mit Restaurant, Tanz- und Ballsaal, Billardzimmer, Bibliothek. Einen Keller in diesem Phalanstère mit Eis füllen – im April aus den Eisbänken der Wolga gebrochen – und an ein Klimasystem anbinden, das Pressluft durch ein Rohrwendel jagt und die Wohnräume damit kühlt. Gas, elektrisches Licht und Telefon legen. Eine Kaserne für den bewaffneten Wachschutz bauen: vierzig Petersburger Gardisten, teils beritten. Aus den Bewohnern der Villa Petrolea ein Blasorchester rekrutieren, das bald schon in der ganzen Stadt gefragt ist; Zeitungsberichte über Wohltätigkeitsveranstaltungen lesen, auf denen die »Nobelmusik« aufspielt, sich darüber freuen. Unter den Klängen eines Marsches sich auf einen Stuhl stellen lassen und von vielen Händen bis unter die Decke gehoben werden, zwei, drei Runden dort oben drehen, wie auf einem von unsichtbaren Rössern gezogenen Streitwagen. Gefeiert werden dafür, dass die Angestellten ein gutes Leben haben; Glück empfinden.

Eine Weisheit des Ostens beherzigen müssen: »Nur Wanzen lassen sich nicht bestechen.«

Sich der Insekten zu erwehren lernen. Wenn das Laken zu kurz ist, kann man sich morgens vor Stechfliegen nicht retten. Kakerlaken lassen sich ausrotten, indem man die Böden mit Erdöl einreibt.

Damit zu leben lernen, dass das Öl den Leuten den Kopf verdreht, dass überall, ob beim Barbier, beim Schuster, beim Metzger oder in der Kneipe, nur noch von Ölfeldern und Sonden die Rede ist, die einer hat oder haben möchte, von Revieren mit Perspektive. Den Umgang mit den Aserbaidschanern lernen und mit den Persern, Georgiern, Tscherkessen, Lesginen, Osseten, Imereten, Turkmenen, Arabern, Tekinzen, Türken, Griechen, Russen, Italienern, Franzosen, Rumänen, Deutschen, Juden, Engländern, Schweizern, Amerikanern. In so viel Fremde die eigenen Leute – Dänen, Schweden, Finnen – zu schätzen wissen.

Wissen, dass es auf Abşeron keine Straßen gibt, dass alle Kleingüter von Laufburschen transportiert werden und alle größeren von einer paramilitärisch organisierten Trägergenossenschaft; dass jedes Mal furchtbarer Radau entsteht, wenn sie sich um einen Kunden streiten; dass man frisches Trinkwasser vom Esel herunter kauft; dass anstelle von Pferden, die sich an dem ölgetränkten Boden die Hufe verderben, schwerfällige Büffel angespannt werden; dass, wenn einem das Leben lieb ist, man nur ja keinen Kamelbullen am Schwanz ziehen darf, während er sein Weibchen begattet.

Gegen die Konkurrenz der Amerikaner zu kämpfen haben, die ein riskantes Akzisespiel betreiben: eine Ölpipeline nach Europa legen. Das Spiel gewinnen. Öfter an die Kinder denken, selten Zeit zum Schreiben haben. In den Briefen Reisen beschreiben: in den verträumten Hirkan, wo die Heger ihm seit langem einen Tiger versprochen haben, auf Exkursion zu einem Schlammvulkan; von einer Bergtour berichten, auf der die Idee zu einem neuen Dampfkesselsystem reifte, Probleme beim Cracken besprochen wurden oder eine neue Tankschiffkonstruktion … Und neuerlich unter der Hitze leiden, den Sandstürmen, dem ätzenden Rauch und Gestank von den Fackeln der Ölfelder. Den Herbst und den Frühling anbeten, wenn annehmliches Wetter herrscht.

Sein Werk in die Hände des Sohnes legen, der leider wenig Antrieb und so gar kein Geschick hat.

4

Aufgrund der vielen technologischen Mängel waren Brände im Betrieb nicht selten. Als Bakuer fuhr man hin, ließ sich vor der himmelwärts wütenden Flammenwand ablichten – bis einem der Rücken heiß wurde und man lieber das Weite suchte, ehe einem noch die Frisur in Flammen stand.

Zwei Jahre versteckte sich Koba in den Ölfeldern vor der Polizei. Mal in Bibiheybət, mal in Suraxanı. Von Diebstahl respektive Enteignung abgesehen, gehörten Brandstiftung und das Anzetteln wilder Streiks zu seinen Geschäften. Im Knast von Bayıl teilte der Menschewik Andrej Wyschinski, ein Apothekersohn, mit ihm die Zelle und die Hühnerfrikadellen von zu Hause. Koba verhielt sich derweil kooperativ und bespitzelte die miteinsitzenden Kriminellen.

Das war nicht der Geist der Geschichte, der in ihm wohnte; in seiner Nähe roch es nach Gift. In der Schwarzen Stadt suchte er die Verwaltung mit Anschlägen und Sabotageakten zu erpressen, schrieb ihnen drohende Episteln; bald trauten sich die Beamten und Oberingenieure ohne Browning und schusssichere Weste nicht mehr aus dem Haus. Hätte Koba es gewollt, wäre das ganze Viertel in einem Augenblick in Flammen aufgegangen – es genügte, dass er seine Kumpane herbeirief, ein Handgeld berappte – schon faucht die große Fackel, zeigt ihre kolossalen, ungebärdigen Kräfte, die den Menschen blenden und niederwerfen, demütigen; Arbeiter mit Frau, Kind auf dem Arm, strömen aus ihren Behausungen, rennen um ihr Leben, Schreien, Kreischen, die Pumpen anzuhalten gelingt nicht, Rauch quillt, eine lodernde Hölle. Während er, der heimliche Drahtzieher, oben auf dem Hügel steht, die Feuersäule mit starrem Blick fixierend, seine Ausdauer schulend; spürend, wie ein stilles Frohlocken sich ausbreitet in seiner Brust im Angesicht des Unheils, des klaffenden Höllenschlunds, der sich geöffnet hat auf sein dreistes Geheiß. Feuer bis zum Himmel; linker Hand das Meer im überwältigenden Flimmern, worin sich die vom Feuer rot gefärbten Wolken spiegeln … Den Gewalten der Natur beizuspringen, sich mit ihnen zu vereinen, am Ende die Oberhand zu behalten – darin sah er seine Aufgabe, die einzig lohnende.

Der Bürgerkrieg hatte das riesige Land ausgedörrt, die Bolschewiken hatten kein Benzin mehr. Die Kommissare mussten ihre Autos mit Terpentin und Spiritus betanken, Flugzeuge mit irgendeinem pharmazeutischen Gebräu; Schiffe bekamen ihr Maschinenöl mensurenweise zugewiesen, in den Kesseln verheizt wurden Wälder, tote Schweine und fauler Fisch. Kolben, Pleuelstangen und Ventile liefen auf Lein- und Rhizinusöl und verschlissen im Nu. Die Schweinekadaver neigten zur Verpuffung und drohten die Kessel zu sprengen.

»Baku, das ist Erdöl, Licht und Energie«, beschwor Lenin seine Genossen Ordschonikidse und Tuchatschewski mit Telegrammen. Dem sogenannten Erdölkomitee befahl er für den Fall, dass die 11. Rote Armee zum Rückzug gezwungen würde, die Stadt vollständig niederzubrennen.

Die Stadt war von Sonne überflutet und von Diesel – *solara*, Sonnenöl, wie man ihn damals hier nannte. Die Petroleumproduktion hieß auch nicht umsonst Photogen-Industrie, sie war eine wesentliche Errungenschaft der menschlichen Zivilisation, trug sie doch Licht in die finstersten Gegenden, der Kienspan wurde durch die

Petroleumlampe abgelöst, Kraftmaschinen wurden in Gang gesetzt, der Mensch konnte endgültig über die Natur triumphieren. Mit Hilfe des Öls bezähmte die Natur sich selbst, gab sich einen Sinn.

In den Straßen, wo die teuersten Häuser standen, war die Durchfahrt für Ochsenkarren untersagt. Straßenkehrer waren überflüssig: Der Nordwind war so freundlich, ihren Job zu übernehmen; in Zeiten anhaltender Flaute wurden die Straßen mit Ölrückständen besprengt, welche man zu diesem Zweck aus den Bohrfeldern abpumpte – eine Mischung aus Naphtha und Wasser, die den Staub band. Die Mittagskanone, von der die Scheiben auf der Festung klirren, ward später zur Promenade hinuntergetragen, damit nunmehr die Flaneure von dem Kanonendonner zusammenzuckten und die hohen Fenster im schneeweißen Haus des Hafendirektors bebten, und von da auf das Kap Bayıl zum Stab der Kaspischen Flotte. Man nehme ein Stück Karbid und eine Flasche Wasser, werfe das Karbid ins Kanonenrohr, gieße Wasser hinein, stopfe die Flasche darüber, entzünde das über den Rand gasende Azetylen und entkomme der Polizeistreife.

Erster Weltkrieg und Bürgerkrieg sorgten dafür, dass Baku von Flüchtlingen aller Art überschwemmt wurde, die Stadt platzte aus allen Nähten. Soldaten und Matrosen kamen in den Kasernen und Wohnheimen unter, die auf Geheiß des Oberkommandos der 11. Roten Armee und der neugebildeten Kaspischen Kriegsmarineflotte aufgemacht hatten. Hier in dieser Stadt im Süden, im Hinterhof des Imperiums und der Geschichte gelegen, strandeten viele, die es nicht außer Landes geschafft hatten. Im Dienst für den Krieg, die Revolution und die Ölgewinnung wurde die Frage zweitrangig, wo man herkam; akademische und technische Beschlagenheit, Kopf und Hände waren gefragt. So lässt es sich erklären, wieso für ein paar Dezennien Bildungsstand und Produktionsniveau auf dem Abşeron derart hoch waren. Alle Fördergesellschaften aus der Zarenzeit waren amnestiert und weitgehend ungeschoren in die Dienste der Sowjets überführt worden. Die Ingenieure blieben bis ins Jahr 1937 von Repressionen verschont. Lenin höchstselbst führte die Verhandlungen mit den Nobels, um sie zur Wiederaufnahme der Förderung zu bewegen. Es fehlte nicht viel, und sie wären auf den Deal eingegangen, doch am Ende überlegten sie es sich anders und folgten dem Beispiel der Rothschilds, die die Revolution frühzeitig vorausgeahnt, die Förderung auf den verbliebenen Plattformen heruntergefahren und, was das Schwierigste war, sich mit dem Verlust der Standorte abgefunden hatten.

Überhaupt wäre das eine Formel, in die man die Bakuer Revolutionsgeschichte fassen könnte: von Rothschild zu Rotfront. Ab 1923 bekamen die Ölförderzonen eigene Wohnsiedlungen. Ein Teil ihrer Namen atmete die Revolution, ein anderer war der lokalen Geographie entlehnt. Le Corbusiers konstruktivistischer Traum, Wirtschaftlichkeit, Funktionalität und Schönheit zu verbinden, fand in den Ölfeldern des Abşeron seine triumphale Verkörperung. Man betrachte nur die nach dem Kommunekommissar Solnzew benannte Siedlung, die zu großen Teilen in der Hand des Blindenverbandes war. Eine Großküche mit riesigen Panoramafenstern und Galerie, ein Kulturpalast, der den Parthenon in den Schatten stellte, eine Bibliothek mit fußballfeldgroßem Lesesaal. Die Hälfte der Bewohner in der Siedlung waren blind. Die Gesichter gegen die grelle Sonne gewandt, klapperten sie mit ihren Stöcken über das Trottoir, betasteten die mit Brailleschrift gefüllten Kupfertäfelchen an den Hausecken.

Wir (die wir in Artjom zu Hause waren, dessen Landschaft an den Mond denken ließ) wurden vom Anblick der Schwarzen Stadt in einen Zustand prickelnder Schwermut versetzt. Wir fuhren zum Tennisspielen dorthin. Die nahe der Ölfelder gelegene Cottage-Siedlung, in den 30ern nach dem Vorbild der Nobelschen Villa Petrolea errichtet, hatte eine Reihe Hartplätze, auf denen vor dem Krieg eines der besten Tennisteams des Landes trainiert hatte. Seither war der Ruhm der einschlägigen Meister des Sports verblasst, auf etlichen Plätzen bröselte der Belag, in den Rissen wucherten Süßholz und Disteln, aber zu unserer Zeit gab es in der Schwarzen Stadt, im Ingenieurpark, noch eine Tennissektion. Grüne Maschennetze überspannten die wenigen noch brauchbaren Asphaltplätze, deren Belag von der Sonne aufgeweicht war. Ich höre noch das Füßetrappeln und -scharren, das Ächzen der Spieler, die unterdrückten Schreie. Der pelzige Ball ploppt, schwirrt, prallt. Braune Schenkel, von Röckchen beschirmt, stechen ins Auge. Das leidenschaftliche Stöhnen beim Schlag, seine verhohlene Obszönität, brennen sich wie Funken in die Seele; umso eifriger spiele ich gegen die Übungswand, bemüht, mit dem prallenden Ball das eigene Herzklopfen zu übertönen.

5

Lange Zeit hielt sich in mir die Vorstellung, Nobel und Rothschild hätten miteinander unsere Stadt gebaut. Bettelte ich meine Mutter um Geld an und verschwieg ihr, dass mein Vater mir am Morgen, bevor er auf Arbeit ging, schon etwas gegeben hatte, petzte meine Großmutter mit den Worten: »Gib ihm nichts, er ist heute schon Rothschild.« Oder wenn unter uns Jungen die Frage stand, wer diesmal das Kinogeld spendierte, hieß das: »Wer macht den Rothschild?« Diese Pauschalierung ging so weit, dass ich mich erinnere, beim Lesen des *Grafen von Monte Christo* in Klasse sieben davon irritiert gewesen zu sein, dass dieser Graf nicht als Rothschild benannt war, obwohl doch alles, nämlich sein sagenhafter, sämtliche Begriffe übersteigender Reichtum, dafür sprach. Rothschild in dieser abstrakten Bedeutung stand der Name Nobel gegenüber – für alles, was praktisch und von garantiert höchster Güte war. Wie die von den Nobels errichtete Siedlung, viele einzelne Gebäude, auch ein ganzer Stadtbezirk, Dampfer, industrielle Kapazitäten. (Am einen Ende des Sockels, der die Walzen in dem eine Zeitlang von meinem Vater beaufsichtigten Rohrwalzwerk trug, war ein Signet eingestanzt: *Nobel 1884*.) Daher war das Wort Nobelpreis für die Leute auf Abşeron die längste Zeit nur der Inbegriff eines besonders guten und soliden Preises – so wie die Nobelsiedlung eine besonders gute Siedlung war, das Nobelpumpwerk ein Pumpwerk, wie man es sich solider nicht vorstellen konnte, so wie die Nobelrohrleitung, der Nobelöltanker und, und –, ohne dass man diesen Preis darüber hinaus mit etwas Konkretem in Zusammenhang brachte. Wobei die Güte und Verlässlichkeit des Preises natürlich auch irgendwie auf den Empfänger abfärbte und auf das Werk, für das er diesen besonders guten Preis bekam, und so stimmte es wieder.

Später fügte sich auch das zionistische Streben der Rothschilds in dieses Weltbild ein, nach dem Motto: Die haben uns eine solch großartige Stadt gebaut, warum sollten sie nicht auch ein anständiges kleines Land für sich hinkriegen.

6

Mythen spiegelten die stürmische Geschichte unseres Landes wie ein Kaleidoskop; als Kinder nahmen wir sie für bare Münze, und weil an Abenteuerliteratur und mystischer Erbauung allzeit ein Mangel war, hielten wir uns an viele einzelne namenlose Berichterstatter. Von Familie zu Familie konnte man sehr unterschiedliche Auslegungen hören und auf immer neue Zutaten hoffen. »Die Broidas sagen, ihre Großmutter hat es so und so gehört.« – »Ach was. Das war ganz anders. Unser Großvater hat es doch mit eigenen Augen gesehen.« Und was er nicht alles gesehen hat!

Einen besonderen Raum in all den Gesichten und Geschichten nahm tatsächlich Stalin ein, den man in dieser Stadt nie anders denn als Ganove und Brandstifter anzusehen bereit gewesen war. Meine Großmutter Olja, deren komplette Familie – zwei Kinder, der Mann, die Mutter und zwei Brüder – in der von der Kollektivierung im Raum Stawropol verursachten großen Hungersnot 1933 umgekommen war, nannte Stalin einen Mörder und ließ anderslautende Erörterungen nicht zu. Die heil gebliebene Nobelkirche, in der einmal in einer stürmischen Nacht das Bachsche Brausen über uns gekommen, gehörte zum wenigen, was Stalin zugutegehalten wurde, eine Art Tyrannengnade, da der Abriss auf sein persönliches Geheiß unterblieb, selbst die Glocke bewahrt wurde – dank eines Briefs der wackeren Lutheraner, worin sie der Hoffnung Ausdruck gaben, der weise Führer möge die Herkunft seiner Frau nicht vergessen haben:

War doch Nadeschda Allilujewas Großmutter 1817 mit ihren Kindern vor den von Napoleon angerichteten Verwüstungen und den Depressionen in der lutherischen Kirche mitsamt ihrer Gemeinde ins Assureti-Tal gezogen ... Es hieß, auch Lenin habe Nadeschda ihrer Sanftheit und Geradheit wegen gemocht, eine »perfekte Schwäbin« habe er sie genannt.

Aber die wichtigste Legende war zweifellos die von der Öljungfrau, welche die Einbildung bis ins Grenzenlose befeuerte. Und sie war die Einzige, die mit zunehmendem Alter nicht verblasste. Ich kenne die Geschichte in zig Interpretationen, durfte an ihrer Ausschmückung selbst teilhaben. Das erste Mal hörten wir sie aus dem Munde unseres Klassenkameraden Witka Golowljow; der heilige Schauder machte ihn stammeln. Aus diesem Anlass hatte er uns zu den Garagen hinter der Schule abgeschleppt, wo üblicherweise Karten gespielt wurde, und das erbittert, bis aufs Blut. Wo auch schon einmal »Schätze« vergraben wurden und anschließend Karten gezeichnet, unter Angabe von Orientierungspunkten, Richtung und Anzahl der Schritte. Witka stand die Röte im Gesicht, ihm war sichtlich angst und bange, und diese Pein wollte er abbauen, indem er sie mit uns teilte. »Sie ist nicht zu fassen, weil von oben bis unten mit Öl eingeschmiert. Glitscht dir aus den Armen, wenn du verstehst, was ich meine. Und ist sie entwischt, will der Betreffende sie natürlich wieder fangen. Dann reißt sie ein Streichholz an und wirft es nach ihm, und er brennt wie eine Fackel. In Bailowo drüben auf der Seeseite haben sie in einem Vierteljahr drei verkohlte Leichen eingesammelt.«

Das ist der Sprengstoff des Eros, wie er im Süden geradezu in der Luft liegt. Windige Phantasien, die sekündlich in Flammen aufgehen können, ohne erkennbaren Anlass. Doch die Legende von der Öl ausschwitzenden Jungfrau sahen wir im Zusammenhang mit einer anderen Geschichte, die historisch verbürgt ist. Es gibt ja doch Fälle, wo eine Prophetie Kausalitäten auszuhebeln vermag. Zum Beispiel lebte meine Großmutter Serafima 1921 als junges Mädchen mit ihrer Familie im ossetischen Wladikawkas; ihr Stiefvater, Kommissar bei der 11. Roten Armee, war nach der Einnahme von Enseli in den dortigen Militärrat berufen worden. In Wladikawkas erzählte man sich damals den grausigen Hergang eines Unglücks, das sich in Moskau zugetragen haben sollte. Angeblich sei einem rechtschaffenen Manne geweissagt worden, er werde von einer Frau einen Kopf kürzer gemacht, und noch am selben Tag sei er unter eine Straßenbahn geraten, gelenkt von einer Frau. Muss noch hinzugefügt werden, dass Serafimas Mutter Henriette als Assistentin am Laientheater der Städtischen Bühnen tätig war, wo just die Stücke eines damals gerade in Wladikawkas ansässigen Autors namens Michail Bulgakow zur Aufführung kamen?

Hast du das Mädchen, das Öl, mit einem Klarapfel / herausgelockt aus Erdhöhlen – in die Hesperidengärten?, schrieb Welimir Chlebnikow in seinem Poem *Villa Petrolea*, als er von einem seiner ausgedehnten Spaziergänge über die Hügel des Kap Bayıl in sein kärgliches Eckchen im Marine-Internat heimgekehrt war. Die Zeile verlangt nach einer Erläuterung, die zugleich ein Zipfelchen Wahrheit ans Licht bringen könnte über den aufregendsten Mythos, den die Stadt zu bieten hat. Einstmals war die Nobelsche Villa Petrolea berühmt für ihr Arboretum und die zugehörigen Obstgärten, eine besondere Attraktion stellten hierbei einige Apfelsorten dar und unter ihnen wiederum ein einzigartiger weißer Klarapfel von begrenzter Haltbarkeit; in der Saison wurden die Früchte einzeln, in Zigarettenpapier gewickelt, zu einem Preis von fünf Rubeln pro Stück verkauft. Als wir, Haşem und ich, in der seit langem aufgegebenen, verwahrlosten Villa Petrolea herumstreunten – und natürlich waren wir hinter der Öljungfrau her –, sahen wir noch ein paar übriggebliebene Bäume in verwildertem Zustand stehen; die Früchte leuchteten aus der Dunkelheit. Ohnedem hingerissen von Chlebnikow (insbesondere Haşem, nicht ohne Steins Einfluss), hatte es uns dieser Doppelvers besonders angetan; liebend gern hätten wir uns – getrost einer nach dem anderen – in die Arme der öligen Schönen geworfen, um darin zu verglühen. Natürlich war die Suche umsonst, wir trösteten uns mit dem Aufsammeln von allerlei Plunder, wühlten im Müll, der irgendwann aus den oberen Fenstern der Villa geworfen worden war, und wurden mit einem kupfernen Tintenfass in Form eines Dromedars (der Höcker aufklappbar) belohnt. An manchen Stellen des Gartens wucherte Hanf. Einmal sahen wir, wie er sich wild bewegte, und plötzlich kam ein Jüngling hervorgesprungen, halbnackt, mit stierem Blick, der sich mit einem Bündel der krautigen Stängel Brust und Rücken peitschte. Als er uns sah, erschrak er nicht minder, raffte sein Hemd vom Boden. Wir traten den Rückzug an. »Ein Schmetterling, der Pollen sammelt«, resümierte Haşem. Über eine Feuerleiter erklommen wir den umlaufenden Balkon, Haşem zog irgendwo ein Laken hervor und hängte es über die Brüstung, wir kauerten uns dahinter und zelebrierten ein Ritual. »Trotzkis Geist, erscheine, Trotzkis Geist, erscheine!«, psalmodierten wir hartnäckig, oder: »Bljumkins Geist, erscheine!« – »Chlebnikows Geist, erscheine!« Dabei starrten wir angestrengt in die grauen Falten des Lakens und meinten bereits ein gespenstisches Basrelief zu sehen, in dem das Antlitz des beschworenen Geistes alsbald auftauchen musste. Wenn ein aufkommender Luftzug uns dann tatsächlich etwas vorgaukelte, prallten wir regelmäßig zurück. Worauf Haşem zu meditieren und ich mich zu langweilen anfing. Einmal aber, schon halb im Dunkeln, kam ein Schatten auf die Empore geflogen, flatterte umher und stieß in das Laken. Das war der Moment, wo der spitzbärtige Trotzki uns anschaute, mit Kneifer und seltsamerweise mit Hörnern, zwischen den gefletschten Zähnen eine zappelnde schwarzsamtene Fledermaus. Wir nahmen panisch Reißaus und kamen erst einen Kilometer weiter auf der Chaussee zur Besinnung.

Jene andere Legende aber, die besagte, man könne im Morgengrauen mitunter ein nacktes Mädchen von der Festung zur Promenade herabschweben sehen, hatte mit der Öljungfrau und den verkohlten Leichen (wie sie über einige Jahre hin tatsächlich an mehreren Stellen der Stadt in harzigen, ausgebrannten Ölpfützen entdeckt worden waren; die Schändung der Toten vermutlich zu dem Zweck, die Identifizierung zu erschweren) herzlich wenig zu tun. Nein, da suchte nur wieder einmal ein armes unglückliches Wesen seinen Peinigern zu entkommen und rannte in Richtung Revier. Bis heute findet man in der Vorstadt ein paar windschiefe Bruchbuden, zweigeschossig, am Hang stehend – Überreste der alten Bebauung im bakhofsnahen Sabutschinski-Viertel, wo das Bordellgeschäft eine Zeitlang blühte. Jeden Winter reisten die Zuhälter durch Russlands Städte und gaben Zeitungsannoncen auf: Attraktive Saisonkräfte für den Limonadenverkauf in südlicher Metropole gesucht, so etwa. Vom Bahnhof weg wurden die Mädchen ins Bordell abgeschleppt, wo man ihnen Kleider und Pass abnahm. Dann kam es hin und wieder vor, dass eine sich der Gefahr in allerletzter Minute entriss und splitterfasernackt zur Polizei rannte. Jedes Mal danach hallte die Stadt wider vor heiserem Gewisper und konnte sich lange nicht beruhigen.

Im langen Kleid der Nacktheit sieht das Mädchen wie ein Löffel aus / solange unter seinen Fersen Öl hervordrängt, triumphiert es. / Das Öl trennt mich und sie. Das Öl steht uns bald bis zum Hals – so ließ Chlebnikow sein Poem enden.

Damals fing es an, dass ich mich fürs Photographieren begeisterte, ich sparte fünfzehn Rubel für eine *Smena* zusammen, von der ich mich fortan nicht trennen konnte. Um den Zauber wenigstens etwas zu durchschauen, hatte ich immer auch eine Lehrbuch für Optik dabei. Von nun an war die sichtbare Welt angefüllt mit Geometrie, zergliedert auf schwindelerregende Weise in kubistische Winkelungen und Schichtungen, Reflexionsflächen, Perspektivkegel und gezackte Desarguessche Projektivkonstruktionen, von Hyperboloiden und Paraboloiden bevölkert, gesättigt mit optischer Dichte und Krümmungsstufen; überall ballten sich Fokusfelder, der Seegang bemaß sich nicht länger nach der Windstärke, sondern nach der Körnung, und aus der Sonnenspurbreite auf dem Wasser suchte ich die mittlere Wellenhöhe zu errechnen … Nächte hindurch hielt ich das Badezimmer in Beschlag, zwang meine Mitmenschen zur Benutzung des Nachttopfs – nur um aufs neue das Wunder zu erleben, wie Vergrößerungsgerät und Entwicklerbad es gemeinsam hervorbrachten. Meine Lieblingsbeschäftigung war, blindlings, mit zugekniffenen Augen einen Abzug herzustellen, ihn dann in Stücke zu reißen und in den Entwickler zu schmeißen, um, was herauskam, zusammenzusetzen: dem, was ich sah, einen Sinn gebend.

Haşem konnte meinen verworrenen Offenbarungen über Photographie als Raumerfahrung nur mit Mühe folgen, es interessierte ihn aber. Besonders fasziniert war er, als ich ihm praktisch demonstrierte, wozu das Sehen in der Lage ist. Dazu erfand ich die Stadtpupillen. Das Ganze war sehr einfach. Nur dass ich eine Ewigkeit brauchte, über die Dächer der Altstadt zu krauchen, um die Sichtwinkel zu finden, die ich mir vorstellte. Noch mehr zogen mich Torbögen und Hausdurchfahrten an. Ich benutzte sie als natürliche optische Hilfsmittel, um herauszukriegen, wie die Stadt sich selber sah. Wenn ich mich als lebendigen Teil von ihr begriff und als solcher die Annäherung suchte, ließ sich ihr diese Äußerung vielleicht entlocken. All das fiel natürlich in den Bereich der Phantastik, nichtsdestoweniger: Etwas war zu erwarten. Dafür durfte ich jedoch auf der Suche nach genügend langen, lichtarmen Tuben halsbrecherische Aktionen nicht scheuen, musste ihren Blick aufzunehmen versuchen und ihn mit der Objektivachse meiner *Smena* in Kongruenz bringen. Der nächste Schritt war, dass ich Camerae obscurae anlegte. Herhalten musste alles Mögliche: Hausflure, Speicher, Dachluken, Pförtnerlogen, Remisen, Klohäuschen, Ställe und Abstellkammern, Bunkerbelüftungstürmchen. Jeder Spalt, der schmal genug war und nach Süden wies. Dann musste noch hie und da Mörtel angerührt werden und die Sichtscharte so weit verengt, dass ein optischer Durchlass gerade noch gegeben war; an einigen Stellen mauerte ich übereinandergeklebte Flaschenböden ein. Dann die Bildwand grundieren, mit Latex weißen, dem ein Anteil Silbernitrat beigegeben war, das hatte ich mir im örtlichen Krankenhaus erbettelt. Und einen Monat später war es so weit, ich lief alle meine »Pupillen« ab – und stand starr vor Überwältigung, die allmählich einem stillen Triumph Platz machte: Bei gut der Hälfte aller Objekte waren mehr oder weniger bizarre Bilder entstanden – nun nicht gerade photographischer Qualität, aber den Fähigkeiten des menschlichen Auges kaum nachstehend. An manchen Orten gab es scharfe, umgekehrte Panoramen zu sehen, deren Vollständigkeit atemberaubend war.

Serafima, meine Großmutter väterlicherseits, hat ihr Leben lang als Ärztin im Militärhospital von Nasosny gearbeitet, einer kleinen Ortschaft rund um das von den Nobels und dem Bakuer Wohltäter Hacı Tağıyev errichtete Pumpwerk, das Baku mit Quellwasser aus dem nahe gelegenen Aul Şollar hoch droben in den Bergen versorgte. Ein Glas solchen Wassers war wie ein Geschenk. Die Bakuer, bis dahin nur schlechtes, versalzenes Trinkwasser gewohnt, von dem es auch nie genug gegeben hatte, süffelten das Quellwasser aus Şollar wie Nektar. Wasserträger verkaufte es an den Stadträndern, wohin die neuen Leitungen noch nicht reichten, zum Wucherpreis. Um das Pumpwerk herum, dessen Gebäude einem Portikus nachempfunden war (an der Fassade die Jahreszahl in erhabenen römischen Ziffern, darunter die Buchstaben *NOBEL*), befand sich ein Park mit ein paar kleinen Siedlungshäusern darin und einem dreigeschossigen Hospital mit klassizistischer Fassade, das immer leer schien. Meine Großmutter darin aufzutreiben war schwierig und reizvoll zugleich, denn die Suche führte durch eine pieksaubere Welt aus Glas und blitzendem Stahl, kein Mensch weit und breit.

Serafima lebte allein, ging meiner Mutter aus dem Weg und war streng zu ihrem Sohn, meinem Vater. Mich liebte sie, und das eher abstrakt, ohne sich in die Details meines Lebens zu vertiefen, jedoch mit großer Zärtlichkeit. Manchmal kochte sie für mich, kurierte mich, wenn ich krank war; ich weiß noch, wie sie einmal, als ich Ohrenschmerzen hatte, mit mir von einem Facharzt zum anderen ging, sie kannte sie alle; und als ich mit Lungenentzündung in ihrer Klinik lag und fieberte, saß sie die ganze Nacht an meinem Bett. Taschengeld bekam ich von ihr reichlich, manchmal nahm Vater es mir wieder ab, weil er fand, dass sie mich zu sehr verwöhnte. (Selbst war er vaterlos aufgewachsen, von den Nachbarn durchgefüttert worden, hatte im Jahr 1948 zum ersten Mal in seinem Leben ein Weißbrot gesehen und für Kuchen gehalten; ein Stück Zucker war für ihn die höchste Göttergnade gewesen.) Nur einmal war Serafima kurz davor, Unheil anzurichten, indem sie mich ums Haar mit der Enkelin einer ihrer Freundinnen verkuppelt hätte. Ich war gerade dreizehn geworden, Großmutter rief mich zu sich und verkündete streng, ich sei ja nun erwachsen und könne tun und lassen, was ich wolle, sogar heiraten. Das kam mir reichlich abstrakt vor, doch die Sache wurde zwei Tage später konkret, als ein Weib von imposantem Äußeren bei ihr aufkreuzte (die Haare hennarot gefärbt, wie es die meisten alten Frauen auf Abşeron taten), mich lang und breit ausfragte über Schule, Hobbys und dergleichen, um schließlich, an Serafina gewandt, zu verkünden, ich sei ein tüchtiger Bursche, und sie habe für mich ein prima Mädchen aus Kiew, Notendurchschnitt eins Komma null. Wenigstens drang Serafima nicht weiter in mich, und ich hatte genug von dem dummen Zeug, drehte mich um und ging ans Meer baden.

Serafima las für ihr Leben gern; in ihrem Bücherschrank fand sich außer Fachbüchern eine Ausgabe berühmter Verteidigungsplädoyers, die Haşem und ich uns mit Vorliebe ausdrucksvoll gegenseitig vorlasen, weil die Verfehlungen der Mandanten uns nicht minder spannend vorkamen als die Artikel im Medizinischen Lexikon, in dem wir uns auch gern kundig machten, insbesondere unter »V«, »O« und »L«.

Durch den ehernen Dienstplan mit seinen 24-Stunden-Bereitschaften gingen bei Serafima Tag und Nacht vollkommen durcheinander; schlafen konnte sie zu jeder Tageszeit. Tief erschöpft von den Umständen ihrer Biographie, den schrecklichen Verlusten ihres früheren Lebens (der geliebte Mann im Krieg geblieben, die Tochter früh gestorben, Verrat und Enttäuschungen in einer Tour), war Serafima an der Wirklichkeit nurmehr wenig interessiert. Sie war ungesellig, zog die Einsamkeit vor, die sie sich von ihrem Beruf und von den Büchern versüßen ließ. Ihre Geringschätzung jedweder Hausarbeit begründete sie so: »Nur Spießer führen einen ordentlichen Haushalt, die haben die Zeit dazu.« Sie scherte sich überhaupt nicht darum. Den Garten versorgte mein Vater, wenn er sonntags kam: pflanzte, düngte, verschnitt, erntete und grub um. Serafima durfte nur das Gießen nicht vergessen, sie tat es zumeist gegen Mitternacht, wenn das Wasser am Zapfhahn wenigstens etwas Druck hatte. Halb dösend stand sie mit dem Gartenschlauch in Händen unter dem einstürzenden, sternenfunkelnden Himmel, über den schwarz zu Füßen liegenden Beeten mit Paprika, Auberginen und Tomaten, richtete den Strahl gegen einen Baum und zählte bis tausend, wobei sie bei zwanzig immer wieder einschlief; Sputniks zogen Furchen über ihren Schädel, je nach Höhe verschieden schnell.

Die Butter hielt sie in einer Schüssel mit Wasser frisch, auf dem Boden der Veranda raschelten die Bötchen aus trockener Zwiebelpelle, und zwei Katzen, ununterscheidbar, ewig hungrig, ewig lädiert, nagten an noch halbgefrorenen Fischschwänzen, wenn sie nicht gerade draußen ihre dahergelaufenen Artgenossen vom Hof jagten. Bei alledem hatte Serafima ein Faible für gestärkte Bett- und Tischwäsche; Laken, Tischtücher und Servietten knisterten bei ihr und blendeten das Auge. Sie hatte so ihre Sprüche, zum Beispiel: »Wenn ein Patient wieder isst, und das schon den zweiten Tag, heißt das, er stirbt nicht so bald«, oder: »Es gibt keinen Gott. Es gibt den Menschen, und der ist unglücklich.« Aus ihrer Studienzeit in Molotow erzählte sie, wie sie im ersten Semester in ein Labor geführt worden waren, wo in einer verglasten Kammer ein Hund saß, sie mussten sich im Halbkreis darum stellen. Dann wurde Chlorgas in die Kammer eingeleitet. »Wir sollten da stehen und unsere Beobachtungen in den Block schreiben. Ich fing an zu schreien, zerrte an dem Schlauch. Hat nicht viel gefehlt, und ich wäre exmatrikuliert worden. Bloß gut, dass mein Stiefvater als alter Bolschewik für mich eingetreten ist.«

Außer den Katzen und einem kaukasischen Schäferhund namens Barsik lebte noch der Kater Axakal bei ihr, seit Jahren dem Tode nah. Wenn Serafima von der Arbeit nach Hause kam, stopfte sie Axakal, der nicht mehr fressen wollte, mit Räucherfisch.

»Unser Mowgli«, sagte Serafima immer, wenn von Haşem die Rede war.

Die Kühle und Leere des Hospitals tat der Netzhaut gut. Um die Mittagszeit schwächelt der Sehnerv in der sengenden Hitze rapide, die Dinge erscheinen einem oft im Negativ. Noch im Dämmer der Klinikflure hatte man das schwarz-weiße Kehrbild der Welt vor dem

Augengrund schwimmen, die hohen weißen Kiefern im Park, die Zypressenkerzen. In dem Hospital konnte ich ewig zubringen, gab mir Mühe, mich immer aufs neue zu verlaufen darin – hatte ich doch einmal zufällig eine der Schwestern beim Umziehen in der Garderobe gesehen. Die Tür mit der Mattglasscheibe war nur angelehnt gewesen, ein Streifen von etwas sichtbar geworden, das mich frappierte durch das Zusammenspiel sonnenbrauner und zartweißer, wie noch blinder Körperpartien, die aus dem offen stehenden Kittel hervorstachen. Die junge Frau goss aus einem Kolben eine durchsichtige Flüssigkeit in die hohle Hand und rieb sie sich sorgfältig, mit kreisenden Bewegungen in Bauch und Schenkel; dabei hielt sie den nicht sehr hübschen Kopf erhoben und die Augen andächtig geschlossen. In dem Moment kam ein furchtbarer Donner vom anderen Ende des Flurs auf mich zugerollt, füllte alles aus, riss mich an den Schultern, rüttelte, verschlang mich, mein ganzes Wesen; instinktiv war ich in die Hocke gegangen und sah durch das bebende Fenster einen Jagdflieger vorbeiziehen, seine zwei vom Nachbrenner aufgeheizten Düsenköpfe und den Schwall geschmolzener Luft dahinter ... Die Siedlung lag drei Kilometer vom Militärflugplatz entfernt; die Kampfjets starteten gegen das Meer, zogen einen Bogen darüber hin und entfernten sich dann Richtung iranische Grenze, die sie zu überwachen hatten. Beim Baden im Meer musste man immer die Ohren spitzen, damit man nicht gerade am Tauchen war, wenn ein Flieger die Schallmauer durchbrach, und die Druckwelle einen unter Wasser erwischte.

Am Flugplatz Nasosny hatte zu Kriegszeiten mein Großvater mitgebaut. Das Lagergelände des für den Bau zuständigen Militärbetriebs war für uns als Kinder von besonderem Interesse, denn in seinem Umkreis ließ sich immer etwas Brauchbares finden: sei es ein Stück Magnesiumguss (ein paar Späne abfeilen und mit einer Prise Kaliumpermanganat mischen), eine Schachtel Patronenhülsen für das Bolzenschussgerät (meist waren ein paar unversehrte Zündkapseln dabei). *Wojenstroi*, so hieß die Firma, hat zu Beginn des Krieges die Befestigungen vor den Ölfeldern errichtet, bei Maikop fingen sie an. Diese Wehranlagen konnten es an Kompaktheit mit der Mannerheim-Linie aufnehmen, behauptete mein Großvater, der es wissen musste, er war ja im Krieg gegen die Finnen gewesen. Dieselben Pioniereinheiten hatten auch das Aerodrom bei Nasosny gebaut, wo Fliegerass Pokryschkins berühmte Gardestaffel mit ihren *Airacobras* stationiert war und den Luftraum über Baku, den wichtigsten im ganzen Süden, verteidigte. Siedlung und Pumpwerk waren vom Kiefernpark umgeben, die Cottages von einem Zaun, an den gleichfalls in Abständen mit großen, pechschwarzen Buchstaben der Name NOBEL gemalt war. Dieser Zaun erschien den Kindern damals als ein gigantisches Bauwerk, etwas wie die ägyptischen Pyramiden, von denen man gehört hatte. Wer nicht das Glück hatte, in den Nobelhäuschen zu wohnen, kampierte in Baracken.

Zu meiner Zeit ist einmal eine IL76 kurz nach dem Start in Nasosny abgestürzt. Die Besatzung hatte die Transportmaschine noch von den Wohngebieten weg und über das Meer zu lenken vermocht; die vier Leichen wurden nacheinander, im Zeitraum von drei Tagen, an Land gespült.

Wenn es über dem Kaspisee richtig stürmt, müssen oft Robben, Störe, Matrosen und Flieger dran glauben.

8

Ausgangs der 1870er Jahre war mit der Erfindung von Gasbrennern, die Erdöl sparsam und reguliert abbrannten, der Steinkohle endgültig der Kampf angesagt. Ein Pariser Stadthaus in der Rue Laffitte, gebaut im Jahre des Friedensschlusses mit Russland, mit einem großen roten Wappenschild an der Fassade, wurde zum Stabsquartier, in dem die Landnahme auf der Halbinsel Abşeron strategisch geplant wurde.

Alphonse Rothschild entsandte seinen jüngeren Bruder Edmond, um die Ausbeutung der kaspischen Goldader in die Wege zu leiten. Das russländische Finanzministerium nahm die Investitionen des großen europäischen Bankhauses, mit dem das Ölgeschäft auf dem Abşeron angeschoben werden sollte, wohlwollend entgegen.

Die Rothschild-Barone boten der Ölindustrie großzügige Anleihen; viele Betriebe wurden so vor dem Konkurs bewahrt, nicht wenige zur Blüte gebracht. Sechs Millionen Goldrubel und fünfundzwanzig Millionen Francs lagen in den Tresoren der Rothschilds in Baku bereit. Nie zuvor in der Geschichte hatte sich auf dem Boden dieser Stadt derart viel flüssiges Geld befunden. Kapital, mit dem man halb Europa hätte aufkaufen können. Damit ließen sich Förderung und Transport des Erdöls in alle Richtungen ausweiten.

Staub schluckend, vor Hitze fast vergehend, reiste Edmond kreuz und quer über den Abşeron und kaufte, was zu kaufen war: noch unerkundete Gebiete ebenso wie unrentable Standorte sowie aufgegebene Felder mit versiegender Ausbeute, die später mit verbesserten Technologien zu neuem Leben erweckt werden würden.

Der hohe Einsatz an geschultem technischem Personal, bester Technik und ausgeklügelten Verfahren ließen das Öl in Strömen fließen. Schon ein Jahr nach Edmonds Eintreffen lieferte der Tanker *Fergusson* das erste Kerosin aus Baku nach Antwerpen. Mineralöle wurden nach London exportiert, andere Destillate nach Österreich, Kerosin ging in verlöteten Blechkisten nach Fernost.

Mit dem Geld fasste die technologische Zivilisation Europas in der Abşeroner Einöde Fuß – in einem Ausmaß, wie es an keinem anderen Ort des russländischen Imperiums vorstellbar gewesen wäre. Ein beispielloser Sprung in der technischen und ethnokulturellen Entwicklung einer begrenzten Region. Gut möglich, dass die Machthaber im Staate in ihrem verbohrt-reaktionären Obskurantismus es früher oder später doch fertiggebracht hätten, diesen Fortschritt abzuwürgen und die etablierten Werte dem traurigen Verfall preiszugeben. Das zuständige Ministerium hatte von Anfang an ein misstrauisches Auge auf das Treiben der ausländischen Investoren, behinderte es nach Kräften. Doch der Ölhunger im Ersten Weltkrieg schob das finale Desaster noch einmal hinaus; der Oktober 1917 setzte es ganz ab und entwarf ein neues Szenario.

Zu Beginn des 20. Jh. war Baku zur extravagantesten Stadt nicht nur im Russischen Reich, sondern in ganz Europa geworden. Die stürmisch wachsenden Kolonien schwedischer, deutscher, polnischer und griechischer Migranten ebenso wie die jüdische Diaspora, die die ihnen vorgeschriebenen Ansiedlungsgrenzen, jenseits deren nur Kaufleute der ersten Gilde sich niederlassen durften, einfach ignorierte – all dies führte zu einem Schmelztiegel der Ethnien in unserer Stadt, einem Klima einzigartiger kultureller und religiöser Toleranz.

Der Nobel-Ingenieur Wilhelm Sorge, Neffe von Friedrich Adolph Sorge, Sekretär bei Karl Marx, und Vater von Richard, dem künftigen Spion, speiste zu Mittag und spielte Karten mit David Landau, leitender Ingenieur für Erdölverarbeitung bei den Rothschilds; der später bedeutende Physiker Lew Landau war sein Sohn. Landau sen. hatte Patente zur Löschung brennender Öl-Eruptionen vorgelegt und sich aus den Fängen einer von Koba-Stalin angeführten Clique Banditen und Brandstifter befreien müssen (das Lösegeld beschaffte seine Frau); während des Bürgerkriegs würde er verhaftet werden aufgrund der Anschuldigung, Platinschalen gestohlen zu haben, wie sie zum katalytischen Reforming verwandt wurden, beispielsweise bei der Herstellung von Benzol und Toluol, und gerettet wiederum durch seine Frau, die sich Kirow, dem damaligen Parteichef der Bolschewiki in Baku, zu Füßen warf. Sorge und Landau hatten in Musa Nağıyevs Spielcasino unbegrenzten Kredit, ebenso der berühmte Ingenieur Schuchow, das klügste Gesicht in ganz Russland, wie es hieß: der die erste Ölpipeline der Welt gebaut, ein Rechenmodell für den Rohrdurchfluss entworfen, Cracking-Prozesse entwickelt hat und zu alledem ein Vorreiter avantgardistischer Architektur des 21. Jh. war, indem er als Erster Schalenzellen- und Hyperboloid-Bauweisen praktizierte. Fehlte nur noch Leonid Krassin, auch er in Baku zugange, ein gescheiter Kopf und tüchtiger Elektroingenieur, Anhänger der Fjodorowschen Auferstehungsphilosophie; zum gegebenen Zeitpunkt würde er den Versuch initiieren, Lenin durch frühzeitige Konservierung und nachträgliche Bluttransfusion von den Toten auferstehen zu lassen. Krassin leitete den Bau des Elektrizitätswerks in Bayıl und rekrutierte nebenher aus der Belegschaft eine Untergrundorganisation, die Geld für die Bolschewiki beschaffte und eine Druckerei am Laufen hielt, in der die Parteizeitung *Iskra* produziert wurde. Frauen, die seinem Charme erlegen waren, behaupteten, von

Krassin gehe der Atem der Geschichte aus. Er hatte immer den direkten Draht zum Führungspersonal der Partei, was Trotzki in seiner Stalin-Biographie Anlass zur Häme bot, denn in den vier Jahren des Kraftwerkbaus, mit dem die Stromversorgung sämtlicher Erdölbetriebe am Standort Bibiheybət sichergestellt wurde, war kein einziger Kontakt zwischen dem hyperenergischen Krassin und Koba dokumentiert. Dafür trat das Streikkomitee des Elektrizitätswerks Bayıl, das ins Walten des Parteiuntergrunds und insbesondere seiner höheren Chargen nicht eingeweiht war, für die Ablösung Krassins durch eine philantropischer gesinnte Persönlichkeit ein.

Krassin schaffte es mit Gorkis Hilfe, den Unternehmer Sawwa Morosow (der seinerzeit einmal auf einer Industriekonferenz Mendelejew persönlich abzukanzeln gewagt hatte) zu einer Parteispende von zweitausend Rubeln monatlich zu bewegen, und stellte ihm dafür in Orjochowo-Sujewo ein E-Werk hin, das noch schöner war als das von Bayıl. Lenin schätzte Krassin nur so lange, wie er dessen Elan bei der Finanzbeschaffung gebrauchen konnte. Im Jahr 1912 trennten sich ihre Wege, Krassin arbeitete in seinem Beruf für die Siemens-Gesellschaft, lebte mit der Familie bei Gorki in Capri; wenn das Geld ausging, legte er Licht auf Militärschiffen. Seine Forschheit kam ihm abhanden, er schäumte nicht mehr so über wie in Baku, wo er in einem fort Lotterien organisiert hatte, verdeckte Spendenaktionen, Konzerte für den Untergrund. Die Komissarschewskaja höchstpersönlich kam nicht umhin, seinem charmanten Drängen nachzugeben (er hatte sie in der Garderobe überfallen mit der Frage: »Welche Helden aus den revolutionären Romanen Ihrer Jugend fallen Ihnen heute noch ein?«), und erklärte sich zu einem Benefizauftritt im Hause des Bakuer Gendarmeriechefs bereit. Den Strauß aus Hundertrubelscheinen, den die Ölfabrikanten ihr darbrachten, reichte sie ungerührt weiter an Nikititsch alias Vincent alias das Pferd – nur dieser letzte Deckname gibt den charakterlichen Kern der auf so graziöse Art unermüdlichen Person einigermaßen exakt wieder. (Das Bukett ermöglichte Kauf und Einrichtung der Druckmaschine.) Krassin ging bei den Industriellen ein und aus; 1918 war er es, der die Verhandlungen zwischen Lenin und den Nobels moderierte. Anfangs hielt er den Umsturz vom Oktober 1917 für einen Plebejeraufstand; das hässliche Gesicht der Revolution verdüsterte sein Gemüt. Lenin zog ihn aus dem Verkehr, indem er ihn nach London entsandte. Dort schwächte ihn eine tückische Blutanämie. Die Krankheit brachte ihn mit den Ideen seines Parteigefährten Bogdanow in Berührung, der ein Institut für Bluttransfusion gegründet hatte, wo Experimente zur Verjüngung und Auferstehung eingefrorener großer Warmblüter angestellt wurden. Effektiv in flüssigem Quecksilber einfrieren ließen sich jedoch allenfalls Lebewesen in Hundegröße, so dass die Zukunft fürs Erste auf dieses hündische Maß reduziert blieb; die Gehirne prominenter Persönlichkeiten, die die Revolution nicht überlebt hatten, schwammen in großen quecksilbergefüllten Thermosbehältern, die aussahen wie Milchkannen. Stieß man sie gegeneinander, gab es einen hellen Ton – wie Eiswürfel im Glas. Bogdanow starb schon bald darauf an einer Blutvergiftung, die er sich bei einem Selbstexperiment zugezogen hatte; Krassin überlebte Lenin um zwei Jahre.

ACHTZEHNTES KAPITEL

Der Henker

1

Aus heiterem Himmel tauchte Evers in Begleitung einer Ministerialkommission im Şirvan auf, die aus einer Handvoll erlauchter Virologen bestand. Sie waren der Vogelgrippe auf der Spur und führten zu Testzwecken einen Abschuss durch.

Ein Jäger im Tirolerhut, mit Gewehr und Patronengurt (nur zwei Schlaufen bestückt) war wenige Schritte ins Dickicht vorgedrungen, als er anscheinend irgendetwas sah und eilig zurückkehrte, einen großen Schritt seitwärts tat und sich aufs Neue, das Schilf mit dem Gewehr zur Seite schiebend, zum offenen Wasser vorkämpfte, dass die Stiefel schmatzten. Mit wildem Geflatter schraubte sich ein Vogel senkrecht in die Höhe, um dann, noch vor der Schilfobergrenze und daher verdeckt, doch schon mit Raum zum Flügelschlag, Pollenstaub aus den Binsen wirbelnd, nach vorne durchzustarten. Die Wange gegen den Kolben geschmiegt, zog der Schütze den Lauf ein kurzes Stück nach, und es knallte ein Schuss, eine Ladung Schrot pfiff als mattschimmernde Klinge aus dem Lauf. Der Vogel klatschte ins Wasser, knapp hinter den Schilfgürtel.

Ein Mikrobiologe im Marsianer-Outfit – weißer, kapuzenartig angezurrter Kittel, Plastikhandschuhe, Atemschutzmaske, Riesenbrille – sprang zum Boot, der Jäger kam zu Hilfe, beide zerrten sie es in eine Lücke im Schilf, der Marsmensch stieg wankend hinein, nahm eine Stange und stieß sich ab, glitt durch den sich in der Schneise kräuselnden Himmel. Nach einiger Zeit kehrte er zurück; kletterte, schwer hinter der Maske keuchend, aus dem Boot, den schwarzen Balg eines Blesshuhns an den gelben Füßen mit ausgestrecktem Arm peinlich von sich weghaltend; baumelnd wie an dünner Schnur der Kopf mit dem weißen Schnabel, der mit der weißen Stirnblesse verschmolzen schien; Knopfaugen, halb verdeckt von einem durchscheinend grauen Lid. Der Jäger näherte sich zögerlich, mit unübersehbarer Verachtung für seine Beute, verhielt beizeiten den Schritt, schaute flüchtig, aus einer Entfernung, aus der noch rein gar nichts zu erkennen sein konnte.

Derweil war der Maskierte am Auto gewesen und mit einem Brettchen, einem chirurgisch aussehenden Stahlhämmerchen und einer vernickelten Box zum Boot zurückgekehrt. Mit zwei Nägeln fixierte er das Huhn, die Schwingen breitgezogen, am Brett, kramte in der Box und zog ein Skalpell hervor. Das ergriff er wie einen Füllfederhalter und begann damit in flüssigen, eckigen Bewegungen zu hantieren − als schriebe er große Druckbuchstaben. Zügig legte er die Lunge frei; die ihm über die Schultern schauenden Mitglieder der Kommission traten flugs einen Schritt zurück, und während er nun sorgfältig schnippelte, erst das blutige, am Rand mit grünlicher Galle getränkte Kapillargewebe der Lunge inspizierte, dann die Leber, aus der es bei einem etwas zu forschen Trennschnitt spritzte, zwischendurch immer wieder Schnittpräparate und Punktate in Röhrchen mit Kochsalzlösung beförderte, entspann sich hinter seinem Rücken die Diskussion: Dem einen erschien die Lunge gesund, dem anderen durchaus nicht, der Biologe brummte etwas dazu durch seine Maske, was vermutlich keiner verstand, aber alle sofort zum Verstummen brachte …

Aufgabe der Kommission war es, eine Anzahl dem Anschein nach kränklicher, womöglich schon flugunfähiger Vögel aufzutreiben und zu untersuchen, woran sie erkrankt waren. Aber nun waren sie schon über einen Kilometer längs des Sees unterwegs, was für eine solche Kommission außergewöhnlich war, ohne einen einzigen maladen Vogel zu Gesicht zu kriegen; also hatten sie beschlossen, einfach irgendeinen zu erlegen.

Der Raum von der Schilfwand zum Haus lag im Schatten, dahinter lag glänzend und glatt der See. Die bis knapp über den Horizont gesunkene Sonne rötete den Himmel, tauchte die Schilfwedel in warmes Gold. Dort hatte das Rascheln und Zappeln wieder eingesetzt; aufgeschreckt von dem Schuss, waren die Vögel vorhin aufgefahren und dann für eine Weile verstummt, jetzt stritten sie wieder

und lärmten, übertönten einander; Enten quakten, Blesshühner krächz-
ten, flatterten von Ort zu Ort, bei jedem Aufsetzen ploppte es. Das
Vogelleben auf dem See hatte den Tod schon wieder vergessen, verschluckt, verwirbelt mit seiner wuselnden Masse, unter seiner Macht
begraben. In dieser Ausgelassenheit, ohne Furcht und ohne Maß, lag
der stille Triumph der Fülle, ihre strahlende Fuge, der unermessliche
Wert der Natur.

Ein Professor in sterilem weißem Kittel und Mützchen sah von
ferne aus wie ein arabischer Scheich.

Dann war da noch ein manierlicher junger Mann in Hemd, Pullover, gebügelten Hosen und blankgeputzten Schuhen, der eine Weile vorm Schilf von einem Bein aufs andere trat, bis er zu uns herüber-
kam. Hölzern stellte Haşem uns einander vor.

»Tarlan. Ilja.«

Tarlan bat verlegen um Nachsicht für sein nicht sehr gutes Russisch: Er verstehe alles, doch den eigenen Gedanken schlüssig dazule-
gen falle ihm schwer. Haşem begann auf Russisch über den Nationalpark zu erzählen, der Bursche hörte aufmerksam zu; nachzufragen
genierte er sich, stellte am Ende doch eine Frage, akkurat, den Sinn
der Worte still mit den Lippen erprobend, ehe er sie aussprach; dabei
tippte er hin und wieder mit dem Zeigefinger gegen den Bügel seiner
Brille, die, anscheinend neu und ungewohnt, im flüssigen Abend-
sonnenlicht blitzte.

Als nächster trat ein spindeldürrer Mann mit wehendem langem, speckigem Lockenkranz um die Glatze auf uns zu. Er trug Anzug und weißes Hemd; eine Krawatte mit lässig gelockertem Knoten
hing ihm um den runzligen, sonnenverbrannten Hals und zog den
Blick auf den nicht sehr sauberen Kragen. Der Mann hatte aus der
Entfernung mit angehört, worüber Haşem sprach, und wollte augenscheinlich mitreden.

»Professor Iwanow, Mikrobiologe«, stellte Haşem ihn mir vor.

Der Anzug blähte sich an dem Professor wie ein Segel, seine Augen glühten, er rauchte gierig.

»Ihr müsst wissen, liebe Freunde, dass hier« – er wedelte kurz mit
der Hand in Richtung Schilf – »jede Menge Vögel einfliegen von

überall her, und insbesondere aus Südostasien, dem Epizentrum der Vogelgrippe. Darum heißt es wachsam sein.«

Zu spüren war, dass der Professor sich mit seinem Russisch hervortun wollte; wie beiläufig erzählte er sogleich von Konferenzen, auf denen er mit dem berühmten Physiker Gontscharow von der Akademie disputiert habe, von da ging es im Galopp zu etwas anderem, und schnell wurde klar, dass der Inhalt seiner gelehrt anmutenden Rede weniger nebulös war denn hohl. Wie ein Kleinkind nach dem Sprechenlernen gern einmal mit bedeutungsvoller Miene vor sich herplappert, weil die Erwachsenen das auch tun.

Der seriöseste unter den Kommissionsangehörigen schien der stellvertretende Ökologieminister zu sein, der sich von uns fernhielt und gedankenschwer in die Ferne blickte. Geschlossen begab sich die Kommission nun in den Tagungssaal des Hauses, wo es viele Landkarten gab, Bestimmungsbücher und so weiter, dazu etliche Tische und leere Käfige. Man ließ sich von dem Chaos nicht stören, nahm Platz zu Kuchen und Tee – froh, die zwei Stunden Arbeit hinter sich zu haben. Der aus dem Schutzanzug gestiegene Mikrobiologe seifte sich die Hände sorgfältig bis zu den Ellbogen ein und ging damit unter den Hahn, es spritzte ausgiebig. Allgemein schien man respektvollen Abstand zu ihm zu wahren, wobei hinter dem Respekt wohl die Furcht stand, sich mit irgendetwas anzustecken.

2

Im Winter auf dem Weg zum Segelklub hatte ich Kanus zügig die Bucht durchqueren sehen, die Paddel hinter den Schneeschleiern wirbelten mit dem Drive eines fliegenden Karussells, flatterten wie Flügel. Ich sah ein Kriegsschiff ein- und ein anderes auslaufen zur nächsten Patrouillenrunde entlang der Flakbatterien und Beobachtungsposten auf der die Bakuer Bucht versperrenden Inselkette: Nargin, Wulf, Plita und noch etliche andere, hinter dem Horizont verborgene Eilande waren allzeit Gegenstand meiner unermesslichen Neugier gewesen. Ich träumte vom Meer, Haşem träumte

346

so lange mit, bis er erwachsen wurde und ernsthaft genug, sich Kultur und Philosophie zu verschreiben.

Als Kinder waren wir besessen von der Idee, Ausflüge in die verbotenen Zonen zu unternehmen, über die Förderbrücken, die sich von der Insel Artjom zu den zahllosen Sandbänken hin verzweigen. Nach Nordosten ist es tiefer, dort wird von kolossalen Plattformen aus gefördert, die, identisch wie ein Ei dem anderen, man erst in jüngerer Zeit zu bauen gelernt hat; dutzendfache Bohrungen umwuchern die Lagerstätte wie tastende Würzelchen die Knolle. Sie liegen weit draußen – die Hohlkammer-Plattformen jenseits der Insel Çilov beispielsweise mehr als hundert Kilometern von der Küste entfernt. Was haben wir nicht alles in Bewegung gesetzt, um einmal bis zu den Bohrinseln auf den legendären Riffs vorzudringen: der Darwin-, der Makarow- (wir waren felsenfest davon überzeugt, dass Darwin und Admiral Makarow die Entdecker dieser Sandbänke gewesen waren!), der Balachnin- und der Zjurupabank; wir hatten diese Namen ständig im Ohr, weil die Väter vieler unserer Klassenkameraden (so auch meiner) dort arbeiteten. Ich brauche nur daran zu denken, schon brodelt in mir wieder diese kopflose Besessenheit: koste es, was es wolle, einmal den Fuß in diesen gefahrvollen Meeresorkus zu setzen. Die Lust auszubüxen war unser Treibstoff; die vielen in der Ödnis des Meeres verborgenen Geheimnisse ließen unsere Herzen bis zum Halse schlagen: wo Abfangjäger auf Luftkissen flogen, U-Boote ihre Türme lupften, kolossale Bodeneffektfahrzeuge unter Donnern und Brausen ihre Testfahrten machten, Landungsfahrzeuge, die einem Luftfrachter ähnlicher sahen als einem Schiff – da wollten wir hin, hinaus auf See, zu den Bänken.

Außerdem vermisste ich meinen Vater. Ein Grund mehr, weshalb ich so scharf darauf war, an der Absperrung und den Wachen vorbeizuschlüpfen, die ihren Dienst ernst nahmen und Kinder nicht weniger fürchteten als Spione und Saboteure. Wir ließen keine Gelegenheit unversucht: Stahlen uns in einen Fuhrpark und krochen heimlich ins Verdeck eines Lasters, der zu den Bohrinseln hinausfahren sollte; einmal schwammen wir nachts zu einem ausgedienten, zum Lastkahn umgerüsteten Tankschiff hinüber, das die Siedlungen der Ölarbeiter abfuhr und mit Verbrauchsgütern und Ausrüstung versorgte, enterten das Deck; mit einem Bolinders-Zweitakter (mickriger Einzylinder, rohölbetrieben) tuckerte die Barke durch das Labyrinth der Sandbänke; zur Mittagszeit wurden wir entdeckt, durften wohl oder übel bleiben, ein Funkspruch über die blinden Passagiere wurde abgesetzt – und auf dem Rückweg liefen wir zweimal auf Grund, konnten zusehen, wie der Rückwärtsgang eingelegt wurde, wie der Motor verreckte, dass der ganze Kahn davon bebte, und wie er mit Hilfe einer gusseisernen Zündkerze wieder in Gang gesetzt wurde, die zuvor im Herd erhitzt worden war und dann in den Zylinder geschraubt, worauf alle wie wild am Riesenschwungrad drehten – an dessen Kurbel auch wir hingen in größtem Eifer, größter Seligkeit …

Bei Sturm sei so eine Brücke von der offenen See aus nur mehr als weißer Gichtstrich zu sehen, behauptete mein Vater. Wenn Feuer ausbricht, gibt es kein Entkommen: Das Öl läuft aus, und das Meer ringsum brennt im Nu, da kommt man lebend nicht drüber weg. Bei Winterstürmen, wenn die Plattform überflutet wird, sind Rettungsboote vollkommen aufgeschmissen. Brecher, hoch und steil wie Gräber, schlagen einer nach dem anderen ein. Und in jeder Kohorte gibt es noch die eine Welle, die alle überragt. Dazu ein Dröhnen, das aus der Schwärze des Strudels heraufschwillt und ins Heulen kippt. Auf dem Scheitel wilde, glucksende Gicht. Die Pfähle pflegen den Wellen zu trotzen, der Wirbelsturm krümmt ihnen kein Härchen. Aber der Hieb von unten gegen die Beplankung ist gigantisch. Bohrtürme, Pipelines, tausend Tonnen schwere Speicher sind in solchen Momenten, unter der Wucht eines solchen Schlages, schon mitsamt den Brückenflächen vom Sturm abgerissen worden.

3

Diesmal, als wir uns dem Segelklub nähern (er steht da, wo zwei Anlegepiers aufeinanderstoßen, das Gebäude ist mit der Zeit dunkler geworden), ist wieder solches Wetter. Keine Jachten heute, keine Kajaks und keine Kriegsschiffe, die Bucht liegt verwaist. Nur Möwen segeln durch das Treiben, setzen auf dem Wasser auf, tauchen ein paarmal, den anklebenden Schnee abzuspülen, um sich dann aufs Neue beschneien zu lassen. Die gelben Schnäbel zerschmelzen in all dem Weiß ...

Kerrys Worte fallen mir ein:»Es gibt keine ältere Landschaft als das Meer. Mit der Erde lässt sich immer etwas anstellen: Man kann darin graben, etwas draufbauen. Mit dem Meer ist nichts anzufangen, du kannst es weder eindämmen noch aussaufen. Ursuppe bleibt Ursuppe, auch nach einer Million Jahren.«

Ich laufe mit Haşem durch die Stadt; zwischendurch wärmen wir uns in Teestuben auf; immer mal erzählt einer was, meist bin ich es. Haşem hört zu, fragt selten nach. Wenn er von sich erzählt, klingt es verworren und wie abgehackt. Trotzdem kommt es mir so vor, als würde mir erstmals in diesen fünf Monaten etwas klarer.

Zum Beispiel erfahre ich, dass er neben seiner Arbeit im Naturpark Gedichte aserbaidschanischer Dichter ins Russische übersetzt. Er sei nicht mit ihnen befreundet, gegen manche hege er eine Abneigung; was solle man von einem halten, der solches vom Stapel lässt: »Würde morgen der Dschihad verkündet, ich zöge als Erster in diesen Krieg, freiwillig und ohne den Schatten eines Zweifels.« Dessen Gedichte seien aber nicht schlecht.

Haşem ist der Einzige im Lande, der amerikanische Poesie übersetzt und darüber forscht. Er mag Derek Walcott, Mark Strand, Philip Levine, Rachel Hadas, August Kleinzahler. Übersetzt Kavafis aus dem Griechischen, Nəsimi ins Englische. Hält sich von literarischen Klüngeln fern, veröffentlicht seine Übersetzungen ausschließlich im Almanach *Neue Literatur des Ostens*; mitunter müsse man ein Jahr warten, anderthalb, bis die Sachen erscheinen. Außerdem hat er tatsächlich noch Biologie studiert, auch den Abschluss gemacht, eine Zeitlang in einer Forschungsstation in Tschālūs gearbeitet.

Am Ende stehen wir an der Pier, halten das Gesicht in den fallenden Schnee.

»Als Kind war es leicht, da konnte man weit sehen«, sagt Haşem, die Arme ausgestreckt, Handflächen nach oben. »In dem Moment, wo ich mir meines Körpers bewusst wurde, meines Geschlechts, schrumpfte die Welt, ich wurde kurzsichtig, mich überkam die Gier. Der Leib, die Lust, das Verlangen nach dem anderen Körper engten die Welt ein, machten sie klein. Seither gelingt es mir nicht mehr, meine Natur in Heiligkeit aufzuheben … Manchmal ist das Leben sehr beschwerlich.«

Wir treten den Rückweg an, sehen die Stadt über uns im Weiß versunken, besser gesagt, sehen sie nicht mehr, die Luft flockt weiß aus, auch das Meer hinter uns ist nur zu ahnen, Haşem berichtet: »Es geschah am letzten Tag des Monats März, dass ich erwachte, und mein Leben war tot und bereits wieder auferstanden. Zu der Zeit wohnte ich in ʔhmədli, bei meiner Freundin. An jenem Morgen, als ich sie verließ, ahnte ich nicht, dass ich ihr Haus nie wieder betreten würde. Günel war licht wie der Wind, aber auch trocken wie Erde, es gelang mir nicht, sie zu erobern, zu befeuchten … Manchmal zog jäh eine Wolke auf aus den Tiefen ihres Gemüts, und die Blitze ihrer Rede geißelten mich mit kränkendem Wort … Das hat man bei Frauen, es kommt, wenn sie Not leiden oder auch Langeweile. Wo Kargheit herrscht und Wüstenei, ist die Erde so. Damals gab ich in der Stadt Englischunterricht, von früh bis spät klapperte ich meine Schüler ab, mit manchen saß ich gar auf offener Straße. Kam abends müde nach Haus, händigte Günel das Geld aus – mehr als einen Dollar pro Stunde konnte keiner berappen. Als Schüler knapp wurden – und bei einigen brach ich den Unterricht ab, ihrer Dummheit oder meiner Faulheit wegen –, da wollte Günel nicht mehr mit mir schlafen. Ich aber war vergiftet von Begierde. Lief hinaus auf den Boulevard oder den Bayıl hinauf, nächtigte auf zugigen Dachböden, den Streifen Meer nicht aus den Augen lassend, das unentwegte Taubengurren verstopfte mir die Ohren, ich brauchte lange, mich zu reinigen. Auf dem Hof war ein Hahn, eine bemooste Betonwanne, das Wasser wohlschmeckend. Gestank von den Mülltonnen, Wespen krabbelten über den sandigen, feuchten Beton und tranken; das Wasser plätscherte munter wie ein Bergquell über den Felsen … Oder ich fuhr nach Artjom. Von der Siedlung hielt ich mich allerdings fern, lief den Strand entlang, erinnerte mich, wie es uns einst auf die Brücken zog, in der Annahme, man käme so übers Meer bis in den Iran. Jetzt aber hätte ich nicht gewusst, wohin fliehen, Günel war mein Grab. Wenn ich zurückkehrte nach ?hmədli, dann in der heimlichen Hoffnung, sie mit einem Liebhaber anzutreffen; so hätte ich mich umbringen können. Am Ende wurde ich krank. Günel pflegte mich. Während ich gesundete, wusste ich lange Zeit nicht, wo ich war und wie mir geschah. Die Welt schien frisch gewaschen, schaute auf mich herab. Den Tag, da ich mich häutete, weiß ich noch gut. Ich habe ihn aufgeschrieben.«

Unterdessen hatten wir schon wieder eine Teestube betreten, ein Knabe, der neben dem offenen Herdfeuer wachte, sprang auf und kam uns entgegen. Haşem zog ein Heft aus der Innentasche seiner Jacke, blätterte darin, hielt es mir hin.

Wir bestellten Tee, Fladen, etwas Schokolade.

Ich las mich ein in die drei mit enger, kleiner Schrift gefüllten Seiten, am Ende nahm ich die Kamera aus dem Futteral und photographierte sie ab. Hier sind sie:

Der Henker

Die Zeiger sprangen plötzlich vor in jener Nacht.
Schlaflosigkeit hatte mir aus dem Koran gelesen:
Halte aus!, notierte ich,
meine Zeit, mein Verstand, Herz, halte aus …
Zu Bett im Morgengrauen, über mir die Zimmerdecke
schaukelte wie ein Boot unter den Füßen.
Durch den Körper, Fleisch und Blut, schwamm,

Gewebe fetzend mit seinen Stäben,
ein Vogelkäfig, der sich hinzog,
Kerker, Geometrie des Bösen, Muskel der Abstraktion.
Starr vor Schreck, spürte ich die Aura
eines neuen Anfalls, wie in jener Nacht
vom zweiten auf den dritten Januar,
da jede Zelle meines Leibs ihr Auge aufschlug – als Zahl,
sogar der Schweiß, der von der Stirn mir rann:
Ein Rinnsal war die Eins, das andre eine Vier,
der Krampf die Beine knotete zu Sieben-Neun.
Günel beruhigte ich, schickte sie schlafen
nach nebenan. Selbst ging ich 7:10
nach Blumen aus dem Haus, mir war
nach Tulpen in den Händen: Ruhe finden,
die Würze atmen aus dem purpur-schwarzen Schlund.
Zwei Stunden gab ich mir, dann wollte ich zurück sein,
obwohl ich noch nicht wusste, wo es Blumen gab.
Ich näherte der Tulpe mich im Fieber – meiner Rettung,
mir krampfhaft in Erinnerung rufend, dass mein Freund
aus Kindertagen, der Tulpenadmiral, eine Plantage
davon hatte, die Blätter, kühl und quietschend, straff
füllten sie die Hände mir … Ich hatte gestern
den ganzen Tag 26 Manat in meiner Tasche stecken.
26 ist die Ikone der Hurufi (Sure 26: Die Dichter).
Fünf davon bekam Abbas, damit er
Vogelfutter kaufte. Infolgedessen hatte ich
nun Sure 21. Die Propheten.
Vierzig Schritte zählte ich vom Tor und traf die Alte,
sprach sie an. Wo sie denn arbeitet, wollte ich wissen.
»Als Putze im Kulturhaus. Die Rente reicht ja nicht.
Selten, dass die Söhne einmal helfen.«
Ich legte alles Geld in ihre raue Arbeitshand,
Sure 21 erklang aus ihren Zukunftslinien.
Ich sah mich um, und da war nichts als Sonne.
So lief ich darauf zu, den Himmelskörper

Nahm ihn als Tulpe und begehrte
ihm ins schwarze Mark zu sehen.
Bog nirgends ab, ganz selbstvergessen,
Vorbei am Kino, an der Tankstelle vorbei.
vor einem Zaun mit Stacheldrahtspiralen
stoppte ich. Dahinter aus verästelten Antennen
ein Wald, der Wind bringt ihn zum Klingen.
Ich stieg auf einen Hügel, ungeduldig
mit mir selber, fragte mich: Was nun?
Die Sonne fragte sich, wo ich denn blieb.
Ein Hund kam durch ein Loch im Zaun gehuscht.
Plötzlich stand vor mir ein Junge.
Ich fragte ihn, was dort dahinter sei.
Er sagte: »Sperrgebiet. Wenn einer einsteigt,
geht die Sirene los, der Wachschutz kommt geflogen.« –
»Wen hast du auf der Welt am meisten lieb?«, hab ich
das Kind gefragt. »Die Heimat. Mama. Gott«, erwidert es.
»Und betest du, wie sichs gehört?« – »Das nicht. Es ist
zu schwer noch. Mama tuts für mich.«
»Das leuchtet ein. Ich brings ja selber nicht. Sag mal,
was mach ich nun? Mit diesem Sch…objekt?
Ich bins gewohnt, geradeaus zu gehen.« –
»Geh einfach links herum, über den Friedhof.
Pass aber auf, da streunen Hunde, die sind fies.
Nimm einen Knüppel mit, steck Steine ein.«
Ich dankte, ging über den Friedhof,
die Bildnisse der Toten auf den Steinen
glänzend vom Tau. Die ruhige Kraft
der toten Seelen wühlte mein Denken auf.
Ich legte bäuchlings auf die Erde mich
und horchte. Bald war ich wieder auf dem geraden Weg.
Nach kurzer Zeit stieß ich auf eine Stele,
auf der ein Vogel saß. Krümmte den Hals,
die Flügel breit, als säße er auf einer Beute.
Ich trat zum Auto, das daneben stand,

und sprach den Fahrer an: »Was hat das Denkmal
zu bedeuten? Wo kommt es her?« –
»Weiß ich doch nicht. Du weißt es besser,
nehm ich an.« – »Wieso? Bin hier zum ersten Mal.« –
»Ich sehs am Leuchten deiner Augen.« –
»Wie komm ich wieder auf den geraden Weg?« –
»Da kommt gleich noch ein Denkmal. Ein Löwe.
Dahinter gehts bergauf.«
Ich kam zum Löwen, dessen Blick auf ein Plakat
ging mit dem Bild des Präsidenten, welcher dem,
der ihn beerbt, die Zukunft wies.
Der Leu gefiel mir nicht, ich sah den Götzen in ihm.
Schlug einen Bogen, warf nach ihm mit Steinen.
Lief weiter, sah, die Jacke war mit Kalk besudelt,
ich warf sie unter einen Busch und lief bergan.
Ein Baum, ein Schößling noch, stand mir im Weg.
Verpflanzte ihn, damit ich weitergehen konnte.
Die Alte, die den Gehsteig kehrte, fragte ich:
»Wohin führt dieser gerade Weg?« –
»Er führt geradeaus und immer weiter.«
Nach einer Pause dann die rührend fürsorgliche
Frage: »Bist du krank, mein Sohn?« –
»Nein, warum sollte ich?« –
»Der meine, er ist geisteskrank. Geht immer
aus dem Haus und findet nicht zurück. Und du,
du weißt, wie du zurückkommst?« – »Aber ja.
Bin Dichter, Übersetzer. Auf der Höhe.«
Und weiter lief ich, kriegte Durst und wurde langsam müde.
Da sah ein Trauerzelt ich stehen.
Trat näher, grüßte, stammelte auch meinen Segen.
Nahm Platz und bat um einen Trunk. Man brachte Tee,
auf einem Tellerchen sechs Datteln mir.
Nach dem ersten Schluck brach ich in Tränen aus.
Man fragte mich, was los sei. »Nichts«,
ich schüttelte den Kopf, »alles in Ordnung.«

Ich trank den heißen Tee und aß vier Datteln.
Den Namen des Verstorbenen wollte ich wissen.
»Sie hieß Günel.« Ich dankte, weiter ging ich
meines geraden Wegs. Die Sonne eben aufgegangen.
Da regte die Idee in meinem Hirn sich wie ein Vogel:
Ich wollte gehen nach Artjom, jene Günel zu finden,
in die einmal mein Freund, der Tulpenadmiral,
verliebt gewesen, jetzt Amerikaner …
Auf einen Tee hin zu Günel, ins Bett mit ihr
und hinterher dann auf die Brücke, wie als Kind –
die, die am weitesten aufs Meer rausgeht, bis an den Punkt,
wo ringsum nur noch Wasser ist, kein Land
in Sicht, einzig das Brückenzickzack
zieht sich hin, vielleicht bis zum Iran.
Und plötzlich sah ich mich auf diesem Weg,
wie Christus übers Wasser, bis nach Mekka gehen
oder Jerusalem, wer weiß …
Ich lief die Straße lang, Autos durchbohrten mich
Kanonenkugeln gleich. Vorbei an Mərdəkan,
an Bakus nobler Vorstadt auch, mit Meeresblick,
bei diesem Anblick atmete ich freier – das Meer
weitet die Brust, mein Atem holte aus bis nach Iran,
nach Isfahan und nach Schirāz. Erleichterung, wiewohl
die Augen, streichend übern Horizont, sich prompt
an dieser Klinge schnitten – aus trat so eine Träne …
Dass schon seit längerem ich heulte,
war gar nicht mir gewahr; ein jeder Windstoß
ließ die feuchte Wangenhaut erschauern.
Und weiter lief ich, quer durch die Moschee, den
Friedhof der Muslime, auch den der Christen,
wo einen Mann ich einsam zwischen Kreuzen stehen sah.
Ich lief der Sonne nach, spürte, wie alle Blumen,
Tulpensoldaten, die Gesichter nach mir drehten,
wie sie sich reckten, den geraden Weg zu sehen.
Alle Bienen, aufgeschreckt aus ihrem Schlummer,

brachten die Linien ihrer Flüge überein.
Schließlich stand ich oben auf der Höhe.
Am Himmel über mir schwebte ein Falke.
Mitunter kam der Vogel mir ganz nahe,
ich sah den Bau seines Gefieders,
reckte entgegen mich, schnell war er wieder weg.
Nach hinten brach der Berg in einen Steilhang ab,
ich ließ mich oben nieder, zu verschnaufen und zu sinnen.
Sehr bald gesellte sich zu mir ein Mann im Strohhut.
Den Kopf mit einem Kranz aus dürrem Korn zu krönen
symbolisiert den Tod, inkognito.
»Halt ein!«, befahl er mir, ich war schon nahe
am Hinunterspringen und bezwang mich.
Gleich rief er einen Namen, und tatsächlich
erschien, wie aus dem Nichts, ein kleiner Junge,
fünf Jahre oder sechs. »Reich mir das Beil!«
Gehorsam griff der Junge hinter sich, hob an das Beil,
das riesig war, ein Hackmesser, ein Richtbeil.
Der Henker hob es über meinen Kopf und fragte:
»Was ist der gerade Weg?«
»Der Islam.« Die Antwort gab ich ohne Zögern.
»So bete vor dem Sterben.«
An der Schneide schlug die Sonne einen Funken.
Dem Henker in die Augen sehend, sprach ich
al-Fātiha, al-Ichlās,
entrückt, im Flüsterton, sprach es der Engel mit, und kaum
war es verklungen, da ließ das Beil er sinken.
»Sollten wir ihn nicht erst fesseln?«, fragte
seinen Gehilfen er – und dann mich, wen ich denn suchte.
»Ilja, meinen Bruder«, war das Erste, was mir einfiel.
»Wer ist das?« – »Weiß ich nicht.
Weiß nicht, was aus ihm wurde.«
»Und auf wen warten wir?«
»Das weiß ich nicht.«
Jetzt fiel Günel mir ein, ihr Haus –

ob sie wohl mit mir rechnete?
»Wie kamst du hierher?«
»Von unten, von der Straße her.«
»Was hast du hier getan?«
»Ich saß nur da. Saß lange hier. Ein Falke war
schon drauf und dran, auf meinem Kopf zu landen.«
»Geh! Geh weg! Weiche von mir«, fuhr der Mann
mich plötzlich an. Er, mein Henker doch,
wich bang zurück:»Ich habe Angst vor dir!«
»Entschuldige, das wollte ich nicht,
ich gab nur Antwort dir auf deine Frage.«
Gemeinsam liefen wir hinab zur Straße.
»Wo willst du hin?«, fragte der Henker nun.
»Ich kam geradenwegs hierher,
und jetzt muss ich zurück. Wie stell ichs an?«
»Geh einfach wieder gradeaus. Der Weg bringt dich
schon hin.« – »Und keiner wird mich mehr behelligen?«
»Geh nur, hab keine Angst.«
So lief ich wieder los. Wind ging, die Sonne brannte.
Vom Christenfriedhof hörte ich Gebell.
Drei Hunde stürmten auf mich zu. Ich sprach ein Stoßgebet:
»Allahu akbar, allahu akbar.« Die Hunde hielten an,
zogen die Schwänze ein, weg waren sie.
Zwei Schwertransportern aus dem Steinbruch
folgte ich und fand hinab zur Straße,
vor Durst verging ich fast. Da hörte ich
auf einmal Stöckel klappern hinter mir. Ich
drehte mich nicht um, fing wieder an zu beten:
»Allahu akbar, allahu akbar.« So plötzlich, wie's
gekommen war, hörte das Klappern wieder auf.
So kam ich bis ins Dorf Xalla, wo ich
an einer Bushaltestelle saß und rastete.
Wie viel ich schon gegangen war, das weiß ich nicht,
auch nicht, ob ich die Hand hinausgehalten oder
der Fahrer von allein anhielt, Sekunden später jedenfalls

saß ich, dem Herrn sei Dank, im Auto, fuhr in die Stadt.
Beifahrer war ein junger Typ – dunkler Teint,
auf dem geschorenen Schädel reichlich Narben.
Ich bat, mich an der Metro abzusetzen, Station Asisbekow.
Der Junge fragte mich, was mein Beruf sei.
»Ich bin Dichter, Übersetzer.«
»Trag uns was vor.«
Ich rezitierte *Nature morte, zwei Leben.*
»Bist du Gelehrter?«, fragte der Fahrer mich,
er hieß Amir. »Du wirkst so, dein Gesicht
strahlt dieses Licht aus.« – »Gelehrter, das
gerade nicht. Ich lese viel.«
»Und warum gingest du den Weg?«
»Das weiß ich nicht. Es musste sein, so wie man atmen muss.«
»Wirst du zu Haus erwartet?«
»Das weiß ich nicht. Ich tät es auch nicht wissen wollen.«
»Der Staat muss Unterstützung leisten. Rente zahlen«,
sagte der Junge mit dem vernarbten Kopf.
»Wozu muss er das, deiner Meinung nach?«
»Na hör mal. Bist du nicht bei Trost?«
Wir standen vor der Metrostation, der Junge öffnete die Tür.
»Betest du, wie sichs gehört?«, fragte er noch.
»Nein, das geht gerade nicht.«
»Da haben wirs. Du solltest beten.«
»Tust du es denn?«
»Früher ja, dann hab ich aufgehört.«
»Nanu? Wie das? Wie kam es?«
»Es gibt vornehmere Arten, Gott nah zu sein«, sprach er.
Nach diesen Worten grüßte er, stieg aus.
Ich wechselte auf seinen Platz.
»Warum nahmst du kein Geld von ihm?«
»Ich hab ihn aufgelesen, so wie dich.«
Nach einer Viertelstunde waren wir am Kai.
Die Nacht wollte ich noch mal am Strand verbringen.
Stand lange in der Dunkelheit, Nase zum Meer.

Da ist sie!, meine Seele, dachte ich. Vor mir,
in ganzer Größe. Ich stand und heulte, als ich
die Lichter auf dem Meer dahinziehen sah.

Fenster

Heute fiel mir auf: Das Fenster ist zur Tür geworden.
Wie's dazu kam, ist leider nicht bekannt. Bekannt ist nur,
    was danach war.
Wer will eine Verwandlung kontrollieren, den Schein
    ins Faktum überführen?
Was Fenster war zum Hof, scheint Fenster nach wie vor,
    scheint aber Tür zugleich. –
Ich trat hindurch. Klinkte sie auf und tat
    den Schritt. Was sah ich?
Eine Wiese. Wilde Orangen überall, Oleanderbüsche,
    und darunterliegend,
verstreut da und dort und – o Gott – auch dahier:
    geflügelte Bestien,
insgesamt drei. Flugleoparden!, dachte ich im
    ersten Entsetzen,
die lauern mir auf. Doch war ich, wie sich zeigte, unsichtbar
    für sie.
Also blieb ich stehen und schaute, was sie trieben.
Nichts Furchterweckendes dem Anschein nach. Alles
    im Rahmen.
Sie fraßen. Dann sah ich näher hin. Sah, etwas
    stimmte nicht.
Nämlich *was* sie da fraßen, draußen vor dem Fenster,
    war komisch –
was sie in den weichen Tatzen hielten, knurrend in Stücke rissen:
    Zahlen!
Zahlen, geteilt und multipliziert, rutschten in den Rachen
    und wieder hervor.

Da griff ich zu – furchtbares Fauchen – zog blitzschnell
wieder zurück.
In der Hand hielt ich drei.

So hat es mit dem Abşeroner Chlebnikow-Regiment angefangen.

4

… Haşem sitzt an der Schwelle seines Schuppens, gegen den Türpfosten gelehnt, schreibt etwas in sein Heft, starrt hin und wieder
abgelenkt, mit schwarzem Funkeln in den Augen, zum Horizont.
Die Sonne neigt sich dem Abend zu, verliert ihre Scharfsichtigkeit,
die Schatten legen ihren Stolz ab, ordnen sich unter. Im Osten (der
sich als dunkle Kuppel über uns schließt, während er zugleich in die
Tiefe sich öffnen wird, sobald der erste Stern erscheint) taucht am
See ein Rudel Gazellen auf, scheint ihn lieber umrunden zu wollen,
als unserer Behausung zu nahe zu kommen. Nähme ich das Fernglas
zu Hilfe, könnte ich sie zählen: drei Weibchen, vier Kitze und ein
junger Bock, Letzterer nicht sehr groß, das Gehörn noch ohne Risse
und Schrammen, aber schon mit starker, breiter Brust, kräftigen
Flanken und Schenkeln, die von einem weißen Streifen umrissen
sind, der sich unterm Stummelschwanz zum Spiegel schließt; an
ihm, wie an einem Leuchtfeuer, werden die ihm Anbefohlenen sich
bei Gefahr orientieren. Der aufgescheuchte Bock flieht in Zickzack-
oder Wellenlinie, mit schlingerndem Heck in den Kurven. Staubwölkchen stieben auf in Schachbrettordnung; die Spuren, die er dabei hinterlässt, sind keine Abdrücke, an denen sich die Beschaffenheit der Hufe ablesen ließe (solche, in zierlicher Reihung, zeichnen
die Wildwechsel), sondern verwischte Gruben, deren Tiefe auf das
Gewicht des Tieres schließen lässt. »Dreißig Kilo ist für eine Kropf-
gazelle die Obergrenze«, sagt Elxan, während er sich den gefangenen
und angehobbelten Bock auf die Schultern wirft. »Selbst ein spacker
Hammel wiegt mehr.«
Aber ich hebe das Fernglas nicht erst an die Augen, richte den

tränenden Blick auf die untergehende Sonne. Setze mich neben Haşem, rutsche ein bisschen hin und her, schabe mir an der warmen
Außenhaut des Schuppens den Rücken. Wir rauchen.

»Sag mal, Haşem, warum gehst du eigentlich nicht nach Russland? Du denkst auf Russisch, träumst auf Russisch, hasst auf Russisch. Warum ziehst du nicht hin?«

Haşem legt das Heft beiseite, dessen Seiten dicht mit mathematischen Formeln beschrieben sind, dazwischen die ziemlich gekonnte
Zeichnung eines Raubvogels, wohl ein seltener Falke, umgeben von
dichtem Ornament.

»Du redest wie ein Kind, mal ehrlich. Nach Russland gehen, wie
stellst du dir das vor? Dort wartet keiner auf mich. Nicht mal als
Bauhelfer käme ich unter. Soll ich in Moskau die Straße kehren?
Dann schon lieber in Petersburg. Moskau ist eine blinde, hässliche
Stadt. In Piter kann man von jeder beliebigen Straße aus den Horizont sehen. Vor fünf Jahren war ich mal fast so weit. Aber was finge
ich an ohne dieses Himmelreich?«, fragte er düster.

»Der Şirvan läuft doch nicht weg.«

»Und was habe ich davon, wenn *ich* weglaufe?«

Haşems Blick war scharf geworden, seine Miene entschlossen.

»So viele Jahre schon versuche ich den Gedanken an Russland zu
vertreiben … Hoffnungslos. Manchmal muss ich an Hüsrev denken.«

»Wen?«

»Prinz Hüsrev Mirza. Der sich sicher war, dass die Russen tödliche Rache an ihm nehmen würden, als sein Großvater ihn mit
dem Leichnam des in Teheran getöteten berühmten russischen Ge-
sandten nach Petersburg schickte, da war er sechzehn. Er sollte den
Zaren um Vergebung bitten. Kam indes ungeschoren zurück nach
Persien; dort wurde er von seinem Bruder Mehmed im Thronfolge-
streit ums Augenlicht gebracht, anschließend verbannt. Sein rest-
liches Leben verbrachte er in Schiraz, ging im Paradiesgarten zwischen Brunnen spazieren, lauschte dem Gesang der Vögel, hielt
die leeren Augenhöhlen in die Sonne und die Hand auf den Scheitel
der Fontänen. Unentwegt entsann er sich der farbenfrohen Momen-

te seines Lebens. All seine Blindheit war mit der Reise zum Weißen Zaren ausgefüllt … Sein ganzes Leben von jetzt an eine Petersburg-Erinnerung. Und er hat lange gelebt … Selbstmitleid ist das Letzte.«
»Woher willst du wissen, dass er sich bemitleidet hat?«
»Ich weiß es, weil ich gelernt habe, es nicht zu tun. Und jetzt will ich noch lernen, nicht immer Bilder in mir aufzurufen von etwas, das ich nie gesehen habe.«

Die Sonne berührte den Horizont, verschwamm über der fließenden, glutwabernden Steppe. Dort im Nordwesten, hinter den sieben Bergen, den zwei Kaukasuskämmen, auf dem Berg Maschuk, stand lange Zeit *Zum Gedächtnis an den Besuch Seiner Exzellenz des Persischen Prinzen Hüzrev-Mirza im Jahre 1829* ein Obelisk mit seinem Namen und einigen Versen.

5

Damals als Kind habe ich Haşem in die Photographie eingeweiht. Zum Ausgleich – irgendwie musste ich ja seine in vielerlei Hinsicht bestehende Mentorschaft kompensieren. Die Kamera in die Hand zu nehmen brachte er zwar nicht über sich, dafür frönten wir nach Herzenslust den »Trockenübungen« zur Bildkomposition: Ich knotete ihm aus Leisten einen Rahmen zusammen, Format sechs mal neun mit aufziehbarem Trichter, der die Objektivblende imitieren sollte. Wir fanden es spannend, den Rahmen vorm Auge, in Bayıl und im Bergpark herumzukraxeln und mit imaginären Standbildern die Landschaft immer wieder neu und anders zu zergliedern: den gleißenden Dunststreifen überm Meer, das Staket der Zypressenvertikalen, die Felshänge mit Fischauge aus der Froschperspektive. Bei der Suche nach dem idealen Bild wurde selbst die staubige Straße in die Schwarze Stadt zur Attraktion. Am interessantesten war es jedoch, auf die Dächer der Altstadt zu klettern und dort herumzustreunen, Dächer hinabzuschlittern … Dabei kam es vor, dass wir im aufgeweichten Teer kleben blieben, Dachkanten brachen – all dies wahre Abenteuer. Anwohner missbilligten selbstredend unser verwegenes Tun, auch den Revierpolizisten waren wir ein Dorn im Auge, aber was konnte süßer sein als das Risiko, sich von Dach zu Dach zu hechten, darüber hinwegzurasen, solange der Atem reichte – eine Minute, länger –, und an unerwarteter Stelle abzuspringen, in eine ganz andere Gasse, wo deine Freunde erst einmal hinfinden mussten. Die Kunst bestand darin, den Sprung nicht zu scheuen, die Beine im Flug ordentlich hochzureißen, und falls man zu kurz sprang, die Kante zu fassen zu kriegen und sich emporzuklimmen. Darüber, dass das auch schiefgehen konnte, kursierten grässliche Geschichten. In Erinnerung ist mir (und auch Haşem, ich habe ihn gefragt) ein gewisser Envar aus ?xmədli, der sich an der Dachkante, die er mit den Füßen verfehlte, den Kiefer gebrochen hatte.

… Jetzt zogen wir zur Tarnung orangerote Warnroben an, nahmen das Stativ mit, das einen Theodoliten assoziierte, behängten uns mit Kabeln, steckten jeder einen Zollstock ein und stiefelten so hinaus auf die Dächer, krochen und knieten, lugten in Höfe, die nach der Scharia-Hausordnung das Allerheiligste sind. Frauen, die unserer ansichtig wurden, zogen ihre rotsamtenen Kittel straffer, rückten das Kopftuch zurecht, flohen ins Haus oder riefen etwas herauf, während sie weiter ihre Wäsche aufhängten, nasse Bündel aus dem Trog fingerten und mit dumpfem Knallen aufschüttelten, wobei nicht selten ein Regenbogen freigesetzt wurde. Haşem zog mich mit sich, ich verstand erst nicht, wohin; vorbei am Palastkomplex: dem Mausoleum der Şirvanschahs mit seinem algebraisch anmutenden Zeichenschmuck, Moschee und Minarett, dem Ostportal. Schließlich tat ich es Haşem nach und lehnte mich über die Traufe irgendeines Hauses, spähte nach unten.

Weißt du noch?, fragten Haşems Augen. Die üppigen Dreadlocks fielen ihm bis übers Kinn. Ich fühlte mich an ein Selbstbildnis von Dürer erinnert.

Ärmel über die Hände gezogen, Bauch und Brust vom aufgeheizten Dach zurückziehend, lagen wir da. Uns gegenüber zwei Blindfenster, jemand schaute heraus; instinktiv rückte ich ein Stück zurück. Dies war eines der bestgehüteten Geheimnisse unserer Kindheit. Die Idee, das Gesims mit allerlei Chimären zu besetzen, wie es in Baku zu Zeiten Nobels und Tağıyevs Mode gewesen, jener Epoche, die die Vermählung von Hölle und Paradies feierte, hatte ein unbekannter Bildhauer hier auf die Spitze getrieben und eine Figurengruppe in die Fensternische gesetzt: Ein Junge und ein Mädchen beugten sich über die Brüstung, dazu eine Katze, die über ihre Vorderpfoten hinweg nach unten spähte. Von Patina überzogen, erschienen die drei doch überaus lebendig. Wie oft hatte ich in meinem früheren Leben vor diesem Haus gestanden und zu den Figürchen hinaufgeschaut, zwischendurch den Blick abgewandt und den Kopf flugs wieder in den Nacken gelegt, um den Moment abzupassen, da sie sich durch ein Augenzwinkern oder eine rasche Bewegung verraten würden; und manchmal schien es mir tatsächlich, als müssten sie sich bewegt, ihre Posen ein wenig verändert haben, die Katze ihr Mäulchen um eine Winzigkeit verschoben.

Ich hatte es eilig, einen Kontrollgang durch die Altstadt anzutreten: Alle meine Camerae obscurae waren zu überprüfen, neue aufzutreiben. Mit Haşem lief ich fünf Hausflure ab und sieben Durchgänge; vier davon so verschmutzt, als Pinkelecken missbraucht, dass auf dem geschwärzten Kalkanstrich nichts mehr zu erkennen war. »Halb so schlimm«, sagte Haşem, und wir gingen ins Haushaltsgeschäft, Chlorreiniger kaufen, womit wir die Wände schrubbten; zwei wunderschöne Panoramen gewannen wir so zurück. Beide Ansichten – eine vom Nordende, eine vom Südende der Bucht her, auf zwei rechtwinklig zueinander stehenden Wänden – zu reliefhafter Schärfe vergröbert, satt und detailliert aufgefächert, mit Simsen, Türmchen und Balkonen, Straßenschluchten, geschuppten Dachhäuten, Hügeln dazwischen; das Meer bildete sich als gleichmäßig graue Pupille mit weiß schillernder Sonnen-Iris ab. Ich machte eine Aufnahme von dem Fang, und wir gingen in die nächste Poliklinik, wo wir uns unter die Wartenden mischten und bei der Urologieschwester kolloidale Silberlösung erbettelten, zum Spottpreis. Dann gingen wir weiße Farbe und Pinsel kaufen und stürmten zum Minarett der Abu-Bakr-Moschee, wo die nächste Camera obscura entstehen sollte – Haşems Idee. Der Wächter stieg mit uns hinauf und nickte alsbald ein, verfolgte allenfalls durch die Wimpern, was wir trieben, nämlich dass

wir Wände und Kuppel der obersten Plattform mit einem lichtemp-
findlichen Anstrich versahen – in der Hoffnung, dass sie über die
kommenden Monate durch die drei schmalen Schießscharten mit
drei schönen Bildfriesen belichtet würden. Eine weitere Camera
schlug Haşem in der armenischen Kirche zu installieren vor, die sich,
verriegelt und verrammelt, ein Stück unterhalb der Moschee befand,
immer noch hoch genug. Seit vielen Jahren brannte darin Licht,
rund um die Uhr, man sah es durch die Ritzen der Tür. Haşem kannte den Mann, der in der Kirche nach dem Rechten sah, die durch-
gebrannten Glühbirnen auswechselte. Wir trafen uns mit ihm, baten
ihn ohne Umschweife, er solle uns die weißen Wände des Narthex
überlassen: Das Sonnenlicht, das durch den schmalen Spalt über der
Tür hereinfiel, enthielt ein Bild vom gegenüberliegenden Hochland,
so hofften wir. Er willigte ein; nach einer halben Stunde war die Arbeit erledigt.

6

In Salyan gibt es eine Ölmühle, von der Haşem und ich in zwei Fuhren drei Zentner frischen Ölkuchen in den Şirvan schaffen. Wir haben einen speziell ausgerüsteten Futterplatz angelegt und dazu einen
halb in die Erde gegrabenen, mit Bretterverhau getarnten Ansitz, von
dem aus wir unsere Beobachtungen machen werden. Drei Stunden
passiert nicht viel, dann kommt das Geflügel von allen Seiten zum
Festschmaus geflogen. Die Raubvögel lassen sich die meiste Zeit,
aber am Ende kommen auch sie: zögerlich die Weihen, die Habichte
eher träge, flink die Merline, und schließlich lassen sich selbst die
Könige und Königinnen der Lüfte herab: zwei, drei Wanderfalken,
ein Wüstenfalke mit rostrotem Scheitel und, das Feld beherrschend,
der schwergewichtige Saker in gemächlichen Spiralen.
   Der Futterplatz besteht aus einer sorgfältig gestampften paraboli-
schen Grube. Die Vögel kriegen ihr Futter nur sukzessive aus dem
Sand gepickt und gekratzt, sie müssen graben und halten sich darum etwas länger auf. Im geräumigen Rund wimmelt und lärmt eine

zänkische Bagage: Spatzen, Lerchen, Turteltauben, Frankoline und Fasane. Nur manche von ihnen kann die Anwesenheit der Räuber schrecken; kopflos flattern sie auf, annähernd senkrecht bis in größere Höhen, versuchen über die Falken zu gelangen, wie es die Gesetze des Luftkampfs verlangen, was sie aber bald an den Rand ihrer Möglichkeiten bringt; entkräftet klappen sie dort oben die Flügel zusammen und lassen sich fallen, kugeln durch die Luft, gönnen sich damit eine Atempause, ehe auch sie sich zuletzt wieder in Spiralen dem Boden nähern …

»Wenn Robben Sardellen schlagen« erzählt Haşem, »stoßen sie in den Schwarm hinein und jagen ihn an die Oberfläche, wo sie mit ihnen Karussell spielen. Panisch suchen die Sardellen zu entkommen und geraten dabei bis über die Wasseroberfläche, wo die Möwen von ihnen angezogen werden. An den Möwen kann man erkennen, wo die Robben sind.«

Haşem lässt sich Zeit, durch das Fernglas zu bestimmen, welcher von den Falken der gewandteste und gewitzteste ist. Im Moment sind es ein zierlicher Merlin und ein Wanderfalke, die die Oberhand haben. Haşem zählt die Flügelschläge, macht Striche in eine hastig entworfene Tabelle in seinem Notizbuch. Bald schon – nach und nach sind auch die übrigen Räuber eingetroffen; während die einen schon übersättigt am Rand hocken, tun sich die Hinzugekommenen gütlich – zeichnet sich die Populationsstärke der einzelnen Arten im Areal ab. Zum Ende des Tages haben wir zwölf Saker, zweiundzwanzig Wander- und zwölf Wüstenfalken sowie über fünfundzwanzig Merline gezählt.

Tags darauf holen wir neuen Ölkuchen und verlegen unsere Beobachtung dreißig Kilometer weiter östlich, wo ein Futterplatz gleicher Art eingerichtet ist.

Privates kam zwischen Haşem und mir nicht zur Sprache. Gerieten wir nur in die Nähe solcher Themen, verschloss er sich sogleich. Schon als Kinder hatten wir diesbezüglich wenig geteilt. Vielleicht war es ja das, was unsere Freundschaft hatte überdauern lassen. Einmal aber hielt ich es doch nicht aus und fragte:

»Wieso heiratest du eigentlich nicht?«

Haşem war dabei, Vogelkäfige zu reparieren, mit einer Flachzange richtete er die Stäbe, rückte sie in ihre Nuten zurück. Bei meiner Frage hielt er inne und blickte auf; dann umgriff er zwei Käfige und ließ sie vor meiner Nase zusammenknallen.

»Ich *war* verheiratet. Zwei Jahre lang. Mit Sona. Das war anscheinend genug. Ich tu's nie wieder.«

»Mit Sona?«

»Eine tapfere Frau. Geduldig, arbeitsam. Aber gefunkt hat es nicht zwischen uns. Mit Kindern war auch nichts.«

Haşem klopfte sich den Vogelkot vom Ärmel und verschwand wieder in den Tiefen der Voliere, wo man in Abständen Gezeter ausbrechen hörte, Panik und Beziehungsstreit.

»Und wie ist das bei Abbas?«, fragte ich, als er beladen wieder ins Freie trat.

»Bei Abbas? Alles im Lot. Er ist glücklich und zufrieden. Bei ihr weiß ich es nicht.«

Dieser Frühling auf Abşeron war eine herrliche Zeit für mich. Die Arbeitszeiten konnten nicht besser liegen, im Office saß Patrick Johnson, mein alter Kumpel aus Austin, so dass ich sicher sein konnte, dass alle Einsatzpläne zu meinen Gunsten entworfen wurden. Zehn Tage im Monat war ich bei den diensttuenden Teams auf den Bohrinseln, regelte, was zu regeln war, nahm insgeheim die eine oder andere LUCA-Probe, blieb noch ein paar Tage im Office sitzen, schrieb Berichte, bestellte Ausrüstung, füllte Ersatzteilbestände auf.

Die übrige Zeit verbrachte ich im Şirvan.

Wenn ich nicht den Hegern im Naturpark half, Haşem zur Hand ging, seiner unerhörten Philosophie lauschte, dahinterzusteigen suchte, mit ihm stritt, teilnahm an Ritualen und Meditationen, wenn ich von alldem eine Weile genug hatte, fuhr ich hinüber zu Kerry, und wir machten einen langen Strandspaziergang, badeten nach Herzenslust, angelten vom Felsen herab einen Fisch und fuhren gegen Abend zum Essen in die Stadt, um die Nacht mit Mädchen zu verbringen. Oder ich nahm mir die Zeit, in der Stadt unterzutauchen und Therese aufzulauern, deren Tagesablauf absolut eintönig und vorhersehbar war: spätes Frühstück auf dem Balkon oder der Promenade, dann Robert ins Büro bringen und shoppen gehen oder nach Pirşağı an den geschlossenen Strand fahren; mit Robert zum Abendessen auf der Promenade, anschließend zu Fuß nach Hause. Nur selten fuhren sie an Wochenenden in größerer Gesellschaft mit einem Kleinbus nach Westen in die Berge, wo sich ihr bevorzugter Picknick-Platz befand: Gasthaus im Grünen nächst plätscherndem Bergbach, wo auf die bourgeoise Clique schon ein Kasten Schampus, ein Hammel am Strick und ein Korb frischgefangener Forellen warteten – in den mein kleiner Mark seine Händchen versenkte und die rosagefleckten Fische einen nach dem anderen herauszog und auf der Wiese auslegte … Ich pflegte im Taxi hinterherzufahren, bezog eine höher gelegene Position, ließ mein Fernglas hinter einem Findling hervorblitzen, lauschte dem Bach, der hier einen kleinen Wasserfall herabgeschossen kam, atmete den wohltuenden Spritznebel. So saß ich ein paar Stunden in Betrachtung des fremden Festes, Thereses weißen Bikinis, des Streifens Bauch dazwischen, auf dem schon ein wenig der Schweiß perlte und glänzte … Bis der Hunger mich nötigte, meinen Ausguck zu verlassen und ins erstbeste Café am Straßenrand einzufallen.

Und selbst diesen Ausflügen konnte ich etwas abgewinnen. Auf meine Frage, warum denn das Fleisch heute so zäh sei, gab Səlim, der Brater, frohgemut zur Antwort:»Dieser Hammel wollte, scheints, zu hoch hinaus, hat zu viel Sport getrieben!« – »Genau wie ich!« – und Səlim lachte mit, während er die fertigen Auberginen vom Grill nahm.

Fährt man von Istisu weiter bergauf, öffnet sich ein Blick, den Chlebnikow in seiner persischen *Anabasis* beschrieb: Terrassen, spiegelnde Reisfelder, Reihen von Teebüschen und der Glanz des Horizonts hinterm Meer. Eine zutiefst besänftigende Landschaft – dies aber nur aus der Ferne, solange du nicht weißt oder daran denkst, wie leicht es ist, im Meer unterzugehen, und sei es direkt vor der Küste, im Brummkreisel steiler Wellen, und wie gefährlich, sich im Labyrinth der Reisfelder zu verirren, wie schnell man dort bis zur Brust im Schlamm steht, der voller Schlangen ist, die mit leicht erhobenem Kopf über die glatte Wasserfläche kreuzen … Lange, in vielen Serpentinen führt unser Weg bergan bis über die Waldgrenze, ein warmer Nieselregen fällt, der umgehend wieder als Nebel von den Hängen aufsteigt, ringsum ragen Berge, lockende Gipfel, ein Fluss rauscht, der in der wolkigen Milch nicht zu sehen ist. Ein heißer, schwefliger Geysir schlägt üppig aus dem granitenen Hang, davon ist ein silbriger Belag entstanden.

All unsere Bergwanderungen mit Stoljarow endeten hier an diesem kleinen Heilbad. Zehn Kopeken kostete der Einlass in eines der acht zur Kaskade gereihten Becken, je weiter vorn, desto heißer, beginnend bei 42 °C. Meist drängten wir uns in Becken Nummer sechs, wo das Thermometer 40,6 °C zeigte. Wenn aller Dreck und Schweiß von Haut und Kleidung gewaschen war, wetteiferten wir, wer es am längsten darin aushielt. Acht Minuten war der Rekord.

Der Herbst hat seinen Höhepunkt erreicht. Der Bergwald oberhalb von Istisu – Kastanienblättrige Eichen und Eisenholz – leuchtet aus sich heraus im lila Gold seines Laubes.

Das Bad ist leer. Wir geben dem Wächter ein kleines Trinkgeld und begeben uns in Becken sechs. Zu Anfang verziehen wir schmerzvoll das Gesicht, wissen aber genau, dass wir uns gleich daran gewöhnen und auf die Idee kommen werden, mit diesem sterilen Wasser aus zehntausend Metern Tiefe die Zähne zu putzen.

An diesem Ort entspann sich zwischen uns ein Gespräch. Abwechselnd tauchten wir ins Becken ein und verließen es krebsrot wieder, um auf einer Bank zu verschnaufen. Immer der im Wasser war, fing hastig zu reden an, während der draußen schweigend zuhörte und wartete, bis er wieder an die Reihe kam.

Hier die Essenz unseres Gesprächs:

Haşems Feldtheater, seine totale Identifikation mit Chlebnikow sind ein Spiel, solange kein Blut geflossen ist. Er sehnt den Moment herbei, indem er sich endgültig erwachsen fühlen wird.

Haşem setzt auf die Idee der permanenten Offenbarung. Gott spricht zum Volk vermittels der Geschichte.

Haşem möchte die über der Epoche zum Stillstand gekommene Zeit wieder anstoßen.

Das Wesentliche am Theater ist, dass die Einbildung die Wirklichkeit verändert. Der Mythos ist stärker als die Realität. Künstler zu sein bedeutet, an das Wort zu glauben. Primat der Worte über die Persönlichkeit.

Selbst wenn man das Evangelium als Mythos betrachtet – er ist vom Glauben erwählt und durchdrungen. Man soll nicht denken, dass die Bibel allumfassend ist. Die Offenbarung ist im Werden. Abgesehen davon, dass die Wirklichkeit auch nur eine Geschichte ist, die uns von jemandem erzählt wird.

Zu zeigen ist, wie lebendig das Wort sein kann, wie viel vom Leben darin mitschwingt.

Nur wer zum Wort wird, kann sich einschreiben in das Buch. Und das Buch lässt nur in sich ein, was lebt.

NEUNZEHNTES KAPITEL

Stein

1

Stein war Ingenieur, vom Studium weg hatte man ihn nach ?li Bay-
ramlı in die Erdölverarbeitung geschickt, wo er es zwei Jahre aushielt,
reichlich Staub schluckte und sich in der vergifteten Steppe herumtrieb; später war er für kurze Zeit Revierinspektor bei der Seewache.
Zierlich von Natur aus, wünschte er sich Muskelpakete, schleppte
auf alle Dienstreisen Hanteln und Expander im Koffer mit, quälte
sich ordentlich; wochenlang fuhr er mit dem Motorboot von Plattform zu Plattform, übernachtete mitunter auch dort, bei solcher Gelegenheit lernte er auf Neft Daşları meinen Vater kennen. Plötzlich
aber wurde er sesshaft, ging eine unglückliche Ehe ein (seine Mutter hatte ihn mit der Tochter einer alten Schulfreundin verkuppelt;
zwei Monate Selbstekel und Angst, die nicht sehr hübsche junge
Frau könnte ihn verlassen, was sie dann auch tat); das Gute daran
war, dass er Anstellung als Zahlenjongleur in einem Planungsbüro
nahe seiner Wohnung fand, die er bald darauf mit etwas Zuzahlung
gegen zwei kleinere zu tauschen vermochte und so von Mama los-
kam; als Nächstes gelang es, die Planstelle eines Zirkelleiters (AG Musik) auf Artjom zu ergattern und dann auch noch am Klub der Rohr-
werker (der Klubleiter ein Freund seines verstorbenen Stiefvaters)
das Laientheater, wo keiner hinging; jetzt nur noch mit den Gedanken bei der Kunst; viel Bewegungsfreiheit in den langen Sommerferien, immer wieder Fahrten auf die Krim, in die Freie Republik Ka-
radag; immer wieder Sartre verschlungen, Camus, den royalistischen
Solschenizyn beiseitegelegt, lieber Schestow, Berdjajew, Kierkegaard
im Samisdat; sich Belinkow vorgenommen, Olescha vergöttert, von
Poplawski zu Tränen gerührt; Bühnenfassungen für Sabolozkis *Ko-
lumnen* und Charms *Alte* geschrieben, in den *Briefen an Milena* versunken; jetzt schon überall mit Bleistiftziffern an den Rändern, die

zugehörigen Kommentare in Schulheften, auf deren Umschlag *Sartre-IV (Publizistik)* oder *Camus-XX (Belletristik)* steht; jetzt immer wieder Schreibanfälle auf Arbeit; dann nach Hause kommen, Tee kochen, auf dem Balkon das alte Rechnungsbuch aufschlagen und, mit abfälligem Seitenblick in Cortázars *Rayuela*, flüchtigem Blättern, höchstens hie und da hängenbleibend, zum Bleistift greifen und schreiben, schreiben, hysterisch mit dem Knie wippend, so lange schreiben, bis der Griffel zum zweiten oder dritten Mal stumpf geworden ist. Innehalten.

Den Stift anspitzen in der genussvollen Sorgfalt des technischen Zeichners mit Hilfe einer Rasierklinge der Marke *Newskaja*, die zuvor auf der Reibefläche einer Streichholzschachtel abgezogen worden ist.

Nach getaner Arbeit die illegalen Bücherstände aufsuchen, bei Pikul und Druon die Nase rümpfen, nach dem *Mythologischen Lexikon* fragen oder etwas aus dem mirakulösen *Ardis Publishing* (aussichtslos); mit heiligem Schauder vor den Samisdat-Ausgaben stehen: einem Sammelband Galitsch in Blaupause, Wyssozki mit Akkorden; die Buchläden abklappern: erst den in der Altstadt, dann den in der Torgowaja, zwischendurch noch in den Schallplattenladen im Haus mit den Chimären am Jungfrauenturm, angesichts der DDR-Jazzkollektion (*AMIGA*) einen Seufzer nicht unterdrücken können (Adderley und Coltrane auf einer Scheibe, wie Kopf und Zahl; bei Coltrane eine Erektion, bei Adderley nicht; vom Newport Festival ein ganzer Schwung: Bechet, Billie, Ella), sich noch eine Ausgabe des genialen Vaqif Mustafazadə leisten; endlich im Antiquariat landen und ehrfürchtig vor den Regalen erstarren – die er drei Jahre später selbst füllen würde so wie andere ausreisende Bibliophile auch: über der Ladentheke viele finstere kleine Tode sterben vor Bedauern, sich auf die Lippen beißen und blinzeln, die Einbände befühlen, es hinauszögern, weggehen und wiederkommen, nachdem man schon am Gouverneursgarten gewesen, die Hände ringen, dem alten Buchhändler am liebsten an den Kragen gehen, diesem unübertrefflichen Experten, der alles weiß, ausnahmslos alle russischen Ausgaben aus dem Kopf aufzählen könnte, die im Laufe des letzten Jahrhunderts bei den Schwarzhändlern im Umlauf gewesen: Er wird entweder hierbleiben, der alte Gauner, oder ebenfalls fahren, aber nicht ohne für seine Schätze einen Palast auf Long Island herauszuschlagen ... Und dann war die Zeit gekommen, seine Kreise auszudehnen. Die Jugend für das Theater zu gewinnen. Etwas Anständiges musste auf die Bühne – nicht zu kompliziert, damit es Erfolg hatte, keine Luftnummer nach Möglichkeit. Er beschloss, eine Woche Urlaub zu nehmen und nach Moskau zu fliegen, um ins Theater zu gehen. Von sechs an in der Frühe die Theaterkassen ablaufen, sich aufwärmen im Planetarium, Pelmeni im Zoo-Imbiss, der einsamen Giraffe in ihrem Winterquartier einen Besuch abstatten, einziges Säugetier ohne Stimmbänder: vor Begeisterung einen Segen flüstern, zum wer weiß wievielten Mal erschauern bei dem Gedanken, wie der liebe Gott ein solches Wesen hat erschaffen können – im Grunde ein Symbol der Avantgarde; was kann der Avantgarde näher sein als eine Giraffe, die Verkörperung alles Kühnen, Majestätischen, Perfekten? Anschließend ins Puschkin- oder ins Orientmuseum und abends ins Theater; ein Monatsgehalt bei den Schwarzhändlern lassen für einen Einblick in das, was die zeitgenössische Regie zu bieten hat: Chlopuscha, wie er, dieses Pferd von einem Schauspieler, mit den Ketten klirrt, wie er stampft und schnaubt, während er die Perioden des gegen die Nomenklatura gerichteten Poems herunterrattert ... Zum Kotzen.

Nach Hause kommen, nachsinnen, Entwürfe machen. Kotzen. Wegschieben. Weggeschoben ist nicht aufgehoben. Erst einmal etwas weniger Riskantes auf die Bühne bringen, etwas Makelloses, Hundertprozentiges. Warum nicht Majakowskis *Schwitzbad*? Mischung aus Vaudeville und futuristischem Manifest, für den Anfang ganz gut. Später könnte man weitergehen: Ketzerei, Subtext, Äsopisches nach Strich und Faden, die Chefs haben eh keine Ahnung, interessieren sich nur für Geld und Posten, und falls doch – sie kämen nicht drauf, denn die kulturelle Konterrevolution agiert nicht nur mit dem Herzen, sondern auch mit Hinterlist, Esprit.

Wo aber nahm man heutzutage junge Talente her, die noch nicht vom Komsomol vergiftet und trotzdem hinterm Ofen hervorzulocken waren? Eine seltene Kombination. Während des Studiums hat-

te er sich beim KWN engagiert, im Dunstkreis jener legendären Bakuer Mannschaft von Anfang der 1960er – dabei jedoch immer bemüht, über die Herde hinauszuwachsen und über sich selber auch.
Immer dem Höchsten zustrebend, was die Phantasie hergab. Ob diese Phantasie etwas taugte, war eine andere Frage. Stein war notorisch
unzufrieden mit sich selbst, sein Selbsthass gewaltig, am liebsten hätte er sich am eigenen Zopf in den Himmel gezogen, raus aus diesem
provinziellen Sumpf, dessen beste Momente sich in weihevollen
Andachten mit der einen oder anderen Liedermacher-Koryphäe erschöpften oder im Run auf die Gastspiele hauptstädtischer Theater.
Deren Truppen wurden von den Provinzen fürs Leben gern eingeladen und nutzten ihrerseits die Gelegenheit, über die Stränge zu
schlagen; sehen und gesehen werden; im stickigen Hotelzimmer zu
glucken, das hätte noch gefehlt, dann schon lieber am Strand sich
einen Sonnenbrand holen und hinterher der Fürsorge weiblicher
Hände überantworten: »Wie heißt das, womit die einen einschmie-
ren? Sauermilch, Mazoni?« Und immer ist in der Entourage auch
irgendein Dramaturg oder Theaterautor dabei, und immer in einer Liebesbeziehung mit irgendeiner Schauspielerin, falls die nicht
schon wieder passé ist und er sich umorientieren kann auf irgendeine
Attraktion vor Ort, die schleunigst kanonisiert wird, zur Wildkatze
oder zur Märtyrerin, Hauptsache, Gesprächsstoff: Geht sie mit, oder
geht sie nicht mit, oder geht sie später mit, oder soll er bleiben oder
schleunigst wiederkommen und dann für wie lange? Und auch das
spielt letztlich keine Rolle, die Sache ist geritzt, das Pantheon um
eine Göttin reicher.

Sumpf, überall Sumpf – nicht umsonst wird in die Keller und
Löschwasserbecken auf den Höfen so viel Chlorkalk gestreut: das
Erbe der Malariamücke, die auch Chlebnikow stach, noch in den
1970ern gab es in den Apotheken Chinin zu kaufen. Was will man
der Bevölkerung übelnehmen, Provinz ist überall. Moskau, Leningrad – alles provinziell. Vom Standpunkt der Zivilisation aus gesehen, ist das Land schon seit vielen Jahrzehnten nicht mehr existent.
Zirkus und Ballett, mehr ist nicht übrig. Vor allem Zirkus: Nichts
geht über einen Tanz russischer Bären, gnadenlose Löwenbändiger,

traurige Clowns. Vom Standpunkt der Zivilisation gehört der Kaspische Raum zu Sibirien. Da lässt sich nichts erwarten. Wer in den Westen geht, flieht weniger vor Repression und Ungerechtigkeit als vielmehr an den Busen der Zivilisation. Es geht nicht um Ideologie, es geht um den Sinn des Lebens. Nicht darum, dem Guten zu dienen. Bunin zum Beispiel konnte, nachdem er emigriert war, seinem Volke viel mehr nützen, als wenn er in der Finsternis hocken geblieben wäre. Die ganze Sowjetkultur – Ignoranz und Spiegelfechterei. Der in den Dreck getretene Mandelstam! Sein letztes Photo, frontal und im Profil, aus der Untersuchungsakte stammend, hängt über Steins Schreibtisch. Man muss ihm nur ins Gesicht schauen. Der Mund, die Augen. Er möchte leben. Ein Land, das seine eigne Sprache tötet und auffrisst, gehört verflucht bis in alle Ewigkeit.

Noch ärger ist, dass alles, was vorgibt, gegen die Finsternis zu kämpfen, genauso auf Ignoranz und Spiegelfechterei basiert. Da ist Hopfen und Malz verloren.

Und dennoch gibt es eine Chance (so aussichtslos, dass sie im Grunde Gift ist): ein Fünkchen Hoffnung auf die Avantgarde, darauf, dass irgendwo doch, und getrost hier, in dieser Stadt des Südens, plötzlich, in absoluter, unvorhersehbarer Abstraktion, etwas Sinnhaftes, Lebensfähiges keimen würde, das sich unterschied vom Erbe der Simulantenschicht und ihrem alles aufsaugenden, alles vermischenden Untergrund.

Avantgarde ist die Form, den Puls der Zukunft zu steuern. – Das Theater vermag eine entscheidende Rolle zu spielen bei der Umgestaltung des Seins. – zwei wegt zweige drei dreht draht. – Monsieur Maupassant hat sich in ein Tier verwandelt. – Farbe ist gefühltes Beginnen. – Indem der Schauspieler hinter dem Wort verschwindet, geht er in seiner Bewegung auf.

Diese und viele andere Denksprüche – Meyerhold, Eisenstein, Chlebnikow, Zola, Cezanne und van Gogh – hingen, kunstvoll in Blau mit der Breitfeder getuscht, überall in Steins Wohnung an den Wänden. *Whole Lotta Fear* stand in roten Frakturbuchstaben an der Badezimmertür.

Stein träumte vom Aussteigen. Davon, wie er aufhören würde,

sich zu rasieren und die Haare zu schneiden, binnen eines Jahres das Äußere eines Derwischs annehmen, sich Sackhemd und Spitzmütze nähen, einen Wanderstab aus dem Rebstock schneiden und durch den Muğan in die Berge gehen, am liebsten bis in den Iran, von da irgendwie nach Afghanistan und sehen, wie man über die Runden kam. Die Ehrfurcht der Perser vor dem Heiligen wäre sein Schild. Warum sollte das nicht gehen? Die Flüchtlinge aus dem Iran zu Ayatollahs Zeiten waren ja auch herübergekommen! Erst auf den Straßen von Baku hatte man sie aufgelesen, mehr tot als lebendig. Wer sagte also, die Grenze wäre für Fußgänger unter Verschluss?

Natürlich gab es Fragen. Wie war es beispielsweise mit der Brille? Ein Derwisch braucht einen Stab und keine Sehhilfe. Chlebnikow hatte es damals in den Iran zu gehen geschafft. Mit dem Schiff, um genau zu sein; den Küstenweg gab es damals noch nicht. Chlebnikow kam mit einem Dienstauftrag, er sollte im Iran für die Sowjetmacht agitieren. Er hatte unter den Dschangali zu leiden, wurde ums Haar erschossen, aber einen liegenden Menschen schlägt man nicht, solch einen Gottesnarren schon gar nicht, so ließ man ihn laufen. Chlebnikow wanderte von einem Bergdorf zum anderen, anstelle eines Hutes trug er die Wachstuchhülle seiner Schreibmaschine auf dem Kopf, schlug sich an der Küste durch, aß Fisch, den der Sturm an Land geworfen hatte.

Die Geschichte hatte ihm und Mama (ihr schon zum tausendsten Mal) die alte Frau Poljanskaja-Abich erzählt: Tante Anja, Mamas Freundin und langjährige Kollegin am Petrolchemischen Institut. »Rudik, was mein großer Bruder Rudolf war, ein bildhübscher Junge, ei-ei, was für ein Prachtkerl, wohlerzogen und so bescheiden! Hat im Iran gedient, zusammen mit diesem Chlebnikow: moderner Dichter, bisschen plemplem, hieß es, aber berühmt anscheinend sehr. Rudik war sein Vorgesetzter, er hat den Agitationsstab geleitet, in dem dieser Chlebnikow sich für die Propagandaplakate die passenden Unterschriften ausgedacht hat. Dann musste Rudik nach dem Iran spionieren gehen, aber kurz darauf war er wieder in Moskau, hat an der Militärakademie studiert, Fernost-Fakultät, für die diplomatische Laufbahn. Dass er Farsi konnte, hat ihm dort natürlich genützt.

In Persien war er bei den Trotzkisten, deswegen ist er so oft im Gefängnis gewesen. Trotzki wollte die Weltrevolution anzetteln, hat seine Agenten überallhin geschickt. Die Revolution in Persien war ein spezieller Traum von ihm. Rudik hat seiner Frau aus dem Gefängnis ausrichten lassen, sie solle seiner Schwester in Baku, also mir, einen großen Packen Papiere schicken. Wem hätte er auch sonst noch trauen sollen, der arme Kerl? Rudik war noch keine achtunddreißig, da haben die Jeschowleute ihn kaltgemacht. Mein seliger Mann wollte Rudiks Papiere verbrennen, aber ich hab sie auf der Datscha versteckt, im Keller, wo Kohle und Holz liegen. Dafür musste ich extra ein Fuhrwerk mieten, der Hausmeister hat beim Aufladen geholfen, meinem Alten hab ich gesagt, ich hätte den Kram eigenhändig verbrannt, schlau wurde man aus dem Zeug sowieso nicht, das waren alles nur irgendwelche Zahlen und Formeln und Zeichnungen. Später haben sie dort in unserer Straße Gas gelegt, das Brennholz ist im Keller liegengeblieben, da kam später allerlei Gerümpel drauf. Die Kisten müssen noch irgendwo sein.«

Die Datscha der Poljanskis war in Bilgəh, als Kind war Stein mit der Mutter öfter dort gewesen: Gärten, so weit das Auge reichte, Strand und Meer. Stein fragte sich, ob da nicht womöglich Manuskripte von Chlebnikow lagerten. An Rudiks Stelle hätte er sie sich vom Dichter erbettelt. Oder heimlich entwendet. Oder beides. Man müsste sie auftreiben und ins Ausland verkaufen, dachte er. Dort wissen sie wenigstens, wer Welimir Chlebnikow ist. Anders als hier, wo sie ihn mit dem Kosmonauten Chlebnikow verwechseln.

Die alte Poljanskaja, Tochter eines Lokführers, der noch in Nobels und Rothschilds Diensten Tankzüge nach Batumi gefahren hat, erzählte mit Vorliebe Schauergeschichten über Stalin. Wie er ganz Bayıl einschließlich der Gendarmerie in Angst und Schrecken versetzt habe. Und dass er Kannibale gewesen sei, mit einer Vorliebe für das weibliche Geschlecht! Düstere Legenden existierten, wonach er so manches zarte Persönchen gezielt in den Selbstmord getrieben habe. Das hatte die Poljanskaja heiser flüsternd, Augen rollend, mit der Zahnprothese klappernd in sein Ohr geraunt.

Und Stein wurde nicht müde, sich von ihr bis knapp unter die

Luftröhre mit Tee und Feigenmarmelade abfüllen zu lassen (Letztere liebte er wie eine Wespe) und dabei Erinnerungen hervorzukitzeln, die alte Frau nach ihrem Bruder auszufragen, um dahinterzukommen, wie dieser Abich mit seinen zwanzig Jahren so tief ins Zentrum des revolutionären Brodels hatte geraten können.

Das Ganze hatte mit Bljumkin zu tun. Dessen Name Stalin aus den Annalen der Weltgeschichte getilgt hatte, ähnlich wie im Fall Trotzki. Über Bljumkin kursierten in Baku ausschließlich Mythen. Befördert wurden sie durch die Erinnerungen Pjotr Tschagins, damals ein junger bolschewistischer Literat, einer von Kirows Moskauer Gehilfen, sowie Alexej Kosterins, auch er ein Kampfgefährte von Rudolf Abich.

Stein hatte sich bei der Poljanskaja ein großes Atelierphoto erbettelt, auf dem ihr Bruder inmitten seiner Regimentskameraden von der Persischen Armee zu sehen war, und an die Hinterkante seines Schreibtischs gestellt. Rechts davon lagen aufgeschlagen zwei Bände aus Chlebnikows Gesammelten Werken, herausgegeben in den 1920ern, aus der Universitätsbibliothek entliehen. Abend für Abend saß er nun hier und entwarf szenische Etüden, aus denen ein Stück werden sollte, besann sich auf etwas, das früher schon einmal revolutionär und dann rasch wieder vergessen war: den Zuschauer in das Geschehen auf der Bühne einzubeziehen. Er würde Claqueure im Zuschauerraum verteilen, ihnen Kommentare in den Mund legen, es nicht bei Kommentaren belassen. So brächte man die Sache in Schwung …

Bis die Arbeit an dem Stück plötzlich für beinahe ein ganzes Jahr zum Erliegen kam – nämlich als eines Sonntags nach stundenlangem Entrümpeln (Spinnweben, Asseln, Reste von Schlangengelegen, in die Nase beißendes Insektenpulver, alte Fahrräder, Sonnenschirme, Bettgestelle … Heydər, der Kraftfahrer, als ihm das Warten zu lang wurde, kam helfen, warf sich die angeschimmelten Holzkloben aufs Verdeck) der Schatz endlich gehoben war: Versandkisten aus dickem Sperrholz, wellig verzogen, aber schimmelfrei. Ganze zwei. Es seien fünf oder sechs gewesen, war die Poljanskaja sich sicher. Darin Manuskripte von Chlebnikows Hand! Auch Photos, Interviews mit Leuten, denen der Dichter in Persien begegnet war, dazu Aufzeichnungen von Abich selbst, Erinnerungen von Kosterin, Kostjuschka, wie sie ihn nannten … All dies stapelte sich nun auf dem Schreibtisch, die Kladde mit dem Theaterstück geriet zuunterst, erst als der Stapel abgearbeitet war, kam sie wieder zum Vorschein.

Jedes Mal bevor Stein an eine neue Episode ging, schaute er lange auf das der Poljanskaja abgeluchste Photo, schaute wie in ein Kaleidoskop, den vom Sonnenlicht durchstoßenen Tubus langsam vor dem Auge drehend. Die abgebildeten Männer, ihre Charaktere waren kenntlich, lesbar wie in einem Buch: klar und tief, wenngleich unausgesprochen; jeder von ihnen hätte der Anfang einer Erzählung sein können. Jetzt hing sein Blick an Kosterin, der von allen in Abichs Truppe am erwachsensten aussah – von Bljumkin einmal abgesehen, der ebenfalls etwas Distanz zu wahren schien; kein Dünkel jedoch, auch kein Hahnenkampf zwischen beiden; ihre Individualitäten überstrahlten den angesagten Kollektivismus, zügelten ihn; Bljumkin schaute streng auf das Söhnchen vom Photographen, das naseweis hinter einer Portiere hervorsah, ohne dass der Vater es gewahrte, während Kosterin, der den Schlingel längst bemerkt hatte, belustigt über die Köpfe der anderen Rotarmisten hinweg Bljumkin ansah.

Alexej Jewgrafowitsch Kosterin war ein hochgewachsener junger Mann von nüchterner, prinzipienfester Ausstrahlung, der die Führungsrolle, die ihm zufiel, stolz annahm und einzusetzen wusste. Zum Altersvorsprung (er war vierundzwanzig, nur etwas älter als die meisten, aber in der Jugend zählt jedes Jahr für drei) kam die Rangüberlegenheit (auch sie gering und doch entscheidend: Jungen sind in ihren Kriegsspielen gnadenlos). Aufgewachsen in der Familie eines passionierten Laienerfinders, der Drehbank und Fräse virtuos beherrschte. Zunächst im Wolgagebiet als Zeitungsreporter unterwegs; die älteren Brüder waren Bolschewiki, also wurde er auch einer; mehrfach in Arrest genommen; die Februarrevolution war seine politische Geburt. Während des Bürgerkriegs verschlug es ihn ins Kaukasusgebiet und nach Persien. Nach seiner Rückkehr zum Kriegskommissar von Tschetschenien ernannt. Von da an geriet seine Biographie auf Abwege. Im März 1922 wegen Trunksucht aus der Partei ausgeschlossen. Nach Moskau gezogen; schrieb für die Zeitung, aber auch hohe Literatur, veröffentlichte einen Band Erzählungen. Während der Repressionen ging er nach Kolyma, um dort zu arbeiten und sich ein wahrhaftiges Bild der Lage zu machen; als »Sozialschädling« verhaftet. Nach dem Krieg in Saratow und Rostow am Don; Arbeit als Erzieher im Kinderheim, als Kulissenschieber am Theater. Dann wieder in Moskau: Kioskverkäufer, fliegender Buchhändler. Wiederaufnahme in die Partei und in den Schriftstellerverband. Schrieb an Chruschtschow einen Brief, in dem er sich für die Menschenrechte der aus der Verbannung heimgekehrten Tschetschenen und Inguscheten einsetzte, was ihm von diesen hoch angerechnet wurde; blasse Kopien dieses Schreibens, in Blumenfolie geschlagen, fanden sich in jeder von Repressionen betroffenen Familie im Nordkaukasus. Mit manchem Bolschewiken vom alten Schlag teilte er die Forderung an die KP, zu den revolutionären Idealen zurückzukehren. Verteidigte den Prager Frühling. Erlitt einen Herzinfarkt; Ausschluss aus der Partei und dem Schriftstellerverband. Tage später gestorben.

Während Stein in dem Nachlass schmökerte, ergriff der Wunsch von ihm Besitz, Abichs Sache fortzuführen und Chlebnikows Drang nach Persien auf den Grund zu gehen, der womöglich der Drang der Russen schlechthin war – dahin wo sie die Freiheit vermuteten. Darüber hinaus wollte er mit seinem Stück das Zusammenspiel dieser zwei so unterschiedlich gesinnten Revolutionäre ausloten: Abich, der von Forscherdrang erfüllte Rationalist, und Chlebnikow, der Mystiker. Deren untergründig gespanntes Verhältnis – in einer gewissen Einseitigkeit gepflegt – kam ihm vor wie das Drama zwischen Mozart und Salieri. Abich war sich über Chlebnikows staunenswerte prophetische Gaben im Klaren, hätte sie gern als Waffe eingesetzt. Und dafür, dass Abich dem Dichter auch nicht gleichgültig war, mochten die beiden im Nachlass befindlichen Porträtzeichnungen von Chlebnikows Hand als Indiz herhalten sowie zwei Gedichte: das eine, von einem Kameltintenfass handelnd, war Abich gewidmet, ein zweites deutet den Namen Abich als Habicht.

Analytisch vermochte Stein den Phänomenen nicht beizukommen, also schrieb er sein Stück – in der Hoffnung, sich in seine Figuren einzufühlen und so hinter das Geheimnis ihrer Tragödie zu kommen.

Derweil Stein sich schon als Derwisch im Iran sah, erfuhr die Wirklichkeit aus diesen Phantasien immerhin Impulse: Regelmäßig samstags, wenn Stein seine Mutter besuchte, bedrängte er sie, mit ihm die polizeiliche Meldestelle aufzusuchen und die Ausreise zu beantragen, dafür hatten sie die Einladung einer fiktiven weitläufigen Verwandten vorzuweisen, die ihm ein halbes Jahr zuvor sein Ex-Studienkollege David Gurwitsch geschickt hatte. Dieser befand sich mit Frau und Tochter schon geschlagene drei Jahre in diesem Status, rechtlos und ohne Arbeit; betrieb Schwarzhandel mit Schuhen und Schallplatten, suchte mit seinem Saporoschez die Wilderer in ihren Dörfern längs des Kür auf und kam mit einem Rucksack voll junger Störe wieder, russische Fischer sagen Peitschen dazu: halbiert und ohne Kopf. (Alle Fischer an der Kaspisee sind Russen; Muslime rühren Fisch außerhalb der Fastenzeit nicht an, Fisch hat keine Hörner, bei denen man ihn packen kann.) Die Seitenklappen des Rucksacks bargen Kaviar in mit Angelsehne verschlossenen Plastiktüten; dafür bekam man zwanzig Rubel das Literglas beziehungsweise das Doppelte, wenn er vom Beluga-Lachs war. So zu leben wäre Stein nicht in der Lage gewesen, dafür war er zu ängstlich und obendrein gesundheitlich nicht stabil genug, Gurwitsch nahm sich ihm gegenüber wie Gulliver aus, vor Kraft fielen dem die Haare vom Kopf, sein Bäuchlein war prall und der Blick bullig. Hingegen er? Bekam es nicht mal hin, ein Mädchen auf Händen zu tragen, geschweige einen schweren Rucksack zu heben. Aber jetzt entwickelte er Kräfte. In die Enge gedrängt, wo man mit einem Skistock, einer Nagelschere, Heugabeln auf ihn einstach. Jetzt war ihm schon alles gleich, flüsternd brüllte er auf seine Mutter ein, als er mit dem Glas Borschtsch in der Tasche und den Buletten in der Hand auf der Schwelle stand, die Mutter weinend, kopfschüttelnd, Tränen schluckend.

Der *horror vacui* machte Stein kreativ. Er wusste, die Tage des Imperiums waren gezählt, und sein Platz war weder unter den Trümmern, noch obenauf. Selbstvergessen büffelte er Englisch, übersetzte Teile aus seinen eigenen *Ungeschriebenen Essays* (dieses Genre hatte er aus der Taufe gehoben); Mutter arrangierte die Audienz bei einer entfernten Bekannten, Inessa Belozerkowskaja, auf die er brav vor dem Sprachlehrkabinett der Universität wartete. Die Lehrstuhlleiterin für Fremdsprachen rückte ihm die Syntax zurecht, nicht ohne mit gereizter Verwunderung anzumerken, die seine entspräche dem Deutschen. Darauf war er nun wiederum fast ein bisschen stolz. Oh, wie sehr verachtete Stein den kulturellen Notstand um sich her. Im *Tropfen*, seinem Theaterrefugium, inszenierte er Dürrenmatt und Stoppard, *Lady Macbeth* und *Onkel Wanja*. Seine Zöglinge spielten die schwierigsten Rollen mit Bravour – einer, ein talentierter, etwas sonderbarer Junge, Perser von Geburt, fiel vor Hingabe zweimal in Ohnmacht. Schmalgliedrig und zart, zugleich kräftig, mit einer unübersehbaren Verkrümmung der Wirbelsäule, aber physisch ungemein beweglich, konnte er wie eine Feder losschnellen, radschlagend quer über die Bühne wirbeln ohne ersichtlichen Grund, nur so zur Lockerung, war aber zu einer zwanglosen Pose nicht in der Lage, alles geriet ihm heroisch, mit erhobenem Kinn; beim Sitzen schlug er unwillkürlich die Beine übereinander, wischte sich bei Aufregung den Schweiß mit dem Taschentuch von der Stirn. In den von Feingeist und Leidenschaft geprägten Zügen spiegelte sich die Fähigkeit zum selbständigen Denken. Nie war er in Verlegenheit, wusste stets, was zu sagen und zu machen war, wohin er zu gehen hatte. Nur in den Momenten, wo er sich an den Rand der Ohnmacht steigerte, verzögerte sich seine Reaktion. Das erste Mal, dass er schlappmachte, war auf der Generalprobe zum *Revisor*, wo er der Gattin des Stadthauptmanns in einem eher unheiklen Moment in die Arme kippte. Das zweite Mal kollabierte er im *Hamlet*, kurz nachdem er den Dolch durch den Vorhang gebohrt.

Am Schluss von Steins *Revisor*-Inszenierung, als das Eintreffen des wahren Revisors verkündet wird und alles, zur Tür gewandt, stumm erstarrt, geht diese Tür tatsächlich auf, und herein kommt … erneut Chlestakow, der falsche Revisor. Haşem spielte ihn wie im

Rausch, furchteinflößend, ich hatte Mühe, ihn überhaupt zu erkennen.

»Ist dir klar, was Stein mit diesem Revisor gemacht hat? Wie sehr er damit Gogol auf den Kopf stellt? Wie furchtbar aussichtslos das alles bei ihm ist?«

Mein Gastspiel in Steins Theater währte nur kurz, zwei Inszenierungen. Etwas stimmte für mich daran nicht, missfiel mir von vornherein. Vielleicht war es das »Getue«, das Künstliche der Situation, das Als-ob, oder die generelle Flüchtigkeit und Unverbindlichkeit künstlerischen Wirkens, was dort irgendwie in der Luft lag. Oder aber ich spürte das Fatale, Defätistische in Steins Charakter, das große, unausfüllbare Manko, dessen Ruch ihm selbst nicht bewusst war oder allenfalls schemenhaft kenntlich, so wie der Mensch den eigenen Körpergeruch nicht wahrnimmt.

Ich hingegen war das Kind eines Ingenieurs und gewohnt, mich an die praktischen Dinge des Lebens zu halten; Visionäre zogen mich nicht an; nur von dem, was handfest erzeugt, errichtet, in Gang gesetzt worden war, ließ ich mich beeindrucken. Die Welt des Theaters, auf die Stein fokussiert war, fiel als Königreich des doppelten Bodens meiner Verachtung anheim.

Umso erstaunlicher, dass ich es in dieser Truppe überhaupt eine Zeitlang aushielt. Ein Grund dafür wird Günel gewesen sein, das Mädchen, das Lenka buchstäblich in den Schatten stellte; wohl alle Jungen sämtlicher Klassenstufen waren in sie verliebt. Ein kräftiger Wachstumsschub (sie war in einem Monat annähernd einen halben Kopf größer geworden) hatte sie aus dem seelischen Gleichgewicht gerissen, sie wurde schnell fuchsig, man durfte ihr kein Wort zu viel sagen, sonst konnte es in Tränen oder einer Ohrfeige enden. Auf dem Schulappell war sie bewusstlos geworden, der Sportlehrer fing sie geistesgegenwärtig auf; erschrocken trug er sie auf ausgestreckten Armen ins Sanitätszimmer. Die schwarzen Tropfen auf dem Asphalt, das purpurne Rinnsal an ihrem Knie unter dem Saum ihrer weißen Schulschürze sehe ich noch vor mir …

Manchmal in den Pausen lief Stein, den Bleistift hinterm Ohr, aufgeregt vor seinem Regiepult mit der Schreibtischlampe, die er eigens jedes Mal in einem Gemüsesack von zu Hause anschleppte, auf und ab und extemporierte; nur gelegentlich schälte sich aus seinem Gemurmel verständliche Worte, und er hob die Stimme, um uns den eben entwickelten Gedanken mitzuteilen:

»Chlebnikows Ziel war es, die ganze Welt in eine Avantgarde zu verwandeln, als solche die Zeit zu überholen und zu beherrschen. Er war krank, unser Poet. Mit der Schwarzerde seines Wahns hat er sein Luftgrab in der Schwebe gehalten …«

Oder dieses:

»Chlebnikow hat sich so sehr ins Universum hineinversetzt, dass er dessen Schwingungen spüren konnte. Er wollte dessen Mittler sein, elektrischer Leiter – ins Menschliche hinüber. Dafür war ihm jedes Mittel recht. Sein mathematisches Handwerkszeug war primitiv, nicht einmal als Krücke zu gebrauchen. Die formalistischen Lösungen, die er nahelegte, waren oft die reine Idiotie, verworrene Mnemonik, Krämpfe einer nicht sehr flexiblen, wenngleich hochsensiblen Membran, die den Weltenbau bis in sein Zuinnerstes ergründen wollte. Das Menschliche und das Ewige sind in ihm fest miteinander verschweißt … Er nahm diese Schwingungen genau wahr, tat sich nur schwer damit, sie auszudrücken. Er war ein Märtyrer des Ausdrucks. Dabei spürte er genau, woher der Wind wehte: Es ging um Zahlen. Die er, nach Pythagoras, noch ganz symbolisch zu animieren suchte. Aber in diesem Punkt war er Prophet. Die Raum-Zeit-Strukturen, die ihn beschäftigten, werden heute in der Superstring-Forschung untersucht … Hätte man im Übrigen Newton gewaltsam die Quantentheorie einzubläuen versucht, wären seine Auslassungen dazu nicht weniger konfus gewesen, mit ein paar genialischen Geistesblitzen darin. Was die Größe seiner Prophetie nicht in Abrede stellt.«

3

Haşem hatte mich in dieses Theater abgeschleppt, Stein weisgemacht, ich sei der geborene Regisseur, Tulpenzüchter obendrein, erwähnte unsere alte Passion, Kees und Karakol zu spielen, Theater, Marke Eigenbau, sozusagen. Stein zeigte sich interessiert, fragte nach dem Stoff – ich erzählte ihm, das Buch sei ohne Umschlag gewesen, die Abenteuer eines Waisenkinds, das einen Zirkusartisten zum Freund hat, zu Zeiten des Geusenaufstands gegen die spanischen Usurpatoren. Stein wurde lebhaft; anscheinend hatte er etwas Ähnliches mit Puschkins *Hauptmannstochter* erlebt, die ihm als Kind in Klasse fünf untergekommen war, auch ohne Titelblatt, und später musste er feststellen, dass es sich um ein stinknormales Werk der Weltliteratur handelte, nämlich als sie es in der Schule durchnahmen. Dann wollte Stein noch etwas über Tulpen wissen, und ich wunderte mich über mich selbst, wie gelassen und ausführlich ich Auskunft geben konnte über die Geschichte der Tulpe, ihre Herkunft aus Persien und vom Abşeron. Ich ließ mich zu ein wenig Prahlerei hinreißen, beschrieb eingehend die Methode der Kreuzbefruchtung, auszuführen unter Zuhilfenahme eines Wieselhaarpinsels mit anschließender Kultivierung im Spankorb, hernach werden die Sämlinge getrocknet und gelagert und sogenannte Erstjahreszwiebeln daraus gezogen. Ich erzählte ihm von der Eichler-Tulpe, *Tulipa Eichleri*, benannt nach einem namhaften Chemiker der Nobels, der diese Wildform entdeckt und erforscht hat. Auf diese außergewöhnliche Blume war ich damals besonders fokussiert: tiefrot, mit einem betörend schwarzen Spiegel, eine endemische Art von den trockenen Geröllhängen des Abşeron. Für eine Zwiebel davon wechselte seinerzeit in Holland vor dem Geusenaufstand gut und gerne eine Kutsche samt nicht zu alten Pferden den Besitzer. Der Anblick dieser Blüte ließ auch mein Herz erbeben. Ich wüsste nicht einmal genau zu sagen, warum Blumen den Schönheitssinn dermaßen ansprechen; bei Tulpen jedenfalls gerate ich regelmäßig in Verzückung. Die Kraft und Geschwindigkeit, mit der sie Ende April urplötzlich austreiben und zur Blüte ansetzen und dann immer noch weiterwachsen, während die Kelche purpurn anlaufen; diese abgrundtiefe Schwärze des Blütenbodens, die prallen Staubbeutel, die quietschstraffen Blätter bis übers Knie, der Blütenkelch wie ein Menschenherz so groß … Ich betätigte mich als Laienzüchter: suchte auf den Expeditionen mit Stoljarow durch den Abşeron nach abgeblühten Pflanzen, grub und wählte die kräftigsten Zwiebeln aus und brachte sie hernach durch Zudünger auf Gardemaß. Mama trat mir den halben Hof für meine Tulpen ab, ich mischte Vogel- und Schafmist im rechten Verhältnis und grub ihn unter, zimmerte mir Kästchen, in denen ich die Zwiebeln auf dem Dachboden gut belüftet lagerte. Und natürlich kriegte Mama sich kaum ein vor Entzücken, wenn sie morgens die Kohorte der von mir verwöhnten *Eichleri* entdeckte, wie sie ihr aus den Beeten grellfarbig entgegenlachten. Jedes Jahr war ich gespannt, welche Mutationen sich ergaben. Plötzlich zwei gelbe Blütenblätter unter den roten – endlich ein Mutant! Ich entnehme den Pollen und bestäube eine bestimmte Gruppe damit. Warte auf die Samen, dann auf den Herbst. Lege die Zwiebeln extra. Warte auf den nächsten Renegaten. Mühe mich lange mit der Selektion herum, heraus kommt ein grober Farbverschnitt, den ich zu verwerfen beschließe. Sämtliche Zwiebeln werden vernichtet … Von alledem erzählte ich ihm. Gefragt zu werden nach etwas, worüber man als Einziger Bescheid wusste, war angenehm und schmeichelte.

»Sie greifen also zum Pinsel und malen die Tulpe, die Ihnen vorschwebt!«, resümierte Stein, der des Zuhörens müde war und die Überleitung nutzte, um zu erzählen, wie wichtig es sei, dass ein Regisseur zeichnen könne – nur dann wüsste er mit den Gesetzen der Perspektive umzugehen und die Tiefe der Bühne zu nutzen, Kostüme und Kulissen farblich aufeinander abzustimmen; die Beleuchtung wiederum funktioniere nach den Gesetzen der Stereometrie.

Ich hatte seinen Scherz nicht auf Anhieb verstanden, und als der Groschen fiel, fand ich ihn blöd, denn mir war es um die Tulpen ernst, während er sich über mich und sie lustig zu machen schien. Dies war es wohl, was mich an Stein störte: dass er nur auf sich und die eigenen Belange ein Auge hatte, höchstens noch auf die, welche sich als Projektionen für ihn eigneten. Andere Menschen waren ihm einerlei.

In Steins Wohnung stand ein Totenschädel auf dem Fensterbrett; saß man bei ihm auf dem Balkon, schielte man unwillkürlich immer wieder auf den vom vielen Befingern blanken Hinterkopf. Als wir Stein nach seiner Herkunft fragten (lange wusste keiner, dass dieser Schädel künstlich war, aus Alabaster gefertigt – nämlich bis er mir herunterfiel), schien er nur unwillig Auskunft geben zu wollen. »Angeblich ist es Gogols Schädel. Falls man mich nicht verarscht hat. Ihm fehlt das Nasenbein. Wo mag es abgeblieben sein? Ich behaupte: Die Nase geht immer noch spazieren. Schon 1931, wie sie Gogols Gebeine umgebettet haben, soll die Hälfte der Knochen gefehlt haben, auch Schädel und Wirbelsäule waren weg. Den Schädel habe allem Anschein nach ich ...«

Donnerstäglich flößte Stein der ihm anhängenden Jungschar literweise amerikanischen Kaffee ein, was in einer Teestadt wie Baku ein Sakrileg war. Er brühte ihn eigenhändig durch ein in Mull gehülltes kleines Sieb; in Abständen schüttete er dazu einen Haufen noch warmer Baisers vom Blech auf eine Serviette, auch diese buk er selbst, indem er den gestrichenen Neusilberteelöffel zuckrigen Eischnee akkurat und geduldig einen neben den anderen auf das gefettete Pergament plazierte.

4

Der Regisseur wohnte »am Montin« – so hatte das Dorf, das früher hier lag, geheißen, das nun vom Neubauviertel geschluckt war. Benannt zu Ehren von Pjotr Montin, einem Revolutionshelden anno 1905, Sohn eines bekannten Schnapsbrenners. Mit expropriiertem Montin-Wodka in stilisierten Feldflaschen hatte der Parteifunktionär Kirow den Dichter Jessenin und weitere Gäste auf Abşeron bewirtet ... Steins heimatkundliches Interesse zielte vorrangig darauf ab, interessantes Personal für sich zu entdecken und die Umstände zu erfahren, derentwegen es diese Leute zu unterschiedlichen Zeiten nach Baku verschlagen hatte. Insbesondere die 1920er Jahre hatten es ihm angetan. Er hatte außerdem die fixe Idee, es müsste in jenen Jahren ein Schatz in der Stadt vergraben worden sein, den zu heben lohnte, so hintertrug es mir Haşem. Seiner festen Überzeugung nach konnte das in den Jahren des Aufschwungs auf den Abşeroner Ölfeldern gesäte und geerntete Geld nicht alles spurlos verschwunden sein, sich in Luft aufgelöst haben, irgendwelche »Nuggets« mussten da noch an geheimer Stelle lagern. Man kennt das von den Wühlmäusen, die auf einem abgeernteten Kornfeld umgehen und das verschüttete Korn in ihre Höhlen abschleppen. Stein war hartnäckig auf der Suche nach solchen Höhlen, denn die Nachfahren einer ganzen Armada von Ölmagnaten – Deutsche, Armenier, Juden, Aserbaidschaner, gemästet durch die üppigen Kreditvergaben der Rothschilds – waren zum größten Teil noch in der Stadt. Die meterdicken Mauern der Altstadt mussten sich prächtig eignen für Geheimverstecke aller Art; ging Stein abends auf der Promenade spazieren, meinte er Gold und Juwelen durch den Stein glühen zu sehen, sah sie neongrell leuchten, die ganze Stadt erstrahlte davon. Dann wieder drohten ihn nachts im Traum die Tonnen von Platinfolie-Girlanden zu verschütten, die den Cracking-Kolonnen der von den Briten oder Türken oder Bolschewiken oder Müsavatisten zugrunde gerichteten Raffinerien entstammten: weich und schwerelos zunächst, glänzend und überaus kostbar, fiel die Folie Schicht um Schicht auf ihn nieder, so dass er am Ende kaum mehr Luft bekam, auf die Knie fiel, sich nicht mehr erheben konnte, wie die Pompejaner auf Brüllows Gemälde in dem Regen aus glutheißer Asche; oder ein Schauer aus schweren Goldrubeln kam hernieder und erschlug ihn. Am grässlichsten aber war der wiederkehrende Traum, in dem ihn Übelkeit und Schwindel befielen, und das Öl kam ihm hoch; dann hätte er am liebsten nach Mama gerufen; doch er brauchte nur den Mund zu öffnen, schon schlug ihm aus der Kehle der ölige, stinkende Schwall, und die Gedärme krampften, ohne dass er den Schmerz gespürt hätte; ein Grund zur Panik war es allemal, schon wegen der Fülle und Heftigkeit des Hervorbrechenden, und weil das Öl sich leicht entzünden konnte, was auch im nächsten Augenblick geschah, feuerspeiend lief er ins Freie, in die Dunkelheit, und es endete damit, dass das Haar ihm entflammte wie eine Hocke trocken Stroh, ein Kerzenlicht unterm Sternenzelt.

So wie jeder Georgier seinen Stammbaum mit einem blaublütigen Spross zu schmücken pflegt (kaum ein kaukasischer Grundbesitzer, der nicht Fürst gewesen wäre), galt es unter den Bakuwinern als schick, eine Verwandtschaft mit einem der zahllosen Zweige der Öldynastien zu konstruieren. Jeder dieser klingenden Namen – Mirzəyev, Mantaşev, Pleskatschewski, Zərdabi, Kərimov, Qacar, Lianosov, Tağıyev, Sabirov, Barinov, Rosenbaum, Salman, Qafar, Nowogrudski, ?zimov, Rudoi – stand für eine weitverzweigte Familiensaga. Schon als Schüler begann Stein auf Whatmanpapier die Stammbäume seiner Klassenkameraden zu zeichnen, womit er sich frühzeitig und mit Geschick den Nimbus des Nachwuchs-Heimatforschers zulegte, eines etwas sonderbaren, wissbegierigen Knaben mit vielversprechender Zukunft. Die gutnachbarlichen Beziehungen seines Mütterleins sorgten für einen Vertrauensvorschuss, mit dem er in die Familien der Freunde und Kameraden Einlass fand, sich sorgfältig in deren genealogische Zusammenhänge vertiefte und Karteikarten erstellte, die mehrere nach edlem Leder duftende tschechische Schuhkartons füllten. Mehr oder weniger verhohlener Spießerstolz ließ die Nachkommen der Magnaten, ob nun von den Zeiten geschleift, geschröpft oder gehätschelt, des Glanzes von Siegern jedenfalls unwiderruflich verlustig gegangen, ihre Familiengeheimnisse lüften. Was dabei heraussprang, war eine Liste vormaliger Wohradressen, die mithin für die Schatzsuche in Frage kamen. Besonders gewitzt war das Kalkül des jungen Stein, dass die Verstecke noch vor den Einquartierungen angelegt worden sein mussten, vor Flucht und Verhaftung. Die Liste konzentrierte sich also weniger auf die realen Wohnsitze der Erbfolger als darauf, wie die privaten Besitztümer ihrer Dynastien in früheren Zeiten lokalisiert waren. Begonnen werden musste die Suche in den Vorstadtkaten der Kindheit, fortgesetzt in den Behausungen naher Verwandter (von Nutzen waren Informationen über etwaige Sympathien oder Antipathien des Wohltäters ihnen gegenüber) und besonders konzentriert auf die Wohnungen der Mätressen. Aufschluss über Letztere war mühelos von Nebenerben zu beziehen; sie glühten vor Begierde, symbolische Rache zu üben, und gaben bereitwilliger als die direkten Nachfahren Auskunft über ihre Verwandtschaftsbeziehungen zu den Magnaten. Diese wiederum mochten einst ihre Rücklagen in den heimlichen Liebesnestern besser aufgehoben finden als zu Hause. (Grammophon hinterm Fudschijama-Paravent, taufrische Rosen aus Chorasan im neumodisch plumpen, verzinkten Eisenkrug oder zerknautschte Weißnäherei und verschlissene Gummistrumpfbänder oder Trockenblumenknäuel und Rollen von Strohgeflecht oder Ballettschuchen mit zertanzten und geflickten Spitzen, Schals und Tücher, Porträtkarten der Komissarschewskaja und der Duncan …) Auch im Fluchtfall waren solche Depots weniger zugänglich und darum besser geschützt – zumal wenn die Personen, die damit lebten, nichts davon ahnten.

Gegen Ende des zweiten Studienjahres war die Liste auf einhundertsiebenunddreißig Adressen angewachsen; höchste Zeit, sie mit der Realität abzugleichen.

Steins Kommilitonin Swetka Krassilnikowa war die Urenkelin des Erdölunternehmers Nerses Nerkararjan, der sich bei Aufstieg in die erste Gilde den russischen Namen Krassilnikow zugelegt hatte. Sein Haus befand sich hinterm Jungfrauenturm, beinahe direkt oberhalb der Promenade – Neugotik, sezessionistisch überformt, Chimären an den Giebeln, verkleinerte Kopien der Scheusale vom Notre Dame. »Ah, Swetkas Haus!«, durchfuhr es Stein, wenn bei den Wetterprognosen am Ende der Fernsehnachrichten die Reihe an Baku kam und der Jungfrauenturm nebst Nerkararjans Villa im Doppelpack auftauchten; gleich überkam ihn wieder die Raubgier. Wenn man Swetka glauben wollte, war das Haus »bis obenhin voll« mit Platin (besagte Folien von den Crackingtürmen), Tafelsilber und Juwelen. Er ergatterte die Schlüssel vom Dachboden. Mit einem Brecheisen und einem Stück Drahtgaze, aus einer Baustellenumzäunung geknipst, schlich er hinauf und klopfte einen halben Tag lang systematisch die Flächen unter den Dachluken ab, hebelte Fußbodenbretter aus, durchsiebte den Sand aus den darunterliegenden Schüttungen. Und nicht umsonst. In einer Nische unter einer Fensterbank fand er das, wonach er (so schien es ihm zumindest hinterher) die ganze Zeit gesucht hatte: eine Pistole, wirklich und wahrhaftig eine richtige Mauser, schwer in der Hand liegend mit all ihren Riffelflächen, vollständig. Schartig und zerkratzt vom offensichtlichen Gebrauch, in Ölpapier gewickelt, vorzüglich erhalten, wie eben aus der Zeitmaschine gezogen. Anbei noch eine kleine Börse mit einer Brosche und ein paar Silbermünzen …

Der Erfolg dieser Dachbodeninspektion weckte Hoffnungen, die ihm nicht gut bekamen. Er schritt zur planvollen Begutachtung der städtischen Sanatorien, denn auch die hatten ehemals den Ölbaronen gehört. Zwei Ärzte wurden in den Plan eingeweiht, die sich ein paar passende Krankheiten für ihn ausdachten, und zwei Gewerkschaftsfunktionäre für den Kur-Scheck, einen davon hatte seine Mutter angeworben. Das folgende Jahr investierte Stein sein Gehalt in Behandlungen in den Abşeroner Heilstätten. Vornean standen die verstreut in den Kurorten rund um Baku – Mərdəkan, Şüvəlan und Buzovna – befindlichen Villen, wo sich damals die Neuunternehmer (eben noch Vorarbeiter, Ochsentreiber, Gastwirte, kleine Ladenbesitzer, war es ihnen gelungen, sich am Brunnen mit dem schwarzen Gold festzusaugen) ihr kleines Paradies auf Erden errichtet hatten: Herrenhäuser, die einem Schahpalast den Rang abliefen, mit Parks, Blumenrabatten, Springbrunnenkaskaden, Monplaisiers, Oberbecken und Unterbecken, Hängeveranden und Galerien, die über der Front von Marmorsäulen und Zypressen, den Duftwolken aus den Rosarien dahinflogen. Hohe Zäune mit majestätischen Toren bewahrten den Anwesen ihr Geheimnis. Das Səfərəliyev-Palais beispielsweise war von einer Vielzahl pittoresker Vögel geschmückt: in Volieren oder, mit gestutzten Flügeln, in den Bassins schwimmend oder durch die Gärten stolzierend, wo ihre glasgeblasenen Ebenbilder standen und die von anderem Getier: Pfauen (trefflich Feder an Feder), Strauße, Gürteltiere (man konnte darüber stolpern), Kängurus, aus deren Beutel der Meister auch noch ein Junges hatte lugen lassen; der Boden der Bassins war mit venezianischen Spiegeln ausgelegt; in den Ecken kauerten, Kopf im Nacken, Hände ums gläserne Knie, liebreizende Feen. Ein Dschungel exotischer Bäume, von sowjetischen Botanikern zur Wiederauferstehung gebracht, erleichterte Stein die Mission, das Gelände diskret in Augenschein zu nehmen; zu erraten nicht nur, welches Fensterbrett erneuert worden war und welches nicht, jeder noch so verborgene, verfallene Seitenflügel war ausfindig zu machen, jede längst außer Betrieb genommene Feuerleiter – der kürzeste Weg, um den Dachboden zu entern …

Regelmäßig waren in Ermangelung von Wasserleitungen Brunnen gegraben, manche über vierzig Meter tief, auch die Bassins von beeindruckenden Ausmaßen; ferner gab es große Speicher, aus denen Wasser in Kapillaren gepumpt wurde, um den riesigen Garten zu bewässern. Beim ?sədullayev-Palais bildeten die Nebengebäude eine Flucht von einem halben Kilometer.

Gefunden hat Stein allerdings nie wieder etwas. Die Mauser will er eines Nachts von der Pier des Segelklubs ins Meer geschleudert haben. Hin und wieder tauchte ich danach, tastete ein bisschen den Grund ab, nur so aufs Geratewohl und ohne großen Eifer.

5

Steins Schatzsucherexzesse, ursprünglich hervorgegangen aus purer Neugier, wohin es die Nachgeborenen der Ölmagnaten wohl im Einzelnen verschlagen hatte, sublimierten sich zuletzt auch wieder in ein selbstloses Interesse an der Geschichte seiner Stadt. Dem ging die jähe, gravierende Erkenntnis voraus, dass Geschichte zwar fassbarer sein mochte als die Zukunft, aber auch heikler war, denn sie ließ sich nicht vorhersehen. Wissenschaftliche Arbeiten zum Bürgerkrieg in Transkaukasien waren praktisch nicht vorhanden. Das wenige, was es gab, war gelogen. Angefangen bei der Geschichte der Bakuer Kommune, über den legendären Blitzeinmarsch der 11. Roten Armee und Jefremows Vorstoß mit vier Panzerzügen auf Baku bis hin zum Feldzug auf Enseli – nichts als Mythen und Propaganda war offiziell verfügbar. Die versuchte Errichtung einer Sowjetmacht im Iran war streng tabu, die meisten am Feldzug der Persischen

Armee Beteiligten waren erschossen worden oder in den Lagern einen langsamen Tod gestorben. Nur zweien oder dreien gelang es in der Phase des Tauwetters wie durch ein Wunder, sich dem Vergessen zu entreißen. Auch Erinnerungen an die Bakuer Kommune 1918 – jene frühgeborene, von Moskau alleingelassene, von türkischen und britischen Truppen umgehend wieder erstickte bolschewistische Sowjetrepublik – kamen so gut wie nicht vor. Die gesamte Stadtgeschichte existierte nur in der mündlichen Überlieferung der Alteingesessenen; Gedächtnissplitter, von Mund zu Mund, Generation zu Generation getragen, ergaben ein Kaleidoskop historischer Bilder. Es war das Empfinden einer Autonomie jenseits des Imperiums, was der Stadt, die sich heimlich und im Stillen ein Bild von sich zu machen suchte, ihren Stolz zurückgab. Gespräche über die Vergangenheit waren wie eine Art Sport. Man erzählte sich von den Bränden in der Schwarzen Stadt, die oft wochenlang gewütet hatten. Von Stalin, wie er Minderjährige vergewaltigte und Petrolingenieure kidnappte. Und dass er die für ihn gefährlichste Periode des Zweiten Weltkriegs angeblich in Baku zugebracht hatte, in einer geheimen Kommandostelle, wenn nicht in einem Bunker unter dem Kaspisee, der von einer der Inseln zugänglich war – bereit zur Flucht mit dem U-Boot in den Iran. Und vom sagenhaften Reichtum der Ölmagnaten, wie er die Phantasmagorien der Untergrundrebellen nährte.

Mitunter gerieten selbst ganz unzweideutige Figuren der Geschichte in ein mythologisches Zwielicht: Man denke nur an die alte Bolschewikin Olga Schatunowskaja, Vertraute des Bakuer Sowjetvorsitzenden Stepan Şaumyan, die in den Tauwetterjahren auf einmal der Kommission zur Rehabilitierung unschuldig Verfolgter vorsaß. Ihre persönlichen Erinnerungen waren von Bekannten, Freunden, Verwandten aufgeschnappt, weitererzählt und ausgeschmückt worden. Die Absurdität der Revolutionsjahre im Ganzen verlieh noch den unwahrscheinlichsten Szenarien einen Ruch von Authentizität. Zahllose Fragen waren offen, aus jeder krochen Legenden hervor. Inwiefern waren die Briten an der Liquidierung der Bakuer Kommune beteiligt? Welche Rolle spielte General Dunsterville? Warum leisteten die Regimenter, in denen schottische Schützen in karierten Kilts und Sikhs in weißen Turbanen dienten, den osmanischen Truppen keinen Widerstand, zogen sich aus der Stadt zurück? Wie viele Armenier, wie viele Russen ließen ihr Leben, als die Osmanen die Stadt einnahmen? Die Aserbaidschaner waren sowieso immer der Meinung, nicht die Türken hätten die Stadt geplündert, sondern die Armenier, die Daschnaken. Wer hatte die Bakuer Kommissare hingerichtet? Keiner wusste es genau. Lenins Verhandlungen mit den Nobels – zu welchem Ergebnis führten sie? Wie ging die Eroberung der Stadt Enseli im Jahre 1920 im Einzelnen vor sich, der Einmarsch der 11. Armee? Was hatte Chlebnikow in Baku zu suchen? Wie viel Montin-Wodka trank Jessenin in dem halben Jahr seines Hierseins? Mit wie vielen Gedichten hat er Tschagin, den legendären Redakteur des *Bakinski Rabotschi*, dafür bezahlt? Tschagin war es, der Jessenin nach Baku gelotst hatte; auf Kirows Betreiben hielt er ihn davon ab, nach Persien zu reisen. Kutschierte ihn zum Trost des Öfteren über Land, führte die Schlösser der Ölbarone vor und machte ihm weis, es wären die Gärten von Schirāz. Ganz zu schweigen von Abich. Der erst noch! … Damals kursierten unter den jungen Kommunisten (die vor allem zwanzigjährige Abenteurer waren) Gerüchte, Bljumkin besäße Gold, das er bei der Enteignung der Staatsbank von Odessa (bewerkstelligt mit Hilfe des legendären Räubers Moissej) unterschlagen habe. Wieso, fragten wir uns, wählte Bljumkin Baku zum Ausgangspunkt für seinen Rückzug und nicht zum Beispiel Tiflis oder Wilna? Es konnte nicht allein an seinem Faible für den Orient liegen. Eher an den geographischen Gegebenheiten – insbesondere dem Kaukasischen Massiv. Der Westen war viel zu dicht besiedelt, da fiel es schwer unterzutauchen. Mittelasien wiederum war zu wüst und außerdem feindselig, dort war man Menschen, insbesondere fremden, gegenüber scheu. Tiflis taugte schon deswegen nicht, weil die Flucht von da früher oder später in unwegsame Berge führte. In Baku hingegen verhielt man sich Fremden gegenüber ungerührt, man lebte hier durchaus europäisch, und auch der Rückzug – sei's übers Meer, sei's übers flache Land – war kein Problem. Ob Bljumkin letztlich an sein Gold kam, ist ungewiss. Dass es unsere Phantasie in Atem hielt, stand außer Frage.

6

»Bljumkin war ein Teufel, den der liebe Gott sich eigens ausgedacht hat«, sagte Stein. »Ich hätte gern in seiner Haut gesteckt. Und ich denke, euch wird es genauso gehen, wenn ihr erst mal etwas älter seid und merkt, wie wenig Chancen ihr habt.«

Stein pflegte einen nicht eben angenehmen Autismus: Stellte gern etwas in den Raum, was uns Jugendlichen unbegreiflich bleiben musste, dafür ihm und den Geistern, die ihn quälten und herzten, Spaß machte. (Diese Einsicht habe ich heute. Damals verstand ich entweder, was er sagte, oder verstand nicht.)

Bljumkin war Steins Lieblingsheld, mehr noch als Chlebnikow und Abich. Er hatte vor, ein extra Stück über ihn zu schreiben, es gab wohl auch einen Versuch. Aber wie er sagte, würde daraus nichts werden, weil so wenig über ihn bekannt war, und sich etwas aus den Fingern saugen könne er nicht. Das Dokumentarische durch künstlerische Wahrheit zu verlängern, sei schon eine besondere Gabe, die an Prophetie grenze … Aber erzählen konnte Stein, und während er die einzelnen Charaktere beschrieb, maß er sie seinen jungen Schauspielern gleich einmal an: Haşem erklärte er zu Chlebnikow; Günel gedachte er die Rolle einer jungen Revolutionärin zu, für die die Dichterin Qurrat al-'Ain der Prototyp war – Schülerin und Getreue des Reformators Ali Muhammad, genannt Bab, der für Chlebnikow auf einer Stufe mit Jesus Christus, dem Messias, stand. Mit der Rolle des Abich wollte er entweder Oleg Safaralijew oder mich bedenken, während Senja Asimow (ein kluger Bursche, ewig mürrisch, mit vorgeschobener Unterlippe, der sich jedes Mal zu Sommeranfang den Kopf kahl schor und überdies den kompletten Majakowski auswendig konnte, Sluzki noch dazu – beim Rezitieren blieb sein Gesicht stoisch unverändert, obwohl die Stimme schneidend und inbrünstig klang) für Bljumkin einzustehen hatte, den zu deuten, uns nahezubringen sich Stein besondere Mühe gab.

»Durch den Mord am deutschen Botschafter Mirbach hatte Bljumkin seinen Ruf ramponiert. Trotzki persönlich ließ das Todesurteil damals zur Bewährung im revolutionären Kampf aussetzen und bestellte ihn zum Chef seiner Leibwache. Spätestens mit der Einnahme von Enseli und der Unterwerfung von Gilan war er in Trotzkis Augen und vor allem vor seinen Feinden rehabilitiert. Bljumkin war einer der führenden Tschekisten im Kaukasusgebiet, beteiligt an den Grenzziehungsverhandlungen mit dem Iran und der Türkei, hatte dem Schmuggel den Kampf angesagt, war der Revolution ergeben und zugleich voll transzendentaler Ideen, auf der Suche nach der absoluten Wahrheit und darum ähnlich hingerissen wie Chlebnikow von Bab und Baha'ullah, dem Propheten der neuen Religion. Bljumkin suchte den Kontakt zu den Ismailiten, die von der Scharia verfolgt wurden, gemeinsam mit Nikolai Rerich wollte er nach Shambala suchen, musste aber nebenher in Georgien einen Bauernaufstand niederschlagen und den Persern die Grenzwache Bagram-Tape wiederabknöpfen. Worauf er sich nach Britisch-Indien begab, um ein Agentennetz zu knüpfen, von den Engländern geschnappt wurde, jedoch aus dem Kerker fliehen konnte, noch dazu mit heißer Beute: einem Stapel Geheimkarten und gefälschter Dokumente. 1926 war Bljumkin inoffiziell in der Mongolei tätig, gründete derweil eine Geheimagentur in China und im Tibet. Ein nach Japan übergelaufener Agent deckte Bljumkins Treiben in Fernost auf, so dass dieser nach Moskau zurückgerufen wurde. Später ging er nach Konstantinopel und Palästina, lebte zunächst als frommer Jude Gurfinkel in Jaffa, wohler war ihm dann als persisch-jüdischer Kaufmann Sultanow. Zur Tarnung eröffnete er ein Antiquariat. Tschekisten aus allen Ecken und Enden der UdSSR schickten ihm die aus den Synagogen gestohlenen alten Thorarollen und Talmudbücher sowie Werke der alten hebräischen Literatur zum Verkauf. Womit Bljumkin der hebräischen Philologie einen unschätzbaren Dienst leistete: Die aus den staatlichen Bibliotheken und Museen entwendeten Bücher kamen in sichere Hände … Gerne saß Bljumkin bei Sonnenuntergang mit einem Bändchen Jehuda ha-Levi am Strand und beobachtete, wie mit Einbruch der Dämmerung die Jaffaer Hoteliers herunterkamen, um die illegalen Heimkehrer, die im Schutz der Dunkelheit von dem auf Reede liegenden Dampfer an Land gerudert wurden, in Empfang zu nehmen …«

Ein heikles Thema gab es, für das sich Stein besonders interessierte: das Rätsel um die Erschießung der Bakuer Kommissare. Zweimal war Stein, sich als Betriebszeitungsredakteur ausgebend, nach Moskau gefahren, um Olga Schatunowskaja auszufragen, die Heldin der Kommune. Sichtlich stolz, sie ausfindig gemacht zu haben, hob er in üblicher Manier, ohne Häme, doch mit dem Aplomb des erfolgreichen Ermittlers, zu berichten an:

»Ihren geliebten Stepan, diesen Großtuer – er mag ja nicht ungebildet gewesen sein, aber so ein bocksteifer, dümmlicher Patriot – sie mag sich noch so sehr in die Bresche werfen für ihn – aus einem Brief von ihm weiß man, dass es die Kommune war, die die Daschnaken gegen die Muslime gehetzt hat, um den Beschuss eines Trupps Kavallerie zu sühnen, der nicht der Rede wert war. Aber jetzt passt mal auf, Kinder, was die Schatunowskaja zum Thema sagt: Noch vor dem Einmarsch der Türken hätten Şaumyan und seine Kommissare mit der *Turkmen* nach Astrachan zu fliehen versucht, seien aber im letzten Moment ergriffen und abgeführt worden. Als die Türken dann in der Stadt waren, sei es irgendwie gelungen, die Kommissare aus der Haft zu befreien und heimlich wieder zum Hafen zu bringen, wo einer von ihnen, Tatevos Amirov, seinen Dampfer liegen hatte. Am 14. August 1918 legten sie ab. Unterwegs aber hat Tatevos' Bruder Arsen, der die ganze Zeit deprimiert auf der Kommandobrücke hing und Haschisch rauchte, auf einem Kurswechsel bestanden; dem Daschnaken waren die Engländer offenbar geheurer als die Bolschewiken in Astrachan. Also hat der Dampfer in Krasnowodsk angelegt, wo die Kommissare kurzerhand alle – auch die Amirovs – erschossen wurden. Wenn es nicht die Sozialrevolutionäre waren, dann eben die Engländer oder beide zusammen, meint die Schatunowskaja.«

Oft war Stein einfach nicht zu stoppen. Jetzt brachte er wütend eine übermannshohe Rolle aus einem der Hinterzimmer geschleppt, brüllte, wir sollten ihm gefälligst helfen, und entrollte eine die ganze Ranghöhe ausfüllende Reproduktion des berühmten Gemäldes *Die Hinrichtung der sechsundzwanzig Bakuer Kommissare* von Isaak Brodski.

»Aufgepasst, Kinder! Ich bitte um Aufmerksamkeit!«
Er ließ sein Ende der Leinwand fahren, rannte ein paarmal davor auf und ab. Das Bild zeigt, wie sich die Kommissare auf einer lichten Anhöhe die blutige Hemdbrust aufreißen, während die weißgardistische Brut, knietief im Schlamm hinter düsterem, knorrigem Saksaulgestrüpp, kaltschnäuzig mit Gewehren auf sie zielt.

»Kinder, ihr seid groß genug, um zu begreifen: Kleine Lügen gibt es nicht. Schaut euch dieses Machwerk an. Ich hoffe, man muss euch nicht erklären, dass dieses Bild lügt?! Angefangen bei den Farben und bis hin zur Mimik der dargestellten Personen.«

»Und wie ist es in Wirklichkeit gewesen?«, fragte Günel in aller Unschuld.

Steins Gesichtsausdruck änderte sich jäh, er wurde blass und wieder rot, es zerriss ihn fast vor Pathos. Jetzt war er ein Prediger. Tief ausatmend, flüsterte er: »Wollt ihr das wirklich wissen?«

Dann legte er die Hand über die Augen und fing gemessen, mit sonorer Bruststimme zu erzählen an – so wie wir uns als Kinder Schauergeschichten erzählt haben, was hier ein wenig albern wirkte, aber das Lachen verging uns gleich wieder.

»Langsam und schwerfällig rollen die vier zerschossenen Waggons durch das Vorland der Karakumwüste. Der alte Lokführer, grau wie ein Dachs, mit zersplitterten Brillengläsern, lenkt den Zug unter vorgehaltener Pistole, die eine nervös hinter ihm sitzende Person – weizengelber Schnauzer, eingeknickte Uniformmütze, die Beine übereinandergeschlagen, Sozialrevolutionär – im Anschlag hat. Ferner sind zwei englische Offiziere dabei, die den Sozialrevolutionär scheel von der Seite ansehen. Während der Lokführer Kohle in die Feuerbüchse schaufelt, dreht die Hand mit der Pistole den Stöpsel von der Feldflasche. Da mehrere Schaufeln Kohle hineinfliegen, ist der Schluck entsprechend groß. Mal ist das Meer zu sehen, mal verschwindet es hinter den Sanddünen. Bis die Offiziere merken, das ist gar nicht mehr das Meer, das ist in der Hitze flimmernder Sand. Auf ein Zeichen hin lässt der Lokführer die Pfeife gellen und zieht den Bremshebel. Eine halbe Stunde später liegen zwei Dutzend erschossene Bakuer Kommissare in der Wüste. Sie werden eilig verscharrt. Nach jeder fünften Schaufel hält der Sozialrevolutionär keuchend inne und setzte sich in den Sand. Die Lokomotive faucht ungeduldig, sie will raus aus der gelben Öde, zurück zum Meer. Das schläfrige Rattern der Räder verebbt, die Furcht lässt nach, das Murmeltier traut sich endlich ans Licht. Doch einer der Körper, nicht sehr tief vergraben, liegt noch in Agonie, die bis zum Sonnenuntergang andauern wird. Noch öfter wird das Murmeltier aus seiner Höhle kriechen und wieder verschwinden, nachdem es sich vergewissert hat, dass der Sand unter ihm bebt und sich verschiebt. Schließlich erstarrt die Hand, die sich schon aus dem Sand gewühlt, und ihr überlanger Schatten kriecht über die Düne im roten Abendlicht, hindeutend auf die feine, wie gehärtete Mondsichel im sich zügig verdickenden tintigen Blau ...«

7

An Steins erster Aufführung nahm ich noch irgendwie Anteil: Ich hatte Shakespeare gerade erst für mich entdeckt, *Rosenkranz und Güldenstern* war die Gelegenheit, in den *Hamlet* hineinzufinden. Erst schlug ich mich mit der Rolle des Rosenkranz herum, trichterte mir den Text leidlich ein, übte mit Haşem fechten, einen ganzen Tag lang paukten wir gegenseitig unsere Rollen, aber dann setzte Stein mich umstandslos, von einer Minute auf die andere ab: »Du packst das nicht.« An meiner Stelle sollte Günel in Männerkleidung den Rosenkranz spielen, was sie mit Feuereifer tat; die Worte erwachten in ihr zum Leben, wurden zu einem hervorbrechenden Strom. Mir fiel die Rolle des Schauspielers zu, die ich nur halbherzig, mit viel Skepsis ausfüllte, doch Stein sagte nichts dazu, er war abgelenkt durch Haşems Allüren, der sich schon arg in seine Rolle hineingesteigert hatte, dem Spuk, ein anderer zu sein, erlegen war.

»Eine Rolle ist keine Haut«, erklärte Stein. »Der Schauspieler, der es nicht fertigbringt, seine Verwandlung vorzuzeigen, ist weniger fatal als einer, der von der Bühne geht und seinen Helden mit ins Leben nimmt. Die Rolle sitzt ihm als Dämon im Nacken, bedrängt und bekniet ihn, saugt alle Wirklichkeit aus ihm heraus. Ich bin mir sicher: Selbstmorde und dergleichen Frevel werden im Zustand irgendeiner Rolle verübt, die zu verlassen, abzuwerfen man nicht imstande ist.«

Tatsächlich durchlitt Haşem seine Rolle wie im Fieber, quälte sich, fand keinen Schlaf, lief nachts die Küste ab – um am nächsten Abend wieder zerknirscht vor Stein zu sitzen und ergeben zu dessen Vorwürfen zu nicken. Haşems Mutter zeigte sich höchst beunruhigt darüber, was ihrem Sohn widerfuhr, es war das erste Mal überhaupt, dass sie zu uns nach Hause kam. Mein Vater hörte sie schweigend an, während er etwas am Radioapparat bastelte; von der Spitze des Lötkolbens stieg eine feine Rauchsäule. Mama, der es besser gefiel, dass wir in den Theaterzirkel gingen, als wenn wir tagelang mit Stoljarow im Gebirge verschwanden, suchte Tahirǝ-xanım zu beruhigen. Die, vollkommen in Tränen aufgelöst, hielt Haşems Schülertagebuch vom vergangenen Jahr in Händen, blätterte, fuhr mit dem Finger durch die Zensurenleisten. Auf Mamas Zureden reagierte sie nicht, saß nur da und weinte. Mama schenkte ihr Tee ein, den sie nicht anrührte. Ich ging los, Haşem suchen, stieß schon an der Pforte auf ihn. Er brachte seine Mutter nach Hause. Danach verlangte Stein nicht länger von ihm, »neben sich und die Rolle zu treten«.

Manchmal nach den Proben nahm Stein uns noch mit zu sich nach Hause, wo er auf einem riesigen Balkon präsidierte. Der Hinterhof war voll mit Kinderplärren und Greisengegrummel, Ballspiel, Quietschchören. Stein stieg demonstrativ jedem Rock hinterher; Jungen schenkte er keine Beachtung, was mir im Nachhinein genauso demonstrativ erscheint. Die Mädchen mussten nicht hübsch sein, damit er sie hofierte, zu Königinnen machte. Ich war peinlich berührt, als Lida Romanowa. die graue Maus, mit einem Mal aufblühte und anfing herumzukommandieren. Bis plötzlich im Herbst, die Premiere von *Rosenkranz und Güldenstern* war lange vorbei, etwas vollends Unerklärliches vorging: Stein verguckte sich in Günel und ließ ihr keine Ruhe mehr.

Im Überschwang des Gefühls zeigte er sich dreist und unbesonnen. Überall ließ er sich mit Günel sehen. Klein, wie er war, ging er mit ihr am Strand flanieren, hüpfte eher, als dass er ging. Wer ihn grüßte, wurde ignoriert, wenn dieses blendende Mädchen an seiner Seite war. Das war nun das wahre Theater. Verzaubert von ihrem eigenen Traum, lief Günel im Schlepp eines spitznasigen Männleins mit dicker, eckiger Brille, das wie ein Gockel durch die Menge stolzierte. Stein legte sich die Hand des Mädchens in die Ellenbeuge, was sie keine zehn Schritte ertrug, dann entzog sie sich ihm diskret. Ich, Tränen der Wut und der Erniedrigung in den Augen, schlich hinterher.

Am Ende kam es zu einem Gespräch zwischen Stein und Günels Vater, Onkel Ibrahim, einem Hünen, der unter den Fördertürmen so leicht und souverän mit dem Bohrgestänge hantierte, als zöge er eine Fahrradklingel. Es begann damit, dass Ibrahim seiner Aktentasche ein Messer entnahm, dessen Klinge in einen Lappen gehüllt war, und vor sich auf den Tisch legte, wobei er Stein tief in die Augen sah. Stein warf einen schnellen Blick auf den Messergriff.

Am Abend dieses Tages schnitt er sich die Venen auf, rief selbst den Notarzt an, die Tür musste aufgebrochen werden.

Drei Tage später wurde er aus dem Krankenhaus entlassen und übergab sich sogleich der Psychiatrie. Die Klinik war außerhalb der Stadt, nahe Nasosny gelegen. Wir fuhren zu zweit hin, Günel hatte mitkommen wollen, Haşem verbat sich das. Stein erschien, die Unterarme bis zu den Ellbogen verbunden, setzte sich auf das Fensterbrett. Draußen senkte sich die Landschaft sanft zum Meer hinab. Stein rauchte gierig, schien den Rauch zu verzehren; uns sah er nicht an. Dann begann er auf einmal zu sprechen: vom Theater und dass er plane, den *Boris Godunow* zu machen.

»Da fällt mir was ein, das wollte ich euch schon immer mal erzählen, hat sich bis jetzt nie ergeben. Die Geschichte trug sich im Mittelalter zu, in einer Kleinstadt zu Ostern. Da kam eine Wandertruppe auf den Jahrmarkt gezogen. Das war so ein Schaubudentheater, wo direkt von den Wagen gespielt wurde. Gegeben wurde die Passion Christi, auf jedem eine andere Szene. Das Volk ging von Wagen zu Wagen und sah etwas wie einen Film, den es selbst, nach eigenem Gutdünken schnitt und montierte. Wer Christus oder die Heilige

Muttergottes darstellen durfte und wie, darüber herrschte ein strenger Kanon. Keinesfalls durfte der Schauspieler missgewachsen oder sonst wie aus der Art geschlagen sein; Kleidung, Gesten, Intonation, alles war reglementiert. Denn für die Kirche gab es keine gottlosere Institution als das Theater. Der Teufel ist der Vater der Lüge. Und kein scheinheiligeres Handwerk gibt es als die Schauspielerei; heute spielt einer einen König, morgen einen Räuber. Zugleich aber mochte die Kirche das Vermögen der Kunst, Seelen aufzuschließen und zu läutern, nicht missen. Diese Truppe nun hatte eine Szene aus dem Leben frühchristlicher Märtyrer im Programm: Ein Heiliger wurde zum Scheiterhaufen geführt, er sollte seinen unbeirrbaren Glauben an Jesus Christus mit dem Tod im Feuer büßen. In dem Moment, wo das Reisig Feuer fängt, fällt der Vorhang. Und eines Tages begann es, während die Vorstellung auf ihren Höhepunkt zulief, furchtbar zu gewittern, man brach ab, alles flüchtete, nur den Schauspieler loszubinden hat man nicht mehr geschafft. Ein Blitz schlug in den Wagen, das Reisig entzündete sich, und der Schauspieler verbrannte. Drei Jahrhunderte hat die Kirche gebraucht, um darüber zu befinden, ob dieser Blitz ein Zeichen göttlicher Gnade oder Vergeltung war. Am Ende wurde der Schauspieler heiliggesprochen … Manchem ist das Leben süß und manchem der Tod«, sagte Stein, klemmte sich die erloschene Zigarette hinters Ohr und ging. In der Tür winkte er noch einmal, ohne sich ganz umzudrehen.

8

Haşems Verhältnis zu Stein wurde mit der Zeit eng und vertraut. Stein glaubte an seinen Schüler und schickte ihn nach Moskau: Er sollte an der Schauspielschule vorsprechen. Dreimal fiel Haşem durch; im vierten Jahr wurde er zur Armee eingezogen, brachte ein halbes Jahr in den Schützengräben vor Ağdam zu, erlitt ein Trauma, wurde ausgemustert.

Stein war zu dem Zeitpunkt bereits emigriert. Das Letzte, woran ich mich erinnere, war der Besuch im Krankenhaus, als er wieder einmal einen Schub hatte. Wir mussten lange warten, bis er endlich kam: gehemmt in den Bewegungen, gequält im Ausdruck, verquollen im Gesicht, wie aus dem Schlaf gerissen. Er gab sich höflich erfreut, mühte sich, etwas zu sagen. Schnell jedoch verebbte das Gespräch, und wir schwiegen uns an. In dem Besucherzimmer reihten sich kunstlederbezogene Sessel längs der Wände, es wirkte wie Kinogestühl. Wie wir da saßen, ohne zu reden, jeder seinen Gedanken nachhängend, gefiel mir. Ich sah aus dem Fenster und fragte mich, wie es kommt, dass das Meer so jäh seine Farbe wechselt, wenn das Wetter sich ändert. Weiter draußen schien es einen Tiefensprung zu geben und längs davon eine Linie, wo das Licht sich brach; die von der auflandigen Strömung bewirkte Trübung schlug sich in einer tiefen Bläue nieder. Ich sah den Wind eine Herde Schimmel von der in Reih und Glied stehenden Kette Smaragdberge heruntertreiben. Stein schwieg sich aus, er hatte uns längst vergessen.

Bei der Ausreise beschloss Stein kein Risiko einzugehen und vertraute sein Abich-Archiv Haşem an; er trug sich mit dem Gedanken, es später einmal nachzuholen, wollte erst einmal eruieren, was der Verkauf einbringen mochte. Nach drei Jahren aber verlor sich seine Spur. Er war mit dem Auto quer durch das Land gefahren, um an der Westküste Urlaub zu machen, mehr wusste man nicht. Über Monate hin hatte er sich immer wieder telefonisch bei seiner Mutter aus einem der Nationalparks gemeldet, in denen er jeweils ein paar Tage pausierte. Und plötzlich war er verschwunden. Später fand man seinen Leichnam in einer Indianerhütte auf der mexikanischen Isla Tiburón, wo sich eine illegale Opiumhöhle befand.

»Was macht man nicht alles, um zu leben«, sagte Haşem, als er die näheren Umstände aus einem Brief von Lilija Lwowna, Steins Mutter, erfahren hatte. Mit ihr schrieb er sich nach wie vor. In den knappen Briefen brachte sie ihre Verwunderung zum Ausdruck, dass Amerika, welches zu den Menschen in aller Welt doch so gütig sei, von keinem geliebt werde. Die alte Dame beklagte sich, dass der Tod sie warten lasse, und wünschte Haşem Gesundheit und Wohlergehen.

ZWANZIGSTES KAPITEL

Stenka Rasin

1

Stenka Rasins Höhle wollten alle finden, seit je. Nur die Rothschilds suchten nicht danach. Die verließen das Kontor sowieso nicht, zählten immer nur ihr Geld. Die Höhle beschäftigte ihre Phantasie so wenig, wie der Mond den Maulwurf beschäftigt. Hätten sie eine Höhle gebraucht, hätten sie sich eine gekauft. Ludvig Nobel am 4. April 1889: *Der März war mit Expeditionen ausgefüllt. Wir suchten nach Rasins Höhle, wo der russische Räuber seine zusammengerafften Schätze vergraben haben soll. Mit Geologen die Küste entlanggeschippert, mehrere Inseln besucht. Das Gelände nach möglichen Hohlräumen abgesucht, an verdächtigen Stellen geschürft. Tatsächlich zwei unterirdische Gänge gefunden, die von irgendwelchen heute restlos verschwundenen Ritterburgen zum Meer hinunter geführt haben müssen. Keinerlei Schätze, abgesehen von etwas minderwertigem Kupferzeug.*

Einmal unternahm Stoljarow mit uns eine Wanderung entlang sämtlicher Wachtürme des Abşeron, die sich in strategisch günstiger Lage an den vom Meer hinaufführenden Wegen befinden. Ein strapaziöser Marsch in sengender Hitze; Haşem erlitt am letzten Tag einen Hitzschlag und brauchte einen weiteren, um in der Notaufnahmestation wieder zu sich zu kommen.

Dieser »Turm-Marathon« war nur die erste in einer Serie von Stenka-Rasin-Expeditionen, die Stoljarow sich ausgedacht hatte. Höhepunkt sollte eine Fahrt hinüber nach Aschūradeh sein, die Insel, auf der Rasin mehrfach Zuflucht suchte und von hier zu neuen Triumphzügen aufbrach. Zwar gehört die Insel heute zum Iran, doch Stoljarow hoffte auf die Unterstützung der Seegrenzschützer, die wiederum mit den iranischen Grenzern gut Freund waren, um die Genehmigung zu dieser Exkursion zu bekommen. Er stellte es sich so vor, dass ein Torpedoboot uns an einem Samstag dort absetzen und am Sonntag zurückholen würde. Je vier Stunden Fahrt, wenn man ordentlich Gas gab. Die Sache kam leider nicht zustande.

Stoljarows Interesse an Stenka Rasin, dem legendären Kosakenrebell, hatte mit der Schatzsucherei nichts gemein. Er wollte dem ewigen Drang der Russen nach Persien nachforschen, eine Erklärung dafür finden. Das Bedürfnis, das jeder irgendwann einmal den Flüssen seiner Heimat zur Mündung folgen und so ans Ende der Welt, den Eingang zur Ewigkeit gelangen will, wie eine gängige Hypothese lautete, war ihm, der Ockhams »Rasiermesser«-Prinzip verfocht, als Begründung zu elaboriert. Plausibler schien ihm, dass diese Metaphysik sich aus dem bloßen Wunsch fortzugehen herleiten ließ. Sich dem Zugriff des Staates und seiner Gesetze entziehen – in ein freies, sattes Leben.

»In deiner Heimat bist du Knecht – am Rand der Welt bist du König. Außerdem hatten die Russen mit ihren langen, harten Wintern zu kämpfen, verwandten wohl oder übel die Hälfte aller Lebensenergie auf das Heizen ihrer Behausungen. Schon deshalb musste ihnen eine wärmere Gegend als Paradies erscheinen. Zu Hause herrschte der Hunger, ohne wollene Unterhosen ging man lieber nicht aus dem Haus; auf Raubzug in der Fremde warst du immer satt und besoffen und hattest die Tochter des Fürsten nackt neben dir im Zelt liegen. Die fruchtbaren Böden des Hirkan – vier Ernten im Jahr! Die Winter so mild, dass ein simples Herdfeuer ausreichte, die Wohnstatt zu beheizen. Wie sollte das den Kosaken nicht als Paradies erscheinen? Als Erstes hat Rasin also den Chan von Lənkəran um Land für seine Kosaken gebeten, damit sie dort anständig leben und ihm rechtschaffen dienen konnten. Manche Kosaken hatten gar Frau und Kinder dabei, um sich als friedliche Siedler einzuführen. Doch der Chan kam ihnen mit einer alten Weisheit: Wenn der Feind zu dir kommt und bittet um deine Tochter – gib sie ihm und lass das Schwert stecken. Und wenn der Feind zu dir kommt und will deine Frau – gib sie ihm und lass das Schwert stecken. Kommt aber der Feind zu dir und verlangt einen Fußbreit Boden – erhebe dein Heer und gib dein Leben hin, nicht aber diesen Fußbreit Boden … Damit fing alles an.«

Abends am Lagerfeuer bedrängten wir Stoljarow, er solle etwas von Rasin erzählen, irgendeine schräge Story, wie er sie als Ethnograph in den hiesigen Dörfern aufgelesen hatte oder bei seiner Persienreise mit Heyerdahl. Diese Geschichten vor dem Schlafengehen liebten wir über alles. Ich erinnere mich an eine, da ging es um eine fingierte Urkunde, mit der die Kosaken den Schah glauben machen wollten, sie wären Gesandte, über sechstausend an der Zahl, Frauen und Kinder eingerechnet. Und dass der Zar höchstpersönlich den Schah um fruchtbaren Boden für sie bitte, und sie würden es ihm mit Treue und Aufrichtigkeit in militärischen Belangen vergelten. Nachdem man ihnen die Abfuhr erteilt, rächten die Kosaken sich mit einer Plünderung und segelten dann aufs Meer hinaus, um auf diversen Inseln unterzutauchen. Die Perser sind nun mal keine Seefahrer, sie scheuen das Meer, darum fühlten die Kosaken sich dort sicher. Die persische Flotte galt als zögerlich und ungeschickt. So verbrachten die Kosaken den Winter am Golf von Gorgan ganz in der Nähe von Aschūradeh, auf der ihn umschließenden Halbinsel, die reichlich Wald zu bieten hatte. Die Kosaken hatten Geiseln dabei, mit deren Hilfe sie einen Graben aushoben und Bollwerke aus Baumstämmen und stachligen Schlingpflanzen bauten. Jede Menge Rotwild steckte im Wald, sie kamen gut über den Winter. Im Frühjahr dann schossen die Perser sie aus ihrer Festung, so dass sie ans nordwestliche Ende der Halbinsel segeln mussten, dort konnten sie sich auch nicht halten und flohen auf die Insel Aschūradeh, die zu jener Zeit stark versumpft war, nur Vögel hausten dort. Von da unternahmen die Kosaken einen dreisten Beutezug und kehrten mit einer Menge Frauen zurück. Hernach gaben sie sich einer Orgie hin, um über die bittere Niederlage hinwegzukommen … Diese Geschichte marterte unsere Phantasie. Vor dem Einschlafen im Zelt wurde freizügig darüber diskutiert, wie man sich so eine Orgie vorzustellen hatte. Davon fing das Herz an zu rasen, pochte das Blut in den Adern. Lagerfeuer lodern aus der schwarzen Nacht, vor den Zelten liegen die Kosaken, Tag um Tag dem heillosen Suff ergeben, während die unglücklichen Frauen, dem behaglichen Hort ihres Harems entrissen, halb irre vor Entbehrungen, mehr tot als lebendig am Strand auf und ab laufen. Ihr Flehen geht hinaus in die stürmische See, da ist kein Entkommen, doch in ihrer Verzweiflung werfen sich einige in die Fluten. Ihre Kinder haben sie ohnehin im Stich lassen müssen. Manche fügen sich auch dem Schicksal, nehmen den Schutz ihrer neuen Herren in Anspruch. Das Meer will sich nicht beruhigen. Auf der Insel gibt es nichts mehr zu beißen, es nützt nichts, sie müssen weg, hinaus in die See, Kurs Richtung Nord. Und die Legende besagt, Stenka habe sämtliche Frauen zu töten befohlen, um die Götter des Kaspisees milde zu stimmen … So mochte die schreckliche Wirklichkeit hinter dem romantischen Mythos vom Tod der persischen Prinzessin ausgesehen haben.

Überhaupt erschien Stenka Rasin in diesen Legenden als eine Art Superman, ein Priester, dem das Schicksal über die Maßen gewogen schien. Sein Charisma und das außerordentliche Kriegsglück waren Grund genug, von den Kosaken angebetet zu werden. Er feite seine Krieger gegen Kugeln, sie ließen sich von ihm segnen wie von einem Starzen. Außerdem vermochte Stenka Wunden zu besprechen, mit einem an die Wand gemalten Boot aus dem Kerker zu fliehen, eine Stadt von der Mückenplage zu befreien, eine Belagerung vorauszusehen. Stenkas bevorzugter Ort war die Mündung des Kür, wo reichlich Fisch heraufzog und das Schwemmland breit war wie an der Wolga, da gab es Schlupfwinkel sonder Zahl. Die Gefahr, von der Landseite her umzingelt zu werden, wurde hierdurch allerdings nicht geringer, weshalb die Kosaken des Öfteren aufs Meer hinausfuhren; von irgendeinem kleinen Eiland aus konnten die Wachhabenden den Horizont vorzüglich überblicken.

»Einen Großteil dessen, was wir über Rasins persische Abenteuer wissen, verdanken wir einem gewissen Doktor Adelung«, erläuterte uns Stoljarow am Feuer. »Er war bei der Ratifizierung des Friedens von Turkmantschai zugegen. Außerdem befasste er sich mit Maßnahmen zur Spionageabwehr gegen die Briten, die beim Schah beträchtlichen Einfluss hatten und letztlich auch mit einer kunstvoll eingefädelten Intrige das tragische Ende der Botschaft besiegelten.

Die schillernde Persönlichkeit des Hauptmann Rasin war den Persern jedenfalls bestens in Erinnerung.«

Unsere Küstenmärsche orientierten sich mehr oder weniger an den Stellen, wo Rasin an Land gegangen war. Auf den halbwüsten Inseln, die zu besuchen wir manchmal das Glück hatten, konnten wir uns die Kosaken am besten vorstellen. An den Rastplätzen gab Stoljarow allerlei Mythen und Legenden zum Besten, die sich um Rasins Höhle rankten. Die einen beschrieben sie als einen Gang unter dem Meeresgrund, der zur Insel Nargin geführt haben soll; von einem aus Lapislazuliplättchen gelegten Pfau in irgendeiner Nische war die Rede, Überreste eines jesidischen Altars; der kilometerlange Gang sei öfter von Erdöl und Wasser geflutet und damit unpassierbar gewesen; auch seien Menschen dort durch giftige Schwefelwasserstoffausdünstungen aus einer angrenzenden Schicht zu Tode gekommen. Anderen Annahmen zufolge liege die Höhle seit langem unter dem Meeresspiegel, der ja seither deutlich, um etwa zehn Meter, gestiegen ist, die Reste der alten Küstensiedlungen geschluckt hat, so wie schon zuvor im Wolgadelta das alte Itil. Noch andere waren der Ansicht, Rasins Höhle befinde sich auf einem namenlosen kleinen Eiland, das heute nur noch Sandbank ist. Und schließlich gab es Gerüchte darüber, dass Rasin auf Artjom Waffen gebunkert habe. Dabei kannten wir auf unserer Insel jedes Loch – auch wenn wir nicht zu jedem vorgelassen wurden. Außerdem hielt sich bei den Städtern in Baku (die es gewohnt waren, dass bei jeder neu zu verlegenden Wasserleitung eine Katakombe zum Vorschein kam oder eine Krypta, ein Einstieg sonst wohin) die kollektive Phantasie, über Rasins Höhle stünde heute irgendein berüchtigtes Haus – sei es das von Achundow (ein bolschewistischer Chan, der in großem Stil volkseigenes Öl für sich abzweigte) oder Bagirow (Berias Günstling und Handlanger; jener elende Knilch, der den kleinwüchsigen Dichter Antokolski dazu zwang, auf einem Schemel stehend Verse zu rezitieren; die ganze Stadt bedauerte den Dichter im Stillen) – oder gar das für Breschnew (Gästehaus im sattgrünen oberen Park, wo viele historische Gräber sind, die Galerie ist von jedem beliebigen Punkt der Uferpromenade aus sichtbar; erbaut eigens für den Generalsekretär, der aber nur ein

einziges Mal dagewesen ist, schon hoffnungslos dement, im letzten
Herbst seines Lebens; die ganze Stadt wurde damals an die Proto-
kollstrecke gescheucht, um dem hinterm schwarzen Vorhang däm-
mernden Paten mit Fähnchen zuzuwinken; drei Jahre später hatte
sich die Leitung der Juwelierfabrik nachträglich für den goldenen
Dolch mit Smaragdenbesatz zu verantworten, den erst der Alzheimer
schluckte und dann der Tod).

Wenn wir nicht gerade durch den Muğan oder den Hirkan streiften, waren wir auf der Suche nach Rasins Höhle. Auch bei Unter-
wassergrabungen nahe Bəndovan (vor Zeiten eine Stadt, ein Knotenpunkt der Großen Seidenstraße) waren wir dem Raubgut der
Rasinleute auf der Spur. Mit einem Feldspaten in sieben Meter Tiefe
sich durch Hunderte Quadratmeter Lehm und Stroh eines einge-
sackten Walls zu buddeln ist kein Kinderspiel. Der einzige Fund indes glückte an Land: Stoljarow grub an einem unscheinbaren Hügel,
den er seit Jahren unter Verdacht hatte, drei vollständige Frauenbe-
gräbnisse aus. Die Leichname steckten in verwesten Teppichen: zwei
skelettiert, einer mumifiziert und sehr attraktiv erscheinend, plastisch und beinahe wie lebendig; noch heute sehe ich vor mir das
dunkle, glatte Gesicht mit den schlanken Wangenknochen; als Stoljarow die Fetzen des Kleides anhob, wandte ich mich ab … Wir übergaben den Fund an die Archäologen, die ihn auf das fünfzehnte Jahrhundert datierten und sich mehr für die Teppiche interessierten als
für die Gebeine. Ein Fetzchen davon ließ Haşem rechtzeitig verschwinden, ich sah es später an Steins Wand wieder.

2

Der Muğan ist verlandetes Meer, eine weite Steppe im östlichen
Transkaukasien, zwischen Araz, Kür und der iranischen Grenze gelegen. Der nächst dem Meer liegende Teil ist geprägt von Salzböden
und Salzseen.

Vorherrschend ansässig sind hier Wermut und Booksweizen sowie
die biblischen Kapern, deren nur eine Nacht während Blüte wir ab-

passten, um unsere Sammlung mit ein paar seltenen Schwärmern zu bereichern, dem Abendpfauenauge etwa, *Smerinthus ocellata,* oder *Smerinthus caecus,* welch Letzterer in den Augenflecken auf den Hinterflügeln zwei blinde blaue Striche anstelle der Pupillen hat. Wild flatternd wie Kolibris hingen die Falter über den Kapernblüten, während sie ihre Rüssel darin krumm drückten. Die Kaper war auf unseren Expeditionen ebenso beliebt wie die Lakritze, die wir Süßholz nannten und deren Wurzelsaft tatsächlich gut gegen den Durst war, sowie der großblütig himmelblaue Rittersporn, auch die Samen eines Mimosenstrauchs sind genießbar, sie enthalten ein leicht bitteres Öl, das einen Anschein von Sättigung erweckt. Aus den Schilfgürteln rund um die Seen strahlt der Brodem des Sumpffiebers, das einmal auch nach mir griff, wodurch ich in den Genuss kam, ein gläsernes Segelschiff im Meer zu sehen; das kristallene Segel flatterte beim Halsen, dann fuhr das Boot aufs Trockene und schwebte ein Stück darüber hinweg, ehe es sich auflöste.

Regen und Schnee im Winter waschen einen Salzbrei aus den Böden, lassen die Seen über die Ufer treten, beleben die Steppe bis zum Frühling mit sattem Grün, Schafherden und Nomadenfeuern. Im östlichen Teil des Muğan existiert ein Netz von Kanälen, das Weizen- und Sesamfelder mit Wasser aus dem Kür versorgt.

3

Stoljarow führt eine Fahrradtour an. Das Hinterrad seines alten *Ukraina* – der Reifen breitgedrückt unter der leicht schlingernden Last auf dem Gepäckträger – zieht eine Staubfahne. Wo der Weg von den Hufen der Nutzviehherden aufgewühlt ist, wird das Treten schwieriger. Sumpflachen voller Schilf (aus dessen Blattwerk immer ein Rascheln dringt, auch wenn es vollkommen reglos erscheint), in der Abenddämmerung werden sirrende Mückensäulen daraus aufsteigen. Ein Hase schießt unter dem Tamariskenstrauch hervor, mir ins Vorderrad, ich fliege im Salto über den Lenker, das Rad knallt gegen mich. Zwangspause, um die Acht aus dem Rad zu entfernen. »Den besten Lagerplatz findet man um halb sechs«, ruft Stoljarow, die Botschaft wird in Variationen durch die Kette der Radfahrer geleitet. Der Spruch ist uns bekannt, wir wissen, dass man bei der Auswahl eines Lagerplatzes die bis zum Sonnenuntergang verbleibende Frist nicht mit allzu viel Skrupeln in Bezug auf Schönheit und Komfort vertrödeln sollte. Ein Stück voraus sehen wir zwei Hirten in Regenumhängen und krausen Schaffellmützen, die den besten Schutz vor der Hitze bieten, ihre Herde durch die Steppe treiben. Hunde ohne Schwänze und mit kupierten Ohren beschließen, ihre Schafe im Stich zu lassen und sich um uns zu kümmern. Ich habe für diesen Fall einen Knüppel an die Querstange gezurrt und schätze ab, ob genügend Zeit ist, ihn loszufummeln … Die Schafe gehen unter einer Staubglocke, die glutrot vom geballten Sonnenuntergang ist. Am Ufer eines Bewässerungskanals, der morgen früh durch eine Furt zu queren sein wird, schlagen wir die Zelte auf. Haşem richtet sich sein Lager im Freien. Rings um den Schlafsack legt er ein spiralig aufgeschnittenes Schaffell, seine Lippen murmeln etwas. Der Geruch soll giftige Spinnen abschrecken. Die Steppenhirten halten ihre Kühe und Pferde stets hinter den Schafen, weil die aufgrund ihres dichten Fells unempfindlich gegen die Bisse der Schwarzen Witwen sind und deren Nester mit ihren tausend Hufen zerstampfen.

Ins Lagerfeuer wird feuchtes Schilf gelegt, um mit dem Rauch die Mücken zu vertreiben, auch Rohrkolben funktionieren gut. Haşem zieht die Gitarre aus dem Futteral, beginnt umständlich zu stimmen. Die erste Schauergeschichte lässt nicht auf sich warten, Ragimka erzählt sie flüsternd, damit Stoljarow es nicht hört:

»In den Sümpfen des Muğan soll die Goldschlange hausen. Qızıl ilan nennen die Leute sie hier. Sie ist riesig wie eine Anakonda. Lebt versteckt im Morast, gern auch auf schwimmenden Inselchen. Blökt wie ein Schaf. Ernährt sich von Schilfwurzeln. Gold deswegen, weil sie große Schuppen wie ein Dinosaurier hat, die in der Sonne funkeln.«

»Was nicht noch!«, entgegnet Nuri lächelnd, mit leiser Skepsis, ohne den Zauber des Unheimlichen ganz verjagen zu wollen. »Eine pflanzenfressende Anakonda …. Aber wer weiß. Einmal als wir mit der Schule in die Baumwolle gefahren sind, irgendwo bei Biləsuvar, hab ich auf einem Strauch, mitten in einer Blüte, einen goldenen Frosch sitzen sehen. Ich schwörs! Total metallisch, irgendwie. Und zack, war er weg, ich hab mich erschrocken. Bestimmt war der giftig.«

»Man müsste Sikh fragen.«

So pflegen wir Stoljarow unter uns zu nennen.

»Ich ganz bestimmt nicht. Sonst krieg ich wieder alles ab«, klagt Ragimka und zieht eine Grimasse. »Nein, hört lieber zu, mir ist noch was eingefallen. Hat Haşem mir erzählt. Ob es stimmt, kann ich nicht sagen. Müsste man auch den Sikh fragen.«

Haşem hebt erst eine Braue, dann den Blick vom Griffbrett.

»Also, im alten Ägypten durfte die Mathematik nur von Priestern ausgeübt werden. Es gab Rezepturen zur Errechnung von Sternenbahnen und geometrischen Bauwerken, aber alles ohne Beweise. Mathematik war geheime Magie. Theoreme gibt es erst seit den alten Griechen. Ist ja klar, in Athen herrschte Demokratie, da musste man immer erst argumentieren. In Ägypten dagegen wurde gemacht, was der Pharao oder sonst ein Priester sagte, ganz ohne Widerrede.«

Die ersten Akkorde erklingen, unsauber, doch mit Schwung in die stählernen Saiten gehauen; sicher schmerzhaft, Haşems Fingerkuppen wollen einfach kein Horn ansetzen. »Den vierten Tag Feuer in den Stanizen, es brennt untern Füßen die Steppe am Don …« Wieder mal diese bescheuerte Romanze. Überhaupt sind Lagerfeuerlieder für mich eine Qual, ich weiß nichts damit anzufangen, suche lieber das Weite, wohingegen Haşem alles Künstlerische hoch schätzt; seit der ersten Expedition dieses Jahr im April hat er außer dem *Leutnant Golyzin* auch noch *Hier singt kein Vogel mehr* von Okudschawa und zwei, drei Wyssozki-Lieder drauf.

»He, Haşem was soll das heißen: die Imperator? Wieso *die* Imperator?«

»Das ist ein Schiff, Emperor of India, ein englischer Kreuzer, der hat den Abzug der russischen Truppen von der Krim gedeckt.«

»Verzieh dich, Rauch, in Teufels Bauch!« so die gängige Beschwörung, damit der Rauch, der bei Windstille mal hierhin, mal dahin wallte, von einem wich.

»Alexander Wassiljewitsch, stimmt es, dass nur in gerechten Ländern Mathematik betrieben wird?«

»Stimmt. Aber wieso schlaft ihr noch nicht?«, erwidert Stoljarow, der eben mit Handtuch und Seifenschachtel vom Kanal heraufkommt.

Grillenzirpen geht in Wellen durch den Muğan. Selten dazwischen der Ruf einer Zikade. Das Firmament senkt zügig die Lider. Die Gesichter dunkeln ein, der feuchte Glanz in den Augen nimmt zu. Sikh hat versehentlich die Ampulle mit dem kostbaren Kaliumpermanganat in der Feldapotheke zerdrückt, nun leuchtet ihm einer mit der Taschenlampe, während er die trüben Kristalle in ein Tütchen aus Zeitungspapier umschaufelt. (Bei Vergiftungen Magenspülungen. Bei Schlangen- und Spinnenbissen unverzüglich, noch vor dem Serum, zweiprozentige Lösung intravenös.)

Der Hirt in der Ferne hat seine Schafe um sich geschart und mit seinem Stab kleine Gruben in die Erde gewühlt und angezündet. Acht lautlose hohe Feuersäulen stehen als Barriere. Die Schafe drängen sich noch dichter zueinander, der Widerschein der Flammen huscht über Rücken und Flanken.

4

Anfang April, zur Eröffnung der neuen Wandersaison, erforschten wir eine neugeborene Schlammvulkaninsel. Rings um den Abşeron ist das Meer beständig am Atmen – die Lotsenkarten sind darum immer mit Vorsicht zu genießen. Beinahe alle Sandbänke, ob alt oder neu, manche von ihnen tückisch weit vor der Küste gelegen, verdanken ihre Existenz vulkanischer Aktivität. So eine Insel ist keine Sensation; Schlammvulkane gibt es auch auf dem Festland nicht wenige, vor allem südlich der Stadt Baku: verquollene Hügelchen mit einem porösen grauen Überzug. Aber eine geologische Formation quasi mit eigenen Augen entstehen zu sehen, die Dynamik, die Materialität zu erleben, mit der das heraufbrodelt, durch eine Schwachstelle in der Erdkruste bricht und zutage tritt – das erstaunte und erregte uns doch ungemein.

Eines Morgens hatte Sikh im Segelklub die Nachricht erhalten, in fünfundzwanzig Meilen Entfernung zur Küste, etwa auf Höhe von Siyəzən, sei eine Vulkaninsel aufgetaucht. Noch am selben Abend, im letzten Tageslicht, waren wir mit zwei Barkassen und einer Jolle vor Ort. Stille See, von Öl bedeckt, zunächst einzelne Flecken, dann immer dichter, rings um die Insel ein geschlossener Ring. Beim Näherkommen zeigte sich, dass das neue Eiland schon in Besitz genommen war: Sein heller Scheitel entpuppte sich als gigantische Kolonie von Vögeln aller Größen und Arten, die nun aufstiegen und über uns zu kreisen begannen; ein Kothagel ging nieder. Die Insel wie gegossen aus Vulkanschlamm, der schon zur Kruste erstarrt, aber noch warm war. Der Boden schartig und blasig, schwierig zu begehen, außerdem von Vogeleiern übersät, die aufgrund der Wärme nicht ausgebrütet werden mussten. Das Ganze von gut einem Kilometer Umfang, flach, selten höher als einen Meter über dem Meer; im Schoß des Gebildes grummelte es noch, schwere kleine Schlammfontänen fauchten und sprudelten hie und da, unversehens. Penetranter Ölgestank. Ich ging auf die Knie, ebnete und säuberte ein Stück von dem Grund, dessen Wärme auf der Haut gerade noch zu ertragen war, streckte mich aus, um mich den Tiefen zu öffnen, sie in mich eindringen zu lassen. Versengte mir die Eingeweide am brodelnden Erdöl. Derweil liefen meine Freunde umher und lasen Eier für die klubeigene Sammlung ein; die Vögel griffen aus der Luft an, um sie daran zu hindern. »Nur eins von jeder Art ist erlaubt!«, brüllte Stoljarow. Blesshühner, Blessgänse, Graugänse, Pfeifgänse, Bergenten, Seeschwalben, Steppenmöwen, Braunsichler, Schnepfen, Reiher – ein ohrenbetäubendes Kreischen und Keckern, Hacken nach Kopf und Nacken. Der Schlag einer Gänseschwinge ist wie ein Knüppelhieb. Wir suchten sie mit den Rudern abzuwehren, schwenkten gar den Jollenmast. Flaches rotes Sonnenlicht schnitt sich durch das inbrünstige Geflatter. Als wir den schwimmenden Ölring im letzten schütteren Licht hinter uns gelassen hatten, setzen wir ihn in Brand. Der faszinierende Anblick des lodernden Meeres leuchtete uns heim durch die Nacht. Dahinter die Vogelschwärme konnten sich lange nicht beruhigen.

5

In der neunten Klasse, beizeiten im Frühjahr, sammelte Stoljarow unsere Geburtsurkunden ein, um für ein Sommerlager den Aufenthalt in der Grenzzone zu beantragen. Erst nach drei Wochen bekamen wir sie zurück – plante er doch diesmal die lange schon versprochene einwöchige Expedition an den Xanbulan-See, im Herzen des gelobten Hirkan – und der lag in Zone 1, wofür die Bestimmungen am strengsten waren.

Im Hirkan ist es nicht erlaubt, Feuer zu machen, denn der Boden besteht nicht aus Erde: Er ist ein Kissen aus verrottendem Laub von Kastanienblättriger Eiche, Zelkove und Eisenholz. Letzteres bildet oft mehrere Stämme aus, was einen skulpturalen Eindruck macht. Der Baum wächst langsam, fast unmerklich, eine »Schildkröte« im wuchernden Verband.

An vielen Bäumen im Hirkan bleibt der Blick wie an einem Haus, einem Tempel hängen – gigantische Organismen mit Rissen und Scharten voller Wasser, bemoost, mit eigenen Wasserläufen, die irgendwo droben in den uneinsehbaren Stockwerken der Krone, wie im Gebirge, ihren Ausgang nehmen: aus Nebeln geboren, Tau, der hundertprozentigen Feuchte am Übergang vom Schatten auf die erhitzten Felder der Blattoberseiten; Tropfen, die sich in Rissen zu Rinnsalen sammeln; stehende kleine Gewässer in den Astlöchern und Spalten, Linsen von undurchdringlicher Schwärze; dazwischen gilbe Blätter, vereinzeltes, durch die Wipfel sickerndes Sonnengefunkel. An einem der Rastplätze stieß ich auf eine Hornissentränke, in einer Ritze im Stamm gelegen: Dicht bei dicht hingen die glänzenden schwarzgelben Leiber an der moosigen Borke.

Einen Morgen führte Sikh uns zum König der Bäume, einem der drei größten im Hirkan, einer Eiche. Ihrer ansichtig werdend, sahen wir uns selbst in aller Winzigkeit im Gänsemarsch den Pfad über die große schummrige Lichtung entlangziehen, an deren Rand unter umgeworfenen Stämmen, zwischen schwingenden, glänzenden Bambusstengeln ein Bach dahinplätscherte.

»Dieser Baum ist über achthundert Jahre alt. Unsere Vorfahren kamen zu ihm, bevor sie einundvierzig in den Krieg zogen. Die Alten sagen, er habe sich seither nicht verändert. Steht da wie eh und je, als ginge die Zeit an ihm vorüber.« Sikh fuhr mit den Händen über den Stamm, dessen Höhe einen schwindlig machte – als drohte man im nächsten Moment in den Wipfel hinaufzufallen.

Der Wald stand düster und klamm, ohne Kraut, ohne Unterholz, geräumig und undurchdringlich zugleich, zog einen in die Tiefe zahllos hintereinanderliegender Kronengewölbe (die eine Welt bargen, in die keiner Einblick hatte, so nahe sie auch war) und verschatteter Kolonnadenstaffeln.

Einen halben Tag versaßen wir schachspielend vor der Höhle des Stachelschweins, knapp unterm Grat eines Steilhangs, ehe das possierliche Wesen auf seinen kurzen Beinen, mit flinker feuchter Schnüffelnase, böse fauchend auftauchte. Kaum wandte der Taschenlampenkegel sich ihm zu, floss durch das Stachelkleid, schon war das Tier wieder weg. Aber diesmal dauerte es nicht lange, dann kam es wieder hervor und verzog sich wütend, mit Erde spritzend, in Richtung Bach.

Der untere Gürtel des Hirkan war an seinen Rändern von ehemaligen Reisfeldern beschnitten. Der Graben vom Xanbulan war in den 1960ern zubetoniert worden, die Bewässerung der Felder gestoppt, kein Reis mehr angebaut. Im Morgengrauen querten wir einen schmalen Streifen Wiese, links und rechts eingefasst von hochaufragendem Wald, besetzt von schwebenden Nebelinselchen. Weiter hinten schwammen zwei weiße Pferde im Gras.

Aus dem Dickicht der Täler stiegen wir hinauf in den Bergwaldgürtel, dem vielfach und schroff gekerbten Kamm entgegen. Wieso ausgerechnet dieser kleine Bezirk hier unten den kaukasischen Eiszeiten widerstanden hat, bleibt ein Rätsel. Jedenfalls springt man beim Eintritt in den Hirkan Dutzende von Millionen Jahren zurück in ein tertiäres Zeitalter. Einzigartige Reliktpflanzen sind hier zu finden. Feuchter, schummriger Niederungswald, malerisch überwuchert mit Stechwinden, Efeu, Baumschlingen, grotesken Baumlianen, die aussehen wie gekreuzigte, gemarterte, zwischen den Ästen vertrocknete Greisinnen, an denen – ihren überlangen Affenarmen, Beinen, Bäuchen – man ausgelassen schaukeln könnte, sich emporziehen, von einer zur anderen schwingen.

Weiter oben in den Bergen – ein Dickicht aus Seidenbäumen. Die zart duftenden rosa Blütenstände in den ausladenden Kronen, deren samtig feuchter Pollen überall klebt, erinnern an den Kopfputz von Kronenkranichen. Undurchdringliche Eisenholzkolonnaden längs des Weges wechseln mit senkrecht gereihtem Eichholz, dessen Rinde tief gefurcht und von Moos bewuchert ist.

Der Pfad führt direkt zum Xanbulan: ein längliches Oval, glasklar, von steilen Ufern mit lockerem Baumwuchs umgeben. Schon im Näherkommen sehen wir die sonnenbeschienene Wasserfläche durch Stämme und Geäst gleißen, die terrakottafarbenen Uferhänge darüber. Die stark schwankenden Wasserstände haben sich in deutlichen Linien daran abgezeichnet; Hochstände sind offenbar weniger stabil als Tiefstände. Er ist das einzige nennenswerte Wasserreservoir im grenznahen Raum, dessen Zuflüsse die oberhalb gelegenen Hain- und Rotbuchenwälder nähren; auch deutliche Ansiedlungen von Walnuss sind zu erkennen. Hin zum Kamm werden die Wälder immer lichter, die Stille wird klingender, jeder Ruf hallt lange nach, kein Gestrüpp mehr, das ihn schluckte, auch nicht der mürbe, wie Stroh federnde Boden der Niederungen. Viele hier vorkommende Pflanzenarten sind endemisch, Dutzende vom Aussterben bedroht. Es gibt Luchse, Rehe, Wildschweine, Bären, Leoparden und besagte Stachelschweine, mumienhafte Hornissennester und riesige achatfarbene Lungenschnecken, die Dutzende Jahre alt werden können und samt ihren Häusern so groß wie ein kleiner Hund; eine erwischte ich dabei, wie sie sich an meinem Kochgeschirr zu schaffen machte.

Heute weiß ich, dass die Tiefen unter dem Hirkan damals eine ganz besondere Resonanz in mir erzeugten.

Dies war nicht der anhaltende Klang des Erdöls in den Salzkuppeln und Sandfallen, nicht das Knarren und Knirschen der Synklinalen wie im Fundament des Abşeron, im Auslauf des Großen Kaukasus, der sachte im Meer versinkt … Zum Şirvan hin war es mehr ein freies Gurgeln und Ächzen, Tonfolgen, flüchtig und vertrackt, jedoch in greifbaren, der Diatonik nicht gar so fernen Harmonien. Einem solchen Klingen hätte man leicht akustische Gestalt geben können; herausgekommen wäre etwas wie *Electronic Home Listening* der meditativen Art. Ich aber hörte diese Musik nicht mit den Ohren, für mich musste sie nicht transponiert werden. Manchmal versetzten mich die Bewegungen der Erdrinde in ein regelrechtes Fieber – so wie die Musik den Komponisten überkommt oder eine vom Kleinhirn zu dechiffrierende göttliche Glossolalie den Propheten. Nur leider verfüge ich über gar kein musikalisches Gehör, und der Gedanke machte mich grausen, dass hier das Brot womöglich dem Zahnlosen gegeben ward, wenn nicht gar einem, dem die Lippen zugenäht waren, und das Wasser nicht dem, der danach dürstete, sondern einem, der pathologisch wasserscheu war. Haşems Geschichte fiel mir ein (er hatte sie aus irgendeinem Buch), wie Tschaikowski als Kind des Nachts in höchster Pein zur Mutter ins Bett gekrochen kam: Sie solle ihm die Musik aus dem Kopf nehmen. Mir widerfuhr dieses quälende Tiefenhören zum Glück nicht sehr oft; allerdings konnte es passieren, dass ein Erdbeben Stärke sechs der Richter-Skala mir auf die Trommelfelle schlug: das Epizentrum sechzig Kilometer von der Küste entfernt, und das um sechs in der Früh, so dass es außer mir keiner mitbekam; ich fuhr mit der Hand über die Wand, deren Putz feine Risse zeigte, die Hand erblasste vom Kalk …

Was hier im Hirkan zu mir vordrang, war neu für mich und unerhört, es schlug einen höheren, irgendwie näher liegenden Ton an, so als tönte die tote Materie mit animalischer Stimme. Offenbar sind die fossilen Ablagerungen der Tier- und Pflanzenwelt eine Macht selbst vor dem Hintergrund des ewigen Eises, das die längste Zeit hier geherrscht hat, und angesichts der Tatsache, dass zwei, drei Kilometer hinter dem ewigen barocken Brausen des Hirkanwaldes die ausgeglühte Steppe anfängt. Das Rascheln des über Millionen Jahre gefallenen und verrotteten Laubs, umgeworfenen Holzes, Milliarden Tonnen für die Zukunft angesparte Masse; das Trappeln, Knuspern und Winseln der Raubtiere und ihrer Opfer; dieses durch eine Vielzahl Epochen komprimierte satte Rauschen blies mir durch Isomatte und Schlafsack ins Mark …

Quintus Curtius Rufus, der so wortgewandte wie phantasievolle Biograph Alexander des Großen, bescherte uns aus Stoljarows Mund die anregende Story, wie anno 330 v. u. Z. die Amazonenkönigin Thalestris dem vor dem Hirkan im Süden lagernden Alexander die Aufwartung machte. Ihr Heer im Muğan zurücklassend, kam sie, einzig in Begleitung von dreihundert Leibwächterinnen, quer durch den Hirkan zum Lager der Griechen gezogen. Dort ward Alexander, der vor sie hingetreten war, mit scharfem Blick gemustert. Wenngleich seine Körpergröße in keinem Verhältnis zu seiner Macht stehe, befand Thalestris, hege sie doch den Wunsch, ein Kind von ihm zu gebären. Alexander willigte ein, ihr dreizehn Tage seiner männlichen Zuwendung zu schenken. Schwanger wurde Thalestris von der Kraft der bedeutsamen Lenden zwar nicht, doch unsere pubertäre Phantasie war allemal entfacht und geblendet von der unauslöschlichen Nacktheit der Amazonen, die sich mit Alexanders Kriegern verlustiert haben sollen. Körperhaft irrlichternde Schatten schwangen an den Lianen überm Bachlauf, strömten herüber und wieder hinüber, als ich gar leisen Gesang zu hören meinte, zog es mich hin, keuchend vor Erregung und der auf mich zufliegenden Wildnis, deren Undurchdringlichkeit und das Heulen der Schakale mich, unter querliegenden Stämmen hindurch, ins knietiefe Wasser trieben: Ernüchterung. Gespreizte Hand eintauchen, Fließrichtung feststellen. Bachabwärts zum Lager zurück.

6

Im Grunde war auch diese Landschaft für Haşem eine Schrifttafel. Mit derselben Technik, wie wir früher unser Holland auf Artjom projiziert hatten – punkt- und strichgenau, mit Pickel und Hacke, Grube und Furche –, übertrug er nun die Konturen des gelobten alten Israel auf den Şirvan.

Ich mochte es, den Sonnenaufgang draußen in der Steppe zu erleben; hinauszuziehen, wenn es noch dunkel war, mich an die Sterne zu halten, die Hand an der unteren Deichsel des Großen Wagens, oder auch ohne sie, aufs Geratewohl; nur zu Beginn darauf achtend, der Schilfwand nicht zu nahe zu kommen. Lag der See hinter mir, ging ich ohne Arg, nur mit einem Knüppel gegen die Schlangen – immer gewärtig, knietief in einen schwanken kleinen Hügel voll fiepender kleiner Rennmäuse einzubrechen, einen Satz zur Seite zu machen und auf der Stelle zu erstarren, zu warten, bis wieder Ruhe einkehrt, der intime Klangraum der Nacht sich wieder über dir schließt, und es dauert seine Zeit, bis das letzte Huschen, Rascheln und Ruckeln verebbt ist, und dann ist doch der erste Frankolin erwacht, trötet seinen Morgenruf aus dem Kammgras, wovon ein zweiter erschrocken beiseitehüpft, ich gehe weiter und weiß schon nicht mehr, wo ich bin, schaue ins graue Steppenrund, noch ist die Sonne nicht aufgegangen …

Ich photographiere Gazellenfährten: Muttertier und Junge laufen meist nicht in der Spur des Männchens, weshalb das Ganze wie ein Zopfmuster aussieht, um das herum feinpunktierte Linien sich ranken und tanzen. Dazwischen, wie Körner verstreut, Vogelfüße: gestochenes dreifingriges Ornament.

Später würde Haşem von Stoljarows bitterem Ende berichten, und ich bekäme ein Ahnung, wie es ist, den grenzenlosen Raum zur Brust zu nehmen, den Tod auf den Mund zu küssen, wie man sagt. Da braucht es Tollkühnheit, nie wäre ich in der Lage dazu. So allein vor Gott hinzutreten! »Eine Weltumsegelung ist keine psychische Abnormität, es ist eine Lebensform auf dem Wasser«, so drückte sich unser Lehrer aus. »Manche nehmen ihre Familie mit, wenn sie um die Welt fahren, womöglich gleich zwei-, dreimal hintereinander. Nichts einfacher, als eine Motorjacht auf Autopilot zu schalten und in See zu stechen, es gibt heutzutage Boote, die unsinkbar sind und komfortabler als manche Wohnung. Als meine ganz bestimmt.‹

Hatte ich mich im Şirvan wieder einmal verirrt, dachte ich an Stoljarow und tat, wie er uns gelehrt hatte. Wartete ab, bis es Nacht wurde, streckte mich rücklings auf dem Boden aus, empfing den herabstürzenden, beängstigend prall mit Sternenmasse gefüllten Himmel mit voller Brust und suchte mich zu orientieren darin, rief mir Zahlen ins Gedächtnis, ordnete sie, von rechts nach links fortschreitend, den silberkörnigen oder staubartigen Sternenhaufen zu. Mit der Zeit kam das Wissen zurück und ließ sich erweitern. Man muss einfach so weit in den Himmel vordringen, dass die Sterne über die ganze Kuppel hinweg in ihrer Tiefe wahrnehmbar sind. Dann kann man sich abwenden, in der Gegend orientieren, man hat seinen Raumwinkel in der Hemisphäre bestimmt und wird nicht fehlgehen.

Bevor mich der Schlaf hinweggraffte, stand ich rasch noch einmal auf und ritzte mit dem Absatz eine Rinne in den Boden, an deren Ende ein Pfeil kam, damit ich am anderen Morgen auch ganz sicher ging … Der Polarstern genügte mir bei weitem nicht.

7

Was bringt es dir, dich mit Vögeln zu befassen und all dem Getier, so habe ich Haşem einmal gefragt. Was hast du in der Steppe verloren? Du könntest doch durch die Dörfer ziehen und die Lehre predigen, deine Ideen verkünden, Gefolgsleute sammeln, dich stärker und sicherer machen.

Haşems antwortete mit einer Anekdote, die Chlebnikow von Meyuches hatte, jenem legendären Bakuer Zaddik, den auch B'jumkin konsultiert hatte und nach ihm der neugierige Abich. Chlebnikow ging zu Meyuches, um die Kabbala zu studieren, er hatte selbst vor, eine kabbalistische Arbeit zu verfassen: *Der Zahl zweiunddreißig wohnt eine heilige Kraft inne, denn so viele Buchstaben hat das kyril-*

lische Alphabet. Ersetzt man zehn Buchstaben durch Ziffern, gibt es für die übrigen zweiundzwanzig je einen Buchstaben im hebräischen Alphabet …

Ob man mit Vorzeichen rechnen dürfe, wenn der jüdische Messias auf dem Weg sei, wollte Chlebnikow von Meyuches wissen.

Meyuches antwortete so:

Ein weiser Mann wurde gefragt, was man tun solle, wenn einen die Ankunft des Erlösers beim Setzen eines Baumes überrascht: Der Messias kommt, und man hat den Setzling in der Hand, was soll man tun? Selbstverständlich solle man zuerst den Baum setzen, erwiderte der weise Mann, ehe man dem Messias entgegeneile.

Nach eine Pause fügte Haşem an: »Was mich betrifft, so bin ich immer noch dabei, meinen Baum zu setzen.«

Stoljarow

1

Morgens, kaum dass ich mir den Schlaf aus den Augen gewischt habe, beziehe ich Posten im Ausguck der Wache. Zuerst hole ich mir die allernächste Umgebung ins Objektiv. Elxan putzt das Klo: Löst Chlorkalk im Eimer, schwappt den Inhalt hinein, fegt mit einem dicken Bündel Wermutreisig nach. Durch die offenstehende Tür kann ich ins Innere von Haşems Schuppen sehen, das von regelmäßigen Lichtstreifen, wie sie durch die Ritzen in den Wänden dringen, erhellt ist. Haşem ist dabei, eine Trappe zu beringen; bevor er das Band um den Fuß legt, küsst er sie. So ein Trappenweibchen ist von mädchenhafter Schönheit: die hübsch geschnittenen Mandelaugen, der sanfte Ausdruck. Dafür ist die Balz des Männchens ein gefiederter Veitstanz. Er bläht die Halskrause, wirft den Kamm und fegt schnaubend durch das Gras, bis das Weibchen ausreichend beeindruckt ist.

Ich ziehe das Objektiv herum, die Stativhalterung klickt. Am See gewahre ich die ersten Flamingos in diesem Herbst. Sehe einen großen Schwarm Blesshühner aufstieben. Zu hören ist von hier nicht viel, aber ich kenne das donnernde Geräusch: Es klingt, wie wenn eine Eisenbahn in eine Klamm einfährt. Sehe die Schilfwedel, an denen bunte Eisvögel schaukeln und mit einem Auge nach ihren eben ausgeflogenen Kleinen schielen.

Schließlich sehe ich weit hinten aus östlicher Richtung einen Fußgänger nahen. Das Bild flimmert und schwimmt, verdichtet sich nur ganz allmählich: Ich erkenne Rustem mit einer Plastiktüte in der Hand. Es wird noch eine knappe Stunde dauern, bis er hier ist. Bis dahin ist das Teewasser heiß. Ich gehe mich waschen.

2

Haşems Kite und ebenso sein Deltagleiter sind über und über mit Flicken versehen, er klebt, stopft und näht unentwegt daran herum. Wenn er den richtigen Aufwind erwischt und in die Höhe schießt, knirscht und knattert der Flickenteppich gewaltig. Den Gleiter nutzt Haşem nur für besondere Zwecke, bei denen ein guter Überblick verlangt ist: die Zählung der Kropfgazellen etwa oder die Überwachung und Umsiedelung von Kragentrappen. Letztere sind den Flugdrachen von klein auf gewöhnt, betrachten das flatternde, in den Spannseilen schnurrende Stoffdelta gewissermaßen als ihr Muttertier, Anführer und Ernährer, wenn nicht Gott. Haşem nimmt die flüggen Trappenjungen mit nach oben und wirft sie ab, schüttelt sie aus dem vor die Brust geschnallten Korb, sie flattern hektisch mit den Stummelflügeln und segeln im hohen Bogen zur Erde; das – die Erinnerung des ersten Fluges – ist Prägung genug. Kaum werden die Trappen des kreisenden Ungetüms am Himmel ansichtig, sammeln sie sich und schwärmen hinterdrein.

Weil der Şirvan kein Höhenrelief hat, ist der Start des Gleiters nur per Autoschlepp möglich – keine ungefährliche Angelegenheit. Man muss sorgfältig die Windrichtung berücksichtigen, die richtige Seillänge wählen und einen Startwinkel, bei dem die Strömung nicht abreißt.

Zum Start kommen die Heger jedes Mal wie zum Gottesdienst gepilgert. Geschleppt wird zumeist mit einem Lkw GAS-66 – vorsintflutliche Krücke mit durchgerostetem Boden, bei der während der Fahrt schon gern einmal eine Tür abfällt. Das Ganze am Gummiseil. Damit schafft es Haşem (oft nach einigen Fehlversuchen – Abstürzen aus zehn Metern Höhe, wohlgemerkt – aber der Boden ist mürbe und weich, die Flughaltung vorbildlich, die Knie sind mit Schaumstoff gepolstert), den Apparat in die Luft zu kriegen, wobei er darauf angewiesen ist, dass der Fahrer Kupplung und Gas gewandt zu handhaben weiß, damit der Zug im Abheben sein Spiel bekommt.

Im vorigen Jahr fiel der Entschluss, einen Motordrachen zu bauen, doch die Arbeit geht schleppend voran, es mangelt an Investoren.

Außerdem weiß man nicht, wie die Trappen auf das Motorenge-
räusch reagieren.

Einstweilen setzte Haşem seine ganze Zuversicht in einen Para-
gleiter, der ihm die Strapazen des Schleppens ersparen würde. Ihn
zu bauen scheint gar nicht so schwer, das Gerät ist fertig berechnet,
aber das Material teuer, auch hier fehlt das Geld.

3

Regen gerät im Şirvan immer zum Drama. Unheildrohend naht die
Gewitterfront, ein schwarzes Halbrund wie der Bug der fliegenden
Insel Laputa. Tornadozitzen schieben sich darunter hin und her.
Man hört den Sturm schon in den fransigen Wolkenballen pfeifen,
während unten noch Windstille herrscht. Blitze zucken über den lila
Scheitel, lassen ein grelles Gelichter über die Steppe gehen. Eine Herde Gazellen scheint mit den unentwegt sich blähenden und wieder
schrumpfenden Tornados um die Wette zu jagen … Das ist das Wetter für ein gutes Gespräch mit Haşem. Zurückdenken.

Der Spitzname Sikh für Alexander Stoljarow war aufgekommen,
nachdem er uns von den Fährnissen des Sikh-Bataillons in Baku
1919 berichtet hatte; die Briten waren damals von den Sozialrevolu-
tionären um Hilfe gerufen worden. Beim übereilten Rückzug hatten
die englischen Offiziere das Wohl ihrer Geliebten, die nicht von ihrer
Seite weichen und unbedingt mit ins Imperium wollten, ebenjenen
Sikhs anvertraut. Die nun verluden den imperialen Harem kurzerhand in drei Waggons, welche dann noch in Biləcəri, bei voller Fahrt,
abgekoppelt wurden.

Sich hineinversetzen in Stoljarow. Schiffsmechaniker von Beruf,
Ordentliches Mitglied der Geographischen Gesellschaft der UdSSR
dem Rang nach, Weltreisender aus Berufung.

Besessen sein von der Idee eines großen Überseetörns. Sein ganzes
Leben darauf ausrichten. Das Frühjahr und den Sommer über einen
Marinezirkel leiten, die Zeit mit Jugendlichen auf Wanderungen

und Expeditionen verbringen, der raueren Jahreszeit entgegenharren, um für zwanzig oder mehr Tage und Nächte in stürmischer See zu verschwinden. Fünfzig Mal durch den brodelnden Eiskessel des Kaspisees, längs und quer. Einhand die Küstenlinie umrunden oder wie ein Weberschiffchen hin- und herflitzen, ohne Hafenanlauf. Ein paarmal manövrierunfähig: alle Segel zerfetzt, Takelage abgerissen, Mast gebrochen.

Als junger Mann die Nachricht von einer Weltumrundung durch Marcel Bardiaux mit Verblüffung zur Kenntnis nehmen; eintauchen in die Geschichte der Einhand-Ozeanüberquerungen; Joshua Slocums *Allein um die Welt segeln* zur Bibel erheben; vom Traum eines solchen Törns zunehmend besessen sein. Die Frau zu Grabe tragen, die Erziehung der beiden Kinder in die Hand nehmen; erst mit vierzig so weit sein, dass an den Bau der Jacht zu denken ist. Zwei Jahre lang ein abgeschriebenes Walboot wiederaufmöbeln und damit – erstmals in der Geschichte – einhand die Route Baku–Machatschkala–Bautino–Schewtschenko–Krasnowodsk–Baku segeln. Drei Jahre später eine längengradparallele Winterdurchquerung des Kaspisees absolvieren. Noch zehn Jahre später begreifen, dass die Sowjetunion mitsamt ihrem Hypermythos am Ende ist, Millionen Menschen in einem Wimpernschlag gewissermaßen ihr Haus verloren haben – und beschließen, dass sein Haus das Meer ist. Am 7. Juli 1992 auf der 16-Fuß-Jacht *Lena* zur ersten Einhand-Weltumsegelung in See stechen. Bis Astrachan kommen, mit Motorunterstützung die Wolga aufwärts, in den Wolga-Don-Kanal hinein und den Don wieder hinunter ins Asowsche Meer und von da ins Schwarze. Nach vier Wochen in Noworossijsk anlangen und auf den Auslandspass warten, sich durchhungern, Teile der Ausrüstung abstoßen, um Konserven zu kaufen, vergeblich auf Unterstützung windiger Sponsoren hoffen und Almosen von Matrosen annehmen. Schließlich aufbrechen bei Wintersturm; vor Anapa den halben Mast einbüßen. Mit Mühe bis Feodossia kommen, ein Dock aufsuchen; vom Hafenmeister beschimpft und hinauskomplimentiert werden. Wieder in den Sturm hineinsegeln; in Jalta verschnaufen, in Sewastopol einen Liegeplatz zur Reparatur finden. Erst im August die Kanaren erreichen.

(Eintrag im Bordbuch: *Ossip Mandelstam an irgendeiner Stelle ist voll des Lobes über den Hafenmeister von Feodossia, der ein Freund von Maximilian Woloschin ist. Ein so warmherziger Mann sei das gewesen, er habe den Dichter in seinem Arbeitszimmer wohnen lassen, mit Blick auf die Reede. Leider musste ich mit seinem Nachfolger gegenteilige Erfahrungen machen. Er hält mich für einen Teilnehmer bürgerlich-dekadenter Rattenrennen, so siehts aus.*)

Kurs auf Barbados nehmen, längs der Antillen segeln, Puerto Rico ansteuern, das neue Jahr in San Juan begrüßen. Von Balboa auslaufen, die Galapagos-Inseln passieren, im Herbst Brisbane erreichen, Weihnachten in Cairns feiern. Gleich wieder nach Darwin aufbrechen und von da zu den Kokosinseln, zum Chagos-Archipel, zu den Seychellen und Richtung Dschibuti. Vor der somalischen Küste ausgeraubt werden und nur wie durch ein Wunder nicht erschossen: in den Fängen von Piraten als Russe gegenüber den Angelsachsen ausnahmsweise im Vorteil sein; Glück haben, dass das Argument eines Piraten, sich die Patrone doch lieber zu sparen, fruchtete. Mit Ach und Krach, fast ohne Trinkwasser, bis nach Dschibuti kommen, dort ausspannen, ehe es weitergeht nach Assab und Massaua. Von Suez Kurs auf Limassol und Athen nehmen. Nahe der Insel Leros in einen üblen Sturm geraten, eine Nacht hindurch bengalische Feuer abbrennen, Signalraketen abschießen, um bemerkt zu werden, bevor man an den Klippen zerschellt; die Anker taugten nicht viel. Im Morgengrauen von einem Fischkutter zurück aufs offene Meer bugsiert werden. Nach Tagen in der Ägäis schließlich am Kap Sounion die eigene Route schneiden: hier war man vor drei Jahren durchgekommen. (Eintrag ins Bordbuch: *Ohne Gottes Hilfe und die diverser Segelsportler wäre die Reise wohl schiefgegangen. Wie man schon aus dem Buch Jona weiß: Kein gottesfürchtigeres Völkchen unter der Sonne als die Seefahrer.*)

Nach vier Jahren an Land, mutterseelenallein in einer entleerten Stadt (die Kinder hatten Familien gegründet, ihm Enkel geschenkt, waren längst in Russland ansässig geworden), auf neue Fahrt rund um die Welt gehen, aber diesmal in einem noch kleineren Boot, einer Zehn-Fuß-Nussschale.

Weltenbummler sein, Meeresvagabund, Jonas. Monsterwellen nicht fürchten, aber Respekt vor dem Leviathan: einem Riesenwal, dessen Schwanz breiter ist als das Boot lang, und der ihm einige Stunden nicht von der Seite weicht. Durch den Pazifik treiben, Kosakenlieder singen und Gedichte von Majakowski bis Chlebnikow grölen, zu dem er durch einen seiner Schüler Zugang gefunden hat.

Nie mehr zurückkehren. Zu Hause sein in den Häfen der Welt, auf See. Tahiti liebgewinnen. Griechenlands Küste für sich entdecken.

Vor Neapel den Tod finden. Bei Sturm einen Schlag gegen den Kopf bekommen, das Bewusstsein verlieren, über Bord gehen; das eine Mal nicht angeleint sein, die Sicherung, die in den vierzig Jahren kein einziges Mal nötig geworden war, ignoriert haben.

Kurz nach der Jacht an Land gespült werden, von Carabinieri visitiert: groß, blauäugig, mit silbergrauem Vollbart, kantigen Gesichtszügen; im Boot aufgefunden: persönliche Dinge; Fahrtenbuch mit Reiseeintragungen und einer Liste russischer Namen.

In der Polizeiakte vermerkt sein: *Leichnam eines bärtigen Mannes von ca. 50 Jahren; Tod infolge Schädel-Hirn-Trauma eingetreten.*

So hat das Meer Stoljarow einen Rabatt an Jahren gewährt. Ist ja auch wahr: Reisen werden aufs Lebensalter nicht angerechnet.

Stoljarow war dem Kaspischen Meer, den Meeren allen, den Elementen schlechthin eine Hymne in Person. Die Muğam-Musik war seine Leidenschaft. Eigenhändig hatte er eine Kamança gebaut: Lautenkörper geklebt, Langhals geschnitzt, Saiten gezwirbelt. Schon als Jugendlicher formulierte er für sich die Idee, es müsse im Kaspisee auch ein Atlantis geben. Schichtenforschungen am Meeresboden, von denen er gelesen hatte, gaben den Anlass zur Spekulation über versunkene Städte am nördlichen Zweig der Seidenstraße, den Tamerlan im 14. Jahrhundert gewaltsam unterbunden hatte. Stoljarow hatte die Hypothese Heyerdahl in einem Brief unterbreitet. Seither waren die beiden befreundet. Stoljarow schickte dem Norweger seine Berichte, die er zuvor auf den Zusammenkünften des Zirkels verlas. Einmal lud Heyerdahl ihn auf Expedition ein: Er wollte mit einer kleinen Flottille Pirogen Australien umsegeln, und das ohne Halt.

… Ich blätterte in dem Stapel Postkarten in meiner Hand, aufgegeben in vielerlei Hafenstädten der Welt, hörte mir an, was Haşem über Stoljarows letzte Unternehmungen erzählte, und dachte dabei: Eine Kindheit kann nicht umsonst gewesen sein, in der es einen Leuchtturm namens Stoljarow gegeben hat. Und bei der Vorstellung, dass, während ich auf diesen Bohrinseln herumhing oder mich durch die Welt beamte, Hirnzellen und Seelenfunken verschwendete, Stoljarow vom Herzen des Meeres in den Himmel aufgefahren war, wurde mir warm, und ein Abglanz von Wahrheit erhellte mein Gemüt.

»Der Sikh hat seine Ziele im Leben erreicht«, so schloss Haşem den Bericht, »und ist abgetreten. Schade, die Küste war so nah.«

4

Haşem, von Abichs Archiv in Atem gehalten, zeigte mir abends im Schein der Petroleumlampe Chlebnikows Manuskripte, Blatt für Blatt, trug seine Kommentare dazu vor.

Im Einschlafen schwirrte mir der Kopf, und ich versuchte mir vorzustellen, wes Geistes Kind ich hätte sein müssen und wie mein Denken, damit ihm auch nur einer dieser Gedanken entspränge.

Morgens nach dem Appell stand Haşem noch mit den Männern zusammen und erläuterte ihnen, welche Hegearbeiten im Einzelnen zu erledigen waren, dabei raffte er immer wieder ein Häufchen trockene Erde vom Boden und zerrieb sie zwischen den Handflächen, während er sprach, ließ sie aus der Faust rieseln, klopfte sich die Hände sauber; sobald ein Heger etwas sagte oder nachfragte, griff er sich das nächste. Manchmal fuhr Haşem mit den Männern hinaus und nahm mich mit. Der Großteil des Personals war in diesem Sommer damit beschäftigt, den künstlichen Zufluss zum See im Inneren des Naturparks zu reinigen, an dem eine ganze Reihe wissenschaftliche Untersuchungen liefen.

Eigentlich hatte Haşem vorgehabt, von den Straßenbauern einen Bulldozer zu mieten und zum Schwimmbagger umzufunktionieren;

das Problem war nur, dass, wenn der Bagger zu tief kam, der Motor schnell absaufen konnte; zumindest musste der Lufteinlass höher gelegt und die Motorhaube isoliert werden. Bis dahin plagten die Heger sich mit Hacke und Spaten, um den verschlammten, mit Schilf zugewachsenen Graben, der von der Hauptbewässerungsmagistrale des Muğan abzweigte, zu vertiefen. Auf den acht Kilometern, die er durch den Şirvan führte, war er nicht ausbetoniert; daher die Scherereien.

Manchmal hatte ich das Gefühl, als würde meine Anwesenheit für Haşem allmählich zur Belastung; es war wohl an der Zeit, dass ich verschwand.

5

Ganz plötzlich konnte in der Wache am Heiligen Stein ein Pulk Fledermäuse unter dem aus Blech und Plastikpaneelen bestehenden Dachfirst hervorstieben. Manchmal prallten sie auch gemeinsam in die weiße Satellitenschüssel, dann setzte das Signal kurz aus, und ein Flimmern lief über den Bildschirm wie über eine Pfütze, in die ein Steinchen hineinspritzt, während die Fledermäuse durch die glatte Schale kugelten, scharrten und kratzten, ihre Flügel gegen den Kunststoff schlugen, Kot rieselte. Eine Weile kreisten sie eng um die Schüssel, dann waren sie mit einem Mal weg, das Scharren und Ploppen hörte schlagartig auf. Einzeln kehrten sie wieder. Es kam vor, dass eine den Anflug verfehlte, sich unter der Kante des Dachvorsprungs verfing wie in einem Kescher. Den Kopf mit den Armen schützend, näherte ich mich.

Abends versank der Şirvan im tintigen Blau, sackte wie ein Stein auf den Grund des Himmels. Wenn es so weit war, klebte mein Auge am Okular des Fernrohrs. Vor den hereinschmierenden Flözen von Finsternis war der Steppe für kurze Zeit eine besondere, vom Untergang der Sonne leicht angerostete Leuchtkraft eigen. Es ergab sich ein Tarnkappeneffekt, der mich am Şirvan immer von neuem faszinierte. Zum Beispiel erfasste das Objektiv eine Levanteotter, just da-

bei, eine nur noch schwach mit den Hinterläufen zuckende Beutel-
maus zu schlucken. Alles so überdeutlich, dass man den Floh über die
rapide schrumpfende Fellfläche des Opfertiers hüpfen sah. Wenn
man aber nun hinzulaufen versuchte, näher heran, um zu photographieren, war keine Otter und gar nichts zu entdecken. Sosehr man
sich bemühte. Und das jedes Mal, ausnahmslos.

Die Steppe ist voller Chimären. Auf Schussweite, auf Schritthör-
weite erstirbt sie, taucht ab. Das macht einen kirre – im Okular und
an den Spuren deutlich zu sehen, wie die Steppe vor Leben über-
schäumt: die balzende Kragentrappe zu sehen, den Frankolin, ein
Flamingopaar, wie es am Rand des Schwemmlands herumstakt,
Wölfe, die das Seeufer entlangschnüren – und keine Chance heran-
zukommen.

Verursacht wird der Tarnkappeneffekt vom Relief des Şirvan, das
wiederum aus dem alten Kür-Delta hervorgegangen ist; in jüngeren
geologischen Zeitaltern hat sich der Fluss gen Süden, auf das Kap
Bəndovan zu verschoben. Dem Anschein nach flach, doch mit ganz
eigenartigen Gefällelagen und fächerartigen, mit der Zeit beinahe
gänzlich erodierten Fließen, weist es immer wieder kleine Stufen
und Senken auf, die aus der Entfernung praktisch unsichtbar sind.
So kann es sein, dass ein in der Ebene liegender Fluss sich dem Auge
eines aufrecht stehenden Menschen selbst bei vermeintlich flachem
Ufer nur durch die Spitzen des Schilfbewuchses verrät. Diese Relikte
lassen den Raum höchst magisch und gespenstisch erscheinen. Urplötzlich kann vor dir ein Schakal aus dem Boden wachsen (die
Schnauze ganz wie bei einem Spitz) oder ein auf Abwege geratener
junger Wolf oder ein Kragentrappenhahn im Hochzeitsfuror mit ge-
spreizter Federboa – und ebenso schnell wieder untertauchen, spurlos, wie in eine Höhle. Was man jedes Mal nicht glauben möchte, da
doch die Steppe wie auf dem Handteller vor einem liegt.

Ein Mensch, dem es darauf ankäme unterzutauchen, könnte sich
im Şirvan eines Labyrinths abgeschnittener Blickwinkel bedienen,
geduckt oder notfalls kriechend in einem der Fließe bewegen, das
diskret bis zum Meer hin verläuft.

Nur aus der Luft lassen sich Objekte im Şirvan erfassen.

Als man das Denkmal für die Bakuer Kommissare an den Stadtrand zu versetzen beschloss, wurden die Überreste der sechsundzwanzig Helden von einst exhumiert; es waren aber nur dreiundzwanzig. Kurze Zeit später erschienen den Hegern der Ostwache an ihrem Lagerfeuer drei abgerissene Gestalten, nahmen Platz, plauderten ein wenig, fragten nach dem Weg zum Meer. Die Heger hielten sie zuerst für Flüchtlinge, aber als das Trio in der Dunkelheit verschwunden war, ging ihnen ein Licht auf, und sie erschraken gehörig; in ihrer Panik rasten sie zu den Kollegen der Nordwache. So jedenfalls erzählte Elxan die Geschichte.

Im Şirvan haben die Winde Gestalt und Charakter; manche sogar ihren eigenen Namen; nach einiger Zeit meinte ich sie unterscheiden zu können. Es sind ihrer nicht wenige. Was man nicht sehen kann, inspiriert die Einbildung bis zur Kenntlichkeit. Sinkende kalte Luftmassen sammeln sich in der Eisschüssel des Kaukasus, schwappen über den Rand und in die Täler des Talış hinein, füllen sie aus, lassen sie überlaufen, bilden Seitenarme, die über die Pässe abfließen, einem kurzatmigen, in den Stratosphärenkreislauf gedrängten Luftmeer entgegen – dahinter ballen sich die über der Karakum aufgelaufenen, zu glasiger Weißglut aufgeheizten Trecks, türmen sich kilometerhoch. Im Winter fällt das Bild weniger malerisch aus. Drüben werden die rabiaten Ströme aus dem Pamir, die sich über Turkestan verwirbelt haben, von der in Kälte erstarrten Wüste abgefangen; während sich hüben schwere Luft aus dem Kaukasus herabwälzt; die See macht sich mit der Wüstenkälte gemein, hat der Kollision der Fronten nichts mehr entgegenzusetzen. Frontal rasen die Ströme aus den Bergen und der Wüste aufeinander zu, entgehen der Vermischung, und über dem Meer hebt ein gewaltiger Tanz an. Besonders heikel sind die seichteren Stellen, an denen, sagen wir, der über den Abşeron hinwegpeitschende Xəzri und die von Mangistau heranrollende Dünung aufeinanderprallen, dort brodelt es wie im Gärkessel, eine Schlingerhölle.

Die Stürme im Şirvan kann man lesen wie ein Buch. Jeder ein eigenes Kapitel – mit je eigenem Kompass, eigenem Rhythmus, eigener Sprache. Und man hat tagelang Zeit, sie zu studieren.

Unter ihnen gibt es welche, die im Şirvan ihr Nest haben, worin sie schlüpfen und aufwachsen. Du läufst durch die Steppe zur hohen Mittagszeit, ringsum kein Laut, aller Vogelgesang erstorben, nicht mal die Lerche flattert noch durch die Himmelskehle. Und da auf einmal, wie aus dem Nichts, ein sanfter Hauch: erhebt sich, fängt an zu kreiseln, legt sich um dich oder springt dich an, treibt dich drohend vor sich her ... um urplötzlich wieder abzuflauen. Lässt dich stehen und trollt sich. Solche Winde sind das Gewand des legendären *Stepowik*, ein mirakulöses Wesen, das in den südlichen Steppen zu Hause ist, wo der Nebel Gesichte gebiert, Seen vorspiegelt und ganze Städte.

So ein Wind gibt sich launisch, oft zänkisch, mal leichtes, mal schweres Kaliber, bisweilen Melancholie verbreitend, weit häufiger Besorgnis. Kommt ein Bodenwind plötzlich in Fahrt, fangen die im Hegerhäuschen überall an Drähten hängenden Schüsseln, Teekessel und sonstiges Küchengerät zu klappern an, schlagen die Laken Wellen, ächzen gar die Matratzen, blähen sich Tischtücher und Decken, wandern Hosenbeine die Waden empor, eine Ecke vom Teppich klappt um, klatscht zurück, klappt wieder um, der rostige Baldachin überm Waschbecken gerät ins Schwanken, der Stützstab unter der Wäscheleine pendelt wie ein Metronom hin und her, der ganze Hausrat, bis vor kurzem noch unscheinbar und grau, tanzt und tönt eine wilde Farce.

Aber dieser Bodenwind ist nur halb so schlimm wie einer in der Höhe, denn der ändert das Wetter; hetzt Wolkenbataillone über den Himmel, formiert Fronten. Wie er dort oben tost, verschlägt den Vögeln unten die Sprache. Im Nu ist das Gewitter heran – der halbe Himmel verfinstert, eine fliegende Insel, der die Eingeweide in Fetzen aus dem Bauch hängen. Bleigrauer Wolkensaum, eingefasst von einer Aerosolbinde, drillt sich zur Spirale; noch ehe der Wirbelsturm den Boden erreicht hat, ist sein Fauchen schon gewaltig; flackerndes Wetterleuchten; die majestätische Betulichkeit, mit der das Unwetter sich aufrollt, das Muskelspiel der strudelnden Wolkenberge, du traust deinen Augen nicht. So pflügt sich ein Schnellzug mit grandiosem Furor in die Wirklichkeit. Von so viel Erhabenheit sträubt sich dir das das Fell, und doch fühlst du dich noch als Zuschauer. Bis dir jäh ein kalter Sprühschleier ins Gesicht fällt, so als klatschte ein von der Winde heraufgezogenes Fischernetz aufs Deck, aus dessen Maschen sogleich ein Strom blitzender kleiner Meeräschen in Silberbarren hervorglitscht; du siehst in einiger Ferne die von den ersten Tropfen aufgewirbelten Staubwölkchen, im nächsten Augenblick wallt eine Wand vor dir auf, und die Fluten schlagen los …

Die Heger waren auf die animalischste Weise gewitterfürchtig. Peinlich mitanzusehen, mit welch bedepperten Mienen sie ihre Utensilien einsammelten: das Dreibein des Fernrohrs einklappten, die Schultafel, sich in den Verlängerungsschnüren verhedderten, Blindstecker in die Steckdosen schoben, Teppiche einrollten und in den Konferenzraum bugsierten, mit Tellern klirrten, Tassen zerschlugen in ihrer Überhast – aber so brachten sie wenigstens auch mich auf Trab. Ich hatte erst noch das Rendering beendet, die Zwischenablage gespeichert, jetzt klappte ich das Notebook zu, hob den Blick – und erstarrte: Das Antlitz der Natur war gespalten von einer scharfen Kante zwischen düsterer Sonne und nachtschwarzem Tag. Eine Wetterfront näherte sich mit atemberaubender Schnelle, offensichtlich sturmgepeitscht. Ich zog mir die Jacke als Dach über den Kopf und schaffte es gerade noch, eine Serie Bilder zu schießen …

Dabei hatte ich es schon im April erlebt, wie die Heger auf dem Rückweg von der Kanalsäuberung, im freien Feld vom heraneilenden Gewitter überrascht, Hacken und Schaufeln von sich warfen und auseinanderstoben, um wenigstens in den Schutz einer Anhöhe zu gelangen, unter irgendein Tamariskengesträuch. Dort gingen sie in die Hocke, legten die Arme um den Kopf. Ich lief nur ein Stück beiseite, weg von den Werkzeugen, die den Blitz hätten anziehen können, und streckte mich auf dem Boden aus, als die Fluten auch schon herabschlugen, mich ins Erdreich drückten, ich fühlte mich wie ein Treibgut, vom gurgelnden Schlamm getragen; just als ich mich aufraffen wollte, stand unweit vor mir ein knorriger Feuerstrang in der Luft, und Erdbatzen spritzten. Ich sehe mich noch hinterher am Boden sitzen, stocktaub und wie unter Schock, die Sonne wärmte mir bereits wieder den Nacken, und vor mir robbten halb ersoffene Rennmäuse durch den Schlamm, kläglich im Kreis irrend, außerstande, ihre warmen Höhlen wiederzufinden.

Sich bei Gewitter flach auf die Erde zu legen ist das Dümmste, was man tun kann – je mehr Kontaktfläche zur Erde, desto schwereloser das Häuflein nasse Asche, das von einem übrigbleibt. Mir war anscheinend in den Sinn gekommen, was zu tun die Mutter mir eingeschärft hatte, wenn Hütehunde im offenen Gelände auf einen zugerast kommen: bäuchlings zu Boden werfen. Das hatte ich instinktiv getan. Hinterher bekam ich von den Hegern eine Extralektion Verhaltensmaßregeln.

Haşem verhielt sich solchen Unbilden gegenüber auf die schlichteste Weise: Wie in jeder Naturäußerung konnte er nur Nutzen und Segen darin sehen. Er verstand es, heiße Luft in seinen Kite zu bekommen, indem er die Ränder des Sees ansteuerte; dort über den Binsen stand eine Hitzesäule, die er sich in seine Kuppel lud.

6

Ein großer Stein. Flach liegt er in der Steppe, wie eine ausgestreckte Hand, die zum Horizont weist. Für die Leute in der Gegend ein sakraler Ort, ein *Pīr*, zu dem sie beten kommen. Die Winterstürme tragen das Gelände ab, selbst unter dem Stein blasen sie die Erde hervor, er liegt schon ein bisschen schief. Nach dem Gebet am Stein kommen die Frauen zu Haşem gezogen und legen auch hier, vor seinem Schuppen, Gaben nieder. Haşem schiebt den Kopf durch den Türspalt, sieht, was los ist, und kommt herausgesprungen, fängt an zu brüllen – grobe Worte, kehlig hervorgestoßen, in düsterem Grimm; die Frauen lassen sich anstecken von seinem Furor, hören auf, sich zu verbeugen, keifen statt dessen zurück. Haşem läuft zu einer hin, fasst ihre Hand, zerrt sie vor die Opfergaben, lässt nicht von ihr ab, bis sie ihr Glas oder Bündelchen aufhebt und wieder mitnimmt. Überraschend schnell beruhigen sich die Frauen, ziehen gehorsam ab in Richtung Straße; die Heger, die auf den Stufen im äußeren Treppenwendel der Wache hocken, werden keines Blickes gewürdigt und sind selbst bemüht, woanders hinzuschauen. Elxan macht in ihrem Rücken eine abfällige Bemerkung; auch Feyzul hat etwas zu sagen, wohl etwas Lustiges, er schüttet sich aus vor Lachen.

Noch bevor die Frauen um die Kurve sind, schmelzen ihre Umrisse im Abendrot.

Haşem führte sorgfältig Kalender: Ein riesiger Zahlensatz schmückte den *Pir*. Jeden Freitag bewaffnete er sich mit Fäustel und Schlageisen und übertrug, beständig weiße Steinstaubwölkchen unter der Hand wegblasend, Zahlen aus seinem Heft auf eine angeschliffene Fläche des Steins, Ziffern ohne Punkt und Komma, reihenweise, lückenlos. Das Heft wiederum füllte sich durch die täglichen Beobachtungen vom *vista point*, wie ich den Ausguck unterm First des Hegerhäuschens getauft hatte. Immer kurz vor Sonnenuntergang erschien dort ein Wächter, der sich geduldig nach allen Seiten drehte und wendete – und plötzlich einen lautstarken Pfiff ertönen ließ. Er rief einen Kollegen zum Zeugen heran, um mit ihm den ersten Stern am noch hellen Himmel zu betrachten. So wurden Sternauf- und Sonnenuntergänge seit etlichen Jahren von definierten Punkten aus, in allen sechs Wachstationen rund um den Naturpark, dokumentiert; die Ergebnisse verwandte Haşem, um ein Tafelwerk für den Şirvan zu erstellen, einen Namen aus Zahlen.

Auch ich war mehrfach als »Sternen- und Sonnenzeuge« gefordert. Trübe Tage waren wie Fastentage: Eine geschlossene Wolkendecke raubte den Soldaten vom Abşeroner Regiment ihr beschauliches Ritual zum Tagesausklang. Haşem hegte übrigens keine zahlenmystischen Ambitionen, das Ganze hatte einen anderen Sinn: Einen Kalender zu erstellen schien ihm die einzige Möglichkeit, um der Landschaft an diesem konkreten Punkt der Erde ihren Namen zu geben; lexikalische Angaben, hieroglyphische Grenzverläufe reichten hierfür nicht aus. Der mit Zahlen bedeckte Stein füllte sich vor aller Augen mit Sinn, wie ein Name mit Klang und Hall sich füllt.

Ein bestimmter Tag im Herbst (an dem irgendein Zyklus sich rundete – was für einer, wusste Haşem allein) war zum Jüngsten Tag erkoren, an dem sich das höhere Schicksal des Menschen für das bevorstehende Jahr entschied. Zu diesem Tag war jedermann aufgerufen, die begangenen Sünden vollständig zu bereuen. Für die Heger war solch eine Lebensart neu, eifrig waren sie dabei, ihre Sünden auf kleine Zettel zu schreiben und diese zu verbrennen.

Wenn Haşem improvisierte, dann immer nahe am biblischen Text. Zum Ritual des Jüngsten Tages gehörte es, dass Lose geworfen, Tauben zum Himmel aufgelassen, diverses Geflügel und ein glückliches Lämmchen geopfert wurden. All diese Verrichtungen konnten die Heger immer noch nicht ohne Mitleid mitansehen; in traditionellen Viehzüchtergesellschaften war beim Schlachten – für die Kinder eines der wenigen großen Schauspiele – die Vorfreude auf das Fest und die Gelegenheit, sich satt essen zu können, allzeit mit dem Gedanken verbunden, dass ein Tier hierfür sein Leben lassen musste. Ein unergründliches Mysterium; ich bin überzeugt, dass man früher oder später davon abkommen wird. Die Zukunft wird vegetarisch sein. Aber noch hat das Opfer seinen Sinn …

Ich weiß noch, wie das Ausnehmen eines Huhns mich als Kind faszinierte: das Knacken des Brustkorbs, das behutsame Trennen der grünen Galle von der Leber, und wie der perlweiße Magen ausgespült wurde, der Grus aus Sand und Steinchen entfernt, die genoppte gelbe Haut vom weichen Muskelfleisch gelöst, wie die glitschige Gurgel aus dem Hals gezogen wurde, und der Kamm zuckte noch, das runde Auge war noch klar. Und unter dem Flügel noch ein Rest Wärme, mit den Fingerspitzen fuhr ich darunter, fühlte. Das war unvergleichlich. Zuvor hatte der getötete Vogel, an den Füßen aufgehangen, noch eine Weile mit den Flügeln geschlagen, dann nur noch gezuckt, ich zählte mit, wie oft, bis es ganz vorbei war – ob mehr als zehn Mal oder weniger.

Das Los – respektive Haşem – hatte entschieden, dass ich das Sündenböcklein auf seinen letzten Gang in die Finsternis des Uferschilfs zu bringen hatte. Das Schwemmland am Nordzipfel des Sees war unser Ziel. Unterwegs fiel mir ein, das junge Tier mitfühlend zwischen den Hörnchen zu streicheln. Es fuhr herum und sprang mich an, vor Schreck ließ ich die Leine los, die sogleich davonschlängelte, ich haschte nach ihr, sprang mit den Füßen darauf, weil ich dachte, das Böcklein würde sich davonmachen – kein Gedanke. Im Gegenteil, wieder ging es, den Kopf leicht zur Seite gekippt, auf mich los. Die stößige kleine Bestie, die ich ein paar Mal zu oft übermütig bei den Hörnern gepackt und zu Boden gezwungen hatte, wollte mich nun ins Schilf treiben – ehe ich den Mut fand, rabiat zu werden und das Tier mit den Fäusten traktierte, aufs Maul und in die straffen Flanken. Erst drängte ich es in die Binsen, dann drängte es wieder heraus. So standen wir, der Bock und ich, auf der Grenze zwischen Land und See. Das Tier wollte nicht abhauen, es blökte, stand dumm herum, rührte sich nicht von der Stelle.

Schließlich nahte Hilfe. Abbas kam mit der Hacke, schlug einen Pflock ein, band den Bock an. Am nächsten Morgen eilte ich hin. Fand nur noch ein Bein vor und den abgenagten Strick. Lange betrachtete ich den zierlichen amethystfarbenen kleinen Huf.

Die Feier, die Haşem für die Heger veranstaltete, bestand aus Meditation und Muğamsingen; Letzteres war ihm in gleichem Maße heilig wie Hendrix, Joplin und die anderen Helden der Sechziger, deren Konterfeis einen gut Teil der Wände seines Schuppens einnahmen. Auch die kreiselnden Derwischtänze gehörten zum Ritual. Je näher ein Derwisch der Erleuchtung war, desto langsamer drehte er sich; Haşems Bewegungen, nicht in der Mitte des Kreises, eher zum Rande hin, erschienen flüssig und klar, die Hände erhoben, allmählich dem ganzen Himmel sich öffnend; und seltsam, während sein Kreiseln doch immer »tiefer«, immer zeitlupenhafter wurde, hoben sich seine Röcke – Fallschirmseide, der gleiche Stoff wie sein Kite, zwei Lagen oder drei, mit applizierten Glöckchen – einer nach dem anderen.

Aber das ist schon der letzte Teil des Rituals – es beginnt leicht und spielerisch mit einem Muğam auf Elxans langhalsiger Laute, Haşems Stimme darüber, er läuft unentwegt herum, schreitet um den Hügel und deklamiert in singendem Tonfall Chlebnikow-Verse: die *Lacherer* erst: Oh, entlacht, Lacherer! Oh, erlacht, Lacherer! Dass sie Gelächter lachen, dass sie lachantern lachal! … – ein ums andere Mal, es klingt etwas gruselig, dann stimmt er Verse aus *Sangesi* an, noch andere Instrumente fallen ein. Haşem hat ein feines Gehör, aber seine Stimme ist nicht sehr kräftig, er hält sich das Qaval ans

Ohr, presst die Zarge gegen den Wangenknochen, so verstärkt er den Ton. Das Qaval ist eine Schellentrommel mit halbtransparentem Fell, sporadisch wird er ihr ein paar sonore Töne entlocken … Von all dieser Kakophonie verstehe ich wenig, doch an manchen Stellen will es mir scheinen, als schlüge ein Funke der Offenbarung daraus hervor.

7

Vor dem Tanzen wird der Hammel mit kurzen, jähen Schnitten vom Fell befreit. Je fetter das Tier, um so heller erscheint es, geradezu leuchtend, eine Fettkerze, die sich aus der schmutzigen, zu Zapfen verklumpten Wolle schält. Der gehäutete Körper erscheint wie geläutert, er strahlt etwas Festliches aus. Ein Längsschnitt am schaukelnden Unterbauch eröffnet noch einmal neue Welten: Glänzende, glibbernde Innereien quellen hervor, und sogleich knuspert ein Stück frische Leber zwischen den Zähnen des Schlächters – das ist so Sitte; Teil des Lohns für den, der sich zuletzt als Herr über dieses Tier erwiesen, es mit dem Tod vermählt hat.

Haşem gab seinen Hegern Russischunterricht, und auch dies mit Chlebnikows Hilfe. (Wer auf Abşeron jetzt unter fünfunddreißig war, so hatte mir Abbas erklärt, der war in keine Schule mit russisch sprechenden Lehrern mehr gegangen, bei keiner irgendwie russischen Armee gewesen – der sprach also schlicht kein Russisch.) Jeden Tag ließ er sie ein paar Zeilen aus den *Schöpfungen* auswendig lernen; gegen Abend fragte er sie ab. Tagsüber bei der Arbeit, in den Verschnaufpausen, auf den Spatenstiel gestützt, zogen die Heger das Blatt mit der Hausaufgabe aus der Tasche, die sie von der Schultafel abgemalt hatten. (Die Tafel wurde sommers aus dem Konferenzraum der Nordwache hinaus auf den Appellplatz getragen.) Ein paar Zeilen in Druckbuchstaben; mit gefurchter Stirn fingen die Heger zu buchstabieren an. *Stummdumpf schnickt mit Stummelblitzen*, radebrechten sie. *Unter der Sonnendauben Ringe* … – oder: *Von hier aus scheint das Meer wie von schwieligen Händen in Waschblau gespült* … –

Sangesi lebt, Sangesi lebt! Am Abend war die Luft voll von Gestammel, das verschmolz zu einem Chor, der gewissermaßen autodidaktisch war: Zum Beispiel wird die Betonung beim Singen ja automatisch richtig gesetzt ... Chlebnikows Kampfgesänge sollte sein Regiment auswendig hersagen können, aber bloß nicht russische Zeitungen lesen, so sah es Haşem. Der wahre Sa-um bekräftigte seinen Sinn.

8

Beim Nachzählen der Kropfgazellen ließen wir uns von dem alten GAS-Jeep durch den Şirvan tragen. Das Auto hatte gut zehn Jahre mehr auf dem Buckel als wir und war kurz davor auseinanderzufallen. Kein Teil, das nicht klapperte; durch die Löcher im Boden konnte man die Erde dahinfliegen sehen, Duftwolken vom abgescherten Beifuß sprühten herein; öfter rutschte die Tür in Schieflage oder fiel ganz ab, das Schloss hielt schon lange nicht mehr zu – doch diese verwegene Hinfälligkeit, das anhaltende Wunder, wie der Motor zu unseren Knien immer wieder munter ansprang, bebte und ratterte, passte zur Gewogenheit dieser Landschaft ganz gut. Ein neuer Geländewagen hätte darin provokant ausgesehen.

Haşem schob eine Kassette ins Deck, und aus den Dachlautsprechern ergoss sich in die Steppe ein Muğam. Eine halbe Stunde später mussten wir das Tempo drosseln, damit der Pulk Trappen vor uns nicht unter die Räder geriet.

Unser vorrangiges Ziel war es, die Kragentrappe zu animieren, an einem bestimmten Ort zu nisten, damit wir sie dort auf behutsame Weise vor Räubern schützen konnten. Wir umrundeten das Gebiet und fixierten seine Mitte: der Bayatı-Şiraz erklang über eine halbe Stunde lang. Haşem war stark beeinflusst von den Arbeiten Karl von Frischs, der die Sprache der Bienen entdeckt hatte und ihre Sonnennavigation bei der Futtersuche; er war sein wissenschaftliches Idol. An Frischs delikater und erfinderischer Art, mit den Bienen umzugehen, nahm Haşem sich ein Beispiel. Seine Idee ging so: Er legte

Truthennen Trappeneier unter, die brüteten sie aus, zogen sie groß, Haşem fütterte sie, nach Möglichkeit, ohne ihnen unter die Augen zu treten. Dabei ließ er regelmäßig Muğammusik laufen, das heißt: Erst kam der Muğam, dann das Futter. In einem vergleichsweise frühen Stadium wilderte er sie in den Şirvan aus: nachts, in ein bestimmtes Planquadrat. Dort hatte er zuvor eine Tonanlage installiert, diskret, die Schnüre unter einer Sandschicht verborgen. Der Muğam tönte aus der Erde. Anschließend warf er noch einen Monat lang aus dem Hängegleiter Futter über der betreffenden Zone ab. So wurde eine Prägung hergestellt, das existentielle Bedürfnis der Trappe mit dem Ort und der Musik synchronisiert. Im weiteren oblag es Haşem, das Terrain mit Hilfe von Falle und Schusswaffe gegen die natürlichen Feinde der Trappe zu verteidigen. All dies war aufwendig, aber wirkungsvoll.

Bis dahin waren alle Versuche, künstlich aufgezogene Trappen auszuwildern, gescheitert. Entweder sie blieben unwiderruflich zahm, banden sich an den Menschen auf Lebenszeit, oder sie überlebten den Stress ihrer Freisetzung nicht. Damit erging es ihnen wie dem Menschen: Ist er lange genug von seinem Ernährer abhängig gewesen, der Idee eines Despoten unterworfen, wird er das Leben in der Freiheit nicht mehr erlernen.

Das Entscheidende aber war, den Trappen das Fliegen zu lehren.

»Nimm mich als Heger auf«, bat ich Haşem.

»Das ist nicht dein Ernst.« Er schaute ungläubig.

»Tust du mir den Gefallen?«

»Aber ohne Privilegien. Keine Extrawürste!« Haşem fasste sich schnell und formulierte die Bedingungen. »Nehmt zwei Schubkarren mit und ladet Schlamm ein, als Dünger für die Beete … Und das von jetzt an täglich.«

»So sei es, Müəllim«, sagte Rustam und verbeugte sich.

Die Order war, Rustam zur Kanalreinigung zu begleiten. So brachte ich meinen ersten Arbeitstag im Şirvan mit der Hacke in der Hand, bis zu den Knien im Schlamm stehend zu. Von Zeit zu Zeit kämpfte ich mich ans Ufer, um die Blutegel von den Knöcheln zu streifen, dabei spürte ich, wie der trocknende Schlamm sich als Panzer um die Waden zog.

Am zwölften Tag meiner Kärrnerarbeit (der Schilfstreifen vom See schon in Sichtweite, Haşem seit vier Tagen untergetaucht, keiner wusste, wo er steckte) war ich absolut glücklich, weil schon wieder von ausreichend Ingrimm erfüllt, um in den Spiegel zu sehen und zu wissen, was ich von mir und der Welt wollte.

Ich fuhr zu Kerry und erklärte ihm, dass ich bis auf Weiteres im Şirvan zu bleiben gedachte. Den darauffolgenden Sonntag lud ich ihn zu uns ein, damit er Haşem kennenlernte.

Wie die meisten seiner Kollegen hatte er auf dem Flugplatz Nasosny über einen der vielen DynCorp-Dienstleister angeheuert, die vor allem in Afghanistan tätig waren. Und anscheinend waren die Taliban seit Wochen ernsthaft dabei, Hamid Karzais Leibwache das Leben schwer zu machen, was erhöhte Versicherungszahlungen und finanzielle Engpässe zur Folge hatte; Kerry war im März ohne Gehalt geblieben, ich musste ihm etwas borgen. Ein Umstand, den wir ordentlich, mit einem zweitägigen Gelage begossen.

Haşem hatte mir die Rotation durch die einzelnen Wachen des Nationalparks verordnet, Abbas mich in seinen Dienstplan aufgenommen. So brauchte es kaum einen Monat, bis ich die einzelnen Vorgesetzten kannte und alle ihnen unterstellten Heger dazu.

Rustem – ein hochgewachsener, breitschultriger, streng dreinblickender Mann, der früher in den Ölfeldern gearbeitet hatte. Immer in Jackett und weißem T-Shirt, wortkarg im Umgang, bewegte sich in einem abgewrackten weißen Niva fort. »Gestern drei Wölfe am See gesehen«, so hörte man ihn reden. »Jeder größer als ein ausgewachsener Hammel. Aber um den Menschen machen Wölfe einen Bogen, sofern er ihnen nicht selbst auf die Pelle rückt. Im Sommer sind sie sowieso friedlich, denn da sind sie satt.«

Wagif – alter Handelsmatrose; untersetzt, nicht unansehnlich, der schmale Schnurrbart etwas geckenhaft, glattgekämmtes Haar, das sich über der Stirn zu lichten begann. »Die Sowjetunion war das Paradies«, meinte er. »Die Arbeit eine endlose Dienstreise, der Urlaub eine einzige Kur.« Als Vorarbeiter beschäftigt.

Telman – stämmig, mit üppigem silbergrauem Schnauzer; schweigsam. Vorarbeiter auch er und gleichfalls einmal Handelsmatrose gewesen; Wagifs Freund. Biertrinker; die Flaschen beulten ewig seine Jackentaschen.

Elxan – lang und dürr, trug Schnabelschuhe. Einmal saß ich mit ihm oben im *vista point* beim Tee, da sprang er plötzlich auf und stürzte mit dem Besen zu den Weinreben hinunter, die die Freitreppe umrankten. Wie sich herausstellte, hatte er eine Schlange gesehen; die nächste Stunde suchten wir vergeblich jeden Winkel unter der Treppe ab, das ganze dort lagernde Gerümpel, alte Stiefel, Kisten. Elxan war als »Springer« beschäftigt, leistete auf den Stationen rund um den Naturpark Wachschichten.

Feyzul – Elxans Freund. Jünger als er, kräftig, ein unermüdlicher Arbeiter.

Elmar – religiös befangener Sachwalter, Evers' Mann. Gelegentlich, wenn er eine Bilanz oder dergleichen geändert haben wollte, trat er höflich an Haşem heran. Aber der ließ sich nicht täuschen: »Hätte Elmar freie Hand, würde er mich mit dem Fahrtenmesser köpfen.« Elmar war der schärfste Kritiker des Abşeroner Regiments *Welimir Chlebnikow* – wenngleich nur in Gedanken.

Evers – Naturparkdirektor. Protegiert vom Ökologie-Minister, der der Überzeugung war, dass nur deutsche Redlichkeit und deutsches Fingerspitzengefühl in der orientalischen Wirtschaft für Ordnung sorgen konnten. Einmal pro Woche tauchte Evers auf, immer peinlich sauber gekleidet, mit unvermeidlicher Goldrandbrille. Mit Haşem suchte er sich gutzustellen, verehrte ihn als Ornithologen, schätzte seine organisatorischen Fähigkeiten.

Den Hintergrund dieser Galerie von Individualisten bildeten die jungen Heger. Alle hatten diese großen schwarzen Augen, die gleiche gezügelte Leidenschaft in den Gesichtern. Unübersehbar die Scheu vor den Älteren – insbesondere Haşem, aber auch mir. Diese Zurückhaltung nutzte ich aus und litt zugleich darunter.

Ich benahm mich den Jungs gegenüber wie ein Taubstummer: riss den Mund auf beim Reden, gestikulierte wild. Die Antwort war meist nur ein Nicken, selten einmal schenkten sie mir ein paar Worte, die ich dann jedes Mal zu wiederholen bat, um sie mir einzuprägen und gleichzeitig sicherzugehen, dass sie mich verstanden hatten. Ausnahmslos alle träumten sie davon, Englisch zu lernen, und kamen zu mir in den Unterricht. Heimlich natürlich, da sie sich ob dieses profanen Interesses vor Haşem genierten, der sie mit den täglichen Gedichtvorträgen auf Russisch traktierte.

Auch ich begann mit dem Unterricht, ohne ihn zu fragen, versammelte die Lernwilligen diskret in meinem Zimmer, ließ sie im Kreis auf dem Boden sitzen und erprobte eine selbsterfundene Methodik mit »Kontrastalphabeten«, die ich ihnen an die Tafel malte. Zuerst ein Sonnenalphabet: *A – apple, B – bee, C – car, D – door* … Dann ein Wolkenalphabet: *A – access, B – bargaining, C – contest, D – denial, E – eagerness* … Letzteres illustrierte ich mit Grimassen: Ich bildete szenische Paarungen, wählte extra ausdrucksstarke Physiognomien und suchte den emotionalen Kern hervorzukitzeln, den meine Schüler wiederum darzustellen und dem einen oder anderen Buchstaben zuzuordnen hatten. Die Masken wurden photographiert, so dass sich die Theatralik des Verfahrens durch eine mimische Hieroglyphe objektivieren ließ. So polarisiert, würden sich die Wörter besser im Gedächtnis verankern, das war meine Hoffnung. Ich versuchte sie auch zu animieren, Gegenstände darzustellen – Apfel, Birne, Biene, Tür –, aber das gefiel ihnen weniger; die pure Emotion ließ sich einfacher wecken.

Als Haşem davon Wind bekam, rief er mich zu sich.

»Großartig, was du da machst, Ilja. Eine nützliche Sache. Lass uns Chlebnikow ins Englische übersetzen!«

Eine Woche später deklamierten wir die englischen Interlineare, Haşems »prosaisch-revolutionären Abguss« von Chlebnikows *Nacht in Persien.*

The seashore. The sky.
The stars and calm.
I lay on the worn jackboot, belonged to seaman Boris Samorodov.

Im Grunde war Haşem des russischen Dichters Chlebnikow leibhaf-
tiges Denkmal – ein Derwisch mit entrückter Miene, ungekämmten
Haaren, schlechten Zähnen, dem Gesicht eines weisen Kamels. Und
beispielsweise hätten diese Gedanken auch von ihm sein können:
*Immerzu denke ich an die Frau – sei es das dralle Mädchen mit dem
Korb auf dem Kopf, sei es die furiose Ksana Boguslawskaja oder die ver-
schmitzte Katja Mahler. Weil an sie – die Eine – zu denken jedoch tabu
ist, denke ich an sie im blinden Fleck meines Gesichtsfelds – und sehe
nichts als das gleißende Feld, in dessen Helligkeit alle Gegenstände ertrunken sind, alle Landschaft, alles Fühlen bis auf die Begierde, und
auch diese, durchglüht von der Helle, ist reine Energie, frei von allem
Menschlichen, frei vom Geruch der Haut, dem Geschmack von Speichel,
Tränen, Lippen, Nippeln, der unzähligen Dellen und Spalten, die vom
Harz des Verlangens triefen – alles spurlos versunken im Weiß – und
dieser alles überstrahlende Drang verträgt sich mit dem Gedanken
an Gott – immer noch ist der Diamant aus demselben Kohlenstoff gemacht, aus der Organik von Körper und Licht, wie sie die Liebe beseelt:
genau wie der Brillant unter Hochdruck dem Menschlichen abgepresst
ist, der über dem Brenner des Krematoriums zum Glühen gebrachten
Asche des Geliebten, um das Fleisch der Welt in seinem Leuchten –
in einen Ring, ein Amulett gefasst – in sich aufzunehmen. Jawohl, so
denke ich über Gott: indem ich zuerst an die Frau denke und dann,
geblendet vom Gewissen, von der Gewalt der Begierde, den Blick zu
Ihm hinaufzuwenden. Die Frau, verborgen hinter blendender Nacktheit, Scham – ist unsichtbar, ist der Gedanke an Gott.*

»Was also ist an einem Dichterleben das Vergnügen?«, fragte Haşem. »Als Bettler trägt er sich zu Markte. Du musst dir vorstellen:
Kein Radio weit und breit, kein Fernsehen. Gebet, Musik und Verse
sind der einzige Trost. Die menschliche Seele giert nach Wohlklang,
Harmonie, die der überirdischen Schönheit ihr Lied singt; Manna
für Leib und Seele, aufgelesen wie eine lippenstiftbeschmierte Ziga-
rettenkippe, die aus Flugzeughöhe fallen gelassen wurde ins ewige
Eis. Ein bemalter Teller oder ein Teppichmuster wird nicht geringer

geschätzt als ein Bild von Picasso, Rembrandt, Monet; das Spiel der Straßenmusikanten ist ein Ereignis, so überirdisch wie ein Konzert von Led Zeppelin. So wird ein Dichter in dieser kargen Welt schnell hochgejazzt zum unberührbaren Heiligen; den man in Stücke reißen möchte und sich ein Teilchen davon ins Amulett stopfen, als ein Partikel reinen Treibstoffs zu Gemüte führen … Dass Worte so ephemer sind und so fassbar zugleich, so evident als Waffe wie als universelle Schöpfungsmaterie, öffnet der Blasphemie Tür und Tor: auf die Probe stellen, erniedrigen, runtermachen, sich das Maul zerfetzen! Wie ein Kind es genießt, seine eigene Sandburg zu zerstören, so gefällt es dem Pöbel, den Gegenstand seiner Anbetung niederzumachen, sich an seine Stelle zu erheben. Unterschwellig trägt der Dichter auch heute noch die Last unsichtbarer Welten, das Negativgewicht der Ziellosigkeit, der kosmischen Existenz, des Mirakels. Und damals noch viel mehr: die Möglichkeit, mit Gott zu kooperieren, gar zu konkurrieren, unter Beweis gestellt durch die Allmacht, die Perfektion der Worte; das persönliche Königreich, erbaut, ausgesät mit Worten, von keinem zu erobern, man kann es jederzeit in die Tasche schieben oder in einen Traum, der Geliebten ins Ohr flüstern oder der Einöde vormurmeln … Damit hat es zu tun, dass die mystischen Häresien der Dichter im Osten diesen nationalen Befreiungscharakter an sich hatten. Was kann vor Gott als Antithese zur Sklaverei herhalten? Wie kann man sich lösen aus den Fängen des Übermächtigen? Nur indem man dem Ruf des Dichters folgt, der da sagt: Ich bin Gott. Babək schmiert sich Blut ins Gesicht, um seine Blässe zu verbergen. Həllac Mənsur baumelt am Galgen wie der Klöppel einer verstummten Glocke. Fəzlullah Nəimi, an den Schweif eines Pferdes gebunden, schreit seinen Schmerz in Strophen heraus, im Rhythmus der Steine, gegen die er prallt. Ayn el Kuzat, übergossen mit Erdöl – erst eine schwarze Kerze und plötzlich eine lodernde inmitten des schwarzen Spiegels.«

Artjom

1

Die Insel Artjom. An keinem anderen Ort hätte ich zur Welt kommen können, nirgends anders wäre Haşem zu Hause gewesen. In alter Zeit hieß sie *Pir* – Heiligtum. Lange Zeit unbewohnt, einer der Zacken des magischen Abşeroner Achtecks. Die Zoroastrier versammelten sich dort zu Festlichkeiten. Der Islam, der Zarathustra nicht für voll nahm, änderte den Namen in Pirallahi – Allahs Heiligtum. In russischen Seehandbüchern des 18. Jh.s steht an dieser Stelle, zwischen den gestrichelten Untiefenlinien, in schnörkeligen Kursivbuchstaben *Swjatoi**. Im Jahr 1922 wurde die Insel vom Erdölboom erfasst, Fördertürme dicht an dicht verstellten den Horizont. Bald darauf erfolgte die Umbenennung in Artjom, was der Parteideckname des kurz zuvor ums Leben gekommenen legendären Bolschewiken Fjodor Sergejew war; auch zum Beispiel eine Straße in Charkow und ein kubistisches Riesenmonument, hoch über dem Tal des Sewerski Donez thronend, sollten sein Andenken unsterblich machen.

Wer von Artjoms Getreuen im Volkskommissariat für die Erdölindustrie damals veranlasst hat, den Heroen in der Landkarte zu verewigen, lässt sich heute nicht mehr feststellen. Der neue Name erschien des alten würdig. Nicht dass er daran angeschlossen hätte – es wurde ein Durchbruch verfügt, die zoroastrische Idee vom unerbittlichen Sieg des Lichts über das Dunkel mit der bolschewistischen des gnadenlosen Umbaus der Weltordnung kurzgeschlossen.

Einen Sommer lang war Artjom für uns ein einziges großes Geländespiel. Wir waren zwölf und absolvierten gerade eine Schule der Kaltherzigkeit. Das Alter der Unschuld hinter uns lassend, hormo-

---

* heilig, der Heilige (russ.)

nalen Stürmen ausgesetzt, wollten wir nichts weniger als weich erscheinen, gaben uns rau. Artjom war unser Held: ein Bauernsohn, mit Mutterwitz begabt, schönes Gesicht mit klugen Augen, in denen der Schalk saß, das Haar zurückgekämmt, der Schnurrbart akkurat gestutzt. Blutjung noch und an den Schläfen schon ergraut. Realschule, vier Semester an der Kaiserlichen Technischen Hochschule, fand schnell zur revolutionären Bewegung; Verhaftung, Kerker, nach Frankreich emigriert. In Paris schlüpfte Artjom im Hause des Gelehrten Ilja Metschnikow, Pionier der Unsterblichkeitsforschung, unter, ihm verdankte er die Gasthörerschaft an der Académie d'artillerie und die Bekanntschaft mit Louis Pasteur (ein Umstand, der in Klasse 5 nahtlos an den Lehrplan anschloss: »Nous savons beaucoup des savants, les noms des quelles ont connu dans le monde entier et qui sont des bienfaiteurs de L'Humanité: par examples, Louis Pasteur«, deklamierte Iraida, holde Jungfrau mit atemberaubender, unter himbeerrotem Netzblüschen bebender, von Biene im Bernstein gekrönter Brust – ihr Französischunterricht eine Lektion in Unerfüllbarkeit). Metschnikow, dem berühmten Immunologen, Entdecker der Phagozytose, Anhänger der Orthobionik und eines gemäßigten Anarchismus, war Artjom in einer Vorlesung des Historikers Miljukow über die bürgerliche Weltordnung aufgefallen, wo der junge Mann gegen die Koryphäe opponiert und unter stürmischem Beifall das Primat der Klassenzugehörigkeit verteidigt hatte. Mit zweiundzwanzig wurde Artjom zum Anführer der organisierten Charkower Bolschewiki; ein Jahr später verhaftet und auf Lebenszeit nach Ostsibirien verbannt. In einer sternenlosen Nacht im Sommer 1910 durchschwamm er, an einen Balken geklammert, den Amur, trieb sich das nächste Jahr in China und Korea herum, um schließlich ein Schiff nach Australien zu besteigen. In Queensland angekommen, schuftete er als Schauermann und Landarbeiter. Im Kampf um den Vorsitz der Erdarbeitergewerkschaft trat er gegen einen hünenhaften Iren zum Wettstreit an: Es ging darum, wer schneller ein Grab schaufelte, zwei mal einen Meter, zwei Meter tief. Von den kraftvollen Bewegungen des schnaufenden Iren geriet die Luft in Wallung, hart und schnell fuhr die Spatenkante in den Lehm; doch Artjom, zäh und geduckt, bis zu den Brauen unter der Grasnarbe, zeigte sich wendiger, die Ellbogen waren beim Auswerfen der Erde nicht im Weg, und tatsächlich sprang er als erster aus der Grube, stieß die Meßlatte hinein und trat lässig zurück; seine Kameraden ließen ihn hochleben, warfen ihn in den australischen Himmel, während sich unten das zerschrammte, grimassierende Sommersprossengesicht des Iren in bösen Flüchen erging.

Australien! Heute weiß ich, dass Artjom dort eine russischsprachige sozialdemokratische Zeitung (das *Australische Echo)* gründete, weiß überhaupt vom zivilisatorischen Aufbruch auf dem Kontinent zu jener Zeit, doch als Kinder malten Haşem und ich uns diesen Teil von Artjoms Leben in den phantastischsten Farben aus – wie Robinsons Abenteuer. Sich das Ende der Welt zu denken fiel uns – selbst im hintersten Winkel des Imperiums hockend, das persische Paradies vor der Nase, ohne es zu sehen – durchaus nicht schwer. Wir stellten uns vor, wie Artjom in der weiten Prärie am Lagerfeuer hockte und glühende Reden schwang, an seinen Lippen hingen Sträflinge ebenso wie geknechtete Aborigenes, und ein paar Kängurus mit ausdruckslos wissendem Blick vervollständigten das Bild …

Noch allerlei Angelesenes aus Artjoms Biographie gab unserer Einbildung Futter, wir gingen auf in seinem Geist. Der Brotkanten, den wir auf einen von der Litze befreiten Draht schoben und über dem Feuer rösteten, mit Knoblauch einrieben und zur Tomate verspeisten, war natürlich am Spieß gebratenes Känguru, und während die Flasche Ajran kreiste, hörten wir den Rum in der Kehle des Iren gluckern. Wir waren ausgemachte Träumer, was blieb uns weiter übrig? Wo der Boden der Wirklichkeit karg ist, sprießt die Phantasie am üppigsten daraus hervor.

1905 hatte sich Artjom vor den Häschern der Geheimpolizei in »Saburows Datscha« verborgen, wie die berüchtigte Charkower Psychiatrie im Volksmund hieß; wie er da in seinem Bett unter der Decke hervorschaute, muss ihm der Wahn beängstigend glaubwürdig im Gesicht gestanden haben. Bei selbiger Gelegenheit hatte er in den Kellern der Anstalt bolschewistische Zusammenkünfte organisiert und kleine Kampfgruppen aus Patienten mit unauffälligerem Krankheitsbild und medizinischem Personal gebildet. Nun, 1917, nach seiner Rückkehr aus Australien, landete Artjom wiederum in Charkow, wo er der Fraktion der Bolschewiki im Stadtsowjet vorsaß und im Oktober den bewaffneten Aufstand anführte.

Und so ging das weiter: Held des Bürgerkriegs, Frontmann der sowjetischen Ukraine, Delegierter der Komintern, Sekretär des Moskauer Komitees der RKB (b), Mitgründer der Sowjetrepublik Donezk-Kriwoi Rog, der Spaltung der Ukraine bezichtigt, Propagandist der Revolution, imstande, in vier europäischen Sprachen die Massen zu begeistern. Ein Titan, so schien es, den keiner aufhalten, dem nichts mehr etwas anhaben konnte, mit Ausnahme der Naturgesetze vielleicht … Genosse Artjom kam bei der Probefahrt eines sogenannten »Aerowaggons« ums Leben, mit dem er Parteifunktionäre in Höchstgeschwindigkeit durch das Land zu kutschieren gedachte. So wie er es sich vorstellte (und er hatte den Techniker gewissermaßen noch im Blut), sollte die Avantgarde der Partei in ständiger Bewegung, quasi immer und überall präsent sein, alles kontrollieren, was Hirn und Hand an jedem beliebigen Ort der UdSSR taten: »Mitanzusehen, wie unorganisierte Massen sich verhalten, ist mir unerträglich«, hatte er noch aus Brisbane den Genossen geschrieben.

Im Jahr 1921 rüstete der Hobbykonstrukteur Valerian Abakowski (Automechaniker im Fuhrpark der »Sonderkommission zur Bekämpfung konterrevolutionärer Umtriebe und Sabotage« – ein buckliger, skrophulöser Mann mit tiefliegenden, stark schielenden Augen, riesige Ballonmütze auf dem Kopf) eine Eisenbahndraisine mit einem Flugzeugmotor aus; im Juli lud er eine Gruppe Funktionäre, die dringend nach Tula musste, zur Jungfernfahrt. Mit 140 km/h Spitzengeschwindigkeit düste das Gefährt dahin. Auf der Rückfahrt wurde es an einer ramponierten Stelle aus dem Gleis getragen, segelte die Böschung hinab und begrub sämtliche Testpersonen – auch Artjom sowie den Konstrukteur – unter sich. Die Untersuchung ergab, dass ein Haufen Steine auf den Gleisen gelegen hatte. »Das werden wir uns näher ansehen, Steine fallen ja nicht vom Himmel«, versprach Dzierżyński der Witwe Artjoms in die Hand, und Stalin schlussfolgerte messerscharf: »Hat ein Zufall politische Folgen, heißt das, es gibt Gründe dafür und kann demnach kein Zufall sein.« Artjoms Sohn wuchs in Stalins Familie auf.

2

Persien war schon deswegen das Paradies, weil man von da Elvis, Nat King Cole, Gillespie und Coltrane ins *Spidola*-Transistorradio hereinbekam. Iranische Sender wurden nicht gestört; der gute Empfang ließ die Mitschnitte von den Newport Jazz Festivals ungehemmt in mein Bewusstsein prasseln: Charlie Parkers entfesselt sprudelnde Kaskaden, Miles Davis' eher schleichende Gangart, Benny Goodmans heißlaufende Swingspiralen, all das ergoss sich in mein Ohr, wühlte auf, wollte mich schier um den Verstand bringen. Einmal lag ich eine Nacht hindurch schlaflos, weil *A Night in Tunisia* in mir nachklang, nicht aufhörte zu pulsieren. Dabei war es eigentlich immer mein Vater, dessen Ohr am Kofferradio klebte: Er hörte BBC, hing dem Sprecher durch all die massiven Störgeräusche hindurch an den Lippen, und wenn ich unversehens zu ihm in die Veranda gelaufen kam, traf mich ein düsterer Blick: »Untersteh dich!«

Was kann einem Jungen, der ewig mit den Gedanken am Horizont ist, Besseres passieren als ein Radio? Nie werde ich vergessen, wie ich eines Winterabends in der Veranda, wo die Scheiben in den kleinen Fenstergevierten vom Wind klirrten, Jim Morrisons *Riders On The Storm* hörte, klangrein und betörend schön: Oben wankten die Kronen der Feigenbäume und rauschten, ein Ast schabte über den maroden Wellasbest, in den Ritzen des Zauns schäumte das Meer, und darüber war alles Mond, alles silbern, Berg und Graben, Sturm und Glanz.

Später verstummte der Gesang der Zivilisation, der Äther wurde wüst und leer – und bald darauf tauchte Haşem in der Schulbank neben mir auf. Der von dort drüben kam, aus dem Paradies.

Heute träumte dieser Haşem von einem Dichter – und das war noch untertrieben: Er ging mit Welimir Chlebnikow Hand in Hand,

sah ihm tief in die Augen. Und ich sah Haşem die Patronenkiste auf-
klappen, solides grünes Holz mit kompliziertem weißem Aufdruck,
die seidenen Handschuhe anziehen, nach kurzem Überlegen wieder
ausziehen, statt dessen Gummihandschuhe wählen, so als stünde er
im OP-Raum; mit sorgenden Fingern (behandschuht, schienen sie
sich von den Händen emanzipiert zu haben) entnahm er Fragmente
von vergilbtem liniertem Papier, einzelne Blätter und grob, mit ro-
hem Faden geheftete Kladden: Rudolf Abichs persisches Chlebnikow-
Archiv. Ich durfte nichts davon anfassen. Zuletzt kam wieder ein
vertracktes Hängeschloss mit bündig versenktem Bügel davor. Dann
ging er mit mir vor die Tür und hatte Erstaunliches zu berichten.
    Er sei vor zehn Jahren in Charkow gewesen, auf den Spuren von
Artjom. Der habe schon als Jüngling im Lokomotivenwerk für Aufregung gesorgt. »Die Meister und Obermeister hatten Angst, ein fal-
sches Wort zu sagen. Das Proletariat, von Artjom angestachelt, fa-
ckelte nicht lange mit Vergeltungsaktionen. Ein Sack zur Exekution
lag immer bereit, da hatten sie Mennige hineingekippt und Altöl.
Wenn so ein Meister in gebügelter Atlasweste, mit blitzendem Kneifer durch die Werkhalle kam, bekam er von hinten den Sack übergestülpt, flog in die Schubkarre, neben seinem Ohr knallte der Hammer gegen einen leeren Blechkanister, dass ihm, halb irre vor Angst,
die Trommelfelle platzten, so wurde er auf den Hof gekarrt und in
die Müllgrube. In der Presserei übte Artjom Selbstjustiz an einem
Hilfsarbeiter, der als Provokateur verdächtigt wurde. Der Junge wurde vor den Ofen gestellt, wo die Bleche vor dem Formen der Kessel
erhitzt wurden, und gefragt: Wen hast du verraten und wann? Aus
dem Schlund des Ofens züngelte es grell und zischte. Der Junge, ein
kräftiger Kerl, sonst eher Schwerenöter und Schürzenjäger, knickte
sogleich ein, machte sich zum Affen, zitterte und schluchzte, dass
man nicht verstand, was er sagte. Daraufhin wurde er zur Presse
geführt …«
    Auch die alte Irrenanstalt habe er aufgesucht, sagte Haşem (»rie-
siger Park mit vielen Gebäuden, eine Stadt für die Irren, eine ganze
Welt«), und das nicht Artjoms, sondern Chlebnikows wegen. Der sei
nämlich auch eine Zeitlang da gewesen, wie er aus einem Brief von

Abich wusste: V. Ch. habe der Einberufung in Denikins Armee entgehen wollen und sich einer früheren Gelegenheit entsonnen, bei der er sich in die Klapsmühle von Astrachan verdrückt hatte; so sprach er diesmal in »Saburows Datscha« vor und klagte über seinen Geisteszustand. Man war so gnädig, ihn aufzunehmen und eine Diagnose zu stellen, sie fiel günstig aus, er durfte bleiben. Als der Krieg vorbei war, seine Entlassung fällig wurde, zögerte er sie hinaus; er hatte sich an den Ort gewöhnt. Die Mitpatienten wiederum mochten es, neben ihm zu sitzen, er schien sie irgendwie anzuziehen, war ein Ruhepol für sie – für ihn waren sie ehrbare Menschen, denen jede noch so elementare Zuwendung, die die Welt ihnen schenkte, Gold wert war, oder besser gesagt: so viel wert wie Gold für die anderen, nicht sie. Hinderten diese Leute ihn denn nicht am Arbeiten? Anscheinend wenig, denn er pflegte alles, was ihn vom Schreiben abhielt, strikt und unverzüglich aus seinem Leben zu entfernen. In der Anstalt herrschte ein strenges Regime, die Verpflegung war dürftig und die ärztliche Obhut mangelhaft, doch es war viel besser als nichts: ein Dach über dem Kopf und vor allem die Nähe zu Katja Mahler, der Barmherzigen Schwester, die sich traute, seine Verse einer Kritik zu unterziehen. Sein Name war ihr wohlbekannt, Bestandteil einer Legende. Sie selbst schrieb Gedichte und zeigte sie ihm. Für eines bekam sie von ihm eine Eins … Die Aufgabe, die der Dichter sich stellte, lautete wie folgt: Eines Tages wollte er ein Gedicht schreiben, das Katja schon geschrieben hatte. Wohlgemerkt: geschrieben *hatte*, nicht: hätte schreiben können … Irgendwann aber heiratete Jekaterina Mahler den Mann, der ihr seit langem den Hof machte, zog mit ihm nach Moskau. Von da kam noch ein einziger Brief: *Ich bin jetzt eine Nikanorenko, können Sie sich das vorstellen? Ni-ka-no-ren-ko …*

3

»Ich nahm mir in Charkow viel Zeit, um noch irgendwen aus der alten Boheme zu finden, der sich an V. Ch. erinnerte oder etwas über ihn wusste«, erzählte Haşem. »Einen fand ich – Kossarjew, einen neunzigjährigen Maler, immer noch Lehrer an der Kunstgewerbeschule, den habe ich ausgefragt. Ein munteres Alterchen, bullig, mit großer Nase. Er empfing mich nach der Sitzung im Aktsaal, die Schüler waren dabei, die Paletten auszuwaschen, klapperten mit ihren Staffeleien, das Aktmodell hüllte sich fröstelnd in einen Kittel, lief auf Zehenspitzen nach hinten und schlüpfte in die Wollsocken … Kossarjew kannte Chlebnikow aus der Zeit, als er im Hause der Schwestern Sinjakow in Krasnaja Poljana wohnte. Die junge Dichtergilde machte ihnen geschlossen den Hof: Pasternak, Majakowski, Assejew, alle dabei. Auch Welimir gehörte dazu, wenngleich mit Einschränkungen. Seine Gunstbezeigungen den jungen Damen gegenüber fielen etwas sehr ungestüm aus: Der einen schwamm er einmal quer über den See nach, tauchte unter ihr Boot und brachte es mit einem Stoß zum Kentern, die Angehimmelte ebenso wie sein Nebenbuhler gingen baden. Einen anderen Schwarm stellte er beim Kirschenpflücken auf dem Baum, wurde mit Küssen zudringlich … Das Gespräch mit Kossarjew war lang, es ist auf sieben Kassetten verewigt. Oft schweifte er ab, wohin das Gedächtnis ihn gerade trug, ich unterbrach nicht, ließ ihn seinen Erinnerungen nachgehen in der Hoffnung, so irgendwann an die äußersten Triebe der Wurzelkrone zu gelangen. Tatsächlich redete der alte Mann ohne Unterlass und selten zum Thema; dafür vernahm ich den Nachhall einer ganzen Epoche; es war, als wäre ich nach einem verlorenen Ring getaucht und hätte nicht nur ihn, sondern eine ganze versunkene Stadt unversehrt am Grunde liegen sehen …

Über Chlebnikow erfuhr ich doch einiges. Er habe wenig gesprochen und selten klar, meist nur etwas in den Bart gemurmelt, eine Anweisung geknurrt. Jüngeren gegenüber – und auf der Datscha der Sinjakows waren sie alle fünf bis zehn Jahre jünger als er – verhielt er sich selbstbewusst: ohne viel Worte, ohne Getue, doch mit Autorität.

So konnte er dir einen Zettel hinhalten, auf dem Bücher aufgelistet waren, und sagen: Die brauche ich. Und wenn du einwandest, es sei doch viel zu riskant, auf die Straße zu gehen, in der Stadt seien die Weißen und die Bibliotheken sowieso geschlossen, schaute er dich nur an und sagte: Gib dir Mühe. Mir zuliebe! Und es dauerte nicht lange, bis wer weiß woher ein Bibliothekar, von tiefer Hochachtung erfüllt – Wissenschaft! In diesen Zeiten! –, dem Auftraggeber den gewünschten Stapel Bücher darbrachte, obskure Mischung aus mathematischer Statistik und Sprachwissenschaft. Dennoch gebärdete Chlebnikow sich nicht als das böse Genie, er mied nur die Gesellschaft, die ihm nicht behagte oder keinen Respekt entgegenbrachte. Es gab Situationen, in denen ihm sein chronischer Ernst einen Streich spielte; Selbstironie war nicht seine Stärke. Chlebnikow lachte überhaupt ungern, er hatte das Lachen nicht nötig, habe nur einen Seufzer der Befreiung darin gesehen, und ein Dichter *ist* prinzipiell frei.

Jedenfalls nahmen die Imaginisten, die zu der Zeit in Charkow ihr Mütchen kühlten – unter ihnen Jessenin und Marienhof –, sich seiner an, krönten ihn zum Vorsitzenden des Erdballs. Zum Zeichen der Weihe verliehen sie ihm auf einem Meeting im Theater einen grotesken Ring, den sie ihm später wieder wegnahmen. Chlebnikow wehrte sich, er nahm derlei für bare Münze. Und obgleich sich der Spott über ihn ergoss, ließ er kaum eine Gelegenheit zur vertraulichen Mitteilung über sein hohes Amt verstreichen, forderte allen Ernstes eine Residenz dafür.

Interessant war noch, was Kossarjew über Chlebnikows Schwimmkünste zu erzählen wusste: ein Phänomen, der reinste Amphibienmensch. Eine geschlagene Viertelstunde habe man den langen, fahlen, schwieligen Körper, Gesicht zum Himmel, unter Wasser seine Kreise ziehen sehen ... Das hat Abich bestätigt: Chlebnikow sei geschwommen wie eine Robbe, was ihm in Persien öfter zupass gekommen sei. Einmal habe ihr Bataillon zwei Tage auf Reede gelegen, Chlebnikow sei während dessen kilometerweit die Küste abgeschwommen in der Hoffnung, bei den Anwohnern etwas Essbares zu ergattern – und sei tatsächlich mit Brot und Früchten versorgt worden, die er umgehend verzehrt habe, ohne an seine Kameraden zu denken. Einmal habe er, Abich, durch das Fernrohr verfolgen können, wie Chlebnikow ein Fischerboot auf offener See behelligte – die Fischer mussten ihn für einen Seeteufel halten, so struppig und voller Tang, wie er vor ihnen aufgetaucht sei. Und als er sich als Mensch entpuppte, sei die Erleichterung so groß gewesen, dass sie ihn ans Ufer brachten und mit einem fetten Stör entschädigten. Den er mit bloßen Händen aufgerissen habe, die zahnlosen Kiefer in den Rogen geschlagen … Das kannst du glauben« sagte Haşem, meinen zweifelnden Blick bemerkend, mit einem Lächeln. »Abich ist mein Zeuge. Mein Ass im Ärmel! … Von Kossarjew bekam ich übrigens kurz vor seinem Tod einen Brief, in dem er verlangte, die Aufzeichnungen zu vernichten. Ich sah keinen Grund, dem Wunsch nicht nachzukommen.«

Chlebnikow

1

Aus aller Angst und Pein, wie sie mich regelmäßig bei den Proben überkamen (eine Menge Selbsthass dabei und der Drang, sich die Beengung aus dem Leib zu kotzen), ist mir Steins Chlebnikow-Stück nur fragmentarisch, als eine Reihe von Regieeinfällen in Erinnerung – wie Äste an einem Baum, dessen Stamm für mich nicht zu greifen war, weder gedanklich noch mit den Händen, so dass ich auch nicht wusste, wie herunterkommen: Wie hoch bin ich? Kann ich springen? Auf den Füßen landen, ohne mir was zu brechen?

Umso größer mein Erstaunen, meine Ergriffenheit, als nun, nach siebzehn Jahren, da ich Haşem als Erwachsenen wiedersah, dieser Stamm vor mir erstand – am alten Fleck, mit kräftigen, aus der Erde beulenden Wurzeln, über die man stolpern konnte.

Und ich erkannte in meinem alten Freund den vollendeten Helden des vormals abgebrochenen, beinahe schon vergessenen Spektakels, das nun augenscheinlich seine Fortsetzung erfuhr.

Was weiß ich noch von diesem verfluchten Theaterstück? Stein muss es während der Proben fortwährend umgebaut und umgeschrieben, Repliken eingefügt haben, er ließ uns über den Text hinwegspielen, improvisieren; auch plagte er sich sehr mit den Kulissen, die aus einer Pyramide grobgefügter Käfige bestanden, wie man sie verwandte, um Hühner, Enten und Tauben auf den Basar zu tragen. Die Käfige (sie waren echt, der Dreck darin und die reichlich an den Stangen klebenden Federn) türmten sich hinter uns in drei, fünf, sieben, zehn Etagen; von Akt zu Akt wurden sie, einem bestimmten stereometrischen Prinzip folgend, umgestapelt. Eigenhändig trugen die Schauspieler, berieselt vom stinkendem schwarzweißen Vogelschnee, die Bambus- und Weidenkörbe ebenso wie die Schreine mit den Chlebnikowschen Schicksalstafeln hin und her, auf und ab; das Kommando dazu konnte heißen: »Austausch Acht gegen Cheops, Fünf gegen die Neun« oder: »Cheops bleibt, Reihung Vier-Fünf-Zwölf, ausführen!«, oder »Tafel fünf nach oben über die Acht, Sechs kommt raus und neben Tafel drei, aber respektvoll, wenn ich bitten darf, und vor allem flott!«

Als Schicksalstafeln galten dem Regisseur ein paar Sperrholzplatten, anderthalb Meter im Quadrat, in die Auszüge aus des Meisters Manuskripten eingebrannt waren. Haşem war der Schriftsetzer gewesen und ich sein Assistent, als der ich Zweihunderter-Zimmermannsnägel über dem Brenner zum Glühen brachte und ihm einen nach dem anderen zureichte, der Rauch brannte in den Augen. Die Tafeln enthielten Formeln und Gleichungen, schräg versetzt in schwungvoller kleiner Schrift dahinfliegend – der Zeit nachjagend, um sie in Besitz zu nehmen; damals, 1920 in Baku, war Chlebnikow schon dem innersten Zusammenhang der Zeiten auf der Spur, den in Zahlenkolonnen zu fassen er bis zum Tod nicht müde wurde …

In manchen Szenen mussten wir uns die Käfige auf den Kopf setzen und durch die Gitter miteinander sprechen, der Gestank nahm uns den Atem, wir spuckten Federn, niesten uns halbtot. Und dann erinnere ich mich noch gut, wie Stein uns einmal auf die Straße hinausdrängte: »Als Nächstes improvisieren wir eine Massenszene!« – auf dem Gehweg ein ganzes Stück vorauslief, plötzlich auf die Knie fiel und in seinen Schalltrichter brüllte, dass alles ringsum zusammenfuhr, auch wir waren zu Tode erschrocken: »Achtung! Gespielt wird Bljumkins Schießerei mit den Tschekisten auf offener Straße!« Oder er führte uns ins Gedränge des Basars von Sabunçu, zwischen den Ständen kreuz und quer, um plötzlich, mit einem schnellen Blick über die Schulter, die Aufgabe auszuspucken: »Bljumkin zeigt Abich, wie man jemanden beschattet. Chlebnikow bemerkt die Spitzel, gerät in Panik und ergreift die Flucht. Los geht's!« Und ich, folgsam, schlich hinter Haşem her, der wiederum sich ängstlich immerzu umsah, über Säcke und Melonenberge stolperte, während Stein an meinem Ohr war und wisperte: »Unauffällig nach vorn schauen, aus den Augenwinkeln sehen lernen! Fass ein paar Birnen an, frag, was sie kosten. Geh zu dem Wasserhahn da. Beug dich runter, wasch dir eine Kirsche. Jetzt den Mund ausspülen. Ausspucken! Nimm dir Zeit. Schau, die Wespe am Hahn. Jag sie weg! Dreh den Hahn nochmal auf. Aber pass auf, dass du ihn nicht aus den Augen verlierst. Er ist in den Hutladen rein, siehst du nicht. Probier eine Mütze auf. Ruf den Inhaber, lass dir einen Spiegel geben. Sehr gut. Stell den Holzkopf zurück, übertreib nicht. Mütze aufstülpen, nicht bloß hinwerfen. Frag, was die Kosakenmütze kostet. Jetzt geht er raus. Nicht hinschauen! Weitermachen. Frag ihn, ob er eine Zigarette für dich hat. Bisschen zackiger, forscher. Na, das Aas. Spuck ihm vor die Füße.«

»Zu gern wüsste ich«, sagte Stein, »wie Bljumkin gerochen hat, dieser Liebhaber der Revolution. Nach Pulver, Schweiß, Gewehröl? … Ganz sicher hat er nach Benzin gerochen. Er war ein Autonarr! Hat Tschagin und Jessenin durch Baku chauffiert, Opium und Wodka spendiert, dem Dichter die Weiterfahrt nach Persien ausgeredet. An den großen Plätzen hat er sein Auto mit weißem Öl betankt, dem Schwarzhändler das Tankloch hingehalten …«

Einmal brachte Stein zur Probe eine alte Dame mit, ein hutzliges, kurzatmiges altes Weiblein, das jeden Anfall eines grässlichen Hustens mit frisch angezündeter Papirossa niederkämpfte. Sie saß in der dritten Reihe, stippte die Asche nicht von der Zigarette, wenn die heftig zitternden Finger das Mundstück zur Seite schwenkten, fiel sie ab; die großen gelben Augen zwinkerten nicht. Die Alte hatte Chlebnikow von Angesicht gekannt, ja, der Dichter sei einmal heftig in sie verliebt gewesen, das Gedicht *Ich bin ja auch so einer, der von der Wolke fiel* – ihr gewidmet. Geduldig ließ sie unser avantgardistisches Tohuwabohu über sich ergehen – gepiesackt von Steins schrillen Zwischenrufen, viel grobem künstlerischem Mutwillen, dem ewigen Hin- und Hergeschiebe der Käfige und gelegentlicher zirzensischer Aktion: Unversehens konnte Haşem zwischen den Aufbauten hervorspringen und Rad schlagen, oder ich hielt ihm den Rücken hin, er sprang dagegen und flog im Salto über die Bühne, der mürrische Senja fing ihn auf: Jakow Bljumkin, unterstützt von einer Horde Tschekisten, in die Abich (nämlich ich) dann in vollem Lauf hineinkeilte, Haşem bei den Füßen packend usw. usf. Günel, in eine Tunika gewandet, spielte Harfe, Rotarmisten umrundeten sie mit Käfigen im Arm und skandierten Chlebnikow-Verse: »zwei wegt zweige drei dreht draht«, und: »Flittelnd mit seinem Goldschrieb …« – rums-bums, Günel besteigt den Käfigberg und zappelt mit den Füßen, streicht sich über den Bauch: »… spickt der Heuschreck sich den Schnappsack!« An der Stelle schüttete Stein vom Schnürboden herab tatsächlich eine Schachtel Heuschrecken aus, das gab ein Gewiebel und Gewimmel in den Käfigen und drum herum, Günel machte, dass sie herunterkam, flatterte ziellos umher, Haşem fing sie ein und entführte sie hinter die Bühne, ließ mich allein in meiner Raserei.

Nach dem Durchlauf nahm Stein neben der alten Dame Platz, wir sprangen schweißüberströmt von der Bühne und lümmelten uns in den Gang.

Es dauerte seine Zeit, bis die Alte aufschaute und einen Schreck bekam, als sie unsere erwartungsvollen Gesichter sah: Erst jetzt begriff sie, dass sie etwas sagen musste.

»Welimir hatte langes, wallendes Haar«, so begann sie mit tiefer Stimme, während ihre steifen Hände hektisch eine Zigarette aus der Packung fingerten, die dabei zerbrach; Stein schüttelte eine neue hervor, gab Feuer.

Ich bemerkte eine Heuschrecke auf meiner Schulter und wollte sie herunternehmen, der Körper war biegsam und rauh, sie biss mich in den Finger, ich zuckte zurück, die Heuschrecke schnellte mit raschelnden Flügeln davon und landete auf der Schulter der alten Dame, die das nicht gleich bemerkte. Stein genoss den Anblick, er beeilte sich nicht, sie von ihr zu befreien.

»Wjatscheslaw fand, Welimir sehe wie ein Löwe aus, aber einer, der zum Christentum konvertiert ist«, fuhr die Dame fort.

Die Rede war von Wjatscheslaw Iwanow, einer Koryphäe aus dem Silbernen Zeitalter der Poesie und Chlebnikows Mäzen in Petersburger Zeit, wie Stein uns später erklärte. Er hatte in der schwierigen Zeit des Umbruchs ein philologisches Asyl an der Bakuer Universität gesucht und gefunden, ehe er dann nach Italien ausreiste.

Iwanow-Schüler gewesen zu sein, ein Heft Mitschriften aus seinen Vorlesungen im Familienarchiv aufzubewahren war für die Bildungsbürger der Provinzstadt, wie es sie über zwei, drei Generationen noch gegeben hatte, ein besonderer Stolz gewesen.

Mehr als die zwei Sätze waren der Iwanow-Schülerin aber nicht zu entlocken. Sie wirkte auf einmal sehr erregt, ihr Unterkiefer bebte, sie versuchte aufzustehen, plumpste sogleich zurück, bestürzt von der eigenen Schwäche. Stein zog sie hoch, geleitete sie aus dem Saal. Uns blieb nur, die Käfige zu ordnen und die Heuschrecken einzusammeln.

Nach dem Besuch der alten Dame ging Haşem nicht mehr zum Friseur und ließ sein Äußeres verkommen, so dass er mehr und mehr einem Tarzan glich.

Das Einzige, was mich an Steins Theater anzog, war der Geruch der Ölfarben, den die Kulissen verströmten.

Hatte ich meinen Text heruntergespult und durfte trotzdem noch nicht abgehen, versuchte ich mich wenigstens in den hinteren Bühnenraum zurückzuziehen, wo mich der Duft des Malmittels, das sich aus den Leinwänden verflüchtigte, halbwegs zur Ruhe brachte. Ich fuhr mit dem Finger über das Gewebe, spürte die einzelnen Pinselstriche, mal glatt, mal schartig, an ihrem Ausgang mitunter auch scharfkantig, die sich zu Wellen türmten, ebenmäßig übereinander wie im Sturm, wenn du tapfer ins Meer hineinläufst, standhältst gegen die rollenden Fluten, die dir, fest gegen Brust und Bauch schlagend, den Hals mit weißer Gicht umsprudelnd, die Füße wegziehen wollen.

Stein hatte seinen alten Schulfreund Wowa Riwkin (Kunstmaler, Jazzfan, leidenschaftlicher Kiffer, bekannt dafür, dass er mit geschlossenen Augen die Mitglieder des Politbüros porträtieren konnte – Kossygin hatte es ihm besonders angetan! – und als Gebrauchsgraphiker durch die Apotheken und Sportartikelgeschäfte der Republik tingelte: Schläger trifft Federball, Volleyball touchiert Netzkante, Äskulapschlange kriecht in den Kelch – alles in Silberbronze auf Glas) überredet, ihm ein Küstenstück mit Möwen zu malen. Zwei Malerbürsten, ein Eimer Latex, Ultramarin und Rußschwarz.

Wie eine Furie kam Stein auf die Bühne gestürmt, ließ nicht zu, dass ich noch länger durch das Meer wandelte, die Schwingen der Möwe glattstrich, im Furor ihres gilben Auges versank: »Ilja, so wird das nichts. Was soll das Raunen? Du bist Schauermann, Mensch! Du weißt, wie man zupackt, ganze Schiffe lädst du aus – warum bist du zu feige, in den Saal zu schauen? Gut, du bist nicht Schaljapin, aber das hier ist auch nicht das Bolschoi, der Saal beißt nicht. Wann hast du das letzte Mal in den Spiegel geguckt?«

»Heute morgen.«

»Dann hast du schlecht hingesehen. Sieh das nächste Mal genauer hin. Damit du endlich erkennst, wer du bist.«

»Wer bin ich denn?«

»Du flüsterst ja schon wieder. Sag es laut: Wer bin ich?«

»Wer bin ich.«

»Herrgott noch mal!« Stein wurde zum rasenden Rumpelstilzchen. »Warum kommen alle deine Sätze so, dass nicht mal der Souffleur sie hören kann! Hörst du dich denn selber?«

»Hauptsache, Sie hören mich.«

»Wieso ich? Ich zähle nicht … Alle mal herhören!«, donnerte Stein und klatschte in die Hände, ging auf der Bühne um, trieb seine Schäflein zu einem engen Kreis zusammen. »Genau zuhören, damit ihr nicht hinterher sagen könnt, ihr wüsstet von nichts. Der hier vor allem, der sich wieder mal an nichts erinnern kann.« Stein maß mich mit einem wilden Blick. »Ilja fragt, wer er ist. Ich gebe die Antwort. Versetz dich in den April des Jahres 1921. Du bist Chef der Propagandaabteilung der Persischen Armee, deren Stab in Rascht stationiert ist. Du bist ein heroisch gesinnter junger Mann, Stütze der Revolution, fähig, eine Schar Rotarmisten zur Attacke zu führen. Fähig auch, einen Verräter an die Wand zu stellen, eiskalt. Fähig zu Härte und orientalischer Heimtücke. Du bringst es fertig, einen Soldaten ins Hinterland zurückzukommandieren mit einem Zettel in der Hand, der sein Erschießungsbefehl ist. Dir Geld zu leihen bei einem armen, überspannten Poeten und es ihm nie zurückzugeben. Oder ihn nach der Expedition als sein Vorgesetzter um den Sold zu prellen. Zwanzig Tomanen! Dafür bekam man ein gutes Gewehr.

Und alle Forderungen, deine Schulden zu begleichen, lässt du sanftmütig über dich ergehen: Schulden? Ach wo, dieser Mann ist doch geistesgestört und leidet an Verfolgungswahn. Behauptet gar, Majakowski habe ihm Manuskripte gestohlen! Die ohnehin nicht existieren, ein wahrer Dichter bringt nichts zu Papier. Auch die Formel der Zeit sei ihm entwendet worden, ha, es gibt sie in dieser Form ja noch gar nicht … Du bist fähig, mehrere Fuhren Beutegut aus Persien abzutransportieren und dafür einen zeitweiligen Parteiausschluss in Kauf zu nehmen. Du bist eine Persönlichkeit, standhaft und geradlinig. Dreimal aus der Partei geworfen zu werden verträgt nicht jeder. Viermal im Gefängnis, zweimal in Verbannung, von den Martern der Beweisaufnahme ganz abgesehen. Wenn man dich fünfzehn Jahre später erneut einbuchtet, der Spionage und des Trotzkismus bezichtigt, wirst du dich – ein kleiner, streng dreinschauender grauhaariger Mann mit Professorenspitzbart – zum Zellenältesten wählen lassen, alle Folter ertragen, deine Verteidigung wissenschaftlich untermauern, falsche Bezichtigungen vermeiden, keinen in die Pfanne hauen. So einer bist du. Warum flüsterst du?«

»Könnte doch sein, dass mein Held ein bisschen schüchtern ist.«

»Abich und schüchtern?« Stein bekam sich nicht wieder ein. »Im Gefängnis hat er sich gebrüstet, alles käme nur von seiner persönlichen Nähe zu Trotzki und weil er den Rotbannerorden ausgeschlagen habe; wahre Revolutionäre bräuchten keine Orden. Er ist ein Abenteurer reinsten Wassers, der geborene Spion, Kundschafter, Durchstecher. Und er ist ein Ziehkind Bljumkins und so tatsächlich Trotzkis, der hinter Bljumkin steht und dessen Eskapaden in die richtigen Bahnen lenkt. Bljumkin ist Abichs Idol und Schutzpatron, ein schrecklicher Mensch. Besessen von brutaler Lüsternheit und Selbstüberschätzung, einer höheren Wahrheit nachhechelnd, für deren Schillern er in den Tibet zu gehen bereit ist, zu den Ismailiten und nach Palästina …«

»Ein Monster«, gruselte sich Günel.

»Ein Schwein«, konterte Senja.

»Das habt ihr Liliputaner nicht zu befinden«, entgegnete Stein. »Einer wie er – mit seinen Anlagen, dazu verdammt, ausgangs des zwanzigsten Jahrhunderts als Fabrikarbeiter in den jüdischen Reservaten zu malochen und zu vegetieren, ohne Anrecht auf höhere Bildung und Zivilisation – muss doch zum Monster, zur Intelligenzbestie werden. Euch möcht ich sehen in seiner Lage!«

»Das käme auf den Versuch an«, entfuhr es mir, Stein überhörte es.

»Bljumkin hat deinen Abich die Gnadenlosigkeit des Geistes gelehrt und die Hingabe an die Weltrevolution. Und natürlich hat der in Rascht nichts Eiligeres zu tun, als Bljumkin zu informieren: Der Futurist Chlebnikow sei einer Formel für die Zeit auf der Spur. Deren Besitz ermächtigt dazu, den historischen Prozess systematisch vorherzusehen, ein Ereignis aus dem anderen abzuleiten, nämlich durch Potenzrechnungen auf der Basis von Geraden und Ungeraden, der grundlegenden Binomie unseres Daseins.«

»Was sollen Bljumkin oder Trotzki mit so einer Formel anfangen?«, fragte Senja.

»Das fragst du noch? Dieses Wissen bedeutet Macht, bedeutet Herrschaft! Trotzkis Manie der Weltrevolution war ein Zerrbild der Idee vom Messias, der da kommt – und als den er sich insgeheim selber sah. Chlebnikows Formel wäre ihm dafür sehr gelegen gekommen, mit ihrer Hilfe hätte er die Zukunft zu seinen Gunsten präparieren, das Risiko zu scheitern minimieren können. Noch zehn, zwanzig Jahre – dann hätten Nordpol und Südpol die Plätze getauscht.«

»Chlebnikow lagen solche Hintergedanken fern«, entgegnete Haşem, der hinzugetreten war. »Er hasste Gewalt. Hätte alles getan, um Blutvergießen zu vermeiden. Und Abich hat Chlebnikow viel zu sehr gemocht, um ihm das anzutun. Welimir hat ihm das Kamelgedicht gewidmet, er hat ihn porträtiert. Er war sehr verletzlich.«

Ich blickte Haşem nur an und begriff, was da im Gange war, und sträubte mich, es zu begreifen.

»Ein Pazifist hätte wohl kaum an dem persischen Revolutionsabenteuer teilgenommen«, fauchte Stein ihn an. »Chlebnikows Abneigung gegen Gewalt war eher theoretischer Natur. Vor allem wünschte er die Welt von aller Ungerechtigkeit zu befreien und lag damit auf einer Linie mit seinen Aufpassern Abich, Bljumkin und Trotzki.«

Stein entnahm seinem Hefter ein paar Blätter, fächerte sie auf, ein Photo war darunter, das er hervorzog. Wir traten näher, beugten uns vor.

»Hier haben wir alle eure Protagonisten beieinander. Tomaschewski, Dobrokowski, Kaidalow, Bljumkin, Kosterin, Abich.«

Auf dem rissigen, schwach sepiagetönten Photokarton sechs junge Männer Anfang zwanzig, drei sitzend und drei stehend, vor einem Säulenstumpf und einer Palme: teils in Zivil, teils in Uniform, mit üppigem Kosakenschnauzer oder schmalem Bartstrich über der Lippe; links unten der Schmalste, ganz bartlos noch, mit dichtem welligem Haar und einem misstrauischen Blick voll dunkler Leidenschaften: Abich. Steins Zeigefinger presste ihm die Schulter.

»Das da ist dein Schützling«, wandte er sich an Senja. »Metschislaw Dobrokowski, ein hervorragender Graphiker, ganz zu Unrecht vergessen. Die Kasbek-Zigarettenschachtel ist das Einzige, was wir von ihm kennen. Er war Maat der Baltischen Flotte, beim Großen Eismarsch 1918 von Helsingfors nach Kronstadt dabei, der die russische Flotte davor bewahrte, von den Deutschen einkassiert zu werden. Sein Initiator, der legendäre Kapitän Schtschastny, den Trotzki auf dem Gewissen hat, muss Dobrokowski so anschaulich von seinen Persien-Abstechern als Funk- und Telegraphie-Beauftragter am Kaspischen Meer berichtet haben, dass Dobrokowski dort unbedingt hinwollte und die erste Gelegenheit nutzte, zur Kaspischen Flotte versetzt zu werden. Binnen kurzem war er Persien ebenso verfallen wie Chlebnikow, und dass die beiden zusammenfanden, eine Frage der Zeit.«

»Verstehe«, sagte Senja mit fester Stimme und nickte.

Ich spürte, dass Stein die ganze Zeit auf Fragen von meiner Seite wartete, doch genügte ihm ein Blick, das von Höflichkeit notdürftig kaschierte Desinteresse aus meinem Gesicht zu lesen, und er wandte sich Günel zu.

»Jetzt zu deiner Heldin, Qurrat al-'Ain, der ersten Dichterin des Iran. Chlebnikow hat sie angebetet. Sie war Anhängerin der Lehre von Bab und Baha'ullah, früheste Märtyrerin einer neuen Religion. Erdrosselt von Hand ihrer Peiniger.«

»Bab und Baha'ullah, sind das Propheten?«, fragte Haşem.

»U-uh, ich sehe schon, ihr seid von allem unbeleckt. Dabei müsstest eigentlich du mir von Baha'ullah erzählen, du bist doch hier der Perser und nicht ich. Interessierst du dich denn gar nicht für die Geschichte deiner Heimat?«

»Ich interessiere mich dafür«, sagte Haşem errötend.

»Und was weißt du darüber?« Stein hatte die Brille abgenommen und sah sogleich wie ein blinder Maulwurf aus; er blinzelte.

»Ich weiß, dass Chomeinis Leute meinen Vater umgebracht haben. Und dass meine Mutter den Verstand verlor von dem, was sie im Iran hat durchmachen müssen.«

»Ja, das hast du erzählt …« Stein schien verlegen, fing sich jedoch schnell wieder. »Als Chomeini an die Macht kam, hat auch die Verfolgung der Bahai und Babisten wieder angefangen. Am 18. Juni 1983 wurden in Schirāz zehn Frauen, die ihren Heiligen nicht abschwören wollten, öffentlich hingerichtet. Die Jüngste von ihnen war Mona Mahmūd-Niẓād, fast noch ein Kind. Hier ist ihr Bild.«

Stein zog ein Photo aus seiner Mappe, Günel riss es ihm aus der Hand. Ein sanftes, freundliches Mädchengesicht blickte sie an, gewelltes, zurückgebundenes Haar, auffällig leuchtendes Lächeln.

»Diese Märtyrerinnen mussten aus demselben Grund sterben wie ihr Prophet: weil sie an die Zukunft glaubten, die Möglichkeit der Erneuerung, daran, dass der Mehdi eines Tages kommt, der islamische Messias, der Recht und Gerechtigkeit im Universum wiederherstellt … Als Ayatollah Chomeini nach dem Sturz des Schahs aus dem Pariser Exil nach Teheran zurückkehrte, jubelten die Massen und riefen: der Mehdi, der Mehdi! Beruhigt euch, erklärte Chomeini als Erstes, ich bin nicht der Mehdi, ich bereite ihm nur den Weg … Das hier ist Qurrat al-'Ain.«

Der Stich, den Stein jetzt obenauf legte, zeigte ein Mädchen mit rundem, gütigem Gesicht, etwas gestreng blickend, wie eine gute Komsomolzin. Um ihren Hals lag eine Schlinge aus dickem Strick, in die sie die Hände geschoben hatte.

»Hübsch ist sie nicht gerade«, stellte Günel fest.

»Dafür heilig«, sagte Haşem.

»Günelchen, wärest du lieber heilig als schön?«, fragte Senja.

Ich knallte ihm eine.

»Mann, das war ein Witz!«, brüllte Senja und stieß mir die Faust in den Solarplexus. Wir rangen miteinander, bis Stein eingriff, mich am Arm packte und zurück auf die Bühne zerrte.

»Also, noch mal. Was sagt uns die Geschichte? Du bist Rudolf Abich, Iranist und Kundschafter in militärischen Diensten, Trotzkist und Literaturwissenschaftler. Entstammst einer Arbeiterfamilie russifizierter Deutscher. Zwei Klassen an der deutsch-schwedischen Kirchschule der Nobels, vier an der Handelsschule. Mitglied im sozialdemokratischen Zirkel *Vorwärts*, nach 1917 im Rat der Schülervertreter von Baku. Redakteur bei der Zeitschrift *Freigeist*. Mit siebzehn Eintritt in die Kommunistische Partei. Studium und Assistenz am Lehrstuhl für Kunstgeschichte und Ärchäologie in Astrachan, dann die Einberufung. 1920 bist du als Politoffizier der Wolga-Kaspisee-Flotte unter Fjodor Raskolnikow an der Befreiung der Provinz Gilan von den Briten und der Kaperung von Denikins Schiffen in Enseli beteiligt. Auch bei den denkwürdigen Verhandlungen mit dem englischen Kapitän zur Übergabe der Stadt bist du dabei. Der arrogante Käpt'n kommt mit einem Boot angefahren, das als weiße Flagge eine Damenunterhose gehisst hat. Die Rotarmisten grölen, der Brite trägt die Nase hoch. Von hier aus häufige Dienstfahrten nach Baku, Absprachen mit Trotzki, Bljumkin, Kaganowitsch und Sokolnikow, fruchtlose Gespräche mit Kutschak Chan und Sondierungen zur Person Ehsanollah Chan mit dem Ergebnis, ihm die Führung der Revolutionsbewegung in Persien anzutragen. Nebenher schaffst du es in all dem revolutionären Gebrodel, Vorlesungen an der Uni zu besuchen, wissbegierig genug bist du und insbesondere dem verehrten Iwanow gefällig und zur Hand, was Bljumkin nur begrüßen kann. Der Professor schwärmt dir von Chlebnikow vor, er sei der erste Dichter, der Prophet einer neuen Zeit. Du hast hier deine erste Begegnung mit ihm. Derweil verliebst du dich in Iwanows Tochter Lidija, ein Mädchen mit schmalem, blassem Gesicht, begabte Klavierspielerin, ewig gelangweilt, aber dich weist sie ab. Im folgenden Jahr zählst du zum Revolutionskomitee der Persischen Roten Armee und freundest dich endgültig mit Welimir Chlebnikow an, den du in der Propagandaabteilung unterbringst, Metschislaw Dobrokowski bürgt für ihn. Erwirbst das Vertrauen von Kommissar Jakow Bljumkin, der Anstalten macht, dich mit auf seine Reise zu den Ismailiten zu nehmen, aber dann auf Trotzkis Geheiß eine ernsthaftere Aufgabe für dich findet. Nach dem Ende der Iranischen Sowjetrepublik gehst du nach Wladikawkas, wo du für Ordschonikidse arbeitetest. Mit einundzwanzig ziehst du nach Moskau. Anstellung an der Militärakademie, Abteilung Fernost, wo das Personal für den Botschafts- und Kundschafterdienst geschult wird; hier wirst du erstmals für ein Jahr aus der Partei geworfen wegen ›Unterschlagung orientalischer Wertgegenstände‹. Später ein Posten im Volkskommissariat für auswärtige Angelegenheiten, wo du für die trotzkistische Opposition aktiv wirst, das nehmen die Bolschewiken dir übel: Du wirst nach Kursk versetzt, zu ›niederer Arbeit‹. Bljumkin, wenn er nicht gerade auf Reisen ist – Isfahan, Lahor, Pune, Kathmandu, Istanbul, Jaffa –, greift dir unter die Arme. Also zurück nach Moskau, da bist du jetzt Sektorleiter Ost im Aufklärungsamt, Abteilung 40, beim Stab der RKKA – Rote Arbeiter- und Bauernarmee. Im Dezember 1926 nach Teheran entsandt, wo du in Konflikt mit dem Botschafter gerätst, dem Bljumkin zuvor die Hölle heiß gemacht hat, ehe er, der Siemensschen Telegraphenleitung folgend, nach Pune zu den Ismailiten abrauschte. Im Zuge der rapiden Entwertung trotzkistischer Positionen ereilt dich die Abberufung. Also wieder in Moskau, du studierst die Geschichte der revolutionären Bewegung in Persien. Aber der Trotzkismus hängt dir an, weswegen du keine Ruhe bekommst. Ich frage mich, wieso du dich nicht nach Baku oder Persien absetzt. Landstreicher werden von mir aus, Umnachtung simulieren, zu Fuß durch die Gegend ziehen, elend und obdachlos, wer am Boden liegt, wird nicht geschlagen. Sich völlig vergessen: Namen, Adresse, Vaterland, alles … – aber doch nicht den Kopf hinhalten, damit sie ihn abbeißen. Abich, was geht in dir vor? Bist du ein standhafter Zinnsoldat? Oder ist da noch etwas anderes: ein zähes Gefühl, eine Bindung, soll man sagen: das Schicksal? Eine Frau? Über deine – die Lewikowa – weiß man nur, dass sie tut, was du ihr sagst: das Chlebnikow-Archiv hüten, es später gar versenden – kein einfaches Amt: mehrere Kisten, ordentlich schwer, das geht nicht ohne Risiko! – sie bringt es zuwege. Wer Chlebnikow ist, scheint sie zu wissen. Wie du zum letzten Mal verhaftet wirst, ist auch sie fällig, übersteht es, wird 1954 ins Leben zurückkehren. Du aber bist ab 1931 Redakteur beim Staatsverlag für sozialökonomische Literatur. 1933 dem Vorwurf ›schlagender Blindheit‹ ausgesetzt, einmal mehr aus der Partei geflogen, neuerlich wiederaufgenommen. Nach einem Jahr das nächste Mal verhaftet – als vormaliger Trotzkist; endgültiger Parteiausschluss, Verbannung. Die letzte Verhaftung am 16. Februar 1936, verurteilt zu fünf Jahren Haft, Verschärfung des Urteils nach Revision am 1. Oktober 1940 zum Tod durch Erschießen. Man bezichtigt dich der trotzkistischen Agitation an der Militärakademie sowie am Volkskommissariat, in der Kursker Bezirksparteischule und am Verlag; der Spionage für die britische Aufklärung in der Zellulose-Industrie sowie im Eisenbahnwesen der UdSSR; der Weitergabe von Informationen an iranische Politemigranten.«

Stein holte Luft, und ich ließ mich schleunigst auf der Bühne nieder, um nicht länger im Zentrum der Aufmerksamkeit zu stehen.

»Sahib-az-zaman, Herrscher über die Zeit, so hat Abich Chlebnikow still für sich genannt und gedacht: Was, wenn es wirklich wahr wäre? Chlebnikow als der Retter der Welt? Man weiß ja nie. Solch einem Manne zu dienen kann der Karriere nicht schaden. Da färbt etwas ab, da lässt sich bestimmt ein Nutzen ziehen … Abichs Naturell war von zupackender, zielstrebiger Art; noch konnte er sich nicht genau vorstellen, wie die Bekanntschaft mit diesem schrulligen Dichter ihm hätte nützen können. Erst einmal bereitete er sich darauf vor, Bljumkin Bericht zu erstatten. Im Weiteren aber wurde der messianische Wahn, der Chlebnikow ergriffen hatte, mehr und mehr auch für Abich zur Leitidee, denn er meinte zu spüren, dass seine revolutionären Vorbilder im Grunde auf Gleiches aus waren. Dass Chlebnikows und Bljumkins Antriebe vielmehr gänzlich verschieden waren, konnte er noch nicht sehen, es war ihm auch egal, er war ja noch jung, und das Tun kam dem Fühlen zuvor … Was Chlebnikows Entrücktheit betraf, die schätzte er übrigens ganz richtig ein: dass Selbstentfremdung die Voraussetzung dafür war, das eigne Ich mit der Welt zur Deckung zu bringen, den Gesang des Universums zu hören – vermittels einer bizarren Zahlenalchimie, vor der Abich doch einigen Respekt hatte, konnte sie ihm doch eines Tages die Chance bieten, mit der Geschichte im Gleichschritt zu gehen …« Was Stein da redete, war für uns nicht zu verstehen, aber so mancher ließ sich davon beeindrucken. Haşem zum Beispiel sprach nicht darüber, was er von Steins Gedankengebäude hielt; dass es ihn gepackt hatte, konnte man sehen. Er schwieg, scheu und mürrisch zugleich – als fürchtete er, seine Gedanken mit Worten zu besudeln. Ich jedenfalls hatte das Leiden satt und beschloss, mich endgültig auf Stoljarows Segelklub umzuorientieren.

2

Erste Szene. Ein Krankensaal im Raschter Hospital, vierzig Kilometer von der Küste des Kaspischen Meeres, südlich von Enseli. (Rasins Kosaken, als sie die Stadt besetzt hielten, nannten sie Rjaschtsch.) Mehrere Reihen Betten, einige davon belegt. Ein hoher Raum, unter der Decke fliegt eine Taube umher, versucht sich auf den Stuck zu setzen, rutscht ab, flattert weiter, setzt sich wieder, hält sich, gurrt. Der Saal ist groß und hallt. An seinem Ende unterhält sich Abich gedämpft mit Dr. John Davidson Frame, einem baptistischen Missionar aus Amerika, der seit etlichen Jahren in den Hospitälern der Provinz arbeitet. Beim Abschied drückt er Abich einen Sonderdruck seines Artikels *Bahaism in Persia* in die Hand, erschienen in der Zeitschrift *The Moslem World*, Bristol, 1912.

Zweite Szene. Eine Teestube. An einem Tisch mehrere Männer und eine Frau, dampfender rotgoldener Tee. Andächtig zeichnet Dobrokowski das Porträt von Abichs Frau in Pastellkreide auf die Rückseite von Dr. Frames Broschüre: das gefälbelte Kleid, die hohen Brauen, die schmale Nasenwurzel, die schweißige Stirn. (In Wladikawkas wird sie für das Theater entbrennen und sich weigern, ihrem Mann nach Moskau zu folgen.) Chlebnikow mit wildem Haarschopf rollt nervös die Zigarettenspitze zwischen den Fingern, seine grauen Augen fixieren die junge Frau mit brennenden, saugenden Blicken. Abich belauscht das Gespräch, das der Inhaber der Teestube mit anderen Gästen führt. Außer ihm kann keiner in der Politabteilung Persisch.

Dritte Szene. Marine-Internat Bayıl, Malwerkstatt der Politabteilung der Kaspischen Flotte. Unter der Leinwand eines großen Agitationsplakates schläft ein Mann. Werkstattleiter Metschislaw Dobrokowski tritt auf mit summendem Wasserkessel, weckt den Schlafenden, schenkt ihm Tee ein, setzt ihn in Positur und beginnt ein Porträt. Chlebnikow posiert gravitätisch und konzentriert. Das Blatt ist vom Zuschauerraum einzusehen, der notorische Schreck in des Dichters blauen Augen kommt gut zur Geltung. Dann macht Dobrokowski eine Pause, Chlebnikow fröstelt, wickelt sich wieder in das Plakat. Es zeigt einen galoppierenden Reiter mit Pelzmütze vor dem verschneiten Kegel des Kasbek und einem Stück blauer Himmel. Die Unterschrift ist nur halb zu lesen: *Es lebe die Sow... im Kaukasus!*
Dobrokowski: Ich werde eine Skulptur von Ihnen machen!
Chlebnikow: Und bitte mit einer Kugel auf der Schulter. Die Kugel ist die vollkommenste aller Formen.
Dobrokowski: Ausgezeichnet! Der Vorsitzende des Erdballs mit dem Objekt seiner Fürsorge. Gleich morgen nehmen wir uns einen Träger und holen Tonerde aus den Bergen. Vulkanischer Lehm aus tiefsten Tiefen ist das angemessene Material, um dem Gebieter über den Erdkern Gestalt zu geben ...
Auftritt Abich.
Abich: Welimir, wann bin ich an der Reihe, dich zu porträtieren?
Chlebnikow (abwesend): Von mir aus gerne. Aber bitte mit Gehörn.
Abich: Von einem Stier?
Chlebnikow (sehr ernsthaft): Von einem Elch.

Abich: Einverstanden.

Dobrokowski (singt): Auf in den Kampf, Tore-he-he-ro ...

Abich (macht einen Bogen um Dobrokowski, spaziert durch das Atelier): Ich würde gern auf unseren gestrigen Disput zurückkommen. Letzte Nacht habe ich meine alten Mitschriften zur Zahlentheorie konsultiert und bin zu dem Schluss gekommen, dass die von Ihnen vorgeschlagene Theorie zur Zeitrechnung mit Hilfe von Zweier- und Dreierpotenzen eine Reihe relevanter historischer Daten außer Acht ließe. Das hätte Leerstellen auf der Zeitleiste zur Folge, an denen per se nichts passieren kann.

Chlebnikow: Was nicht verwunderlich wäre. Die Geschichte hat ihre leeren Seiten.

Abich: Aber das widerspräche der Willensfreiheit! Ein Heerführer muss frei entscheiden können, ob er heute oder morgen zum Angriff blasen lässt!

Chlebnikow (mürrisch dreinblickend): Ein Heerführer sollte schon die geeigneten Daten im Kopf haben.

Dobrokowski: Zapple nicht so, Welimir, sitz gefälligst still.

Abich: Aber das ist doch pure Astrologie! Der wissenschaftliche Kern Ihrer Theorie steht außer Frage, doch deren Folgen scheinen mir unwissenschaftlich.

Chlebnikow: Meine Schicksalstafeln sind für den Vektor Zeit maßgeblich. Sie eichen das Zeitmaß, bemessen ihren Schritt.

Abich: Meine Einwände gehen außerdem dahin, dass der Universalismus der Weltgeschichte, den Ihre Theorie vertritt, nicht gerecht ist. Die Geschichte Amerikas beispielsweise kann ein gesondertes Feld sein, für das der Sinn der historischen Ereignisse, wie sie in Europa stattfinden, nicht vollständig übertragbar ist.

Chlebnikow (empört): Und das will ein Verfechter der Weltrevolution sein! Sie werden noch einsehen, dass die Zeit sich als Ganzes herauskristallisieren muss. Am Ende der Zeiten wird ein einziges klares Kristall aus Sekunden, Stunden, Jahrtausenden stehen ...

Vierte Szene. Dobrokowski hat eine Kolumbus-Plastik begonnen, zu der ihn die Politabteilung beauftragt hat. Aber weder die Statur des großen Seefahrers will ihm gelingen noch sein Gesicht. Kolumbus gerät krumm und schief. Wütend schneidet Dobrokowski ihm Kleidung und Degen herunter, ebnet das Gesicht wieder ein. Chlebnikow sitzt an der Stelle, wo eben noch das Modell saß, ein massiges Weib mit Melonenbrüsten, riesigen Warzenhöfen. Dobrokowski schaut eine Weile sinnend auf den Dichter, dann fängt er an, den Kolumbus in einen Chlebnikow zu verwandeln.

Dobrokowski (zieht den Vorhang zurück): Es klart auf. Jetzt kann die Sonne endlich brennen.

Chlebnikow, in eine Wolke Tabakrauch gehüllt, worin das Sonnenlicht klumpt wie das Fett in der Milch, wendet sich zum Fenster, kneift die Augen zusammen. Erhebt sich, geht zur Tür.

Dobrokowski: Wo willst du hin? Gerade habe ich angefangen, dich zu kneten!

Chlebnikow: Ich muss zu Iwanow. Bevor die Kälte wieder einbricht. *Geht ab.*

Fünfte Szene. Chlebnikow steht mit dem Gewehr über der Schulter am Kassenschalter der Politabteilung an. Die Schlange umfließt ihn, er wird gemustert, unverhohlen von Kopf bis Fuß: welch struppiges Ungeheuer! Die Miene des Dichters widerspiegelt Geistesabwesenheit. Auf dem Wipfel seiner Haarpracht sitzt ein kleines Kosakenmützchen.

Achte Szene. Chlebnikow geht im Zimmer um, setzt sich zwischendurch jäh an den Schreibtisch und schreibt etwas nieder, eine Losung oder einen Vers. In der Mittagskantine sieht man ihn Hirsebrei schlingen. Er lehrt Rhetorik an der Marineschule, seine Flüsterstimme ist eine Zumutung. Das Zimmer, in dem er wohnt, ist angefüllt mit Manuskripten, Brennholz, Büchern, Keilrahmen, Lehmklumpen, Truhen, Schemeln, Leinwandrollen; er schläft neben dem Kanonenofen, auf dem er Leim kocht und Teewasser in einem Eimer. An der Decke glimmt schwach eine Kohlefadenlampe, es riecht beständig nach Farbe. Chlebnikow raucht Selbstgedrehte, den Tabak dazu entnimmt er einem damenhaften Pompadourtäschchen. Die

Matrosen verehren ihn als »bedeutenden Mann«. Ihre vielen Geschichten über die im Kaspischen Meer noch bis vor kurzem grassierende Piraterie lassen den Dichter davon träumen, ein Schiff zu entern und Pirat zu spielen. Ein Matrose mit Namen Samorodow erzählt ihm vom kaspischen Eiland Aschūradeh, wo sich der wärmste geographische Punkt des Russischen Imperiums befinden soll. Da blühen die Wiesen rund ums Jahr, wilde Tulpen, Narzissen und Kakteen. Lachszüge in den Lagunen, Ernährung ein Kinderspiel. Chlebnikow, entzückt von den Schilderungen, schlägt vor, man möge dort dem Vorsitzenden des Erdballs eine Residenz errichten.

Chlebnikow geht auf den Hügeln von Bayıl spazieren, macht einen Abstecher zu den Ölfeldern. Er hungert. Abends fragt er die Matrosen über Persien aus, kann nicht genug davon hören. Er liebt es, mit Worten zu spielen, variiert sie endlos neu, extemporiert Zweizeiler einfacher oder komplizierterer Art. Er hat ein Faible für Horoskope, die er mit Hilfe ellenlanger Berechnungen erstellt, anfallartig, mit hohem Papierverbrauch. Er geht gebeugt, als liefe er gegen den Wind, sein Gang ist federnd. Trifft er jemanden, salutiert er freundlich. Öfter suchen ihn Schwächeanfälle heim, dann muss er sich legen, liegt mindestens eine Woche. Um ihn her verstreut Manuskriptblätter. Das einzige Buch, was er bei sich trägt, ist ein Band Whitman. Chlebnikow ist schreckhaft, in seinen Augen wohnt Unruhe. Er ist von schwacher, sehr schwacher Konstitution.

Neunte Szene. Chlebnikow bei einem Derwisch zu Gast. Der Derwisch liest die ganze Nacht aus dem Koran, Chlebnikow nickt dazu. Im Morgengrauen schickt Chlebnikow sich an zu gehen. Der Derwisch schenkt ihm Stock und Hut.

Zehnte Szene. Chlebnikow fertigt ein Propagandaplakat an, zweifarbig in Schwarz und Rot: ein Arbeiter, der den Erdball aus dem von Längen- und Breitengraden gebildeten Netz reißt. Die Textzeile fehlt noch.

Elfte Szene. Ein großer, breitschultriger Mann, barhäuptig, das un-gekämmte Haar schulterlang, steht gebeugt, in langem Umhang und persischen Pumphosen mitten auf der Straße, schaut konzentriert vor seine Füße. Rotarmisten treten näher, wagen jedoch nicht, ihn an-zusprechen. »Der ist plemplem!«, raunt es durch die Menge. Bis ei-ner ruft: »Aber das ist doch Chlebnikow! Der Prophet! Der Anführer des Futurismus!«

Zwölfte Szene. Dobrokowski, als Clown oder Zauberer verkleidet (das Kostüm hat er vom Flohmarkt, wo ein ganzer Zirkus gelandet ist – nachdem der Direktor dem befreiten Baku den Rücken gekehrt hat, schlugen seine Angestellten Tiere und Requisiten los, ehe auch sie die Flucht nach Russland, der Türkei oder Tiflis antraten), ver-fertigt ein Porträt des Dichters K. B. Tomaschewski »mit den Mit-teln der Spektralanalyse«. Chlebnikow verfolgt das Geschehen auf der Leinwand, seine Miene verrät Behagen: Das Porträt ist ausdrucks-voll, plastisch und lebendig, zeugt von Esprit und Weichherzigkeit. Zuletzt nimmt Dobrokowski es von der Staffelei und ersetzt es durch eine Zeichnung mit der schwarzen Silhouette einer Frau, die einen Korb auf der Schulter trägt, vor dem Hintergrund schneebedeckter Gipfel.

Chlebnikow: Lass uns an den Strand gehen, Kollege Maler …
Dobrokowski: Gerne. Ich will nur noch rasch den Gletscher hier korrigieren. Zwei, drei Striche, dauert nicht lang. (Nimmt den Pin-sel erst in die eine, dann in die andere Hand.) Kollege Dichter, hast du schon gehört, wie die Genossen uns seit neuestem nennen? Der-wische des Futurismus! Kosterin ist sehr zufrieden mit uns, er sagt, Sie und ich würden der Persischen Roten Armee helfen, das Vertrau-en der Bevölkerung zu erringen. Als wie: Wenn sie solche heiligen Trottel in ihren Reihen hat, dann geht das mit der Persischen Armee schon in Ordnung. Mit dem Bajonett kriegst du die Perser nicht so leicht rum, das steht fest. Die machst du nicht kirre, das sind schlaue Bestien.
Chlebnikow: Lass uns gehen, Bruder, mir pfeift die Lunge nach einer Zigarette.

Dobrokowski: Hat man Ihnen schon erzählt, Kollege Dichter, dass unser Abich hier um ein Haar Hochzeit gehalten hätte? Das war im Winter, da waren Sie noch nicht hier.

Chlebnikow (lebhaft): Eine Perserin? Großartige Idee. Wie kam es dazu? Hätte nichts dagegen, es auch zu probieren.

Dobrokowski: Bloß nicht! Ums Haar hätte Abich es bitter bereut. Aber er hat die Perser noch austricksen können. Es fing damit an, dass er einen Gelehrten mit Turban kennenlernte. Gelehrter nur dem Anschein nach, er betete mehr, als dass er seinen Geist anstrengte, aber Abich lag daran, mit den Menschen hier ins Gespräch zu kommen, Vertrauen zu erwerben – er ist bekanntlich Spion, braucht seine Gewährsleute, muss immer die Nase in den Wind halten und sehen, wie die Lage ist. Außerdem erwies sich dieser Perser als recht umgänglich, und Abich konnte ein bisschen Zerstreuung gebrauchen. Also ließ er sich von ihm einladen, sie saßen beim Tee und unterhielten sich. Irgendwann fragte ihn der Perser: »Hat der verehrte Herr Abich nicht vielleicht Lust, zum Islam überzutreten?« – »Warum sollte ich?« – »Wir könnten Euch vorteilhaft verheiraten, ein bildschönes Mädchen fände sich für Euch, jung noch dazu, dreizehn Jahr und sehr zuvorkommend, schön wie der Mond.« Ein solcher Vorschlag machte Abich nachdenklich. »Dürfte ich sie vorher mal sehen?«, fragte er. »Nein«, sagte der Perser, »das geht leider nicht, vor der Hochzeit ist das nicht drin, so will es die Tradition.« Das ließ Abich noch nachdenklicher werden. Und der Perser setzte seine Verführungskünste fort. »Wisst Ihr was? Wir wollen den Vater des Mädchens besuchen, da können wir auf dem Balkon sitzen und Tee trinken. Dabei werft Ihr einen Blick in den Garten hinunter, wo ein paar Mädchen auftauchen werden, dem einen scheint der Wind für einen Moment das Tuch vom Kopf zu wehen.« Und so geschah es. Sie tranken Tee, Mädchen kamen in den Garten geflattert, einem flog das Kopftuch davon. Ja, und du lieber Gott! So eine atemberaubende Schönheit hat man noch nicht gesehen, Abich saß vor Entzücken starr. Nun, sie verabschiedeten sich, der Perser sprach von der Hochzeit wie von einer beschlossenen Sache. Die Rede war schon vom Brautpreis. Fünf Gewehre wollte er haben für das Mädchen, dazu noch eine Stange Geld. Abich begriff, dass er verloren war. Er ging zu Jakow und erzählte ihm alles. »Die Sache reizt mich, musst du wissen«, sagte er. Bljumkin packte ihn forsch beim Kragen, schob ihn gegen die Wand. »Untersteh dich!«, sagte er. »Du spielst ihnen den Bräutigam, packst sie am Ende aus und hast eine Vogelscheuche im Bett. Ist doch ein beliebter Dreh bei persischen Geschäftemachern, dass sie einem was anderes unterschieben. Brautgeld kassieren und ein hässliches Entlein unter die Haube bringen! Die du vom Balkon gesehen hast, ist bloß ein Lockvogel, die hat schon anderen vor dir den Kopf verdreht. Die kann man mieten für den Zweck. Und solltest du dich hinterher beschweren wollen, bedenke: Du hast auf dem Balkon einen verbotenen Anblick genossen. Wenn das vor Gericht ein Argument ist, dann um dich unter Anklage zu stellen. Dein einziger Trost wäre, dass bei ihnen die Polygamie erlaubt ist, du könntest dich mit einer weiteren versehen, falls dir die eine nicht zusagt.« Wie der Abich das hörte, wäre er dem Perser beinahe an den Kragen gegangen. Aber der blieb kühl: »Besser ist es, du trittst zurück. Schließlich hast du ja schon ein Frauchen, noch eins wäre zu viel des Guten. Ich habe dir nur einen Gefallen tun wollen …«

Vierzehnte Szene. Chlebnikow kam in die Redaktion der ROSTA und brachte neue Gedichte. Eines lasen die Rotarmisten einander vor: *Nawrus truda – der neue Tag der Arbeit.* Sie lasen es vier Mal hintereinander!

Kosterin (verlegen): Genosse Chlebnikow, es fällt uns nicht leicht, Ihr Gedicht zu verstehen. Unsere einzige Schule ist ja das Leben; nur im Gefängnis oder in den Kampfpausen kommen wir dazu, Bücher zu lesen. Könnten Sie das Gedicht nicht ein bisschen umformulieren? Etwas klarer, wenn ich bitten darf? Es handelt doch von der persischen Revolution!

Dobrokowski (empört): Die Unbildung in ihrer Finsternis kann das Licht des Wissens nicht verdunkeln! Ihr stumpfsinnigen Ignoranten versteht doch nichts von revolutionärer Poesie!

Chlebnikow hat sich leise erhoben und ist gegangen.

Fünfzehnte Szene. Im revolutionären Rascht wird Novruz bayramı gefeiert, der neue Tag der Arbeit. Erst donnert ein Meeting über den Platz und ergießt sich in einen festlichen Umzug durch das Labyrinth der Gassen. Dann brennen die ganze Nacht in den Palästen der vertriebenen Chane die Lagerfeuer; Hammel und Stiere drehen sich über ihnen am Spieß, sehen aus wie verbrutzelte Gespenster. Bunte Laternen in den Straßen, Feuerstellen auch dort, Perser, Kurden und Armenier im singenden, tanzenden Pulk. An einer Stelle springen die Wagemutigsten quer über die Flammen, wetteifern, wer am höchsten und am weitesten springt. Die Bartspitzen verbergen sie hinter den Schößen ihres Beschmets, damit sie nicht versengt werden. Die Teestuben sind voll, man raucht und trinkt Tee. Rotarmisten wandeln durch die Nacht, schneiden sich hier eine Scheibe vom Braten, genießen dort ein Massenspektakel; irritiert sind sie nur, dass weit und breit keine Frauen zu sehen sind, und ärgern sich darüber. Zerreißen sich das Maul über den Harem eines Chans, der angeblich am Rand der Stadt verborgen sein soll. Kosterin schlägt vor, danach zu suchen. Abich und Dobrokowski sind einverstanden. Chlebnikow steht als Fragezeichen daneben. »Kommando zurück!«, befiehlt Bljumkin.

Sechzehnte Szene. Chlebnikow und Dobrokowski laufen den Fluss entlang. Dobrokowski trägt einen Zweizack bei sich und späht nach Fischen, die in großer Zahl zum Laichen im Riedgras hängen. Manchmal stößt er seinen Spieß ins Wasser. Chlebnikow murmelt etwas vor sich hin. Irgendwann wird seine Stimme lauter, am Ende so laut, dass es Dobrokowski in den Ohren dröhnt:»Ich glaube im Voraus an die Märchen: Alle Märchen werden einmal Wirklichkeit, aber wenn es einmal sein wird, wird mein Fleisch zu Staub werden, und die Menge trägt die Fahnen in Massen frohlockend vorüber – werde dann ich, in die Erde gestampft, werde ich dann erwachen und mit dem staubigen Schädel trauern? …«

Neunzehnte Szene. Dobrokowski, langhaarig im grellfarbenen Sakko mit Fransen, und Chlebnikow mit ebensolcher Mähne lungern in einer Teestube, trinken Tee und rauchen Rohopium. Dobrokowski wirft groteske Karikaturen der örtlichen Chane und des Schahs aufs Papier – die Kundschaft hat Photos ihrer Peiniger dabei und plaziert das erforderliche Entgelt in Reichweite des »Urus-Derwischs«. Dobrokowski tranchiert die Silberlinge später in zwei Häufchen, für den Wodka und das Opium. Er spricht leidlich Farsi und liebt es, mit den Gästen zu parlieren. Chlebnikow geht derweil in sich, mit lautlosen Lippen saugt er künftige Verse aus der Luft, kaut sie, spuckt sie aus, nimmt sie wieder auf … Das Opium lässt den Hunger vergessen.

Zwanzigste Szene. Dobrokowski macht seine Zuhörerschaft in der Teestube mit den revolutionären Losungen der Regierung Ehsanulla Chan vertraut: Nieder mit den Engländern! Hoch die demokratische Republik! Das Land den Bauern! Es lebe die Freundschaft mit Sowjetrussland! In staubige, verschlissene Teppiche gewickelt, verbringen die russischen Derwische, heilig und unberührbar, opiumsatt, in der Teestube die Nacht. Plötzlich bricht in der Stadt ein Brand aus, mehrere Viertel stehen in Flammen. Dobrokowski und Chlebnikow liegen besinnungslos vor der Flammenwand, die langsam auf die Teestube zurückt. (Wir mit wallenden roten Fahnentüchern, aus der Tiefe der Bühne auf Haşem und Max Kommissarow zukriechend – ein Junge aus der 13. Oberschule, dem es nicht schwerfiel, sich in den spinnerten Künstlertypen hineinzuversetzen.) Der Teestubenbesitzer stürzt herein, halb von Sinnen, versucht die Freunde aufzujagen. Chlebnikow erhebt sich wie ein Mondsüchtiger und wandelt davon, Dobrokowski bleibt liegen, schaut mit leeren Augen zu, wie das Feuer sich durch die Decke frisst, Rauch dringt durch die Ritzen der Wand herein, der Inhaber schleppt sein Hab und Gut hinaus, packt zuletzt den Teppich, auf dem Dobrokowski liegt, schleift ihn mitsamt dem Mann auf die Straße.

Einundzwanzigste Szene. Rudolf Abich, Propagandachef der Persischen Roten Armee, bittet Chlebnikow, ihm das Manuskript der *Schicksalstafeln* für einen broschierten Sonderdruck zur Verfügung zu stellen. Sorgfältig überträgt er die Kolonnen von Zeichen aus dem Heft, das der Dichter ihm überlassen hat, raunt das Gelesene vor sich hin, kostet es gewissermaßen vor, eine krude Mischung aus Algorithmen und den Weisheiten der Hurufi, die über den mystischen Sinn von Buchstaben und Zahlen als Geheimwissen verfügten. Die Buchstaben in Chlebnikows Werk sind begabt mit Moral, Geometrie, Vernunft. Abich trägt das Manuskript in die Druckerei, weist es dem Metteur feierlich vor. Der blättert darin und sagt: »Wir haben kaum Schriften in unseren Setzkästen, die Zahlen reichen nicht mal für eine Seite.«

Zweiundzwanzigste Szene. Ehsanulla Chan mobilisiert alle verfügbaren Kräfte der Revolution, um den Durchbruch nach Teheran zu erwirken. Der Stab soll sich im Küstenort Şahsuvar versammeln. Ansässige Kurden und russische Infanterie patrouillieren zwischen Reisfeldern und Gemüsegärten, während ein Trupp Dschangali und der Stab, zu dem auch die »russischen Derwische« zählen, Şahsuvar auf dem Seeweg erreichen, nämlich mit dem Frachter *Rosa Luxemburg*, der früher einer von Nobels Öltankern war und *Zoroastrus* geheißen hat. Er hat eine Sechszollkanone an Bord. Dobrokowski nimmt die Dschangali beim Kartenspiel aus, hat einen der Partisanen schon fast nackig gespielt. Begierig zieht sich Chlebnikow jedes der erbeuteten Kleidungsstücke auf den Leib.

Dreiundzwanzigste Szene. Die Stabskonferenz findet am Strand statt. Die Mitarbeiter liegen nackt im Sand, Köpfe zueinander, sie bilden einen vielzackigen Stern. Die Sonne steht brutal im Zenit, ein leichter Wind weht den hitzigen Atem des Pomeranzenhains heran.
Dobrokowski: Lies was vor, Welimir … Du warst doch neulich beim Chan …
Chlebnikow erhebt sich – nackt, mit kantigem Becken, vorstehenden Schlüsselbeinen, den Kopf gesenkt, so dass die Haare das Gesicht verdecken.
Chlebnikow: Der Chan roch an einer Rose, senkte die Nase in den Kelch wie eine Hummel ihren Stachel. »Russland«, sprach er, »ist die

Mitte, Asien liegt Russland zu Füßen. Tolstoi ist ein russischer Derwisch! Zardošt ist ein persischer Derwisch!« Sahib war trunken von der Rose, er war blass, er war barfuß, sein Blick ging zu den Bergen, dann zur Tür, wo Teppiche sich stapelten und Waffen. Der Sohn des Chan lag auch da, der Diener kitzelte ihm die Sohlen, das Kind lachte und trat nach seinem Diener, zielte in dessen Gesicht ...

Dobrokowski: Welimir hat den Sohn des Chans unterrichtet. Wir sollten den Chan auch einmal besuchen, ihm sind alle Bauern untertan.

Vierundzwanzigste Szene. Der Stab der Persischen Roten Armee zu Gast beim Chan. Der Chan trägt ein Festgewand. Es wird aufgetafelt, Wein und Wodka im Überfluss. Hitzköpfig agitiert Dobrokowski den Chan, er solle den Bauern ihr Land überlassen und selbst als Partisan in den Wald gehen. Am Ende kann er nicht mehr an sich halten, langt nach der Soßenschüssel und leert sie über dem Haupt des Chans.

Dobrokowski (enthemmt, zieht seine Mauser): Friss, du Schwein, friss alles auf, verschluck dich dran, von mir kriegst du noch eine Kugel obenauf ...

Die Rotarmisten haben ihre liebe Not, Dobrokowski zu besänftigen, und trösten den erschrockenen Chan: Der Künstler sei im Grunde ein friedfertiger Mensch, versichern sie ihm, ein Freund der Blumen und Vögel.

Fünfundzwanzigste Szene. Ehsanollah Chan ist geschlagen, die Persische Rote Armee auf dem Rückzug. Barfuß, im zerschlissenen Hemd, ein Hosenbein abgerissen, läuft Chlebnikow die Küste entlang von Dorf zu Dorf. Überall wird er beköstigt und beherbergt.

Eine Abteilung Soldaten zieht den Strand entlang. Auf einmal sehen sie einen Mann bis zu den Hüften im Wasser stehen und in die dunstige Ferne sehen.

Kommandeur (zügelt sein Pferd): Da sieh an, das ist doch unser Gottgefälliger.

Chlebnikow (kommt langsam aus dem Wasser): Wo ist mein Freund,

der Kupferstecher? Wo Abich? Fürwahr, der Buchstabe K ist ein garstiger: Kurden klauen Korn. Koltschak, Kaledin … Das R hinwiederum bedeutet die Grenze, den Rand, den Rücken, den Riss …
Kommandeur: Bleiben Sie, wo Sie sind, Chlebnikow. Ihre Abteilung kommt bald hier vorbei. Und in Zukunft keine Entfernungen von der Truppe mehr, weder voraus noch hintennach, verstanden? Das ist ein Befehl.
Chlebnikow setzt sich in den Sand, das Gesicht dem Meer zugewandt. Wir sehen nur sein dürres Kreuz, den struppigen Nacken.

Sechsundzwanzigste Szene. Chlebnikow und Abich sind bei Wjatscheslaw Iwanow zu Besuch. Der Professor doziert angeregt über islamische Mystik, über den Mehdi, der kommen wird.
Wjatscheslaw Iwanow (pathetisch): Wer weiß, Welimir, vielleicht werden Sie ja einmal der Engel sein, der das Ende der Zeiten zu verkünden hat.
Chlebnikow (mit inbrünstigem Flüstern): Ich werde ein Poem schreiben. Das Horn des Mehdi, soll es heißen.
Tochter Lidija hebt den Blick vom Notenblatt. Abich holt sein Notizbuch hervor, schreibt eilig etwas hinein.
Abich (beiseite, während er schreibt): Daher also dieser ganze persische Zauber. Aber ist er sich der Gefahr der Selbstanmaßung bewusst? Soll er es den Schmetterlingen zuraunen, den Käfern und den Vögeln, meinetwegen auch dem Tagebuch anvertrauen – aber was, wenn er es den Persern erzählt? Die vollkommene Entsagung seiner selbst – um der Welt willen … Er meint es ernst mit dem Vorsitzenden des Erdballs. Das ist der Wind, der ihn nach Persien geweht hat: weil sie hier und heute auf den Messias warten, hier und nirgends sonst. Die Bolschewiki lehnen jeden Gott rundweg ab, denen darfst du damit nicht kommen. Was die übrige Welt angeht – da kannst du nur auf die Weltrevolution hoffen. Während in Persien der Gedanke an die Revolution vom Gedanken an den Erlöser nicht zu trennen ist, so tief religiös sind sie hier. Und da greifen wir ihm doch gerne unter die Arme. Der heimliche Imam also. Sahib-az-zaman. Wenns weiter nichts ist!

Siebenundzwanzigste Szene. Chlebnikow und Dobrokowski sind zurück aus Enseli. Jeden Morgen sind sie am Hafen und tasten mit Hilfe einer Stange, an deren Ende an langer Leine ein Bootshaken hängt, den Meeresgrund ab. Beim Rückzug aus dem Hafen haben die Weißen massenweise Waffen ins Meer geworfen, damit sie den Roten nicht in die Hände fielen und weil man so leichter davonkam; haufenweise Nagants und Winchester-Gewehre, die die Anwohner sich schon geangelt haben. Aber Dobrokowski ist voller Hoffnung: Erst vorige Woche, so hört man, habe noch einer eine Mauser herausgefischt.

Chlebnikow stellt sich mit dem Haken äußerst ungeschickt an, er fliegt nicht weit, Dobrokowski muss ihn gleich wieder neu auswerfen.

Dobrokowski: Für einen Nagant kriegst du auf dem Basar zwanzig Tomanen. Vierzig für eine Mauser. Die Unze Opi kostet zehn Tomanen.

Chlebnikow (leidenschaftlich): Vierzig Tomanen, sagst du?

Er entreißt Dobrokowski den Haken und wirft ihn energisch ins Meer hinaus.

3

Das Gute an Steins strapaziösem Theaterzauber war vielleicht, dass er mich auf einen anderen Abich brachte: den Geologen Hermann von Abich, tätig im Auftrag des Fürsten Woronzow, Vizekönig des Kaukasus. Abich zählte zu den ersten Vulkanologen überhaupt in der Welt. Er begann mit der Erforschung des Ätna, unter dem bekanntlich der wutschnaubende Riese Typhon hockt, sowie des Vesuv, fand eine Lösung für das Rätsel periodischer Eruptionen und erforschte als erster die Schlammvulkane im kaspischen Raum. Mit Hilfe meines Vaters konnte ich aus der Bibliothek des Industrie-Instituts seine Abhandlung *Über eine im Caspischen Meere erschienene Insel: nebst Beiträgen zur Kenntnis der Schlammvulkane der caspischen Region* entleihen. Mit diesem Werk, lässt sich sagen, nahm meine

Leidenschaft für die Geologie ihren Anfang und zugleich meine Abnabelung von Haşem. Gebannt schon von den Klängen im Erdinnern, ohne sie noch bewusst zu hören, kroch ich damals zwischen den Schlammvulkanen, ihren bizarren Ausformungen, den »Teufelsgärten«, umher, presste Ohr und Gesicht gegen verspundete alte Bohrlöcher, um die unter den Ölarbeitern kursierende Legende zu prüfen, derzufolge man bei vollkommener Stille den Atem der Bohrung hören könnte, und er hörte sich an wie ein deprimierter Verdi-Chor. Damals war für mich der Gesang des Öls (von dem ich, wie gesagt, noch nicht wusste, dass ich ihn hören konnte) kaum vom Heulen des Windes im kilometertiefen Loch zu unterscheiden. Aber eine Ahnung muss sich schon ausgebreitet haben in mir, sonst hätte ich nicht Tage auf dem Gelände zugebracht, wo die vom Vulkan ausgespuckten Rohre eines Bohrstrangs herumlagen. Der Vorfall war auf der ganzen Halbinsel zu hören gewesen: zweieinhalb Kilometer Rohre über den Hang des Daşgil verstreut. Bis zu den Knien im noch warmen, am Grunde brühheißen Schlamm watend, schritt ich von einem Rohr zum nächsten, im Hirn klirrte es, und ich nahm nicht wahr, wie die Zeit unter den Füßen klaffte. Gegen Abend tauchte an der Bohrstelle eine Meute Hunde auf, die die Arbeiter wohl angefüttert hatten, ich flüchtete mich auf einen Bohrturm, zum Glück traf bald darauf die Nachtschicht ein.

4

Um 1920 fand sich an der Universität von Baku ein erstklassiges Professorenkollegium versammelt, das hier Zuflucht vor dem historischen Materialismus gesucht hatte. Die literarische Größe unter ihnen war Wjatscheslaw Iwanow, der König der Symbolisten. Nach dem Tod seiner Frau und da man ihm eine Bäderreise ins Ausland verweigert hatte (Nadeschda Krupskajas Fürsprache half nicht; die zuständige Tscheka-Abteilung, noch mit Balmonts Verwünschungen im Ohr, die er der Sowjetmacht aus Reval gesandt, schlug eine Kur im Kaukasus vor), war er mit seinen Kindern, der vierundzwanzigjährigen Lidija und dem vierjährigen Dmitri, nach Baku gekommen.

Am 12. Juli 1923 schwärmte Iwanow in einem Brief an Brjussow, der ihn nach Moskau zurücklocken wollte, vom Feuer der subtropischen Sonne, dem tiefblauen Meer (das kann grau oder stahlblau sein, meinetwegen auch lasurblau oder smaragdblau, wo die Tiefe es zulässt – tiefblau ist es nie; nicht einmal, wenn eine bleierne Wolke darüberhängt), von Bakus genuesischer Silhouette, seinen jerusalemischen Hügeln, ihren sonnenverbrannten Höhen, Landstraßen mit in den Stein gekerbten Fahrrinnen, den Giftspinnen und -schlangen allenthalben; dies sei das Tor des Ostens und darin eine lebhafte Kulturarbeit im Gange, schreibt er, und von Schülern ist die Rede, die die Mühen lohnten.

Iwanow wohnte im Gebäude der Universität. Man stellt ihn sich vor, wie er, vorbei an den Pavillons, den Laboratorien und dem anatomischen Museum, das Treppenhaus im rechten Flügel betritt, hinaufsteigt bis zur Wendeltreppe und über diese ins vormalige Raucherzimmer, wo er den Kattunvorhang beiseiteschiebt, hinter dem sein Schreibtisch steht, und an die Arbeit geht, er schreibt über die dionysischen Anklänge in den schiitischen Aşura-Riten zu Ehren des Imams Husain und seines Martyriums, an den Rand zeichnet er ein schreitendes Kamel, er hört die Kinder lärmen, dann Lidija, wie sie ihnen die *Tanzenden Männchen* vorliest, und Dmitri bekommt Angst, derweil trinkt Iwanow Tee, und als das Licht zur Neige geht, entzündet er die Lampe und denkt zurück an die Hafis-Abende, die er einst zu Hause im »Turm« über dem Taurischen Garten abgehalten … Wie die weichen Schatten des Kirschbaumgeästs über die Wand wanderten, mit den Umrissen von Schenkeln und Fesseln verschmolzen und mit dem eigenen Atem, und wie die Jünger Hafis', der honigtragenden »Hummel aus Schirāz«, im trauten Triclinium sich berauschten an Liebe und Lust, Lachen und Schmachten, der Wonne weiser, wohlgesetzter Worte.

(Wjatscheslaw Iwanow konnte nicht ahnen, dass Chlebnikow dem Turm ferngeblieben war, weil ihn davor graute, Dichter küssen zu müssen. Nicht einmal Frauen zu küssen konnte er sich entschließen.

Geschweige Kusmins blaues Kinn mit dem Pflaster über der Schnittwunde – zum Rasieren zu nervös. Nicht umsonst hatte Mandelstam die *Gillette* besungen.)

Dass der Dionysos-Kult mit Schafen und Ziegen zu tun hatte, amüsierte die Kinder sehr, sahen sie diese dämlichen Tiere doch öfter durch die Straßen trotten, ihre hässlichen Schwänze schwenken und Köttel streuen. Ziegen legten sich mit Vorliebe quer über die Gleise der Pferdebahn, dann mussten die wagemutigsten unter den Fahrgästen abspringen und sie bei den Hörnern wegzerren. Wenn der Vater hinter dem Vorhang seinen Gästen huldvoll erläuterte, was der Satyr auf der Vase mit der Ziege macht, prusteten die Kinder in ihre Kissen.

War Dmitri allein zu Hause, schlich er hinunter in den Saal des Anatomischen Museums, dessen Höhe ihn schwindeln machte; spazierte zwischen den Skeletten einher, spähte durch die Laibung der glänzend gelben Rippen; düster thronte das Schädelgewölbe obenauf. Lief zwischen Reihen länglicher gelber Kolbengläser, in denen blasse Herzen wohnten, ein Magen, eine Lunge, Gehirn, separierte Muskeln, die aussahen wie gehäutete Fische, und ausgeblichene, schalenweise präparierte, bis zur Linse geöffnete Augäpfel. Sie hingen an haardünner Sehne, von der Dmitri immer ein Knäuel in der Hosentasche hatte, um von der Pier nach Kaulköpfen zu angeln oder Taubenschlingen zu legen. Einmal, als der Knabe eben das Museum verließ, kam ihm auf dem Flur ein Mann entgegen, der ein großes Reagenzglas vor sich hertrug. Gegen die Wand gepresst, sah das Kind einen abgeschnittenen Menschenkopf darin liegen, der vermutlich zur anatomischen Präparation oder zur Mumifizierung vorgesehen war. Der glänzende Kahlschädel mit nur einzelnen Haaren, dafür einer Vielzahl von Muttermalen, schweren Lidern und hängenden Mundwinkeln gehörte dem Schuster in der Tschadrowaja – der dort immer gesessen hatte in seiner Schürze, den Leisten zwischen den Knien, blitzende Nägel zwischen den Lippen, wütend auf die Sohle eingeklopft hatte. Es nun anscheinend müde geworden war.

Am 12. November 1920 kam ein Mann in die Wohnung des Lehrstuhlleiters Klassische Philologie gestürmt: hünenhaft, mit strähnigem Haar, einem Stadtstreicher ähnlich.

Stürmte herein, ohne anzuklopfen, traf Lidija und Abich an, die – sie auf einem Stuhl, er davorkniend – sogleich aufsprangen (Abich macht der reifen Jungfer Lidija den Hof. Sie hat ein schmales, offenes, Gesicht – gerecktes Kinn, sturer Mund, angeregter, leicht arroganter Blick –, umrahmt von gewelltem Haar. Diese Augen – grün – kennen keine Gnade. Abich sucht ihren Blick, während seine Hände leidenschaftlich die ihren fassen. Er hat seiner Wirtin ein Paar ungetragene Satinpantöffelchen entwendet und gedenkt sie Lidija zu schenken. Lässt sie los, zieht die weichen »Bötchen« unter dem Kittel hervor, die seine Körperwärme angenommen haben, geht vor der Angebeteten auf die Knie und schaut hinauf, in ihre schelmisch blickenden Augen, bittet ein Füßchen zu reichen) –, erwiderte den Gruß nicht, streckte der jungen Frau, den Blick abgewandt, einen Packen dicht, mit fliehender Schrift beschriebener Blätter entgegen.

Nie schaut er einem in die Augen, dachte Abich, ohne gleich zuzugreifen. Weil es ihn schmerzt, einen anderen zu sehen als sich selbst. Nicht weil er egozentrisch wäre, jedenfalls ist es das nicht allein. Entschlösse er sich, jemanden neben sich anzuerkennen, verlangte seine Intuition sogleich, sich zur Gänze in ihn hineinzuversetzen. Denn nur allergrößte Hingabe an den Nächsten könnte ihm Gerechtigkeit widerfahren lassen. Sich hinzugeben, aufzugeben kann er sich jedoch nicht erlauben. Wäre da nicht hin und wieder die Notwendigkeit zu sprechen, um etwas zu bitten, er gäbe gar nichts von sich her.

Erst als dieser Gedanke zu Ende gedacht war, ergriff Abich die Blätter mit zwei Fingern, neigte sie zum Licht.

»Wjatscheslaw laboriert heute an einer Erkältung, ich nehme es vorerst an mich. Morgen gebe ich es ihm. Spätestens übermorgen. Wenn Sie mögen, kann ich einen Blick darauf werfen und mir selbst eine Meinung bilden.«

»Nicht nötig«, sagte Chlebnikow leise und drehte den Kopf noch weiter, zur offen stehenden Tür, wandte sich still zum Gehen. Womit die Skurrilität seines Aufzugs erst ganz offenbar wurde: Er trug einen weiten, wattierten Frauenkaftan, sackartig gegürtet, und geflickte Bastschuhe, durch die Löcher schauten die nackten Sohlen hervor.

Scheu und sichtbare Verwahrlosung dieses Menschen bewahrten ihn davor, von seinen Mitmenschen belästigt und in Anspruch genommen zu werden.

Man müsste ihn ausziehen, dachte Abich, ihm hinterhersehend. Die Nacktheit würde ihn adeln wie einen Ritter seine Rüstung.

Nachdem Chlebnikow gegangen war, machte Abich es sich am Tisch bequem, legte die Schreibutensilien bereit und ging daran, das Manuskript zu entziffern und abzuschreiben, kopierte es, ohne das Geringste zu verstehen; es dauerte bis tief in die Nacht.

Anderntags erwachte er spät, gegen Mittag. Wusch sich und trank seinen Kaffee bei Iwanow, der sich bester Gesundheit erfreute. Lidija schenkte ein. Von der Straße tönte der Singsang des Messerschleifers herauf, dazwischen das gemessene Schaben von Stein auf Leder und das Rattern der locker sitzenden Achse.

»Warum hat Welimir es mir nicht eigenhändig übergeben?«

»Keine Ahnung.«

»Er gab mir schon damals im Turm nie etwas in die Hand. Ich bekam seine Gedichte immer von anderen überbracht. Taubenpost!«

Lidija zog die Vorhänge zurück, so dass die Sonne hereinkonnte. Keilförmig drang sie ein, jedes fidele Stäubchen einzeln ins Licht setzend, drang vor bis zum Schreibtisch, befiel das zuoberste Blatt, das davon erblindete.

5

Mit der Kormoranfeder geschrieben.
Hochverehrter Wjatscheslaw!
Im Geiste Ihnen allzeit ergeben, itzund die Rekommandationen Ihres Schülers Rudolf Abich nutzend, wage ich mich, der ich Ihnen schon einmal vor sieben Jahren im Turm gegenüberstand, in Erinnerung zu bringen, um Ihnen die Manuskripte meiner experimentellen Arbeiten Die

Geometrie des Versraums *sowie* Numerologos: Der Bund von Wort und Differenz *vorzulegen.*

Letztere ist die wesentliche. Darin spreche ich von dem höchst sonderbaren Umstand, dass bei aller Zurüstung, die die moderne Physik durch die Mathematik erfährt, eine Theorie der Zahlen nicht einbegriffen ist. Sonderbar ist dieser Umstand insofern, als eine Theorie der Zahlen die Natur der menschlichen Vernunft widerspiegeln und erforschen könnte, welch Letztere wiederum der Beschaffenheit des Universums unweigerlich ihren Stempel aufdrückt. Es gibt keine zuverlässigere Interpretation der Strukturen des Denkens als eine Theorie der Zahlen. Die prinzipielle Analogie in der Struktur von Mensch und Universum ist unwiderlegbar schon aufgrund der bloßen Existenz der theoretischen Physik, die die Berechtigung mathematischer Modelle und Methoden unter Beweis stellt. Wenn aber all die gewaltigen, atemberaubenden, nicht leicht zu durchschauenden Weltmodelle, wie der Intellekt sie entwirft, sich als »wahr«, will heißen: der realen Lage der Dinge annähernd entsprechend erweisen, kann das doch nur bedeuten, dass der Verstand − nach dem Ebenbild des Schöpfers geschaffen so wie andere Teile des Ganzen auch − in der theoretischen Physik auf natürliche Weise das Universum reproduziert, nämlich in der Umkehrfunktion des Ebenbildlichen; und das Problem des Weltenbaus formuliert sich als Suche nach einer durchgehenden, eindeutigen Entsprechung, die zu dieser umgekehrten Ebenbildlichkeit im Verhältnis steht. Mit anderen Worten: Dass der Verstand die Theorie von allem zu schöpfen imstande ist, darf als Gottesbeweis gelten.

In einem nächsten Schritt gelange ich zu folgendem Punkt: Die Kunst hat sich mit der Aufwertung der Realität im Sinne ihrer Relevanz zu befassen − in Wechselwirkung mit der Realität des Wortes. Diesem Gedanken, um ihn fassen zu können, muss ich noch einen gesonderten Raum geben.

Ich gelange zu dem Schluss, dass eine Naturerscheinung zu entdecken genügte, die die Erkenntnisse nicht der Geometrie (Riemanns und Minkowskis Geschenk an Einstein), nicht irgendeiner anderen Disziplin der Mathematik, sondern der Zahlentheorie belegen könnte − und es stünde eine wissenschaftliche Revolution ins Haus. Allem Anschein nach ist es nur die physische Beschaffenheit des Bewusstseins, die uns diese wissen-

schaftliche Leistung vorenthält. *Der Gedanke ist eine nicht zu greifende Entität. Es ist schlicht unmöglich, einen Gedanken zu denken, ohne ihn bereits gedacht zu haben. Die Absicht zu denken kann im Gedanken nicht enthalten sein. Ein Gedanke, wenn er in der Welt ist, ist immer schon da. Darin ähnelt der Gedanke dem Elektron, das von Schrödinger, Bohr und Heisenberg gerade vermessen wird. Gedanke und Gehirn verhalten sich zueinander in etwa wie Elektron und Realität. Daher ist das Hirn kein bloßer Mechanismus und lässt sich nicht berechnen.*

Vieles vom Numerologos rührt aus der Luriaschen Kabbala her. (Jegliche okkulte Anwendung der Kabbala lehne ich übrigens ab, sie verbleibt im rein Symbolischen und an der Oberfläche.) Abich hat mich den Lektionen zugeführt, die Rabbi Meyuches zur Kabbala gibt.

Die Hauptwurzel in der Struktur der Sefirot – Se(p)fer – hat die für die Idee des Numerologos notwendige Vielzahl an Bedeutungen: Erzählung, Buch, Zahl, Schere, mithin Differenz. Se(p)fer ist das einzige mir bekannte Wort, das all diese Kategorien vereint. Zudem lässt sich die Kosmogonie der Kabbala hervorragend mit den Errungenschaften der Astrophysik kombinieren, die besagt, dass das Universum sich wie eine Seifenblase weitet, mit den Galaxien als den in der Haut der Blase wandernden Schlieren. (Hierüber liegen Friedmann und Einstein im Streit.)

Das Sefer Jezira in Meyuches' Darlegung lehrt, dass das Universum vermittels der zweiundzwanzig Buchstaben des hebräischen Alphabets und der zehn Ziffern entstanden sei. Da konnte ich Meyuches im Gegenzug von der Lehre der Hurufi künden, jener fabelhaften Häretiker. Die Hurufi sind eine Abteilung aus dem Aufgebot der Sufi, der intellektuellen Speerspitze des Islam. Fünf Jahrhunderte ist es her, dass die Hurufi den Buchstaben anbeteten, nachdem sie festgestellt hatten, dass das Alphabet, von Grund auf heilig, in seinen Bestandteilen das Geheimnis der Welt in sich birgt. Die Heilige Schrift, aus Buchstaben gefügt, offenbarte sich dem Propheten als Abbild Gottes. Der Mensch hat sich der göttlichen Weisheit bemächtigt, die der Natur der Buchstaben innewohnt, wodurch er sich erheben und selbst zu Gott werden konnte. »Gott – das bin ich!«, sagen die Hurufi. »Gott – das bin ich!«, ruft der Dichter İmaddədin Nəsimi, als er vor seinen Henkern steht, die die Ti-

muriden auf ihn gehetzt haben. Die Haut wird ihm vom Leib gezogen, sie liegt ihm zu Füßen. Der Dichter ist ganz Wort geworden.

Diesen Bedeutungen beigefügt sei unbedingt noch der Begriff des Klangsinns. Die Frage ist zu stellen, wie ein »Medium« zwischen dem Bewusstsein des Aussagenden und dem des Aufnehmenden aussehen könnte, das die Vermittlung zwischen Sinn und Klang verantwortet. Dieses Medium, davon bin ich überzeugt, ist in der Prosodie zu finden. Also darin, in welcher Weise die Prosodie die Wortfolge verwandelt und ihnen einen zusätzlichen, schwer auszudrückenden, gewichtigen Sinn verleiht. Darin, dass Mandelstams Zeile: »Der Stieglitz zuckt im Himmelsbrot« nicht gleich der Summe der Bedeutungen von Der+Stieglitz +zuckt+im+Himmelsbrot ist.

In steter Dankbarkeit für Augenblicke des Wunders, die bis heute fortdauern,

ganz der Ihre – WCh

Post Scriptum Auch wäre der Numerologos im Lichte der Erkenntnisse der modernen Wissenschaften zu betrachten. Zum Beispiel nimmt mich die kürzlich entwickelte Vorstellung von der Zahl als statistischem Ensemble für sich ein. Benutzt habe ich das einfachste, sogenannte zweidimensionale ferromagnetische Modell des jungen Gelehrten Ernst Ising, in dem die Energie eines Systems im Ruhezustand abhängt von der Wechselwirkung diskreter elektromagnetischer Momente benachbarter Teilchen im Verband. Diesen Verband (sagen wir: ein Kristallgitter) in seiner ganzen Ausdehnung betrachte ich als eine Zahl in binärer Darstellung (Spin aufwärts – 1, Spin abwärts – 0), das Metallkristall im Ganzen als eine Vielheit energetischer Schnittpunkte von Zahlen. Den Gedanken zur Gänze und populär zugleich auszudrücken scheint unmöglich, aber lassen sie es mich so sagen: Am gegebenen Beispiel wird deutlich, dass ausreichend große Zahlen in der Lage sind, die Energie statistischer Ensembles anzunehmen. Die Wahrheit ist eine große Zahl, nahe dem Unendlichen, sie lässt an eine bewegliche (statistische) Wesenheit denken – nun nicht gerade lebendig, aber auch nicht trivial, jedenfalls nicht eindeutig beschreibbar. Und sei es nur deshalb, weil man eine so große Zahl schwer aufzeichnen, geschweige denken kann. In diesem Sinne kommt eine sehr große Zahl dem Wort nahe.

Der Schneemann

1

Genau wie ich nutzte Haşem jede Gelegenheit zum Reden. Mir wurde so manches klar. Nicht zuletzt über mich. Aber der Reihe nach.

Wie zu erfahren war, hatte Haşem so ziemlich alle Weltreligionen an sich ausprobiert, viel über Gott nachgedacht all die Jahre. Inzwischen aber ging es nicht mehr darum, an welche metaphysische »Steckdose« sich anzuschließen am redlichsten, nützlichsten oder ungefährlichsten war – er kritisierte die Religion an sich, jedweder Art. Seine kritischen Einlassungen schienen beherrscht und ausgewogen, soweit ich das als Laie beurteilen kann. Einstein und Spinoza, diese Streiter wider den Obskurantismus, waren seine Gewährsleute. Haşem suchte Gott im Menschen, in den Strukturen seines Denkens, das zu reflektieren uns zu einem höheren Wesen macht, und wir werden uns unserer Teilhabe deutlicher bewusst.

Der Religion des falschen Bewusstseins hatte er den Kampf angesagt, dieser Waffe zur Maßregelung von Körper und Geist, aus der eine Macht, die ein Imperium zu errichten angetreten ist, ihre Gravitationskraft bezieht. Im Namen Gottes werben und schinden die Despoten der Revolution ihre Soldaten. Im Namen Gottes unterwerfen sie sich die Welt. Wobei die Religion sich um Gott und den Menschen am allerwenigsten schert. Das Wesen der Religion liegt im Diktat, in der Unterordnung; das Volk – versklavt, zum Plankton verkommen – *ist* die Religion, Gott spielt keine Rolle. In heutigen Religionen gibt es keinen Dialog mit Gott, die Epoche der Propheten ist längst vergangen.

Haşems Furor wollte das imperiale Wesen der Religionen entlarven und insbesondere jener, denen man es zu verdanken hatte, dass die Idee der Weltherrschaft nicht mehr fern ihrer Verwirklichung war: durch Flugzeugträger, rund um den Planeten in Marsch gesetzt, oder durch das pulverisierte Fleisch von Märtyrern. Die Ursache sah er darin, dass beide Religionen das Profane vom Heiligen zu trennen nicht bereit waren, sie führten Krieg im Namen Gottes. Warum sonst waschen sie sich nicht wenigstens das Blut von den Händen, wenn sie aus dem Krieg nach Hause kommen, ehe sie in den Tempel gehen, um den Sieg zu feiern? Warum sonst wird das Blut an den Händen der Krieger wie der von ihnen Geschundenen als heilig angesehen? Es ist die Seele des Nächsten – oder des gemarterten Fremden –, an der die Kirchgänger sich reinwaschen! Und warum gibt es in den Ländern, die diese Religionen sich unter den Nagel gerissen haben, weder Karneval noch andere Feste, die der Travestie frönen? Ist gegen den heiligen Ernst kein Kraut gewachsen? Warum ist ihr Bewusstsein gepanzert mit Mythos und Lüge, die da schreit aus allem wilden Fleisch des Irrglaubens: Rühr mich nicht an! Warum riechen sie immer nach Tod, nach dem ausgeglühten Auge des Ketzers, frisch geschlachtetem und gehäutetem Fleisch? Warum können diese Religionen niemals über ihren martialischen Impetus lachen? Ist nicht Ironie das Zeichen dafür, dass einer am Leben ist? Nur der Tote lacht nicht.

Einmal ging Haşem mich an mit der Behauptung, auch ich sei der Nekrophilie verfallen.

»Deine Gleichung lautet: Tod gleich Persien gleich Öl gleich Quelle des kreativen Vergessens. In einem dieser Terme steckst du immer fest, darum hat es dich hierher verschlagen. Ich sehe meine Aufgabe ganz anders. Ich will, dass dort hinterm Meer eine Welt des Geistes wiederersteht! Eine Zivilisation!«

»Hübsche Formel«, murmelte ich. »Die Einzelbestandteile kannte ich schon, aber sie so kurzzuschließen – da wäre ich nicht drauf gekommen.«

2

Schon als Jugendlicher hatte Haşem sich mit Yoga befasst, denn seine Mutter war von Doktor Lewizki (der Doktor Doolittle von Abşeron, aufgrund eines Ausreiseantrags ohne Approbation und »schwarz« praktizierend, zehn Rubel pro Audienz; gestorben in Boston) darauf hingewiesen worden, dass Hatha Yoga das einzig geeignete Mittel sei, um Haşems angeborene Wirbelsäulenprobleme zu lösen. Von da an sehe ich Haşem mit irgendwelchen Seiten aus der Zeitschrift *Wissenschaft und Leben* vor mir, graue Photos, auf denen Menschen sich zu Buchstaben verrenkten, durchgepaust mit beinahe blindem Blaupapier, so dass praktisch nichts zu erkennen war; da vertiefte er sich hinein, ließ sich davon wer weiß wie instruieren, Wirbelsäule und Muskeln zu martern, wodurch sein Körper sich mit der Zeit tatsächlich immer mehr strecken und biegen ließ und am Ende zu Posen in der Lage war, die nichts Menschliches mehr an sich hatten. Zuzusehen, was er da mit sich anstellte, bereitete mir irgendwie Pein – wie immer, wenn man dem Anblick versehrter, derangierter Körper ausgesetzt ist. Aber Haşem quälte sich gar nicht – höchstens dass er am freien Reden gehindert war, weil er auf die Atmung achtgeben musste, deshalb sprach er in Intervallen. Gegen Ende der Schulzeit fragte ich ihn, was das Yoga ihm gegeben habe.

»Schwer zu sagen.«

»Vielleicht andeutungsweise?«

»Ich glaube, ich habe zu levitieren gelernt.«

»Ja, mach dich lustig …«

»Eins habe ich begriffen: Gegenhalten ist das Wichtigste am Yoga. Tausend Mal dasselbe tun, den Kopf abschalten, nicht denken, schon gar nicht an ein Ziel. Vergessen, was man davon hat, das ist das Wichtigste. Und noch beim hundertsten Mal muss genau das herauskommen, was die Lehrer sich dachten, als sie dem Körper diese Position abgetrotzt haben. Sonst funktioniert es nicht. Neulich beim Meditieren im Shavasana fand ich mich knapp unter der Zimmerdecke schwebend wieder, in der hintersten Ecke. Die Einrichtung unten war ein Stück nachgerückt, so wie der Anker am Meeresgrund, wenn der Sturm ein Boot mitreißt.«

»Das hast du dir ausgedacht!«

»Der Körper ist älter als jede Zivilisation.«

»Aber wie könnten wir dann in der Gegenwart überleben? Ich glaube nicht, dass die Cro-Magnons physiologisch zum Leben in der Stadt in der Lage gewesen wären. Stell dir mal so eine japanische Firma vor, wo die Samurai sitzen und malochen. Und nun eine Montagehalle, in der die Cro-Magnons hinter Computern sitzen und Schaltkreise frickeln … Überleg doch mal, so ein Geschöpf, dessen Nervensystem viel eher darauf ausgerichtet ist, gegen Grizzlybären anzutreten, dessen Intellekt dem Jagdinstinkt vollkommen unterworfen ist, soll seine ganze animalische Vitalität in diesen Knoten Verstand legen, Theorien und Konstrukte produzieren, die nichts mit Speer und Netz zu schaffen haben … Und dann, nach der Sirene oder was weiß ich, gehen sie in den Dschungel der Megalopolis, um sich für den nächsten Arbeitstag zu rüsten: essen und schlafen. Welcher Cro-Magnon hielte das aus? Ganz zu schweigen von den Strafen und Geboten, die uns auf Schritt und Tritt Moral einpeitschen: nicht lügen, nicht singen, nicht neiden, nicht geizen …«

»Da hast dus! Der Mensch stammt vom Cro-Magnon ab, nicht vom Neandertaler! Die Cro-Magnons haben die Neandertaler in einem schrecklichen Weltkrieg geschlagen, über den wir nichts weiter wissen. Vielleicht hat es nie einen schrecklicheren auf Erden gegeben.«

»Wo keine Moral ist, da ist auch kein Richter. Und wer sagt denn, dass sich bei uns nicht doch Neandertaler eingeschlichen haben, die, obwohl sie mal der schwächere, weniger blutrünstige Strang gewesen sind, trotzdem Wurzeln schlagen konnten? Alle reden von Außerirdischen, aber keiner von der Möglichkeit einer heimlichen Zivilisation, die auf unterlegene Konkurrenten zurückgeht. Vielleicht wissen wir ja selbst nicht, wer wir sind. Der Mensch denkt gern, er wäre wie alle. Und dabei strotzt er vor Anderssein, weil er nämlich Neandertaler ist!«

»Aber das ist es ja. Das menschliche Nervensystem kann die Last des Fortschritts nicht länger ertragen. Es ist, als schickte man einen Schnellzug eine Eisbahn entlang. Und es ist leider ganz unmöglich, etwas anzupassen und zu vervollkommnen, was man gar nicht kennt.«

»Und was ist Shavasana?«

»Die Leichenhaltung. Du legst dich auf den Rücken, Handgelenke nach oben, korrekte Atmung … und es geschieht vieles, was man nicht beschreiben kann. Hat mit der Auflösung im Unbelebten zu tun.«

Später habe ich versucht, mit Haşem gemeinsam Yoga zu treiben. Aber es kam nichts dabei heraus, der Körper schien dem Geist nicht gewachsen zu sein, oder es mangelte mir einfach an Geduld. Und dann hieß es im Frühjahr des neunten Schuljahrs auf einmal, beim Feuertempel in Suraxanı seien leibhaftige Yogi aufgetaucht. Wir nichts wie hin, um sie zu sehen. Es waren zwei. Wir schielten aus der Entfernung zu ihnen hinüber, trauten uns nicht näher. Zwei dunkelhäutige Burschen, ordentlich gekämmt, die nichts als Lendentücher trugen, bewegten sich um den würfeligen kleinen Tempelbau, verschwanden zwischendurch im Innern, taten etwas mit dem Feuer, kamen wieder heraus, aus dem Tempel blakte es schwarz, die Luft darüber tanzte und flimmerte. Eine Aufsichtsperson war nicht zu sehen. Wir wagten uns aus der Deckung. Die Brahmanen grüßten mit einer Verbeugung. Wir näherten uns im Bogen. Die Inder saßen nieder und machten Lockerungsübungen, ruckelten eine ganze Weile auf ihren Matten herum, und zack – standen ihre Beine kerzengerade in die Höhe, Ellbogen dicht an den Kopf gelegt. Haşem neben mir zog die Arme zur Brust, atmete aus – und klappte zusammen, stand im nächsten Moment in derselben Position neben ihnen auf dem blanken Granit. Einer der Inder kehrte schon bald in die Ausgangsstellung zurück, lächelte mir zu und begann die Beine in verschiedener Weise zu verknoten. Der Zweite hielt länger durch, aber nicht so lange wie Haşem … Am Ende verschwanden sie im Wachbüdchen nebenan und kamen nach kurzer Zeit in Matrosenkluft wieder heraus. Wie sich herausstellte, waren die beiden im zweiten Jahr Kadetten an der Marinehochschule, Fremdenstaffel, künftige Spezialisten für Chemiewaffenabwehr. Obwohl sie bei meiner Mutter im Russischunterricht saßen (denn wie sich zeigte, waren sie in ihrer Klasse), konnten sie sich noch kaum verständlich machen. *Könige dürfen alles* von Alla Pugatschowa ging ihnen fröhlich von den Lippen, sonst kaum etwas. Aber einiges reimten wir uns zusammen: Auf dem Rückweg von einer Exkursion zum alten Himmelsobservatorium in Şamaxı waren sie hier durchgekommen (ein trostloser Ort, dieses Suraxanı, nichts als Ödland und Ölpumpen), wobei einer der beiden – er hieß Kailas, der andere Jamal, beide hatten sie den roten Punkt auf der Nasenwurzel, wie man es aus den indischen Filmen kennt – beim Anblick des Tempelchens außer sich geriet. Exakt so eines stand nämlich auf dem Gut seiner Familie im indischen Nordwesten (mit einer Rute zeichnete Kailas die Konturen einer Landkarte in den Staub, deutete auf einen Punkt: Bombay!, zog von da eine Linie strikt gen Norden); so hatten sie beschlossen zurückzukommen, um hier zu meditieren. Kailas hatte aus dem Gedächtnis irgendwelche Rituale zu imitieren versucht. Nein, bisher habe sich keiner daran gestört. Sie kämen öfter, immer sonntags, sie wohnten ja noch in der Kaserne, wo man jedes Mal einen Urlaubsschein benötigte, aber demnächst bekämen sie Erlaubnis, sich eine Wohnung zu nehmen.

Dann hatten sie eine Frage an uns.

Nein, keine Ahnung, wo man in der Stadt Mädchen kennenlernen könne, beteuerten wir. Jamal mochte sich nicht damit abfinden. *»Light girls for money, please«*, bedrängte er uns.

Von nun an kamen wir jeden Sonntag her.

Unsere Jugend war geprägt von zwei ganz unvereinbar scheinenden cineastischen Zivilisationen: dem französischen und italienischen Kino der 1960er und den indischen Bollywood-Melodramen. Etwas anderes hatte der Filmverleih für Abşeron nicht zu bieten. Den Neorealismus kannten wir aus dem Effeff, vergötterten Anna Magnani, hätten jeden der genialen Miles-Davis-Tracks aus dem *Fahrstuhl zum Schafott* auswendig herpfeifen können – und kringelten uns zugleich vor Vergnügen, wenn wir – Günel dazu – uns mit Girlanden aus goldenen Bommeln und welken Tulpen behängten, zu Raj Kapoor tanzten, händeweise »Fuchsschwanzblüten« in die Luft werfend, das schnelle Hämmern der Tablas in die Adern einfließen ließen – welches von einer sündhaft teuren AGFA-Kassette kam (das Abspielgerät Marke *Wesna* in eine Plastiktüte verpackt, damit kein Sand ins Bandlaufwerk wehte) … Haşem konnte überhaupt nicht tanzen, jedes Rhythmusgefühl ging ihm ab, aber er stampfte so unbändig und tolpatschig herum, dass ich mich ein bisschen für ihn genierte.

Auch deswegen waren wir stolz auf die Bekanntschaft mit den Indern – die im Übrigen wenig Ähnlichkeit mit unseren Kinohelden hatten. Leider trafen wir sie nicht oft, denn als sie zum Ende des Frühjahrs endlich aus der Kaserne ausziehen durften, hatte wir uns schon jeder anders orientiert: Ich ging zu Stoljarow, Haşem zu Stein.

Später (es war schon Winter) ergab sich eine Gelegenheit, bei der die Inderjungen uns zuflüsterten, sie hätten jetzt tolle Mädchen gefunden und seien sehr zufrieden. Haşem sagte nichts dazu, an seiner aufwallenden Gesichtsfarbe konnte ich jedoch erkennen, dass die Vorstellung ihn nicht weniger beschäftigte als mich. Ich erkühnte mich nachzufragen, Jamal diktierte die Nummer. Eine Woche lang schwankten wir, ob wir anrufen sollten. Mehrmals wählte ich die Nummer und lauschte den Stimmen, die aus dem Hörer drangen. Rief an, als schaute ich in ein Teleskop. Die eine Stimme war volltönend und herrisch: »Am Apparat.« Die andere mädchenhaft und etwas lasziv, ein gedehntes »Ha-allo?«

Wir wagten nicht, uns zu erkennen zu geben, den Zettel mit der Nummer verbrannte ich feierlich. Noch zwei Jahre später, frisch an der Universität, überkam es mich siedend heiß, wenn ich indische Studenten traf – und ich war froh, dass sie einander alle so ähnlich sahen.

Aber die sechsstellige Nummer hat sich für ewig in mein Gedächtnis gebrannt.

Erst vorgestern habe ich sie wieder gewählt.

3

Der Strauß, den Haşem ausfocht – so kam ich durch die vielen Gespräche und Beobachtungen allmählich dahinter –, war nicht nur die Bewahrung der Zivilisation; es ging ihm genauso um die kulturelle Eigenständigkeit seines Volkes. Und die Geradheit des Herzens bewahrte ihn vor der Anfechtung, die den Weg zur Heiligkeit anscheinend unvermeidlich säumt: nämlich einen Machtanspruch daraus abzuleiten.

Einer seiner Schutzschilde war das Lachen. Ein anderer – die moderne Zivilisation.

Abgesehen von seinen Samstagslesungen für die Heger (er las ihnen Mark Twain, Hašek, Jerome, oft mit ermüdenden Erläuterungen, worin bei diesem und jenem der Witz bestehe), übersetzte er mit Ausdauer Gedichte. Alle zehn Tage fuhr er in die Stadt, setzte sich ins Internet-Café am Platz mit den Fontänen, lud sich die neuesten Lyrikveröffentlichungen des *New Yorker* aus dem Netz und vervollständigte damit diverse in Arbeit befindliche Anthologien. Kaum war er zurück, ging es ans Übersetzen. Der Şirvan erstarb in Andacht. Ein Tag verging und noch einer, am dritten schickte Abbas einen Boten rundum zu den Wachen und rief die Heger zusammen. Am Abend las und deutete Haşem ihnen Verse aus einer anderen, neuen Welt.

Er las mit entrückter Erhabenheit; jedes einzelne Wort, wie es da stand, schien ihm heilig zu sein. Die Person des Autors spielte in seinen Erläuterungen keine Rolle, zwar nannte er die Namen, die meistenteils schillernd waren – sie wurden zur Kenntnis genommen, mehr nicht. Allesamt waren sie für ihn Autoren der neuen, großen Heiligen Schrift, konkurrierten untereinander in unbeträchtlichem Maße, unterschieden sich einer vom anderen wie die vier Evangelisten des Neuen Testaments, zwischen denen ein kosmischer Abstand existieren mochte – er lag im Schatten von etwas unendlich Größerem.

»Mein Vater war ein Schneemann. So heißt das Gedicht eines amerikanischen Poeten, der unter dem Pseudonym Sparrow, Sperling, schreibt. Ich bitte um Aufmerksamkeit.

Mein Vater war ein Schneemann, doch er ist getaut.
Die Augen sind das Einzige, was von ihm blieb.
Zwei Kohlebröckchen liegen auf dem Tisch
und sehen zu, wie ich im Zimmer umgehe.
Die große Nase aß ich schon vor langer, langer Zeit.«

Haşem machte eine Pause und studierte das Mienenspiel der Anwesenden.

»Wer hat dieses Gedicht verstanden?«

Abbas hob unschlüssig die Hand, nahm sie jedoch gleich wieder herunter, als er sah, dass er der Einzige war.

Haşem fuhr sich mit der Hand über die Augen. Seine Mundwinkel bebten, der Brauenbogen wölkte sich.

Derweil hatte ich in der Ferne Elmar entdeckt, der den Pfad am See entlanglief; das Wachhäuschen hatte er schon passiert. Jetzt musste ihn etwas erschreckt haben, er prallte zurück vor der Wand aus Schilf, ging wieder hin, teilte das Schilf mit den Armen, schaute nach, lief, Hände in den Taschen, weiter; sein Gesichtsausdruck war nicht auszumachen.

Abbas hatte nun doch die Hand erhoben.

»Ich denke, hier ist das gemeint, dass der Tod für jeden eintritt. Einer freut sich des Lebens, ist gesund wie nur irgendwer, aber es läuft aufs Gleiche hinaus. Manchmal frage ich mich, wo Platz ist für alle die Toten. Wie viele schon gestorben sind seit dem Schöpfungstag! Alle mausetot. Basteln anscheinend an ihrem Jenseits herum, damit wir es dort noch besser haben. Wenn doch mal einer sehen könnte und berichten, was da los ist im Jenseits. Vielleicht ist da gar nichts? …«

»Nein, Abbas, du hast das nicht verstanden. Hör erst mal zu.«

Abbas errötete und setzte sich wieder.

»Ein Schneemann ist eine aus Schnee geformte Figur, wie Kinder sie bauen und anbeten, sie besteht aus drei Schneekugeln. Wisst ihr noch, wie wir vor zwei Jahren hier plötzlich Schnee hatten? Die Schneeballschlacht, die Burg, die wir gebaut haben, wisst ihr noch?«

»Wir haben einen kleinen Ball geknetet und ihn über den Boden gerollt«, erinnerte Elxan sich lachend und schien diesen Ball in der Hand zu wiegen, »davon wurde er größer, bis er uns an die Knie ging. Dann haben wir ihn zu zweit aufgehoben und in die Mauer versetzt wie einen großen, klebrigen Lehmziegel.«

»Stimmt genau!«, freute sich Haşem. »Ein Schneemann kann auch aus zweien solcher Klumpen bestehen, und an den Längsseiten kommen zwei Schneebälle dran, als Arme. Dann werden die Kohleaugen in den Kopf gedrückt, mit dem Finger wird ein Bogenmund eingekerbt, und anstelle einer Nase wird eine Mohrrübe aufgepflanzt. Diese rote Möhre ist ein fröhlicher Farbfleck im Winterweiß. Die Kinder freuen sich riesig über diesen lustigen Mann, beziehen ihn in ihre Spiele ein, bewerfen ihn mit Schneebällen. Und nun stellt euch vor, der Dichter – das seid jetzt mal ihr: du, Wagif, Elxan, Abbas – ihr vergleicht euern eigenen Vater mit so einem Schneemann. Das hat etwas Trauriges, findet ihr nicht? Wer von euch hätte je Mitleid mit seinem Vater gehabt? Väter sind wir doch eher zu fürchten gewohnt, hab ich recht? Sie sind immer ein Musterbeispiel für Standhaftigkeit und Strenge, unfehlbare Alleskönner. Darüber vergessen wir häufig, dass sie auch nur Menschen sind, keine Übermenschen. Zarathustra, unser Prophet, war ein großer, ein gewaltiger Mann, aber er war ein Mensch. Der manchmal ins Stolpern kam, hinfiel und wieder aufstand. König David war ein großer König, ein bedeutender Dichter, er stand Gott ziemlich nahe, aber auch er war nur ein Mensch und bat Gott um Vergebung seiner Sünden. Was soll ein Junge machen, wenn sein Vater ein Krüppel ist? Blind ist oder lahm, nur einen Arm hat? Geisteskrank ist? Gerade weil wir gern vergessen, dass Väter auch nur Menschen sind, schätzen wir sie oft gering, wenn wir älter werden, beginnen wir sie gar zu hassen. Zugleich hören wir nicht auf, sie tief in uns drin zu überhöhen, zu vergöttern, und hassen sie nur umso mehr, wenn sie die Latte, die wir noch höher legen, reißen. Nicht wahr? Und das ist ein großes Drama: an einen Gott zu glauben und ihm gleichzeitig nicht zu trauen. Das Glück hat gefälligst frei von Enttäuschung und Rechtfertigung zu sein … Uns fällt es nicht ein, den Vater einfach nur als Menschen zu sehen, ihm zu helfen, den Nimbus einer göttlichen Instanz abzulegen … Was widerfährt nun dem Vater in unserem Gedicht? Er ist ein Schneemann, der längst getaut ist. Übrig von ihm sind nur die Kohlenaugen, die nicht aufhören, den Sohn zu beobachten, sein Leid mitanzusehen. Kohle, das ist Nacht, Finsternis, Staub, Asche, ein Symbol der Vergänglichkeit und der Ewigkeit zugleich, denn es ist ein reines Mineral und unterliegt keiner weiteren Veränderung. Alles auf dieser Welt wird letzten Endes zu Asche. Der Sohn grämt sich, windet sich unter des Vaters forschendem Blick. Er fühlt sich von ihm verlassen und doch immer noch unter seiner Aufsicht. Und jetzt kommt das Wesentliche: Der Sohn hat von des Vaters Fleisch gegessen: die Mohrrübe. Er hat sich daran gesättigt – als Zeichen des Gedenkens, und als Zeichen dafür, dass der Vater auch noch nach seinem Tode für den Sohn sorgt. Aber jetzt ist die Möhre alle, kein Essen mehr da. Der Leib Christi ist aufgebraucht. Die Menschheit hat ihn aufgefressen. Vielleicht hätte man gar nicht erst davon kosten sollen? Vielleicht wäre es an der Zeit, erwachsen zu werden, sich selbst und die Welt in Ordnung zu bringen, auch die Welt erwachsen zu machen? Und noch trauriger wird einem zumute, wenn man auf den Gedanken verfällt, dass der Sohn vielleicht auch ein Schneemann ist und ihm die Schmelze bevorsteht …«

Elmar hatte sich uns mittlerweile zugesellt, er hockte da, fuhr mit der Hand über den Boden und lächelte. Der Wind blies in das Feuer, fachte es an, Elmar verzog das Gesicht vom Rauch. Haşem übersah ihn geflissentlich. Elmar hörte auf zu lächeln.

»Ein Schneemann ist ein Götze. Ein Götze kann kein Mensch sein. Götzen gehören zerschlagen. Vernichtet!«, sagte er mit seiner leisen, bedrohlichen Stimme.

Die anderen drehten sich zu ihm um. Abbas' Gesicht verhärtete sich, die Kaumuskeln spannten sich an.

»Und ein Bild – ist es deiner Meinung nach auch ein Götze?«, hob Haşem die Stimme. »Und ein Wort – voller Sinn, voller Leben –, manchmal lebendiger als jedes Lebewesen – ist es auch nur ein Götze?«

Elmar sagte nichts weiter. Er erhob sich, ohne jemanden anzusehen, knöpfte sein Jackett zu. Die Blicke der Anwesenden wanderten zurück zu Haşem.

Der las noch zwei Übersetzungen und erläuterte anschließend, was das sei, ein Kolosseum, und worin die Ähnlichkeit mit einem Schädel bestehe, noch dazu dem des vieläugigen Riesenhirten Argus, er erzählte über Nymphen und dass die Drossel ein Wahrzeichen der englischen Dichtung sei. Wie immer endete sein Auftritt mit einer Chlebnikow-Lesung, erst im Original, dann in der Übersetzung. Das anhaltend lebhafte Interesse der Heger war mir ein Rätsel – immer wieder reagieren sie mit begeisterten Zwischenrufen, Lachen.

Noch einmal erging sich Haşem in Erklärungen, es brauchte seine Zeit, bis ich mitbekam, dass er ihnen eine neue Wortform erläuterte oder irgendeinen poetischen Einfall, der zu dem von Chlebnikow Geschriebenem im Verhältnis stand. Der Abend klang aus am Feuer. Die Heger waren noch bei den Nymphen, diskutierten mit leiser Verlegenheit ihren Wohnsitz, ob womöglich auch hier im See. Elmar bewegte sich noch eine Weile zwischen ihnen, sprach mit diesem und jenem ein Wort, schien friedlich und ergeben. Irgendwann erhob er sich abrupt und verließ die Runde in Richtung Hauptwache. Fuhr er nach Hause, übernachtete er hier?

Die Steppe, aus der das letzte Licht sickerte, in der die Vögel verstummt waren, schluckte seine Gestalt sehr schnell.

Doch hat man ein geübtes Auge, kann man auch in sternenloser Nacht sehen, dass die Pfade sich hell von der Erde abheben.

4

Nicht, dass Haşem sich für Chlebnikow gehalten hätte. Er war kein Fall für die Psychiatrie. Doch seine Besessenheit für diese Person, die Energie, die dort hineinfloss, hätten ausgereicht, ein Kind zur Welt zu bringen und großzuziehen. Nach zwei Monaten war ich so weit, nicht mehr den Hochstapler in ihm zu sehen, zu belächeln, was er sagte und anstellte. Fühlte mich wie ein Kind, dass in einer Märchenvorstellung sitzt; glaubte alles, glaubte an die kleine rote Blume auf der Paradiesinsel inmitten des Meeres, fürchtete mich vor Gespenstern, zuckte zusammen bei jedem Kanonenschuss.

Eintrag aus Haşems Tagebuch: *Allmählich sehe ich klarer, was Ilja beruflich macht. Frage nach, um tieferen Einblick zu kriegen. Äußerst interessant! Er ist Geologe und Meeresforscher, erstellt auf der Basis der Verkehrsanbindungsdaten von Ölbohrinseln ein eigenwilliges ozeanographisches Observatorium, das für Wissenschaft und Praxis, Schürf- und Förderunternehmen gleichermaßen nützlich sein kann. Iljas spezielles Interesse gilt der Erforschung der Metanophagen, das sind die im Öl enthaltenen Bakterien. Er sucht nach dem evolutionären Zusammenhang zwischen den Spenderbakterien aus den »Schwarzen Rauchern« am Grund der Tiefsee und denen, die durch die Bohrsonden zutage treten. Will herausfinden, wie die sich – im Lichte der Hypothesen über die Anfänge irdischen Lebens – zueinander verhalten. Schickt regelmäßig Ölproben in ein Genfer Labor. Diesbezüglich hat er die fixe Idee, das irdische Sein könnte aus zwei unterschiedlichen Quellen herrühren: Die eine Welt beruht auf chthonischen Prozessen, sie wird durch Methan versorgt. Die andere auf der Photosynthese. So ergibt sich eine positivistische Unterteilung in Licht und Finsternis. Ilja ist aus irgendeinem Grund überzeugt, die Urform des Lebens sei hier in unseren Breiten anzusiedeln ... Ich bin stolz auf meinen Freund.*

Der »Prinz«

1

Kropfgazellen sind wie Fische: Sie schwärmen, und sie sind ihrer Umgebung extrem angepasst, werden von der speziellen Optik des Graslands geradezu geschluckt. Zwar lässt sich im Fernglas so ziemlich alles sehen, und der Sog des Raums wirkt sich aus, immer möchte man noch näher ran respektive die Wirklichkeit noch weiter zu sich heranholen, da man sie anscheinend so schön vor sich auf der flachen Hand liegen hat. Doch das Leben darin bleibt verborgen. Das Fernglas – genauso ein Mikroskop oder ein Teleskop – ist hier auch nur ein Handlanger der Metaphysik wie die Imagination.

»Manchmal siehst du im Şirvan Dinge, die du niemals siehst, wenn du bei Trost bist«, verkündete Haşem finster. »Dinge, die dich nicht an sich heranlassen. Nie und nimmer.«

Sehen im Fernglas: Die Hitze atmet in Strömen, das Gras verbirgt Vogel, Wolf und Schakal; es geht dem Wolf bis zum Bauch, wenn er hindurchschnürt; nach allen Seiten äugt; stillsteht; die Zunge hängt ihm seitlich aus den Lefzen. Eine Hinterpfote hängt auch; hinkend zieht der Wolf davon.

2

»Ich bin gegen primitive Religionen. An einen primitiven Gott zu glauben lehne ich ab. Es gibt eine Art von Glauben, der schlimmer ist als Unglauben. Und es gibt eine Art Unglauben, der stärker ist als jeder Glauben … Ich warte auf den Messias. Was meinst du, wie wird er uns erscheinen? Hast du keine Vorstellung davon? Ich hab eine. Ziemlich plastisch sogar. Er wird nichts Mystisches an sich haben. Dafür ist er zu vernünftig.«

Während Haşem sprach, wandte er den Blick ab und starrte Löcher in die Luft, die in heißen Wellen vor ihm floh. Der Şirvan, von Hitze platt, dämmerte vor sich hin.

»Es wird ein schlichter Typ sein, von hellem Verstand, aber ohne viel Charisma«, pflichtete ich ihm bei. »Am ehesten ein Wissenschaftler. Jung noch an Jahren, doch schon von bestem Ruf. Soll die Fields-Medaille kriegen, schlägt die Auszeichnung aber womöglich aus, weil er den Rummel scheut, das wird bis zuletzt und unter allen Umständen so bleiben. Ja, ein Gelehrter, denke ich, höchstwahrscheinlich Biologe, einer, der sich die Wurzeln des Lebens vorgenommen hat. Gütiges, beseeltes Gesicht. Vorzüglicher Familienvater. Und wenn man dann den Messias in ihm erkennt, wird er sich selber am allermeisten darüber wundern und sich mit dieser Rolle lange Zeit nicht abfinden – eigentlich nie.«

»Gott bedarf nicht der Anbetung. Respekt und Furcht wird er sich selbst verschaffen. Gott braucht den Dialog, verstehst du? Er will, dass wir mit ihm reden. Nicht beten noch betteln. Keine leeren Versprechungen. Reden! Mit Leidenschaft und Mut, hart und fordernd. Unsere stumpfe Devotheit, unser Fanatismus gehen ihm auf die Nerven … Einen Gott, der den Fanatismus in seiner geistigen Armut akzeptiert, kann ich nicht akzeptieren. Glaube ohne Zweifel ist einen Dreck wert, und er ist Gift. Sollte Er dieses Übel hinnehmen – als Ausgleich zu Licht und Vernunft – so muss ich Ihm immerhin sagen, dass ich es nicht akzeptieren kann. Die Revolte des Verstands! An einem Ort, der von Engherzigkeit und Kleingeistigkeit befreit ist, kann diese Revolte Gott nur bestätigen. Während eine fraglose Anbetung – ebenso wie die fraglose Ablehnung – für Ihn keinen Sinn ergibt, es sind animalische, instinkthafte Reaktionen. Und Instinkt hat keinen Wert, insofern er keine Seelenarbeit benötigt.«

»Was ist mit Intuition? In ihr kann Glaube wohnen.«

»Intuition ist etwas anderes. Sie ist Wunsch, Wille, geboren aus der Bewegung der Seele.«

Ein andermal:

»Aschūradeh – wie lässt sich das übersetzen? Eine Sanftheit klingt darin an, aber auch etwas Höllisches.«

»Eine Etymologie aus phonetischen Assoziationen herzuleiten wäre dilettantisch«, entgegnete Haşem, halb abgewandt. »Weder die Insel noch ihr Name haben etwas mit der Hölle gemein, eher im Gegenteil. Aschūradeh, Aschur-Adeilim, das ist der kleine, der jüngere Aschūr, der kleine Zehnte, das kleine Opfer. Aschūr, so heißt in den muslimischen Ländern seit alters her die Naturalsteuer, Gottes Anteil. Aşura wiederum ist der zehnte Tag, der Tag des Opfers, des Großen Martyriums, im Gedenken an den Tod des Husain ibn Ali, des dritten Imam der Schiiten, des letzten direkten Nachfolgers des Propheten. Aşura ist für die Schiiten ein geheiligter Tag des Leidens, von Beginn des Monats Muharram an beweinen sie Husains Märtyrertod: Er kam im Jahre 680 in der Schlacht um Kerbela ums Leben. Am zehnten Tag gehen sie hinaus und kasteien sich …«

Natürlich wusste ich, wovon er sprach, die vor Wochen – Wochen? Monaten? – von meiner Mutter erfahrene Geschichte stand lebhaft vor mir. Und auch ich war als Kind einmal Zeuge einer solchen Handlung gewesen, die mich dann bis in nächtliche Fieberträume verfolgte. Das war im fünften Schuljahr, als ich die Winterferien bei meiner Großmutter in Prischib verlebte. An jenem Tag war mir erlaubt worden, im Stadtpark herumzustromern, ich hockte seit zwei Stunden auf einer Bank und schmökerte Jack London, sah nur ab und zu auf, um nach einer lärmenden Menge Ausschau zu halten, die sich aber offenbar außerhalb des Parks befand. Plötzlich musste ich mal und verzog mich nach hinten in die Büsche. Ich war mitten im Geschäft, als ich einen Mann gegen das Gitter eines Seitentors in der Parkmauer fallen sah. Nackt bis zum Gürtel und blutüberströmt, die Schultern von Striemen überzogen, verzerrtes Gesicht, Stöhnen. Ich wusste nicht, was mit ihm war, und erschrak zutiefst: das viele dunkle Blut und wie er jaulte und röchelte, ein Gemenge aus Schmerz und Hass, das mir ganz unbegreiflich war, wie ein Tanz, bei dem der Tod ihn führte, in sein Joch zwang; es knallte heftig, wenn er sich den Soldatengürtel überpeitschte, die funkelnde Blechschnalle, ein Strang Antennenkabel flogen mit; der Mann war schon älter, aufgedunsen, etwas welk; wie er mich sah, kam wieder Leben in ihn, er warf sich mehrmals gegen das Gitter, dass eine Braue aufplatzte, Blut spritzte, die Augen liefen voll, verdunkelten sich, so äugte er nach mir. Ich fühlte mich vom Tode bedroht, wie jedes lebendige Geschöpf Todesnähe fühlen kann; das Tor, nur von einer Kette im Schloss gehalten, bebte von den Stößen, schon hatte der Besessene ein Bein bis zum Oberschenkel zwischen die Gitterstäbe gezwängt, hing fest, rüttelte, riss sich los, kam nun tatsächlich durch den Spalt zwischen den Flügeln gekrochen, unter der Kette hindurch. Der Mann, augenscheinlich von der Prozession abgetrieben, enthemmt und selbstvergessen bis zur Besinnungslosigkeit, schlotterte auf mich zu! Ich weiß nicht mehr, ob ich mir die Hose schon hochgezogen hatte, als ich floh … Nach diesem Vorfall schleppte mich die Großmutter, ohne Mutter etwas davon zu sagen, zu einer alten Wahrsagerin nach Biləcəri, damit die mich von dem Schreck kurierte; sie benutzte dazu geschmolzenes Wachs, das sie, Gebete murmelnd, in eine Schüssel mit Wasser kippte, die wiederum während der Prozedur auf meinem Schädel plaziert war. Mich krampfhaft senkrecht haltend, den Hinterkopf gegen den Türpfosten gedrückt, spürte ich die Eiseskälte auf meinem Kopf etwas wärmer werden …

Das erstarrte Wachs gab die Alte mir in die Hand. »Da hast du deinen Schreck«, sagte sie. Ich war nicht überzeugt davon, ob ich die Figur mit dem innewohnenden Unglückseligen in Händen halten wollte, doch ich nahm sie.

»Kannst du mal sehen. So ein kleines Ding und so ein großer Schreck.«

Nackt, glatt und unförmig ruhte der Mann zwischen meinen Fingern. Ich wusste nichts über ihn.

»Wer war das?«

»Ein Mensch. Ein Muselmann. Du wirst von nun an keine Angst mehr vor ihm haben.«

Ich nahm ihn also mit, trug ihn noch längere Zeit in der Jackentasche, bastelte ihm gar aus Blättern ein Gewand, das ich mit einem Faden zusammenheftete. Dann war er noch einige Zeit Marketender bei meinen Zinnsoldaten. Erst als ich ihm einmal den Arm brach beim Versuch, ein Streichholz mit Bonbonpapierstandarte in seine

Hand zu stecken, legte ich ihn in eine Schuhkremdose und brachte ihn auf einem Spänefeuer zum Schmelzen. Bislang hatte ich niemandem von dem Vorfall erzählt. Haşem hörte sich die Geschichte an, rauchte schweigend. Man musste ihn schon kennen, wie ich ihn kannte, um zu sehen, dass das Erzählte ihn anging. Haşem pflegte seine Gedanken nicht an Emotionen zu verschleudern. Ein wissender Blick von unten herauf, ein feines verständiges Lächeln auf den blauborstig verschatteten Lippen, so lauschte er. »Tja, das Ritual soll man nicht unterschätzen«, sagte er. »Dreiunddreißig Stich- und vierunddreißig Schnittwunden wurden dem Imam Husain einst zugefügt. Schachsej! Wachsej! Husain, ach, König Husain!, so brüllen sie in einem fort und geißeln sich. Auch wenn es eigentlich verboten ist. Eine Sünde, sich zu martern bis an den Rand des Todes ... Aber wo soll einer hin mit diesem aufrichtigen Drang?«

»Was ist denn nun mit der Insel?«, fragte ich, mich von der unguten Erinnerung losreißend.

»Ach ja. Aschūradeh liegt im südöstlichen Teil des Kaspisees, in der Gorgan-Bucht. Dem Anschein nach nicht weiter erwähnenswert – eine etwas höhere Sandbank, ließe sich sagen, reichlich einen Kilometer lang, sechshundert Meter breit, dicht mit Tamarisken bewachsen. Bis Mitte des 19. Jahrhunderts unbewohnt, dann wurde dort ein Stützpunkt der Kaspischen Flotte eingerichtet, um turkmenischen Seeräubern Paroli zu bieten. Nach der Revolution ging die Insel an den Iran, verwaiste und verwilderte, die Reste der Kirche, der Häuser und Scheunen sind vom Sand verweht. Das einzige sich noch vom Horizont abhebende Objekt ist die Ruine der Wetterstation. Bemerkenswert ist die Insel nur dadurch, dass es der wärmste Punkt auf russländischem Territorium war. Sieben Grad über null mittlere Januartemperatur!«

Mit den Turkmenen war dort nie zu spaßen, aber es soll Zeiten gegeben haben, da der Hunger sie zu Tieren machte. Ein ohne Geleit navigierendes Handelsschiff, das ins Flachwasser nahe der Atrak-Mündung geriet, lief immer Gefahr, von Eingeborenen geentert zu werden, die, kaum dass sie vom Strand abgelegt hatten, zahlreich angriffen, viele kleine weiße Pulverrauchwölkchen über den Booten. Segel und anderes Schiffszubehör wurden requiriert und mitsamt der Ladung, den Passagieren und der Besatzung, sofern sie den Überfall überlebt hatten, abtransportiert. Die Stammesältesten legten das Lösegeld fest (ein- bis fünftausend, je nach Rang), begnügten sich aber gelegentlich mit einem Hunderter in die eigene Tasche: auch Goldrubel ließen die Augen der Jünger Arimans leuchten. Die Gefangenen wurden mit Dörrfisch gefüttert; nicht wenige starben, indes mehr vor Angst als von dem brackigen Wasser aus den versalzenen Brunnen oder der vom Sumpffieber geschwängerten Luft. Bis schließlich von Aschūradeh die Brigg *Mangyschlak* auslief oder der Kutter *Murawej* oder der Kriegstransporter *Wolga*, mit Landetruppen besetzt, die eine Spur der Verwüstung zogen: abgefackelte Auls, von den in die Wüste fliehenden Turkmenen im Stich gelassen (eine Siedlung zu gründen oder aufzugeben ist in der Wüste nicht so schwer, manchmal fackelten die Turkmenen zu Zwecken der Desinfektion ihre Dörfer selbst ab; dann hatte der Sand sie im Nu begraben, die Flöhe schafften es gerade noch, auf Ziesel- und Spitzmaus überzusiedeln). Glückte die Operation, waren die Geiseln nach einer Woche frei und konnten, während sie zu sich kamen, die gute Bakuer Luft genießen und das Şollar-Quellwasser, und das überstandene Abenteuer, samt der Todesgefahr, erschien ihnen nurmehr wie eine durch Reispapier schimmernde Zeichnung.

3

»Ich möchte das Paradies finden«, sagt Haşem. »Ich möchte seine Ingredienzien bestimmen. Möchte verstehen, worauf genau es hinausläuft mit der Gottesfurcht, was das ist, die ewige Wonne. Ich habe einen Katalog der Paradiesvorstellungen in den unterschiedlichen Religionen erstellt. Und ich sage dir, das ist ein Bild des Jammers. Die Vorstellungen des Menschen vom Paradies sind noch dürftiger als die von der Hölle, die es sowieso nicht gibt.«

»Ach?«, wunderte ich mich. »Wieso denn nicht? Wie soll das gehen ohne Hölle?«

»Es gibt das Fegefeuer, in dem die Seele des Menschen entweder untergeht, nämlich wenn er ein großer Sünder ist, oder eine Zeitlang geläutert wird, um hernach auf das ihrer Entwicklung gemäße Niveau gehoben zu werden.«

»Okay«, sagte ich. »Damit scheint der Gerechtigkeit Genüge getan.«

»Dagegen ist die Paradiesfrage ungeklärt. Kann das Paradies seinen Ort im Bewusstsein haben, oder geht es nur um den Körper? Oder ist das Paradies gar die Verschmelzung mit der eigenen reinen Seele, als wie mit einer Geliebten? Und was kommt, wenn das Paradies erobert ist, man sich daran gewöhnt hat? Der Mensch bedarf doch der ständigen Erneuerung. Für ihn muss das Paradies also eine Schöpfung sein – aber wie ist es dann mit der Ewigkeit? Von einer Schöpfung ohne Verfall, ohne begrenzte Haltbarkeit ist keine Wonne zu erwarten. So wie Glück ohne Leid, das ist schnell fad. Es gibt keinen Gerechten, der nicht auch einmal fehlt – und je weiter man sich emporkämpft, desto ärger und schmerzlicher wird man fallen. Kurzum, ein sauberes Leben, an dem Verstand und Gewissen, Kopf und Hände mittun – das wäre das Paradies. Mit anderen Worten: Paradies und Hölle, wie sie uns schwanen, finden beide im irdischen Leben statt. Was zur Folge hat, dass der Planet irgendwie zu unterteilen ist. Das Paradies wird so eine Art Amerika sein, wo die Sünder aus der Hölle unbedingt hinwollen, mit allen lauteren und unlauteren Mitteln, so wie die Armen aus der Dritten Welt. Und wie die Bettler auf dem Gehsteig einen Ablasshandel mit uns, unserer Barmherzigkeit, treiben, so verhökern alle Konfessionen die Idee vom Paradies. Dieses Geschäft gilt es zu unterbinden. Was wir brauchen, ist eine neue Vorstellung vom Paradies: nämlich als Dienst am Allmächtigen – durch Arbeit, Denken und Tun, stete Bewusstseinsentwicklung, Wissenserwerb, Entdeckung Seiner Schöpfung in all ihrer Schönheit und Größe. Ich frage mich, ob das Problem des Bösen, Feindseligen, welches als zwanghafte Vergeltung und Bestrafung daherkommt, sich von diesen Polen her ausbreitet, nicht überhaupt eines von Religion ist. Der Pfandschein, mit dem sie ihre Untertanen an sich bindet, weil sie keine realen Mittel sieht, ihren

Eifer zu belohnen. Soll ich es dir beweisen? Nehmen wir an, du hast deine Seele gerettet. Was nun? Was fängst du mit ihr an? Wo gehst du hin? Welcher Art Gnade steckt in ihr, und wie lange hält die vor?«

Da musste ich passen. Ich zuckte die Schultern.

»Und sag an der Stelle bloß nicht, Gottes Wege seien unergründlich«, fuhr Haşem mit einer unwilligen Geste fort; sie galt Abbas, der kam, uns zum Tee einzuladen. »So hochmütig ist der Allmächtige nicht, dass er seine Kinder mit Trivialitäten abspeiste. Nehmen wir getrost einmal den schrecklichsten Fall an, eine Übung des Herzmuskels, wir wollen uns ihr stellen: Eine Mutter hat ihr Kind verloren. Sie will nur noch sterben, völlig klar, wie denn auch weiterleben. Und plötzlich lässt Gott das Kind wiederauferstehen. Die Mutter vergießt Tränen des Glücks, dankt ihm von Herzen. Ist *das* das Paradies? Ich denke, ja – und selbst dann, wenn dieses Kind später zu einem Erwachsenen heranwächst, der sich mit der Mutter nicht mehr gut verträgt, sie beschimpft, ignoriert, monatelang nicht besucht, allerlei andere Grausamkeiten sich ausdenkt. Es ist für die Mutter trotzdem das Paradies, auch wenn es sich so gar nicht vom gewöhnlichen Leben unterscheidet. Schlicht und überschaubar wie ein Sonnenaufgang – aber erfüllt. Verstehst du? Nur ist ein erfülltes Leben leider undenkbar, wenn es nicht auch noch nach dem Tode weitergeht. Die Gewöhnung an den Tod gehört zum Unsittlichsten, was die Zivilisation uns zumutet. Ohne Auferstehung geht es nicht, da müssen wir noch dran drehen. Die Auferstehung der Toten ist das höchste Ziel der Zivilisation. Sie hat die Gipfelleistung der Menschengemeinschaft zu sein, die Krönung der Schöpfung. Und die Wissenschaft muss uns dorthin führen, eine moralisch unbefleckte Initiative entfalten. So wird der Messias ein Spezialist auf genau diesem Gebiet der Wissenschaft sein, kein verstaubter Theologe oder so ...«

»Lässt sich genauer sagen, auf welchem?«, fragte ich.

Haşem rauchte eine neue Papirossa an und ließ sich von Abbas endlich ein Glas Tee reichen. Es gab dazu Kuchen; einer der Heger hatte Geburtstag. Meiner Frage schien er auszuweichen.

»Wissenschaftler, die der Menschheit einen grandiosen Dienst erwiesen haben, gibt es viele. Nehmen wir Norman Borlaug, mein Idol. Er hat der Dritten Welt ihr Brot gegeben! In kürzester Zeit entwickelte er Weizensorten, die resistent gegen Parasiten waren. Damit konnte Mexiko Anfang der 40er vor der Hungerkatastrophe bewahrt werden …«

»Mir geht immer noch durch den Kopf, was du über das Vergessen sagtest.«

»Du meinst, dass es ein Glück ist, vergessen zu können? Da ist schon was dran. Und zugleich lässt sich nichts Furchtbareres denken. Der Tod in seiner ganzen Obszönität entspringt dieser Annihilation … Was also sagt mir mein Gerechtigkeitsgefühl? Wo soll die Entwicklung hingehen? Noch einmal: Die endlose Bestraferei muss aufhören, das vor allem. Nahezu jeder Sünder ist zur Besserung in der Lage. Das Feuer der Buße muss ihn so durchglühen, dass nichts in ihm bleibt außer Reinheit und Schönheit. Gut, es mag Sünden geben, auf die die vollständige Liquidierung steht. Aber auch darin liegt keine Gefahr, denn es geschieht offen und direkt, ohne alle kollaborative Infamie. Du hast es getan, also fort mit dir! Die Seele wird annulliert, als hätte es sie nie gegeben. Das ist eher praktisch und nützlich denn human, eher vernünftig und großmütig denn mit tieferem Sinn. Und das Leben beginnt von vorn, nur jetzt mit gestählter menschlicher Substanz, der Reichtum, Macht, Hass und Missgunst nichts mehr anhaben können … So denke ich mir das.«

Hier hielten wir ein und gingen hinüber zur Wache, gratulierten Elxan zum Geburtstag, was ihn freute. Saßen ein Stündchen mit den Hegern und kehrten an den vorigen Punkt zurück.

»Die Religion muss modernisiert werden, bereichert durch Erkenntnisse von Wissenschaft, Kunst, Medizin, Philosophie und Technologie. Die Wissenschaft weiß heutzutage weit mehr über Gott zu sagen als jeder Priester … Warum wird Gott immer nur aus der Grube angerufen, wenn man nicht weiter weiß, verzweifelt, am Boden zerstört? Wer die Fesseln der Dogmatik und des Gehorsams ablegt, sich jeder autoritären Macht enthebt, des infektiösen Wahns irgendeines Einzelnen – der wird erhört werden. Ein so befreiter Atheist wird dem Allmächtigen sympathischer sein als jeder von der Glut des Glaubens gepeinigte Sektant, dessen kannst du sicher sein. Was hat es mit Glauben zu tun, wenn die Zwiesprache mit Gott als Erstes ein Gesetz ins Feld führt? Und keiner soll sich einbilden, er und nur er habe das Recht, etwas Bestimmtes zu denken, weil es dem anderen an Geisteskraft und an Bewusstsein mangele und darum aufgegeben sei, fremden Geist und fremden Willen anzunehmen … Die anderen sollen genauso wissen, dass sie unsterblich sind, damit sie des Nachts nicht mehr weinen müssen. Die Anderen brauchen genauso ein Licht, und wenn es ein Tand ist, der da leuchtet, womöglich Funken schlägt in den finsteren Räumen ihrer Seelen, ein menschlich Ding …«

Unser Gespräch wurde immer spannender. Und da ich aus Erfahrung wusste, wie leicht ich bei diesen Dingen den Faden verlor, rückte ich schnell mit dem heraus, was mich besonders bewegte.

»Wozu eigentlich diese Jungfrauen im Paradies, sag? Braucht es wirklich den sinnlichen Genuss, damit der Mensch getröstet ist?«

»Ich denke, es ist die sicherste Methode, den Menschen ins Paradies zu locken, indem man ihn mit postumen Vergünstigungen ködert. Der Geschlechtstrieb ist nun mal der stärkste, ihn zu unterdrücken sieht der Mensch sich außerstande – sonst stürbe er ja auch aus. Der Mensch ist die zäheste Spezies, die es gibt. Kriege, Epidemien, der zivilisatorische Fortschritt an sich – alles Gründe, die gegen sein Überleben sprächen – und er überlebt sie doch. Dabei weiß man noch gar nicht sicher, wodurch der moderne Mensch seine Konkurrenten auf der Evolutionsleiter geschlagen hat: ob durch die Ausmaße seines Hirns, die Festigkeit seiner Zähne oder die Lüsternheit, unsere immense Fortpflanzungsfähigkeit. Das festzustellen nützt selbstverständlich keine Archäologie …«

»Klar«, sagte ich. »Aber woran hat es deiner Meinung nach gelegen? Doch nicht etwa an unserem Kunstsinn?«

»Ich weiß nicht. Darüber müsste ich noch nachdenken … Sieh mich an! Welche ist scharf auf so einen? Und auch ich kann nicht jede Erstbeste liebhaben, nicht wahr. Was bleibt mir? Wohin soll die

Seele sich weiten? Die Verkapselung meiner Sinnlichkeit nährt das Unglück in mir, die Sehnsucht, ich fühle mich mies … Kannst du dir das vorstellen? Oder hattest du mehr Glück?«

»Schwer zu sagen. Die Unterscheidung des Profanen vom Heiligen fängt damit an, dass du die Kategorien vorsätzlich vertauschst, um zu sehen, was herauskommt. Da mag einer noch so im rechten Glauben sein, noch solche Höhen erreichen – der Moment der Lust, des Genusses – aus welcher Form er auch immer hervortritt – wird ein geschlechtlicher sein. Verstehst du, was ich meine?«

Haşems Antwort war nur ein finsterer Blick, er mochte das Thema wohl nicht weiter vertiefen.

»Der Mensch ringt jedenfalls schwer um sein Seelenheil: Wenn doch das alles sowieso ein Ende hat, und das Leben ist eine einzige Strapaze – was soll man noch anfangen in dieser Wüste, die kein Erbarmen kennt? Daher keimt bei Asketen jedweder Couleur – Leuten, denen die Gnade der geschlechtlichen Erfüllung versagt ist – so häufig die Idee vom Ende der Welt und vom Messias, der da kommt. Nicht darum ist die Menschheit unglücklich, weil sie weiß, dass sie sterblich ist; den Tod als Erlösung zu empfinden fiele ihr nicht schwer. Nein, sie ist unglücklich zu Lebzeiten, weil sie sich zu kurz gekommen fühlt: seelisch wie körperlich, in keiner Hinsicht zufrieden. Wenn man sich vorstellt, wie viele Menschen auf der Welt ihre sexuelle Bedürftigkeit unterdrücken, in ihre kulturelle Hülle zurückstopfen, möchte man heulen. Aber einfache Wahrheiten sind nicht zu haben. Die Welt ist voll mit Geschöpfen, die nach dem Komplementärprinzip handeln: Unser sexuelles Unglück wird vergolten mit Meisterwerken der Kunst und der Theologie. Und warum der Mensch dieses Schönheitsbedürfnis hat, bleibt sowieso unerfindlich. Man könnte doch sagen: Hauptsache, du hast eine Frau, egal welche. Aber nein, der Mensch weiß von einer Schönheit ganz anderer Art, einer höheren sinnlichen Attraktion, und dieses ihm innewohnende Wissen schult einerseits seine Vorstellung von Gott, andererseits quält es ihn unsäglich, weil es sich nicht verwirklichen lässt. Wer sich von dieser Überfrau nicht geliebt sieht, dem bleibt nur, sich an heißer Luft zu delektieren.«

»Ist doch alles Quatsch«, beschied ich ihm zähnefletschend. »Da könntest du genauso gut sagen, dass einer arm sein muss, damit er sich gefälligst Mühe gibt, reich zu werden.«

»Du bestückst den Islam mit deinen eigenen Phobien, die mit ihm gar nichts zu schaffen haben. Und das Dumme dabei ist, dass der Islam dazu übergeht, diesen euren Horror vorsätzlich zu bedienen. Wisse: Ohne den Islam gäbe es keine Renaissance. Europa hätte von der Antike keinen Wind bekommen. Der Islam hat die Welt Arithmetik und Algebra gelehrt. Was für ein greulicher Unsinn, den ihr uns anhängt! Sprich mit einem halbwegs gescheiten Aspiranten einer islamischen Universität, und es wird dich beruhigen. Sprich mit einem gestandenen Sufi, und du wirst weinen vor Scham. Das Unbekannte wird nun mal gern gefüllt mit den ureigensten Ängsten. Im Nebel musst du dich am meisten vor dir selbst fürchten, den Ausgeburten deiner Phantasie. Im Gespräch mit den Untoten begegnest du dir unweigerlich selbst … Und der ungünstigste Nährboden für den Islam sind Armut und Unwissen, so viel ist auch klar. Aus den darauf vergossenen Tränen wächst der Hass. Den Frauen muss man Trost geben, den Müttern und Gemahlinnen. Dafür sorgen, dass ihre Kinder satt und gesund sind.«

»Aber woher willst du zum Beispiel wissen, dass der Prinz mit seinen Untaten nicht auch das Beste für die Muslime will? Der führt seinen Krieg doch auch für die armen Leute?«

Damit war der Name zum ersten Mal zwischen uns gefallen. Haşem sah mich durchdringend an.

»Wie fängst man einen Löwen in der Wüste? Man steigt in einen Käfig, verschließt ihn hinter sich. Und muss anschließend nur noch sein Weltbild korrigieren. Ist man so weit, den Löwen im Käfig zu sehen und sich selber draußen, hat man es geschafft … Im Ernst, genauso müsste jeder für sich mit dem Prinzen verfahren. Sich selber hinauskatapultieren ins All und den Prinzen in die Hülle stopfen, aus der man geschlüpft ist. So kannst du ihn töten, in zwei Stufen. Erst dich – das heißt: ihn in dir. Und dann ihn.«

Später kamen wir auf die bärtigen jungen Männer in den frommen Zirkeln zu sprechen.

»Sie hocken den ganzen Tag in ihrem Keller um eine Kanne Tee herum und hören sich irgendwelchen Mist an«, schimpfte Haşem. »Dann schaukeln sie sich ein mit dem Buch in der Hand und leiern ihren Singsang. Ein deprimierender Anblick, du kannst zusehen, wie sich ihr Hirn entleert und mit Scheiße füllt. Aber dafür kriegen sie in diesen Koranschulen ein Stipendium ausgezahlt. Für Grünschnäbel in ihrem Alter und angesichts der allgemeinen Armut eine Offenbarung.«

Davon, wie schnell Haşem die Tonart wechselte, aus einer kalten, doch messerscharfen Diktion in die Emphase und wieder zurück, wurde mir heiß und kalt.

»Was willst du?«, suchte ich ihn zu beschwichtigen. »Vielleicht immer noch besser, zu Gott zu beten, als im Graben zu liegen und Drogen zu nehmen.«

»Was ich will? Ich will, dass die Religion endlich lernt, den Menschen zu respektieren … Nein, dann schon lieber sich an Naturstoffen berauschen, als lebendig gefressen zu werden.«

Am Ende erzählte ich Haşem noch von LUCA, meinen DNA-Forschungen und einem Einfall, der mir vor kurzem gekommen war.

»Neulich bei deiner Lesung kam mir die Idee, man könnte versuchen, den Introns mit den Methoden der kombinatorischen Gedichtanalyse auf die Schliche zu kommen. Das hätte seine Logik: die DNA hat genau wie ein Gedicht ihre Verknüpfungen auf drei Ebenen: als Rhythmus – gewisse Häufungen von Stickstoffbasen im Genom –, Reim und strophische Reprise. Ich hab es ausprobiert und bin auf Abschnitte mit syllabotonischem Versmaß gestoßen und solche mit freien Versen. Umgekehrt lässt sich in den Versmaßen von Gedichten ohne weiteres die Kombinatorik genetischer Prozesse wiederfinden; alle Verknüpfungsvarianten von betonten und unbetonten Silben – vier für die Zweifüßer, acht für die Dreifüßer und so weiter – kennen wir dort auch. Wie sich zeigt, hat eine Daktyle mehr Chancen, sich im Genom zu verankern, als ein Amphibrachus. Ich bin dabei, alle in den Introns vorkommenden Versmaße zu katalogisieren, hab sogar schon die alkäische Strophe gefunden, mit der Horaz so gern operierte …«

So in Fahrt gekommen, riss ich Haşem mühelos mit, dessen anfängliche Skepsis jäh in Begeisterung umschlug, er wollte alles darüber wissen, ließ sich rhythmische Muster, Reimregeln, strophische Strukturen erläutern. Worauf er eine Woche lang im Şirvan untertauchte. Seine Rückkehr wurde mit einem kurzen Dhikr begangen; den Rest der Nacht las er den Hegern seine neuesten Verse vor, die er in der Klausur der vergangenen Tage geschrieben hatte, rühmte mich als ihren Inspirator. Ich erntete dankbare Verbeugungen von allen Seiten. Die Nacht war windig, das Feuer wurde zu Boden gedrückt, die Glut auseinandergetrieben …

4

Haşem hegte eine tiefe Abneigung gegen das Öl. Er predigte Zarathustras Prinzipien, der das Leben als reines, gleichmäßig brennendes Holzfeuer pries – alles andere als ein Ölfeuer. In Haşems Installationen aus bunt zusammengewürfeltem Strandgut (Hünengräbern nachempfunden, den biblischen Größen Ismail, Esau und Goliath geweiht) sahen die Heger Altäre, wie sie den ganzen Şirvan irgendwann erhellen würden.

»Die Menschheit begeht den Fehler, der Apokalypse am Jüngsten Tag entgegenzuharren. Dabei ist sie längst eingetreten, behaupte ich. Wer das nicht einsehen will, dem schlage ich ein einfaches Mittel vor: Einmal täglich betrachte dieser Ungläubige das Photo, auf dem die Kinder von Auschwitz zu sehen sind. Ihm werden die Augen aufgehen, nichts anderes bleibt ihm übrig. Das Bild ist berühmt, du wirst es gesehen haben: Ein Häuflein Kinder von vier, fünf, sechs Jahren hinter Stacheldraht, ihre Ärmchen gegen die Linse gestreckt, die Ärmel aufgekrempelt, dass man die eingebrannten Nummern sieht. Diese Kinder sind noch nicht so ausgemergelt wie die anderen, sie sind erst seit kurzem hier, ein paar Tage, dass sie von den Eltern getrennt sind. So stehen sie da und weisen dem Photographen ihre Arme vor. Kein anderes Photo, verstehst du – nicht die Leichenhaufen noch die Reihen Zyklon-B-Büchsen, die mit Frauenhaar gefüllten Matratzen, der Mamajew-Hügel aus Eisen und den Knochen von einer Million Soldaten –, nichts von alledem kann einem schlagender erklären als dieses Bild, was sich da in der Weltgeschichte zugetragen hat. Es spottet jeder Beschreibung, die sich von einer Apokalypse geben ließe. Keine Allegorie gebiert solchen Horror. Keine Prophetie und keine Überlieferung, die nicht dagegen verblasste. …«

Haşems Augen glänzen, während er das sagt, ich spiegele mich darin mitsamt dem Wüstenrund. Aber seine Stimme bleibt hart und schneidend. Dann verstummt er für eine Weile. Barsch fährt er sich mit dem Handrücken über die Augen.

»Also, was ich meine, ist: Die Endzeiterwartung korrumpiert den Menschen, nimmt ihm den Willen zur Veränderung. Warum soll man für das Glück der Menschheit kämpfen, wenn demnächst sowieso alles in die Brüche geht, Glück und Verdammnis sich von allein entscheiden?«

»Verstehe ich richtig, dass du für die Gründung einer neuen Religion eintrittst?«

»Nicht die Gründung einer neuen, sondern die Modernisierung der vorhandenen. Ihre entschlossene Umgestaltung.«

»Wie stellst du dir das vor?«

»Alles muss auf den Prüfstand, was die Geschichte eingebracht hat: Kommunismus, Sozialismus, Zionismus … Aus jeder religiösen oder sonst wie gesellschaftlichen Bewegung wäre das Quentchen Heiligkeit zu extrahieren, zu säubern und zurückzuführen in den Schoß dieser oder auch jener Religion. Eine jede hat etwas, woran es der anderen gebricht und was sie entlehnen kann, ebenso natürlich Kunst, Philosophie, Wissenschaft … selbst vom Heidentum kann man etwas lernen. Es muss ein Gedankenaustausch stattfinden, ein Bewusstseinsstoffwechsel, durch den die Religion, zu der ein bestimmtes Bewusstsein sich hingezogen fühlt, sich jeweils korrigieren und neu formieren kann. Jeglicher Fundamentalismus, jedes konservative Wertesystem, das sich von der Entwicklung abtrennt, ist fatal. Weil Gottes Reich auf Erden nur durch den Fortschritt im Denken, im Handwerk und in den Künsten zu errichten ist, durch eine Menschengeschichte, die sich selbst reflektiert, die es endlich gelernt hat, das eigene Bewusstsein als Dialog zwischen Mensch und Gott zu denken.«

Eine Atempause entstand, die ich zu einem Einwurf nutzte.

»Klingt sympathisch und symptomatisch. Aber wäre es nicht einfacher, vom Standpunkt der Ökumene aus darüber zu befinden?«

»Die Ökumene ist zum Scheitern verurteilt, weil sie eklektisch vorgeht. Ein Quersummenspiel. Selbst der Begriff der Synthese greift zu kurz für das, was mir vorschwebt. Ich spreche von der Entdeckung eines neuen Bewusstseins. Vögel konnten das Fliegen nicht erst erlernen, meine ich, den Schritt von der Erde in die Lüfte zu tun half ihnen keine Evolution, sie flogen immer schon ... So suche auch ich dieses neue Bewusstsein nicht aufgrund evolutionärer Ideen, ich suche es gleich auf der Höhe, die sich für ein Reich Gottes geziemt ...«

»Das versteh ich nicht.« Mir wurde es langsam zu bunt.

»Da gibt es auch nichts zu verstehen. Jeder muss sein eigener Chlebnikow werden. Lass uns bei dir anfangen. Was hältst du davon?« Haşem lachte. »Ich fände das gut. Wir kleiden dich in Lumpen, du lässt dir die Haare lang wachsen, einen Bart stehen und pilgerst durch den Iran. Ich pass auf, dass dir unterwegs nichts passiert. Einverstanden?«

Damals lachte ich nur darüber. Aber eine Ahnung dessen, wovon Haşem sprach, was dahinterstand, streifte kalt durch meine Seele.

Solche Gespräche haben Haşem und ich bisweilen geführt. Ich hörte ihm gerne zu; an Wahnwitz hatte es in meinem Leben immer gefehlt. Dabei spürte ich genau, dass nur ein dezidiertes Anderssein, Darüberstehen meine Anwesenheit in dieser Welt rechtfertigen konnte. »Nur ein Verrückter kann etwas ändern«, so hat es Kerry einmal formuliert.

5

Bald darauf war erneut die Rede vom »Prinzen«, doch erst einmal kamen wir auf den Propheten Ismail zu sprechen; es entspann sich ein hitziger Disput. Das ging so weit, dass wir seine komplette Geschichte auseinanderklamüserten, mit allen historischen und psychologischen Details; Gnaden und Fährnisse, wie Sara und Abraham sie an ihm verübt und wiederausgemerzt hatten, wurden gegeneinander aufgelistet. Sorgfältig suchten wir Gerechtigkeit und Vergeltung im Verhältnis der einzelnen Figuren zueinander zu gewichten. Doch je tiefer wir in diese Geschichte einsanken, desto mehr Fragen stellten sich – zum Erwähltsein an sich und zu den vielen Nuancen des Familienrechts im Einzelnen …

Haşem projizierte Ismails Geschicke nämlich auf die des »Prinzen«. Steinchen für Steinchen trug er die Fakten aus dessen Biographie zusammen und ebenso die Mythen, die sich um ihn rankten, mitunter mit wahrem Kern. Haşem hielt sich zugute (und ich konnte ihm darin folgen), dass auf seine Interpretation dieser Persönlichkeit schon deswegen Verlass war, weil er ihren Schweißgeruch in der Nase hatte: Die Bekanntschaft mit dem »Prinzen« war seinerzeit in einer körperlichen Auseinandersetzung kulminiert.

»Herz und Lippen sind vom Kuss der Freiheit und vom Finger des Herrn berührt«, tönte es aus meinem Freund. »Was muss ein schwangeres Weib empfinden, das der Vater des Kindes in die Wüste jagt? Welches tonangebende Gefühl aus der Palette menschenmöglicher Emotionen muss der Sohn des Weibes empfinden, das ihn im Herzen der Finsternis, an der Grenze zum Tod gebärt? Was außer Rache kann es sein, wovon Ismail sich wird leiten lassen? Woher soll er wissen, dass Kränkung kein tragender Grund ist, eine Welt darauf zu errichten? In den seither verflossenen Jahrtausenden hat Ismail kein Fünkchen Selbstbewusstsein zu erwerben vermocht, ist nie über sich, seine Kränkung und seine Rache hinausgewachsen …«

Der »Prinz« neigt vor dem Vater das Haupt wie alle Brüder, die den ihren vor der Zeit verloren haben. Scheich Muhammad war ein armer Mann aus dem Jemen, der seinen unfassbaren Aufstieg nicht durch das Öl, sondern durch harte Arbeit und findigen Verstand zustande brachte.

Dschidda am Roten Meer wird der Wüste von den Menschen seit Urzeiten hartnäckig abgetrotzt. Sandstürme verwüsten die Gärten der Stadt in aller Regelmäßigkeit. Hier nahm das Werk des Vaters seinen Anfang – mit der Gründung einer Genossenschaft von Hausmeistern, die auf den Gütern der Reichen gärtnerische und meliorative Dienste versahen. So erlangte Muhammad allmählich einen Ruf, der es ihm erlaubte, größere Bauaufträge an sich zu ziehen.

Mit einer nach dem Vorbild des Winterpalais in Sankt Petersburg errichteten Freitreppe für den Königspalast kam seine Karriere zum Durchbruch. Vielen seiner Projekte wusste er eine Aura des Legendären zu verleihen: Den Verlauf einer Straße will er so gelegt haben, wie er einen Lastenesel von Dschidda nach Taif hatte ziehen sehen, womit er die Gewähr des geringsten Aufwands hatte, denn ein Esel läuft nicht gern unnötig bergauf. Bald war er größter Arbeitgeber der Region (wenn nicht Monopolist auf dem Arbeitsmarkt – was lässt sich in der Wüste anderes tun, als sie zu überwinden, will heißen: den Sand zu Mauern, Decken und Fußböden zu formen). Muhammad liebte es, in seiner Biographie selbst Regie zu führen. Zum Beispiel kam es vor, dass er armen indonesischen Pilgern, die auf dem Rückweg vom Haddsch durch ihren Führer abgezockt worden waren, die Flugtickets spendierte. Oder dass er das Land vor der Finanzkrise rettete, indem er den Staatsbeamten die Gehälter zahlte, als König Abd al-Aziz? Kassen leer waren. Oder er beteiligte sich während des ägyptisch-saudischen Konflikts eigenhändig an Erdarbeiten seiner Firma auf einer Militärbasis im Grenzgebiet zum Jemen und wurde dabei von der ägyptischen Luftwaffe beschossen.

Eine der maßgeblichen biographischen Episoden war, dass der Vater den »Prinzen« mit zu einer Audienz beim König nahm und der König den Jungen einlud, neben ihm zu sitzen. Da wagte es der Vater, dem König zu widersprechen, er verbot dem Sohn, an des Königs Seite Platz zu nehmen. Natürlich hat dem König die forsche

Demutsgeste seines scharfsinnigen Untertanen gefallen. Eine Lektion, die der »Prinz« sich hinter die Ohren schrieb.

An der Schwelle zum Alter kam Scheich Muhammad bei einem Flugzeugabsturz ums Leben. Der Silbervogel hatte ihn über die Wüste hinweg, quer durch den Himmel, zu seiner Braut tragen sollen, der es also nicht mehr beschieden war, seine dreiundzwanzigste Frau zu werden. Das Flugzeug vollzog eine Bruchlandung inmitten der Wüste. Der »Prinz« wollte glauben, dass der Vater noch am Leben war, er überredete seine Brüder, eine große Suchkompanie ins Zentrum der arabischen Halbinsel zu entsenden, dahin, wo noch nie ein Kamel seinen Fuß hingesetzt hatte. Der Vater ward nicht gefunden; mehrere Wochen irrte der »Prinz« allein durch die Wüste rings um das Rettungslager – bis eine Vision ihn heimsuchte: Er sah den Vater leichenschwarz auf einem Thron sitzen, welcher der aus dem Rumpf gebrochene Flugzeugsessel war; der Vater war noch angeschnallt. Der Anblick schlug den »Prinzen« in einen Bann; fortan hat er die Wüste im Grunde nie mehr verlassen.

»Wir alle haben heute die Folgen des Ölfiebers auszubaden, das Saudi-Arabien im 20. Jahrhundert ergriff«, fuhr Haşem fort. »Ein Drama der Gier, voller Geheimnisse, die Auseinandersetzung zwischen einem Fundamentalismus, dem die Sicht auf die Geschichte als Offenbarung Gottes vollkommen verloren ging, und dem Westen mit seinen Keckheiten und Verlockungen. Die gestern noch als Hirten durch die Lande zogen, hat es im Verlaufe einer einzigen Generation an die Spitzen der Macht- und Wohlstandspyramiden gespült; von Mekka und Medina hinüber nach Las Vegas und Hollywood … Dagegen hatte es Muhammad bin Laden, der Vater des Prinzen, seiner Intelligenz und Geschicklichkeit, doch ebenso der Ergebenheit vor dem Königshaus zu danken, dass er zum ersten königlichen Restaurator bestellt wurde und einzustehen hatte für die Unversehrtheit der architektonischen Heiligtümer der Nation. Neben den vielen Besitztümern vererbte er seinen Kindern auch den Traum von einer neuen, auf Fortschritt und Glauben gründenden Welt.

Nach Muhammads Tod übernahm erst einmal der älteste Sohn

Salem in der Familie das Zepter. Er hatte in England studiert, sprach sieben Sprachen, trug Jeans, spielte Mundharmonika und besaß eine ähnlich theatralische Ader wie sein Vater. Die Geschäfte des Bauimperiums weitete er aus auf die ganze Welt. Auf den vier Palästen seiner vier Frauen wehten die Fahnen ihrer Herkunftsländer: die amerikanische, die deutsche, die britische und die französische. Wie sein Vater starb Salem beim Absturz seines Flugzeugs – vier Jahre, bevor ich seinen Bruder, den Prinzen, kennenlernte. Das war, als er sich das letzte Mal öffentlich zeigte: auf dem Falkenmarkt in Quetta.

Du siehst, die Verwandlung des Prinzen in einen Terroristen ist nicht auf seine Herkunft zurückzuführen, sondern auf eine simple Verkettung von Umständen. Nach des Vaters Tod bekam der Prinz, damals noch Schüler, eine Reihe Mentoren vor die Nase gesetzt, die sich als Fundamentalisten entpuppten. Allen voran sein Sportlehrer, der ihn zum religiösen Selbststudium anhielt und verkündete, nicht Kühnheit, Großmut und Güte seien die wertvollsten Tugenden, sondern die absolute, ungeteilte Macht über die Menschen. Auf ihn folgte Abdul Assam, ein charismatischer Fanatiker, der ihn mit den Ideen des weltumspannenden Dschihad vertraut machte. Anfangs schien der Same dieses Unkrauts bei Osama auf keinen fruchtbaren Boden zu fallen, in den oberen Klassen seiner Eliteschule galt er als der bekannteste Jung-Playboy von Beirut, der sich für Buñuel-Filme begeisterte, ein fanatischer Europareisender war.

Noch zu Zeiten des irakischen Einfalls in Kuwait dachte der Prinz nicht im Traum daran, der Führer der internationalen muslimischen Partisanenbewegung zu werden. Er protestierte nicht einmal dagegen, dass das Königshaus dem Einmarsch der amerikanischen Truppen zugestimmt hatte, sah bloß zu, dass er sein Kapital in Sicherheit brachte. In Afghanistan gegen die Russen aktiv, schien er die Amerikaner nicht als Feinde anzusehen. Sich mit der saudischen Königsfamilie zu überwerfen zögerte er noch. Im darauffolgenden Jahr zog er in den Sudan um, wo er riesige Sonnenblumenfelder erwarb, Pferdezucht trieb und mit arabischen Rennpferden handelte sowie in verschiedene Industriebetriebe investierte, aber auch schon Dschihad-Camps organisierte, in denen Rekruten für den Partisanenkampf rund um den Erdball ausgebildet wurden, zum Beispiel in Bosnien.

Mit den Saudis hatte der Spaß erst ein Ende, als die Königsfamilie sein Angebot ausschlug, eine zehntausend Mann starke Armee zur Verteidigung der Ölförderanlagen zu übernehmen. Der Stolz des Prinzen war gekränkt. Ich bekam diese Episode mit, als ich in Quetta auftauchte: Der Prinz habe sein Handy zur Falkenjagd nicht ausgeschaltet, weil er einen Anruf der Saudis erwarte, so hieß es …

Kurze Zeit später wurde der Prinz offiziell aller Anteile an den diversen Familienunternehmen ledig gesprochen, die zu der Zeit das gesamte Spektrum fortschrittlicher Technologien abdeckten: von der Satellitenforschung über die Iridiumförderung bis zu einem transnationalen Netz von *Hard Rock Cafés*. Wobei man hier eher an ein Täuschungsmanöver glauben mag: Dass ein Bruder den anderen um seinen Anteil am Familienerbe bringen könnte, sieht die arabische Kultur nicht vor – die Entscheidung stünde allenfalls dem Vater zu. Und der – der Vater des Prinzen – war nicht mehr da, er war in der Wüste.«

Abich

1

Fragmente der alten, von Siemens errichteten indoeuropäischen Telegraphenleitung waren als punktierte Linie im Şirvan zu entdecken. Die vier nächstgelegenen Masten – gusseisern, mit dem Schriftrelief *Siemens Brothers* – standen in fünf, drei und sieben Kilometern Abstand voneinander in der Steppe herum. Teheran, Karatschi, Kalkutta lagen sozusagen dahinter. Der Beschluss, die Leitung zu bauen, wurde nach dem Sepoy-Aufstand von 1857 gefasst, den zu verhindern an der Unmöglichkeit einer schnellen Nachrichtenübermittlung von und nach London gescheitert war. Die Geschichten rund um die Verlegung dieses Transkontinentalkabels könnten einen Abenteuerroman füllen.

Haşem hütete die Masten wie Altäre: Vorposten der Zivilisation, errichtet in Gegenden, wo selbst Landeplätze für fliegende Untertassen mehr in die Landschaft gepasst hätten. In titanischem Mühen hatte er sie vom Rost befreit, sorgsam den Grat ihrer Kanten geglättet, einen Silberbronzeanstrich aufgetragen, den er von Zeit zu Zeit erneuerte. Dabei lauschte er, wie der Wind in ihnen dröhnte. Er trug sich mit dem Gedanken, Drähte zwischen die Masten zu hängen, eine lokale Telefonverbindung zu installieren. Wie immer eine Frage des Geldes.

Ewig war Haşem am Basteln und Erfinden. Ob im Şirvan, im Hirkan oder in Baku – irgendwelche halbphantastischen Projekte waren immer in Arbeit. Im Şirvan waren es die Falken und Trappen, die ihn beschäftigten, der Vogelflug überhaupt, den er in Höhe und Geschwindigkeit zu messen suchte, auch die eigenen Flugexperimente; im Hirkan legte er ein aufwendiges Herbarium an – überzeugt davon, dass der aus dem Tertiär stammende Urwald hier Pflanzen und insbesondere Pilze bergen musste, die der Wissenschaft noch unbekannt waren. Eine seiner fixen Ideen war, dass die menschliche Sprache aus dem Gesang der Vögel hervorgegangen sei. Er hatte zu diesem Thema ganze Passagen bei Chlebnikow abgeschrieben und verglich sie mit den eigenen Vogelstimmen-Transskripten, tauchte mit seinem tragbaren Reportergerät (das Mikrofon an einer zweifach geknickten Bambus-Angelrute) immer wieder im Wald und im Schilf unter. Die eingefangenen Stimmen verschriftete er, »übersetzte« sie ins Russische. Chlebnikows und Haşems Vorstellung war, so viel wie möglich Vogelstimmen aufzuzeichnen und ihre Transkriptionen auf der Basis des russischen Ohrs mit denen in anderen Sprachen, zuvörderst des Persischen, zu vergleichen. (Spuren davon fanden sich ja oft schon in den lautmalerischen Namensgebungen dieser Vögel.) Indem man die Differenzen herausarbeitete und zu begründen suchte, ließ sich womöglich der innere Zusammenhang finden, ein höherer Klangsinn ableiten.

Wir liefen durch den Urwald des Hirkan. Ein flüchtiger Schatten verdunkelte die Mittagshelle, wischte dahin: Da musste ein größerer Vogel über uns weggeflogen sein, ein Reiher vielleicht oder irgendein Greif, doch die Einbildung folgte dem Schatten und wollte glauben, dass es ein Pterodactylus war. Ich hielt inne, ein zauberischer Schauder rann mir durch die Adern, Grauen und Entzücken; Gänsehaut. Ich befreite mich davon durch wildes Kopfschütteln. Haşem bemerkte es und lächelte.

»Gewöhn dich dran, mein lieber Ilja.«

Was für ein Glück muss das sein, dachte ich, wenn einer aus allem flüchten kann in diese kleinen Idiotien! Allen Verstand, allen Seelenschmerz hingeben an die Einbildung, alles Unglück darin ertränken, allen Schmutz und alles Drückende, Gottlose, wie es das erwachsene Leben uns aufdrängt, wenn es sich vor der Zukunft in den Staub wirft, zur Niedertracht einlädt; sich befreien von der Speichelleckerei vor dem Tod …

Abich, rückblickend über Chlebnikow:
Er war durch und durch ein ernsthaftes Kind. Zahnlos aber höchstens im buchstäblichen Sinne (was ihn zu flüssiger Nahrung zwang, Suppe mit Eingebrocktem); wann immer es um die Kunst ging, war er hochkonzentriert und kannte kein Erbarmen, hier und nur hier brannte sein Ich – und das im ideellen, nie im egoistischen Sinne. Ein Ich ohne Körper, ohne Ansprüche – das war Chlebnikow, der Einzige dieser Art, der mir im Leben begegnete, bar aller lebenspraktischen Reflexe; ein vollkommener Idiot – im höchsten, zu preisenden Sinne des Wortes.

Abich quälte sich mit jedem Satz, er wartete auf den einen, der ihm die Oberhand verschaffte, er konnte ihn nicht erwarten. Einmal las er auf einem Zettel von Chlebnikows Hand: *25. April 1920. Wir stehen an der Schwelle zur Welt, wo wir dereinst wiedergeboren werden, um den Tod zu schauen als ein vorübergehendes Bad in den Wellen des Nichtseins. Ich weiß meine Seele der Lösung nahe. 28. April 1920. Abend. Die Lösung ist gefunden. Die Formel – Schwur und Gesang. Eine Formel ist das Hohelied des Gesetzes. Heute um Mittag schrieb meine Hand sie nieder.*

Abich wühlte das Archiv um und um, er fand nichts dergleichen. Ob er sie womöglich bei sich trug? Er visitierte den Schlafenden. Dicht vor ihm das Relief seines Körpers. Der eingefallene große Bauch, muskellos, leichenblass; Furunkelnarben auf der Brust, unterhalb der Warzen. Die Spitze des haarigen Dreiecks unter dem Nabel, selbiger weiß und hässlich nach außen gekehrt.

Der Nabel ist der gekappte Draht zur Welt, so ging es ihm durch den Kopf.

»Das Paradies stehe nur Kindern offen, sagst du. Erwachsene würden sich dort sowieso langweilen. Nicht von ungefähr ist die Hölle
der interessanteste Teil der Göttlichen Komödie. Möchtest du, dass
das Paradies reformiert wird? Man müsste Ideen entwickeln.«
»Wieder zum Kind werden, wie soll das gehen? Ich für mein Teil
habe schon nackte Frauen gesehen. Soll ich mir etwa die Augen aus-
stechen?«

»Das hülfe auch nicht.«

Es ist unerträglich heiß. Gegen Mittag verstummen die Heuschrecken, nur hin und wieder meldet sich eine Zikade aus der Krone des
Ölbaums mit kurzem, schneidendem Laut, ehe sie wieder einnickt.
Schweißüberströmt sitzen wir, die Beine untergeschlagen, auf dem
Teppich und trinken Tee. Vor mir steht aufgeklappt eine messingbe-
schlagene kleine Truhe, darin ein Haufen zerfranster, an den Rändern vergilbter Blätter von ungewöhnlichem Format und separat ein
Stapel Hefte in Wachstuchumschlägen, die knistern, wenn man sie
aufschlägt; die Innenseiten werden zur Mitte hin heller. Einträge in
verschiedener Schrift: mal perlenhaft klein, mit Formeln, Strichen,
Zahlenkolonnen, mal rätselhafte, in alle Richtung fliehende persische Schriftzeichen, mal russische Schönschrift, wie genormt, mit
Kopierstift geschrieben, nicht überall hat das feuchte Löschpapier
die Tinte kenntlich werden lassen. Haşem dreht sein leeres Teeglas
um und knallt es auf die Untertasse, dann holt er sein altes Damas-
zenerstahlmesserchen hervor, das scharf wie eine Rasierklinge ist,
wenngleich auf ein Viertel seiner Breite abgeschliffen, und geht daran, einen Stock zu schnitzen, während er spricht.

»Auf den ersten Blick erscheint Abich als übler Eskapist. Stein hat
uns erzählt, zu welchen Greueltaten er fähig war. Es hat eine Weile
gedauert, bis ich ihn besser verstehen konnte. Er war Chlebnikow
ergeben, auf ihn fixiert, wollte alles über ihn wissen. Und die Grausamkeit entsprang seiner Jugend. Bist du jung, hast du kein Gefühl
für den Tod. Weil du kein Gefühl für das Leben hast. In der Jugend
ist das Leben nicht von Wert. Und Abich hatte es eilig, die Zeit lief,

er sah das Ende kommen. Lieber wollte er selber brennen und mit seinem letzten Schein etwas beleuchten, um es zu erkennen, als nur Streichholz zu sein für andere und abgebrannt in den großen Herd zu fliegen. In Chlebnikows Tafeln war Abich auf die Jahreszahl 1941 gestoßen – in dem Jahr würde sich die Apokalypse ereignen. Darauf war er nun gefasst. Abich schildert, wie er im Winter 1933 in die Region Stawropol kommandiert wird, um Lebensmittel zu verteilen. Er sitzt auf dem fahrenden Karren, eine Frau kommt heulend hinterhergerannt, fleht, sie und ihre beiden Kinder nicht ohne Brot zu lassen. Er habe ihr in die Augen gesehen, schreibt Abich, und etwas verstehen wollen: nicht die Zeit, nicht die Epoche und nicht, warum er eigentlich hier war – diese Frau war es, der Todesengel, mit dem er schon immer Zwiesprache geführt habe und versucht, ihm in die irren Pupillen zu sehen. Und er erkannte den wilden Tanz, das weiße Blitzen des Unterrocks und das, was dazwischen klaffte, sah die wächsernen Wangen … Langsam hob er den Fuß vom Mehlsack, der noch zu einem Viertel gefüllt war, stieß ihn vom Wagen. Die Frau fiel auf den Sack. Geriet schnell aus dem Blick, als der Wagen über die Anhöhe hinweg war. Die schwarze Steppe schien über ihn zu kippen, kippelte sich vorbei. Abich wollte sich der Stille hingeben, doch das Schreien der Frau gellte noch in den Ohren …«

Haşems erzählt breit und betulich.

»Abich war beständig hinter Chlebnikow her, schon um die Zettel einzusammeln, die der Dichter allenthalben verlor oder liegenließ, denn er pflegte nur das an sich zu nehmen, was ihm wesentlich erschien … Jener Satz über den Tod zum Beispiel, das *Bad in den Wellen des Nichtseins*, ließ Abich nicht ruhen, er hatte Angst vor dem Tod, fühlte sich zugleich davon angezogen wie von einer Jungfrau, die Vorstellung, was dahinter lag … er konnte an nichts anderes mehr denken. *Eintauchen als Quelle in ihrem Schoß, die dunklen Gemächer erleuchten mit dem Sonnengeflecht*, so verschwiemelt drückte er es vor sich selber aus. Über Chlebnikow äußerte sich Abich in seinen Aufzeichnungen desto unverblümter: Der Dichter habe nicht alle Tassen im Schrank, außerdem rieche er unmöglich … Abich war ein schöner Mann, er machte sich über Chlebnikow ein bisschen lustig. Zugleich aber kuschte er und katzbuckelte vor ihm, denn – und hier wird der Argwohn des Dichters im Nachhinein bestätigt – er wartete auf die authentischen Formeln zur Beschaffenheit der Zeit, und nicht vergebens, wie man weiß. Zog ihn in provozierende Gespräche, stritt nach Kräften. Dann war Chlebnikow entweder erbost, oder er igelte sich ein. Ein andermal schleppte Abich ihn ab ins Bordell ...«

Während er mit seinem Mädchen zugange ist, beugt er sich zur Seite, um zwischen zwei Schränken hindurch zu Chlebnikow hinüberzuschielen. Sieht ihn dasitzen, gekrümmt, die Schultern hochgezogen, wie ein Vogel mit halb zusammengelegten Flügeln, die Hände um die Bettkante gekrallt, die geschwollenen Füße in einer Blechschüssel ... Chlebnikows Füße waren immer geschwollen – wenn er unter etwas litt, dann war es der ewige Hunger; er war chronisch unterernährt, was sich auswirkte in geschwollenen Gliedern, die ihn wiederum beinahe feist erscheinen ließen. Abich sieht ein Mädchen vor ihm auf den Knien hocken. Chlebnikow steckt in einer Art Frauennachthemd. Sie wäscht ihm die Füße, wiegend schmiegt ihr Oberkörper sich an und entfernt sich wieder. Seine Beine sind wie krumme Pilaster, mit hässlich unregelmäßiger Behaarung.

Später kehrt Abich ins Bordell zurück, packt das Mädchen, reißt einen Kunden von ihr herunter, einen kurzatmigen Basarhändler, zieht Geld aus der Tasche, hält es ihr vor die Nase.

»Was hat er dir gesagt?«

»Wer?«, fragt das Mädchen, die Flickendecke um sich ziehend.

»Na, der Lange von vorhin.«

»Nichts hat er gesagt.«

»Erzähl mir genau, wie es war. Jedes Wort will ich wissen. Was habt ihr getrieben miteinander? Was hat er gesagt? Was musstest du für ihn tun?«

»Nichts hab ich getan. Wieso interessiert Sie das?«

Abich geht auf sie los, will zuschlagen, aber das Mädchen zieht sich flink auf die andere Seite des Bettes zurück, Abichs Ohrfeige schwingt ins Leere, er hat Mühe, nicht übers Bett zu fallen.

Das Mädchen bricht in Tränen aus.

»Was wollen Sie von mir?«, schluchzt sie. »Was soll er gesagt haben? Es geht Sie nichts an.«

Am Ende zieht Abich ab, ohne etwas erfahren zu haben. Vorher hockt er noch eine ganze Weile da, fasst sich an die Ohrenspitzen, reibt sich die Nasenwurzel. Das Mädchen, reichlich Sommersprossen im Gesicht, wartet, die Arme über der Brust gekreuzt, was der Kommissar sich noch wird einfallen lassen. Sie fürchtet ihn, weil sie ihn kennt: beharrlich, halsstarrig, beflissen wie ein Ingenieur. Vor dem Entkleiden pflegt er eine frisch gewaschene Mullbinde und ein Gläschen aus der Jackentasche zu ziehen. Schaut kurz auf die Beschriftung: *Zinksalbe*, nimmt eine Lage Mull, hält sie gegen das Licht, geht beinahe beschaulich seinen hygienischen Vorbereitungen nach, sieht nichts, hört nichts. Während der eigentlichen Verrichtung wirkt er steif und gehemmt, umständlich; wenn es endlich so weit ist, zuckt er wie eine malade Katze, die einen Heringskopf wieder hervorwürgt.

Aus dem Nachbarzimmer, durch die dünne Bretterwand, ist beleidigtes Wispern zu hören. Schwaden scharf gebräunter Zwiebel streichen um die Fensterläden. Das Etablissement (*Hotel Marat*) ist durchzogen von stummer Liebesbrunst wie taubes Felsgestein von einer Quarzader. Der zerbissene Zipfel des Kissens, die zerknüllten Laken, ein Aufschrei, der abbricht, das tote Schweigen danach. Dann plötzlich Gerappel, Händeklatschen, geschäftige Bewegung, Tabak krümelt aus der gedrückten Papirossa in die Bettritze, das muss gleich wieder hinausgewischt werden, geschüttelt und wieder geglättet, mit dem bespeichelten Finger von der wolligen Männerbrust gepflückt, Rauch kräuselt sich zum Fenster vor, streckt sich zur Fahne, bevor er in die schmale Gasse der Vorstadt hinauszieht; eine barfüßige Frau hockt über einem seifigen Teppich, rubbelt, gießt Wasser darüber. Durch die vorabendliche Brise kommt Bewegung ins staubige Laub. Die Linse des Meereshorizonts versetzt dem Himmel einen smaragdenen Stich; lange warme Abendschatten beleben den Stein der Stadt.

Gesetzt den Fall, es gäbe das Paradies – das erwachsene wohlgemerkt, nicht das Kinderparadies (das gibt es immer, das Leben gründet auf

*ihm)– also, wenn ein erwachsenes Paradies existierte, es müsste zu bei-
den Seiten enden in diesem brüllenden Glück, diesem schwierigen. Ja, so
müsste es sein*, schreibt Abich.

4

Nicht nachdenken dabei, das ist das Wichtigste. Körper und Seele,
jedes für sich. Und bloß keine Küsse. Gleich zurückweichen, vor die
Brust oder den Mund stoßen. Natürlich sind welche dabei, bei denen man sich das nicht trauen dürfte, die drehten einem gleich den
Hals um. Jedenfalls ist sie der Sache bislang nicht überdrüssig geworden. Ohne eine gewisse Neigung kommt man in dem Geschäft nicht
weit. Dass es höhere Gewalten gebe, die einen dazu zwingen, stimmt
nicht, da wäre immer ein Ausweg. Man könnte betteln gehen oder
ins Kloster. Dazu verführt, getrieben worden zu sein ist die Ausnahme. Vera, was ihre ältere Schwester ist, immer nett zu ihr, meint, dass
nicht jede für den Beruf geeignet sei. So wie nicht jeder sich zum
Mönch eignet. Diesmal, mit dem Langhaarigen, hatte sie gleich gespürt, dass etwas nicht stimmt. Nicht mit jedem ist gut Kirschen essen, das hatte Vera sie gelehrt, aber Gefahr schien von ihm nicht aus-
zugehen, ein friedlicher Bursche, und sowieso: Hauptsache, nicht
nachdenken, sonst kann es eng werden, sie streckte sich aus wie gewöhnlich, raffte den Rock, weil sie annahm, das könnte dem hier ge-
nügen – obwohl sie diesbezüglich nicht herumzickte, manche wollten ein Vorspiel, dann in Gottes Namen. Der aber schaute gar nicht
hin, still lag er neben ihr, lang ausgestreckt, und rührte sich nicht, sah
sie nur an, streckte sich noch mehr in die Länge, kramte unten mit
den Händen – und zog sich plötzlich das Hemd übers Gesicht, so
blieb er liegen. Sie setzte sich auf, betrachtete seinen Bauch. Tastete
nach seinem Glied, zog den Gummi vom Bauch ab, sah im Dämmerlicht das dunkle Gewüchs, berührte es vorsichtig durch den Stoff der
Hose, es tat sich nichts, sie nahm ihm den Arm vom Gesicht und sah,
dass das Hemd nass war. In seinen Augen Tränen der Angst und der
Verzweiflung.

»He, was ist los. Mein lieber Mann! Spinnst du, oder was?«
Er rührte sich nicht. Lag lang und steif wie ein Brett, die Unterlippe bebte.

An der Stelle überkam sie das Mitleid. Sie küsste ihn. Hätte selber heulen können, aber das wäre zu weit gegangen; richtete ihr Kleid, die Frisur, warf den Primus an, die Flamme röchelte, der Boden des emaillierten Waschbeckens füllte sich mit kleinen Perlen; Mangankristalle blitzten aus dem Hals der Ampulle hervor, fielen in die Schüssel und erblühten wie leuchtende Astern, ehe sie stumpf wurden.

Sie goss kaltes Wasser nach, zog ihm die Füße vom Bett, krempelte die Hosenbeine auf und stieß ihn auffordernd an. Gehorsam wie ein Kind stellte er die Füße in die Schüssel. Erschauerte, biss sich auf die Unterlippe, kniff die Augen zusammen und saß still; vielleicht war ihm eine Erinnerung gekommen. Später kam er etwas außer Atem unter der streichelnden fremden Hand, der Wolke aus Seifenschaum, dem ausgewrungenen Schwamm …

»Abich fragte jeden, den er traf, nach Chlebnikow aus: Dobrokowski, Samorodow, dessen Schwestern. Von Wjatscheslaw Iwanow wollte er wissen, was er von ihm als Dichter halte. Die Auskünfte notierte er säuberlich in sein Heft. *Persönlichkeitsanalyse W. Ch.,* stand auf dem Umschlag. Abich war der Evangelist der Stunde.«
Ich nickte.
»Den Job kenne ich.«
»Wieso?«
Er schien nicht zu verstehen.

Güzel

1

Kerry erzählt:»Meine jüngere Schwester starb mit sechsunddreißig an Leukämie. Wir haben uns nie sonderlich gut verstanden, obwohl wir zusammen aufgewachsen sind. Das wurde mir erst klar, als Ellen uns verlassen hatte. Ist schon komisch, wenn du merkst, dass der Mensch, den du über Jahrzehnte hin Tag für Tag vor Augen hattest, dich nie interessiert hat. Diese Art Nicht-Verhältnis, wo du dir sagst: Okay, das ist deine Schwester, alles so weit in Ordnung mit ihr, und das muss reichen. In Wirklichkeit war ich weiter von ihr entfernt als der Mond. Zweihundertvierzigtausend Meilen Indifferenz: zufällig, unerklärlich. Ellen konnte sich erst spät zur Heirat entschließen. Die Hochzeit wurde abgehalten, da war sie schon in der Klinik. Sie trug ein blütenweißes Kleid und eine Perlenkette.«

Der übliche Abstecher vom Flugplatz in die Stadt, zwei Pint Guinness in der Bar.

»Das Schlimmste, was einem Mann in meinem Alter zustoßen könnte, wäre es, wieder zwanzig zu sein. Das hielte ich nicht noch einmal aus. Dieses Wachsen und Sich-Quälen und noch dreißig Jahre abfeiern, um zum Schluss wieder allein zu sein. Lieber tät ich mich erschießen.«

Kerry angetrunken, in Rauchschwaden:»Als Ellen tot war, schloss ich Freundschaft mit ihrem Mann. Er ist Klempner, ein einwandfreier Typ. Hat mir beigebracht, wie man den Abfluss mit einer Seilschlinge freibekommt, und erklärt, wie es nasse Ratten auf die Klobrille schaffen. Er hat wenig Zeit zum Leben gehabt, Ellens Tod traf ihn schwer, er sprach eigentlich die ganze Zeit von ihr – sogar wenn er in der Badezimmertür stand mit dem Drahtseil um die Schulter, um es in die Schüssel zu stoßen wie einen Speer in den Schlund des Drachen. Er hat mich unglaubliche Dinge über meine Schwester wissen lassen, aufgezählt, was sie am liebsten mochte und was überhaupt nicht, wie sehr sie davon geträumt hat, Kinder zu haben, und dass sie einmal die Woche ihr Konzertabo hatten, Mahler liebte sie über alles, zur Aufführung der Dritten Sinfonie nahm sie die Partitur mit. Ich hatte keine Ahnung, dass Ellen so für Musik schwärmte. Gut, sie ist früher in die Musikschule gegangen und hat mich mit ihren Etüden genervt und dem dritten Satz der Mondscheinsonate, den sie ewig nicht hinbekam und deswegen Abend für Abend in die Tasten hämmerte ... Jetzt will er wieder heiraten und hofft, dass er eine Tochter bekommt, damit er sie Ellen nennen kann, das muss er seiner Neuen noch beibringen. Abends bin ich ans Meer gefahren und hab den Schritt vom Parkplatz in die Finsternis gemacht, so dass mir der Eiswind die Tränen aus den Augen schneiden konnte.«

Kerry, schwer besoffen: »Nie werd ich mir verzeihen, dass ich kein Musiker geworden bin und kein Mathematiker und kein Pilot. Ein Musiker hat den direkten Draht zum lieben Gott. Ein Mathematiker kann ihm über die Schulter schauen und womöglich etwas abluchsen, was er selber und die ganze Menschheit gebrauchen kann, so wie Prometheus. Na, und ein Flieger ist zwar auch nicht viel anders als ein Seemann – da oben bist du den Elementen genauso ausgeliefert wie unten. Aber im Schwebeflug oder im Segelflieger, da kannst du dich in einen Vogel versetzen. Fisch zu sein tät mich nicht interessieren. Wozu sind wir denn an Land gekrochen. Aber in die Luft haben wir es nicht geschafft.«

2

Kerry rasiert sich und fährt nach Baku.

Er verbringt den Abend so wie immer, an Abwechslung kein Bedarf: zuerst ein Gang über die Promenade, Abendessen auf der Lieblingsterrasse, von einer aufs Meer hinaushorchenden Betonmuschel überdacht. Schnell kommt die Dämmerung herabgefallen, die Lampen gehen an. Er begibt sich in den Gouverneursgarten, wo die Pärchen flanieren, Jugend sich um die Bänke schart. Er sucht die fette

Frau mit der sahneweißen Haut und den hennaroten Haaren, viele wallende malachitfarbene Gewänder, Röcke und Kittel, übereinander, er findet sie bald. Grinst sie an, bittet darum, ein Photo von ihr zu machen zu dürfen, sie lacht selbstgefällig und winkt ab – »No, Sir!« –, schiebt ihm das kleine Album mit den Photos der Mädchen hin.

Der Commander blättert ein Weilchen, dann tippt sein Finger aufs Geratewohl irgendwo hin.

Es ist ganz in der Nähe: ein Stück eine düstere Gasse hinein, durch ein Tor und hinten hinauf, wo es schmutzig ist und nach Zwiebel, Waschpulver, Ammoniak und Puder stinkt. Darüber legt sich berauschender Oleanderduft, der bis in den zweiten Stock hinauf durch das Fenster dringt, sich vermischt mit dem süßlichen Parfum. Das Mädchen ist vulgär geschminkt, dick gepudert, die Wimpern zu Stäbchen verklebt, die Haut klebrig vom Rosenöl. Schweißgeruch bricht durch das Blütenbukett, die gestern rasierten Beine stacheln schon wieder, es stachelt auch unten herum. Kaum hat sich Kerry heruntergewälzt, kommt der Ekel zurück und nimmt ihm die Luft. Ohne ihre Stellung zu verändern, dreht sie sich eine Zigarette und fängt gierig an zu rauchen, in dem Stengel knistert es, sie hüllt sich in Rauch, stößt grobe, raue Wörter hervor, streckt lachend den Arm aus, fährt ihm mit dem Finger über den Rücken, er erstarrt. Und auf einmal: das Geräusch, das ihr Fingernagel auf seiner trockenen, nach dem Sonnenbrand sich schuppenden Haut verursacht – es klickt ihm ein Bild vor die Augen, das Bild einer Frau, vor dreiundzwanzig Jahren auf Hawaii – sie haben gerade Liebe gemacht, er schwenkt die Beine vom Bett, stochert nach den Sandalen, kippt dabei nach vorn, während ihre Hand ihn streicheln will, der Finger gleitet ab …

Kerry verschluckt sich am Rauch und hustet, springt auf, fährt, schamhaft abgewandt, blitzschnell in seine Kleider, bezahlt hat er im Voraus, das Zimmer verschwimmt in den Tränen, die ihm in die Augen geschossen sind, er tastet sich zur Tür, stößt sie auf, seine langen Beine durcheilen den düsteren Korridor, mit wildem Getrappel fliegt er das Treppenwendel hinab in den schachtartigen Hinterhof. Überall spielende Kinder, Männer am Tricktrackbrett, auf einem Balkon klopft eine Frau einen Teppich aus.

3

»Wenn ich zu den Huren gehe, dann um der Versuchung zu entgehen, an Jungfrauen auch nur zu denken«, äußerte Haşem in düsterem Tonfall.

»Warum heiratest du nicht?«

»Das werde ich tun, sei ganz gewiss«, eiferte er sich. »Ich muss nur noch ein bisschen Geld verdienen.«

»Und woher soll das kommen? Durch die Vögel etwa? Mit denen kannst du doch kaum deine Heger ernähren.«

Haşems Miene verdüsterte sich noch mehr.

»Mein Einkommen ist nicht berauschend, wohl wahr. Mit Schwänen verdient man nicht viel. Eine Expedition nach Kamtschatka zu den Gerfalken könnte hilfreich sein ... Aber wir kommen ohne das klar. Sakerfalken gehen auch, damit fahren wir nach Quetta zum Falkenmarkt. Der wird bleiben, auch wenn es in ganz Belutschistan keine Kragentrappen mehr gibt.«

»Und wenn nicht?«

Wen Haşem zu heiraten beabsichtigte, war mir schleierhaft, seine Vorstellungen vom Familienleben waren ziemlich theoretisch und weltfremd. Doch die Frage, wie er zu Geld kommen konnte, tauchte in unseren Gesprächen immer häufiger auf. Wo würde er so viele Falken hernehmen? Und wie bekam man sie an Ort und Stelle? Haşem wirkte auf mich – bei all seiner monumentalen Präsenz, der Fähigkeit, Aufmerksamkeit und Vorstellungskraft zu absorbieren – mitunter dermaßen hilflos, dass ich nur den Kopf schütteln konnte. Dann hätte ich ihn am liebsten gerüttelt, damit er zur Besinnung kam.

4

Wie soll einer leben in Steppe und Wüste, wo nichts außer Gras oder Sand ist, so weit das Auge reicht? Und weit und breit keine Frau? Die Wüste verwandelt den Mann in ein vernachlässigtes Kind. Männer regredieren zu Halbwüchsigen – aus Mangel an Zerstreuung. Denn Halbwüchsige sind groß darin, alles, was zur Hand ist, zu nutzen, um Spaß zu haben: Steine, Insekten, Vögel und ebenso den eigenen Körper (die eigene Seele auch); gliederamputierte Eidechsen, Kampfskorpione im Einmachglas; Hass, Furor. Die Abwesenheit von Frauen befördert die Herzlosigkeit, die Hölle wird zum Paradies gemacht, bevölkert mit den Phantomen der Masturbation. Kinderstreiche werden zum Lebensinhalt. Jugend kennt kein Erbarmen, hebelt die Sittlichkeit der erwachsenen Welt aus, lässt sie unwirklich erscheinen. Und je ferner man dem Leben ist, desto egaler kann es einem sein, es darf getrost zum Teufel gehen …

»Was für eine Wohltat, mein Gott!«, stöhnt Haşem.

Er liegt, eine Schulter voraus, in der Wanne; die Hand, mit der er sich abstützt, verdeckt zugleich die Scham, mit der anderen reicht er mir die brennende Papirossa. Das Wasser geht bis fast unter den Rand, es schlägt eine kleine Welle, die auf seine Brust zurollt und wieder zurück zu den großen Füßen mit den verblüffend langen Zehen, während der Rauch fadendünn aus seinem Mundwinkel steigt.

Er hebt den Kopf, nimmt mir die Hülse aus der Hand, tut einen Zug, lehnt sich zurück und schließt die Augen.

»Leute, sagt mal, wie lange dauert das denn noch!«, ertönt eine ungeduldige Stimme von nebenan. »Macht hin, ihr belegt das Bad seit einer geschlagenen Stunde!«

Kerry hockt auf der breiten, über der Straße schwebenden Fensterbank, sieht zu, wie unten die Laternen angehen, Straßen und Gassen ausschnittweise aus dem Dämmer reißen, so arbeitet sich das Licht in Sprüngen zur Uferpromenade vor. Um ein Uhr nachts, wenn die Stadt etwas ruhiger tritt, fängt das Meer zu glänzen an; darin die drei Turmleuchtfeuer, zwei Schiffe auf Reede, die Lichterketten auf den Förderbrücken am Horizont, die Kette der Lagerhäuser. Darüber der Sternenraum …

Eine Stunde später sind wir wieder ausreichend bei Kräften, um uns noch einmal auf die Separees des Etablissements – eine Etagenwohnung im Zentrum Bakus – zu verteilen. Kerry hat hier eine Flamme, die junge Güzel. Haşem ist nur hin und wieder dabei – einer Neugier halber, auf die ich mir keinen Reim machen kann.

Später, nachdem ich Kerry mit seinem Glück allein gelassen und Haşem ins Bett gebracht habe, spaziere ich im Bauch der mondlosen Nacht durch die Stadt meiner Jugend. Das motorische Gedächtnis zeigt sich zuverlässiger als die im Kopf abgelegten Bilder, der Körper scheint die Kinetik des Raumes katzengleich intus zu haben, sie lag in sorgsamer Faltung verstaut, so wie der Fallschirmjäger sein Sprunggerät zum Päckchen faltet; nun hat sie sich entfaltet mit einem trockenen Plopp, reißt mich unverbrüchlich in sich hinein. Auf die vertrauten Ecken stoßend, Straßenbäume, an den Enden abgegriffene Treppengeländer, die vornehmen alten Haustürklinken und -knäufe, den Durchgang an der alten Stelle wiederfindend und dahinter die vier unterschiedlich hohen Stufen, die der Fuß in dieser Reihenfolge noch kennt, freudig wiedererkennt (unterschiedlich glatt sind sie auch, ein Stop&Go der Sohlen), streife ich durch die nächtliche Stadt mit derselben Wollust, mit der ich als Kind die Nase blindlings in den Bauch der Mutter gestoßen …

5

Wenn Kerry zu trinken anfing, brach aus ihm die Jugend hervor. Körperbau und straffe Haltung ließen auch sonst nicht den Eindruck eines alten Mannes zu (sein Haar war zu blond, um richtig grau zu werden; nur am Strand, wenn er aus dem Wasser kam und die silbernen Haarbänder, vom ablaufenden Wasser an die flache, kräftige Brust geklatscht, einen matten Glanz verstrahlten, ließ sich das wahre Alter dieses ansehnlichen, durchtrainierten Körpers erahnen), doch nach einem Gläschen trat diese zarte Röte in sein Gesicht und ein Lächeln der Verlegenheit, man war gerührt.

Innerlich war Kerry weit instabiler, als es von außen den Anschein hatte. Da ließ sich der Gedanke an Abendlicht und Altenteil nicht verscheuchen. Einsam zu sterben war das Ärgste, was Kerry sich vorstellen konnte: Umstandslos schieben sie dich rein oder schaufeln zu, und sehen wirst du mit großen Augen, spüren mit jedem einzelnen Teilchen Kohlenwasserstoff – dass da nichts ist, nur Leere, Stille, Ausgeschlossensein. Und machen kannst du nichts, liegst da und kannst dich nicht rühren, ewiglichе Klaustrophobie, Grauen und Gram, keine Teufel zu sehen und keine Erzengel, nichts, nur Schwärze, Enge, Ohnmacht. Nicht loslassen, nicht abtreten können.

In all den Monaten hatte er an diesem Strand nicht ein schönes Gesicht, nicht einen schönen Körper erblickt. Das ist unbegreiflich, dachte er und versuchte sich vorzustellen, wie es vor fünfzehn, zwanzig Jahren ausgesehen haben mochte, als diese badende Jugend noch in den Kinderschuhen, nicht so saturiert, immer wieder von Ruhr und Rachitis heimgesucht gewesen war.

Eine Woche Urlaub am Strand stumpft den Geschmack des Meeres ab, zumal wenn von Osten Fetzen toter Dünung anlanden. Er schwamm ausgiebig am Morgen und wanderte in die nächstgelegenen Berge hinauf, wo er über Nacht blieb. Auf dem Rückweg geriet er auf einen schwierigen, glitschigen Hang; mit Ach und Krach, zumeist auf allen vieren, rutschte er mit einer Ladung Schotter die Wasserfurchen hinunter.

Nach dem Duschen ging er auf den Basar, Obst und Käse kaufen. Heute Abend war sie allein am Stand – sehr zu seiner Freude: ein schmales Mädchen mit etwas groben Gesichtszügen, die Lippen hart und über die Maßen dünn, das Kinn spitz und etwas kräuselig, rot verpickelt; vorstehende Wangenknochen. Dem Familiengeschäft stand die Mutter vor, eine ruhige, zupackende Frau mit strengem, gütigem Gesicht, sie war aber nur morgens da, wenn sie Brot und Molkereiware verkaufte, die meiste Zeit des Tages traf man das Mädchen alleine an oder mit dem Bruder, der sie wortlos behütete, wenn er nicht gerade mit seinen Freunden beim Rauchen war. Ihre Figur gefiel ihm, der große, dunkle, unter dem Spitzensaum des Kattunmieders wogende Busen; sich ihr zu nähern schien indes ganz unmöglich. Ohnehin beobachtete Kerry an sich während der letzten drei Jahre mit Behagen, wie die platonische Altersmilde Einzug hielt, allen Übertreibungen den Stachel nahm, Gelassenheit schenkte. Es gefiel ihm jetzt, seine Frauen respektive Nymphchen (zwischen beiden hatte er nie einen großen Unterschied gemacht) mit einem gewissen Kunstsinn zu betrachten. Dass der Anblick nackter Haut nicht mehr die alte Lüsternheit weckte, dieser allzeit lebhaft und ausdrucksstark reagierende Hirnbereich anscheinend abgemeldet war, kam ihm nur gelegen: der Profanie des Fleisches mit kühler Verachtung zu begegnen und statt dessen seine Erlesenheit, Übersinnlichkeit wertzuschätzen, wie mit einem neuen Organ.

Wohin geht das Fleisch nach dem Tode?, fragte er sich. Dass die Seele abhandenkommt, verwundert nicht – eine ohnehin nicht messbare Größe, von der man nicht weiß, ob es sie überhaupt gibt. Aber der Leib, in all seiner Präsenz und Ansehnlichkeit, wo geht das hin? Es kann doch nicht spurlos verschwinden? … Die Energie, die aus der Schönheit kommt – wohin? Erwärmt sie den Himmel? Die Menschheit wendet den überwiegenden Teil ihrer geistigen und kulturellen Potenz dafür auf, den Tod zu überlisten, hinauszuschieben – durch Medizin, Spiritualität, Rituale. Eine Gewöhnlichkeit hineinzualgorithmieren, an die man sich trotzdem nicht gewöhnen kann …

Kerry war sich sicher, dass sie ablehnen würde. Sie aber nickte und raunte, zur Seite schauend, ohne die Lippen zu bewegen, hier könne sie nicht, aber morgen werde sie in die Stadt kommen, er solle doch auch kommen, sie werde an der Promenade auf ihn warten, am Fallschirmturm.

»Alti, alti, also um sechs«, murmelte er vor sich hin und ging von dannen, die Tüte mit den gelben Knorpelkirschen schwenkend, die er so gern zum Tee aß und an denen er sich morgen abend gütlich tun würde vor seinem Hangar, Punkt sieben, während das Mädchen den geschminkten Mund verziehen und eiligen Schrittes die schon erleuchtete Promenade in Richtung Innenstadt verlassen würde.

6

Die Ausländer in Baku ziehen Gesichter wie Okkupanten, die sich verfolgt fühlen. *Commonwealth Sooner, Frontera, Delta/Hess, Grunwald, Repsol, ExxonMobil, BP, Shell, AGIP, Mitsui …* Kerry reagiert furchtbar genervt auf »diese Gestapofressen«. Besonders diejenigen gucken so, die Hand in Hand mit einer Aserbaidschanerin durch die Straßen spazieren. Eine Schutzreaktion, das weiß Kerry, trotzdem wird ihm übel davon.

Was Kerry so zu sagen hat:

»Das Alter ist das Zeitmaß der Auslöschung. Es gibt keine Ewigkeit. Sie liegt im Tod.«

»Was ich bedaure: dass ich nicht Bergsteiger geworden bin. Im Gebirge stirbt es sich leichter als auf See.«

»Ich lese zwei Stunden täglich im Koran. Weil ich die Leute verstehen will, die die Türme und die Flieger in die Luft gesprengt haben. Vorläufig habe ich mehr Fragen als Antworten. Außerdem lerne ich Arabisch.«

»Der Klassenunterschied ist das hauptsächliche Übel meines Landes. Ich liebe Amerika. Es ist genauso vielfältig, wie es die UdSSR war. Alabama unterscheidet sich von Kalifornien mehr als Usbekistan von Estland. Schon die Reise von Birmingham nach Tuscaloosa kann sehr lustig sein. Schwarze Hausboys beim Rasenmähen verbeugen sich vor dir, im Supermarkt findest du leicht irgendeine Alte im abenteuerlichen Rollstuhl, der von einem schwarzen Dienstmädchen in blütenweißer Schürze geschoben wird; an der Tankstelle verstehst du den Mann an der Kasse nicht auf Anhieb, wenn er dir sagt, wie viel du ihm schuldest; und dann wunderst du dich noch mal, wenn du plötzlich durch abgewrackte Viertel voll Schimmel und Verwesung kommst mit Unmengen von Obdachlosen, die an der Nadel hängen oder sonst wie süchtig sind, wo die Mammas wegen der Beihilfe gebären und die Kinder ihre Klavierstunden am »Trockenklavier« kriegen, das ist ein Brett, wo die Tasten als schwarze und weiße Striche aufgemalt sind. Wenn ich mich erhängen wollte, ginge ich dorthin, da hindert mich keiner dran. Der totale Ruin, unter Dreck und Staub. Vielleicht, dass noch ein Sonnenstrahl durchs kaputte Dach auf den Balken fällt, an dem das Seil hängt. Und der Garten hinterm Haus ist völlig verwildert, das Dickicht zieht sich bis zum sumpfigen Flussufer, wo es passieren kann, dass ein Alligator aus dem Naturpark vorbeigeschwommen kommt. Solche verlorenen Anwesen findest du in den Flussgegenden zuhauf, such dir eins aus, tritt über die Schwelle, Scherben knirschen unter den Füßen, bleib stehen und sieh zu, wie der Staub im Sonnenstrahl tanzt.«

»Schöne Körper triffst du viel seltener als schöne Seelen. Ich verstehe gar nicht, wie diese Leute – wie heißen die noch mal? Spiritualisten? – wie die das Reale geringschätzen können um des Geistigen willen.«

»Die Welt sollte klüger sein als Gott. Er wäre sonst ein lausiger Schöpfer.«

Kerry und Güzel spazieren durch Baku, schauen aufs Meer. Der Wind fährt ihr unter den Rock, das hindurchscheinende Licht färbt die langen Beine bläulich; ein Muttermal als braunes Inselchen (in der Form von Sri Lanka). Kerry wendet sich ab, legt die Hände auf den Rücken, ihre Finger kommen gekrochen, flechten sich in die seinen, dass es knackt – woher diese Kraft? Und er spürt, wie ihr Mund, diese weichen, aufmerksamen Lippen feucht auf sein Handgelenk treffen, er hört das Geräusch.

7

Kerry hatte sich auf seinem Flugplatz die Haare lang wachsen lassen; jetzt schor Güzel ihn behutsam mit dem Rasiermesser kahl. Anschließend wurde eine Flocke Butter auf dem Schädel verrieben, mit einer Serviette nachgewischt.

Kerry besah das Ergebnis in einer Spiegelscherbe von allen Seiten und fand sich sehr martialisch.

Eifersucht und Leidenschaft konnten ihm den Atem nehmen. Vor allem deshalb hatte er Güzel den Gebrauch des Mobiltelefons beigebracht. Sie lernte überhaupt viel dazu, las Bücher in Englisch, wollte unbedingt, dass Kerry sie mit nach Amerika nahm, was für ihn ein angenehmer Gedanke war: Er malte sich aus, wie er in Kalifornien, auf einer Klippe in der Half Moon Bay, ein Haus bauen würde, auf der Veranda sitzen, dem Sturm zusehen und dem Sonnenuntergang. Aber dann schlich sich rasch wieder die ungute Ahnung ins Bewusstsein, dass Amerika wohl nichts ändern würde an seiner Eifersucht, und was täte er, wenn sie darauf käme, jeden Abend allein in die Stadt zu fahren?

In Baku kontrollierte Kerry jeden ihrer Schritte. War er samstags gezwungen, auf dem Flughafen zu bleiben, weil etwas angeliefert wurde, schickte er SMS oder rief an, und je nachdem, ob ihre Antwort unschuldig klang oder eher abgelenkt (wenn sie das Telefon neben das Gesicht hielt, ohne ihm zuzuhören; wenn sie irgendetwas zusammenredete, was ihr an Englischem in den Kopf kam; wenn sie schmollte) oder kess oder aber einschmeichelnd ihm etwas ins Ohr säuselte, konnte sein Herz ausdörren oder aufblühen, dann wurden ihm gar die Augen feucht – vor Trennungsschmerz und vor Staunen, das sich weitete bis in den Himmel hinein …

Nachts lief Kerry mitunter hinaus ins freie Feld (dass er die verdammten Spinnen kaum noch fürchtete, bekam er gar nicht mit), fiel auf die Knie, riss den Kopf in den Nacken und den Mund vor der Milchstraße weit auf, schluckte sie mitsamt seinen Tränen, flüsterte andächtige, dankbare Worte, abgehackt und verworren. Und wenn er schließlich einschlief, die Faust um das Handy geschlossen, das Display durch die Finger leuchtete, an den Knochen vorbei, in blutroter Transparenz, still verdämmerte und plötzlich wieder aufschien, dann stand da: *ILY IKY DM*, das hieß: Ich liebe dich. Ich küsse dich. Träum von mir.

Hacı Dede. Waßmuß

1

Haşem erzählt Kerry, ich sitze daneben und höre zu:
Mein Traum war, übers Meer nach Persien zu gehen, in die Heimat meines Vaters.

Ich träumte die ganze Zeit davon, aber am meisten dann, wenn ich aufs Meer hinaussah, im Himmel darüber hing mein Traum: Da wuchsen Gärten, da saß Hacı Dede auf der Bank unter dem Kakibaum, und in der Krone der Aprikose gurrte die Taube. Mein Hass auf das Leben in der Salzwüste erreichte seinen Höhepunkt, als unser Schulchor vor den Verwaltungschefs der Ölfördergesellschaft auftrat. Zu dem Zweck hatte man ein Bretterpodest direkt am Strand in den nassen Sand gestellt, ich stand da oben im weißen Hemd, hinter mir rollten die Wellen, die Enden der Haarschleife meiner Nachbarin kitzelten am Hals, und wir schmetterten unser Lied, in dem davon die Rede gewesen sein muss, dass hoch überm Land das rote Banner weht, der ganze Erdball von unserem triumphierenden Marschtritt widerhallt, ich aber sang, ohne ein Wort zu verstehen, und der Refrain wurde vom Wind aufs Meer hinausgetragen: Tschoch ketschib eljardan bobalardan! …

Ich war zehn, als ich den alten Mann zum ersten Mal sah. Sein Gesicht faszinierte mich, es wirkte so streng und doch sanft. Groß und kräftig war er, nur sonderbar gekleidet, trug einen verschlissenen schwarzen Umhang und Sandalen, und auf dem Kopf saß eine Mütze mit Ohrenklappen aus Eichhörnchenpelz, stellenweise kahl.

»Das ist der Dede«, wisperte meine Mutter und zog mich am Ärmel. »Nicht mal im Sommer setzt er die Mütze ab. Er ist nämlich ein weiser Mann. Merk dir das: Vor der Sonne muss man sich genauso schützen wie vor der Kälte.«

Der Dede wohnte irgendwo am Dorfrand; erst als sich der erlaubte Radius meiner Streifzüge bis zum Meeresufer ausgedehnt hatte, konnte ich ihm hin und wieder begegnen.

Einmal sah ich ihn im April zur Zeit der Mandelblüte in den Bergen, wohin uns eine Exkursion geführt hatte. Er saß an einem Hügel hinter der Brache, auf der wir unsere Fußballtore abgesteckt hatten. Lächelnd, die kurzsichtigen Augen zusammengekniffen, befingerte er seine Pelzmütze. Schwalben pfiffen ihm um den rasierten Kopf und wollten ihm Flaum aus der Mütze zupfen. Verfehlte eine ihr Ziel, stieg sie auf zu einem zweiten, einem dritten Kreisel, bis es endlich klappte, mit der Beute schnitt sie sich durch das Himmelsoval und entfleuchte in Richtung Steilufer; viele Male hatte ich versucht, es zu erklimmen, um mir die Küken in den Nestern, die dort klebten, anzusehen.

Sommers nächtigte der alte Mann am Strand auf einer löchrigen Matte. Dorthin kam ich schon im ersten Morgenlicht, um Yoga zu treiben, was ich von Kindesbeinen an getan.

In den Pausen zwischen den wimmernden, schaukelnden Klängen seiner Kemençe schien er zu lauschen – vertieft in ein unhörbares Orchester über ihm in der Himmelsmitte, zugleich aber auch tief drinnen in ihm, dem durchsichtig gewordenen Hünen. Flatternd am ganzen Leibe, mit entrückter Miene, ganz von den lautlosen Takten in Anspruch genommen, harrte er des Moments, da er ins große Klingen wieder einfallen würde. Ein Tremor zeichnete sein Gesicht, von der schlaffen Unterlippe hing ein glänzender Spuckefaden. Zunächst erschrak ich, dachte, der alte Mann habe irgendeinen Anfall, doch es kam der Moment, da ging mir der Rhythmus auf und ein. Es war eine brodelnde Hymne. Der Alte konnte es nicht erwarten, im Chor wiederaufzugehen, mit dem struppigen Bogen über die Kemençe zu fiedeln. Ich war der einzige Zuschauer und Zuhörer weit und breit. Während der Dede den Muğam intonierte, war er wie weggetreten, nahm seine Umgebung nicht wahr, richtete die geschlossenen Augen gen Himmel.

Einmal wagte ich es, ihn anzusprechen. Worum es in dem Lied ging, wollte ich wissen. Der Alte hüstelte verlegen und steckte sich eine Zigarette an.

»Um die Liebe, mein Junge.«

Er lief die Eingänge der Wohnblöcke im Dorf ab und sammelte die Brotkanten ein, die man ihm in Plastiktüten ans Treppenhausgeländer band.

Es gab einen Schiffsfriedhof, wo ich öfter herumstreunte: rostzerfressene Kutter und Barkassen, als Wellenbrecher am Strand abgelegt, von den Winterstürmen umhergeschoben und restlos zerrüttet. In den Laderäumen unter Deck, von Lichtnadeln durchstochene Dunkelkammern, stand knietief das heiße Wasser; nur manchmal schaffte es ein besonders hoher Wellenkamm durch irgendein Loch hereinzurollen und klatschte einem mit brodelnder Gicht in den Schoß. Keilförmig angeschwemmte kleine Sandbänke, in denen sich Sonnenkringel tummelten und Kaulquappen panisch nach einem Ausgang suchten. Mit einem abgebrochenen Fuchsschwanzblatt in der Hand drang ich bis zum Maschinenraum vor, tastete zwischen den Ruinen von Schmier- und Hydraulikleitungen nach Kupferrohrbündeln und wurde manchmal auch fündig; die konnte man absägen und strategisch wiederverwerten, zum Beispiel zum Luftgewehrbau. Ilja und ich stellten fest, dass die Schlagkraft unserer Waffen (heißt: die Anzahl durchschossener Lagen Zeitungspapier) proportional vom Rohrdurchmesser abhängig war.

Auf einem dieser Schrottschiffe wohnte der alte Mann. Bei zu viel Hitze oder Regen suchte er Schutz in der Kajüte, wo eine aus den Angeln gehobene Tür ihm als Lager diente. Einmal drang ich bis zu dem Versteck vor, der dünne Rauch seines Feuers hatte mich angezogen. Ein paar Späne genügten ihm, um auf einem löchrigen Eimer als Herd einen Dreiliterkessel Wasser für den Tee zum Kochen zu bringen. Der alte Mann lagerte neben dem Feuerchen, zwei funkelnde Silbermünzen auf den Lidern. Die Schöße seiner Wattejacke glommen schon, es sah aus, als wäre er tot. Erschrocken wollte ich das Weite suchen, stieß dabei die Milchkanne mit den geangelten Kaulköpfen um, das Wasser schwappte über den Alten, der aufschrak und sich schüttelte, die Münzen fielen herab in seine geistesgegenwärtig nach vorn schnellende Hand – es sah aus, als fielen ihm die Augen aus dem Kopf. Lächelnd besah sich der alte Mann die Besche-

rung: den angekokelten Kittel, den Schwarm um ihn her springen-
der, schnappender Fischlein; bis auf den Letzten sammelte er sie ein
und warf sie über Bord, dann schenkte er mir Tee ein. So wurden
wir Freunde.

Gern setzte ich mich mit meinem Fang etwas weiter oben an den
Hang, schloss die Hand locker zur Faust, sah hindurch und suchte
den Scheitel eines vom Horizont unten abgeschnittenen Bohrturms
zu erspähen. Es gefiel mir, die Welt wie vom Grund eines Brunnen-
schachts zu sehen, in der trauten Tiefenschärfe eines solchen Blicks
konnte sich die Seele gut aufgehoben fühlen. Die Stimme des alten Mannes erklang aus einem ebensolchen Brunnen, bodenlos tief.
Wer ein Minarett bauen will, muss einen Brunnen graben und ihn
nach außen stülpen – so hatte es in dem Lied geheißen, dass er am
Vortag gesungen; keines seiner Worte wiederholte sich im Laufe der
Zeit.

Das »Waffenhandwerk« gab ich wenig später auf. Es kam vor, dass
ich etwas zu früh am Hügel war und warten musste, bis der Dede
vom Strand her auftauchte, mal munter auf der Höhe ausschreitend,
mal in die Senke hinabschwebend in seinem langen Gewand, den
Soldatenrucksack geschultert.

Ich begann ihn nachzuahmen. Wie sonst sollte ich seiner Unbeirrbarkeit auf die Schliche kommen? Kauerte mich zu seinen Füßen, Arme gekreuzt, Augen geschlossen, ein staubiges Äffchen. Mich
wegzujagen fiel dem Alten nicht ein.

»Salam, mein Junge. Wie lebt es sich?«

Das Gesicht wirkte jung, so durchgeistigt war es; um die eingefallenen Augen und den trockenen Mund eine Landkarte aus Run-
zeln (Schluchten darin, die in Täler mündeten, ausgewaschen von
trockenen Tränen), die leicht zu lesen war. Von Milde erleuchtet.
Wenn er sich setzte, schrumpfte er, seine Größe verschwand unter
dem Gewand – wie ein Grashüpfer, der nach dem Sprung seine
Glimmersegel zusammenlegt, die Klappmeter seiner Glieder. Ge-
kreuzte Unterarme, die Hände auf den Schlüsselbeinen. Die Augen
verengten sich zu Schlitzen, die Sonne war ins Kleinhirn geschlossen,
der Brunnen der Stimme ging auf.

Auf Artjom existierte keine Musikschule, doch gab es an unserer Schule einen Zirkel, in dem man der traditionellen Volksmusik auf den Grund gehen konnte. Dort lernten Ilja und ich Stein kennen, das Idol meiner Jugend. Der konnte stundenlang im Agitprop-Zimmer Beatles-Songs auf der Tar klimpern oder Muğame phantasieren. Er vergötterte den Jazzpianisten Vaqif Mustafazadə, der in seinem Spiel Weltmusik und nationale Traditionen zusammenführte. Regelmäßig in seinen Vorlesungen zur Musikfolklore redete Stein sich in Rage, bekam sufistische Anwandlungen.

Den Muğam liebte er über alles, und er hatte sich in den Kopf gesetzt, diese einzigartige Tradition in die Weltkultur einzuführen. Zwischendurch deklamierte er Chlebnikow-Verse, erläuterte die sufistische Weltanschauung des Dichters. Besonders das Balaibalan der Sufis hatte es ihm angetan, die esoterische Sprache gottgegebener Poesie; er trug Attar und Ghazālī vor, die großen persischen Mystiker, dazu Chlebnikows »Anruf biegsamen Röhrichts« und sein »Liebold! Leibold! Leibling! Liebling!«, verflocht den Sa-um mit Storchengeklapper: *al-mulk lak, al-ʿizz lak, al-hamd lak ...*

Irgendwann machte ich Stein mit Hacı Dede bekannt, von da an besuchten wir ihn beide regelmäßig. Stein begleitete ihn auf der Tar. Wie hat der Dede gesungen, mein Gott! Wie konnte in dem greisen, schwachen Körper solch ein junges, sattes Organ wohnen. Simurgh, so hat Stein vollmundig unser Trio getauft. Ich hatte auf der Kemençe zu spielen angefangen, unbedarft und stockend, doch ich gab mir Mühe. Stein zeigte sich geduldig, es war ja seine Idee gewesen. Als der Winter zu Ende ging, gaben wir ein einstündiges Konzert in der Schulaula. Und im März haben wir Dede begraben. Auf dem Friedhof stürmte es, die Türchen in den Grabeinfassungen gingen knarrend auf und zu. Der Wind riss uns fast zu Boden, die Tränen trockneten schnell. Kaum hatte ich den Friedhof verlassen, ergab ich mich dem Wind: sprang hoch und breitete die Jacke, so dass ich drei Schritte weit flog – wie wir es als Kinder gemacht hatten ...

Einmal brachte Stein sein Tonbandgerät mit in den Unterricht. Umständlich legte er die Spulen auf, fädelte das Band ins Laufwerk ein, betätigte den Schalter. Viel Rauschen und Knacken ertönte und dahinter ein gedehnter Schrei, der im Auslaut plötzlich eine melodische Färbung annahm, absackte und wieder zulegte, zu pulsieren anfing, sich auswuchs zum Schnarren, im Diskant plötzlich abbrach, anschwoll – und dann meinte ich den Bayatı Şiraz herauszuhören, an seinem innigsten Punkt. Irgendwann brach das Band ab, schlenkerte wild um die Spulen. Triumphierend sah Stein jedem von uns in die Augen. Er strahlte.

»Hat einer eine Vermutung, was wir da eben gehört haben?«, fragte er. Schwieg einen Moment, holte tief Luft:

»Das war der Gesang der Zelle. Wissenschaftler haben unlängst entdeckt, dass die befruchtete Eizelle akustische Wellen aussendet. Es gelang ihnen, sie aufzuzeichnen. Mein Freund hat mir das Band aus der Moskauer Universität mitgebracht. Von einer Konferenz.«

Am Ende der Stunde legte Stein zum Beweis noch die Platte auf. Die Nadel kratzte, ehe sie die Rille fand, ich aber war schon in der Tür, mit glühendem Gesicht.

»Der Muğam ist die Hymne der Liebe und der Kühnheit des Menschen vor Gott«, hörte ich Stein noch sagen.

Denn da war Günel, das Mädchen, in das ich verliebt war, sie war mein Muğam … Das Volleyballfeld direkt am Meer. Ein Samstag, Arbeitseinsatz in der Schule. Ich hatte die Netzpfosten mit weißer Emailfarbe zu streichen. Dann den Schiedsrichterstuhl. Die senkrechten Stangen mit den Haken, die geschwungenen Federn, die Stufen, die blendenden waagerechten Flächen. Weiß vor Blau, eine karge Eleganz. Am Montag nach der Schule überredete ich Günel, mit mir zum Volleyballplatz zu gehen, half ihr auf den hohen Stuhl hinauf.

Der Streifen grünes Meer, Schaumfetzen der Brandung über dem von Sturmschäden gezeichneten Wall – weiße Bögen, übergehend in immer tieferes Ultramarin. Das Mädchen, die Ellbogen gespreizt, das im Wind wehende Haar im Nacken haltend, ihr verlegenes Lächeln, der flatternde Saum des Kleides, die weißen Bötchen ihrer Sohlen. Die Mondsonne ihres Blicks. Sie erfüllt mich noch jetzt mit dem größten aller Muğame: Bayatı Şiraz! Die Liebe meines Lebens.

Im Herbst drehte der Wind auf Nord und begann zu wüten,

schwere, schneeschwangere Wolken im rasenden Tiefflug, die Pfosten dröhnten, die leere Sitzfläche klapperte im Ansturm der Lüfte. Das stahlgraue Meer brauste, Herden wildgewordener Brecher.

2

Am 12. April 1870 wurde der Text der Nationalhymne, *God Save the Queen*, von London nach Kalkutta telegraphiert, dazu die Gehaltsliste für die Telegraphisten. Von London über Berlin, Kiew, Odessa, Kertsch, Batumi, Tiflis, Teheran, Karatschi nach Kalkutta ging die neue Leitung, quer durch Europa, über den Kaukasus hinweg, die kaspischen Steppen und ganz Persien durchschneidend. Eine Kette Telegraphenmasten, vieltausend Stück, auf Jahrzehnte die einzige Magistrale von solch transkontinentalem Zuschnitt. Wobei die Güte der Verbindung vom Zustand der Relais und vom Wetter, nämlich der Aufheizung des Kupfers, abhing.

Welimir Chlebnikow, der viel in den südlichen Randgebieten von Baku herumgestreunt war, trug sich mit dem Gedanken, die Telegraphenlinie entlang bis nach Kalkutta zu gehen. Ein Stück weit hatte er es schon ausprobiert, einen Tag längs der Küste von Mast zu Mast, und sich an den Greifvögeln erfreut, die so gerne auf den Drähten saßen. In der Nacht guckte er in die Sterne. Aber dann hatte er irgendwann genug und trat auf dem Fuhrwerk eines Händlers, der Kupfergerät zu Markte trug, den Rückweg an.

Just zur selben Zeit bewegte sich im südöstlichen Steppengebiet von Persien, vorbei am grellen Rot blühender Tulpenfelder, ein einsamer Reiter, das Gesicht bis zu den Augen verhüllt, auf einen der Telegraphenmasten zu.

Weit vor ihm schnellen die Gazellen von den Knien in die Höhe, wechseln wie im Gleitflug zum nächsten Liegeplatz. Der deutsche Kundschafter Wilhelm Waßmuß legt seinem Pferd die Hobbel an, entnimmt seinem Reisesack einen Telegraphenapparat nebst Verschlüsselungstabelle, wickelt die Klemmen ab und wirft sie nach oben. Versucht es mehrmals, es will nicht gelingen, er muss den Mast hinauf. Das letzte Stück ist mit Dornen verwehrt, die zu überwinden Mühe kostet. Waßmuß blickt auf die Uhr. Um 13:17 Uhr beginnt die Nachrichtenübertragung Berlin–Stambul.

Waßmuß wartet, bis er an die Reihe kommt. Dann setzt er mit Hilfe des Zeigertelegraphen (eine Siemens-Erfindung, die Scheibe handhabt er sehr geschickt) den vorbereiteten Hilferuf aus dem Notizbuch ab.

Ein Falke landet auf der Leitung, ohne den Mann im Geringsten zu fürchten.

Die Engländer fangen Waßmuß' Nachrichten auf, können sie aber weder entschlüsseln noch orten: Die Steppen sind weit, Pferde zu langsam.

Vorsichtig nimmt Waßmuß die Klemmen herunter, rollt sie ein, blickt in die Runde. Zwei Punkte am Horizont, er schaut durch das Fernglas. Es sind Nomadenzelte. Was mag diese Leute bewegen, ihre fruchtbaren Weidegründe zu verlassen und nach neuen zu suchen?

Nach einer kurzen, rituellen Verbeugung hinauf zum Falken (die Verehrung dieses Vogels hat er von den hiesigen Eingeborenen übernommen) richtet Waßmuß seinen Kneifer, wickelt sich sorgfältig in sein Tuch und gibt dem Pferd die Sporen.

Unter den Hufen stieben welke Tulpenblütenblätter.

3

Kerry hörte mich gern von der Arbeit am San-Andreas-Graben erzählen, vom Gesang der Tiefen. Davon, wie du dich bäuchlings auf den heißen Boden legst, ins letzte lange Sonnenlicht, die Wange anpresst, den Staub riechst – ein angenehmer, würziger Geruch –, und jenes stete Dröhnen dringt an dein Ohr, dazwischen das Klicken, das lange Ausatmen der Tiefe. Und wie seltsam es dich ankommt, wie aufregend, wenn in der endlosen Steppe, weit vorn am Horizont plötzlich jemand auftaucht, eine einsame Gestalt …

»Als Schüler in der Oberstufe«, erinnerte sich Kerry, »bin ich mit den Jungs ein paarmal im Death Valley zum Wüstentrekking gewesen. Wir hatten die Idee, an einem Wettkampf teilzunehmen und den Rekord für die Schnelldurchquerung zu brechen. Das sollte im Juli geschehen; im Mai und im Juni fuhren wir schon mal hin, um uns zu akklimatisieren. Und einmal stießen wir im Vorgebirge auf eine Militärpatrouille. Da war ein Sperrgebiet in der Nähe – so was wie Los Alamos –, man hielt Ausschau nach möglichen Spionen. Zum Wettkampf wurden wir übrigens nicht zugelassen, weil uns der Übungsleiter fehlte. Aber das Bild des einsam in fremder Wüste herumirrenden Kundschafters ließ mich von da an nicht mehr los. Die Geschichte kennt viele solcher verrückten Typen: T. E. Lawrence, Colonel Kurtz, Miklucho-Maklai, Baron von Ungern und vor allem Wilhelm Waßmuß, der mich besonders fasziniert. Der war ab 1915 als deutscher Konsul im Iran; er zündete im Rücken der Engländer ein wahres Feuerwerk. Bei Deutschen habe ich eigentlich so meine Vorurteile, aber wenn es einen gab, der Musik im Schädel hatte, dann war das dieser Waßmuß. Weder John Philby, der arabische Scheich aus Westminster, noch später sein Sohn Kim, der für die Sowjets arbeitete, hätten ihm das Wasser reichen können. Keiner ging so in dem Milieu auf, das er ausspionierte, wie er. Wahrscheinlich war er ein mäßiger Kundschafter, weil er – ähnlich wie ein schlechter Schauspieler – nicht aus seiner Haut, seiner Rolle herauskonnte.«

»Michail Tschechow hingegen«, fiel mir ein, was ich noch aus Steins Vorträgen in Erinnerung hatte, »wie er als Heinrich IV. auf der Bühne stand und plötzlich das Gefühl hatte, dass Michail Tschechow gar nicht mehr existierte, dass Leib und Seele dem Begründer der Lancaster-Dynastie gehörten und er dem nie mehr würde entrinnen können, weil jenseits der Bühne nichts mehr war – ist zu Tode erschrocken und brach die Vorstellung ab.«

»Genau! Waßmuß war mutiger, er geriet nicht in Panik und machte einfach weiter. Als der Krieg ausbrach, musste Waßmuß in Südpersien wohl oder übel in den Untergrund gehen. Da er über beträchtliche finanzielle Mittel verfügte, fiel es ihm nicht schwer, in der Region um den Persischen Golf, dessen Küste zu dem Zeitpunkt schon von britischen Landungstruppen besetzt war, ganze Völkerschaften zur Revolte anzustacheln: Luren, Bachtiaren, Kaschgai und Kaschkuli – uralte Stämme, die seit Jahrtausenden, sämtliche iranische Dynastien hindurch, nomadisierten, Hirten und Teppichknüpfer, die Gabbehs von ihrer Hand sind legendär. Der Faden dieser geheiligten Wunderwerke – wollene Modelle des Universums – hat einen Anteil Ziegenhaar; das Verfahren zur Färbung wird streng gehütet; das Ornament ist unverwechselbar: ein Medaillon im Zentrum und Blüten in den Ecken, die für die berühmte Oase am Wege von Isfahan nach Schirāz stehen. Durch die Wüste zum Paradies, Ankunft im Schatten, Seufzer der Erleichterung …«

Mit Rosen und Bändern geschmückt ist die Jurte, in der der deutschiranische Bund geschlossen wird. Der Konsul sitzt in Turban und Uniform mit der Tochter von Mahmud Namazgi, einem wichtigen Stammesführer der alten Arier, Hand in Hand. Die Hochzeit schluckt gehörige Mittel des deutschen Geheimdienstes, und sie will nicht enden: Zwei Tage und drei Nächte lang trippeln Schafe und Ziegen vor dem Zelt unters Messer. Und während der Konsul sich unter Obacht der hochzufriedenen Ältesten dem langwierigen Ritual unterzieht, verlieren seine Komplizen keine Zeit: sichten und werben Agenten, statten sie aus.

Insbesondere für die Jungfräulichkeit der zwölfjährigen Nazlú verbürgen sich die Ältesten in schönster Akkuratesse. Nazlú (Waßmuß hätte ihr aus Anlass ihrer Bekanntschaft am liebsten gleich einen neuen Namen verpasst) ist ein überaus neugieriges, gescheites und gesprächiges Kind. Sie besieht und bezupft seine Uniform und das Riemzeug, probiert die Brille auf, dazu auch gleich die Kleider ihrer Aussteuer, Hals- und Stirnband, aus je dreißig Goldmünzen bestehend. Waßmuß unterhält sie mit lustigen Geschichten, die davon handeln, wie er die Engländer bei allen möglichen Untaten ertappt und ihnen ans Leder geht; Nazlu wälzt sich auf dem Teppich vor Lachen. Dies der Moment, wo er sich das Lachtäubchen greift, es ungeschickt umhalst – selbst erstaunt über seine fast schon vergessene, jäh ins Blut schießende Männlichkeit … Nun sitzt sie mit angehaltenem Atem und lauscht, was ihr Gemahl mit den Ältesten und dem Vater zu bereden hat, späht um die Borte des Vorhangs, wie er sich mit dem Pferd anzufreunden sucht, das man ihm soeben feierlich verehrt, und wie er sich in den Sattel schwingt, fürchtet sie um sein Wohl und ist zugleich furchtbar stolz auf ihn.

Das von Waßmuß geknüpfte Sabotagenetz bewirkt, dass die Stämme sich der Kooperation mit den Briten und insbesondere der Bereitstellung von Lebensmitteln verweigern, auch der eine oder andere Überfall wird provoziert – überhaupt bietet die ansässige Bevölkerung den Besatzern die Stirn, zeigt sich mobil und ungewöhnlich martialisch. Schon bald ist auf Waßmuß' Kopf eine Belohnung von dreitausend englischen Pfund ausgesetzt, die sich in der Folgezeit noch bis auf vierzehntausend Pfund erhöhen soll.

Wilhelm Waßmuß glaubt an vieles, am allermeisten jedoch an sich selbst, der er seiner Überzeugung nach die Blutsbande zu den Quellen der arischen Rasse neu zu knüpfen im Begriff ist. Diesbezüglich scheint im Kopf des an sich so gesunden und verständigen Mannes nach der Hochzeit etwas ausgehakt zu sein. Um die Freuden des Kommandierens und überhaupt den Kontakt zur Wirklichkeit gebracht, immer noch über unermessliche, wenn auch zusehends schrumpfende Besitztümer verfügend, will Waßmuß in seinem kräftigen, schwitzenden, ins Portepee geschnürten Körper nunmehr ein Symbol für die Zusammenführung der großen Vergangenheit der arischen Rasse und ihrer nicht minder großen Zukunft sehen.

Sein Traum ist es, dieser Rasse nach Jahrtausenden endlich die große Erneuerung zu verschaffen, einen bahnbrechenden Spross nach Nordost. Das Tagebuch, dem er diesen Unfug anvertraut, gelangt durch einen Zufall in die Hände der Briten. Seine Abteilung gilt als äußerst schnell und beweglich, schier ungreifbar; nur einmal erwischen sie ihn, dem Sabotageakt auf eine Ölleitung nahe Abadan zuvorkommend; der Konsul im Pyjama muss einer Flinte ins Auge sehen – doch auch hier gelingt es ihm zu entkommen. Dem Gegner bleibt nur Waßmuß' spärliches Gepäck, das, nach London überstellt und katalogisiert, fürs erste in den Kellern des Indien-Ministeriums verschwindet. Erst viel später erfährt Admiral Hall, dass die Dinge dem legendären Konsul gehören. Er lässt sie sich vorlegen und traut seinen Augen nicht: Außer dem in Farsi und Sanskrit abgefassten Tagebuch, geschmückt mit allerlei Hakenkreuzen und naturalistischen Greifvogelzeichnungen, außer einem Reitsattel mit Verzierungen aus Gold und grünem Rauchglas sowie einem kleinen, verschlissenen weiß-blauen Teppich mit auffällig primitiver Ornamentik, ein paar Leidener Flaschen nebst Folierollen und einer Scheibe mit aufgeklebten Blech- und Elfenbeinsektoren sind da noch diverse Verschlüsselungstabellen, mit deren Hilfe dieser abgefahrene Deutsche offenbar Nachrichten nach Berlin abgesetzt hat. Will man dem Tagebuch glauben, hat Waßmuß seine Kommandostelle seit über einem Jahr ohne Nachricht gelassen, in der Hoffnung, dass seine Aktionen für sich sprechen würden. Das Tagebuch fasziniert den Admiral außerordentlich, und die Tabellen helfen der mathematischen Abteilung des Britischen Seeministeriums, einen ganzen Stapel deutscher Geheimdepeschen vom Tisch zu kriegen.

Für die eingeborenen Stämme wiederum ist dieser Waßmuß von einer diffusen Magie umflort. Wenn sie nicht an seine persönliche Unverwundbarkeit glauben, so an die Gabe, Wunder zu bewerkstelligen. Diese übersinnlichen Fähigkeiten werden in Zusammenhang gebracht mit einer ihm vom Brautvater zur Hochzeit verehrten Reliquie, einem alten Gabbeh nämlich, gewoben aus der Wolle eines Schneeleoparden und dem Flaum des Falken. Zudem wird Waßmuß selbst nicht müde, seine Autorität durch anschauliche Demonstrationen zu stärken, elektrische Experimente, bei denen die Leidener Flaschen angestarrt werden wie der Hirtenstab Moses; auch die Erwähnung einer aus dem Jenseits protegierenden Macht in Gestalt Kaiser Wilhelms II. und die sagenhaften Berichte von den Erfolgen der deutschen Truppen im Krieg gegen England und Russland verfehlen ihre Wirkung nicht. Anschaulich schildert Waßmuß die Plünderung Londons, die Hinrichtung des Königs Georg V., verliest einen geheimen Bittbrief Nikolaus II. an den deutschen Kaiser, worin der Zar die Bedingungen einer möglichen Kapitulation auszuhandeln sucht. Unter Einsatz von Platzpatronen und einem Blitzableiter (der zum Glück hält, was sein Name verspricht) im schönsten Maiengewitter auf einem Bein in offener Steppe ausharrend, zelebriert

Waßmuß – nicht anders als zahllose Kandidaten zuvor und danach – seine Antwort auf die unausweichliche Prüfungsfrage im Gottwerdungsexamen: »Kannst du sterben, sag? Sterblich sein wie die anderen?«

Doch allen Kniffen und Schlichen zum Trotz, mit denen der Konsul als »Mann im Mond« zu erscheinen nicht müde wird, ist und bleibt das mit vollen Händen verteilte Geld ein hauptsächliches Unterpfand seines Erfolges – und es ist dementsprechend am Schwinden. Die Stammesältesten, die Waßmuß zu Paten in seinem Agentenspiel gewonnen hat, liefern ihn wohl nur deshalb nicht an die Briten aus, weil die vierzehntausend Pfund Belohnung ihnen gespenstisch vorkommen, sie nicht glauben können, dass man für einen Einzelnen tatsächlich so viel Geld zu zahlen bereit ist; dafür, so schwant ihnen, müssten sie sich wohl selbst in die Hände des englischen Oberkommandos begeben. Jedoch hat Waßmuß seinen Instinkt nicht ganz verloren, er wittert die Gefahr und taucht, als seine Gönner ob zu viel uneingelöster Versprechen zu ergrimmen drohen, rechtzeitig unter. Seine Gemahlin (man bedenke: ein Mädchen von fünfzehn Jahren, Erbe eines Gutteils der kaschgaischen Weidegründe und Tausender grobwolliger Schafe, das, wenn sie bleibt, den Spott der Verwandten fürchten muss) sowie acht Offiziere (denen, fielen sie den Engländern in die Hände, doch nur die standrechtliche Erschießung drohte) folgen ihm; das Trüppchen sucht sich nach der Türkei durchzuschlagen. Plötzlich aber reißt der Konsul sein Pferd zur Seite und biegt nordwärts ab, stößt nach einiger Suche auf die Siemenssche Telegraphenlinie, zapft die Leitung an und gibt seine Botschaft an die Kommandostelle durch. Sodann wählt er eine etwas höher gelegene Stelle an einem sprudelnden Bach in Sichtweite zu den Telegraphenmasten, von wo sich das Gelände gut überblicken lässt.

Zwei Wochen später, am 12. August 1917, überfliegt ein bei Nacht und Nebel in Bulgarien gestartetes Zeppelin-Luftschiff mit zehn Maschinengewehren, Gewehren und Munition, Medikamenten und zwanzig prall mit Geld und Juwelen gefüllten Reisetaschen an Bord den kaukasischen Kamm und den subtropischen Küstenstreifen des Kaspischen Meeres, geht in den Sinkflug und steuert nach Geländemarke, der Telegraphenleitung London–Kalkutta folgend. Gegen Mitternacht gelangt das Luftschiff zu den vorgegebenen Koordinaten. Der Lärm der Propeller muss am Boden zu hören sein, doch gibt es von dort kein Zeichen. In dem bergigen Gelände zu landen ist nicht ohne Risiko; der Kommandant lässt den Zeppelin wieder auf 1000 Meter Höhe gehen und erteilt den Befehl zur Kreisdrift.

Im frühesten Morgenlicht (erste Sonnenstrahlen veredeln die zwei höchsten schneebedeckten Gipfel, ehe noch das Licht im eisigen Sarkophag angeknipst ist, der das Bachbett in der Zwinge hält) nimmt der Erste Assistent des Kapitäns mit einem Becher starken Kaffee und gezücktem Fernrohr am Bullauge der Mannschaftskajüte Platz. Zwischen ein paar bitteren Schlucken, die ihn aus dem Schlaf zerren, kann er die Schatten unten erwachen und über Fels und Hang kriechen sehen, er sieht eine Schäferhündin mit angelegten Ohren die erste Runde um ihre Herde drehen und ergeben vor der Jurte ihres Herrn neben einem großen Stein Platz nehmen; in den Stein ist vorn eine kleine Mulde gehauen, aus dem die Hündin jetzt mit großem Zungenlappen Wasser schleckt. Der Erste Assistent wischt sich mit der Serviette über den Bart und sieht eine flache kleine Wolke in Höhe des Luftschiffs schweben, sie wird unerbittlich kleiner, löst sich nicht auf, schmilzt nur von außen ab, verändert dabei immerfort ihre Form; plötzlich fährt ein Vogel in sie hinein, ein Falke anscheinend, der mit ihr zu spielen beschlossen hat, Schwung geholt und mittendurch, ein paar Fetzen Dampf mitreißend, die sich augenblicklich in Luft auflösen, schon fliegt er eine scharfe Kehre und stürzt sich erneut von oben her in den kleinen Nebelsee. Bei diesem Spiel könnte er nasse Flügel kriegen, denkt der Assistent, während er mit zwei Fingern das Okular nachstellt. Jetzt kann er das zur Hälfte sonnenbeschienene kleine Plateau genauer einsehen und den seltsamen Gegenstand begreifen, der ihm zuvor schon ins Auge fiel: ein menschlicher Kopf, aufgespießt auf einen krummen Hirtenstab, der zwischen Steinen steckt. Der enthauptete Körper liegt rücklings neben zwei weiteren Leichnamen inmitten vieler hingestreuter Patronenhülsen; Beine gespreizt, Füße nackt. Der Reif an den Wimpern des aufgesteckten Kopfes taut gerade, benetzt die Unterlider, rinnt die Wangen hinab. Jetzt kommt ein großer Greifvogel unter dem Bauch des Zeppelins hervorgeglitten und sitzt auf dem Rücken einer der Leichen nieder, tappt ein bisschen darauf herum, rupft mit dem Schnabel an der Uniform, äugt umher, rückt ein Stück weiter, nähert sich dem schwarzen Hals. Waßmuß' wässrige Augen schauen ausdruckslos in die Luft.

Erst am zweiten Tag, nachdem das Luftschiff wieder davongeschwebt ist, wagen es die Kaschgai, die Leichen wegzuräumen. Das ist nicht als besonderer Gnadenakt zu verstehen – ihr Glaube schreibt vor, die Erde vor jeglicher Besudelung zu bewahren. Doch wird ihrem gewesenen Stammesgenossen noch eine letzte, besondere Ehre zuteil: Ehe er auf ein rituelles Hügelchen gebettet und endgültig der Luft und den Vögeln überantwortet wird, legt man den Leib des Konsuls noch eine Zeitlang in den Bach, breitet ein paar Gabbehs darüber, beschwert sie mit Steinen. So werden seit Urgedenken frisch gewebte Teppiche gewaschen und die Farben fixiert, indem man sie über Monate in fließendes Wasser legt.

Das alte Grasland, wenn man es unter den Fingern hat, erinnert an einen kurzhaarigen Gabbeh, abgeweidet und breitgetreten von der Zeit.

Seit Kerry von Waßmußens Geschichte gelesen hatte, trug er (der ohnehin ein Faible für den ferneren Osten besaß, auch wenn er ihn so gar nicht verstehen konnte) eine alte persische Schnabelkanne und einen kleinen Gabbeh mit sich herum, ohne sie war jede Behausung für ihn unvollständig. Der Teppich war hellblau, mit simplen, zu Kreisen und Rhomben abstrahierten Figürchen in Bordeauxrot: Mann, Frau und Pferd.

5768 foot. Der Chasarische Brief

1

Die Heger waren eine verschworene Gemeinschaft, sie mochten sich und sorgten füreinander. Wenn beispielsweise Səməd auf seine Ablösung Wagif wartete, sah das so aus, dass er vom *vista point* mit dem Fernglas Ausschau nach ihm hielt und ihn von weitem erkannte, wie er den Kanal entlangkam, den Stock über der Schulter mit einem Bündel daran. Was mag in dem Bündel sein?, überlegte Səməd. Brot, Käse, Bahlava? Vielleicht sogar Honig? Hatte Wagifs Mama das Bündel geschnürt, durfte man damit rechnen. Wenn Schwester Aygül, dann hatte sie bestimmt zwei Stücken Kjata, Milchstrudel, beigelegt. Und Səməd kam unversehens in den Sinn, wie er mit Wagif vor zwei Wochen das Bild auf dem Strumpfkarton mit der entblößten Frau betrachtet hatte und sich hinterher wütend kasteit, Schläge gegen den eigenen Hals, zur Strafe für diese Lüsternheit. Jetzt war seine Haltung aufrecht und das Gesicht offen. Wenn Səməd vor dem Fernseher saß, wandte er an unzüchtigen Stellen den Kopf zur Seite oder hielt sich die Hände vors Gesicht.

Am neunten Juni feierte das Abşeroner Regiment seinen Geburtstag und machte wie jedes Jahr einen Ausflug ans Meer. Man langte noch im Hellen an und schlug das Feldlager am Strand auf, unweit eines Hohlwegs, der zu beiden Seiten von Ölweiden bewachsen war. Wie lange hatte ich diesen Baum nicht mehr gesehen! Im jungen Stadium sieht er mit seinen silbern schimmernden Blattunterseiten wie ein Olivenbäumchen aus. Früher auf unseren Märschen hatten wir uns über jeden solchen Baum gefreut, keinen ausgelassen, denn die mürben, leicht süßlichen Früchte schmeckten gut zum Tee. Sie hießen bei uns Datteln. Auch jetzt pflückte ich eine Handvoll davon, obwohl sie noch nicht ganz reif waren.

Im Süden lag sichtbar das Kap Bəndovan, das wir mit Stoljarow so fleißig abgegangen waren. Und auch dieses hübsche Fleckchen hier kannte ich: Die Küste des Şirvan ist größtenteils eine Wüstenei, jedes Grün bemerkenswert.

Der Sommer war in diesem Jahr noch nicht zur Backofenhitze gereift, tagsüber schien es manchmal sogar regnen zu wollen. Erst gegen Abend klarte es richtig auf, und das Meer kam einem wärmer vor. Der Wind flaute ab, um in der Nacht seine Richtung zu ändern. Die sinkende Sonne doppelte sich in einem kilometerweiten Spiegel, den die Brandung uns vor die Füße goss. Einträchtig wie ein einziger vielarmiger Organismus ging das Abşeroner Regiment »Welimir Chlebnikow«, das am Morgen mit 53 Mann vom Wachhaus am Heiligen Stein aufgebrochen war, an die Errichtung des Camps. Ausgangs des Hohlwegs, durch den man gekommen war, entstand die Ablage für Rucksäcke und Ausrüstungen; auch die mitgeführten beiden Hammel wurden dort angebunden. An Haşems überdimensionalem Rucksack prangte eine schablonierte Inschrift von weißer Ölfarbe: *Lastgrenze 1,0 t*. Ein Teil der Soldaten war am Ufer ausgeschwärmt, um Brennholz zu suchen; einer nach dem anderen kehrten sie zurück und zerrten glatte, leichtgewichtige, salzdurchtränkte Schwemmholzstücke hinter sich her, die Linien in den Sand zogen. Ein mächtiger Baumstumpf mit ausladenden, blank gewaschenen Wurzeln, an dem zwei zu schleppen hatten, sah aus wie der verwuschelte Kopf eines Riesen. Die übrigen Männer drängten sich um das Magazin, in Abständen scherte eine Staffel aus, um ein Zelt am Strand aufzubauen, andere scharten sich dort, wo der Feldstand des Kommandeurs auszurüsten war. Jemand erbarmte sich der Hammel, damit die endlich zu blöken aufhörten, trug einen Bausch Heu aus einem der Rucksäcke vor sie hin. Einer band sein Hemd vor Mund und Nase, rieb sich reichlich nassen Sand in die Hände und zerrte eine tote, grässlich aufgeblähte Robbe an den Flossen beiseite; sie schaukelte wie eine Fischblase. Aufgescheuchte Möwen gaukelten über dem Meer.

»Ranhalten, Jungs!«, rief Abbas, der breitbeinig von Kompanie zu Kompanie stapfte; überall war man jetzt dabei, Sechsmann-Armeezelte zu errichten und Feuerstellen anzulegen. Das Fauchen der

Drahtsäge war zu hören, Beile fuhren krachend ins Holz und klopften Aluminumheringe in den Boden. Anfeuernde Rufe erklangen und Gelächter.

»He, vierte Kompanie, kommt mal und fasst mit an, wir revanchieren uns!«, brüllten ein paar Heger, die Mühe hatten, einen liegenden Baum vom Fleck zu kriegen.

Drei Männer sprangen hinzu und griffen in die Äste der Pappel, deren Stamm von einem Mann gerade so zu umfassen war. Sie ruckte an und bewegte sich in Richtung Kommandeurszelt, wo über den noch schlaff hängenden, ausgeblichenen Zeltwänden bereits die mit Kordeln umsäumte Regimentsfahne hing.

»Halt!«, brüllte Abbas und fuhr den Schleppenden jäh in die Parade. »Ein lebender Baum, wo habt ihr den her? Ich werd euch was!« Dabei hieb er dem zunächst stehenden jungen Heger so rüde gegen die Schulter, dass der seinen Ast erschrocken fallen ließ.

Nunmehr wurde Abbas aufgeklärt, dass sie den Baum mitnichten gefällt hatten, er war von der Wurzel her verfault, allem Anschein nach vom Sturm ausgerissen und ins Meer geworfen worden; tatsächlich hing noch frisches Laub an den Ästen.

Kopfschüttelnd rieb der junge Mann sich die Schulter, eher verdutzt als erbost.

»Der schlägt aber zu«, raunte er, als Abbas sich entfernt hatte. »Da fällt einem ja der Arm ab.«

»Kommt vor«, sagte sein Nebenmann, der schlaksige Elxan, amüsiert. »Dafür haben wir einen Kommandeur mit Engelsgeduld.«

Derweil hockten wir vor dem Kommandeurszelt im Sand. Ich mit dem Objektiv im Anschlag, fieberhaft nach allen Seiten knipsend, um das Treiben des Regiments im letzten Abendlicht festzuhalten. Haşem beendete seine Yogaübung, ließ sich aus einem merkwürdigen Säulenkopfstand mit beängstigend weit eingezogenem Bauch (man meinte in der Mitte das Rückgrat durchschimmern zu sehen) zur Erde nieder, atmete aus und ließ sich einen Becher gezuckerten Tee reichen. Dann begann er seinen Rucksack auszupacken und blätterte irgendwelche Aufzeichnungen durch.

Als die Heger ihre Pappel endlich herangeschleift hatten, brannten anderswo schon die ersten Feuer. Die Sonne war versunken, die Nacht schwappte von Osten über uns herein. Das Treibholz brannte wie Zunder, beinahe ohne Rauch; in der heißen Luft darüber tanzten die Sterne. Ein paar Heger badeten noch, andere zerrte weiteres Holz heran als Vorrat für die Nacht. Das Regiment lebte und arbeitete wie ein Mann. Von Haşem war bislang kein einziger Befehl zu hören gewesen, nur Abbas hatte hin und wieder etwas zu brüllen. Elmar saß schon dozierend am Feuer, Abbas trat für einen Moment hinter ihn und hörte zu, hatte aber schnell genug davon und kam wieder herüber, nicht ohne auf dem Weg noch ein paar brummige Ratschläge zu verteilen. Auch ich ging nun endlich baden.

Inzwischen hatte sich das Gros der Männer um Kompanie drei versammelt, die für die Schlachtung der Hammel zuständig war. Die Tierkörper hingen schon an einem Pfahl mit Querstange, der tief in den Sand gerammt worden war, ein Heger war dabei, sie auszunehmen. Jäh kamen ihm die Eingeweide als perlmuttener Berg auf die Füße gerutscht, er arbeitete weiter, hielt mit dem Knie dagegen, jemand hatte eine Wanne untergeschoben. Zutritt zum Feuer erhielt, wer ein Stück Brennholz zollte. Die aus dem Wasser kamen, drängten heran, um zu trocknen.

»Telman, wo bleibst du? Hast du sie?«, rief ein Heger, den ich kaum kannte, mit auffällig rundem, verschmitztem Gesicht. Auch er war unter den Badenden gewesen, die Hitze brachte ihn zum Blinzeln und Naserümpfen, doch er blieb sitzen wie angegossen. »Gib her. Ich sterbe, wenn ich nicht gleich eine rauche.«

Weder war dieser Bursche älter als Telman noch höher im Rang; seine Frohnatur machte, dass er das Sagen hatte, seine spitze Zunge war beliebt bei den Gefährten. Telman reichte ihm die Zigaretten, er zog eine hervor und rauchte gierig am Feuer an, wobei es in seinem Haar gehörig knisterte, eine vorwitzige Flamme hatte hineingezüngelt. Fröhlich fluchend fuhr er sich mit der Hand durch den Schopf und betrachtete sie, den Schaden zu ermessen.

Dann nahm er versonnen ein paar Züge und wandte sich plötzlich an mich.

»Sie werden entschuldigen, der Herr«, sprach er mit zuckersüßer

Miene, »ich hätte da mal eine Frage. Uns ist das Gerücht zu Ohren gekommen, dass Haşem, unser Müəllim, mit Ihnen nach Amerika reisen wird, um Vorträge zu halten und mit Gelehrten zu streiten. Ist das wahr?«

Ich bemerkte, wie die Heger auf einmal atemlos mit den Augen an mir hingen, sah schweigend ins Feuer, versuchte ungerührt auszusehen. Jedes meiner Worte konnte Folgen haben, so viel begriff ich. »Nein, das stimmt nicht«, sagte ich schließlich. »Es ist umgekehrt. Die Wissenschaftler kommen selbst her, um ihn zu sehen. Schließlich ist er der Müəllim.«

Hierauf sprachen die Heger aufgeregt durcheinander. Einer warf dem Spaßvogel vor, er solle doch seine Zunge hüten und keine unzutreffenden Gerüchte in die Welt setzen. Der Angesprochene schlug schelmisch die Hände vors Gesicht.

2

Die Feuer loderten, das Fleisch brutzelte. Der Wellengang des Meeres war mäßig und so still, dass man ihn in der Finsternis kaum wahrnahm, dabei schwappte es uns fast bis vor die Füße. Munter wechselten die Männer von Feuer zu Feuer, nicht selten um die Wette laufend, einander jagend, über die Flammen springend. Als die Feuer niedergebrannt waren, der Wind in die Glut blies, sah es aus wie flammende Pfützen, die so von Hitze erfüllt waren, dass sie gläsern wirkten.

Endlich, so gegen neun, versammelten sich alle vor dem Kommandeurszelt, wo ein größeres Feuer aufgeschichtet worden war. Haşem stand auf und holte seinen Zeichenblock aus dem Rucksack; die Heger, im Halbkreis zu mehreren dichten Reihen formiert, verstummten. Nur einer gähnte noch vernehmlich und wurde mit einem Rippenstoß zum Schweigen gebracht.

»Die Geschichte unseres Regiments ist alt, ereignisreich und außergewöhnlich«, begann Haşem, in seinen Block schielend. »Sie geht zurück auf das Jahr 1700, als Oberst Matwej Treiden und Generalmajor Nikolai von Verden ihre Infanterie-Regimenter rekrutierten. Infolge des Persischen Feldzugs Peters des Großen, der zur Eroberung der an das Kaspische Meer grenzenden Gebiete führte, wurde am 9. Juni 1724 in der Festung zum Heiligen Kreuz nahe Derbent das Astrabader Infanterie-Regiment gegründet. Ihm angegliedert eine Kompanie Grenadiere des Sykowschen, vier Kompanien des Welikoluzker und vier Kompanien des Schlüsselburger Regiments. Erst 1732 erfolgte die Namensgebung Abşeroner Regiment. Kurz darauf, im Jahr 1734, wurde es nach Russland zurückverfügt, hieß dort von 1801 an Abşeroner Musketier-Regiment und nach 1811 Abşeroner Infanterie-Regiment. Am 4. November 1819 ereignete sich dann auf Betreiben des kaukasischen Generalgouverneurs Alexej Jermolow eine sonderbare Metamorphose: Das Abşeroner und das Troizker Infanterie-Regiment, Letzteres gleichfalls im Jahr 1700 durch Oberst Matwej Vliewerk rekrutiert, tauschten ihre Namen. Das Abşeroner Regiment, welches nun Troizker Regiment hieß, wurde am 28. Januar 1833 umformiert und in das Belosersker Infanterie-Regiment eingegliedert, welches im Krimkrieg von sich reden machte. Von diesem Zeitpunkt an, so müssen wir uns vor Augen halten, erscheint unser Regiment einigermaßen mirakulös, führt eine Zwischenexistenz – mal war es das Troizker, mal das Abşeroner. Seiner Handlungsfähigkeit, seiner Kriegstauglichkeit tat das jedoch keinen Abbruch, es war eine verlässliche militärische Kraft, wann immer der Staat von ihm Gebrauch machte. Der Vollständigkeit halber will auch noch das Troizker Infanterie-Musketier-Regiment erwähnt sein, weil es in der Folgezeit – unklar, aus welchem Grunde oder ob nur einer von General Jermolows Launen folgend – den Namen Abşeroner Regiment zugesprochen bekam. Im Jahr 1834 wurden ihm zwei Bataillone des 43. Jäger-Regiments und ein Bataillon des Kürschen Infanterie-Regiments unterstellt. Besondere Berühmtheit erlangte das Abşeroner Regiment in der zweiten Hälfte des Kaukasuskrieges. Man verlieh ihm das Georgsbanner 1839 für die Einnahme von Achulgo, 1845 für die Einnahme von Andia und Dargo, 1859 für die Einnahme von Gunib ...«

Während Haşem die Ehrenbanner aufzählte, brachten Elxan und

Abbas Nachbildungen davon aus dem Zelt getragen und stellten sie in einen sperrhölzernen Karussellständer. In gemessenem Ton setzte Haşem die Aufzählung fort.

»... sowie Georgstrompeten für die Aktionen im Ostkaukasus 1859. Ehrenkokarden für Tschetschenien 1857. In den Jahren 1873 und 1881 während des Turkestan-Feldzuges errang unser Regiment Georgsbanner und -kokarden für die Einnahme von Chiva und für den verlustreichen Sturm auf Gökdepe verliehen.« Hier wies sein Arm in Richtung besagter Festung Gökdepe, die auf der anderen Seite des Kaspischen Meeres, etwas südlicher als der Şirvan, gelegen war. »Im Kampf gegen die turkmenischen Teke büßte das Abşeroner Regiment vorübergehend seine Fahne ein, konnte sie jedoch zurückerobern. Zuvor, 1878, hatte das Regiment noch ein weiteres Georgsbanner für die Befriedung zwischen Tschetschenien und Dagestan erhalten.«

Haşem wartete, bis die Begeisterung, die die Heger beim Aufpflanzen der Regimentsfahnen ergriffen und für Unruhe gesorgt hatte, wieder etwas abgeklungen war.

»Und nicht zuletzt fand die Geschichte unseres Regiments ihren Widerhall in der russischen Kultur – beispielsweise in der bekannten Legende vom Secondelieutenant Sjedoch. Sie berichtet von einem rätselhaften, zugleich aber hochverehrten, geradezu als Held gefeierten Militär, der seine Existenz dem Fehler des Abşeroner Regimentsschreibers beim Abfassen eines Rapports zu verdanken hatte; er hätte schreiben sollen: ›Secondelieutnants jedoch‹, und schrieb im Zeilenübertrag stattdessen: ›Secondelieutnant Sjedoch‹. Dieser Sjedoch wurde in der Folgezeit mehrfach befördert und belobigt, er nahm eine steile Karriere. Der Fehler war zwar längst ruchbar geworden, doch wollte der Kommandeur ihn nicht zugeben; am Ende rapportierte er: Secondelieutnant Sjedoch durch Gottes Fügung unerwartet verstorben. Der Fall hat Kreise gezogen, weshalb ich ihn hier zum Besten gebe, bekräftigt er doch den besonderen Status unseres Regiments: An unserer Seite kämpfen reale und imaginäre Kräfte; mit uns sind die, die es gibt, genau wie die, die es nicht gibt: Sjedoch und das Troizker Regiment und die Geschichte im Ganzen. Mit uns ist die unauslöschliche Kraft unseres Namens. Dagegen kommt keiner an. Ich beglückwünsche euch, Kameraden! Hurra!«

Wie immer war Haşem bei seiner Rede vor Anstrengung blass geworden.

Das Regiment erhob sich wie ein Mann. Ein nicht sehr zackiges, aber kraftvolles dreifaches Hurra schallte über die nächtliche See, dessen Geschlossenheit überraschte und diese orientalische Jungmännerschar auf einmal sehr russisch wirken ließ.

Abbas gab den Befehl zum Wegtreten. Aber damit hatte man es nicht so eilig, die Euphorie der Gemeinschaft hielt noch eine Weile vor. Nur ganz allmählich bildeten sich wieder Grüppchen. Einer holte die Kemançe hervor, manche sprangen wieder ins Wasser, jemand schürte das Feuer, um den Teekessel darüberzuhängen. Tarklänge waren zu hören, verhaltener Gesang.

Ich hatte mit Haşem ein Wörtchen zu reden.

»Du bist dir aber doch im Klaren darüber, dass du mit deinen Lektionen den gleichen Effekt erzielst, als läsest du einem Dreijährigen einen Akathistos vor statt des ihm zustehenden Märchens? Ich könnte es noch verstehen, wenn du den Jungs Bach vorspieltest ... Sie brauchen das Gehalt, das du ihnen zahlst, keine Philosophie! Oder willst du dich nur selber damit trösten? Das wäre Missbrauch.«

»Du bist nicht bloß zynisch, du bist nicht gescheit«, erwiderte Haşem in ruhigem Ton und sah mir tief in die Augen. »Das alles hier« – er breitete die Arme aus, als wollte er Steppe und Meer umfassen – »wird ein großes Bachkonzert für sie sein, dessen bin ich gewiss. Die Natur und der Muğam – das ist Bach!«

»Muğam und Bach, das glaub ich dir ...«

Ich war nahe daran, aus der Haut zu fahren, musste jedoch an mich halten, denn zwei Männer näherten sich zaghaft unserem Feuer, vor denen zu streiten sich verbot: Schurik und Pjotr, Abbas Freunde, ich erkannte sie sofort. Pjotr suchte Haşems Nähe, verwickelte ihn gern in religiöse Dispute. Haşem wich dem nicht aus, gab ernsthaft Antwort, zeigte sich jedoch in Fragen der Disziplin (zum Beispiel wenn die beiden das Alkoholverbot missachteten, was öfter vorkam) unerbittlich, da konnte auch Abbas' Fürsprache nicht viel helfen.

In jüngster Zeit schien sich Schurik brennend für die Geschichte des Kosakentums zu interessieren. Das war über ihn gekommen, seit eine Abordnung Kuban-Kosaken die Insel Sarı besucht hatte. Sie waren auf der Suche nach Gräbern ihrer Ahnen gewesen und insbesondere dem von Ataman Holowaty. Dieser hatte einst den Vorposten auf der Halbinsel Kamyschewan an der Einfahrt zur Qızılağac-Bucht gegründet. Als Kommandierender zweier Regimenter, die 1795 zum Schutz von Russlands südlicher Grenze ins Chanat Lənkəran befohlen worden waren, starb er auf der Insel Sarı an einem Schüttelfieber. Abbas sowie Schurik und Pjotr hatten die Kosaken auf die Insel begleitet, gehörig mit ihnen getrunken und zuletzt tatsächlich noch ein Gemeinschaftsgrab aufgespürt, ein eichenes Kreuz darüber errichtet und einen Zaun darum gezogen. Und in einem Weingarten stießen sie gar auf einen Gedenkstein mit Inschrift, die in großer Ehrerbietung von Holowaty sprach. Sterbliche Überreste fanden sich darunter allerdings nicht. Die Kosaken luden den Stein auf einen Lastwagen und fuhren damit weg. Nach drei Tagen erschienen sie jedoch wieder: Man hatte sie mit dem Stein nicht über die Grenze gelassen. Nun lag er zur Aufbewahrung auf Schuriks Hof und musste als Tisch zum Abstellen von Tellern und Gläsern herhalten.

Hochwohlgeborener, hochgeehrter Brigadier und Kavalier Anton Andrejewitsch Holowaty. Kommandierender der Kaspischen Flotte und Armee, hat allhier auf der Halbinsel Kamyschewan, am achtundzwanzigsten Tag im Januar sein Leben ausgehaucht und ward am neunundzwanzigsten unter vorzüglichem Zeremonium von Marine und Heer auf der Insel Sary begraben, so hieß es im Rapport des Secondemajors Iwan Tschernischow vom 25. Februar 1797. Das Dokument, welches die Kosaken Schurik als Schutzbrief dagelassen hatten, lag in einer Kladde mit dem Aufdruck *Akte №* neben dem kleinen Handtuch, auf dem das Zubrot zum Wodka plaziert zu sein pflegte; es wurde regelmäßig vor Augen gehalten und gelesen, ehe die Becher mit dem Hausgebrannten ein neues Mal zum Himmel flogen. So dass die Besäufnisse sich den Anschein von Totengedenken oder Gelehrtenversammlung bewahrten. Einmal wöchentlich, freitags, suchten Schurik und der Kapwächter die Kosakengräber auf. Standen ein Weilchen sinnend, die Mütze in der Hand knetend, davor, entfernten die im Tau badenden Schnecken vom Kreuz (der angetrocknete Schleim knisterte), rissen ein paar wuchernde Disteln und Süßwurzeln aus. Dann ging es zurück zu Schurik und Holowatys Stein, auf dem – ungeachtet der grollenden Liebsten (»Gedächtnis? Bezechnis, würde ich sagen!«) – das so schlichte wie poetische Mahl zelebriert wurde.

3

Manchmal, wenn ich allein in der Steppe war, gingen seltsame Dinge um mich vor. Diesbezüglich hatte ich Schurik und Pjotr im Verdacht.

Immer wieder, wenn ich durch den Şirvan wanderte, überkam mich der Wunsch stehenzubleiben und das Fernglas hervorzuholen und zu schauen. Sich die flüssige Linie des Horizonts durch die Pupille zu ziehen, Nase an Nase zu sein mit dem Murmeltier oder der käuenden Gazelle oder dem Falken, wie er die Zwergtrappe rupft, dann längere Zeit reglos den Kopf schief hält, das anthrazitene Auge starr. Nie aber brachte ich es über mich, das Glas unverzüglich hochzureißen, ich wagte es nicht. Blieb immer erst ein Weilchen unschlüssig stehen mit dem Gerät in der Hand – die Schere der Okulare zusammenklappend und wieder auseinanderschiebend, die Linsen betrachtend, wartend … Darauf, dass der, der mich beobachtete, verschwand. Ein paar Mal geschah es, dass ich vor mir in großer Entfernung unbekannte Objekte zu sehen meinte, Menschen auch. Ein andermal wischte eine Gestalt vorbei, inmitten einer wirbelnden Staubwolke. Erst hatte ich vermutet, Haşem könnte seine Heger auf mich angesetzt haben oder selbst hinter mir her sein. Aber je länger ich darüber nachdachte, desto unwahrscheinlicher erschien es mir. Und nachdem ich gesehen hatte, wie Pjotr und Schurik ausgerüstet waren (der eine hatte ein hervorragendes Zeiss-Seefernglas, der andere ein Zielfernrohr, das mit Isolierband an einem zum Gewehrkolben zurechtgesägten Brett befestigt war), hatte ich kaum noch Zweifel, dass die zwei Freunde mir nachspionierten – aus Jux und Tollerei. Also begann ich sie meinerseits zu beobachten …

Die Steppe glich hier zwei aneinandergelegten Handtellern: zehn langgestreckte Hügel, strohgelb, mit einem vagen Silberschimmer wie von Quarzsplittern. Diese Formation erinnerte an die sogenannten Baer-Hügel, jene eigenartige, für die kaspische Nordwestregion charakteristische Reliefform, 1856 erstmals durch den baltischen Naturforscher Karl Ernst von Baer beschrieben und erforscht. Sie liegen wie Wellen angeordnet im Mündungsgebiet von Kuma und Emba, sind zwischen zehn und vierzig Meter hoch, zwei-, dreihundert Meter breit und bis zu fünfundzwanzig Kilometer lang, mit ein, zwei Kilometer Abstand zwischen den Kämmen. Meine Hügel hier waren deutlich kleiner dimensioniert, aber ganz ähnlich breitenparallel ausgerichtet. Zu ihrer morphologischen Analyse wäre ich nicht in der Lage gewesen, doch wenn mich nicht alles täuschte, bestanden sie wie die Baerschen Gebilde aus Sand und braunem Lehm. Ein überwältigend schöner Anblick, vor allem ihrer überraschenden Färbung wegen, der komplexen Harmonie, in der man sich leicht verliert.

Bis zum Meer waren es drei, vier Kilometer; spärlicher Wermut hielt die Senken besetzt, der heiße Wind trug den ölig-bitteren Geruch heran. Ich führte einen meiner Abstiche aus, vermaß die durchstoßenen Schichten, machte ein paar Photos und gewahrte währenddessen aus den Augenwinkeln ein wiederholtes Aufblitzen; also tat ich so, als hätte ich noch einen Stich vor: brachte eine Markierung an, grub auf Spatentiefe, stellte das Zelt darüber und schlug mich im nächsten Moment seitlich in die Büsche, das heißt, tauchte hinter dem nächsten Hügel ab und schlug einen großen Bogen in die Richtung, aus der das Blitzen gekommen war. Nicht auszuschließen war, dass ich so dem Urheber unmittelbar in die Arme lief, doch es ging glücklich aus: Gut fünfhundert Meter hinter Pjotrs Beobachtungspunkt trat ich wieder hervor. So setzte ich mich in seinem (und Schuriks) Rücken fest und kam eine Woche nicht aus meinem Versteck hervor – ich wollte es wissen.

4

Ohne hinzusehen, riss Pjotr auf seinem Spähposten eine Handvoll Kraut ab (Thymian, wie ich später von ihm erfuhr) und hielt ein brennendes Streichholz daran, drückte die Finger flach in die Asche, sog versonnen den Rauch ein.

Eben ging die Sonne auf und kam zwischen die Hügelfinger gerollt. Ihre ersten Strahlen, die in die dürre Schlucht schwappten, waren noch gut zu ertragen. Ganz hinten, wo der Şirvan zu Ende war, kroch ein Auto – das erste an diesem Tag – die weiße Straße entlang, die zur Siedlung an der Kür-Mündung führte, mit Staubfahne wie ein Kometenschweif.

Aus der klaren Himmelskehle tönt eine Lerche. Von Westen her, aus der Sonne, nähert sich ein Mensch. Die Silhouette wie ein abgebranntes Streichholz. Das ist Schurik, der Pjotr ein Fläschchen Wein bringt. Das Fläschchen ist eine Zweiliter-Coca-Cola-Flasche (*Sosa-Sola*, wenn man die Aufschrift ein bisschen kyrillisch nimmt, wie es Schurik gefällt), der Wein frisch abgefüllt. Kurz darauf hält Pjotrs geschwollener Daumen mit dem nachgewachsenen Nagel den Hals der Plastikflasche, die tauben, aufgesprungenen Lippen berühren den Rand und saugen die Feuchte behutsam ein. Schurik sieht dem Freund mit Behagen zu. Pjotr steht still vor Überwältigung. Die Nase – eine Klippe. Auf dem Kopf die Kosakenmütze mit einem Hitzesprung in der Kokarde; Geschenk von den Tamaner Freunden. Die Reithosen sehen eher wie Jogginghosen aus, die Uniformjacke auf dem nackten Brustkorb, an der Schulter ein Riss. In der grauen Brustwolle ein Kreuzchen aus Zypressenholz am Strick.

Einen ganzen Tag schon hat er den Geologen beschattet – so nennen sie Haşems Freund, der seit einem Jahr bei ihnen im Schutzgebiet wohnt, sich in der Steppe herumtreibt und Forschungen anstellt, deren Sinn ihnen nicht klar ist; auch Haşem respektive Kuş-molla, Priester der Vögel, wie sie ihren Meister und Wohltäter auch noch nennen, kann es ihnen nicht erklären. Schurik beschirmt Pjotr, Abbas Schurik, Haşem Abbas und den Geologen – Ersteren als Vorgesetzter, Letzteren als sein Freund, so wie Schurik Pjotr beschirmt. So kommt Grashalm zu Grashalm, und am Ende ist es Gottes Heu. Umschichtig wachen sie darüber, was sich in der Steppe tut, weil sie sonst nicht viel zu tun haben, und manchmal sind sie froh, jemandem zu Gefallen zu sein.

Schurik tut so, als läge ihm nicht viel daran, zu Haşems Hegern zu gehören. Haşem ist streng, man behelligt ihn besser nicht unnötig. Dafür hat sich Schurik neuerdings in den Kopf gesetzt, Muslim zu werden. Spielt mit Streichhölzern wie ein kleines Kind. Entzündet eins, schaut zu, wie es brennt. Lässt es abbrennen. Entzündet das nächste. Wenn er Haşem aufsucht, dann um mit ihm über den Glauben zu sprechen.

Für Pjotr ist die Steppe ein Ersatz für das Meer. Auf das er momentan keine Lust hat, denn er wüsste nicht, mit wem, allein ist es öde, außerdem gefährlich. Und in der Steppe, zeigt sich, herrscht dieselbe Freiheit, Verlorenheit, Grenzenlosigkeit; Raum zum Atmen, und du kannst gehen, wohin du willst. Auf dem Meer hat man natürlich noch mehr Spielraum, mit der Barkasse kommst du schneller voran als auf zwei Beinen. Ob bis Gurjew im Norden, nach dem Iran hinunter oder in den Karabugas-Golf – du hast die Wahl.

In der Steppe ist alles schön und interessant. Pjotr hält die Augen offen, das kann nicht schaden. Irgendwer wird einen Nutzen davon haben, und wenn es der liebe Gott ist. Kundschafter werden überall gebraucht. Den Hegern steckt er bisweilen, wenn es die Leute in der Gegend mit dem Weideplatz nicht so genau nehmen. Oder er stellt Wilddiebe – na gut, ein zu starkes Wort, eigentlich nur Nichtsnutze, die ihre Hunde auf Gazellen hetzen, gefangen haben sie auf die Art noch keine. Und dann ist da neuerdings noch ein Ärgernis: die Falkenjagd. Als er das erste Mal dazukam, traute er seinen Augen nicht: Gestalten in wallenden weißen Gewändern, man weiß nicht, ob Männlein oder Weiblein, wandeln durch die Steppe mit Falken auf dem Arm. Stoßen nur ein Stück hinein in den Şirvan und lassen den Greif los, die Trappen aufzuscheuchen. Hat er eine erwischt, fegen sie hin, wo der Falke mit leuchtenden Fangschuhen hingeplumpst ist. Sie kommen in Scharen, wer weiß, warum diese Araber so scharf auf die Trappen sind. Haşem hat ein Problem mit ihnen.

Aber auch auf die Heger hat Pjotr ein Auge. Ganz ohne Arg. Es macht einfach Spaß, Schurik und ihm. Zu Hause gibt es sowieso nichts zu tun. Die Nachbarn sind Fremde, manche aus den Bergen, manche aus dem Iran, mit keinem von denen wird man warm. Arbeit gibt es nicht, die Rente reicht gerade so fürs Brot. Bei Schurik sind die amerikanischen Vorräte geschrumpft, aber seine Wirtschaft ist groß genug, er bringt zu essen oder zu trinken mit.

In der Steppe gibt es immer was zu tun. Jetzt passen sie auch noch auf den Geologen auf – wer kann schon wissen, auf was für Ideen der kommt. Oder er verirrt sich, dann sind sie zur Stelle. Und der Perser wird sich bei ihnen bedanken …

Am Morgen hat Pjotr gleich drei Mal eine leichte Druckwelle gegen Brust und Bauch verspürt; jedes Mal fuhr er zusammen. Aus dem Schürfloch Rauchfontänen, flammenrot gefärbter Staub. Den restlichen Tag räumten sie mit einem Hebezeug und einem Lastkorb aus Segeltuch die Erde aus dem Loch; manchmal benutzten ihn die Grabenden auch selbst (zumindest bis auf halbe Höhe, es gab viel Gelächter), wenn die Ablösung kam. Auch der Geologe grub mit, häufiger jedoch lief er umher und photographierte. Ersichtlich war, dass er auf Haşem wartete, der die Runde durch die Stationen machte.

Schließlich kehrte der Müəllim mit einer Trappe zurück, die er als Lockvogel zu gebrauchen vorhatte. Dafür schlug er einen Pfahl ein, hantierte eine Weile mit dem Tier, ehe er es an dicker Leine picken ließ. Der Vogel wurde schnell übermütig, verhedderte sich in dem Strick, den Haşem entwirren musste. Bald aber hatte er sich mit seiner begrenzten Bewegungsfreiheit abgefunden, hüpfte und flatterte im Kreis herum, kam allmählich zur Ruhe.

Bei Tagesanbruch – zu einer Zeit, da die Gegenstände noch keine Schatten werfen – schrak Pjotr auf. Man harrt um diese Stunde noch ungeduldiger der Sonne als zu nachtschlafender Zeit. Doch sie ließ auf sich warten. Pjotr sah zwei Jungen den Hang heraufkommen und zu den Zelten hinunterlaufen. Sie gehörten zu Mardan, einem Heger aus der Nordwache. Die Kinder hatten es eilig, ins Lager zu kommen. Sie waren schon einmal hier gewesen, hatten dem Vater bei der Arbeit helfen wollen, Haşem hatte das untersagt, die Kinder wurden mit dem Auto zurückgeschickt. Jetzt waren sie wieder da, brüllten und wedelten mit den Armen, bis Mardan erschien; kurz darauf kam auch Elxan aus dem Zelt gekrochen, sprang ins Auto, ließ den Motor an, Vater und Kinder stiegen zu, sie rasten los und waren schnell verschwunden. Die aufgestörte Trappe suchte erst dem Auto hinterherzutrippeln, so weit der Strick reichte, rannte und flatterte dann mehrmals im Kreis, beruhigte sich wieder.

Pjotr wusste, dass man das Sehen in der Steppe erst lernen musste. Essen war noch genug da. Bei der Hitze hatte man sowieso kaum Hunger. Im Säckchen war gesalzener Käse, dazu hartes Brot, Zucker, ein Kanister Wasser und Wein. Den verdünnte er mit dem Wasser, anders überlebte man ihn nicht.

Pjotr wandte sich um, griff nach dem Kolben mit dem Zielfernrohr, zog die Kappe vom Objektiv (es klang, als entkorkte man eine Flasche), legte das Auge mit Genuss ans Okular. In der oberen rechten Ecke des Sichtfeldes blinkte eine grüne Zahl: *5768 foot*. Er dachte nach, wusste wieder nicht, was er davon halten sollte, nahm das Auge vom Okular. Die Anzeige änderte sich von Tag zu Tag, morgens war der Wert immer am höchsten. Entweder arbeitete das Gerät ungenau, oder der Şirvan war in Bewegung.

Nachts ergoss sich Mondlicht in die Augen, Trunk des Vergessens, verjagte den Schlaf. Schemen von Riesen wurden wach und gaukelten durch die Steppe, entrückter Anblick im hohen, schütteren Schein, der war wie schwebender Mull. Pjotr wurden erst die Ohren, dann die Schulterblätter kalt, er wäre gern eingeschlafen, suchte sich in den Schlummer zu zwingen – schon damit das, was er sah, für einen Traum gehalten werden konnte und so leichter zu verkraften war.

In einer der Nächte fühlte er sich plötzlich beobachtet. Gesehen hatte er noch nichts, da spürte er es schon – spürte die Kälte, die ihm ins Kreuz kroch, die Wirbel einklemmte, die Schultern krümmte, die Kopfhaut zusammenzog. Etwas hatte sich herausgeschält aus der lasurblauen Leere, die ihm tagsüber auf das Hirn drückte. Die Nacht darauf – er erschauerte im Halbschlaf unter diesem unscharfen Blick – sah er Konturen, zusammengesetzt aus länglichen Schatten, ausgegossen mit reinem, also totem, von aller lebendigen Trübung befreiten Mondlicht.

In der vierten Nacht erkannte er die Totale: Hügel flossen, schlugen Falten unter dem Mond, wie eine vom Wind gewellte Gardine; dahinter eine menschliche Gestalt – hockend, vor sich hinstarrend. Vor Schreck schlief Pjotr sofort ein.

… Und wieder steigt die Sonne in den Zenit. Schurik lässt sich schon den zweiten Tag nicht sehen. Er wird doch nicht krank sein? Das Blut wird von der Hitze dick. Der Kopf schwillt an, das ganze Steppenrund zwängt sich hinein. Pjotr geht los – sich die Füße vertreten, die Benommenheit abschütteln. Er nimmt den Kopf zwischen die Hände und zieht, als wollte er ihn ausreißen. Wie ein Pudding schaukelt die Steppe, rumpelt die Sonne darin herum. Die Kräfte schwinden, es fällt ihm schwer, das Hosenbein, das sich an einem Dorn verhakt hat, loszureißen. Seufzend streckt er sich am Boden aus, rührt sich nicht mehr. Sein Körper hört, wie die eingetrockneten Säfte der Erde auf den Puls seines Blutes antworten, sie flehen, er möge von ihm abgeben, sie tränken, nähren. Pjotr erschrickt und bleibt doch liegen, warum so geizig, sagt er sich, sollen sie doch etwas abhaben, es ihnen zu versagen wäre ein Fehler, die Erde wird ihn ja doch überleben, schon jetzt ist sie Gott näher als er, und sollte es keinen geben, hat sie mehr als alle nach ihm gesucht – Respekt.

Zwei Strichlein am Horizont. Lange strudeln sie da herum, werden schärfer und verschwimmen wieder in der Glut. Fügen sich zu einem Menschen. Pjotr erkennt ihn: den Geologen. Auch er angefressen von der Glut.

Der Geologe geht vor dem im Dämmer liegenden Mann in die Knie.

Pjotr hebt den Kopf. Der Geologe flößt dem Kosaken aus der Feldflasche Tee ein. Einen erstaunlich kräftigen, erstaunlich süßen Tee. Erst jetzt spürt Pjotr seinen Durst. Er saugt gierig.

Am Abend war Mardan zurück. Er habe seine Frau am Morgen in die Klinik gefahren, sie habe am Mittag entbunden, ein Mädchen. Keine Komplikationen. In drei Tagen würde er sie nach Hause holen. Nun gab es am Schürfloch etwas zu feiern. Mardan hatte Käse und Bahlava mitgebracht sowie Şeker Çörek – was die Nachbarinnen auf die Schnelle hatten backen können. Mardan entschuldigte sich, kein Fleisch aufgetrieben zu haben. Haşem gratulierte und fragte, was es da zu entschuldigen gebe.

Auch Schurik saß am Feuer. Er, der ansonsten bei jeder Geselligkeit das große Wort führte, war heute recht kleinlaut, anscheinend mit schlechtem Gewissen. Zwei Tage hatte er Pjotr ohne Wasser und Brot gelassen. Es sei etwas dazwischengekommen, sagte er, seine Frau habe ihn nach Lənkəran geschickt, Setzlinge kaufen, Mehl und außerdem Stoff. Pjotr war inzwischen wieder bei Sinnen, getränkt und gesättigt, froh auch, ein Zeltdach überm Kopf zu haben. Haşem erkundigte sich höflich nach den Umständen seines Lebens. Wie es um die Fischerei am Kaspischen Meer stehe und um das Kosakentum. Wie sich zeigte, war Pjotr in der Kosakengeschichte beschlagener als Schurik, hatte viel Zeit in der Bibliothek von Prischib versessen. Dort habe er auch nach der alten Kirche gesehen: seit zwanzig Jahren leerstehend, aber intakt.

Ich fragte mich im Stillen, ob wohl eine Moschee auf rechtgläubigem Boden auch so lange unversehrt bleiben würde, während Pjotr berichtete, wie Schurik und er die Ikonenwand erneuert hatten, Fenster geputzt und den Fußboden repariert.

Noch von diesem und jenem war die Rede, bis Pjotr auf einmal die Mütze abnahm und sich zu fragen traute:»Soll ich euch eine Geschichte erzählen? Könnte spannend sein, falls ihr euch für Kosaken interessiert.«

»Bitte erzählen Sie!«, sagte Haşem.

Ich erstarrte innerlich in der Erwartung, dass der Kosake sich nun unweigerlich blamieren würde.

Pjotr aber, der ansonsten kaum zwei zusammenhängende Worte hinbekam, nippte am Tee und räusperte sich.

»Entschuldigt, wenn etwas durcheinandergehen sollte«, sagt er mit belegter Stimme und setzte sich gerade.

In diesem Augenblick wurde die Verwandlung offenbar, oder hatte mein Blick sich geläutert? Vor mir saß ein welker, ausgezehrter

Mann mit wässrig grauen Augen und sonnengegerbter Haut, Inseln von wildem Haarwuchs im Gesicht, die niemals zu einem richtigen Bart zusammenfinden würden, und noch dazu in dieser fadenscheinigen, albernen Uniform – doch ich sah in ihm den unverstellten Charakter, von Würde und Klugheit erfüllt. Kein wankelmütiger Kriecher, kein Trinker, der sich in die Hosen macht. Früher hatte ich ihn mir als Seefahrer nicht vorstellen können, jetzt genügte die Entschlossenheit in seinem Gesicht, um klarzusehen.

Pjotrs Erzählung war pittoresk, erinnerte an Volksmärchen. Und sie rief Geschichten ins Gedächtnis zurück, die wir vor Zeiten von Stoljarow gehört hatten.

»In der Wolgasteppe, flussab zur Mündung hin, gab es vor Zeiten ein Land, wo Freiheit, Vernunft und Zufriedenheit herrschten, heimisch dort waren wie in einem Paradiesgarten«, begann Pjotr in klingendem Ton. »Üppig flossen im Frühjahr die Hochwasser in die Felder und ließen knöcheltief fruchtbaren Schluff zurück als wie die Sahne auf dem Kanten Brot. Flache Seen bildeten sich, wo es – und im Gewirr aus Zuflüssen und Verbindungsarmen – von rotem Lachs wimmelte. Die reinste Zuchtanstalt! Und die Fischlein waren wie mit Treber gemästete Kaulköpfe so fett …«

Pjotr fuhr mit der Hand in die Innentasche seiner Jacke und zog ein auf Quartformat beschnittenes Schulheft hervor, hauchte vorsichtig in die Seiten wie auf einen Schmetterling, den man verleiten will, die Flügel zu entfalten, und las das Folgende vor:

»König Josef hieß der Herrscher in dem Land. Einmal schrieb er seinem Freund Chasdai ibn Schaprut, Würdenträger am Hofe des Kalifen Abd al-Rachman von Cordoba, einen Brief.« Pjotr warf einen schnellen Blick in die Runde, um sich der allgemeinen Aufmerksamkeit zu versichern. »Mein Palast, heißt es da, befindet sich auf einer Insel. Der Osten wird von einem breiten Fluss umspült, der Westen von einem schmalen, eine Brücke wölbt sich darüber hinweg, die Straße dahinter führt zu einer Seenkette, umspielt von silberhellen Bächlein, die da hineinfließen. Mein Land ist wie das Gelobte Land so schön, das der Allmächtige unseren Vätern verhieß. Ich sehe es oft im Traum; da sehe ich auch Dich, mein Freund.«

Pjotr rührte die Lippen, als müsste er den Traum zwischen ihnen schmecken.

Mal verträumt und hingerissen, dann wieder stockend und distanziert erzählte er seine Geschichte fort, und ich konnte nicht aufhören, mich zu wundern, woher dieser Kosake so plötzlich die Gabe zu reden erworben hatte. Er musste es auswendig gelernt haben, mutmaßte ich.

»Das Land war begehrt und unzugänglich, wie manche Jungfer für manchen Mann oder das Geheimnis, das auf den Tod folgt. Aus Persien geflohene Judäer herrschten darüber mit Gottes Hand, nachdem sie ihn, den Gott ihrer Väter, angerufen, er möge ihr neues Zuhause beschützen und gedeihen lassen. Bei Hochwasser – wenn der Wind eine todbringende Springflut hinauf in die Schilflabyrinthe sandte und die Flüsse urplötzlich ihr Bett änderten – kam das Land ins Trudeln und Schwanken, änderte sich mit – wohl oder übel, wie eine Hand den Sand, nämlich die Zeit, vergeblich beisammenzuhalten sucht. Für Fremde war das Land eine Terra incognita, ein Mirakulum. Die russischen Truppen, wenn sie von Zeit zu Zeit wiederauftauchten, um es ein neues Mal zu belagern, erkannten die Gegend nicht wieder und erschraken gewaltig. Jener Graben, wo man erst vor kurzem einen fürstlichen Nachen zu entern sich gemüht, war gänzlich verlandet, und da, wo die Boote hatten getreidelt werden müssen, schob sich ein stattlicher Strom dahin, in der Biegung hielt ein Strudel sein schwarzes Auge offen. Wie am Nasenring zog der Wassermann die Boote am Bug durch die Läufe, ließ sie kreiseln, einander verlieren, umgab sie mit Bänken, schob sie in Schnellen; Elfen klammerten sich an die Ruder, umgarnten sie mit ihrem Haar. Den Schwimmern, die die Ruder aus den Lotosstengeln und dem Geschling der Wassernusswurzeln befreien wollten, hängten sich Nöcke an die weißen Fersen – aufgescheuchte Welse, deren Schwänze auf das flache Wasser klatschten, dass es in den Ohren gellte.«

Pjotr hatte sich sichtlich ins Fieber geredet. Schurik war errötet und lächelte verlegen, er genierte sich seines Freundes und war doch zugleich stolz auf ihn; Stellen, die er schon kannte, bekräftigte er mit einem Nicken. Haşem war die Aufmerksamkeit in Person.

»Einzig über den Fluss war das Territorium zu erreichen. Schon der Weg bis hierher durch Steppe und Wüste war ein Todeskampf gewesen: Der Dämon des Hungers und des Aufruhrs schwebte als dräuende Wolke über den Regimentern. Nun trug der dunkle, mächtige Strom die Nachen auf schäumendem Buckel hinüber in die andere Welt. Ein Sandsturm, losgebrochen irgendwo hinterm Aral, löschte die Untiefen aus, ließ es Nattern, Frösche, Murmeltiere, Feuervogelfedern regnen. Schleppe des Ungemachs war ein Wüstenwind, der Sandkolosse längs der Ufer aufstellte, den Kriegern tief in die Augen schnitt, Nase und Rachen ausgoss mit flüssigem Blei. Die Bordwände wurden aus Maischekellen gewässert, damit sie nicht rauchten. Alles Eisen war glühend, als käme es geradewegs vom Amboss. Heuschreckenschwärme verdunkelten den Tag. Nomadenstämme waren zu fürchten, wild und gefährlich wie die Polowzer und wie Spukgeister so unstet. Kaum dass die Flottillen ins Delta gelangt waren, verirrten und verloren sie sich. Reglos und unsichtbar standen die Chasaren in den Flussauen: breite Gesichter ohne Brauen, frauenhaft langes Haar – eine Phalanx von Wassergeistern. Eins mit dem Fluss, mit der Natur, wehrten sie fremdes Leben sorgsam ab. In den glasklaren Flachseen gründelten Karpfen, wie Zicklein so groß, fraßen verschlungene Gänge ins Rieddickicht. Kein Gott konnte sie schrecken und kein Jäger; stach der Zweizack zu, fächelten sie nur träge mit den Flossen. Schwärme von Maifisch und Wobla, wie sie im April zum Laichen in die Flussarme heraufkamen, ließen den vor Schuppen und Tran schäumenden Fluss über die Ufer treten. Ihre Milch lagerte sich als fingerdicke Schicht am Uferrand ab. Den Vögeln in der Luft zeigte sich der Fluss als zottige, samenpralle Wolke. Vorwitziges Geflügel, das an ein Zufrieren außer der Zeit glauben mochte, ließ sich neugierig auf den weißen Feldern nieder, sank ein, zappelte und flatterte – und wurde von den Welsen geschluckt, von den Hechten halbiert. Im Abendgrauen zerriss ein starrer Orkan den Kriegern Gehör und Gemüt: Froschgebrüll, Rapfenschlag, Wolfsgeheul. Wolken, ach was, Tornados von Mücken erhoben sich schwarz und schwank aus dem ufernahen Holz, formierten sich zu schlanken graublauen Säulen, die in der Luft standen wie

Dschinne. Ein gewaltiges Summen über dem Fluss, das das übrige Leben erschauern ließ. Den Reußen kamen die Mückensäulen wie Wächter des Padischah vor, die ihnen den Weg zum Feuervogel Phönix, über den Kaspisee, den Hirkan hinweg, verwehrten. Noch die streitbarsten Hunde heulten verzweifelt ins letzte Abendlicht wie vor dem dräuenden Erdbeben, wühlten sich Kuhlen in den Sand unterm Strauch, verbissen sich in einen buschigen Ast und zogen ihn zu Boden, deckten so ihre Köpfe mit Laub. Jeden Warmblütler umhüllten die Schwärme wie ein Büßergewand, rubinrot brannte es auf den Hundeschnauzen. Ein Kettenhemd konnte gegen die Peiniger so viel ausrichten wie eine Schweinsblase gegen einen Pfeil. Mit Dungbriketts wurde geräuchert, was zumindest die Pferde rettete. Es qualmte wie aus dem Schlot eines Dampfschiffs; dabei kam es vor, dass Feuer ausbrach, da hockte dann die ganze Kamarilla bis zum Halse im Wasser, sie hatten eine Heidenangst, ans Ufer zu gehen. Chasaren wurden von den Mücken nicht behelligt: Ihre Haut roch nach Tod; das kam vom vielen Leben. Das Delta lag zwischen Süden und Norden wie das Herz zwischen Kopf und Füßen, Vorposten in alle Richtungen, vielbeschworener Dreh- und Angelpunkt: das Chasarische Chanat, gegründet auf Naturalwirtschaft, Selbstversorgung, Umschlagplatz zwischen Wikingern, Ostslawen und dem Orient: Vom Norden her wurden Honig, Pelze sowie bleichhäutige Sklaven und Sklavinnen angekarrt, in der Gegenrichtung flossen Seide und andere kostbare Stoffe, Juwelen, Gold und Spezien. Politische Händel mit den Nachbarn pflegte das Großchanat, angeführt von den Nachfahren Josuas, Nuns Sohn, ausschließlich mit Waffengewalt auszutragen. Man legte es darauf an, die Nachbarn zu reizen, in die Enge zu treiben. Getragen vom Wolgasturm, fielen chasarische Haufen von Zeit zu Zeit in Dagestan ein, löcherten in Derbent die Grenzbefestigungen der Sassaniden. Dabei ging es den Chasaren zu gut, als dass sie sich um irgendwelche Besitztümer hätten schlagen müssen, nein: Indem sie diese vernichteten, säten sie Schrecken. Umgekehrt war es für einen Padischah, wenn er gegen den georgischen König zu Felde zog, ein Leichtes, zwei chasarische Regimenter zu dingen – als Rammsporn bei der Belagerung von Tiflis. Dann aber kam die Zeit, da der Fluss, der ihnen Leben und Schutzschild gewesen, seine Kräfte gegen sie kehrte, er wurde todbringend nun. Meeresfluten ließen jahrein, jahraus die Wasser über die Ufer treten; von den Inseln im Delta blieben im Frühjahr nur tote Zipfel über Wasser. Am Ende ließen sich die Chasaren aus dem Delta ins Ödland hinter den Flüssen drängen wie Füchse aus dem Bau, wenn das Wasser ihn flutet. Und Swjatoslaw, als er wieder einmal von der Oka gezogen kam, sah die Stadt Itil sich nackt aus den Fluten erheben, nahm sie wie einen Schatz, wie einen goldenen Fisch, auf einer Sandbank gestrandet.«

Schurik wagte eine zaghafte Geste.

»Pjotr, vergiss nicht zu sagen, worüber wir neulich sprachen. Davon, wer die Chasaren heute sind«, beeilte er sich einzuflechten.

Pjotr schob sein Heft in die Innentasche zurück.

»Nicht alle chasarischen Juden sind jenseits des Terek gelandet. Ein Teil hat sich in den Niederungen des Don angesiedelt und, um nicht aufzufallen, das Christentum angenommen. Fortan hat man sie Kosaren geheißen oder Broditschen, sie selber nannten sich Kosaken. Da kann man mal sehen, dass die Kosaken einen jüdischen Stamm haben; denn nicht das Blut markiert die Rasse eines Menschen, sondern die Zirbeldrüse der Freiheit, des einen Gottes nämlich. Kosake oder Jude kann jeder werden, wenn er die Freiheit nur will. Nur darum ist der Mensch ein Mensch, weil er verdammt dazu ist, frei zu sein. Agitieren ist untersagt, Ehrlichkeit zählt: Redefreiheit. Rechthaberei, jemanden umstimmen wollen auf Teufel komm raus, ist tabu. Denken kann man nur tief in sich drin. Nur aus sich heraus und aus Gott darf die Seele wirken. Also was ich sagen will«, seufzte Pjotr (der sich selbst nicht zu glauben schien – nicht was er sagte, sondern dass er überhaupt sprach), »der Sinn der Geschichte besteht darin, dass das Ergebnis als Ursprung anzusehen ist. Saryn na kitschku!* – der geheiligte alte Kosakenschlachtruf steckt uns seit Ewigkeiten wie ein Kloß in der Kehle. Heutzutage sind die Halun-

---

* Wörtl.: Halunken auf den Sporn! (russ. altertüml.)

ken nicht zu zählen, man kann sie unmöglich alle aufspießen. Katharina die Große hat die Peitsche abgeschafft und es sich dann wieder anders überlegt; die Kosaken unter Ataman Sidor Bely ließ sie nach Tmutarakan an die Straße von Kertsch umsiedeln, auf Betreiben eines gewissen Fürsten von Taurien.«

Nun war klar, woher der Wind wehte: Schurik steckte dahinter, der alten Aufwiegler. Dass Pjotr seinen eigenen Faden daraus spann, war indes nicht zu verkennen.

Jetzt setzte er alles daran, dass man ihn ausreden ließ, und wurde darüber etwas wirr in seinen Ausführungen.

»Über die Chasaren hab ich auch viel nachgedacht«, fiel Haşem ihm prompt ins Wort.

Pjotr zuckte zusammen, und Haşem war einen Moment still, dann fuhr er fort:»Mit dem Wolgadelta hat es noch eine besondere Bewandtnis. Da gibt es eine interessante Parallele zu beobachten, eine Symmetrie … Bloß gut, dass nicht alles so einfach ist.«

Pjotr, der sich nicht gleich wieder einbekam, Mühe hatte, sein jäh entfaltetes Ego zurückzustopfen, suchte Haşem nichtsdestoweniger entgegenzukommen, bewegte gar die Hände auf ihn zu, als könnte er mit ihnen besser hören.

Haşem war schön wie ein exotisches Tier – ein Kamel oder eine Giraffe. Die wirr vom Kopf abstehende schwarze Mähne, die aufgerissenen schwarzen Augen, die quer über die Stirn wuchernde Hecke der Brauen, die aufgepumpten Arme, die aus den Shorts ragenden erstaunlich langen Beine mit den in noch erstaunlichere Länge gezogenen Muskelsträngen, die bunten Hippieklunkern um den Hals und an den Gelenken, die sehnigen Hände, die langen Finger …

Mir war, als hätte ich ihn so noch nie gesehen, und es war verblüffend: Vor mir saß der wiedergeborene Chlebnikow. Kein Zweifel: Welimir Chlebnikow in poetischer Leibhaftigkeit, auferstanden und erstarkt, den Prädestinationen, die er im früheren Leben verfehlt hatte, nunmehr gewachsen erscheinend. Stein fiel mir ein, der seinem begabten Schüler just diesen exzeptionellen Auftrag gegeben, und ich bekam Gänsehaut.

Haşem trank einen Schluck Tee und führte seinen Gedanken aus.

»Worauf die Vorliebe der Russen für das Kaspische Meer beruht, ist völlig klar. Die Wolga nimmt das Licht der russischen Erde tropfenweise in sich auf und sammelt es, fließt dabei und fließt bis irgendwo ans Ende der Welt. Und wer möchte nicht einmal dort sein, wo die Welt zu Ende ist? Als Kind, wenn ich russische Märchen las, war ich von dieser Idee ganz fasziniert. Zu Fuß kommt man ja nicht wirklich weit – aber sich in ein Bötchen zu setzen und in ein beliebiges Flüsschen, um dann von einem Fluss in den anderen bis in die große Wolga hineinzutreiben und mit ihr ins Kaspische Meer … Ein sicherer Weg! So gesehen, lagen Persien und Indien schon hinter dem Ende der Welt. Die Neue Welt für russische Kolumbusse. Im Grunde ist Russland kein Land der Seefahrer. Es lebt von seinen Flüssen. Alle großen Reisen wurden die Flüsse entlang getätigt; wenn Winter war, dann eben auf Kufen übers Eis, unter dem das schwarze Wasser lag. Der Fluss war die einzige Straße durch den grenzenlosen, unbesiedelten Raum.«

Pjotr saß da, den Kopf ergeben gesenkt. Die Heger, die ihren Respekt bekundet hatten durch geduldiges Anhören von etwas, das kaum verständlich für sie war, gingen nun wieder still ihren Verrichtungen nach: Teekochen, Holzholen, Verstauen des Mundvorrats.

»Ich denke ja auch, dass so etwas wie die absolute Wahrheit existiert«, fuhr Haşem derweil fort. »Und schon deshalb muss es auf dem Planeten einen Punkt geben, in dem alle sichtbaren und unsichtbaren Ströme dieser Wahrheit sich vereinen. Eine Mitte. Die Wahrheit muss – neben den vielen anderen – auch eine geographische Dimension haben. Sonst wäre es keine, es wäre nur Einbildung. Die Mitte ist eine heilige Stadt, von Gott erwählt. Nur denke ich, dass sie in größerer Höhe liegt, viel zu hoch, um einfach so, ohne besondere Verfügung, hinzugelangen. Deshalb werden Sie recht haben: das Delta ist ein Dreh- und Angelpunkt, die erste Stufe der Himmelsleiter. Aber lassen Sie uns den Gedanken noch etwas genauer fassen. Geographisch, meine ich.«

Pjotr traute seinen Ohren nicht. Erhob sich halb von der Erde, um seine Kleider zu richten: strich über die Flanken seines Kittels, zog die Knie der Reithosen straff, band umständlich die Schnüre der Sandalen neu.

Plötzlich ertönte über unseren Köpfen ein Vogelschrei. Alle Blicke gingen hinauf: ein Greifvogel, der bei der Jagd offenbar an Höhe verloren hatte und nun im Zickzack wieder aufwärtsstrebte, nach der geeigneten Thermik suchend.

Haşem zog sein Fernglas aus dem Rucksack, richtete es empor, schrieb etwas in seinen Block – all das, ohne seine Rede zu unterbrechen.

»Schaut auf eine gute, übersichtliche Karte, dann wird euch die Symmetrie sofort klar. Wenn man das Wolgadelta mitsamt dem Şirvan um einen bestimmten Punkt dreht, landen sie deckungsgleich auf dem Nildelta und dem Gelobten Land. Nehmt einen Zirkel und prüft es nach. Der tiefere Sinn dieser Symmetrie besteht nun in Folgendem: Im Nildelta herrschte die längste Zeit Sklaverei. Der Auszug ins Gelobte Land erfolgte nach Nordost – in die Freiheit. Während im Wolgadelta zu jener Zeit, Sie sagten es, Freiheit und Zufriedenheit herrschten. Der Auszug ins Tal des Donez war in Wirklichkeit eine Diaspora und hatte Krieg und Unterwerfung zur Folge. So wie Mose den Pharao mit Hilfe der Landplagen umzustimmen sucht, so haben eure Kosaken dem Reich durch fortwährende Überfälle und himmelschreienden Verrat ihren Willen aufgezwungen, in die Freiheit entlassen zu werden. Oder nehmen wir die Flut, von der Sie sprachen … Ein Sturm von der See her, der das Wasser stromauf treibt, den zögerlichen Feind ersäuft, doch ansonsten die Sandbänke, Halden und Untiefen schiffbar macht. Für den Fremden ist die Flut ein Malheur, für den Anwohner eine Gnade. Und dieselbe Flut haben wir in den Haffen des Roten Meeres. Sie steckt hinter der wunderbaren Erscheinung sich teilender Fluten beim Exodus. Noch so eine Analogie! Die Deckung vollzieht sich geographisch ebenso wie dem Gehalt nach. Der Drehpunkt dürfte übrigens irgendwo in Kleinasien nahe Kappadokien liegen. Da möcht ich gern einmal hin …«

Pjotr schien überwältigt. Er nickte unentwegt, bewegte die Lippen, so als käme jedes von Haşems Worten zugleich aus seinem Mund.

»Die Symmetrie der Gegensätze sollte einen nicht wundern. Genauso der Umstand, dass die Wahl des Sündenbocks für Asasel am Versöhnungstag durch das Los entschieden wird. Gleich wie – Gott ist in beidem. Der Zufall ist Gottes Los, Eidos, seine Gestalt auf Erden. Kopf und Zahl sind im Grunde eins, eineiige Zwillinge, nicht nur Stiefgeschwister, wie der oberflächliche Eindruck glauben macht.«

Der Falke am Himmel, dem mein Blick die ganze Zeit folgte, war derweil mit seinem Flügel ein paarmal über die Sonnenpupille gewischt, hatte zweimal durchdringend gerufen: kia-kia-kiaah! – dann explodierte er förmlich, ging wie in Flammen auf, schwirrte steil ein Stück empor, klappte die Flügel ein und schoss wie ein schwerer Stein zu Boden. Im nächsten Moment schnellte die getroffene Trappe aus dem wirbelnden Staub und fiel schnaubend zurück, kugelte wild flatternd zur Seite – sichtlich schwer gezeichnet, wie von innen her. Der Falke hielt sich nicht länger in der Luft, kam angesegelt, bremste ab mit ein paar wilden Flügelschlägen, landete auf seinem Opfer. Stelzte auf ihm herum, bis die Klauen in der Gurgel Halt fanden.

Im Nu war Haşem bei dem Falken. Der wollte abstreichen, doch seine Füße hatten sich in den Maschen des Netzkleides verfangen, das der Trappe übergestülpt war – dem Falken war sein Opfer zur Falle geworden; er schlug hilflos mit den Flügeln. Geschickt und behutsam, um das Gefieder des Sakers nicht zu beschädigen und sich selbst nicht zu verletzen, überwältigte Haşem den Räuber, bandagierte ihn, streifte ihm die Maske über und trug ihn zum Auto.

Strahlend brachte Mardan die Trappe zum Feuer. Als er mit rabiater Geste die Zähne in den Hals des Tieres schlug, blitzte ein raubtierhafter Ausdruck aus seinem Gesicht. In Windeseile ließ er den Vogel ausbluten und rupfte ihn, kratzte zwei Handvoll Lehm aus der Grube, beschmierte den Braten damit und legte ihn im Feuer ab.

Das Fleisch der Kragentrappe ist ziemlich fest, schmeckt jedoch vorzüglich.

Wenig später legten sich alle schlafen.

Am anderen Morgen brach Haşem beizeiten zur Wache am Heiligen Kreuz auf. Schurik und Pjotr blieben, um die Schürfung mit mir zu beenden. Wie groß mein Erstaunen, als ich nach der Mittagspause in die Grube hinabstieg und den Geruch von Erdöl wahrnahm. Im nächsten Augenblick gewahrte ich die winzige Fontäne und sah mich in einer Lache stehen: körniges schwarzes Öl in glänzender Schicht. Über mir der Himmel schien fern.

Am Ende schoben wir die Grube wieder zu. Noch am Abend fuhr ich in die Stadt, um gleich am nächsten Morgen zum Postamt zu gehen und die Probe ans Labor aufzugeben.

Seynab

1

Auf dem Höhepunkt des Ramadan machte ich einen Gang durch die Moscheen. Ich hatte gelernt, unsichtbar zu sein: beobachtete, sah mich um, trat den Rückzug an, bevor das großen Beten anfing. Nur einmal verpasste ich den Moment; ein alter Mann trat auf mich zu und fragte:

»Warum betest du nicht?«

Als ich mich umwandte, sah ich die Reihen gebeugter Rücken zwischen den Säulen.

Ich wandelte durch den Ramadan wie ein Träumender; trieb mich auf dem Basar herum, der am Morgen noch halbleer war, sich erst gegen Abend füllte. Die steinernen Flanken der Kohlebecken, in denen die Schaschlykspieße sich drehten, begannen zu glühen, aus den Tandurs stieg Qualm, in den die Frauen mutig abtauchten, um den Teig an die Wände zu pappen und festzuklopfen; hatten sie sich ächzend wiederaufgerichtet, kamen die Lavangi an die Reihe: Hähnchen wurden mit Nüssen, Zwiebeln und Kräutern gefüllt, auch sie kamen in den Tandur, direkt auf die unter einer Schicht Asche lagernden Kohlen.

Mein Blick hängt an dem schwächlichen Knaben mit den Riesenaugen, der verwundert zu mir aufschaut hinter seinen Tellern, auf denen er Stücke angekohlten Lammfleischs gestapelt hat und Granatapfelschnitze voll kostbarer Kerne, verborgen in Waben aus gelben Augenhäuten, ich meine das Quietschen zwischen den Zähnen zu hören … Und weiß nicht, was dieses fromme Kind besäße, hätte es seinen Glauben nicht? Womit wäre es zu trösten, wenn nicht mit der über sich hinausdeutenden Zeit, der himmelwärts weisenden Pracht der Architektur?

Becher aus dünnem Glas mit bezuckerten Rändern, gefüllt mit

steifem Limonensorbet, warten auf die Betenden. Das wenige, was ich gesehen habe, ist grandios genug. Ein kleiner Junge, der zwischen den gebeugten Männern spazieren ging, die einzige aufrechte Gestalt: klein, dunkelhäutig, kahlgeschoren, mit hängender feuchter Unterlippe, verständnislos nach vorn starrend, wo etwas sein musste, da die geheimen Gedanken und offenkundigen Bezeugungen aller Anwesenden dorthin gerichtet waren … Ein noch kleineres Mädchen, ganz in Weiß, mit dicker Perlenkette um das Handgelenk, kläglich und verloren in einem leeren Saal auf grünem Teppich kniend, Kopf gesenkt, Blick verborgen …

2

Wenn das Geschäft mit den Vögeln nicht florierte, griff der Hunger nach den Hegern des Abşeroner Regiments und ihren Familien. Ein Ausweg war, sich von Blesshühnern zu ernähren, deren dunkles Fleisch (beinahe so schwarz wie das der Pelikane) nach Fisch stinkt, und man muss wissen, wie man es zubereitet. Rezepte wurden ausgetauscht. Sona-xanım schwor auf ihres: eine Füllung aus Portulak, Thymian und Minze; die kräftigen Kräuter ließen den Fischgeschmack zurücktreten. Haşem war sich im Klaren, dass auch der schnelle Verkauf von Schwänen und Pfauen die Lage nicht durchschlagend bessern konnte, der nächste Falkenbasar in Quetta war erst im Herbst, und nie und nimmer würde er den Spekulanten die flugfähigen Wüstenfalken für fünfzig Dollar pro Tier in den Rachen werfen – also berief Haşem einen Konvent ein, die Heger berieten sich und schickten Abbas zu den Polieren auf die Baustellen von Baku vor. Daraufhin bildeten sie alle miteinander ein Artel und verrichteten Schwerstarbeit: Straßenbau, Erdaushub im Kanal; vorher hatten große Schreitbagger diese Arbeit verrichtet, jetzt suchte man die Leasingkosten einzusparen und verdingte für ein Drittel oder Viertel des Preises Arbeitskräfte wie uns. Weidenkörbe, sogenannte *Sembil*, mit fünfzig Kilo Last wurden an Riemen auf die Schultern gelegt und weggetragen, ausgekippt, zurückgebracht, wieder gefüllt … und das bis zum Sonnenuntergang, mancher fiel um vor Entkräftung, dann musste man nach den Pupillen schauen, prüfen, ob er bei Bewusstsein war; Riechgeist half, und viel Wasser zu trinken empfahl sich. An Wasser wurde auf den Baustellen nicht gespart, sie stellten verbeulte Zisternen auf, die vormals zum Ausschenken von Kwaß gedient hatten.

Was hat man nicht alles mitansehen müssen bei diesen Jobs. Auf Abşeron hatten Luxus und Armseligkeit schon vor Zeiten Tür an Tür gewohnt; ich sah es als Kind, ohne es zu begreifen. Damals kam ich als »blinder Passagier« im Krankenwagen herum, wenn meine Großmutter Einsätze fuhr, das liebte ich über alles. Jede Autofahrt war für uns Jungen ein Fest; den Geruch in einer Wolga-Limousine habe ich bis heute in der Nase, erinnere mich an die rautenförmig angeordneten kleinen Lüftungslöcher in der Wandbespannung. Der Geruch in einem Wolga war nicht zu verwechseln mit dem einer »Kopeke«, wie wir den kleinen Lada nannten; auch die Palette dessen, was aus dem Auspuff kam, erinnere ich, und erst das Öl- und Benzin-Aroma, das die heißgelaufenen Zylinder eines Motorrads ausdünsteten. (In die Hocke gehen, die neugierigen Fingerkuppen an den Kühlerrippen verbrennen …) Ganz zu schweigen von den Geräuschen: dem wohlig brummenden SIL-Laster, dem knatternden Saporoschez, »Invalidka« genannt. Überhaupt kamen wir an keinem automobilen Fortbewegungsmittel vorbei – und sei es der »Alabasch« gewesen, der berühmt-berüchtigte Schichtbus der Ölarbeiter, auch wenn einem darin mitunter schlecht wurde (ohne eine vorsorglich gefaltete Zeitungstüte stieg man nicht ein). Die Großmutter auf Impftour zu begleiten galt als Luxusfernreise und gehörte zum Feriensommer in der Nobel-Siedlung obligatorisch dazu. Die Kinder in den entlegenen Regionen wurden von ambulanten Brigaden geimpft. Die Fahrer kannten mich schon, ich wurde anstandslos in die Kabine geladen, nach Möglichkeit in die Nähe des heißen, aufregend vibrierenden Schalthebels; wenn man ihn anfasste, übertrug sich das Beben in den ganzen Arm hinein; so fuhren wir im Rafik den ganzen nördlichen Teil des Abşeron ab, bis in den höher gelegenen »Rayon« jenseits des Beşbarmaq, wo es gleich viel wilder und ungemütlicher wurde. Verschlossene Gesichter, mit russischer Sprache nicht zu erweichen; meist dolmetschte eine Krankenschwester, oder Großmutter nahm den Fahrer mit hinein. Das ehrfürchtige »Doktor, Doktor« war das Einzige, was ich von der Rede der Bergbewohner verstand.

Auf solchen Fahrten kam ich in die sogenannten wilden Kolonien, auch dies eine vollkommen andere Welt. Aus dem »Rayon« zog es die Leute in die Stadt, um Arbeit zu suchen; gelang das nicht, und es gab keinen Platz für sie im Wohnheim, oder sie mochten dort nicht wohnen, war Selbsthilfe angesagt. Man okkupierte am äußersten Rand der Stadt ein Gelände (wenn »okkupieren« für die Landnahme in absoluter Öde das rechte Wort ist) und errichtete aus dem, was zur Hand war, ein paar ärmliche Buden, zweigte irgendwo Wasser ab. Ich erinnere mich an rostige Bleche, Trafospulen, Sperrholz und Karton, Bettgestelle, zerfledderte Matratzen, etwas wie Steppdecken, Fenster, die mit Folie aus Phosphatdüngersäcken bespannt waren, darauf irgendwelche großen blauen Buchstaben, ein trübes, schmieriges Lampenlicht … und natürlich herumflitzende Hühner, Katzen, ein an die Bettstelle gebundenes Schaf, tricktrackspielende Männerrunden; aus schwarzen Knopfaugen starrend ein kleines Mädchen mit schwarzbrauner Haut im viel zu warmen roten Kittelchen, um den Babyspeck des Handgelenks eine Schnur mit Türkisamulett …

Heute gibt es an den Rändern Bakus Elendsviertel von ganz anderen, unabsehbaren Ausmaßen. Zehntausende leben dort, die damals, Anfang der Neunziger, vor dem Krieg geflohen waren, um ihre Häuser, um Grund und Boden gebracht, und die halb irre von Leid und Tod hier ankamen, sich festkrallten am Rande des Abgrunds. Nach siebzehn Jahren hat sich dort kaum etwas verändert, nur der Friedhof ist gewachsen, er macht einen neuen, akkuraten Eindruck; der Prunk mancher Gräber fällt ins Auge.

Ein eigener, vom Unglück gezeichneter Menschenschlag. Und wäre nicht die Sonne …

Unsere Heger unterschieden sich indes wenig von diesen Ausgebooteten, fanden rasch Zugang zu ihnen. Gemeinsam verrichteten wir Tiefbauarbeiten, die zu Recht als die härtesten galten. Irgendwie wussten diese Leute immer, wo es gerade solche Arbeit gab. Im Naturpark hatte Haşem nur je einen Mann pro Wachstation hinterlassen; das Los hatte entschieden, ohne Murren. Wir nächtigten in einer der irregulären Siedlungen, auf dem Hof des einbeinigen ?hmed, Haşems Freund; er bekam etwas bezahlt dafür, dass wir unsere Matten bei ihm ausrollen durften, und für das Wasser zum Tee. ?hmed lebte einsam und betrachtete unsere Anwesenheit als ein Geschenk des Himmels; seine Frau war vor drei Jahren gestorben, den Sohn hatten sie zuletzt Mitte der 1990er im sibirischen Surgut gesehen. Jedes Mal, wenn ?hmed in die Stadt ging, um seine Rente zu ergattern, war das ein Kampf. (Die Flüchtlingssiedlungen waren auf keiner Karte verzeichnet und hatten keine Adresse.) Wir aßen zweimal täglich; pro Tag und Nase gab es ein Brot, ein Pfund Kochwurst, Tomaten und viel, viel Tee. Beim Teetrinken wetteiferten die Heger, auf wie viele Gläser sich ein Stück Zucker strecken ließ, wobei die Regel vorschrieb, den Zucker hinter der Wange zu deponieren und nach jedem Glas den Schiedsrichtern herzuzeigen. Abends nach dem Essen fielen wir ziemlich schnell ins Bett. Nur in den ersten Tagen meldeten sich die Jüngsten bei Haşem zum »Kino« ab, das hieß: still und züchtig durch die Straßen zu ziehen und gut gekleidete Menschen zu betrachten. Gegen Ende der Woche waren auch sie zu müde dafür. Das Gerücht, dass viele Frauen aus unserem Budenviertel im Zentrum der Prostitution nachgingen, ging als Raunen von Mund zu Mund, Mitgefühl und etwas Grusel in den jungen Gesichtern. Beim Einschlafen unter dem saftigen, offenen Himmel meiner Kindheit, früher leer und jetzt voller Flugzeuge und Satelliten, trauerte ich dem abnehmenden Völlegefühl im Magen nach und dachte dabei an die Frau, die ich vorgestern morgen hier gesehen hatte. Ich war um die Ecke gegangen, um mich aus der Flasche zu waschen und Zähne zu putzen, da stand sie auf dem Nachbarhof, stämmig, mit breiten Hüften. Als sie die Arme zum Haar hob, um es im Nacken zu verknoten – dabei trat der Ansatz ihrer Brüste zutage –, hatte sie mich bereits gesehen. Wandte sich ab und ging ins Haus. Sie war kräftig in den Knochen, mit langem Hals, fließenden

Armen. Kam gleich darauf noch einmal wieder und lugte, Hand vor dem Mund (ein Vorderzahn fehlte), über den Zaun. Warum ist sie zurückgekommen?, fragte ich mich, schon im Halbschlaf. Und ohne Kopftuch! Sie hat mich doch gesehen. Soll ich ?hmed nach ihr fragen? … Man konnte nicht wissen, wie er reagieren würde. ?hmed war ein netter Mensch, aber vielleicht war sie eine nahe Verwandte. Und als Nachbar ist man sowieso ein bisschen verwandt …

Diese Jobs waren jedenfalls unbeschreiblich. Ich photographierte auf Schritt und Tritt. Anfangs noch hektisch, unter der Hand, ich genierte mich. Aber die Heger hatten nichts dagegen; sie mochten es, photographiert zu werden.

3

Länger als zwei Wochen durfte Haşem den Şirvan nie allein lassen; die Fron wäre ohnehin kaum länger durchzuhalten gewesen. Einmal brachte Abbas einen Mann mit zu ?hmed, stellte ihn Haşem vor: Kulí. »Er will auch Erde schleppen.« – »Die Arbeit ist schwer. Hast du es nötig?« Der Mann – er sah erschöpft aus, mit fiebrigen Augen – nickte schnell. Haşem zögerte. »Na gut«, sagte er dann. Wie sich herausstellte, war Kulí Seynabs Mann. Seynab war ?hmeds Nachbarin. Seit einem Monat war Kulí zurück aus Kursk, wo er auf dem Bau gearbeitet – Betonfußböden in Fabrikhallen gießen, bei großer Kälte – und sich irgendein inneres Leiden zugezogen hatte, das die Ärzte in Russland nicht näher hatten definieren können. Jetzt hatte er sich ein wenig erholt und schloss sich den Hegern an. Seine Arbeitsleistung war bescheiden, er schaffte noch weniger als ich, ohne dass Haşem ihm den Anteil kürzte, was die Heger murrend zur Kenntnis nahmen. (Ich wiederum verzichtete ganz auf mein Geld, zu ihrem Entzücken.) Daraufhin wies Haşem ihm zusätzlich das Amt des Kochs zu, womit bis dahin jeder einmal betraut war. Kulí kaufte außerdem ein und bereitete den Tee. Er gab sich Mühe, den Hegern und Haşem gefällig zu sein. Als ich sah, wie schwer ihm das nach der Arbeit fiel, ging ich ihm zur Hand. Ich führte den ukrainischen

Kulesch ein: Getreidebrei mit Einlage, je nachdem, was vorhanden war: Würstchen, Fisch, Salami. Den Hegern schmeckte er und machte satt.

Kulí verhielt sich mir gegenüber devot, was mir nicht behagte. Ich hatte nämlich, während er noch in Russland gewesen, etwas mit seiner Frau gehabt. Das erste Mal war ich aus reiner Neugier hingegangen, hatte den Kindern Bonbons mitgenommen. Sie hatten drei, das Jüngste war zwei. Seynab schien erfreut. Sie brachte die Hälfte des süßen Vorrats in Sicherheit, deckte den Tisch. Ich mochte nichts essen, sie machte Tee. Russisch konnte sie so gut wie gar nicht, wir schwiegen uns die meiste Zeit an, ich konnte den Blick nicht von ihr lösen. Sie schaltete den Fernseher ein, brachte die Kinder hinter dem Vorhang zu Bett. Der Fernseher war schwarz-weiß, das Bild so schlecht, dass man kaum etwas erkennen konnte, Ton gab es gar keinen. Wir versuchten gemeinsam die Antenne zu richten, die Kinder lugten hinter dem Vorhang hervor und kicherten, kamen nur langsam zur Ruhe. Dann stand eine Schüssel Reis auf dem Tisch, der sehr schön aussah, mit Safran, einem schmelzenden Klecks Butter in der Mitte. Tee. In der Untertasse ein Sprung. Anfangs war ich wirklich nicht scharf auf sie gewesen, hatte nicht vorgehabt, sie zu berühren, war nur neugierhalber da, ein bisschen sitzen und wieder gehen. Ich hatte den Photoapparat dabei, nahm den Deckel aber gar nicht erst vom Objektiv.

Sie kam von selbst und tat, was zu tun war. Als ich ging, schob ich ihr fünfzig Dollar unter das Kissen, sie küsste meine Hand. Einmal, als wir noch beieinanderlagen, kam die Jüngste in unsere Ecke gesprungen mit einem besabberten Kanten Brot, den sie der Mutter hinstreckte. Als sie mich sah, erschrak sie, ich rutschte unter die Decke. Mama sprach eine Weile leise auf sie ein. Nach diesem Vorfall ging ich eine Weile nicht mehr hin. Bis sie selbst bei ?hmed auftauchte, den Hegern gekochte Kartoffeln brachte. Als sie mit ihrer Schüssel wieder ging (nicht ohne eine Handvoll Zucker hineinzuwerfen – ein Aberglaube: man verlässt ein Haus nicht mit leerem Geschirr), blickte sie mich an. Von da an nahm ich meine Besuche wieder auf.

Dann kam ihr Mann zurück, und es hörte auf.

Einmal wollte ich auf den Flugplatz zu Kerry, der angekündigt hatte, in den Şirvan zu kommen, da er nicht wusste, dass wir auf Baustelle waren. Ich vertrödelte die Zeit bis zum Mittag, wusch mich … Als Seynab bei ?hmed auftauchte, um Salz zu bitten.

An dem Tag verstauchte sich Kulí frühmorgens den Fuß und kam deswegen vorzeitig nach Hause. Als er eintrat, rutschte ich wieder unter die Decke. Seynab begann zu schreien, ich spähte hervor. Kulí rannte hinaus, kam wieder, vertrat sich das verstauchte Bein, krümmte sich vor Schmerz, die Axt in der Hand. Holte aus, hieb sie in den Tisch. Sank auf die Bettkante, bedeckte das Gesicht mit den Händen, weinte. Seine Schultern bebten. Seynab hörte zu schreien auf, bekleidete sich.

Ich machte, dass ich davonkam. Vorher legte ich fünf Hunderter auf den Tisch, da wo die Axt steckte, stellte das Salzfass darauf.

Die Nacht lag ich schlaflos, das Gewissen quälte mich. Vor mir das Bild, wie Seynab Kulí zaghaft die Hand zwischen die bebenden Schulterblätter legte.

4

Einmal im Şirvan riss es mich ernstlich hin, und ich grübelte über den Sinn des Todes. Verwandte hatten zu Grabe getragen werden müssen; auch zuvor hatte ich den Tod schon von nahem gesehen. Einen Höhenmonteur, der in den Schacht eines Bohrturms abstürzte, mir vor die Füße; er fiel lange, mit tierischem Geheul, blieb immer wieder irgendwo hängen; als er unten ankam, sah ich die Schädelplatten weiß aus einem Brei von Blut, Hirn und Öl schimmern. Und den großen Bruder von Igorka, einem Spielkameraden, bekannt wie ein bunter Hund in ganz Artjom, Rhythmusgitarrist in einer Tanzkapelle (*Trinkt leer das Glas auf die Matrosen*, *Die Kurve naht, was liegt dahinter*, *Hotel California*, *Ticket to the Moon*), der mit seinen siebzehn Jahren nicht zum ersten Mal betrunken war und auf dem Heimweg beschloss, ans Meer zu gehen, um ein bisschen auszunüchtern, sich zu waschen – dort stürzte er und ertrank, man fand ihn am Morgen bäuchlings im flachen Wasser liegend, leblos. Ich sehe Igor noch durch die Straße rennen, mit schlappenden Puschen wie ein alter Mann, völlig aufgelöst;»Serjoscha ist ermordet worden!«, brüllte er, als er mich sah. Und ich sehe vor mir das schöne Marmorgesicht des jungen Toten, dem lebenden absolut unähnlich, ganz wie die antiken Büsten mit den blinden Augen, und es war das erste und einzige Mal, dass ich seinen roten Lockenkopf glattgekämmt sah – so wurde er von einer Reihe Schemel aufgehoben und in den Sarg gelegt, schwebte durch die mit Zypressenzweigen ausgelegte Gasse, dem an- und abschwellenden Marschgeheul des Orchesters folgend; mein Blick hing an der abgeschabten, beschmutzten, unter dem Schlegel bebenden Zarge der Großen Trommel, und alles war zu Ende. Und noch viel früher, erinnere ich mich, kaum in der Schule, durchlebte ich die Erkenntnis meiner eigenen Sterblichkeit. Einen ganzen Tag lang verbrachte ich in völliger Hysterie, brach immer wieder in Tränen aus ob der Vorstellung, ich könnte mitsammen dieser irre großen, irre schönen und glücklichen Welt vergehen; dafür, dass diese Welt womöglich auch ohne mich weiterexistieren konnte, hatte ich keinen Sinn. Mein Vater, der es nicht mitansehen konnte, erdachte allerlei Trost: von einem angeblichen Unsterblichkeits-Gen bis zu einem Gerät am Handgelenk, das den Zustand des menschlichen Organismus sekündlich diagnostiziert und gegebenenfalls Warnhinweise ausgibt wie: *Tablette No. 317 schlucken* oder *Intravenöse Injektion No. 173*. Meine Qualen endeten jedoch erst, als ich Haşem am Abend, bemüht, meinen Zustand zu verbergen, beiläufig fragte, ob er Angst habe zu sterben. »Nein«, erwiderte er so bestimmt, dass die meine im selben Moment verflog.

Nun aber, im Şirvan, empfand ich plötzlich die physiologische Nähe der Vergänglichkeit, ihr Brodem fuhr mir zum Erbrechen scharf in die Nase. An dem Abend fuhr ich in die Stadt, kaufte mir eine Telefonkarte und rief die Eltern an. Nicht, dass etwas Besonderes zur Sprache gekommen wäre. Mutter war furchtbar aufgeregt: Wo ich denn sei und wieso, warum so lange ohne ein Zeichen. Dass ich auf Abşeron war, konnten die Eltern nicht ahnen. Sie forderten Erklärungen, wieso ich mein Mobiltelefon abgeschaltet hatte und unter der alten Moskauer Festnetznummer neue Mieter sich meldeten. Meinen Aufenthaltsort verschwieg ich auch jetzt – wozu hätte ich ihnen sagen sollen, dass ich hier war und in die toten Augenhöhlen unseres alten Hauses blicken konnte? Die Eltern wähnten mich irgendwo in Frankreich oder aber in Jordanien, so hatte Ljonja es ihnen erzählt, als er anrief, weil auch er nach mir fahndete; ich hätte ihm gesagt, ich hätte eine neue Freundin und wollte mit ihr nach Montpellier oder eben nach Jordanien, den Templerschatz suchen. Ich konnte mich nicht entsinnen, dergleichen gesagt zu haben, auch wenn es mir grundsätzlich zuzutrauen war: Schon in Berkeley damals hatte ich ihm den Kopf verdreht mit erfundenen Geschichten, zum Beispiel über den Goldschatz der Russisch-Amerikanischen Kompagnie, den Graf Resanow auf seiner »Juno« piratenmäßig vor der japanischen Küste zusammengerafft habe und der angeblich in den Katakomben einer Kirche auf der Fulton Street in San Francisco lagere …

Erst nach dem Telefonat mit Mutter fiel mir plötzlich ein, dass ich vier Wochen zuvor versäumt hatte, ihr zum Geburtstag zu gratulieren. Keine Katastrophe, doch es war mir zum ersten Mal im Leben unterlaufen. Das war aber nicht der Grund für meine Erschütterung. Jedenfalls nicht der einzige. Es war in diesem Gespräch etwas aufgeblitzt, was mir Angst machte. Nachdem die erste Erregung abgeklungen war, hatte sie plötzlich ganz teilnahmslos geklungen, begann über ihre Gesundheit zu klagen, darüber, dass sie irgendwelche heiklen Medikamente zu sich nahm, die Hormone enthielten, es sei aber die einzige Möglichkeit, ihre Schilddrüsenprobleme in den Griff zu kriegen … Etwas daran irritierte mich. Ich brachte das Gespräch rasch zu Ende. Aber eine halbe Stunde später rief ich wieder an und verriet, dass ich auf Abşeron war. Mama sagte erst eine Weile nichts, dann fragte sie, ob ich auf Artjom gewesen sei. Nun war ich es, der schwieg. Wir schwiegen beide. Sprachen dann noch über Nebensächlichkeiten, und wieder verspürte ich einen Stich: diese Art Gleichmut sich selbst und auch mir gegenüber, die ich an ihr überhaupt nicht kannte.

Den Tag darauf verbrachte ich auf dem Flugplatz bei Kerry, wir liefen ans Meer, begutachteten das Pumpwerk, saßen in der Teestube. Gesprochen wurde wenig.

»Siehst nicht besonders gut aus«, sagte Kerry auf einmal. »Das Wort *grief* steht dir im Gesicht geschrieben. Im linken Auge das G, im rechten das F.«

»Ich hab halt eine große Nase«, versuchte ich einen Joke.

Kerry grinste, nahm einen Schluck aus der Flasche und reichte sie mir.

»Halb so wild«, sagte ich, zugreifend. »Mir ist bloß wieder mal eingefallen, dass wir alle sterblich sind.«

»Daran ist nicht zu rütteln«, nickte Kerry. »Ich kann dich verstehen. Manchmal vergesse auch ich, was der Mensch für ein zerbrechliches Wesen ist. Plötzlich macht es batz!, und die Seele ist raus. Den Tod muss man tagtäglich besiegen. An ihn denken und nicht feige sein. Gibt man der Angst nach, frisst sie einen auf und lässt nichts vom Leben übrig.«

Am Abend kehrte ich in den Şirvan zurück und lief wie blind in die beinahe sternlose Nacht hinein, der Weg hob sich kaum ab. Am Ende überkam mich das große Schluchzen, ich setzte mich mitten auf den Weg, streckte die Beine aus, spürte die Restwärme des Sandes – und diese Wärme, die Zärtlichkeit, die darin steckte, wie eine Art Streicheln, gab mir den Rest. Ich heulte los. Ich, ein Erwachsener, konnte nicht anders, und siehe da, der physiologische Ablauf schien meinem Körper vertraut zu sein. Danach aber geschah etwas, womit noch weniger zu rechnen gewesen war. Ein Winseln brach aus mir hervor, ein Jaulen. Ganz leise zuerst, aber dann, froh darüber, dass keiner mich hören konnte, gab es kein Halten mehr. Von dem, was da aus mir hervordrang, geriet ich noch mehr aus der Fassung, es war zum Grausen. Erst als die ersten Schakale einstimmten, hörte ich auf.

Quetta

1

Anfang September, als klar wurde, dass wir auf dem Bau praktisch nichts verdient hatten, beschloss Haşem, mit Abbas auf den Falkenmarkt nach Quetta zu fahren. Ich bat, mitkommen zu dürfen. Bevor es zum ersten Mal auf Falkenjagd ging, führte Haşem eine Instruktion durch, die als Regel Nummer eins im Falle mehr oder weniger ernsthafter Unannehmlichkeiten (mit anderen Worten: wenn es um Leben und Tod ging) empfahl, sich augenblicklich auf den Boden zu werfen und totzustellen, das heißt, in meditative Starre zu fallen und ein gemeinsames Dhikr zu vollziehen, sich sozusagen unter dessen Schirm zu begeben. Ich war nervös und bat Haşem, ein bisschen mit mir zu üben. Er holte die Kemençe hervor und schlug ein paar Saiten an, um sie zu stimmen, dann sangen wir und brummten das Lə-iləhə-illəlah … Es gelang ganz leidlich, aber von richtiger Atemtechnik konnte noch keine Rede sein, ich kam schnell ins Keuchen und suchte im Silbenauslaut ein bisschen Luft durch die Nase zu ziehen.

»Wie bist du überhaupt auf die Idee gekommen, mit Falken zu handeln?«

»Durch Zufall … Was ein echter Jäger ist, der wird es immer vorziehen, Falken selbst zu fangen oder aufzufüttern. Zucht ist ohnehin nicht möglich; diesbezüglich habe ich mit den Trappen schon ein Wunder vollbracht, bei Falken ist daran nicht zu denken. Der Falke begattet sein Weibchen in der Luft. Die Trappe tut es am Boden. Du steckst sie in eine ausreichend geräumige Voliere, ein Hektar wäre schon gut, daran soll man nicht sparen, unter ein Netz mit mannshohen Seiten. Meine Jungs haben Netze zu flechten gelernt, die könnten den ganzen Şirvan damit bestricken. Dort unter dem Netz machen die Trappen Liebe. Der Falke hingegen lebt in großer Höhe.

Da kannst du kein Netz drüber spannen. Aber kaum hatte ich angefangen, Trappen in den Şirvan auszuwildern, stellten sich auch die Falken ein. Mit der Trappe kannst du sie ködern. Ich begann sie zu jagen und abzurichten – erst auf Frankoline, dann auf Enten. Die Heger hatten ihre Freude daran: Auf Federwild gehen überm See, das macht Laune. Mit Flugdrachen lockst du die nicht alle hinterm Ofen vor … Und dann tauchten irgendwann die ersten Araber auf, als Kundschafter. Abbas kann seinen Mund nicht halten, das ist nun mal seine Schwäche, wir müssen ihn nehmen, wie er ist. Er hat immer mal wieder einen Wüstenfalken fliegen gelassen, weil er dachte, der bringt ihm einen Diamanten im Kropf nach Hause, du erinnerst dich. Hat ihnen die Kehle aufgeschnitten und den Kropf durchsucht, hinterher hat ers recht und schlecht wieder zugenäht. Die Araber haben ihn mit so einem Falken auf dem Basar gesehen, den wollte er verkaufen. So hat er sie hierhergelockt. Sie wollten die Trappe, die bekamen sie natürlich nicht, ich hab sie vor ihnen versteckt. Hab ihnen Falken angeboten, um sie abzulenken, die haben sie gekauft. Sie hatten einen Führer dabei, hier aus der Gegend, der erzählte mir von dem Falkenmarkt in Quetta. Und mir fiel Afanassi Nikitin ein, dieser russische Kaufmann, der einst über Baku nach Isfahan kam und arabische Rennpferde erwarb, um sie nach Indien zu bringen. Die benötigte man dort für die Armee; Elefanten sind ja nicht für alle militärischen Zwecke geeignet. Aber das Klima ist dort ungünstig für die Pferdezucht; sie pflanzen sich träge fort, die Verluste sind hoch. So konnte der Kaufmann für seine Ware das Fünfzehnfache einheimsen. Und ich beschloss, mit meinen Falken genauso zu verfahren. Hier kostet es mich wenig, sie zu fangen, und dort mache ich sie zu Geld.«

Über Quetta hatte Haşem das Folgende zu erzählen:

»Hinzufinden ist nicht schwer, aber der Weg ist öde. Spärliche Pistazien-, Kirschpflaumen- und Mandelhaine wechseln sich ab mit Steppe und Halbwüste. Wasser ist knapp, das bekam ja schon Alexander der Große zu spüren, der in Belutschistan ungewöhnlich hohe Verluste erlitt, jenseits aller Gefechte. Quetta ist überwiegend eine Paschtunenstadt, sie tragen dort mehrere Umhänge wie Kohlblätter übereinander und auf dem Kopf ein plattes Wollmützchen, so eines kriegst du von mir, Abbas wird seines auch noch haben. Übrigens werden wir uns alle einen Bart stehen lassen, das kannst du Abbas gleich ausrichten. Die Männer dort sind ausnehmend schön, von den Frauen kann man es nicht wissen, sie sind verschleiert. Viele Flüchtlinge aus Kandahar. Die meisten Leute wohnen in der Stadt und den umliegenden Dörfern, denn gleich dahinter ist alles bergig und wüst, mit versprengten Oasen längs unterhalb der Kammlinien. Dem europäischen Auge hat die Stadt wenig zu bieten, von dem geologischen Museum mal abgesehen, das eine Sammlung Fossilien aus dem Miozän besitzt, mit einem ausgebuddelten Walfisch als Attraktion. Seit langem träume ich davon, einmal einen Friedhof ausgestorbener Säugetiere zu finden, so wie Jefremow damals in der Mongolei auf die Dinosaurier stieß. Das wäre ein feines Zubrot, das British Museum würde einiges dafür hinblättern. Leute aus der Gegend schwören, dass es in der Wüste eine Grabstätte geben soll mit menschlichen Gebeinen von ungewöhnlicher Größe. Daraus schlussfolgert man, dass hier ein Stamm von Riesen gelebt haben muss, darunter Ismail persönlich, der aus dem Zweistromland in die Wüste vertriebene Urvater der Muslime, imstande, einen Tiger zu zerfetzen und einen Elefanten niederzutrompeten. Damals soll sich am Rand der Wüste ein großer See befunden haben, an dessen Ufern Ismael prächtige Gärten anlegte, in ihm soll er auch gefischt haben, von daher die aufgefundenen Skelette, die heute im Museum gezeigt werden. Lach bloß nicht, wenn sie dir solche Geschichten auftischen, ich warne dich. Lebtest du wie sie in der Wüste, so ganz ohne Fernseher, suchten dich nach kurzer Zeit noch ganz andere Halluzinationen heim. Die Kärglichkeit des Lebens lässt die Einbildung ins Kraut schießen. Tausendundeine Nacht mit all den Zauberern und siebzig hoch drei Höllenkreisen ist staubtrockener Text im Vergleich zur grassierenden Wüstenfolklore … Ich weiß noch, wie wir im Morgengrauen nach Punjab hineinkamen, Fünfstromland heißt das auf Persisch, die am besten durchwässerte und daher bevölkerungsreichste Provinz Pakistans. Links und rechts reihten sich Reisfelder in Rhomben- und Parallelogrammform, dazwischen Dörfer, Eukalyptuswäldchen. Die Möbel dort – Stühle, Sessel und Tische – sind alle aus Eukalyptus gebaut. Zahllose Reiher stehen in den Feldern auf Wacht, ein großes Gestrichel. Als der Fahrer das Radio anstellte, erscholl der Weckruf der Mullahs durch den Bus. Die aufgehende Sonne ergoss sich gleißend in die Felder. Die Kinder auf den Straßen zum Niederknien schön: mit Kulleraugen, die die Hälfte des Gesichts ausfüllen, und die Eltern schminken sie auch noch mit Henna und Kajal, so dass man vor so einem Knirps mitunter erschrickt. Wir werden auch durch Lahore kommen, die akademische Hauptstadt Pakistans. Das Land ist nicht überall gleich ablehnend gegenüber Fremden, man kann dort Freunde finden. Sollten wir mal Probleme kriegen, und so was bleibt nicht aus, werden wir ihnen stecken, dass wir Sufis sind und die Falken nicht käuflich, sondern notwendiger Bestandteil unseres Rituals zu Ehren von Simurgh, bei dem die Könige der Lüfte feierlich freigelassen werden. Dass du Russe bist, spielt keine Rolle. Für sie ist es das Wichtigste zu wissen, wo bei dir zwischen Gott und Teufel geschieden wird: im Bauch, im Herzen, im Kopf oder in den Eiern. Wenn im Herzen, wie bei den Sufis üblich, die sie ja doch nicht wirklich mögen, dann kann das deine Rettung sein, denn das ist unklares Terrain für sie, sie wissen nicht, ob es mehr links oder in der Mitte unterm Brustbein liegt. Wo die Eier sind, weiß hingegen jeder genau.«

»Erzähl weiter. Wie kriegt man denn die Falken heil bis ans Ziel?«

»Wo ist das Problem? Hauptsache, man hält sie etwas knapp mit dem Futter. Als ich das erste Mal fuhr, gab ich mir Mühe, möglichst viel zu füttern, um den Reisestress zu mildern. Aber das war ein Fehler. Das Fressen in Bewegung bekommt ihnen nicht, sie kriegen Durchfall, und das Säubern der Käfige ist nicht überall möglich. Da ließ die Hygiene dann zu wünschen übrig … Besser ist, man setzt sie unterwegs auf Diät. Nur alle drei Tage wird gefüttert. Die Sakerfalken sind dort Durchzügler, früher sind sie den Trappen hinterhergezogen, und jetzt, wo es keine Trappen mehr gibt, tun sie es noch aus alter Gewohnheit, wenn auch immer weniger. Früher geschah es noch gelegentlich, dass sich ein aus dem nördlichen Kasachstan, also im Grunde aus Sibirien stammender, heller Gerfalke in seiner Gier nach Trappen bis dorthin verirrte. Was da losging! Es brauchte bloß einer der Jäger vor Ort einen solchen Falken entdeckt haben – was ohne Fernglas einfacher ist als mit, weil das Hitzeflirren auf größere Entfernung alles zum Verschwimmen bringt, du kannst Reiher nicht von Spatzen unterscheiden – doch sowieso genügte der bloße Verdacht – und ganz Belutschistan kam wie auf einen Pfiff geströmt, den mirakulösen kleinen Falken zu fangen. Denn diese Steinöde, in der du für ein Brautgeld von hundert Dollar eine Jungfrau von solcher Schönheit erwerben kannst, dass Sophia Loren ihr die Schleppe trägt – sie brennt lichterloh bei dem Gedanken, dass da am Himmel irgendwo ein drei Kilo schwerer gefiederter kleiner Kamikaze schwebt, der seine dreißig-, vierzigtausend wert ist …«

Nach Quetta sind wir dann doch nicht gefahren. Einen Tag vor Abreise kam Kerry in heller Aufregung in den Şirvan gerast, um zu vermelden, dass die Scheiche nahten.

2

Haşem liest die *Dämonen* von Dostojewski und denkt über den »Prinzen« nach.

»Über den Prinzen muss man wissen, dass er ein Werchowenski ist, der als Projekt anstelle von Gerechtigkeit und Volkswille nur sich selber hat. Diese Erkenntnis ist erhellender als der Umstand, dass er Land Cruiser und Toshiba bevorzugt. Oder dass er und seine Leibwächter aus Gründen der Konspiration des Öfteren Frauenkleider tragen. Oder dass ihm jegliche Musik ein Greuel ist.«

Das alte, freie Leben – sehnt sich der »Prinz« noch danach, will er es zurückhaben, ginge das überhaupt? Noch einmal stundenlang im vergoldeten Geländewagen durch die Wüste brausen? Die geliebten Mangos verspeisen – je mehr, desto besser? BBC hören, pausenlos, einen Stöpsel beständig im rechten Ohr? Gärtnern! Das Beet mit den Riesensonnenblumen – er hatte sich nicht sattsehen können daran. Den Frauen verbieten, Elektrogeräte zu benutzen. Wettrechnen mit Gästen: dreistellige Zahlen, alle Grundrechenarten, den Kontrahenten einen Vorteil in Form von Taschenrechnern lassen … Nein. Nichts davon ist ihm noch lieb und teuer. Längst bedeutet jegliche Zügellosigkeit den sicheren Tod. Und was den Wert der Freiheit angeht, ist er weit skeptischer als jeder seiner Schahs. Was also nun? Nun ist der »Prinz« dabei, sich zu waschen. Aus dem Nebel des Erwachens treten Licht und Dunkel hervor. Wo immer er die Nacht zugebracht hat – er fühlt sich aus der Erde kommen, ihrer Schwere, die mit Vergessen lockt; im Traum war ihm häufig, als sickerte er in die Tiefen ein. In den Unterständen, wo er zumeist nächtigt, erwacht er vor Einsamkeit, obwohl er dort nie allein ist, immer mit anderen, von Leibwächtern umgeben. Die Einsamkeit zieht seinen Kopf aus der Erde, ins Bewusstsein. Das ist kein Zuckerschlecken da unten. Bei Tageslicht lebt es sich leichter. Die Waschung zum Beispiel oder die Entleerung, nach einer Tablette, eingelegt in eine Dattel, die er mit Widerwillen kaut, ein Glas Wasser darauf. Überhaupt sind gesundheitliche Beschwerden neuerdings an der Tagesordnung. Vor zwei Monaten wäre ihm beinahe die Harnblase geplatzt. Da sieht man, was es heißt, auf der blanken Erde zu schlafen anstatt auf einer Frau. Mit dem Katheter hat er sich inzwischen angefreundet, ein zusätzlicher Körperteil, der ihm Linderung verschafft, wenn schon keine Lust. Mit Frauen schläft er schon lange nicht mehr, er kann das nicht gebrauchen, aber an die Negerin, eine Mätresse, die ihm Bruder Salem im Libanon verehrt hatte, erinnert er sich noch gut. In der ersten Nacht hat er sie noch nicht berührt, ihr nur erlaubt, ihm einen Tee zu kredenzen. Während sie das Wasser zum Sieden brachte, Teegläser spülte, zog er den Beutel mit dem Haschisch hervor, leerte die Pfeife in den Aschenbecher mit dem eingravierten Pfau, stopfte sie neu. Genoss den Tee in kleinen Schlucken: Tee trinken und Haschisch rauchen gehen für ihn zusammen, so atmet es sich wunderbar leicht. Er rauchte und betrachtete sie, die fließenden Bewegungen ihres Körpers, konnte das Auge nicht abwenden von ihr … Jetzt ist der Katheter sein Weib. Dieser biegsame, geschmeidige Silikonschlauch, der die entzündete Harnröhre beinahe gar nicht reizt, schmerzlos durch das Nadelöhr des Schließmuskels geht, ist seine

Geliebte, treuer Partner für die Belange körperlichen Wohlbehagens. Nach dem Pinkeln stellt er die Ampulle mit der Silberlösung in ihr Körbchen, das auf dem Dreifuß des Spirituskochers steht, wartet ein wenig und pumpt sich einen Einlauf. Die warme Tinte strömt in seine Harnblase. Der Rückfluss durch den gewaltsam geöffneten Schließmuskel erzeugt jedes Mal das etwas berauschende Gefühl unwillkürlichen Harnabgangs ... Auch dies gehört, wie die Waschung, zum täglichen Morgenritual. Am Tage dann, nach etwa drei Stunden, wenn er das nächste Mal zum Katheter greift, fließt der Harn in gruseligem Schwarzblau ab, etwas heller erst im Versiegen, zuletzt beugt sich der Prinz vornüber und streut noch eine Reihe Tintenkleckse, während er ein paar Bröckchen trockene Erde zwischen den Fingern zerreibt.

3

Bei einer der Falkenjagden in der Nähe von Quetta ist Haşem nachts dem »Prinzen« begegnet. Er ging gern ein Stück aus dem Lager hinaus, um in die vom Mondlicht übergossene Wüste zu lauschen. War zwischen den schelfrigen Felsnasen und -terrassen auf eine wellige Sandkuhle gestoßen – streckte sich vorsichtig aus auf dem harten Sand, der unter ihm sachte zu treiben schien, ein paarmal hat er mit den Armen gegenrudern müssen, aber dann liegt er endlich still, die Wange gegen die kalte Flanke der kleinen Düne gepresst, horcht, hört die ganze Wüste auf einmal: wie der Sand weht und geht, wie über seinem Kopf, wo der Raum ins Leere kippt – nicht endlos leer, aber groß genug, um darin zu vergehen – eine Echse huscht, eine Natter sich schlängelt, weiter unten etwas gegen Stein klopft, aber er liegt nur, lässt es zu, dass die Kälte ihm in Brust und Bauch kriecht, liegt da, lässt sich von der Totenkälte dieser Wüste durchdringen.

Die Wüste hat ihn einverleibt, zu einem Sandkorn gemacht, mit sich, der Fläche, dem Stück Erdrinde gemein. In ihm hat der Mond das Sagen, der bis vor seinen Adamsapfel gerollt ist, die trockene Kehle ausleuchtet – sie ist steinhart, rissig, karg und stumm. Welcher

Ton wird sie erleuchten? Dabei schwimmt dieser Mond gar nicht mehr in der Wüste herum, längst steht er im Zenit, passt in den Spalt seiner Pupille. So haben ihn die Wächter auf Patrouille schon ein paarmal vorgefunden. Wenn er ihre Schritte hört, mimt er ein inbrünstiges Gebet. Dann gehen sie in die Hocke und warten darauf, dass er fertig wird und ins Lager zurückkehrt; er hört ihre Funkgeräte brazzeln, röchelnde Rufe hervorschallen. In einer dieser Nächte aber fuhr etwas scharf über ihm durch die Luft. Er hob den Kopf. Vor ihm saß ein großer Falke mit einem Rest Strick am Fuß. Das graue Gefieder wie angegossen. Über dem Mittelfuß stand eine kleine Feder quer.

Das war der Moment, in dem Haşem begriff. Der Falke bewies es. So explizit wie unerklärlich. Gab es einen Vogel, dem der Prophet mehr geglichen hätte?

Die Beute, mit der Haşem in jener Nacht ins Lager zurückkehrte, war außerordentlich. Die Wächter kreischten vor Entzücken.

Müde blinzelnd, mit verquollenen Lidern sah der »Prinz« ihm in die Augen, legte die Hand auf seine Schulter. Haşem hob das Kinn, reckte sich nach Kräften, die Handflächen an den Schenkeln drehten sich nach vorn. In seinem verkrümmten Rücken knackte es. Nun waren sie beide gleich groß.

Noch die knappste Biographie des »Prinzen« lässt erkennen, was dem Drama seines Lebens zugrunde liegt: die Ausgrenzung, der Konflikt mit dem saudischen Königshaus.

Die Araber sind wortkarge Leute. Es gibt keinen Gott außer Allah; das zu sagen genügt.

Die Wüste ist karg, der Mensch darin ebenso. In der Wüste sind die Gefühle elementar. Das Böse ist schlicht, das Gute ebenso. Heimtücke bedeutet hier schon beinahe eine höhere Kunst. Über Kunst lässt sich schwerlich streiten. Besonders wenn sie der Macht dient.

Der »Prinz« und die Mätresse unterhalten sich, der »Prinz« raucht das Haschisch und trinkt den Tee, den das Mädchen, hochgewachsen, Haare wie ein Wasserfall, ihm reicht.

Welchem Tier also möchte der Prophet gleichen?

Das Kamel

1

Neuerdings jeden Freitagabend liest Haşem dem Regiment Gedichte vor. Eine Art Ritus, wie mir scheint – zumal auch hier mit einem Muğam eröffnet wird und anschließend meditiert, ein Dhikr gesungen, bevor es endlich zur Lesung kommt – die freilich auch eher nach Gebet klingt. Im Vorfeld lässt Haşem es sich nicht nehmen, den fälligen Hammel zu schlachten und zu zerlegen. Während gelesen wird, brutzelt das Fleisch vor sich hin, das zuvor in einer Marinade mit Lauch und Granatapfelkernen gelegen hat.

Die Heger hören zu. Das Feuer wird sorgsam unterhalten: trockenes Rebholz, Borke, Salweidentriebe, vom See herangeschlepptes Schilfrohr, zerbrochene Obstkisten vom Saljansker Basar, an denen man sich leicht Splitter ziehen kann, besser, man trägt Handschuhe. Keine Festivität auf dem Abşeron ohne Schaschlyk, ohne den süßen Geschmack des frisch Geschlachteten, der Duft allein schon verheißt das Fest. Vier Hammel pro Monat müssen dran glauben. Der Ritus zieht sich bis zum Morgengrauen. *Vom Opfertisch der Hirten raucht es. Der Himmel lechzt nach diesen Düften …*

Haşem führt den Hammel am Strick heran. Abbas hat ihn gekauft; Haşem davon zu überzeugen, sich eine eigene Herde zu halten, hat er längst aufgegeben. In den Grenzen des Naturparks ist es untersagt, Vieh zu weiden. Auf dem Weg von der Nordwache zu der am Heiligen Stein heftet sich der Wachhund Altai an ihre Fersen, ein kurzhaariger Schäferhund, der Ohren und Schwanz eingebüßt hat und einen Hinterlauf etwas nachzieht.

Schwer schaukelt das schmutzig braune Vlies des Hammels, es ist so dicht, dass man ihm nur mit einiger Übung zu Leibe rückt; entweder er ahnt, was auf ihn zukommt, und sträubt sich, oder er läuft ganz arglos ins Messer – in beiden Fällen endet es damit, dass das Tier auf der Seite landet, strampelnd unter Haşems Knie, während dieser keuchend, die Zähne zusammengebissen, dass die Wangenknochen fahl hervortreten, dem Hammel mit der einen Hand das Maul verschließt und mit der anderen das lange, schmale Messer schüttelt wie ein Fieberthermometer, damit die Scheide herunterrutscht; liegt das Messer endlich blank, dreht er den Kopf des Tieres zur Seite, die Finger scheinen nach etwas Darunterliegendem zu tasten, während die Hammelaugen ganz unbeteiligt schauen – bis sie sich plötzlich zusammenziehen und eintrüben, da sprudelt längst das dunkle Blut aus dem klaffenden Schnitt. Den Hammel hat ein wildes Schütteln ergriffen, das Beben geht den Umstehenden in die Knie und die Schenkel hinauf bis in die Leisten, ich rücke näher, dränge Altai ab, der sich auf das Schaf stürzen will, schiebe ihm die Hand in den Nacken. Haşem, tiefschwarz erscheinend in seiner haarigen, struppigen Massigkeit, richtet sich auf mit fahrigem Blick – und ein böses Grinsen tritt ihm auf die Lippen, schmilzt sogleich wieder weg, er steht auf, wirft das Messer zu Boden, nimmt mir mit blutigen Fingern die Zigarette aus der Hand, die ich eben angeraucht habe, saugt gierig Rauch ein, ohne den Blick vom Hammel zu wenden. Noch im Tode will dieser die Flucht ergreifen, erst ein wildes Zucken in den Hinterbeinen, dann krampft der ganze Körper, die Zuckungen sind erstaunlich rhythmisch und scheinen den Hund zu beeindrucken; er, der eben noch zubeißen wollte, prallt ein Stück zurück, schaut hin und dann weg, der Hammel liegt nun endlich still, die Augen schon gänzlich erloschen; auf dem Boden suppt das Blut; darin akkurat gezogen kleine Furchenbögen, die die Hufe in den Lehm gezeichnet haben.

Ich schaue zu, wie Haşem den Hammel nach kurzer Verschnaufpause in eine an der Querstange des Fußballtors hängende Riemenschlinge hebt. Fußball wird hier selten gespielt, meist klopfen die Heger auf dem Tor die Teppiche aus dem Vortragssaal im ersten Stock. Sorgsam wedelt Haşem mit dem Fuß Staub über die Blutlachen. Beim Anblick des schwarzen Blutes fällt mir das Abenteuer von gestern ein: gruselig, denke ich, absolut gruselig, sich zum ersten Mal bei Neumond im Şirvan zu verirren; Steppe schwarz, Himmel schwarz; irgendeinen tiefstehenden Flimmerstern habe ich für das Licht einer Wachstation gehalten, bin daraufzugeeilt, das Licht aber floh, stieg auf über dem unsichtbaren Horizont; als ich endlich meinen Irrtum begriff, lief ich Hals über Kopf zurück, stolperte und stürzte, lief weiter – am Ende hörte ich das Meer … Selten habe ich süßer geschlafen als dort im Tamariskengebüsch, beim Rauschen der Wellen, dem Schluchzen der Schakale; am Morgen hatte ich die Brust voll mit grellfarbigen Motten oder Schmetterlingen: weiße Flügeldreiecke mit roten Tupfern; wüsste gern, wie sie heißen, muss unbedingt im Bestimmungsbuch nachsehen …

Schemenhaft in der Dämmerung der abgezogene Hammel: fahlhäutig, durchsetzt mit weißen Sehnen, die Läufe gestreckt – wie auf der Flucht in die Tiefen.

Manchmal liest Haşem auch eigene Gedichte, die er »Fälle« nennt; schlichte kleine Miniaturen, im Singsang vorgetragen.

Um Chlebnikows Gedichte besser zu verstehen, habe er sie versuchsweise in Prosa umgeschrieben, hat Haşem mir erklärt. Interlineare gewissermaßen, mit deren Hilfe er leichter in sie eindringen, dahintersehen kann. Wobei er bemüht gewesen sei, nichts von ihrer gestalterischen Kraft und poetischen Metaphorik preiszugeben. Nur hier und da einen Knoten lösen, eine Verklumpung strecken. Der Effekt stellte ihn sehr zufrieden. »Mit Mandelstam ließe sich dergleichen nicht machen«, sagte er. Mandelstam habe er noch nie »übersetzt« – dies sei verlorene Liebesmüh; mehr als bei jedem anderen stecke der Sinn der Verse bei ihm im Klang.

Später, als wir die Trappen nach Aschūradeh evakuieren fuhren, um sie vor den Scheichen in Sicherheit zu bringen, hatten wir unterwegs etwas Zeit, und ich konnte meine Mitschrift von Haşems Übertragungen der Revision unterziehen, fragte an allen unklaren Stellen nach. Ich fühle mich verpflichtet, zumindest einen Teil dieser Texte hier anzufügen.

Das Meer

Blaue Schleppkähne stürzen in schäumende grüne Tiefen. Alle an Deck gepfiffen! Wind peitscht die Wangen der kühnen Matrosen. Das Segel ist eingeholt, das Schiff galoppiert. Wellen springen – Töchter des Meeres. Die Küste rast vorüber. Das Meer tobt. Gnade! Wellenberge türmen sich, Schluchten tun sich auf. Das Meer wächst zum trüben Felsen, mit Sonne gefüllt, erstirbt für den Augenblick, Schaum läuft träge von ihm ab. Bullengleich deckt der Kumulus die milchweiße Wolke. Dichter Schneenebel naht als schwarze Wand. Das Meer rollt breit von Horizont zu Horizont, überhängende Finsternis, das Meer ein rotierendes Ungetüm, Wellenbrummkreisel. Das Meer bietet Gräber feil. Das Meer ist schlecht gelaunt, es träumt von Windstille.

Unser Kahn fliegt übers Meer. Gischt fetzt von den Wellen. Das Meer weint, das Meer stöhnt, Donner rollt durch Himmelsschwärze. Wann wird das Unwetter einlenken, wann der Sturm abflauen? Der Wind wirbelt das Netz durch die Luft, schwarze Wolken verdrängen den Himmel. Alles an Deck! Preist den Sturm! Preist die See! Die Bordwand knirscht. Das Gebet ist unser Windschutz. Und er schlägt wieder zu mit Zyklopentatze, wieder bäumt sich die Woge, spreizt sich in altväterlichem Zorn, fällt hernieder auf den Kahn.

Morgen wird das Meer sonnig und friedlich sein. Fort wird der Sturm sein, hinweg! Jetzt aber zieht es schwarz von Süden herauf, die Nacht ist nah, unser Ende ist nah.

Das Schiff schlingert, die Wellen springen in den Himmel wie Windhunde vor dem Herrchen, dessen ausgestreckter Arm den Hasen an den Ohren hält.

Die Wogen drohen den Menschen ebenso wie den Weiten des Meeres. Nichts als urwütige Gewalt und Phlegma.

Die Matrosen brüten und beten.

Passah in Enseli

Dunkelgrün, goldäugig überall die Gärten von Enseli, voller Apfelsinen und herber Pomeranzen; Glutbälle im Auf- und Untergang lassen das dunkle Gezweig aufleuchten. Hier wächst der Chinarindenbaum, Schnecken kriechen auf blauer Borke Richtung Galaxis.

Auf Abşeron wachsen keine Pomeranzen, dafür gibt es genug Fisch, tollkühne Taucher von der Insel Nargin blicken den Welsen und Stören in die bärtigen Augen.

In Enseli ist es still und am tiefblauen Himmel düster. Der Mond, die Zigeunersonne, steigt in den milchigen Zenit. Ein Fässchen Traubenschnaps trägt der armenische Diener zu Tisch. »Von der Insel her zur Tiefe«, grölt, Arm in Arm, die trunkene Gesellschaft das alte Lied; sie richten Stenka Rasin eine neue Hochzeit aus. Die Wogen des Gesangs halten an bis zum Morgen.

Am Kai gibt die »Trotzki« das Signal ihrer Ankunft im Morgengrauen. Ich bleibe liegen, schlafe den Rausch aus im Rauschen der Brandung.

Beim Erwachen kreuzte eine Krähe den Himmel mit Geschrei, saß nieder in der Krone eines Orangenbaums, pries die Ruhe im heimischen Russland. Die Kalmücken waren der Meinung, dass es sich bei dem Wappentier um eine Krähe handele. »Gib mir ein Geld mit Krähe!«, hieß es immer.

In den grünen Wassern des Irans, in den steinernen Bassins, in denen Feuerfische schwimmen und die Bäume eines endlosen Gartens sich spiegeln, wusch ich mir die Füße, die sich in Charkow müde gelaufen, aus Baku Wunden davongetragen, von Jungfern wie von Straßenkindern verlacht.

Ich Nazarener hackte Charkow, dem Don und Baku in der Sorgam-Schlucht die schwarzen Haare ab. Herrisches Schwarzhaar, gedankenvoll und frei.

Frühjahr 1921

Iranisches Lied

Der Fluss Elia ist voll grüner Schnellen, Bänke von Geröll. An der Untiefen Ränder sieht man Pfähle schimmern. In der größten Glut schmeckt das Wasser süß. Chlebnikow und Dobrokowski schlendern das Ufer entlang, vorbei an einem Strudel, halten Ausschau nach laichenden Zandern. Dobrokowski schießt mit der Mauser nach ihnen, Chlebnikow holt die Beute an Land. Plötzlich entwindet sich Welimirs Händen ein riesiger Zander, schlitzt ihm mit dem Stachel seiner Rückenflosse den Handballen zwischen Zeige- und Mittelfinger. Später kochen die Freunde Suppe aus dem Fisch und beobachten ausgiebig das am niedrigen Himmel schwebende Aeroplan. Satt und faul liegen sie da. Mit dem Sonnenuntergang klappt dem Himmel das Bewusstsein zu. Chlebnikow und Dobrokowski betrachten die aus der Tiefe hervortretenden Sterne. Stille Müdigkeit in den Gesichtern. Mit schmalem Schnurrbart und kantigem Jochbein das eine, das andere länglich-bärtig, von der wilden nazarenischen Mähne wie von einem Nimbus gerahmt, um die Hand das blutgetränkte Taschentuch. Chlebnikow sagt:»Und wird dereinst das menschliche Glück für alle gelten, bin längst zu Staub geworden ich, bist längst zu Staub geworden du, wir werden beide auf dem besten Wege sein zum Kalk. Und während die frohlockende Menge ihre Fahnen schwenkt, werde ich in der Erdrinde liegen und erwachen, und meinen staubigen Schädel, mit Erde und Wurzeln gefüllt, wird ein wehes Gefühl durchziehen. Ich sehe der Zukunft ins Herdloch. Mag das Gras sich schwärzen! Mag der Fluss versteinern!«

Mai 1921

Nacht in Persien

Küste. Himmel. Sterne und Stille. Ich liege da. Der löchrige Stiefel des Matrosen Boris Samorodow dient meinem Kopf als Kissen. Im Jahre 1920 bekam er von der rebellierenden Mannschaft seines Kanonenboots das Kommando übertragen und brachte es sicher nach Krasnowodsk. Keiner der Offiziere kam zu Tode dabei: Eingeschlossen saßen sie unter Deck und harrten friedlich ihrer Freilassung.

So rasch bricht die Dunkelheit herein wie für den Schmetterling, über dem die hohle Hand sich schließt.

»Hilf mir, Genosse!«, ruft ein Iraner mich an. Sein Gesicht wie ein Tiegel so schwarz. Will, dass ich ihm ein Bündel Reisig auf den Rücken hebe. Ich zurre den Riemen, helfe ihm aufhucken. »Sağ ol!«, bedankt sich der Alte, ehe das Dunkel ihn schluckt.

Ich liege am Strand und flüstere den Namen Mehdis, des Erlösers, in die Dunkelheit.

Ein Käfer kam geschwirrt vom rauschenden Meer, zog zwei Kreise über mir und wusste nicht weiter. Sprach vernehmlich das bekannte Wort in einer Sprache, die uns beiden vertraut ist. Sprach sein Wort zärtlich, sprach es fest.

Das genügt! Wir haben einander verstanden! Der nächtliche Vertrag ist besiegelt durch des Käfers Brummen. Er legte seine Flügel wie Segel in den Wind und flog davon. Das Meer radierte das Brummen aus und den Kuss im Sand.

Doch so ist es gewesen! Bis aufs I-Tüpfelchen wahr und wahrhaftig.

1921

2

Wie ein dunkles Wölkchen liegt die Wache am Heiligen Stein mit ihrem Maulbeerhain überm Horizont. Der Atem geht schon schwerer, pustend, es fühlt sich nach Sport an: Nase ein, Mund aus, Nase ein, Mund aus, das Luftholen erscheint als ein vom Körper losgelöstes rhythmisches Geräusch, die Hitze drückt auf die Schultern, brennt im Hals, der Schweiß suppt unterm Mützenrand hervor, rinnt tröpfchenweise das Schild hinab, tropft, tropft. Der Hain rückt näher in flüssiger Formation. Die Seidenraupen erweisen sich als so gefräßig, dass die Bäume wenig Gelegenheit zum Wachsen haben. Haşem und seine Heger haben den Dreh, wie man die Seide von den Kokons haspelt, noch nicht heraus. Im Juni ist die Hälfte schon durchgenagt.

Von den Maulbeerbäumen abgesehen (Schwarze Maulbeere, die Sorte heißt Chartut und hat Riesenbeeren), fallen vier große Bestimmungstafeln für Prachtfinken (*Estrildidae*) auf, die an den Seitenwänden der Wache allmählich verbleichen. Und noch eine Attraktion gibt es hier: das Dromedar. Es hat keine Pflichten zu erfüllen, liegt, geht oder steht untätig herum, wechselweise arrogant oder trübselig erscheinend – und ist mit Gedichten beschriftet, ausgeführt in Tinte aus Kopierstiften, von denen Haşem, unklar woher, noch einen kleinen Vorrat hat. Früher in Schulzeiten galt so ein Stift als Kostbarkeit: Wir rieben seine Mine auf Karton oder nagelneuem Schleifpapier zu Pulver oder zerschnitzelten sie grob mit einer Rasierklinge Marke Newa, um »ewige Tinte« zu gewinnen. In Haşems Schuppen liegen einige wenige solcher abgenagten Stiftstummel in einer Schachtel mit fünf Schreibfedern, die den Prägestempel *Drittes Reich* tragen: Kriegsbeute, gleichfalls aus unserer Kinderzeit stammend, meine Eltern hatten sie bei deutschen Gefangenen gegen irgendetwas eingetauscht und schrieben eine Weile damit, ehe ich sie erbte; Haşem kosteten sie sein *Belka*-Taschenmesser. Noch lange Zeit hatte ich fünf weitere davon besessen; verloren und verschollen – nun zeigt sich, die hier sind noch vorhanden und sehen neu aus wie ehedem, geradezu der Zeitmaschine entsprungen; sinnend betrachte ich die rostfreien Oberflächen. Mit ihrer Hilfe und der wasserfesten Tinte aus den Stiften hat Haşem sein Dromedar »tätowiert«. Das Tier hat keinen besonderen Namen, es heißt Dromedar. Spaziert so bedeutungsvoll umher, als hätte es das Schicksal der Welt in seinem Höcker zu tragen. Im Winter friert es, Haşem hat ihm diverse Umhänge erfunden, wofür es im Sommer seine Wolle ließ, doch die Experimente der Heger, diese Wolle zu filzen, sind schiefgegangen, und so muss das eingeschneite Kamel unter einem rutschenden Haufen Lumpen weiterfrieren … Wie viele Gedichte und welche (Ausschnitte aus den *Tafeln des Schicksals* oder noch andere – die Zeilenzusammenhänge durchschaue ich nicht) die Haut des Kamels bedecken, ist nicht klar. Buchstaben und Zeilen werden von dem majestätischen Fleischberg in ständiger Bewegung gehalten, atmen, schweben dahin, geraten in Wallung, wenn das Tier sich von den Knien erhebt, den Höcker schüttelt oder angesprintet kommt, weil Elxan oder ich mit einem trockenen Brotkanten locken. Das Kamel macht lange Kratzfüße, empört sich unter wellenartigen Bewegungen des langgeschwungenen Halses, den hinab sich kalligraphische Zeilen ranken: *Schneemächtige Pracht mit schönem Traum aus weiten Augen – Der Körper: Klöppelwerk von links – Wir sind freie Menschen auf freiem Boden – O Asien! An dir leide ich. Als einer Jungfrau Brauen verstehe ich die Wolke. – Ich schwang mich auf ein wildes Pferd – Und wieder sind wir der Menschheit erste Tage!* ... Die vom Ansturm des großen Körpers, seiner Nähe verursachten Luftzüge und Ausdünstungen legen sich auf Brust und Gesicht.

Haşem gibt sich nicht mit Erklärungen ab. Einmal sehe ich ihn ein paar Zeilen ausbessern. Das Kamel steht ergeben und hält still, nur hin und wieder zuckt ein Muskel, am Bauch oder unter dem Pinsel – so als zuckte unter der beschriebenen Haut das Vögelchen der Rede hervor.

3

Das Kamel kam vollends zur Geltung, als das Abşeroner Regiment am 28. Juni den Todestag Welimir Chlebnikows beging. Zur Feier des Tages trug das lebende Schriftschiff eine grell orangerote Decke und einen Helm. Auf dem Höcker thronte ein langer, bis über den Hals reichender Tragekorb aus dick gezwirbelten Hanfseilen, der zwei Bildnisse des Dichters enthielt, große Bleistiftzeichnungen nach bekannten Photographien: In Laufrichtung rechts blickte der Gymnasiast mit dem akkurat gescheitelten Haar am Betrachter vorbei in die Unendlichkeit seines Inneren; links der Erwachsene mit den großen grauen Strahleaugen und dem markanten, etwas zu langen Kinn. Ein bei jedem Schritt wallender Harnisch aus fransigem Mull kaschierte den schaukelnden Passgang des Dromedars. Wüstenschiff aus Sternensprache, die Arche des Propheten.

Das komplette Regiment im Paradeaufzug, lange weiße Gewänder oder Hemden über den Hosen, formierte sich zur Prozession und setzte sich Richtung Meer in Bewegung. Voran die flammende Arche – aufbrüllend mitunter, Zähne bleckend, den Kopf unruhig umherbewegend, bemüht, den die Sicht behindernden Helm abzustreifen – schwebte über dem Şirvan. Akazienzweige schwenkend, wandelten die Heger hinter ihr her.

Der Pulk nächtigte in der Steppe, versank in Meditation. Mir gelang es nicht, die nötige Andacht zu erlangen, im Gegenteil: ich fror jämmerlich, suchte mich vergeblich zu entspannen, dem Nervenfieber die Spitze zu nehmen, indem ich den Atem anhielt; das Hemd um die Hände gewickelt, kroch ich schlotternd um die hingestreckten weißen Gestalten der in Trance befindlichen Heger, sammelte trockenes Gras und Gestrüpp, sprang auf, jagte blind den an mir vorbeiraschelnden Steppenrollern hinterher, sie zu erhaschen, zu zerbröseln, anzuzünden und mich wenigstens etwas aufzuwärmen. Die Rettung war dann das Dromedar, dessen Helm ich mir lieh und wie eine Weste überstülpte.

Im Morgengrauen gelangten wir ans Meer, und die Heger schickten sich an, das Kamel ins Wasser zu treiben. Das sträubte sich, brüllte, ein kleines Tohuwabohu entstand, doch half ihm alles nichts, am Ende ging Chlebnikow übers Wasser, die Sonnenbahn entlang, streckte den Hals, den roten Kopf, Zähne gebleckt. Die Sonne kam ihm ein bisschen entgegen, das Sonnenband wurde schmaler und unruhiger.

Haşem hielt den Schwanz gepackt, die Heger folgten, einer den anderen im Schlepp, mit der anderen Hand paddelnd. Schließlich fand das Kamel ins seichte Wasser zurück, riss sich los und sprang die Küste entlang davon. Man ließ es in Ruhe. Gegen Mittag kam es von allein zurück.

Der Falke

1

Falke zu sein – was heißt das? Den Edelmann Bavo trösten, nachdem er zum Einsiedler geworden. Den Stein an seinem Fußeisen aufheben, die Sünde seines früheren Lebens. Einen Brillantring in den Schnabel nehmen, ein bisschen herumquarren, ein Möbiusband mit der Aufschrift *Semper* dazu und im Wappen der Medici erstarren. Zum Siege befeuern, die Stufen zur Freiheit hinan. Steine kröpfen, den Hasen der Wollust schlagen. König der Vögel sein und Inkarnation des Himmels. Sonne sein, Krieger des Horizonts, Inbegriff der königlichen Macht. Das Geflügel mit allsichtigem Blick zum Erstarren bringen, so wie der Anblick des Pharaos seine Feinde lähmt. Anführer der Toten sein. Gefiederte Mumie mit einer Perle Anthrazit – aus Kohletiefen schauend, die schillern in öligem Schwarz – fixiert auf die Ewigkeit. Krone Oberägyptens sein. Warten können. So lange anwarten, bis das Knäuel Blindheit aus der Deckung flattert. Sich aufschwingen, niederschlagen; dem Reiher das Genick brechen. Die Schutzlosen in Schrecken halten, das Opfer belauern. Die Flügel über dem entschlafenen Antlitz des Pharaos breiten, Maske sein.

Der Südost verschlägt ihn hinauf zu den Höhen des Toba-Kakar. Mit einem jähen Schwung ist der Turban seines Herrn aus dem Sichtfeld geraten. Der Eingang zur Höhle, in die Klamm verliert sich im Spinnennetz von Rissen und Spalten, die vom Kamm hinab zur gewundenen Furche des namenlosen Wadi verlaufen. Noch eine Schlucht schwebt heran und streckt sich, der nächste Hügel, die Erde reagiert mit einem Ruck, und der Horizont, der sich zur Schleife zusammengezogen hatte, öffnet jäh den Blick auf das Hochland von Belutschistan, das wie auf dem Servierteller vor ihm liegt.

Sich dem Luftstrom überlassend, hört er nur das Pfeifen der

eigenen Schwungfedern, schwebt im Zenit, der ist blind vor Glanz. Füße angezogen, die zornige Pupille im blau-ocker-grauen Massiv versackt, öffnet er den Schnabel zu einem Schrei. Doch neuerlich gerät er über Wind, der die Erde rundet und ihn in den verschattenden Rachen der Atmosphäre schleudert, wo die Sterne sich abzeichnen wie auf dem Grund eines Brunnens zur hohen Mittagszeit …

Schließlich fliegt er eine Kehre; um sich in den Anblick der vielfach zerklüfteten Landschaft zu vertiefen, dem Kamm entgegenzugleiten, abzutauchen in eine kühlere, wegfließende Schicht. Und weiter rollt das Auge, tastet das Netz der Klüfte ab, entdeckt auf einem arabesken Stein den Turban des Herrn.

Eine scharfe Hungerattacke reißt ihn hinab.

Dem Falken, der, zum Kugelblitz geknäuelt, den Luftangriff startet, fällt es nicht schwer, eine Beute zu bezwingen, die fünfmal so groß ist wie er. Kaum dass sie seines Schattens gewahr werden, stürzen die Enten auch schon aus ihrer Flugzeughöhe in die Talsperre, durchschlagen sie bis zum Grund. Ein Adler, der den Luftraum des Falken verletzt, bekommt seinen Kampfruf zu hören und sieht zu, dass er davonkommt. Auf der Flucht vor dem Falken werfen sich Vögel den Menschen vor die Füße, vor die Stoßstangen, in die Speichen, kommen panisch in Scheunen, Schuppen und Veranden geflattert. Der Angriff eines Falken ist so zwingend wie die Flamme einer Explosion. Die Art, wie der Falke gegen einen Schwarm Vögel stattlicher Größe vorgeht, besticht durch virtuose Berechnung und Blitzartigkeit. Er schwingt sich über sein Opfer, klappt die Schwingen ein und greift im Sturzflug, leicht schräg, an. Kein Vogel kann so beschleunigen wie er. Der Punch von Cassius Clay, mit dem er den »Stier« fällte, ist nichts gegen die Schlagkraft eines Falken. Gerissen wird mit angelegtem Fuß; die Fangklaue am hinteren Finger bricht Knochen, es kommt vor, dass das Opfer dabei regelrecht geköpft wird oder, wenn der Schlag längs der Rumpfachse geführt wird, der Länge nach aufgeschlitzt.

Im Angriff ist der Falke so schnell, dass man ihn kaum sieht; mit scharfem Geräusch kommt ein fahler Schatten geschossen, schneidet die Luft entzwei. Um seine Fänge zu schonen, schlägt der Falke tangential und erst nachdem er im letzten Moment, aus dem Nichts, die Flügel gebreitet hat und sichtbar wird. Wenn der Schlag in der Luft nicht schon tödlich war, bricht der Jäger seiner Beute am Boden mit einem Schnabelhieb das Genick.

Als unübertrefflich schneller und unermüdlicher Flieger nimmt der Falke es mitunter auf sich, einen Vogel aus anderthalb Kilometer Entfernung zu verfolgen. Für einen Habicht sind ein paar Dutzend Meter schon das Äußerste.

Von Schwalben und Mauerseglern abgesehen, ist die Kragentrappe der einzige Vogel, der es mit dem Falken an Wendigkeit und Flugkraft noch einigermaßen aufnehmen kann. Der Falke pflegt das prächtige Tier im Tiefflug aufzuscheuchen, zwingt es in die Luft und schraubt sich dann in die Höhe, aus der er angreifen wird. Auch die Trappe fliegt virtuos, und sie reagiert schnell.

Eine Kragentrappe lässt den Falken niemals kalt. Er weiß, sie ist schwer zu jagen, aber instinktiv zieht er sie – und sei es der Schönheit des Kampfes wegen – den Tauben, Drosseln, Staren, Schnepfen, Krick- und sonstigen Enten vor. Saker- und Wanderfalken aus Südsibirien und Kasachstan nomadisieren der Kragentrappe bis nach Pakistan und Arabien hinterher.

Zwei- bis dreihundert Gramm Fleisch benötigt ein Falke, um sich sattzufressen. Kleine Vögel schlingt er ganz und würgt das Gewölle später wieder aus. Eine Kragentrappe hat viel Fleisch. Der Falke lässt Brustkorb und Flügel von ihr liegen.

2

Haşem hat geträumt (und mir den Traum am Morgen erzählt), er sei auf der Suche nach seinem Kite durch den Şirvan gezogen und auf das ausgegrabene Skelett eines Riesenmenschen gestoßen, den er in diesem Moment als Tempel empfunden habe. Er habe sich zwischen den Knochen schlafen gelegt, sei aber nach kurzer Zeit wieder aufgewacht, habe aus den Schienbeinknochen ein Gerüst gebaut und eine Zeltbahn dazwischen gespannt. Und er habe im Schlaf gewusst, dass es Ismail war, in dem er da nächtigte.

Haşem erzählt.

Anfang der Neunziger war der Iran ein offenes, freundliches Land. Meine Dissertation hatte den Wüstenfalken praktisch zur Grundlage … Ist ja auch schließlich meine alte Heimat, warum sollte ich sie nicht aufsuchen?

Die Biologische Station von Tschālūs diente als Basislager für die Praxis-Ausbildung der Biologie-Studenten an der Teheraner Firdausi-Universität. Angrenzend ein kleiner Naturpark, in dem man sich um anderthalb Dutzend endemische Arten kümmerte. Neben Gewächshäusern, einer Falken-Voliere und einem botanischen Garten gab es zwei Aufzuchtbecken für Fische. Den Störnachwuchs im Kaspischen Meer auszusetzen war nicht ohne Aufwand: erst einmal die stachlige Fischbrut in den Kescher bekommen, dann mit dem Fahrer die Fünfzig-Liter-Kannen aufs Verdeck wuchten, die Serpentinenstraße zum Meer hinabtuckern, sich im Sand festfahren, Räder ausgraben, weiterfahren, rückwärts in die Brandung hinein, die Brut durch den Kannenhals schuppern hören und in die rückflutende Welle hineinhuschen sehen.

Hauptsächlich aber hatte ich mit Flüssigsilikon und Zement zu tun, erneuerte die Abdichtung der Bassins.

Der Chef der Station, Herr Mehdi, versuchte sich an der Kreuzung von Sternhausen und Europäischem Hausen. Er bestrahlte den Laich mit UV-Licht und testete die Wirkung von Ultraschall. Zwar gab es einstweilen noch keine zweiköpfigen Fische zu bestaunen, doch Abnormitäten ließen sich bereits feststellen.

Herr Mehdi war ein bärbeißiger, grauhaariger Alter mit Silberschnauzer. Er stieg aus dem Auto, warf mir einen schnellen Blick zu und wollte in sein Kontor flüchten. Ich aber war mir sicher, dass er meine Frage beim letzten Mal vor zwei Tagen, ehe die Tür zuschlug, vernommen haben musste. Auch jetzt ersparte ich mir zeitraubende Details, hielt ihm einfach nur mein aufgeklapptes Diplom unter die Nase und sprach mit der Andeutung einer höflichen Verbeugung: »Herr Mehdi, ich bin Absolvent der biologischen Fakultät und bereit zu jeder qualifizierten Tätigkeit. Die Beckenreparatur schlägt aber nicht in mein Fach.«

Mit einer knappen Kopfbewegung bedeutete mir der Alte, ihm in sein Kabinett zu folgen.

»Fərrux!«, bellte er keine fünf Minuten später in den Hörer, »lass dich mal blicken hier.«

Kurz darauf bekam ich die Gewächshäuser anvertraut, das heißt, ich durfte dort gießen, jäten und putzen. Ich kampierte in der Bretterbude, die den Praktikanten einmal monatlich als Unterkunft diente; wurde es mit den Studenten zu eng, zog ich um ins Zelt am Rand des Gartens. In den Gewächshäusern war es schwül, und der Duft der Orchideen, derentwegen die Verwalter begüterter Häuser sich bei Herrn Mehdi die Klinke in die Hand gaben, verursachte stechende Kopfschmerzen.

Mein Gärtnerdienst war nicht eben anspruchsvoll. Blumenmigräne; trübe Gewächshausscheiben, manche gesprungen, andere ganz fehlend; das ins Mark gehende Kreischen des Glasschneiders, die wacklige Bockleiter, Schwüle, die an den Rand der Ohnmacht führte. Scherereien mit der Beleuchtung und mit dem Grubberantrieb: Vergaser spülen und ausblasen, Zündkerzen wechseln, den vierrädrigen Gaul erklimmen und gleich wieder aus dem Sattel fliegen, wenn er, das nächste Mal absaufend, in den ersten Gang zu springen beliebt …

Als der Frühling kam, durfte ich ein neues Rosarium anlegen, die Erde dafür wurde von einem aufgegebenen Friedhof angekarrt. Darin gab es immer wieder Funde (einen Kieferknochen, ein Schlüsselbein, ein Stück Schädel), die ich die zwanzig Kilometer mit dem Fahrrad zum nächsten Gottesacker karrte, damit der Mullah sie dort neu bestattete.

Ein bisschen Geld benötigte ich allerdings doch und verdingte mich deshalb nebenher zur Reis- oder Baumwollernte, flickte Dächer und buddelte Bewässerungsgräben.

Derweil schmorten der ornithologische Atlas und Michael I. Evans'

Monographie *Important Bird Areas in the Middle East* in meinem Rucksack.

Im Herbst nahm ich Urlaub und reiste kreuz und quer durch das Land. Einmal kampierte ich vierzehn Tage auf dem Hinterhof des Schirāzer Basars, wo ich als Träger arbeitete, Obst- und Gemüsekisten schleppte. Nebenher kurierte ich Brieftauben, indem ich ihnen einfache Antibiotika ins Futter mischte, was die Besitzer sehr beeindruckte.

Willst du wissen, was das Schwierigste war? Das Schwierigste war, die Frau als Gattung zu vergessen. Was heißt wieso? Ein Kastrat mag ohne Frau klarkommen, aber doch kein Mann wie ich.

Die Rosen waren meine Rettung. Ihr Duft ersetzte mir die Liebe …

Einmal wurde Fərrux von Herrn Mehdi zur Feldforschung abkommandiert: Die Tochter des Dekans der Biologischen Fakultät stand kurz vorm Diplom, er sollte ihr zur Seite stehen bei der morphologischen Erfassung von Wüstenmausschädeln.

Ich war Fərrux als Gehilfe zugeteilt. Die Arbeit war nervtötend, unser Lager befand sich im Herzen von Māzandarān, am Horizont stießen sich die Felsnasen der Vorberge des Elburs, die Hügel, die wir abgrasten, verbreiteten einen diffusen strohgelb-aschgrauen Schein. Der Tag fing damit an, dass Fərrux aus dem Zelt gekrochen kam und, gleich auf allen vieren bleibend, über Hänge, durch Gruben und Senken die Runde machte, um seine Fallen auf Beute zu prüfen. Am Abend das gleiche Spiel, nur von außen her beginnend, spiralig einwärts kriechend, stellte er seine Fallen auf und präparierte sie mit Käsebröckchen. Nachts schrak ich des Öfteren vom Schnappen einer Falle aus dem Schlaf.

Üblicherweise kehrte Fərrux von seinem Beutegang mit einer ganzen Traube toter Mäuse zurück, die er an den Schwänzen zusammenhielt; er buddelte eine kleine Grube und ging ans Präparieren. Zerlegte sie behende mit seinem Cutter, pellte die Haut von den Köpfchen und erstellte eine spezielle taxonomische Karte: Mit dem Bleistift über den freigelegten Gehirnkasten fahrend, registrierte er jedes Huckelchen; zuletzt schob er den Nagern eine Klemme mit

Schildchen in eine Augenhöhle, darauf er seine Angaben gemacht hatte. Die so bezettelten Schädel, mit je einem unversehrten Knopfauge in die Gegend stierend, türmten sich zu einer kleinen Pyramide und stanken, von Fliegen umschwirrt, zum Himmel; später schwärzten Ameisenscharen sie ein, und schon am nächsten Morgen konnten die vollkommen steril genagten und getrockneten Schädel eingetütet werden.

In dieser Art Erbsenzählerei bestand die ganze Diplomarbeit der unbekannten Prinzessin.

»Bist du ihr wenigstens schon mal begegnet?«, fragte ich Fərrux.

»Nein. Ich kenne sie nur von einem Bild, da war sie noch ganz klein, kaum älter als acht. Ein hübsches Mädchen.«

»Und wie ist sie auf die Mäuse gekommen?«

»Das war meine Idee.«

»Würdest du sie heiraten?«

»Zu viel der Ehre. Sie ist die Tochter eines angesehenen Mannes, und wer bin ich? Ein Waise. Ich kann von Glück reden, dass Herr Mehdi wie ein Vater zu mir ist.«

Er war diese Plackerei mit den Mäusen jedenfalls schon lange leid, und als die nötige Menge von tausend Schädeln zusammen war, erklärte er, wir hätten nur noch eine Woche, und es sei höchste Zeit, in die Berge zu gehen.

»Da wollen wir Falken fangen. Das gehört zu unserem Profil. Und ist eine einträgliche Sache, wie du vielleicht weißt.«

Ich erstarrte. Einen Wüstenfalken in der Hand zu halten war mein Traum seit ewiger Zeit.

Wir waren bereits auf dem Weg hinauf, in einiger Entfernung zu einer Siedlung, die in einer Wolke von lila Gärten eingebettet lag; da schoss auf einmal wie eine Kanonenkugel ein Lastauto oder Trecker daraus hervor. Die ansässigen Melonenbauern statteten uns einen Besuch ab, eine Anzahl Hunde im Schlepp. Ein alter Mann und ein Junge, die einander sehr ähnlich sahen. Während der zahnlose Alte konzentriert seinen Fladen in den Tee tunkte und in den Mund schob, den Unterkiefer tanzen ließ wie einen Stößel, die trübe Brühe dazu schlürfte, wurde der Junge nicht müde, ihn mit Worten aufzuziehen, dabei bemühte er sich, ernst dreinzuschauen. Der Alte schien es ihm nicht weiter übelzunehmen; unklar, wozu der Junge es tat.

Geduldig hatte ich die lästige Arbeit im Feld über mich ergehen lassen, so wie der Jäger ergeben ansitzt. Fərrux wiederum bewies Geduld, wenn ich die Kemançe malträtierte. Klaglos hatte ich den großen Rucksack geschleppt, das Zelt aufgebaut, Tee gekocht – und all das war nicht der Rede wert im Vergleich zu dem, womit Fərrux mich nun zu belohnen gedachte, und zwar gleich doppelt. Erst fingen wir den ganzen August hindurch Falken, dann fuhren wir im September zum Falkenbasar nach Quetta, den Fərrux schon das vierte Jahr in Folge besuchte.

»Lassen Falken sich denn überhaupt fangen?«

»Das wirst du schon sehen«, sagte Fərrux. Sein rechtes Auge wirkte kleiner als das linke, dadurch noch stechender. Er wölbte die Hand um den Mund und sandte einen weinerlichen Ruf gen Himmel:

»A-a-ah-hok, a-ah-hok, a-ah-hok!«

Bald darauf weihte Fərrux mich in die Feinheiten des delikaten Verhältnisses zwischen Falken und Trappen ein.

Auf eigene Faust hatte er den Versuch unternommen, Kragentrappen in Gefangenschaft zu züchten, Brutkästen gebaut – vergeblich. Auch er musste einsehen, dass die Freiheit für die Trappen das A und O war.

Fərrux hielt die Trappen damals in einem Schuppen, in gebührender Entfernung zu den Falken. Jedes gelegte Ei war ein Ereignis. Aber die Trappen zeigten keine Lust zu brüten. Die Eier kamen in den Inkubator, doch nie war eines befruchtet. Was hat sich Fərrux nicht für Finessen ausgedacht: fütterte in Milch gebrocktes Brot, gab gestoßenen Schwefel zu und geschälte Akazienschoten. Da die Trappen bei Fərrux also kaum etwas zu entbehren hatten, wog umso schwerer, was er ihnen vorenthielt: die Freiheit eben.

»Bei so einem Marsch musst du unbedingt ein, zwei Stunden am Tag ein Schläfchen machen, sonst stehst du es nicht durch«, sagte Fərrux. Und er lag längst unter der Platane und schlief, wenn endlich auch ich mich hinlegte, mir Münzen auf die Augen tat (so hatte es Hacı Dede, der alte Muğam-Sänger, gemacht, wenn eine Bindehautentzündung ihn plagte – die zwei Silberrubel aus der Zarenzeit waren von ihm auf mich gekommen) und einschlummerte, mich von der Hitze küssen ließ mit offenem Mund, Jagd auf eine nackte Gluthexe machte, sah, wie ein weißer Stier sich über eine schwarze Färse warf und mir dabei die Netzhaut zertrampelte …

Meine Freundschaft zu Fərrux gründete auf dem Prinzip der Rastlosigkeit. Eine Art sorgloser Verzweiflung prägte sein Wesen: Familiärer Zwist einerseits (seine kinderlose Frau lag in beständiger Fehde mit seiner Mutter), kindlicher Gehorsam gegenüber dem Großvater andererseits.

Tag und Nacht war er auf der Station anwesend, tauchte nur ganz selten einmal ab. Die Verpflegung richtete sich nach der Jahreszeit: Wir ernährten uns von Orangen, Feigen, Datteln und Dattelpflaumen, und nur wenn es das alles nicht gab, aßen wir Schafskäse und Fladenbrot. Sättigend war ferner, dass Herr Mehdi sich regelmäßig zur Erstellung der Bilanzen am Quartalsende für drei Tage in sein Kontor einschloss und seine junge Frau über Nacht zu ihm kam. Mit ehrerbietigem Diener öffnete Məhəmməd den Schlag, und sie kam herausgesprungen wie ein geölter Blitz, beinahe wie ein Kind, in jeder Hand einen Korb; ihr hübsches Köpfchen unter dem türkisfarbenen Tuch nickte mir zu, die großen, weit auseinander stehenden Augen schauten mit dem Argwohn der Bescheidenheit, ein verlegenes Lächeln kam nicht über die Winkel des schmalen Mundes hinaus … Etwas aus diesen beiden Körben fiel immer für mich ab – mal ein Hefebrötchen, mal ein halbes Hähnchen.

Fərrux träumte vom Flug mit schlagenden Flügeln und steckte mich an damit. Er konstruierte Flugdrachen, mit deren Hilfe sich das Federspiel zur Abrichtung des Falken in die Luft erhob. Auf sein Kommando ließ ich den Falken darauf anjagen. Das Federspiel wurde dem Falken zur leichten Beute, ganz gleich, was Fərrux sich an Handicaps für ihn ausdachte.

Manchmal holte er die zwei Trappen aus dem Schuppen, leinte sie an einen Pflock, legte die Kassette mit Nusrat Fateh Ali Chan ein, knöpfte das Hemd auf und fing unter den anschwellenden, sich zu breitem Strom emporschwingenden und -schaukelnden Qawwali-Klängen zu tanzen an, zu kreisen und zu schwingen, sich in die Luft zu strecken dabei. Flink warf er die Waden, wedelte mit den Armen, ließ das Bauchfell im Rhythmus beben, steckte sich ein Kieselchen in den beweglichen Nabel, und es fiel die ganze Zeit nicht heraus …

3

Falken derselben Art unterscheiden sich in Größe und Färbung beträchtlich von Exemplar zu Exemplar. Es gibt für Falken kein brauchbares Bestimmungsbuch, ihr Gefieder »hält nicht still«. Auch der Wüstenfalke gehört zu den »schillernden« Arten: zwischen zwei und vier Unterarten schreibt man ihm zu.

Der Wanderfalke (Falco peregrinus) ist mit Ausnahme der Arktis auf der gesamten nördlichen Erdhalbkugel verbreitet. Von der Zeichnung des Gefieders hängt der Wert des Tieres ab, so wie die besondere Zeichnung eines Halbedelsteins – zum Beispiel eine zu erkennende »Landschaft« – dessen Preis vervielfachen kann.

Der Sakerfalke (Falco cherrug) ist größer und kräftiger als der Wanderfalke, dabei viel leichter abzurichten, zur Prägung geeignet (d. i. wenn ein Vogel sich seinem Herrn gegenüber wie zu Angehörigen seiner Art verhält). Aufgrund dessen vom Aussterben bedroht.

Der Gerfalke (Falco rusticolus) zählt zu den größten und teuersten Falkenarten. Eine Unterart – Falco uralensis –, die auf Nowaja Zemlja und in der Umgebung des Uralgebirges siedelt, stellt den legendären Weißen Falken dar: Attribut der Zarenmacht, Inbegriff von Luxus. Praktisch unbezahlbar.

Der Wüstenfalke (Falco pelegrinoides) ist auffällig rotköpfig, weist ansonsten Ähnlichkeit mit dem Wanderfalken auf. Eine seltene, noch mangelhaft erforschte Art, die unter Jägern sehr geschätzt wird. Mit Fərrux will ich die Felsen nach Nestern des Wüstenfalken absuchen und die Jungvögel mit Hilfe von Lerchen und Rebhühnern auf den Block ködern.

Baum-, Turm-, Rotfußfalke und Merlin sind kleinere Arten, mit denen sich aber auch ordentlich jagen lässt.

4

Die kontemplative Betrachtung des Falken ist genauso unabdingbares Attribut einer Kampfkunst, wie es sich für den Samurai und sein Verhältnis zum Schwert sagen lässt. Ich habe mir diesen Brauch von Fərrux abgeschaut, der wiederum viel von den Arabern auf ihren Falkenmärkten gelernt hat. Der Auftritt eines Falken ist für sich genommen ein heiliges Schauspiel, ein Mysterium. Dieser Vogel verschlingt deinen Blick und legt ihn dir gebrochen zurück in die Seele. Sein atemberaubender Flug und seine majestätische Friedlichkeit, solange er steht, rühren in der Seele eine ganz besondere, dem Stolz verhaftete Saite an.

Die Araber lieben den Falken mit den Augen, und diese Liebe ist erfüllt von einem mystischen Sinn, der die Geister der Wüste aufruft, von ihrer – der Dschinne, Allahs Krieger – Unterwerfung kündet.

Zum Ködern der Falken hielt Fərrux auf der Biostation Kaninchen. Er grub ihnen eine Grube, warf Grün hinein. Ihre Gänge in die Grubenwand wühlten sie dann schon selbst, und Fərrux blieb nichts weiter zu tun, als hin und wieder das Gras zu wechseln, wofür er eine Leiter in die Grube hinabließ. Mich machten diese Kaninchen meschugge – welch wiebelige Geschöpfe!

»Die Araber kaufen sich ihre Falken wild auf dem Basar. Aber ich bin schlauer«, brüstete sich Fərrux. »Nie würde ich einen erwachsenen Falken abtragen, ich verwende ausschließlich Nestlinge. Ein ausgewachsener Falke ist eigensinnig, unberechenbar, und er bleibt es. Mag sein, dass er besser fliegt, genauer zielt, aber er ist dem Menschen fern und wird sich früher oder später verstoßen. Was tut mein satter, zahmer Nestling, wenn er einen Hasen schlägt, und der rettet sich zum Sterben ins Gebüsch? Er wird so schlau sein, sich davorzusetzen und zu warten, bis ich komme und den Hasen heraushole. Was hingegen tut ein Wildfang? Er wirft sich in den Busch hinein, selbst auf die Gefahr, sich zu verletzen … Was glaubst du, warum die Araber in der Wüste wohnen, das Leben in der Stadt nicht mögen? Weil der Diener, der Falke, seinen Herrn in der Wüste besser im Auge behält. Hier lässt sich von einem Ende zum anderen sehen. Wie will man einen wilden Falken zähmen? Jeder Vogel hat seinen Charakter. Der eine ist so unbändig, dass du ihm nicht zu nahe kommen darfst. Ein anderer ist so schreckhaft, fürchtet sich vor allem und jedem, frisst dir niemals aus der Hand, eine Taube vermag ihn aufzuscheuchen. Einmal setzte ich einen Falken auf Diät, weil er partout nicht auf die Faust kommen wollte. Er war so widerborstig, dass ich es darauf ankommen ließ, ihn durch den Hunger zur Demut zu zwingen. Eines Abends komme ich heim, und was sehe ich? Weiße Federn auf dem Hof verstreut, Blutlachen. Der Falke hatte sich aus der Voliere gekämpft und meinen Hahn gerissen. Ein stolzer, strammer Hahn, der die Gänse vor sich hergetrieben hat wie ein Hund.«

Im Morgengrauen nähern wir uns den Felsen, steigen in Schluchten, kraxeln über Geröll. Ein Stück entfernt weidet eine Stute mit Fohlen, die Frühsonne fasst ihr um den Hals. Das verglühte Gras, schütteres Gold, geht bis zum Knie; zur Seite schnellende Grillen. Ich pflücke Thymian, zerreibe ihn zwischen den Handflächen, um anschließend die Nase hineinzuvergraben. Eine Hummel brummt in der Kapernblüte, seiner schmucken Braut. Wir scheuchen einen Hasen auf, der uns die Fersen zeigt, plötzlich vor dem Fohlen steht, verblüfft auf den Hinterpfoten erstarrt; das Fohlen beugt sich nach vorn, den Hasen zu lecken, der Hase rennt davon.

Fərrux angelt Fuchslosung auf einen Grashalm, betrachtet sie aufmerksam, riecht daran – und stellt eine Falle auf den Pfad, treibt mit einem Stein das Aluminumprofil in den Boden, befestigt den Ring.

»Ich brauche einen Fuchsschwanz, um das Federspiel für den Saker zu basteln. Du kannst dir das Fell als Mütze aufstülpen, dann lasse ich den Falken auf dich los. Warum nicht? Wir werden auf Fuchsjagd gehen. Kommt noch so weit, dass wir zwei nach Moskau fahren und Fuchskragen feilbieten, pass mal auf.«

Wir laufen weiter. Echsen springen uns um die Füße. Die Mulde, durch die wir nun kommen, ist voller Felsnadeln, Äolssäulen, die aus Pistazienhainen ragen. Ich trage den Sack mit den drei Ringeltauben an meiner Seite, bekomme die Kraft der Tiere am Oberschenkel zu spüren, ihr verzweifeltes Gurren. Das Sackleinen verbirgt den Kampf der Recken. Für einen Moment bildet sich ein Gesicht darauf ab: gequält, mit aufgeklapptem Rachen – und die Hand wird plötzlich zu Blei, da sie Holofernes' Schädel zu tragen hat …

Mein Begleiter inspiziert durch das Fernglas ein Falkennest, das auf einem Felsen thront. Ich versuche unter der schirmenden Hand etwas zu erkennen und bin im nächsten Augenblick blind von dem durch einen Spalt schlagenden Sonnendreieck.

Schließlich entnimmt Fərrux seinem Rucksack eine Seilrolle, einen kleinen Hammer, einen Haken mit schartigem Kopf und seitlich angeschweißter Hülse und geht damit los, entfernt sich gut hundert Schritt von dem Kornelkirschdickicht, das wir zum Ansitz erkoren haben. Er läuft nicht geradlinig, ein tänzelndes Vor und Zurück, als wollte er seine Spuren verwischen, vor sich hinmurmelnd, mit den Augen beständig am Nest; plötzlich geht er in die Hocke, treibt den Haken in die Erde, schiebt in die Hülse einen Ast, dessen Erde er mit dem Messer spaltet; in die Klemme kommt das Ende des Nylonseils. Die Spule abrollend, kehrt Fərrux zurück ins Versteck. Das Seil wird um eine dünne Astgabel geschlungen und gespannt.

Ich binde den Sack auf, hole eine Taube hervor. Sie pulst, als bestünde sie nur aus Herz. Fərrux steckt sie in eine Art Lederhandschuh mit Schlitzen für Flügel und Füße sowie Schlaufen, die sich tückisch von allein zusammenziehen. Trägt die Taube zum Haken, knipst sie mit einer Karabinerleine an die Nylonschnur. Streut Körner aus. Die Taube reißt sich los, will wegfliegen, die Leine macht jeden Versuch zunichte.

Fərrux kommt zurück, raucht eine Zigarette an. Die Taube hat sich beruhigt, pickt Körner. Ruckartig zerrt Fərrux an der Leine, um den Vogel aufzustöbern, damit der Falke auf ihn aufmerksam wird.

Die Sonne wird kräftiger, wärmt die Nasenwurzel. Immer wieder ruckt Fərrux an der Schnur und jagt die Taube auf. Bis auf einmal ein dunkles Rauschen heraufgleitet, die Taube flattert hoch, der Falke schraubt sich um sie herum, schlägt im Vorübergleiten, kehrt jäh um und fällt auf die Taube nieder, packt zu, will sie mit sich fortreißen, die Leine federt zurück, der Falke setzt sich verdutzt nieder. Äugt in die Runde. Die Taube lebt noch, zappelt, der Falke packt wieder zu, rutscht umher, pickt halbherzig, schaut, schaut lange, ehe er zu rupfen anfängt.

Fərrux, das Gesicht versteinert, lässt die Finger spielen: ruckt in Abständen an der Schnur, so dass der Falke das Standbein zu wechseln, einen Schritt zu tun genötigt ist. Zu verjagen ist er damit nicht – einmal in Beschlag genommen, wird die Atzung nicht wieder preisgegeben, der Hunger ist zu groß, der Falke hat die Furcht verloren. Stück für Stück zieht Fərrux die Schnur zu sich heran, wodurch die Taube und ihr Schächer jedes Mal ein Stück in die Luft gehoben werden. Jetzt wird es dem Falken aber doch zu bunt, er flattert ein paar Schritte beiseite, im nächsten Moment ist er wieder da, versucht ein neues Mal, die Taube abzuschleppen, vergeblich. Dies der Moment, wo er zu schreien anfängt.

Dann geht alles ganz schnell. Fərrux zieht die Leine straff und verzurrt sie, fährt hoch, springt auf den Falken zu und greift ihn sich, drückt die Fänge mit der einen Hand nach hinten gegen den Schwanz, schnallt mit der anderen den Handschuh auf, schüttelt die blutige Taube heraus. Fərruxs Blick auf den Falken ist beinahe lüstern zu nennen. Es ist ein Weibchen – welch ein Glück! Er drückt ihr den Schnabel auf, untersucht gründlich jede einzelne Schwungfeder, Zeh für Zeh. Ich reiche Geschüh und Kappe. Fərrux verkappt den Vogel, dann darf ich ihn halten.

Ich spüre den Herzschlag des Falken, er scheint ihm als lebendiger Kloß in der Kehle zu sitzen. Ich spüre ihn noch, als ich nachts davon erwache, dass draußen jemand für einen Moment das durch die Gaze im Zelteingang fallende Mondlicht verdeckt: Gleich fühle ich mich verkappt.

Haşem resümiert:
»Was ich bei Fərrux gelernt habe?
Einen frisch gefangenen Vogel mit Binden fixieren. So gebändigt,
gleicht der Falke einer Mumie. Horus, bis zum Hals ins Band der
Ewigkeit gewickelt. Der Herrscher über die Sonne und die Horizon-
te wütet auf meiner Faust. Mich schaudert.

Im Abtragen meines ersten Falken – eines kleinen Merlin – eig-
nete ich mir die Sorgfalt, die Sanftheit, die Ehrerbietung an, die es
im Umgang mit diesen Vögeln braucht. Ich lernte ihn zu atzen, abzuwerfen, bei seiner Rückkehr zu frohlocken. Immer zu bangen, er
könnte sich verstoßen, fernbleiben … die Untreue der Geliebten
fürchten.

Beringen. Netze knüpfen. Lockfutter streuen: ungeschälten Reis
aus dem Sack. Den Platz zum Fang des Lockwilds auswählen, befes-
tigen. Den Schwung beim Werfen des Falken, das richtige Wegziehen der Faust. Inspektion der Schwingen. Anbringen der Glöckchen
an Fuß und Schwanz, um das Tier im Dickicht nicht zu verlieren.
Gebärden übernehmen: das Nicken in die Runde, mit dem der Falke
Erregung verrät; das Senken der Lider bei leicht erhobenem Kinn.

Fanggerät herstellen: Schlagnetz knüpfen, Fanghütte anlegen,
Gurte für die Kappe schneiden und flechten, Geschüh. Nestlingen,
die plötzlich aus dem Gatter entwischt sind, auf Bäume hinterher-
klettern.

Am schwierigsten erwies es sich, den Falken anzusprechen. Der
Ruf gelang mir erst, als ich gelernt hatte, den Menschen aus mir zu
entfernen mit Stumpf und Stiel.

Behutsam den Kropf abtasten, das Gewölle zum Auswurf bringen, auseinandernehmen, daraus ableiten, was und wie viel der Vogel zu sich genommen hat, aus der Konsistenz auf mögliche Krankheiten schließen. Ein mit Sulfanilamid versetztes Bienenwachs auf
die Wachshaut über dem Schnabel auftragen, um sie zu glätten und
Scharten auszufüllen. Schnabel und Klauen beschneiden. Aus Pfer-
dehaar eine Langfessel für das Flugtraining zwirnen.

Den Ästling rechtzeitig zur ersten Mauser abstellen. An die Kappe gewöhnen. Entwurmen, Kalkgaben, in Aminitrozol gelöst, gegen Trichomonaden. Mit geschickten Fingern am Kropf nachhelfen, wenn der Vogel sich beim Versuch, einen Fleischbrocken zu schlingen, verschluckt. Einen gerupften Falken auffiedern.

Das war eine ganz spezielle Prozedur. Gewohnheitsmäßig hielt sich Fərrux einen Vorrat an Schwung- und Schwanzfedern, las auf, was immer er fand, in Aufzuchtstationen oder Zoologischen Gärten; bei ihm im Schuppen hing ein großer, in Mull gehüllter Bausch, bunt gemischt aus Storchen-, Schwanen-, Fasanen-, Auerhahnfedern, auch welche von toten Falken waren darunter. Und als feiner Kenner der Aerodynamik des Vogelflugs wusste er tatsächlich hie und da das Gefieder seiner Schützlinge zu ergänzen und zu korrigieren, entwarf sozusagen Flugprothesen, und die funktionierten sogar.

Vor dem Abwerfen den Kiel betasten und wissen, wie der Vogel in Form ist. Dann genügt ein kurzes *Jarrak!* – und ein Senkblei wird angepasst – zur Flugbegrenzung.

Fərrux verfolgte argwöhnisch jeden meiner Handgriffe, griff öfter rüde ein, nahm mir den Vogel von der Faust, stieß mich weg. Man kann so einen Falken durch unachtsamen Umgang leicht verderben.

Was ich noch nicht beherrschte:

Den Vogel nach der Mauser wieder zur Jagd anstiften. Und nie gelang es mir, einen Nestling auf Wild abzustellen – dazu bedarf es besonderer Finesse. Fərrux hatte seine Methode, wie er den von der Faust geatzten Falken auf die lebende Beute lockte: Rabiat riss er einem Täuberich den Kopf ab, dass der ihm noch zwischen den Fingern zappelte, ließ Blut auf Brust und Kehle des getöteten Tiers tropfen, quetschte den Kopf wie eine Spritzflasche, beschmierte sich selbst damit – und hielt dem Falken den Kadaver hin ... So mit einem lebenden Tier zu verfahren, fehlte mir lange der Mut, und als ich es doch einmal fertigbrachte, muss der Falke mein Entsetzen gespürt haben, womit die Beute für ihn wohl endgültig gestorben war.«

6

Von Zeit zu Zeit suchte Haşem mich in das heikle Thema Kragentrappe einzuführen, gab mir allerlei ökologische Aufsätze und Vorträge in die Hand, insbesondere von einer Amerikanerin namens Mary Anne Weaver, die, so erklärte er mir, den Westen als Erste auf das Problem aufmerksam gemacht habe. »Eine mutige Frau, der es gelang, ins Allerheiligste der königlichen Falkenjagd vorzudringen. Ich bin ihr in Quetta begegnet, sie trug den Schleier aufrecht, mit geradem, offenem Blick … Keine Ahnung, wer ihre einflussreichen Freunde in der pakistanischen Regierung waren, vermutlich irgendwer in Bhuttos unmittelbarer Umgebung. Ohne die wären jedenfalls alle Bemühungen, die Hubara zu retten, vergeblich gewesen …«

Aus einem Aufsatz von Mary Anne Weaver:

Im Jahr 1929 bezeichnete H. R. P. Dickson, ein britischer Kolonialoffizier, die alljährliche Ankunft der Trappen auf der Arabischen Halbinsel als eine Jubelzeit. »Der Regen kündigt sich an«, so schrieb er, »durch Schwärme von Kragentrappen. Wahrlich, diese Vögel erscheinen wie das Manna vom Himmel, ihr Eintreffen als Lohn, den Allah all jenen zukommen lässt, die diesen höllischen Sommer hinter sich haben.«

Bis zu den 1960er Jahren hat die königliche Falkenjagd im Nahen Osten den Bestand an Trappen auf ein Fünftel schrumpfen lassen. Zwar waren nicht mehr als zwei, drei Dutzend Erwählter zur Jagd berechtigt, doch richteten die mit ihren Jagdbetrieben, in die sie Millionen Dollar steckten, eine Menge Unheil an.

Die sanftmütigen Trappen mit ihren putzigen Schöpfen und dem fahrigen Blick, reaktionsschnell und nie ganz zu beruhigen, immer auf der Hut, mit einem Auge im Himmel, von dem Falkengeschwader in heillose Panik versetzt, merken sich die Schauplätze der alljährlichen Gemetzel und ändern ihre Routen.

Als den Arabern endlich dämmerte, dass der kostbare Vogel auszusterben im Begriff war, brach eine Hysterie aus. Fieberhaft entsandten Könige, Scheichs und Prinzen Expeditionen ins Ausland, um dortige Vorkommen auszukundschaften. Die angesehensten europäischen Zoologen wurden engagiert, um die Kragentrappen zur Fortpflanzung in Gefan-

*genschaft zu animieren, man ließ die Japaner raffinierte Ausspähtech-
nik bauen, rüstete Jeeps für die Jagd unter Wüstenbedingungen aus.
... Doch alle Mühen waren vergebens, die Frage aller Fragen blieb unbe-
antwortet: Wo, in welchen Ländern, konnten die Scheichs noch auf Trappenjagd gehen?*

*In Pakistan zum Beispiel sollte es eine der weltweit größten Durch-
zugspopulationen geben, wie groß sie wirklich war, wusste man zu keiner Zeit genau; jedenfalls fand auch hier die Kragentrappe 1975 in die
Liste der vom Aussterben bedrohten Arten ... Ein 1983 in Peschawar
abgehaltenes Kolloquium kam zu dem Schluss, dass höchstens noch zwan-
zig- bis fünfundzwanzigtausend Exemplare auf pakistanischem Territorium existierten ... Während die Art eine natürliche Zuwachsrate
von höchstens fünf Prozent pro Jahr aufweist, werden im selben Zeitraum mindestens sechstausend Vögel mit Hilfe von Falken erlegt. Allein
schon Scheich Zayid, wenn er auf Jagd geht, hat einhundertfünfzig Falken dabei.*

Zwar ließ sich der pakistanische Staat nie lange bitten, allerlei Na-
turschutz-Symposien zu fördern, aber zum Verbot der Trappenjagd,
und sei es für ein paar Jahre, konnte er sich nicht entschließen. Im
Gegenzug sichern die Saudis ökonomische und militärische Hilfe zu.
So lässt man beispielsweise zwei Millionen Pakistani ins Land, die
auf ominösen Baustellen (»Hier entsteht eine Gartenstadt!« – Wüste, befruchtet mit dem goldenen Samen der Tiefen ...) und in den
Ölraffinerien am Persischen Golf anheuern.

Zu viel Leidenschaft ist bei dieser Jagd im Spiel, zu viel Erhabenheit auch, als dass der Trappe, deren Fleisch unglücklicherweise als
Jungbrunnen gilt, eine Chance bliebe. Gibt es doch keine erhabene-
re Leidenschaft als die Gier nach dem ewigen Leben.

»Wie durchlässig die Grenze nach Pakistan wirklich war, wussten
wir nicht«, sagte Haşem. »Vorsichtshalber bandagierten wir unsere
Falken und schoben sie in einen Sack, schoben trockene Kräuter
nach, damit ihnen das Atmen leichter fiel. Den Sack banden wir unter die Kardanwelle. Auf der Ladefläche Bienenkörbe – wir reisten als
Imker ein. Davon gab es etliche, die in den Grenzzonen unterwegs
waren, immer da, wo gerade etwas blühte. Die Dienstreisebeschei-

nigung der Universität, die Fərrux besorgt hatte, machte Eindruck, Forschungsthema: Chemische Zusammensetzung des Honigs in Abhängigkeit von der Vegetation. Auch mit dem Tanz der Bienen, ihrer besonderen Sprache und so weiter ließ sich bei Bedarf blauer Dunst erzeugen, ich hätte ihnen etwas von Karl von Frisch erzählen können.

Wir beförderten unsere heikle Ware in einem Isuzu-Pick-up mit Allradantrieb und Planenverdeck: zehn Käfige und sechs Bienenkörbe, zwölf Kubikmeter vergitterte Luft, nach toter Maus stinkend, überlagert von Propolisdüften, Geschwirr und Gesumm. Es war beschwerlich, die Käfige von blutigen Bälgen, Federn und Knochen zu säubern, die gefräßigen Engel mit neuer Atzung zu versorgen, Tränken zu füllen, Vogelvitamine und -antibiotika im Mörser zu stoßen. Von fünfzehn gefangenen Falken hatten bis Ende September elf überlebt, abgesehen von drei Wanderfalkenweibchen, die nicht zurückgekehrt waren.

Unterwegs nach Quetta, wo der Händler auf uns wartete, betätigte sich Fərrux nebenher als Kundschafter. Immer wieder verließen wir die Trasse und fuhren bergan, um der Kragentrappe zu begegnen, ohne Erfolg.

Am Ziel der Reise angelangt, waren wir baff: Riesige Staubwolken hingen über der Stadt, bis in die letzte Gasse hinein, wie braune Laken, wie zottige Bärte von alten Riesen.

Wir putzten das Auto und uns selbst, dann gingen wir aus. Fərrux nahm mich mit zu Mir Bas Hetran, dem obersten Falkendealer. Ohne seinen Segen brachte keiner ungestraft auch nur einen einzigen Falken an den Mann.

Auf dem Weg dorthin, schon im Fahrstuhl, begegneten wir einem eindrucksvollen Sakerfalken, über die Maßen zahm und so aufgeplustert, dass er von hinten aussah wie eine Spitzentänzerin aus dem Moulin-Rouge, en miniature.

Hetrans Falkenparade war furchterregend: geflügelte Räuber aller Rassen und Schattierungen, manche von erhabener Friedfertigkeit, andere wieder aggressive Bündel, die ihre ganze, vom ledernen Harnisch gebändigte Spannweite ausfuhren – in der Anmutung fliegender Dämonen.

Ich schaute auf diese Vögel und fragte mich, wovon ich mich würde trennen müssen, um ein Tier zu sein.

Engel sind den Tieren näher als dem Menschen. Beide verfügen sie über keinen freien Willen. Myriaden von Engeln, nur auf die Welt gekommen, den Allmächtigen zu preisen, sogleich wieder abtretend – woran lassen sie denken, wenn nicht an die Myriaden Eintagsfliegen, die als trübe Wolke überm Fluss kleben, das Wasser verdunkeln, sich flussabwärts aus der Zeit verabschieden: der satte, träge Fisch schleckt den Brei wie Blütenstaub vom Himmel.

Wie alles übrige Lebendige auch, verbergen sich die Engel unter ihresgleichen.

Welchem Tier also hätte der Prophet gleichen wollen – gesetzt den Fall, ein solcher Wunsch ließe sich denken?«

7

Jeder in Quetta kannte Mir Bas. Haşem und Fərrux gingen hin, ihre Aufwartung zu machen und um Genehmigung für ihren Falkenhandel zu bitten. *Mir-Bas, Anfang vierzig, korpulent, mit schwammigen Gesichtszügen, grüßte uns von der Höhe seines Sessels und dreidaumendicker Sohlen herab mit pechglänzendem Haar, funkelndem Ring am Finger, Goldkettchen unterm drei Knöpfe offenstehenden himmelblauen Hemd. Im Orient ist es nie so leicht, Wichtigtuerei von Weltläufigkeit zu unterscheiden; recht schnell jedenfalls war ich über die blühenden Geschäfte des Hausherrn eingehend unterrichtet. Seine Gesprächigkeit entsprang vielleicht auch dem Wunsch, mit Englischkenntnissen zu glänzen oder sich darin zu üben.*

Er sei freundlich gewesen, erzählte Haşem. Fərrux gegenüber sowieso, aber auch er, Haşem, habe ihm gefallen. Ihre Wüstenfalken kamen ihm gelegen, die Araber haben für diese erlesenen Rotköpfchen etwas übrig, und er verdiente an jedem Exemplar.

»Hektische Zeiten!«, rief Mir Bas, sich die Hände reibend. »Es geht hoch her. Die Jagd auf Falken währt drei Monate. In der Zeit suchen die Scheichs einander aggressiv zu übertrumpfen. Und beim Anblick eines annähernd weißen oder annähernd schwarzen Falken, was beides höchst selten ist, kriegt ein Scheich sowieso einen Herzanfall. Er muss dieses Tier haben, für Schönheit zahlt er jeden Preis.«

»Und welches *wäre* der Preis für so ein Prachtstück?«

»Vergiss es, Junge, nichts für dein Portemonnaie. Für einen sibirischen Falken nehme ich achtzigtausend Dollar, Untergrenze. Als Spitzenangebot hatte ich dieses Jahr in Belutschistan einmal einhundertzehntausend für einen hellen Saker, an der Grenze zum Tienschan gefangen. Und bis das Vögelchen in Arabien anlandet, hat sich der Preis noch mal drastisch erhöht.«

»Ist ja irre!«, sagte ich und nahm die Zigarre, die Mir Bas mir anbot.

»Du weißt doch, Junge, die Araber glauben, dass das Fleisch der Hubara als Aphrodisiakum wirkt, es stärkt die Manneskraft und verlängert die Jugend«, sagte Mir Bas augenzwinkernd.

»Davon habe ich gehört.«

»Gehört hast du davon, so so. Und ist dir auch klar, dass die Scheichs dafür eine Hubara pro Tag verputzen und an Sonntagen zwei? So kommt einer auf fünfhundert Stück im Jahr.«

»Das grenzt an Kannibalismus.«

Mir Bas lachte. Zu erkennen war, dass ihn die Gefräßigkeit seiner Kundschaft nicht etwa grauste oder belustigte, er brüstete sich mit ihr, für ihn war sie Teil ihrer Macht und Größe.

Eines Tages Anfang Dezember ergatterte Mir Bas dann für Farrux und mich Einladungen zum Lunch mit einem Scheich, der eben zur Jagd eingetroffen war. Der Empfang fand im Hause eines der vermögendsten Feudalherren statt; die Familie lenkte die Geschicke des gesamten Distriktes, also all jene Ländereien, wo die herrschenden Fürstenhäuser von Dubai und Katar in diesem Jahr ihre Hubara-Jagden abhielten.

Irgendein anderer einflussreicher Scheich wollte sich den Saudis anschließen, ihm zu Ehren fand das Essen statt. Mir Bas enthielt uns seinen Namen vor, meinte nur, es handele sich um eine so mächtige und hochangesehene Persönlichkeit, dass wir ihm für die Gelegenheit bis ans Ende unserer Tage dankbar sein würden. Fərrux, der förmliche Anlässe hasste, zeigte wenig Lust, der Einladung zu folgen, mich aber plagte die Neugier, und es gelang mir, ihn zu überreden. Rote, weiße und gelbe Festzelte füllten das Zentrum der Stadt. Darinnen im Halbkreis Stühle mit geschwungenen, vergoldeten Armlehnen und Sofas mit Gobelinbezug wie im Louvre. Kellner in steif gestärkten weißen Jacken trugen Getränke durch die Reihen. Die Gläser mit dem verbotenen Alkohol verschämt in Servietten gehüllt. Während alles gespannt der Ankunft des Scheichs entgegenfieberte, hatte ich Gelegenheit, ein paar von Mir Bas' Kunden kennenzulernen – alle möglichen Minister, pensioniert oder noch im Amt. Sie hatten von uns gehört, waren mit unseren Falken zufrieden, interessierten sich für unsere Belange. Fərrux nickte eifrig, ich langweilte mich.

»Wir müssen den geeigneten Platz für Sie finden«, flüsterte Amid Ghani, der Gastgeber, uns zu, dem Mir Bas wohl einiges zugesteckt hatte, damit wir den hochrangigen Saudis vorgestellt wurden. Allem Anschein nach waren unsere Vögel hier so gut angekommen, dass man uns ein Stück in den Himmel zu erheben gedachte.

»Zu nahe dürfen Sie dem Prinzen nicht gleich auf die Pelle hocken, damit er nicht Verdacht schöpft, aber nahe genug, dass er Sie gewahrt und zu sich aufs Sofa einlädt.«

Am Ende wurde ich zwischen einem drallen kleinen Pascha und einem Ex-Minister plaziert, Fərrux zur anderen Seite des Fürsten.

»Seine Hoheit Osama bin Muhammad bin Awad bin Laden«, verkündete Amid Ghani. Alles sprang auf und erstarrte in Ehrfurcht.

»Genannt auch der Prinz, der Scheich, Al-Emir, Abu Abdallah, Scheich Al Mudschahid, Direktor, Imam Mehdi, der gute Samariter ... wies beliebt!«, trug der Pascha mir halblaut seinen Sachverstand an; was er noch zu sagen hatte, flüsterte er gehässig in mein Ohr: »Aber Seine Hoheit ist er ganz bestimmt nicht. Er ist mit dem Neffen des Emirs zusammen in Dschidda zur Schule gegangen, mehr ist da nicht. Dieser Prinz ist ein Killer, er war in Afghanistan an der Front, und als Jäger ist er erbärmlich. Im vorigen Jahr, als sich in meinen Ländereien keine einzige Trappe für ihn fand, ist er mit seinem Lager im Nationalpark von Kirthar aufgekreuzt und hat binnen zehn Tagen zweihundert Hubaras niedergemacht, drei Dutzend Gazellen und Auerochsen dazu.« – »Wie kommt er dazu?«, fragte ich. »Wer hat ihm das genehmigt?« – »Keiner, nicht Moses, nicht Jesus Christus und auch nicht der Prophet Mohammed, hat Pakistan ein armes Land geheißen.«

In diesem Moment kam der »Prinz« ins Zelt geschwebt. Mit ausdruckslosem Gesicht nahm er die Begrüßung der versammelten Gäste vor. Er war feingliedrig, doch von beherrschender Größe, leicht gebeugt. Im Unterschied zu den saudischen Aristokraten trug er keines dieser stutzerhaften Van-Dyck-Bärtchen, sondern einen schlichten Mullahbart. Gekleidet in einen schwarzen Umhang mit goldener Schärpe, das gereckte Haupt von einem weißen Turban bekrönt.

Der »Prinz« stützte sich auf einen Hirtenstab, ein Diener folgte ihm, auf der behandschuhten Faust einen Falken von unerhörter Pracht: beinahe ganz weiß, nur die Flügelspitzen stellenweise ins Perlmuttfarbene spielend, die Farbe von gedämpfter Milch. Nie hätte ich vermutet, dass dergleichen überhaupt existiert.

»Ist das ein Albino?«, raunte ich dem Pascha zu. »Ein sibirisches Exemplar«, bekam ich zur Antwort. »Mit Geld nicht zu bezahlen. Ein Schwarm Rolls-Royce.«

Ich stellte mich auf Englisch vor und wurde vom »Prinzen« auf Englisch gefragt:

»Haşem Sagidi? Seit wann in Pakistan?«

»Eben aus dem Iran herübergekommen, Eure Hoheit. Ich liefere Wüstenfalken für die Jagd, vielleicht möchten Sie die Ware in Augenschein nehmen?«

»Jetzt nicht. Später vielleicht«, erwiderte der »Prinz«. »Und merken Sie sich eins: Was wir machen, ist keine Jagd. Wir trainieren unsere Falken, das ist alles.« Mit diesen Worten wechselte er zum Pascha.

Vor mir der schneeweiße Falke schien den Raum zu erleuchten – seine runden Augen blickten glühend und kalt zugleich. Ich konnte die meinen nicht losreißen von ihm. Der Vogel stand reglos, unnahbar und erhaben, eine bezwingende, tödliche Kraft ging von ihm aus. Das war nicht nur ein Symbol der Macht, das war die Macht selbst, ihr Wesen, unverhüllt.

Eine Woche später – die Scheichs hatten endlich das Signal bekommen, dass die Hubara im Anflug war, und sich umgehend in die Wüste aufgemacht – bekam ich Gelegenheit, dem mysteriösen Scheich ein zweites Mal zu begegnen. Wir waren den Falknern in ihr Lager gefolgt, ich stieg aus dem Auto und begab mich ein Stück abseits, in den Schatten eines Rundzeltes, nahe dem Eingang. Drinnen saß mit untergeschlagenen Beinen der »Prinz« im kamelwollenen Gewand und empfing Gäste. Altertümliche persische und kaschanische Teppiche waren ausgelegt, seidenbezogene Sitzkissen mit Goldpaspel lagen im Halbkreis. Weiter hinten ein Bord mit moderner Kommunikationstechnik, Kabelbündel liefen zu einer Satellitenschüssel, die draußen vor dem Zelt in den von Staubwolken verhangenen Himmel sah. Im Rücken des »Prinzen« auf erlesenen Maschrabiyyas, gedrechselten Bänkchen aus Elfenbein und Gold, standen fünfunddreißig Falken, behaubt, wie Ritter im Harnisch, hochkonzentriert, so die Anmutung; ein malerischer Wachaufzug. Kein Tier war dem anderen in Alter und Größe, Färbung und Zeichnung gleich.

Doch der weiße Gerfalke auf der Faust des Oberfalkners stellte die majestätische Fliegerstaffel in den Schatten. Falkner und Falke begleiteten den »Prinzen« auf Schritt und Tritt, er trug den Vogel wie eine heilige Fackel – während die übrigen tatsächlich nur für die Jagd gebraucht wurden.

Es war die letzte Falkenjagd, bei welcher der »Prinz« in Erscheinung trat. Eine Woche später würde er der Regierung von Saudi-Arabien das Angebot machen, zwölftausend seiner Mudschaheddin zur Bewachung der Ölfelder und Produktionsanlagen abzustellen. Der Vorschlag würde abgelehnt werden, der gekränkte »Prinz« die Regierung daraufhin als Marionette in der Hand der Amerikaner bezeichnen und vom Königshaus als Paria eingestuft werden. Jahre im Untergrund würden folgen; im Januar 1999 würde er in einem Interview äußern: *Die Internationale Islamische Front für den Dschihad gegen die USA und Israel hat, durch die Gnade Gottes, eine eindeutige und klare Fatwa erlassen, mit der die islamische Nation zum Dschihad aufgerufen wird, unsere heiligen Stätten zu befreien. Die Nation des Muhammad hat sich diesem Aufruf gestellt. Wenn der Appell zum Dschihad gegen die Juden und die Amerikaner, der die Befreiung der Al-Aksa-Moschee und der heiligen Ka'aba zum Ziel hat, als ein Verbrechen gilt, dann soll die Geschichte mein Zeuge sein, dass ich ein Verbrecher bin.*

Der 11. September 2001 würde folgen und weitere sechs Jahre später vielleicht die Sprengung der Atomanlagen in Massachusetts und Nevada – und dann käme ich wieder nach ihm sehen, dem König der Tiere, ewig jung, für den der Aufstieg, das Schweben, der Sturzflug den Sinn des Lebens ausmacht, den Sinn seiner Herrschaft über die Welt der Wüste.

9

Hundegebell und der Gesang des Mullahs weckten mich in aller Frühe. Ich nahm einen Schluck kalten Kaffee aus der Thermosflasche und wollte mich gerade waschen gehen, als jemand draußen hüstelte und mit der Hand gegen die Zeltbahn klatschte. Es war Şarif.

»Mir Bas möchte eine Probejagd veranstalten. Kommst du mit?«

Ich putzte mir die Zähne und war bereit. Mir Bas erwartete uns mit einem Range Rover in Sonderausführung nebst Chauffeur. Er auf dem Rücksitz mit einem Falken auf dem Handschuh.

Die Sonne ging eben auf. Der Himmel im Perlmuttglanz, so als klappte eine Muschel auf. Ringsum dehnte sich steinerne Wüste: die Scheibe des Himmelstöpfers. Absolute Stille, vom Brummen des Motors und einer gelegentlichen Windböe abgesehen. Hin und wieder trafen wir auf schwarze Schieferfelsen, die aussahen wie riesige, im Freudenfeuer abgefackelte Marshmallows.

… Der Wind verstärkte sich. Wir bretterten mit über 70 mph durch die Wüste und walzten Büsche, junge Bäume sowie sonstiges Inselgrün platt, während wir nach Spuren der Hubara Ausschau hielten.

Die Wüste hier, nahe der Stadt Yak Mach, ist untypisch für Pakistan, erinnert eher an den Vorderen Orient. Vierzig Meilen lagen schon hinter uns, ohne ein Haus, ohne einen Menschen …

Bis Şarif plötzlich aufschrie.

»Da! Spuren!«

Und es war eindeutig: dreizehige Abdrücke im Sand, dicht an dicht – Trittspuren der Hubara.

Şarif übernahm den Falken, schlug ihm mit dem Handrücken sanft gegen die Brust und hob sich die Faust, auf der er stand, über den Kopf. »Ahok!«, rief er scharf – »Ahok! Ahok!« – und nahm dem Falken die Haube ab. Der Saker klappte die Augen auf, spähte durchdringend in die Runde, reckte den Hals und strich, sich von Şarifs Faust stoßend, nach vorne ab.

Mit kräftigen Schwüngen legte er an Tempo zu. Geriet immer wieder außer Sichtweite, wir mussten, den Puls des Senders im Ohr, zusehen, dass wir hinterherkamen. Mein Herzschlag schien auszusetzen, damit er das Piepen nicht übertönte.

Rasch hatte der Falke sein Opfer ausgemacht. Kreiste über ihm, startete Scheinangriffe, um es aufzuscheuchen. Kampfesmutig plusterte die Hubara sich auf, breitete die Flügel, wölbte die Brust. Den Blick unverwandt auf den Feind gerichtet. Plötzlich riss sie sich vom Boden los.

… Im Zickzack schlingernd und hüpfend, jagten wir den beiden Vögeln nach. Sahen sie auf einmal jäh in die Höhe steigen. Der Falke zwischendurch immer wieder niederstoßend, mit rudernden Schwingen. Die Trappe wich aus, suchte das Weite, gewann an Höhe.

… Und plötzlich – eben hatte der Greif einen Augenblick direkt vor der Sonne gehangen – erfolgte der Angriff. Die Hubara entkam noch einmal um Haaresbreite, der Falke steilte auf, musste seine Attacke wiederholen. In stürzender Spirale kamen die Vögel der Erde wieder näher, fielen schließlich ganz zu Boden. Neben einem Tamariskenbusch stöberten wir sie auf. Der Kampf lief noch, die Hubara, schon am Ende ihrer Kräfte, wehrte sich mit verzweifelten Hieben. Der Falke hatte ihr als Erstes die gelben Augen ausgehackt, damit sie nicht mehr davon konnte.

Şarif schlitzte der Trappe den Bauch auf, entnahm das Gekröse und warf es dem Falken vor. Dann legte er ihm die Haube an, bevor er der Trappe die Kehle durchschnitt.

»Jetzt ist sie halāl«, sagte er.

9

»Nachzutragen bleibt die Begebenheit, die sich an einem der letzten Jagdtage zutrug«, schloss Haşem seinen Bericht. »Fərrux hatte mich wie immer frühzeitig geweckt und zum Aufbruch gemahnt. Die Übelkeit war wie weggeblasen, ich stellte den Primuskocher an, trank einen Kaffee, kaute den Bodensatz, kroch aus dem Zelt. Der Wind hatte sich über Nacht gelegt, der Himmel war von Staubfahnen verhangen. Mein Blick blieb stecken im schwebenden Lehm, der das weite Land geschluckt zu haben schien, stumm standen die Zelte, große und kleine, in der Sanddüsternis. Kamele am Strick tapoten von einem Bein aufs andere und lösten sich dabei in Luft auf. Autodächer, Kühlerhauben unter einer dicken Schicht Staub. Diener stießen mit Stöcken von innen an die Zeltdächer und lösten kleine Sandlawinen aus.

Am Abend, auf dem Heimweg von der Jagd, strebten wir einer riesigen, in Staubwolken gebetteten Purpursonne entgegen. Wir schnellten auf eine Anhöhe, hinter der eine Klamm verborgen lag, Fərrux schaffte es gerade noch, das Steuer herumzureißen und, schon im Rutschen, den niedersten Gang hineinzuhämmern. Bebend und aufheulend durch das blockierte Differentialgetriebe, begann der Wagen sich ins nachgiebige Geröll zu wühlen, schaffte den Rückzug mit Ach und Krach. Wir stiegen aus, blickten uns um – und sahen das, was wir von Anfang an gesehen, aber, abgelenkt vom eigenen halsbrecherischen Manöver, nicht begriffen hatten: Unten am Fuß der Klamm steckte schon ein Wagen fest – ein Land Cruiser.

Das Auto klemmte mit dem Kühlergrill im gegenüberliegenden Hang, die Hinterräder hingen in der Luft. Daneben kauerte einer: Es war der Prinz. Er wirkte verstört, sein Gesicht wie versteinert. Wir liefen hinab, den Bediensteten des Prinzen beizustehen. Der eine war dabei, das Vorderteil freizuschaufeln, der andere trieb ein Brecheisen in die Erde, um das sie kurze Zeit später das Seil der freigelegten Winde werfen konnten. Sie arbeiteten stumm, in verbissenem Eifer. Die Zugkraft der Winde reichte jedoch nicht aus, um den Jeep, der mit der Vorderachse aufsaß, vom Fleck zu bewegen.

Der Prinz sprang auf und verlangte den Zündschlüssel unseres Wagens.

Ins Lager fanden wir erst am nächsten Abend zurück und konnten von Glück reden.

Das Fahrzeug des Prinzen, so berichtete Mir Bas, sei in die Klamm geraten, während er seinen weißen Falken verfolgte. Sie seien nun beide im Lager und wohlauf. Unser Auto wurde von einem Mechaniker gecheckt und vollgetankt.

Den Geruch aber hatte ich fortan in der Nase – das Leder der Sandale und den Schweiß. So wie er mir in die Nüstern fuhr, als der Prinz mir den Tritt versetzte. Ich war auf ihn zugestürzt – flehend, uns nicht allein in der Wüste zurückzulassen.

Die staubigen Sandalenriemen. Die überraschende Babyhaut seiner nackten Sohlen. Der beißende Schweißgeruch wie von Todesangst. Der winzige mürbe Nagel am kleinen Zeh …«

Arche Noah

1

Während ich, zurück von meinen Dienstreisen, den angestauten
Stress der Bohrinselschichten abklingen ließ, beobachtete ich Haşems
Tun und Treiben mit düsterem Interesse und hatte das Gefühl, dass
der Satz: »Ich bin der Messias« aus seinem Munde nicht mehr lange
auf sich warten lassen würde. Das Gefühl trog nicht, und als es so
weit war, meinte ich ein krankes Kind in den Armen zu halten, welches schreit, beißt, um sich schlägt, weil es das fiebersenkende Mittel
nicht schlucken will. Dabei hätte ich gar nicht gewusst, woher dieses
Mittel nehmen. An seiner Seite zu sein war alles, was ich tun konnte.
Wie hatte ich ihn überhaupt alleine lassen können, allein mit seinem
Wahn! Ich muss ihn hier herausholen, ablenken, die Welt zeigen, so
sagte ich mir. Er aber lief umher mit in sich gekehrter Leidensmiene,
lehnte heulend am Türpfosten … Unweit der Ostwache hatte er eine
Kuhle gegraben und sich hineingelegt. Ameisen krochen auf ihm
herum und anderes Getier, er rührte sich nicht.

»Ich versteh das nicht«, brach es einmal aus mir hervor, »wie man
sich so hängenlassen kann. Was winselst du? Hol den Kite! Ich will,
dass du mir das Fliegen beibringst.«

»Die Amis werfen den falschen Köder aus. Auf Menschenfleisch
beißt der Prinz nicht an.«

Einmal tauchte Haşem für längere Zeit im Şirvan unter. Ich fuhr
auf Schicht, kam wieder, er war in meiner Abwesenheit nicht dagewesen. Zwanzig Tage. In dieser Zeit kam der Nationalpark beinahe
unter die Räder. Alles war damit beschäftigt, den Şirvan nach Haşem
abzusuchen. Schließlich fand man ihn. Ich war es, der ihn fand. Noch
hinter Kap Bəndovan, an der Grenze zum Schwemmland des Kür.
Er saß auf einem alten Bohrturm, in mittlerer Höhe. Es gelang mir,
ihn herunterzuholen. Zu gehen war er nicht mehr in der Lage.

Mir dämmerte, dass ich dabei war, mich in Haşems Netzen heillos zu verfangen. Sein Spiel war längst auch mein Spiel, sein Wahn – mein Wahn. Und mir war wohl dabei! Ich war in die Falle getappt, hatte mich hineinfallen lassen: unsere Kindheit. Er und ich – als wollten wir unser Spiel jetzt zu Ende spielen. Kees und Karakol waren erwachsen geworden. Bereit, einen ernsthaften Tod zu sterben.

2

Die Karte, die in Haşems Sommeratelier hing, habe ich schon erwähnt: eine Darstellung des Heiligen Landes auf Pergamentpapier, über das Messtischblatt des Şirvan (im zehnfach größeren Maßstab) gelegt und so gedreht, dass Mittelmeerraum und Kaspisee übereinanderliegen, das Tote Meer über dem Salzigen Liman und der See Genezareth über dem Mittleren See, der durch den Şirvan-Kanal – respektive den Jordan – gespeist wird, welcher wiederum in den Liman fließt, in den während der Winterstürme die Wasser des Kaspisee hereindrängen, über einen Streifen Festland hinweg. Bei der Betrachtung dieser Karte ging mir ein Licht auf, warum Haşem mit solcher Beharrlichkeit biblische Szenen im Şirvan nachstellte. Mir wurde klar, wieso die Heger das ganze Frühjahr an einer Kopie der Arche Noah gewerkelt hatten, akribisch allen Angaben folgend, die das Buch Mose hergab. Wozu dieser Aufwand an Brettern, Nägeln und Pech, wozu die vielen Tiere – ein Pärchen von jeder Art –, die an die Tiefen des Meeres verloren gingen, falls sie nicht doch an kasachischen, turkmenischen, russischen Ufern landeten? (Zu hören war nichts darüber.) Zuvor waren die Tiere feierlich von Wache zu Wache expediert worden und so auch an mir vorüberdefiliert: eine rotbunte Kuh und ein brauner Stier, ein graues Schaf und ein schwarzer Hammel, Ziegenbock und Meppe, Büffel und Büffelin, Käfige mit schneeweißen Tauben, Enten, Purpurhühnern, Pelikanen, Fasanen, Frankolinen, Kuhreihern, Kormoranen – die ganze Palette des Nationalparks Qızılağaç, von Abbas herbeigeschafft. Keine Frage mehr, wozu Haşem aus neun Plastikluftmatratzen einen Walfisch geklebt und geschweißt, mit hundert Metern Schnur an einen ufernahen Baum gebunden, zu Wasser gelassen und drei Tage auf den Wellen schaukelnd darin zugebracht hatte … Und das große Feuer, für das Haşem nach Novruz bayramı zwei Tage lang mit dem Niva Schwemmholz in den Şirvan gefahren hatte und dessen Schein wir, Elxan und ich, an der Nordwache bemerkten, worauf wir sofort hinliefen; bei unserer Ankunft fanden wir es niedergebrannt, und Haşem saß daneben, schien nur darauf gewartet zu haben, dass wir kamen, um sich zu entkleiden und den nackten Hintern in die noch heiße Asche zu versenken, so blieb er eine Woche sitzen bei Regen und Wind; ritzte sich mit Porzellanscherben. Abbas ging mehrmals hin, um etwas zu fragen. Die Heger begannen sich hinter vorgehaltener Hand das Maul über ihn zu zerreißen. Auch ich versuchte ihn vergeblich zur Heimkehr zu bewegen.

Ausgiebig trainierte Haşem das Schießen mit dem Katapult, steckte auch die Heger damit an; ewig hatte man Querschläger zu gewärtigen, die Schläfe, Ellbogen und Schulter trafen. Wenn er irgendwelche vorsintflutlichen Schlachten nachstellte, um sie durch den handgemachten Rahmen »abzulichten«, kamen Obst und Gemüse anstelle von Steinen zum Einsatz, aussortierte Pfirsiche und Tomaten, die wir vom Basar anschleppten. Dass er mir die Rolle des Samson zuwies, erstaunte mich nicht sehr; dafür ließ er mich eine Holztür quer durch den Şirvan schleppen; die ich nur mit Mühe balancierte … Schließlich errichtete er aus Karton und Sperrholz einen Schuppen, führte mich hinein und band mich an den Pfosten, der das ganze Bauwerk zusammenhielt; um mich herum veranstaltete er einen Mummenschanz mit Fackeln; als der erste Karton zu rauchen anfing, rastete ich aus, schlug das Bauwerk kurz und klein; die Brandwunde am Oberarm war durchaus nicht lustig, sie heilte erst nach Wochen und erinnert mich heute noch an meine Verzweiflungstat.

Die skurrilste von allen Aktionen war die Errichtung des Urvaters Ismail, ein Riesengerippe aus Stämmen und Ästen mit aufgetürmten Holzklötzen als Wirbelsäule; ich fragte mich, wie dieser zwanzig Meter hohe Gigant den Winden trotzen sollte. Tatsächlich kippte er irgendwann auf die Seite und wurde liegend vollendet. Seit der Falkenjagd durch die Wüste bei Quetta schien Haşem etwas mit sich herumzuschleppen, das ihm keine Ruhe ließ und dessentwegen er Ismail zur Rede stellen wollte.

Neben einer Salztonfläche, in deren Mitte ein Loch gegraben war, das als Brauchwasserbrunnen diente, war die »Formerei« eingerichtet: Reihenweise ausgelegte dünne Lehmziegelplatten, im goldenen Schnitt proportioniert, nahmen bereits die Fläche von einem halben Fußballfeld ein. Haşem baute hier einen Tempel: Die Platten bildeten den Grundriss, mit Glasscherben wurde der Rand markiert, an die Eckpunkte kamen vier Bolzen, mehrere Lagen Stahldraht darum herum, und dann wurden vier Flugdrachen in den Gewitterhimmel entsandt, deren Fesseln aus Trafokupferdraht waren und den elektrischen Strom leiteten. Die Drachen flammten auf und verglühten mitsamt dem Draht wie Spinnweben über einer brennenden Kerze.

»Der Blitz erwischt mal den einen, mal den anderen Drachen, mitunter auch zwei, aber nur ganz selten alle vier«, sagt Haşem. »Die flammenden Drachen stürzen ab, der Boden wird von einer Restsprühladung erfasst und glimmt auf.«

Der von der immensen Blitzleistung geplättete Glasbruch versieht die Kanten der Lehmlage mit einem kräftigen Schillern, das auch aus größerer Flughöhe wahrnehmbar ist. Außer dem Glas verwendet Haşem ocker gefärbten Sand. All das gibt dem Tempel ein festliches Gepräge, ein Hauch von Milch und Eis wie in venezianischem Glas.

4

Mit Haşem wurde es keinem langweilig. Die Steppe war sein Versuchsgelände. Wenn er merkte, dass es den Leuten zu viel wurde, verschonte er sie gnädig, machte einen Bogen um sie; er selbst konnte nie genug kriegen. Eine Ausnahme war Abbas, zu dem er ein besonderes Verhältnis hatte, ein bisschen wie zwischen Vater und Sohn. »Kommissar« Abbas war nicht der Allerklügste, doch seine Direktheit, Redlichkeit und Bestimmtheit in allem, was Pflicht und Profession betraf, nahmen für ihn ein. Dafür, dass er einem Wilddieb die

Waffe abgenommen, ließ er sich vor Gericht zerren; Haus und Wirtschaft gerieten aus dem Ruder, auch das geliebte Motorrad musste dran glauben, als ihm im Winter die Krauskopfpelikane wegstarben; ein Dutzend davon hielt er auf seinem Hof und teilte mit ihnen und seiner jungen Frau den Fisch; die briet Brassen im heißen Öl und tat, als wäre nichts geschehen, dabei liefen ihr die Tränen, und es grauste sie, auf den Hof zu gehen, wo die Pelikane umgingen wie im Nervenfieber, gerupft, mit knüppelharten Flügeln und erbärmlich stinkend. Wenn Haşem an all das dachte, stieg eine Welle von Wärme und Dankbarkeit in ihm auf.

So ging es ihm mit den Menschen. Den Tieren gegenüber legte Haşem einen ungerührten Forscherdrang an den Tag, war geduldig am Experimentieren. Einmal kaufte er einen Tiger aus einer Tierschau frei, die die Provinzorte abklapperte und gerade in Salyan ihre Zelte aufschlug: ein paar Wagen mit vergitterten Fenstern, übelriechende Käfige auf Rädern mit der abblätternden Inschrift *70 Jahre* (Lorbeerzweig) *Sowjetischer Staatszirkus.*

Zwei Tage verhandelte Haşem mit dem Besitzer, dann fuhren Abbas und er mit dem Tiger – nachdem man ihm Diphenhydramin verabreicht und das Maul notdürftig zugebunden hatte – im Seitenwagen davon. Die Binde löste sich bald und flatterte fröhlich im Wind.

Erst wollte Haşem ihm einen Freilaufkäfig mit Wassergraben und Stacheldrahtzaun bauen, aber dann überlegte er es sich anders und setzte den Tiger im Şirvan aus, damit die in letzter Zeit sich stark vermehrenden Wölfe Futterkonkurrenz bekamen. Indes erwies sich der Räuber in Freiheit als überraschend furchtsam und schwach, begnügte sich mit dem Verzehr von Geflügel; die Jagdmethoden schien er sich vom Schakal abgesehen zu haben. Einmal geriet er zu tief ins Schilf, rutschte ins Wasser, strampelte und ging unter, musste gerettet werden.

Am Ende war er so vom Fleisch gefallen, dass die Wölfe anfingen, zudringlich zu werden – sie sahen keine Beute in ihm, im Sommer sind Wölfe satt und wenig aggressiv, wollten ihn nur aus dem Revier jagen. Dann entfachte der Hunger seine Raubgier doch so sehr, dass er sich wieder am See blicken ließ und prompt von Schakalen attackiert wurde; er setzte sich zur Wehr, tötete gar einen und fraß ihn auf. Im Winter schließlich, der Räuber war gerade etwas zu Kräften gekommen, griffen aus dem Muğan eingewanderte Wolfshunde ihn an – Hybride aus beidem, die stärker sind, anders jagen und anders ihre Rudel bilden als Hunde und sich von Wölfen vor allem dadurch unterscheiden, dass sie der Geruch von Mensch und Eisen nicht schreckt. Den Tiger verputzten sie mit Haut und Haar.

Eines Abends im September, es war schon dunkel, lief ich den Weg zum Bəndovan entlang an einem der zahllosen Sumpflöcher vorbei und stolperte über eine Schildkröte. Kam dumm zu Fall und stauchte mir den Fuß, saß da und massierte mir die Bänder; die Schildkröte berappelte sich ebenfalls, ordnete ihre runzligen Hüllen, streckte den nackten, greisenhaften Hals. Wollte davon, lief sich irgendwo fest, rutschte ab, blieb mit dem Bauch hängen … Schließlich kroch sie an mir vorüber, nicht ohne mir rachsüchtig über den Knöchel zu kratzen. Ihr kuppelförmiger Panzer, an einen deutschen Stahlhelm erinnernd, schob sich durch den Kegel meiner Stirnlampe; sichtbar wurden fein ziselierte Schriftzüge. Dies war die fünfte beschriftete Schildkröte in Folge, die mir in diesem Monat begegnete. Ich photographierte den Text, frottierte ihn zusätzlich mit Bleistift auf eine ausgerissene Heftseite, die ich Haşem vorlegte. Er warf nur einen kurzen Blick auf das Blatt und sagte: »Das ist das vom rothaarigen Kalb. Wie man sich nach der Schlacht von den Sünden reinigt mit der Asche einer roten Kuh.«

So kroch eine Vielzahl Schildkröten durch den Şirvan und präsentierte der lieben Sonne die Heilige Schrift. Sinn und Zweck hierfür waren nicht ganz klar. Bei manchen Tieren hatte der wachsende, neue Hornquadrate hervorschiebende Panzer die Buchstaben schon sichtlich verzerrt und in die Länge gezogen.

5

Im Groben spielte sich die Prozedur einer Heilung nach dem Schema *Das Fest des heiligen Jürgen* ab. Das Zelt des Heilers (ein ausgemustertes Zehn-Mann-Armeezelt) stand unweit der Ostwache, die der Chaussee am nächsten lag.

Die Sache ging so vor sich, dass Haşem im Lotossitz in der Zeltmitte saß und eine weinende Frau mit einem dreijährigen Kind im Arm auf ihn zutrat. Mit sprudelnden, schluchzenden Worten erklärte sie, das Kind leide an Fieberanfällen, alle zwei Monate lege sie sich mit ihm ins Krankenhaus. Haşem hörte es sich an und fiel wortlos auf die Knie, um zu beten, während ich diskret die Feldapotheke für den amerikanischen Fallschirmjäger aufwickelte; Kerry sorgte für den Nachschub der Medikamente. Neben einem stattlichen, an eine Dünndruckbibel gemahnenden Symptomhandbuch war darin alles enthalten, was es zur Wiederbelebung, wenn nicht Wiederauferstehung brauchte: kräftige Antibiotika der sechsten Generation, von denen Menschen in der dritten Welt noch nie gehört haben (was sich wohl auch kaum ändern wird), Antidots gegen achtundsiebzig tropenspezifische und fünfunddreißig sonstige Infektionen etc. pp.

Gleichfalls kniend, nur nicht auf dem Gebetsteppich, sondern auf einer Bambusmatte, blätterte ich mich durch den Schnelldiagnosewälzer, bis ich die passende Ampulle gefunden und geöffnet hatte, schüttete den Inhalt in ein silbernes Becherchen, rührte das Pulver in Wasser auf oder gab es gleich auf die Oblate, wenn das Kind sie zu schlucken imstande war. Nur selten bat ich um die Erlaubnis, eine Spritze zu geben. In schweren Fällen rieten wir, erneut vorstellig zu werden, diesmal außer der Reihe.

Auf diese Art verarztete unserer Sanitätsstelle zwei leichtere Gangränefälle, ein Dutzend Mal Malaria, zweimal Fieber ohne Ursachenklärung, einmal Tuberkulose, viermal Lungenentzündung, dreimal Asthma.

Dies reichte hin, unseren Ruhm zu begründen.

Engpässe bei der Versorgung des Abşeron-Regiments »Welimir Chlebnikow« mit Lebensmitteln gehörten nun, da der Vorsitzende seine Heiltätigkeit aufgenommen hatte, der Vergangenheit an. Die Leute brachten Hühner und Enten, Brot, säckeweise Tee aus Lənkəran, sie führten Hammel an den Hörnern und schleppten so viel Honig an, dass Abbas sich gezwungen sah, ihn an der Landstraße zu verkaufen. Rund um die Ostwache wurde eine Plantage angelegt, Obstbäume wurden gesetzt, die die Bittsteller mitgebracht hatten, Rustam und Elxan übernahmen das, ließen die Bauern auch selbst dort mitwirken, Mist ankarren und verteilen; zwanzig KamAZ-Ladungen Humus wurden aus dem Hirkan-Nationalpark heruntergeschafft.

Seinen Triumph erlebte Haşem mit dem Fall des Jungen, der einen elektrischen Schlag erlitten hatte, sechshundert Volt. Abbas brachte ihn, der nicht mehr atmete, zu uns in die Jurte getragen, sein Puls war kaum noch zu spüren, nur in der Oberschenkelvene, dreißig Schläge die Minute, und es wurden immer weniger. Ich hockte über dem Jungen und dachte nach. Der Vater des Jungen kam wie ein Schlafwandler ins Zelt gewankt, stumm und von Sinnen, im schweißnassen Hemd. Fiel vor dem Sohn auf die Knie und begann sich über ihm zu wiegen, ergriff seinen Arm, küsste das Handgelenk.

Ich wartete, bis Haşem sich zum Beten niedergelegt hatte, holte die Ampulle hervor und zwinkerte Abbas zu. Der verstand sogleich. Sprang den Vater des Jungen wie eine Raubkatze an, presste etwas Inbrünstiges durch die zusammengebissenen Zähne, packte ihn bei den Armen, zwang ihn zu Boden. Derweil zielte ich, stieß dem Jungen die Nadel ins Fleisch. Sie traf auf eine Rippe und verbog sich. Ich hörte den Vater unter Abbas röcheln, kein verständliches Wort. Sah, dass Abbas Kräfte schwanden. Haşem lag bäuchlings hingestreckt.

Nach einer Minute atmete das Kind wieder.

Noch eine Minute später, und ich saß mit ihm auf den Armen neben Abbas im Seitenwagen, Haşem auf dem Sozius, wir brausten ins amerikanische Hospital. Dort arbeitete Leo Davis, Kerrys Zechbruder aus der *Night Hawk*-Bar in der Hacıbəyov-Straße. Leo verschaffte uns den Zugang zur Reanimation. Hinterher managte er es, dass irgendeine UNO-Versicherung siebzig Prozent der Krankenhauskosten übernahm.

»*You gotta be nice with him, man*«, sagte unser Retter in der Not grinsend zum Abschied – ein breitschultriger Kerl mit buschigen Brauen, erstklassiger Spinnangler, wie es hieß, des Flussbarschs natürlichster Feind an den Ufern des Black Warrior River von Tuscaloosa. An dem Abend ließen wir Kerry aus Nasosny kommen und leerten in der »Muschel« an der Uferpromenade jeder ein Pint vom eingeschleppten Whiskey.

Nach vier Monaten nahm die Ära der Heilerei ein unrühmliches Ende. Zunächst kam jemand auf die Idee, Haşems Haare einzeln in Tütchen zu verpacken und damit Handel zu treiben. Mir war schon aufgefallen, dass Leute, die es nicht geschafft hatten, am selben Tag von Haşem angehört zu werden, und darum bei uns oben auf der Wache nächtigten, seine Nähe suchten. Kam er aus dem Zelt, streckten sie flehend die Hände nach ihm aus. Offenbar meinten sie ihren Erlöser berühren zu müssen, um Glück und Gesundheit zu erlangen.

Schurik ging öfter zum Zelt, schaute sich das an und verzog vielsagend das Gesicht, schüttelte den Kopf über das Gedränge am Zelteingang. Pjotr traf ich einmal an, wie er abseits vor einer altersdunklen Ikone der Muttergottes kniete, er war sturzbetrunken. Immer wenn er zwischendurch zu sich kam, schlug er mit gespreiztem Ingrimm ein Kreuz gegen das Zelt. Ich musste ihn abschleppen.

Der Anfang vom Ende war für mich das Auftauchen jenes hinkenden alten Mannes mit stierem Blick unter räudiger Schaffellmütze. Ich gewahrte ihn in der Menge, mir fiel auf, dass er irgendetwas in der Jackentasche verbarg. Er war gekommen, um sich von einer grässlichen Schuppenflechte kurieren zu lassen; ich versuchte ihm begreiflich zu machen, dass die Heilung nicht von einem Tag auf den anderen erfolgen würde. Er hörte sich an, was Abbas ihm übersetzte, und streckte sich kleinlaut, ohne ein Wort vor Haşem aus. Zwei Wochen später kam er wieder und zog sich aus, wies seine Schulter vor, die beim letzten Mal von Schorf bedeckt gewesen – nun vollkommen rein, nur unnatürlich weiß und zart, wie ein frisch geschälter Apfel. Der Alte zog sich wieder an und wickelte das mitgebrachte Bündel auf, es enthielt einen Damaszenerdolch mit reich verzierter Scheide. Die Annahme der Gabe wurde sanft verweigert. Bevor er mit seinem

Dolch wieder von dannen zog, ließ er uns noch ein winziges Zellophantütchen sehen, aus Blumenfolie geschnitten und mit dem Bügeleisen verschweißt. Das legte er sich an die Lippen. Ich nahm ihm das Tütchen aus der Hand, hielt es gegen das Licht.

»Eine Locke vom Heiler, vermute ich mal«, sagte ich.

Unwillkürlich fuhr Haşem sich durch die zu üppiger Garbe gebündelten Dreads.

Wie sich herausstellte, waren die bei uns übernachtenden Patienten wohl des Öfteren im Schutz der Dunkelheit in das Heilzelt eingedrungen, um Haare, Fusseln und dergleichen vom Gebetsteppich zu klauben oder Fäden aus den T-Shirts zu ziehen, die Haşem zum Trocknen aufgehängt hatte. Abgeschnittene Endchen der Zeltwand oder herumliegender Lappen, Schnipsel, Späne und Splitter von sonst etwas, was Haşem gehörte oder was er benutzt hatte – alles hielt dafür her, zu Amuletten verarbeitet zu werden, die bald schon im ganzen Talış verbreitet waren.

Einige Tage später brachte Elxan die Kunde, dass der Ältestenrat der Sayyids, der auf einer Wiese in den Bergen unweit von Istisu zusammengekommen war, über Haşem einen Bannfluch als heidnischer Scharlatan verhängt hatte. Jeder, der von nun an seine Hilfe in Anspruch nahm, würde exkommuniziert und aus der Gemeinde verstoßen werden.

Die Burka

1

Haşem begibt sich in die Bakuer Vorstadt Biləcəri, an ihren Rand, der ein riesiges Gleisgebiet ist, Knotenpunkt, wo seit Urzeiten Züge aus und nach Richtung Tiflis und Rostow zusammengestellt und verschoben werden; wo Iljas Urgroßmutter im Jahr 1921 mit dem siebenjährigen Töchterchen auf dem Arm, unterwegs nach Wladikawkas zu ihrem Mann, Kommissar der 11. Armee bei den Roten, überfallen und ausgeraubt wurde; alle Ersparnisse futsch, dazu noch das Geld vom Verkauf des Hauses. Viel hat sich seither auf dem Güterbahnhof Biləcəri nicht verändert.

Was soll sich auch groß ändern auf so einer platten, von Gleisen schraffierten und einem extrem breiten Bahnsteig ausgefüllten Fläche, die nur ganze viermal im Laufe eines Jahrhunderts mit Menschen gefüllt war – Verschiebemasse in Zeiten der großen Wanderungen: zweier Kriege, einer Revolution – dann folgte die Verödung. Die Räder der Salonwagen der Rothschilds, Nobels, Dunstervilles und Tağıyevs haben diese Gleise einst geküsst. Englische Truppen sind hier durchgerollt. Zum letzten Mal ist der Bahnsteig vor fünfzehn Jahren bevölkert gewesen, und er wird es nie wieder sein.

Betäubt durch das von der Hitze rasende Öl, das aus den schwarzglänzenden Kesselwagen hervordunstet, die sich in mehreren Endlosketten unter der ebenso unabsehbaren, gebrechlichen (in den Winterstürmen, so weiß er, schrecklich schwankenden, rüttelnden und klappernden) Fußgängerbrücke dahinziehen, hält Haşem plötzlich inne, da die Hitze aus dem Zenit das Lot fällt, ihm ins Genick. Sonnenlicht bricht sich in den hohen Fenstern des Bahnhofs. Haşem hüpft, um die Benommenheit abzuschütteln. Die Brücke bebt, die rostigen Geländer federn beunruhigt mit jedem seiner Schritte mit.

Am Abzweig nach Xırdalan, nahe der Schnellstraße, die den Abşeron an seiner Basis schneidet, stehen die Fünfgeschosser des Militärstädtchens in schnurgerader Reihe – man nennt sie die Chinesische Mauer, da sie so einschüchternd lang ist. Aus der Nähe betrachtet, monumental wie eine von Barbaren gestürmte Festung: überall eingeschlagene Scheiben, Gerümpel, Anbauten im Parterre, aus den Lüftungsklappen ragende Ofenrohre, die die Ziegel im Umkreis schwarz angeschmaucht haben. Einst dem Offizierskorps des Standorts Biləcəri vorbehalten, sind diese Bauten jetzt von Flüchtlingen bewohnt.

Die Dächer aus Asbestzement haben – hier ebenso wie in der Kaserne – viele Löcher, geflickt mit neuen Platten, die aber nicht angenagelt sind, nur lose aufgelegt und mit Kalksteinblöcken beschwert, so dass die Dächer von oben wie Friedhöfe mit weißen Grabmälern aussehen. Der Behelf unterstreicht die Endlichkeit des Ganzen, die Unbehaustheit: Es ist, als wären die Bewohner darauf gefasst, jeden Moment wieder auszuziehen, Platten und Steine unter den Arm zu klemmen …

In diesem elenden Ameisenhaufen sucht Haşem nach Aygül, die sechzehn Jahre alt ist, er hat sie kennengelernt, als er mit Kerry im Bordell war. Auch jetzt war er zuerst dort, da sagten sie ihm, Aygül sei krank, und steckten ihm die Adresse zu. Also sucht er sie hier in der Kaserne, allerdings wird die Suche jäh unterbrochen, da er das Vertiko entdeckt. Genau so eines war es, das einst bei Ilja zu Hause stand, Altar der Glückseligkeit. Auf dem obersten Bord hinter Glas das deutsche Teeservice, aus dem nur einmal im Jahr getrunken wurde: in der Silvesternacht. Hatte man den im Bücherregal versteckten Schlüssel zutage befördert, kam man an die Stöße von Kunstbänden heran, die im Bauch des Vertikos lagerten: Repin, Cranach der Ältere, van Gogh, Matisse. Im zarten Jünglingsalter, überwältigt von Raffael, Rembrandt und Tizian, hatten sie das eine oder andere Tableau nachgestellt: Haşem nackt auf dem Sofa als Danaë, die Decke auf dem Schenkel drapiert genau wie bei ihr.

Und nun hockt er vor diesem Vertiko, das vollkommen heruntergekommen ist, eine Ruine – fährt mit der Hand darüber …

Aygül ist gar nicht krank, sie hat bloß keine Lust mehr, in die Torgowaja zu gehen. Sie erkennt ihn wieder und geht mit ihm spazieren, die Straße entlang zum Ceyranbatan-See. Der wird eigentlich streng bewacht, aber Aygül weiß sich unauffällig zu bewegen. Sie zwängen sich durch den Zaun, Aygül geht in Kleidern ins Wasser, plantscht, kommt wieder heraus, trocknet in der Sonne.

»Du musst nur tun, was ich sage«, sagt Haşem.

»Ich werde tun, was du sagst.«

»Ich gebe dir ein Medikament, und du wirst einschlafen.«

»Ich werde einschlafen … Ist das Medikament bitter im Mund?«

»Nein. Später gebe ich dir noch eins, und du wachst wieder auf. Und alle werden denken, du wärest wiederauferstanden. Und werden dich lobpreisen.«

»Aber wie soll ich das zweite Medikament schlucken, wenn ich doch schlafe?«

»Ich spritze es dir.«

»Und was kriege ich dafür?«

»Das hier.« Er hält ihr einen Zwanzigdollarschein hin. »Hinterher dasselbe nochmal.«

»Gut«, sagt Aygül.

Einmal, als es Haşem wieder in den Şirvan zog, bin ich ihm gefolgt. Fand ihn zuletzt am Meer, auf den Klippen über den Wellenschluchten hockend. Er wirkte abwesend, in Gedanken versunken, anscheinend meditierte er. Bis er auf einmal, ohne den Blick von den Wellen abzuwenden, den Arm in meine Richtung ausfuhr und mir den Mittelfinger zeigte.

2

Haşem hat einen Traum, der stärker ist als die Wirklichkeit. Ein schönes russisches Mädchen – gertenschlank, mit komplizierter Frisur, wie Königin Margot sie hätte haben können, dazu ein erlesenes Make-up in Aquarell, das ein Kunstwerk genannt werden darf, feine Gesichtszüge, zarteste Haut, den Blick loszureißen ist ganz unmöglich – schließt Bekanntschaft mit ihm auf irgendeinem Staatsempfang und will, dass er mit ihr spazieren geht. Und so schweben sie miteinander durch Paris. Das Begehren ist entfacht, sie klettern ins Dachgeschoss eines raffinierten Baus von modernster Architektur: nichts als Glas und Eisenträger, obenauf ein Gewächshaus, mit einer lichtdurchfluteten Veranda voller Grün: Fikusse, an faulem Holz haftende Hängeorchideen ... und dazwischen reihenweise Särge, aufgereiht wie die Bettchen in einer Kinderkrippe. In jedem Sarg ein Paar, Männlein und Weiblein, nackt oder bekleidet. Manche haben Sex, andere sind ins angeregte Gespräch vertieft, die Mädchen haben Blüten in der Hand oder hinterm Ohr stecken. Haşem und seine Begleiterin finden einen Sarg, der noch frei ist, legen sich hinein. Er möchte dieses Mädchen jetzt unbedingt haben, reißt ihr das Kleid vom Leib, doch sie verweigert sich ihm, liegt da wie tot. Er liegt steif daneben und vergeht beinahe. Im Morgengrauen regt sich das Mädchen, steht auf und geht. Ihre nackte Silhouette im Türrahmen ist das Letzte, was er sieht. Und wieder stockt ihm der Atem bei diesem Anblick.

Haşem erwacht in einem Hochgefühl und geht Ilja wecken, der unter dem Vordach im Freien übernachtet hat. Haşem hebt das Malarianetz an, schiebt ihm einen Fetzen Zeitung zwischen die Zehen, zündet ihn an. Ilja träumt von einem Hundertmeterlauf, springt auf, will sich das Netz herunterreißen, tanzt darin einen Rock 'n' Roll, dass es stäubt. Lachend löscht Haşem den Rand der Matratze mit Wasser aus dem Teekessel. »Genug geschlafen! Lass uns Jericho errichten!« Ilja stürzt sich mit Fäusten auf ihn, doch im Nu hat Haşem, der struppige Hüne, ihn auf den Rücken gelegt.

Haşem und Abbas waren mit dem Motorrad in die Stadt gefahren, sie hatten einen Termin beim Minister, um über Evers' Kopf hinweg die Gazellenzählung ins richtige Licht zu setzen – und damit endlich jemand in diesem Ökologie- und Naturschutzministerium Sorge dafür trug, die Kragentrappe im Naturpark unter besonderen Schutz zu stellen. Nach Haşems Entlassung, nach dem Verlust aller Ämter war es um so wichtiger, dass die Hubara schleunigst in die offiziellen Listen kam. Haşem hatte nicht vor, sich zu beschweren, er wollte sein

Fachwissen dazu kundtun, weiter nichts. Wozu Beschwerde führen vor den Menschen? So etwas hätte sich nur vor Gott gelohnt.

Die Polizei, die in grellfarbigen BMWs durch die Stadt fegte und immerzu Jagd auf irgendwen machte, im Schwarm, wendig und schlau, den Strom der Fahrzeuge zerteilend wie Schäferhunde die Hammelherde, dass alles auseinanderspritzte, gern auch auf der Gegenspur überholte, dabei irgendetwas in den Lautsprecher kläffte oder wahlweise die Sirene jaulen ließ – sie hatte es schon mehrfach auf Abbas abgesehen: So ein Bauer im knatternden, nach Klopfbenzin stinkenden Seitenwagenmotorrad hatte im Stadtzentrum nichts zu suchen.

Zur Audienz beim Minister hatten sie sich in Schale geworfen. Elxan hatte Haşem seinen Anzug geborgt, Sona-xanım zwei von Abbas' Hemden gebügelt, eins für den Mann und eins für Haşem. Krawatte trugen sie zwar nicht, aber geputzte Schuhe, die sie erst vor dem Ministerium aus dem Seitenwagen kramten. Sie betrachteten einander und erkannten sich kaum.

In dem lichtblauen Hemd (etwas zu kurz, dafür musste er die Ärmel umschlagen) wirkte der schwarzäugige struppige Hüne mit dem Piratenbart und dem glühenden Märtyrerblick ziemlich unwiderstehlich, bezwingend wie eine majestätische Naturerscheinung – sagen wir, ein Wolkenbruch. Weiter als bis ins Vorzimmer drangen sie indes nicht vor. Der Sekretär, den Blick immer nur auf Abbas gerichtet, weil er Haşem nicht anzuschauen wagte, bedeutete ihnen streng, dass der Minister sich auf ein Referat vorbereite, man solle sein Anliegen daher schriftlich darlegen und registrieren lassen.

Auf dem Rückweg äußerte Haşem die Bitte, noch ein bisschen spazieren zu fahren. Sie kurvten durch die Stadt. Das Wetter war den ganzen Oktober hindurch unerfreulich gewesen. Auch die vorige Nacht und bis in den Morgen hatte es durchgeregnet, das Meer lag düster vor ihnen mit ein paar Sektoren in leuchtendem Smaragd, wo einzelne Sonnenstrahlen schräg durch die Wolken stießen. Inzwischen aber hatte es aufgeklart, die Sonne schien mild, die Luft war frisch. Ein Uhr mittags war der meiste Verkehr auf den Straßen. Haşem auf dem federnden Rücksitz, von dem er bei jedem Ampelstart beinahe herunterrutschte, meinte zu ertauben von all dem Lärm, schlang die Arme fester um Abbas' Hüften, spürte die von den dröhnenden Schalldämpfern ausgehende Hitze. Während die Bilder der Stadt, in der er eine Ewigkeit nicht gewesen war, in schneller Folge an ihm vorüberzogen, suchte er sich neuerlich in die Situation seines Freundes hineinzudenken und sah sie auf einmal ganz anders als neulich in jener Nacht, da er Iljas Beichte – äußerlich ungerührt, doch in heimlicher Bestürzung über die Niedertracht des Schicksals und seine höhere Notwendigkeit – angehört hatte.

Ilja erzählte ihm eingehend von Therese, seiner Frau, und gestand ihm nebenher, dass er in Wirklichkeit nicht Haşems wegen nach Abşeron gekommen war und nicht aus Nostalgie, sondern um in ihrer Nähe zu sein. Ihr nachspionieren und sich quälen zu können.

Das hatte Haşem erst nicht glauben wollen, er vermutete nur eine weitere von Iljas Frechheiten, die er ihm so gerne an den Kopf warf. Dann fing er an nachzudenken. Wobei der Verstand ihm wenig half, das Gehörte zu begreifen, hier waren Gefühle gefragt – solche vor allem, die ihm nicht zugänglich waren. Die Liebe eines Vaters zu seinem Sohn war ihm unbekannt, und was es bedeutete, im Moment empfundener größter körperlicher Nähe abgewiesen zu werden, konnte er nur ahnen.

Therese war aus heiterem Himmel bei ihnen aufgetaucht, fuhr mit irgendwelchen Amerikanern durch den Şirvan. Ilja hatte sie erschrocken zur Seite genommen, ein paar Worte mit ihr gewechselt. Dann Haşem herangerufen, ihn ihr vorgestellt, ein paar höfliche Sätze gingen hin und her. Jetzt bat er Ilja im Stillen, Therese zu vergeben. Sich abzufinden damit, sie zu vergessen, anstatt zu verfolgen. Sich selbst auch als einen Schuldigen zu sehen. Aber warum sollte er …? Haşems Blick saugte sich fest an den Eingeweiden der Stadt, er erkannte manches wieder, war erschüttert: Hier ein Neubau, dort eine Generalsanierung, bald würden alle Denkmäler geschändet sein, nichts würde übrig bleiben von der alten Stadt. Er las Schilder: *Schönheitssalon. Stomatologie.* Ich muss mich mit Therese treffen, dachte er. Sie liebt ihn nicht. Ich werde vor sie hintreten als fremder Bittsteller. Wie ein Untertan vor die Königin. Es wird nicht leicht sein, aber ich werde ihr alles sagen. Ilja muss nachgeben, aber vorher muss sie ihn um Verzeihung bitten. Sie darf nicht denken, dass er ein Insekt ist, das man lästig finden und mit der Klatsche erledigen kann. Denn das vor allem ist es, was ihn kränkt und untröstlich macht. Warum hat sie das getan? ... Haşem merkte auf einmal, wie sehr ihn dieses Rätsel in den Bann zog. Mich kriegt sie jedenfalls nicht klein, ich lasse mich nicht benutzen von ihr. *Ibrahimows Bäckerei.* Zwanzig Sorten Bahlava. Angeblich geht jeden Freitag eine Sonderlieferung von hier an den Präsidentenpalast. Die Şamaxı-Bahlava ist gut. Mehr Nüsse, weniger Honig ...

Haşem Erregung wuchs. Das Gesicht dieser Frau, ein einziges Mal gesehen, stand ihm unablässig vor Augen. Der strenge Haarknoten, der kleine Höcker auf der geraden Nase, die großen Augen, die abends dem Anschein nach ihre Farbe wechselten – eine Spur Amethyst – und dadurch ihre Tiefe, die kleinen Schwellpolster unter den Augen, die ihrem Gesicht einen etwas abwesenden Ausdruck gaben, aber auch Kindlichkeit suggerierten, Schutzlosigkeit demzufolge, weshalb man sogleich bereit war, Mitleid zu empfinden; ihre besondere Manier zu rauchen, den Rauch schräg auszustoßen; und wie sie unter der Hand, mit einem schnellen Seitenblick, nichtsdestoweniger aufmerksam jeder Bewegung ihrer Umwelt, jedem Strichelchen hinterhersah; und alle Affektiertheit ging ihr ab; er sah die Bereitschaft, sich einer Situation zu stellen, augenblicklich zu handeln; und dabei zugleich diese Distanziertheit: wie sie, die Vibrationen ihres Handys in der Gesäßtasche spürend, beiseitegeht und ein diskretes Gespräch führt, in den Hörer lächelt, zurückkommt und wieder weggeht, die Hände in die Hosentaschen schiebt; ihr geläufiges, klares Englisch, die Reaktionsschnelligkeit, motorisch ebenso wie geistig; die freizügige, bequem geschnittene Kleidung, die den Körper nicht verhüllt, er schimmert durch die Falten: leicht, geschmeidig, überraschend kraftvoll – so wie ein Schmetterling plötzlich seine Kraft beweist, wenn er in die hohle Hand eingeschlossen ist – schon damit du ihm nicht wehzutun wagst, ihn rasch wieder freilässt. Dieses Bild einer Frau stand lebendig vor ihm, spreizte sich, blähte sich vor Lebendigkeit ...

Warum war sie dageblieben, sogar über Nacht? Sie hätte mit Abbas hinunterfahren können, aber sie blieb. Ilja war gleich in den Şirvan geflüchtet, am Morgen fand er ihn jedoch auf den Stufen des Hauses unterm Wein liegend, im festen Schlaf. Haşem schlich sich an ihm vorbei nach oben. Therese schlief – im Schlafsack, er sah ihren ebenmäßigen Wangenknochen, eine Ader sich senken und heben, die eine Hand unter dem Kopf, es sah friedlich aus. Die Frankoline pfiffen schon ihre Morgenhymne, die Steppe erwachte …

Als er wieder nach unten kam, griff Ilja nach seinem Fuß – halb im Schlaf, in den er gleich darauf ganz zurückkippte.

Haşem las Schilder, musterte Menschen. Seine Gedanken waren durchsetzt von Erinnerungsfetzen. Mal sah er sich als Siebzehnjährigen im Winter mit rotem, windgepeitschtem Gesicht zur Probe stürmen, hoffnungslos verspätet, weil der Sturm die Oberleitung gekappt hat und den Bus lahmgelegt – und Stein würde ihn »den letzten Mohikaner« nennen. War das wirklich ich, so fragte er sich. Wie viel von dem, was einem damals hehr und unverrückbar schien, ist heute kleine Münze. Wie fern die Kindheit gerückt ist, unzugänglich, so wie das Leben für die Seele nach dem Tod. Dann sah er zur Abwechslung wieder Therese vor sich stehen, mit verschränkten Armen und schmalem Blick gegen die in die dürren Gräser sinkende Sonne, betulich auf den Zehenspitzen wippend, die Weite in sich aufnehmend, die der Blick in die Steppe hier schon aus geringer Höhe gewinnt. Plötzlich ein kleiner Schwarm Gazellen am Horizont, von irgendetwas aufgeschreckt, eine Staubtolle aufwerfend. Der Planet ein schwimmender Meniskus, mit Purpurrauch umwölkt.

Seit einer Viertelstunde stehen sie auf der Uferpromenade, am Fallschirmturm, im Stau. Wie ich diese Stadt liebe!, denkt Haşem, hört das Meer rauschen und erinnert sich, dass er einst davon träumte, in der Tierwelt des Şirvan aufzugehen, seinen Verstand der großen Steppenruhe anzugleichen, den Instinkt zu denken stillzulegen, sich abzusondern, auf Dauer. Jetzt ist dieser Wunsch zurückgekehrt, und das mit größerer Innigkeit, nicht mehr nur als Gedankenspiel, sondern dadurch berückend, dass er wahrzumachen wäre, ohne Mühe. Im Şirvan, beinahe ganz in seiner Mitte, hat er einen Platz, eine

Lagerstatt, auf der könnte er sterben, wenn ihm danach ist. Ein großer, flacher Stein, er hat ihn vor Jahren entdeckt und ausgegraben, unweit der Stelle, wo er einmal das Antlitz der Mutter am Himmel sah. Das war im Winter geschehen, eine Woche lang hatte es gestürmt. Als es vorbei schien, war er ans Meer gelaufen, Luft zu schöpfen und zu sehen, wie es dort aussah. Er lief durch die sauber gefegte Steppe, wie geleckt vom Sturm, alle Spuren eingeebnet, aller Bewuchs, alle Knochen verweht. Die Mutter sah vom Himmel herab – das vertraute Gesicht, ein Viertel des Firmaments einnehmend. Ein warmherziger Blick! Aber nicht ihm hatte er gegolten, es war ein Blick nach innen gewesen, und das tat Haşem weh. Dann war plötzlich ein Lächeln über dieses Antlitz gegangen, das Gesicht veränderte sich, fing an sich aufzulösen, und ganz zuletzt war es ihm so erschienen, als schaute die Mutter ihn an – zärtlich.

So schauen Mütter aber gar nicht, dachte er damals wehmütig. Mütter machen, dass sie hinkommen zu ihren Kindern, sie schauen nicht erst lange.

Seither hat Haşem mehr als einmal an der von ihm freigelegten warmen Stirn dieses Steines den Sonnenuntergang verbracht und zugesehen, wie droben die Sterne hervortraten. Den Blick nicht abzuwenden ist das Wichtigste, dann zeigt sich der Sternenkonvent in aller Pracht und Fülle. Haşem träumt davon, diesen Stein, der die Wärme vom Tag die ganze Nacht hindurch bewahrt, eines Tages nicht mehr zu verlassen. Er ist sein umgekehrtes Luftgrab. Hier schläft es sich besonders tief und bodenlos, jeder Wirbel wird durchwärmt, jedes Knöchelchen. Ilja ist kein Fremder für ihn, doch lieber wäre ihm schon, er führe zurück nach Moskau oder Amerika. Bloß gut, denkt er, dass ich es mir damals anders überlegt habe, seinen Überredungskünsten widerstanden. Er kann einen kirre reden, und sowieso musst du einen Hungrigen nicht lange fragen, ob er von deinem Essen abhaben möchte. Aber was hätte ich in Moskau tun sollen? In Kalifornien? Einem aufs Trockene geworfenen Fisch wachsen keine Beine, da kann er noch so lange auf dem Schwanz tanzen. Nach einem Monat hätte Ilja sich mit mir gelangweilt. Was soll er anfangen mit Mowgli in der großen Stadt, wo kann er sich sehen lassen mit ihm?

Hier gibt er sich zahm und fromm, dort spielte er sich wohl bald als Mäzen auf. Ich müsse unbedingt nach Amerika gehen, so seine Rede, da gebe es jede Menge Nationalparks, das ganze Land sei sozusagen ein einziges großes Naturschutzgebiet, ich bräuchte nur ein bisschen Englisch lernen, dann fände ich mit meiner Erfahrung mühelos einen Job als Ranger … Mit einem Mal sehnte Haşem sich nach der Zukunft.

Unsere Leben laufen auseinander, dachte er. Wozu ein Naturpark der Träume in Kalifornien, wenn ich hier mein Königreich habe. Er hingegen hat hier nichts mehr verloren. Das Paradies ist gescheitert, die Menschen haben es aufgefressen. Ilja ist nicht zum Alleinsein geboren, das macht ihn schwach. Oder bin ich von uns beiden der Schwächere? Der Ungerechte? Jedenfalls bin ich müde. Ginge es nach mir, ich machte einen Monat lang, wenn nicht zwei oder drei, keinen Handschlag. Tät nur im Schatten liegen und lesen, in die Luft gucken, auf den Wind warten … Auf die Sonne, wie sie mit den Spitzen ihrer Strahlen durchs Dach stochert … Der Tod kündigt sich durch Müdigkeit an. Es ist die Art, wie der Tod einem schmeichelt.

»Stopp! Lieber durch die Kriwaja.«

Eine Weile war er mit den Gedanken woanders gewesen, jetzt auf einmal konnte er sich nicht sattsehen an dieser Stadt, wollte sie spüren, ihr ins Gesicht sehen, und überlegte, wie sie am besten fahren sollten.

»Wozu denn durch die Kriwaja, da kommen wir bis zum Abend nicht aus dem Stau«, maulte Abbas und legte verbissen den Gang ein.

»Na schön«, gab Haşem sich zufrieden und drehte den Kopf, legte ihn in den Nacken, um das heranfliegende Gesims der Villa Qafar zu sehen. Dort oben, unterm First, wohin hinaufzublicken über Jahrzehnte kaum einem Passanten eingefallen war, lebten die Luftgeister der Stadt ihr eigenes, entrücktes Leben: schwarzgewitterte Nymphen und Satyre, wacklige Karyatiden, ein feingliedriger Faun, gelenkig bis zur Unziemlichkeit, und eine fliehende Daphne, von unten gehalten durch einen Olivenstamm, die kraftlosen Arme emporgereckt …

Ilja ist seinen Weg gegangen. Die Welt steht ihm offen. Aber ohne Unglück ist der Mensch anscheinend nur halb. Schade, dass er dem Phantom der weggelaufenen Frau verfallen ist. So sind die Menschen, die armen Menschen. Sie lieben einander so, dass sie Liebe von Hass nicht mehr unterscheiden können. Schlagen einander die verheerendsten Wunden, so als polkten sie heimlich eine Krume aus dem frischen Brot. Wie soll man ihn trösten? Ich muss mit der Frau ein Wörtchen reden. Sie möge in sich gehen … So sehe ich sie wenigstens wieder.

»Wo hast du letzten Samstag die Frau abgesetzt, die mit den Amis bei uns oben auf Exkursion war, sag mal?«

»An dem großen Neubau gegenüber von Intourist. Ein sehr vornehmes Haus. Mit einer lahmen Ente fährst du dort nicht vor.«

3

… Als Therese zu uns ins Regiment zog, hätte ich mir sagen können: Was willst du mehr, jetzt hast du sie vor der Nase. Aber natürlich war es eine einzige Qual. Noch dazu wollte ich nicht, dass sie es merkt, und ging ihr aus dem Weg. Sie schien mich aber ohnehin nicht wahrzunehmen. Schnell war ich eifersüchtig – auf Haşem und alle anderen auch. Ich stahl mich ein paar Tage davon in den Şirvan, lief durch die Steppe, ließ die Steppe durch mich laufen; sie war es auch, die mir letztlich bedeutete: Geh zurück, sieh ihr in die Augen. Aufhören zu hassen, respektieren lernen. Mit ihr zu reden war ich aber noch lange nicht imstande. Ich beobachtete sie. Was sie tat, wie sie lebte. Sie quartierte sich in einer Wohnwagenhälfte an der Nordwache ein. Dort war neuerdings auf Haşems Geheiß ein kleines Feldlager aufgeschlagen worden, um die Wache am Heiligen Stein zu entlasten. Seit die Kanalreinigungsarbeiten auf die andere Seeseite fortgeschritten waren, war es günstiger, an der Nordwache Mittagspause zu machen, so musste man nicht die vier Kilometer rund um den See laufen. Sona kam jeden Tag, sie und Therese nahmen die von Elxan gebauten neuen Tandurs in Betrieb, buken Brot und schrubbten die Tische.

Einmal ging ich dorthin essen. An der Ausgabe Therese in Jeans und kariertem Hemd, die Achseln schweißnass. Sie sah mich durchdringend an, als ich an der Reihe war. Ich wandte mich ab.

Bei wem hatte sie Mark gelassen?

Während ich aß, schaute ich ihr bei der Arbeit zu und staunte, wie gut sie ihr von der Hand ging, wie schnell und präzise; mit Sona verstand sie sich wortlos, auf die Andeutung einer Geste hin; höchstens die Heger machten sie ein bisschen verlegen.

In der Zeit unseres Zusammenlebens, so fiel mir ein, hatten wir uns zumeist in Caféterias oder von Pizza ernährt.

Aufklärung über die Lage der Dinge bekam ich, als plötzlich Haşem an der Feldküche auftauchte. Er kam nicht, um zu essen, wollte sich nur umsehen und guten Tag sagen. Therese stand hinter der großen Pfanne, in der Auberginenscheiben vor sich hinschmorten. Als er ihr die Hand zum Gruß hinstreckte, errötete sie, wischte die Hand fieberhaft an der Schürze sauber und schwankte auf Zehenspitzen über der heißen Platte, während sie sich die Fingerspitzen drücken ließ. Am nächsten Morgen sah ich sie mit einer Tasse Tee auf der Vortreppe ihres Wohnwagens sitzen. Ich setzte mich daneben. Wir schwiegen ein Weilchen, dann fragte ich:

»Was tust du hier?«

»Das Gleiche wie du.«

»Wo ist Mark?«

»In Dresden bei meiner Mutter.«

Damit erhob sie sich und ging in ihr Kabuff.

Ich aber ging zum See, die Reusen kontrollieren, und unterwegs fiel mir ein, dass sie ja nicht unrecht hatte. Wie ein Blitz durchfuhr mich die Erkenntnis, was ich hier tat seit so vielen Monaten, warum ich diesem Wahnsinn, diesem irren Treiben nicht längst den Rücken gekehrt hatte. Ich verstand, wem ich verfallen war, welchen Gottesdienst ich beging, jawohl, das war das treffende Wort.

Drei, vier Tage später fuhr ein Jeep an der Nordwache vor. Ein Mann stieg aus, blaue Hosen, weißes Hemd und Sonnenbrille. Als er sie abnahm, erkannte ich Robert.

Therese war gerade dabei, Töpfe mit Sand zu scheuern, damit Elxan sie anschließend zum See tragen und spülen konnte. Sie hob nur kurz den Blick, widmete sich sogleich wieder ihrem Topfboden. Robert ging zu ihr. Keine Minute später wurde er handgreiflich, versuchte Therese zum Auto zu zerren. Erst sträubte sie sich nur wie ein kleines trotziges Kind, das den Spielplatz nicht verlassen will. Dann wurde sie rasend.

Robert öffnete die hintere Tür. Ich ging hin.

»Dein Schuhband ist auf!«, brüllte ich.

»Misch dich nicht ein!«, schrie Therese verbissen kämpfend. Im nächsten Moment klemmte sie mit den Knien auf dem Rücksitz, keuchend, eine schweißige Strähne in der Stirn, der Pferdeschwanz verrutscht. Ich lief auf Robert zu, er empfing mich mit einem Faustschlag, dem ich knapp entging, streifte jedoch die Braue, die sogleich blutete. Er wollte einsteigen, ich riss ihn an der Schulter von der Autotür, da kam Therese herausgeschossen und stieß mich weg, sprang zurück ins Auto, sie fuhren los.

Am nächsten Tag kehrte sie zurück, allein, mit einem Koffer, den ihr die jungen Heger, die sie von der Landstraße aufgelesen hatten, aus dem Auto hoben und in den Wohnwagen trugen.

4

Das erste Mal war Therese mit Robert und einer ganzen Regierungsexkursion im Şirvan aufgetaucht. Haşem hatte sich nicht rechtzeitig davonmachen können, so dass er nicht umhinkam, ihnen etwas über Gazellen zu erzählen und die Voliere zu zeigen. Ich entdeckte Therese, mein entgeisterter Blick saugte sich an ihr fest. Sie drängte den anderen nach ins Gatter. Robert war der Einzige, der intelligente Fragen stellte. Therese staunte Haşem an.

Robert schien sich insbesondere für die Hubara zu interessieren. Haşem blieb diesbezüglich einsilbig: Die Kragentrappe sei ein sehr seltener Vogel, komme jedoch ebenso wie der Talış-Fasan in unseren Steppen vor.

Was ich von Therese noch weiß: das leichte Schielen ihrer Brüste.

Und dass sie im Zustand der Empörung die Fäuste geballt wie kleine Hämmer mit sich herumträgt. Groß ist sie und feingliedrig, Stunden könnte man, wenn sie schläft, ihre Knie betrachten, die Knöchel an Händen und Füßen, einzeln und in der Totale, und zuletzt wendet man den Blick ab, um nicht gänzlich die Fassung zu verlieren, lebt mit ihr sozusagen in beständigem Blinzeln, behält sie aus den Augenwinkeln im Blick … Die Oberschenkel etwas zu kräftig, vielleicht. Sie weicht gern aus, das lässt sie friedlich erscheinen, aber das täuscht. Der kräftige Schopf ihres Kräuselhaars, von zwei Händen kaum zu umfassen; es gab nichts Schöneres für mich, als mit den Fingern darüberzustreichen, das Gesicht hineinzuvergraben in diese Sonnenbündel, die, unklar woher, immer ein bisschen nach Kampfer rochen – Irrtum ausgeschlossen, ich kannte den Geruch zu gut, meine Großmutter hatte mich oft genug zu Hausbesuchen mitgenommen, und so weiß ich, wie akutes Herzweh riecht: wenn es krampft, wenn es die Brust zerreißen will, den Atem verschlägt, Todesschweiß auf die Stirn treibt … Keines ihrer Parfümfläschchen hatte dieses *odeur du coeur.*

Morgens, wenn ich joggte, roch es nach saubergespritztem Asphalt, frischer Wäsche und dem Shampoo entgegenkommender Frauen. (Arbeitslose Männer schliefen noch, solche in leitenden Stellungen ebenfalls, und das Dienstvolk war schon vor mir auf den Beinen.) Kehrte ich mit freigeblasener Lunge von meinen fünf Meilen zurück und schlich mich nach dem Duschen ins Schlafzimmer, fiel ich auf die Knie vor ihrem Haar, spürte diesen sonderbaren, anziehenden und zugleich alarmierenden, Todesgefahr verströmenden Geruch und war für einen winzigen Moment der Ohnmacht nahe.

Düfte wurzeln im Gedächtnis wie nichts sonst. Rührt man daran, hebt sich eine Schicht, die realer sein kann als die Wirklichkeit.

Die zur Explosion führende Kampfersynthese in meinem Hirn ereignete sich zufällig. Auf dem *Cedar Creek Circle*, wo wir wohnten, hatten wir wenig Kontakt zu den Leuten; man grüßte sich, kannte einander beim Namen, das war es aber auch schon. Nur einmal hat Dylan Thomson, der Elektromonteur von nebenan, dem ich erlaubt hatte, seinen Van vor unserer Haustür zu parken, ein hagerer alter

Junggeselle mit klarem, gütigem Gesicht, auf den Stufen vor dem Haus gesessen, und als wir ihn grüßten, sein Glas *Jameson* ohne Eis abgestellt und grinsend mit dem Finger auf die andere Straßenseite gezeigt, wo sich ein *Wendy's*-Leuchtschild auf purpurnem Grund von der kühl einströmenden Dunkelheit abhob.

»Stell dir vor, seit fünfundzwanzig Jahren gehe ich Punkt sieben in der Frühe aus dem Haus und rüber in dieses *Wendy's* frühstücken.«

Als dieser Dylan also seinen zweiten Herzinfarkt zu überleben sich anschickte, sprangen wir auf das Jaulen der Sirene hin zum Fenster und mussten mitansehen, wie Feuerwehrleute und Sanitäter ihn auf der Bahre aus dem Haus trugen. Dylans Gesicht mit den geschlossenen müden Augen schwamm unter uns hindurch, und ich schnupperte im selben Moment den Geruch, der dem Herzanfall seit je eigen gewesen. Am nächsten Morgen probierte ich sämtliche im Haus befindlichen Parfüms durch, auch Shampoos und Lotionen, jeden Schaum und jede Milch – und fand nichts, was diesen Geruch, der in Thereses Haar steckte, auch nur andeutungsweise enthalten hätte.

Therese war kein Buch mit sieben Siegeln für mich und kein göttliches Mirakel, ich kannte mich in ihren Gewohnheiten und Instinkten ganz gut aus; was sie auszeichnete, war diese sonderbare Fluidität, die so unbezwinglich wie unabänderlich war; jeden Morgen erwachte ich mit einem neuen Menschen an meiner Seite. Beim Sex war sie mal offen, mal scheu, konnte trunken machen oder einfach nur dankbar annehmen; nie aber wusste ich, ob ihre Hingabe ohne Rückhalt war; so wie ein Bach auch bei größter Hitze unter dem Strudel seinen kühlen Fluss bewahrt.

Nach einem Jahr des Zusammenseins war ich so weit, mein Nomadenleben aufzugeben, mir eine Stelle in einem Forschungsinstitut zu suchen, vielleicht nach Austin/Texas zu gehen, wenn auch der nötige Ernst für eine solche Tätigkeit erst noch zu erarbeiten war. Ich hatte Freude bei ihr erwartet und konnte die eigene kaum verhehlen, sie aber warf die Serviette auf den Tisch und starrte mich an. »It's a bad idea. I like you're coming after parting«, kam es wie aus der Pistole geschossen, was eigentlich nicht ihre Art war. Insbesondere bei Fragen, die ihr unangenehm waren, ließ die Antwort auf sich warten; je länger, desto wahrscheinlicher, dass sie ungünstig ausfallen würde. Die blitzartige Reaktion konnte nur eines bedeuten: Zorn. Darüber, was sie in ihrem früheren, zweiundzwanzig Jahre währenden Leben getan hat, weiß ich wenig. Der Vater war Fernfahrer und in ganz Europa unterwegs; einmal hat man zehn Monate nichts von ihm gehört. Mit der Mutter, Friseurin, konnte sie stundenlang schwatzen. Nie sonst lebte Therese so auf wie in den Gesprächen mit ihr oder vielleicht noch irgendwem aus ihrer deutschen Vergangenheit – Letzteres wusste ich nicht sicher, sie behauptete, immer nur mit der Mutter zu telefonieren, und tatsächlich war, wenn ich doch einmal zufällig den Hörer des Nebenapparats abnahm, eine rauchige Frauenstimme am anderen Ende zu hören. Doch in der Telefonrechnung fand ich häufiger eine Nummer mit +49er Vorwahl aufgelistet, unter der sich zwei-, dreimal eine sonore Baritonstimme meldete. Diese aus fremder Sprache tönende Munterkeit, ihr separates »deutsches« Leben, das lebendiger zu sein schien als das unsere, deprimierte mich, mental und emotional. Und allen Schmuck, den ich ihr schenkte, trug sie nach dem ersten Anprobieren nie wieder, er fand in eine geheim unter ihrer Wäsche aufbewahrte Pralinenschachtel. Das körperliche Verlangen nach mir überstieg die Grenzen physiologischer Bedürftigkeit wenig. All diese Eindrücke mögen im Nachhinein verstärkt und verzerrt sein durch den Schmerz; ich kann den Phantomteil meines Lebens nicht abschütteln, er füllt mich aus, wie das Gas einen Fesselballon ausfüllt. Eine Zeitlang hatte ich den Versuch unternommen, Deutsch zu lernen, doch wenn ich damit ankam, lachte sie nur, korrigierte mich zögerlich oder gar nicht, winkte meist ab, irgendwann habe ich das Lehrbuch aus dem Hubschrauber in den Atlantik geworfen.

Die letzten acht Monate dieses Lebens fuhr ich immer mit Erleichterung weg, in der Hoffnung (und zugleich furchtbarer Angst davor), sie bei meiner Rückkehr nicht mehr vorzufinden. Schloss ich dann die Tür auf, und sie war nicht da, das Mobiltelefon abgeschaltet, lief ich panisch in die Stadt. Dabei hatte sie an der Uni einen Kurs in korporativer Psychologie belegt, während des Unterrichts hatten die Handys ausgeschaltet zu sein, diese Dienstage und Donnerstage hasste ich, die Bude lag voll mit irgendwelchen Leitfäden zur Technologie der Massenmanipulation … Ein paar Mal kam ich dazu, wie sie angeregt auf Englisch telefonierte. Es konnte ein Mitstudent sein, mit dem sie doch wohl telefonieren durfte? Selbstverständlich.

Als die Kontrazeptiva versagten, war ihr Gesicht eine Woche lang düsterer als eine Gewitterwolke, ich riss Witze, sie kaufte den Test, anschließend noch zwei, danach lag sie drei Tage hindurch im Bett. Irgendwann aber schien sie sich gefangen zu haben, und ich begann mir Hoffnungen zu machen, fand mich – vorsichtig, um sie nicht zu verschrecken – an ihrer Seite ein. Verlegte meinen nächsten Einsatz, nahm zehn Tage Urlaub. An der Toxikose litten wir gemeinsam, sie lag lange flach, ich neben ihr auf dem Fußboden, sie wollte mich da weghaben. Und wieder hörte ich sie mit jemandem Englisch reden, ich lauschte an der Tür, das Gespräch war banal, es klang, als hätte der andere nicht viel Lust dazu. Ich wartete darauf, dass sie ihre Mutter anrufen würde und es ihr sagen, aber das geschah nicht. Mehrmals fand ich sie in Tränen aufgelöst, sie ließ sich dann auch gern trösten und hätscheln, ich hüllte sie in die Decke, wiegte sie wie ein Kind. Bis sie eines Tages die Flucht ergriff, einfach aufstand und ging, und ich saß dumm da. Wir waren an dem Tag am Meer gewesen, den Strand entlangspaziert, vorbei an Frisbee spielenden Kindern, einer Yogagruppe, Wushukämpfern, dem Startplatz für Deltasegler oben auf einer siebzig Meter hohen Klippe, in der Nähe ein Fort mit eingefassten Wegen und durchgehendem Uferdamm, der Befestigung für die Küstenartillerie, vorbei an einer Sandkehle, wo sich die waghalsigsten Jungen zum Strand herabkugeln ließen, die Körper wie gespannte Bögen, Fäuste gegen die Oberschenkel gepresst. Abendessen im Fischrestaurant, ein Stück weiter südlich. *Fish of the day* war Steinbutt, in Palmblättern gebacken, wir nahmen eine Flasche Wasser dazu und jeder ein Glas Wein, gebratene Kalmarringe und Weißbrot mit Spinatbutter – das alles kotzte sie anschließend von der Mole ins Meer. Mit Mühe bekamen wir ein Taxi und fuhren nach Hause, wo sie sofort zu packen anfing. Ich stellte keine Fragen, stand in der Tür und versuchte fieberhaft zu kombinieren: Wollte sie in die Klinik? Zur Freundin? Sie hatte keine Freundinnen.

Also doch in die Klinik? Zur Vorbeuge? Ließ ihre Versicherung das zu?

Therese steckt in mir wie der Pfeil in der Wunde des Kriegers: Man schleppt sich mit ihm dahin, er verhindert, dass man verblutet. Therese war seinerzeit durch einen Universitätsaustausch nach Kalifornien gekommen, hatte ein Jahr studiert und war dann illegal geblieben. Verteilte Flyer; die paar Dollar, die sie damit verdiente, reichten für Donuts und ein Bett in einer Studentenkommune. Später arbeitete sie in einer Pizzeria, bemalte Keramik für einen russischen Souvenirladen, wobei ihr zum ersten Mal das Russisch zugutekam, das man in den Ländern des Sozialismus als Herrschaftssprache unterrichtet hatte. Ich habe sie geheiratet, obwohl ich wusste, dass sie es der Green Card wegen tat, ich war dem Schicksal dankbar. Nun war sie weg, und ich hatte Angst, dass sie das Kind abtreiben würde, steigerte mich in diesen Gedanken hinein. Irrte durch die Stadt, rätselte, wo sie sein konnte. In meiner Ratlosigkeit lief ich sogar zur Polizei. Dort zuckten sie mit den Schultern. Als ich nicht gleich wieder ging, erschien ein Mann mit einer Mappe in Händen, der mich in scharfem Ton davon in Kenntnis setzte, dass mein Vorgehen als den Gesetzen in diesem Bundesstaat zuwiderlaufend angesehen werden könne, nämlich als Einschränkung der persönlichen Freiheit. Ich machte, dass ich dort rauskam. Sein Assistent, ein großer schwarzer Polizist, geleitete mich nach draußen und zum Auto, er hatte wohl gerade Dienstschluss und schlug mir überraschend vor, einen Drink in der Bar an der Ecke zu nehmen, ich willigte ein in der Hoffnung, einen guten Rat oder irgendwelche Informationen von ihm zu kriegen. Er betrank sich zielstrebig, und was er zu sagen hatte, klang so: »It's a life, man. You fuck life until it fucks you.« Er langweilte sich, dieser kräftige Kerl mit Leere im Blick. Schließlich gesellte sich uns ein zappeliger Kleiner mit Bärtchen zu, den er offenbar kannte und der mir bei der Begrüßung diskret mit dem Nagel des Zeigefingers über die Innenhand fuhr, ein Zeichen dafür, dass ich besser ging.

Einen Monat lang strich ich umher wie ein Tiger im Käfig. Heuerte einen Privatdetektiv an – neurotischer Typ mit Namen Hal Sigaldo, unrasiert, mit durchaus unprofessionellem Auftreten, dafür im

Preis erschwinglich, und sein Office an der Buchanan Street gefiel mir: verräuchert und düster, vom Sonnenlicht, das durch das Grätengitter der Jalousie fiel, in Streifen gelegt. Er gebärdete sich entrückt, missgelaunt und schwer von Begriff, seine Suche nach Therese dehnte sich auf zwei Monate, ich dachte längst, dass er sie nur fingierte, doch am Ende fand er sie tatsächlich – in den Aufnahmelisten einer privaten Frauenklinik irgendwo in Orange County. Die Information hatte er auf illegale Weise beschafft, über eine Vereinigung von Abtreibungsgegnern, die mit Vorliebe und systematisch Frauenkliniken und privat praktizierende Gynäkologen unterwanderten.

Das war der entscheidende Moment – als ich meinen neugeborenen Sohn auf dem Arm hielt. (Komischerweise war ich mir sicher gewesen, dass es ein Junge war.) Und mir blieb keine Wahl, damals so wenig wie heute: Ich ließ ihn ein in mein Leben. Nach einem Jahr musste ich Sigaldo ein zweites Mal bemühen. Diesmal fand er sie, schon wieder verheiratet, in New York. Ich fuhr hin, drehte tagelang meine Runden zwischen Park Avenue und Central Park um den Block herum, wo sie wohnte. Bis die drei irgendwann auftauchten. Ich sah Mark. Fühlte, ertastete den Draht zu ihm. Das Weitere habe ich schon erzählt. Und nun sehe ich Therese hier wieder: in der staubigen, düsteren Voliere, vor den Käfigen mit der Hubara. Neben sich einen Mann, der das Tier wie besessen photographiert, gar noch einmal zurückkehrt, um ein letztes Photo zu machen, als Haşem die Gruppe schon wieder hinauskomplimentiert hat, geduldig wartet, bis der blauäugige, blonde junge Mann mit der Sonnenbrille über der Stirn ein Ende gefunden hat. Therese steht vor Haşem und glotzt, staunt ihn, den Riesen mit den Rastalocken und dem seligen Lächeln unter den buschigen Brauen, unverhohlen an.

Da steht sie nun in vollem Licht, gut sichtbar aus jeglicher Perspektive. Güte und Großmut, Gleichmut und Tücke – alles zu sehen, keine blinden Flecken mehr. Fähig zu kalter Grausamkeit ebenso wie tiefem, tränenreichem Mitleid. Keusch und leidenschaftlich. Ich sehe sie, und mir fällt ein, wie sie einmal bei Rot über die Straße lief, um in der Apotheke Schmerzmittel zu kaufen, und mitten auf der Straße heftig menstruierte. Und ich musste an die Johnsons denken, bei denen sie einmal kurze Zeit Kindermädchen war; Baptisten der frommen, gütigen Art, die ihr behilflich waren, ihren Aufenthalt zu legalisieren. Sie erwarb sich deren Zuneigung, so wie sie diese vielköpfige Sippe, wohlerzogen und mit exzentrischem Humor, lieben lernte. Die Johnsons wollten das Problem durch eine legale Ehe gelöst sehen, und natürlich hatte der Bräutigam ehrbar und gottesfürchtig zu sein. Als Therese auf mich verfiel, traten sie folglich zur Inspektion an. Die Musterung verlief zur Zufriedenheit, wenn auch bemerkenswert unverfroren, derweil saß Therese mit einem Stoß Baptistenpropaganda auf den Knien, blätterte und erläuterte mir mit der Stimme des braven Mädchens die Grundfesten dieser Weltanschauung. Anfangs reagierte ich fuchsig, aber dann fand ich ins Spiel hinein und kam nach einigem Blättern im Bibelatlas mit Ben ins Gespräch. Michèle starrte mich hingerissen an, sie nickte ergriffen zu jedem meiner Worte, was mich wiederum anspornte. Endgültig errang ich die Sympathien der Johnsons, als ich ihre Gottesdienste besuchte, wo das Halleluja zu Tamburin und Elektrogitarre erklang und besessen herumgehopst wurde.

Schließlich heirateten wir. Lebten miteinander und waren mit dem Leben zufrieden. Dann und wann besuchte Therese die Johnsons noch, gab sich mit den Kindern ab, die alle biblische Namen trugen und die ich nicht auseinanderhalten konnte ... Als sie schwanger wurde, weinte sie mit kaltem, versteinertem Gesicht, schluckte die Tränen. Es war, als hätte ich sie zu Tode beleidigt. Tränen kann ich schwer ertragen, weder bei mir noch bei anderen, ich war wie betäubt, lief ihr überallhin nach, sie aber führte sich auf, als hätte ich sie missbraucht. Und dann stand ich am Fenster und konnte nur noch zusehen, wie das Taxi, nach der richtigen Nummer suchend, sich in enger werdenden Kreisen unserem Haus näherte und der Fahrer, ein schmächtiger Inder mit lila Haut, erst mit dem Koffer und dann mit der Haube des Kofferraums seine liebe Not hatte.

Haşem startet Abbas' Motorrad. Klappt sorgsam den Kickstarter mit der Ferse aus, um ihn anschließend kräftig nach unten zu treten – den Lenker bei den Hörnern gepackt haltend, den Gasgriff dabei drehend. Das muss er mehr als einmal tun. Und bei jedem neuen Versuch, wenn sein Fuß, bevor er niedersaust und die Kolben gegeneinanderschiebt, kurz in der Luft hängt, erstarre ich in der Erwartung, diesmal würde der Motor nach einem saftigen Plopp! aufheulen, der Auspuff zu qualmen anfangen, meine Füße wie mit federndem Aquarellpinselstrich in heißen Dunst hüllen, und die wilde Fahrt begänne – so rasant, dass der Seitenwagen in den Kurven abhebt. Die tägliche Kontrollrunde von einer Wache zur anderen füllt den halben Tag. Auf dem letzten Stück ist die Sonne meist schon untergegangen, und wir fahren auf leisen Sohlen, tasten uns mit trübem, taumelndem Scheinwerfer an den vorigen Reifenspuren entlang durchs Sternenzelt, hie und da blitzen die gläsernen Pupillen eines nächtlichen Räubers aus der Finsternis … Heute aber will das Motorrad nicht anspringen. Haşem tritt fluchend zur Seite, zündet sich erst einmal eine Zigarette an.

»Hast du die Formel aus den Tafeln eigentlich extrahiert?«, frage ich ihn.

Haşem schaut mit vom Rauch zusammengekniffenen Augen.

»Klar.«

»Und, funktioniert sie?«

Er zuckt die Achseln.

»Ich wusste jedenfalls, wann du kommst. Na schön – hab mich um einen Tag verrechnet.«

Haşem schiebt den Filter zwischen die Zähne, ergreift den Lenker und hebt den Fuß.

Ganze drei Mal im Leben sind Haşem und ich mit Fäusten aneinandergeraten – von jener Balgerei um das Mädchen Lenka abgesehen. Das eine Mal im Gebirge, beim Abstieg in den Hirkan, als er mich zwingen wollte, meine Höhenangst zu überwinden: Es wurde schon dunkel, und da war kein anderer Weg als den zweifach geknickten Schacht eines Wasserfalls hinunter – die Rucksäcke vorausgeworfen und barfuß im Spreizkamin die glatten Wände hinab. »Es ist ganz leicht!«, redete Haşem mir zu. »Die Angst besiegst du, indem du einfach die Rolle wechselst. Du stellst dir vor, du hättest keine Angst. Nicht die Spur!« Aber damit war er bei mir an den Falschen geraten. Noch heute grummelt es in der Magengrube, wenn ich daran denke. Das zweite Mal auf einem Gewaltmarsch, als wir schon den vierten Tag nichts zu essen hatten. Wir hatten uns die Rationen schlecht eingeteilt, alle Vorräte waren aufgefressen, als gerade einmal die Hälfte einer einsamen Route an der dagestanischen Grenze hinter uns lag. Hätten uns Hirten nicht etwas von dem Ihren abgegeben, wir wären elendig krepiert. Wir pflückten unreife Mispeln vom Wegesrand, kauten darauf herum. »Bezähmung der Nebennieren«, so hat Stoljarow diese Art Hungertouren genannt. Der Streit entflammte auf ebener Strecke; ehe wir uns versahen, rasselten wir zusammen. Hinterher dauerte es einen Monat oder mehr, bis wir wieder miteinander sprachen, Haşem versteckte sich hinter seiner Theaterarbeit, und ich, der es leid war, Versöhnungsangebote zu machen, ging mit Stoljarow auf Surfingtour. Wir beluden die Bretter mit wasserdichten Säcken und bewegten uns langsam in Ufernähe fort; alle vier, fünf Stunden machten wir eine Rauchpause an Land. Das war damals meine erste Begegnung mit dem Şirvan. Wir gelangten bis zur Kür-Mündung, rechter Hand zog sich das Steppenmeer hinan und lockte. Das war die Exkursion, auf der ich Schalamow las, tief erschüttert. Zurück von der Tour, rannte ich mit dem Buch in der Hand zu Haşem und las ihm die Erzählung vor, wo die Häftlinge die Schürfgruben graben. Wo gesagt wird, erschöpfte Menschen seien unvermeidlich böse, fallen beim geringsten Anlass übereinander her.

»Wenn das so ist, hat es keinen Sinn zu hungern«, stimmte Haşem mir zu. »Dass Menschen sich in unmenschlichen Umständen unmenschlich verhalten, ist nicht zu bestreiten. Bevor man Gutes von ihnen erwarten kann, muss man sie satt machen. Wer Hunger leidet, kennt weder Gnade noch Menschlichkeit, er kann nicht einmal ordentlich denken. Alles ist dem Jagdtrieb unterworfen.«

Zur dritten Schlägerei mit Haşem kam es vorgestern. Thereses wegen.

<h1 style="text-align:center">6</h1>

Gegen Ende meiner Zeit im Şirvan träumte ich gehäuft von Vögeln, die einer nach dem anderen vom Himmel fielen – in mich hinein, so dass die Kehle von Flaum und Federn verstopft war und von Krallen wundgekratzt; etwas an mir musste, solange ich schlief, sperrweit offen stehen, dass die Vögel alle hineinfanden. Einmal wachte ich davon auf, dass ich mich selbst ganz zuunterst hatte liegen sehen, als Körper für sich. Natürlich wollte ich schnell hinab, mich in den Arm nehmen, machte mich schmal im Traum und schaffte es tatsächlich, mein Alter ego in die Arme zu schließen, was ein Grund war, wieder einzuschlafen, nicht mehr sehr tief, nur so als Übergang. Ein andermal war ich wieder oben, sah mich aber nicht, schwebte über dem Şirvan, der mir wie eine von Schicksalslinien durchfurchte Hand erschien, und der Kanal, der sich quer durch die Landschaft schnitt, war die Lebenslinie, die sich in den küstennahen Buckeln verlor, und ich hob die Hand vor die Augen, um das Muster der Gazellenpfade mit der Keilschrift der Papillarlinien abzugleichen …

Dies war der Morgen, an dem ich überhaupt erwachte. Ein Schlafender wird schwerlich merken, dass er schläft. So fiel auch mir nicht leicht zu erkennen, wie sehr ich in diesen ganzen Wahn involviert war. Haşem, mein Freund, stand kurz davor, sich zum Gott zu erklären, im Grunde hatte er es bereits getan. Und ich an seiner Seite ließ ihm das an dem einen Tag durchgehen und hätte ihn am nächsten erdolchen können dafür. Wie konnte es so weit kommen?, musste ich mich fragen. In diesen einerseits vollkommen absurden, aller Realität hohnsprechenden, andererseits so magisch verführerischen Zustand zu geraten, zwischen Spiel und unvermuteter Wahrheit?

Musste ich mich lösen von ihm? Es war eine Welt, in die zu geraten ich mir in den kühnsten Träumen nicht hatte vorstellen können. Unter Leuten, die mich längst nicht mehr nur deswegen schätzten und respektierten, weil ich der Freund ihres Anführers war. Ich war ja tatsächlich imstande, ihnen zu helfen, und tat es. Verschworen mit ihnen, im Dienste einer guten Sache. Und nicht zuletzt mit einer Frau vor Augen, die mich vier Jahre gequält, ausgelöscht – und die jetzt anscheinend kapituliert hatte, jenen Mann verlassen, der mir keine Ruhe gegönnt, die nun ebenfalls hier lebte, denselben Dingen, derselben Mission verpflichtet wie ich.

Was nicht hieß, dass ich mit ihr sprach. Wortlos betrieben wir denselben Kult, dienten Haşem und glaubten an ihn. Dabei suchte Therese, wenn ich recht sah, durchaus meine Nähe, blickte, wenn sie die Suppe ausgab oder das Blech mit den gedünsteten Auberginenscheiben auftischte, freundlich zu mir herüber. Während des Rituals stand sie etwas abseits, die Augen unter dem Kopftuch halb geschlossen, nickte im Takt der Musik. Dieses Tuch und wie sie es band, stand ihr im Übrigen sehr gut … Ich traute mich nicht, sie anzusprechen; zu groß die Furcht, diesen schönen Anschein zu zerstören. An diesem Tag nun erbot ich mich das erste Mal seit fünf oder sechs Wochen, die neue Gasflasche von der Ostwache zu holen. Kam wieder mit der vollen Flasche, bot an, sie zu installieren, was den Kochvorgang unterbrach. Therese war dabei, den Schaum von der Bouillon abzuschöpfen, im Kessel köchelten Hammelrippen. Ich schraubte die Zuleitung ab, wechselte die Dichtung, stellte die neue Flasche an ihren Platz.

»Wie geht es dir?«, fragte ich.

»Danke, gut. Und selber?«

»Auch nicht schlecht. Abgesehen davon, dass es mir so vorkommt, als verlöre ich den Verstand.«

Therese sah forschend auf, senkte den Blick jedoch sehr schnell wieder, streifte den Schaum von der Kelle, schlug sie hart gegen den Rand eines Tellers. Ich zuckte zusammen.

»Glaubst du wirklich, dass er ein Gott ist?«

»Wer?«, fuhr sie auf.

»Haşem.«

»Ein Gott? Wieso? Was soll das heißen?«

Sie trat von der Herdplatte zurück.

»Tu doch nicht so. Weshalb bist du hier?«
»Weil ich ihn liebe.«
Ich erschrak.
»Du liebst ihn … Ja klar. Ich liebe ihn auch.«
»Nicht so. Ich liebe ihn anders.« Sie sah mich an und gleich wieder zur Seite.
»Du meinst – als Mann?«, fragte ich, es sollte spöttisch klingen.
»Ja, das meine ich.«
»Aber ihr schlaft doch nicht miteinander?«
»Ich bitte dich.«
»Mein Gott, was soll das!«
Therese schwieg. Führte den Schaumlöffel durch die Bouillon, wo kein Schaum mehr war, nur die Rippen ragten hervor. Der Rumpf eines toten Schiffes.

War es der Dunst des gekochten Hammels, der mich abstieß, war es die Entdeckung einer peinlichen Unsauberkeit, vom Licht der Heiligkeit zutage gebracht … Von Stund an war Therese für mich passé. Die Bande waren gekappt. Ich mochte es selbst nicht glauben, litt aus Gewohnheit noch ein Weilchen weiter, aber da war nichts mehr. Es war ausgestanden.

All meine Kritik an Haşem zerschlug sich daran, dass an ihn geglaubt wurde. Man glaubte ihm als Wissenschaftler, als Derwisch, als Mensch, man hieß ihn den Meister der Vögel – Kuş-Mulla … Die Menschen kamen geströmt zu ihm. Er schützte die Natur, hütete das höchste Gut der Nation. Zu allem wusste er sein Abşeroner Chlebnikow-Regiment zu versorgen, gab den Hegern zu essen und zahlte ein zwar geringes, aber regelmäßiges Gehalt, züchtete seltene schöne Vögel, verkaufte sie an Zoos und an reiche Leute, verschaffte seinen Hegern zusätzliche Jobs, gemeinsam handelten sie mit den Bauleitern gerechte Arbeitsbedingungen aus und ein sicheres Salär. Der Verkauf zweier schwarzer Schwäne erlaubte die Anschaffung eines Motorrads oder ein dreizehntes Monatsgehalt für alle. Einer für alle und alle für einen.

Von der stabilen sozialen Konstruktion abgesehen, sorgte Haşem für demiurgische Spiele. Seinem Lehrer Stein folgend, betrieb er die Sinngebung der Realität mit theatralischen Mitteln. Die Heger hatten an den Aufführungen einen Heidenspaß, sie bastelten Bögen, Holzschwerter, altertümliche Harfen dafür. Von Haşems Vorliebe für biblische Themen war schon die Rede. In besonderer Erinnerung ist mir das Gastmahl des Belsazar, wo die jüngsten Heger sich als Tänzerinnen produzierten; trotz Gelächter und Sticheleien der Kameraden ließen sie es sich nicht nehmen, die Beine einer sorgfältigen Rasur zu unterziehen.

Als Bühne bezog Haşem immer einen Teil der Landschaft ein und arrangierte darin Massenszenen, für die es feste Beobachtungspunkte gab; dafür stellte er sogar Kamera-Attrappen auf – simple Dreifüße mit aufgesetztem Rahmen und Kinnstütze, die unbedingt zu verwenden war, um die »Einstellung« ordentlich zu kadrieren. Die Tableaus zu photographieren hatte Haşem mir untersagt. Als Filmmaterial für seine visionären Kameras ließ er nur Sehsinn und Bildgedächtnis gelten.

Mir oblag es, von Kamera zu Kamera zu laufen und die Aufführung zu kontrollieren. Vorher bekam ich von ihm einen Zettel mit einer Zahlenfolge, die sozusagen den Schnitt vorgab, zum Beispiel: 1(3) – 2(7) – 4(2) – 3(3) – 2(5) – 1(1). In dieser Abfolge hatte ich die Kameras aufzusuchen; die Zahl in Klammern legte die Anzahl Minuten fest, die ich die Handlung durch den jeweiligen Rahmen zu betrachten hatte. Ein paar Photos habe ich trotzdem geschossen, heimlich. Und tatsächlich war in den Rahmen, aufgrund der Formatierung und noch einer unbenennbaren, Funken schlagenden Magie, etwas völlig anderes zu sehen, als wenn ich mich aufrichtete und darüber hinwegblickte. Wie Grüppchen von Leuten (ihre Beine unter den zerschlissenen Chlamys in leuchtender Nacktheit) hinter Hügeln hervor und langwierig aufeinander zu gelaufen kommen, ehe sie zusammenstoßen, Schwerter, Schilde und Stäbe hölzern gegeneinander krachen. Wie plötzlich aus der Tiefe der zweiten Kamera eine Abordnung Philister auf Kamelen zu entdecken ist, die die kämpfende Menge ungerührt durchschreiten. Die Ordnung wird wiederhergestellt, ein rotgelockter Junge mit Schleuder tritt nach vorn …

Ich kannte alle, die an der Aufführung teilnahmen, doch aus der Entfernung und in den Kostümen waren sie häufig nicht zu identifizieren.

Im Winter zog sich Haşem immer häufiger in den Şirvan zurück, begann sogar seine Freitagstermine zu schwänzen. Kam ich zurück von einem Job, rechnete ich schon nicht mehr damit, ihn anzutreffen. Fand ihn auch nicht mehr, wenn ich auszog, nach ihm zu suchen – nur einmal entdeckte ich ihn am Meer, wo er, ungeachtet des nahenden Sturms, reglos auf den Klippen saß. Ich behelligte ihn nicht, dachte nur: Das Meer ist genauso unabsehbar aufgewühlt wie sein Gemüt ...

Kehrte Haşem aus der Steppe zurück, war er oft nicht allein, eine Traube von Gläubigen hing ihm an. Ein Fall ist mir besonders in Erinnerung. Ein Mann in abgerissenen Kleidern schritt breitbeinig hinter Haşem her und trug einen Jungen auf den Armen von vielleicht zehn Jahren, der augenscheinlich nicht bei Bewusstsein war. Der Mann brüllte und stöhnte, tanzte, taumelte, fiel vor Haşem auf die Knie, welcher ihn in seinen Schuppen führte. Nach einer Weile kam der Mann wieder heraus, entfernte sich in Richtung Tor und rief: »Gelobt sei der Prophet! Gelobt sei der Prophet!« Bald darauf wurde auch der Knabe aus der Scheune geführt, die Heger gaben ihm Milch zu trinken. Der in Trance davongelaufene Vater wurde zurückgeholt.

Ein andermal heftete sich ein sonderbares Mädchen an Haşems Fersen. Sie lachte viel und unangenehm, flitzte umher, griff nach Haşems hängenden Armen, wollte ihn wegzerren, oder sie ging jäh in die Hocke und ordnete ihren grellbunten Umhang aus grünen, roten und blauen Rhomben, mit vielen Flicken. Ihre Haut war dunkel, beinahe schwarz, sie führte sich sonderbar auf, und während die Heger in den Dörfern nachfragten, ob jemand die Verwirrte kannte, sie vielleicht aufnehmen wollte, streunte sie auf dem Gelände der Wache umher, bettelte um Essen, fauchte wie ein Tier, klopfte sich auf die Knie und den dazwischen sich spannenden Saum. Und dann singt das Mädchen etwas, es klingt schwermütig, und ich sehe Haşem, wie ihm die Hände zittern, als er aus der Tasche ein zerdrücktes, halb zerschmolzenes altes Bonbon fingert. Er reicht es ihr, sie schüttelt den Kopf. Da sinkt Haşem auf die Knie, legt das Bonbon vor sie hin und fällt, die Augen geschlossen, in den Gesang ein. Erst trifft er den Ton und die fremden Worte nicht, doch allmählich findet er sich hinein, strengt sich an, das Lied zu erlernen, seinen orientalischen Klang zu verinnerlichen, bestimmt wird er sich nachher erkundigen, aus welcher Sprache diese Worte sind, wo sie also herkommt: Ist sie Chasarin? Turkmenin? Tadschikin? Aus Nuristan, Mogulistan? Als er nur noch seine eigene Stimme hört, die gegen die Stille stößt, stutzt er; es ist, als wäre ein Körper seinen Armen entschlüpft. Er schlägt die Augen auf und sieht das Bonbon. Gerade noch erhascht sein Blick die staubigen Sohlen, affenhaft flink und gewandt wie ein zweites Paar Hände, hört die Armreifen noch einmal klappern: Er erinnert sie bunt, zerkratzt an den Rändern, mit abblätternder Emaille. Und ihr Geruch ist noch da: Schweiß und Urin, übertüncht von Sandel, Moschus und Amber. Haşem hält den Atem an, er lauscht in seine Nasenhöhlen … Eine Ameise hat den Rand des gewachsten Bonbonpapiers erklommen, sucht den Zugang zum Karamell. Tränenüberströmt, mit schmerzender Erektion, eine Hand an der Klinge, die in seinen Lenden steckt, schiebt sich Haşem das Bonbon wie eine giftige Oblate in den Mund, fängt zu kauen an, der Sand auf den Zähnen knirscht ohrenbetäubend, und er kaut und kaut, kaut und saugt, spuckt Papier, atmet keuchend ein und aus, reibt mit Fäusten die schmutzigen Tränen breit.

Das Mädchen kam in ein Waisenhaus. Haşem konnte sie nicht retten.

7

Ich stellte Haşem zur Rede:
»Du schläfst mit Therese?«
»Nein.«
»Sie behauptet es aber.«
»Dann lügt sie.«

»Warum sollte sie?«

»Sie wird sich besinnen.«

Ich atmete tief durch. Und dann geschah etwas Seltsames. Wir sprachen über die Liebe – darüber, was das eigentlich ist. Sprachen über Romeo und Julia – und dass, wer sich verliebt, nicht so sehr zu einem Menschen eine Beziehung eingeht als zu Gott. Wobei man das eigentliche Objekt seiner Zuneigung weder erkennen noch erlangen kann, das ist die Voraussetzung. Nur so ist ein religiöses Gefühl auf profanem Wege zu haben. Und Haşem krönte das Gespräch mit einer mysteriösen Offenbarung:

»Demnächst werde ich mich mit Gott vereinen. Ich habe eine große Mitgift zusammen, Er wird meinen Antrag nicht ausschlagen können.«

Eigentlich wäre diese Mitteilung geeignet gewesen, mir einen gehörigen Schreck einzujagen. Statt dessen hatte ich auf dem Heimweg zur Ostwache, unter der lodernden Streu der Milchstraße, das Gefühl, von Haşem schwanger zu sein – erfüllt bis zum Rand von seinen Ideen, seiner Leidenschaft.

Solange Haşem sprach – und er sprach viel, eigentlich immerzu –, war ich beruhigt. Die Sprache bezeugte seine Normalität. Hätte er geschwiegen, es wäre schon unumkehrbar gewesen. Ich fürchtete mich vor dem Tag, an dem Haşem verstummen würde.

Tatsächlich wechselte Haşem seine fixen Ideen ziemlich oft, und das ließ hoffen. Die verbissene Geradlinigkeit eines vom Wahn Besessenen ging ihm letztendlich ab. Mal dozierte er über die Schädlichkeit von Religion, die den Verstand vergifte, alle Beweglichkeit des Denkens, Kritikfähigkeit lahmlege, welch Letztere der Mystik doch nur zu Diensten sein könne, ihrer Entwicklung förderlich; mal über die sufistischen Wurzeln des Islams, mal über den weisen Hillel, welcher dem Heiden die Goldene Regel der Thora auseinandersetzte: Anderen nicht das anzutun, was man selbst nicht wolle, dass es einem angetan; mal kritisierte er das Christentum seiner obskuren Anbetung von Ikonen und Reliquien wegen.

Für mich war die Sache einfach: Je mehr ich über Gott nachdachte, desto mehr entleerte sich mein Bewusstsein, und das behagte mir nicht. Einzig der Gedanke (und auch ihm war Haşem zugetan), Gott sei das, was man in sich trage, konnte mich mit der Welt versöhnen. So gefährlich sich das auch anhörte: Gott als das eigene unbekannte und unerforschte Ich. *Zeit ist die Quelle der Sternenenergie*, stand auf einem roten Fahnentuch an der frischgekalkten Wand der Ostwache geschrieben …

Am nächsten Morgen fühlte ich auf einmal, dass der Bogen überspannt war. Es war wieder einmal an der Zeit, mich von den Menschen zurückzuziehen, allein zu sein. Ich war müde – von Haşem und von mir selber auch.

Ich beschloss abzutauchen. An der Meeresküste, etwas nördlich von Bəndovan, gab es ein verlassenes kleines Fischerdorf. Reste von trübem Glas in den Fenstern, abgewrackte Boote, zerfetzte Netze an den Stangen. Die Heger machten immer einen Bogen darum, weil sie dem Aberglauben anhingen, dass böse Geister in den Ruinen hausten, die dem Menschen schaden konnten. Ob dem so war, kann ich nicht sagen, ich schlief dort jedenfalls ganz prächtig.

Ein paar Tage lang flickte ich Netze, versuchte die Pinne in Betrieb zu nehmen. Nur einmal in fünf Tagen fing ich einen Stör und freute mich so sehr, dass ich ihn umarmen wollte; der Fisch rächte sich mit einem Flossenschlag und schrammte mir die Wange mit panzerharter Schuppe.

Einst spielten Haşem und ich das Spiel, uns Fragen auszudenken, auf die wir beide antworten mussten. Mehr oder weniger essentielle Dinge wie: Was ist der Tod? Das Komischste, was dir je passiert ist? Das beste Essen? Die finsterste Begebenheit? Dein größter Traum?

Auf die Frage nach dem erschütterndsten Erlebnis hat Haşem jetzt eine Antwort gehabt.

»Das Erschütterndste? Kann ich dir sagen. Als wir mit den Falken in Belutschistan unterwegs waren, traf ich an einer Wasserstelle in der Wüste eine Gruppe Trägerinnen. Sie hatten einen Mann dabei, der nichts als eine Waffe trug. Die Frauen in farbigen Burkas und Pluderhosen hockten auf der blanken Erde oder den eignen Fersen neben Körben und Kannen und verschnauften – Beine ausgestreckt, an ihre Lasten gelehnt oder die Arme um die Kruke geschlungen; eine wiegte sich und wimmerte. Der Wächter ließ den Frauen etwas Zeit, zu Kräften zu kommen, dann gab er den Befehl zum Aufbruch: ein Kokon hie, ein Kokon da, schwankend zunächst, sich aufschaukelnd im Glanz des schweren Musselins, safran- und zitronengelb, lila und schwarz; bald standen sie zu gerader Kolonne formiert und zogen los, der schwankenden Last auf der Schulter der Vorderfrau hinterher, so entfernten sie sich, schwammen dahin über das felsige, vom staubigen Abendlicht schwach karminrot verfärbte wellige Relief, kürzer tretend da, wo es anstieg, nachfassend beim Vornüberbeugen im unter der Sohle rutschenden Treibsand … Durch Gucklöcher und Gaze am Sehen gehindert, halbblinde Geschöpfe, unsicheren Schrittes; eine immerhin bemerkte mich, zuckte unwillkürlich zur Seite, so wie ich, gab jedoch keinen Laut von sich; noch ein schneller Blick zurück. In einer Senke hinter Felsen fand ich Schutz, ehe der Wächter meiner gewahr werden konnte. Sah diesen bunten Stümpfen hinterher, anders kann man sie nicht bezeichnen: kopflos und klobig. Durch Hüllen glattgehobelte, nivellierte Körper, so als hätte man ihnen Hände und Füße abgeschnitten, Gesichter ausgelöscht, aller Züge beraubt; die Wunden von Stoff überwuchert.

Als ich das nächste Mal nach Quetta kam, kaufte ich heimlich eine Burka. Feilschte ein wenig, wie es sich gehörte. Der Verkäufer ließ den Stoff in eine knisternde *Gucci*-Tüte gleiten. »Möge deine Frau gehorsam und Gott gefällig sein«, sagte er mit servilem Lächeln. Als keiner mich sehen konnte, zog ich den kühlen, glatten Fetzen über. Ich wollte erfahren, wie es sich darunter lebt. Versuchte etwas zu tun: zu nähen, zu lesen, aus dem Fenster zu sehen. Fuhr zurück nach Quetta, lief durch die Stadt, was freilich riskant war: Wäre ich angesprochen worden, hätte ich die Stumme mimen müssen. Ich sprach, wenn keiner in der Nähe war, übte mich leise im Falsett, bildete mir eine weibliche Stimme ein. Das Halbdunkel der Dinge in der von mir getrennten Welt schwamm und sprang vor mir einher. Ich starrte in einen Spiegel, sah in ihm eine dieser amputierten Frauen, in ein seidenes Leichenhemd gesteckt; ich streckte die Hand unter dem Umhang hervor, sie kroch auf mich zu mit glasigen Fingern.

Frauen rühren mich mehr als Kinder. Zwar hat der liebe Gott die Kinder auch nicht lange lieb. Zuerst schickt er ihnen Engel, die ihnen die Welt vorführen, als wäre sie ein einziger großer Schatz. Die beordert er beizeiten zurück, und die Welt wird zur Kloake. Aber ihr Europäer macht euch kein Bild, wie unglücklich Frauen auf Erden sind, diese großartigen Geschöpfe Gottes. Ihr habt das Bild der Muttergottes verschlissen, zu billiger Münze gemacht, auf Plakaten und Leinwänden verludert, habt ihr die Kleider vom Leib gerissen, die Beine gespreizt. Ihr könnt nicht mehr aus den Augen schauen vor geistiger Fettlebe. Ihr europäischen Männer tragt die Verantwortung für den Kult der Vergröberung, Vermännlichung der Frau, den Kult der Gewalt, der Unfruchtbarkeit von Seele und Körper. Wir aber sind noch übler als ihr. Wir begraben die Frau bei lebendigem Leibe. Eure Frauen haben wenigstens Namen, und sie können euch entfliehen. Unsere verschlucken sich an Erdbrocken, die Füße angeschmiedet in einer halb verschütteten Grube. Ich bin kein Heiliger, mein Herz verödet. Darum ziehe ich die Burka über, wenn ich für die Frauen bete. Um zu verstehen. Mich selber zu mahnen.«

Dann erzählte Haşem noch von einem Schönheitssalon in Islamabad, wo Frauen arbeiten, die von ihren Männern geschändet wurden – Säure ins Gesicht bekamen. An jede Burka ist ein altes, vor der Hochzeit aufgenommenes Photo geheftet, von dem dich ein hübsches Gesicht anschaut. Diese Frauen legen den Schleier schon deshalb nie ab, weil ihre verbrannten, geklammerten Gesichter zu Tode erschrecken können.

Seit ich wusste, dass Haşem sich als Wundertäter sah, konnte ich mir den Spott nicht verkneifen. Haşem verbiss sich jede Erwiderung. Aber lange hielt er das nicht durch. Als ich einmal nach der Inspektion dreier Tiefwasser-Bohrinseln im Schelf von Şahdəniz in den Şirvan zurückkehrte, mir den Staub der Reise vom Gesicht wusch, brummte ich mit gutmütigem Spott unter dem Handtuch hervor: »Und? Wie viele Lazarusse hast du wiedererweckt, während ich nicht da war?«

Kurze Pause, dann hörte ich Haşem auf einmal sagen: »Voblin lässt grüßen.«

Ich starrte ihn an mit offenem Mund, während er, Stühle umwerfend, aus dem Schuppen rannte.

Mehr bekam ich aus ihm nicht heraus.

Dass weder ich noch Kerry (den ich umgehend aufsuchte) vor Haşem je ein Wort über Voblin hatten verlauten lassen, muss wohl nicht gesagt werden.

Aschūradeh

1

Bis zu dieser Nacht hatte Kerry von der Falkenjagd nicht mehr gewusst als das, was einer mitbekam, der Haşem beim Hantieren mit dem Federspiel zusah und verfolgen konnte, wie ein Falke zur Jagd im Tamariskendickicht abgerichtet wird: stoisch in zehn, fünfzehn Metern Höhe einen Kreis um den anderen drehend, bis es uns gelingt, den Fasan aus dem Unterholz zu scheuchen.

Vor zwei Tagen nun war der Außenminister mit seiner Suite und ein paar Arabern auf dem Flugplatz aufgetaucht; Arm in Arm mit den Jungs vom amerikanischen Konsulat kamen sie übers Rollfeld gelaufen. Sie teilten Kerry mit, dass hier in Kürze die Landung einer saudischen Delegation zu gewärtigen sei, die von der Regierung die Genehmigung zur Falkenjagd in den Muğansteppen erhalten habe.

Kerry hatte eine Weile gebraucht, um zu entscheiden, ob er die Pferde scheu machen und uns von dieser Absurdität in Kenntnis setzen sollte. Aber in der Nacht vor dem Termin verflogen alle Zweifel, denn auf dem Flugplatz waren Militärs eingetroffen und gingen nach allen Regeln der Kunst zu Werke: Sie putzten und fegten, asphaltierten Wege und fackelten das Gras aus den Ritzen zwischen den Betonplatten, brachten die Navigationstechnik auf Vordermann (hierfür war ein Schwung erfahrener Dispatcher vom städtischen Flughafen herübergelotst worden), prüften die Landelichter und errichteten sogar einen Empfangspavillon mit Leuchtkasten darüber: *VIP – Welcome To Azerbaijan! – VIP*.

Von den Wüstenscheichs ist bekannt, dass sie am liebsten nachts fliegen. Als Kerry begriffen hatte, dass er in dieser Nacht ohnehin kein Auge zutun würde, gesellte er sich den zwei Typen vom Konsulat bei, Tom und Bruce, die einen echauffierten und zugleich deprimierten Eindruck machten und durchaus nichts dagegen hatten, dass dieser gutaussehende alte Matrose, noch dazu von höherem Rang, sie bei ihrer nervtötenden Mission etwas aufheiterte. Außer ihnen saß im VIP-Pavillon schon ein Grüppchen arabischer Diplomaten um den rustikalen russischen Samowar herum. Die englischen Seidenkrawatten waren gelockert, die Mienen sarkastisch, man trank den Tee mit Schuss. Sie begrüßten Kerry mit Handschlag, gossen auch ihm Tee ein. Zum Plausch kam es nicht. Mehrere Schützenpanzerwagen mit Leuchtfeuer an den Luken enterten den Flugplatz und die spiegelnden Flanken des Samowars. Trupps mit Maschinenpistolen polterten über den Beton: Dem Anschein nach war ein ganzes Mot.-Schützen-Bataillon abgestellt, die Landung der Delegation zu sichern.

Bei einem der Araber schnarrte das Funkgerät, er war noch dabei, seinen Kumpanen etwas auszurichten, als auch schon ein paar schwarze Stretch-Limousinen über die Piste fegten und an einem entlegenen Sektor Aufstellung nahmen. Der Bereich war von den Motschützen bereits abgeriegelt. Anscheinend war inzwischen klar, von welcher Seite die Flugzeuge landen würden. Sie standen vor dem Hangar am Pistenrand und sahen die Signallichter der eintreffenden Flieger im Schwarm zwischen den Sternen auftauchen, in Staffel, streng nach Protokoll: die Learjet-Regierungsmaschine, eskortiert von drei Boeings und einem Geschwader Lockheed Transporter C-130, paarweise, Schwanz an Schwanz. Sämtliche Passagiere genossen diplomatische Immunität. Kaum hatte die erste Maschine den Boden berührt und war unter den Scheinwerfern zum Stehen gekommen, wurde auch schon der rote Teppich von der Gangway ausgerollt. Alles lief hin und bildete einen aufgekratzten Haufen Schaulustiger.

»Die Stunde der Vergeltung ist da«, sprach einer der arabischen Diplomaten mit Erschöpfung in der Stimme. »Ich bin für ihre Unterbringung zuständig. Baku hat noch kein Ritz, und ich halte den Kopf dafür hin.«

»Werden Sie die Scheichs auf der Jagd begleiten?«, fragte Kerry.

»Gott bewahre!« Der Diplomat zog verstohlen seine Bügelfalte glatt. »Ich bin Vegetarier.«

Zwei Offiziere flogen die Gangway herab und paradierten im Stechschritt, glänzende Aktentaschen in der einen Hand, den Marschallstab in der anderen schwenkend. Im Gänsemarsch dahinter die nächste Umgebung des Scheichs: Kammerherr, Leibarzt, Protokollchef und so weiter – in wehenden kamelwollenen Beduinengewändern. Derweil kamen Wächter in Khaki von einer der Boeings herangeflitzt und bildeten auf der Piste eine bogenförmige Kette.

Die erste C-130 klappte die Kinnlade nach unten, ein Kasten-Lkw schob sich auf die Rampe, gefolgt von diversen Kleintransportern – rot, schwarz, weiß und kanariengelb. Auch die übrigen Flugzeuge waren in schneller Folge gelandet und wurden zügig entladen, im Nu staute und ballte sich das Material, grotesk viel Gequalm und Geknatter: Wasser- und Benzintankwagen, Zehntonner, Zoll für Zoll von der Rampe rutschend, formierten sich allmählich zu einer strengen Front; *Rangler*, *Range Rover* und *Land Cruiser*, sämtlich hochgerüstet zu größter Geländegängigkeit: offenes Verdeck, die muskulöse Federung extra angehoben, Stoßdämpfer mit extremem Federweg, große Räder mit bösartigen Profilen. Die Fahrer im Beduinenlook nahmen ihre Sonnenbrillen nicht ab, obgleich pechschwarzer Nacht war. Brüllende Motoren, kreischende Getriebe, zischende Bremshydraulik quälten die Trommelfelle. Mit der Armada, die sich aus den Schlünden der Flieger wälzte, wurden auch immer mehr Leute ausgespuckt, die mit Flaggen in den Händen die Entladung zu steuern suchten. Riesenhafte Generatoren gingen über die Rampe, Kühl- und Belüftungsaggregate, sogar ein mobiles Kino: kleiner Tieflader, auf den glupschäugige Lautsprechersäulen und eine dicke Rollleinwand montiert waren. »Die Scheiche sind in der Wüste gern autark«, kommentierte der Mann mit den zerknitterten Hosen. »Manche bohren sich gar einen artesischen Brunnen.« Dabei schüttelte er den Kopf, als könnte er so diesen unwirklichen Luxushöllenspuk vertreiben.

Durch das Tohuwabohu auf dem Landefeld war Kerry von Tom und Bruce abgedrängt worden, er ging auf die Suche und fand sie in einem Grüppchen aufgekratzter Beamter, das unter einer Tragfläche beieinanderstand.

»Niemand hat Erfahrung mit diesen Wanderpalästen, deshalb wagt sich keiner ans Abladen«, wisperte Bruce ihm zu. Kerrys Blick ging nach oben, und er sah eine gigantische Metallkonstruktion auf der Rampe klemmen. Es war ein Spezialtruck, aus dessen Haube eine vergoldete Krone hervorragte.

»Das ist ihr Jagdbrauch«, sagte Tom. »Schon König Chalid, schon Scheich Zayid haben im Zelt übernachtet.«

2

Interessiert es Sie, wie die Ruinen des Abşeroner Regiments »Welimir Chlebnikow« aussahen? Malerisch, muss man sagen. Um sie zu besichtigen, genügte es in jenen Tagen, sieben Kilometer hinter Salyan die Chaussee zu verlassen, durch den von einem Schlagbaum versperrten Torbogen mit der Inschrift *Shirvan National Park* zu biegen und von hier quer durch die Steppe zu brausen, geradenwegs auf die Wache am Heiligen Stein zu (was freilich bedeutet, beim Kurven um Büsche und Buckel unweigerlich ins Schlingern zu geraten.) Es dauerte nicht lange, und das Camp der Araber tauchte am Horizont auf und für eine Weile wieder unter, bis es plötzlich in überwältigender Größe vor einem stand: eine Vielzahl Kegelformen in Rot, Braun und Weiß, die sich vor der flächigen Kargheit der Steppe wie eine Herde Mammuts ausnahmen. Das Camp der Falkenjäger Seiner Majestät dehnte sich auf annähernd zwei Dutzend Hektar, angelegt in zwei konzentrischen Kreisen, was an Napoleons Feldlager in Ägypten denken ließ. Der innere Zirkel bestand aus dreißig großen Zelten, der äußere aus fünfzig kleineren, die etwas wie einen geschlossenen Festungswall ergaben. Außen standen Soldaten in Sweatern und Baretten von dunklem Khaki auf Wacht, im Inneren die Sicherheitsgarde des Prinzen Feyzullah, seines Zeichens Vorsteher der Saudischen Hofjägerei. Sämtliche Fahrzeuge waren säuberlich um das Lager herumgeparkt: Tankwagen, Geländejeeps, gelbe Abschlepper mit Hubwinde, eine mobile Autowerkstatt, ein Kühlwagen für das erlegte Wild. Weiße Satellitenschüsseln schauten wie Blendspiegel in die Steppe.

Der Oberfalkner stand mit einem Vogel auf der Faust am Eingang zum Camp und gurrte etwas in sein Handy, das er durch die Ghutra gegen das Ohr gepresst hielt. Für die Aufstellung und Einrichtung des Lagers hatte es nicht mehr als zwei Tage gebraucht. Etwa einhundert Falken befanden sich im Camp. Das leibhaftige Todesurteil für etwa zweitausend Kragentrappen im Şirvan.

Am Abend verfolgte ich von meinem Ausguck die Ankunft von Scheich Fahd leibhaftig (da war Kerry schon bei uns und hatte die Details berichtet); eine Prozession aus sechs Jeeps hielt vor dem größten, weißen Zelt, dessen Dach, reich mit Goldbesatz verziert, sich im Wind blähte, es blies die Backen auf, wölbte die Brust, ging zwischendurch in die Hocke, schien wegfliegen zu wollen. Umstellt war der Leinwandpalast von hochkonzentrierten Wächtern, die Kalaschnikow schaute unter dem Arm hervor.

Ich schaute auf die flatternden Zeltsäume, suchte im zuckenden Ornament einen Sinn zu lesen, ein Zitat des Propheten vielleicht. Hätte Haşem fragen können, aber der war nicht da … Und plötzlich ging mir auf, dass der mit Sprache versehene Stoff an ein Blatt mit algebraischer Rechenkunst erinnerte. Da hatten wir den Grund für meine Konfusion: Al-ğabr als die Erfindung der Tyrannei. Die Brücke von der Zahl zur Variablen niedergerissen. Was hinterm Gleichheitszeichen einer Hinrichtung steht – ob einer oder eine ganze Horde von Untertanen – es spielt keine Rolle.

Haşem war durch Evers von der königlichen Jagdpartie unterrichtet. Mochte es bis zuletzt nicht glauben, quälte sich mit der Frage, wer das Leck verursacht hatte: Robert? Einer von seinen Leuten? Später stellte sich heraus, dass Evers selbst der Schuldige war, er hatte sich in einem Bericht vom Vorjahr an markanter Stelle mit der Wiederherstellung der einschlägigen Kragentrappenpopulation als Leistung des ihm anvertrauten Nationalparks gebrüstet.

Während das Lager der Scheichs noch im Aufbau war, setzte Haşem mit Hilfe seines Kites so viele seiner Zuchttrappen wie möglich zur Nordwache um, wo er sie in eine getarnte Voliere steckte; Heger standen rund um die Uhr davor Wache. In Erwartung ihrer Evakuierung konnten die Tiere notfalls achtundvierzig Stunden ohne Fütterung im Gatter festgehalten werden.

Achtundsiebzig Falken der arabischen Scheichs, die zur Jagd zu empfangen dem Ökologieminister vom Präsidenten auferlegt war, wurden im Verlauf eines Tages von zwölf mit Schrotflinten bewaffneten Hegern an fünf mit Ölkuchen beköderten Futterstellen zur Strecke gebracht.

Nach jedem Abschuss wurden die Futterstellen verlegt, aber natürlich wuchs sich der Tumult so sehr aus, dass wir die Aktion abbliesen und unsere Aktivitäten auf den Rückzug und die Evakuierung der tausendköpfigen Trappenpopulation verlagerten. Die Vögel wurden alle miteinander in einen Laster geladen, mit dem wir, Abbas und Haşem und ich, noch in derselben Nacht Richtung iranische Grenze aufbrachen.

»Das Grässlichste auf den hiesigen Straßen sind die Kamele«, meinte Abbas, während wir auf Aschūradeh zuhielten. »Mit so einem Tier zusammenzustoßen ist furchtbarer als mit einem Auto oder einer Kuh, es geht viel häufiger tödlich aus, denn sein Skelett ist so beschaffen, dass es zu einem Haufen scharfkantiger Splitter birst, die einen wie Geschosse durchsieben.«

»Wie Igelstacheln. Wie die Pfeile des Heiligen Sebastian«, ergänzte Haşem.

Seine Spekulation war, dass die Scheichs es vielleicht nicht wagen würden, ihr Unwesen auf iranisches Territorium auszudehnen, wo das Recht nicht in diesem Maße käuflich war – zumal Aschūradeh unter Naturschutz stand: ein schilfumgürtetes Eiland im Golf von Astarabad mit dem dreieckigen Mauerrest einer Russischen Seewarte, die einst den Meeresraum und insbesondere die Telegraphenstation vor turkmenischen Piraten zu schützen hatte.

Einen Tag laden, einen Tag fahren, das ganze fünfmal. Zwei Wochen Lebenszeit.

Die Trappen deklarierten wir als Frankoline. Haşem wies den Grenzern jedes Mal ein gefaktes Begleitpapier über zweihundert Vögel vor (Kopfbogen der *Kooperative Hiljan* – mit fliegendem Flamingo nebst Adresse, Telefonnummer und Stempel, alles in Russisch), so passierte unser Zirkustransport unversehrt die Grenze. Nahe Bandar Torkaman gelangten wir ans Meer, schnallten das Boot vom Dach, bauten den Motor an. Die See war ruhig, ein leichter Wind wehte, der zunehmend kühler wurde. Von der Chaussee her kam eine Meute Hunde gerannt, jüngere Tiere zumeist, die unsere Fuhre bellend umsprangen, drinnen blieb den Vögeln womöglich das Herz stehen. Die Hierarchie der Rotte ließ eine Kolonne entstehen. Eine untersetzte Hündin mit krummen Beinen und hängender Zunge führte sie an, Riesenkopf und Riesenrachen, beinahe wie ein flachgedrückter Bärenschädel, die Schnauze voller Schrammen, in Abständen äugte sie hinter sich auf ein weit größeres Tier mit schönem Pferdekopf, gewölbter Brust und fahrigem Blick, an dessen Hals eine grässlich schwärende, schwarz nässende Wunde klaffte. Noch dahinter liefen zwei dürre Einjährige und eine Mama mit Hängebauch und bis zur Erde baumelnden Zitzen.

»Und es geschah, dass die Anwohner auf dem Sande am rechten Ufer des Atrak abfielen von ihrer Ergebenheit vor dem Zaren, wie zahllose verheerende Vergeltungsschläge sie vorübergehend bewirkt hatten. Und sie zeichneten mit ihren Spießen viele lange Linien in den Sand, die sollten besagen: Und wenn uns darob die eigenen Frauen untreu würden, die Russen lassen wir nicht kampflos durch. Einmal gar wurde die Seewarte auf Aschūradeh zu stürmen versucht. In zweiunddreißig Booten rückten die Turkmenen durch das Schilf zum nördlichen Ufer vor und traten nach zweistündigem Schusswechsel und anschließendem Hauen und Stechen den Rückzug an, ließen die Leichen dreier Stammesführer im Stich, nahmen dafür drei verwundete Matrosen, zwei Frauen und vier Kindern als Geiseln mit, welche ein nachsetzender Trupp gegen die Toten auslösen konnte. Die Boote der Piraten wurden aus Kanonen beschossen, einiges kurz und klein geschlagen, doch die Mehrheit schaffte es, in der Mündung des Atrak unterzutauchen«, so nahm Haşem, als die Hunde sich verzogen hatten, seine Lesung wieder auf. Es war das Heft mit Abichs Aufzeichnungen über Aschūradeh.

Die Trappen durften aufatmen und rührten sich wieder, das Verdeck war zunehmend von Gurren und Krächzen erfüllt. Haşem weichte Körner ein, zerrieb eine Handvoll Pillen im Mörser und hieß Abbas das Pulver sorgfältig unter das Futter zu mischen. Als die Sonne in die gestapelten Wolkenlängsstreifen überm Horizont sank, liehen wir uns bei Fischern ein Boot und starteten zu einer Erkundungstour zur Insel hinüber.

Der gesellschaftliche Zerfall hatte die Turkmenen wieder aggressiv gemacht, sie nahmen jetzt persische Touristen aus, aber auch Fischer, ihre Landsleute von der iranischen Seite: plünderten ihre Reusen, klauten Schleppnetze und Motoren. Darum ließ die Nähe zum turkmenischen Ufer es uns ratsam erscheinen, den Motor vom Heckspiegel zu nehmen und unter die Bank zu schieben, den Rest des Weges zu paddeln. Eine rostzerfressene Barkasse unidentifizierbarer Herkunft glitt still an uns vorüber: das Deck leer, durch das eingeschlagene Fenster der Kajüte sah man das Steuerrad beben, doch keiner stand dahinter; an den Wänden ausgeblichene Photographien von Schlössern mit Parks und Springbrunnen; irgendwelche bunten Klamotten; eine graublaue Rauchfahne wehte vom Heck, darüber rüttelte die Winde von dem kurzen Heringskescher, der als graue Strichellinie aus halbzerfressenen Schwimmern durch das Kielwasser zog.

Wir legten einen Schlag zu, fanden jedoch lange keinen Landeplatz an dieser unbewohnten Seite der Insel, da alles mit Schilf zugewuchert war. Still paddelten wir das Ufer entlang, gerieten immer wieder durch Wellen ins Schaukeln, Wasser schwappte seitlich ins Boot. Vor uns, zum Greifen nah, die Insel. Knochige, zottige Büffel wälzten sich im Schlick, erschraken, als sie uns sahen, brachen krachend durchs Schilf; ihre Augen glupschten wie glasige rote Äpfel.

Ein Gestrüpp aus Tamarisken und Ginster überwucherte brusthoch die ganze Insel, hie und da Inselchen sattgelb blühender Opuntien; aufflatternde fette Fasanen.

Haşem fing gleich an, Schlingen auszulegen, während wir endlich eine Felsnase zum diskreten Ausstieg fanden. Später dann konnten wir tatsächlich einen ergeben unterm Busch tockernden, aufgeblasenen Fasan aus der Schlinge nehmen und durften uns auf ein friedliches Abendmahl freuen: das letzte Licht über der silbern sich kräuselnden See, ein steter warmer Wind, Rauch aus der knietiefen Grube, glühende Holzkohle, darüber der auf ein Bündel nasses Schilfrohr gespießte Fasan – und ich hockte daneben, sortierte sein prächtiges Gefieder, legte die längsten und schönsten Federn beiseite, um sie in stiller Inbrunst zu betrachten wie der Samurai seinen Dolch.

»Eine Vogelfeder verbleicht niemals«, so Haşem, der eine Opuntiennadel als Zahnstocher benutzte. »Wie ein Teppich, der noch nach tausend Jahren genau das zeigt, was dem Künstler auf der Netzhaut brannte, zeigt sich dir die Feder allzeit so, wie sie das Auge des Jägers erfreute.«

Ich hatte vergessen, Salz einzupacken, und jetzt brodelte Wasser auf dem Grund des Kessels und leckte nach den weißen Schlieren, die sich schon an der Wand des Gefäßes abgesetzt hatten.

»Iss das Fleisch lieber ohne Salz«, riet Haşem. »Unser Meerwasser schmeckt bitter, fast nur Sulfate und Karbonate, kaum Chloride. Ungenießbar!«

Er war dabei, Tagebuch zu schreiben – ein altes, in Kaliko gebundenes Heft mit leicht gestrichenem Papier, liniert und vergilbt. Haşem schrieb in kleiner, gut lesbarer Schrift, manchmal zeichnete er etwas dazwischen, dann liefen die Zeilen um die Zeichnung herum, wie Wasserpflanzen einen Stein umranken.

Ich bestrich die Fasanenkeule mit dem ausgedampften Salz, biss ab und spuckte.

»Du wolltest es nicht glauben. Weißt du nicht mehr, wie dein Vater uns das Wassertrinken beigebracht hat? Das Kaspische ist nicht trinkbar. Ich hab das Schwarze Meer probiert und den Indischen Ozean, lässt sich alles trinken. Aber hier sind Sulfate drin. Brechmittel!«

Bei meinem Vater haben wir schwimmen gelernt. Kraulen vor allem – wie man richtig ins Wasser ausatmet, den Körper hinter den Arm bringt, die Beinarbeit. Wir wollten erst nicht, schluckten Wasser, es hat uns gewürgt. Wir streikten, mochten lieber Hundepaddeln, den Kopf hoch überm Wasser. Da beugte sich Vater nach vorn, legte die hohlen Hände zusammen, schöpfte Wasser und trank – ganz langsam und andachtsvoll. »So muss man das machen.« Die Demonstration hat gewirkt, wir gewöhnten uns daran, mit dem Gesicht nach unten zu schwimmen, auch wenn sein Kunststück keiner von uns nachmachen wollte.

»Haşem, sag mal: Was wird, wenn die Trappe hier auf der Insel zu brüten anfängt? Ob die Nachkommen hierbleiben oder wegfliegen?«

»Das hängt von der Futtersituation ab. Und vom lieben Gott. Sollte sich unter den Vögeln ein Kolumbus finden, dann wandern sie vielleicht aus – wenigstens zum Teil. Bis zum Festland ist es ja nicht weit. Aber der Winter ist hier gemäßigt, es besteht Hoffnung, dass die Population sich mit der Insel anfreundet. Als die Juden durch die Wüste gingen, waren ihnen die Flügel beschnitten. Moses hat gewartet, bis nur noch Jungvögel übrig waren, damit das Volk ins Gelobte Land fliegen konnte.« Haşem schob sein Heft in den Rucksack und lief zum Wasser, trieb sich lange dort herum; wenn ein Brecher ihn oberhalb der Knie erwischte, schwankte er.

Ich sah heimlich in Haşems Heft. Er hatte einen Schmetterling mit dreieckigen Flügeln gezeichnet, den auch ich am Morgen gesehen hatte: bunt wie ein Sarafan, weiß mit blauen und rosa Pünktchen, so hatte er auf einer Muschel gesessen und sich lange nicht gerührt. Auf der Insel Sarı damals war ich in einem Haufen solcher Schwärmer erwacht, nur dass die rot gesprenkelt waren. Da die Insel hier unter Naturschutz stand, war sie für Urlauber tabu. Es gab nicht einmal einen wachhabenden Heger, die Perser waren gern gesetzestreu und bedurften keiner Ermahnungen. Am häufiger aufgesuchten Ostende der Insel sah man überall noch halbverrottete Pfahlreihen im Boden stecken, sie zeichneten den Verlauf der alten Anlegestelle nach; in den letzten zwei Jahrhunderten war das Meer stark angestiegen und nachher wieder abgesunken, so dass die Fischerhüttchen von ehedem wieder zum Vorschein gekommen waren und zugeschwemmte, nun halb unter Dünen verborgene alte Barkassen. Erst eine, dann noch eine, die dritte entdeckten wir hinter einer verfallenen Hofmauer inmitten noch erkennbarer Gebäudereste, dem verfallenen großen Tisch, und das Meer noch auf Sichtweite, eine blitzende Scherbe.

Am Morgen des folgenden Tages sahen wir Fischer an der Ostseite ein Schleppnetz durchs Wasser ziehen. Der Fang schien beträchtlich zu sein, das Netz ließ sich kaum mehr bewegen, und die offenbar zum Familienbetrieb gehörenden Frauen waren damit beschäftigt, den zwischen den Pfahlstummeln wabernden Fisch von Hand auf den Sand hinauszuschleudern. Derweil saßen die Männer mit über der Brust geöffnetem Hemd im Schatten und rauchten, schauten verstohlen nach den Frauen in den nassen Kleidern, die, manche bis zu den Hüften, manche bis zur Brust im Wasser stehend, mit dem Fisch im Netz zu kämpfen hatten: Zander, Meeräschen und ein üppiger kupferfarbener Karpfen flogen durch die Luft, manch Schwergewicht klatschte wieder ins Wasser, andere landeten vor den Füßen der Männer, die nach dem quicklebendig flatternden Silber griffen und es, die Augen vor dem Rauchfaden zusammenkneifend, der aus der Kippe in ihrem Mundwinkel kringelte, hinter sich in den nassen Sand schmissen. Ich erinnerte mich an den wochenlangen Schmerz zwischen Daumen und Zeigefinger, da der Rückenstachel eines Karpfens mir dort die Hand durchbohrt hatte.

Diese fliegenden Fische fielen mir wieder ein, als wir dann die lodernden Trappen bündelweise mit dem Boot zur Insel brachten, einzeln losmachten und über die Brandung hinweg in Richtung Land schmissen; die Vögel, nass und pikiert, retteten sich flatternd aufs Trockene, schüttelten sich, liefen erregt hin und her, mussten sich vor einer besonders langen Welle in Sicherheit bringen. Von den kräftigen, schwieligen Trappenfüßen schmerzten die Hände.

Haşem trat und schlug mit dem Ruder nach ihnen, um sie ins Innere der Insel zu scheuchen.

Als wir die letzte Fuhre hinter uns hatten, sah er sich kein einziges Mal um. Anders ich: geknickt, den Vögeln nachtrauernd. Haşems Sorge war sozusagen von höherer Art. Der Verlust von zehn oder zwanzig Trappen, geschweige das Schicksal einer einzelnen bekümmerte ihn nicht. Er empfand keine besondere Zuneigung zur einzelnen Kreatur, ihm ging es ums Ganze, die Population – für sie gab er sein Leben hin; um ein Exemplar machte er kein Aufhebens. Darin lag wohl ein über- oder außermenschlicher Sinn, eine neue Art zu handeln, die einer gewissen Grausamkeit nicht entbehrte.

Bei unserer Rückkehr mussten wir feststellen, dass Abbas und das Auto verschwunden waren. Wir liefen den Strand ab, fanden Räderspuren, sie führten in Schlängellinie zur Chaussee. Wir waren schon einigermaßen verzweifelt, als wir das Auto vor dem Polizeirevier in Bəndər-Gəz entdeckten. Die Wachtmeister – schnauzbärtig und verbissen der eine, nur schnauzbärtig der andere mit einer Schale Datteln auf den Knien – trennten sich nur ungern vom Tricktrackbrett, um uns mitzuteilen, dass unser Freund, von Hunden angefallen, im Krankenhaus war.

»Abbas«, rief Haşem. »Abbas! Schläfst du?«

Abbas hob ein Lid. Die Pupille fand uns nicht. Kurz bewegten sich die Lippen, dann schloss das Auge sich wieder.

Wir verließen das Krankenzimmer. Der Arzt sagte, er habe siebenundfünfzig Stiche gemacht, der Blutverlust sei hoch, er habe einen halben Liter zugeführt, ein Biss sei in die Lenden gegangen, aber die Oberschenkelvene sei heil.

Während Haşem das Gespräch mit dem Arzt fortsetzte, einem schmächtigen Mann mit akkuratem Scheitel und einem verwegenen Bärtchen über der fahlblauen Lippe, der beständig etwas kaute, aber so diskret, dass man es kaum bemerkte, kehrte ich zu Abbas zurück. Er hatte sich aufgesetzt, ohne noch recht aus der Narkose erwacht zu sein, bekam nichts mit, am wenigsten mich. Wie in Zeitlupe zog er das Laken von sich ab, raffte den Pyjamaärmel, besah sich den geschwollenen Bluterguss am Ellbogen, die Bissspuren darin, entblößte den eingefallenen blassen Bauch, wo ein Sternbild aus Muttermalen sein verborgenes, schutzloses Leben führte. Das Gesicht mit den breiten Wangenknochen nahezu ein Dreieck, sonnenverbrannt, das Kinn selbst jetzt noch mit einer Spur von Hochmut gereckt, der Ausdruck in den stumpfen, blicklosen Augen immer noch herrisch. Ein markantes Gesicht, dem auch die Grimassen von Schmerz und Unglück nichts anhaben konnten. Ich roch das Jod. Abbas sah mich an, erkannte mich nicht, streckte die Hand aus, eine klägliche und zugleich beschwörende Geste, als wie: Sieh nur, wie sie mich zugerichtet haben. Ich musste daran denken, wie er uns – sämtliche Heger, die mit ihm den Bewässerungskanal gegraben – nach getaner Arbeit zu sich eingeladen hatte; wie wir uns aus dem Auto entknäuelten, ausgiebig einer nach dem anderen unter dem Schlauch wuschen und dann, schüchtern und ohne Schuhe, die Veranda betraten, wo er, stechend nach Schweiß riechend, schon am Tisch saß; wie Sona-xanım den Tisch deckte, zuerst ihm, dann den Gästen auftrug, länger als nötig an seiner Seite verweilte, den Geruch ihres Mannes mit bebenden Nasenflügeln einsaugend. Und dann sah ich, wie sie sich aufrichtete und zum Herd wandte, die schmale Taille verdrehte, sah ihren Oberkörper über der Brüstung der Terrasse flimmern, das sonnendurchflutete Weinlaub dahinter verdecken und wieder freigeben, und war geblendet.

Nach drei Tagen holten wir Abbas heim. Zweimal wechselte Haşem ihm unterwegs den Verband, bestreute Nähte und Wunden mit Chloramphenicol, das er zuvor mit Hilfe des Wagenhebers zwischen den Seiten seines Tagebuchs zerstoßen hatte. Abbas Lippen spannten sich, doch er hielt tapfer stand.

3

Der Abschuss der Falken führte dazu, dass eine Sondereinheit anrückte. Zurück von Aschūradeh, wurden wir alle drei verhaftet und ins Gefängnis von Bayıl gebracht, wo man uns so lange behielt, bis die Scheichs abgereist waren und die Aufregung sich gelegt hatte. Derweil erging der regierungsamtliche Beschluss, den Nationalpark Şirvan zu schließen und für ein paar Jahre einzumotten, man wollte Gras über die Sache wachsen lassen.

Das Abşeroner Regiment war aufgelöst, der Şirvan verlassen. Da keiner kam und uns verjagte, blieb ich dort wohnen mit Haşem am Hals, der inzwischen völlig übergeschnappt schien, und mit Therese. Zuweilen kam Abbas mit dem Motorrad, brachte Brot, Graupen, Gemüse. Auch Kerry kam vorbei, kriegte aber nicht viel mit, war vollkommen absorbiert von seiner neuen Liebe, sprach von nichts anderem.

Therese war unentwegt am Beten, kümmerte sich um Haşem, wenn er seine Zustände hatte, kochte für uns. Mir fiel es schwer, mit den beiden allein zu sein, ich floh in die Steppe.

Evers hatte das Tor abgesperrt, sein Büro geschlossen, vorm Zaun zur Straße hin in ganzer Länge Stacheldraht ausrollen lassen. Manchmal kam er angefahren, schaute stumm ein bisschen herum.

Nach Wochen ließ auch Elxan sich einmal sehen; die Heger seien alle beim Bau untergekommen, er sehe kaum noch jemanden.

Haşem war ein Anblick zum Gotterbarmen.

Seine Stimmungen wechselten jäh. Die meiste Zeit war er sanft und versonnen, den Tränen nah.

Ich durfte ihm nur nicht widersprechen.

Er sprang zum Beispiel auf und ging aufs Klo, kam heulend wieder: »Ich darf nicht aufs Klo gehen.«

Seit zehn Tagen weigerte er sich zu essen. Ich zwang ihn, dünnen Grießbrei zu schlucken.

Ich hatte Angst.

Einmal ging er mit dem Messer auf mich los. Ich hielt seinem Blick stand, erwartete den Angriff. Er besann sich, warf sich zu Boden, zuckte in Heulkrämpfen.

Und als hätte dies noch gefehlt: Eines Nachts konnte ich das Pulsen des Erdöls unter dem Şirvan hören. Von allen Seiten schob es sich heran, fiel schwer in die Schichten, ich spürte den Druck, hörte es brodeln und schäumen.

Ich fuhr in die Stadt, trieb Robert auf. Er holte Therese zu sich. Tage später war sie wieder da, ich sah sie durch die Steppe irren. Robert kam wieder, ich brachte die beiden an den Flughafen, sah durch das Panoramafenster zu, wie sie die Gangway zur gelbschwänzigen Lufthansa-Maschine hinaufstiegen: er den Arm um ihre Schultern gelegt, sie an ihn gelehnt, er küsst ihr das Haar; ich sah die Boeing 767 zur Piste rollen, ohne Stopp auffahren und beschleunigen, steil hob sie ab in den dunstigen Himmel hinein.

Zu zweit allein lebten Haşem und ich bis zum Frühling auf der Wache zum Heiligen Stein, von Abbas' seltenen Besuchen abgesehen.

Teymur

1

Al Akram Abdul sitzt auf dem Bettrand, ihn schmerzt der Kopf. Das Fenster steht offen, draußen ist ölige Nacht, die Laterne über den Müllcontainern, von Motten umschwärmt, sieht aus wie ein abgebranntes Streichholz, ein Streifen Brachland ist zu sehen und eine Kuh, die das Maul in eins der Löcher im Müllcontainer versenkt hat. Al Akram Abdul ekelt sich vor der Kuh. Sie ist so dürr wie meine Frau, denkt er. Treibt sich hier schon den zweiten Tag herum. Wer will die Milch von so einer trinken. Aber wahrscheinlich gibt sie gar keine, wovon auch, aus der Mülltonne ist nichts zu holen, und alles Gras ist verbrannt, nur Kameldisteln sind übrig. Al Akram Abdul hat vor einer halben Stunde eine Schmerztablette gekaut und geschluckt, grässlich bitter, aber sie hilft nicht. Indischer Dreck, denkt er, zum Wegschmeißen, früher ist der Schmerz nach einer Tablette gleich weggegangen, jetzt tut sich gar nichts. Diese Inder, alles Gauner, nichts können sie richtig. Genau wie die Vietnamesen. Seit dem Abendgebet will Al Akram Abdul der Schädel zerspringen, er hat es kaum nach Hause geschafft, die rote Sonne sitzt ihm noch im Hirn und brennt, am liebsten würde er jetzt seine Frau vergewaltigen und seine Schwester gleich mit. Vor vierzehn Tagen schon hat er das Fasten anberaumt, und trotzdem sitzen die zwei Scheusale den ganzen Abend vorm Fernseher. Ohne Ton zwar, weil er ihnen das Fernsehen verboten hat, den Apparat eigenhändig ausgeschaltet, aber sie, kaum dass er aus dem Zimmer ist, schalten ihn heimlich wieder ein. Wenn der Mann sich eine Pein auferlegt, hat die Frau gefälligst mitzuleiden. In alter Zeit ist die Frau dem Mann ins Grab gefolgt, und das hatte seinen Sinn. Mit bedächtigen Bewegungen nimmt er den Schemel, steigt hinauf und steht eine Weile still, die Hand in die Schranktür gekrallt, wartet, dass der Schwindel sich legt, dann dreht er behutsam, das Kinn zur Brust gezogen, die Sicherungen heraus. Sein Vater hat einst einen Starkstromschlag erlitten, da war Al Akram Abdul noch ein Kind; er war zu einer Havarie in eine Trafostation gerufen worden, hatte sich vertan und an den spannungführenden Trennschalter gegriffen, die Hand klebte fest, der Strom brannte drei Löcher hinein, knochentief, einen Monat lang strich er Salbe auf die Wunden, die Mutter wechselte die Verbände. Al Akram Abdul ist sehr gut im Einschrauben von Glühbirnen und Sicherungen, aber als Anführer gefällt er sich noch besser. Herrschen und Sich-Unterordnen, das sind nun einmal die Grundpfeiler der Religion. Für einen Mann gibt es nur die eine Art, gerecht zu leben: Er muss herrschen, und er muss dienen können. Macht auszuüben ist am reizvollsten dort, wo man sich nur noch Allah, dem Herrn der Welten, zu unterwerfen hat. Ihm und nur ihm sich zu unterwerfen heißt, über Menschen zu bestimmen, nicht bloß über Glühbirnen, das hat er frühzeitig verstanden. Gefiel sich darin, zu reden und zu sehen, wie die Menschen seinen Worten folgen, wie ihnen der Mund offen steht, ohne dass sie es merken.

Schüler hat er genug, aber es sind alles Nullen, ihretwegen wird er gewiss keinen Ruhm erlangen, so wie ein Grundschullehrer nicht Akademieprofessor werden kann, und sei er noch so begabt. Und sowieso war sein Volk die längste Zeit viel zu zahm und friedlich, von fruchtbarer Erde genährt. Satter Boden macht träge. Jetzt aber, da sein Land arm ist wie nie zuvor, jetzt kann die Saat aufgehen. In den Auls trifft man noch auf die wahren Eiferer des Glaubens. Ende der achtziger Jahre, als der Iran sich verstärkt um den islamischen Grenzgürtel von Lənkəran und Naxçıvan kümmerte, ist viel Geld in die Aufklärungsarbeit geflossen. Das hat er gleich richtig gesehen und nicht lang gefackelt. Damals ist aus Vahid Hacımov Al Akram Abdul geworden. Er reiste durch die Auls der vernachlässigten Grenzregion, sprach mit dem Volk. Bis die Ayatollahs sich irgendwann enttäuscht zeigten von Aserbaidschans neuer Regierung, die Teheran gewiss irgendwann an die Amerikaner verraten würde, wenn sie es nicht bereits tat. Da versiegte das Geld. Er war schon knapp davor, nach Russland zu gehen, Kursk zum Beispiel, auf irgendeine Baustelle. Träumte davon, sich dort noch eine Frau zu nehmen, eine Russin. Bloß gut, dass dann bald die Bozkurtlar kamen, die »Grauen Wölfe«. Die pantürkische Bewegung flutete in die verarmte, verödete, verwüstete Stadt. Er sah Ağcas Kugel im Geiste schon fliegen, die nächste nach dem Schuss auf den Papst. In deren Windschatten hatte er sich damals nicht gleich getraut, aber weitergebracht hatte sie ihn letztlich doch, als Querschläger sozusagen. Nun ist er gut in der Spur. Solange er drinbleibt, verdient er sein Geld. Aber wenn er will, dass das noch eine Weile so weitergeht, muss er selbst aktiv werden, die Spur vertiefen. Heutzutage ist es meist das eigene Unglück, das die Leute zum Islam bekehrt, die Not macht aus einem jungen Mann rasch einen alten, der sich Gott zuwendet. Armut ist ein unversiegbarer Brennstoff, wenn auch auf kleiner Flamme. Wie kann der Durchbruch gelingen? Wie gewinnt man einen zum Helden? Wie zieht man einen Märtyrer groß? Die Amerikaner nehmen uns unser Öl, doch sie sind es auch, die das Brot geben. Das sehen die meisten so, auch wenn sie es nicht gut finden. Wie schafft man es trotzdem, Al Akram Abdul zu sein und diesen Namen zu verdienen? Was tun, damit man in der Türkei von dir spricht, im Iran von dir gehört hat, dich nicht nur in den Dörfern rund um Baku kennt, sondern auch in den Bergen?

Mit Frauen spricht er prinzipiell nicht. Frauen verstehen nicht die einfachsten Dinge, weil sie immer gleich einen Schreck kriegen. Ihnen kann man nur mit Gesten Bescheid geben. Blinzelnd schraubt Al Akram Abdul die Sicherungen heraus und hört es im Dunkeln kreischen, er tappt zur Küche und will die Schöpfkelle greifen, vergreift sich in der Eile, hat auf einmal das Nudelholz in der Hand. Das ziept auch ganz ordentlich und macht schöne Geräusche. Im Flur fängt er Frau und Schwester ab. Haut sich im Eifer selber einmal auf den Ellbogen. Das Nudelholz ist leicht, aber hart. Köpfe rauschen gegeneinander. Die Frauen wimmern nur noch und sind dann still. Aber plötzlich geht das Kreischen von neuem los, es ist die Schwester, die greinend von dannen zieht, sie heult immer viel mehr als seine Frau. Das kommt, weil sie keinen Mann und keine Kinder hat, so ist der Jammer groß, und sie hat nah am Wasser gebaut. Jetzt sind die Kinder aufgewacht und fangen auch gleich zu plärren an. Da geht er doch lieber raus ins Treppenhaus, da wird ihm gleich leichter. Die Luke zum Dachboden steht wieder mal offen. Er klettert aufs Dach hinaus. Allah hat eine Menge Sterne angezündet. Die Kuh hat sich unter die Laterne schlafen gelegt, Hufe unterm Bauch. Die Pose bringt ihn auf ungute Gedanken.

Al Akram Abdul geht zu Bett. Erst im Schlaf hört der Kopfschmerz auf. In der Nacht träumt er von einer Kuh. Sie hat sich durch seinen Schädel gefressen, schlabbert sein Hirn – und das, während er sie melkt. Die Zitzen sind straff und rau, es kommt keine Milch. Hernach verwandelt sich die Kuh in eine Frau.

Am Morgen geht der Schmerz von neuem los, kaum dass er seinen Tee getrunken hat. Er kann aber doch nicht nüchtern aus dem Haus gehen. Er legt den Pyjama ab, zieht das Gewand an, bindet den Turban neu, geht die Treppe hinab und überquert hochmütig den Hof, lässt die Gebetsschnur dabei durch die Finger gleiten. Den Gruß der Nachbarn erwidert er mit einem flüchtigen Nicken. Bis zur Moschee sind es drei Haltestellen mit dem Trolleybus.

Nach dem Gebet lesen die armen Sünder im Koran, wiegen sich inbrünstig im feurigen Singsang. Wie er es sie gelehrt hat. Wie er es selbst getan, als er in der Türkei studierte. Er geht durch die Reihen seiner Schüler, wacht über sie, korrigiert hie und da. Einer – ein schmaler Kerl mit verlorenem Blick, fürs Lernen absolut unbegabt, ein sanftmütiger Stotterer, nichtswürdig, schlicht und zugleich ein vollkommener Knecht Gottes, hebt jäh den Kopf von den Seiten, erstarrt in dieser Pose. Es braucht seine Zeit, bis Al Akram Abdul sich seines Namens entsinnt.

»Was gibt es, Məhəmməd Ağa?«

Der Mann schweigt, während die Grimasse des Stotterns seine Züge verzerrt; dann schleudert er die Worte, rotzt sie beinahe hervor:

»Meine Tochter ist eine Hure.«

»Dann bist du ein schlechter Vater, Məhəmməd Ağa«, erwidert Al Akram Abdul nach kurzem Besinnen.

»Ich weiß, mein Lehrer. Sie lebt mit einem Amerikaner.«

»Du bist ein schlechter Vater, Məhəmməd Ağa.«

»Das bereue ich, mein Lehrer. Sie will mit ihm nach Amerika.«

»Du bist ein schlechter Vater, Məhəmməd Ağa.«

»Ja. Schlechter als ein Hund.«

»Wie alt ist sie?«

»Vierzehn, mein Lehrer.«

2

»Lass Kerry in Frieden«, erwiderte Haşem, als ich mich ereiferte, der Kerl sei wohl nun endgültig übergeschnappt. »Ein Ami, der sich eine kleine Asiatin kauft, ist doch nur das getreue Abbild der materiellen Übermacht des Westens über den Osten.«

Jetzt, wo das Mädchen endgültig seine Frau geworden ist, hat Kerry den Flugplatz satt und zieht ans Meer, mietet eins der alten Nobelschen Pfahlhäuser mit geräumigem Wohnzimmer und umlaufender Galerie im Obergeschoss, ganz für sie beide allein. Am Wochenende sitzt er tagsüber mit seinem Notebook dort oben, weil draußen zu viel Sonne ist. Güzel liegt nackt unten auf dem Sims des hohen offenstehenden Fensters, vor dem sich in Breitwand die Schlacht der niedrigen See mit dem flachen Ufer abspielt; manchmal trottet eine Kuh vorbei, oder ein Rudel streunender Hunde schnürt mit hängender Zunge in den flimmernden Dunst hinein. Es riecht nach faulem Tang und Salz – dieser ganz eigene Geruch, der dem Uferstreifen, seiner Kruste aus Sand und Schlamm mit dem grauen Belag, entströmt.

Kerry sagt: »Komm rauf zu mir, ich muss dich sehen.«

Einmal – und es wird das einzige Mal gewesen sein, dass er darüber nachdachte – überkam ihn der Drang, für seine Liebe ein Bild zu finden. Und er sagte sich: Nehmen wir an, sie hätten mir den Brustkasten geöffnet, und ich senkte die Augen und sähe mein Herz blank liegen: faustgroß, lebendig, stark und ohne Schutz – ich verginge vor Zärtlichkeit und Bange, legte die Hände darum, deckte es zu, bebte und betete zu Gott: Behüt es! Genauso sehe ich sie: wie mein eigenes Herz. Und mich befällt eine große Angst …

Güzels Vater Məhəmməd Ağa hat Kerry mit seinen Besuchen auf dem Flugplatz gepiesackt. Alle sollen sehen, wie er den Amerikaner in die Enge treibt. Auf dem Nachhauseweg prahlt er mit dem Geld herum und erzählt den Nachbarn, wie er es dem Yankee gezeigt hat, der seine Tochter zu ehelichen gedenkt. Der arme Kerl hat keine Ahnung, dass Kerry sich nur aus Höflichkeit zurückhält; er hat vor nichts und niemandem Angst. Ein Soldat alter Schule, Navigationsoffizier zur See, Kreuzerkapitän auf großer Fahrt gegen die Russen, soll Schiss haben vor einem elenden, beschränkten Asiaten? Morgen werden sie selbst zu ihm in die Kolonie fahren. Kerry wird ihn zur Rede stellen, in der Höhle des Löwen. Er wird ihm vorschlagen, die Angelegenheit einer endgültigen Lösung zuzuführen. Güzel ist zumute, als wäre morgen Hochzeit.

Die Stadt verliert sich an ihren Rändern in Brachland und Müllkippen, mit den Slums als fließenden Übergängen. Unter einem gespaltenen, wie einarmigen Olivenbaum stehen ein paar wild gestikulierende Frauen einer Gruppe Polizisten gegenüber, deren Auto steht daneben. Erst aus der Nähe wird klar, dass es sich um keine Konfrontation handelt, man palavert über alles und nichts.

Kerry zückt die Kamera, photographiert die demolierten Autos im Umkreis. Manche scheinen noch zu fahren, aber die meisten dienen als Lagerräume, wie eine Art Kommoden zur Aufbewahrung von Fahrradfelgen, Bauhelmen, zerschlissenen Matratzen, verrosteten Nähmaschinen … Vorhängeschlösser hängen wie Ohrringe in angeschweißten Bügeln.

Sie überqueren die Straße und betreten das glutheiße, uferlose Terrain der Kolonie. Hier gibt es weder Straßen noch Hausnummern, hinauszufinden wird schwierig sein, man fühlt sich wie im Ameisenhaufen. Ein Wasserturm ist auf Kilometer hin die einzige Orientierung, an der sich alle Gassen mehr oder weniger auszurichten scheinen. Sie sind noch keine zehn Schritt gegangen und schon von einer Horde Kinder und junger Männer umringt. Letzteren weiß Güzel den Zweck ihrer Visite auseinanderzusetzen, worauf sie ohne weitere Nachfrage von ihnen ablassen. Bei den Kindern ist das schwieriger. Jungs fragen höflich nach Zigaretten, Güzel reicht ihnen ihre

Schachtel, von den dünnen Damenstengeln sind die Bengel restlos begeistert. Kaum dass sie den Photoapparat entdeckt haben, fangen sie an zu posieren, fletschen die Zähne zum süßesten Bollywood-Lächeln. An jeder Hütte begegnet Kerry das gleiche Lächeln, das gleiche Hallo. Die Traube der Halbwüchsigen erweist sich als Puffer, die Züge der entgegenkommenden Erwachsenen werden milder. Man übt Small Talk in Russisch und in Englisch. Es wird gehüpft, gelacht, ins Haus geladen.

Schließlich sind sie am Ziel. Güzel jagt die Jungen davon. Der Vater empfängt sie streng. Güzel wird den Tee zubereiten und geht nach hinten auf den Hof.

Kerry nippt am Tee und unterbreitet Məhəmməd Ağa die Bitte, seine Tochter zur Adoption freizugeben, damit er sie in die Vereinigten Staaten mitnehmen könne. Er bietet ihm zwanzigtausend Dollar Auslöse.

Schnell ist Kerry wieder draußen, schreitet von dannen. Sie läuft lange schweigend neben ihm her.

Schon kommen die Gören wieder angelaufen.

Sie hebt die Augen, sucht Kerrys Blick. Der schüttelt den Kopf.

3

Leerer Strand, leeres Meer: grün schimmernd in der Ferne, in Ufernähe trüb und grau. In den angrenzenden Buchten erscheint das Flachwasser von weißen Furchen schraffiert: hochschäumende Brecher, die sich zwischendurch glätten und am Ufer wieder aufbäumen. Bänke aus blankgespülten grauen Muschelschalen liegen da wie faule Kater, die Pfoten unter die Brust gezogen, und lassen sich von der Brandung herumschleifen, ein ohrenbetäubendes Geräusch. Über diesen scharfkantigen Splitt läuft man besser nicht barfuß. Ein Stück landeinwärts ist festerer Sand abgelagert, vom Wind glatt gefegt, stellenweise salzüberkrustet. Das Gespinst der Kameldisteln allüberall, Tamariskeninselchen. Zwei ineinander und an ein Bäumchen gekrallte Rolldisteln flattern nervös, wollen endlich voneinander los.

Ein umgedrehtes Boot, die Rippen grob mit Bitumen verpicht, Laufnasen an den Rändern. Eine Mauer aus Schlackenbeton, die Krone eines Feigenbaums dahinter, die vielfingrigen Blattfächer verschatten die oberen Fenster von Abbas' Haus, das am Rand der Siedlung Port-Iljitsch steht. Ein paar junge Männer, adrett gekleidet in weißen Hemden und langen Hosen, schleichen die Mauer entlang. Vor dem massiven Stahltor mit den zwei aufgeschweißten fünfzackigen Sternen bleiben sie stehen. Einer zieht sein Handy, drückt ein paar Tasten.

Im kühlen, schummrigen Zimmer hallt Kinderlachen – Abbas' Klingelton. Er holt das Handy hervor.

Abbas: Am Apparat. Ich höre. (Pause.) Was redest du da? Wasch dir den Mund. Was seid ihr für Dreckskerle, mit so dreckigen Reden. Das sind meine Gäste. Ich warne euch, ich warne euch sehr.

Haşem: Was wollen sie, Efendi?

Abbas: Ihn wollen sie. Ich hab ihnen gesagt, sie sollen sich da raushalten. Solange ihr in meinem Haus seid, wird euch kein Haar gekrümmt.

Haşem: Das glaub ich nicht. Ruf lieber die Polizei.

Abbas: Wozu Aufsehen erregen. Ich sage doch: Sie kriegen es mit mir zu tun.

Kerry und ich wechseln einen Blick.

Vor vier Tagen ist Kerry an der Nordwache aufgetaucht, um in den Ländereien des zerschlagenen Abşeroner Regiments Zuflucht zu suchen. Er liebe dieses Mädchen, so erklärte er Haşem, Abbas und mir, er liebe sie so sehr, dass er sein Leben für sie hergäbe, und sobald sie volljährig sei, möchte er sie heiraten und mit ihr nach Kalifornien gehen.

Haşem sah diskret zu Güzel hinüber. Sie trug Jeans und eine Bluse mit Achselklappen, ihr Gesicht war verheult, die Mundwinkel hingen, sie drückte ein Taschentuch vor die geschwollene Nase.

»Congratulation«, sagte Haşem trocken, trat einen Schritt nach vorn und drückte Kerry die Hand.

»Aber es gibt Probleme«, sagte Kerry, und Haşem nahm den Schritt zurück, um zu hören.

»Vor fünf Monaten ist Güzels Vater Məhəmməd Ağa zum ersten Mal bei mir auf dem Flugplatz aufgetaucht. Güzel hatte ihm unsere Beziehung gebeichtet und gesagt, sie will nach Amerika, bittet ihn um Erlaubnis. Mohammed Ağa verlangte Geld von mir, ich gab ihm welches, von da an kam er wöchentlich. Ich bat ihn, nicht öfter als einmal im Monat zu kommen, bot an, das Geld zu bringen. Aber das wollte er nicht, drohte bei der Polizei anzuzeigen, dass ich ein Verhältnis mit seiner minderjährigen Tochter habe. Ich musste seinen Forderungen nachkommen. Seither überlege ich, was ich tun soll. Ich kriege das Mädchen nicht außer Landes. Ohne sie abreisen möchte ich nicht. Ich bin alt genug, um mein Glück nicht aufzuschieben. Also bleibt mir nur, an ihrer Seite zu bleiben und zu warten, bis sie volljährig ist.«

»Ihr könntet auf einer der Wachen wohnen«, sagte Haşem. »Das würde euch selbstverständlich nichts kosten. Ich fürchte nur, es bliebe nicht lange geheim. Du weißt, dass ich hier nichts mehr zu bestimmen habe. Vernünftiger wäre es, wenn Güzel hierbliebe. Ich würde Sona bitten, sich um sie zu kümmern.«

Abbas nickte. »Das wird sie tun.«

Kerry ließ also Güzel bei Abbas, kam sie alle drei Tage besuchen und übernachtete manchmal auf dem Rückweg bei uns im Şirvan. Sein Misstrauen hatte zugenommen, er fuhr Umwege, seit er neulich mitbekommen hatte, wie sich an der Wendeschleife der Straßenbahn in Nasosny ein beiger Schiguli mit kaputtem rechtem Scheinwerfer auf seine Fersen gesetzt hatte. Kerry war in Gefahr. Ein höflicher Polizeibeamter hatte ihn auf dem Flugplatz aufgesucht und informiert, dass bei der Kripo ein Hinweis eingegangen sei, demzufolge er, Kerry Nortrap, mit dem Verschwinden der Güzel Salixova etwas zu tun haben könnte. Daraufhin schrieb Güzel zwei Briefe, einen an den Vater und einen an die Polizei, worin sie kundtat, dass ihr Untertauchen freiwillig und ohne Zwang erfolgt sei. Kerry war sichtlich deprimiert und hing an der Flasche. Ich versuchte ihn zu zügeln, was er mit bitterem Lächeln quittierte:

»*Be cool, man.* Das ist nur, um bei Laune zu bleiben.«

»Kerry, ich glaube, du solltest abreisen und Güzel vergessen«, sagte ich einmal ganz unverblümt.

Sofort sah ich Panik in seinen Augen lodern.

»Wo soll ich denn hin …«

Kerry war ins Trudeln gekommen, ich wusste ihm nicht zu helfen.

Haşem war draußen im Şirvan, mit sonst was beschäftigt, ließ sich kaum einmal auf der Nordwache sehen; bisher hatte er meine Berichte über Kerrys Zustand angehört, sich aller Kommentare enthalten, beim letzten Mal aber, als ich ihm sagte, nach Kerry werde gefahndet, wurde Haşem nachdenklich, setzte sich hin und betete. Aus der Versenkung fahrend, stieß er hervor:

»Kerry muss weg. Sprich mit ihm.«

»Hab ich schon. Da geht kein Weg hinein. Er will wohl unbedingt Prügel beziehen.«

»Ich fürchte, dazu wird es gar nicht kommen«, sagte Haşem.

Am selben Abend stieß Haşem zu uns, als wir – Schurik, Pjotr, Abbas und ich – mit Kerry am Feuer saßen. Sie verstanden ihn kaum, ich übersetzte, so gut es ging.

Kerry griff in immer kürzeren Abständen zur Flasche, bot sie auch Schurik und Pjotr an. Schurik lehnte eisern ab, während Pjotr gottergeben seinen Schluck nahm, den Mund mit dem Ärmel wischte und immer wieder mit demselben Spruch kam:

»Gutes Gift vom bösen Feind!«

Ich war genervt, übersetzte nur noch widerwillig.

Und Kerry zog eine neue Flasche aus dem Rucksack, die Heger lehnten höflich lächelnd ab, Kerry ließ den Verschluss knacken.

Haşem hatte noch kein Wort gesagt, da ging Kerry ihn auch schon an. Sein Blick so herausfordernd, dass es mir einen Stich versetzte.

»Ah, unser Prophet! Meine Hochachtung«, begann er und schwenkte die Flasche. »Ein Schlückchen in Ehren werdet ihr mir nicht abschlagen? Ich hätte ein paar Fragen auf Lager, die tät ich gern loswerden. Vielleicht macht euch das Antworten ja sogar Spaß, weil …«

Mit schnellen Schritten war Haşem vor Kerry hingetreten, der sich erhob und ihm die Hand zum Gruß hinhielt, Haşem nahm

ihm die Flasche aus der anderen, und hielt sie sich an die geschlossenen Lippen wie ein Trompeter sein Horn. Der Whiskey floss ihm
übers Kinn in den Kragen, das Uniformhemd dunkelte ein. Kerrys
Hand wollte instinktiv nach der Flasche greifen, blieb aber in der
Luft hängen, sie Haşem zu entreißen wagte er nicht.

»Knapp vorbei ist auch daneben«, brummte Schurik und schüttelte sich.

»Ich höre, Captain«, sagte Haşem. Er schleuderte die leere Flasche
zur Seite und setzte sich neben Kerry. Seine Hosen waren ordentlich
durchnässt.

Die Heger wagten sich nicht zu rühren. Nur Abbas verzog schmerz-
lich das Gesicht und maunzte, als die Flasche zu Boden klirrte.

»Ja also, ich hätte da mal eine Frage, die hat kosmische Ausmaße …
oder auch nicht, wie mans nimmt, ich weiß nicht, mir brennt sie
jedenfalls auf den Nägeln …«

»Fragen können Sie mich alles, nur mit einer Antwort müssen Sie
nicht rechnen«, sagte Haşem.

Kerry nickte, zog den Kopf ein und fing an, sich zu erklären. Lag
es am Widerschein des Feuers auf seinem Gesicht, oder war es der
Moment der Offenbarung – ich sah plötzlich, wie sehr Kerry gealtert
war. Seine kräftige Gestalt erschien auf einmal ausgezehrt, Schatten
unter den Augen, er ließ den Kopf hängen, auch wie er die Brille zu-
rechtrückte: eine Altmännergeste … Sowieso hatte er die Brille früher kaum getragen, erst hervorgezogen, wenn er das Notebook auf-
klappte – jetzt saß sie verloren auf seiner Nase. Gesehen hatte ich
außerdem, wie ihm die Hände zitterten, die Lippen bebten, wenn
er Güzel behutsam übers Haar strich.

»Eigentlich ist die Frage sehr kurz. Christus, mein Gott und euer
Prophet, hat bekanntlich physisch eine Menge durchgemacht. Er
hat ganz außerordentliche Qualen ertragen, darüber wissen wir alle
Bescheid, nicht wahr …« Kerrys Augen flackerten durch die Runde.

»Wissen wir«, bestätigte Haşem und nickte.

»Und was wir außerdem wissen, ist, dass es zu Seiner Zeit und
davor und danach massenhaft Kreuzigungen gegeben hat. Den Bar-
Kochba-Aufstand zum Beispiel, den die Römer niedergeschlagen

und dabei drei Viertel der jüdischen Bevölkerung gemeuchelt haben. Die Straße nach Gaza war gesäumt von Kreuzen, an denen Aufständische hingen ... Meine Frage ist: Hat Jesus sich davon beeindrucken lassen? Hat Ihn sein Gewissen gequält? Der Gedanke macht mir Bauchschmerzen, Er könnte sich nicht bekümmert haben um die Qualen und das Leid der Mitmenschen, Er könnte fühllos gewesen sein im Glauben und bewusst in den Tod gegangen, der kein schneller Tod war, doch ein erlösender. Warum stehen Seine Seelenqualen nirgends beschrieben? Hat Er Angehörige verloren? Vater, Mutter, eine Geliebte? Waren sie krank, starben sie? Dass ein jeglicher Mensch, der jemals auf Erden gelebt, Ihm gleichermaßen der Nächste gewesen wäre, muss man mir nicht weismachen. Das wäre eine zu primitive Erklärung, durch nichts zu begründen. Wenn der Herr alle geliebt hat, warum hat er dann nur Ihn zu seinem Sohn erwählt? Warum ist nicht jedermann Gottes Sohn? War der Mensch zu der Zeit wirklich so primitiv, dass das Glück sich im körperlichen Wohlergehen erschöpfte? Oder sollten die Gläubigen nichts von der Seele gewusst haben? Ist dem Glauben der Wunsch nach schmerzloser Existenz genug – nach dem Motto: Hauptsache gesund, sorglos und wohlhabend? Das glaube ich nicht! Es wäre ein gar zu königlicher Tod ...!«

»Hoho, jetzt zeigt ers uns aber, wie?«, entfuhr es Schurik, als ich zu Ende übersetzt hatte, und es klang so begeistert, dass Abbas missbilligend die Brauen hob.

Alles schwieg. Kerry rührte in der Glut.

»Also, ich weiß nicht, wie sich das verhält«, fuhr er fort. »Wenn ich wüsste, Er hat nicht an Leib *und* Seele gelitten, käme mir mein kleines Leben ziemlich sinnlos vor und das große Universum auch.«

Aller Blicke richteten sich nun auf Haşem. Der schwieg und sah ins Feuer. Die Steppe ringsum grummelte mit ihren Nachtstimmen vor sich hin. Ihre Endlosigkeit fühlte sich an wie ein Schild, wie ein Altar.

»Your question remains unanswered«, sagte Haşem in blitzsauberem Englisch. »Und du« – an mich gewandt – »übersetzt das nächste Mal gefälligst genauer.«

Sprachs, erhob sich behende und verschwand zielstrebig in der Dunkelheit.

4

Zwei Tage nach Kerrys und Güzels Besuch in der Kolonie klopfte frühmorgens ein Mann in Turban und Kittel an die Tür des Pfahlbaus. Verschlafen öffnete Kerry, musterte den Fremden und sagte eine Weile nichts.

»Kerry Nortrap?«

»Der bin ich. Worum gehts?«

»Mein Name ist Al Akram Abdul. Ich komme in geschäftlicher Angelegenheit.«

Kerry ließ den Mullah ein und setzte sich ihm gegenüber. Kämpfte mit dem Gähnen, hätte sich am liebsten den Krug Limonade aus dem Kühlschrank gegen die Stirn gepresst.

»Sie lieben die Tochter des verehrten Məhəmməd Ağa?«

Das passable Englisch des Würdenträgers machte Kerry misstrauisch. Er ging nun doch nach der Limonade, kam mit zwei Gläsern wieder.

»Ja, ich liebe das Mädchen«, sagte er und reichte dem Mullah ein Glas. Der schüttelte den Kopf.

»Können Sie sich vorstellen, dass demnächst einige Busse vor der amerikanischen Botschaft vorfahren, und Leute steigen aus mit Plakaten, auf denen steht: US-Söldner Nortrap vergewaltigt ein minderjähriges Kind unserer Nation. Wie fänden Sie das? Welche Gedanken gingen Ihnen durch den Kopf?«

Das Englisch des Mullah war zu gut, als dass man sich hätte verhören können.

Kerrys erste Regung war, dem Mullah den Limonadenkrug über den Schädel zu ziehen. Dafür hatte er sich bereits erhoben. Statt dessen trat er aber doch lieber vor die Tür. Der beigefarbene Schiguli mit dem kaputten rechten Scheinwerfer stand neben dem Laternenmast, vor der Fahrertür lagen schon mehrere Kippen. Der Fahrer, den Kopf gegen die Stütze gelehnt, den Arm im geöffneten Fenster, rauchte.

Kerry nahm wieder dem Mullah gegenüber Platz, trank einen Schluck Limonade und noch einen.

Nach dem dritten, ausgedehntesten Schluck stellte er eine Gegenfrage.

»Wie viel würde es kosten, dass kein Bus mit solchen Plakaten vor der Botschaft auffährt?«

»Zweihunderttausend Dollar.«

Kerry musste sich schon wieder beherrschen, um nicht zuzuschlagen. Er starrte auf die tiefe Furche im Kinn des Mullahs.

»Und welche Garantie hätte ich, dass Sie hinterher niemals wieder hier sitzen?«

»Mein Wort.«

Kerry hörte oben die Schlafzimmertür knarren.

»Wie finde ich Sie?«, fragte er in etwas milderem Ton.

»Ich komme auf Sie zu«, erwiderte der Mullah, stand auf, zog unter den Schößen seines Gewands einen Packen Photos hervor, wog sie kurz in der Hand, legte sie auf die Sofalehne und ging.

Kerry trank seine Limonade aus, fuhr sich mit der Hand unters Shirt und kratzte sich die Brust.

Draußen fuhr ein Auto weg.

Güzel kam die Treppe heruntergerannt, stürzte zum Sofa. Wüste Verwünschungen gegen den Mullah ausstoßend, sah sie schnell die Photos durch, warf sie zu Boden. Kerry saß auf dem Sofa und überschlug, wie viel Geld er flüssig machen konnte, wenn er sein Rentenkonto leerräumte. Einhundertvierunddreißigtausend abzüglich einundzwanzig Prozent Steuern, was blieb unterm Strich? Egal, jedenfalls wurden keine Zweihunderttausend draus.

Am späten Abend des dritten Tages kam der einäugige Schiguli, nachdem sein Bündel Fernlicht eine Weile von der Chaussee her durch die Nacht auf sie zugetanzt war, neben dem *Reserum* zum Stehen. Kerry saß davor, hatte schon ordentlich getankt, ihn schwindelte ein bisschen. Hastig schlürfte er die Pfütze getauten Eises aus seinem Whiskeyglas. Güzel, die, den Kopf an seiner Schulter, auf das Rauschen des Meeres gehört hatte, zog sich ins Innere des Hauses zurück. Al Akram Abdul stieg aus dem Auto, kam heran, blieb ein Stück vor Kerry stehen. Der Commander stellte das Glas auf der Stufe ab.

»Ich habe einhunderttausend Dollar für sie«, verkündete er. »Die Summe bin ich zu opfern bereit, damit Sie verschwinden.«

»Sie haben nicht gut zugehört. Die Rede war von zweihunderttausend.«

»Hundert.«

»Das ist bedauerlich.«

Der Mullah warf einen Blick hinter sich. Dann sagte er mit dünnem Lächeln:

»Vielleicht sollten Sie noch einen Kassensturz machen.«

Da war Kerry schon aufgesprungen, stolperte. Aber die Beine des alten Matrosen hielten den Rumpf im Gleichgewicht, und die letzten beiden Schritte genügten Kerry, um ein bisschen Kraft hinter seinen Schlag zu kriegen.

Der Uppercut warf den Mullah um. So hatte Kerry die Scharte in des Priesters Kinn doch noch ausgebügelt.

Al Akram Abdul musste einmal umgreifen, um sich zu erheben. Der Fahrer kam ihm entgegengeeilt, half ihm auf die Rückbank. Kerry ließ die Finger knacken und nahm schwankend wieder auf den Stufen Platz. Beim Anzünden der Zigarette bemerkte er, wie seine Hände zitterten, grinsend sah er sich das an. Das Meeresrauschen propfte ihm die Ohren.

Das war Freitag gewesen. Am Dienstag fanden sich zwei Busladungen Männer vor der Pforte zum Flugplatz ein und hielten vor den Augen der Wachhabenden eine Demonstration ab. Sie protestierten gegen die Vergewaltigung ihrer Töchter durch die Amerikaner.

Zu der Zeit war Kerry im Hangar dabei, Güzel in die Logistik der Lagerhaltung einzuweihen. In der Nacht, als wieder alles still war, fuhren sie nach Baku, schliefen getrennt in zwei Hotelzimmern. Den nächsten Tag verbrachten sie im Şirvan.

Am Morgen darauf begab Kerry sich zur Botschaft. Dort war man bereits über die Unruhen am Flugplatz informiert und wollte, dass er sich erklärte. Kerry wies alle Beschuldigungen von sich. Man zeigte ihm die Photos, die er schon kannte: mit Güzel in verschiedenen Cafés, auf einem hat er den Arm um sie gelegt. Tate Anderson, Beamter der Sicherheitsabteilung – junger Mann mit Manieren, schmales Gesicht und Lennonbrille, ein raues Timbre in der besonnenen Stimme –, war nicht versessen auf Details, ließ ihn nur wissen, dass man Probleme dieser Art nicht dulden könne, und würde der Konflikt nicht beigelegt, sähe man sich zu seiner Abberufung gezwungen.

Nein, dass Mädchen könne nicht mit ihm ausreisen.

»Ich sehe keinen Ausweg«, schloss Kerry seinen Bericht und fasste sich um die Schultern.

Tage später hielten zwei Kleinbusse auf dem Busbahnhof von Salyan, dem Männer mit schwarzen Transparenten entstiegen. »Ehrlose Ungläubige schänden unsere Töchter!«, so brüllten sie im Chor. Zwei Stunden später das gleiche Schauspiel vor dem Tor zum Nationalpark. Haşem, Abbas und ich gingen hin. Die zwei Anführer, auffallend bullig angesichts der eher hungerbrüstigen Schar, verlangten die Herausgabe des Amerikaners, wurden in Abständen hysterisch, fingen an, sich auf der Stelle zu drehen und, wenn sie sich heiser geschrien hatten, die Hände zum Himmel zu heben. Manche hatten Stahlruten dabei, Stücke von Armiereisen. Haşem raunte Abbas zu, er solle die Polizei rufen. Zwei Streifenwagen erschienen. Da entstieg auf einmal Al Akram Abdul einem der Busse, sprach kurz mit den Polizisten, und die fuhren wieder davon.

Haşem ging auf den Mullah zu, doch der hatte augenscheinlich keine Lust, mit ihm zu reden, verzog sich in den Bus. Haşem stieg hinterher. Nach einer Weile kehrte er zurück, ohne etwas erreicht zu haben. Ging nach drinnen.

»Wenn sie den Nationalpark stürmen, drehe ich ihnen einzeln den Hals um«, sagte Abbas.

»Güzel und Kerry müssen noch heute auf die Ostwache umziehen. Wir igeln uns dort ein. Wie viel Munition haben wir?«

»Ein Kilo Kartätschen, drei Kilo Schrot, eine Tasche Pulver.«

»Das ist zu wenig. Ilja, du fährst in die Stadt. Im Jägerei- und Fischereibedarf in der ?zizbəyov-Straße kaufst du fünf Kilo Kartätschen, zehn Kilo Schrot und zehn Tüten grobes Salz. Pulver, Hülsen und Propfen habe ich da. Kriegst du das weggetragen?«

»Sicher.«

Am Abend langte ich völlig verausgabt auf der Ostwache an, warf den Rucksack ab und streckte mich auf der warmen Erde aus. Kurz darauf kam Elxan angefahren und holte mich zu Abbas nach Port-Iljitsch. Ein unvorhersehbares Malheur war geschehen: Sona-xanım hatte die Situation auf ihre Art ausgelegt und Güzel überredet, noch einmal mit dem Vater zu reden. Ohne den väterlichen Segen sei das Leben doch ohnehin nichts mehr wert ... Wer konnte wissen, was einer Sona so durch den Kopf ging! Ich solle bedenken, dass Güzel noch ein Kind sei ... Jedenfalls war Sona, ohne ihren Mann zu fragen, mit ihr losgefahren. Zurückgekommen war sie allein.

Hals über Kopf rasten Kerry und Haşem zur Kolonie und hatten alle Mühe, Güzel den Händen ihres Vaters wieder zu entreißen.

5

Teymur Ağıngırzadə, der seit achtzehn Jahren mit seinen vier Brüdern unter einem Dach lebt und im Winter in einem gemeinsamen Zimmer, hat sich diese Woche den Platz am Bettrand erkauft, weil er in letzter Zeit nachts ziemlich oft aufs Klo muss. Abends gibt die Mutter ihm einen Aufguss aus getrockneten Hühnermagenhäuten zu trinken, und die Brüder lachen sich insgeheim scheckig, wenn er das Zeug, giftgelb wie kranker Urin und gallebitter, mit angewiderter Grimasse schluckt. Der Schlafplatz am Außenrand hat ihn zwei Karten, Kreuz sieben und Pik neun, aus dem erotischen Kartenspiel gekostet. Bald steht die Hochzeit Kamals, des zweitältesten Bruders, an, und alle Gespräche vor dem Einschlafen drehen sich um die Braut, die noch keiner gesehen hat. Im Scherz lassen die Brüder sie abwechselnd als Vogelscheuche und als Märchenfee erstehen. Erstere hat Haare auf den Schultern, und auf dem Rücken wuchern Pilze. Letztere zu beschreiben fällt ihnen schon schwerer. Manchmal springt

Kamal erbost auf und bietet ihnen Prügel an, aber dann kriegt er sich wieder ein und lacht mit.

Keiner außer ?hmed, dem Ältesten, hat eine Berufsausbildurg. ? hmed fährt einen Kranwagen und ernährt die Familie damit. Die jüngeren Brüder studieren den Koran und mögen ihren großen Bruder nicht allzu sehr. Zumindest in Gegenwart anderer tun sie jedoch unterwürfig und schmeicheln ihm – von ihm hängt ja ab, wie bald sie das Geld für die eigene Hochzeit zusammen haben werden. Der Vater ist vor vier Jahren gestorben, aber erst im vorigen Jahr hat ?hmed ihnen das Geld für die Grabeinfassung gegeben. Den Stein für das Grab hat Teymur selbst geschliffen und war sehr zufrieden damit. Er hat auf dem Bau mit der Schleifmaschine umzugehen gelernt: nicht zu wild und ohne viel Druck, dann wird die Fläche wie von selbst eben und glatt.

Heute ist Teymur zeitig aufgewacht, er hat von der Karodame geträumt. Fuhr mit ihr in die Berge zu den Thermalquellen und durfte zusehen, wie sie in dem überdachten Becken schwamm, sich durch die heißen Nebelschwaden treiben ließ, später hat er sie geküsst, ist aber wie immer aufgewacht, bevor seine Lippen ihre Haut berührten, und hat aufs Klo gemusst. Dann ging der Traum weiter, er hat zur Peitsche gegriffen und ihre unerträgliche Nacktheit im Wasser gezüchtigt … Daraufhin ist er nun endgültig wach, geht nach unten, sich waschen; er hat es eilig, in die Moschee zu kommen: Abdul, der Mullah, hat junge Männer einbestellt, man will es dem Amerikaner zeigen. Teymur springt auf die Hofmauer, balanciert darüber hin zum Schuppen, greift sich den mittleren Hammer aus der Werkzeugkiste, wirft ihn zurück, packt den großen Schmiedehammer und rennt auf die Straße. Kommt als Letzter zur Haltestelle, erwischt den Bus gerade so. In der Moschee hat Mullah Abdul seine Predigt eben beendet, Teymur findet eine Lücke, kauert nieder, atmet auf. Ein Griff an den Bart, dann beugt er sich mit den anderen nach vorn und stimmt ein in den Chor: »Iləhə illallahu …«

Kurz nach sieben beginnt auf Abbas' Hof der Hexensabbat. Aus dem Fenster des Obergeschosses, wo wir die Nacht verbracht haben, kann man sehen, wie ein schweißnasser Mann in zerrissenem Hemd einen Vorschlaghammer gegen das Tor wuchtet.

Das Spektakel zieht sich vier zähe Stunden lang hin. Abbas presst sich die Fäuste gegen die Schläfen, hält sich zwischendurch die Ohren zu. Das Dröhnen der Hammerschläge hallt einem in der Brust wider. Abbas hat seine Neffen um Hilfe gerufen, doch sie sind unbewaffnet erschienen, schnell hat die Meute sie verjagt. Auch ich verstopfe mir die Ohren, so gut es geht. Die Polizei war schon da, wodurch der Lärm für kurze Zeit aufhörte. Abbas hat schon dreimal auf dem Revier angerufen, es heißt, man habe Verstärkung in Baku angefordert. Abbas geht Sona beruhigen, Haşem geht austreten, Kerry auf dem Sofa nimmt plötzlich die Hände vom Gesicht, springt auf, ist mit seinen langen Beinen im Nu an der Treppe, Güzel springt gleichfalls auf und schreit gellend, Kerry fliegt, virtuos den Handlauf nutzend, die Wendeltreppe hinab, ich versuche ihn daran zu hindern, er schleudert mich beiseite. Ich will Haşem zu Hilfe holen, hämmere an die Toilettentür. Dann jage ich hinunter. Kerry ist schon dabei, das Tor aufzusperren. Ich habe die Mitte des Hofes erreicht, als der Hammerschläger in den Hof hereinstolpert, ein Jüngelchen mit irrem, gehetztem Blick, er sieht sich um, die Unübersichtlichkeit macht ihn zögern, er versucht anscheinend zu erraten, wer von uns der Amerikaner ist. Tastet nach dem Hammer am Boden, ohne uns aus den Augen zu lassen, braucht eine Weile, bis er ihn hat, kriegt ihn nicht mehr hoch, geschweige über die Schulter, kämpft mit dem Hammer wie ein Betrunkener.

»Dschih-had-d-!«, gellt die Meute.

»Haşem! Haşem!«, brülle ich ins Haus hinein.

Im Handumdrehen hat die Menge sich um uns geschart, nimmt uns in die Mangel. Taumelnd zieht Kerry einen Packen Geldscheine aus der Gesäßtasche, hält ihn den Belagerern in der hohlen Hand hin. Sie halten inne. Stille tritt ein. Auf einmal hört man jemanden gepresst etwas rufen, das nach Verwünschungen klingt, ein schmales Männlein in löchrigen Hosen springt Kerry vor die Nase, zieht die Hand hinter dem Rücken hervor, bewegt sie nach vorn, als hielte er Kerry etwas hin. Zieht die Hand zurück, stößt sie wieder vor, diesmal mehr von unten nach oben, und noch einmal, einen Schritt näher auf den Leib gerückt. Kerry fasst sich an den Bauch, schwankt, kippt mir in die Arme. Gott, was für ein schwerer Mann. Jetzt erst kommt Haşem geflogen; der Mann, der Kerry angegriffen hat, springt ihm entgegen, führt sich die Klinge mit der stumpfen Seite über die Wange, Haşem tritt ihm in den Bauch. Die Menge stöhnt auf, doch etwas hält sie zurück. Der eine oder andere bückt sich verstohlen nach den blutigen Hundertdollarscheinen. Abbas will Haşem abdrängen, aber der fällt erneut über den Mörder her. Der Bus hat den Motor schon laufen, fährt an. Das Männlein ist unverletzt aufgesprungen, fingiert einen Gegenangriff, springt im letzten Moment zur Seite und auf das Trittbrett des Busses. Kerry kommt nicht mehr auf die Beine, ich schleife ihn über den Hof, stürze, raffe mich auf. Wir triefen beide vor Blut.

Der Notarzt kommt nach einer Stunde. Dann dauert es noch drei Stunden, bis eine Blutkonserve gefunden ist. Um 22:47 Uhr hört das Herz von Commander Kerry Nortrap zu schlagen auf.

6

Kerrys Sohn Greg kam aus San Diego, um die Leiche zu überführen; circa dreißig, nicht sehr groß; dem Vater ähnlich sehend. Schweigend ließ er sich die Umstände schildern, durch die sein Vater zu Tode gekommen war. Der Rückflug ging am nächsten Tag. Frühmorgens klopfte er an meine Zimmertür im Hotel.

Ob er das Mädchen vielleicht sehen könnte?

Ich führte ihn in die Kolonie vor Məhəmməd Ağas Haus.

Güzel kam heraus, in ein schwarzes Tuch gehüllt. Die Augen verheult, bebende Lippen.

Greg bot ihr die Hand, sie musste die Finger erst unter dem Stoff hervorwühlen.

Der Drachen

1

»Die Kragentrappe, die im 20. Jahrhundert durch die Beizjagd so gut wie ausgerottet war, hat sich im Şirvan diskret und mit Erfolg wiedervermehrt«, berichtet Haşem. »Währenddessen haben die Araber ihre Scouts nach Kasachstan, an den Aral und sogar in den Altai geschickt, weil sie annahmen, dass die Trappe ihre Zugwege grundlegend geändert habe. Doch sie ist überall extrem selten geworden. Von den Scouts fuhr jeder in zwei Wochen seine drei-, viertausend Kilometer ab und setzte Fähnchen auf dem GPS-Gerät, wo er Kragentrappen hatte fliegen sehen.

In den vier Jahren, die wir im Iran tätig waren, haben Fərrux und ich ganze drei Exemplare fangen können, zwei Weibchen und ein Männchen, und schon das war ein Wunder. Wir brachten sie in den Şirvan und steckten sie in eine mit zehn Volleyballnetzen bespannte Voliere. Und wir hatte das Glück, dass es damals bei uns eine Heuschreckenschwemme gab und die Trappen sich daran sattfressen konnten, so dass der Fluchtreflex erst einmal gedämpft war. Die ganzen fünfzehn Jahre habe ich Kragentrappen gezüchtet und mich sehr angefreundet mit dem hübschen Tier. Ich habe versucht, Balaibalan mit ihr zu sprechen, habe Muğame gesungen und Gedichte gelesen, sie ermuntert, sich bei uns einzuleben und fortzupflanzen. Nicht dass ich sie zum Sprechen gebracht hätte – aber sie zu halten habe ich gelernt.

Irgendwann hatte ich dann diesen Geistesblitz und begann an meinem Plan zu basteln, den ich den Amerikanern zu unterbreiten gedachte. Der Kerngedanke war, den Prinzen in die Wüste herauszulocken. Dazu war die Hubara gut. Eine Lockhead S-130, vollgepackt mit Trappen. Sagen wir, achthundert Stück, die wäre ich zu opfern bereit gewesen. Heikle Angelegenheit, man hätte sie erst einmal zu siebt bis zehnt in die Käfige bringen müssen und die Käfige im Flieger öffnen. Bei dieser Prozedur und den anschließenden zwei Stunden Flug wäre vermutlich schon ein Dutzend der Tiere an Stress gestorben.

Ich malte mir bildhaft aus, in dem Frachtraum zugange zu sein: völlig verkotet, von allen Seiten klatschen Flügel, pickt es auf dich ein, die leeren Käfige wandern durch den Raum, in den einen trittst du hinein, der nächste kommt auf dich gefallen, du weiß nicht mehr, wo hinten und vorne ist …. Bis man sich irgendwann beruhigt hat, dahockt und zusieht, wie auch die gurrenden, flatternden Schönen zur Ruhe kommen, Flaum schwebt durch den Raum, das Wasser plätschert in die Tränke, der Vogelkot brennt auf deiner Haut … Und dann geht die Luke langsam auf, denn wir sind da. Die Rampe senkt sich automatisch, ein paar Vögel purzeln gleich darüber hinweg, aber die anderen denken nicht daran auszufliegen, flattern nur ängstlich und drängen gegen die Rippen des Flugzeugrumpfs. Mit einer Leine gesichert, spaziere ich umher, schnappe mir einen Vogel nach dem anderen und schleudere ihn über Bord in die brüllende Finsternis. Wir fliegen in achthundert Metern Höhe …

Eine Woche später die gleiche nächtliche Fuhre noch einmal. Nach kurzer Zeit erreicht den Prinzen die Kunde, dass die Kragentrappe wieder aufgetaucht sei. Er kann der Verlockung nicht widerstehen und geht mit seinem weißen Falken auf Jagd. Drohnen, die das Gelände rund um die Uhr scannen, entdecken ihn, peilen und ermitteln die telemetrischen Daten des Senders, den der Falke im Gefieder trägt. Zwanzig Minuten später erreicht der Tomahawk-Marschflugkörper, abgeschossen von einem vor den Bahrein-Inseln liegenden Kriegsschiff, sein Ziel …

Dies war mein Plan.«

2

Ein Schwarm schwarzblauer Drosseln wabert über den Teppich aus Steinbrech. Erregtes Geschrei und Geplänkel, Hüpfen von Stein zu Stein, ein sich unentwegt verschiebendes Vieleck aus orangenen Schnäbeln.

So geraten die Vögel in die Nähe des Lagers, wo eine Handvoll Leute betulich ihre Siebensachen packen und zum Aufbruch rüsten. Ein großgewachsener Mann mit schönem, traurigem Gesicht hat auf einem Stein gesessen, von dem er sich nun erhebt. Seine Arme, unproportional lang wie bei Statuen auf hohen Podesten, baumeln gegen die Schenkel; bleich von den vielen Waschungen und der wenigen Handarbeit, heben sie sich von dem schmutzigen Kittel ab.

Eine ältere Frau mit dunklem Teint rollt gleichmütig die Schlafmatten ein, knüpft flink die Schnur darum, sammelt Plastikschüsseln, Becher, leere Cola-Flaschen auf; eine von ihnen trägt einen weißen Filteraufsatz mit Schlauch und Gummiball.

Ein etwa zehnjähriger Junge, dem Vater wie aus dem Gesicht geschnitten, stellt sein Diabolo-Spiel ein, wickelt die Schnur um die beiden Griffe.

Zwei Stunden später birst der Himmel, wird der Länge nach aufgeschlitzt von einer Pflugschar, die in Wahrheit eine Rakete ist: ein länglicher Feuerball, in der Mitte etwas dunkler, fast wie ein Nadelöhr; alle Luft im Umkreis wird davon eingesaugt. Die Wüste ächzt. Doch sie übersteht es. Was kann Sand und Stein, zu deren Erschaffung Wind und Wellen in Hunderttausenden von Jahren so viel Energie verbrauchen, wie alle Rüstungsvorräte der Welt nicht hergäben, nicht den hunderttausendsten Teil davon – was kann denen schon geschehen?

Ein paar erstarrte Stelen aus geschmolzenem Sand um die Einschlagstelle. Pfützen von verharschtem Quarz.

An diesem Tag haben die Drosseln eine neue Rakete auf sich gezogen: der letzter Schrei der Waffenbauer, sechs Mal schneller als ein »Tomahawk«.

Der Mann mit dem traurigen Gesicht, wie er merkt, dass der

Fremdkörper im Anflug ist, bleibt stehen. Hebt die Arme. Felsen und Schluchten streben abwärts, werden klein und immer kleiner, werden Geröll und Schotter, Wüstengraupeln zu seinen Füßen. Er strebt der Rakete entgegen, macht einen Bogen um sie, nähert sich ihr von hinten, nimmt sie bei den Zügeln und lenkt sie vom Lager ab. Die Explosion läutert seinen Brustraum, macht ihn klar. Er wächst in den Himmel hinauf. Das schwarze Lichtöhr pulsiert in seinem Bauch. Am Ende kommt er zu sich, schüttelt sich und kehrt ins Lager zurück. Zählt die Schritte. Eintausendvierhundertachtundzwanzig werden es.

Er kehrt zurück zu Frau und Kind. Die Sachen sind gepackt, der Junge hat sein Diabolo wieder herausgeholt, lässt es tanzen. Die gelben Plastikhalbschalen fallen auf die schwingende Schnur. Der Junge hätschelt das Gerät, wiegt es, lässt es springen, kreuzt die Arme, hüpft von einem Bein aufs andere. Das Diabolo kreiselt und tanzt.

Eine Viertelstunde später sind sie unterwegs. Bald schon nähern sich vom Horizont glupschäugige Libellen mit glimmrigen Aureolen. Leichenfledderer springen ab, laufen in alle Richtungen.

Er aber streckt sich aus auf einem flachen Stein. Die vom Stein gespeicherte Wärme zieht ihm angenehm ins Kreuz.

Er sieht den Himmel, der noch staubig und aufgewühlt ist von der Explosion.

Die Sonne rutscht durch die Schwaden, die sich langsam zerstreuen.

Er erinnert sich, wie im Winter ein Bote von A. Q. Khan zu ihm kam. Wie er mit ihm am Feuer saß. Draußen pfiff der Wind, schob den Rauch zurück in die Höhle. Den ganzen Winter über rann ihm Eis durch Mark und Bein. Eigentlich hat er damals tatsächlich etwas ausrichten lassen wollen, doch er verbiss sich jedes Wort. Hörte nur zu.

Und winkte am Ende ab.

Der Bote biss sich die Zähne an ihm aus, zog sich zurück in die Dunkelheit der Nacht. Er aber zog das Sturmgewehr unter der Matte hervor und setzte dem Boten einen Einzelschuss ins Genick.

Drehte ihn um. Das Lagerfeuer glomm auf von einem Windstoß,

färbte die weißen Augäpfel rot. Dem Jungen war ein Lächeln ins Gesicht gefroren, Grimasse der Angst.

Er riss ihm die Schnur vom Hals, zog aus dem ledernen Futteral das Papierröllchen mit den geheiligten Lettern, küsste es und schob es in seine Tasche. Am Morgen beschwerte er den Leichnam mit Steinen.

Heute ist ihm klar, warum er damals keine Botschaft mehr zu übermitteln hatte. Zwischen ihm und der Menschheit sind alle Brücken abgerissen. Sein Tod würde den Kampf nicht schwächen. Dass er den Hass immer noch symbolisiert, ist eher zufällig als sein Verdienst. Jedes andere Symbol ist genauso zufällig.

Also hatte auch der Bote seine Schuldigkeit getan.

Ein Gewächs, das keine Wurzeln hat, lässt sich nicht entwurzeln. Seit vier Jahren schon lebt er das Nomadenleben seiner Vorväter. Setzt sich in keinen Jeep mehr. Diese Fahrzeuge werden von sonst woher geliefert, in jedem kann ein Satellitensender verborgen sein, den man übersieht. Auch auf eine Leibwache hat er verzichtet. Sich von der Welt zu isolieren, das ist jetzt sein Ziel. Mit der Wüste zu verschmelzen. Es funktioniert ganz gut. Jetzt ist er genauso unbezwingbar wie sie. Die Wüste lässt sich nicht erobern, nicht in Schutt und Asche legen.

In den Höhlen gibt es keinen Unterschied zwischen Tag und Nacht, die Zeit hat das Netz der Finsternis über ihn geworfen, wie der Sand die verlassene Siedlung verweht. Er ist es müde, darüber nachzudenken, was Allah von ihm will. Was wollte Er von diesem Juden damals? Er ahnt es schon: Der Unterschied ist der, dass der Jude nicht Bescheid wusste – anders als er. Und dieses Wissen ist sein Fehler.

Die Wüste ist ein Ort, wo das Leben keine Normalität ist. Die Wüste ist mehr darauf aus, Leben zu vernichten, als es hervorzubringen.

Staub, Sand und Stein – was ist das? Was außer Produkten der Erosion? Wozu sind sie bestimmt, wenn nicht zur Ausmerzung von allem Organischen?

Die Wüste ist die Hölle – und das nicht nur, weil es höllisch kalt und höllisch heiß darin ist. In ihr kann man nicht vor sich selbst fliehen. Die Geometrie der Wüste ist der Punkt. Eine Bewegung darin ändert nichts, du bleibst von Sand und Stein umgeben, unter demselben Himmel, im selben Punkt der Existenz. Auch wer die Wüste überlebt, lässt sich darin zurück. Es gibt keinen Kerker, dessen Zellen finsterer, dessen Mauern undurchdringlicher wären – in beiden Richtungen – als das eigene Ich.

Seine ersten Feldlager hatte der »Prinz« mit der Falknerei getarnt. Jeden Morgen entließen die Falkner ihre Vögel in die Lüfte. Und man durfte sicher sein, dass die Spionagesysteme des Gegners diesen Vorgang registrierten.

In jüngster Zeit hatten die Kundschafter des »Prinzen« stets Falken dabei, an denen sie ihre Überwachungskameras anbringen konnten, wodurch man über Dutzende Kilometer hin den Überblick behielt.

3

Bald nach Liquidierung des Nationalparks gingen im Şirvan seltsame Dinge vor. Ich fing an, Erdöl zu hören; anfangs fauchte und fiepte es aus großer Ferne, näherte sich mit jedem Tag, ließ mich schon nicht mehr schlafen. Das Öl schwappte unter den Şirvan! Haşem kam eines Tages mit der Nachricht, dass im küstennahen Meer ein größerer Ölfleck aufgetreten sei. Ein Schlammvulkan war zum Ausbruch gekommen, der Öl führte. Mit eigenen Augen sah ich eine Familie Gazellen, die bis zum Knie mit Öl beschmiert waren, schwarz bestrumpft preschten sie in geringem Abstand an mir vorüber.

Haşem fand immer mehr ölverklebte Tiere, Vögel und Reptilien, die dem Tod nah waren.

Im Winter war ich noch einmal in Artjom gewesen. Auf dem Rückweg fing es plötzlich an zu schneien. Nie, kein einziges Mal im Leben, hatte ich hier Schnee gesehen. Die Pumpschwengel, die noch nickenden und die erstarrten, standen schlagartig in putzigem Weiß, wie überzuckert, während das Meer durch die schneeschweren Hängewolken schwarz erschien. Und ich begriff: Ein Leichentuch war herabgefallen. Ich war auf dem Begräbnis meiner Kindheit zugegen. Weißer Pulverschnee auf dem schwarzen Spiegel des Öls.

Den ganzen Januar blieb es kalt und windig. Die jungen Gazellen gingen zugrunde, suchten die Nähe zu unseren Wachen. Ihre erstarrten kleinen Leichname fanden sich in der Steppe, wie sitzende Statuen. Gefrorene Augen, die unter der Messerklinge tönen.

Wir waren hilflos. Aber wenigstens wieder beisammen. Zogen umher, suchten die Antilopen auf einen Haufen zu treiben, damit sie einander wärmen konnten. Baten die Bauern, ihre Schafe in den Şirvan zu treiben, vielleicht konnten sie sich mit den Antilopen zusammentun, ihnen mit ihrem dicken Vlies Schutz bieten.

Das Unglück der Gazellen schob meine Abreise hinaus.

Schließlich war der März da. Wir atmeten auf.

4

Im April stieß Haşem, der sich gefangen zu haben schien, im Şirvan auf merkwürdige Spuren, die er nicht zuordnen konnte. Das Rätsel löste sich, als er einen Falken über der Steppe schweben sah – einen weißen. Der Vogel kam bis über die Wache geflogen, drehte ein paar Kreise, glitt dann in Richtung Meer davon.

Die Erkundung ergab: Der »Prinz« war mit einem Schnellboot gekommen. Sein Lager stand direkt am Meer, in der Nähe des Olivenhains, wo das Abşeroner Regiment immer seinen Geburtstag gefeiert hatte.

Haşem wurde einsilbig. Er zog in die Steppe hinaus, kam drei Tage nicht zurück, ich fand ihn am vierten vor den Toren von Jericho, wie er der aufgehenden Sonne gegenübersaß und meditierte.

Die Steppe war am Erwachen, Knospen platzten, Vögel schlugen Lärm.

Als wir den Falken das nächste Mal sahen, schlichen wir uns an. Nach zwei Stunden fanden wir eine günstige Stelle in einer Senke, von wo aus das Lager der Araber mit dem Fernglas einzusehen war, das Boot lag gleich dahinter. Nach einer Weile stieß Haşem neben mir einen leisen, verwunderten Pfiff aus. Er galt einem hochgewachsenen Araber mit Kufija, der auch mir bekannt vorkam. Aber ich wollte meinen Augen noch nicht trauen.

»Ist er das?«, fragte ich Haşem.

»Ich bin mir nicht sicher.«

»Doch, das ist der! Anscheinend hat er sich das Gesicht operieren lassen. Man erkennt ihn trotzdem noch.«

»Rein äußerlich kann ich keine Ähnlichkeit feststellen«, sagte Haşem und gab mir das Fernglas zurück. »Nicht mal die Größe stimmt.«

»Er ist eingegangen! Das Leben im Exil ist kein Zuckerschlecken. Er geht krumm.«

»Ob er es ist oder nicht, werden wir bald merken. Und sein Falke wird es uns sagen. Einen Falken zu erkennen fällt mir weniger schwer.«

Der Angesprochene schwebte weit, weit oben vor der Sonne, eine von Protuberanzen umlohte Silhouette, mehr war nicht zu sehen.

Jetzt brachte der Falkner noch einen Vogel aus dem Zelt. Sein Kopf war unter einer roten Haube verborgen.

Der »Prinz« (falls er es war) erschien sehr gealtert. Der stattliche Mann von einst war zu einem Greis mit schütterem Bart geworden, der am Stock ging. Nun jedoch, da der Gehilfe sich mit dem Falken näherte, straffte sich seine Figur, ein Lächeln erhellte sein betrübtes Gesicht. Der »Prinz« trug den Handschuh über der Faust, zog ihn jedoch zurück, mochte den Vogel nicht übernehmen. So nahm der Falkner selbst die Haube ab – und nun war ich es, der pfiff.

Ein großer Wanderfalke mit hellem Gefieder drehte den Kopf, äugte in die Runde, blinzelte vor dem grellen Licht.

»Das ist er nicht«, sagte Haşem entschieden.

»Dann warten wir«, sagte ich und legte das Auge wieder ans Okular.

»Schirm die Linsen ab, sonst blitzt es«, warnte Haşem.

Ich hielt die Hand darüber.

Haşem war nicht verborgen geblieben, dass ein zweiter Falkner den Monitor in Betrieb nahm und die Kamera im Stoß des Falken richtete, während vor dem hinteren Teil des Zeltes ein Wachmann mit dickem Fernrohr auftauchte.

Der zweite Falke ließ sich viel Zeit, um herabzukommen. Gemächlich, in weiten Kreisen schwamm er durch die glühende Luft. Sein Besitzer saß auf einem Klappstuhl und sah, gelbe Pola-Gläser vor den Augen, ein seliges Lächeln auf den Lippen, dem Schützling zu.

Endlich kam der Vogel über die Steppe geglitten: kaum, dass er die Flügelspitzen bewegte, tief und immer tiefer, mir stockte der Atem. Von der Größe her hätte es ein Berkut, ein Steinadler, sein können, aber nein, dafür war der Nacken zu mächtig, der ganze Vogel zu kernig, fleischig, und das Gefieder zu glatt, Federchen an Federchen … Es war ein Gerfalke, *Falco rusticolus,* ein unfassbar schönes Exemplar: weiß wie Schnee, doch hinreißend sanft getupft an den Flügelspitzen, zwei protzige Brillanten an den mit dünnem Platin beringten Füßen, so thronte er nun auf der Faust, die der mysteriöse Araber ihm hinstreckte und die dem Gewicht nur mit Mühe standhielt, es nach kurzer Zeit auf den gehörnten, mit allerlei Schmuckwerk versehenen Gehstock absetzen musste. Ein Paar flache, anthrazitfarbene Vogelaugen blickten unerschütterlich. Der Ausdruck von Seligkeit auf dem erschöpften Gesicht des Mannes verstärkte sich.

»Er ist es«, stieß Haşem mit rauer Stimme hervor und begann jäh und hastig abzusteigen, mich immer wieder am Hosenbein hinter sich herziehend.

Ich sah gerade noch, wie der Falkner den Arm in die Höhe schwang, der Wanderfalke abgeworfen wurde und rasant davonglitt, die Fangschuhe flatterten …

Die nächste Nacht schlief ich unter dem Vordach und nahm im Halbschlaf wahr, wie Haşem bei Morgengrauen mit dem Gewehr über der Schulter und einem Käfig in der Hand an mir vorbeischritt; der Käfig enthielt zwei junge, gerade dem Brutkasten entwachsene Hubaras, die einander ankeiften.

Den Vormittag über ließ ich Jimi Hendrix laufen, kochte Hafergrütze mit süßer Milch für zwei und erwartete Haşems Rückkehr.

Erst gegen Mittag hörte ich auf, mich zu fragen, wohin er aufgebrochen sein mochte und zu welchem Zweck.

Abends gegen sechs sah ich das Meer und stieg hinab zu dem Olivenhain, in dessen Schatten die Araber ihr Lager aufgeschlagen hatten. Das weiße Schnellboot war noch am Horizont zu sehen, und ich wartete sicherheitshalber, bis es ganz verschwunden war, ehe ich meinen Weg fortsetzte.

Da, wo das Camp gewesen war, lag allerlei Müll: Kartons und Plastikverpackungen, ein paar Patronenhülsen dazwischen und eine Feuerstätte; aber auch Federn im Sand, der Kopf einer Kragentrappe, frische Blutspuren, die zum Meer hinführten. Und noch während mein Blick ihnen nachging, hörte ich es stöhnen.

Ich lief hin. Der Anblick war monströs. Das Herz schlug mir bis in den Hals, in die Augenhöhlen, ich war nicht gleich imstande zu begreifen, was ich sah. Haşem lag an der Wasserkante, und seine Haut lag abgezogen daneben, zu seinen Füßen. Man hatte ihn gehäutet, von vorn und von hinten. Das blanke, rohe Fleisch war mit Flaum bestreut: dem grauen der Trappe und dem weißen des Falken. Der Wind spielte darin.

Haşems Augen waren offen. Er atmete noch.

»Warte«, stammelte ich, »halte durch, Junge.«

Mal starrte er empor mit aufgerissenen, überquellenden Augen, mal sah er mich an, sein Mund ging immer wieder auf und schnappte wie ein Fischmaul, ob er nach Luft japste oder ein Wort ausspucken wollte, war nicht zu unterscheiden. Ich rannte zum Rucksack, öffnete die Klappe, entnahm ein Fläschchen, hetzte zurück, kroch vor ihn hin, scheute, nach unten zu sehen, wo seine Haut ihm um die Füße schwappte wie ein großer Fetzen Tang. Schob mich über seinen Mund und träufelte ihm LUCA hinein, bis er zu husten anfing.

Ich weiß bis heute nicht, wie ich darauf kam. Irgendetwas musste ich tun, und dies war es, was mein Bauch mir zu tun befahl. Die braune Suppe troff ihm übers Kinn. Ich wusch es ab, er kippte nach hinten, eine große Welle umspülte ihn, schaukelte ihn, zerrte an ihm, schob ihn vor und zurück … Ich nahm ihn in den Arm. Starrte auf den grässlichen Streifen, der unterhalb des Schlüsselbeins anfing.

Haşem atmete immer noch, jedoch schwächer, wie mir schien; als käme er zur Ruhe, als schliefe er ein. Und ich muss plötzlich neben ihn gekippt sein. Verlor entweder das Bewusstsein oder fiel, überwältigt vom Schock, in einen Erschöpfungsschlaf.

Als ich hochschrak, war Haşem nicht mehr da. Ich lief das Ufer entlang, rannte schon bald, erst in die eine, dann in die andere Richtung. Lief ins Wasser, schwamm bis zur ersten Bank. Versuchte die Schultern aus dem Wasser zu reißen, um darüber hinweg zu spähen. Schwamm zur zweiten Bank. Der Wellengang hatte zugenommen; meine Erregung wuchs, als ich vor mir irgendetwas zu sehen meinte, aber ohne Boot und bei diesem Wetter war ich ohne Chance. Ich kehrte um und lief in Richtung Kür-Mündung, wo ich ein Boot zu finden hoffte. Als ich die erste Fischersiedlung erreichte, ging die Sonne schon unter, ich flehte die Männer an, mich zur Grenzwache nach Lənkəran überzusetzen, da ist einer ertrunken!, brüllte ich, flehte die Grenzer an auszulaufen, versprach, sie zu bezahlen ... Als wir ausliefen, war es nach Mitternacht, drei Stunden kreuzten wir vor der Küste des Şirvan, stocherten mit dem Scheinwerfer durch das Dunkel, seewärts und landein. Irgendwo am Ufer brannte ein Feuer; als wir hinkamen, fanden wir nur noch die gelöschten Kohlen vor. Die nächsten zehn Tage irrte ich wie durchgedreht am Strand umher und suchte nach Haşems Leiche. Immer wenn ich eine Ansammlung Raubmöwen vor mir sah, verfiel ich in Laufschritt, aber jedes Mal war es doch nur eine Robbe oder irgendein großer Fisch. In Abständen erschien das Wachboot der Grenzer hinter der dritten Sandbank, gab Leuchtzeichen: Wie ist die Lage? Ich winkte, so gut ich es verstand, die Antwort: *Höre Stimme. Suche noch ergebnislos.* Die andere Seite bat um Wiederholung. *Suche ergebnislos*, erwiderte ich.

5

Vier Jahre später am 25. März, kurz vor Haşems Todestag, reiste ich noch einmal in den Şirvan. Das Verlustgefühl war gerade wieder einmal so gegenwärtig, dass ich hinzufahren beschlossen hatte. Auf dem Weg zum Flughafen hatte ich noch an Kerrys Grab vorbeigeschaut. Der Friedhof lag oberhalb von Walnut Creek, ein Riesengelände: blendende Kieswege, viel weißer Marmor, die Sonne tiefstehend vor den Bergen. Kerry liegt neben Vater und Großmutter unter einer Eiche. Ich stand ein Weilchen vor der Grabplatte, versuchte mechanisch, aus den Buchstaben seines Namens Wörter zu bilden, allzu viele fielen mir nicht ein, ein Satz ergab sich schon gar nicht. Dann kam mir ein Spruch von ihm in den Sinn: »Der Tod ist die beste Erholung. Kein Schwein weckt dich.«

Ich hatte Moskau als Umsteigeort gewählt und es gleich wieder bereut. Wie ein rasender Zug in den Bergen auf eine Brücke donnert, bevor er in den nächsten Tunnel einfährt, so rauschte ich in diese Stadt hinein. Von dem Moment an, wo ich am *Aeroport* eine Flasche *Absolute* und Schokolade kaufte, kann ich mich an nichts erinnern; erst im Flugzeug kam ich wieder zu mir. Vor der Landung sah ich das Meer meiner fernen Kindheit unter mir liegen: ein verzinktes Waschbrett, die regelmäßigen weißen Wellenkämme in streng nord-südlicher Ausrichtung. Im Sinken wollte uns eine Böe von der Landebahn schieben, der Pilot schien glücklicherweise ein Ass zu sein. Der Anblick der Heimatstadt, zugig und ungemütlich wie immer um diese Jahreszeit, weckte doch wieder Freude in mir. Im Hotel riss ich das Fenster auf und legte mich ins Bett, lag drei Tage lang rauchend und *Jameson* (Kerrys Lieblingswhiskey) süffelnd unter zwei Decken, vermied jede Bewegung, sah unablässig durchs Fernglas auf die Bucht, die Dächer, in die Fenster hinein.

Im Şirvan gab ich mich als Zoologe aus, interessiert am Talış-Halsbandfrankolin. Kaufte brav eine Eintrittskarte, übertrug die empfohlene Marschroute in meinen Vordruck, die voraussichtliche Ankunftszeit. Keinen der Heger, die mir begegneten, kannte ich. Ich sprach Englisch, trug Sonnenbrille, Evers kam mir nicht unter die Augen.

Als ich das Tor passierte, musste ich meinen Schritt gewaltsam zügeln. Ich war in Gesellschaft von Deutschen, die lange und umständlich beratschlagten, ob sie eine Gruppenermäßigung in Anspruch nehmen sollten, sowie zweier ängstlicher Polinnen, die mich mit ihrer Befürchtung traktierten, es könnte ihnen an Wasser mangeln. Ein Liter pro Nase, ist das nicht zu wenig? Wohl wissend, dass man es im Frühjahr gut aushielt und notfalls immer Salzkraut zum Kauen fand, außerdem gab es Wasservorräte in den Wachen, nutzte ich die Gelegenheit, die beiden loszuwerden, indem ich gezielte Abschreckung betrieb: Im Şirvan gebe es tatsächlich kein Wasser, behauptete ich, zu verdursten sei leicht möglich, zumal wenn man in die Irre ging, und das wiederum sei nicht schwer, selbst wenn man den Weg nicht verließ … »Sind Sie schon mal da gewesen?«, fragten die Polinnen misstrauisch und wechselten in den Passgang, um hinterherzukommen. Ich speiste sie mit ein paar Phrasen ab, beschleunigte noch mehr; am liebsten wäre ich in den Laufschritt gefallen. Lange musste ich nicht mehr warten, dann überlegten die beiden es sich anders und liefen zurück, um sich mit Mineralwasser einzudecken.

Der Şirvan tat sich auf vor mir, empfing mich wie einen Freund. Jubelnd, frohlockend warf ich mich ins Gestrüpp, wälzte mich darin, reckte die Brust gegen den schwankenden Himmel. Die Wache am Heiligen Stein war verlassen. Der Xəzri hatte das Blechdach überm *vista point* gehörig ramponiert. Ich traf keine Menschenseele, es gab auch keine Anzeichen, dass jemand in jüngster Zeit hier gewesen war. Ich stieg hinauf, mich zu orientieren. Der Weg zum Toilettenhäuschen war abgerissen, jemand hatte wohl die Platten gebraucht, auch dem Häuschen selbst fehlte das Dach, aber mehr Schäden gab es nicht. Die Steppe erwachte gerade aus dem Winterschlaf, der Gesang der Vögel war noch recht verhalten, das Grün aber schon kräftig, die Auferstehung nur eine Frage der Zeit. Da gewahrte ich von meinem *vista point* plötzlich in Richtung Meer einen grellroten Fleck – und machte, dass ich hinkam. Es konnte nicht wahr sein! Ein Feld Eichler-Wildtulpen breitete sich zu meinen Füßen. Die Aufteilung in Beete war nicht zu übersehen. Bestimmt hatte Haşem es sich zur Gewohnheit gemacht, wo immer er im Şirvan auf Vorkommen stieß, eine Zwiebel auszugraben und einzustecken. Aber wer hatte sie hier ausgepflanzt?

Ein Rudel Gazellen lief an der Wache vorbei; es war ihnen anzumerken, dass sie sich an die Abwesenheit der Menschen gewöhnt hatten. Irritiert von der Tulpenpflanzung, kehrte ich noch einmal zur Wache zurück, um genauer nachzusehen. Die Fenster waren vernagelt. Vor Haşems Schuppen hing das Schloss, doch ich besaß den Schlüssel. Alles schien an seinem Platz, nur mit Sand zugeweht. Das Licht drang durch die Ritzen wie einst, ließ den Schuppen von innen erstrahlen. Ich fegte die zwei Finger dicke Sandschicht mit der Handkante von Tisch und Kästen, schraubte mit dem Taschenmesser den Computer auf und entnahm die Festplatte, griff mir ein paar Schreibhefte. Wonach ich eigentlich suchte – das Abich-Archiv –, war nirgends zu finden. Ich ging noch einmal systematischer vor, suchte mich müde und schlief ein, lauschte den vertrauten Geräuschen der Steppennacht. Einmal meinte ich im Schlaf jemanden vorbeigehen zu hören, wachte aber nicht auf davon (mein Warnsystem wusste noch, dass Heger in der Nähe waren), dafür brauchte ich am Morgen einige Zeit, um mir darüber klar zu werden, dass niemand mehr da war.

Ich schlenderte noch ein bisschen herum. Wollte Haşems Kite-Drachen noch einmal ans Licht ziehen – jenes Ding, das immer meinen besonderen Neid erregt hatte. Von ihm Abschied nehmen. Fand ihn nicht. Dabei war er gestern noch da gewesen, ich hatte sogar die Kugellager der Buggyrollen geschmiert, um am Morgen ein bisschen damit herumzuspielen, zu sehen, wie ich mit Wind und Matte zurechtkam … Es musste Spuren geben! Ich fand sie schnell: Jemand Barfüßiges hatte den Drachen weggeschleppt, das Wägelchen nebenhergerollt.

Ich war außer mir.

Gegen Mittag hatte ich mich so weit beruhigt, dass ich die Wache verlassen konnte, um noch ein bisschen freie Steppenluft zu atmen. Zuerst im Schweinsgalopp, zwischendurch im Schritt und aufs Neue losrasend, dem Fliegen nah, das Gefühl genießend. Schließlich hielt ich ein, um mich zu orientieren, war ich doch in meinem Rausch die ganze Zeit einfach der Nase nach gelaufen, bemüht allenfalls, mich vom See fernzuhalten, der nun überraschend seitwärts durch eine Lücke im endlos anmutenden Schilfgürtel hervorschillerte. Und sah auf einmal eine Gruppe Männer durch die Steppe ziehen. Im Fernglas konnte ich ihre erhitzten Gesichter sehen. Paarweise hintereinander zogen sie in Richtung Meer: zwölf Männer, die sich mit Riemen peitschten, kreuzweise. Keines der Gesichter kannte ich. Ich war verblüfft. War denn noch jemand hier, der die Kunde vom Großen Propheten hätte weitertragen können? Das Abşeroner Regiment war aufgelöst, Abbas mit Sona in die Ukraine gezogen, so hatte er mir geschrieben; seine Exfrau hatte ihn unterstützt – den Vater in die Nähe der Kinder zu holen konnte nicht schaden. Pjotr sei bald nach meiner Abreise gestorben, schrieb Abbas. Schurik wiederum war mitsamt der Familie in die Wüste Negev gezogen, er arbeite an einer Tankstelle und sei mit dem Leben zufrieden, so ließ er mich wissen. Es war also keiner mehr hier. Und in den Dörfern hier wächst nichts Fremdes an; dafür haben die Häuser ihre Fenster zum Hof hin, damit man nichts hört, nichts sieht, nichts erfährt.

Wer sind diese Männer? Die neuen Heger? Ihr Gang ist energisch; während sie sich schlagen, singen sie, und sie schonen sich nicht. Die Lust, die Hingabe, das tiefe Empfinden, das sich in ihren Gesichtern spiegelt – es könnte der Ausdruck von Liebenden sein, Menschen, die Sex haben.

Plötzlich aber sehe ich das, was auch sie vor Augen haben müssen, worauf sie zugehen im zügigen Schritt, manchmal zeigen sie mit dem Finger darauf. Weit voraus, in ausladenden Schwüngen steigt, fällt zwischendurch bis unter den Horizont, dreht sich wieder empor: der Drachenschirm. Ich kann nicht glauben, was ich sehe, mir wird schwindelig. Ich laufe los, bezwinge mich, gehe zurück. Endlich traue ich meinen Augen. Die Männer liegen nun bäuchlings am Boden, erheben sich wieder, fuchteln mit den Armen, rufen, fallen erneut. Ein frischer Wind kommt auf. Wie die Männer zu Boden gehen, sieht immer weniger nach einem Gefälltwerden aus, ist weicher geworden, vorhersehbarer. Immer noch zieht der Kite seine Schleifen am Himmel. Die zwei Knaben, die weiter hinten durch das wilde Tulpenfeld gehen, sieht keiner …

Dann kehrt da oben wieder Stille ein, nur der Stoff knattert ein bisschen, und ganz leise hört man die Buggyräder quietschen, man hört sie noch eine ganze Weile, nachdem der Şirvan sie wieder hat.

27. August 2009

Anmerkungen des Übersetzers

7   *Amelia Earhart* (1897-1937), US-amerikanische Flugpionierin; bei einer Äquatorumrundung verschollen
Lewanewski Sigismund Alexandrowitsch L. (1902-1937), sowjetischer Pilot; beim Versuch einer Polarüberquerung verschollen
Pokryschkin Alexander Iwanowitsch P. (1913-1985), sowjetischer Kampfflieger im Zweiten Weltkrieg

9   *Talış-Gebirge* Grenzgebirge zwischen Iran und Aserbaidschan
Stenka Rasin Stepan R. (1630-1671), legendärer Ataman der Donkosaken
Lənkəran (russ. Lenkoran) Stadt im Süden von Aserbaidschan am Kaspischen Meer
Insel Sarı (russ. Sary) Insel im Kaspischen Meer nördlich von Lənkəran

11   *Biləsuvar* (russ. Biljasuwar) Ortschaft im Muğan, 1938-1991 offiziell in Puschkino umbenannt

14   *der erste September* traditioneller Schulbeginn nach den Sommerferien
Tandurofen tönerner Backofen, transportabel oder fest ummauert, in weiten Teilen Asiens gebräuchlich

16   *Prischib* Gründung russischer Siedler im südlichen Aserbaidschan, heute Göytəpə

17   *Engels* vorm. Pokrowsk, Stadt an der Wolga

21   *Branobel* Abk. für russ. Towarischtschestwo Bratjew Nobel (Aktiengesellschaft Gebrüder Nobel), 1876 gegründetes Ölunternehmen in Baku

31   *Kommissar Scheglow* Figur aus der populären sowjetischen Fernseh-Krimiserie »Den Treffpunkt darf man niemals ändern« (1979), gespielt von Wladimir Wyssozki

32   *Speise ging von dem Fresser und Süßigkeit von dem Starken* Simsons Rätsel von den Honigbienen im toten Löwen (Buch Richter 14,14)

36   *Wankor* großes Öl- und Gasvorkommen in Nordwestsibirien, seit 2009 in Erschließung

37   *Gubkinski* Siedlung in Nordwestsibirien, 1986 als Zentrum der Öl- und Gasproduktion gegründet
Laptewsee Teil des Nordpolarmeeres zwischen Sewernaja Semlja und den Neusibirischen Inseln

38   *Villa Rjabuschinski* 1900 von Fjodor Schechtel für den Industriellen Rjabuschinski im Secessionsstil erbaut; ab 1931 Wohnsitz von Maxim Gorki

42   *UseNet* frühester Verbund von Rechnernetzwerken, in Newsgroups organisiert; Vorläufer des World Wide Web

47   *Solaröl* im 19. Jh. aus Braunkohle destillierter Leuchtstoff; Petroleumersatz

Der Meister und Margarita   Roman von Michail Bulgakow (1891-1940), 1966 posthum veröffentlicht

106 *Samotlor-Vorkommen*   Russlands größtes Ölfeld im Gebiet Tjumen

109 *Schwarze Stadt*   östliche Vorstadt Bakus mit Förderanlagen, Ölraffinerien und Mietskasernen für die Arbeiter

111 *Schwarze Raucher*   Thermalquellen am Grund der Tiefsee

140 *Fido-Konferenzen*   Foren im FidoNet, einem weltweiten Mailbox-Netzwerk der 1980er/90er

   Tilapia   arab. Muscht, hebr. Amnun; Buntbarschgattung

142 *Ofra Haza*   israelische Popsängerin (1957-2000)

   Chéreaus Bartholomäusnacht   Film (1994) von Patrice Chéreau nach Alexandre Dumas

144 *Tjubetejka*   traditionelle Kopfbedeckung zentralasiatischer Völker

156 *Tate aus Dagestan*   Die Taten (Tät) sind ein Volk eigener Sprache in Dagestan und Aserbaidschan.

160 *Mak benak*   (hebr.: der Körper ist verwest, od.: er lebt im Sohne) ein Meisterwort der Freimaurer

166 *Urus, du Nuss ...*   Urus (tatar.): Russe

168 *Namaz*   (türk.) rituelles islamisches Gebet zu fünf festen Tageszeiten

   Madrasa   Koranschule

169 *Ağdam*   aserbaidschanische Stadt in Bergkarabach, heute verlassen

   Gəncə   zweitgrößte Stadt Aserbaidschans im Nordwesten; von 1935 bis 1989 Kirowabad

176 *Chachar-lyar*   (pers.) Viererpasch

   Kürdəmir   Stadt an der Kür im mittleren Aserbaidschan

183 *Tal der Wölfe*   Fernsehserie (2003-2005) mit stark nationalistischem Einschlag

   Karabachfront   Militärischer Konflikt zwischen Aserbaidschan und Armenien um die Region Bergkarabach (Nagorny Karabach), die, mehrheitlich von Armeniern besiedelt, als Autonomes Gebiet zur Aserbaidschanischen SSR gehörte und nach Auflösung der UdSSR 1991 ihre Unabhängigkeit erklärte.

193 *Elçibəy*   ?bülfəz E. (1938-2000), aserbaidschanischer Historiker und Kulturwissenschaftler, Dissident, Anführer der nationalen Bewegung in den 1980ern; 1992/93 Staatspräsident

   Aktau   (russ.; kasach.: Aqtaw; von 1964 bis 1991 Schewtschenko), Hafenstadt in Kasachstan

   Enseli   iranische Hafenstadt am Kaspischen Meer, heute Bandar Anzali

194 *General Jefremows Vorstoß mit den Panzerzügen*   Michail Grigorjewitsch J. (1897-1942), sowjetischer Militär, Befehlshaber im Bürgerkrieg und im Zweiten Weltkrieg; mit einer Blitzoperation per Eisenbahn wurde im April/Mai 1920 die Stadt Baku von der Roten Armee eingenommen und die Sowjetmacht errichtet.

   Kislowodsk   russischer Kurort im Nordkaukasus

Krasnowodsk   turkmenische Hafenstadt an der Ostküste des Kaspischen Meeres, seit 1993 Türkmenbaşy

197 *Hidschab*   Kopfbedeckung muslimischer Frauen, die Haar und Hals verhüllt

198 *Niña*   eines von Christoph Kolumbus? Schiffen (um 1492)

199 *Saryn na kitschku*   historischer Schlachtruf der Wegelagerer und Kosakenscharen an Wolga und Don

203 *Wilhelm Waßmuß*   (1880-1931), deutscher Diplomat, Orient-Experte

206 *Chorasan*   (altpers.»Land der aufgehenden Sonne«) historische Region südöstlich des Kaspischen Meeres, heute auf iranischem, afghanischem, usbekischem, tadschikischem und turkmenischem Gebiet

208 *Alhagi*   ausdauernder rotblühender Hülsenfrüchtler, weitverbreitet in Zentralasien

Beşbarmaq   (B. piri) solitäres Felsmassiv, 40 km nordöstlich von Baku

210 *wie an Sulamiths Brust*   vgl. das Hohelied Salomos

Badschischki   (russ. von aserb. bacı: ältere Schwester) So wurden in Baku die älteren Aserbaidschanerinnen von den Russen genannt.

213 *Kurtschatow*   Igor Wassiljewitsch K. (1903-1960), Physiker, gilt als »Vater der sowjetischen Atombombe«.

214 *Kirsa-Stiefel*   schwere Armeestiefel aus Kunstleder, seit den 1940ern und noch bis heute in Gebrauch

226 *Hurufi*   Anhänger eines schiitisch geprägten mystischen Sufismus, im Mittelalter über den ganzen muslimischen Orient verbreitet

Aşıqlar   traditionelle Sänger und Geschichtenerzähler zur Laute (Saz)

228 *Schklowski*   Iossif Samuilowitsch Sch. (1916-1985), Koryphäe der theoretischen Astrophysik

Muğan   eine Steppenzone zwischen Talış-Gebirge und Kaspischem Meer

Wij   eine phantastische Erzählung von 1835

229 *Tschitschikow ... Akaki Akakijewitsch ... Chlestakow*   Figuren aus »Die toten Seelen« (1842), »Der Mantel« (1842), »Der Revisor« (1836)

Asen   nordisches Göttergeschlecht, das der norwegische Forschungsreisende Thor Heyerdahl (1914-2002) auf einen historischen Volksstamm in Aserbaidschan oder am Asowschen Meer zurückzuführen suchte

230 *Duchoborzen*   christliche Sekte in Russland

231 *Xaçmaz*   Stadt im Nordosten Aserbaidschans

234 *Ehsanollah Chan*   (1884-1939), persischer Anarchist, Kommandeur der Iranischen Roten Armee

Kutschak Chan   (1880-1921), persischer Partisanenführer, rief 1920 die »Iranische Sozialistische Sowjetrepublik« in Gilan aus

Jakow Bljumkin   (1898-1929), russischer Sozialrevolutionär, später Bolschewik; ermordete den deutschen Botschafter Mirbach

Sergo Ordschonikidse   (1886-1937, georgischer Herkunft), Revolutionär und später Funktionär der bolschewistischen Regierung

Fjodor Raskolnikow (1892-1939), Bolschewik, Matrosenführer, kommandierte während des Bürgerkriegs die Kaspische Flottille; eroberte 1920 in Kooperation mit General Jefremow Baku

Zandschan Provinz im Nordwesten des Iran, hauptsächlich von Aserbaidschanern bewohnt

235 *Rascht* iranische Provinzhauptstadt am Kaspischen Meer

236 *Kadscharen* Dynastie in Persien (1779-1925)

237 *der Schwarze Rabe* Gefängnistransport

239 *Aschhadu anna Muhammadan rasulu'llah* Teil der Schahada: Ich bezeuge, dass Muhammad der Gesandte Gottes ist.

240 *Sayyid* islamischer Ehrentitel; gilt als Nachkomme des Propheten Muhammad

241 *Graves* Robert G., »The Greek Myths« (1955)

243 *Tekke* geistiges und zeremonielles Zentrum einer Sufi-Bruderschaft

248 *Leopold Weiss* (Muhammad Asad, 1900-1992), österreichischer Journalist, Diplomat, Islamgelehrter, Koranübersetzer

Liman kleine Hafenstadt im Bezirk Lənkəran; 1924-1999 nach Lenin in Port Iljitsch umbenannt

250 *Sewastjanow* Witali Iwanowitsch S. (1935-2010), Kosmonaut; flog mit *Sojus 9* (1970) und *Sojus 18* (1975) ins All.

254 *Den Liman lang!* Liman hier: ein vom Meer geflutetes Flussdelta

255 *Molokanen ... Subbotniki* Gemeinschaften spiritueller Christen, die sich im 17./18. Jh. von der russisch-orthodoxen Kirche sektierten

Gerim (russ. gery) zum Judentum konvertierte Russen (meist ursprünglich Subbotniki)

halāl nach islamischem Recht zulässig

259 *Bayatı-Şiraz* Muğam; einer von sieben Grundmodi in der traditionellen aserbaidschanischen Musik

276 *Māzandarān* iranische Provinz am Südufer des Kaspischen Meeres

Wawilow Nikolai Iwanowitsch W. (1887-1943), Biologe

278 *Krylow* Iwan Andrejewitsch K. (1769-1844), Fabeldichter

284 *Kap Tjub-Karagan* Landspitze an der Halbinsel Mangistau

293 *Schicksalstafeln* philosophischer Traktat (um 1921) von Welimir Chlebnikow

295 *Mangistau* (russ. Mangyschlak) kasachische Halbinsel am Ostufer des Kaspischen Meeres

Garabogasköl Lagune am Ostufer des Kaspischen Meeres (Turkmenistan)

302 *Polesien* historische Landschaft zwischen Bug und Pripjat (Ostpolen/Westukraine/Weißrussland)

304 *Ekranoplan* Flugzeug, das auch auf Wasserflächen gleiten kann, sogenanntes Bodeneffektfahrzeug

305 *»handgemaltes Höllenbild«* Maxim Gorki, »Durch die Union der Sowjets« (Reisebericht, 1928/29)

312 *Bora* Fallwind an der Adria

513 *Norman Borlaug* (1914-2009), amerikanischer Agrarwissenschaftler, Friedensnobelpreis 1970

518 *Dhikr* meditatives Gebetsritual bei den Sufis

526 *Sepoy-Aufstand* Aufstand gegen die britische Kolonialmacht in Indien 1857

550 *Balaibalan* elaborierte Kunstsprache der Hurufi, im 16. Jh. erschaffen, nur in einer Handschrift überliefert

Attar Fariduddin A. (1135-1221), klassischer persischer Dichter

Ghazālī al-G. (1058-1111), persischer Philosoph und Theologe

Anruf biegsamen Röhrichts »Abendwärts, abendschwärz« (1913)

Liebold! Leibold!... »Wir lieben uns und leiben uns« (1907-08), dt. Peter Urban

Storchengeklapper Bei Attar (»Die Konferenz der Vögel«) ist das Klappern die fromme Rede des Storches.

Simurgh Vogel in der persischen Mythologie

554 *T. E. Lawrence* »Lawrence von Arabien« (1888-1935), britischer Offizier, Archäologe, Geheimagent und Schriftsteller

Colonel Kurtz Hauptfigur des Romans »Herz der Finsternis« (1899) von Joseph Conrad

Miklucho-Maklai Nikolai Nikolajewitsch M.-M. (1846-1888), Anthropologe, Forschungsreisender, Schriftsteller

Baron von Ungern Roman von Ungern-Sternberg (1886-1921), Offizier baltischer Herkunft in russischen Diensten, nach 1917 bei der Weißen Garde

Michail Tschechow (1891-1955), Schauspieler und Regisseur am Moskauer Künstlertheater

556 *Admiral Hall* William Reginald H. (1870-1943), Chef des britischen Nachrichtendienstes im Ersten Weltkrieg

557 *Leidener Flaschen* Frühform eines Kondensators, vom Leidener Physiker Pieter van Musschenbroek 1746 erfunden

567 *Secondelieutenant Sjedoch* Erzählung (1927) von Juri Tynjanow (1894-1943)

568 *Akathistos* Hymnus in der orthodoxen Liturgie

577 *Şeker Çörek* (aserb.) Sandgebäck

578 *einen Brief* den sogenannten Chasarischen Königsbrief (10. Jh.)

582 *Swjatoslaw* (942-972), Swjatoslaw I., Großfürst der Kiewer Rus

die Stadt Itil Hauptstadt des Chasarenreiches, bedeutendes Handelszentrum, durch Swjatoslaw I. 969 zerstört

583 *Sidor Bely* (1716-1788), Ataman der Donkosaken, Oberstleutnant im Russisch-Türkischen Krieg

auf Betreiben eines gewissen Fürsten von Taurien Gemeint ist Potjomkin.

585 *Landplagen* die zehn biblischen Plagen, vgl. 2. Mose 7-11

Kappadokien Landschaft im mittleren Anatolien

586 *Wahl des Sündenbocks ... durch das Los* vgl. 3. Mose 16

589 *Artel* traditionelle Organisationsform der Handwerker in Russland

595 *»Trinkt leer ...«, »Die Kurve naht ...«* Popsongs aus den sowjetischen 1970/80ern von Andrej Makarewitsch (»Maschina Wremeni«)

597 *Graf Resanow auf seiner »Juno«* Nikolai Petrowitsch R. (1764-1807), russischer Diplomat; Renommist und Hasardeur

603 *Werchowenski* Pjotr W., Hauptgestalt in Dostojewskis »Dämonen« (1872), ist dem Petersburger Revolutionär Sergej Netschajew (1847-1882) nachgestaltet

611 *das alte Lied* »Stenka Rasin«, Text: Dmitri Sadownikow (1847-1883)
Sorgam-Schlucht in Xalxal/Nordaserbaidschan, wo Chlebnikow kurze Zeit Hauslehrer war

617 *den Edelmann Bavo trösten* Flandrischer Adelsspross im 7. Jh., der für seine zügellose Jugend zuletzt als frommer Einsiedler in einer Baumhöhle Buße tat, sich von einem früheren Leibeigenen in Ketten schlagen ließ. Dargestellt zumeist als Ritter mit Schwert und Falken
Toba-Kakar Gebirgskette in der Hochebene von Belutschistan (Pakistan)

622 *Elburs* Hochgebirge zwischen Kaspischem Meer und Persischem Hochland

626 *Qawwali* traditioneller Gesangsstil der Sufi

631 *Horus* altägyptischer Hauptgott, meist als Falke dargestellt

633 *Aufsatz von Mary Anne Weaver* Hunting with the sheiks. »The New Yorker«, Dec 14, 1992

634 *Scheich Zayid* (1918-2004), Emir von Abu Dhabi, Präsident der Vereinigten Arabischen Emirate

650 *das vom rothaarigen Kalb* vgl. 4. Mose 19,1-9

651 *Das Fest des heiligen Jürgen* populäre sowjetische Filmkomödie (1930) von Jakow Protasanow nach H. Bergstedts kirchenkritischer Romansatire »Jørgensfesten« (1919)

683 *den weisen Hillel* (H. ha-zaqen) Rabbi und Schulgründer in Jerusalem um die Zeitenwende

691 *Köng Chalid* Ch. ibn Abd al-Aziz (1912-1982), von 1975 bis 1982 König von Saudi-Arabien

692 *Scheich Fahd* Fahd bin Sultan (geb. 1950), Gouverneur der Provinz Tabuk; gehört dem saudischen Königshaus an

704 *Ağca* Mehmet Ali A. (geb. 1958), türkischer Rechtsextremist, verübte 1981 das Attentat auf Papst Johannes Paul II.

Mitarbeit: Janika Rüter

Transkription und Aussprache

Russische Begriffe und Eigennamen sind nach dem Duden transkribiert, aserbaidschanische folgen in der Regel der originalen Rechtschreibung; anders tradierte Schreibweisen (z. B. Baku) wurden hie und da beibehalten. Wie schon vor 1929 wird das Aserbaidschanische seit 1991 wieder in lateinischer Schrift geschrieben; hierzu wurde das türkische Alphabet um einige Zusatzzeichen ergänzt. Die wichtigsten vom Deutschen abweichenden Zeichen und ihre Aussprache:

c	[dsch]	stimmhaft wie in Juice
ç	[tsch]	stimmlos wie in tschüss
ə	[ä]	kurz und offen wie in Männer
g	[gj]	sehr weich, beinahe wie dj
ğ	[j]	wie »niederdeutsches« g
x	[ch]	wie in ach
ı	[e]	kurz und dunkel wie in Dame
j	[sch]	stimmhaft wie in Genie
k	[kj]	sehr weich, beinahe wie tj
q	[g]	am Gaumensegel artikuliert, beinahe wie ch
ş	[sch]	stimmlos wie in schnell
v	[w]	wie in Vase
z	[s]	stimmhaft wie in Sahne

Inhalt